조선시대 최대 가곡집

주해 악학습령

주해자 이정옥(李正玉)

경북대학교 및 동 대학원, 계명대학교 문학박사.
경주세계문화엑스포 자문, 전문위원 역임.
경상북도여성정책개발원장 역임.
한국학중앙연구원 내방가사 DB구축 사업단 책임교수.
경북대, 계명대, 경주대, 경상북도 공무원연수원 강사 역임.
중국해양대학교 객원교수, 포항시 축제위원장 역임.
미국 브링검영대학교(BYU) 방문 초빙교수.
현재 위덕대학교 교수(평생학습처장).
논문으로는 석사논문 「내방가사에 대한 미학적 연구」와 박사논문 「내방가사의 전승과정과 향유층의 의식 연구」 등 다수.
저서 『내방가사 향유자 연구』(박이정), 『영남 내방가사』 1~5(국학자료원), 『백성은 물, 임금은 배』(글누림), 『경주에 가면 행복하다』(세미), 『이야기로 만나는, 경주사람만 아는 경주 여행』(아르코), 『영천에 가면 나무도 절을 한다』(아르코) 등

조선시대 최대 가곡집

주해 악학습령

1판 1쇄 발행_2017년 11월 10일
1판 2쇄 발행_2019년 01월 10일

주해자_이정옥
펴낸이_양정섭

펴낸곳_도서출판 경진
등록_제2010-000004호
이메일_mykyungjin@daum.net
주소_서울특별시 금천구 시흥대로 57길(시흥동) 영광빌딩 203호
전화_070-7550-7776 팩스_02-806-7282

값 49,000원
ISBN 978-89-5996-552-6 93810

※ 이 도서의 국립중앙도서관 출판예정도서목록(CIP)은 서지정보유통지원시스템 홈페이지(http://seoji.nl.go.kr)와 국가자료공동목록시스템(http://www.nl.go.kr/kolisnet)에서 이용하실 수 있습니다.(CIP제어번호: CIP2017027819)

조선시대 최대 가곡집

주해 악학습령

이정옥 주해

경진출판

해제

조선시대 최대 가곡집 『악학습령』

1. 『악학습령(樂學拾零)』의 서지 소개

『악학습령』은 단권 필사본으로 23.3cm×22.8cm 크기이며, 총 107장이고, 매장 30행이며, 위아래 여백은 약 2cm이다. 각 면은 15행, 1행 25자 내외이며, 각 작품의 첫 자는 올려 쓰기를 하였다. 총 1,109수의 시조가 수록되어 있다.[1] 유명씨 작품이 595수, 무명씨 작품이 514수이며, 수록 작가는 175명이다. 서두에 「악곡명」, 「오음도」, 「금보초록」과 「작자목록」이 실려 있으며 본문에 해당되는 시조 작품은 악곡에 따라 분류 배치하였다.

초중대엽(初中大葉), 이중대엽(二中大葉), 삼중대엽(三中大葉), 북전(北殿), 이북전(二北殿), 초삭대엽(初數大葉), 편삭대엽(編數大葉), 삼삭대엽(三數大葉), 삭대엽(數大葉), 소용(騷聳), 만횡(蔓橫), 낙희조(樂戱調), 이삭대엽(二數大葉)의 곡조별 13조목의 순서로 작품이 배열되어 있다. 작가의 이름은 작품 상단 혹은 하단에 기재하였으며, 누락된 곳도 있다. 앞부분의 일부가 떨어져[2] 나간 첫 장에는 곡조명을 열거해 기록하였다.[3] 3면에 〈여민락〉 십장(제1 '해동장'에서부터 제10 '오호장')을 적었다. 이어서 악시조, 오음도, 음절도, 악이론을 적었다. 백지 한 장이 있고, 그 다음 장부터 3장 6면에 걸쳐 (작가)목록이 있다. 모두 175명의 작가명과 간단한 약력을 소개하고 있다. 목록이 끝나고 약간의 간격을 두고 본문이 이어진다. 본문 부분은 모두 99장이다. 본문은 한 면에 15행씩, 매 행마다 25자 내외의 국한문

1) 조선시대 3대 시조집으로는 『청구영언』, 『해동가요』, 『가곡원류』를 꼽는다. 『청구영언』에 580편, 『해동가요』에 568편, 『가곡원류』에 662수가 실려 있다. 따라서 『악학습령』은 작품 수 최대의 시조집이다.
2) 이 부분에 본 시조집의 서문이 실려 있었을 가능성이 있다.
3) 이 장 역시 가장자리 부분이 많이 훼손되어 있다.

혼용체로 필사되어 있다.

한편, 『악학습령(樂學拾零)』은 『병와유고(瓶窩遺稿)』라는 이름으로 1979년 2월 8일 보물 제652호로 지정된 병와의 자필고본 10종 15책 중의 하나이다.

2. 『악학습령(樂學拾零)』에 대한 선행연구

『악학습령』은 1956년 9월 경북 영천시 고경면 삼귀동(속칭 차당실)의 이수창(李秀昌) 씨 댁에서 그의 10대조 병와(瓶窩) 이형상(李衡祥, 1653~1733) 선생과 그의 후손들의 유품과 서책 속에 간직되어 있다가 학계에 소개되었다.

본 가곡집을 처음으로 조사한 김성칠은 '이씨본 청구영언'으로 명명하였다. 그 후 손종섭(孫宗燮)은 이 가곡집을 영남일보에 공개하면서 '여중락'이라 하였다.[4] 심재완(沈載完) 교수는 다시 이 가곡집을 『병와가곡집(瓶窩歌曲集)』으로 명명하면서, 이를 바탕으로 한여 『역대시조전서』를 간행하였다. 이 시조집의 편찬 연대는 밝혀져 있지는 않지만 조선 영조 말년의 작품까지 실린 점으로 미루어 정조 대에 엮어진 것으로 추정하기도 하였다.[5]

그 후 최순희(1977), 권영철(1978), 김동준(1978), 황충기(1982, 1988), 조종업(1990), 강전섭(1990), 김학성(1992, 1993), 김용찬(1995), 이정옥(1998), 홍윤표(1998) 등에 의해 가곡집 명칭과 편찬자 및 편찬 시기에 대한 다양한 논의들이 있었다.[6]

이들 논의는 크게 두 갈래로 나뉜다. 첫 번째는 이 가곡집이 병와의 유고와 함께 발굴되었기 때문에 병와의 직접 저술이라는 추론에 근거한 논의이다. 그 반대편의

---

4) 손종섭, 「고시조의 새자료: 가곡집 '與衆樂' 발견」, 영남일보, 1956.9.12. 책표지가 탈락되어 그 명칭을 확인할 수 없으나, 권말에 희미하게 '與衆樂'이라는 표기에 근거, '여중락'이라는 이름으로 소개하였다.

5) 심재완, 「병와가곡집의 연구」, 『청구대학 10주년기념논집』, 청구대학, 1958.

6) 손종섭, 「고시조 새자료: 가곡집 『여중락』을 발견」, 영남일보, 1956.9.12; 최순희, 「병와선생문집」, 『국학자료』 제26호, 장서각, 1977; 권영철, 『병와이형상연구』, 한국연구원, 1978; 김동준, 『악학습령』 영인본, 「악학습령고」, 동국대 한국학연구소, 1978; 황충기, 「『악학습령』고」, 『국어국문학』 제87호, 국어국문학회, 1982; 황충기, 『한국여항시조연구』, 국학자료원, 1988; 조종업, 「국역병와집 해제」, 『국역병와집 1-3』, 한국정신문화연구원, 1990; 강전섭, 「병와가곡집의 형성 연대」, 『천봉이능우선생 칠순기념논총』, 논총간행위원회, 1990; 김학성, 「조선 후기 시조집의 편찬과 국문시가의 동향」, 단국대학교 제22회 동양학학술회의 강연초, 1992; 김학성, 「사설시조의 담당층 연구」, 『성균어문연구』 제29집, 성균관대학교 국어국문학과, 1993; 김용찬, 「병와가곡집」의 형성 년대에 대한 고찰」, 『한국학연구』 제7집, 고려대 한국학연구소, 1995; 이정옥, 「『악학습령』 해제」, 홍문각, 1998; 홍윤표, 『악학습령 어휘색인』, 홍문각, 1998.

논의는 가곡집의 체제나 내용을 정밀하게 검토해 본 결과에 따른 주장들이다.

따라서 『악학습령』에는 해결되어야 될 몇 가지 문제가 있다.

첫째, 이 가곡집의 정확한 명칭은 과연 무엇인가?

둘째, 이 가곡집의 편찬 연대는 언제인가?

셋째, 이 가곡집의 편찬자는 누구인가?

1) 가곡집 명칭에 대한 논의

본 가곡집을 처음으로 조사한 김성칠은 '이씨본 청구영언'으로 명명하였다. 이 책에 대해 손종섭(1956)이 최초로 언론에 공개하면서 권말의 '여중락(與衆樂)'이라는 희미한 표기에 근거, 『여중락』이라 명명하였다. 그 후 심재완 교수에 의하여 원전에 대한 해제와 함께 이 책의 편찬자 및 연대 추정, 편찬상의 특이점 및 자료적 가치 등이 종합적으로 검토되었다. 심재완 교수는 병와 이형상의 유품과 함께 발견되었다 하여 이 책을 '병와가곡집'이라 명명하였다.[7] 심재완 교수가 이 책에 대해 제기한 다양한 문제점들은 현재까지도 해결되지 않은 채 논란이 거듭되고 있는 실정이다.

심재완 교수는 '병와가곡집'이 두 사람의 필체로 이루어져 있음을 밝히고, 그것을 "편저자의 자필이기에 곤란"하며 "필연 필체가 능한 자를 시켜 서사시킨 것인지 모르겠다"[8]고 논하고 있다. 이 문제에 대해 김동준[9] 교수와 김학성[10] 교수는 『악학습령』의 이체 문제를 이형상이 자찬한 원본에 후대인의 가필에 의해 형성되었을 것이라 보고, 본 가곡집을 이형상의 자저 목록에 나타나는 『악학습령』임이 틀림없다고까지 논하고 있다. 그러나 김용찬(2001) 교수는 "『악학습령』이라는 저술은 『악학편고(樂學便考)』(1712)의 미비점을 보완한 습유(拾遺) 또는 속편(續篇)이라고 보아지므로, 실전(失傳)된 『악학습령』을 시조집이라 말 할 수는 없다"[11]고 주장하고 있다. 그러나 실제로 병와는 아악(雅樂)만 중시한 것이 아니라 속악(俗樂)을 비롯한 시조를 매우 존중했던 경세유학자였다. 이런 관점에서 보면 『악학편고』는 아악과

---

7) 심재완, 앞의 논문.

8) 심재완, 앞의 논문.

9) 김동준, 「악학습령고」, 『악학습령』, 동국대 한국학연구소, 1978.

10) 김학성, 「조선후기 시조집의 편찬과 국문시가의 동향」 참조.

11) 강전섭, 「병와가곡집의 형성 년대」, 논총간해위원회 편, 『천봉이능우박사 칠순기념논총』, 1990, 9쪽.

속악을 비롯한 악학 이론을 정리한 저서이며, 『악학습령(樂學拾零)』은 속악 중에서도 당대 가장 유행하였던 가창시조의 가사 자료를 주워 모은(拾遺) 책이라는 의미의 명칭을 부정할 수 없을 듯하다.

그동안 이 가곡집의 명칭으로 사용되어 온 『이씨본청구영언』, 『여중락』, 『병와가곡집』과 같은 명칭은 사실상 명명의 근거가 부실하다. 『이씨본청구영언』은 본서의 수장자 가문의 성씨에서 '이씨'를 취하고, 서책의 내용이 시조자료 모음집이기에, 우리나라 대표적 시조집인 '청구영언'을 취하여 조합한 김성칠의 작명일 뿐이다. 『여중락』이란 명칭은 책권말의 표기에 근하여 채택된 것이나, 책명이라는 근거를 찾을 수 없다. 심재완 교수는 병와 이형상의 유품과 함께 발견되었다 하여 이 책을 『병와가곡집』이라 명명하였다. 이 그러나 심재완 교수는 병와의 가곡집이라고 명명하면서도 2인의 필체로 이루어진 이 책의 특징을 설명하는 오류를 스스로 범하고 있다. 이러한 관점에서 김용찬(2001)의 『병와가장가곡집(甁窩家藏歌曲集)』이라는 명칭은 그 중 가장 무난한 명명이라 할 수 있다.

다만 이 가곡집의 텍스트만으로 한정할 경우 이 가곡집의 명칭은 물론이고 편찬자는 영원히 밝혀 질 수 없을 것이다. 이 책에서는 병와가 수집 채록한 『악학습령』을 후대에 새로 베끼면서 더 많은 자료를 첨부하여 완성한 것으로 판단하기 때문에 가곡집의 명칭은 『악학습령』일 수밖에 없다고 판단한다.

가곡집 『악학습령』은 표지와 앞 장의 상당수가 떨어져 나갔기 때문에 정확한 명칭을 알 수 없다. 따라서 그동안 여러 학자들에게 다양하게 명명되어 왔다. 김성칠 교수가 처음으로 '이씨본청구영언'이라 가제를 달았으며, 손종섭(1956) 님은 배면지의 낙서 기록을 근거로 하여 '여중락(與衆樂)'이라 명명한 이후 심재완(1958)이 병와 유고와 서책들과 함께 발견되었기 때문에 '병와가곡집'으로 부르게 되었다. 최순희(1977) 님은 표제명을 병와의 저술 목록이 실린 『정안여분(靜安餘噴)』[12]에 근거하여 '악학습령(樂學拾零)'으로 명명하였다. 그 후 이 서명을 아무런 논증 없이 도서 분류의 편의를 위해 병와의 후손이었던 소장자 이수창 씨가 최순희 씨가 보고한 문화재 조사결과를 참고하여 '악학습령(樂學拾零)'이라는 만년필 글씨로 제검을

12) 『정안여분(靜安餘噴)』은 필사본 1책으로 무곽 무선으로 29×20cm 크기기이고 1면 12행 21자이며 영조 8(1732)년에 병와 자신이 지은 서목별 내용을 요약한 초목이다. 보물 652-9호로 지정되었다. 이 책은 『정안목록』의 〈정안여분(靜安目錄)〉, 〈여분목록(餘噴目錄)〉, 〈잡집목록(雜集目錄)〉으로 구성되어 있는데 서명은 정안과 여분을 합하여 『정안여분』이라고 지은 것이다. 이정옥, 『백성은 물, 임금은 배』, 글누림, 2012, 329~330쪽 참조.

붙인 데 연유하여 권영철(1978), 김동준(1978), 황충기(1982), 이정옥(1998), 홍윤표(1998)도 따라서 『악학습령』으로 부르게 되었다.

원래 표제명이 없었는데 심재완 교수가 『역대시조전서(校註歷代時調全書)』에서 가칭 '병와가곡집(甁窩歌曲集)'이라고 소개한 것이 그대로 통용되어 일명 '병와가곡집'으로 알려지게 되었다. 그 이후 강전섭(1990), 김용찬(1995) 교수는 가곡집 명칭을 '병와가곡집' 그대로 명명하였다. 단 황충기는 처음에는 '병와가곡집'으로 부르다 황충기(1982) 이후 '악학습령'으로 바꾸어 불렀다. 그리고 김용찬(1995) 교수는 '병와가장가곡집'이 가장 정확한 명칭이라고 규정하였다.

권영철(1976) 교수는 병와가 직접 지은 『악학편고』의 해제에 "본서는 병와가 찬한 것으로 시조집이다. 수록된 총 시조 작품 수는 1109수로[13] 여러 시조집 단행본 중, 가장 많은 작품과 작가를 수록한 책이며, 이것은 심재완 교수가 편찬한 『교본역대시조전서』의 대본이 된 것이다. 그런데 본서의 본 명칭은 『악학습령』이다." 라고 명칭을 교정한 뒤에 그 증거를 제시하지 않고 각주에다가 "이것은 병와 종가에 비치된 공의 친필 서목에 의함"이라고 밝힘으로 해서 이 시조집 명칭이 『악학습령』으로 바뀌게 된 것이다. 더군다나 김동준 교수가 동국대학교 한국학연구소에서 영인하면서, 한걸음 더 나아가 이 책의 표지에 '악학습령'이라고 쓰여 있기 때문에 그 명칭을 『악학습령(樂學拾零)』으로 고정한다고 밝히고 있는데 이는 분명한 오류이다. 그 외에 강전섭(1972) 교수는 『해동가요』 계열의 시조집이므로 『증보해동가요』라는 이름을 붙이고자 주장한 바 있다.

이 가곡집은 여러 차례 개장과 개수를 통해 보사된 것이기 때문에 본 가곡집에 실린 영정대의 작품을 근거로 하여 병와 이형상의 사후에 제3의 인물에 의해 이루어진 가곡집으로 속단할 경우 큰 오류를 범할 위험성 또한 없지 않다. 사대부가에서 유전되어 온 가곡집은 반드시 자필이어야 할 필요도 없으며 후대 여러 사람에 의해 가필될 수 있는데 바로 이 가곡집은 그러한 개연성을 충분히 안고 있다.

2) 편찬자와 편찬시기에 대한 논의

『악학습령』은 편찬자와 편찬 시기에 대해서도 논란이 많다. 심재완 교수는 본 가곡집에 수록된 작가에 조윤형(1725~1799), 조명리(1733~1813) 등의 작품이 들어

13) 본 시조집에 수록된 총 작품 수는 1,109수이다.

있는 것으로 보아 병와의 자편일 수는 없고, 앞부분의 작가목록에 '英宗朝 云云'의 기록이 있는 것으로 보아 그 편찬 년대는 정조대까지 내려 잡아야 한다고 했다.[14] 그뿐만 아니라 심재완 교수는 작자 이름에 오류가 많이 발견되며, 가곡집의 체제 및 작품의 수록 순서 등으로 보아 진본 『청구연언』과 일치되는 점이 많아 진본 『청구영언』과 같은 원전이나 또는 이본을 참조했을 가능성이 있다고 보고 있다.[15]

김동준 교수(1978)는 병와에 대해 종합적인 연구를 시도한 권영철(1978) 교수의 견해를 대체적으로 수용하면서 심재완 교수의 주장에 반론을 제기하였다. 권영철 교수와 김동준 교수는 심재완 교수가 제기한 편저자에 대한 의문점에 여러 가지 반론을 제기하면서 병와 생전의 편찬임을 내세웠다. 권영철 교수는 '병와가곡집'을 병와 자서 목록에 나타나는 『악학습령』으로 단정하고, 그 편찬 시기를 1728(영조 3)년 이전으로 보아야 한다고 주장했다. 그러면서도 권영철 교수는 심재완 교수가 제기한 이체의 필적은 병와가 초고본에 한 두 사람이 더 가필한 것이라 보고, 편찬의 시작은 병와가 했지만 그것이 최종 완성된 것은 정조 대일 가능성이 있음을 논하고 있다.[16]

김동준 교수는 심재완 교수가 제기한 몇 가지 의문에 대해 나름의 논거를 가지고 비판하며, 병와의 저작임을 주장하고 있다. 즉 작가 목록에 영조 대에 활동한 박후웅 등의 이름이 보이지 않고, 조명리(1697~1756)[17]가 영조 31(1676)년 한성부 판윤을 끝으로 죽었기에 반론의 근거가 되지 못한다고 주장한다. 이와 같은 입장을 토대로 병와가 80세를 전후한 시기(1728~1733)에 편찬하였을 것이라 주장하고 있다.[18] 대체로 병와의 편찬을 주장하는 논자들은 '병와가곡집'은 실전된 『악학습령』으로 명명해야 한다고 주장하며, 모든 논저에서 그러한 명칭을 사용하고 그것의 표제를 『악학습령』으로 영인하기도 했다.

심재완 교수와 거의 비슷한 견해를 제시한 황충기(1982)는 『악학습령』에 대한 몇 가지 논거를 제시하면서 병와 편찬설을 부정하고 있다. 즉 『해동가요』보다 후대에 편찬되었을 것으로 여겨지는 『청구영언』이나 『해동가요』에 등장하지 않는 후대의 작가들의 작품이 수록되었다는 사실을 근거로 제시하고 있다.

14) 심재완, 앞의 논문, 146쪽.
15) 심재완, 앞의 논문, 161쪽.
16) 권영철, 『병와 이형상 연구』, 한국연구원, 1978.
17) 심재완은 조명리의 생몰 년대를 1733~1813년으로 파악하였다.
18) 김동준, 앞의 논문.

이밖에도 병와 사후에 관직에 오른 작자들의 약력이 목록에 제시되고 있다든지, 『해동가요』에 영조대의 작가를 '今朝'라고 밝혀놓고 있는데 비해 『악학습령』에는 '英宗朝'라고 적고 있는 것 등은 명백히 병와 자찬의 근거가 되지 못한다고 논하고 있다. 따라서 『악학습령』은 적어도 『해동가요』보다 후대에 이루어졌을 것이라 추정하고 있다. 그는 『악학습령』의 앞부분에 있는 음악에 대한 이론은 음악에 식견이 있는 사람에 의해 이루어졌다고 논하고 있고, 이밖에 이현보의 작품을 김일손이나 김종직으로 표기하는 등 작자 표기 의식이 상대적으로 미약하다고 상당히 근거 있는 문제점들을 밝히고 있다.[19]

강전섭 교수는 병와의 여타의 자료와 저서 목록 등을 검토하여, 『악학습령』은 『악학편고』(1712)의 미비점을 보완한 습유로 보이므로 『악학습령』을 가곡집이라 할 수 없다고 하였다. 이러한 견해는 김용찬(2001) 교수에 의해 재론되었지만 병와의 악학 이론의 편폭이 얼마나 넓은지에 대한 이해를 한다면 뚜렷한 반론의 근거가 되지 못한다는 사실을 알 수 있을 것이다. 『악학습령』에 수록된 작가들을 근거로 『해동가요』(주씨본, 1769)보다 후대인 정조 연간에 편찬한 것으로 보아, 심재완 교수와 견해가 일치되고 있다. 편찬 연대를 후대로 잡을 수 있는 근거의 하나로 영조 대 이전에 활동한 작가를 '英宗朝'라고 한 것은 상당히 오랜 뒤에 정리되었다는 것을 시사한다. 또한 일부작가들의 字號(윤두서, 조명리, 김춘택 등)를 공란으로 비워둔 것도 "해박한 식견을 지녔던" 병와 자신의 편찬이라고 보기에 무리가 있다고 보았다. 특히 윤두서는 병와의 질서로 예악과 지리에 대한 많은 교류가 있었다는 점을 고려하면 반론의 근거가 될 소지가 많다고 할 수 있다.

김동준 교수가 심재완 교수에 대한 반론으로 제기한 작가 조명리의 문제도 논란의 여지가 있다. 조명리의 생존연대를 앞당긴다 해도 1756년에 한서 판윤으로 작고했다면 목록의 '영종조 판서'라는 기록은 이형상의 생전의 기록이 아님을 반증하고 있다고 보고 있다.[20]

이에 앞서 강전섭 교수는 병와의 저서 중 『지령록(芝嶺錄)』(1706)에 〈금속행용가곡(今俗行用歌曲)〉에 단가 55수를 평조, 우조, 계면조로 나누어 한역하여 정리하고, 〈장진주사(將進酒辭)〉 등 4수의 장가(사설시조)도 첨부하고 있다고 보고하고 있다.[21] 그 한역가의 서문에 의하면 자신의 심경에 맞는 시조작품을 가려내어서 한역

19) 황충기, 「악학습령고」, 『국어국문학』 87, 국어국문학회, 1982.
20) 강전섭, 앞의 논문.
21) 강전섭, 「병와 이형상의 한역가곡 소고」, 『국어국문학』 102, 국어국문학회, 1989.

한 것이라고 논하고 있으며, 다른 저작인 『경영록(更永錄)』 제6권 〈병와악부(甁窩樂府)〉에도 '호파구'라는 항목으로 10수의 시조를 한역하고 있다. 또한 한역시와 함께 그에 해당하는 시조를 병기(23수)하고, 원 가사를 찾지 못한 것은 자신이 의역(22수)하여 제시해 놓고 있다. 그는 병와의 이러한 시조의 한역 작업을 민간 가요를 채록하여 한역한 이제현(1287~1367)의 『소악부』 이래의 전통에서 찾고 있다. 아울러 그는 병와의 한역 가곡 75수 중 『악학습령』에서 찾아볼 수 있는 작품이 38수이며, 수록되지 않은 작품이 37수인 것으로 보아 현전하는 『악학습령』은 병와가 생전에 수집 정리한 시조집으로 보기에는 어렵다고 논하고 있다.

최근 조선 후기 가곡집의 편찬 계열을 정리한 양희찬은 『악학습령』의 편찬연대는 오히려 정조조보다 후대인 순조 조까지 미루어져야 한다고 논하고 있다. 그는 『악학습령』의 서 발문 및 수록 작가들의 면모, 그리고 작품의 변이 양상을 따져 이와 같이 논의할 수 있다고 주장한다.[22] 양희찬의 주장대로 『악학습령』의 편찬연대를 19세기까지 늦추어야 한다는 지적은 매우 온당하다고 판단된다.

김학성 교수는 단지 이형상의 저서 목록에 보이는 『악학습령』을 가곡집이라 단정하고, 강전섭 교수의 연구 성과를 인용하여 현존의 『악학습령』를 "후대인에 의해 가필, 증보, 왜곡, 오손되었다 하더라도 17세기의 원본 모습을 어느 정도 보존하고 있음도 인정"해야 한다고 논하고 있다.[23] 특히 그의 이러한 주장은 기존의 18세기에 중인층의 가객들이 적극적으로 참여하면서 시조사의 지평을 열었다는 학계의 통설에 대해서, 18세기 초반의 가곡집 편찬이 오히려 사대부인 병와 이형상에 의해 촉발되었다는 논의로 이어지고 있어 단순히 편찬자의 문제에 그치는 것이 아님을 알 수 있다. 아울러 그는 또 다른 논문에서 '이형상의 가곡집편찬설'을 근거로 사설시조의 담당층을 사대부로 보아야 한다는 논의를 하기에 이르렀다.[24]

특히 시조의 한역가인 〈금속행용가곡〉과 기타의 근거를 들어 "물론 필사 연대가 후대에 된 것이고 그 때문에 후대에 필사과정에서 (…중략…) 변질을 인정할 수 있지만, 그렇다고 저자 병와마저 부정한다든지, 후대에 다른 사람에 의해 필사되었으므로 원전의 모습이 전혀 남아있지 않다고 보는 것은 (…중략…) 편협한 태도라"[25]고 규정하고 있다. 그러나 그가 논거로 제시한 병와의 〈금속행용가곡〉을 면밀

22) 양희찬, 「시조집의 편찬계열 연구」, 고려대학교 박사논문, 1993.
23) 김학성, 「사설시조의 담당층 연구」, 『성균어문연구』 제29집, 성균관대학교 국어국문학과, 1993.
24) 김학성, 앞의 논문.
25) 김학성, 앞의 논문, 214~215쪽 참조.

히 살펴보면, 오히려 이 자료가 『악학습령』의 이형상 단독 편찬설을 부정할 수 있는 유력한 단서가 된다는 것을 알 수 있다.[26)]

먼저 본서의 목차 부분에 조명리와 이정보의 작품 등이 나타나며 영·정조 시기의 작가가 나타난다는 점에서 병와 이형상의 생몰 연대와 비교하여 병와 한 사람만이 편찬자가 아니었다는 가능을 결코 부인할 수 없다. 병와는 악학 이론에 정통하였을 뿐만 아니라 직접 거문고와 옥피리를 연주할 만큼 아악과 속악 전반에 관심이 있었다는 점에서 『악학습령』의 저작과 결코 무관한 이는 아니라는 점은 분명하다. 특히 병와는 경세유학자로서 항간에 떠돌아다니는 가곡을 수집하였을 뿐만 아니라 다량의 시조를 한역하기도 하였으며 〈창부사〉라는 가곡을 직접 창작하기도 했다. 따라서 『악학습령』의 편찬자는 병와 이형상의 단독으로 이루어진 것이 아니라 병와의 가문과 밀접한 관계를 맺고 이루어졌을 것으로 추단할 수 있다.

이 가곡집의 편찬 시기에 대해서는 먼저 심재완 교수는 작가 소개 가운데 '영종조'라는 기록이 있다는 점을 들어 정조 연간(1776~1800)으로 추정하고 있다. 권영철(1978: 254) 교수는 우리나라 최초의 시조집으로 『청구영언』보다 그 이전인 숙종 38(1707)~영조 9(1733)년에 이루어졌으며 진본 『청구영언』보다 1~2년 앞설 것으로 추정하였다. 다만 병와의 초고본에 가필이 더해지고 영조조의 기록이 있다는 점을 들어 최종적으로는 정조 조 연간에 편찬된 것으로 보고 있다. 강전섭(1990)[27)]과 황충기(1998: 173)는 본 가곡집에 실려 있는 송강의 성주본 『송강가사』[28)] 작품과 고산의 『고산유고』[29)] 작품과의 대비를 통해 이들과 표기법이 일치하기 때문에 편찬 시기를 심재완 교수와 같이 정조 연간으로 보고 있다.

김용찬(2001: 16~17) 교수는 본 가곡집에 보이는 김두성(金斗性)이 김기성(金箕性)과 동일 인물임을 확인하여 실록에서 김두성에서 김기성으로 바뀌게 된 점을 근거로 정조 14(1790)년 이후에 편찬되었을 것으로 추정하고 있다. 다만 정조의 시호가 전혀 나타나지 않는다는 점을 근거로 하여 정조대 이전인 1790년에서 1800년 사이에 편찬된 것으로 판단하고 있다.

현전하는 『악학습령』이 비록 병와의 자찬은 될 수 없을지라도 적어도 초고의

---

26) 김용찬, 「병와 이형상의 〈금속행용가곡〉에 대한 고찰」, 『한국고전문학연구』 10, 한국고전문학연구회, 1995 참조.
27) 강전섭, 「병와가곡집(瓶窩歌曲集)의 형성 연대」, 『천봉 이능우박사 칠순기념논총』, 1990.
28) 성주본 『송강가사』의 제작 년도는 영조 23년이다.
29) 고산 윤선도의 『고산유고』는 정조 15년에 초간, 동 22년에 재간되었다.

일부가 병와에 이루어졌을 것이라는 주장이 강하게 대두되었다.30) 아울러 그것이 이형상의 저작 목록에 보이는 『악학습령』일 것이라 추단하여 같은 이름으로 영인되어 학계에 소개되기도 하였다.31)

3. 『악학습령』 체제와 필체

『악학습령』의 편찬 시기와 관련하여 서로 다른 필체가 보인다는 문제가 심재완 교수가 처음으로 제기하였다. 심재완 교수가 지적하였듯이 각 필체의 순서가 '甲-乙-甲-丙1-甲-丙2'32)로 되어 있다. 이러한 사실은 이 가곡집이 여러 차례 개장하여 보유하였음을 의미한다. 그뿐만 아니라 작품 중간에서 필체가 바뀌기도 하는 점을 고려해 본다면 어느 한 사람이 이 가곡집을 필사한 것이 아니라 방대한 양의 작품(1,109수)을 필사하기 위하여 2인 이상의 필력을 필요로 했고, 그러한 과정에서 서로 다른 필체가 나타나는 것으로 파악하는 것이 옳다고 여겨진다.33) 그리고 병와 당시를 고려해 본다면 언문(정음) 필사에 능한 필사자를 동원했을 가능성도 있다.

다음으로 『악학습령』의 필사 체제를 좀 더 정밀하게 분석한 김용찬(2001: 18) 교수의 분석은 이 가곡집이 가지고 있는 필사 체제를 정확하게 고찰한 결과라고 할 수 있다. 곧 그 내용을 간추려 보면 다음과 같다.

① 갑체: 2면 음악 관련 기록~43면 1행(가번 193까지)
② 을체: 43면 2행(가번 194번부터)~46면(가번 213번까지)
③ 갑체: 47면 1행(가번 213번부터)~68면 11행(가번 363까지)
④ 병체: 68면 12행(가번 364부터)~74면 끝행(가번 396까지)

---

30) 김학성, 「조선후기 시조집의 편찬과 국문시가의 동향」, 단국대학교 제22회 동양학학술회의 강연초, 1992.10.16과 「사설시조의 담당층 연구」, 『성균어문연구』 제29집, 성균관대학교 국어국문학과, 1993 참조.

31) 현재 『악학습령』, 동국대학교 한국학연구소, 1978과 『병와전서』 제10권, 한국정신문화연구원, 1982에 같은 이름으로 영인 소개되어 있다.

32) 심재완, 앞의 논문, 143~144쪽. 편의상 각 필체의 명칭을 심재완의 논문에서 사용한 그대로 표기한다. 여기에서 丙體가 2종이 발견되나 심재완은 이를 "이체인 듯하나 세밀히 관찰하면 동일체임을 짐작할 수 있다"고 논하고 있다.

33) 그러나 여기에는 여전히 많은 전제가 필요한 것이 사실이다. 이처럼 설명할 경우 이 가곡집이 한 사람(또는 한 집단)에 의해 일정한 편집의도를 가지고 기획되었으며, 그러한 의도에서 편찬된 것으로 논증되어야만 할 것이다.

⑤ 갑체: 75면 1행(가번 397부터)~76면 끝행(가번 411까지)

⑥ 병체: 77면 1행(가번 412부터)~130면 끝행(가번 796번까지)

⑦ 정체: 131면 삼삭대엽부터(가번 797부터)~136면 끝행(가번 828까지)

⑧ 갑체: 137면 삭대엽부터(가번 797부터)~209면 끝행(가번 1109까지)

김용찬 교수의 『악학습령』의 편제 분석 결과를 살펴보면 필체가 '갑-을-병-정' 4가지가 나타난다. 갑체 ①-③-⑤-⑧을 기준으로 적어도 을체, 병체, 정체가 삽입되는 보유 과정을 거쳤음을 의미한다. 먼저 갑체가 만일 병와 이형상의 필체와 동일하다면 아무 문제가 없다.

병와의 한글 서체는 『악학편고』와 『자학제강』 외 한글편지 등의 자료로 확인할 수 있는데 그 서체가 매우 다양하다. 그리고 『악학편고』 고려 속악 가사의 필체와 『자학제강』 〈한어록〉의 필체, 그리고 딸에게 보낸 한글 편지의 서체가 각기 조금씩 상이하다. 또한 『악학습령』의 갑체와 동일한 서체를 찾아 볼 수 없다. 따라서 『악학습령』의 모든 부분을 병와가 직접 쓴 것이 아님은 명약관화하다.

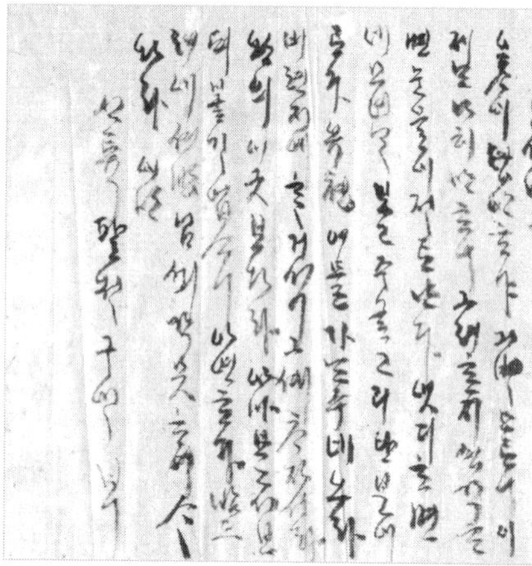

병와 선생이 딸에게 보낸 한글 편지 서체

또 다른 근거로는 『악학습령』의 목록이 삽입될 가능성이 있을 것 같지만 본문 1면에 이어져 있는 점으로 보아 이 가곡집의 기본을 이루는 갑체가 병와가 쓴 것이 아니라는 점은 분명하다. 다만 이 갑체 부분이 바로 병와가 채록한 『악학습령』을 새로 베껴 쓴 것으로 추정할 수 있다. 그리고 본 가곡집에 정조 연간 이후의 작가들의 작품이 나타나지 않는다는 점을 근거로 하여 정조 연간에 편찬된 것으로 추정하는 것도 타당한 근거가 되지 못한다.

이 갑체의 필사자는 바로 병와의 6대손이자 시문과 창곡에 능했던 운관(雲觀) 이학의(李鶴儀)로 판단된다.

가곡집의 앞부분에 수록되어 있는 작가 목록과 작가명을 비롯한 가곡집의 첫 부분에 수록된 「음절도」를 포함한 각종 기록들은 작품의 필체는 초두의 수록 작품(#1-#193 초장 2구)의 필체와 비슷한 갑체이다. 이 부분의 악리 이론의 해박함을 근거로 하여 병와의 편찬 가능성을 제기하는 논의에 대하 반박 근거로 제시되는 것이 바로 작가 목록의 이름 하단에 부기된 기록에서 '英宗朝 云云'의 기록이 있다. 이것을 근거로 하여 가곡집의 필사 연대는 정조대(1777~1800)보다 앞 설 수는 없다는 주장은 타당한 것 같다. 그러나 이 가곡집을 면밀하게 검토해 보면 여러 차례 풍도가지별 배열 방식으로 편찬된 작품 뒤편에 작품이 추록되면서 여러 차례 개장되었음을 알 수 있다. 이 가곡집의 첫 부분에 수록된 「음절도」를 포함한 각종 기록들은 병와의 필체가 아니지만 원래 병와가 수집하여 편찬한 『악학습령』의 내용으로 운관이 이를 베껴 쓰면서 작가 목록 부분이 보완된 것으로 추정된다.

『악학습령』의 체제를 간략하게 살펴보기로 한다. 가객이 아닌 사대부가에서 전문성을 요할 만큼의 많은 가사를 수집 채록할 수 있었겠는가? 전술하였듯이 본 가곡집의 표지와 전반부가 크게 훼손되어 본 가곡집의 서발문이 있었는가는 확인할 수 없다. 그러나 전반부에 음악에 대한 각종 기록이 있고 '오음도(五音圖)'와 '음절도(音節圖)'에 이어 다시 금에 관한 각종 기록과 작가들의 목록이 제시되고 있으며, '宮, 商, 角, 徵, 羽'의 소리를 나타내는 '五音圖'의 각 음에 대한 그림과 특징에 대한 기록은 음악에 매우 조예가 깊은 자가 아니면 편찬이 불가능하다고 추정할 수 있다.

특히 훼손된 가곡집의 권두부에 각조의 명칭이 나타나고 있는데 이는 동 시기의 다른 가곡집들과도 다르고, 실제 작품을 분류하여 수록하고 있는 곡조의 명칭과도 다르게 나타난다. 즉 권두부에 기록되어 있는 곡조는 '羽調數大葉, 平界數大葉, 羽界數大葉' 등 4분류법에 의한 악곡의 곡목이 제시되고 있다. 그러나 실제의 작품은 初中大葉 이하 編數大葉까지 악조의 명칭 없이 곡조명만 나타나고 있는 것을 알 수 있다. 이러한 곡조 분류법은 이형상의 다른 저작에 나타나는 기준과도 일치되고 있다. 이형상은 〈금속행용가곡〉과 기타 다른 기록을 통해서 음악의 악조를 平, 羽, 界面調로 일관되게 구분하고 있다.[34] 따라서 『악학습령』의 권두부에 나타난 '平, 平界, 羽, 羽界'의 4조에 의한 분류법은 이형상의 악곡 분류를 토대로 하여 보완된 것이다. 만약 『악학습령』의 초고를 이형상이 편찬하였다면 이처럼 그의 다른 저작들에서 보이는 것과 다르게 기록하였을 까닭이 없다고 여겨진다. 실제로 이와 같은 분류에 의한 작품의 배열은 19세기 전반기 시조사의 면모를 잘 반영하고 있는 『청구영언』(육당본)에서 비로소 나타나는 현상이다.[35] 이러한 점에서 병와의 초고를

34) 김용찬, 앞의 논문 참조.

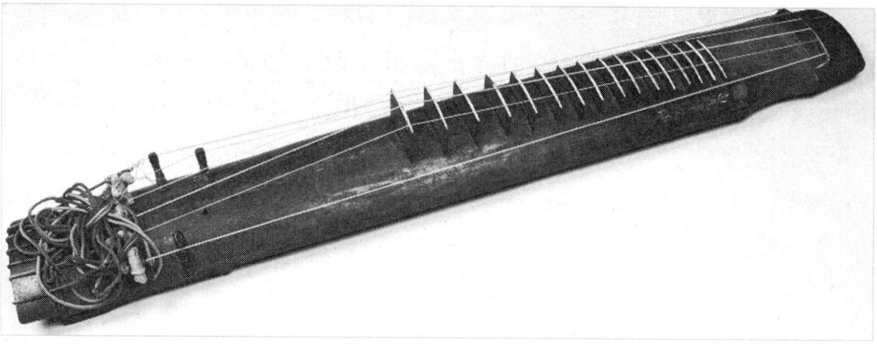

병와 선생이 1772년에 제주도 한라산에서 고사(枯死)한 단목으로 만든 거문고

19세기에 들어서서 그의 후손인 운관 이학의에 의해 새롭게 개찬한 가곡집임을 알 수 있다.

가곡집은 실용서 가운데 하나이다. 늘 연주를 할 때 곁에 두고 참고를 해야 하기 때문에 서책이 훼손 속도가 매우 빨랐을 것이다. 이 갑체는 병와가 습유한 가곡집을 토대로 일차적으로 제3인이 전사를 하였고 그 이후에도 여러 차례 개장과 더불어 작품을 추록한 것으로 보여진다.

정조 연호가 나타나지 않는다는 이유로 이 가곡집이 정조 이전에 편찬되었다는 논의와 같은 가곡집 자체만으로 편찬 연대나 편찬자를 추정하는 것은 나름대로의 타당성이 있어 보이지만 절대적인 논거로 삼기는 어렵다. 따라서 이 가곡집은 진본 『청구영언』과 거의 동시대에서 출발하여 마지막 편찬자의 생존 기간인 19세기 중반에 완결된 것이다. 병와에서 시작된 가곡집 『악학습령』은 편찬은 몇 차례 개편을 통해 이를 마무리 한 편찬자가 바로 운관 이학의였다는 판단이 설득력을 가진다.

4. 병와의 악론

병와가 스스로 찬술한 저술 목록이 실린 『정안여분(靜安餘噴)』에 악학 이론을 정리한 『악학편고』와 더불어 『악학습령』이라는 서제가 실려 있다. 병와의 저술

35) 김용찬, 「『청구영언』(육당본)의 성격과 시가사적 위상」, 『19세기 시가문학의 탐구』(고려대학교 고전문학 한문학연구회 편, 집문당, 1995) 참조.

대부분이 고스란히 오늘날까지 전해져 오는데 유독 『악학습령』이라는 책이 전해지지 않았기 때문에 앞뒤가 결락된 본 가곡집이 바로 『악학습령』이 아닌가 추정해온 것이다.

『악학습령』은 『악학편고』와 유사하게 아악과 속악 혹은 악장이나 사부를 수집한 책으로 추정이 가능하다. 그러한 추정은 병와가 정통 유학 사대부라는 고정관념에 기인한 것이다. 병와가 가진 악학이론의 관점은 예와 함께 악학이 왕도의 치도로서 일반 민중들의 방중에서 불려지는 가곡까지도 매우 중시한 경세유학자였음을 고려할 필요가 있다. 그리고 병와는 실제로 제주목사에서 물러나 한라산 고사목을 만든 거문고로 직접 가창을 하였던 분이다.[36]

악학 이론뿐만 아니라 옥저도 직접 연주할 만큼 실제 연주자이기도 하였다. 즉 병와의 악학에 대한 관심이 『성리대전』에 근거한 치국방략으로서의 관념주의적인 관심뿐 아니라 우리 음악을 연주하면서 또 목민관으로 전국을 주류하면서 항간의 노래까지도 채집하였다는 것이다. 그런 점에서 『악학습령』은 그가 채집한 가곡집이라는 추정이 가능하다. 병와는 양주목사, 동래부사, 경주부윤, 성주목사, 제주목사 등 목민관으로 전국에 결쳐 주류하였다. 또한 만경현령을 지낸 병와의 조부의 전지와 노비가 있어서 삼남 지방을 주류하기도 하였는데, 이때 당대의 가객들과도 접촉할 기회도 많았을 것으로 보인다. 그러한 관점에서 백성을 지극히도 사랑했던 병와가 여항에서 부르던 가곡에 대한 관심 또한 적지 않았을 것이다. 이러한 점에서 김학성 교수가 단지 이형상의 저서 목록에 보이는 『악학습령』을 병와의 가곡집이라 단정한 것을 결코 어긋난 판단이 아니다.

조선 사대부들에게는 예악사상이 생활의 실천 대상이자 맑은 정치의 근간이기도 하였다. 병와의 악론은 논, 기, 명, 시, 서간 등에 다양한 글들이 많이 남아 있다. 병와는 문학으로서의 시조보다는 음악으로서의 시조창을 향수했던 사대부였다. 시조에 대한 병와의 인식은 해박한 예악 사상과 음악인으로서의 경험에 바탕한다고 할 수 있다.

특히 병와는 예악의 조화를 본질로 인식한 결과 악학의 이론을 정비한 『악학편고』

36) 병와의 거문고에는 "한라산의 고사목 단목과 향나무로 거문고를 만들어 명을 붙이니 산은 삼신산 중의 하나요 단나무는 태백의 여종인데 내가 천고의 뜻을 가지고 아침저녁 육현과 함께 노니네(檀琴, 以漢拏山自枯檀香爲琴 山是三神一 檀爲太白餘 吾將千古意 晨夕六絃於"(『병와문집』)라는 명문이 거문고에 새겨져 있다. 바로 이 명문의 글씨를 썼다고 하는 '오야(吳爺)'는 당시 제주에 유배 온, 병와의 오랜 벗인 동복(同福) 오시복(吳始復, 1637~1716)을 말한다. 『국역 병와집』(한국정신문화연구원, 1990)에서는 당시 재주 관아의 있던 소속 관원으로 추정하고 있으나 이는 잘못이다.

와 더불어 여항의 속악을 수집한 가곡집 편찬이 『악학습령』이었음이 분명하다. 병와의 악론은 『지령록』 권6 〈동방아속악〉에도실려 있다.

"어떤 음악을 속악이라고 하는가? 무엇이 속악인고 하니, 평조 우조 계면조이다. 무엇을 평조라고 하는가? 온후(溫厚), 화완(和緩), 웅욕(雄縟), 전칙(典則), 박실(樸實), 돈수(敦遂), 아순(雅馴), 혼악(渾噩)한 것이다. 무엇을 일러 우조라고 하는가? 광일(曠逸), 청상(淸爽), 수용(秀聳), 고준(高俊), 정돈(停頓), 영발(英發), 측창(惻愴), 쉬려(淬礪)한 것을 말한다. 무엇을 계면조라고 하는가? 기건(奇健), 거특(拒特), 박발(樸拔), 방박(放搏), 영우(縈紆), 경절(警節), 유양(柳楊), 호탕(浩蕩)한 것을 말한다."[37]

우리나라의 고유 음악인 속악을 평조, 우조, 계면조로 분류하고 각 곡조의 완급과 느낌을 각각 8가지로 특징지어 평하고 있다. 병와는 이렇게 속악의 분류와 각 음조의 특징을 평가를 할 수 있는 이론의 정립이 가능한 병와였다. 이는 곧 그가 평소 속악을 즐겨 듣고 연주하지 않으면 이룰 수 없는 성과가 아닐까 한다.

또한 병와는 식산 이만부에게 보낸 서간에서도 가곡에 대한 자신을 생각을 다음과 같이 밝히고 있다.

"대개 가곡은 모두 제1음으로 본궁을 삼으니 먼저 한 글의 뜻을 봄에 그 뜻이 애원하면 소리가 반드시 애원하므로 이것을 정하여 상, 우로 삼습니다. 이를테면 당시 중에 정, 고, 목, 엽 하는 오음이 화협하지만, 만약 목을 고쳐 수로 삼는다면 정은 치가 되고 고는 우가 되고 수는 치가 되고 엽은 각이 되고 하는 우가 되어 오음이 산란합니다. 또 이를테면 운, 중, 변, 연, 수는 오음이 화협하지만, 만약 수를 고쳐서 목으로 삼으면 운은 치가 되고 중은 상이 되고 변은 궁이 되고 언은 상이 되고 목은 각이 되어 오음이 산란하게 됩니다. 한 글자가 변하면 한 구절이 모두 변하고 한 구절이 변하면 한 곡이 모두 변하니, 이것은 다름이 아니라 오음이 사성에 속한 것은 운서의 정법이 있고, 사성이 한자 한자에 흩어진 것은 가성의 정해진 음이 없기 때문입니다. 팔괘의 정위가 있는 것은 운서와 같고 육허의 정위가 없는 것은 마음으로 깨닫는 데 있으니 익숙히 읽고 완미하면 반드시 스스로 얻는 바가 있을 것입니다. 저처럼 졸렬한 사람은 다만 고법을 진술하였을 따름이니, 또한 대강을 짐작

37) 이형상, 『지령록』 권6 〈동방아속악〉 참조. 인용문 해석은 이기현, 「병와 이형상의 악론 연구」, 『한국시가연구』 제9집, 한국시가학회, 2001, 383쪽 참조.

하시고 다시 가르쳐 주심을 빕니다."(『병와집』 중에서)

조선조 가곡집에 실린 시조는 대부분 가창을 전제로 한 것임을 고려할 때 "성인이 음악을 만들어 성정을 기르고 인재를 키웠다"38)는 병와의 악학 이념이 『악학습령』에 고스란히 반영이 되어 있다.

병와 이형상은 중국 음악과 명확히 대비되는 우리 음악 곧 속악의 중요성을 『악학편고』의 편찬에도 그대로 반영하고 있어 당시 우리 음악의 독자성과 주체성을 높이 평가하였음을 미루어 짐작할 수 있다.39)

"하물며 치음에 치우친 방음을 가진 우리나라 사람들이 중국의 음운에 맞추어 글을 지으려 한들 어찌 글이 되겠는가? 비유컨대 초나라 아이에게 제나라 말을 가르치는데 종아리를 때리면서 가르쳐도 꼭 같이 흉내 내지 못하는 것과 같으니 이치가 그렇게 되어 있는 것이다. 그러니 가을 매미와 봄 꾀꼬리가 스스로 노래하고 스스로 즐길 뿐이지 또 더 무엇이 필요하겠는가. 그런 즉 즐거움을 어디에 둘 것인가? 평조와 우조와 계면조에 붙이면 되는 것이다."40)

또한 병와 이형상은 주체적 음악관을 바탕으로 하여 우리의 속악에 깊은 관심을 가지고 있었다. 그는 중국 음악에 대칭되는 우리의 음악을 속악으로 보고 당시 사대부가에서 향유되던 가곡도 정악 계통의 음악으로 보았다.

병와는 실제로 거문고를 제주목사 시절에 한라산 단목으로 거문고를 제작하여 금명을 새겨 아침저녁 연주와 함께 늘 곁에 두고 반성하는 자료로 삼았다.41)

그 이후 전문 연주자들과 달리 악보 대신에 곡조별 품격을 인상주의적 관점에서 평가하고 있다. 이러한 병와 이형상의 악학비평에 대해 김영욱 교수(2011: 185)는 "주체적 품격론"으로 평가하면서 조선 후기 정악의 감상적 미학을 나름대로 구명하고 있다고 평가하고 있다.

김학성 교수(1992)는 병와의 악학이론과 『악학습령』을 통해 『청구영언』과 달리

38) 이형상, 『악학습령』, "聖人作樂, 以養性情, 育人才" 참조.

39) 김영욱, 『전통가곡의 악론』, 민속원, 2011, 125쪽.

40) 이형상, 『지령록』 "況而偏齒之方音, 欲次中氣諧韻, 譬猶楚奚之學語, 雖日撻而求其齊, 不可得也, 理雖使然, 然秋蟬春鶯".

41) 檀琴銘 幷序 "舜以桐 秙以漆 檀琴非古也 然以漢挐爲嶧陽 以赤松爲檀君 帶吳爺筆 自耽羅携還 則後之視今亦古也 況爾聲淸切而疏越 吾不容濁焉俗焉者 音豈不人太古而器太古哉 是爲銘 白鹿潭友仙 淡如也 瀛州海伴書 浩如也 甁窩之鼓 繹如也", 甁窩先生文集卷之十三.

사대부가 편찬한 가곡집이 중인 신분의 가창자에게 영향을 끼친 동시에 사설시조도 그 담당층이 사대부층이라는 논의를 제시하기도 하였다.

이러한 측면에서 『악학습령』은 병와와 불가분의 관계가 있다는 사실을 부인할 수 없다. 그러면 이 가곡집의 명칭이 왜 『악학습령』이어야 하는가에 대한 부분이 해명되어야 한다. 서발과 떨어져 나간 이 가곡집의 명칭을 병와의 자서목록에 근거하여 가곡집 명칭으로 연결하는 문제에 의문점이 없지는 않다. 우선 가곡집 그 자체로만 보면 편찬 연대는 병와의 생존 기간보다 더 뒤에 이루어졌을 가능성이 크기 때문에 병와의 자서 목록에 남아 있는 『악학습령』과 연결시키는 것은 논증해내기가 쉽지 않다. 그렇지만 『악학습령』을 "『악학편고』를 저술하면서 미처 언급하지 못한 음악 이론과 작품들을 보완하여 수록한 음악서였을 것으로 추정된다. (…중략…) 본 가곡집은 이형상의 사후에 편찬되었으며 이형상과 직접적인 관련이 없다."[42]는 논의 또한 추정에 지나지 않는다.

5. 운관 이학의의 악론

그러면 이 가곡집을 최종 마무리한 이가 누구일까? 현재로서는 편찬 연대는 정확하게 규명될 수는 없었지만 출현 작자의 문제나 가지풍도(歌之風度)로 고려해 본다면 『악학습령』은 병와와 병와의 6대손자인 운관(雲觀) 이학의(李鶴儀, 1809~1874)에 의한 공동 편저임을 조심스럽게 밝히고자 한다.

[瓶窩 李衡祥 家門 世系]

柱廈-**衡祥**-如綱-若松-東世-廷模-膺宇-舜儀-起瓚-

-**鶴儀**-

가선대부 이응우(李膺宇)의 맏아들 이순의(李舜儀, 1806~1879)의 자는 이백(而白)이고 호는 백석(白石)이며, 초명은 장익(章翊)이다. 순조 병인 5월 3일 경북 영천에서 태어나서, 문과 급제하여 진사, 홍문관 교리, 통정대부에 이르렀으며 74세 되는 해에 세상을 떠났다. 『백석유고(白石遺稿)』 2권이 전한다.

---

42) 김용찬, 『주해병와가곡집』, 월인, 2001, 13쪽.

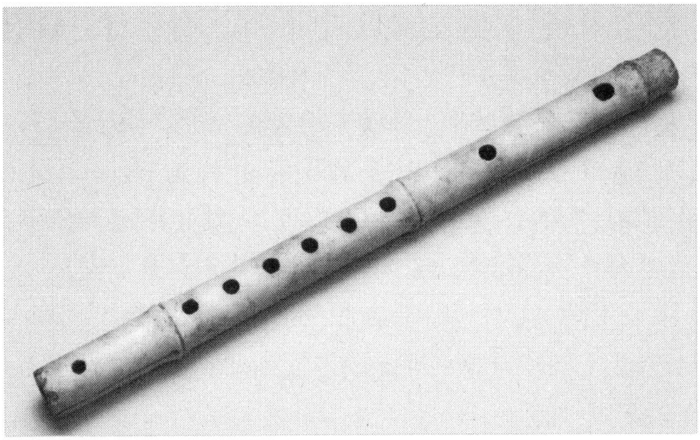

병와 선생이 1772년에 제주도 한라산에서 고사(枯死)한 단목으로 만든 거문고

응우의 둘째 아들인 이학의(李鶴儀)는 자는 구일(九一)이고 호는 운관(雲觀)이며, 순조 기사 5월 5일 경북 영천에서 태어났다. 운관 이학의는 시문에 대해 "通德郎以文章鳴於世所著詞律多入樂府中國趙蓉亭評曰凡爲文有三多看多고多商量多正謂比人詩中牛綠腹大選多事鷺以心閒自小隣之寄生事載輿地"라고 평하고 있다.[43] 운관은 평소 악부와 시문을 좋아하여 많은 작품을 남겼으며 특히 신자하와 교분이 두터워 경향 각지를 두루 유람하며 많은 시율을 즐기다가 갑술(1874) 8월 26일 세상을 떠났다.

운관의 작품을 모은 『운관시집(雲觀詩集)』 2권이 남아 있다. 운관은 특히 신자하(申紫霞)와의 교분이 깊었으며, 직접 거문고를 탄주하며 시조 가창을 즐겼다는 이야기들이 후손들에게 가전 되어 오고 있다.

물론 병와가 편찬한 『악학습령』의 원본은 부재하지만 이를 기반으로 하여 후손 가운데 한두 분이 『악학습령』의 체재를 유지하면서 개장을 통해 작품을 삽입하고 보완하여 마지막에는 병와의 6대손인 운관(雲觀) 이학의(李鶴儀, 1809~1874)[44]가 완성한 현전하는 최대의 작품을 수록 가곡집으로 확정하고자 한다. 이제 『악학습령』의 편저자가 밝혀짐에 따라서 지금까지 논란을 빚어온 가곡집 명칭이나 편저시기에 대한 지금까지의 논란이 일단락될 것이다.

---

43) 『完山李氏孝寧大君公子孫波譜』(전주이씨대동조약원, 청권사) 참조.

44) 이학의(李鶴儀, 1806~1874)는 호가 운관(雲觀)으로 순조 기사년에 태어나 갑술 8월 26일 별세하였다. 『완산이씨 파보』에 의하면 이학의는 시문, 특히 악부와 사장에 능하였다고 한다. 당대 신자하와 더불어 시문에 매우 뛰어난 분이었을 뿐만 아니라 직접 거문고를 연주하며 창에도 능했다는 기록이 있다.

6. 누대에 걸쳐 완성된 조선 최대 가곡집 『악학습령』

『악학습령(樂學拾零)』은 현전하는 최대의 작품을 수록한 필사본 1책 가곡집이다. 병와 이형상(李衡祥, 1563~1733)이 수집한 가곡집 자료를 기초로 하여 병와의 6대손인 운관(雲觀) 이학의(李鶴儀, 1809~1874)가 완성한 시조집이다.

시조 가곡집은 연주를 주목적으로 하는 가곡집과 시문을 중심으로 하는 가곡집으로 구분될 수 있는데 본 가곡집은 후자에 속하는 것으로 악곡에 대한 조혜가 깊었던 병와 이형상이 악곡 분류 아래 가사만을 채록한 것을 병와의 후손인 운관(雲觀) 이학의(李鶴儀)가 작품을 더 많이 수집하여 새롭게 꾸민 가곡집 형식이다.

조선조 숙종 이후 시조가 사대부에서부터 여항인에 이르기까지 널리 가창되면서 사대부에 의한 채록 가곡집과 전문 창곡자와 연주자 중심의 가곡집이 나타나는 교체기를 지나면서 다양한 가곡집 이본이 나타나기 시작하였다. 이러한 시대 배경과 함께 기존의 작품을 토대로 하여 새롭게 지어진 작품을 지속적으로 추가하여 수록하는 보완의 과정을 거쳤기 때문에 대부분의 가곡집들은 필사자와 필사 연대를 분명하게 밝히기가 어렵다.

본 가곡집의 편찬자와 편찬 시기에 대해서는 여러 가지 이설이 있었다. 먼저 편찬자에 대해서는 병와 이형상의 편찬설, 이형상과 그 후손의 공동 편찬설, 제3의 인물 등으로 대별할 수 있다. 단순하게 이 가곡집의 내용과 체재만을 기준으로 할 때 편찬자를 병와로 확정하는 데에는 여러 가지 문제점이 없지 않다. 제3의 편찬 가능성에 대해서도 부정하거나 긍정할 만한 결정적인 단서가 없는 상황이다. 앞에서 이 가곡집의 명칭을 다루면서 살펴보았지만 병와와 그 가문의 후손에 의해 이루어졌을 가능성은 본 가곡집의 편제상 필체가 비교적 규칙적으로 교체된다는 점을 중시한다면 적어도 네 차례에 걸친 개장과 보유가 이루었음을 알 수 있다.

『악학습령』은 작품 취재 경향이나 어구 표현 및 문헌 참조나 순서 배열 등은 진본 『청구영언』과 비슷하고, 작가 목록을 작성한 것 등은 『해동가요』와 유사하다. 그러나 다른 가곡집에는 없는 오음도(五音圖)와 음절도(音節圖) 등의 기록과 작가 14명과 작품 78수의 새로운 자료는 시조 연구에 새로운 국면을 제공한 중요한 가곡집으로 평가할 수 있다.

『악학습령』은 병와의 단독 편찬으로 보기 힘든 정황이 상당히 많다. 그러나 성현의 『악학궤범』 이후 조선 후기 악학이론을 종합적으로 이론화하여 『악학편고』를 저술하고 또 실제로 시조창을 하며 연주능력까지 구비하고 있었던 병와 이형상과 전혀 별개의 것으로 확정하는 데에도 분명한 근거가 없다. 곧 이 가곡집이 병와의 가문에 전습된 제3의 가곡집이라는 근거 역시 추론에 지나지 않는다. 이 두 가지 관점에서 후자의 견해로 접근한다면 기존의 모든 연구는 나름대로의 의의가 있으나 병와 이형상의 악론과 그의 악학관에 대한 이해를 덧붙인다면 결코 병와와 무관한 가곡집이 아니라는 사실을 이해할 수 있을 것이다.

병와가 조선의 속악 특히 그 가운데 시조 창곡 및 그 가사를 여항에서 채록하여 수집했을 가능성을 전혀 배제할 수 없다. 그 근거는 첫째, 병와가 직접 시조창을 연주하며 창화했음을 확인할 수 있으며 둘째, 상당한 양의 시조를 한문으로 번역했으며, 셋째, 『악학편고』에서도 시조 2편을 싣고 있으며, 넷째, 어부가계 장시조인 〈창부사〉를 지은 작자라는 면에서 『악학습령』이라는 자서에 초기의 가곡집 자료가 게재되었을 가능성이 매우 높다는 판단을 할 수 있다. 특히 병와는 조선 후기 사대부 가운데 경제 유학자로서 대단히 진보적인 사유를 했던 학자이기 때문에 여항의 시조와 사설시조까지 수용했던 것으로 유추할 수 있다. 그러나 병와가 편찬한 『악학습령』은 스스로 거문고를 연주할 때 상용했던 가곡집으로 사용되었으나 그 원본은 유실되었거나 낡아 떨어져 나감으로서 그 후손에 의해 여러 차례 대필을 통해 새로운 작품이 첨부되어 남게 된 것이 바로 이 가곡집이라고 판단할 수 있다. 그 근거로는 필사자가 적어도 네 명이 가담하였고 작가의 기명 방식도 상단과 하단으로 분산되어 있다. 그리고 제책 방식을 검토해 보면 침눈이 여럿이 발견되는데 이는 여러 차례 개장되었던 흔적이라고 할 수 있다.

본 가곡집이 학계에 발표된 지 60년이 다 되어 간다. 그간 수많은 학자들에 의해 편찬자와 편찬 연대에 대한 다양한 논의가 있었으나 아직 분명하게 규명되지 못하였다. 그 이유 중의 하나로 본 가곡집에는 병와가 영조 4년에 세상을 떠난 그 이후의 작가와 작품이 수록되어 있다는 것이며, 따라서 본 가곡집의 편찬자는 병와의 단독이 아닌 후대에 보완 보사가 이루어진 것임이 틀림없기 때문이다.

본 가곡집의 체제와 편찬자 및 편찬 시기, 수록 곡조와 작가의 작품 등 종합적인 검토를 통해 본 가곡집의 편찬자는 병와 이형상의 『악학습령』을 기초로 하여 여러 차례 증보와 가필을 통해 19세기 중반에 병와의 6대손인 운관(雲觀) 이학의(李鶴儀)에 의해 최종 완성된 가곡집임을 조심스럽게 확정하고자 한다.

목차

해제: 조선시대 최대 가곡집 『악학습령』 4

1. 『악학습령(樂學拾零)』의 서지 소개 4
2. 『악학습령(樂學拾零)』에 대한 선행연구 5
3. 『악학습령』 체제와 필체 13
4. 병와의 악론 16
5. 운관 이학의의 악론 20
6. 누대에 걸쳐 완성된 조선 최대 가곡집 『악학습령』 22

주해 악학습령 27

『악학습령』 서문 …… 29
『악학습령』 목록 …… 36
초중대엽(初中大葉) …… 52
이중대엽(二中大葉) …… 57
삼중대엽(三中大葉) …… 60
북전(北殿) …… 64
이북전(二北殿) …… 67
초삭대엽(初數大葉) …… 68
이삭대엽(二數大葉) …… 75
삼삭대엽(三數大葉) …… 444
삭대엽(數大葉) …… 459
소용(騷聳) …… 468
만횡(蔓橫) …… 472
낙희조(樂戲調) …… 547
편삭대엽(編數大葉) …… 601

자료: 병와의 악학론 자료 632

1. 『병와문집』, 『악학편고』 한역시조 632
2. 병와의 『지령록』 〈금속행용가곡〉 한역시조 638
3. 병와의 연시조 창부사(傖父詞) 658
4. 병와 이형상의 수사(壽詞) 661
5. 병와의 악학 산문 663

참고문헌 672

찾아보기 677

원전 악학습령 691

樂學拾零

주해 악학습령
樂學拾零

『악학습령』 서문

1. [가지풍도(歌之風度)]

[낙장(落張)]

[평조삭대엽 平調數大葉][1)]

우조삭대엽 羽調數大葉

평계삭대엽 平界數大葉

우계삭대엽 羽界數大葉

평계북전 平界北殿

우계북전 羽界北殿

우계영산회상은 영산회상부터 타량곡까지인데, 장수의 구분은 없다. (羽界靈山會像 自靈山會像 至打量曲 無章數)

영산갑탄은 속칭 영산곱노리 靈山甲彈 俗稱 靈山곱노리

영산환입은 속칭 영산도드리 靈山還入 俗稱 靈山도드리

영산제지는 속칭 영산가락더리 靈山除指 俗稱 靈山가락더리

---

1) 글씨가 일부 떨어져 나갔으나 "평조삭대엽"이라는 글씨가 일부 보인다. 그리고 하단에 낙서인 듯한 '羽調', '短歌三章'이라는 글씨도 보인다.

대현환입은 속칭 대현도드리 大絃還入 俗稱 大絃도드리
우계타량곡 羽界打量曲
우조보허사 팔편 羽調步虛詞八篇

푸른 연기 자욱한 새벽하늘 파도는 잔잔한데, 강가의 봉우리 마다엔 구름 둘러 있네. 음악 소리 따라 기이한 향기 일어나고, 현 사이로 곡조 마칠 때마다 오색구름이 서리네. 완연히 풍요롭게 핀 벼의 상서로움 가리키고, 입술 열어 한차례 웃고 환하게 미소 띤 얼굴로 구중궁궐 바라보며 하늘 향해 만년토록 남산을 마주하시길 축원드리네.

碧煙籠曉海波閑 江上數峰環珮環[2]
聲裡[異香飄落人][3] 間弦終節五雲[端]
宛然共指嘉禾瑞 開脣一笑破朱顔
九重曉闕望中三 祝天萬載對南山

중환입 속칭 중도드[리] 中還入 俗稱 中도드[리]
소환입 속[칭 잔도드리] 小還入 俗[稱 小도드리]
제지 속[칭 가락더리] 除指 俗[稱 가락더리]

2. 여민락십장(與民樂十章)

제1장 해동장

해동에 여섯 용이 날으니 하늘이 돕지 않음이 없다. 옛 성인의 일과 일치하네.

[第一] 海東章 [海東六龍飛 莫非天所扶 古聖同符][4]

제2장 근심장

뿌리 깊은 나무는 바람에 또한 흔들리지 아니하니 꽃이 아름답게 피고 열매가 많이 열리네.

2) 금보인 『속악원보』에는 '江上數峰寒珮環'으로 되어 있다.
3) 글자가 지워진 [ ] 부분은 금보인 『속악원보』에서는 '異香飄落人'으로 되어 있다.
4) 글자가 지워진 [ ] 부분은 병와의 『악학편고』를 참조하여 보완하였음.

第二 根深章 [根深之木 風亦不杌 有灼其華 有蕡其實]

제3장 원원장

샘이 깊은 물은 가뭄에 또한 그치지 아니하니 흘러 내가 되고 바다에 반드시 도달하네.

第三 源遠章 [源遠之水 早亦不渴 流斯爲川 于海必達]

제4장 석주장

예전 주나라의 대왕이 이곳에서 사시면서 [이곳에 사시면서 왕조의 기틀을 여셨듯이]

第四 昔周章 昔周大王 于幽斯依 [于幽斯依 肇造丕基]

제5장 금아장

지금 우리 시조께서 경흥에 사셨네. [경흥에서 비로소 왕업을 여셨네]

第五 今我章 今我始祖 慶興是[宅 慶興始宅 肇開鴻業]

제6장 적인장

오랑캐들이 더불어 살다 적인이 침범을 하니 [기산으로 옮기신 것 하늘의 뜻이었네]

第六 狄人章 狄人與處 狄人于侵 [歧山之遷 實維天心]

제7장 야인장

야인과 더불어 살다 야인이 침범해서 [야인이 침범해서 덕원으로 옮긴 것도 실로 오직 하늘의 계시였네.

第七 野人章 野人與處 野人[不禮 德源之徒 實是天啓]

제8장 천세장

천세토록 묵묵히 정하신 한수의 양지바른 곳에서 [인덕을 쌓아 나라를 여시니 오래도록 끝없으리

第八 千世章 千世默定 漢水陽 [累仁開國 卜年無疆]

제9장 자자장

자자손손 성신을 이어 하늘을 공경하고 [백성을 돌보면서 영세를 더하소서]

第九 子子章 子子孫孫 聖神雖繼 敬天[勤民 迺益永世]

제10 오호장

오호 임금이시여 왕위를 이어 거울로 삼으소서. 낙수에 사냥 가시면서 황조를 믿으셨습니까.

第十 嗚呼章 嗚呼 嗣王監此 遺音洛表遊畋 皇祖其恃

3. [낙시조(樂時調)]

낙시조【악보 중에서는 볼 수가 없으니 원본을 베끼면서 누락했거나, 혹은 악보가 완성된 이후에 지어져서 실을 수가 없었던 것 아니겠는가?】

樂時調【不見於譜中, 無乃謄本見漏耶, 抑或作於譜成之後, 而未得入載耶】

4. [오음도(五音圖)]

궁성 【조화롭고 평안하며, 침착하고 중후하며, 웅장하고 도도하다. 둥글고 두터우면서 음이 높다】

宮聲 【和平沈厚雄洪 圓厚而音上】

상성 【쟁쟁한 것이 옥이 울리는 것과 같다. 가볍고 맑으면서 음이 높다】

商聲 【鏘鏘鳴玉輕 淸而音上】

각성 【길게 흐느껴 우는 것과 같다. 높으면서 음이 높다】

角聲 【長而哽咽極 高而音上】

치성 【억양이 희롱하는 듯하나 탄식하는 뜻이 있다. 뜻이 중탁하며 음이 낮다】

徵聲 【抑揚戱戱有歎息 義重濁而音下】

우성 【벌레우는 소리처럼 투명하다. 탁하며 음이 낮다】

羽聲 【嘤嘤透徹輕 濁而音下】

5. [음절도(音節圖)]

음절도【이 도는 완전한 악보가 아니다. 그러므로 듣고 본 것을 생략하여 서술한 것일 따름이다.(거듭 나온다)】

音節圖【此圖未得全譜, 故畧述聞見耳[重出]】

거문고의 길이는 3척 6촌이고【360일을 상징한 것이다】, 괘가 13개【12달과 윤달을 합해서 상징한 것이다】, 위는 둥글고 아래는 모났다【존비를 상징】. 현은 다섯 개가 있고【오행을 형상화하였고, 또 文武 두 개의 현이 있다】 앞을 용순(龍脣)이라 하고, 뒤를 봉미(鳳尾)라 한다. 첫 번째 줄을 문현【우】이라 하며, 두 번째 줄을 유현【상】이라 하며, 세 번째 줄을 대현【궁】이라 하며, 네 번째 줄을 괘상청【각】이라하며, 다섯 번째 줄을 괘하청【치(徵)】이라 하며, 여섯 번째 줄을 무현이라 한다. 삼혈이 있다.【천지인 삼재를 상징한 것이다】

琴長三尺六寸【象三百六十日】, 棵十三【象十二月及潤月】, 上圓下方【象尊卑】.

絃有五【象五行, 又有文武二絃】. 前稱龍脣, 後稱鳳尾. 第一文絃【羽】, 第二遊絃【商】, 第三大絃【宮】, 第四棵上淸【角】, 第五棵下淸【徵】, 第六武絃, 有三穴【象天地人三才】.

6. [금보초록(琴譜抄錄)]

금이라는 것은 금지라는 것으로 사특한 것을 금함으로써 그 마음을 바르게 하니 군자가 마땅히 사랑할 것이다.

琴者禁也. 禁之於邪, 以正其心, 君子所當愛也.

태호 복희씨가 처음으로 오동나무를 깍아서 거문고를 만들어 다섯 현을 설치하고, 문왕과 무왕이 각각 1개의 현을 보태었으니 이에 이름을 문무현이라 한 것이다.

太昊伏羲氏, 始削桐爲琴, 設五絃, 文武王各加一絃, 仍名文武絃.

고구려 때, 진나라의 조정으로부터 7현금을 보냈는데, 사람들이 연주할 줄을 몰랐다. 이때 제2 재상 왕산악이 거문고를 개량하면서 1개의 소현을 줄여서 여섯 줄의 거문고를 만들었다. (왕산악이 거문고를) 연주하니 현학이 와서 춤을 추었으니 일러 현금이라 하였다. 거문고 악보는 문왕 유리조, 기자조, 공자 의란조, 백아고산류수곡, 혜강보가 있다.

高麗時, 自晋朝, 送七絃琴, 無人解者, 第二相王山岳, 改易其制, 減一小絃, 作六玄琴, 彈之, 玄鶴來舞, 謂之玄琴, 琴譜, 有文王羑里操, 箕子操, 孔子猗蘭操, 伯牙高山流水曲, 嵇康步(虛[탈락])

조선에 와서는 양덕수가 거문고 악보를 지었기에 양금신보라 하며, 고조(古調)로 삼았다.

本朝梁德壽作琴譜, 稱梁琴新譜, 謂之古調[탈락]

조선조 김성기가 거문고 악보를 지었기에 어은유보라 하고 시조라 하였다. (고려 때 정과정 서보는 어은유보와 같은 것이다.)

本朝金聖器作琴譜, 稱漁隱遺譜, 謂之時調【麗朝鄭瓜亭敍譜, 與漁隱遺譜同】

삼례도에 "거문고는 본래 다섯줄로 궁상각치우라 하였고, 문왕과 무왕이 두 줄을 더하여 소궁, 소상이라 하니 아주 소리가 맑았다" 하였다. 순이 기에게 명하여 말하기를 "너를 전악에 명하니 천자의 아들과 공경대부의 적자를 맡아 가르치되 강직하면서도 온화하게 하고 너그러우면서도 위엄을 잃지 않게 하고, [굳세면서도 거칠지 않게 하고], 간략하면서도 오만하지 않게 하라. 시란 마음속에 있는 뜻을 말하는 것이고, 노래란 말을 길게 뽑아 읊조리는 것이며, 소리란 길게 뽑아 억양을 붙이는 것이고, 음률이란 소리가 조화를 이룬 상태인 것이다. 팔음이 조화를 이루어 서로의 음계를 빼앗지 않게 하면 신과 사람도 이로써 조화를 이룰 것이다.【기는 순의 신하이며】 소리에는 5음이 있으며, 율에는 12율이 있는데, 황종, 대여, 태족, 협종, 고세, 중여, 유빈, 임종, 이칙, 남려, 무사, 응종이다. 음악은 사람들의 중화의 덕을 길러서 그 기질의 편벽됨을 구제할 수 있기 때문이다. 마음이 가는 것을 일러 志라 한다. 마음이 가는 바가 있으면 반드시 말에 나타나므로 시는 뜻을 말한 것이라 하였고, 이미 말에 나타나면 반드시 장단의 절이 있으므로 가는 말을 길게 읊조리는 것이라 하였고, 이미 장단의 절이 있으면 반드시 고하와 청탁의 차이가 있으므로 성은 길게 읊조림을 따르는 것이라 하였고, 이미 장단과 청탁이 있으면 또한 반드시 12율로 조화하여야 이에 문을 이루어 어지럽지 않으니 이른바 율은 소리를 조화한다는 것이다. 사람의 소리가 이미 조화(和)하였으면 이에 그 소리를 팔음에 입혀서 음악을 만들면 화합하지 않음이 없어 서로 침해하거나 어지러워 그 차례를 잃지 않아 조정에서도 연주하고 교제와 묘제에도 올려 신과 사람이 화합할 수가 있다. 성인이 음악을 만들어 성정을 함양하고 인재를 육성하며 귀신을 섬기고 상하를 화평하게 하여 그 체용과 공효의 광대하고 심절함이 마침내 이와 같았는데, 지금은 모두 다시 볼 수 없으니 이루 다 탄식할 수 있겠는가? 이루 다 탄식할 수가 있겠는가.】

三禮圖曰 琴本五絃曰 宮象角徵羽, 文武王增二曰, 少宮少商[탈락]最淸也. 舜命夔曰, 命汝典樂, 教胄子, 直而溫, 寬而慄, [剛而毋虐], 簡而無傲, 詩言志, 歌永言, 聲依永, 律和聲. 八音克諧, 無相奪倫, 神人以和【夔舜臣, 名胄[탈락], 聲五音也. 律十二律, 黃鐘, 大呂, 太簇, 夾鐘, 姑洗, 仲呂, 蕤賓, 林鐘, 夷則, 男呂, 無射, 應鍾. [탈락], 盖樂可以養人中和之德, 而救其氣質之偏也. 心之所之, 謂之志. 心有所之, 必形於言. 故曰 詩言志. 旣形於言, 必有長短之節. 故曰 歌永言. 旣有長短, 則必有高下淸濁之殊. 故曰 聲依永. 旣有長短淸濁, 則又必以十二律和之, 乃能成文而不亂, 所謂律和聲也. 人聲旣和, 乃以其聲, 被之八音而爲樂, 則無不諧協, 而不相侵亂失其倫次, 可以秦之朝廷, 薰之郊廟, 而神人以和矣. 聖人作樂, 以養情性, 育人材, 事神祇, 和上下. 基體用廣大, 功效深切, 乃如此. 今皆不復見矣, 可勝歎哉. 可勝歎哉.】

노래와 음악은 하나다. 가곡을 익히려는 사람은 반드시 거문고를 알아야 한다. 그래서 거문고 악보를 실었다. 평일에 듣고 안 사람은 책의 머리에 기록하였으니 순이 기에게 명령한 말씀을 지극히 한다면, 곧 시·가·악 세 가지의 근본이다. 이에 노래를 부르는 사람은 먼저 그 대의를 깨달아야 할 것이다.

歌與樂, 一也. 治歌曲者, 不可不知琴. 故琴譜所載, 及平日聞知者, 錄之卷首. 而至於舜命夔之辭, 乃是詩歌樂三者之本也. 是用歌者, 先曉其大意云.

『악학습령』 목록

어제 御製
태종대왕 太宗大王
효종대왕 孝宗大王
숙종대왕 肅宗大王
인평대군 麟坪大君
적성군 積城君
낭원군 郎原君
유천군 儒川君

설총은【자가 총지요, 우리말로 구경을 해석하였다. 신라 때 대학자였으며, 홍유후라 하였다.】

薛聰【字 聰智. 以方言解九經, 新羅太學士, 弘儒候.】

최충은【자가 호연이고, 호를 해동공자라 칭하였다. 고려 문종 때 문하시중을 지냈고, 시호는 문헌공이다.】

崔沖【字 浩然. 号 稱海東孔子, 高麗文宗門下侍中, 謚文憲公.】

곽여의【자는 몽득이고 호는 금문우객이다. 고려 때 궁궐에 거처였다. 시호는 진정이다.】

郭輿【字 夢得 號 稱金門羽客 高麗時使居禁中 諡眞靜.】

최영은【고려공민왕 때 대장군이었다.】

崔瑩【高麗恭愍時大將.】

성충은【자와 호는 없고 좌평공이다. 백제 의자왕 때 충언으로 간했던 신하였다.】

成忠【字, 號, 佐平公, 百濟義慈王時諫臣.】

서견은【고려 때 장령이다.】

徐甄【高麗時掌令.】

이색의【자는 영숙이고, 호는 목은이다. 원나라 조정에서 한림을 지냈다. 고려 공민왕 때 문하시중을 지냈고, 조선에서 한산백에 봉해졌다. 시호는 문정이다.】

李穡【字 穎叔, 号 牧隱, 元朝翰林, 恭愍門下侍中, 入本朝封韓山伯, 諡文靖.】

왕방연은【세종조에 의금부도사(금오랑)를 지냈다.】

王邦衍【世宗朝金吾郎.】

김종직의【호는 계온이고 호는 점필재이다. 문장이 세상의 으뜸이었으며 세종 때 과거에 합격하였으며 판서를 지냈다. 연산군 때 사화로 죄[부관참시]를 받았다. 시호는 문간이다.】

金宗直【字 季昷, 號 佔倬齊, 文章冠一世, 世宗朝科,[1] 官判書, 燕山時禍及戾, 諡文簡.】

김종서는【자는 (국경)이며 호는 절재이다. 문종 때 영의정을 지냈다. 지략이 뛰어났고, 왜소한 체구에 호랑이 눈을 가졌다. 계유정난 때 죽었다.】

金宗瑞【字, 號 節齊. 文宗朝領相, 有六郎, 多智略, 時目虎體矮, 癸酉亂死.】

박팽년은【자가 인수이고 호는 취금헌이다. 관직은 참판에 이르렀고 단종 때 사육신이다.】

朴彭年【字 仁叟. 號 醉琴軒. 官至叅判, 端宗朝六臣.】

유성원의【자는 (태초)이며 호는 (낭간)이다. 문산인이다. 관이 사성에 이르렀고, 단종 때 사육신이다.】

柳誠源【字, 號. 文化人. 官至司成, 端宗朝六臣.】

이개의【자는 청보이고 호는 (백옥헌이다.) 한산인이다. 벼슬은 사간을 지냈고, 시호는 춘간이다. 단종 때 사육신이다.】

李塏【字 [淸]甫, 號. 韓山人. 司諫, 諡忠簡, 端宗朝六臣.】

하위지는【자가 천장이고 호가 단계이며, 진주인이다. 벼슬은 참판을 지냈고,

1) 등과한 것은 세조 때임.

단종 때 사육신이다.】

河緯地【字 天章. 號 丹溪. 晋州人. 叅判, 端宗朝六臣.】

성삼문은【자가 근보이고 호가 매죽당, 호당에 선발되었다. 문과 중시에 올랐다. 단종조 사육신이다. 단종의 복위를 꾀하다가 사건이 발각되어 죽임을 당했다.】

成三問【字 謹甫, 號 梅竹堂, 選湖堂. 登重試, 端宗朝六臣, 謀復魯山, 事覺被誅死.】

김시습은【자가 열경이며, 호가 매월당이다. 5세에 문장에 뛰어나 세상 사람들이 신동이라 하였다. 세종 때 숨어서 벼슬하지 않았고, 거짓으로 미친 채하며 스님이 되었다. 맑은 바람처럼 높은 절개가 있는 사람이라고 지금도 칭한다.】

金時習【字 悅卿, 號 梅月堂. 五歲能文, 世稱神童, 世宗時隱而不仕[2], 佯狂爲僧, 淸風高 節人, 至今稱之.】

남이는【세종 때 문과에 합격하였고, 관이 병조판서이다.】

南怡【世宗朝武科,[3] 官之兵判.】

맹사성의【자는 성지이고 호는 동포이다. 세종 때 우의정에 이르렀으며 벼슬을 사양하고 물러났다. 시호는 문정이다. 효성이 지극하고 맑고 분명하였다. 천부적으로 음율을 잘 이해하였으며, 일찍부터 피리를 잘 불었다.】

孟思誠【字 誠之, 號 東浦. 世宗朝至右相, 致仕, 諡文貞. 至孝淸簡, 性解音律, 嘗善 笛, 日弄三四.】

정몽주의【자는 달가이며 호는 포은이다. 공민왕때 문하시중을 지냈다. 조선조에서는 영상에 증직되었고, 시호는 문충이다. 성리학으로 우리나라의 시조이다.】

鄭夢周【字 達可, 號 圃隱. 恭愍門下侍中, 本朝贈領相, 諡文忠. 理學而東方之祖.】

이조년 李兆年【[탈락]】

이존오의【자는 순안이고 호는 석탄이다. 고려 공민왕 때 신돈의 횡포를 탄핵하다가 장사감무로 좌천되었고 울분 속에 병을 얻어 죽었다.】

李存吾【字 順眼, 號 石灘. 高麗恭愍王時, [탈락]辛旽聚長沙監務, 憂憤成疾而(死).】

길재의【자는 재보요 호는 야은이다. 고려 때 문하주서를 지냈고, 조선이 개국한 후 여러 번 불렀으나 벼슬로 가지 않았고 집에서 졸했다. 충효를 모두 구비하였고, 세종 때 그 절의를 기려 간의대부로 증직하였다.】

吉再【字 再父, 號 冶隱. 高麗時注書, 本朝累徵不起, 卒于家. 忠孝俱全, 世宗朝褒 其節義, 贈諫議大夫.】

---

2) 세조 즉위 이후 운둔함.

3) 세조 때에 등과함.

우탁은【주자학이 전해지던 초기에 아는 사람이 없었는데, 두문불출하여 독학으로 이를 이해하였다. 고려 충렬왕 때 제주를 지냈고, 성리학에 정통하였다.】

禹倬【程傳初來, 無能知者, 閉門月餘, 乃解. 高麗忠烈時祭酒, 通性理之學.】

을파소는【고려 때 처사로 압록강에 은거하여 살았다.】

乙巴素【高麗處士, 隱于鴨綠江.】

유응부의【자는 (신지) 호는 (벽량이다.) 단종 때의 사육신이다. 총관을 지냈으며 문묘에 배향되었다.】

兪應孚【字, 號. 端宗朝六臣, 總管. 文廟配享.】

김굉필의【자는 대유이고 호는 한훤당이다. 김종직의 문인이다. 처음 성리학을 창성하게 하였으며 연산군 때 사화를 입었다. 우상으로 증직되었고 시호는 문경이다.】

金宏弼【字 大猷, 號 寒暄堂. 金宗直門人, 始昌性理, 燕山時被禍, 贈右相, 謚文敬.】

김일손은【자가 계운 호가 탁영이다. 김종직의 문인이다. 세조 때 연산군 때 무오년에 사화를 입었다.】

金馹孫【字 季雲, 號 濯纓. 金宗直門人. 右祖朝吏正, 燕山戊午被禍.】

이현보는【자가 비중이고 호가 농암이다. 성종 때 사람이다. 시호는 효절이다. 연산군 때 판중추부사에 배수되었다. 관직을 버리고 시골에 머물면서 노래를 지었다.】

李賢輔【字 棐仲, 号 聾岩. 成宗祖, 謚孝節. 燕山時拜判中樞, 棄官, 居屛而作歌.】

박은의【자는 중설이고 호는 읍취헌이며, 양령대군의 외손이다. 연산군 때 수찬을 지냈고 사화를 입었다. 성리학에 침잠하였고 사림의 존경과 우러름을 받았다. 문묘에 배향되었다.】

朴誾【字 仲設, 号 挹翠軒. 讓寧大君外孫, 燕山時修撰, 被禍, 沈潛性理之學, 士林 尊仰. 文廟配享.】

조광조는【자가 효직이고 호는 정암이다. 중종 때 과거에 올랐고 호당에 선발되었다. 대사헌에 배수되었고 요순군민으로 자신의 임무를 삼았다. 기묘년 사화를 입었고 시호는 문정이다.】

趙光祖【字 孝直, 号 靜庵. 中宗祖登科, 選湖堂, 及拜大司憲. 以堯舜君民, 爲己任. 已 卯被禍, 謚文正.】

이언적의【자는 복고이고 호는 회재이다. 성정지학에 지극하였고 중종 때 좌찬성을 지냈다. 시호는 문원공이며 문묘에 종사되었다.】

李彦迪【字 復古, 号 晦齋. 致誠正之學, 中宗祖左贊成,[4] 謚文元公, 從祀文廟.】

송인의【자는 명중이고 호는 이암이다. 중종 때 부마로 여성위에 봉해졌다. 예학

에 밝았고 서법에 뛰어났다. 시호는 문단이다.】

宋寅【字 明仲, 号頤菴. 中宗祖駙馬, 礪城尉, 治學禮, 善書法, 諡文端.[5]】

송순은【자가 수초이고 호가 면앙정이며 영평인이다. 중종 때 판중추부사를 지냈다. 시호는 숙정이다.】

宋純【字 守[6]初, 号 俛仰亭. 永平人. 中宗祖判中樞, 諡靖肅.】

조식의【자는 건중이고 호는 만명이다. 창령인으로 중종 때 명망이 있어 높은 관직에 나아갈 수 있었으나 거듭 사양하고 끝내 나아가지 않았다.】

曺植【字 健仲, 号 南溟. 昌寧人. 中宗祖, 以遺逸, 累拜終不就.】

서경덕의【호는 화담이다. 우상을 지냈고 시호는 문강공이다.】

徐敬德【号 花潭, [탈락]右相, 諡文康公.】

김현성의【자는 여경이고 호는 남창이다. 명종 때 문과에 합격했고 관이 지돈녕이며 문재가 있었고 글을 잘 썼다.】

金玄成【字 餘慶, 号 南牕. 明宗祖文科, 官知敦寧, 有文才, 善筆法.】

이후백은【자가 계직이고 호가 청연이다. 명종 때 이조판서를 지냈다.】

李後白【字 季直, 号 青蓮. 明宗朝吏判[7].】

양응정의【자는 공변이고 호는 송천이다. 명종 때 과거에 장원급제를 했고 중시에도 합격하였다. 관은 부윤이다.】

梁應鼎【字 公爕, 号 松川. 明宗朝登魁科, 重試, 官之府尹.】

박계현의【자는 (군옥)이고 호는 (관원)이다. 명종 때 문과에 합격했고 병조판서를 지냈다.】

朴啓賢【字 [君沃 号灌園] 明宗朝文科. 兵判.】

이제신의【자는 몽응이고 호는 청강이다. 명종조 북병사를 지냈다.】

李濟臣【字 夢應, 号 淸江. 明宗朝北兵使.[8]】

기대승의【자는 명언이고 호는 고봉이다. 명종 때 과거에 올랐고 호당에 선발되었다. 관직은 부제학을 지냈고 광국공신으로 추책되었다. 문묘에 배향되었다.】

奇大昇【字 明彦, 号 高峯. 明宗朝登科, 選湖堂, 官副提學, 追策光國功臣. 文廟配享.】

---

4) 좌찬성은 인종 때임.

5) 시호는 숙정(肅定)임. 확인 필요함.

6) 수자를 확인할 필요가 있음 遂가 아닐까?

7) 선조대 이판.

8) 선조대 북평사.

성혼의【자는 호원이고 호는 우계이다. 율곡과 교우하였고 은일하고 있었으나 임금이 불러 올렸고, 관은 참찬에 올랐다. 시호는 문간이다.】

成渾【字 浩源, 号 牛溪. 與栗谷爲交, 以隱逸徵起, 官至叅贊, 謚文簡.】

성수침은【자가 중옥이고 호는 청송당이다. 은일하면서 출사하지 않았다. 필법이 심히 고아하였고, 우상에 증직되었고 시호는 문정이다. 명종 때 문묘에 배향되었다.】

成守琛【字 仲玉, 號 聽松堂. 隱逸不仕, 暫赴積, 筆法甚高, 贈右相, 謚文貞, 明宗朝 文廟配享.】

이이의【자는 숙헌이고 호는 율곡이다. 선조 때 찬성을 지냈고 만언소를 올렸다. 동서분당을 척결하고 조정하고자 하였다. 고산구곡가를 지었다. 시호는 문성이며 문묘에 배향되었다.】

李珥【字 叔獻, 号 栗谷. 宣祖朝贊成, 上萬言疎 蕩滌東西, 調停兩間, 高山九曲歌, 謚文成, 從祀.】

정철의【자는 계함이고 호는 송강이다. 선조 때 문과에 장원급제하였고 호당에 선발되었다. 관은 좌상에 올랐고 시호는 문청이다, 문묘에 배향되었다.】

鄭澈【字 季涵, 号 松江. 宣祖朝登魁科, 選湖堂, 官至左相, 謚文淸. 忠淸副[탈락] 文廟配享.】

이황은【자가 경호이고 호가 퇴계이다. 중종 때 과거에 급제하였고 호당에 선발되었다. 문형을 맡았고 관직은 좌상에 이르렀다. 성리학에 있어 우리나라의 우두머리가 되었다. 시호는 문순이며 도산육곡을 지었고 문묘에 배향되었다.】

李滉【字 景浩, 号 退溪. 中宗祖登科, 選湖堂, 典文衡, 官至左相, 理學爲東方之宗, 謚文純. 陶山六曲, 從祀文廟 文廟配享.】

김장생은【자가 희원이고 호가 사계이다. 예학에 두루 통달했고 스승의 학문을 정통으로 이어받았다. 선조 때 참찬을 지냈고, 정묘난에는 호소사를 지냈다. 시호는 문원이묘 문묘에 배향되었다.】

金長生【字 希元, 号 沙溪. 博通禮學, 爲師門嫡傳, 宣祖朝叅贊, 丁卯亂号召使, 謚文元, 從祀.】

이양원의【자는 백춘이고 호는 노저이다. 선조 때 영상을 지냈고 광국공신이며 시호는 문헌공이다.】

李陽元【字 伯春, 号 鷺渚. 宣祖朝領相, 光國功臣, 謚文憲公.】

홍섬은【자가 퇴지이며 호는 인재이다. 남양인으로 문과에 급제했고 문형을 맡았다. 선조 때 영상으로 시호는 경헌공이다.】

洪暹【字 退之, 号 忍齊. 南陽人. 文科文衡, 宣祖朝領相, 謚景憲公.】

이원익의【자는 공려이고 호는 오리이다. 임진년 서백으로 상에 들어갔다. 호성공신이며 선조 때 영상을 지냈다. 청백리이다.】

李元翼【字 公勵, 号 梧里. 壬辰以西伯入相, 扈聖功臣, 宣祖朝領相, 淸白吏, 謚文忠.】

이덕형은【자가 명보이며 호가 한음이다. 선조 때 호당에 선발되고 문형을 맡았다. 관이 영상에 이르렀으며, 시호는 문익이다. 나이 열넷에 봉래 양기지가 “내 스승이다.”라고 말했다.】

李德馨【字 明甫, 号 漢陰. 宣祖朝, 選湖堂, 典文衡, 官至領相, 謚文翼. 年十四, 楊蓬萊奇之曰吾師.】

이항복의【자는 자상이며 호는 백사이다. 선조 때 호당에 들어갔으며, 문형을 맡았고, 벼슬이 영상에 이르렀고 오성군에 봉해졌다. 시호는 문충이다. 광해군 때 절개를 세워 북청에 유배 가서 그곳에서 죽었다.】

李恒福【字 子常, 号 白沙. 宣祖朝, 選湖堂, 典文衡, 至領相, 鰲城君, 謚文忠. 光海時, 立節, 謫北青卒.】

이정구는【자가 성징이고 호가 월사이다. 인조 때 문형을 맡았다. 관이 우상에 이르렀으며 시호는 문충이다. 「무술변무주」로써 문명이 천하에 알려졌다.】

李廷龜【字 聖徵, 号 月沙. 仁祖朝, 典文衡, 官右相, 謚文忠. 以戊戌奏, 文名聞天下.】

이명한의【자는 천장이고 호는 백사이다. 월사의 아들로 인조 때 이조판서를 지냈다.】

李明漢【字 天章, 号 白沙. 月沙之子, 仁祖朝吏判.】

서익의【자는 군수이며 호는 만죽당이다. 선조 때 과거에 급제했고 관은 의주부사이다.】

徐益【字 君受, 号 萬竹堂. 宣祖朝登第, 官至義州府尹.】

임제의【자는 자순이고 호는 백호이다. 선조 때 과거에 급제했고 관은 예정이다. 시에 뛰어났고, 나주인이다.】

林悌【字 子順, 号 白湖. 宣祖朝登科, 官之禮正, 有詩名. 羅州人.】

백광훈은【자가 창경이고 호가 옥봉이다. 시와 글씨에 모두 뛰어났다. 선조 때 음직으로 참봉을 지냈다.】

白光勳【字 彰卿, 号 玉峯. 詩筆俱名. 宣祖朝蔭叅奉.】

정구의【자는 도가이며 호는 한강이다. 조식의 문인으로 시호가 문목이다. 선조 때 은일하였다. 두루 배워 학문하기를 좋아하여 세상에서 유학에서 으뜸이 되는 인물이 되었다.】

鄭逑【字 道可, 号 寒崗. 曺植門人, 謚文穆. 宣祖朝, 隱逸, 好學博文, 爲世儒宗.】

한호는【자가 경홍이고 호가 석봉이다. 필법이 왕휘지에 버금갔다. 선조 때 정랑을 지냈다.】

韓護【字 景洪, 号 石峯. 筆法亞於王右軍, 宣祖朝正郎.】

이안눌은【자가 자민이고 호가 동악이다. 선조 때 판서를 지냈다.】

李安訥【字 子敏, 号 東岳. 宣祖朝判書.】

홍적은【자가 태고이고 호가 하의자이다. 선조 때 호당에 뽑혔다. 관은 사인이다.】

洪迪【字 太古, 号 荷衣子. 宣祖朝, 選湖堂, 官之舍人.】

권필은【자가 여장이고 호가 석주이다. 선조 때 사람으로 기개가 있었다.】

權韠【字 汝章, 号 石洲. 宣祖朝倜儻.】

이순신은【자가 여해이다. 선조 때 통제사를 지냈고 지략이 있었다. 임진난 때 전라우수사로 왜적을 여러 번 무찔렀다. 시호는 충무이다.】

李舜臣【字 汝諧, 号, 宣祖朝統制使, 有智略, 壬辰全羅右水使, 累捷倭賊, 謚忠武.】

정충신은【자가 가행이다. 선조 때 무과에 올랐고 오성이 천거했다. 인조 때 도적을 토벌하여 평정하고 금남군에 봉해졌다. 관은 부원사이며 시호는 충무이다.】

鄭忠信【字 可行, 号, 宣祖朝行武科, 鰲城薦, 仁祖討平适賊, 封錦南君, 官至副元帥, 謚忠武.】

조헌의【자는 여식이며 호는 중봉이다. 옥천인으로 시호는 문렬이다. 선조 때 임진난이 일어나자 의병장이 되어 금산에서 죽었다.】

趙憲【字 汝式, 号 重峯. 沃川人, 謚文烈. 宣祖朝壬辰亂義兵將, 死錦山.】

정두경은【자가 군평이며 호가 동명이다. 인조 때 대과에서 장원급제하였고, 관은 참봉, 제학이다. 문장이 기발하였다. 온양인이다.】

鄭斗卿【字 君平, 号 東溟. 仁祖朝登魁科, 官至禮叅, 提學, 文章奇拔. 溫陽人.】

유자신은【선조 때 과거에 합격하였고 관은 부윤이다. 문화인이다.】

柳自新【宣祖朝登科, 官至判尹. 文化人.】

조존성은【자가 수초이며 호가 용호이다. 선조 때 과거에 급제하였고, 관은 지돈이다. 시호는 소민이며 한양인이다. 호아곡장을 지었다.】

趙存性【字 守初, 号 龍湖. 宣祖朝登科, 官至知敦, 謚昭敏, 漢陽人. 作呼兒曲四章.】

장만은【자가 호고이며 호는 낙서이다. 인조 때 사람이다. 관은 좌찬성 겸 병조판서, 도원수, 옥성부원군이다. 시호는 충정이며 옥성인이다.】

張晩【字 好古, 号 洛西. 仁祖朝, 官至右贊成兼兵判, 都元帥, 玉城府院君, 謚忠定. 玉城人.】

홍서봉의【자는 휘세이며 호는 학곡이다. 선조조 과거에 합격하였고 호당에 들어갔다. 대과 중시에 합격하였고 문형을 맡았다. 인조 때 영상을 지냈고, 시성부원군으로 시호는 문정이다. 남양인이다.】

洪瑞鳳【字 輝世, 号 鶴谷. 宣祖朝登科, 選湖堂, 叅重試, 典文衡, 仁祖 領相, 益城府院君, 謚文靖.

南陽人.】

정태화는【자가 유춘이며 호는 양파이다. 인조 때 과거에 합격하였고, 관은 영상이다. 시호는 익헌이며 동래인이다.】

鄭太和【字 囿春, 号 陽坡. 仁祖登科, 官之領相. 謚益憲. 東萊人.】

신흠의【자는 경숙이며 호는 상촌이다. 선조 때 과거에 합격하였고, 인조 때 문형을 맡았다. 관은 영상이며 시호는 문정이다. 평산인이다.】

申欽【字 敬叔, 号 象村. 宣祖朝登科, 仁祖朝, 典文衡, 官之領相. 謚文貞. 平山人.】

김상용의【자는 경택이며 호는 선원이다. 안동인이다. 인조 때 영돈녕을 지냈고 시호는 문충공이다.】

金尙容【字 景擇, 号 仙源. 安東人. 仁祖朝領敦寧, 謚文忠公.】

김류는【자가 관옥이며 호가 북저이다. 인조 때 영상을 지냈고 시호느 문충공이다. 순천인이다.】

金瑬【字 冠玉, 号 北渚. 仁祖朝領相, 謚文忠公. 順天人.】

김상헌은【자가 숙도이며 호가 청음이다. 인조 때 좌상을 지냈다. 정축년 심양, 시호는 문정이며 안동인이다.】

金尙憲【字 叔度, 号 淸陰. 仁祖朝左相, 丁丑瀋陽, 九年邊朝 謚文正, 安東人.】

조위한은【자가 선술이고 호가 현주이다. 선조 때 과거에 올랐고 관이 승지이다. 문재가 있었으며, 한양인이다.】

趙緯韓【字 善述, 号 玄洲. 宣祖朝登科, 官之承旨, 有文才. 漢陽人.】

정온은【자가 회원이며 호가 상계이다. 광해군 때 과거에 급제하였다.】

鄭蘊【字 恢遠, 号 相溪. 光海初登科.】

김광욱은【자가 회이이며 호가 죽소이다. 광해군 때 등과하였고 관이 제학, 좌찬성, 우참찬으로 안동인이다.】

金光煜【字 晦而, 号 竹所. 光海時登科,[9] 官之提學, 左叅贊,安東人.】

홍익한의【자는 택원이며호는 화포이다. 인조 때 과거에 급제하였고, 장령이며, 삼학사이다. 정축년에 화친을 지적하다 포로로 보내지는 해를 입었다.】

洪翼漢【字 澤遠, 号 花浦. 仁祖朝登科, 掌令, 三學士, 丁丑以斥和, 送虜庭被害, 贈吏判, 謚忠正公.】

김육은【자가 백후이고 호가 잠곡이다. 청풍으로 삼남대동법을 시행하였다. 효종 때 영상으로 시호는 문정공이다.】

---

9) 선조대 등과.

金堉【字 伯厚, 号 潛谷, 淸風 行三南大同法, 孝宗朝領相, 謚文貞公.】

채유후의【자는 백창이며 호는 호주이다. 인조 때 과거에 급제하였고, 호당에 뽑혔으며, 문형을 맡았다. 관이 이조판서이다. 영조 때 문묘에 배향되었다.】

蔡裕後【字 伯昌, 号 湖洲. 仁祖朝登科, 選湖堂, 典文衡, 官至吏判. 英廟從祀.】

송시열의【자는 영보이고 호는 우암이다. 도학과 문장으로 유학자의 으뜸이 되었다. 현종 때 좌상을 지냈고, 시호는 문정이다.】

宋時烈【字 英甫, 号 尤菴, 道學文章, 爲世儒宗. 顯宗朝左相, 謚文正.】

구인후의【자는 중재이고 호는 유포이다. 릉성인으로 효종 때 우상을 지냈다. 시호는 충무이다.】

具仁垕【字 仲載, 号 柳浦, 綾城人, 孝宗, 右相, 謚忠武公.】

이완의【자는 청지이며 경주인이다. 무과에 급제하였고, 현종 때 우상, 갑자년에 부원수를 지냈다. 시호는 충무이다.】

李浣【字 淸之, 号, 慶州人, 武科, 顯宗朝, 右相, 甲子副元帥, 謚忠武.】

허정의【자는 중옥이며 호는 송호이다. 효종 때 과거에 급제하였고, 관은 승지이다. 양천인이다.】

許珽【字 仲玉, 号 松湖. 孝宗朝登科, 官至承旨, 陽川人.】

이귀진의【숙종 때 병사이다.】

李貴鎭【字, 肅宗朝兵使.】

강백년의【자는 숙윤이고 호는 설봉이다. 현종 때 대과에 장원급제하고 중시에 합격하였다. 관이 예조판서, 제학, 판중추부사이며, 시호는 문정이다.】

姜栢年【字 叔允, 号 雪峰. 顯宗朝登魁科, 重試,[10] 官至禮判提學, 判中樞文貞.】

이화진의【자는 자서이며 호는 묵굴재이다. 숙종 때 감사를 지냈고, 여주인이다.】

李華鎭【字 子西, 号 默屈齊. 肅宗朝監使, 呂州人.】

임경업은【인조 때 대장군으로 시호는 충민이다.】

林慶業【字, 仁祖朝大將, 謚忠愍.】

윤선도는【자가 약이이며 호가 고산이다. 해남이으로 이조 때 참판을 지냈다. 시호는 충헌이다.】

尹善道【字 約而, 号 孤山. 海南人. 仁祖朝叅判, 謚忠憲.】

조한영의【자는 수이이며 호는 회곡이다. 문장에 뛰어난 사람으로 인조 때 과거

---

10) 인조대 등과.

에 급제하였고, 관은 참판이며 습봉군으로 시호는 문충이다. 창령인이다.】

曺漢英【字 守而, 号 晦谷. 文秀之子. 仁祖朝登科, 官至叅判, 襲封君, 謚文忠, 昌寧人.】

김응하는【광해군 때 선산부사 요동백을 지냈다.】

金應河【[탈락] 光海時, 宣川府使. 遼東伯.】

남구만은【자가 운로이고호는 약천이다. 효종 때 과거에 급제하였고, 관이 영상이이다. 시호느 문충이며 의령인이다.】

南九萬【字 雲路, 号 藥泉. 孝宗朝登科, 官至領相, 謚文忠. 宜寧人.】

이택은【완산인으로 숙종 때 병사를 지냈다.】

李澤【字, 完山人. 肅宗朝兵使.】

유혁연은【숙종 때 무과에 급제하였고, 관이 대장군이다.】

柳赫然【字, 号, 肅宗朝武科, 官至大將.】

구지정은【능성인이다. 숙종 때 목사를 지냈다.】

具志禎【字, 綾城人. 肅宗朝牧使.】

박태보는【자가 사원이고 호가 정재이다. 기사삼신으로 번남인이다. 숙종 때 과거에 급제하였고, 관이 응교이다. 시호는 문충이다.】

朴泰輔【字, 士元, 号 定齊. 己巳三臣, 潘南人. 肅宗朝登科, 官應敎, 謚文忠.】

김성최는【자가 최량이며 호가 행곡이다. 안동인이다. 숙종 때 음직으로 목사를 지냈다.】

金聲最【字 最良, 号 杏谷. 安東人. 肅宗朝蔭官牧使.】

김창옹은【자가 자익이고 호가 삼연이다. 숙종 때 사람으로 남대장령을 지냈다.】

金昌翕【字 子益, 号 三淵. 肅宗朝, 南臺掌令.】

이유는【호가 소악이다. 완산인으로 숙종 때 음직으로 현감을 지냈다.】

李渘【字, 号 小岳. 完山人. 肅宗朝蔭官縣監.】

김창업은【자가 대유이고 호가 노가재이다. 숙종 때 진사이다.】

金昌業【字 大有, 号 老稼齊. 肅宗朝進士.】

유숭은【자가 원지이고 파계인이다. 숙종 때 참판을 지냈다.】

兪崇【字 元之, 号 杷溪人, 肅宗朝叅判.】

신정하는【자가 정숙이고 호가 노암이다. 평산인이다. 숙종 때 과거에 급제하였고, 관직은 수찬이다.】

申靖夏【字 正肅, 号 恕菴. 平山人. 肅宗朝登科, 官至修撰.】

윤두서는【자가 효언이고 해남인이다. 숙종 때 참판이다.】

尹斗緖【字 孝彦, 号 海南人. 肅宗朝衿判.】

이정섭은【자가 계화이고 호는 저촌이다. 숙종 때 사람이다.】

李廷燮【字 肅宗朝副率.】

김우규는【자가 성백이고 호가 백도이다. 숙종 때 서리를 지냈다.】

金友奎【字 聖泊, 号 伯道. 肅宗朝書吏.】

김상득 金尙得

주의식은【자가 도원이며 숙종 때 현감을 지냈다.】

朱義植【字 道源, 肅宗朝縣監.】

김성기는【자가 자호이며 호가 어은, 강호객이다. 숙종 때 거문고, 비파, 퉁소와 피리를 잘 연주하여 이름이 났다.】

金聖器【字 子豪, 号 漁隱 江湖客. 肅宗朝, 琴瑟簫笛有名.】

장유는【자가 지국이고 호가 계곡이다. 사계 김장생의 문인이다. 유학자이다. 인조 때 국구이며 정사공신이며 사후에 추숭되었고, 시호는 문충이다.】

張維【字 持國, 号 溪谷. 沙溪門人, 有斯道之任, 仁祖朝國舅,[11] 靖社功臣, 諫追崇 謚文忠.】

김태석은【자가 덕이이다. 숙종 때 서리를 지냈다.】

金兌錫【字 德而, 肅宗朝 五相.】

문수빈은【자가 사장인데, 숙종 때 서리를 지냈다.】

文守彬【字 士章, 肅宗朝書吏.】

이덕함은【숙종 때 이조판서를 지냈다.】

李德涵【字, 肅宗朝吏(判).】

조현명은【자가 치회이며 호가 귀록이다. 영조 때 영상이며 시호는 충효이다.】

趙顯命【字 稚晦, 号 歸鹿. 英宗 朝領相, 謚忠孝.】

조재호는【자가 경대이며 호가 농촌이다. 영조 때 우상을 지냈다.】

趙載浩【字 敬大, 号 農村. 英宗朝右相.】

윤순은【자가 충화이며 호가 백하이다. 영조 때 판서를 지냈다.】

尹淳【字 仲和, 号 白下. 英宗朝判書.】

조명리는【영조 때 판서를 지냈다.】

趙明履【字, 英宗趙判書.】

이정보는【자가 사수이며, 영조 때 판부사를 지냈다.】

---

11) 효종의 왕비인 인선왕후(仁宣王后)의 아버지.

李鼎輔【字 士受. 英宗朝判府事.】

장붕익은【자가 운거이다. 인동인으로 영조 때 무과에 급제하였고, 관이 판서이다.】

張鵬翼【字 雲擧. 号, 仁同人. 英宗朝武科,[12] 官至 判書.】

윤유는【영조 때 판서를 지냈다.】

尹游【字, 英宗朝判書.】

김기성은【17세 때 지었다. 영조 때 광은부위이다.】

金箕性【字, 十七歲所作, 英宗朝光恩副尉.】

김춘택은【호가 북헌이다. 숙종 때 사람이다.】

金春澤【字, 号 北軒. 肅宗朝.】

박희서는【자가 경보이며, 거문고를 잘 연주하고 글씨를 잘 써서 이름이 높았다. 영조 때 동지를 지냈다.】

朴凞瑞【字 敬甫, 号, 善琴善筆有名, 英宗朝同知.】

조윤형은【영조 때 판서를 지냈다.】

曺允亨【字, 英宗曺判書.】

조준은【자가 명중이고, 호가 송당이다. 고려 때 판삼사를 지냈고 조선 태조 때 영상을 지냈다. 평양부원군이다. 시호는 문충이다.】

趙浚【字 明仲, 号 松堂. 前朝判三司, 太祖朝領相, 平壤府院君, 謚文忠.】

이중집 李仲集

정도전은【자가 종지이고 호가 삼봉이다. 고려 때 문신으로 판삼군을 지냈고, 조선 태조 때 좌상이다.】

鄭道傳【字 宗之, 号 三峯, 前朝文判三軍, 太祖朝左相.】

박준한 朴俊漢

성여완은【호가 이헌이다. 창령인이며, 고려 때 시중을 지냈고, 태조 때 검교, 정승이다.】

成汝完【字, 号 怡軒. 昌寧人. 前朝侍中, 太祖朝檢校, 政丞.】

원천석은【호는 운곡이다.】

元天錫【字, 号 耘谷.】

이지란은【본래의 성은 퉁[佟]이며, 초명은 두란이다. 태조에게 이씨로 성을 하사 받았다. 시호는 양렬공이다.】

---

12) 숙종대 등과.

李之蘭【本姓佟, 初名 豆蘭, 太祖朝賜性李氏, 諡襄烈公.】

고경문 高敬文

변계량은【자가 거경이고 호가 춘정이며 조선 개국 초기에 문형을 맡았다. 태종 때 찬성을 지냈고, 시호는 문숙이다.】

卞季良【字 巨卿, 号 春亭. 國初典文衡, 太宗朝贊成, 諡文肅.】

권덕중 權德重

황희는【자가 구부이며 호가 둔촌이다. 시호는 찬성이며, 세종 때 영상을 지냈다.】

黃喜【字 懼夫, 号 庬村. 諡翼成, 世宗朝領相.】

박도순 朴道淳

성운은【자가 건숙이며 호는 대곡이다. 남명 조식의 문인이다.】

成運【字, 健叔, 号 大谷. 曺南溟門人.】

김천택은【호는 둔재이고 여헌 장현광의 문인이다. 】

金天澤【字, 号 遯齊. 張旅 門人.】[13]

어우협은【호가 둔재이다. 여헌 장현광의 문인이다.】

鮮于浹【字, 号 遯齊. 張旅 門人.】

박사상 朴師尙

박진 林晉

조응현 趙應賢

허강 許橿

이재 李在

김광수 金光洙

김중열은【자가 사순이며 호는 산수자이다. 영조 때 봉시를 지냈다.】

金重說【字 士淳, 号 山水子. 英宗朝捧侍.】

김진태의【자는 군헌이며, 영조 때 서리를 지냈다.】

金振泰【字 君獻. 英宗朝書吏.】

김수장은【자는 자평이며 호는 노가재이다. 영조 때 노직으로 통정대부를 제수 받았다.】

金壽長【字 子平, 号 老歌齊. 英朝朝老職通政.】

박문욱은【자가 여대이고, 영조 때 서리를 지냈다.】

13) 오기임. 바로 뒤에 오는 선우협의 것을 잘못 기입한 것임.

朴文郁【字 汝大. 英宗朝書吏.】

김묵수는【자가 시경이고, 영조 때 서리를 지냈다.】

金默壽【字 始慶. 英宗朝書吏.】

박인로는【영조 때 서리를 지냈다.】

朴仁老【字[탈락], 英宗朝萬戶.】

김유기는【자가 대기이며, 영조 때 사람이다.】

金裕器【字 大哉. 英宗朝.】

유세신은【자가 관부이고, 호는 묵애이다. 영조 때 사람이다.】

庾世信【字 寬夫. 號 默騃. 英宗朝.】

황진은【자가 명월이고 송도인이다.】

黃眞【字 明月. 松都人.】

소춘풍은【규수이다.】

笑春風【閨秀.】

소백주는【박엽이 평안도 관찰사로 재임시에 장기를 두면서 소백주로 하여금 노래를 짓게 했다.】

小栢舟【朴燁西伯時, 使之因博奕作歌.】

송대춘은【맹산의 기녀이다.】

松臺春【孟山妓.[14]】

강강월은【자가 천심이며 맹산의 기녀이다.】

康江月【字 天心, 孟山妓.】

옥이 玉伊

철이 鐵伊

송이는【규수이다.】

松伊【閨秀.】

한이는【규수이다.】

寒伊【閨秀.】

홍장 紅粧

다복【십주, 노가재】

多福【十洲, 老歌齊.】

14) '字天心'은 그 다음에 강산월의 것을 잘못 기입한 것임.

구지【유일지는 곧 사랑하는 사람이다.】

求之【柳一枝卽愛夫.】

매화【버들 봄빛 다시 돌아오니 여름이 다음으로 오려하니 봄빛이 이곳에서 마쳤다.】

梅花【柳春色再莅 西次時親狎, 春色終此.】

계랑은【규수이다.】

桂娘【閨秀.】

계섬 桂蟾

초중대엽(初中大葉)

초중대엽은【평원의 광야에서 구름 가고 물 흐르듯. 흰 구름이 지나가고 흐르는 물 넘실대듯. 배회하며 노래를 하는데, 세 번 탄식하는 맛이 있다.】

初中大葉【平原廣野 行雲流水 白雲行過 流水洋洋 徘徊一唱 有三歎之味】

[1: 1688][1] 정철(鄭澈)[2]

---

1) 작품 번호는 [1: 1688]과 같이 표시하기로 한다. 앞의 숫자는 본 가곡집 『악학습령』의 작품 번호이고 뒤의 숫자는 심재완 교수가 엮은 『역대시조전서』의 작품 번호이다.

2) 정철(鄭澈, 1536~1593)은 조선 중기의 문신, 시인. 본관 연일(延日). 자 계함(季涵), 호 송강(松江). 시호 문청(文淸). 기대승(奇大升), 김인후(金麟厚), 양응정(梁應鼎)의 문하생. 어려서 인종의 귀인(貴人)인 맏누이와 계림군(桂林君) 유(瑠)의 부인이 된 둘째 누이로 인하여 궁중에 출입하였는데, 이때 어린 경원대군(慶原大君, 명종)과 친숙해졌다. 1545년(명종 즉위) 을사사화(乙巳士禍)에 계림군(桂林君)이 관련되자 아버지가 유배당할 때 배소에 따라다녔다. 1551년 특사되어 온 가족이 고향인 창평으로 이주, 김윤제(金允悌)의 문하가 되어 성산(星山) 기슭의 송강(松江)가에서 10년 동안 수학할 때 기대승 등 당대의 석학들에게 배우고 이이(李珥), 성혼(成渾) 등과도 교유하였다. 1561년 진사시에, 다음 해 별시문과에 각각 장원, 전적(典籍) 등을 역임하고 1566년 함경도 암행어사를 지낸 뒤 이이와 함께 사가독서(賜暇讀書)하였다. 선조 11년에 장악원정(掌樂院正)으로 기용되고, 곧 이어 승지에 올랐으나 진도(珍島)군수 이수(李銖)의 뇌물사건으로 동인의 공격을 받아 사직하고 고향으로 돌아왔다. 80년 강원도 관찰사로 등용, 3년 동안 강원, 전라, 함경도 관찰사를 지내면서 시작품을 많이 남겼다. 이때 최초의 가사 〈관동별곡〉을 지었고, 또 시조 〈훈민가〉 16수를 지어 널리 낭송하게 함으로써 백성들의 교화에 힘쓰기도 하였다. 1585년 관직을 떠나 고향에 돌아가 4년 동안 작품 생활을 하였다. 이때 〈사미인곡〉, 〈속미인곡〉, 〈성산별곡〉 등 수많은 가사와 단가를 지었다. 1589년 우의정으로 발탁되어 정여립(鄭汝立)의 모반사건을 다스리게 되자 서인(西人)의 영수로서 철저하게 동인 세력을 추방했고,

솔숲에 눈이 오니 가지마다 꽃 핀 듯하여라
한 가지 꺾어다가 임 계신 데 보내 드리고 싶어라
우리 님께서 보신 후라면 녹아 버린들 어떠랴

松林[3]에 눈이 오니 柯枝마다 곳지로다[4]
ᄒᆞᆫ 柯枝 것거다가[5] 임 계신 듸[6] 드리고져[7]
우리 님 보신 후에 녹아진들 어이리[8]

[2: 2495] 정철(鄭澈)[9]
잠을 자려는 새는 날아들고 초생달은 돋아 온다.
외나무다리에 홀로 가는 저 선사야
너의 절이 얼마나 멀리 있기에 저리 멀리서 종소리 들리느냐

잘 ᄉᆡ는[10] 나라 들고 ᄉᆡ ᄃᆞᆯ은[11] 도다 온다
외나모 다리로 호흐노[12] 가는 져 션ᄉᆡ야[13]
네[14] 졀이 언마나[15] ᄒᆞ관ᄃᆡ[16] 遠鐘聲[17]이 들이ᄂᆞ니

다음해 좌의정에 올랐으나 1591년 건저문제(建儲問題)를 제기하여 동인인 영의정 이산해(李山海)와 함께 광해군의 책봉을 건의하기로 했다가 이산해의 계략에 빠져 혼자 광해군의 책봉을 건의했다. 이때 신성군(信城君)을 책봉하려던 왕의 노여움을 사 파직, 진주로 유배, 이어 강계로 이배되었다. 1592년 임진왜란 때 부름을 받아 왕을 의주까지 호종, 다음 해 사은사로 명나라에 다녀왔다. 얼마 후 동인들의 모함으로 사직하고 강화의 송정촌(松亭村)에 우거하면서 만년을 보냈다. 당대 가사문학의 대가로서 시조의 고산(孤山) 윤선도(尹善道)와 함께 한국 시가사상 쌍벽으로 일컬어진다. 창평의 송강서원, 연일의 오천(烏川)서원 별사(別祠)에 배향되었다. 문집으로 『송강집』, 『송강가사』, 〈송강별추록유사〉, 작품으로 시조 70여 수가 전한다. 여기서는 잡것이 섞이지 않은 순수한 쇠를 가리킨다.

3) 송림(松林): 소나무 숲, 솔밭.
4) 곳지로다: 곶(花)-이(서술격조사)-로다(감탄형어미)〉곶이로다〉꽃이로다. '곶이로다'가 연철표기 방식과 말음표기에 의해 '곳지로다'로 이중표기가 되었다.
5) 것거다가: 겼(折)-어다가(연결어미)〉꺾어다가.
6) 듸: 곳에, 데(의존명사).
7) 드리고져: 드리(獻)-고져(감탄형어미)〉드리고 싶다.
8) 어이리: 어찌하리. 어떠리.
9) 앞의 작품의 작자와 같기 때문에 원본에는 '又'로 표기되어 있다.
10) 잘 ᄉᆡ는: 잠 자려는 새(鳥)는.
11) ᄉᆡ ᄃᆞᆯ은: 새로운 달, 곧 초생달은.
12) 호흐노: 홀로, 음절을 맞추기 위해 3음절로 늘여 썼다. '호올로'의 오기.
13) 션ᄉᆡ야: 선사(禪師)야. 화상(和尙)의 존칭. 선사 또는 도가 높은 중을 높여 이르는 말. 『사원』에 "和尙之尊稱. (獨孤及文) 文生禪師 俾以敎尊." 참조.

[3: 263] 정충신(鄭忠信)[18]

빈 산은 적막한데 슬피 우는 저 두견새야
촉나라의 흥망이 어제 오늘의 일이 아니건만
지금에 와서 저토록 피나게 울어 남의 창자를 끊느냐

空山[19]이 寂寞ᄒᆞᆫ되 슬ᄑᆡ 우ᄂᆞᆫ 져 杜鵑[20]아
蜀國 興亡[21]이 어제 오날 아니여든[22]
至今에 피나게 울어 ᄂᆞᆷ의 ᄋᆡ[23]를 ᄭᅳᆫᄂᆞ니

[4: 3303] 김광욱(金光煜)[24]

황하 강물이 맑다더니 성인이 태어나셨도다.
초야에 묻혀 있는 현자들이 다 일어났다는 말인가
아! 강산풍월을 누구에게 주고 갔느냐

黃河水[25] ᄆᆞᆰ다더니 聖人이 나시도다

---

14) 네: 너(汝)-ㅣ(관형격)〉너의.
15) 언마나: 얼마나.
16) ᄒᆞ관ᄃᆡ: ‘ᄒᆞ(멀다의 대동사)-관ᄃᆡ(구속형어미)〉하건데. 멀건데.
17) 원종성(遠鐘聲): 멀리서 들려오는 종소리.
18) 정충신(1576~1636): 조선 중기의 무인. 자는 가행이며, 호는 만운이다. 1621(광해군 13)년 만포첨사로 국경을 경비하였고, 1624(인조 2)년 이괄의 난 때 공을 세워 금난군에 봉해졌다. 문집으로 『만운집』이 있다.
19) 공산(空山)이: 인기척이 없는 적막한 빈 산이. 〈왕유(王維)시〉 “空山不見人 但聞人語響” 참고.
20) 두견(杜鵑): 두견새, 소쩍새.
21) 촉국흥망(蜀國興亡): 촉나라의 흥하고 망함. 촉나라의 두자(杜宇, 나라를 잃고 죽은 망제의 원혼이 두견새가 된)인 망제(望帝)가 형인(荊人) 별령(鱉靈)을 정승으로 삼았으나 나중엔 왕위를 찬탈 당하고 죽임을 당했다. 억울하게 죽은 망제의 혼령(魂靈)이 두견새가 되어 산천을 떠돌며 피나게 우는 원한의 울음은 듣는 이로 하여금 창자를 끊게 하였다는 고사가 있다.
22) 아니여든: 아니-여든(〈-거든, ㄱ탈락, ㅣ-모음역행동화)〉아니거든.
23) ᄋᆡ: 창자. ‘애’는 15세기부터 20세기까지 형태 변화 없이 ‘애’로 나타난다. 15세기에 ‘장(腸)’을 뜻하는 어휘로는 ‘애’와 ‘ᄇᆡᆨ술’이 있었다. 그 후에 ‘ᄇᆡᆨ술’은 ‘밸’로 변하여 계속 쓰고, ‘애’는 소실하여 대신 ‘창자’를 쓰게 되었다. 이백의 〈첩박명(妾薄命)〉이라는 시 “昔日芙蓉花 今成斷腸草” 참조.
24) 김광욱(1580~1656): 조선 중기의 문인. 자는 회이이며, 호는 죽소이다. 광해군 3(1611)년 정언으로 있을 때 대북파의 영수인 정인홍을 탄핵했으며, 이후 대북 정권이 추진하던 폐모론에 반대하여 삭직되었다. 1623년 인조반정 후 다시 등용되어 요직을 거쳤다. 문집으로 『죽소집』이 있으며 시조인 〈율리유곡〉이 전한다.
25) 황하수: 황하. 황하는 늘 누렇고 탁하다. 천년에 한 번쯤 맑아지는데 이 물이 맑아지면 곧 성인이 태어난다고 전한다. 『습유기(拾遺記)』 “丹丘千年一燒 黃河千年一清 至聖之君 以爲大瑞.” 참고.

草野 群賢[26]이 다 이러[27] 나단 말가[28]
어즈버 江山風月[29]을 눌을[30] 주고 니거니[31]

[5: 2411] 주의식(朱義植)[32]
어진 마음으로 터를 잡고 효자 충신으로 기둥을 삼아 (지은 집에)
예의 염치로 가득히 채웠으니
천만년 비바람을 만나도 (어찌) 기울 수가 있으랴

仁心은 터이[33] 되고 孝悌 忠信[34] 기동[35] 되여
禮義 廉恥로 ᄀ즉이[36] 녀여시니[37]
千萬年 風雨를 만난들 기울[38] 줄이 이시랴

[6: 2529]
장한이 강동으로 갈 적에 때마침 가을바람 불어오고
밝은 날이 저문데 한없이 푸른 파도가 이는구나
어디서 (나타났는지) 푸른 하늘에 한 마리 기러기가

張翰[39]이 江東[40]去홀[41] 제[42] ᄯᅵ마즘[43] 秋風이라

---

26) 초야군현(草野群賢): 난세를 피해 벼슬을 하지 않고 초야에 묻혀 있는 어진 현자들.
27) 이러: 일(成)-어(부사형어미)〉일어. 난세에 숨어 버렸던 군현이 성세를 만나 사방에서 나라를 위하여 일어났단 말인가?
28) 말가: 말(言)-ㄹ가(반어적 의문형어미)〉말인가?
29) 강산풍월(江山風月): 맑고 아름다운 자연 혹은. 성인이 다스릴 세상.
30) 눌을: 누구에게.
31) 니거니: 니(去)-#거(行)-니(과거의문형어미)〉갔느냐?
32) 주의식(생몰년 미상): 17세기 후반~18세기 초반에 활동했던 가창자. 자는 도원이며, 호는 남곡이다. 무과 출신으로 칠원 현감을 지냈으며, '여항육인'의 한 사람이다. 전문적인 가창 집단이 형성된 조선 후기 김천택을 중심으로 한 여섯 명의 가단 가운데 한 사람. 황충기, 「여항육인고」, 『어문연구』 통권 제46~47호 합집, 1985 참조.
33) 터이: 터(地)-이(주격조사)〉터가.
34) 효제충신(孝悌忠信): 부모에 대한 효도와 형제간의 우애와 군주에 대한 충성과 벗 사이의 신의.
35) 기동: 기둥(柱).
36) ᄀ즉이: 가득히. 김용찬(2001: 91)은 '가지런히'로 풀이하고 있다
37) 녀여시니: 넣(入)-어(부사형어미)#이시(有)-니〉넣어 두었으니, 채웠으니.
38) 기울: 기우-ㄹ(관형어미)〉기울.
39) 장한(張翰): 진(晋)의 오군(吳郡) 사람. 호는 계응(季鷹).

白日[44] 저문듸 限 업슨 滄波ㅣ로다
어듸셔 淸天 一鴈[45]은 홈ᄭᅴ 녜쟈[46] ᄒᆞᄂᆞ니함께 가자고 하는구나

[7: 1967]
어제 검었던 머리카락이 벌써 오늘 다 늙었도다
거울 속에 비치는 늙은 모습, 이 어떤 늙은이인가
임께서 누구인가 하시거든 (바로) 내로다 하리다

어제 ᄀᆞᆷ든[47] 마리[48] ᄒᆞ마[49] 오ᄂᆞᆯ 다 늙거다
鏡裡 衰容[50]이 이 어인 늘그니오[51]
님겨셔[52] 뉜다[53] ᄒᆞ셔든[54] 내 내로다[55] ᄒᆞ리라

---

40) 강동(江東): 진(晋)의 오군 출신의 장한이라는 사람이 한나라에서 높은 벼슬자리에 있었지만 가을바람이 불자 고향인 오강(吳江)의 순나물국과 노어회를 생각하고 벼슬을 던져버리고 고향으로 되돌아갔다는 고사. 이백의 〈송장사인지강동(送張舍人之江東)〉 시 "張翰江東去 正値秋風起 天淸一雁遠 海闊孤帆遲 白日行欲暮 滄波杳難期 吳州如見月 千里幸相思" 참조.
41) 거(去)ᄒᆞᆯ: 갈.
42) 제: 적에.
43) ᄢᅴ마즘: 때마침.
44) 백일: 밝은 해.
45) 청천일안(淸天一鴈): 푸른 하늘에 떠 있는 한 마리 기러기.
46) 녜쟈: 녀(行)-쟈(청유형어미)〉가자.
47) ᄀᆞᆷ든: 까맣던, 검던.
48) 마리: 머리-∅(주격)〉머리가.
49) ᄒᆞ마: 벌써.
50) 경리쇠용(鏡裡衰容): 거울 속에 비친 늙은 모습.
51) 늘그니오: 늙(老)-은(관형사어미)-#이(의존명사)-오(의문형어미)〉늙은 사람이오?
52) 님겨셔: 님-겨셔(존칭여격)〉님께서.
53) 뉜다: 누(誰)-ㄴ다(의문형어미)〉누구인가.
54) ᄒᆞ셔든: ᄒᆞ-시-(주체존대선어말어미)-어든(연결어미)〉하시거든.
55) 내로다: 나(我)-이(서술격조사)-로다(감탄형어미)〉내로다.

이중대엽(二中大葉)

이중대엽은【드넓은 바다 외로운 돛 배가 평탄한 내를 지나 좁은 여울을 지나듯이, 푸른 산 흐르는 물 흐르는 물이 고저가 있듯이, 왕손이 대로 나아가 검무를 추며 시내를 다니듯.】

二中大葉【海濶孤帆 平川挾灘 青山流水 流水高低 王孫臺郎 舞劒洛市】

[8: 1244]

푸른 바다가 다 흘러 마른 뒤에 모래 모여 섬이 되어
향기로운 무정한 풀은 해마다 푸른데
어찌해서 우리의 왕손은 죽어서 다시 돌아오지 못하는

碧海 渴流[1]後에 모릭[2] 모혀 셤이 되여
無情 芳草[3]은 힉마다 푸르러는딕
엇더타 우리의 王孫[4]는 歸不歸[5]ᄒᆞᄂᆞ니가

---

1) 벽해갈유(碧海渴流): 푸른 바다가 흘러 다 마름.

2) 모릭: 모래. "혀근 벌에 잇는 苦와 더븐 몰애 모매 븓는 苦왜라"(〈석보상, 13-8ㄱ〉), "恒河沙는 恒河앳 몰애니"(〈월인석, 7-72ㄴ〉).

3) 무정방초(無情芳草): 무정한 향기로운 풀.

[9: 2336]

이 봐 초나라 사람들아 너의 옛임금은 어디 갔나
육리 청산은 누구의 땅이 되었단 말인가
우리도 무관 닫은 후이니 소식조차 몰라 하노라

입아[6] 楚 사ᄅᆞᆷ들아 녯 님군[7] 어듸 가니[8]
六里 靑山[9]이 뉘 ᄯᅡ히 되단 말고
우리도 武關[10] 다든[11] 後ㅣ니 消息 몰나 ᄒᆞ노라

[10: 2063]

오늘이 오늘이소서 매일의 오늘이소서
저물지도 새지도 말고
항상 밤낮으로 오늘이 오늘이소서

오ᄂᆞᆯ이 오ᄂᆞᆯ이쇼셔[12] 每日의 오ᄂᆞᆯ이쇼셔
져므려지도[13] 새지도 마르시고
ᄆᆡ양[14]에 晝夜長常[15]에 오ᄂᆞᆯ이 오ᄂᆞᆯ이쇼셔[16]

---

4) 왕손(王孫): 왕의 후손. 또는 상대의 존칭으로도 쓰임. 그대(貴公). 왕유(王維)의 시 〈송별(送別)〉 "山中相送罷 日暮掩紫扉 春草年年錄 王孫歸不歸" 참조. 이 시에서는 광해군에 의해 어린 나이에 죽임을 당한 영창대군을 비유하고 있다.

5) 귀불귀(歸不歸): 죽어서 다시 돌아오지 않음.

6) 입아: '이 보아'의 축약형. 이봐. 곧 '여기 보아라'의 뜻. 경상방언에서는 '이바'라는 방언형이 잔존해 있다.

7) 녯 님군: 옛 임금. 여기서는 초나라 회왕(懷王)을 뜻함.

8) 어듸 가니: 어디-의(처격)#가(行)-니(의문형)〉어디에 갔느냐?

9) 육리청산(六里靑山): 사방 6리의 땅. 『사기』〈장의열전(張儀列傳)〉에서 나온 말. 중국 전국시대 합종책을 주장하던 장의가 진나라의 재상이 되어 초나라 회왕에게 유세를 하면서 초나라가 제나라와의 관계를 끊을 것을 권유하며 6백리의 땅을 바치기로 하였다. 진나라와 제나라가 화친이 성사되자 장의는 예전의 약속을 바꿔 자신이 소유한 봉읍 6리를 바치겠다고 초의 사신에게 말한다. 이에 화가 난 초가 진을 공격하자 진나라에 크게 패하였다.

10) 무관(武關): 전국시대 진(秦)의 남관으로 지금 협서성 남락현 동에 있는 관문. 진의 소왕(昭王)이 초나라의 회왕을 유인하여 여기에 가두었다. 또한 한 고조가 이곳 무관을 통하여 진나라에 들어가 항복받은 사실이 있다.

11) 다든: 닫(閉-)은(관형사어미)〉닫은.

12) 오ᄂᆞᆯ이쇼셔: 오ᄂᆞᆯ(今日)-이(서술격조사)-쇼셔(감탄형어미). "滿朝 두쇼셔커늘"(〈용가, 70〉), "뎌와 것구와 맛보게 ᄒᆞ쇼셔"[월석], "아소 님하 도람 드르샤 괴오쇼셔"[정과정]

13) 져므려지도: 져믈-어지다〉저물어 지지도. 저물지도.

[11: 1582]
덕을 행하여 망친 일이 없고 악행으로 잘된 일 없다
이 둘 사이가 그 아니 분명한가
우리는 잡된 근심 떨치고 덕을 닦아 보리라

德으로 밴[17] 일 업고 惡으로 인[18] 일 업다
이 두 즈음이[19] 긔[20] 아니 分明ᄒᆞᆫ가
우리ᄂᆞᆫ 雜근심 ᄡᅥᆯ치고 德을 닥가[21] 보리라

[12: 2606]
조그마한 뱀이 용의 꼬리를 담뿍 물고
높은 봉우리 험준한 재를 넘었다는 말이 있습니다
온 사람이 온 말을 하여도 임이 짐작하소서

됴고만[22] ᄇᆡ얌이라셔[23] 龍의 초리[24] ᄃᆞᆷ북이[25] 물고
高峰 峻嶺[26]을 넘단[27] 말이 잇ᄂᆞᆫ이라[28]
왼 놈[29]이 왼[30] 말을 ᄒᆞ여도 님이 짐작ᄒᆞ시소[31]

---

14) ᄆᆡ양: 매양(每樣). 항상.
15) 주야장상(晝夜長常): 밤낮으로 항상. 늘.
16) 오ᄂᆞᆯ이쇼셔: 오ᄂᆞᆯ-이(서술격조사)-쇼셔(감탄형어미)〉오늘이소서.
17) 밴: '벤'의 오기인 듯. 버힌〉베인. 이그러진 일 또는 망친 일.
18) 인: 일(起)-ㄴ(관형어미)〉일어난, 흥기(興起)한. 이루어진 일. 또는 잘된 일.
19) 즈음이: 사이가.
20) 긔: 그(其)-ㅣ(주격조사)〉그것이.
21) 닥가: 닭(修)-아(부사형어미)〉닦아.
22) 됴고만: 됴고마-ㄴ(관형사어미)〉조그마한.
23) ᄇᆡ얌이라셔: 뱀이라서.
24) 초리: 꼬리.
25) ᄃᆞᆷ북이: 입에 가득, 담뿍.
26) 고봉준령(高峰峻嶺): 높은 봉우리와 험준한 재.
27) 넘단: '넘었다는'의 축약형.
28) 잇ᄂᆞᆫ이라: 잇(有)-ᄂᆞ(현재시상선어말어미)-니라〉있나니라, 있습니다.
29) 놈: 놈(者), 사람.
30) 왼: 온(百).
31) 짐작ᄒᆞ시소: 짐작하소서.

삼중대엽(三中大葉)

삼중대엽은 **【**황우가 말을 달리 듯, 높은 산에서 돌이 굴러 내리듯, 풀밭 속의 뱀이 놀라고, 구름 사이로 번개가 치고, 바위 위에서 말을 달리듯**】**

三中大葉 **【**項羽躍馬 高山放石 草裡驚蛇 雲間散電 巖頭走馬**】**

[13: 1478] 조식(曺植)[1]

삼동에 베옷 입고 바위 동굴에서 눈비를 맞으며
구름 낀 볕 조각도 쪼인 적이 없건마는
서산에 해 진다 하니 눈물 못 이겨 하노라

三冬[2]에 뵈옷[3] 닙고[4] 巖穴[5]에 눈비 마자
구름 ᄭᅵᆫ 볏[6] 뉘도[7] ᄶᅬᆫ[8] 적이 업건마ᄂᆞᆫ

---

1) 조식(1501~1572): 조선 중기의 문인. 자는 건중이며, 호는 남명이다. 산야에 은거하며 성리학을 연구하여 독특한 학문을 이루었다. 1566(명조 21)년 왕의 부름으로 치란의 도리와 학문의 방법을 표하고, 만년에 두류산에 들어가 학문 연구와 후진 양성에 전념하였다. 문집으로 『남명집』이 있다.
2) 삼동(三冬): 겨울 석 달. 한겨울.
3) 뵈옷: 삼베옷. 추위를 이기지 못할 보잘것없는 옷.
4) 닙고: 입고.
5) 암혈(巖穴): 바위 동굴. 보잘것없는 거처.

西山에 힉 지다[9] ᄒᆞ니 눈물 계워[10] ᄒᆞ노라

[14: 1309]
마음이 서운하고 싱거운 이는 서초패왕 항우이리라
홍구 동쪽 천하야 얻으나 못 얻으나
천리마 절대가인을 누구에게 주고 떠날 것인가

부협고[11] 섬써을 손[12] 西楚覇王[13] 項籍이라
긔쫑[14] 天下야 어드나 못 어드나
千里馬[15] 絶代佳人[16]을 누를 주고 니거이

---

6) 구름 끤 볏: 구름이 낀 별(임금의 은혜, 나라의 록(國祿)).
7) 뉘도: 조각도.
8) 쬔: 쪼인. 쬐-ㄴ(관형어미). 쪼인.
9) 서산에 힉 지다(西山日暮): 임금이 돌아가시다. 또는 나라가 망함.
10) 계워: 못 이겨.
11) 부협고: 『해동가요』에서는 '부허(浮虛)코'로 표기되어 있어 '부허-ㅂ(강세적 사잇소리)하고'의 줄인 말인 듯하다. 곧 "마음이 차근차근하지 못하고 들떠 서운하다."라는 의미이다. 경북방언에서는 같은 의미의 어휘 '협부다'가 있는데 음절도치에 의한 방언형으로 추정된다.
12) 섬써을 손: 『해동가요』에서는 '성거울 손'으로 표기가 되어 있다. 『고시조정해』에서는 "섭섭하고 섬드레한 감정"으로 풀이하고 있으며, 『해동가요주해』에서는 '나약하다'로 풀이하고 있으나 『주해 청구영언』에서는 '섭섭하다', '섬겁다' 두 가지의 의미로 풀이하고 있다.
13) 서초패왕(西楚覇王): 항우(項羽). 중국 진나라 말엽의 무장. 유방과 함께 진나라를 멸하고 서초의 패왕이 되었으나 유방과 5년 동안 싸우다가 해하에서 대패하여 달아나다가 오강에서 자결하였다. 『사기』 〈항우본기〉 참조.
14) 긔쫑: 그 따위, 변변하지 못한. 그러나 시의로 보아 곧 "그 동쪽 천하야"의 오기, "그 동(東)"의로 해석하는 것이 옳을 듯하다. 곧 "그 동쪽"이란 하남성 개봉부(開封府)에 있는 홍구(鴻溝)의 동쪽이라는 뜻이다. 『사기』에 의하면 초나라 항우가 한나라의 고조인 패공(沛公)과 천하를 얻으면 홍구를 중심으로 동쪽은 항우가 서쪽은 한나라에 주기로 약속했다는 고사가 있다.
15) 천리마(千里馬): 하루에 천 리를 달린다는 준마(駿馬). 곧 항우가 타던 휴(騅)라는 오추말을 뜻함.
16) 절대가인(絶代佳人): 세상에서 제일가는 미인. 여기서는 항우의 애첩 우미인(虞美人). 『사기』 〈항우본기〉에 초나라 항우와 한나라 유방(劉邦)은 5년간 홍구를 경계로 패권다툼을 하다가 유방의 군사에게 힘에 밀리자 휴전 제의를 한 뒤, 곧바로 초나라 도읍인 서주(西州)로 철군 길에 올랐으나 유방이 장량(張良)과 진평(陳平)의 진언에 따라 말머리를 돌려 항우를 추격하여 항우의 군사가 해하(垓下)에 이르자 한나라 장군 한신(韓信)이 지휘하는 군사에 겹겹이 포위된 초나라 병사들에게 느닷없이 사방에서 초나라의 노래가 들려왔다(사면초가(四面楚歌)). 이에 항우는 이미 한나라에게 패했음을 알고 애인 우희와 준마 추를 곁에 두고 주연을 베풀며, 비가를 불렀다. "힘은 산을 뽑고 의기는 세상을 덮건만 때는 불리하고 추는 진격하지 않는구나. 추가 가지 않으니 어찌면 좋을고. 우야 우야 그대는 또한 어찌할고(力拔山兮氣蓋世 時不利兮騅不逝 騅不逝兮可奈何 虞兮虞兮若如何)."라는 노래를 부르고 오강(烏江)에서 자결하였다.

[15: 2873]

청산은 적막하고 고라니와 작은 사슴이 벗이로다

약초에 입맛을 들이니 바깥세상의 살아가는 맛을 잊겠노라

푸른 파도에 낚싯대 둘러메고 고기 잡는 재미에

青山이 寂寞ᄒᆞᆫᄃᆡ 麋鹿[17]이 버지로다[18]

藥草에 맛 드리니[19] 世味[20]를 이즐노다

碧波[21]로 낙시대[22] 두러 메고[23] 漁興[24]계워[25] ᄒᆞ노라흥겨워 하노라

[16: 2844] 이황(李滉)[26]

청량산 열 두 봉을 아는 이는 나와 흰갈매기뿐.

갈매기야 야단스럽게 떠들겠는가 못 믿을 것은 복숭아꽃이로다

도화야 떠나지 마려무나 고기잡이하는 이가 알까

青涼山 六六峯[27]을 아ᄂᆞ 니[28] 나와[29] 白鷗

白鷗야 獻辭[30]ᄒᆞ랴 못 미들[31] ᄉᆞᆫ[32] 桃花ㅣ로다[33]

---

17) 미록(麋鹿): 고라니와 사슴. 혹은 그것들이 사는 세속을 벗어난 자연.

18) 버지로다: 벗(朋)-이(서술격조사)-로다(감탄형어미)〉벗이로다. '벗'은 한자어 '친구(親舊)'의 뜻을 가진 순우리말이다. 15세기 한글 자료에 '벋'의 형태가 처음 나타난 후 '벗', '벗'의 형태로 변화되어 쓰이다가 현대국어에서 '벗'으로 굳어졌다.

19) 드리니: 들(入)-이(사동접사)-니(설명형)〉들이니.

20) 세미(世味): 바깥세상의 살아가는 맛. 곧 속계의 삶을 의미함.

21) 벽파(碧波)로: 푸른 파도가 치는 곳으로.

22) 낙시대: 낚싯대.

23) 둘러메고: 둘러메고.

24) 어흥(漁興): 고기 잡는 재미.

25) 계워: 겹-어(부사형어미)〉겨워. 이기지 못함.

26) 이황(1501~1570): 조선 중기의 문인. 자는 경호이며, 호는 퇴계, 퇴도, 도수 등이다. 1534(중종 29)년 식년문과에 급제하여, 1568(선조 1)년 우찬성을 거쳐 대제학을 지내고, 다음해 고향으로 돌아갔다. 문집으로 『퇴계전서』가 있고, 연시조인 '도산십이곡'이 전한다.

27) 청량산 육육봉(六六峯): 경북 봉화 재산면에 있는 산. 육육봉(六六峯)이란 66=12개의 봉우리를 뜻한다.

28) 아ᄂᆞ니: 알(知)-ᄂᆞᆫ(관형어미)#이(의존명사)-∅(주격)〉아는 사람은.

29) 나와: 나(我와)-와(공동격)〉나와.

30) 헌사(獻辭)ᄒᆞ랴: 야단스럽게 떠들 리가 있겠는가? 좋은 말을 하겠는가?

31) 못 미들: 믿지 못할.

32) ᄉᆞᆫ: ᄉᆞ(의존명사)-ㄴ(관형어미)〉것은.

33) 도화(桃花)ㅣ로다: 복숭아꽃이로다.

桃花야 써나지 마로렴[34] 漁舟子[35] 알가 ᄒᆞ노라 하노라

[17: 2698]

진회(秦檜)가 없었다면 금나라 오랑캐를 토평했을 것을
재갈공명이 살았으면 중국 천하를 회복했을 것.
온 천지에 이 두 일을 생전에 풀지 못한 한이야 잊을

秦檜[36]가 업듯던들[37] 金虜[38]을 討平[39]ᄒᆞᆯ 거슬
孔明[40]이 ᄉᆞ돗던들[41] 恢復中原[42] ᄒᆞ리로다
天地間 이 두 遺恨[43]이야 이즐 주리 이시랴줄 있겠는가

---

34) 마로렴: 말(勿)-오(의도법선어말어미)-렴(청유형어미)〉마렴.

35) 어주자(漁舟子): 고기잡이. 한유(韓愈)의 〈도원행(桃園行)〉 시에 나오는 구절임. 곧 "神仙有無何眇茫 桃園 之說誠荒唐 (…중략…) 歲久此地還成家 漁舟之者來何所 物色物相淸更問語".

36) 진회(秦淮): 중국 송나라 사람. 송나라 고종에게 금(金)나라와 화친을 주장하였다. 악비(岳飛) 등의 주전론자들을 죽였다.

37) 업듯던들: 없기만 했던들. 없었던들.

38) 금로(金虜)을: 금나라 오랑캐를 낮추어 이르는 말.

39) 토평(討平)ᄒᆞᆯ 거슬: 토평했을 것을.

40) 공명(孔明)이: 제갈공명. 중국 삼국시대 촉나라의 이름난 재상. 제갈량이라고도 함.

41) ᄉᆞ돗던들: ᄉᆞᆯ(生)-돗(강세접사)-더(과거회상선어말어미)-ㄴ들(연결어미)〉살았던들.

42) 회복중원(恢復中原): 중국 너른 천하를 다 회복함.

43) 유한(遺恨): 생전에 남은 원한.

북전(北殿)

북전은 겨울 하늘에 기러기 울고, 풀 속의 뱀이 놀라고, 사창 아래에서 졸던 꾀꼬리 쫓아내고, 봉황이 무리 속에서 나와 솟아올라 서로 배회하듯 변풍의 태도가 있는 모습이다.

北殿 雁叫霜天 草裡驚蛇 睡羅紗窓 打起鶯兒 鳳凰出群 低昂回互 有變風之態

[18: 670]

누운들 잠이 오며 기다린들 임이 오랴
이제 누워 있은들 어찌 잠이 벌써 오겠는가
차라리 앉은 곳에서 긴 밤을 새우리라

누은들 잠이 오며 기ᄃᆞ린들 님이 오랴
이ᄌᆡ[1] 누어신들 어ᄂᆡ[2] 줌이 ᄒᆞ마[3] 오리[4]
출ᄒᆞ리[5] 안즌[6] 고ᄃᆡ셔[7] 긴 밤이나 ᄉᆡ오리라

---

1) 이ᄌᆡ: 이제.
2) 어ᄂᆡ: 어디. 어찌.
3) ᄒᆞ마: 벌써.
4) 오리: 오(來)-리(의문형어미)〉오겠는가?

[19: 3322]

흐리멍텅하고 느리게 사랑하시면 어느 누구를 좇아가겠습니까
이럭저럭하여 벗님이라는 이유로
풀솜의 까실까실한 감촉(느낄 수 있듯이)에 뒤섞여 놉시다

흐리누거8) 괴오시든9) 어누거10) 좃니옵11)ᄉᆡ
젼ᄎᆡ12) 젼ᄎᆡ에 벗님의 젼ᄎᆞ로셔
雪綿子13) 가ᄉᆡ로온14) 듯시 벙그러져15) 노옵ᄉᆡ16)

[20: 650]

녹이 상제의 준마는 외양간에서 늙고 용천설악의 좋은 칼은 칼집 속에서 운다.
대장부가 되어 태어나서나라를 위해 공훈도 세우지 못하고
귀 밑에 백발이 흩날리니 그것을 슬퍼하노라

綠駬17) 霜蹄18)은 櫪上19)에셔 늙고 龍泉 雪鍔20)은 匣裡21)에 운다

---

5) 출ᄒᆞ리: 차라리. “衆生이 고디 듣디 아니ᄒᆞ야 惡道애 ᄠᅥ러디리니 출히 說法 마오 涅槃애 어셔 드사 ᄒᆞ리로다 ᄒᆞ다가”(〈석보상, 13-58ㄱ〉), “ᄂᆞᄆᆡ 겨집 ᄃᆞ외노니 출히 뎌 고마 ᄃᆞ외아지라 ᄒᆞ리 열히로ᄃᆡ 마디 아니터니”(〈법화경, 2-28ㄴ〉). ‘출하리>출아리>ᄎᆞ라리>차라리’의 변화 과정을 거쳤을 것으로 추측된다.

6) 안즌: 앉은.

7) 고ᄃᆡ셔: 곧(處)-에서(처격조사)>곳에서.

8) 흐리 누거: “(날씨가) 흐리고(탁하고) 눅눅하여”의 뜻으로 “흐리멍텅하고 느릿하다”는 뜻으로 해석될 수 있다.

9) 괴오시든: 괴오(愛)-시(주체존대선어말어미)-든(구속형어미)>사랑하시면. 사랑하시거든.

10) 어누거: 얼-어#눅-어>얼어서 눅신눅신하여. 또는 어누(어느)-누(누구)-거(것)>어느 누구 것을.

11) 좃니옵ᄂᆡ: 좃(從)-니(行)-옵(겸양선어말어미)-ᄂᆡ(의문형어미)>좇아가겠습니까?

12) 젼ᄎᆡ: 전차, 이유, 연유, 까닭. 이럭저럭하여.

13) 설면자(雪綿子): 풀솜.

14) 가ᄉᆡ로온: 가ᄉᆡ롭(까실까실롭)-은(관형어미)>까실까시로운. 김용찬(2000: 96)은 “가시인 듯”으로 풀이하고 있으나 앞뒤 이미지가 연결되지 않는다.

15) 벙그러져서: 범글(뒤섞다, 얽매다, 버무르다)-어져서>뒤섞여. 서로 어울려.

16) 노옵ᄉᆡ: 놀-옵(겸양선어말어미)-ᄉᆡ(청유형어미)>놉시다.

17) 녹이(綠駬): 귀가 푸른 말. 주나라 목왕(穆王)의 여덟 준마(駿馬)의 하나. 『사기』〈주기〉“紀年云 北唐之君來見 以一驪馬 是生綠耳 八駿皆因其毛色 以爲名號駰案” 참고.

18) 상제(霜蹄): 서리와 같이 흰 말굽. 준마의 말굽을 뜻함. 두보의 시 “霜蹄蹴踏長秋門, 馬官廝養森成列” 참고.

19) 역상(櫪上)에셔: 마판(말 외양간) 위에서.

20) 용천설악(龍泉雪鍔): 보검(寶劍)의 날카로운 칼날. 『환자지(寰宇志)』에서 용천현(龍泉縣) 남쪽 오리수

丈夫ㅣ 되여 나셔 爲國功勳[22] 못ᄒᆞ고셔
귀 밋ᄐᆡ 白髮이 흣늘이니 그를 슬허 ᄒᆞ노라

[21: 2699]
진회에 배를 매고 주막집으로 돌아드니
강 건너 상나라의 여인은 나라 망한 한을 모르고서
밤중 차가운 강물 위에 달빛 비친 때 후 정화 노래만 하더라

秦淮[23]에 ᄇᆡ을 ᄆᆡ고 酒家로 도라드니
隔江 商女[24]는 亡國恨을 모로고셔
밤중만 寒水[25]에 月籠[26]ᄒᆞᆯ 직 後庭花[27]ᄅᆞᆯ ᄒᆞ더라

(五里水)는 칼을 담금질하는데 좋은 물로, 옛 사람이 칼을 만들어 이 물에 담그니 칼이 용으로 변하였다 함. 『박물지』 "張華見斗牛之間, 常有紫氣, 雷煥曰 '寶劍之精也' 華卽補煥爲寶城令, 煥掘獄得一0函, 中有寶劍二, 竝刻題, 一曰龍泉, 一曰太阿, 是夕斗牛間氣, 不得見焉, 煥遣使送一與華, 留一自佩焉." 참고.

21) 갑리(匣裡): 칼집 속.

22) 위국공헌(爲國功勳): 나라를 위해 공을 세움.

23) 진회(秦淮): 강의 이름. 강소성에 근원을 두고 남경 시로 흐르는 강. 옛 남경의 화류지대(花柳地帶).

24) 격강 상녀(隔江商女): 강을 사이에 두고 장사하는 여자.

25) 한수(寒水): 차가운 강물.

26) 월롱(月籠): 달을 희롱하며 즐김.

27) 후정화(後庭花): 악곡의 이름. 중국 선제(宣帝)의 아들 진후주(陳後主)가 지은 곡조로 북전(北殿)이라고도 함. 두목(杜牧)의 〈진회(秦淮)〉라는 시에 "烟籠寒水月籠沙 夜泊秦淮近酒家 商女不知亡國恨 隔江猶唱後庭花"가 있음.

이북전(二北殿)

이북전
二北殿

[22: 1828]
아차 황모 시필 먹을 묻혀 창 밖에 떨어졌구나
이제 돌아가면 얻을 법 있겠지만
아무나 얻어 가져서 그려보면 알리라

아쟈[1] ᄂᆡ 黃毛試筆[2] 먹을 무쳐 牕밧긔 지거고[3]
이ᄌᆡ 도라가면 어들 법 잇것마ᄂᆞᆫ
아모나 어더 가져셔 그려 보면 알이라

---

1) 아쟈: 아차(감탄사), "俄者 ᄂᆡ 少年이야 어드러 간거이고"[가곡원류, 界平擧].
2) 황모시필(黃毛試筆): 오랑캐 지역에서 나는 황모(족제비 꼬리털)로 만든 붓. 남자의 성기를 상징하는 것으로 보는 견해도 있다.
3) 지거고: 디(落)〉지-거(과거시상선어말어미)-고(연결어미)〉떨어졌고. 이 작품에서 '황모시필'은 남성의 성기를, '묵'은 음수(陰水)를, '창'은 여자의 성기를 '지거고'란 기다림을 '그려 보면'은 성 관계를 상징하는 것으로 볼 수도 있다.

초삭대엽(初數大葉)

초삭대엽은 긴 소매로 고운 춤추며 푸른 버들 봄 바람에 흔들리듯, 지는 해에 봉황이 날고 구르는 듯한 꾀꼬리 소리처럼 듬직한 기운이 느껴지는 뜻이 있음

初數大葉 長袖善舞 綠柳春風 鳳凰落日 宛轉流鶯 有軒氣之意

[23: 2875] 효묘어제(孝廟御製)[1)]

청석령을 지났느냐 초하구는 어디쯤인가
북쪽 오랑캐나라의 바람도 차기도 찬데 궂은비는 무슨 일로 내리는고
누구라서 내 초라한 모양 그려내어서 임 계신 곳에 드릴까보냐

靑石嶺[2)] 지나거다[3)] 草河溝ㅣ 어듸메오[4)]

---

1) 효종. 조선 제17대 왕(1649~59 재위) 인조의 둘째 아들로 이름은 호(淏). 자는 정연(靜淵), 호는 죽오(竹梧)이다. 어머니는 인열왕후(仁烈王后)이며 비는 우의정 장유(張維)의 딸 인선왕후(仁宣王后)이다. 1626(인조 4)년 봉림대군(鳳林大君)에 봉해졌다. 1636년 병자호란이 일어나자 인조의 명으로 아우 인평대군(麟坪大君)을 비롯한 왕족을 거느리고 강화도로 옮겨 장기 항전을 꾀했으나, 남한산성에 고립되었던 인조가 이듬해 청나라에 항복함에 따라 형 소현세자(昭顯世子)와 홍익한(洪翼漢), 윤집(尹集), 오달제(吳達濟) 등 강경 주전론자들과 함께 청나라에 볼모로 잡혀가 선양(瀋陽)에 8년 동안 머물렀다. 1645년 2월에 먼저 귀국했던 소현세자가 그 해 4월 갑자기 죽자 5월에 청나라로부터 돌아와 인조의 강한 의지에 따라 윤6월에 세자로 책봉되었다. 1649년 5월 인조의 뒤를 이어 즉위했다.

2) 청석령(靑石嶺) 초하구(草河溝): 조선조 효종이 왕자(鳳林大君)로 있을 때 중국 심양(瀋陽)에 볼모로

胡風[5]도 ᄎᆞᆷ도[6] ᄎᆞᆯ샤[7] 구즌 비ᄂᆞᆫ 무슴 일고
뉘라셔 내 行色 그려내여 님 겨신 듸 드릴고

[24: 894] 진이(眞伊)[8]
동짓달 기나긴 밤을 한허리를 베어내어
봄바람같이 향기롭고 훈훈한 이불 아래 촘촘히 넣어 두었다가
임 오신 날 밤이 되거든 굽이굽이 길게 펴리라

冬至[9]ㅅ ᄃᆞᆯ 기나긴 밤을 ᄒᆞᆫ[10] 허리를 버혀 ᄂᆡ여[11]
春風[12] 이블 아ᄅᆡ 셔리셔리[13] 너헛다가[14]
님 오신[15] 날 밤이어든[16] 구뷔구뷔[17] 펴리라

[25: 1965] 우(又)[18]
아 내 일이여! 그리워할 줄 몰랐던가

끌려가던 도중의 지명으로 청석령과 초하구는 평안북도 의주(義州) 근처의 지명이다. 〈입심양로정기(入瀋陽路程記)〉, 조해헌(趙海軒)의 〈건융을축연행초하구시(乾隆乙丑燕行草河溝詩)〉를 참조.

3) 지나거냐: 지나(進)-거(과거시상선어말어미)-냐(의문형어미)〉지났느냐?

4) 어듸메오: 어디쯤인가?

5) 호풍(胡風): 북녘 호국(胡國) 곧 오랑캐지역에서 불어오는 바람.

6) ᄎᆞᆷ도: 참으로도. 곧 "차기도 차다"라는 뜻.

7) ᄎᆞᆯ샤: ᄎᆞ(寒)-ㄹ샤(감탄형어미)〉차도다.

8) 황진이(생몰년 미상): 조선 중기에 활동했던 기녀. 진이, 진랑이라고도 하며, 기명은 명월이다. 아름다운 용모에다 뛰어난 글재주를 갖추고 있어서, 유명한 선비들과 어울리며 시와 시조를 지었다. 특히 당대의 유명한 학자인 서경덕, 그리고 명승지인 박연 폭포와 더불어 '송도삼절'이라 일컬어진다.

9) 동지(冬至): 1년 가운데 밤이 가장 긴 날. 곧 한겨울.

10) ᄒᆞᆫ 허리: 허리 한가운데. 경상방언에 허벅다리 가운데라는 의미를 가진 '한장딩이'라는 어휘와 가운데라는 의미를 가진 '한복판'이라는 어휘가 있다.

11) 버혀 ᄂᆡ여: 버히-어#ᄂᆡ-어〉베어내어서.

12) 춘풍(春風) 이블: 봄바람같이 따뜻한 이불.

13) 셔리셔리: 사이. 여럿이 촘촘히 들어있는 속이나 가운데. 동짓달 긴 밤의 허리를 잘라 남아 있는 긴 밤을 촘촘하게 이불 밑에 챙겨 넣는다는 의미로 해석이 가능하다. 경상방언에 "인간서리 시달리니 몸서리난다."는 말이 있다.

14) 너헛다가: 넣(入)-엇(과거시상선어말어미)-다가(연결어미)〉넣어 두었다가.

15) 님 오신: '어론님', '어른님' 등으로 표기된 시조집이 많다.

16) 밤이어든: 밤(夜)-이(서술격조사)-거든(ㄱ탈락)〉밤이거든.

17) 구뷔구뷔: 굽이굽이. 중장의 '셔리셔리'에 대응되는 어휘로 곧 촘촘하게 챙겨 넣어두었던 것을 굽이굽이 길게 펼치리라는 뜻이다.

18) 앞의 작품의 작자와 동일함.

있으라고 하였더라면 가겠는가마는 제가 굳이
보내고 그리워하는 정은 나도 몰라 하노라.

어뎌[19] ᄂᆡ 일이여 그릴 줄를[20] 모로던가
이시라[21] ᄒᆞ더면[22] 가랴마ᄂᆞᆫ[23] 제 구ᄐᆡ야[24]
보ᄂᆡ고 그리ᄂᆞᆫ 情은 나도 몰나 ᄒᆞ노라.

[26: 542] 김상헌(金尙憲)[25]
남팔아 남자가 죽을지언정 불의에 굴하지 말지어다
웃고 대답하되 공의 말씀이 있었으니 어찌 죽지 않으리요
역사에 눈물 둔 영웅이 몇몇이나 줄을 지었는가?

南八[26]아 男兒死耳[27]언정 不可以 不義屈[28]이어다
웃고 對答ᄒᆞ되 公[29]이 有言 敢不死[30]아

---

19) 어뎌: 어뎌(감탄사)〉어저. 아!
20) 그릴 줄를: 그리(慕)-ㄹ(관형어미)#줄(의존명사)-를(목적격조사)〉그리워할 줄. 그런데 『주해 청구영언』에서는 '그릴'을 '그리ᄒᆞᆯ'에서 'ᄒᆞ'가 탈락하여 '그리(ᄒᆞ)-'는 '그렇게'로 해석하여 "그렇게 할 줄"로 해석하고 있다. 『해동가요』에서는 "그리워 할"로 『고시조정해』에서는 "그렇게 그리워할 줄"로 해석하고 있다.
21) 이시라: 이시-랴〉있으라.
22) ᄒᆞ더면: ᄒᆞ(爲)-더(과거회상선어말어미)-면(구속형어미)〉했더라면. 하였으면. 현대국어에서는 '하다' 동사에서 '-더'가 인용절에서는 '-었더-라-면' 형식으로 결합이 가능하지만 '-더-면' 형식의 형태소 결합은 방언형에서나 실현된다.
23) 가랴마ᄂᆞᆫ: 가(行)-랴마ᄂᆞᆫ(사실구속을 나타내는 어미)〉가겠는가마는.
24) 구ᄐᆡ여: '구틔여', 구태여. 굳이. 반드시.
25) 김상헌(1570~1652): 조선 중기의 문인. 자는 숙도이며, 호는 청음, 석실살인, 서간노인 등이다. 1596(선조 29)년 문과에 급제하여 정언, 교리, 직제학 등을 역임하였으나, 인목대비의 아버지인 김제남이 죽음을 당할 때 혼인·관계로 인해 한때 파직되었다. 67세(1636) 때 병자호란을 당하여 척화를 주장하다가 파직당하고, 이후 두 차례에 걸쳐 심양으로 잡혀갔다가 76세(1645) 때에 석방되었다. 문집으로 『청음집』이 있다.
26) 남팔(南八): 당나라 사람인 남제운(南霽雲). 여러 형제 중 여덟 번째 형제라는 의미다. 『신당서』 〈장순전(張巡傳)〉 "巡呼曰 南八南兒 死爾不可爲不義屈矣"라는 기록에 당나라 장순(張巡)이 남제운(南霽雲)을 불러 함께 순절한 고사에 의하면 남아의 기개와 절개가 있는 사람을 뜻한다.
27) 남아사이(男兒死耳): 남자가 죽을망정.
28) 불가이 불의굴(不可以不義屈): 불의에 굴하지 말지어다. 안녹산(安祿山)의 난으로 휴양성(睢陽城)이 함락되자 장순(張巡)과 그 부하들이 적에게 잡혔을 때에 장순이 남제운(南霽雲)에게 "男八男兒死耳不可以不義屈"이라고 격려하자 끝내 굴하지 않았다고 한다.
29) 공: 장순(張巡)을 이름.
30) 유언감불사(有言敢不死): 말씀이 있었으니 감히 죽지 않으리오. 장순의 말에 남제운이 답한 것이다.

千古에 눈물 둔 英雄이 몃몃[31] 줄을 지은고

[27: 383]
금빛 까마귀야 달 속의 토끼들아 누가 너를 쫓아다니는데
구만리 먼 하늘에 허위허위 다니는가
이 후에는 십리에 한 번씩 쉬었다가 가려므나

金烏[32] 玉兎[33]드라 뉘 너를 쏫니관ᄃᆡ[34]
九萬里[35] 長天에 허위허위[36] 단이ᄂᆞᆫ다
이 後란 十里에 한 번식 쉬염쉬염[37] 니거라[38]

[28: 546]
남훈전 달 밝은 밤에 팔원팔개 데리시고
오현금 한 소리에 나의 백성들의 한을 푸는구나
우리도 성주 모시고 다 같이 태평성대 즐기리라

南薰殿[39] ᄃᆞᆯ ᄇᆞᆰ은 밤에 八元 八凱[40] 다리시고
五絃琴[41] 一聲에 解吾民之慍兮[42]로다

---

31) 몃몃 줄을 지은고: 몇몇이나 줄을 지었는가?
32) 금오(金烏): 금빛 까마귀. 여기서는 해를 상징하여 지칭함. 해는 발이 셋인 삼족오가 있다는 전설에서 해의 별칭으로 쓰임.
33) 옥토(玉兎): 달에서 살고 있는 토끼. 흰 토끼(白兎)라고도 한다. 여기서는 달을 상징한다. 따라서 "금오옥토(金烏玉免)"는 해와 달(日月)을 뜻한다.
34) 쏫니관ᄃᆡ: 쫓(從)-#니(行)-관ᄃᆡ(구속형어미)〉쫓아다니관대.
35) 구만리 장천(九萬里長天): 구만리 머나먼 하늘.
36) 허위허위: 바쁜 듯이 다니는 모습.
37) 쉬염쉬염: 쉬(休)-어(부사형어미)-ㅁ(접사)〉쉬었다가. 천천히.
38) 니거라: 니(行)-거라(명령어미)〉가거라.
39) 남훈전(南薰殿): 남훈(南薰)이란 남쪽에서 불어오는 바람. 남훈전은 순제가 오현금으로 남풍시(南風詩)를 연주하던 궁전.
40) 팔원 팔개(八元八凱): 『사기』나 『좌전』 등의 기록에 의하면 고양씨(高陽氏)에게 제자 여덟 사람이 있었는데 세상에서 그들로부터의 이로움을 얻었으니 이를 팔개(八凱)라 하고, 또 고신씨(高辛氏)에게도 제자 여덟 사람이 있었는데 세상에서 이들을 팔월(八元)이라 하였다. 여기서 개(凱)는 화합(和), 원(元)은 선함(善)과 장성함(長)의 의미를 갖는다고 한다. 팔원(八元)의 이름은 백구(伯舊), 중감(仲堪), 숙헌(叔獻), 계중(季仲), 백호(伯 虎), 중웅(仲熊), 숙표(叔豹), 계표(季豹)라 하고 팔개(八凱)의 이름은 창서, 유취, 수연, 대임, 용강, 정형, 충용, 숙달이라고 한다.

우리도 聖主 뫼오와[43] 同樂太平[44] ᄒᆞ리라

[29: 2821]

천황씨 지으신 집을 요순에 와 물을 뿌리고 쓸었더니

한나라 당나라 송나라 비바람에 다 기울어졌구나

우리도 성주 뫼셔 고쳐 지을까 하노라

天皇氏[45] 지으신 집을 堯舜[46]에 와 灑掃[47] ㅣ러니

漢唐宋[48] 風雨에[49] 다 기우러지거고나[50]

우리도 聖主 뫼셔 重修ᄒᆞ려[51] ᄒᆞ노라

[30: 1879]

앞 못에 든 고기들아 네가 와서 이 못에 들어왔느냐 누가 너를 몰아다가 엮이어서 잡혀 들었느냐

북해 맑은 못은 어디에 두고 이 못에 와서 들었느냐

들고도 다시는 못 나가는 정이야 너와 내가 다르랴

---

41) 오현금(五絃琴): 순제가 남쪽에서 불어오는 바람을 노래하는 남풍시를 올려 연주하던 5줄로 된 태평금(太平琴).

42) 해오민지온혜(解吾民之慍兮): "나의 백성들의 한을 풀도다"라는 뜻. 〈공자가어〉에 "舜彈絃之琴 歌南風之詩 其詩云 南風之薰兮 可以解吾民之慍兮 南風之詩兮 可以阜民之財兮"라는 시 구절에서 인용함.

43) 뫼오와: 뫼시-숩(읍〉으오)-아(부사형어미))〉뫼시어. 15세기 문헌에는 '뫼시다'가 나타난다. 이 '뫼시다'도 15세기 이후 20세기까지 문헌에 지속적으로 나타나지만, 현대어에 와서는 '모시다'의 옛말로 처리되어 있다. 결국 국어사 자료에서 16세기부터 20세기까지 '모시다'와 '뫼시다'가 공존하여 나타나는 셈인데, 의미의 차이도 없었던 것으로 판단된다. 15세기 형태인 '뫼시다'의 제1음절 모음은 현대어와 달리 활음으로 끝나는 하향 이중모음이었고, 이 활음이 탈락한 것이 16세기에 새롭게 나타난 '모시다'가 아닌가 한다. 활음 탈락의 원인은 '활음+ㅅ+ㅣ'의 연쇄가 모두 전설 위치에서 조음되었기 때문이었을 가능성이 있다.

44) 동락태평(同樂太平): 군신이 다 같이 태평함을 즐김.

45) 천황씨(天皇氏) 지으신 집: 중국 상고 삼황(三皇)의 우두머리인 천황(天皇)이 다스리던 구주(九州) 땅에 지으신 집.

46) 요순(堯舜): 중국의 성군으로 알려진 요 임금과 순 임금.

47) 쇄소(灑掃): 물을 뿌리고 비로 쓸어냄. 곧 청소를 함.

48) 한당송(漢唐宋): 중국의 경학이 융성한 왕조인 한, 당, 송대를 뜻함. 여기에서는 요순시대에 비해 도(道)가 많이 쇠락한 시대를 뜻한다.

49) 풍우(風雨)에: 바람과 비, 외풍(外風). 곧 세월의 흐름을 뜻함.

50) 기우러지거고나: 기울(傾)-어(부사형어미)-#지(디(落)-〉지)-거(과거시상선어말)-고나(감탄형어미))〉기울어졌구나.

51) 중수(重修)ᄒᆞ려: 다시 고쳐 지으려.

압 못세 든 고기들아 네 와 든다[52] 뉘[53] 너를 몰아다가 엿커를[54] 잡히여[55] 든다[56]
北海[57] 淸소[58] 어듸 두고 이 못ᄉᆡ 와 든다
들고도 못 나ᄂᆞᆫ 情이야 네오 ᄂᆡ오[59] 다로랴[60]

[31: 3182]
한숨은 바람이 되고 눈물은 가느다란 비가 되어
임이 자는 창밖에 불거나 뿌리거나
날 잊고 깊이 든 잠을 깨워 볼까 하노라

한슘은[61] ᄇᆞ람이 되고 눈물은 細雨ㅣ[62] 되여
님 ᄌᆞᄂᆞᆫ 牕 밧긔[63] 불거니 ᄲᅮ리거니
날 잇고[64] 깁히 든 ᄌᆞᆷ을 ᄭᆡ와 볼가 ᄒᆞ노라

[32: 1192]
흰 모래 물가에 붉은 여뀌꽃 피어 있는 강가에 고기 잡는 백로들아
입과 배를 채우지 못하여 저렇게도 고개를 굽혀 다니느냐
일신이 한가하기만 하다면 살이 찌지 않으면 어떠랴

白沙汀[65] 紅蓼邊에 고기 엿ᄂᆞᆫ[66] 白鷺들아

52) 네 와 든다: 네가 와서 들어오느냐?
53) 뉘: 누(誰)-이(주격조사)〉누가.
54) 엿커를: 엮기어서. '넣기에'(김용찬, 2001: 100), '넣커늘'(황충기, 2000: 286)로 해석하기도 한다.
55) 잡히여: 잡혀.
56) 든다: 들(入)-ㄴ다(의문형어미)〉들었느냐?
57) 북해(北海): 북쪽 바다.
58) 청(淸)소: 淸沼. 맑은 못.
59) 네오 ᄂᆡ오: 너-이고(ㄱ 탈락), ᄂᆞ-이고(ㄱ 탈락)〉너고 나고. 너와 나와.
60) 다로랴: 다ᄅᆞ(異)-으랴(감탄형어미)〉다르겠는가, 다르랴?
61) 한슘은: 한슘-은(주제격조사)〉한숨은. 크게 쉬는 숨.
62) 세우(細雨)ㅣ: 세우-ㅣ(주격조사)〉가느다란 비가.
63) 밧긔: 밝(外)-의(처격조사)〉밖에.
64) 잇고: 잊(忘)-고〉잊고.
65) 백사정(白沙汀) 홍료변(紅蓼邊)에: 물가 흰 모래펄에 붉은 여뀌꽃이 피어 있는 가에.
66) 고기 엿ᄂᆞᆫ: 진본 『청구영언』에는 '구버기ᄂᆞᆫ'로 표기되어 있다. '고기 엿ᄂᆞᆫ'은 해독이 명료하지 않다. 김용찬(2001: 100)은 "고기를 잡으려 엿보는"으로 해석하고 있다.

口腹을 못 메워67) 져다지68) 굽니ᄂᆞᆫ다69)
一身이 閒暇ᄒᆞᆯ션졍70) ᄉᆞᆯ 못 진들 관계ᄒᆞ랴

[33: 2124]
오르고 오릅니다 천상에를 오릅니다.
은하수를 건너 뛰어 하늘 복숭아 한 쌍을 따옵니다.
그 하늘 복숭아 다 잡수신 후에 또 따올까 합니다.

올나71) 올나이다72) 天上에를73) 올나이다
銀河水 건너 쒸여 天桃74) ᄒᆞᆫ 雙을75) ᄯᆞ76) 와이다77)
그 天桃 다 셰신78) 後에 ᄯᅩ ᄯᆞ 올가 ᄒᆞ노라

---

67) 구복(口腹)을 못 메워: 입으로 먹고 배를 채우지 못하여.
68) 져다지: 저-다지(부사화접사 '-ᄃᆞᆺ>-다지')>저다지. 저와 같이.
69) 굽니ᄂᆞᆫ다: 굽(曲, 伏)-#니(行)-ᄂᆞᆫ다(의문형어미)>엎드려 다니느냐?, 고개를 굽혀 다니느냐? 구부정하게 다니는가?
70) 한가(閒暇)ᄒᆞᆯ션졍: 한가ᄒᆞ(閑)-ㄹ션졍(-ㄹ지라도)>한가할지라도, 한가할지언정.
71) 올나: 오르(乘)-아(부사형어미) 설측음화>올라.
72) 올나이다: 오르(乘)-아(부사형어미)-나이다(현재겸양서술형어미)>오릅니다.
73) 천상에를: 하늘 위에를.
74) 천도(天桃): 천도복숭아.
75) ᄒᆞᆫ 쌍(雙)을: 한 쌍을.
76) ᄯᆞ: ᄯᆞ-아(부사형어미)>따서. 'ᄠᆞ다'에서 'ㅲ>ㅼ>ㄸ'의 변화. "외 둘히 잇거ᄂᆞᆯ 싸다가 어믜게 드리니"(〈오륜행, 56ㄴ〉), "올 길헤 뽕 빠다가 누에 머켜 보쟈ᄉᆞ라"(〈경민해, 40ㄴ〉)
77) 와이다: 오(來)-아(부사형어미)-이다(겸양서술형어미)>옵니다.
78) 셰신: 세이-시(주체존대선어말어미)-ㄴ(관형형)>세신, 너무 익어 맛이 세게 된. 김용찬(2001: 101)은 '잡수신'으로 해석하고 있다.

이삭대엽(二數大葉)

이삭대엽【은행나무 단 아래에서 설법하고 비가 순하고 바람이 조화롭게, 봉황이 춤추고 용이 못에 잠겨 있는 듯이 노래함.】

二數大葉【杏坛說法 雨順風調 鳳舞龍池】

[34: 2439] 효묘어제(孝廟御製)

낮과 밤도 옛날과 같고 산과 강도 옛날과 다름이 없으나
대명 문물은 헛되이도 어디에도 간 데 없구나
두어라 하늘의 운수가 돌고 도니 다시 볼 날 있을까 하노라

日月도 예과[1] ᄀᆞᆺ고[2] 山川도 依舊ᄒᆞ되[3]
大明[4] 文物[5]은 쇽졀업시[6] 간 듸[7] 업다

---

1) 예과: 옛-과(비교격)〉옛과. 모음 아래에서 '-과'가 사용되고 있다.
2) ᄀᆞᆺ고: ᄀᆞᇀ(同, 如)-고(연결어미)〉같고.
3) 산천(山川)도 의구(依舊)ᄒᆞ되: 산과 강이 옛날과 변함이 없음.
4) 대명(大明): 중국의 명나라를 높이는 말.
5) 문물: 예악(禮樂), 전장(典章)의 류를 말함.
6) 쇽졀업시: 헛되이, 속절없이.
7) 간 듸: 가(行)-ㄴ(관형어미)#ᄃᆞ(의존명사)-의(처격조사)〉간 곳.

두어라 天運 循環[8] ᄒᆞ니 다시 볼가 ᄒᆞ노라

[35: 2831] 효묘어제(孝廟御製)

푸른 강에 봄비가 떨어지는 소리 그 무엇이 우습기에
붉고 푸른색으로 가득 물든 산이 휘두르며 웃는구나
두어라 봄바람이 몇 날이겠는가 웃을 대로 웃어라

淸江에[9] 비 듯ᄂᆞᆫ[10] 소ᄅᆡ[11] 긔 무어시 우읍관ᄃᆡ[12]
滿山 紅綠[13]이 휘드르며[14] 웃ᄂᆞᆫ고야[15]
두어라 春風이 몃 ᄂᆞᆯ이리 우을[16] ᄃᆡ로 우어라

[36: 2528] 효묘어제(孝廟御製)

긴 바람이 잠깐 불어 뜬구름을 헤쳐내니
오랜 세월 지나도 달빛은 어제인 듯
묻노라 정령위 어디로 가는가 너는 알까 하노라

長風이 건듯[17] 부러 浮雲을[18] 헷쳐[19] ᄂᆡ니
華表 千年에[20] ᄃᆞᆯ 빗치 어졔론 듯
뭇노라 丁令威 어듸 가뇨[21] 너ᄂᆞᆫ 알가 ᄒᆞ노라

---

8) 천운순환(天運循環): 천지 운수가 돌고 돎.
9) 청강(淸江)에: 푸른 강에.
10) 듯ᄂᆞᆫ: 듯(落)-ᄂᆞᆫ(어미)〉듣는. 떨어지는.
11) 소ᄅᆡ: 소리-ᄋᆡ(부사격조사)〉소리에.
12) 우읍관ᄃᆡ: 우읍(우ᅀᅳᆸ〉우습〉우읍)-관ᄃᆡ〉우습건대. 우습기에.
13) 만산홍록(滿山紅綠)이: 붉고 푸른색으로 가득 물든 산이.
14) 휘드르며: 휘두르며. 휘돌아가며. 뒤흔들면서. 의인법을 사용한 표현이다.
15) 웃ᄂᆞᆫ고야: 웃(笑)-ᄂᆞᆫ(관형어미)-고야(감탄형어미)〉웃는구나.
16) 우을: 우(笑, 웃〉운)-을(관형어미)〉웃을.
17) 건 듯: 잠깐.
18) 부운(浮雲)을: 뜬구름을.
19) 헷쳐: 헤치-어(부사형어미)〉헤쳐.
20) 화표천년(華表 千年)에: 천년 세월, 오랜 세월. 중국 요동의 정령위(丁令威)라는 사람이 도술을 배우러 갔다가 천 년 후에 학(鶴)으로 변하여 궁궐 성문의 화표(華表, 표지, 푯대) 위에 날아 앉아 "내가 집을 떠난 지 천년이 되었다. 이제 돌아오니 성곽은 여전한데 사람은 변했다."고 말했다는 고사에서 연유한 말임.

[37: 2615] 효묘어제(孝廟御製)

천자에게 조공 가는 길에 석얼음이 끼었단 말인가 옥화관이 텅 비었단 말인가
대명나라 숭정 연호가 어느 곳으로 가신 것인가
삼백 년 동안 하늘의 도리에 순응하여 명나라를 정성스럽게 섬겨 옴을 못내 서러워하노라

朝天路[22] 보믜단 말가[23] 玉河關[24]이 뷔단 말가[25]
大明 崇禎[26]이 어듸러로[27] 가시건고
三百年 事大[28] 誠信을[29] 못ᄂᆡ 슬허ᄒᆞ노라

[38: 1880] 효묘어제(孝廟御製)

조금 전에 사람이 되어 온 몸에 깃이 돋아
머나먼 푸른 하늘에 푸드득 솟아올라
임 계신 구중궁궐을 내려다볼까 하노라.

앗가[30] 사ᄅᆞᆷ 되야 왼[31] 몸에 짓치[32] 돗쳐[33]
九萬里 長天에 푸드득 소사[34] 올나

---

21) 가뇨: 가-뇨(의문형어미)>가는가?
22) 조천로(朝天路): 중국 천자(天子)에게 조공 가는 길.
23) 보믜단 말가: 보믜(밤껍질, 녹, 석얼음)-씨-다-ㄴ(는)#말-가(ㄴ가, 의문형어미)>석얼음이 끼었다는 말인가? 석어름은 살짝 낀 얼음. 곧 지나다니는 사람이 없음을 말한다.
24) 옥하관(玉河關): 중국에 조공 간 사행단이 묵는 여관.
25) 뷔단 말가: 비었다는 말인가?
26) 대명 숭정(大明崇禎): 명나라 말엽 의종(毅宗)의 연호. 조선조 인조 6년에서 인조 22년 사이다. 청나라 병사가 인조 14년 병자년에 우리나라를 쳐들어온 병자호란이 일어났으며 그 뒤 숭정 17년에 결국 명나라가 멸망하게 되었다.
27) 어듸러로: 어느 곳으로.
28) 삼백년 사대(三百年 事大): 조선조 초기 명나라 황제로부터 수봉(受封)한 이래로 병자호란까지 약 300년간 명나라를 받들던 정성과 신의. 조선에서는 사대가 단지 중국을 섬기는 것이라기보다 하늘의 도리에 순응하는 것이라 여겼다.
29) 성신(誠信)을: 정성스럽게 섬겨옴.
30) 앗가: 진본『청구영언』에는 '앗가야'로 표기되어 있어 감탄사 '아차'로 풀이하고 있다. 그러나 '앗가'를 아까, 곧 "조금 전"이라는 경상방언형의 의미로 해석하는 것이 더 타당한 것으로 보인다. 김용찬(2001: 102)에서도 "조금 전에"로 해석하고 있다.
31) 왼: 온, 전부.
32) 짓치: 짗('깃>짓' 역구개음화)-이(주격조사)>깃이. '짓치'는 경상방언형으로 보인다.
33) 돗쳐: 돋-히(피동접사)-어(부사형어미)>돋혀. 돋아나. "沸星이 도다 ᄃᆞᆯ와 어울어늘"(<석보상, 3-29ㄱ>)

님 겨신 九重宮闕을 구버[35] 볼가 ᄒᆞ노라

[39: 2971] 숙묘어제(肅廟御製)[36]

가을 맑은 물빛은 하늘과 같은 빛이고 임금의 배는 물 가운데 떠 있도다
퉁소와 북이 한번 울리는 소리에 모든 시름이 다 풀리도다
우리도 만백성과 더불어 태평성대를 함께 즐기리라

秋水[37]는 天一色이오 龍舸[38]泛는 中流ㅣ라[39]
簫鼓 一聲에[40] 解萬古之愁兮로다[41]
우리도 萬民 다리고[42] 同樂太平 ᄒᆞ리라

[40: 2592] 설총(薛聰)[43]

아주 상세하고 치우침 없이 떳떳한 도리를 잡음은 요 임금의 어짊과 순 임금의 덕이요
너그럽고 커서 작은 일에는 구애 않는 도량은 태조의 남아 있는 풍습이라
중도의 영안천붕(유비의 죽음)을 못내 슬퍼하노라

---

34) 소사: 솟(湧)-아>솟아.

35) 구버: 굽(曲)-어(부사형어미)>굽어.

36) 숙종 조선의 제19대 왕(1674~1720 재위). 현종의 아들로서 어머니는 청풍부원군 김우명(金佑明)의 딸 명성왕후(明聖王后)이다. 초비(初妃)는 영돈녕부사 김만기(金萬基)의 딸인 인경왕후(仁敬王后), 계비는 영돈녕부사 민유중(閔維重)의 딸인 인현왕후(仁顯王后), 제2계비는 경은부원군 김주신(金柱臣)의 딸인 인원왕후(仁元王后)이다. 1667년 왕세자에 책봉되었고, 1674년 8월 즉위했다. 재위기간 동안 조선 중기 이래 계속되어온 붕당정치가 절정에 달했다.

37) 추수(秋水)는 천일색(天一色)이오: 가을 맑은 물빛은 하늘과 같은 빛이고. "落霞與孤鶩齊飛 秋水共長天一色" 왕발(王勃)의 〈승왕각서(勝王閣序)〉.

38) 용가(龍舸): 천자의 배를 가리킴. 용은 곧 천자의 상징이니 용의 그림을 새긴다.

39) 범중류(泛中流)ㅣ라: 물 가운데 떠 있음이라.

40) 소고일성(簫鼓一聲)에: 퉁소와 북이 한번 울리는 소리에.

41) 해만고지수혜(解萬古之愁兮)로다: 쌓인 모든 시름이 다 풀리도다.

42) 다리고: 더불어. 데리고.

43) 설총(생몰년 미상): 신라 때의 문인이자 승려. 자는 총지이며, 호는 빙월당이다. 한자의 음과 훈을 빌어 이두를 창제하였다고 하나, 설총 이전의 향가가 이두로 기록되어 있는 점으로 창제한 것이 아니라 집대성한 것으로 보인다. 각종 가집에 등장하는 그의 시조 작품은 후대인에 의해 칭탁된 것이다. 이 작품을 설총이 지은 것으로 본 것은 시조 형식의 발생이 신라시대로 거슬러 올라갈 수 있다는 말인데 그럴 가능성은 크지 않다. 다만 초중장 형식의 한문시에 이두를 붙인 것을 형식적인 측면에서 일치하기 때문에 시조로 처리한 것으로 보인다.

貞一 執中[44]홈은 堯仁과 舜德[45]이오
豁達 大度[46]는 太祖의 餘風[47]이라
中途의 永安 天崩[48]을 못닉 슬허[49]ᄒᆞ노라

[41: 2224] 을파소(乙巴素)[50]
월나라 국상 범소백이 이름과 공을 이루기 전에
오호의 풍광이 좋은 줄 알았지만
서시를 싣고 가고자 하여 늦게 돌아갔느니라

越相國 范小伯[51]이 名垂功成[52] 못ᄒᆞᆫ[53] 前에
五湖 烟月[54]이 조흔 줄 알냐마는
西施[55]을 싯노라[56] ᄒᆞ여 느지[57] 도라가니라

[42: 1092] 성충(成忠)[58]
묻노라 멱라수야 굴원이가 어떻게 죽었다더냐

---

44) 정일집중(貞一執中): '정일(貞一)'은 아주 상세하고 순수함. '집중(執中)'은 치우침 없이 마땅하고 떳떳한 도리를 잡음. 『서경』 〈대우모〉에 "惟精惟一 充執厥中"이라는 구절이 있음.
45) 요인(堯仁). 순덕(舜德): 요 임금의 어짊과 순 임금의 덕.
46) 할달 대도(豁達大度): 너그럽고 커서 작은 일에는 구애 없는 도량(度量).
47) 여풍(餘風): 남아 전하는 풍습.
48) 영안천붕(永安天崩): 영안궁에서 죽은 유비. 유비는 중국 촉나라의 황제.
49) 슬허: 슬퍼.
50) 을파소(?~203): 고구려의 문인. 191년 고국천왕이 안유의 천거로 중외대부에 등용했으나, 정사를 다스리기에 부족한 벼슬이라 사양하므로 다시 국상으로 임명하자 수락했다. 여러 가곡집에 수록된 그의 작품은 후대인에 의해 칭탁된 것이다.
51) 월상국 범소백(越相國 范小伯): 춘추시대 월(越)의 재상이던 범여(范蠡)를 이름. 월나라의 왕 구천(勾踐)을 도와 오나라를 멸망시키고 서시(西施)와 함께 오호(五湖)로 들어갔다.
52) 명수공성(名垂功成): 이름을 날리고 공을 이룸.
53) 못ᄒᆞᆫ 전(前)에: 하기 전에.
54) 오호연월(五湖烟月): 오호의 은은한 달빛. 범여(范蠡)가 오를 멸하고 난 뒤 들어가 놀던 곳.
55) 서시(西施): 춘추시대 월의 미녀. 범여의 계략으로 미녀 서시(西施)를 오왕 부차(夫差)에게 바쳐 오나라를 멸망하게 했음.
56) 싯노라: 싣(載)-노라(감탄형어미)〉싣노라.
57) 느지: 늦(晩)-이(부사형어미)〉늦게.
58) 성충(?~656): 백제시대의 문인. 정충이라고도 하며, 벼슬이 좌평에 이르렀다. 656(의자왕 16)년 왕이 주색에 빠져 정사가 어지럽자, 이를 극간하다가 죽음을 당했다. 여러 가곡집에 전하는 시조는 후대에 그의 작품으로 칭탁된 것이다. 부여의 삼충사(三忠祠)에 계백·홍수와 함께 성충의 영정이 모셔져 있다. 이 작품도 후대인에 의해 칭탁된 것이다.

참소에 더럽힌 몸이 죽어서도 묻힐 땅이 없어
푸른 파도에 뼈와 몸을 씻어 고기 뱃속에 묻으리라 ᄒᆞ리라.

문노라[59] 汨羅水[60] ㅣ야 屈原[61]이 어이 죽다터니[62]
讒訴에[63] 더러인[64] 몸이 죽어 무칠[65] ᄯᅡ히 업셔
滄波의[66] 骨肉을 씨셔 魚腹裡의[67] 藏ᄒᆞ리라[68]

[43: 2431] 최충(崔冲)[69]
일생에 원하기를 의황 시절에 못 태어난 것을
풀로 만든 옷을 무릅쓰고 나무 열매를 먹을망정
인심이 순후했던 때를 못내 부러워하노라

一生의 願ᄒᆞ기를 義皇 時節[70] 못 난 줄이[71]
草衣[72]를 무릅고[73] 木實[74]을 먹을 만졍
人心이 淳厚[75]ᄒᆞ던 줄 못ᄂᆡ 부러[76]ᄒᆞ노라

---

59) 문노라: 묻(問)-노라(감탄형어미)>묻노라.
60) 멱라수(汨羅水): 중국 호남성 상읍현 북쪽을 흐르는 강. 굴원(屈原)이 빠져 죽은 곳.
61) 굴원(屈原): 전국시대에 초(楚)나라 회왕(懷王)을 섬겼으나 진(秦)나라 간신 장의(張儀)의 계략에 의해 추방당하여 동정호(洞庭湖) 부근에 귀양 가 방랑하다 멱라수에 빠져 죽음.
62) 죽다터니: 죽었다고 하더냐.
63) 참소(讒訴)에: 거짓으로 잘못을 아뢰어 바침.
64) 더러인: 더럽-이(피동선어말어미)-ㄴ(관형어미)>더럽힌.
65) 무칠: 묻(埋)-히(피동선어말어미)-ㄹ(관형어미)>묻힐.
66) 창파(滄波)의: 푸른 파도에.
67) 어복리(魚腹裡)의: 고기 뱃속에.
68) 장(藏)ᄒᆞ리라: 매장(埋藏)하리라. 묻으리라.
69) 최충(984~1068): 고려시대의 문인. 자는 호연이며, 호는 성재, 월포, 방회재 등이다. 1005(목종 8)년 문과에 장원, 1011(현종 2)년 우습유가 되었다. 문장과 글씨에 능하여 해동공자로 추앙받았다. 문집으로 『최문헌공유고』가 있다.
70) 의황시절(義皇時節): 태고 때 태평시절. 중국 태고 시절 희왕은 중국 고대 제왕인 복희씨(伏羲氏)로, 팔괘(八掛)를 처음 만들고 그물을 발명하여 고기잡이 방법을 처음으로 가르쳤다고 한다.
71) 못 난 줄이: 못 태어난 것이.
72) 초의(草衣): 풀로 만든 옷.
73) 무릅고: 무릅쓰고.
74) 목실(木實)을: 나무 열매를.
75) 순후(淳厚): 인심이 후덕하고 순박함.
76) 불워: 부러워.

[44: 1209] 최충(崔沖)

해는 늘 서산으로 지고 황하의 물은 동해로 흘러든다

예부터 지금까지 영웅들은 북망산으로 갔다는 말인가

두어라 세상의 온갖 사물이란 그것이 한번 흥하면 반드시 망할 때가 있으니 이를 슬퍼한들 무슨 소용이 있겠는가

白日[77]은 西山의[78] 지고 黃河[79]ᄂᆞᆫ 東海[80]로 든다

古來 英雄은 北邙[81]으로 가단 말가[82]

두어라[83] 物有盛衰[84]니 恨ᄒᆞᆯ 줄이 이시랴

[45: 2982] 우탁(禹倬)[85]

봄산에 눈 녹이는 바람이 건듯 불고는 간 곳 흔적 없구나

잠시 빌어다가 머리 위에 불게하고 싶구나

귀 밑에 해 묵은 서리를 녹여 볼까 하노라

春山에 눈 노기ᄂᆞᆫ[86] ᄇᆞ람 건듯 불고 간 ᄃᆡ[87] 업다

져근듯 비러다가[88] ᄆᆞ리[89] 우희[90] 불이고져[91]

---

77) 백일(白日): 태양, 쨍쨍 비치는 해.

78) 서산(西山)의: 서산(西山)-의(부사격조사)>서산으로.

79) 황하(黃河): 중국 북부를 청해성에서 동으로 흐르는 중국 제2의 강.

80) 동해(東海): 발해. 중국의 황하가 발해(渤海)로 흐르는데 중국으로 봐서는 동해에 해당됨.

81) 북망(北邙): 북방산(北邙山)은 중국 하남성(河南省) 낙양(洛陽) 북쪽에 있는 작은 산. 무덤이 많은 산, 죽음의 산을 의미한다.

82) 가단 말가: 간다는 말인가?

83) 두어라: 종장 첫 구에 많이 사용하는 감탄사. '하지 말라'는 만류의 뜻을 가지고 있으나 대부분 무의미한 허사로 해석해도 무방하다.

84) 물유성쇄(物有盛衰): 이 세상의 모든 사물이나 일에는 한번 흥하면 반드시 망할 때가 있다는 뜻.

85) 우탁(1263~1342): 고려 후기의 문인. 자는 천장, 탁보이며, 호는 백운, 단암, 역동 등이다. 문과에 급제, 영해사록이 된 사당을 철폐하였다. 당시 원나라를 통해 들어온 정주학 서적을 처음 해득하여, 이를 후진에게 가르쳤다.

86) 노기ᄂᆞᆫ: 녹-이(사동접사)-ᄂᆞᆫ(관형어미)>녹이는.

87) ᄃᆡ: ᄃᆞ(의존명사)-ᄋᆡ(주격조사)>곳이.

88) 비러다가: 빌(借)-이(사동접사)-어(부사형어미)-다가(어미)>빌어다가.

89) ᄆᆞ리: 머리.

90) 우히: 우(上)-ㅎ-의(부사격조사)>위에.

91) 불이고져: 불(吹)-이(피동접사)-고져(어미)>불게 하고자.

귀 밋틔 힉 무근[92] 셔리[93]를 녹여[94] 볼가 ᄒᆞ노라

[46: 717] 우탁(禹倬)
늙지 말라고 다시 젊어 보려했더니
청춘이 날 속이니 백발이 거기에 있도다
이따금 꽃밭을 지날 적이면 죄를 지은 듯하여라

늙지 말려이고[95] 다시 져머 보려ᄐᆞ니[96]
靑春이 날 소기니[97] 白髮이 거의로다[98]
잇다감[99] 곳밧츨[100] 지날 졔면[101] 罪 지은 듯ᄒᆞ여라

[47: 3177] 우탁(禹倬)
한 손에 가시를 들고 또 한 손에 막대 들고
늙는 길 가시로 막고 오는 백발 막대로 치려했더니
백발이 제 먼저 알고 지름길로 오더라

ᄒᆞᆫ 손에 가시[102]를 들고 ᄯᅩ ᄒᆞᆫ 손에 막ᄃᆡ 들고
늙ᄂᆞᆫ 길 가시로 막고 오ᄂᆞᆫ 白髮 막ᄃᆡ로 치랴ᄐᆞ니[103]
白髮이 제[104] 몬져[105] 알고 즈럼길[106]로 오더라

---

92) 무근: 묵-은(관형어미)〉묵은.
93) 셔리(霜)〉서리, 백발을 비유함.
94) 녹여: 녹-이(사동접사)-어(부사형어미)〉녹여.
95) 말려이고: 말-려이고(분석이 불가능함)〉말라고.
96) 보려ᄐᆞ니: 보-려-ᄐᆞ(했-더)-니〉보려했더니.
97) 소기니: 속-이(사동접사)-니(연결어미).
98) 거의로다: '거긔로다'의 오기로 보임. 거기로다. 거의 되었도다.
99) 잇가감: 이따금. 가끔.
100) 곳밧츨: 꽃밭을, 젊은 여성을 상징함.
101) 졔면: 적-이(사동접사)-면(연결어미)〉적이면.
102) 가시: 가시(荊).
103) 치랴ᄐᆞ니: 치(打)-려-ᄐᆞ(했-더)-니]치려했더니.
104) 제: 저-이(주격조사)〉저가.
105) 몬져: 몬져〉먼저(비원순모음화).
106) 즈럼길: 즈럼길〉지름길(전설고모음화).

[48: 524] 곽여(郭輿)[107]

남양에서 몸소 농사에 종사함은 이윤의 경륜지오
삼고출려는 태공의 왕을 보좌하기에 족한 재능이라
삼대 후 정대한 인물은 무후이런가 하노라

南陽[108]에 躬耕홈[109]은 伊尹[110]의 經綸志[111]오
三顧出廬[112]는 太公[113]의 王佐才[114]ㅣ라
三代[115] 後 正大흔 人物은 武候[116]ㅣ런가 ᄒ노라

[49: 2086]

오장원 가을 달밤에 가련한 것은 제갈공명
충성을 다하여 나라의 은혜를 갚다가 죽으니
지금도 두 번이나 던진 출사표의 충성된 말을 못내 슬퍼하노라

五丈原[117] 秋夜月[118]에 어엿불슨[119] 諸葛 武候
竭忠報國[120]다가 將星[121]이 ᄶ러지니

---

107) 곽여(1058~1130): 고려초기의 문인. 자는 몽득이다. 문과에 급제하여, 합문지후, 홍주사 등을 거쳐 예부외랑으로 사직하고, 금주에서 은거하였다. 본 가곡집을 비롯한 가곡집들에 시조 2수가 전하고 있으나, 후대에 그의 작품으로 청탁되었다.

108) 남양(南陽): 중국 하남성 신야현의 서쪽. 이곳에 제갈공명(諸葛孔明)이 숨어 살던 와룡강(臥龍岡)이 있음.

109) 궁경(躬耕)홈: 궁경함. 몸소 농사에 종사함.

110) 이윤(伊尹): 은(殷)의 현상(賢相). 처음 신야(莘野)에서 밭을 갈다 탕왕(湯)의 초빙으로 출사하여 탕왕을 도와 걸(桀)을 침.

111) 경륜지(經綸志): 천하를 다스리고자하는 뜻. 제도를 세워 국가를 경리함.

112) 삼고출려(三顧出廬): 중국 삼국시대 촉한의 유비(劉備)가 남양 융중에 있는 제갈 양의 초려를 세 번 찾아간 일. 삼고초려(三顧草廬).

113) 태공(太公): 주나라 태공망 여상(呂尙). 위수 가에서 낚시를 하며 십 년을 살다가 주나라 문왕을 만나 그의 스승이 되었다.

114) 왕좌재(王佐才): 왕을 보좌하기에 족한 재능. 또는 그 사람. 여상(呂尙)을 일컬음.

115) 삼대(三代): 상대의 세 왕조 하(夏)·은(殷)·주(周).

116) 무후(武侯): 삼국 촉나라의 재상인 제갈공명의 시호.

117) 오장원(五丈原): 오장(五丈)은 섬서성(陝西) 봉상현(鳳上)의 서남. 제갈양이 이곳 오장원에서 죽음.

118) 추야월(秋夜月): 휘영청 가을 달이 밝은 날.

119) 어엿블슨: 가련한 것은. 어엿브(憐)-ㄹ(관형형어미)-ᄉ(의존명사)-ㄴ(관형형어미)〉어여쁜 것은.

120) 갈충보국(竭忠報國): 충성을 다하여 나라의 은혜를 갚음.

121) 장성(將星): 사람을 죽이는 임무를 맡았다는 북두칠성의 둘째 별. 장성이 떨어진다는 것은 그러한

至今에 兩表 忠言122)을 못닉 슬허ᄒᆞ노라

[50: 2376] 이조년(李兆年)123)

하얀 배꽃에 흰 달빛이 비치니 한결 더 희고 은하수는 한밤인 때에
배꽃 한 가지에 어려 있는 봄기운을 두견새야 알겠는가마는
다정함도 병인 양 여겨 잠 못 들어 하노라

梨花124)에 月白ᄒᆞ고 銀漢125)이 三更126)인 제127)
一枝 春心128)을 子規129)야 알냐마ᄂᆞᆫ130)
多情도 病인양 ᄒᆞ여 ᄌᆞᆷ 못 일워131) ᄒᆞ노라

[51: 1195] 이색(李穡)132)

흰 눈이 자욱하기 시작한 골짜기에 구름이 험악하구나
반가운 매화는 어느 곳에 피어 있는고
노을 아래 홀로 서서 갈 곳 몰라 하노라

白雪133)이 ᄌᆞᄌᆞ진134) 골135)에 구룸136)이 머흐레라137)

임무를 맡은 제갈량의 죽음을 비유.

122) 양표 충언(兩表忠言): 제갈양이 출진에 임하여 임금에게 바친 두 번의 출사표(出師表). 마디마디 그의 지성지충(至誠至忠)이 넘쳐 사람의 눈물을 자아냄.

123) 이조년(1269~1343): 고려 후기의 문인. 자는 원로이며, 호는 매운당, 백화헌 등이다. 1294(충열왕 20)년 진사로 급제, 안남서기를 거쳐 비서랑을 지냈다. 뜻이 확고하고 할 말은 하는 성격이었으며, 이런 엄격한 성품 때문에 꺼림을 받았다.

124) 이화(梨花)에 월백(月白)ᄒᆞ고: 하이얀 배꽃에 흰 달빛이 비치니 한결 더 희고.

125) 은한(銀漢)이: 은하수가.

126) 삼경(三更): 밤 11시부터 1시 사이, 곧 자시(子時)로 깊은 밤.

127) 제: 적(의존명사)-의(부사격조사)〉때에.

128) 알냐마ᄂᆞᆫ: 알(知)-리(사동접사)-아(부사형어미)-마는(연결어미)〉알겠는가마는.

129) 일지춘심(一枝春心): 배꽃 한 가지에 어려 있는 봄기운.

130) 자규(子規): 귀촉도, 두견(杜鵑).

131) 일워: 일(成)-우(사동접사)-어(부사형어미)〉이루어.

132) 이색(1328~1396): 고려 후기의 문인. 자는 영숙이며, 는 목은이다. 1341(충혜왕 복위 2)년에 진사가 되고, 1348(충목왕 4)년 원나라에 가서 국자감의 생원이 되어 성리학을 연구하였다. 조선 개국 후 이성계 출사 종용이 있었으나 끝내 이를 거절하고, 1396년 여강으로 가다가 죽었다. 문집으로『목은집』이 있다.

133) 백설(白雪): 구름과 대비하여 순수하고 순결함을 상징하며, 여기서는 고려 유신을 비유하고 있다.

134) ᄌᆞᄌᆞ진: ᄌᆞᆽ-아#지(디〉지)-ㄴ(관형어미)〉눈이 내리기 시작하여 눈발이 자욱해진. 지금까지 'ᄌᆞᆽ-'에

반가온 梅花[138]는 어늬[139] 곳의 퓌엿는고[140]
夕陽의 호올노 셔셔[141] 갈 곳 몰나 ᄒᆞ노라

[52: 2325] 정몽주(鄭夢周)[142]
이 몸이 죽어 죽어 일백 번 고쳐 죽어
백골이 티끌과 먼지 되어 넋이라도 있든지 없든지
임을 향한 한 조각 충성된 마음이야 변할 줄이 있겠는가

이 몸이 죽어 죽어 一百番 고쳐[143] 죽어
白骨이 塵土[144]되여 넉시라도 잇고 업고[145]
님[146] 向ᄒᆞᆫ 一片丹心[147]이야 가싈[148] 줄이 이시랴[149]

대한 해석은 매우 다양하다. "흰 눈이 없어진 골에"[고시조정해], "흰 눈이 조곰 남아 있는 곳에"[고시조신석], "자자진은 若干 남아 있는 것"[역대시조선], "ᄌᆞ자진은 사라져 조금 남아 있는 것"[고전문학독본]과 같이 '줒-'에 대한 해석을 '자욱하다'가 아닌 "조금 남아 있다", "거의 없어지다"라는 의미로 해석하고 있다. 그러면 과연 '줒-'에 대한 해석을 어떻게 해야 할 것인가? 경상방언에서 "솥에서 하이냐 이밥을 잦인다.", "핏물이 잦아진다"에서 '가라앉다', "양이 줄어든다"라는 의미로 사용된다. 따라서 위에서 내려진 해석처럼 "흰눈이 조금 남아 있는, 곧 차차 줄어듬"으로 해석이 가능하지만 이러한 해석은 이 시조의 서경적 배경을 엉망으로 만들 뿐 제대로 된 해석이라고 할 수 없다. "압길히 어두우니 暮雪이 자자뎐다"[어부사시사], "여희여 오매 ᄂᆞᆯ돌히 ᄌᆞᆺ더니"[두시 10-3], "오새 장마가 와 이래 잦노?(=요사이 장마비가 왜 이렇게 자주 오느냐)"[경상방언]에서 럼 '줒-'은 '빈번하다, 촉박하다, 자욱하다' 등과 같이 다의적인 해석이 가능하다는 사실을 알 수 있다. 이에 대해 『주해 청구영언』에서 "이 時調도 'ᄌᆞ자'를 '자욱한'으로, 경상방언에서는 '자주'의 의미로 해석되고 있다. 그러나 여기서 '줒-'을 '자욱하다'로 해석하여 '흰눈이 자욱해 지기 시작한'으로 해석한다면 훨씬 멋진 서경적 풍경이 될 것이다. 이를 방증하는 자료로서는 다음과 같은 예를 들 수 있다.

135) 골: 고을, 골짝의 의미를 가지고 있으나 여기서는 골짝의 뜻임.
136) 구룸: 구름. '무상, 어둠움, 허황함' 등의 속성을 지닌 어휘로 여기서는 간신배, 또는 조선 초기 신흥세력을 상징함.
137) 머흐레라: 머흘(險)-에라(감탄형어미)〉험악하구나.
138) 매화(梅花): 사군자의 하나로 지조, 충성, 정열 등을 상징하나 이 작품에서는 우국지사(憂國之士)를 상징한다. '설중매(雪中梅)'라 하여 추운 땅에서 피어나니, 시인 묵객들은 그 성질을 찬탄하여 고매하고 고고한 상징으로 여기고 있다.
139) 어늬: 어느.
140) 퓌엿는고: 퓌(發)-엇(과거시상선어말어미)-는고(의문형어미)〉피었는고?
141) 셔셔: 서(立)#잇(有)-어(부사형어미)〉서서.
142) 정몽주(1337~1392): 고려 후기의 문인. 자는 달가이며, 호는 포은이다. 1360(공민왕 9)년 문과에 급제하여 예문관의 검열, 수찬을 지냈다. 사회윤리와 도덕의 합리화를 기하며 지방에 향교를 세워 국운을 바로잡으려 했으나, 이성계의 신흥세력에게 희생되고 말았다. 문집으로 『포은집』이 있다.
143) 고쳐: 고치-어(부사형어미)〉다시, 거듭.
144) 진토(塵土): 티끌과 흙.
145) 잇고업고: 있든지 없든지.

[53: 293] 이존오(李存吾)[150]

구름이 무심하다는 말이 아마도 믿기 어렵도다
하늘 한 가운데 떠 있어 제멋대로 떠돌아다니면서
구태여 빛나는 햇빛을 따라가며 덮는가

구름[151]이 無心ᄐᆞᆫ[152] 말이 아ᄆᆞ도 虛浪ᄒᆞ다[153]
中天[154]에 ᄯᅥ 이셔 任意로 ᄃᆞᆫ이면셔[155]
구타야[156] 光明ᄒᆞᆫ 날 빗출[157] ᄯᆞ라가며 덥ᄂᆞ니[158]

[54: 2079] 길재(吉再)[159]

오백년 도읍지를 혼자 한 필의 말을 타고 돌아와 보니
산과 강은 옛날과 같으나 그때 인재들은 흔적 없이 간 곳 없다
아! 지난 태평세월이 꿈이었던가 하노라

五百年 都邑地[160]을 匹馬로[161] 도라드니[162]

---

146) 님: 연인이나, 임금을 상징하는데 여기서는 고려 마지막 임금인 공양왕을 가리킴.
147) 일편단심(一片丹心): 한 조각의 충성된 마음. 단심(丹心)이란 단적심(丹赤心)과 같이 충성심을 상징함.
148) 가싈: 가싀(改, 更, 變)-ㄹ(관형어미)〉변하여 없어질.
149) 이시랴: 잇-이랴(으랴)〉있으랴, 전설고모음화, 감탄형어미)〉있겠는가.
150) 이존오(1341~1371): 고려 후기의 문인. 자는 순경이며, 호는 석탄, 고산 등이다. 1360(공민왕 9)년 문과에 급제, 수원서기를 거쳐 사관에 발탁되었다. 1366년 우정언이 되어 신돈의 횡포를 탄핵하다가 왕의 노여움을 샀으나, 이색 등의 옹호로 극형을 면하고 정사감무로 좌천되었다. 문집으로『석탄집』이 있다.
151) 구름: 간신이나 소인배를 의미하는데 이 작품에서는 고려 말 공민왕 때의 중 신돈(辛旽)을 일컬음.
152) 무심(無心)ᄐᆞᆫ: 무심하다는, 사심이 없다는.
153) 허랑(虛浪)ᄒᆞ다: 허무맹랑하여 믿기가 어렵다.
154) 중천(中天): 하늘 한 가운데, 여기서는 '임금의 은총을 한 몸에 받는 높은 권세의 위치'를 뜻한다.
155) ᄃᆞᆫ이면서: ᄃᆞᆫ(ᄃᆞᆮ(到)-#이(니(行)〉이)-면서(어미))〉ᄃᆞᆮ니-〉ᄃᆞᆫ니〉ᄃᆞ니〉다니, 다니면서.
156) 구타야: 구태여.
157) 날 빗출: 날(日)#빛(光)-을(목적격조사)〉햇빛을. 여기서는 '고려 말 임금 공민왕의 총명'을 비유한 말이다.
158) 덥ᄂᆞ니: 덥(덮(覆)-ᄂᆞ니(잇가)(의문형어미))〉더우니.
159) 길재(1353~1419): 고려 말~조선 초의 문인. 자는 재부이며, 호는 야은, 금오산인 등이다. 이색, 정몽주와 함께 고려의 삼은으로 일컬어진다. 1400(정종 2)년에 이방원에 의해 태상 박사가 되었으나, 두 왕조를 섬길 수 없다 하여 거절하고 오직 성리학적 도를 닦으며 후진 양성에 전략했다. 문집으로『야은집』이 있다.
160) 오백년 도읍지(五百年 都邑地): 고려가 500년 동안 수도로 정한 곳, 곧 개성(開城).
161) 필마(匹馬)로: 한 필의 말로. 또는 나라를 잃어버린 평민인 필부(匹夫)의 신세로 라는 의미가 담겨

山川[163]은 依舊ᄒᆞ되[164] 人傑[165]은 간 ᄃᆡ 업다
어즈버[166] 太平烟月이[167] ᄭᅮᆷ이런가[168] ᄒᆞ노라

[55: 124] 맹사성(孟思誠)[169]
강과 호수에 봄이 찾아드니 미친 흥이 저절로 솟구친다
막걸리를 마시며 노는 강놀이에 금린어가 안주로구나
이 몸이 한가해짐도 또한 임금의 은혜로다

江湖[170]에 봄이 드니 미친 興이 졀노 난다
濁醪[171] 溪邊[172]에 錦鱗魚[173] 安酒ㅣ로다
이 몸이 閒暇ᄒᆡ옴도[174] 亦君恩[175]이샷다[176]

[56: 127] 맹사성(孟思誠)
강호에 여름이 찾아드니 초당 생활을 하는 나에게는 아무 일이 없도다
미더운 푸른 강물을 흘려 보내는 것은 바람이로구나
이 몸이 이렇게 시원하게 지내는 것도 또한 임금의 은혜로다

있음.
162) 도라드니: 돌(歸)-아(부사형어미)#들(入)-니(연결어미)〉돌아와 보니.
163) 산천(山川): 대자연.
164) 의구(依舊)ᄒᆞ되: 예와 같이 변함이 없으되.
165) 인걸(人傑): 뛰어난 인재, 곧 고려 신하(臣下).
166) 어즈버: 오호!, 아!(감탄사).
167) 태평연월(太平烟月)이: 태평세월이, 지나간 좋은 세월이.
168) ᄭᅮᆷ이런가: ᄭᅮᆷ(夢)-이(서술격조사)-더(회상선어말어미)-ㄴ가(설명형어미)〉꿈이던가.
169) 맹사성(1360~1438): 고려 말~조선 초의 문인. 자는 자명이며, 호는 고불, 동포이다. 고려 1386(우왕 12)년에 문과에 급제하여, 조선 초기에 여러 벼슬을 거쳐 우의정, 좌의정에까지 올랐다. 시문에 능하고 음률에도 밝아, 향악을 정리하고 스스로 악기를 제작했다고 한다. 연시조인 〈강호사시가〉가 전한다.
170) 강호(江湖): 강과 호수가 있는 곳. 곧 선비들의 은거지를 뜻함. 그런데 '강호'를 중국의 '남방쪽의 물'이라는 뜻으로 풀이하는 경우도 있다.
171) 탁효(濁醪): 걸쭉한 술, 막걸리.
172) 계변(溪邊): 시냇가, 곧 탁효계변(濁醪溪邊)이란 강가에서 술을 마시며 놀이를 하는 행사.
173) 금린어(錦鱗魚): 비단 빛 비늘이 달린 맛있는 물고기. 곧 물고기를 미화시킨 말.
174) ᄒᆡ옴도: ᄒᆞ(爲)-이(피동접사)-옴(오-ㅁ, 동명사형어미)〉해짐도.
175) 역군은(亦君恩): 또한 임금의 은혜.
176) 이샷다: 이(是)-샤(주체존대선어말어미)-ㅅ다(감탄형어미)〉이도다.

江湖에 여름[177]이 오드니 草堂[178]에 일이 업다
有信[179]ᄒᆞᆫ 江波[180]는 보ᄂᆡᄂᆞ니[181] ᄇᆞᄅᆞᆷ이로다[182]
이 몸이 서ᄂᆞᆯ히옴도[183] 亦君恩이샷다

[57: 115] 맹사성(孟思誠)
강호에 가을이 찾아드니 고기마다 살져 있다
작은 배에 그물을 실어 흘러 가는대로 맡겨 두고
이 몸이 한가롭게 날을 보냄도 또한 임금의 은혜로다

江湖에 ᄀᆞ을[184]이 드니 고기마다 ᄉᆞᆯ져[185] 잇다
小艇[186]에 그물 시러 흘니[187] 씌여[188] 더져 두고[189]
이 몸이 消日[190]히옴도 亦君恩이샷다

[58: 116] 맹사성(孟思誠)
강호에 겨울이 찾아드니 눈의 깊이가 한 자가 넘는구나
삿갓 비스듬히 쓰고 도롱이를 옷을 삼아
이 몸이 춥지 아니하게 지냄도 또한 임금의 은혜로다

江湖에 겨울이 드니 눈 기픠[191] ᄌᆞ히[192] 남다[193]

---

177) 여름: 녀름(夏)>여름.
178) 초당(草堂): 안채와는 떨어져 있는 별채로 풀로 지붕을 이은 집. 흔히 은거(隱居) 생활의 낙빈(樂貧)을 나타내기 위해 이런 집을 많이 짓고 생활하였다.
179) 유신(有信): 신의가 있는.
180) 강파(江波): 강물의 파도. 강물.
181) 보ᄂᆡᄂᆞ니: 보ᄂᆡ(送)-ᄂᆞᆫ(관형어미)#이(의존명사)-∅(주격조사)>보내는 것이.
182) ᄇᆞᄅᆞᆷ이로다: ᄇᆞᄅᆞᆷ(ᄇᆞᄅᆞᆷ>바람(2음절의 ᄋᆞ는 1음절 비음운화에 유추되어 'ᄋᆞ>아'로 비음화됨.
183) 서ᄂᆞᆯ히옴도: 서ᄂᆞᆯᄒᆞ-이(피동접사)-옴(동명사형어미)-도(특수조사)>서늘함도. 서늘하게 지내는 것도.
184) ᄀᆞ을: ᄀᆞ을(ᄀᆞᄉᆞᆯ>ᄀᆞᄋᆞᆯ>ᄀᆞ을>가을).
185) 살져: 살지(肥, 肥滿)-어(부사형어미)>살져. 'ᄉᆞᆯ지다'는 형용사와 동사 두 가지 문법적 기능을 가지고 있었다.
186) 소정(小艇): 길쭉하게 생긴 작은 고기잡이 배. =어주(漁舟), 어정(漁艇), 일엽주(一葉舟), 편주(扁舟).
187) 흘니: 흐르-이(사동접사)-어(부사형어미)>흘려.
188) 씌여: 쓰(浮)-이(시동접사)-∅(사동접사, 우)-어(부사형어미)>띄워.
189) 더져 두고: 던져두고.
190) 소일(消日): 한가롭게 날을 보냄.

삿갓 비긔[194] 쓰고 누역[195]으로 옷슬 삼아
이 몸이 칩지[196] 아니ᄒᆡ옴도[197] 亦君恩이샷다

[59: 2762] 왕방연(王方衍)[198]
천리만리 멀리 길에서 고운 님을 이별하옵고
내 마음 둘 곳이 없어서 냇가에 앉아 있으니
저 물도 내 마음속과 같이 울면서 밤길 흘러 가는구나

千萬里 머나먼 길헤[199] 고은 님[200] 여희옵고[201]
ᄂᆡ ᄆᆞ음 둘 ᄃᆡ 업셔[202] 냇ᄀᆞ의 안자시니[203]
져 물도 내 ᄋᆞᆫ[204] ᄀᆞᆺᄒᆞ여 우러[205] 밤길 녜놋다[206]

[60: 1014] 김시습(金時習)[207]
맹자 양의 혜왕 보셨는데 첫 말씀이 인의예지
주문공 주석에도 더욱 성의정심

---

191) 기피: 기ᄑᆞ(형용사어근)-ᄋᆡ(명사파생접사)-∅(주격조사)〉깊이가. [참고] 높이(노ᄑᆞ-ᄋᆡ).
192) ᄌᆞ히: ᄌᆞ(尺)ㅎ-ㅣ(주격조사)〉자가.
193) 남다: 모음교체 넘다.
194) 비긔: 빗그(형용사어근)-ㅣ(부사파생접사)〉비스듬히.
195) 누역(縷繹): 도롱이. 띠풀 따위로 엮어 만든 비옷.
196) 칩지: 춥(冷, 寒)-지(부사형어미, 춥지〉칩지〉칩지(i-모음역행동화)))〉춥지.
197) 아니ᄒᆡ옴도: 아니ᄒᆞ-이(사동접사)-옴(명사형어미)-도(특수조사)〉아니함도.
198) 왕방연(생몰년 미상): 조선 전기의 문인. 사육신을 중심으로 한 단종 복위사건이 사전에 발각되어, 강원도 영월에 유배중인 노산군에게 1457(세조 3)년 사약이 내려질 때 그 책임을 맡은 의금부도사였다.
199) 길헤: 길ㅎ(道)-에(척격)〉길에.
200) 고은 님: 어여쁜 님, 임금, 곧 단종(端宗)을 가리킴.
201) 여희옵고: 여희-옵(겸양법선어말어미)-고(연결어미)〉이별하옵고.
202) 둘 ᄃᆡ 업셔: 둘 곳이 없어, 머물 곳이 없어.
203) 안자시니: 앉(坐)-아(부사형어미)#이시(有)-니(연결어미)〉앉아 있으니.
204) ᄂᆡ ᄋᆞᆫ: ᄂᆡ(ᄂᆞ-의)#ᄋᆞᆫ(內)〉내 마음, 내 속.
205) 우러: 울-어(부사형어미)〉울면서.
206) 녜놋다: 니(行녜)-어(부사형어미)의 축약형, 녜(行)-놋다(감탄형어미)〉가는구나, 흘러가도다.
207) 김시습(1435~1493): 조선 전기의 학자이며, 생육신의 한 사람. 자는 열경이며, 호는 매월당, 동봉, 청한자, 벽산청은, 췌세옹 등이고, 법호는 설잠이다. 5세 때 세종대와 앞에서 글을 지어 올리니 왕이 감탄하여 칭찬하고 비단을 선물로 내렸다 한다. 1445(세조 1)년 삼각산 중흥사에서 공부하다가 수양대군이 어린 단종을 몰아내고 왕위에 올랐다는 소식을 듣고, 읽던 책을 모두 불태워버리고 중이 되어 방랑길에 올랐다. 문집으로 『매월당집』이 있으며, 소설집인 『금오신화』가 전한다.

우리는 할 일 일 없으니 효제충신하리라

孟子[208] 見梁惠王ᄒᆞ신ᄃᆡ 첫 말솜이 仁義禮智[209]
朱文公[210] 註의도[211] 긔 더욱 誠意正心[212]
우리ᄂᆞᆫ ᄒᆡ울[213] 일 업ᄉᆞ니 孝弟忠信[214]ᄒᆞ리라

[61: 2089] 남이(南怡)[215]
오추마 우는 곳에 칠척 장검 비껴들었는데
함관은 누구 땅이 되었다는 말인고
홍문에 세 번이나 찾아가도 응하지 않았음을 못내 슬퍼하노라

烏騅馬[216] 우ᄂᆞᆫ 곳에 七尺 長劍[217] 빗겻ᄂᆞᆫᄃᆡ[218]
百二 函關[219]이 뉘[220] ᄯᅡ이 되단 말고[221]
鴻門宴[222] 三擧不應[223]을 못ᄂᆡ 슬허 ᄒᆞ노라[224]

---

208) 맹자(孟子) 견양혜왕(見梁惠王): 맹자가 양의 혜왕을 봄. 사서 가운데 하나인 맹자 첫 편인 〈양해왕〉의 첫 구절.
209) 첫말솜에 인의례지(仁義禮智): 맹자가 양 혜왕의 물음에 "하필 이익을 논하시오? 오직 인의(仁義)가 있을 뿐입니다"고 대답했다는 말.
210) 주문공(朱文公): 성리학을 대성한 남송의 유학자 주희(朱熹).
211) 주문공(朱文公) 주(註)의도: 『맹자』에 주석을 단 주희의 주석(註釋)에도. 주문공은 중국 송나라 주희를 뜻함.
212) 성의정심(誠意正心): 참되고 정성스런 뜻과 바른 마음.
213) ᄒᆡ울: ᄒᆞ(爲)-ㅣ(사동접사)-우(사동접사)-ㄹ(관형어미)〉할 일.
214) 효제충신(孝弟忠信): 효도하고 우애깊고 충성하고 신의하다
215) 남이(1441~1468): 조선 전기의 무인. 1457(세조 3)년 약관의 나이로 무과에 장원, 세조의 지극한 총애를 받았다. 1468년(예종 즉위) 병조판서로 발탁되었으나 한명회 등 훈신들에 의해 해직되어, 유자광의 참소로 강순 등과 함께 주살되었다.
216) 오추마(烏騅馬): 흰 털에 검은 털이 섞인 준마(駿馬)로서 한나라 고조인 항우(項羽)가 아꼈다는 말.
217) 칠척장검(七尺長劍): 일곱 자나 되는 긴 칼. 곧 한나라 고조인 항우(項羽)가 사용했다고 전하는 칼.
218) 빗겻ᄂᆞᆫᄃᆡ: 빗겨 들었는데.
219) 백이함관(百二函關)이: 진나라의 영토에 있는 함관(函關)은 함곡관(函谷關)을 말한다. 진(秦)나라의 땅이 험준하여 2만의 병력으로 능히 제후 백만을 당할 수 있다는 고사에 나온다. 『사기』〈고조본기〉 "秦形勝之國 帶下山之險 縣隔千里 持戟百萬 秦得百二焉" 참조.
220) 뉘: 누(誰)-의(소격조사)〉누구의.
221) 되단말고: 되-었(과거시상선어말어미)-다(종결어미)-는(관형형어미)#말-인고(의문형어미)〉되었다는 말인고?
222) 홍문연(鴻門宴): 홍문에서 베푼 연회. 항우가 유방을 치기 위해 잔치를 벌였다.
223) 삼거불응(三擧不應): 세 번이나 찾아가도 응하지 않음. 곧 삼고초려(三顧草廬)와 같은 의미임. 항우의

[62: 1703] 성삼문(成三門)225)

수양산을 바라보며 백이숙제를 원망하노라
굶어 죽어진들 고사리를 캐어 먹는단 말인가
아무리 산과 들에 나는 풀이기로서니 그것이 누구의 땅에 났더냐

首陽山226) ᄇᆞ라보며 夷齊227)을 恨ᄒᆞ노라228)
주려 죽을진들229) 採薇도230) ᄒᆞᄂᆞᆫ 것가231)
아모리 프ᅀᅵ엣232) 거신들 긔233) 뉘234) ᄯᅡ희235) 낫더니236)

[63: 2323] 성삼문(成三問)

이 몸이 죽어서 무엇이 될 것인고 하니
봉래산 제일 높은 봉에 키 크고 싱싱하게 자란 소나무가 되었다가
흰 눈이 온누리를 뒤덮을 때에 홀로 푸른빛을 보여 주리라

이 몸이 죽어 가셔 무어시 될고 ᄒᆞ니

모사인 범증(范增)이 홍문연에서 유방을 죽이고자 세 번이나 패옥을 들어 신호를 했으나 항우가 끝내 응하지 않았다는 고사. 결국 유방은 번쾌(樊噲) 등의 도움으로 홍문에서 무사히 탈출하게 된다. 『사기』 〈항우본기〉 "范增數目項王, 擧所佩玉玦, 以示之者三, 項王默然不應" 참고.

224) 슬허ᄒᆞ노라: 슬퍼하노라.

225) 성삼문(1418~1456): 조선 전기의 문인으로, 사육신의 한 사람. 자는 근보, 눌옹 등이며, 호는 매죽헌이다. 집현전 학사로 뽑혀 세종의 총애를 받으면서, 훈민정음을 만들 때에 정인 등과 함께 이를 도왔다. 1456(세조 2)년 박팽년등과 함께 단종의 복위를 꾀하다가 발각되어 처형당했다. 문집으로 『근보집』이 있다.

226) 수양산(首陽山): 중국 산서성(山西城)에 있는 산. 백이(伯夷)와 숙제(叔齊)가 숨어 살다가 굶어 죽었다고 하는 산. 우리나라 황해도 해주에서 동쪽으로 5리 덜어진 곳에 있는 숭야산도 역시 백이와 숙제가 은거하던 곳이라 전함.

227) 이제(夷齊): 백이(伯夷)와 숙제(叔齊), 은(殷)나라 제후 고죽군의 두 아들로 은나라 사람으로 주(周)나라 곡식을 먹을 수 없다고 하여 수양산에서 고사리만 캐어 먹다가 굶어 죽었다고 함.

228) 한(限)ᄒᆞ노라: 탓하노라, 원망하노라.

229) 주려 주글진들: 주리-어(부사형어미)#죽-을진들(가정의 연결어미)〉굶어 죽을지라도.

230) 채미(採薇)도: 고사리를 캐는 것도

231) ᄒᆞᄂᆞᆫ 것가: 하는 것인가?

232) 프ᅀᅵ엣: 프ᅀᅵ(산과 들에 나는 풀)-에(처격조사)-ㅅ(사잇소리)〉산과 들에 나는 풀에.

233) 긔: 그(其)-의(주격조사)〉그것이

234) 뉘: 누(誰)-의(소격조사)〉누구의.

235) ᄯᅡ히: ᄯᅡ-ㅎ-의(처격조사)〉땅에.

236) 낫더니: 났더냐?

蓬萊山[237] 第一峰에 落落長松[238] 되야 이셔[239]
白雪이 滿乾坤[240]홀 제 獨也靑靑[241]ᄒᆞ리라

[64: 20] 박팽년(朴彭年)[242]
까마귀 눈비를 맞으면 잠시 희어지는듯하지만 이내 검어지는도다
밤에도 빛나는 보석 같은 달이야 밤인들 어두우랴
어린 임금(단종)을 향한 이 가슴속에 충성된 한 마음이야 변할 줄이 있겠는가

가마귀 눈비 마자 희는 ᄃᆞᆺ[243] 검노ᄆᆡ라[244]
夜郎明月[245]이 밤인들 어두우랴
님 향ᄒᆞᆫ 一片丹心이야 変홀 줄이 이시랴[246]

[65: 2927] 유성원(柳誠源)[247]
초당에 일이 없이 한가하게 거문고을 베고 누워
태평한 세상을 꿈에서나 그려 보려하였더니
대문 앞에 어부들의 떠드는 노래 소리가 잠든 나를 깨우는구나

237) 봉래산(蓬萊山): 발해(渤海)에 있다고 전하는 삼신산(三神山) 가운데 하나이며, 신궁(神宮)과 선궁(仙宮)이 있다고 한다. 봉래산은 여름 금강산의 별칭이기도 함. 여기서는 임금님이 계시는 서울의 남산(南山)에 비유하고 있다.

238) 낙락장송(落落長松): 키가 크고 가지가 늘어진 소나무.

239) 이셔: 이시(有)-어(부사형어미)〉있어.

240) 만건곤(滿乾坤): 하늘과 땅에 가득 참.

241) 독야청청(獨也靑靑): 홀로 푸르고 푸름.

242) 박팽년(1417~1456): 조선 전기의 문인으로, 사육신의 한사람. 자는 인수이며, 호는 취금헌이다. 1434(세종 16)년에 문과에 급제한 뒤, 집현전 학사로 여러 가지 편찬 사업에 종사하였다. 1455년 수양대군이 왕위에 오르자 성삼문 등과 더불어 단종을 다시 왕위에 올릴 계획을 세우다가, 김질의 밀고로 체포되어 처형당했다.

243) 희ᄂᆞᆫ ᄃᆞᆺ: 희어졌다가 곧바로. ᄃᆞᆺ-뜻이 '같다(如), 비슷하다(似)'이며 보통 용언의 관형사형 아래에서 사용되며 어떠한 상태나 동작이 끝나자 말자 또는 의문의 상이함을 내포한 어미.

244) 검노ᄆᆡ라: 검-노ᄆᆡ라(감탄종결어미형어미)〉검는구나.

245) 야랑명월(夜郎明月)이: 밤에도 빛나는 밝은 달. 이 작품에서는 밤에도 '빛나는 보석'을 의미함. 또는 야광주(夜光珠)와 명월주(明月珠)의 비유. 진본『청구영언』에는 '야광명월(夜光明月)'로 되어 있다.

246) 이시랴: 이시(有)-랴(반어적 의문형어미)〉있겠는가?

247) 유성원(?~1456): 조선 전기 문인으로, 사육신의 한 사람. 자는 태초이며, 호는 낭간이다. 1447(세종 29)년 문과 중시에 급제하여, 집현전 학사로 세종의 총애를 받았다. 1453(세종 1)년 수양대군의 협박에 정난공신을 녹훈하는 교서를 썼으나, 그 뒤 성삼문 등과 단종의 복위를 모의하다가 탄로되자 1456(세조 2)년 자결했다.

草堂에 일이 업서 거문고을 베고 누어
太平聖代를 쑴에나 보려 ᄒᆞ니
門前數의 聲漁笛이[248] 즘든 날을 ᄭᅵ와라[249]

[66: 66] 유응부(兪應孚)[250]
간밤에 불던 몹쓸 바람에 눈과 서리까지 몰아쳤다는 말인가
낙낙장송도 다 기울어져 가는구나
하물며 다 피지 못한 꽃이야 말해서 무엇하리오

간밤의 부든 ᄇᆞ람 눈 셔리[251] 치단 말가
落落長松[252]이 다 기우러[253] 가노ᄆᆡ라[254]
ᄒᆞ물며 못다 핀 곳치야[255] 일너[256][257] 무엇ᄒᆞ리오

[67: 1166] 이개(李塏)[258]
방안에 켜있는 촛불 누구와 이별하였길래
눈물을 흘리면서 속이 타는 줄 모르는고
우리도 저 촛불과 같도다 속 타는 줄 모르노라

---

248) 문전수(門前數)의 성어적(聲漁笛)이: "문전(門前)의 수성어적(數聲漁笛)"의 잘못임. 곧 문 앞에서 어부들이 부는 피리소리.
249) ᄭᅵ와다: 깨우도다.
250) 유응부(?~1456): 조선 전기의 무인으로, 사육신의 한 사람. 자는 신지, 선장이며, 호는 벽량이다. 무과에 급제하여 세종과 문종의 총애를 받았으며, 평안도 절제사를 거쳐 1455(세조 1)년 동지중추원사로 정2품에 올랐다. 이 해 성삼문 등과 단종복위를 모의하였으나, 김질의 배신으로 탄로나 고문 끝에 죽었다.
251) 눈셔리: 눈과 서리, 여기서는 수양대군의 포악함을 비유함.
252) 낙락장송(落落長松): 키가 크고 가지가 늘어진 소나무, 여기서는 사육신을 비롯한 충절을 지키는 충신을 의미함.
253) 기우러: 기울어져.
254) 가노ᄆᆡ라: 가(行)-노ᄆᆡ라(감탄형어미)>가는구나.
255) 못다 핀 곳치이야: 다 피지 못한 꽃, 충절(忠節)의 젊은 학사(學士)를 비유함.
256) 일너: 이르(니ᄅᆞ:>이르-)-어(부사형어미)>일러, 말해서.
257) 일너: 말해.
258) 이개(1417~1456): 조선 전기의 문인으로, 사육신의 한사람. 자는 청보, 백고이며, 호는 백옥헌이다. 1436(세종 18)년 문과에 급제, 훈민정음 창제에도 참여하였다. 성삼문, 박팽년 등과 더불어 단종의 복위를 꾀하다가, 사전에 발각되어 혹독한 고문 끝에 죽었다.

房 안에 혓ᄂᆞᆫ259) 燭불260) 눌과261) 離別ᄒᆞ엿관ᄃᆡ
눈물을 흘니면셔 속 타ᄂᆞᆫ 줄 모로ᄂᆞᆫ고
우리도 져 燭불 ᄀᆞᆺ도다 속 타ᄂᆞᆫ 줄 모로노라

[68: 135] 하위지(河緯地)262)
손님도 돌아가고 문을 닫고 나니 바람은 거두어 물러가고 달은 서산에 기울 적에
술독을 다시 열고 싯구를 되는 대로 읊어 부르니
아마도 속세를 버리고 산 속에 사는 은사의 마음에 흡족한 것은 이뿐인가 하노라

客散門扃263)ᄒᆞ고 風微月落264)ᄒᆞᆯ 졔
酒甕265)을 다시 열고 詩句 흣부리니266)
아마도 山人得意267)ᄂᆞᆫ 이 ᄲᅮᆫ인가 ᄒᆞ노라

[69: 1426] 김일손(金馹孫)268) (이현보(李賢輔)라는 이름이 첨기(添記)되었다.)
산머리에 한가로운 구름이 일어나고 물 가운데는 백구가 날고
무심하지만 다정하기는 이 두 가지로다
일생에 근심 걱정을 잊고 너를 좇아 놀리라

山頭에 閒雲起ᄒᆞ고269) 水中270)에 白鷗飛라

---

259) 혓ᄂᆞᆫ: 혀(혀다-끌다, 당기다(引)의 뜻을 가지고 있음)-엇(과거시상선어말어미)-ᄂᆞᆫ(관형어미)〉현. '켰는'과 같은 경상방언에서는 (불을) '키라', '혀라', '서라'와 같은 분화형들이 있다.

260) 촉(燭)불: 켜져 있는 촛불.

261) 눌과: 누(誰)-ㄹ과(복합격)〉누구와.

262) 하위지(1387~1456): 조선 전기의 문인으로, 사육신의 한 사람. 자는 천장, 중장이며, 호는 단계이다. 세종 때 집현전 학사로 활동했으며, 벼슬은 예조판서에 이르렀다. 1456(세조 2)년 단종 복위를 꾀하다가 순절하였다.

263) 객산문경(客散門扃): 손님이 흩어져 간 뒤에 대문을 걸어 닫음.

264) 풍미월락(風微月落): 바람은 잦고 달은 서산에 기욺.

265) 주옹(酒甕): 술독, 술항아리.

266) 흣부리니: 흩어 부르니.

267) 산인득의(山人得意): 속세를 버리고 산 속에 사는 은사(隱士)의 마음에 흡족한 것.

268) 김일손(1464~1498): 조선 전기의 문인. 자는 계운이며, 호는 탁영, 소미산인 등이다. 1498(연산군 4)년 〈조의제문〉을 사초에 실었는데, 이것으로 인해 무오사화가 발생하여 자신을 비롯한 많은 사람들이 죽음을 당했다. 문집으로『탁영집』이 있다. 본 가곡집에 수록된 작품은 농암 이현보의 〈어부가〉 5수 가운데 제4수이다.

269) 한운기(閒雲起)ᄒᆞ고: 한가로운 구름이 일어나고.

無心코 多情키ᄂᆞᆫ 이 두 거[271]시로다
一生에 시름[272]을 잇고[273] 너를 좃ᄎᆞ[274] 노니라[275]

[70: 295] 김종직(金宗直)[276]
굽어 내려다보면 깊고 깊은 푸른 물이고 돌아보면 겹겹이 둘러싸인 푸른 산이라
붉은 먼지가 열 발이나 쌓인 속세가 얼마나 가련한가
강호에 흰 달이 밝으니 더욱 무심하여라

구버ᄂᆞᆫ[277] 千尋綠水[278] 도라보니 萬疊靑山[279]
十丈紅塵[280]이 언매나[281] 가련ᄂᆞᆫ고[282]
江湖에 月白ᄒᆞ거든 더욱 無心[283]ᄒᆞ여라

[71: 125] 김굉필(金宏弼)[284]
강호에 봄이 깊어가니 이 몸이 해야 할 일이 많도다
나는 그물을 얽어매고 아이들은 밭을 가니

---

270) 수중(水中): 물 가운데, 곧 물에 비친 영상(影像).
271) 이 두 것: 산 위에 한가로운 구름이 일어난 것과 물에 백구가 날아가는 것이 비친 모습.
272) 시름: 근심과 걱정.
273) 잇고: 잊(忘)-고(연결어미)〉잊고.
274) 좃ᄎᆞ: 좇(從, 隨)-아(부사형어미)〉쫓아.
275) 노니라: 노(遊)-#니(行)-라(감탄형어미)〉놀며가느니라. 진본『청구영언』에는 '노로리라'인데 이는 놀-오(의도형선어말어미)-리(추측의 서법소)-라(감탄형어미)〉놀겠도다, 놀리라.
276) 김종직(1431~1492): 조선 전기의 문인. 자는 계온, 효관 등이며, 호는 점필재이다. 고려 말의 유학자 길재의 학통을 이어받아 많은 제자를 길러내어, 이른바 영남 학파를 이룩하였다. 성종의 신임을 받아 그의 제자들이 관직에 많이 진출하였고, 이로 인해 훈구파와 대립이 심하였다. 그의 글인 〈조의제문〉이 무오사화의 원인이 되었고, 그의 시신은 목이 잘리는 형을 받았다. 문집으로『점필재집』이 있다. '이현보(李賢輔)'라는 이름이 첨기되어 있다.
277) 구버ᄂᆞᆫ: 굽(曲)-어(부사형어미)-ᄂᆞᆫ(주제격조사)〉구부려서는.
278) 천심녹수(千尋綠水): 매우 깊고 깊은 푸른 물. 심(尋)은 8척(尺)의 길이를 뜻한다.
279) 만첩청산(萬疊靑山): 겹겹으로 둘러싸인 푸른 산. 곧 깊은 산중을 의미함.
280) 십장홍진(十丈紅塵): 붉은 먼지가 열 발이나 쌓인 속세(俗世).
281) 언매나: 언(어느(何)-)-매(정도를 나타내는 접사)-나(연결어미)〉얼마나.
282) 가련ᄂᆞᆫ고: 가(行)-려(의도를 나타내는 서법어미)-ᄂᆞᆫ(현재시상)-고(의문형어미)〉가려는고.
283) 무심(無心): 속됨이 없고 맑고 조용한 마음.
284) 김굉필(1454~1504): 조선 전기의 문인. 자는 대유이며, 호는 사옹, 한훤당 등이다.『소학』에 심취하여 스스로 '소학동자'라 일컬었다. 1498(연산군 4)년 무오사화 때 김종직의 문도로서 붕당을 만든 죄로 평안도 회천에 유배되었다가, 1504(연산군 10)년 갑자사화 때 무오당인으로 지목되어 극형을 당하였다. 문집으로『한훤당집』이 있다.

뒷산에 싹이 길어 자란 약초를 언제 캐려고 하느냐

江湖에 봄이 드니 이 몸이 일이 하다[285]
나ᄂᆞᆫ 그물 깁고[286] 아희ᄂᆞᆫ 밧츨[287] 가니
뒷 뫼ᄒᆡ 엄긴[288] 藥을 언ᄌᆡ ᄏᆡ려 ᄒᆞᄂᆞ니

[72: 1493] 김굉필(金宏弼)
삿갓에 도롱이 입고 가늘게 내리는 비에 호미 메고
산밭을 흩어 매다가 푸른 나무 그늘에 누었으니
목동이 소와 양을 몰다가 잠든 날을 깨우는도다

삿갓[289]셰 되롱의[290] 입고 細雨[291] 中에 호뫼[292] 메고
山田을 홋ᄆᆡ다가[293] 綠陰에 누어시니
牧童이 牛羊을 모라다가 ᄌᆞᆷ든 날을 ᄭᆡ와다[294]

---

285) 하다: 하다(多)〉많다. '하다(多, 大)'의 의미를 'ᄒᆞ다(行, 爲)'의 의미를 가지고 있다가 '하다'는 行, 爲의 의미로 고정되었으며, '하다'는 '하다〉많다'로 어형이 변화되었다.

286) 깁다: 얽어매고.

287) 밧츨: 밭(田)을, '밭-이〉밫-이'(구개음화)에 유추되어 '밫-에', '밫-을'로 유추적 확산(ana logical extensition)이 반영된 어형이다.

1단계 밭-이 밭-에 밭-을 밭-으로: 기본형의 굴곡 페러다임
2단계 밫-이 밭-에 밭-을 밭-으로: 주격형 구개음화 적용
3단계 밫-이 밫-에 밭-을 밭-으로: 유추적 확산(analogical extensition)
4단계 밫-이 밫-에 밫-을 밭-으로
5단계 밫-이 밫-에 밫-을 밫-으로: 유추적 평준화(analogical leveling)

만일 5단계를 거쳐 굴곡의 패러다임이 변화하였다고 가정하면 기본형 '밭(田)'은 '밫(田)'으로 재구조화(restruction)가 이루어졌다고 할 수 있다.

288) 엄긴: ① 엄기다: 엄기(동사어간)-ㄴ(관형어미)〉엉긴, 엉크러진. ② 엄 길다: 엄(싹, 芽)-#길(長)-〉싹이 자라 길다. 두 가지로 해석이 가능하나 뒤에 약(藥)이 나오기 때문에 ②로 해석해야 할 것이다. 곧 "싹이 길어 자란 약초(藥草)"로 해석해야 할 것이다.

289) 삿갓: 삿(갈(蘆))-#갓(모자(笠))〉비를 막기 위해 갈로 만든 모자.

290) 되롱이: 풀이나 사리껍질을 엮어 만든 비옷. 도롱이(綠蓑衣) 도는 누역(縷繹)이라고 부르기도 한다.

291) 세우(細雨): 가는 비. 가랑비.

292) 호뫼: 호미.

293) 홋ᄆᆡ다가: 홋(흩(散))-#ᄆᆡ-다가(연결어미)〉흩어 매다가, 이리저리 대강 호미질하다가.

294) ᄭᆡ와다: ᄭᆡ(覺)-와다((-과다〉-와다), 감탄종결어미형어미)〉깨우는도다.

[73: 837] 김굉필(金宏弼)

대추가 붉은 골짝에 밤은 어이 떨어지며
벼 벤 그루에 연기는 어이 내리는고
술 익자마자 체 장사 떠나가니 아니 먹고 어이하리

大棗[295] 불근[296] 골[297]에 밤[298]은 어이 쯧드르며[299]
벼[300] 빗[301] 그르ᄒᆡ[302] 내ᄂᆞᆫ[303] 어이 ᄂᆞ리ᄂᆞᆫ고[304]
술 익쟈[305] 체쟝ᄉᆞ[306] 가니 아니 먹고 어이ᄒᆞ리

[74: 1046] 김굉필(金宏弼)

뒷산에 새가 다 끊기고 앞길에는 지나가는 이 없다.
외로운 배에 삿갓 쓴 저 늙으니
낚시에 맛이 깊도다 눈 많이 내린 줄 모른다

뒷뫼ᄒᆡ[307] ᄉᆡ 다 긋고[308] 압 길의 갈 이[309] 업다
외로온 ᄇᆡ에 삿갓 쓴 져 늙으니[310]
낙시에 맛시[311] 깁도다 눈 ᄒᆞ진 줄[312] 모른다

---

295) 대조(大棗): 대추.
296) 불근: 붉-은(관형어미)〉붉은.
297) 골: 골(谷), 골짜기.
298) 밤: 밤(栗).
299) 쯧드르며: 쯧들(落)-으며(연결어미)〉떨어지며.
300) 벼: 벼(稻).
301) 빗: '빈(베다)'의 오기인 듯, 베어낸, 경상도방언에서는 '벤'을 '빈'으로 발음한다. '빈'의 오기이다.
302) 그르ᄒᆡ: 그루에.
303) 내ᄂᆞᆫ: 내(煙氣)-ᄂᆞᆫ(주제격)〉연기(煙氣)는, 벼를 벤 자리에 해충을 없애기 위해 볏짚을 태우는 광경으로 해석할 수 있다. 진본『청구영언』에는 '게(蟹)ᄂᆞᆫ'으로 되어 있음. '게'로 해석하는 것보다 종장에서 연결되는 '술 익는'과의 이미지 대응을 위해 '연기' 곧 '내'로 해석되는 것이 훨씬 서경적인 아름다움을 잘 드러낸다.
304) ᄂᆞ리ᄂᆞᆫ고: ᄂᆞ리(降)-ᄂᆞᆫ고(의문형어미)〉내리는고.
305) 술 익쟈: 술(酒) 익자마자.
306) 체쟝ᄉᆞ: 술을 거르는데 사용하는 체를 파는 장사꾼.
307) 뒷 뫼ᄒᆡ: 뒷산에.
308) 긋고: 끊기고.
309) 갈 이: 갈(耕)#이(의존명사)-∅(주격조사)〉가는 사람이.
310) 져 늙으니: 저 늙은이.

[75: 2917] 이현보(李賢輔)[313]

푸른 연꽃에 밥을 싸고 푸른 버드나무가지에 고기 꿰어

가을 흰 꽃으로 피는 갈대의 꽃떨기에 배를 매어 두었으니

일반적으로 푸르름의 의미를 어떤 분이 (재대로) 아실까

靑荷[314]에 밥을 쏫고[315] 綠柳에[316] 고기 써여[317]

蘆荻花叢[318]에 빅 믹여 두어시니

一般 淸意味[319]을 어닉 分이[320] 알으실고

[76: 2524] 이현보(李賢輔)

서울을 되돌아보니 임금님 계신 곳이 천리로다

고깃배에 누어있을 들 잊은 적이 있겠는가

두어라 내 걱정이 아니라도 세상을 구제할 현자가 없겠는가

長安[321]을 도라보니 北闕[322]이 千里로다

漁舟에 누어신들[323] 이즐 적[324] 이실소냐[325]

---

311) 맛시: 맛(味)이.

312) 눈 ᄒᆞ진 줄: 눈이 많이 내린 줄. 'ᄒᆞ(行, 爲)-'와 '하(大, 多)-'의 혼착.

313) 이현보(1467~1555): 조선 중기의 문인. 자는 비중이며, 호는 농암, 설빈옹 등이다. 1498(연산군 4)년에 문과에 급제하여, 사관, 정언이 되어 서연관의 잘못을 논박하다가 귀양살이를 하였다. 중종반정 후에 복직되어, 부제학, 형조 참판에 이르렀다. 문집으로 『농암집』이 있으며, '어부가' 등의 시조를 남겼다.

314) 청하(靑荷): 푸른 연꽃.

315) 쏫고:쏫(ᄡᆞᆺ(包)->쏫-)-고(연결어미)〉싸고, 꾸리고.

316) 녹유(綠柳)에: 푸른 버들가지에.

317) 써여: 써(ᄢᅦ(貫)->쎄-의 잘못)-이(사동접사)-어(부사형어미)〉꿰어(貫).

318) 노적화총(蘆荻花叢): 가을 흰 꽃으로 피는 갈대의 꽃 떨기.

319) 일반청의미(一般淸意味): 일반적으로 푸르름의 의미.

320) 어닉 분(分)이: 어떤 분이

321) 장안(長安): 중국 섬서성(陝西城) 서안부(西安府)의 옛지명. 주나라 무왕이 처음 도읍을 했던 호경(鎬京)임. 진·한·당나라 시대의 수도. 여기서는 우리나라의 서울 곧 한양(漢陽)을 뜻한다.

322) 북궐(北闕): 본래는 궁전의 북쪽에 있는 임금을 배알하는 모든 제현의 무리가 출입하는 문이라는 뜻. 여기서는 임금이 계신 대궐(大闕).

323) 누어신들: 눕(臥)-어(부사형어미)#이시(有)-ㄴ들〉누워있은 들.

324) 이즐적: 잊(忘却)-ㄹ(관형어미, 불확정시제)#적(의존명사)-∅(주격조사)〉잊은 적이. 진본 『청구영언』에서는 "니즌 스치이시랴"로 되어 있다.

325) 이실소냐: 이시(有)-ㄹ소냐(감탄형어미)〉있겠는가.

두어라[326] 내 [327]시름 아니라 濟世賢[328]이 업스랴

[77: 2827] 박암(朴闇)[329]

저 깊은 오강의 깊은 물을 내려다보니 푸른 대나무가 아름답도다
멋진 군자여 낚싯대를 빌려주려무나
우리도 지극히 착함과 밝은 덕을 낚아 볼까 하노라

瞻彼淇澳혼ᄃᆡ[330] 綠竹[331]이 猗猗로다[332]
有斐君子[333] ㅣ여 낙ᄃᆡ[334]을 빌이려문[335]
우리도 至善明德[336]을 낙가 볼가 ᄒᆞ노라

[78: 338] 조광조(趙光祖)[337]

꿈에 증자님을 뵙고서 어버이 모시는 도리를 물었더니
증자가 가로왈 오 어린 것아 들어 보게나
어버이를 받드는 것이 별 것이 아니라 오직 공경하면 될 따름이라 하시더라

ᄭᅮᆷ에 曾子ᄭᅴ[338] 뵈와 事親道을[339] 뭇ᄌᆞ온ᄃᆡ[340]

---

326) 두어라: 시조 종장 초구에 관용되는 감탄사.

327) 내: 나(我)-의(관격격조사)〉나의.

328) 제세현(濟世賢): 세상을 구제할 현자(賢者).

329) 박암(1479~1504): 조선 전기의 문인. 자는 중열이며, 호는 읍취헌이다. 1496(연산군 2)년에 급제하였고, 홍문관의 정자, 수찬을 역임하였다. 경연관으로 5년간 있으면서 유자광 등의 죄산을 연산군에게 직고했다가, 그들의 모함으로 투옥되고 파직당했다. 1504(연산군 10)년 갑자사화로 동래에 유배되었다가 사형되었다. 문집으로 『읍취헌유고』가 있다.

330) 첨피기오(瞻彼淇澳)혼ᄃᆡ: 저 기수의깊은 물을 바라보니. 기수는 중국 하남성에서 발원하는 강. 오강. 오(澳)는 오(奧)의 오기.

331) 녹죽(綠竹): 푸른 대나무가.

332) 의의(猗猗)로다: 아름답다.

333) 유비군자(有斐君子): 덕이 있는 군자. '군자'는 위 무공(衛武公)을 가리킴.

334) 낙ᄃᆡ: 낚싯대.

335) 빌이려문: 비려주려무나.

336) 지선명덕(至善明德): 지극히 착함과 밝은 덕.

337) 조광조(1482~1519): 조선 전기의 문인. 자는 효직이며, 호는 정암이다. 김굉필의 문인으로, 김정직의 학통을 이는 사림파의 영수이다. 1519(중종 14)년 훈구파를 배척하고 신진사류를 대거 기용하는 등 급진적인 개혁을 단행하였다. 이 일로 훈구파의 원한을 사게 되어, 남곤의 무고로 기묘사화 때 사사되었다. 문집으로 『정암집』이 있다.

338) 증자(曾子)ᄭᅴ: 증자-ᄭᅴ(존칭부사격조사)〉증자에게. 증자(曾子, B.C. 506~436), 중국 춘추시대의 유학

曾子ㅣ 曰 嗚呼ㅣ라[341] 小子ㅣ야[342] 드려스라[343]
事親이 豈有他哉리오[344] 敬之而已라[345] ᄒᆞ시니라

[79: 2292] 이황(李滉)
이런들 어떠하며 저런들 어떠하리
시골에 파묻혀서 살아가는 어리석은 사람이니 이렇게 살아간들 어떠하리
하물며 자연에 살고 싶어하는 마음의 고질병을 고쳐서 무엇하리오

이런들 엇더ᄒᆞ며[346] 저런들 엇더ᄒᆞ리
草野愚生[347]이 이러타 엇다ᄒᆞ리
ᄒᆞ물며 泉石膏肓[348]을 고처 무슴 ᄒᆞ리오

[80: 2033] 이황(李滉)
연기와 놀의 멋진 자연 풍치로 집을 삼고 바람과 달을 벗으로 삼아
어진 임금 만난 좋은 시절에 병으로 늙어만 가네
이 가운데 바라는 일은 허물이나 없었으면 하고 바라노라

烟霞[349]로 집을 삼고 風月[350]노 벗을 삼아

자. 자 자여(子輿). 이름은 삼(參). 산동성(山東省) 출생. 증점(曾點)의 아들이다. 공자(孔子)의 고제(高弟)로 효심이 두텁고 내성궁행(內省躬行)에 힘썼으며, 노(魯)나라 지방에서 제자들의 교육에 주력하였다. 『효경(孝經)』의 작자라고 전해지나 확실한 근거는 없으며, 현재 전하는 『효경』은 진한시대(秦漢時代)에 개수한 것이라는 설도 있다. 증자의 사상은 『증자(曾子)』 18편(篇) 가운데 10편이 〈대대례기(大戴禮記)〉에 남아 전하는데, 효와 신을 도덕행위의 근본으로 한다. 그는 공자의 도를 계승하였으며, 그의 가르침은 공자의 손자 자사(子思)를 거쳐 맹자에게 전해져 유교사상 사상 중요한 위치를 차지한다.

339) 사친도(事親道)을: 어버이를 섬기는 일을.

340) 뭇ᄌᆞ온ᄃᆡ: 뭇(묻, 聽)-좁(겸양선어말어미)-ㄴᄃᆡ (연결어미)〉물었더니.

341) 오호라: '아'라는 뜻을 지닌 감탄사.

342) 소자ㅣ야: 소자(小子)-야(호격조사), 어린 것아.

343) 드러셔라: 듣(聽)-어셔라(감탄종결형어미)〉들으려므나, 들어보게나.

344) 기유타재(豈有他哉)리오: 어찌 딴 것이겠는가, 별 것이 아니다.

345) 경지이이(敬之而已)라: 오직 공경할 따름이라.

346) 엇더ᄒᆞ리: 어떠하리오

347) 초야우생(草野愚生): 시골에 파묻혀 사는 어리석은 사람.

348) 천석고황(泉石膏肓): 천석(泉石)은 자연, 고황(膏肓)은 고치지 못할 불치의 병을 말한다. 곧 세속에 물들지 않고 자연에 살고 싶어하는 마음의 고질병.

349) 연하(烟霞): 연기과 놀, 곧 한가로운 멋진 자연의 풍경.

太平聖代에 病으로 늙거 가ᄂᆡ[351]
이 中에 바ᄅᆡᄂᆞᆫ[352] 일은 허물이나 업과져[353] ᄒᆞ노라

[81: 2246] 이황(李滉)
그윽한 향기 뿜는 난초가 골짜기에 가득 피었으니 그 향기가 자연히 좋구나
흰 구름이 산허리에 걸렸으니 자연히 보기가 좋구나
이 가운데에 진정 아름다운 이를 더욱 잊지 못하겠구나

幽蘭[354]이 在谷ᄒᆞ니[355] 自然이 ᄠᅳᆺ지 됴희[356]
白雲이 在山ᄒᆞ니[357] 自然이 보기 됴희
이 中에 彼美 一人[358]을 더욱 잇지[359] 못ᄒᆞ여라

[82: 2999] 이황(李滉)
봄바람에 꽃이 산에 가득 피어 있고 가을밤에 달빛이 누대에 가득하구나
네 계절마다 일어나는 아름다운 흥취가 사람이 흥겨워함과 한가지라
하물며 네 계절마다 일어나는 아름다운 흥취와 흘러가는 구름의 그림자와 하늘빛의 자연의 조화가 어찌 끝이 있을까

春風에[360] 花滿山[361]ᄒᆞ고 秋夜에 月滿臺[362]라
四時 佳興[363]이 사ᄅᆞᆷ과 ᄒᆞᆫ가지라

---

350) 풍월(風月): 바람과 달.
351) 늙거가ᄂᆡ: 늙(老)-어(부사형어미)#가(行)-ᄂᆡ(설명형어미)〉늙어가네.
352) 바ᄅᆡᄂᆞᆫ: 바ᄅᆡ(待)-ᄂᆞᆫ(관형어미)〉바라는 경상방언에서는 '바래다'이다.
353) 업과져: 업(無)-과져(의도형어미)〉없고저.
354) 유란(幽蘭): 그윽한 향기를 뿜는 난초.
355) 재곡(在谷)ᄒᆞ니: 골짜기에 가득 피었으니.
356) ᄠᅳᆺ지 됴희: 뜯기 좋구나, ᄠᅳᆺ지-(ᄠᅳᆫ-이, 구개음화형)〉뜯기, 됴희-둏(好)-ᄋᆡ(감탄형어미)〉좋구나.
357) 재산(在山)ᄒᆞ니: 산허리에 걸려 있으니.
358) 피미일인(彼美一人): 저 아름다운 한 사람. 곧 유일하게 아름다운 사람. 여기서는 임금.
359) 잇지: 잇(忘)-지(부사형어미)〉잊지.
360) 춘풍(春風)에: 봄바람에.
361) 화만산(花滿山): 꽃이 산에 가득 피어 있음.
362) 월만대(月滿臺): 달빛이 누대에 가득함.
363) 사시가흥(四時佳興): 춘하추동 네 계절마다 일어나는 아름다운 흥취.

ᄒᆞ물며 魚躍鳶飛364) 雲影天光365)이야 어ᄂᆡ366) 그지367) 이슬고

[83: 662] 이황(李滉)

벼락이 쳐서 산을 무너뜨리더라도 귀머거리는 못 듣나니
밝은 해 하늘 중간에 떠 있어도 소경은 못 보나니
우리는 귀와 눈이 밝은 남자가 되어 귀머거리나 소경처럼 되지 말아야 하리라

雷霆368) 破山369)ᄒᆞ여도 聾者370)ᄂᆞᆫ 못 듯ᄂᆞ니
白日371) 中天ᄒᆞ여도 瞽者372)ᄂᆞᆫ 못 보ᄂᆞ니
우리ᄂᆞᆫ 耳目 聰明373) 男子ㅣ라 聾瞽갓치 말니라

[84: 2868] 이황(李滉)

푸른 산은 어찌하여 영원히 푸르며
흘러가는 물은 어찌하여 밤낮으로 흐르는고
우리도 그치지 말아 만고에 변함없이 푸르리라

青山은 엇더ᄒᆞ여 萬古의 푸르르며
流水ᄂᆞᆫ 엇더ᄒᆞ여 晝夜로 흐르ᄂᆞᆫ고
우리도 그치지374) ᄆᆞ라 萬古常靑375)ᄒᆞ리라

---

364) 어약연비(魚躍鳶飛): 고기가 뛰어 오르고 솔개가 하늘을 남. 곧 천지조화의 묘함을 이른다. 『시경』 〈대아〉 "鳶飛戾天魚躍于淵, 豈弟君子遐不作人" 참조.

365) 운영천광(雲影天光): 흘러가는 구름의 그림자와 하늘빛, 만물의 천성(天性)을 얻은 이치(理致)를 일컫는 말. "活水天雲鑑影光 觀書深喩在方塘 我今得口清潭上 恰似當年感歎長"(退溪陶山書堂 十八節) 참조.

366) 어ᄂᆡ: 어찌.

367) 그지: 끝이, 한도가.

368) 뇌정(雷霆): 벼락, 우레소리.

369) 파산(破山): 산을 무너뜨림.

370) 농자(聾者): 귀머거리.

371) 백일(白日): 밝은 해.

372) 고자(瞽者): 소경, 앞을 보지 못하는 자.

373) 이목총명(耳目聰明): 귀가 잘 들리고 눈이 밝음.

374) 그치지: 그치(斷)-지(부사형어미)〉그치지.

375) 만고상청(萬古常靑): 만고에 변함없이 푸름, 곧 항시 푸름.

[85: 1445] 이황(李滉)

산 앞에는 낚싯대가 있고 대 아래에는 물이 흐르는 구나
떼를 이룬 갈매기는 오락가락하는 차에
어찌하여 저 희고 깨끗한 (현인이나 승자가 타는) 흰 망아지는 멀리 뛰어갈 생각을 하는 것일까

山前에 有臺[376]ᄒᆞ고 臺下에 有水ㅣ로다
ᄣᅦ[377] 만ᄒᆞᆫ ᄀᆞᆯ머기ᄂᆞᆫ 오명가명[378] ᄒᆞ는 ᄎᆞ의
엇더타[379] 皎皎白駒[380]ᄂᆞᆫ 멀니 ᄆᆞᄋᆞᆷ ᄒᆞᄂᆞ니[381]

[86: 1713] 이황(李滉)

예로부터 전해오는 순박한 풍속이 죽다 하니 진실로 거짓말이로다
사람의 성품이 어질다 하니 진실로 옳은 말이로다
천하에서 많은 탁월한 인재를 속여 말을 할 수 있겠는가

淳風[382]이 죽다 ᄒᆞ니 眞實노 거즛말이[383]
人性이 어지다[384] ᄒᆞ니 眞實노 올ᄒᆞᆫ 말이[385]
天下에 許多 英才[386]을 소겨[387] 말ᄉᆞᆷᄒᆞᆯ가[388]

이 작품은 〈도산십이곡〉 가운데 후육곡(後六曲) 언지(言志) 가운데 오곡(五曲)이다.

376) 유대(有臺): 누각에서 멀리 바라다보는 대(臺)가 있고, 여기서는 낚시를 하는 조대(釣臺)를 뜻함.
377) ᄣᅦ: ᄣᅦ(ᄩᅦ>ᄣᅦ)>무리(群).
378) 오명가명: 오며가며, 오락가락, 'ㅇ'은 접사로서 조음소적 역할을 한다.
379) 엇더타: '엇다다'라로 표기된 시조집도 있음. 경상방언에서 '어디에다가'라는 뜻임. 어떻다.
380) 교교백구(皎皎白駒): 현인(賢人)이나 승자(勝者)가 타는 흰 망아지. 교교(皎皎)는 희고 깨끗한 모양을 말한다.
381) ᄆᆞᄋᆞᆷᄒᆞᄂᆞ니: 마음을 먹는다. 생각을 갖다.
382) 순풍(淳風): 예로부터 전해오는 순박한 풍속.
383) 거즛말이: (거즛>거짓, 전부고모음화) 거짓말이로다.
384) 어지다: 어질(ㄹ 불규칙활용)-다(인용어미), 경상방언에서는 불규칙활용을 한다.
385) 올ᄒᆞᆫ 말이: 옳은 말이로다.
386) 허다영재(許多英才): 많은 탁월한 인재.
387) 소겨: 속-이(사동접사)-어(부사형어미)>속여, 거짓말하여.
388) 말ᄉᆞᆷᄒᆞᆯ가: 말ᄉᆞᆷᄒᆞ(言)-ㄹ가(의문형어미)>말씀할 것인가.

[87: 2776] 이황(李滉)
천운대 돌아들어 완락재에 바람이 불어 흔들리는데
만 권 책 쌓아 두고 독서를 일삼는 생활로 즐거운 일이 그지 없어라
이 중에 산수를 거니는 풍류를 일러 무엇할고

天雲臺 도라드러 翫樂齋[389] 蕭灑[390] ᄒᆞᆫ듸
萬卷 生涯[391]로 樂事ㅣ 無窮[392] ᄒᆞ여라
이 中에 往來 風流[393]를 닐너 무슴 ᄒᆞᆯ고

[88: 187] 이황(李滉)
옛사람도 나를 못 보고 나도 옛사람을 못 뵙도다
옛사람을 못 뵈도 가던 길은 앞에 있네
가던 길 앞에 있거든 아니 가고 어찌할까

古人도 날 못 보고 나도 古人 못 뵈[394]
古人을 못 뵈와도[395] 녜던[396] 길 알픠[397] 잇ᄂᆡ
녜던 길 알픠 잇거든 아니 녜고 엇질고[398]

[89: 799] 이황(李滉)
그 당시에 가던 길을 몇 해를 버려두었다가
어디에 가서 돌아다니다가 이제야 돌아왔는가
이제야 돌아 왔나니 다른 데 마음 두지 말리라

---

389) 천운대 완락재(天雲齊臺 翫樂齋): 도산 십팔절(陶山十八絶) 중의 하나.
390) 소쇄(瀟灑): 기운이 맑고 깨끗함.
391) 만권생애(萬卷生涯): 책을 만 권이나 쌓아 두고 독서하는 생활.
392) 낙사(樂事)ㅣ무궁(無窮): 즐거운 일이 그지없음.
393) 왕래풍류(往來風流): 산수를 거닐며 소요하는 즐거움.
394) 못뵈: 못-#보(視)-이(사동접사)-(도다(감턴형어미생략))〉못 보도다, 못 뵙도다.
395) 뵈아도:보(視)-이(사동접사)-오(습(겸양선어말어미)〉오)-아(부사형어미)-도(특수조사)〉뵈워도.
396) 녜던: 녀(行)-이(사동접사)-더(회상선어말어미)-ㄴ(관형어미)〉가던.
397) 알픠: 앒(前)-의(처격조사)〉앞에.
398) 엇질고: 엇지ᄒᆞ('엇지'축약)-ㄹ고(의문형어미)〉어찌할고.

當時에 녜던 길흘399) 몃 ᄒᆡ를 ᄇᆞ려 두고
어듸 가 단니다가400) 이제야401) 도라온고402)
이제야 도라오ᄂᆞ니 년듸403) ᄆᆞᄋᆞᆷ 마로리404)

[90: 2185] 이황(李滉)
평범한 지아비도 알려고 하거니 그것이 아니 쉬운가
성인도 못 다 하시니 그것이 아니 어려운가
쉽거니 어렵거니 하는 중에 늙는 줄을 모르겠구나

愚夫405)도 알녀406) ᄒᆞ거니 긔407) 아니 쉬온가408)
聖人도 못 다 ᄒᆞ시니 긔 아니 어려온가
쉽거니 어렵거니 中에 늙ᄂᆞᆫ 줄을 몰내라409)

『도산십이곡』은 도산 노인이 지은 것이다. 노인이 이 곡을 지은 것은 무엇 때문인가. 우리나라의 가곡은 대부분 말이 음란하여 족히 말할 것이 없다. 한림별곡(翰林別曲)과 같은 것은 문인의 입에서 나왔으나, 교만하고 방탕하며 또한 점잖지 못하고 장난기가 있어 더욱 군자(君子)가 숭상해야 할 바가 아니다. 오직 근세에 이별(李鼈)의 6가(歌)가 세상에 성대하게 전하여 오히려 그것이 이보다 좋다고는 하나, 세상을 희롱하는 불공(不恭)한 뜻이 있고, 온유돈후(溫柔敦厚)한 내용이 적은 것을 또한 애석하게 여긴다.

나는 평소 음률(音律)을 알지는 못하나 그래도 세속의 음악은 듣기를 싫어하였다. 한가히 살면서 병을 돌보는 여가에 무릇 정성(情性)에 감동이 있는 것을 매양 시로

399) 길흘: 길(道)ㅎ-을(대격조사)>길을.
400) 단니다가: 단(ᄃᆞᆮ(到)>단(자음접변)-#니 (行)-다가(연결어미))>다니다가.
401) 이제야: 이제(今)-야(-ᅀᅡ>-야, 강세첨사))>이제야.
402) 도라온고: 돌(轉)-아(부사형어미)#오(來)-ㄴ고(의문형어미))>돌아오는가.
403) 년듸: 년(他, 外)-ᄃᆞ(의존명사)-의(처격조사))>딴 데, 다른 데.
404) 마로리: 말(勿)-오리(이다, 청유형어미))>말으리. 말겠도다. 말아주소서.
405) 우부(愚夫): 평범한 지아비, 곧 범부(凡夫)를 말한다.
406) 알녀: 알(知)-녀(려, 의도형어미))>알려고.
407) 긔: 그(其, 대명사)-ㅣ(주격조사))>그것이.
408) 쉬온가: 쉽(易)-ㄴ가(의문형어미))>쉬운가.
409) 몰래라: 몰래-라(감탄종결어미형의 '하애라'의 축약형))>몰라라.

나타내었다. 그러나 지금의 시는 옛날의 시와는 달라서 읊을 수는 있어도 노래하지는 못한다. 만약 노래하려면 반드시 시속의 말로 엮어야 되니 대개 시속의 음절이 그렇게 하지 않을 수가 없는 것이다. 그래서 내가 일찍이 이씨의 노래를 모방하여 도산 6곡 두 가지를 지었다. 그 하나는 뜻을 말하였고, 다른 하나는 학문을 말하여 아이들로 하여금 아침저녁으로 익혀서 노래하게 하여 안석에 기대어 듣고자 하였고, 또한 아이들이 스스로 노래하고 춤추게 한다면 거의 비루하고 인색한 마음을 씻어버리고, 감발되어 융통할 수 있을 것이니 노래하는 자와 듣는 자가 서로 유익함이 있을 것이라 본다. 그러나 나의 처신이 자못 세상과 맞지 않으니 이 같은 한가한 일이 혹시나 말썽을 일으키는 단서가 될는지 알 수 없고, 또 이 곡조가 노래 곡조[腔調]에 들어가며, 음절에 화합할지 그렇지 않을지를 스스로 믿지 못하기 때문에 당분간 한 부를 써서 상자에 넣어 놓고, 때때로 내어 스스로 반성해 보고 또 훗날에 열람해 보는 자의 취사선택을 기다릴 뿐이다. 가정년 을축 늦봄 16일[旣望]에 도산 노인[山老]이 쓴다.

右陶山十二曲者, 陶山老人之所作也. 老人之作此何爲也哉. 吾東方歌曲, 大抵語多淫哇不足言, 如翰林別曲之類, 出於文人之口, 而矜豪放蕩, 兼以褻慢戲狎, 尤非君子所宜尙, 惟近世 有李鼈六歌者, 世所盛傳, 猶爲彼善於此, 亦惜乎其有玩世不恭之意, 而少溫柔敦厚之實也. 老人素不解音律, 而猶知厭聞世俗之樂, 閑居養疾之餘, 凡有感於情性者, 每發於詩, 然今之詩, 異於古之詩, 可詠而不可歌也. 如欲歌之, 必綴以俚俗之語, 盖國俗音節, 所不得不然也. 故嘗略倣李歌, 而作爲陶山六曲者二焉. 其一言志, 其二言學, 欲使兒輩, 朝夕習而歌之, 憑几而聽之, 亦令兒輩自歌而自舞蹈之, 庶幾可以蕩滌鄙吝, 感發融通, 而歌者與聽者, 不能無交有益焉. 顧自以蹤跡頗乖, 若以等閑事, 或因以惹起鬧端, 未可知也. 又未信其以入, 腔調偕音節與未也. 姑寫一件藏之篋笥, 時取玩以自省, 又以待他日覽者之去取云爾. 嘉靖四十四年, 歲乙丑, 暮春旣望山老書.

[91: 2352] 송인(宋寅)[410]

이럭저럭하니 이룬 일이 무슨 일인고
헤롱헤롱하니 세월이 거의 다 지나가도
두어라 이미 지난 일이고 또 지나갈 것이니 아니 놀고 어이하리

410) 송인(1516~1584): 조선 중기의 문인. 자는 명중이며, 호는 이암, 녹피옹 등이다. 중종의 셋째 서녀인 정순옹주와 결혼하여 여성위가 되고, 명종 때 여성군에 봉해졌다. 만년에는 선조의 자문 역할을 하였으며, 시문은 물론 글씨에도 능하였다. 문집으로 『이암유고』가 있다.

이셩저셩ᄒᆞ니411) 이른412) 일이 무ᄉᆞ 일고
호롱하롱ᄒᆞ니413) 歲月이 거의로다414)
두어라 已矣 已矣415)여니416) 아니 놀고 어이리

[92: 3161] 송인(宋寅)
한 달 30일 어느 날에도 잔을 아니 놓았노라
팔병도 아니 들고 입에도 병이 아니 났다
매일에 병 없는 동안에는 깨지 마는 것이 어떠하리

ᄒᆞᆫ 달 셜흔417) 날의 盞을 아니 노핫노라418)
ᄑᆞᆯ419) 病도 아니 들고 입 病도 아니 난다
每日에 病 업슨 덧으ᄅᆞᆫ420) ᄭᆡ지 말미 엇더리421)

[93: 935] 송인(宋寅)
들은 말은 즉시 잊고 본 일도 못 본 듯이
내 인생 살아가는 것이 이러함에 남의 시비는 모를래라
다만 손이 성하니 술잔 잡기만 하리라

드른 말 卽時422) 잇고 본 일도 못 본 드시
ᄂᆡ 人事ㅣ 이러홈ᄋᆡ423) 남의 是非 모를노라424)

---

411) 이셩저셩ᄒᆞ니: 이렁저렁하니, 이렇고저렇고하니. 이럭저럭하니.
412) 이른: 이른(成, '이루'-의 오기임)-ㄴ(관형어미)〉이룬, 성취한.
413) 호롱하롱ᄒᆞ니: 헤롱헤롱하다, 할 일 없이 세월을 보내니. 말이나 행동이 가볍고 경망스러우니.
414) 거의로다: 거의-로다(감탄형어미)〉거의 다 되었도다.
415) 이에이에(已矣已矣): 이미 지나가고 또 지나갔을 뿐이다.
416) 여니: 여(行 녀〉여)-니(설명형어미)〉가니, 곧 이미 지난 일이고 또 지나갈 것이니, 부질없이 세월이 흘러감을 의미한다.
417) 셜흔: 셜흔〉서른. 30.
418) 노핫노라: 놓-앗(과거시상선어말어미)-노라(감탄형어미)〉놓았노라.
419) ᄑᆞᆯ(腕): ᄑᆞᆯ〉팔.
420) 덧으ᄅᆞᆫ: 덧(時)-으ᄅᆞᆫ(주제격)〉때에는, '-으ᄅᆞᆫ'은 '-으(매개모음)-ᄅᆞᆫ(이라는 #것은)의 축약형.
421) ᄭᆡ지 말미 엇더리: 술에 취해서 깨어나지 마는 것이 어떠하리.
422) 드른 말 즉시(卽時) 잇고 본 일도 못 본 드시: 곧 군자가 남의 언동에 대한 지켜야 할 태도를 말한다. 『명심보감』에 "耳不聞人之非 目不視人之短 口不言人之過 庶幾君子"의 구절과 상통한다.
423) 이러홈ᄋᆡ: 이러ᄒᆞ-옴(동명사형)-ᄋᆡ(부사격조사)〉이러함이.

다만지[425] 손이 盛ᄒᆞ니 盞 잡기만 ᄒᆞ리라

[94: 311] 송순(宋純)[426]
바람과 서리 섞이어 몰아친 날에 갓 핀 황국화(黃菊花)를
금화분에 가득 담아 옥당(玉堂)의 보내오니
복사꽃과 오얏꽃(桃李)아 꽃인 체하지 마라 님의 뜻을 알려라

風霜[427]이 섯거친[428] 날의 ᄀᆞᆺ[429] 피은 黃菊花를
金盆[430]에 ᄀᆞ득 담아 玉堂[431]의 보ᄂᆡ오니
桃李[432]야 곳인 체 마라 님의 ᄯᅳᆺ을 알괘라[433]

---

424) 모를노라: 모르(모ᄅᆞ->모르-)-노라(감탄형어미)〉모를래라.

425) 다만지: 다만(다만ᄒᆞ-의 줄인말)-지(기〉구개음화형)〉다만하기에, 다행하게, 다만.

426) 송순(1493~1583): 조선 중기의 문인. 자는 수초, 성지이며, 호는 기촌, 면앙정 등이다. 여러 벼슬을 거쳐 좌찬성 등을 역임했다. 만년에는 담양에 은거하면서, 정철, 임제 등과 어울려 독서와 음악으로 소일하며 지냈다. 문집으로 『면앙집』이 있으며, 〈면앙정가〉 등의 가사를 지었다.

427) 풍상(風霜): 바람과 서리, 곧 어려운 여건이나 환경.

428) 섯거친: 섞(混)-어(부사형어미)#치-ㄴ(관형어미)〉섞어친, 섞이어 몰아친.

429) ᄀᆞᆺ: 이제 막, 방금, 갓.

430) 금분(金盆): 금으로 만든 화분, 곧 좋은 화분.

431) 옥당(玉堂): 홍문관의 별칭. 홍문관(弘文館)은 조선시대에 궁중의 경서, 사적의 관리, 문한(文翰)의 처리 및 왕의 자문에 응하는 일을 맡아보던 관청. 옥당(玉堂), 옥서(玉署), 영각(瀛閣)이라고도 하며, 사헌부(司憲府), 사간원(司諫院)과 더불어 삼사(三司)라고 한다. 홍문관의 일은 본래 정종 때 설치한 집현전(集賢殿)에서 맡아 하였는데, 세조 초에 집현전 학자 가운데 세조에 반대하는 사육신이 나와, 세조는 그 기구까지도 못마땅하게 여겨 폐지하였다가 1463(세조 9)년에 홍문관이라는 이름으로 설치한 것이다. 그 구성원은 영사(領事), 대제학(大提學), 제학(提學), 부제학(副提學), 직제학(直提學), 전한(典翰), 응교(應教), 부응교(副應教) 각 1명, 교리(校理), 부교리(副校理), 수찬(修撰), 부수찬 각 2명, 박사(博士), 저작(著作) 각 1명, 정자(正字) 등인데, 3정승을 비롯해서 경연청(經筵廳)과 춘추관(春秋館) 등의 관원들이 이를 겸직하였다. 왕의 자문에 응하는 임무 때문에 자주 왕에게 조정의 옳고 그름을 논하거나 간언하는 입장에 있었으므로 사헌부와 사간원의 합계(合啓)에도 왕이 그 간언을 듣지 않으면 마지막으로 홍문관을 합하여 3사합계로 간언하였다. 연산군 때 잠시 진독청(進讀廳)으로 고쳤다가 1506(중종 1)년에 복구하였고, 1894(고종 31)년에 경연청과 합하여 이듬해에 경연원(經筵院)이라 개칭하였다가 96년에 다시 홍문관으로 고쳐서 칙임관(勅任官)의 대학사(大學士), 학사, 경연관(經筵官), 주임관(奏任官)의 부학사(副學士), 경연관, 판임관(判任官)의 시독(侍讀)을 두었다.

432) 도리(도리): 복사꽃과 오얏꽃(배꽃).

433) 알괘라: 알(知)-거(확인선어말어미)-오(의도법선어말어미)-아라(처유형어미)〉알려라, 알거라.

[95: 2764] 이언적(李彦迪)434)

하늘이 덮고 땅이 실어 주니 만물의 부모로다
아버지는 나를 낳고, 어머니는 길러주니 이것이 바로 나의 하늘과 땅이로다
이 천지 저 천지 사이에 늙을 때를 모르리라

天覆 地載435) ᄒᆞ니 萬物의 父母ㅣ로다
父生 母育436) ᄒᆞ니 이 나의 天地ㅣ로다
이 天地 저 天地 즈음437)에 늙을 뉘438)를 모로리라

[96: 956] 서경덕(徐敬德)439)

마음이 어리석은 후이니 하는 일이 다 어리석구나
구름 덮인 깊은 산중에 어느 님이 찾아 오겠는가마는
나뭇잎 떨어지는 소리 부는 바람소리에 행여 그인가 하노라

ᄆᆞ음이440) 어린441) 後ㅣ니 ᄒᆞᄂᆞᆫ 일이 다 어리다
萬重 雲山442)에 어ᄂᆡ443) 님 오리마ᄂᆞᆫ444)
지ᄂᆞᆫ445) 입446) 부ᄂᆞᆫ ᄇᆞ람에 ᄒᆡᆼ혀 귄가447) ᄒᆞ노라

434) 이언적(1491~1553): 조선 중기의 문인. 자는 복고이며, 호는 회재, 자계옹 등이다. 1514(중종 9)년에 문과에 급제하여 이조 정랑 등의 벼슬을 지내다가, 감안로의 등용을 반대하여 관직에서 쫓겨나자 성리학 연구에 몰두하였다. 그 뒤 다시 등용되어 좌찬성 겸 원상까지 지냈으나, 윤휜형 등의 모함으로 유배되어 그곳에서 죽었다. 문집으로 『회재집』이 있다.

435) 천복지재(天覆地載): 하늘이 덮고 땅이 실어 줌. 조물주의 은덕의 비유.

436) 부생모육(父生母育): 아버지는 나를 낳고, 어머니는 길러줌. 『내훈』의 구절을 인용했음.

437) 즈음: 사이.

438) 뉘: 때. 세상. '누리'는 16세기 문헌에 '누리'로 나온다. '누리'는 '세상(世上)'의 뜻이다.

439) 서경덕(1489~1546): 조선 전기의 문인. 자는 가구이며, 호는 복재, 화담 등이다. 벼슬에 뜻을 두지 않고 개성의 화담에 묻혀 살면서, 일생을 학문 연구와 수양으로 보냈다. 황진이, 박연폭포와 함께 '송도삼절'이라 불린다. 문집으로 『화담집』이 있다.

440) ᄆᆞ음이: ᄆᆞᅀᆞᆷ(ᄆᆞᅀᆞᆷ>ᄆᆞ음>마음)-이(주격조사)>마음이.

441) 어린: 어린-어리(愚)-ㄴ(관형어미)>어리석은.

442) 만중운산(萬重雲山): 구름 덮인 깊은 산.

443) 어ᄂᆡ: 어느.

444) 오리마ᄂᆞᆫ: 오(來)-리(미확정선어말어미)-마ᄂᆞᆫ(연결어미)>오겠는가마는.

445) 지ᄂᆞᆫ: 지(落, 디->지-)-ᄂᆞᆫ(관형어미)>떨어지는.

446) 입: 잎(葉).

447) 귄가: 그(其)-이(의존명사, -하는 사람)-ㄴ가(의문형어미)>그이인가.

[97: 2295] 성수침(成守琛)[448]

이래도 태평성대 저래도 성대태평
요 임금이 다스리던 태평 시절이요 순 임금이 다스리던 태평 시절이로다
우리도 태평성대에 놀고 간들 어떠하리

이려도[449] 太平聖代[450] 져려도[451] 聖代太平[452]
堯之日月[453]이오 舜之乾坤[454]이로다
우리도 太平聖代에 놀고 간들 엇더리

[98: 3026] 성수침(成守琛)

요임금이 천하를 다스린 오십년 동안에 알지 못한 천하의 일을
수많은 백성이 요 임금을 왕위에 추대할 것을 원함이야
번화한 거리에서 동요를 들었다하니 태평인가 하노라

治天下 五十年[455]의 不知[456]왜라 天下事[457]을
億兆蒼生[458]이 戴己[459]을 願ᄒᆞ미냐
康衢에 聞童謠[460]ᄒᆞ니 太平인가 ᄒᆞ노라

---

448) 성수침(1497~1579): 조선 중기의 문인. 자는 건숙이며, 호는 대곡이다. 1545년(명종 즉위) 형이 을사사화로 화를 입자, 속리산에 은거하여 서경덕 등과 교유하면서 학문에 정진했다. 문집으로 『대곡집』이 있다.

449) 이려도: 이래도.

450) 태평성대(太平聖代): 어질고 훌륭한 임금을 만나 평화로운 시대.

451) 져려도: 저래도.

452) 성대태평(聖代 太平): 태평성대와 같은 뜻임.

453) 요지일월(堯之日月): 중국 고대의 요(堯) 임금이 다스리던 태평 시절.

454) 순지건곤(舜之乾坤): 중국 고대 순(舜) 임금이 다스리던 태평 시절.

455) 치천하 오십년(治天下 五十年): 요임금이 천하를 다스린 오십 년 동안.

456) 부지(不知): 알지 못하다.

457) 천하사(天下事): 천하의 일.

458) 억조창생(億兆蒼生): 많은 백성.

459) 대기(戴己): 요 임금을 왕위에 추대하는 것. "堯治天下五十年 不知天下治歟不治歟 不知億兆之願己歟不願載己歟"(『열자(列子)』〈중니(仲尼)〉) 참조.

460) 강구(康衢)에 문동요(聞童謠): 번화한 거리에서 동요를 들었다는 요임금의 고사. 흔히 태평성대를 일컫는 말. "乃微服遊於康衢, 聞兒童謠曰, 立我烝民, 莫非爾極, 不識不知, 順帝之則, 堯喜問曰…"(『열자(列子)』〈중니(仲尼)〉) 참고.

[99: 347] 이현보(李賢輔)
돌아가련다 돌아가련다라고 해도 말뿐이고 가는 사람은 없도다
전원이 장차 거칠어가니 아니 가고 어찌할까
초당에 맑은 바람과 밝은 달이 들락날락 기다리네

歸去來461) 歸去來 ᄒᆞ되 말 ᄲᅮᆫ이오 가리 업ᄉᆡ462)
田園이 將蕪463) ᄒᆞ니 아니 가고 엇지ᄒᆞᆯ고
草堂에 淸風明月이 나명들명464) 기ᄃᆞ리ᄂᆞ니

가정(嘉靖) 임인(壬寅)년 가을에 내가 비로소 벼슬자리에서 풀렸다. 국문(國門)을 나가서 돌아가는 배를 빌려 한강에서 음전(飮餞)하였다. 취해서 배에 누웠는데 달은 동산에 떠오르고 부드러운 바람이 잠시 일어나기에 도연명의 '배는 흔들흔들 가볍게 달리는데 바람은 휙휙 옷 속으로 불어오네.'라는 구절을 노래하니 돌아가는 흥취가 더욱 짙어졌다. 환하게 웃으면서 이 노래를 지었으니 도연명의 〈귀거래사〉에 바탕하여 지은 까닭에 '효빈(效嚬)'이라고 일컬었다.

嘉靖壬寅秋, 聾巖翁始解圭組. 出國門賃歸船, 飮餞于漢江, 醉臥舟上. 月出東山, 微風乍起, 詠陶彭澤舟搖搖以輕颺, 風飄飄而吹衣之句, 歸興益濃, 怡然自笑. 乃作此歌 歌本淵明歸去來辭而作, 故稱效嚬.

---

461) 귀거래(歸去來): 돌아가다. '래(來)'는 무의미한 조사, 도연명의 〈귀거래사(歸去來辭)〉에서 인용, 중국 동진(東晋), 송(宋)의 시인인 도연명(陶淵明)의 대표적 작품. 405(진나라 의회 1)년 그가 41세 때, 최후의 관직인 팽택현(彭澤縣)의 지사(知事) 자리를 버리고 고향인 시골로 돌아오는 심경을 읊은 시로서, 세속과의 결별을 진술한 선언문이기도 하다. 이 작품은 4장으로 되어 있고 각 장마다 다른 각운을 밟고 있다. 제1장은 관리생활을 그만두고 전원으로 돌아가는 심경을 정신 해방으로 간주하여 읊었고, 제2장은 그리운 고향집에 도착하여 자녀들의 영접을 받는 기쁨을 그렸으며, 제3장은 세속과의 절연선언(絶緣宣言)을 포함, 전원생활의 즐거움을 담았으며, 제4장은 전원 속에서 자연의 섭리에 따라 목숨이 다할 때까지 살아가겠다는 뜻을 담고 있다. 작자는 이 작품을 쓰는 동기를 그 서문에서 밝혔는데, 거기에는 누이동생의 죽음을 슬퍼하여 관직을 버리고 고향으로 돌아간다고 했으나, 양(梁)나라의 소명태자(昭明太子) 소통(蕭統)의 〈도연명전(陶淵明傳)〉에는, 감독관의 순시를 의관속대(衣冠束帶)하고 영접하지 않으면 안 되는 것을 알고 오두미(五斗米, 5말의 쌀, 즉 적은 봉급)를 위해 향리의 소인에게 허리를 굽힐 수 없다고 하며, 그날로 사직하였다고 전한다. 이 작품은 도연명의 기개를 나타내는 이와 같은 일화와 함께 은둔을 선언한 일생의 한 절정을 장식한 작품이다.

462) 가리업ᄉᆡ: 가(去)-ㄹ(관형어미)-#이(의존명사, -사람)#없-의('으이'의 축약)〉없도다.

463) 장무(將蕪): 장차 거칠어가니. "歸去來兮, 田園將蕪, 胡不歸. 旣自以心爲形役, 奚惆悵而獨悲, 悟已往之不諫, 知來者之可追, 實迷途其未遠. 覺今是而昨非, 舟遙遙以輕颺, 風飄飄而吹衣"(도잠(陶潛)의 〈귀거래사(歸去來辭)〉) 참조.

464) 나명들명: 나오며 들어가며, 들락날락하며.

[100: 655] 이현보(李賢輔)

농암에 올라 보니 늙은이의 눈이 오히려 환하게 밝게 보이는구나
사람들이 하는 일이 변하지마는 산천이야 변할 리 있겠는가
바위 앞에 이름 모를 물과 언덕은 어제 본 것같이 아무런 변화가 없도다

聾岩465)에 올나 보니 老眼466) 猶明이467)로다
人事468) ㅣ 變ᄒᆞᆫ들 山川이ᄯᆞᆯ469) 가ᄉᆡᆯ소냐470)
岩前에 某水 某丘471) ㅣ 에저472) 본 듯ᄒᆞ여라

농암옹이 오랫동안 경사에서 벼슬하다가 드디어 고향으로 돌아왔다. 농암에 올라 산천을 두루 살펴봄에 '영위(令威)'473)의 느낌이 없을 수 없었지만, 그래도 옛적에 노닐었던 자취가 의연함을 기뻐하여 이 노래를 지었다.

巖翁久仕於京, 始還于鄉. 登聾巖, 周覽山川, 不無令威之感, 而猶喜其舊遊陳迹之依然 又作此歌.

[101: 247] 이현보(李賢輔)

공을 세워 이름을 후세에 날리는 일이 끝이 있을까 오래 살거나 일찍 죽는 것도 다 하늘이 정한 일이라
높은 벼슬자리에 앉고 80번이나 맞이하는 봄을 누리는 이가 몇이나 될까
해마다 찾아오는 날도 역시 임금님의 은혜로다

功名474)이 그지475) 이실가476) 壽夭477)도 天定이라478)

---

465) 농암(聾岩): 경북 안동 예안의 분강(汾江) 가에 있는 바위 이름. '귀머거리' 바위라는 뜻으로 이현보의 호이기도 하다.

466) 노안(老眼): 늙은이의 눈.

467) 유명(猶明)이: 오히려 밝다.

468) 인사(人事): 사람이 하는 일.

469) 산천(山川)이ᄯᆞᆯ: 진본 『청구영언』에서는 '산천ㅣ ᄯᆞᆫ'으로 표기되었다. 산천(山川)인ᄯᆞᆯ에서 ㄴ 탈락인 듯. 산천인들.

470) 가ᄉᆡᆯ소냐: 가싀(가시(變)〉가싀)-ㄹ소냐(의문형어미)〉변하겠는가.

471) 모수 모구(某水某丘): 이름 모를 물과 언덕.

472) 에저: 진본 『청구영언』에서 '어제'로 표기되어 있다.

473) 영위(令威): 한(漢)나라의 요동 사람 정령위(丁令威)가 영허산(靈虛山)에서 신선술을 배워 학으로 변해 천년 만에 고향인 요동으로 돌아갔는데 아무도 알아보는 사람이 없었다고 한다.

474) 공명(功名): 공을 세워 이름을 후세에 날리는 일이.

金犀 띄[479] 구분[480] 허리에 八十逢春[481] 그 몃 히오
年年에 오는 날이 亦君恩이샷다[482]

칠월 그믐은 농암옹이 태어난 날이다. 우리 집 아이들이 매번 이날에 술자리를 마련하여 노인을 위로하였다. 신해년 가을에는 특별하게 성대한 자리를 마련하여, 고을의 부로들과 사방의 고을 수령들이 모두 모여서 크게 벌여 차려놓고서 차례대로 일어나 술을 따랐다. 마침내 취하여 춤을 추게 되어서는 각자 한 마디씩 노래를 했는데, 노인도 또한 화답을 하였는데 이 노래가 그때 지어진 것이다. 노인의 나이가 지금 여든 일곱으로 벼슬을 내려놓고 전원으로 내려온 지 또한 일 년이 지났다. 그 만년의 거취와 은거하는 즐거움의 행적이 이 세 단가에 모두 들어 있으니 부족하나마 기록하여 스스로 자랑하노라. 가정(嘉靖) 계축(癸丑)년 청화절(淸和節) 기망(旣望)에 숭정대부 치사한객 영양(永陽) 이모가 농암의 소각에서 쓰노라.

七月晦日, 是翁初度之辰. 兒孫輩每於此日, 設酌以慰翁. 辛亥之秋, 別設盛筵, 鄕中父老, 四隣邑宰俱會, 大張供具, 秩起酬酢, 終至醉舞, 各自唱歌, 翁亦和答, 此其所作也. 翁之年今八十七歲, 致仕投閒, 亦過一紀, 其晩年去就, 逸樂行迹, 盡于此三短歌, 聊書以自誇云, 嘉靖癸丑淸和節旣望. 崇政致仕, 永陽李某, 書于聾巖小閣.

[102: 2731] 이후백(李後白)[483]
창오산 성제의 혼이 구름 따라 소상 호수에 내려와
밤중쯤에 흘러들어 대나무 사이에 뿌려진 비가 된 뜻은
두 왕비의 천년 동안의 눈물의 흔적을 못내 씻어내지 못함이라

475) 그지: 긏(終, 끋>긏, 구개음화)-이(주격조사)>끝이.
476) 이실가: 이시-ㄹ가(의문형어미)>있을까.
477) 수요(壽夭):오래 살거나 일찍 죽음.
478) 천장(天定)이라: 하늘이 정하는 것이라.
479) 금서(金犀) 띄: 금이나 무소뿔로 단장한 허리띠. 정이품의 높은 벼슬자리.
480) 구분: 굽-운(은>운, 원순모음화)>굽은.
481) 팔십봉춘(八十逢春): 80번이나 맞이하는 봄. 나이 80에 맞는 봄.
482) 역군은(亦君恩)이샷다: 또한 임금님의 은혜로다.
483) 이후백(1520~1578): 조선 중기의 문인. 자는 계진이며, 호는 청련이다. 1555(명종 10)년 식년문과에 급제하여, 1558(명종 13)년 승문원박사로 사가독서를 했다. 선조 때 양관대제학, 호조판서 등을 역임했다. 문집으로 『청련집』이 있다.

蒼梧山 聖帝魂[484]이 구름 조차 瀟湘[485]에 ᄂᆞ려
夜半[486]에 흘너 들어 竹間雨[487] 되온 뜻은
二妃의 千年 淚痕[488]을 못ᄂᆡ[489] 씨셔 홈이라[490]

[103: 3253] 기대승(奇大升)[491]
사치스럽고 부유하고 귀하기야 신능군만 할까마는
(그가 떠난 지) 백년이 못 넘어서 (그의) 무덤 위에서 밭을 가니
하물며 (영화와 부귀도 못 누린) 나머지 사람들이야 더 말해서 무엇하리오

豪華[492]코 富貴키야 信陵君[493]만 ᄒᆞᆯ가만ᄂᆞᆫ
百年이 못ᄒᆞ여 무덤 우희 밧츨 가니
허물며[494] 여ᄂᆞ문[495] 丈夫ㅣ야 일너[496] 무슴 ᄒᆞ리오

484) 창오산 성제혼(蒼梧山 聖帝魂): 순제(舜帝)가 남쪽을 순력(巡狩)하다가 창오산에서 죽은 그 넋.
485) 소상(瀟湘): 순제(舜帝)의 죽음의 소식을 듣고 그 뒤를 쫓은 두 왕비인 아황(娥皇)과 여영(女英)이 빠져 죽은 호수. 소상(瀟湘)은 중국 호남성 동정호 남쪽 소수(瀟水)와 상강(湘江)이 만나는 지점에 있는 호수.
486) 야반(夜半): 한 밤중, 밤중쯤.
487) 죽간우(竹間雨): 대나무 사이에 내리는 비. 순제(舜帝)의 두 왕비인 아황과 여영의 원한 맺힌 눈물이 대나무의 무늬를 만들고 그 사이에 비가 내림. 『박물지』 〈사보〉에 "堯之二女, 舜之二妃 曰湘夫人, 舜崩, 二妃啼二涕, 涕揮竹盡斑." 참고.
488) 이비(二妃)의 천년누흔(千年淚痕): 오랜 세월 동안 전해내려 오는 아황과 여영의 눈물의 자취, 흔적.
489) 못ᄂᆡ: 끝내.
490) 홈이라: ᄒᆞ(爲)-옴(동명사형어미)#이라(서술격어미)〉함이라, 앞에 '못ᄂᆡ'와의 호응을 위해서는 '못ᄂᆡ 씨셔(내지 못) 홈이라'로 부정문으로 해석해야 한다.
491) 기대승(1527~1572): 조선 중기의 문인. 자는 명언이며, 호는 고봉, 존재 등이다. 1558(명종 13)년에 문과에 급제하여, 선조 때에는 벼슬이 대사간에 이르렀다. 32세 이황의 제자가 되었으며, 그와 사단칠정을 주제로 논쟁을 한 편지는 유명하다. 문집으로 『고봉집』이 있다.
492) 호화(豪華): 사치스럽고 화려함.
493) 신능군(信陵君): 중국 전국시대 위(魏)나라 소왕(昭王)의 아들, 식객 3천여 명을 거느리고 매우 호화롭게 살았다고 함. 이백의 시 〈양원음(梁園吟)〉에 "昔人豪貴信陵君, 今人耕種信陵墳" 참고.
494) 허물며: '하물며'의 오기.
495) 여ᄂᆞ문: 열명 남짓한. 여기서는 나머지. 기타의 뜻.
496) 일너: 일(니ᄅᆞ->일)-어(부사형어미)〉일러. 말해서.

[104: 2169] 성혼(成渾)497)

용마가 그림을 지고 나오고 봉황이 상서롭게 나타나니
삼황오제의 풍속을 다시 얻어 볼 수 있으리라
우리 동방이 태평하게 다스림으로 만세 무강하리라

龍馬ㅣ 負圖498)ᄒᆞ고 鳳鳥呈ㅣ祥499)ᄒᆞ니
五三王風500)을 다시 어더 보리로다
我東501)이 太平治化502)로 萬歲無疆 이샷다503)

[105: 1773] 성혼(成渾)

시절이 태평하여 이 몸이 할 일이 없이 한가하니
대나무 숲 푸른 곳에 한낮의 닭 울음소리가 아니었던들
깊이 잠든 이 좋은 꿈을 깨울 벗이 어디 있겠는가

時節504)이 太平토다 이 몸이 閒暇컨니

497) 성혼(1535~1598): 조선 중기의 문인. 자는 호원이며, 호는 우계, 묵암 등이다. 1594(선조 28)년 유성룡과 함께 일본과의 화의를 주장하다가 관직을 삭탈당하고, 인조 때 복직되었다. 이이와 6년 동안에 걸쳐 사단칠정에 대한 논쟁을 벌였고, 성리학에 있어서 기호학파의 이론적 근거를 닦았다. 문집으로 『우계집』이 있다.

498) 용마(龍馬) ㅣ 부도(負圖): 용마가 그림을 지고 나옴. 용마는 모양이 용 같은 상상의 말. 중국 복희씨(伏羲氏) 때 황하에서 팔괘(八卦)를 등에 지고 나왔다 함. "河圖八卦, 伏羲王天下, 龍馬出河, 遂則其文以畵八卦, 謂之河圖"(『공전(孔傳)』).

499) 봉조(鳳鳥) ㅣ 정상(呈祥): 봉황이 상서롭게 나타남. 성군이 나올 때 나타난다 함. "亦曰青陽, 其立也, 鳳鳥適至, 以鳥紀官"(『십팔사략(十八史略)』 〈소호금천씨〉).

500) 삼오 왕풍(三五王風): 중국 상고시대 삼황(三皇) 오제(五帝) 때의 풍속.

501) 아동(我 東): 우리나라.

502) 태평치화(太平治化): 태평하게 다스림.

503) 이샷다: 이시도다. 이(是)-시(주체존대선어말어미)-앗(과거시상선어말어미)-도다(감탄형어미))>이시었도다.

504) 죽림(竹林): 대숲, 죽림칠현(竹林七賢)의 고사에서 나온 말로 현자들의 은신처를 가리킨다. 죽림칠현(竹林七賢): 중국 위(魏), 진(晉)의 정권교체기에 정치권력에는 등을 돌리고 죽림에 모여 거문고와 술을 즐기며 청담(淸談)으로 세월을 보낸 일곱 명의 선비. 완적(阮籍), 혜강(康), 산도(山濤), 향수(向秀), 유영(劉伶), 완함(阮咸), 왕융(王戎)등으로서 그들은 개인주의적, 무정부주의적인 노장사상을 신봉하여 지배권력이 강요하는 유가적 질서나 형식적 예교(禮敎)를 조소하고 그 위선을 폭로하기 위하여 상식에 벗어난 언동을 감행하였다. 노신(魯迅)은 그들의 도피적 처세술이나 기교(奇矯)한 행동이 정치적 압력에 대한 소극적 저항을 표시하는 것이라고 지적하고 있다. 그들이 그룹을 형성한 것은 일시적인 것이고 결국 집권자에게 죽음을 당하거나, 타협하여 관계로 돌아가거나 하여 모두 흩어졌지만, 그 풍부한 일화는 그 후 『신설신어(新說新語)』 등 인물평론이나 회화의 좋은 제재가

竹林深處에 午鷄聲[505] 아니런들
깁히 든 一場 華胥夢[506]을 어닉 벗지 씨오리

[106: 989] 성혼(成渾)
말 없는 푸른 산이요 모양 없는 흐르는 물이로다
값 없는 시원한 바람과 임자 없는 밝은 달이로다
이렇게 좋은 자연 속에서 할 일이 없는 내 몸이 근심 걱정 없이 늙어 가리라

말 업슨 靑山이오 態[507] 업슨 流水ㅣ로다
갑 업슨 淸風과 임주 업슨 明月이로다[508]
이 듕에 일 업슨 닉 몸이 分別 업시[509] 늙그리라

[107: 658] 이양원(李陽元)[510]
높으나 높은 나무에 나를 권하여 올려 두고
여보게 친구들아 흔들지나 말아주소서
떨어져서 죽는 것은 섧지 아니하여도 님을 못 볼까 두렵도다

노푸나[511] 노푼 남게[512] 날 勸호여 올여[513] 두고

되었다.

505) 오계성(午鷄聲): 한낮에 우는 닭소리.

506) 일장화서몽(一場 華胥夢): 한바탕의 좋은 꿈, 『열자(列子)』에 "皇帝晝寢, 而夢遊於華胥氏之國. 其國無帥長, 自然而已. 其民無嗜慾, 自然而已, 旣寢, 悟然自得, 天下大治(중국 고대의 왕 황제가 낮잠을 잤는데, 꿈에 화씨나라에서 놀았다. 그 나라는 스승이나 어른이 없어도 스스로 잘 다스려졌고 그 백성은 욕심이 없는 자연 그대로였다. 환제는 잠에서 깨어나자, 스스로 얻은 바가 있었다)"는 말이 있는데, 여기에서 비롯되어 이 말은 이 이후로 '아름다운 꿈(一場 華胥夢)'이라는 뜻으로 쓰이게 되었다.

507) 태(態): 형체, 모양.

508) 갑 업슨 청풍(淸風)과 임주 업슨 명월(明月)이로다: 값 없는 시원한 바람과 임자 없는 밝은 달이로다. 송(宋)나라의 소식(蘇軾)의 〈적벽부(赤壁賦)〉에서 "천지와 만물 중에는 다 주인이 있는데, 강가의 바람과 산 사이의 밝은 달은 임자가 없어서 귀로 이것을 듣고서 노래하고, 눈으로 이것을 보고서 글을 쓴다"고 한 데에서 인용한 말.

509) 분별(分別) 업시: 아무 근심 걱정 없이.

510) 이양원(1533~1592): 조선 중기의 문인. 자는 백춘이며, 호는 노저, 남파 등이다. 1555(명종 10)년 알성문과에 병과로 급제하여 검열이 되고, 1563(명종 18)년 호조참의가 되었다. 흑백의 논쟁에 치우치지 않았고, 시문에도 매우 능하였다.

511) 노푸나: 높(高)-우나(으나, 원순모음화, 연결어미)〉높으나.

512) 남게: 낡(木)-에(부사격조사)〉나무에, 단독형은 '나모'. 국어사 자료에서 '나무'가 소급하는 최초의

이 보오 벗님네야[514] 흔들지나 마르되야[515]
ᄂᆞ려져[516] 죽기는 셟지 아녀[517] 님 못 볼가 ᄒᆞ노라

[108: 483] 김현성(金玄成)[518]
즐기자 오늘이여 즐거웁자 오늘이여
즐거운 오늘이 행여나 아니 저물까보냐
매일이 오늘 같으면 무슨 걱정 있겠는가

樂只쟈[519] 오날이여 즐거온 쟈[520] 今日이야
즐거온 오ᄂᆞᆯ이 힝혀 아니 져물셰라[521]
每日에 오날 ᄀᆞᆺ트면 무슴 시름 이시랴

[109: 771] 박계현(朴啓賢)[522]
달 밝은 오례성에 적게 남은 벗이 모여 앉아
고향을 생각하는 눈물을 어느 누구도 아니 떨어뜨리겠는가마는
아마도 나라를 위하는 붉은 정성은 나뿐인가 하노라

형태는 15세기의 '낡~나모'인데, 단순 모음 앞에서는 '낡'으로 실현되고 그 이외의 환경에서는 '나모'로 실현된다. 이러한 교체는 20세기 문헌에도 나타나는데, 모음 앞에서 '낡'으로 실현되지 않는 예는 19세기부터 나타난다. 16세기에 나타나는 '나무'는 모음 체계의 재정립 과정에서 '나모'의 제2음절 모음 'ㅗ'가 'ㅜ'로 바뀐 것인데, 이러한 변화는 15세기 말부터 나타나기 시작하는 것이다. '나무'가 소급하는 형태들은 19세기에 제2음절이 'ㅜ'로 굳어졌다. 17세기와 19세기에 나타나는 '남우'는 '나무'를 분철한 것이며, 19세기에 나타나는 'ᄂᆞ무'는 18세기에 어두음절의 'ㆍ'가 'ㅏ'로 바뀐 결과 나타날 수 있었던 표기이다.

513) 올여: 오르(登)-이(사동접사)-어(부사형어미)〉올려.

514) 벗님네야: 벗들아, 친구들아.

515) 마르되야: 말(勿)-으(매개모음)-되야(듸야, 청유형어미)〉말았으면 좋겠구나.

516) ᄂᆞ려져: ᄂᆞ리(降)-이(사동접사)-어(부사형어미)#지(디(落)-〉지-, 구개음화)-어(부사형어미)〉떨어져.

517) 셟지 아녀: 섧지 아니하여도, 슬프지 아니하더라도.

518) 김현성(1542~1621): 조선 중기의 문인. 자는 여경이며, 호는 남창이다. 1564(명종 19)년에 문과에 급제하여 동지돈녕부사에 이르렀다. 시, 서, 화에 두루 능하였다. 문집으로 『남창잡고』가 있다.

519) 낙기(樂只)쟈: 즐기(樂只)-군도목식 표기 방식, '즐길락(樂)'의 훈을 빌리고 다시 '다만지, 기(只)'에서 음을 빌어서 조합하면 '즐기-'가 된다.

520) 즐거은 쟈: 즐거-븐(븐〉ᄫᅳᆫ〉운)-쟈(청유형어미), '즐겁쟈'의 오표기인 듯함.

521) 져물셰라: 져물(져물〉저물)-셰라(의구를 나타내는 어미)〉저물까보냐.

522) 박계현(1524~1580): 조선 중기의 문인. 자는 군옥이며, 호는 관원이다. 1543(중종 38)년 진사가 된 후, 1552(명종 7)년 식년 문과을과에 급제하였다. 이조정랑으로 재직할 때 현사로 인정되는 사람만 기용하고, 척신들의 추천은 들어주지 않았다. 당시 동인, 서인의 당쟁이 심함을 걱정하여, 이를 제지하려 하였으나 실패하였다.

ᄃᆞᆯ ᄇᆞᆱ은523) 五禮城에524) 혀나믄525) 벗지 안쟈.
思鄕 感淚526)를 뉘 아니 지리마ᄂᆞᆫ527)
아마도 爲國丹忱528)은 나 ᄲᅮᆫ인가 ᄒᆞ노라

[110: 3071] 양응정(梁應鼎)529)
태평스런 세상에 한 개의 도시락과 표주박을 어깨에 둘러메고
두 소매를 늘어뜨리고 우쭐우쭐하는 뜻은
인간 세상에 걸린 복잡한 일(인연)이 없으니 그것을 좋아함이라

太平 天地間에 簞瓢530)을 두러메고531)
두 ᄉᆞᄆᆡ532) 느르치고533) 우즑우즑ᄒᆞᄂᆞᆫ534) ᄯᅳᆺ은
人世에 걸닌 일535) 업ᄉᆞ니 그를 죠화 ᄒᆞ노라

---

523) ᄃᆞᆯ ᄇᆞᆱ은: 'ᄃᆞᆯ ᄇᆞᆰ은'의 오기. 달 밝은.
524) 오례성(五禮城)에: '오리성(五里城)'으로 표기된 시조집이 있음. 소재지 미상임.
525) 혀나믄: 혀(혁(小) 적은의 의미)-나믄(남(餘)-은(관형어미)))〉몇몇, 적게 남은.
526) 사향감누(思鄕感淚): 고향을 생각하는 눈물겨운 마음.
527) 지리마ᄂᆞᆫ: 지(디(落), 구개음화)-리(추측선어말어미)-마ᄂᆞᆫ〉떨어뜨리겠는가마는.
528) 위국단침(爲國丹忱): 나라를 위하는 붉은 정성, 나라를 지키기 위해 붉은 베개를 벤다는 말은 충성심을 상징한다.
529) 양응정(1519~?): 조선 중기의 문인. 자는 공섭이며, 호는 송천이다. 1540(중종 35)년 생원시에 장원급제한 뒤, 1556(명종 11)년 중시에 급제하여 호당에 들어갔다. 1573(선조 7)년 경주 부윤으로 있을 때, 진주목사 재직 중 청렴하지 못했다는 대간의 탄핵을 받고 파직되었다. 문집으로 『송천집』이 있다. 작가가 『해동가요』에는 김응정(金應鼎)으로 되어 있다.
530) 단표(簞瓢): 도시락과 표주박, 단표(簞瓢)는 '일단식(一簞食) 일표음(一瓢飮)'의 준말로 가난한 음식과 생활을 의미한다. 단표누항(簞瓢陋巷)은 소박한 시골 살림, 곧 청빈한 선비의 살림을 지칭하는 말로서 『논어(論語)』〈옹야편(雍也篇)〉에 "子曰 賢哉回也, 一簞食, 一瓢飮, 在陋巷, 人不堪其憂, 回也不改其樂, 賢哉回也(공자께서 말씀하시기를 어질도다 안회여, 한 도시락의 밥과 한 표주박의 물을 마심으로 누항에 있음을 사람이 시름겨워하거늘 회는 그 즐거움을 고치지 아니하니 어질도다, 회여)."에서 인용한 구절이다.
531) 두러메고: 두르(圍, 暈, 遶, 環, 循)-어(부사형어미)-#메-고(연결어미)〉둘러메고. 두르다'는 포괄적으로 어떤 물체를 다른 물체의 둘레에 걸쳐 빙 돌려서 대는 것을 말한다. 흔히 '치마를 두르다', '앞치마를 두르다', '벨트를 허리에 두르다' 등과 같이 쓰인다.
532) ᄉᆞᄆᆡ: ᄉᆞᄆᆡ(袖)〉소매. "깃과 ᄉᆞ매 正히 ᄒᆡ어늘 侍衛ᄒᆞ닐 도라본ᄃᆡ 몯미추미 머더라"(〈내훈언, 2-47ㄱ〉), "시르메는 춤 츠ᄂᆞᆫ ᄉᆞ매 기로ᄆᆞᆯ 므던히 너기노라"(〈두시중 23-12ㄴ〉).
533) 느르치고: 늘이-치(강세접사, 뜨리)-고(연결어미)〉늘어뜨리고. 늘이다'는 자동사 '늘다'(양이나 길이가 더 커지다)에 사동접미사 '-이-'가 결합한 것이다. 이 단어는 어떤 물건의 길이나 분량을 더 증가시키거나 길게 하다는 뜻을 표현한다. '늘리다'는 17세기 문헌부터 나타난다.
534)우즑우즑ᄒᆞᄂᆞᆫ: 우쭐우쭐하는.
535) 걸린 일: 걸리-ㄴ(관형어미)〉걸린 일, 곧 걸린 인연, 연계된 복잡한 인연.

[111: 2800] 이제신(李齊臣)[536]

하늘과 땅도 요순시대 해와 달도 요순시대
하늘과 땅과 해와 달은 옛날이나 지금에도 요순시대
어쩌다 세상 사람살이는 나날이 달라지는가

天地도 唐虞 썩[537] 天地 日月도 唐虞 썩 日月
天地 日月이 古今에 唐虞ㅣ로다
엇더타 世上 人事ᄂᆞᆫ 나ᄂᆞᆯ이 달나[538] 가ᄂᆞᆫ고[539]

[112: 179] 이이(李珥)[540]

고산구곡담을 사람이 모르더니
풀을 베어 내고 집을 지어 살 곳을 정하니 벗님들이 다 오신다
아! 무이를 상상하고 주자를 공부하리라

高山 九曲潭[541]을 사ᄅᆞᆷ이 모로더니
誅茅卜居[542]ᄒᆞ니 벗님ᄂᆡ 다 오신다
어즈버 武夷[543]를 想像ᄒᆞ고[544] 學朱子[545]을 ᄒᆞ리라

---

536) 이제신(1536~1584): 조선 중기의 문인. 자는 몽응이며, 호는 청강이다. 1564(명조 19)년 식년문과에 급제하여, 호조정랑, 함경도 병마절도사 등을 역임했다. 『명종실록』의 편찬에 참여했으며, 시문에 능하였다. 문집으로 『청강집』이 있다.

537) 당우(唐虞) 썩: 당(唐)은 요(堯)나라 이름. 우(虞)는 순(舜)나라 이름. 당요(唐堯) 우순(虞舜)이라고도 한다. 곧 태평한 요순시절을 뜻함.

538) 달나: 달라져.

539) 가ᄂᆞᆫ고: 가(去)-ᄂᆞᆫ고(의문형어미)〉가는고.

540) 이이(1536~1584): 조선 중기의 문인. 자는 숙헌이고, 호는 율곡, 석담, 우재 등이다. 어려서부터 9차례나 여러 과거에 장원하여 '9도 장원공'이라 불렸으며, 대사간과 호조판서, 이조판서, 병조판서 등을 지냈다. 이황과 함께 우리나라 유학의 쌍벽을 이룬다. 문집으로 『율곡전서』가 있으며, 연시조인 〈고산구곡가〉가 전한다.

541) 고산구곡담(高山九曲潭): 고산은 황해도 해주에 있는 산. 이이(李珥)가 42세 때 이곳에 들어가 주자(朱子)의 무이구곡(武夷九曲)을 본떠 고산 구곡을 경영하여 공부한 곳.

542) 주모복거(誅茅卜居): 풀을 베어 내고 집을 지어 살 곳을 정함.

543) 무이(武夷): 중국 복건성에 있는 산. 산중에 구곡계(九曲溪)가 있음.

544) 상상(想像)ᄒᆞ고: '想像'과 같음. 마음속으로 그리며 미루어 생각하고.

545) 학주자(學朱子): 주자(중국 남송 때의 유학자)를 배워 공부함.

[113: 2424] 이이(李耳)
일곡은 어디인가 바위 머리 위에 해가 비치는구나
잡초가 우거진 들판에 안개가 걷히니 먼 산의 풍경이 그림이로다
소나무 숲 사이로 술통을 놓고 벗들이 찾아오는 모습을 바라보노라

一曲은 어ᄃᆡ메오546) 冠岩547)에 ᄒᆡ 비췬다.
平蕪548)에 ᄂᆡ 거드니549) 遠山이 그림이로다
松間에 綠樽550)을 노코 벗 오ᄂᆞᆫ 양 보노라

[114: 2278] 이이(李耳)
이곡은 어디메뇨 꽃과 바위에 봄이 저물어 가도다
푸른 물결에 꽃을 띄워 야외로 보내노라
사람이 경치 좋은 곳을 모르니 알게 한들 어떠리

二曲은 어ᄃᆡᄆᆡ오 花岩551)에 春晩552)커다553)
碧波554)에 곳을 씌워 野外로 보ᄂᆡ노라
사ᄅᆞᆷ이 勝地555)을 모로니 알게 ᄒᆞᆫ들 엇더리

[115: 1470] 이이(李耳)
삼곡은 어디메오 꽃나무의 가지를 틀어 만든 병풍에 잎 퍼졌다
푸른 나무에 산새는 소리를 높였다 낮추었다 하며 노래하는 때에
키가 작고 가지가 옆으로 퍼진 소나무가 시원한 바람을 받으니 여름 경치가 없어라

---

546) 어ᄃᆡ메오: 어드메인고.
547) 관암(冠巖): 갓같이 생긴 바위.
548) 평무(平蕪): 잡초가 우거진 들판.
549) ᄂᆡ 거드니: 안개 걷으니. '내'는 경상도 방언에 '내거랑내'(연기)라는 방언형이 있다.
550) 녹준(綠樽): 푸른 술독. 푸른 술단지. 푸른 술통. 곧 솔밭에 푸른빛이 반사된 술통.
551) 화암(化岩): 꽃과 바위.
552) 춘만(春晩): 봄이 저물어 감.
553) 커다: 하도다.
554) 벽파(碧波): 푸른 물결.
555) 승지(勝地): 경치 좋은 곳.

三曲은 어듸미오556) 翠屛557)에 닙 퍼젓다
綠樹에 山鳥는 下上其音558) ᄒᆞ는 적의559)
盤松560)이 바름을 바드니 녀름 景이 업ᄉᆡ라561)

[116: 1372] 이이(李耳)
사곡은 어디메오 소나무 있는 벼랑에 해 넘었다
못 가운데에 비친 바위의 그림자는 온갖 빛이 잠겼구나
수풀과 샘물이 깊도록 좋으니 흥(興)을 겨워하노라

四曲은 어듸미오 松岩562)에 ᄒᆡ 넘거다563)
潭心 岩影564)은 온갓 빗치 줌겨셰라565)
林泉566)이 깁도록 됴흐니 興을 계워 ᄒᆞ노라

[117: 2050] 이이(李耳)
다섯 번째 계곡은 어디인가? 으슥하게 펼쳐진 계곡이 보기가 좋구나.
물가에 지어 놓은 정사가 맑고 깨끗한 것이 그지없다.
이러한 배경에서 학문을 연구하려니와 시를 읊으며 풍류를 즐기리라.

五曲은 어듸미오567) 隱屛이 보기 됴타568)
水邊 精舍569)은 瀟灑570)홈도 ᄀᆞ이571) 업다

---

556) 어듸미오: 어드메인고. 어딘고.
557) 취병(翠屛): 꽃나무의 가지를 틀어 만든 병풍.
558) 하상기음(下上其音): 소리를 높였다 낮추었다 하며 노래 부르는 것.
559) ᄒᆞ는 적의: 하는 때에.
560) 반송(盤松): 키가 작고 가지가 옆으로 퍼진 소나무.
561) 업ᄉᆡ라: 없구나.
562) 송암(松岩): 소나무 있는 벼랑.
563) 넘거다: 넘었다. 넘(越)-거(과거시상선어말어미)-다(종결어미)〉넘었다.
564) 담심 암영(潭心岩影): 못 가운데에 비친 바위의 그림자.
565) 줌겨셰라: 잠겼도다.
566) 임천(林泉): 수풀과 샘물. 은사의 정원. 산림천석(山林泉石)을 말함.
567) 어듸미오: 어디메인고.
568) 됴타: 좋다.
569) 수변청사(水邊精舍): 물가의 정사. 정사는 제자를 가르치는 집.
570) 소쇄(瀟灑): 시원하고 깨끗함.

이 中에 講學572)도 ᄒᆞ려니와 咏月吟風573) ᄒᆞ리라

[118: 2256] 이이(李耳)
육곡은 어디인가? 낚시하기에 좋은 골짜기에 물이 넓게 많이 고여 있다.
나와 물고기 중 누가 더욱 즐기고 있는가?
황혼녘에 낚싯대를 메고 달빛을 받으며 집으로 돌아오노라.

六曲은 어ᄃᆡᄆᆡ오 釣峽574)에 물이 업다
나와 고기와 뉘야575) 더욱 즐기ᄂᆞᆫ고
黃昏에 낙ᄃᆡ를 메고 帶月歸576)를 ᄒᆞ노라

[119: 3028] 이이(李耳)
칠곡은 어드메인가 풍암에 가을색이 좋구나
깨끗한 서리 엷게 치니 절벽이 비단 같도다
차가운 바위 혼자서 앉아 집을 잊고 있노라

七曲은 어ᄃᆡᄆᆡ오577) 楓岩에 秋色 됴타578)
淸霜579) 엷게 치니 絶壁이 錦繡ㅣ로다580)
寒岩581)에 혼ᄌᆞ셔 안쟈 집을 잇고582) 잇노라

[120: 3078] 이이(李耳)
팔곡은 어드메인고 금탄(琴灘)에 달이 밝다

---

571) ᄀᆞ이: 갓이. 끝이.
572) 강학(講學): 학문을 가르치고 연구함.
573) 영월음풍(咏月吟風): 시가를 읊음.
574) 조협(釣峽): 낚시질하는 산골짜기.
575) 뉘야: 누구가. '-야'는 강세조사.
576) 대월귀(帶月歸): 달빛을 받고 돌아옴.
577) 어ᄃᆡᄆᆡ오: 어드메인고?
578) 됴타: 좋다.
579) 청상(淸霜): 깨끗한 서리.
580) 금수(錦繡)ㅣ로다: 비단이로다.
581) 한암(寒岩): 차가운 바위.
582) 잇고: 잇(亡)-고(연결어미)〉잊고.

옥진 금휘(玉軫金徽)로 수 삼곡조를 놀면서 하는 말이
고조를 알 사람이 없으니 혼자 즐거워 하노라

八曲은 어ᄃᆡ메오 琴灘[583]에 ᄃᆞᆯ이 ᄇᆞᆰ다
玉軫 金徽[584]로 數三曲을 노는 말이[585]
古調[586]을 알 이[587] 업스니 혼ᄌᆞ[588] 즐거ᄒᆞ노라

[121: 284] 이이(李耳)
구곡은 어드메인고 문산에 한 해의 마지막 때가 되었도다
기괴하게 생긴 돌과 바위가 눈 속에 묻혔구나
사방을 다니며 노는 사람은 오지 아니하고 볼 것 없다 하더라

九曲은 어ᄃᆡ메오 文山에 歲暮커다[589]
奇岩 恠石[590]이 눈 속에 무쳐셰라[591]
遊人[592]은 오지 아니ᄒᆞ고 볼 것 업다 ᄒᆞ더라

[122: 1817] 정철(鄭澈)
아버님 날 낳으시고 어머님 날 기르시니
두 분 곧 아니면 이 몸이 살아있으랴
하늘같은 은덕을 어디에다 비교하여 갚을 수 있겠습니까

아바님[593] 날 나흐시고[594] 어마님 날 기르시니[595]

---

583) 금탄(琴灘): 여울 이름.
584) 옥진 금휘(玉軫 金徽): 거문고를 이름.
585) 노는 말이: 노니. 논 것이. '-말이'는 무의미한 조사.
586) 고조(古調): 옛 곡조.
587) 알 이: 알 사람.
588) 혼ᄌᆞ: 혼자.
589) 세모(歲暮)커다: 한 해의 마지막 때가 되었다.
590) 기암괴석(奇岩怪石): 기괴하게 생긴 돌과 바위.
591) 무쳐셰라: 묻혔구나. '-셰라'는 감탄종결어미.
592) 유인(遊人): 사방을 다니며 노는 사람.
593) 아바님: 아버님.
594) 나흐시고: 낳(孕胎)-으(매개모음)-시(주체존대선어말어미)-고(연결어미)〉낳으시고.

두 分 곳596) 아니면 이 몸이 ᄉᆞ라시랴597)
하ᄂᆞᆯ ᄀᆞᆺ튼 恩德을 어ᄃᆡ 다혀598) 갑ᄉᆞ오리599)

[123: 2455] 정철(鄭澈)
임금과 백성과의 사이는 하늘과 땅과의 사이와 같도다
나의 서러운 일을 (임금님은) 다 알려고 하시거든
우린들 맛있는 미나리를 혼자서 어이 먹으리

님군과 百姓과 ᄉᆞ이 하ᄂᆞᆯ과 ᄯᅡ히로다600)
내의601) 셜운602) 일을 다 알의려603) ᄒᆞ시거든
우린들 ᄉᆞᆯ진604) 미ᄂᆞ리을 혼ᄌᆞ 어이 먹으리

[124: 1918] 정철(鄭澈)
부모님 살아 계실 적에 섬길 일이란 다 하여라
돌아가신 뒤면 애가 탄들 어찌하리
평생에 다시 못할 일이 이뿐인가 하노라

어버이605) ᄉᆞ라신606) 졔607) 셤길 일난608) 다 ᄒᆞ여라

---

595) 기르시니: 기르(養育)-시(주체존대선어말어미)-니(연결어미)〉기르시니.
596) 곳: 곧.
597) ᄉᆞ라시랴: ᄉᆞᆯ(生)-아(ᄋᆞ, 매개모음)-(이)시(有)-랴(의문형어미)〉살아 있겠는가.
598) 다혀: 닿(接, 至)-이(사동접사)-어(부사형어미)〉대어, 비교하여, 다혀-다ᄫᅵ(如)->다이〉다히(-처럼, -대로, -하는 곳에), 어ᄃᆡ 다혀-어디에다가, 어느 것에다가.
599) 갑ᄉᆞ오리-갑(報答)-ᄉᆞᆸ(겸양선어말어미)-리(잇가, 미래상대존대의문형어미)〉갚을 수 있겠습니까.
600) 하ᄂᆞᆯ과 ᄯᅡ히로다: 하늘과 땅 사이로다.
601) 내의: 내(나-이)-의(속격조사)〉나의.
602) 셜운: 서러운.
603) 알의려: 알(知)-리(사동접사)-려(의도형어미)〉알리려, 알려고로 해석하는 것이 문맥에 더욱 어울린다. 진본『청구영언』에는 '아로려'로 표기되어 있는데 이는 '알려고 하다'라는 뜻이다.
604) ᄉᆞᆯ진 미ᄂᆞ리을 혼ᄌᆞ 어이 먹으리-야인으로 임금을 생각하는 지극한 마음, 구중에야 무엇인들 없을까마는 야인으로 맛있는 미나리나마 님에게 받치고자 하는 심정.
605) 어버이: 양친, 부모, 어버ᅀᅵ(兩親)〉어버이.
606) ᄉᆞ라신: ᄉᆞᆯ(生)-아(부사형어미)#시('이시-'의 축약)-ㄴ(관형어미, 부정시제)〉살아계실.
607) 졔: 적(의존명사)-에(부사격조사)〉적에.
608) 일난: 일이란.

지나간 後[609] ㅣ면 ᄋᆡᄃᆞᆲ다[610] 엇지ᄒᆞ리
平生에 곳쳐[611] 못ᄒᆞᆯ 일이 이 ᄲᅮᆫ인가 ᄒᆞ노라

[125: 3242] 정철(鄭澈)
형아 아우야 너의 몸의 살을 만져 보아라
누구에게 태어났기에 모습조차 같은가
한 젖을 먹고 자라났으니 다른 마음을 먹지 말아라

兄아 아오야[612] 네 ᄉᆞᆯ[613]을 ᄆᆞᆫ져[614] 보와[615]
뉘 손ᄃᆡ[616] 타낫관ᄃᆡ[617] 양ᄌᆞ[618]조차 갓트슨다[619]
ᄒᆞᆫ[620] 젓 먹고 ᄌᆞ라 나시니[621] ᄯᆞᆫ[622] ᄆᆞ음을 먹지 말아

[126: 3166] 정철(鄭澈)
같은 몸을 둘이서 나누어 부부(夫婦)로 태어나시게 할 때
살아 있을 때에 함께 늙고 죽으면 한 곳으로 간다
어디 망령스럽게 눈 흘기려 하는가

ᄒᆞᆫ 몸 둘희[623] ᄂᆞᆫ화[624] 夫婦를 삼기실샤[625]

---

609) 지나간 後: 돌아가신 후.
610) ᄋᆡᄃᆞᆲ다: 애닯다, 애가 타다.
611) 곳쳐: 곳치(고치)-어(부사형어미)〉고쳐서, 다시.
612) 아오야: 아우야, '아ᅀᆞ(弟)〉아ᄋᆞ〉아오'.
613) ᄉᆞᆯ: 살(肉).
614) ᄆᆞᆫ져: 만져.
615) 보와: 보아라.
616) 뉘손ᄃᆡ: 누구에게, '-손ᄃᆡ'는 실사에서 허사화한 예.
617) 타낫관ᄃᆡ: 태어났건대.
618) 양ᄌᆞ: 자태, 모습.
619) 갓트슨다: 갓ㅌ(같(同))-으(매개모음)-ᄉᆞ(의존명사)- ㄴ다(의문형어미)〉같기도 한가, 같은 것인가.
620) ᄒᆞᆫ: 같은(一), 한가지.
621) 나시니: 나(出, 生)-았(과거시상선어말어미)-으니(연결어미)〉났으니, 났-으니(형태소 경계에서 전설고모음화가 이루어졌음).
622) ᄯᆞᆫ: ᄯᆞ(異, 他)-ㄴ(관형어미)〉다른.
623) 둘희: 둘히로, 둘로.
624) ᄂᆞᆫ화: ᄂᆞᆫ호(分)-아(부사형어미)〉나누어.
625) 삼기실샤: 삼기(태어나다)-시(주체존대선어말어미)-ㄹ(관형어미)#ᄉᆞ(의존명사)-아(부사형어미)〉

이신626) 졔627) ᄒᆞᆷ씌628) 늙고 죽으면 ᄒᆞᆫ 듸629) 간다
어듸셔 망영엣630) 거시 눈 흘긔려 ᄒᆞᄂᆞᆫ고

[127: 621] 정철(鄭澈)
너의 아들 효경 읽더니 어디까지 배웠습니까
내 아들 소학은 모레 정도가 되면 마칠 것이로다
언제 이 두 글 배워 어질게 됨을 보겠는가

네631) 아들 孝経632) 닑더니633) 어드록634) ᄇᆡ홧ᄂᆞ니635)
내 아들 小學636)은 모ᄅᆡ면637) 맛츨노다638)
어ᄂᆡ 제639) 이 두 글 ᄇᆡ화 어질거든640) 보려뇨641)

태어나게 하시어.

626) 이신: 이시(有)-ㄴ(관형어미, 부정시제)#제(時, 의존명사)〉있을 때.

627) 이신 졔: ᄒᆞᆷ씌 늙고 죽으면 ᄒᆞᆫ 듸 간다. 『시경(詩經)』〈왕풍(王風) 대차장(大車章)〉에 "穀(生)則異室死則同穴(살아서는 다른 방을 쓸지라도 죽으면 같은 굴에 든다)"는 말처럼 살아 있을 적에 함께 늙고 죽으면 한 곳에 같이 묻힌다라는 뜻.

628) ᄒᆞᆷ씌: 'ᄒᆞᆫ(一)-ᄣᅴ(時)'의 합성어. ᄒᆞᆫᄣᅴ〉ᄒᆞᆷ씌〉함께.

629) 듸: ᄃᆞ(處, 의존명사)-의(부사격조사)〉데, 곳에.

630) 망영엣: 망영(妄靈)된, 늙어서 말과 행동이 상규(常規)에서 벗어남, 요사한.

631) 네: 너-이(속격조사)〉너의.

632) 효경(孝經): 유교의 경전. 공자(孔子)가 제자인 증자(曾子)에게 전한 효도에 관한 논설 내용을 훗날 제자들이 편저(編著)한 것으로, 연대는 미상이다. 천자(天子), 제후(諸侯), 대부(大夫), 사(士), 서인(庶人)의 효를 나누어 논술하고 효가 덕(德)의 근본임을 밝혔다. 한국에 전래한 시기는 확실하지 않으나 신라시대에 독서삼품과를 설치하였을 때 그 시험 과목의 하나로 쓰인 기록이 있고, 그 후 유교효도의 기본서로서 널리 애독되었으며 특히 조선시대에는 『효경언해』가 간행되어 더 널리 유포되었다.

633) 닑더니: 닑(讀)-더(회상선어말어미)-니(설명형연결어미)〉읽더니.

634) 어드록: 어ᄃᆞ-도록]어느 만큼, '어디까지 되도록'의 줄인 말.

635) ᄇᆡ홧ᄂᆞ니: ᄇᆡ호(學)-앗(과거시상선어말어미)-ᄂᆞ니(의문형어미)〉배웠는가.

636) 소학(小學): 중국 송나라 때의 수양서. 주자(朱子, 朱熹)가 제자 유자징(劉子澄)에게 소년들을 학습시켜 교화시킬 수 있는 내용의 서적을 편집하게 하여 주자가 교열, 가필한 것이다. 1185년에 착수하여 2년 뒤 완성하였다. 내, 외의 2편으로 되어 있는데, 내편은 입교(立敎), 명륜(明倫), 경신(敬身), 계고(稽古)의 4개 항목을 기본으로 하여 유교의 윤리사상의 요강을 논하였으며, 외편은 가언(嘉言), 선행(善行)의 2개 항목 밑에 한(漢)나라 이후 송나라까지의 현철(賢哲)의 언행을 기록하여 내편과 대조시켰다. 봉건제 사회에서의 개인 도덕의 수양서로 특출한 것이다.

637) 모ᄅᆡ면: 모레 정도면.

638) 맛츨로다: 맛츠(ᄆᆞᆾ(終))-리(미확정선어말어미)-로다(감탄종결형어미)〉마칠 것이로다.

639) 어ᄂᆡ제: 언제.

640) 어질거든: 어질-거든(선택의 연결어미)〉어질거든,

641) 보려뇨: 보(視)-리(미확정선어말어미)-어뇨(의문형어미)〉보겠는가, 보려 하다.

[128: 59] 정철(鄭澈)

계집이 가는 길을 사나이도 애가 달듯이
사나이 가는 길을 계집이 치돋듯이
제 남편 제 아내 아니거든 이름도 묻지 말으려므나

계집의 가ᄂᆞᆫ 길을 ᄉᆞ나희 에도드시642)
ᄉᆞ나희643) 녜ᄂᆞᆫ644) 길을 계집이 치도드시645)
제 남진646) 제 계집647) 아니여든 일홈648) 뭇지 말으려649)

[129: 953] 정철(鄭澈)

마을 사람들아 옳은 일 하자꾸나
사람으로 태어나서 옳지 곧 못하면
말이나 소에게 갓이나 고깔을 씌워 밥 먹이는 것이나 다르겠는가

ᄆᆞ을 사ᄅᆞᆷ들아 올흔 일 ᄒᆞ쟈스라650)
사ᄅᆞᆷ이 되야 ᄂᆞ셔 올치곳651) 못ᄒᆞ면은
ᄆᆞ소652)를 갓653) 곡갈654) 씌워655) 밥 먹이나 다르랴

---

642) ᄉᆞ나희: ᄉᆞᆫ(男丁)#아희(아이), 사나이, 사내 아이.

643) 에도드시: 에(애, 肝臟, 화가남)#돋(湧出)-드시>애가달 듯이, 애가 돋 듯시 보채다는 의미가 있음. 정주동·유창식(1953: 105), 『주해 진본청구영언』에서는 '애도ᄃᆞ시'를 '바삭 가까이 가지 않고 휘 돌아 가듯이'로 풀이하고 있다. 곧 "애(접두사)#돌(廻)-ᄃᆞ시>애돌듯이"와 같이 형태소 분석을 하고 있다.

644) 녜ᄂᆞᆫ: 녀(行)-이(사동선어말어미)-ᄂᆞᆫ(관형어미)>가는.

645) 치도 드시: 치(강세접사)#돋(湧出)-드시>치돋 듯이, 보챈다는 의미를 가지고 있음. 정주동·유창식(1953: 105), 『주해 진본청구영언』에서는 '비켜서 돌아서듯이'로 풀이하고 있다. 그런데 접두사 '치-'는 '거꾸로', '역행(逆行)'의 의미가 있으니 '비켜서'와는 거리가 멀다.

646) 남진: 남편(男便).

647) 계집: 아내.

648) 일홈: 이름.

649) 말으려: 말(勿)-으려(청유형어미)>말으려므나.

650) ᄒᆞ쟈스라: ᄒᆞ-쟈스라(청유종결형어미)>하자꾸나.

651) 올치곳: 옳-지(부사형어미). 곳(부사)>곧, 정주동·유창식(1953: 105), 『주해 진본청구영언』에서는 '곳'을 강세접사로 분석하고 있는데 이렇게 되면 "옳(형용사어간)-지(부사형어미)-곳(강세접사)"과 같은 형태소 분석이 되어 굴절접사 뒤에 파생접사가 결합하는 문제가 생긴다. 곧 우리말에서 파생접사가 굴절접사에 선행하는 결합상의 원리를 깨뜨리는 결과가 된다. 따라서 '곳'을 '곧' 부사로 처리하는 것이 올바른 분석이다.

652) 마소: 말과 소.

653) 갓: 갓(笠).

[130: 3080] 정철(鄭澈)

팔목을 쥐시거든 두 손으로 받칠 것이라
나갈 데가 계시거든 막대를 들고 따라가리라
향음주례(鄕飮酒禮)를 다 마친 후에 모시고 가려고 하노라

풀목을[656] 쥐시거든[657] 두 손으로 바치리라
나갈 듸[658] 계시거든 막딕 들고 조츠리라[659]
鄕飮酒[660] 다 罷ᄒᆞᆫ 後에 뫼셔 가려 ᄒᆞ노라

[131: 530] 정철(鄭澈)

타인으로 생긴 가운데 벗과 같이 믿음이 있는 이가 있겠는가
나의 나쁜 일을 다 말하고자 하도다
이 몸이 벗님 곧 아니면 사람되는 것이 어찌 쉽겠는가

남으로 삼긴 듕에 벗[661] ᄀᆞᆺ치 有信ᄒᆞ랴[662]
내의 왼[663] 일을 다 이로려[664] ᄒᆞ노ᄆᆡ라[665][666]
이 몸이 벗님 곳 아니면 ᄉᆞ름되미 쉬오랴

654) 곡갈: 고깔(冠).

655) 씌워: 쓰-이(사동접사)-우(사동접사)-어(부사형어미)〉씌워, 사동접사의 중과형으로 이루어진 사동사이다.

656) 풀목을: 팔목을.

657) 쥐시거든: 쥐-시(주체존대선어말어미)-건든(선택의 연결어미)〉쥐시거든.

658) 듸: ᄃᆞ(處, 의존명사)-의(처격조사)〉데에.

659) 조츠리라: 좇(追, 隨)-으(매개모음)-리(미확정선어말어미)-라(설명형어미)〉좇을 것이리라.

660) 향음주(鄕飮酒): 고향의 사람들이 어른을 모시고 모여서 어른과 함께 손아래 사람이 술을 주고받으며 술을 마시는 예를 배우는 연회. 향음주례(鄕飮酒禮)는 지방의 인재가 특천되어 서울로 뽑혀갈 때에 그 송별의 향음주례를 베풀었는데 후에는 과거에 합격한 인재에 대한 축하의 예로도 하게 되었다. 『논어』〈향당(鄕黨)〉조에 "鄕人飮酒 長者出 斯出矣(향인들이 모여 음주를 할 때 어른이 먼저 나아가면 뒤따라 나아간다)"라고 하여 장유유서(長幼有序)의 예를 말한다.

661) 벗: 벗((朋), 벋), 어간말마찰음화.

662) 유신(有信)ᄒᆞ랴: 믿음이 있는 이가 있겠는가.

663) 왼: 왼(非, 孤)〉옳지 못한 일, 그른 일.

664) 이로려: 일('닐-'에서 어두 'ㄴ'이 탈락함.)-오려(의도연결어미)〉말하고자.

665) ᄒᆞ노ᄆᆡ라: ᄒᆞ-노ᄆᆡ라(감탄형어미)〉하도다.

666) 내의 왼 일을 다 이로려 ᄒᆞ노ᄆᆡ라: "나의 나쁜 일을 다 말하고자 하도다", "좋은 약은 입에 쓰지만 병에 좋고 충직한 이야기는 귀에 거슬리나 행동하는 데에는 이롭다는(良藥 苦於口 利於病, 忠言 逆於耳而利於行)" 격언과 비슷한 의미로 친구 사이에도 상대의 약점을 충고로 잘 말해 주어야 한다는 뜻이다.

[132: 208] 정철(鄭澈)

꽃은 밤비에 피고 빚은 술 다 익었다
거문고 가진 벗이 달과 함께 찾아오마고 하더니
아희야 초가집 처마에 달떴다 벗님이 오는가 보아라

곳ᄌᆞᆫ667) 밤비의 피고 비ᄌᆞᆫ668) 술 다 익거다669)
거문고 가진 벗이 ᄃᆞᆯ ᄒᆞᆷᄭᅴ 오마터니670)
아희야 茅簷에671) ᄃᆞᆯ 올나다672) 벗님 오나673) 보아라

[133: 2176] 정철(鄭澈)

우는 것이 뻐꾸기냐 푸른 것이 버들숲인가
어촌 두세 집이 저녁연기에 잠기었도다
아희야 헌 그물 기워라 고기잡이 하리라

우ᄂᆞᆫ 거시 벅국이냐674) 푸른 거시 버들숩가675)
漁村 두 세 집이 暮烟의676) ᄌᆞᆷ겨세라677)
아희야 헌 그물 기여라678) 고기잡이 ᄒᆞ리라

[134: 2052] 정철(鄭澈)

오늘도 날이 다 새었다 호미 메고 가자꾸나

---

667) 곳ᄌᆞᆫ: 곳 ㅈ((花), 곶, 이중표기)-은(주제격조사)〉꽃은.
668) 비ᄌᆞᆫ: 빚-은〉걸러서 만든.
669) 익거다: 익(닉->익-)-거(과거시상선어말어미)-다(도다, 감탄종결어미형어미)〉익었도다.
670) 오마터니: 오-마(약속종결어미)-터(고(인용의내포화어미)-하(동사어간)-더(회상선어말어미), 축약)-니(설명형어미).
671) 모첨(茅簷)에: 띠로 이은 초가집 처마에.
672) 올나다: '올랐다'의 오기인 듯함.
673) 오나: 방언의 흔적인 듯함. 곧 "가아가 지끔 오나 안오나(=그 아이가 지금 오는가 안오는가)"에서처럼 사용되고 있다. 진본『청구영언』에는 '오ᄂᆞᆫ가'로 표기되어 있다.
674) 벅국이냐: 뻐꾸기이냐.
675) 바들숩가: 버들숩(버드나무 숲)-가(의문형어미)〉버드나무숲인가.
676) 모연(暮烟)의: 저녁 연기, 저녁밥을 짖는 연기에.
677) ᄌᆞᆷ겨세라: ᄌᆞᆷ기-어(부사형어미)-세라(감탄형어미)〉잠기었도다.
678) 기여라: 깁(縫)-어라(청유형어미)〉깁어라.

내 논 다 매거든 네 논 좀 매어 주마
오는 길에 뽕잎 따다가 누에 먹여 보자꾸나

오날도 다 ᄉᆡ거다679) 호믜 메고 가쟈스라
ᄂᆡ 논 다 ᄆᆡ여든 네 논 졈680) ᄆᆡ여 쥬마681)
올682) 길에 ᄲᅩᆼ ᄯᅡᄃᆞ가 누에 먹여 보자스라

[135: 1354] 정철(鄭澈)
비록 못 입어도 남의 옷을 빼앗지 말며
비록 못 먹어도 남의 밥을 빌어먹지 마라
한 번만이라도 곧 죄를 범하여 이름에 때가 낀 후에는 다시 씻기 어려오니

비록 못 닙어도 남의 옷슬 앗지683) 말며
비록 못 먹어도 남의 밥을 비지684) 마라
ᄒᆞᆫ 젹685)곳 ᄣᅵ 시른686) 後ㅣ면 곳쳐687) 씻기 어려오니

[136: 1508] 정철(鄭澈)
쌍육장기 놀이하지 마라 송사문 만들지 마라
집을 망하게 하여 무엇하며 남의 원수 될 줄 어찌하리
나라에서 법을 세워서 죄 있는 줄 모르는가

雙六 將碁688) ᄒᆞ지 마라 訟事 글월689) ᄒᆞ지 마라

---

679) ᄉᆡ거다: ᄉᆡ(曉)-거(과거시상선어말어미)-다(감탄종결어미)〉새었도다.
680) 졈: 좀, 조금.
681) 쥬마: 쥬(주)-마(허락종결어미)〉주마.
682) 올: 오(來)-ㄹ(관형어미, 부정시제)〉오는.
683) 앗지: 앗(奪)-지(부사형어미)〉빼앗지.
684) 비지: 비((乞), 빌)-지(부사형어미)〉빌리지, 'ㄹ' 불규칙활용.
685) ᄒᆞᆫ젹: ᄒᆞᆫ(一)-젹((時), 번)〉한번만이라도 곧. '곳'을 정주동·유창식(1953: 105), 『주해 진본청구영언』에서는 강세접사로 처리하고 있다.
686) ᄣᅵ 시른: 때가 끼다. 여기서는 죄를 범하여 이름에 때가 낀다는 뜻.
687) 곳쳐: 고치-어(부사형어미)〉고쳐.
688) 쌍육장기(雙六將碁): 쌍육은 유희구의 일종으로 정유면체에 1~6까지의 수를 점으로 새긴 두 개의 말을 던져서 번호대로 말판에서 앞으로 나가게 하는 놀이. 장기는 청홍 양편으로 갈라 나무판에

집 ᄇᆡ야690) 무슴ᄒᆞ며 남의 怨讐 될 줄 엇지691)
나라히 法을 세오샤 罪 잇ᄂᆞᆫ 줄 모로ᄂᆞ다692)

[137: 2277] 정철(鄭澈)
머리에 이고 등에 진 저 늙은이 짐을 풀어서 나에게 주오
우리는 젊었거니 돌이라도 무거우랴
늙기도 서러운데 짐을 찾아 지실까

니고693) 진 져 늘그니 짐 푸러 날을694) 주오
우리ᄂᆞᆫ 져멋거니695) 돌히라타696) 무거오랴
늘기도 셜워라커든 짐을 ᄌᆞᄎᆞ697) 지실가

[138: 1277] 정철(鄭澈)
봉래산 님이 계신 곳에 오경을 알리는 북을 친 여음이
성 넘어 구름을 지나 외로운 나그네가 기거하는 창까지 들린다
창평에 내려 곧 가면 그립거든 어떻게 하겠는가

蓬萊山698) 님 겨신 듸699) 五更 친 나문 소릐700)

장기 알을 만들어 서로 일진일퇴하며 상대방 왕을 죽이면 이기는 놀이.

689) 송사(訟事) 글월: 재판문.

690) ᄇᆡ야: ᄇᆡ(敗亡)-이(사동접사)-아(부사형어미)〉망하게 하여.

691) 엇지: '엇지 ᄒᆞ리'에서 'ᄒᆞ리'가 생략됨.

692) 모로ᄂᆞ다: 모르-오-ᄂᆞ다(의문형어미)〉모르는가.

693) 니고: (머리에 짐을) 이고.

694) 날을: 나(我)-ㄹ을(이중대격형)〉나에게.

695) 져멋거니: 점-엇(과거시상선어말어미)-거(과거시상선어말어미)-니(설명형어미)〉젊었거니.

696) 돌히라타: 돌(石)-ㅎ(ㅎ-개입 특수체언)-이라-타(형태소가 불분명하다, 아마 '-도'로 해석하면 될 것이다)〉돌히라도.

697) ᄌᆞᄎᆞ: ᄎᆞ자(ᄎᆞᆽ(尋)-아)〉찾아.

698) 봉래산(蓬萊山):신선이 산다고 하는 전설의 산. 『사기』의 〈봉선서(封禪書)〉에 따르면, 영주산(瀛州山), 방장산(方丈山)과 더불어 발해(渤海) 해상에 있었다고 전하며, 세 산을 함께 신산으로 부르는데, 그곳에 선인(仙人)이 살며 불사(不死)의 영약(靈藥)이 거기에 있다고 한다. 또한 그곳에서 사는 새와 짐승은 모두 빛깔이 희고, 금, 은으로 지은 궁전이 있어, 멀리서 바라보면 구름같이 보이며, 가까이 다가가 보면 물밑에 있는 것을 알게 되는데, 배는 바람에 이끌려 도저히 그곳에 다다를 수가 없다고 한다. 발해 남안의 산동반도(山東半島)에 있던 고대국가 제(齊)나라에는 그 삼신산을 신앙하여 제사를 지내는 풍습이 있었던 것으로 전해지고 있다. 이런 신앙이 같은 제나라의 사상가 추연(鄒衍)의 음양오행설

城 넘어 구룸701) 지나 客牕에702) 들이ᄂᆞᆫ다703)
江南704)에 나려 곳705) 가면 그립거든 엇지리706)

[139: 1749] 정철(鄭澈)
쓴 나물 데운 것이 고기보다 맛이 있어
초가 좁은 것은 그것이 내 분수에 더욱 맞도다
다만 님을 그린 탓으로 근심과 걱정을 이기지 못하여 하노라

쓴 나물707) 더운 물이708) 고기도곤709) 마시 이셰710)
草屋711) 조분 줄이 긔712) 더욱 ᄂᆡ 分713)이라
다만당714) 님 그린 타스로 시롬715) 계워716) ᄒᆞ노라

[140: 2247] 정철(鄭澈)
유영은 언제 사람인가 진나라 때의 세속에 나아가지 않고 고상하게 살아가는

(陰陽五行說)과 결부되어 신선사상의 바탕을 이루게 되었고, 진(秦)나라 시황제(始皇帝)는 서시로 하여금 삼신산에서 불로불사(不老不死)의 약을 구해오게 하였다. 한편, 그 같은 신선사상을 수반한 봉래산의 호칭은 한국에도 전래되어, 민간신앙과 무속(巫俗) 등에 깊이 침투함으로써 추상 또는 고유명사로 널리 쓰이고 있다. 봉래산이 여름의 금강산(金剛山)을 일컫는 호칭으로 쓰이고 있는 것도 그 한 예이다.

699) 님 겨신 듸: 님 계신 곳에, ᄃᆞ(의존명사)-의(처격조사)〉듸〉데.

700) 오경(五更)친 나문 소ᄅᆡ: 오경을 알리는 북을 친 여음.

701) 구룸: 구름.

702) 객창(客窓)에: 외로운 나그네가 머무는 방의 창(窓).

703) 들이ᄂᆞᆫ다: 듣(聽)-리(사동접사)-ᄂᆞ(현재시상선어말어미)-ㄴ다(설명형어미)〉들린다, 'ㄷ'불규칙용언.

704) 강남(江南): 중국에선 양자강의 남을 말하나, 여기에서는 작자의 집이 있는 전남 창평(平昌)을 말한다.

705) 나려 곳: 내려 곧.

706) 엇지리: 엇지-리(미확정 선어말어미)-잇가(의문형어미의 생략)〉어떻게 하겠는가.

707) 쓴 나물: 맛이 쓴 나물, 쁘다(苦)〉쓰다, ᄂᆞ믈〉나물(원순모음화).

708) 더운 물이: 진본『청구영언』에서는 "데운 물이"로 표기되어 있음. '더운'은 '데운'으로 보고 '물이'는 '물(物)-이(주격조사)'의 구성으로 해석하는 것이 적절한 것 같다.

709) 고기도곤: 고기-도곤(비교격조사)〉고기보다도.

710) 이셰: 이시-셰(감탄종결형어미)〉있구나 그려.

711) 초옥(草屋): 풀로 이은 집. 초당(草堂), 초려(草廬)와 같은 말.

712) 긔: 그(관형사)#이(의존명사)-∅(주격조사)〉그것이.

713) 분(分): 분수.

714) 다만당: 다만(부사)-당(접사), 오직 한가지뿐인.

715) 시롬: 시름, 근심 걱정.

716) 계워: 이기지 못하여, 넘쳐.

사람이로다
계함은 그가 누구이던가 당대에 미친 사람이라
두어라 세속에 나아가지 않고 고상하게 살아가는 미친 사람을 물어보아서 무엇하겠는가

劉伶[717]은 언제 사름 晉 적의 高士[718] ㅣ로다
季涵[719]은 긔 뉘런고 當代에 狂生[720]이라
두어라 高士 狂生을 무러 무슴[721]ᄒᆞ리

[141: 1057] 정철(鄭澈)
무슨 일을 이룰 것이라 십년 동안이나 알고 지내던 벗인 너(酒)를 따라
내가 아무 한 일이 없어서 그렇게 싫다하는가
이제야 절교편 지어 이별하면 어떻겠느냐

무스 일[722] 이로리라[723] 十年지리[724] 너[725]를 조ᄎᆞ[726]
내 ᄒᆞᆫ 일 업시셔[727] 외다 마다[728] ᄒᆞᄂᆞ니[729]

717) 유영(劉伶): 진(晉)나라 때 술을 잘 먹고 시를 잘 짓던 죽림칠현 중 한 사람인 청담고사(淸談高士). 자는 백륜(伯倫), 대표작으로는 주덕송(酒德頌)이 있음.
죽림칠현(竹林七賢): 중국 위(魏), 진(晉)의 정권교체기에 정치권력에는 등을 돌리고 죽림에 모여 거문고와 술을 즐기며 청담(淸談)으로 세월을 보낸 일곱 명의 선비. 완적(阮籍), 혜강(康), 산도(山濤), 향수(向秀), 유영(劉伶), 완함(阮咸), 왕융(王戎) 등으로서 그들은 개인주의적, 무정부주의적인 노장사상을 신봉하여 지배권력이 강요하는 유가적 질서나 형식적 예교(禮敎)를 조소하고 그 위선을 폭로하기 위하여 상식에 벗어난 언동을 감행하였다. 루쉰(魯迅)은 그들의 도피적 처세술이나 기교(奇矯)한 행동이 정치적 압력에 대한 소극적 저항을 표시하는 것이라고 지적하고 있다. 그들이 그룹을 형성한 것은 일시적인 것이고 결국 집권자에게 죽음을 당하거나, 타협하여 관계로 돌아가거나 하여 모두 흩어졌지만, 그 풍부한 일화는 그 후 『신설신어(新說新語)』 등 인물평론이나 회화의 좋은 제재가 되었다.
718) 고사: 세속에 나아가지 않고 고답적인 세계에서 거니는 고상하게 살아가는 사람(高人).
719) 계함(季涵): 송강(松江) 정철(鄭澈)의 자(字).
720) 광생(狂生): 미친 사람. 광객(狂客)이라고도 함. 주로 술을 방탕하게 마시어 혼이 빠져 미친 사람을 말한다.
721) 무슴: 무엇, '무슴'이 부사가 아니라 'ᄒᆞ-' 동사의 어근으로 사용되었다.
722) 무스 일: 무슨 일. '무스'는 '므슥, 므슴, 므슷, 므슷' 등의 변이형이 있다.
723) 이로리라: 이루(成)-오(의도법선어말어미)-리(미확정선어말어미)-라(종결어미)-∅(-고, 인용내포화어미 생략)〉이룰 것이라 하여.
724) 십년(十年)지리: 십년지이(十年知宜), 곧 십년 동안 알고 지내던 벗.
725) 너: '술(酒)'을 뜻함.
726) 조ᄎᆞ: 좇(追, 隨)-ᄋᆞ(-아, 부사형어미)〉좇아, 따라.

이제야 絶交篇 지어 餞送[730]ᄒᆞ되 엇더리

[142: 569] 정철(鄭澈)
내 말 다시 들어라 네가 없으면 못 살 것 같으니
궂은일이나 무슨 일이 생기나 너로 하여금 다 잊었거든
이제야 다른 이를 사랑하리라 하면 옛 벗 말고 어찌 누가 있겠는가

내 말 곳쳐[731] 드러 너 업스면 못 살려니
머흔[732] 일 무슨 일 널노[733] ᄒᆞ여[734] 다 잇거든[735]
이제야 남 괴랴[736] ᄒᆞ야 녯 벗 말고 엇지리

[143: 2444] 정철(鄭澈)
꼭 백년을 산들 그 어찌 수고롭고 고되지 않는가
수고롭고 고된 부초처럼 떠가는 인생이 무슨 일 하려 한다고
내가 잡아 권하는 잔(盞)을 덜 먹으려 하는가

一定[737] 百年 산들 긔 아니[738] 草草ᄒᆞᆫ가[739]
草草ᄒᆞᆫ 浮生[740]이 무스 일 ᄒᆞ려 ᄒᆞ여
내 잡아 勸ᄒᆞᄂᆞᆫ 盞을 덜 먹으려 ᄒᆞᄂᆞ니[741]

---

727) 업시서: 업-시(-으, 부사형어미, 스>시: 전부고모음화)-서>없어서.
728) 외다마다: 그러다 싫다.
729) ᄒᆞᄂᆞ니: ᄒᆞ-ᄂᆞ니(잇가, 생략된 현재상대존대의문형어미)>하는가.
730) 전송(餞送): 이별을 고하며 떠나보냄을 바래다 줌.
731) 곳쳐: 곳치(고티->고치-, 구개음화)-어(부사형어미)>다시(更, 改).
732) 머흔: 머흘(兇)-ㄴ(관형어미)>궂은, 험한.
733) 널로: 너로, 설측음화현상으로 'ㄹ' 첨가.
734) ᄒᆞ여: ᄒᆞ여곰, 의지하여, 더불어.
735) 다 잇거든: 진본『청구영언』에서는 "다닛거든"으로 표기되어 있음. "다 잇거든"은 오표기로 보아야 시의 의미가 통한다. 곧 "다 잊거든"으로 보면 "모두 잊었거든"으로 해석된다.
736) 괴랴: 괴(愛)-리(미확정선어말어미)-라(목적 연결어미)>사랑하리라.
737) 일정(一定): 한결같이, 꼭.
738) 아니: 부정부사.
739) 초초(草草)ᄒᆞᆫ가: 수고롭고 고되다, 바쁘다.
740) 부생(浮生): 인간 세상의 부허무정(浮虛無情)함을 말한다. 부초처럼 떠가는 인생사를 말함.
741) ᄒᆞᄂᆞ니: ᄒᆞ-ᄂᆞ니(ᄂᆞ니잇가)>하는가.

[144: 2046] 정철(鄭澈)

여기에서 (봉황의) 날개를 들어 두세 번만 부치면
봉래산 제일봉에 계시는 고운 님 보련마는
하고 싶지만 못하는 일은 말하여 무엇하리

예서[742] 놀이[743]를 들어 두 셰 번만 부츠면[744]
蓬萊山 第一峯에 고온 님 보련마는[745]
ᄒᆞ다가 못ᄒᆞᄂᆞᆫ 일은 일너[746] 무슴ᄒᆞ리

[145: 2311] 정철(鄭澈)

이 몸 부숴내어 냇물에 뜨게 하고 싶도다
이 물이 울며 흘러가니 한강 개울이 되었다 하면
그제서야 님을 그린 내 병이 나을 법도 있을 텐데

이 몸 허러[747] 내여 낸믈[748]에 씌오고쟈[749]
이 물이 울어 녜니[750] 漢江 여흘[751]되다 ᄒᆞ면
그졔야 님 그린 ᄂᆡ 病이 헐ᄒᆞᆯ 법[752]도 잇ᄂᆞ니[753]

[146: 566] 정철(鄭澈)

내 마음 베어 내어 저 달을 만들고 싶도다
머나먼 창공에 번듯하게 걸려 있어
고운 님 계신 곳에 비추어나 보리라

---

742) 예서: 이(지시대명사)-에서(부사격조사)〉여기에서.
743) 놀이: 놀기〉놀이(ㄱ 탈락현상)〉날개, 나래.
744) 부츠면: 부츠(부츠-〉부치, 전설고모음화)-면(연결어미)〉부치면.
745) 보련마는: 보(視)-리(미확정선어말어미)-언마는〉보겠건만.
746) 일너: 말하여.
747) 허러: 헐(毁)-어(부사형어미)〉부숴.
748) 낸물: 냇물.
749) 씌오고쟈: 쓰(浮)-이(사동접사)-오(사동접사)-고쟈(의도감탄형어미)〉뜨게 하고 싶도다.
750) 녜니: 녜(行)-니(연결어미)〉가니.
751) 여흘: 개울.
752) 헐ᄒᆞᆯ법: 헐(癒)-ᄒᆞ-ㄹ(관형어미)#법(法)〉낫을 법.
753) 잇ᄂᆞ니: 잇-ᄂᆞ니(잇ᄂᆞ이다)〉있습니다.

내 ᄆᆞᄋᆞᆷ754) 버혀755) ᄂᆡ여 뎌756) ᄃᆞᆯ을 ᄆᆡᆼ글고쟈757)
九萬里 長天758)의 번드시759) 걸녀760) 잇셔
고온 님 계신 곳ᄃᆡ 빗취여나761) 보리라

[147: 3324] 정철(鄭澈)
홍망이 일정하지 않으니 대방성(帶方城)이 가을 풀로 뒤덮였도다
내가 모른 지난 일일랑 목동들의 피리 소리에 붙여두고
이 좋은 태평시절에 한 잔하는 것이 어떠하리

興亡이 數 업스니762) 帶方城763)이 秋草ㅣ로다
나 모른764) 지난 일란765) 牧笛766)에 부쳐 두고767)
이 됴흔768) 太平烟花769)에 ᄒᆞᆫ 盞 ᄒᆞ리770) 엇더리

---

754) ᄆᆞᄋᆞᆷ: ᄆᆞᄋᆞᆷ>ᄆᆞ음(ㆍ의 비음운화 제1단계, 16세기경, 비어두음적에서의 변화로 'ㆍ>ㅡ'로 비음운화하였음), ᄆᆞ음>마음(ㆍ의 비음운화 제2단계, 18세기경, 어두음절에서의 변화로 'ㆍ>ㅏ'로 비음운화하였음).

755) 비혀: 버히(割)-어(부사형어미)>베어.

756) 뎌: 뎌>져(구개음화, 17세기), 져>저(단모음화, 18세기 말).

757) ᄆᆡᆼ글고쟈: ᄆᆡᆼ글(造, 作, ᄆᆡᆫ글>ᄆᆡᆼ글, 자음접변)-고자(의도감탄형어미)>만들고 싶도다. 'ᄆᆡᆼ글-'을 'ᄆᆡᆫ들-'과 '밍글-'의 혼효형으로 설명할 수도 있으나 경북방언에서 '맨글-'형이 잔존해 있으며 '밍글-'을 기본형으로 했을 경우 변이형 'ᄆᆡᆼ글-'에 대한 음운론적 설명이 불가능하다.

758) 구만리 장천(九萬里長天): 머나먼 창공(蒼空).

759) 번드시: 번듯하게, 뚜렷하게.

760) 걸녀: 걸-리(사동접사)-어(부사형어미)>걸려, '걸녀'는 오기이다.

761) 빗취여나: 빗추-이(사동접사)-어나(연결어미)>비추어나.

762) 수(數) 업스니: 일정하지 않으니, 수가 없으니.

763) 대방성(帶方城): 대방(帶方)은 지금의 남원(南原) 지역을 말한다. 『구당서(舊唐書)』〈유인구전(劉仁軥傳)〉에 의하면 당나라 고종 때에 소정방(蘇定方)의 나당 연합군이 백제를 멸하고 역시 당나라의 유인구(劉仁軥)가 대방주의 자사(刺史)가 된 곳.

764) 모른: 모ᄅᆞ(不知)-ㄴ(관형어미)>모르는.

765) 일란: 일(事)-란(열거격조사)>일일랑.

766) 목적(牧笛): 목동이 부는 피리.

767) 부쳐두고: 붙(附)-히(사동접사)-어(부사형어미)#두(置)-고(연결어미)>붙여두고.

768) 됴흔: 둏(好, 둏>좋 구개음화, 단모음화)-은(관형어미)>좋은.

769) 태평연화(太平烟花): 태평 시절, 태평연월(太平煙月), 시절이 태평하여 백성들이 저녁밥을 짓는 연기가 꽃처럼 피어오른다는 의미.

770) ᄒᆞ리: ᄒᆞ-ㄹ(관형어미)-이(의존명사, 것이)>하는 것이.

[148: 496] 정철(鄭澈)

남극노인 별자리가 식영정에 비쳐서
푸른 바다가 뽕나무밭으로 변화되는 것이 싫도록 번복하도록
갈수록 새 빛을 내어서 어두울 때를 모르도다

南極 老人星[771]이 息影亭[772]의 빗취여셔[773]
滄海 桑田[774]이 슬커장[775] 뒤눕도록[776]
가지록[777] 새 빗츨 ᄂᆡ여 그물 뉘[778]를 모른다[779]

[149: 826] 정철(鄭澈)

대 위에 서 있는 느티나무 몇 해나 자랐는가
씨 떨어져 싹이 돋아 난 회초리 같은 나무야 저 (느티나무)같이 늙도록 살아
그제야 또 한 잔 술을 부어 다시 장수를 기원하리라

臺 우희 셧ᄂᆞᆫ 늣틔[780] 몃 ᄒᆡ나 자랏ᄂᆞᆫ고
씨[781] 지어[782] 난 휘추리[783] 져 ᄀᆞᆺ지[784] 늙도록ᄋᆡ[785]
그제야 ᄯᅩ ᄒᆞᆫ 盞 부어 다시 獻壽[786]ᄒᆞ리라

---

771) 남극노인성(南極老人星): 남극에 있는 남극노인(南極老人) 또는 노인성(老人星), 수노인(壽老人)이라고도 함. 고대 중국에서 남극성(南極星)의 화신(化身)이라고 생각되었던 노인을 남극노인이라 하였는데, 그들은 남극성이 사람의 수명을 관장한다고 생각하였으며, 또 광채가 아주 뛰어난 별자리로서 남극이 나타나면 치안이 되고 보이지 않으면 병란이 일어난다고도 한다.
772) 식영정(息影亭): 송강 정철(鄭澈)의 외척인 김성원(金成遠)의 정자로 전남 창평(昌平)에 소재함.
773) 빗취여서: 빗추(비추-)-이(사동접사)-어서(부사형어미)〉비쳐서.
774) 창해상전(滄海桑田): 푸른 바다가 뽕나무밭으로 변화된 것과 같이 세상의 대변화를 의미한다. 상전벽해(桑田碧海), 창상지변(滄桑之變), 능곡지변(陵谷之變)이라고도 한다.
775) 슬커장: 싫도록, 한없이.
776) 뒤눕도록: 뒤흔들리도록, 번복하도록.
777) 가지록: 갈수록.
778) 그믈 뉘: 어두울 때.
779) 모른다: 모르-ㄴ다(감탄형어미)〉모르도다.
780) 늣틔: 느티나무.
781) 씨: 씨, 종자(種子).
782) 지어: 디(落, 디〉지, 구개음화)-어(부사형어미)〉떨어져.
783) 휘추리: 호리호리하게 가는 나뭇가지.
784) ᄀᆞᆺ지: 같이.
785) 늙도록ᄋᆡ: 늙도록 살아.

[150: 2891] 정철(鄭澈)

푸른 하늘 구름 밖에 높이 떠있는 학이더니
인간이 좋더냐 무슨 까닭으로 내려왔는가
긴 깃이 다 떨어지도록 날아갈 줄 모르는가

靑天 구룸 밧긔787) 노ᄑᆡ 떳ᄂᆞᆫ 鶴788)이러니
人間이 됴터냐789) 무슴므라790) ᄂᆞ려온다791)
쟝짓치792) 다 ᄯᅥ러지도록 ᄂᆞ라 갈 줄 모로ᄂᆞᆫ다

[151: 139] 정철(鄭澈)

거문고 대현을 치니 마음이 다 누그러지더니
자현에 우조를 타 막막조로 억센 고로
쉽지는 전혀 않으나 이별은 어찌할 것인가

거문고 大絃793)을 치니 마음이 다 눅더니794)
子絃에 羽調795)을 타 漠漠調796) 쇠온 말이797)798)

---

786) 헌수(獻壽): 축하연에서 천자, 부모, 상자 등에게 술잔을 올려서 장수를 축하는 것.
787) 밧긔: 밝(外)-의(처격조사)〉밖에.
788) 학(鶴): 선학(仙鶴)으로서 신선(神仙)들은 이 학을 타고 천상을 나른다고 함.
789) 됴터냐: 둏(好, 둏〉좋, 구개음화)-더(회상성어말어미)-냐(의문형어미))〉좋더냐.
790) 무슴므라: 무슨 까닭에, 무슨 의도로.
791) 나려온다: 나리(降)-어(부사형어미)#오(來)-ㄴ다(의문형어미))〉내려오는가?
792) 쟝짓치: 쟝(長)-짓치(깃〉짓, 구개음화, 짓〉짗, 어간말 파찰음화)-이(주격조사))〉긴 깃이.
793) 대현(大絃): 『악학괘범』에 의하면 거문고 현의 이름이 무현(武絃), 대현(大絃), 중현(中絃), 자현(子絃) 등으로 구분하고 있다.
794) 눅더니: 눅 (慰)-더(회상선어말어미)-니(이다))〉누구러지더니.
795) 우조(羽調): 국악에서 쓰이는 5음계를 오성음계(五聲音階)라고도 한다. 궁(宮), 상(商), 각(角), 치(徵), 우(羽)로 이루어졌으며, 칠성음계에서 변치(變徵)와 변궁(變宮)이 빠진 것이다. 이 오음(五音)의 한 가지 우성의 조. 용장한 기분을 자아낸다.
796) 막막조(漠漠調): 음조가 급하고 강한 변음조.
797) 말이: 영탄적 조동사.
798) 쇠온 말이: 김사엽(1900: 550), 『이조시대 가요 연구』에서 "세워서 말하기를"로 풀이하면서 "작자의 의사를 회화체로 표현하고자 할 때 쓰는 말이니, 과용에 많이 관용됨"이라고 한다. 한편 정주동·유창식(1953: 105), 『주해 진본청구영언』에서는 "'쇠'와 '세'는 그 음가에 있어서 서로 판이하여 혼동될 수 없고 문법적으로 '세'는 '셔'의 사동형이니 '쇠'와 '세'가 같은 것이라면 '소-셔'가 되어야 할 것이나, '소'가 '셔(立)'로 될 수는 없지 않을가?"라고 하면서 "따라서 '쇠온 말이'는 '세운 말이'가 아니고 다음 용례와 같은 것이라 볼 수 없을까? "西風이 불면 草木이 다 죽ᄂᆞ니 쇨씨 그러ᄒᆞ니라[칠대만법]"

섧지는 아니되 젼혀[799] 離別[800] 엇지ᄒᆞ려뇨

[152: 2527] 정철(鄭澈)
긴 깃이 다 떨어지게 날개를 다시 들어
푸른 하늘 구름 속에 솟구쳐 떠올라서는
시원하고 환한 세계를 다시 보고 말겠노라

長짓치[801] 다 [지]게야[802] ᄂᆞᆯᄋᆡ를 고쳐[803] 드러
靑天 구룸 쇽에 소솝 써[804] 올은[805] 말이
싀훤코 훤츨ᄒᆞᆫ[806] 世界를 다시 보고 말와라[807]

[153: 1523] 정철(鄭澈)
신원에 역 숙직원이 되어 도롱이 등에 메고 삿갓 쓰고
빗겨 부는 바람에 가늘게 뿌리는 비에 낚싯대 비스듬히 들어
붉은 여뀌꽃과 흰 마름이 우거져 있는 물가에 오며가며 하노라

新院[808] 院主ㅣ[809] 되야 되롱[810] 삿갓[811] 메고 이고
細雨 斜風[812]에 一竿竹[813] 빗기[814] 드러

이 '쇨씨'는 '억센(强) 고로' 하는 뜻이라고 보아, '쇠온'도 '매우 강하게' 또는 '크게' 하는 뜻으로 새기고자 하였다. 경상방언에서 '쇠다'는 정주동·유창식(1953: 105), 『주해 진본청구영언』에서의 풀이와 같이 '억세다(强)'의 의미를 가지고 있다. 따라서 후자의 어휘 풀이가 더욱 타당하다고 할 수 있다.

799) 전혀: 부정어와 호응하는 부사이다. 따라서 어순이 "섧지는 아니되 젼혀"가 아니라 "섧지는 젼혀 아니되"여서 '젼혀'가 '아니되'를 수식하는 것으로 해석하는 것이 옳다.

800) 이별: 여기서는 한 곡조가 끝남을 이별이라고 표현한 것이다.

801) 짓치: 깃이(ㄱ-구개음화ㅣ 현상).

802) 게야: 진본 『청구영언』에서는 '지게야'로 되어 있으며 [150]의 종장과 비교해 보더라도 '게야'는 '지게야', 또는 '디게야'로 보아야 한다. '떨어지게'의 의미이다.

803) 고쳐: 고치(更)-어(부사형어미)〉다시.

804) 소솝써: 소솝쓰-어(부사형어미)〉솟구쳐.

805) 올은: 올라서 하는.

806) 훤츨ᄒᆞᆫ: 툭 틔어 환하다, 넓고 시원하다.

807) 말와라: 말(勿)#ᄒᆞ과-이라〉말겠도다. 말겠노라.

808) 신원(新院):경기도(京畿道) 고양군(高陽郡) 신원(新院).

809) 원주(院主)ㅣ: 원주(역원에 숙직 수위하는 역원)-ㅣ(주격조사)〉원주가.

810) 되롱: 도롱이, 풀로 만든 우의(雨衣).

811) 삿갓: 갈(려)을 가늘게 갈라서 비를 피하기 위해 쓰는 △모양으로 결은 것.

紅蓼花[815] 白蘋洲渚[816]에 오명가명[817] ᄒᆞ노라

[154: 1524] 정철(鄭澈)
신원의 역 숙직원이 되어 사립문을 다시 닫고
푸른 산 흐르는 물을 벗으로 삼아 내 몸을 그 속에 던져두었노라
아이야 벽제에서 오신 손님이라고 하거든 내가 나간다 하여 다오

新院 院主ㅣ 되야 柴扉를[818] 고쳐[819] 닷고[820]
流水 靑山을 벗 사마 더졋노라[821]
아희야 碧蹄[822]에 손이라커든[823] 날[824] 나가다 ᄒᆞ고려[825]

[155: 2510] 정철(鄭澈)
장사왕 가태전을 돌이켜 생각해보니 우습구나
남보다도 근심을 제 혼자 맡아서
긴 한숨 눈물도 지나치거든 통곡하는 것이 어쩐 일인고

長沙王 賈太傅[826] 혜건ᄃᆡ[827] 우읍고야[828]

---

812) 세우사풍(細雨斜風): 빗겨 부는 바람에 가늘게 뿌리는 비.
813) 일간죽(一竿竹): 마디가 한 간 짜리인 낚싯대.
814) 빗기: 비스듬히.
815) 홍료화(紅蓼花): 붉은 여뀌꽃.
816) 백빈주저(白蘋洲渚): 흰 마름이 우거져 있는 물가.
817) 오명가명: 오며가며, 'ㅇ'은 소리를 고르는 접미사.
818) 시비(柴扉)를: 사립문을.
819) 고쳐: 고치(更)-어(부사형어미)>다시.
820) 닷고: 닷(閉, 닫-)-고(연결어미)>닫고.
821) 더졋노라: 더지(投, 더지->던지-)-엇(과거시상선어말어미)-노라(감탄형어미)>던졌노라, 자기 몸을 그 속에 던져두었노라. 또는 세상사를 떨쳐 버렸노라.
822) 벽제(碧蹄): 경기도(京畿道) 고양군(高陽郡)에 있던 역원(驛院)의 이름.
823) 손이라커든: 손님이라고 하거든.
824) 날: 나-ㄹ(주격조사)>내가.
825) ᄒᆞ고려: ᄒᆞ-고려(청유형어미)>하여 다오.
826) 장사왕가태전(長沙王 賈太傅): 장사왕(長沙王)의 태전(太傅)이 된 가의(賈誼)를 말함. 『한서(漢書)』〈가이전(賈誼傳)〉에 의하면 가의는 낙양인으로 나이 18세에 능히 모든 글을 통달하였으니, 고을 안 사람들이 다 알고 찬양하였다고 한다. 이때에 문제(文帝)가 불러서 박사(博士)를 삼으니, 나이 겨우 20여 세였다. 조정 간신배 신하들이 참언(讒言)으로 문제는 본의가 아니게 가의를 장사왕(長沙王)의

남되도[829] 근심을 제 혼ᄌᆞ 맛다이셔[830]
긴 한숨 눈물도 過거든 에에[831]홀 줄 엇제오[832]

[156: 587] 정철(鄭澈)
내 자태도 남만 못한 줄 나도 잠시 알았건만
연지(臙脂)도 버려져 있고 분을 칠하여 멋도 아니 내네
이렇게까지 사랑하실까 뜻은 전혀 아니 먹노라

내 양ᄌᆞ[833] 남만 못ᄒᆞᆫ 줄 나도 잠간 알건마ᄂᆞᆫ
臙脂[834]도 ᄇᆞ려 잇고 粉ᄯᅴ[835]도 아니 내네
이러코 괴실가 [836]ᄠᅳᆮ은 젼혀 아니 먹노라

[157: 441] 정철(鄭澈)
나무도 병이 드니 사람들이 땀을 식히며 쉴 수 있는 나무라도 쉴 사람이 없도다

태전(太傳)으로 내쫓게 되었다. 이에 장사로 가는 길에 호수를 지나다가 초(楚)나라에 매우 불우했던 충신 굴월(屈原)의 죽음을 애도하고 장사(長沙)에 3년간 머물다가 다시 양왕(梁王)의 태전(太傳)이 되었는데, 나라를 근심하고 정사(政社)를 바로 잡기 위하여 수차 눈물겨운 상소를 올렸다. 그러나 양왕이 죽게 됨에 그 슬픔에 애통하여 통곡을 오래하다가 요절하니 그의 나이 33세였다. 『한서』 〈가태전〉에 "誼上疏曰, 方今事勢, 可爲痛哭者, 可爲流涕者二, 可爲長太息者五" 참고.

827) 혜건ᄃᆡ: 헤아리건대, 생각하건대.

828) 우웁고야: 우웁(笑 우습->우웁-))>우습구나.

829) 남ᄃᆡ도: 남(他人)#ᄃᆡ도(ᄃᆡ도>대도, 비교하여))>남에 비교하여. 정주동·유창식(1953: 144), 『주해 진본 청구영언』에서는 "'대되'는 전부, 도합과 같은 뜻을 가진 말이라고 생각되는데, 이것이 명사 알에서 붙어 조사로 시용되고 있다. 따라서 'ᄂᆞᆷ대되'는 남(他人)에 대한 모든 것이라는 뜻이 아닐까"라고 풀이하고 있다. "남(에게) ᄃᆡ도"에서 처럼 비교격 '-에게'가 생략되어 "남에게 같다 대어도"(경북방언)="남과 비교하여도, 견주어도"의 의미로 사용된 것이다. "'ᄃᆡ도'는 ᄃᆞᇂ(到)-이(사동접사)-도(특수조사)>ᄃᆡ도>대도"와 같은 구성의 변화로 볼 수 있다.

830) 맛디이셔: 맛디(責務)#이시-어(부사형어미))>맡아서.

831) 에에: 통곡. 의성어인 곡성을 동사로 바꾸어 표현한 것이다.

832) 엇제오: 어쩐 일인고.

833) 양ᄌᆞ(樣姿): 모양 자태(姿態).

834) 연지(臙脂): 연지, 얼굴의 양 볼에 붉게 바르는 화장품.

835) 분(粉)ᄯᅴ: 분을 칠하여 멋을 냄. 정주동·유창식(1953: 148), 『주해 진본청구영언』에서는 "분을 발라 그 위를 손으로 밀면 일어나는 때"라는 의미도 있겠으나 이 작품에서는 "화장하는 분과 검정 빛"이라는 뜻으로 분대(粉黛)를 의미한다. 'ᄯᅴ'를 '때(구)'의 의미를 갖고 있지만 '태(姿態)'와 같은 의미로 단장을 하거나 멋을 낸다는 의미도 있다. 곧 경북방언에서 "니는 그 옷을 입어도 때가 안난다", "때상이가 안난다=멋이 없다"와 같은 예와 동일한 용법이다. 따라서 "분(粉)ᄯᅴ"를 '분을 칠하여 멋을 냄'으로 해석하는 것이 타당하다.

836) 괴실가: 괴(愛, 寵)-시(주체존대선어말어미)-ㄹ가(의문형어미))>사랑하실까.

가지가 무성하게 서 있는 때에는 오는 사람 가는 사람 다 쉬더니
잎이 지고 가지가 이슬에 젖은 후이니 새도 아니 찾아오는구자

나무도 병이 드니 亭子[837] ㅣ라도 쉬 리[838] 업다
豪華히[839] 셔신[840] 제는[841] 오 리[842] 가 리 다 쉬더니
입 지고 柯枝 져즌[843] 後ㅣ니 새도 아니 온다

[158: 1933] 정철(鄭澈)
아 베어지는구나 낙낙장송 베어지는구나
잠시 두었던들 동량의 재목이 될 것이더니
아! 나라가 기울거든 무엇으로 바치겠는가

어휘[844] 버힐시고[845] 落落長松 벼힐시고
저근듯[846] 두던들 棟樑材[847] 되리러니

---

837) 정자(亭子): 그늘에서 사람들이 땀을 식히며 쉴 수 있는 나무.
838) 쉬리: 쉬(休息)-ㄹ(관형어미)#이(의존명사)〉쉴 사람이.
839) 호화(豪華)히: 호화(豪華)롭게, 가지가 무성하게.
840) 셔신: 서(立)#이시-ㄴ(관형어미)〉서있는.
841) 제는: 적(의존명사)-에는(부사격조사)〉때에는.
842) 오리: 오(來)-ㄹ(관형어미, 불확정시제)#이(의존명사)〉오는 사람.
843) 져즌: 젖(潤)-은(관형어미)〉젖은, 나뭇가지가 이슬이나 서리에 다 젖음.
844) 어휘: '어화'의 오자, 아. 감탄사.
845) 버힐시고: 버히(버히:〉베-)-ㄹ시고(감탄형어미)〉베히는구나.
846) 저근 듯: 잠시.
847) 동량재(棟樑材): 집의. 여기서는 임사수(林士遂)를 가르친다. 임형수(林亨秀, 1504~1547), 조선 중기의 문신. 본관 평택(平澤). 자 사수(士遂). 호 금호(錦湖). 1531(중종 26)년 진사가 되고 1545년 별시문과에 급제, 사서(司書) 등을 지내고 사가독서(賜暇讀書)했다. 그 후 수찬, 전한(典翰) 등을 거쳐 부제학에 올랐으나 1545년(명종 즉위) 을사사화로 파직되었다. 1547년 양재역 벽서사건이 일어나자 대윤(大尹) 윤임(尹任)의 일파로 몰려 절도안치(絶島安置)된 뒤 사사(賜死)되었다. 나주(羅州) 송재서원(松齋書院)에 배향되었다. 문집『금호유고(錦湖遺稿)』가 있다. 김하서는 송강의 스승이며, 종자(從子)인 임회(林會)는 송강의 생질서였다. 임사수는 중종 을미년에 문과 급제하였다. 1547(명종 2)년에 양재역에서 익명의 사건이 일어나 윤시 일파로부터 애매한 혐의를 받고 정미년 사화에 횡사하였다. 정미사화(丁未士禍) 또는 을사사화(乙巳士禍)의 여파로 명종 2년에 일어난 사화인데 '벽서(壁書)의 옥(獄)'이라고도 한다. 1546년 윤원로(尹元老), 윤원형(尹元衡) 형제의 권력 싸움 끝에 윤원로가 유배되어 사사(賜死)된 데 이어 1547년에는 괴벽서사건(怪壁書事件)으로 다시 많은 사림(士林)이 화옥을 입었다. 이 해 9월 부제학 정언각(鄭彦慤)이 전라도 양재역(良才驛) 벽 위에서 "여왕이 집정하고 간신 이기 등이 권세를 농락하여나라가 망하려 하니 이것을 보고만 있을 수 있는가"라는 내용의 주서(朱書)로 된 글을 발견했다. 이에 이기, 정명순(鄭明順) 등이 이러한 사론(邪論)은 을사옥(乙巳獄)의 뿌리가 아직 남아 있는 증좌라고 하여 그 잔당으로 지목된 봉성군(鳳城君: 中宗의 서자), 송인수(宋麟壽), 이약빙(李

어즈버 明堂848)이 기울거든 무셔스로849) 바치려뇨

[159: 2661] 정철(鄭澈)
중서당 백옥배를 십 년 만에 다시 보니
맑고 흰 빛은 예로부터 온 듯하다마는
어찌하여 사람의 마음은 아침저녁으로 변하는가

中書堂850) 白玉杯851)를 十年만에 고쳐 보니852)
묽고 흰 빗츤 녜로853) 온854) 듯 ᄒᆞ다마는
엇더타 사ᄅᆞᆷ의 ᄆᆞᄋᆞᆷ은 朝夕變855)을 한다856)

[160: 2556] 정철(鄭澈)
풍파에 흔들리던 배가 어디로 간다는 말인가
구름이 험악하거든 처음에 배를 묶을 날줄을 얻지
허술한 배를 가진 분네 모두 조심하시오

若氷), 임형수(林亨秀) 등을 죽이고 권발(權), 이언적(李彦迪) 등 20여 명을 유배시켰다.

848) 명당(明堂): 왕자의 정당으로 조정이란 뜻으로 주로 쓰이며, 여기서는 '나라'라는 뜻이다.

849) 무셔스로: 무셧(무섯〉무엇)-으로(도구격조사)〉무엇으로.

850) 중서당(中書堂): 홍문관의 별칭. 홍문관(弘文館), 조선시대에 궁중의 경서(經書), 사적(史籍)의 관리, 문한(文翰)의 처리 및 왕의 자문에 응하는 일을 맡아보던 관청. 옥당(玉堂), 옥서(玉署), 영각(瀛閣)이라고도 하며, 사헌부(司憲府), 사간원(司諫院)과 더불어 삼사(三司)라고 한다. 홍문관의 일은 본래 정종 때 설치한 집현전(集賢殿)에서 맡았는데, 세조 초에 집현전 학자 가운데 세조에 반대하는 사육신이 나와, 세조는 그 기구까지도 못마땅하게 여겨 폐지하였다가 1463(세조 9)년에 홍문관이라는 이름으로 설치한 것이다. 왕의 자문에 응하는 임무 때문에 자주 왕에게 조정(朝政)의 옳고 그름을 논하거나 간언하는 입장에 있었으므로 사헌부와 사간원의 합계(合啓)에도 왕이 그 간언(諫言)을 듣지 않으면 마지막으로 홍문관을 합하여 3사합계로 간언하였다. 연산군 때 잠시 진독청(進讀廳)으로 고쳤다가 1506(중종 1)년에 복구하였고, 1894(고종 31)년에 경연청과 합하여 이듬해에 경연원(經筵院)이라 개칭하였다가 1896년에 다시 홍문관으로 고쳐서 칙임관(勅任官)의 대학사(大學士), 학사, 경연관(經筵官), 주임관(奏任官)의 부학사(副學士), 경연관, 판임관(判任官)의 시독(侍讀)을 두었다.

851) 백옥배(白玉杯): 흰 옥으로 만든 술잔.

852) 십년(十年)만에 고쳐 보니: 십 년 만에 다시 보니, 곧 송강이 수찬, 교리였던 30대에서 10년의 세월이 지난 후에 다시 보니.

853) 녜로: 녜(옛)-로(부터)〉예로, 옛날로부터.

854) 온: 오(來)-ㄴ(관형어미)〉온.

855) 조석변(朝夕變): 아침저녁으로 변하다, 조삼모사(朝三暮四)하다.

856) 한다: 하-ㄴ다(의문형어미)〉하는가.

風波에 일니던[857] 빈 어듸러로[858] 가단[859] 말고[860]
구룸이 머흘거든 처음에 날 줄[861] 엇지[862]
허술흔[863] 빈 가진 分닉 모다 조심ᄒᆞ시소[864]

[161: 2556] 정철(鄭澈)
저기 서 있는 저 소나무 섰기도 섰구나 저 길가에
잠시 안으로 들여 저 구덩이에 서 있게 하고 싶은 것이라
새끼를 두르고 도끼 맨 분네는 다 찍으려고 하는구나

져긔 셔는 져 소나모 셤도 셜샤[865] 길ᄀᆞ에가[866]
져근덧 드리혀[867] 져 굴헝[868]에 셔고라쟈[869]
삿 띄고[870] 도치[871] 멘 分닉는 다 찍그려[872] ᄒᆞᆫ다

[162: 1581] 정철(鄭澈)
선웃음 참으려 하니 재치기에 코가 시리구나
반교태하다가 참 사랑 잃을세라

857) 일니던: 일(起)#니(行)-더(회상선어말어미)-ㄴ(관형어미)〉흔들리던.
858) 어듸러로: 어디로.
859) 가단: 가다-는(주제격조사)〉간다는.
860) 말고: 말-이(서술격조사)-ㄴ고(의문형어미)〉말인고.
861) 날 줄: 나(出)-ㄹ(관형어미)#줄(의존명사)〉나가는 것을, '나가는 방법을'로 해석이 가능하지만 시의 뜻을 고려하면 날줄-씨줄과 날줄에서 가로로 묶는 줄, 곧 날줄로 해석할 필요가 있다.
862) 엇지: 엇(得, 얻)-지(부사형어미)〉얻지.
863) 허술흔: 완전하지 못한.
864) 조심ᄒᆞ시소: 조심ᄒᆞ-시(주체존대선어말어미)-소(어말어미)〉조심하시오.
865) 셤도 셜샤: 셔(立)-ㅁ(동명사형어미)-도(특수조사), 셔(立)-ㄹ샤(감탄형어미)〉섰기도 섰구나.
866) 길ᄀᆞ에가: 진본『청구영언』에서는 "길ᄀᆞ에#가져 녀마"로 되어 있으며,『송강가사』에서는 "설줄 엇디 져근덧 드리혀"로 되어 있어 이본간의 많은 차이를 보이고 있다. 여기 '길ᄀᆞ에가'는 '길가에서'와 같다. 경북방언세서는 어미 '-어서'가 '어가아', '-에서'가 '에가아'로 실현된다. "너무 망이 묵어가 배가 아푸다.=너무 많이 먹어서 배가 아프다." "저 짜 땅바댁에가 좋다.=저 쪽 땅바닥에서가 좋다."
867) 드리혀: 들(入)-이(사동접사)#혀(引)-어(부사형어미)〉안으로 들이어져.
868) 굴헝: 구렁(坑), 구덩이.
869) 셔고리라: 셔(立)-(ᄒᆞ)고라(원망형어미)-쟈(감탄형어미)〉서 있게 하고 싶은 것이라.
870) 삿 띄고: 새끼를 두르고.
871) 도치: 도끼.
872) 찍그려: 찍으려고.

단술이 못내 사랑하는 전에는 어느 누구의 마음과 맞았을까

션우음873) 춤노라 ᄒᆞ니 ᄌᆞ치옴874)의 코히 ᄉᆡ예875)
半嬌態 ᄒᆞ다가 ᄎᆞᆫ876) ᄉᆞ랑 일흘셰라877)
단술878)이 못ᄂᆡ 괸879) 젼의란880) 넌ᄃᆡ881) ᄆᆞ음 마쟈

[163: 3150] 정철(鄭澈)
학은 어디로 날아가고 정자는 텅 비었으니
나는 이렇게 떠나가면 언제나 다시 돌아올까
오거나 가거나 하는 중에 술이나 한 잔 마시자

鶴882)은 어듸 가고 亭子883)는 비엿ᄂᆞ니884)
나ᄂᆞᆫ 이리 가면 언제만 도라올고
오거나 가거나 中에 ᄒᆞᆫ 잔 자바 ᄒᆞ쟈885)

[164: 511] 정철(鄭澈)
남산 어디쯤인고 학사 초당 지어
꽃 두고 달 두고 바위 두고 물 두나니
술 좇아 두는 양하여 나를 오라 (하거니)

南山 뫼 어듸메 만고886) 學士887) 草堂888) 지어

---

873) 션우음: 셜(未完熟)-ㄴ(관형어미)#웃(笑, 웃>우ᇫ>우)#음(동명사형어미)〉선웃음, 억지로 웃는 웃음.
874) ᄌᆞ치옴: 재채기.
875) ᄉᆡ예: 시리다.
876) ᄎᆞᆫ: 참. 진실한.
877) 일흘셰라: 잃-을세라(감탄형어미)〉잃을까보나. 잃을세라.
878) 단술: 밥을 곱슬하게 만들어 엿기름 울린 물에 담가 삭힌 음료수.
879) 괸: 괴-ㄴ〉사랑하는. 좋아하는.
880) 젼의란: 전(前)-의(처격조사)-란(주제격조사)〉전에는.
881) 넌ᄃᆡ: 누구. 어느 누구.
882) 학(鶴): 선사(仙士)를 상징함.
883) 정자(亭子): 시를 짓거나 풍류를 즐기기 위해 경치가 수려한 곳에 지은 집.
884) 비엿ᄂᆞ니: 비(空)-엿(과거시상선어말어미)-ᄂᆞ니(이다)〉비었다.
885) ᄒᆞ쟈: ᄒᆞ(대동사 먹-)-쟈(청유형어미)〉먹자. 마시자.

곳[889] 두고 ᄃᆞᆯ 두고 바회 두고 믈[890] 두ᄂᆞ니
술조ᄎᆞ[891] 두ᄂᆞᆫ 양ᄒᆞ야[892] 날을[893] 오라 [ᄒᆞ거니]

[165: 90] 정철(鄭澈)
갓쉰 나이가 들었을까마는 가는 곳마다 술을 보고
입술을 드러내어 웃는 것은 무슨 일인고
종전에 알던 것이라 못내 잊어 하노라

ᄀᆞᆺ[894] 쉰 져믈가마ᄂᆞᆫ[895] 간 ᄃᆡ마다[896] 술을 보고
닛시울[897] 드러ᄂᆡ여 웃ᄂᆞᆫ 줄 무스 일고[898]
젼젼의[899] 아던 거시라 못내 니저[900] ᄒᆞ노라

[166: 1015] 정철(鄭澈)
오동잎 지고서야 알겠노라 가을인 줄을
가는 비 내리는 맑은 강이 서늘하구나 밤 기운이야
천리의 님 이별하고 잠 못 들어 하노라

머귀 닙[901] 지거냐[902] 알와다[903] 가울힌 줄을[904]

---

886) 어듸메고만: 어듸-메(접사)#이(서술격조사)-ㄴ고(의문형어미)-만(특수조사)>어드메#인고만>어디 쯤인고.
887) 학사(學士): 선비.
888) 초당(草堂): 책을 읽기 위해 풀로 이은 보잘것없는 집.
889) 곳: 꽃(ㄱ>ㄲ, 어두 경음화, ㅅ>ㅊ, 어말마찰음의 파찰음화).
890) 믈(水): 물(원순모음화).
891) 술조ᄎᆞ: 술(酒)#좇(從)-아(부사형어미)>술따라.
892) 양ᄒᆞ야: 양(의존명사)#ᄒᆞ-야(부사형어미)>척 하여.
893) 날을: 나를.
894) ᄀᆞᆺ: 갓(접두사), 금방, 이내 곧
895) 져믈가마ᄂᆞᆫ: 져믈-ㄹ가(의문형어미)-마ᄂᆞᆫ(복합격)>저물가만은, 나이가 들었을까마는.
896) 간 ᄃᆡ마다: 가-ㄴ(관형어미)#ᄃᆞ(의존명사)-마다(특수조사)>가는 곳마다.
897) 닛시울: 니(齒)-ㅅ(사잇소리)#시울(시블>시ᄫᅳᆯ>시울)>잇시울, 입술을 뜻함.
898) 일고: 일-고(의문형어미)>일인고.
899) 젼젼의: 젼젼(前前)-의(처소격조사)>전전에, 종전에, 이전에.
900) 니저: 닞(忘)-어(부사형어미)>잊어.
901) 머귀 닙: 오동잎. '머괴', '머귀'등으로 쓰임.
902) 지거냐: 지고서야. 떨어지고서야. '-거야'는 '-거ᅀᅡ'와 같은 어미로 '-어야. -어서야'의 뜻.

細雨淸江[905]이 셔ᄂᆞ럽다[906] 밤 ᄀᆡ운이야[907]
千里의 님 니별ᄒᆞ고 ᄌᆞᆷ 못 드러 ᄒᆞ노라

[167: 1054] 정철(鄭澈)
무릉 어제 밤의 구름이 험하더니
다정한 봉황이 교태 못 이겨 싸우다가
인간 세상에 떨어진 깃을 찾아 무엇하려나

武陵 어제 밤의 구름이 머흐더니[908]
多情ᄒᆞᆫ 鳳凰이 嬌態 겨워 ᄊᆞ호다가
人間에 ᄯᅥ러진 짓슬[909] ᄎᆞᄌᆞ[910] 무슴ᄒᆞᆯ다[911]

[168: 1839] 정철(鄭澈)
아이는 나물 캐러 가고 대나무가 우거진 정자는 텅 비었구나
흐트러진 바둑을 누가 있어 주워 주겠는가
술에 가득 취하여 소나무 뿌리에 의지하였으니 달이 새는 줄 모르겠도다

아희ᄂᆞᆫ 採薇[912] 가고 竹亭이[913] 뷔여셔라[914]
헤친[915] 棊局[916]을 뉘라셔 주어[917] 주리
취ᄒᆞ여 松根에 지혀시니[918] ᄃᆞᆯ ᄉᆡᄂᆞᆫ 줄 몰나라[919]

---

903) 알와다: 알겠노라. 알았노라.
904) 가울힌 줄을: 가을인 줄을.
905) 세우청강(細雨淸江): 가는 비 내리는 맑은 강.
906) 셔ᄂᆞ럽다: 서늘하다.
907) ᄀᆡ운이야: 기운이야
908) 머흐더니: 험하더니. 궂더니. 기본형은 '머흘다'.
909) 짓슬: 깃을.
910) ᄎᆞᄌᆞ: 찾아
911) 무슴ᄒᆞᆯ다: 무엇하려나.
912) 채미(採薇): 나물캐다.
913) 죽정(竹亭)이: 대나무가 우거진 정자가.
914) 뷔여셔라: 뷔(空, 뷔〉비)-여셔라(감탄형어미)〉비어 있도다.
915) 헤친: 헤치(흐트러-)-ㄴ(관형어미)〉흐트러진.
916) 기국(棊局): 바둑.
917) 주어: 줍(拾)-어(부사형어미)〉주워.

[169: 1561] 정철(鄭澈)
석양 저문 날에 강과 하늘이 같은 빛일 때
단풍잎에 울며 가는 저 기럭아
가을이 다 지나가되 소식 몰라 하노라

夕陽 빗긴[920] 날에 江天이 혼[921] 빗친 제
楓葉 蘆花[922]에 우러 녜는[923] 저 기럭아
ᄀᆞ을이 다 지나 가되 소식 몰나 ᄒᆞ노라

[170: 1029] 정철(鄭澈)
빛나는 구슬 사만곡(四萬斛)을 연잎에 다 받아서
담는 듯 되는 듯 얻으러 보낸다
야단스런 물방울은 홍겨워 하느냐

明珠[924] 四萬斛[925]을 년닙픠 다[926] 바다셔
담는 듯 되는 듯 어드러 보닉는다[927]
헌ᄉᆞ혼[928] 물방울른 어위계워[929] ᄒᆞ는다[930]

[171: 138] 정철(鄭澈)
거문고 대현 올라 한 과 밖을 짚었으니
어름의 막힌 물 여울에서 우는 듯

918) 지혀시니: 지(依)-히(사동접사)-어(부사형어미)#(이)시-니(설명형어미)〉의지하였으니.
919) 몰나라: 모르겠도다.
920) 빗긴: 비낀(斜).
921) 혼: 가득.
922) 풍엽 노화(楓葉蘆花): 단풍잎과 갈대꽃.
923) 우러 녜는: 울며 가는.
924) 명주(明珠): 빛나는 구슬.
925) 사만곡(四萬斛): '곡(斛)'은 열 말(十斗).
926) 년닙픠다: 연(蓮)잎에다.
927) 보닉는다: 보내는고.
928) 헌ᄉᆞ혼: 야단스러운.
929) 어위계워: 홍겨워.
930) ᄒᆞ는다: ᄒᆞ-는다(의문형어미)〉하느냐.

어디에서 연잎의 지는 비 소리는 이를 따라 맞추느냐

거문고 大絃931) 올나932) 한 棵933) 밧글934) 지퍼시니
어름935)의 마킨 물 여흘에셔936) 우니는 둣937)
어딕셔 년닙픠 지는938) 비 소릭는 니를 조추939) 마초누니940)

[172: 448] 정철(鄭澈)
나올 적이 언제더니 가을바람에 낙엽이 나네
어름 눈 다 녹고 봄꽃이 피도록
님에게서 기별을 모르니 그것을 서러워하노라

나올 적941) 언제더니942) 秋風의 落葉 누데943)
어름944) 눈 다 녹고 봄 곳치 픠도록애945)
님다히946) 긔별을 모로니 글을947) 셜워ᄒᆞ노라

[173: 349] 정철(鄭澈)
귀느래여 저 소금 실러 간다할 것 같으면
필연 저 천리마를 몰라야 보랴마는

931) 대현(大絃): 거문고의 넷째 줄의 이름.
932) 올나: 올려.
933) 한 과(棵): 첫째 과. 대과(大棵). '과'는 줄을 받치는 기러기발
934) 밧글: 밖엘.
935) 어름: 얼음.
936) 여흘에셔: 여울에서.
937) 우니는 둣: 우니는 듯.
938) 년닙픠 지는: 연(蓮)잎에 떨어지는.
939) 니를 조추: 이를 따라.
940) 마초누니: 마추느냐. '-누니'는 의문종결어미형.
941) 적: 적(의존명사)>때.
942) 언제더니: 언제든고.
943) 누네: 날더구나. 휘날릴 무렵이더구나.
944) 어름: 얼음.
945) 픠도록애: 피도록. '-애'는 조사.
946) 남다히: 남(他人)-다희(여격)>남에게서. 님의 쪽. 님편. '다히'.
947) 글을: 그것을.

어떻다 이제뿐 너는 살찐 줄만 아나니

귀느ᄅᆡ여[948] 뎌[949] 소곰 실나 갈작신들[950]
必然 저 千里馬를 몰나야 보랴마ᄂᆞᆫ[951]
엇더타 이제 섄네ᄂᆞᆫ[952] ᄉᆞᆯ진 줄만 아ᄂᆞ니[953]

[174: 2184] 정철(鄭澈)
우리집 모든 나쁜 운세를 너 혼자 맡아서
인간 세상에 떨어지지 마오 야수에 걸렸다가
비가 오고 바람 부는 날이면 자연 소멸하여라

우리집 모든 ᄋᆡᆨ[954]을 너 혼자 마타이셔[955]
人間의 디디[956] 마오 野樹[957]의 걸녓다가[958]
비 오고 바ᄅᆞᆷ 분 날이어든 自然 消滅ᄒᆞ여라

[175: 2869] 정철(鄭澈)
청산의 뿌연 빗발 그것이 어찌 날 속이는가
도롱이 갓과 망건 누역이 너는 어찌 날 속이는가
어끄제 비단옷 벗으니 더러워질 것이 없어라

靑山의 부흰[959] 비발[960] 긔[961] 엇지 날 소기ᄂᆞᆫ[962]

---

948) 귀느ᄅᆡ여: 귀느래여. 귀가 늘어진 말.
949) 뎌: 저(彼).
950) 갈 작신들: 간다 할 것 같으면.
951) 몰나야 보랴마ᄂᆞᆫ: 몰라 보겠느냐마는.
952) 이제 섄네ᄂᆞᆫ: 지금 사람들은. 이제 분들은.
953) 아ᄂᆞ니: 아느냐. 아는고.
954) ᄋᆡᆨ: 액(厄), 나쁜 운세.
955) 마타이셔: 맡(任)-아(부사형어미)#이시(有)-어(부사형어미)〉맡아 있어.
956) 디디: 디(落)-디(디->지-, 구개음화, 부사형어미)〉지지, 떨어지지.
957) 야수(野樹): 거친 나무, 경상도 지방에서 "오동낭케 걸리서 오도 가도 못한다"라는 민요가 있다. 나쁜 액이 오동나무와 같이 높다란 야생나무(野樹)에 걸려 오지도 가지도 못하게 되기를 기원하는 내용이다.
958) 걸녓다가: 걸리-엇(과거시상선어말어미)-다가(연결어미)〉걸렸다가.

되롱[963] 갓망[964] 누역[965]이 너는 엇지 날 소기는
엇그졔 비단옷 버ᄉᆞ니[966] 덜물 거시[967] 업서라

위의 것은 송강 정철이 지은 것이다. 공의 시와 가사가 맑고 참신하고 착상이 아주 뛰어나 사람들의 입에 널리 오르내렸는데, 가곡은 더욱 묘절하였다. 고금의 장편과 단가 등이 전하지 아니함이 없었는데, 비록 굴원의 초사나 소식의 사부라도 이보다 더 뛰어날 수 없었다. 늘 목청을 당겨 맑게 높이 노래하면 목소리가 청초하고 뜻이 드높아 회오리가 부는 것도 깨닫지 못한다. 마치 허공에 의지하여 바람을 탄듯하고 날개가 돋아 신선이 되어 하늘을 오르는 것 같고, 임금을 사랑하고 나라를 걱정하는 정성을 지극히 하는 것이 또한 가사에 드러나니, 사람으로 하여금 감창하고 흥탄함에 이르게 한다. 이는 진실로 하늘이 낸 충의가 아니라면 세상의 풍류에 그 누가 능히 참여할 수 있겠는가! 오호라, 공은 지조가 있어 바르고 곧게 행동하고 경개한 성품으로 회당에 가서 대홍을 의논함에 거리낌 없이 말하다가, 위로는 군왕에게 죄를 짓고 아래로는 동료에게 시기를 받아 유배를 가서 거의 죽게 되었다가 다행히 목숨을 보존하였으나 그를 욕하는 것이 돌아가신 후에 더욱 심하였다. 이는 옛날 소식이 세상의 화를 만난 근심이 또한 지극하다 할 것이다. 임금을 사모하는 노래 십여 편은 오히려 구중궁궐을 기리고 공변됨을 말하였지만, 끝내 받아들여지지 못했으니 도대체 무엇 때문에 불행함이 이토록 심한가. 청음 김문정공(김상헌)이 일찍이 공을 굴원의 충성스러움에 견주었으니 이것은 진실로 지극한 말이다. 북관은 예전에도 공이 가곡을 간행한 것이 있었는데 돌아봐도 년대가 이미 오래되었고, 이곳이 전쟁을 거쳤기에 마침내 전하지 못함이 진실로 애석하다. 내가 사리에 밝지 못해 죄를 얻어 태평한 시절에 멀리 임금과 어버이와 떨어졌으니 실로 객지의 회한이 없었을까. 이에 못가에서 걸으며 읊조리는 여가에 애오라지 이편을 취하고 그릇된 것을 바로잡아 베껴 책상에 두었다가 가끔 소리 내어 읊조리면서 우울한

---

959) 부흰: 뿌연.
960) 비발: 빗발.
961) 긔: 그것이.
962) 소기는(가): 속이는가.
963) 되롱: 도롱이.
964) 갓망: 갓과 망건(網巾).
965) 누역: 도롱이의 다른 표현.
966) 버ᄉᆞ니: 벗(脫)-ᄋᆞ(매개모음)-니(설명형어미)〉벗으니.
967) 덜물 거시: 더러워질 것이.

기분을 해소하는데 도움을 받았으니, 외람되지만 주자께서 초사집주로 마음을 풀던 것에 비견할 수 있다고 할 것이다. 1660(경자)년 정월 상순에 완산후예 이선은 기장의 유란헌에서 쓴다.

右松江相國鄭文淸公之所著也. 公詩詞淸新警拔, 固膾炙人口, 而歌曲尤妙絶, 今古長篇短什, 無不盛傳, 雖屈平之楚騷, 子瞻之詞賦, 殆無以過之. 每聽其引喉高詠, 聲韻淸楚, 意旨超忽, 不覺其飄飄乎, 如憑虛御風, 羽化登仙. 至其愛君憂國之誠, 則亦且藹然於辭語之表, 至使人感愴而興歎焉. 苟非出天忠義, 間世風流, 其孰能與於此. 噫, 公以耿介之性, 正直之行, 而適會黨議大興, 讒楫肆行, 上而得罪於君父, 下而見嫉於同朝, 流離竄謫, 幾死幸全而其所詬罵. 至身後彌甚, 昔子瞻之遭罹世禍, 亦可謂極矣. 其愛君篇什, 猶能見賞於九重, 而公則並與此, 而終不能上徹, 抑何其不幸之甚歟. 淸陰金文正公, 嘗論公始末, 而此之於左徒之忠, 此誠至言哉. 北關, 旧有公歌曲之刊行者, 而顧年代已久, 且經兵燹, 遂失其傳, 誠可惜也, 余以無狀得罪, 明時受抉, 天涯遠隔君親, 實無以寓懷. 乃於澤畔行唫之暇, 聊取此篇, 正訛繕寫, 置諸案頭, 時一諷誦, 其於排遣, 不爲無助, 盖亦僭擬於朱子楚辭集註之遺意云爾. 時庚子元月上澣 完山後人李選, 書于車城之幽蘭軒.

[176: 2115] 홍적(洪迪)[968]

옥을 돌이라고 하니 그렇게도 애가 달겠더라
모든 것을 다 아는 군자는 다 알아내는 법이 있겠지만
알고도 모르는 체하니 그것으로 하여금 슬퍼하노라

玉을 돌이라 ᄒᆞ니 그려도[969] 이ᄃᆞᆯ리라[970]
博物君子[971]는 아는 法 잇건마는
알고도 모로는 쳬ᄒᆞ니 글노[972] 슬허ᄒᆞ노라

968) 홍적(1549~1591): 조선 중기의 문인. 자는 태고이며, 호는 양재, 하의자 등이다. 1572(선조 5)년 별시문과에 급제하여, 이듬해 사가독서를 했다. 여러 관직을 역임하다가, 1588(선조 21)년 병조정랑이 되었으며, 이듬해 사임했다가 집의가 되었다. 문집으로 『하의집』이 있다.

969) 그려도: 그렇게도.

970) 이ᄃᆞᆯ리라: 이(腸, 애)#ᄃᆞᆯ-이라(감탄형어미)〉애닯더라. 애가 달겠더라.

971) 박물군자(博物君子): 모든 것을 다 아는 군자는, 척척박사는.

972) 글노: 그로(설측음화현상)〉그것으로 인하여, 그것으로 하여금.

[177: 1803] 김장생(金長生)[973]

십년을 경영하야 풀이나 갈로 이은 초가곡집 한 칸 지어내니
반 칸은 시원한 바람이오 반 칸은 밝은 달이라
강산을 들려놓을 데 없으니 둘러 두고 보리라

十年을 經營ᄒᆞ야 草廬[974] ᄒᆞᆫ 間 지어[975] ᄂᆡ니
半 間은 淸風이오 半 間은 明月이라
江山을 드릴[976] ᄃᆡ 업ᄉᆞ니 둘너 두고 보리라

[178: 823] 김장생(金長生)

대나무를 심어서 울타리로 삼고 소나무를 가꾸어 그늘에서 사람들이 땀을 식히며 쉴 수 있는 나무이로다
백설 덮인 곳에 날 있는 줄 제 누가 알겠는가
호반의 정원에 학 오락가락하니 그 벗인가 하노라

대 심거[977] 울을 삼고 솔 갓고와[978] 亭子[979] ㅣ로다
白雪 덥힌[980] 곳에 날 잇는 줄 졔 뉘 알니
庭畔[981]에 鶴 徘徊[982]ᄒᆞ니 긔 벗인가 ᄒᆞ노라

973) 김장생(1548~1631): 조선 중기의 문인. 자는 희원이며, 호는 사계이다. 예학을 깊이 연구하여 조선 예학의 태두가 되었으며 인조반정(1623) 이후 서인의 영수격으로 당시 정국에 많은 영향력을 행사하였다. 문집으로 『사계선생전서』가 있다.

974) 초려(草廬): 풀이나 갈로 이은 초가곡집.

975) 지어: 짓(作)-어(부사형어미)〉지어, 이루어.

976) 드릴: 들(入)-리(사동접사)-ㄹ(관형어미)〉들려놓을.

977) 심거: 심(植)-구(사동접사)-어(부사형어미)〉심궈, 심어, '심구다'형은 경상방언형이다.

978) 갓고와: 가꾸어.

979) 정자(亭子): 그늘에서 사람들이 땀을 식히며 쉴 수 있는 나무.

980) 덥힌: 덮인.

981) 정반(庭畔): 호반(湖畔)의 정원.

982) 배회(徘徊): 오락가락하다.

[179: 734] 이정구(李廷龜)[983]

님을 믿을 것인가 못 믿을 것은 님이시라
미더운 시절도 못 믿을 줄 알았도다
믿기야 어렵건마는 아니 믿고 어이하랴

님을 미들[984] 것가[985] 못 미들 슨[986] 님이시라
미더온 時節도 못 미들 줄 아라스라[987]
밋기야 어려오랴마는[988] 아니 밋고 어이라

[180: 731] 이원익(李元翼)[989]

임이 보신 달을 보고 님 뵈온 듯 반길 것이로다
임도 너를 보고 나를 본 듯 반기는가
차라리 저 달이 되어서 비춰어나 보고 싶구나

님 보신 둘[990] 보고 님 뵈온[991] 듯 반기로다
님도 너을[992] 보고 날 본 듯 반기는가[993]
출하리[994] 저 둘이 되여셔 비최여나 보리라

---

983) 이정구(1564~1635): 조선 중기의 문인. 자는 성징이며, 호는 월사, 치암, 보만당, 추애, 습정 등이다. 1590(선조 23)년 증광문과에 급제하여, 병조, 예조, 형조판서, 좌의정 등을 역임했다. 신흠, 장유, 이식과 함께 조선 중기의 4대가로 꼽힌다. 문집으로 『월사집』이 있다.

984) 미들: 믿(信)-을(관형어미)>믿을.

985) 것가: 것(의존명사)-가(의문형어미)>것인가.

986) 슨: 스(의존명사)-은(관형어미)>것은.

987) 아라스라: 알았도다.

988) 어려오랴마는: 어려오(어렵->어려보->어려오-)-랴마는(구속형어미)>어렵건마는.

989) 이원익(1547~1634): 조선 중기의 문인. 자는 공려이며, 호는 오리이다. 1569(선조 2)년 별시문과에 급제하여, 여러 벼슬을 지내다가 광해군 때 폐모론의 반대로 유배되었다. 인조반정 후 다시 영의정에 올랐다가, 은퇴했다. 문집으로 『오리집』이 있다.

990) 둘: 달(月).

991) 뵈온: 뵙(뵙->뵈보->뵈오-)-ㄴ(관형어미)>뵈온.

992) 너을: 너(대명사)-을(대격조사)>너를.

993) 반기는가: 반기-는가(의문형어미)>반기는가.

994) 출하리: 차라리.

[181: 643] 이원익(李元翼)

나무 잎새에 내리 비취는 햇살이 천만갈래의 실인들 가는 봄바람을 잡아 맬 수 있겠는가

꽃을 찾는 벌과 나비인들 지는 꽃을 어찌 할 수 있겠는가

아무리 사랑이 소중한들 가는 님을 잡을 수 있으랴

綠楊[995]이 千萬이 絲ㅣ들[996] 가는 春風 잡아 미며

探花蜂蝶[997]인들 지는 곳을[998] 어이ᄒᆞ리

아모리 思郞이 重ᄒᆞᆫ들 가는 님을 잡으랴

[182: 28] 이원익(李元翼)

가마귀 참까마귀 빛이나 깨끗하던가

소양강 일경(日影)을 제 혼자 띄워 온다

누구라서 강호에 잠든 학을 상림원(上林苑)에 날닐꼬

가마귀 ᄎᆞᆫ 가마귀[999] 빗치나 ᄀᆡ잣턴가[1000]

昭陽殿[1001] 日影을 제 혼자 씌여 온다

뉘라셔 江湖[1002]에 ᄌᆞᆷ든 鶴을 上林苑[1003]에 ᄂᆞᆯ닐고

[183: 117] 이항복(李恒福)[1004]

강호로 돌아가겠다는 약속을 두고 십년을 분주하니

그것을 모르는 백구는 더디게 온다 하려니와

995) 녹양(綠楊): 나무 잎새에 내리 비취는 햇빛.

996) 천만사(千萬絲)ㅣ들: 천만갈래의 실인들.

997) 탐화봉접(探花蜂蝶): 꽃을 찾는 벌과 나비.

998) 곳을: 곳-을>꽃을.

999) ᄎᆞᆫ 가마귀: 참까마귀.

1000) ᄀᆡ잣턴가: 깨끗하던가. 'ᄀᆡ잣턴가'는 'ᄀᆡ자ᄒᆞ던가'.

1001) 소양전(昭陽殿): 궁전의 이름. 한나라 황제의 총애를 받던 궁녀를 둔 궁전의 이름.

1002) 강호(江湖): 중국의 삼강 오호(三江五湖)의 약칭. 전하여 은자들의 세상.

1003) 상림원(上林苑): 중국 섬서성 장안현의 서남쪽에 있었던 진한(秦漢) 때의 임금의 정원.

1004) 이항복(1556~1618): 조선 중기의 문인. 자는 자상이며, 호는 백사, 필운, 청화진인, 동강, 소운 등이다. 1580(선조 13)년 알성문과에 급제하여 영의정까지 지낸 명신이다. 오성부원군에 봉군되어, 오성대감으로 널리 알려져 있다. 문집으로 『백사집』이 있다.

임금님의 은혜가 지극히 중하니 갚고 가려고 하노라

江湖에 期約을[1005] 두고 十年을 奔走ᄒᆞ니[1006]
그 모른 白鷗ᄂᆞᆫ 더듸[1007] 온다 ᄒᆞ려니와
聖恩이 至重ᄒᆞ시ᄆᆡ[1008] 갑고[1009] 가려 ᄒᆞ노라

[184: 1772] 이항복(李恒福)
시절이 저러하니 사람일도 이러하도다
사람마다 모든 일이 이러하거니 어찌 모든 사람의 일이 저 지경이 아니 될 수 있으리오
이렇다 저렇다 시비만 하고 있으니 참으로 한숨을 참을 수가 없구나

時節[1010]이 저러ᄒᆞ니[1011] 人事도 이러ᄒᆞ다
이러ᄒᆞ거니 이러저러 아닐소냐[1012]
이런쟈 저런쟈[1013] ᄒᆞ니 한숨 겨워 ᄒᆞ노라

[185: 2823] 이항복(李恒福)
철령 높은 봉우리를 쉬어서 넘는 저 구름아
임금의 총애를 잃어버린 외로운 신하의 통한의 눈물을 비로 만들어 띄워다가
님 계신 깊은 대궐 안에 뿌려 볼까 하노라

鐵嶺[1014] 노픈 峯에 쉬여 넘ᄂᆞᆫ 져 구름아
孤臣寃淚[1015]를 비 삼아[1016] ᄯᅴ여다가[1017]

1005) 강호(江湖)에 기약(期約)에: 강호로 돌아가겠다는 약속.
1006) 분주(奔走)ᄒᆞ니: 분주하니.
1007) 더듸: 늦게. 더디게.
1008) 성은(聖恩)이 지중(至重)ᄒᆞ시ᄆᆡ: 임금님의 은혜가 지극히 중하니.
1009) 갑고: 갚고.
1010) 시절(時節): '정치 정세'를 비유한 말.
1011) 저러ᄒᆞ니: 저렇게 어수선하니.
1012) 아닐소냐: 아니 할쏘냐.
1013) 어런쟈 저런쟈: 이렇다 저렇다.
1014) 철령(鐵嶺): 강원도 회양(淮陽)에서 함경도 안변(安邊)으로 넘어가는 재.

님 겨신 九重深處[1018]에 색려 볼가 ᄒᆞ노라

[186: 2509] 이항복(李恒福)
장사왕 가태전이야 눈물도 흔하도다
한 문제나라가 태평한 때에 통곡은 무슨 일인고
우리도 그런 때 만났으니 어이 울까 하노라

長沙王 賈太傅[1019]야 눈물도 여릴시고[1020]
漢文帝[1021] 昇平時[1022]에 痛哭은 무숨 일고[1023]
우리도 그런 ᄢᅵ 맛나시니 어이 울고[1024] ᄒᆞ노라

[187: 3043] 이덕형(李德馨)[1025]
큰 술잔에 가득 부어 취하도록 마시면서
만고영웅을 손꼽아 헤아려 보았더니
아마도 유영(劉伶)과 이백(李白)이가 나의 벗인가 하노라

큰 盞에 ᄀᆞ득 부어 醉토록[1026] 먹으면셔[1027]

1015) 고신원루(孤臣寃淚): 임금의 총애를 잃어버린 외로운 신하의 통한의 눈물, 여기서는 작자 자신의 눈물을 뜻함.
1016) 비 삼아: 비로 만들어.
1017) ᄯᅴ여다가: 띄워다가.
1018) 구중심처(九重深處): 임금이 계시는 대궐, 대궐의 담과 문이 9중으로 되어 있다고 하여 구중궁궐이라고 한다.
1019) 장사왕 가태전(長沙王 賈太傅): 장사왕 태부인 가의(賈誼). 가의는 중국 서한의 학자. 처음 문제(文帝)에 상주하여 박사가 되고 다음 양왕(梁王)의 대부(大夫)가 되었다가 제후가 강대해져서 제압하기 힘듦을 깊이 탄식하고 울었다는 고사. 『한서』〈가태전〉에 "誼上疏曰 方今事勢, 可爲痛哭者一, 可爲流涕者二, 可爲長太息者六" 참고.
1020) 여릴시고: 무르도다. 흔하도다.
1021) 한문제(漢文帝): 한 고조(高祖)의 아들. 깊이 민정을 통하고 인정(仁政)을 베풂.
1022) 승평시(昇平時):나라가 태평한 때.
1023) 무숨 일고: 무슨 일인고.
1024) 울고: 울(泣)-고(의문형어미)〉울까.
1025) 이덕형(1561~1613): 조선 중기의 문인. 자는 명보이며, 호는 한음, 쌍송, 포옹산인 등이다. 1580(선조 13)년 별시문과에 을과로 급제하여, 승문원에 보직되고 정자를 거쳐 사가독서했다. 1613(광해군 5)년 영창대군의 처형과 폐모론을 반대하다가 삭직되어, 양근에서 죽었다.
1026) 취(醉)토록: 취-토록(ᄒᆞ-도록의 축약형, 연결어미)〉취하도록.
1027) 먹으면서: 마시면서.

萬古英雄[1028]을 손 고바[1029] 혜여 보니[1030]
아마도 劉伶[1031] 李白[1032]이 닉 벗인가 ᄒᆞ노라

[188: 780] 이덕형(李德馨)
달이 뚜렷하여 푸른 하늘에 걸려 있는데
바람, 서리 등을 겪은 오랜 세월의 고난에 시달려 왔으니 떨어질 만도 하다마는
지금의 술 취한 나그네를 위해서 술통을 오랫동안 비춰주고 싶구나

ᄃᆞᆯ이 두렷ᄒᆞ여[1033] 碧空[1034]에 걸여스니[1035]
萬古 風霜[1036]에 ᄯᅥ러졈즉[1037] ᄒᆞ다마는
至今히[1038] 醉客을 爲ᄒᆞ야 長照金罇[1039] ᄒᆞ노ᄆᆡ라

1028) 만고영웅(萬古英雄): 오랫동안 그 이름이 빛나는 오랜 세월에 걸친 영웅.
1029) 고바: 꼽아.
1030) 혜여보니: 헤아려 보니.
1031) 유령(劉伶): 중국 진(晉)나라 사람으로 술을 즐기어 〈주덕송(酒德頌)〉을 지음.
1032) 이백(李白, 701~762): 중국 성당기(盛唐期)의 시인. 자 태백(太白). 호 청련거사(靑蓮居士). 두보(杜甫)와 함께 '이두(李杜)'로 병칭되는 중국 최대의 시인이며, 시선(詩仙)이라 불린다. 1,100여 편의 작품이 현존한다. 그의 생애는 분명하지 못한 점이 많아, 생년을 비롯하여 상당한 부분이 추정에 의존하고 있다. 이백의 생애는 방랑으로 시작하여 방랑으로 끝났다. 청소년 시절에는 독서와 검술에 정진하고, 때로는 유협(遊俠)의 무리들과 어울리기도 하였다. 쓰촨성 각지의 산천을 유력(遊歷)하기도 하였으며, 민산(岷山)에 숨어 선술(仙術)을 닦기도 하였다. 그러나 그의 방랑은 단순한 방랑이 아니고, 정신의 자유를 찾는 '대붕(大鵬)의 비상(飛翔)'이었다. 그의 본질은 세속을 높이 비상하는 대붕, 꿈과 정열에 사는 늠름한 로맨티시스트에 있었다. 또한 술에 취하여 강물 속의 달을 잡으려다가 익사하였다는 전설도 있다. 현존하는 최고의 그의 시문집은 송대에 편집된 것이며, 주석으로는 원대(元代) 소사빈(蕭士)의 『분류보주 이태백시(分類補註李太白詩)』, 청대(淸代) 왕기(王琦)의 『이태백전집(李太白全集)』 등이 있다.
1033) 두렷ᄒᆞ여: 뚜렷하여.
1034) 벽공(碧空): 푸른 하늘
1035) 걸여스니: 걸리-어(부사형어미)#(이)시(有)-으니(설명형어미)〉걸려 있으니.
1036) 만고풍상(萬古風霜): 바람, 서리 등을 겪은 오랜 세월이라는 뜻으로 '시련', '고난'의 의미임.
1037) ᄯᅥ러졈즉: 떨어질 만도.
1038) 지금(至今)히: 지금-ㅎ(ㅎ개입)-이(속격조사)〉지금의.
1039) 장조금준(長照金罇): 금준(金罇)은 아름다운 술동이라는 뜻으로 술통을 미화한 말이다. 장조(長照)는 오래 비추는 것이니, 즉 오래오래 좋은 술통을 비춘다는 의미.

[189: 2356] 이명한(李明漢)[1040]
어이 가려는고 무슨 일로 가려는고
아무 이유도 없이 싫더냐 남의 말 들었느냐
저 님아 하 애닯구나 가는 일을 내 몰래라

어이 가려ᄂᆞᆫ고[1041] 무ᄉᆞᆷ 일노 가려ᄂᆞᆫ고
無端이[1042] 슬트냐[1043] 남의 말 드런ᄂᆞᆫ냐
져 님아 하 ᄋᆡ둛고야 가ᄂᆞᆫ 일을 내 몰ᄂᆡ라

[190: 2209] 이명한(李明漢)
울며 잡은 소매깃을 떨치고 가지 마오
풀언덕 먼 나그네 길에 해가 다 저서 저물었네
나그네의 어린 시름에 등잔불의 심지 돋우고 날을 새워 보면 알리라

울며 잡은 사ᄆᆡ[1044] ᄯᅥᆯ치고 가지 마소[1045]
草原 長程에[1046] ᄒᆡ 다 져 져무런ᄂᆡ[1047]
客愁[1048]에 殘燈[1049] 도도고[1050] ᄉᆡ와[1051] 보면 알니라

[191: 1407] 이명한(李明漢)
사랑이 어떠하더냐 둥글더냐 모가지더냐

1040) 이명한(1595~1645): 조선 중기의 문인. 자는 천장이며, 호는 백주이다. 1616(광해군 8)년에 중광문과에 급제, 대사헌, 도승지, 대제학 등을 역임했다. 1643(인조 21)년 이경여 등과 함께 척화파라 하여 고초를 겪기도 했으며, 51세(1645) 때는 나라와 밀통하는 자문을 썼다하여 청나라에 잡혀가기도 했다. 문집으로 『백주집』이 있다.
1041) 가려ᄂᆞᆫ고: 가-려(의도형어미)-ᄂᆞᆫ고(의문형어미)〉가려고 하는가.
1042) 무단(無端)이: 아무른 이유도 없이.
1043) 슬트냐: 싫더냐.
1044) 사ᄆᆡ: 소매.
1045) 마소: 마십시오, 마오.
1046) 초원장정(草原 長程)에: 풀언덕 먼 나그네 길에.
1047) 져무런ᄂᆡ: 져믈(져믈〉저물, 단모음화)-언(었, 과거회상선어말어미)-네(설명형어미)〉저물었네.
1048) 객수: 나그네의 어린 시름.
1049) 잔등(殘燈): 등잔불의 심지를.
1050) 도도고: 돋우고.
1051) ᄉᆡ와: 잠을 이루지 못하고 날을 새워.

길더냐 짧더냐 벌리겠더냐 잴 수 있겠더냐
각별이 긴 줄은 모르지만 그 끝이 있는 데를 모르겠도다

思郞[1052]이 엇써터니 둥고더냐[1053] 모지더냐[1054]
길더냐 져르더냐[1055] 발일넌냐[1056] ᄌᆞ힐너냐[1057]
各別이 긴 줄은 모로ᄃᆡ 슷 간 ᄃᆡ를[1058] 몰ᄂᆡ라[1059]

[192: 652] 서익(徐益)[1060]
푸른 풀, 푸른 강 위에 굴레 벗은 말이 되어
때때로 머리 들어 북향하여 우는 뜻은
석양이 재를 너머 가니 님을 그리워 우노라

綠草 晴江上[1061]에 구레 버슨 ᄆᆞᆯ[1062]이 되야
ᄣᅢᄣᅢ로 머리 드러 北向[1063]ᄒᆞ여 우ᄂᆞᆫ ᄠᅳᆮ은
夕陽이 ᄌᆡ 너머 가니[1064] 님ᄌᆞ[1065] 그려 우노라

[193: 2332] 서익(徐益)
이 산을 헐어 내어 저 바다를 메우면
봉래산 고운 님을 걸어가도 보련마는
이 몸이 정위조(精衛鳥) 같아서 배회하기만 하노라

1052) 사랑(思郞): 사랑.
1053) 둥고더냐: 둥고(둥굴-)-더(회상선어말어미)-냐(의문형어미)〉둥그더냐.
1054) 모지더냐: 모(角)#지-더(회상선어말어미)-냐(의문형어미)〉모가나더냐.
1055) 져르더냐: 져르(短, 져르)-더(회상선어말어미)-냐(의문형어미)〉짧더냐.
1056) 발일넌냐: 발이(列)-ㄹ(미확정선어말어미)-넌냐(느냐, 의문형어미)〉벌리겠더냐.
1057) ᄌᆞ힐너냐: ᄌᆞ히(尺)-ㄹ(미확정선어말어미)-넌냐(느냐, 의문형어미)〉재겠더냐.
1058) ᄃᆡ를: ᄃᆞ(處, 의존명사)-의(처격조사)-를(대격조사)〉곳을.
1059) 몰ᄂᆡ라: 모르(不知)-ㄹ(미확정선어말어미)-ᄂᆡ라(감탄형어미)〉모르겠도다.
1060) 서익(1542~1587): 조선 중기의 문인. 자는 군수이며, 호는 만죽, 만죽헌이다. 1585(선조 18)년 의주 목사 때 탄핵 받은 이이를 변호하다가 파직되었다. 문집에 『만죽헌집』이 있다.
1061) 녹초 청강상(綠草 晴江上): 푸른 풀, 푸른 강 위에, 곧 환로(宦路)에서 벗어난 대자연을 의미함.
1062) 구레 버슨 ᄆᆞᆯ: 굴레 벗은 말, 곧 환로에서 벗어난 자유로운 선비.
1063) 북향(北向): 임금이 계시는 구중궁궐의 방향인 북쪽.
1064) 석양(夕陽)이 ᄌᆡ 너머 가니: 저녁 석양이 재를 넘어가니, 곧 작자 자신이 늙어 감을 비유한 말.
1065) 님ᄌᆞ: 임금을 상징함.

이 뫼흘1066) 허러 ᄂᆡ여1067) 져 [바]다흘1068) 메오면1069)
蓬萊山1070) 고은 님을 거러 가도 보련마는
이 몸이 精衛鳥1071) 곳ᄒᆞ야 바잔 일1072)만 ᄒᆞ노라

[194: 1977] 홍적(洪迪)1073)
어제 오던 눈이 모래 두던에도 왔던 것인가?
눈이 모래 같고 모래가 눈과 같도다
아마도 세상 일이 다 이런가 하노라

어졔 오던 눈이 沙堤에도1074) 오돗던가1075)
눈이 모ᄅᆡ1076) 곳고 모ᄅᆡ도 눈이로다1077)
아마도 世上 일이 다 이런가 하노라

[195: 2081] 백광훈(白光勳)1078)
오세에 걸친 원수를 갚은 후에 한고조 유방이 한나라를 세운 업을 이루어

1066) 뫼흘: 뫼(山)-ㅎ(ㅎ개입)-을(대격조사)〉산을.
1067) 허러 ᄂᆡ여: 헐(毁)-어(부사형어미)#ᄂᆡ(내-)-어(부사형어미)〉파 헤쳐내어.
1068) 다흘: (바)다(海)-ㅎ(ㅎ개입)-을(대격조사)〉바다를, '[바]'가 누락되어 있음, 『해동가요』에는 '바다흘'로, 진본 『청구영언』에는 '바흘'로 표기되어 있다.
1069) 메오면: 메오(滿, 充)-면(연결어미)〉메우며는, 메울 것 같으면.
1070) 봉래산(蓬萊山) 고은 님: 봉래(蓬萊)궁궐에 계시는 옥인(玉人), 곧 군주를 비유한 말.
1071) 정위조(精衛鳥): 해변 가에 사는 작은 새, 부리는 희고 발은 붉게 생겼다. 전서산의 나무 가지와 돌을 물어다가 동해 바다를 메운다는 신화적인 새.
1072) 바잔일: 배회하기만. "각방 슈청 기ᄉᆡᆼ들은 등불 잡고 바ᄌᆞ니며"[일동장유가], "옥거리 바장이는 乞人 實로 고이 하데"[완판 수절가]
1073) 홍적(1504~1585): 조선 중기의 문인. 자는 퇴지이며, 호는 인재이다. 1531(중종 26)년 문과에 급제하였고, 1535(중종 30)년 이조좌랑으로 김안로 전횡을 탄핵하다가 유배되었다. 1671(선조 4)년 좌의정이 되고, 그 뒤 영의정을 세 번 중임하였다. 문집으로 『인재집』이 있다.
1074) 사제(沙堤)에도: 모래 두던, 위와 같이 보통명사로 해석해도 무방하나 '사제(沙堤)'라는 고유지명인지도 모른다.
1075) 오돗던가: 오(來)-돗(감탄조사 -도, 강세접사 ㅅ)-더(과거회상선어말어미)-ㄴ가(의문형어미)〉왔던 것인가?
1076) 모ᄅᆡ: 모래(沙).
1077) 눈이 모ᄅᆡ 곳고 모ᄅᆡ도 눈이로다: 눈이 모래 같고 모래가 눈과 같도다. 곧 눈과 모래밭을 분별할 수 없음, 세상에서 옳고 그름을 흑백, 시비 등의 가치가 혼동되어 판단하기 어려움을 비유한 말.
1078) 백광훈(1537~1582): 조선 중기의 문인. 자는 창경이며, 호는 옥봉이다. 1564(명종 19)년 진사가 되었으나, 벼슬에 뜻이 없어 산수를 즐기며 시서에 열중했다. 문집으로 『옥봉집』이 있다.

삼만호호를 사양하고 옛 신농씨 때의 신선인 적송자 좇아가니
아마도 낌새를 알아 은거함은 장자방인가 하노라

五世讐[1079] 갑흔 後에 金刀의 業[1080]을 일워
三萬戶 辭讓ᄒᆞ고 赤松子[1081] 조ᄎᆞ 가니
아마도 見機高蹈[1082]ᄂᆞᆫ 子房[1083]인가 ᄒᆞ노라

[196: 2899] 임제(林悌)[1084]
푸른 풀 우거진 골짜기에 자는가 누었는가
젊은 시절의 얼굴은 어디 두고 백골만 묻혔는가
잔 잡아 권할 이 없으니 그것을 슬퍼하노라

青草 우거진 골에 ᄌᆞᄂᆞᆫ다[1085] 누엇ᄂᆞᆫ다[1086]
紅顔[1087]을 어듸 두고 白骨만 뭇쳣ᄂᆞᆫ다[1088]
盞 잡아 勸ᄒᆞ 리[1089] 업스니 글을[1090] 슬허ᄒᆞ노라[1091]

1079) 오세수(五世讐): 오세에 걸친 원수. 장양(張良)의 오대 조상이 모두 한(韓)의 재상이었기에 한 말.
1080) 금도(金刀)의 업(業): 한고조 유방(劉邦)이 한나라를 세운 일. '金刀'는 '劉'를 이름.
1081) 삼만호, 적송자(三萬戶, 赤松子): 장자방(張子房)을 무(貿) 땅에 후(候)로 봉하였는데 그 소속이 삼만호(三萬戶)였다. 적송자는 중국 옛 신농씨 때의 신선의 이름. 적송자는 풍우(風雨)를 타고 곤륜산(崑崙山)에 내려 놀았다 함. 자방이 이를 좇아 놀았다 함은 그가 만년(晩年)에 선유(仙遊)했음을 일컬음.
1082) 견기고도(見機高蹈): 낌새를 알아 은거(隱居)함.
1083) 자방(子房): 장자방. 장양(張良). 자방(子房)은 장양(張良)의 자. 한 고조(漢高祖)의 명신. 유후(留候)에 봉해졌으나, 만년엔 선유(仙遊)함.
1084) 임제(1549~1587): 조선 중기의 문인. 자는 자순이며, 호는 백호, 풍강, 소치, 벽산, 겸재 등이다. 1577(선조 10)년 알성문과에 급제했으며, 예조정랑과 지제교를 역임했다. 당시 동서의 당파싸움을 개탄, 명산을 찾아다니며 여생을 보냈다. 문집으로 『백호집』이 있으며, 〈수성지〉, 〈화사〉 등의 소설이 전한다.
1085) ᄌᆞᄂᆞᆫ다: ᄌᆞ(宿)-ᄂᆞᆫ다(의문형어미)〉자는가?
1086) 누엇ᄂᆞᆫ다: 눕(臥)-엇(과거시상선어말어미)-ᄂᆞᆫ다(의문형어미)〉누었는가?
1087) 홍안(紅顔): 붉은 얼굴, 곧 젊은 시절의 얼굴.
1088) 뭇쳣ᄂᆞᆫ다: 뭇(埋, 묻-)-치(사동접사)-엇(과거시상선어말어미)-ᄂᆞᆫ다(의문형어미)〉묻혔는가?
1089) 권(勸)ᄒᆞ 리: 권ᄒᆞ-ㄹ(관형어미)-ㅣ(의존명사)-∅(주격조사)〉권할 사람이.
1090) 글을: 그(其)-ㄹ(대격조사)-을(대격조사)〉그것을.
1091) 슬허ᄒᆞ노라: ᄉᆞᆶ-어(부사형어미)#ᄒᆞ-노라(감탄형어미)〉슬퍼하노라.

[197: 1325] 임제(林悌)

북쪽 하늘이 맑다고 하거늘 비옷 없이 길을 나서니
산에는 눈이 오고 들에는 찬비가 온다
오늘은 찬비 맞았으니 얼어서 자 볼까 하노라

北天[1092]이 묽다커를[1093] 우장[1094] 업시 길을 나니[1095]
산의는[1096] 눈이 오고 들에는 찬 비 온다
오늘은 찬 비 마즈시니[1097] 얼어[1098] 즐가 ᄒᆞ노라

[198: 2860] 정구(鄭逑)[1099]

청산아 웃지 마라 백운아 조롱하지 말아라
백발홍진에 내가 즐겨하며 다니더냐
임금의 은혜가 하도 지중하시니 보답하고 가려 하노라

靑山아 웃지 마라 白雲[1100]아 嘲弄 마라[1101]
白髮 紅塵[1102]에 내 즐겨 ᄃᆞ니더냐
聖恩이 至重ᄒᆞ시니 갑고 가려 하노라

1092) 북천(北天): 북쪽 하늘, 곧 임금이 계시는 궁중궁궐이 있는 북쪽 하늘.
1093) 묽다커를: 묽(靑)-다(설명형어미)-커(고 하-)-를(-거늘)〉맑다고 하거늘, 맑다고 함으로.
1094) 우장(雨裝): 우산이나 우의.
1095) 나니: 나(出)-니(연결어미)〉나서니.
1096) 산의는: 산(山)-의(처격조사)-는(주제격조사)〉산에는.
1097) 마즈시니: 맞았으니.
1098) 얼어: 얼(關係)-어(부사형어미)〉남녀가 함께 어울려.
1099) 정구(1543~1620): 조선 중기의 문인. 자는 도가이며, 호는 한강이다. 1573(선조 6)년 예빈시참봉에 제수되었으나 부임하지 않았고, 계속 관직을 사임하며 학문에만 힘썼다. 1585(선조 18)년 교정랑이 되어 『경서훈해』 간행에 참여하고, 그 후 통천군수, 우승지, 강원도관찰사, 대사헌 등을 역임했다. 문집으로 『한강집』이 있다.
1100) 청산(靑山) 백운(白雲): 청산과 백운은 서로 대가 되는 말이다.
1101) 조롱(嘲弄) 마라: 조롱하지 마라.
1102) 백발 홍진(白髮紅塵): 나이가 많아서 세속(여기서는 환로)에 떠돌아다님을 의미함.

[199: 2701] 한호(韓濩)1103)

짚방석 내지 마라 낙엽엔들 못 앉으랴
솔불 켜지 마라 어제 진 달이 돋아온다
아이야 막걸리에 산나물일망정 없다고 하지 말고 내 오너라

집 方席1104) 내지 마라 落葉엔들 못 안즈랴
솔불1105) 혀지1106) 마라 어졔 진 달 도다1107) 온다
아희야 薄酒1108) 山菜ᅵᆯ만졍1109) 업다 말고 내여라

[200: 3174] 이순신(李舜臣)1110)

한산섬 달 밝은 밤의 수루에 혼자 앉아
큰 칼 옆에 차고 깊은 시름하는 적에
어디서 일성 신호소리는 나의 창자를 끊는가

閑山셤1111) 달 ᄇᆞᆰ은 밤의 戍樓1112)에 혼ᄌᆞ 안ᄌᆞ
큰 칼 넙희1113) ᄎᆞ고 깁픈 시름1114) ᄒᆞ는 적의
어듸셔 一聲 胡茄1115)ᄂᆞᆫ 나의 ᄋᆡ를1116) 긋나니

1103) 한호(1543~1605): 조선 중기의 문인. 자는 경홍이며, 호는 석봉, 청사 등이다. 1567(명종 22)년 진사시에 합격하고, 1604(선조 37)년 흡곡현령, 존숭도감 서사관 등을 지냈다. 글씨로 출세하여 사자관으로 국가의 여러 문서와 명나라에 보내는 외교 문서를 도맡아 썼고, 중국에 사절이 갈 때도 서사관으로 파견되었다.

1104) 집 方席: 짚으로 깔고 앉을 수 있도록 만든 방석.

1105) 솔불: 관솔 불.

1106) 혀다: 켜지.

1107) 도다: 도(돋-)-아(부사형어미)〉돋아.

1108) 박주(薄酒): 막걸리, 좋지 않은 술.

1109) 산채(山菜)ᅵᆯ만졍: 산나물일망정.

1110) 이순신(1545~1598): 조선 중기의 무인. 자는 여해이다. 1592(선조 25)년 임진왜란이 일어나자, 5월에 좌수영의 수군을 이끌고 옥포, 합포, 당포, 당항포 등의 해전에서 큰 공을 세웠다. 1598(선조 31)년 노량 해전에서 왜적의 유탄에 맞아 전사했다.

1111) 한산섬: 한산섬.

1112) 수루(戍樓): 적의 침입을 경계하기 위해 높게 만들어 놓은 누대.

1113) 넙희: 넙ㅎ(側, 옆-)-의(처격조사)〉옆에.

1114) 시름: 근심걱정.

1115) 호가(胡茄): 신호소리, 곧 호각소리.

1116) ᄋᆡ를: ᄋᆡ(腸, 애)-를(대격조사)〉창자를.

[201: 2803] 이안눌(李安訥)[1117]

천지로 가리게 삼고 일월로 등촉 삼아
북해를 휘어다가 술독에 대어두고
남극에 노인성 대하여 늙을 뉘를 모르리라

天地로[1118] 將幕[1119] 삼고 日月[1120]노 燈燭[1121] 삼아
北海를 휘여다가[1122] 酒罇[1123]에 다혀[1124] 두고
南極에 老人星[1125] 對ᄒᆞ여 늙글 뉘를 모로리라

[202: 2315] 권필(權韠)[1126]

이 몸이 되올진대 무엇이 될까 하니
곤륜산 상상봉에 낙낙장송 되었다가
우뚝우뚝한 산 가운데 눈이 가득 내리거든 혼자 우뚝하리라

이 몸이 되올진ᄃᆡ 무엇시 될고 ᄒᆞ니
崑崙山[1127] 上上峯[1128]에 落落長松 되얏다가

1117) 이안눌(1571~1637): 조선 중기의 문인. 자는 자민이며, 호는 동악이다. 1599(선조 32)년 정시문과에 급제하여, 예조, 이조정랑을 거쳐 예조판서, 예문관 재학 등을 역임했다. 선조 때의 시인 권필과 쌍벽을 이루는 시인이다. 문집으로 『동악집』이 있다.

1118) 천지(天地)로: 천지(하늘과 땅)-로(도구격조사)〉천지로.

1119) 장막(將幕): 포장, 가리게.

1120) 일월(日月): 태양과 달.

1121) 등촉(燈燭): 등불이나 촛불.

1122) 휘여다가: 휘여와서.

1123) 주준(酒罇): 술독, 술단지.

1124) 다혀: 닿(徒)-이(사동접사)-어(부사형어미)〉다이어, 닿게 하여. 대어.

1125) 노인성(老人星): 별 이름. 남극 노인성(南極老人星)이라고도 하며, 현재의 1등성 카노프스임. 우리나라에서는 보기가 매우 어려움. "임오에 남교에서 노인성에 제사지냈다(壬午 祭老人星於南郊)", 『고려사』 권제6, 16장 뒤쪽.

1126) 권필(1569~1612): 조선 중기의 문인. 자는 여장이며, 호는 석주이다. 정철의 문인으로, 시와 문장이 뛰어나 많은 사람들의 추앙을 받았다. 광해군의 외척을 풍자한 시를 지었다가 무옥에 연루되어, 혹형을 받고 귀양을 가다가 죽었다. 문집으로 『석주시집』이 있으며, '주생전' 등의 소설이 전한다.

1127) 곤륜산(崑崙山)은 중국의 전설에서 멀리 서쪽에 있어 황하강(黃河江)의 발원점으로 믿어지는 성산(聖山). '곤륜(昆侖)'이라고도 쓴다. 하늘에 닿을 만큼 높고 보옥(寶玉)이 나는 명산으로 전해졌으나, 전국시대 이후 신선설(神仙說)이 유행함에 따라 신선경으로서의 성격이 두드러지게 되어, 산중에 불사의 물이 흐르고 선녀인 서왕모(西王母)가 살고 있다는 신화들이 생겨났다.

1128) 상상봉: 높고 높은 봉우리.

羣山1129)에 雪滿ᄒᆞ거든1130) 혼자 웃뚝ᄒᆞ리라

[203: 2967] 유자신(柳自新)1131)
가을 산이 석양을 두르고 강물 속에 잠겼는데
낚싯대 둘러메고 작은 배에 앉았으니
천제가 한가하다고 여기어서 달을 딸리어 보냈도다

秋山이 夕陽을1132) 띄고1133) 江心에1134) 즘겻는듸1135)
一竿竹1136) 두레 메고 小艇에1137) 안ᄌᆞ시니1138)
天松1139)이 閑暇히 너겨 달을 죠ᄎᆞ1140) 보ᄂᆡ도다

[204: 2807] 조위한(趙緯韓)1141)
천지 몇 번째며 영웅은 누고 누고
만고흥망이 얼풋 든 잠의 꿈이로다
어디서 망령엣 것은 놀지 말라 하나니

天地 몃 번 ᄌᆡ며 英雄은 누고1142) 누고

1129) 군산(群山): 우뚝우뚝한 산 가운데.
1130) 설만(雪滿)ᄒᆞ거든: 눈이 가득내리거든.
1131) 유자신(1541~1612): 조선 중기의 문인. 자는 지언이다. 1564(명종 19)년 진사가 되고, 1579(선조 12)년 형조정랑 등을 역임했다. 1608년 사위 광해군이 즉위하자, 관례에 따라 국구로서 문양부원군에 봉해졌다. 죽은 뒤 인조반정으로 인해 관작과 봉호가 삭탈되었다.
1132) 추산(秋山)이 석양(夕陽)을: 가을 산이 석양을.
1133) 띄고: 띄(帶)-고(연결어미)〉두루고.
1134) 강심(江心)에: 감심(강 속)-에(처격조사)〉강속에.
1135) 즘겻는듸: 즘(侵)-기(사동접사)-엇(과거시상선어말어미)-는데(연결어미)〉잠겼는데.
1136) 일간죽(一竿竹): 낚싯대.
1137) 소정(小艇)에: 조그마한 배에.
1138) 안ᄌᆞ시니: 앉(坐)-ᄋᆞ(조성모음)#(이)시(在)-니(연결어미)〉앉았으니.
1139) 천송(天松): 천제(天帝). 하늘의 제왕.
1140) 달을 죠ᄎᆞ: 달을 따라.
1141) 조위한(1567~1649): 조선 중기의 문인. 자는 지세이며, 호는 현곡, 서만, 소옹 등이다. 1592(선조 25)년 임진왜란이 일어났을 때는 김덕령을 따라 종군하였으며, 1609(광해군 1)년 증광문과에 갑과로 급제하여 주부, 감찰 등을 지냈다. 1624(인조 2)년 이괄이 난을 일으키자 토벌에 참여하였고, 정묘, 병자호란 때에도 출전하였다. 문집으로 『현곡집』이 있다. 『청진』, 『해동』에서는 조찬한(趙纘韓) 작으로 되어 있다.
1142) 누고: 누(誰)-고(의문형어미)〉누구인가?

萬古 興亡[1143]이 슈우 즘[1144]의 꿈이로다
어듸셔 망녕엣[1145] 거슨 노지 말나 ᄒᆞᄂᆞ니

[205: 1369] 조위한(趙緯韓)
가난하고 천함을 팔려고 권씨 문중에 들어가니
짐 없는 홍정을 누가 먼저 하자고 하겠는가
맑고 아름다운 자연을 달라고 하니 그것은 그렇게 못 하도다

貧賤을 풀냐 ᄒᆞ고[1146] 權門에 드러가니
짐 업슨[1147] 홍졍을 뉘 몬져[1148] ᄒᆞ쟈 ᄒᆞ리
江山과 風月[1149]을 달나 ᄒᆞ니 그ᄂᆞᆫ 그리 못ᄒᆞ리[1150]

[206: 2715] 조헌(趙憲)[1151]
물결치는 강가에 낚싯대 드리워 놓고 낚시하는 자리에 앉았으니
노을 저물어 가는 강이 비치는 하늘에 비가 내리는 소리가 더욱 좋구나
버드나무 가지에 옥빛 비늘을 가진 고기를 꿰어 들고 살구꽃 피는 마을을 찾으리라

滄浪에[1152] 낙시[1153] 넛코 釣臺[1154]에 안ᄌᆞ시니

1143) 만고흥망(萬古 興亡): 오랜 세월을 두고 나라가 흥하고 망하는 것.
1144) 슈우 즘: 슈우(수유(須臾), 잠간)#즘〉얼풋 든 잠.
1145) 망녕엣: 망녕(亡靈)-에(처격조사)-ㅅ(사잇소리)〉노망하여 언행이 일상에서 벗어남에.
1146) 풀냐 ᄒᆞ고: 풀(賣)-냐(려, 의도형어미)#ᄒᆞ-고(연결어미)〉팔려고 하고.
1147) 짐 업슨: 진본 『청구영언』에는 "침 업슨"으로 표기되어 있다. 정주동·유창식(1953: 183), 『주해 진본청구영언』에서는 '침'은 '춤(唾)'으로 보아 "침 없는" 곧 "침이 없이 입이 바삭바삭하다"는 뜻인데 '정신없이', "어이가 없이"라는 뜻으로 통용되나니 이런 의미로써 새김이 어떨까"라고 설명하고 있다. 그러나 『병와가곡집』에서는 "짐 업슨"으로 표기되어 있는바, 말 그대로 "팔 물건인 판매할 짐도 없이"라는 의미로 해석하면 전현 무리가 없다. 곧 "팔 짐도 없이 누가 먼저 홍정을 하자고 하겠는가?"로 해석하면 무리가 없다.
1148) 몬져: 몬져〉먼저(비원순모음화, 단모음화).
1149) 강산(江山)과 풍월(風月): 맑고 아름다운 자연.
1150) 못ᄒᆞ리: 못ᄒᆞ-리(감탄형어미)〉못할 것이로다.
1151) 조헌(1544~1592): 조선 중기의 문인. 자는 여식이며, 호는 중봉, 도원, 후율 등이다. 1567(명종 22)년 식년문과에 급제하였다. 임진왜란이 일어나자 옥천에서 의병을 모아 승병들과 함께 왜군에게 빼앗긴 청주를 다시 찾았으나, 그 후 금산 전투에서 전사하였다. 문집으로 『중봉집』이 있다.
1152) 창랑(滄浪)에: 물결치는 강물에.
1153) 낙시: 낚시.

落照 江天[1155]에 비 소릐 더옥 됴희
柳枝[1156]에 玉鱗[1157]을 쎄여[1158] 들고 杏花村[1159]을 ᄎᆞ즈리라

[207: 3089] 조헌(趙憲)
평평한 모랫벌에 기러기가 내려앉고 강 마을 저물어 가는 저녁 해가 지도다
고기잡이배도 돌아들고 백구(白鷗)도 다 잠이 든 때에
빈 배에 달을 실어 가지고 강가에 있는 정자로 오노라

平沙[1160]에 落鴈ᄒᆞ고[1161] 江村[1162]에 日暮ㅣ로다[1163]
漁舡도[1164] 도라들고 白鷗 다 좀든 젹의[1165]
뷘 ᄇᆡ에 ᄃᆞᆯ 시러 가지고 江亭[1166]으로 오노라

[208: 2672] 조헌(趙憲)
연못에는 비 추적추적 뿌리고 버드나무는 물안개에 잠겨 있도다
사공은 어디 가고 텅 빈 배만 홀로 매였는가
석양에 짝 잃은 기러기만 오락가락 하더라

池塘[1167]에 비 ᄲᅮ리고 楊柳[1168]에 내[1169] 즘겨라

1154) 조대(釣臺): 낚시를 하는 자리, 터.
1155) 낙조강천(落照 江天): 노을 저물어 가는 강이 비치는 하늘에.
1156) 유지(柳枝): 버드나무 가지에.
1157) 옥린(玉鱗): 옥빛 비늘을 가진 고기.
1158) 쎄여: 꿰어.
1159) 행화촌(杏花村): 살구꽃 피는 마을, 이상향의 마을.
1160) 평사(平沙): 평평한 모랫벌에.
1161) 낙안(落鴈)ᄒᆞ고: 기러기가 내려앉고.
1162) 강촌(江村): 강마을.
1163) 일모(日暮)ㅣ로다: 일모(해가지다)-ㅣ(서술격조사)-로다(감탄형어미)〉해가 지도다.
1164) 어강(漁舡)도: 고기잡이배도.
1165) 젹의: 젹(時)-의(척격조사)〉때에.
1166) 강정(江亭): 강가에 있는 정자.
1167) 지당(池塘): 연못.
1168) 양류(楊柳): 버드나무.
1169) 내: 안개, 노을(霞), 물안개. 경북방언에서는 '내거랍다(연기에 맵다)', '내굼(연기냄새)'과 같은 방언형이 있는데 '내'는 연기(煙氣)의 의미를 가지고 있다.

沙工은 어듸 가고 빈 ᄇᆡ 홀노 ᄆᆡ엿는고[1170]
夕陽에 짝 일은[1171] 기럭이 오락가락 허더라

[209: 2345] 홍단봉(洪端鳳)[1172]
이별하던 날에 피눈물이 났는지 말았는지
압록강에서 내린 물이 푸른빛이 전혀 없네
배 위에 머리가 희게 센 사공이 처음 보았다고 하더라

離別ᄒᆞ던 날에 피눈물리 [1173]ᄂᆞᆫ지[1174] 만지[1175]
鴨綠江[1176] ᄂᆞ린[1177] 물이 프른 빗치 젼혀 업ᄂᆡ
ᄇᆡ 우희 혀여 셴[1178] 沙工이 쳐음 보다[1179] ᄒᆞ더라

[210: 1842] 조존성(趙存性)[1180]
아희야 구럭 꼴망태를 얻어라 서산에 날이 늦겠다
밤을 지낸 고사리가 벌써 아니 자랐겠느냐
이 몸이 이 풋나물 아니면 아침저녁을 어이 연명하며 지낼 수 있겠는가

아희아 구럭 망ᄐᆡ[1181] 어더[1182] 西山에 날 늣거다[1183]

1170) ᄆᆡ엿는고: ᄆᆡ(結)-엿(과거시상선어말어미)-는고(의문형어미)〉매였는고.
1171) 일은: 일(잃-)-은(관형어미)〉잃은.
1172) 홍서봉(1572~1645): 조선 중기의 문인. 자는 휘세이며, 호는 학곡이다. 1594(선조 27)년에 별시문과에 급제하여 벼슬길에 나아가, 1623년 인조반정에 공을 세워 승진을 거듭해 영의정까지 지냈다. 문집으로 『학곡집』이 있다.
1173) 피눈물리: 피눈물-이(주격조사)〉피눈물이.
1174) ᄂᆞᆫ지: ᄂᆞ(出)-ㄴ지(의문형어미)〉났는지.
1175) 만지: 만(勿, 말-)-ㄴ지(의문형어미)〉말았는지.
1176) 압록강(鴨綠江): 한국과 중국의 국경을 이루면서 황해로 흘러드는 강. 길이 803km. 유역면적 6만 3160km^2(그 중 한국에 속하는 면적은 3만 1226km^2). 동북지방 만주(滿洲)와 국경을 이루는 국제하천으로 한국에서 가장 긴 강이다.
1177) ᄂᆞ린: ᄂᆞ리(降)-ㄴ(관형어미)〉내린.
1178) 혀여 셴 : 머리가 희게 센
1179) 처음보다: 처음 보았다고.
1180) 조존성(1554~1628): 조선 중기의 문인. 자는 수초이며, 호는 정곡, 용호 등이다. 1590(선조 23)년 증광문과에 급제하여, 검열, 대교를 지내다가 정철의 당이라 하여 파직되었다. 인조반정 후 복직되어 지의금부사에 올랐으며, 정묘호란 때 호조판서를 역임하다 병사했다. 시조인 〈호아곡〉이 전한다.
1181) 구럭망ᄐᆡ: 구럭과 망태, 새기로 얽어 짜 만든 것으로 물건을 넣어 매고 다니도록 만든 것.

밤 지ᄂᆞᆫ 고ᄉᆞ리 하마[1184] 아니 ᄌᆞ라시라
이 몸이 이 푸ᄉᆡ[1185] 아니면 朝夕 어이[1186] 지ᄂᆡ랴

[211: 1845] 조존성(趙存性)
아희야 도롱이 삿갓 차리어서 입고 부니 동쪽 시내에 비가 다졌구나
긴나긴 낚싯대에 꼬부라진 바늘이 없는 낚시를 매어
저 고기야 놀라지 말아라 내가 내 흥에 이기지 못하여 그리 하노라

아희야 되롱[1187] 삿갓[1188] ᄎᆞᆯ화[1189] 東澗[1190]에 빗[1191] 지거다[1192]
긴ᄂᆞ긴 ᄂᆞᆨᄃᆡ에[1193] 미날[1194] 업슨[1195] 낙시 ᄆᆡ여[1196]
져 고기 놀나지 마라 ᄂᆡ 興겨워[1197] ᄒᆞ노라

아이를 불러 광주리가 있는지 먼저 묻고, 고개 돌려보니 서산의 늦은 해가 오래되었다. 도리어 밤을 지낸 고사리가 시들었을까 두려우니 다만 아침저녁으로 배를 채울 수 없기 때문이다. 서산채미곡이다.

呼兒先問有無筐, 回首西山晩日長, 却怕夜來薇蕨老, 只緣朝夕不盈腸, 右西山採薇

아이를 불러 장차 푸른 도롱이 입고 나가라. 동쪽 개울에 자갈밭에 봄비가 온다.

1182) 어더: 얻(得)-어(명령형어미)〉얻어라. 『주해 진본청구영언』에서는 '어두'로 표기되어 있기 정주동·유창식(1953: 188)은 '거두-'에서 'ㄱ'이 탈락한 것으로 보고 '거두다'의 어간에 명령형어미 '-어라'가 생략된 것으로 설명하고 있다.
1183) 늣거다: 늣(늦-)-거다(감탄형어미)〉늦겠다.
1184) 하마: 벌써, 경상도방언에서는 아직 사용되고 있는 어휘이다.
1185) 푸ᄉᆡ: 푸(草, 풀, ㄹ탈락)#ᄉᆡ(草, 새)〉풋나물.
1186) 어이: 어찌.
1187) 되롱: 비를 피하도록 풀잎새를 엮어 몸에 걸치도록 만든 우의. 도롱이.
1188) 삿갓: 삿갓(笠).
1189) ᄎᆞᆯ화: ᄎᆞᆯ호(차리-)-아(부사형어미)〉차리어서.
1190) 동간(東澗): 동녘 산골. 시내
1191) 빗: 비(雨)-ㅅ(주격조사)〉비의.
1192) 지거다: 지(落)-거(과거시상선어말어미)-다(종결형어미)〉졌구나.
1193) ᄂᆞᆨᄃᆡ에: 낚싯대에.
1194) 미날: 꼬부라진 바늘.
1195) 업슨: 없-은〉없는.
1196) ᄆᆡ여: ᄆᆡ(結)-이(사동접사)-어(부사형어미)〉매어서.
1197) 흥(興)겨워: 흥에 넘쳐. 흥에 이기지 못하여.

긴 대나무 낚싯대 물고기 자유로우니 개울가 노인 이미 스스로를 잊었네. (〈오른쪽은 동쪽 계곡에서 고기를 보다〉이다.)

呼兒將出綠簑衣, 東澗春霏灑石磯, 篧篧竹竿魚自在, 爲池溪老已忘機, 右東澗觀魚

[212: 1850] 조존성(趙存性)

아이야 이른 아침밥을 죽으로 다오 남쪽 이랑에 일이 많아라
서투른 쟁기를 눈마저 잡으려나
두어라 성세 몸소 밭갈이를 하는 것도 임금의 은혜이시니라

아희야 粥早飯[1198] 다고 南畝[1199]에 일 만해라[1200]
셔투른[1201] 짜블를[1202] 눈 만죠[1203] 쟈부려노
두어라 聖世 躬耕[1204]도 亦君恩[1205]이시니라

아이를 불러 아침밥하기를 재촉하고 봄 깊은 남쪽 이랑으로 일하러가네. 쟁기와 호미 잡으려 하나 누와 함께 밭을 갈까, 성시 농포도 또한 임금님 은혜이로다. (〈오른쪽은 몸소 남쪽 밭을 갈다〉이다.)

呼兒曉起促盤飡, 南畝春深事己段, 欲把犁鋤誰與耦, 聖時農圃亦君恩. 右南畝躬耕

[213: 1847] 조존성(趙存性)

아이야 소 먹여 내여 북쪽 마을에서 새 술을 먹자구나
크게 취한 얼굴을 달빛에 실어 오니
어즈버 희황상인(羲皇上人)을 오늘 다시 보도다

1198) 죽조반(粥早飯): 죽(粥)#조반(早飯)〉이른 아침밥을 죽으로.
1199) 남무(南畝): 남쪽 이랑. 『사원(辭苑)』에서 서북이 높고 동남이 알가 되어 물이 이에 다라 흐르는 까닭으로 전무(田畝)를 남무(南畝)라고 한다.
1200) 만해라: 많(多)-ᄒᆞ-애라(감탄형어미)〉많구나.
1201) 셔투른: 서툰, 진본 『청구영언』에서는 "서루론"으로 표기되어 있는데 이는 아마 '셔투른'의 오표기인 듯하다.
1202) 짜블를: 짜부(쟁기, 후칭이)-ㄹ를(대격조사, 이중표기)〉쟁기를.
1203) 눈 만죠: 진본 『청구영언』에서처럼 '눌'의 오표기이며 '만죠'도 '마조'의 오표기이다. 따라서 '누구를 마주보며'의 의미이다.
1204) 궁경(躬耕)도: 몸소 밭갈이를 함.
1205) 역군은(亦君恩): 임금님의 은혜.

아희야 쇼 먹여[1206] ㄴ│여 北郭[1207]에 새 슐 먹쟈
大醉ᄒᆞᆫ 얼골을 ᄃᆞᆯ빗쳬 시러 오니[1208]
어즈버 羲皇上人[1209]을 오날 다시 보와다[1210]

아이를 불러 소 먹이러 앞내를 지나니, 북곽의 새 술도 바로 샘과 같구나. 크게 취하여 달을 등지고 소 몰고 오는데, 기쁘게도 몸이 복희씨의 하늘아래 있는 것 같구나. (〈오른쪽은 북곽에서 취하여 돌아오다〉이다.)

呼兒騎犢過前川, 北郭新醪正似泉, 大醉浪唫牛背月, 悅然身在伏羲天. 右北郭醉歸.

[214: 385] 정두경(鄭斗卿)[1211]
좋은 술통에 가득한 술을 실컷 기울여 마시고
얼근히 취한 후에 긴 노래의 즐거움이 많기도 많구나
어즈버 석양(夕陽)이 다 넘어간다고 하지 마라 달이 쫓아오는구나

金樽에[1212] ᄀᆞ득ᄒᆞᆫ 술을 슬커댱[1213] 거오로고[1214]
醉ᄒᆞᆫ 後 긴 노ᄅᆡ에 즐거오미 ᄒᆞ도 ᄒᆞ다
어즈버 夕陽이 盡타 마라[1215] ᄃᆞᆯ이 조ᄎᆞ 오노ᄆᆡ라[1216]

[215: 326] 정두경(鄭斗卿)
군평(君平)이 세상을 버리니 세상이 또한 군평을 버리는 것을
술에 취해 미친 듯 세사를 잊는 게 제일이오 세상일은 바뀌고 또 바뀜이라

1206) 쇼 먹여: 소(牛) 먹여.
1207) 북곽(北郭): 북쪽 마을.
1208) ᄃᆞᆯ빗쳬 시러 오니: 달빛을 소등에 실어 돌아오니.
1209) 희황상인(羲皇上人): 복희씨 적의 옛 사람. 세상을 잊고 편히 숨어사는 사람.
1210) 보와다: 보도다.
1211) 정두경(1597~1673): 조선 중기의 문인. 자는 군평이며, 호는 동명이다. 1629(인조 7)년 별시문과에 장원한 뒤 부수찬, 정언 등을 지냈다. 1669(현종 10)년 홍문관 제학에서 예조참판, 공조참판 겸 승문원 제조 등에 임명되었으나, 노환으로 나가지 못하였다. 문집으로 『동명집』이 있다.
1212) 금준(金樽)에: 좋은 술통.
1213) 슬커댱: 슬커댱>슬커장, 싫도록, 실컷.
1214) 거오로고: 기울이고.
1215) 진(盡)타 마라: 다 지난다 하지 마라.
1216) 오노ᄆᆡ라: 오(來)-노ᄆᆡ라(감탄형어미)>오는구나.

다만 맑은 바람 밝은 달은 간 곳마다 쫓는다

君平[1217]이 [旣]棄世ᄒᆞ니 世亦棄君平[1218]을
醉狂은 上之上[1219]이오 詩詞은 更之更[1220]이라
다만지[1221] 淸風 明月[1222]은 간 곳마다 좃닌다[1223]

휴와가 나서며 시 한편을 읊으며 말하기를 "찬 매화 핀 봄, 납주 익어 가는데, 백곡과 명노 만나기 어려웠네. 술잔 앞의 거문고와 맑은 노래, 취한 눈으로 눈 온 뒤의 남산봉우리를 마주하네." 읊기를 마치자 이어 동명에게 말하기를 "약자가 선수를 친다하는데, 원컨대 그대는 두 손으로 솥을 드는 힘으로 시험 삼아 주전자를 들어 대야에 물을 대는 것이 어떻습니까?" 동명이 말하기를 "난정에서의 모임에서 글 짓는 사람은 글을 짓고, 술을 마시는 사람은 술을 마셨는데, 오늘의 즐거움에도 노래하는 사람은 노래하고 춤을 추는 사람은 춤을 춥시다. 내가 청에 따라 노래를 하겠습니다". 이에 단가를 짓고 박수치며 노래했다. 홍이 마치기도 전에 또 책상을 치며 노래하니 얼굴 가득 미소가 번지고 흰머리에 붉은 얼굴 진정 주중의 신선과 같았다. 휴와가 나에게 운에 따라 시를 쓰라 하니 내가 부족함도 잊고 흉내 내듯 말하기를, "맑은 밤 호박처럼 맑은 술 따르고, 글 잘하는 세 늙은이 함께 모였네. 천근같은 힘으로 종횡으로 필을 저으니 천태산 만장봉도 거꾸러지겠네". 여러 사람들이 모두 칭찬하는데, 만주 홍석기가 뒤늦게 이르렀다. 연이어 삼배를 하고 끌어 백곡을 일으켜 덩실덩실 춤을 추니 동명이 나를 돌아보며 말하기를 "사람이 백년을 살면서 이런 즐거움이 어떠한가. 나는 고인을 보지 못한 것이 한스럽지 않고 고인이 나를 보지 못한 것이 한스럽네. 그대는 뜻을 내어 이 모임이 섞어 구린내가 나지 않도록 하게". 드디어 함께 적어서 후세로 하여금 보게 한다. 풍산후인 현묵자 홍만종은 적다.

余髮未燥已嗜詩, 猥爲溟老所奬愛, 嘗呼余爲敬亭山, 盖爲相看不厭之意也. 余荷其誘掖開導之勤,

1217) 군평(君平): 작가 정 두경(政斗卿)의 자. 또한 한나라의 엄준(嚴遵).
1218) 세적기군평(世赤棄君平): 세상이 또한 군평을 버림.
1219) 취광(醉狂)은 상지상(上之上): 술에 취해 미친 듯 세사를 잊는 게 제일이란 말.
1220) 시사(詩詞)은 경지경(更之更): 세상일은 바뀌고 또 바뀜.
1221) 다만지: 다만.
1222) 청풍명월(淸風明月): 맑은 바람 밝은 달.
1223) 좃닌다: 쫓아다닌다.

致力於觚翰間, 而病不能專, 曾於戊申間, 掖痾杜門. 一日, 東溟來間, 任休窩有後, 金栢谷得臣, 亦繼至, 皆不期也. 余於是設小酌, 致數三女樂以娛之. 酒半, 溟丈乘興擧酌曰 丈夫生世, 韶華如電. 今朝一歡, 可敵萬鐘, 休窩卽唫一絶曰, 春動寒梅臘酒濃, 栢翁溟老兩難逢. 罇前錦瑟兼淸唱, 醉對終南雪後峰. 題畢 屬東溟曰 弱者先手, 願君以扛鼎力, 試於奉匜沃盥也. 東溟曰 蘭亭之會 賦者賦, 飮者飮, 今日之樂, 歌者歌, 舞者舞. 吾請歌之, 仍作短歌, 揮手大唱. 餘興未了, 又拍案而唱. 破顔微笑, 素髮朱顔, 眞酒中仙也. 休窩, 俾余和韻, 余忘拙效嚬曰, 淸夜開罇琥珀濃, 文章三老一時逢, 縱橫筆下千鈞力, 可倒天台萬丈峰, 諸公皆稱. 洪晩洲錫箕, 後至 連倒三杯, 携起栢谷, 蹲蹲而舞, 東溟顧余曰, 人生百年, 此樂如何. 不恨我不見古人. 恨古人之不見我也. 君其志之, 庶使此會, 傳之不朽. 遂並疏于左, 以備後覽. 豊山後人 玄黙子洪于海識.

[216: 3123] 장만(張晩)[1224)]

풍파에 놀란 뱃사공 배 팔아 말을 사니
굽이굽이 틀어진 양(羊)의 창자처럼 험준한 산길이 물에서보다 더 어렵구나
이후에는 배도 말도 말고 밭 갈기를 하리라

風波에 놀난 沙工 빅 프라 말을 사니
九折 羊腸[1225)]이 물에셔[1226)] 어려웨라[1227)]
이 후란 빅도 뫁도 밀고 밧 갈기를 ᄒᆞ리라

[217: 1740] 정태화(鄭太和)[1228)]

술을 취하도록 먹고 당당하게 앉았으니
억만 가지 시름이 가노라 하직한다
아이야 잔 가득 부어라 시름 남은 것 다 보내어라

1224) 장만(1566~1629): 조선 중기의 문인. 자는 호고이며, 호는 낙서이다. 1591(선조 24)년 별시문과에 병과로 급제하여, 성균관, 승문원의 벼슬을 거쳐 예문관검열을 역임했다. 1624(인조 2)년 이괄이 반란을 일으키자, 각지의 관군과 의병을 모집하여 이를 진압하였다. 문집으로 『낙서집』이 있다.

1225) 구절양장(九折羊腸): 굽이굽이 틀어진 양(羊)의 창자처럼 험준(險峻)한 산길.

1226) 물에셔: 물에서보다.

1227) 어려웨라: 어렵구나.

1228) 정태화(1602~1673): 조선 중기의 문인. 자는 유춘이며, 호는 양파이다. 1628(인조 6)년 별시문과에 급제한 뒤, 1637년 세자시강원 보덕으로 소현세자를 심양에 호종하기까지 청요직을 두루 지냈다. 성품이 원만하여 정적이 없었으며 당쟁의 거중조정과 청나라와의 관계 개선에 힘썼다. 문집으로 『양파유고』가 있다.

술을 醉케 먹고 두렷시[1229] 안자시니
億萬 시름[1230]이 가노라 下直혼다
아희야 盞 ᄀ득 부어라 시름 餞送[1231] ᄒ리라

[218: 1657] 김류(金瑬)[1232]

소상강 가에 자란 긴 대나무를 베어내어 하늘에 미칠 만한 빗자루를 매어서
임금의 총명함을 가리는 간신배를 다 쓸어버리고 싶도다
시절이 하 어수선하니 쓸어낼 듯 말 듯 하는구나

瀟湘江[1233] 긴 대 베혀[1234] 하늘 밋게[1235] 뷔을[1236] ᄆ여
폐일[1237] 구름을 다 쓸어 ᄇ리고져
時節이 하 紛紛ᄒ니 쓸똥말똥[1238] ᄒ여라

[219: 1405] 김상용(金尙容)[1239]

思郎이 거즛말이[1240] 님 날 思郎 거즛말이
숨에 와 뵈단[1241] 말이 긔 더욱 거즛말이
날 갓치 즘 아니 오면 어니 숨에 뵈리오[1242]

1229) 두렷시: 둥글게. 당당하게.
1230) 시름: 근심 걱정.
1231) 여송(餞送): 나머지 다 보내다.
1232) 김류(1571~1648): 조선 중기의, 호는 문인. 자는 관옥이며, 호는 북저이다. 인조반정 때에 정사공신 일등으로 승평부원군에 봉해졌고, 벼슬은 여의정에 이르렀다. 병자호란 때 최명길 등과 더불어 화의를 주장하여, 왕으로 하여금 항복하게 했다.
1233) 소상강(瀟湘江): 중국 호남성(湖南省) 동정호(洞庭湖) 남쪽에 있는 강.
1234) 베혀: 베-히(사동접사)-어(부사형어미)〉베게 하여.
1235) 밋게: 밋(미츠-)-게(부사형어미)〉미치게.
1236) 뷔을: 뷔(비, 빗자루)-을(대격조사)〉비를.
1237) 폐일: 폐일(蔽日)〉해를 가림, 임금의 총명함을 가리는 간신배를 비유함.
1238) 쓸똥말똥: 쓸지 말지, 쓸어낼동 말동. 쓸어낼 듯 말 듯.
1239) 김상용(1561~1637): 조선 중기의 문인. 자는 경택이며, 호는 선원, 풍계, 계옹 등이다. 1590(선조 23)년 문과에 급제하여 도승지, 대사헌, 형조판서 등을 지냈다. 1636(인조 14)년 병자호란 때 강화도가 함락되자, 성의 남문루에 있는 화약에 불을 지르고 순절하였다. 문집으로 『선원유고』가 있다.
1240) 사랑(思郎)이 거즛말이: 사랑한다는 말은 거짓말이다.
1241) 뵈단: 보(視)-이(사동접사)-다(설명형어미)-ㄴ(관형어미)〉보인다는.
1242) 뵈리오: 보(視)-이(사동접사)-리(추량선어말어미)-오(의문형어미)〉보이겠는가.

사랑한다는 말은 거짓말이 님이 나를 사랑하다는 거짓말이
꿈에 와 보인다는 말이 그것이 더욱 거짓말이로다
나와 같이 잠이 오지 않으면 어느 꿈에 보인다는 말인가

[220: 2339] 김상용(金尙容)
이별 시름 걱정을 아나 소야란(蘇惹蘭)만 다 못한다
직금도 귀문시로 먼데 님 오게 하니
직녀도 그렇게 하면 오작교인들 있으랴

離別 셔름1243)을 아나 蘇惹蘭1244)만 다 못ᄒᆞ다
織錦圖 龜文詩1245)로 먼듸 님 오게 ᄒᆞ니
織女1246)도 그러곳 ᄒᆞ면1247) 烏鵲橋1248) ㅣㄴ들 이시랴

[221: 375] 김상용(金尙容)
좋은 향로에 꽂은 향이 다 타버리고 물시계의 물 떨어지는 소리가 쇄잔하도록
어디 가 있어서 누가 사랑을 바치다가
달그림자가 난간까지 올라오게 되어서야 맥 받으러 왔습니까

金爐에 香盡ᄒᆞ고1249) 漏聲이 殘ᄒᆞ도록1250)
어듸 가 이셔 뉘 思郞 밧치다가

1243) 셔름: 설움.
1244) 소야란(蘇惹蘭): 중국 전진(前秦)시대에 두도(竇滔)의 아내인 소혜(蘇蕙). 야란(惹蘭)은 그녀의 자로 남편인 두도가 진주자사(秦州刺史)가 되어 유사로 귀양 가는 몸이 되었다. 그러자 소혜가 그를 근심하여 회문시(廻文詩)를 적은 비단을 짜서 남편에게 보냈다고 한다.
1245) 직금도 귀문시(織錦圖 龜文詩): 두도의 아내인 소혜가 짠 〈직금도(織錦圖)〉의 회문시. 회문시는 어느 방향으로 읽어도 의미가 통하는 한시를 말한다. 마치 거북 등의 무늬처럼 시를 적어서 어느 방향에서 읽어도 실의 문맥이 이어질 수 있도록 지은 시. 『진서』 〈열여전〉 "竇滔爲秦州刺史, 被徒流沙, 妻蘇氏思之, 織錦爲廻文旋圖詩, 以贈滔" 참고.
1246) 직녀(織女): 칠월 칠석 밤에 은하수를 건너에 있는 견우성을 만난다는 전설이 있는 별로 금좌(琴座)의 수성(水星).
1247) 그러곳 ᄒᆞ면: 그렇게만 하면.
1248) 오작교(烏鵲橋): 칠월 칠석 전날 견우(牽牛)와 직녀(織女)의 두 별을 서로 만나게 하기 위하여 까막까치가 모여 은하에 놓은 다리.
1249) 금신(金爐)에 향진(香盡)ᄒᆞ고: 좋은 향로에 꽂은 향이 다 타버리고.
1250) 누성(漏聲)이 잔(殘)ᄒᆞ도록: 물시계의 물 떨어지는 소리가 쇄잔하도록, 즉 밤 시간이 깊어 가도록.

月影이 上欄干[1251]킈야[1252] 脈[1253] 바드러 왓ᄂᆞ니[1254]

[222: 2068] 김상용(金尙容)

오동에서 떨어지는 빗발 무심히 떨어지건마는
나의 시름 많으니 잎잎이 근심스런 소리로다
이 후에야 잎 넓은 나무야 심을 줄이 있으리

梧桐에 듯는[1255] 빗발 無心이 듯건마ᄂᆞᆫ
나의 시름 ᄒᆞ니[1256] 닙닙히 愁聲[1257]이로다
이 後야 입 넙은[1258] 남기야 시물 줄이 이시리

[223: 3] 김상용(金尙容)

가노라 삼각산아 다시 보자 한강 물이여
고국의 산과 물을 두고 떠나고 싶어서 떠나 가겠는가마는
시절이 하도 어수선하니 다시 돌아올 수 있을지 어떨지 모르겠구나

가노라 三角山[1259]아 다시 보쟈 漢江水ㅣ야
故國山川[1260]을 써ᄂᆞ고쟈[1261] ᄒᆞ랴마ᄂᆞᆫ[1262]

1251) 월영(月影)이 상란간(上欄干): 달 그림자가 난간까지 올라옴.

1252) 킈야: 'ᄒᆞ기야'의 축약형. 하게 되어서야.

1253) 맥(脈) 바드러: 맥 받으러. '맥을 잡다, 진찰하다'라는 뜻에서 남의 의향을 헤아리는 것이라는 의미로 사용되었다.

1254) 왓ᄂᆞ니: 오(來)-앗(았, 과거시상선어말어미)-ᄂᆞ니(잇가)(현재청자존대의문형어미)〉왔습니까?

1255) 듯는: 떨어지는.

1256) 시름 ᄒᆞ니: 근심이 많으니.

1257) 수성(愁聲): 근심스런 소리.

1258) 넙은: 넓은.

1259) 삼각산(三角山): 오늘날 북한산(北漢山)이라고 불린다. 서울 북부와 경기 고양시와의 경계에 있는 산. 높이 836m. 최고봉은 백운대(白雲臺). 백운대와 그 동쪽의 인수봉(仁壽峰), 남쪽의 만경대(萬景臺)의 세 봉우리로 이루어져 있어 삼각산(三角山)이라고도 한다. 세 산봉의 정상부는 모두 암봉(岩峰)으로 이루어져 있다. 이 산에는 1711(숙종 37)년에 축조한 길이 8km, 평균높이 7m의 북한산성(北漢山城)이 남아 있고, 14개의 성문 중 대남문(大南門), 대서문(大西門), 대성문(大成門), 보국문(輔國門), 용암문(龍岩門)이 원형을 유지하고 있다.

1260) 고국산천(故國山川): 고국의 산과 물.

1261) 써ᄂᆞ고쟈: 써ᄂᆞ-고쟈(의도형어미)〉떠나고저.

1262) 하랴마ᄂᆞᆫ: 하겠냐마는.

時節이 하[1263] 殊常ᄒᆞ니[1264] 올동말동 ᄒᆞ여라

[224: 1457] 신흠(申欽)[1265]
산골 마을에 눈이 오니 돌길이 다 눈에 묻혔구나
사립문을 열지 마라 (이토록 길이 다 막혔으니) 날 찾을 사람이 누가 있겠는가
밤중쯤 한 조각 밝은 달만이 내 벗인가 하노라

山村에 눈이 오니 돌길이 뭇쳐셰라[1266]
柴扉을[1267] 여지 [1268]마라 날 ᄎᆞᄌᆞ 리[1269] 뉘 이스리
밤듕만[1270] 一片 明月[1271]이 긔 벗인가 ᄒᆞ노라

[225: 249] 신흠(申欽)
공명이 그 무엇인고 헌 신짝 벗은 것이로다
전원에 되돌아오니 고라니와 사슴이 벗이로구나
백년을 이렇게 지내는 것도 역시 임금님의 은혜이로다

功名이 긔 무엇고 헌 신쪽 버슨 니로다[1272]
田園에 도라오니 麋鹿이[1273] 벗이로다
百年[1274]을 이리 지님도 亦君恩이로다

1263) 하: 매우.
1264) 수상(殊常)ᄒᆞ니: 어수선하니.
1265) 신흠(1566~1628): 조선 중기의 문인. 자는 경숙이며, 호는 현헌, 상촌, 현옹, 방온 등이다. 1586(선조 19)년 별시에 급제한 후, 요직을 두루 거쳤다. 1613년 계축옥사가 일어나자 파직되었다. 1616년 인목대비 폐비, 김제나의 가죄와 함께 춘천으로 유배되었으며, 1621년에 사면되었다. 조선 중기 한문학 4대가 중의 한 사람으로 꼽힌다. 문집으로 『상촌집』이 있다.
1266) 뭇쳐셰라 齊齊齊: 묻(埋)-히(사동접사)-엇(과거시상선어말어미)-에라(감탄형어미)〉묻혔구나.
1267) 시비(柴扉)을: 사립문.
1268) 여지: 열(開, ㄹ불규칙활용)-지(부사형어미)〉열지.
1269) ᄎᆞᄌᆞ 리: ᄎᆞᆽ(索)-을(미확정선어말어미)#이(의존명사)〉찾을 사람.
1270) 밤듕만: 밤중쯤, '-만'이 특수조사로 '한정'의 의미로 쓰이는 경우도 있으나 여기에서는 '쯤'의 의미로 쓰인 것이다.
1271) 일편명월(一片明月): 한 조각 밝은 달.
1272) 버슨니로다: 벗(脫)-은(관형어미)#니(의존명사, '이'의 연음)-로다(감탄형어미)〉벗은 것이로다.
1273) 미록(麋鹿)이: 고라니와 사슴, 곧 깨끗하고 한가로운 산골마을을 상징하고 있다.
1274) 백년(百年): 한평생을.

[226: 2939] 신흠(申欽)

풀과 나무가 다 묻혀버린 때에 소나무와 대나무만 푸르렀구나
바람과 서리가 섞여서 몰아칠 때에 너는 무슨 일로 혼자서 푸르른가
두어라 내 본성이거니 물어서 무엇하겠는가

草木이 다 埋沒ᄒᆞᆫ1275) 제1276) 松竹만 푸르럿다1277)
風霜이 섯거친1278) 제 네 무스 일 혼ᄌᆞ 푸른1279)
두어라 ᄂᆡ 性이여니1280) 무러 무슴ᄒᆞ리

[227: 1418] 신흠(申欽)

사호가 참된 것인가 유후(留候)의 기이한 계책이로다
진실로 사호이면 한 번 마음을 정하면 어찌 아니 나오려니
그려도 아니 양하여 여씨를 위한 손님이 되도다

四皓1281) 진짓1282) 것가 留候1283)의 奇計로다1284)
眞實노 四皓ㅣ면는 一定 아니 나오려니
그려도1285) 아니 냥ᄒᆞ여1286) 呂氏 客1287)이 되도다

1275) 매몰(埋沒)ᄒᆞᆫ: 묻힌.

1276) 제: 적에.

1277) 송죽(松竹)만 푸르럿다: 소나무와 대나무만 푸르렀구나. 사시 늘 푸른 솔나무와 대나무의 절개는 옛부터 높이 일컬어 칭송해 온 것이다.

1278) 섯거친: 섞(混)-어(부사형어미)#치-ㄴ(관형어어미)〉섞여서 몰아친.

1279) 푸른: 푸른-다(의문형어미의 생략)〉푸르른가, 이처럼 어미가 생략된 경우는 주로 "가곡창(歌曲唱)"의 대본이기 때문이다.

1280) 성(性)이여니: 본성이거니, 본성이니.

1281) 사호(四皓): 진(秦)나라 시대 동원공(東園公), 기리계(綺里季), 하황공(夏黃公), 각리(角里) 네 사람이 진나라를 피해서 상산(商山)에 숨어서 자지곡(紫芝曲)을 노래했다. 호(皓)는 네 사람이며, 이를 발미호백(髮眉皓白)으로 이름하기도 한다. 한(漢)나라 고조(高祖)가 누차 불렀어도 나오지 않았으나 뒤에 장자방(張子房)의 기허에 빠져 나와 여시(呂氏)의 손님이 되어 여시의 소생으로 태자를 책봉하였다.

1282) 진짓: 진(眞)#짓(즛(貌)〉참, 거짓이 아닌. 참모습.

1283) 유후(留候): 장자방(張子房)의 기묘한 꾀. 장자방이 한(漢)나라 고조(高祖)를 도아 천하를 평정한 후에 유후(留候) 벼슬에 봉함을 받음.

1284) 기계(奇計)로다: 기이한 계책이로다. 장량이 고조가 평소 존경하던 사호를 태자와 함께 나아가 뵙게 하여 고조의 마음을 돌렸다.『한서』〈왕공양습전〉에 "漢興有東園公 綺里季 夏黃公 角里先生 此四人者 當秦之世 避而入商山, 離深山, 以待天下之定也. 自高祖聞而召之, 不至, 其後呂后用留侯計, 使皇太子, 卑辭束帛, 致禮安車, 迎而致之, 四人旣至從太子" 참조.

1285) 그려도: 그리하여도, 그래도, 그렇지도.

[228: 1973] 신흠(申欽)

어제 밤 눈 온 후에 달이 따라와 비취였다
눈 온 뒤 달빛 더욱 맑음이 한량없도다
어떻다 하늘 끝에 떠 있는 구름은 오락가락 하느냐

어제 밤 눈 온 후에 ᄃᆞᆯ이 조[1288]차 비최엿다
눈 後 ᄃᆞᆯ 빗치 ᄆᆞᆰ으미[1289] 그지 업다[1290]
엇더타 天末 浮雲[1291]은 오락가락 ᄒᆞᄂᆞ뇨[1292]

[229: 613] 신흠(申欽)

냇가에 해오라기야 무슨 일로 서서 있느냐
무심한 저 고기를 엿보아 무엇 하려느냐
두어라 같은 물에 있으니 엿보아서 무엇하겠느냐

ᄂᆡᆺᄀᆞ의[1293] ᄒᆡ오라비[1294] 무스 일[1295] 셔[1296] 잇ᄂᆞᆫ다[1297]
無心ᄒᆞᆫ 저 고기를 여어 무슴 ᄒᆞ려ᄂᆞᆫ다
두어라 ᄒᆞᆫ 물에 잇거니 여어[1298] 무슴 ᄒᆞ리오

1286) 아니 냥ᄒᆞ여: 아닌체하여.

1287) 여씨객(呂氏 客): 여씨는 여후(呂后). 사호가 여씨 편이 된 것을 말함. 즉, 여후 소생을 태자로 책봉함. 여후는 고조의 애희(愛姬) 숙부인의 수족을 절단하여 변소에 던졌다.

1288) 조: 좇(追, 隨>兼, 竝)-아(부사형어미). '따라와'라는 의미에서 '함께'의 의미로 전용되었다. 정주동·유창식(1953: 202), 『주해 진본청구영언』에서는 "대체로 초기 문헌에서는 '좇-'의 부사형에서 '追, 隨'의 의로 사용될 때는 '조차'를 취하고, '兼, 竝'의 의로는 '조쳐'의 형을 취하였다고 하는데, (…중략…) 이때는 이러한 구별이 없었다고 본다"라고 기술하고 있다.

1289) ᄆᆞᆰ으미: ᄆᆞᆰ(淸)-음(동명사형어미)-이(주격조사)>맑음이.

1290) 그지 업다: 끝이 없다. 한량없다.

1291) 천말부운(天末浮雲): 하늘 끝에 뜬 구름.

1292) ᄒᆞᄂᆞ뇨: ᄒᆞ-ᄂᆞ(현재시상선어말어미)-뇨(의문형어미)>하느냐?

1293) ᄂᆡᆺᄀᆞ의: ᄂᆡ(溪, 川)-ㅅ(사잇소리)#ᄀᆞ(邊)-의(처격조사)>냇가에.

1294) ᄒᆡ오라비: 백조. 하야로비>해야로비>해오라비>해오라기.

1295) 무스 일: 무슨 일. "므스기 깃부리요"[영가곡집하 17], "내 ᄯᅩ 므슴 시름 ᄒᆞ리오"[월석 2-49], "그대 子息업더니 므슷 罪오"[월석 1-7]

1296) 셔: 서(立)-어(부사형어미)>서서.

1297) 잇ᄂᆞᆫ다: 잇(有)-ᄂᆞᆫ다(의문형어미)>있느냐?

1298) 여어: 여(엿->엸->여-)-어(부사형어미)>엿보아, 넘겨보아.

[230: 3238] 신흠(申欽)

서까래가 길거나 짧거나 기둥이 기울거나 비뚤어지거나
몇 간 안 되는 띠집 작은 것을 비웃지 말게니
어즈버 풀 덩굴에 비친 보름달빛이 다 내 것인가 하노라

혓가ᄅᆡ[1299] 기나[1300] ᄌᆞ르나[1301] 기동이 기우나 트나[1302]
數間 茅屋[1303]을 ᄌᆞᆨ은 줄[1304] 웃지[1305] 말아
어즈버 滿山 蘿月[1306]이 다 ᄂᆡ 거신가 ᄒᆞ노라

[231: 2735] 신흠(申欽)

창오산 해가 진 후에 두 왕비는 어디 가고
순 임금과 함께 못 죽은 설음이 어떠하던고
오랜 세월 동안 이 뜻을 알리는 대나무 숲인가 하노라

蒼梧山 ᄒᆡ 진 後에 二妃[1307]ᄂᆞᆫ 어듸 가고
ᄒᆞᆷᄭᅴ[1308] 못 죽은들 셔름[1309]이 엇더턴고[1310]
千古 이 ᄠᅳᆺ 알니ᄂᆞᆫ ᄃᆡᆺ숩힌가[1311] ᄒᆞ노라

1299) 혓가ᄅᆡ: 서까래(椽), 경상방언에서는 '새까래', '널레'라고 부르기도 한다.
1300) 기나: 기(長, 길-)-나(연결어미)〉기나.
1301) ᄌᆞ르나: ᄌᆞ르(短, 짧-)-나(연결어미)〉짧으나.
1302) 기우나 트나: 기울거나 비뚤어지거나.
1303) 수간모옥(數間茅屋): 몇 간 안 되는 띠집, 규모가 작은 초당.
1304) ᄌᆞᆨ은 줄: ᄌᆞᆨ(小)-은(관형어미)#줄(의존명사)〉작은 것을.
1305) 웃지: 비웃지.
1306) 나월(蘿月): 풀 덩굴에 비친 달빛.
1307) 창오산(蒼梧山) 이비(二妃): 요(堯)의 둘째 딸이며, 순(舜)임금의 두 왕비가 된 아황(娥皇)과 여영(女英)이 순(舜) 임금이 남쪽에 있는 창오산(蒼梧山)으로 순수(巡狩)를 하러 가 돌아오지 않으므로 그 뒤를 좇아 갔으나 이미 순은 창오산에서 죽었기에 그를 애통히 여겨 소상(瀟湘) 호수에 빠져 아황(娥皇)은 상군(湘君)이 되고 여영(女英)은 상부인(湘夫人)이 되었다고 전한다. 그 두 왕비가 흘린 원루가 대나무에 뿌려져 점박이대나무(班竹)가 되었다는 고사가 있으며, 우리나라에서도 두 왕비는 절개를 지키는 여인(節女)의 전형으로 『삼강행실도』 〈열여전〉에 수록되어 전해온다. 『박물지』 〈사보〉에 "堯之二女, 舜之而妃, 曰湘夫人, 舜崩, 二妃啼以涕, 涕揮竹盡斑" 참고.
1308) ᄒᆞᆷᄭᅴ: ᄒᆞᆫᄢᅴ, ᄒᆞᆷᄭᅴ〉ᄒᆞᆷᄭᅴ〉함께.
1309) 셔름: 섧(痛)-음(동명사형어미)〉셜음〉서름.
1310) 엇더턴고: 엇더ᄒᆞ-더(과거회상선어말어미)-ㄴ고(의문형어미)〉어떠하딘고.
1311) ᄃᆡᆺ숩힌가: ᄃᆡ(竹) #숲(林)-인가〉대나무 숲인가 하노라.

[232: 1719] 신흠(申欽)

술을 먹고 노는 일을 나도 옳지 않은 일인 줄 알건마는
신능군도 죽고나 뒤에 그의 무덤 우에 밭 가는 것을 못 보았는가
백년을 산다고 해도 또한 수고로운 것이니 아니 놀고 어찌하리

술 먹고 노난 일을 나도 왼[1312] 줄 알건마ᄂᆞᆫ
信陵君[1313] 무덤 우희 밧 가ᄂᆞᆫ 줄[1314] 못 보신가
百年이 亦草草ᄒᆞ니[1315] 아니 놀고 엇지ᄒᆞ리

[233: 1786] 신흠(申欽)

신선을 보려고 약수를 건너가니
선경에 사는 선녀 선동이 다 나와서 묻는구나
목성은 어디 나갔는가 그것이 바로 나인가 하노라

神仙[1316]을 보려 ᄒᆞ고 弱水[1317]를 건너가니
玉女 金童[1318]이 다 나와 뭇ᄂᆞᆫ괴야[1319]
歲星[1320]이 어듸 나간고[1321] 긔 날인가 ᄒᆞ노라

1312) 왼: 외(誤, 非)-ㄴ(관형어미)〉잘못된, 잘못인 줄.

1313) 신능군(信陵君): 신능(信陵)은 지명이며 위나라 공자 무기(無忌)가 여기에 봉함을 받음으로 신능군(信陵君)이라 하였다. 신능군은 식객(食客)이 3천여 명으로 호화롭고 주색과 향연에 빠져 방탕하다가 결국 4년 만에 술병으로 죽게 되었다는 고사가 있다. 이백의 시 〈양원음〉에 "昔人豪貴 信陵君 今人耕種 新陵墳" 참조.

1314) 무덤 우희 밧 가ᄂᆞᆫ 줄: 호화롭게 주색 잡기를 즐기며, 호사스럽게 생활한 자도 죽고 나면 다 소용이 없이 무정하게 그의 무덤 위에 밭을 가는 일이 벌어질 수도 있다는 비유.

1315) 백년(百年)이 역초초(亦草草)ᄒᆞ니: 백년을 산다고 해도 또한 수고로움 것(빠른 것, 하잘 것 없는 것).

1316) 신선(神仙): 산 속에서 늙어도 늙지 않고 죽지 않는 사람.

1317) 약수(弱水): 보통 약수 삼천리(弱水 三千里)라고 불리어지는데 서쪽에는 선경(仙境)에 있는 물이름인데, 대체로 서쪽 곤륜산(崑崙山) 근처에 있는 물을 말한다. 『십주기』에 "鳳麟洲, 在西海之中央, 洲四面, 有弱水繞之, 鴻毛不浮, 不可越也" 참조.

1318) 옥녀(玉女) 금동(金童): 선경에 사는 선녀(仙女), 선동(仙童)을 말한다.

1319) 뭇ᄂᆞᆫ괴야: 뭇(問, 묻-)-ᄂᆞᆫ(현재시상선어말어미)-괴야(감탄형어미)〉묻는구나.

1320) 세성(歲星): 목성(木星). 태세(太歲)라고도 하며, 8대 행성의 제5성으로 12년에 한 번씩 태양을 일주하며, 옆에는 4위성이 있고 행성 가운데 가장 크다고 한다.

1321) 어듸 나간고: 어느 곳에 갔는가. 정주동·유창식(1953: 212), 『주해 진본청구영언』에서는 '어듸 나간고'를 '어듸나 간고'로 보고 '어디-나'에서 '-나'를 일종의 강세적 용법으로 사용된 접미사로 처리하고 있다.

[234: 1915] 신흠(申欽)

어리석도다 저 붕조야 비웃노라 저 붕조야
구만리 머나먼 하늘에 무슨 일로 날아서 올라가느냐
항간에 뱁새와 참새는 대단히 즐거워하노라

어릴샤[1322] 저 鵬鳥ㅣ야 웃노라 저 鵬鳥[1323]ㅣ야
九萬里 長天[1324]에 무스 일노 올나간다[1325]
굴헝에[1326] 밥새[1327] 촘새는 못내[1328] 즐겨ᄒᆞᄂᆞ다

[235: 1763] 신흠(申欽)

세상 일 곧 속세에서 벗어난 후이라 세상의 영욕에 관심이 없도다
은둔지사들의 유일한 낙이었던 금서마저 흩어버렸으니, 이 몸이 아무 일없이 한가하다
백구 세상에 번거로운 일을 잊음은 너와 내뿐인가 하노라

是非[1329] 업슨 後ㅣ라 榮辱이 다 不關타[1330]
琴書[1331]를 흣튼[1332] 後에 이 몸이 閒暇ᄒᆞ다
白鷗[1333]ㅣ야 機事[1334]를 이즘은[1335] 너와 낸가 ᄒᆞ노라

1322) 어릴샤: 어리(愚)-ㄹ샤(감탄형어미)〉어리석도다.
1323) 붕조(鵬鳥): 장자(莊子)의 소요편(逍遙篇)에 대붕(大鵬)이 구만리 장천(長天)을 날아오른다는 말에서 따온 큰 새.
1324) 구만리 장천(九萬里 長天): 장자(莊子)의 소요편(逍遙篇)에 대붕(大鵬)이 구만리 장천(九萬里 長天)을 날아오른다는 말에서 인용한 구절임.
1325) 올나간다: 올라#가-ㄴ다(의문형어미)〉올라가느냐?
1326) 굴헝에: 굴헝(巷, 街)-에(처소격조사)〉길거리에, 항간에.
1327) 밥새: 뱁새, 연작목(燕雀目)의 사십작과(四十雀科)에 딸린 새로서 굴뚝새와 같이 생겼으며, 색깔이 곱고 예쁘며 꽁지가 길게 생겼음. 황새에 비유하여 보잘 것 없는 새를 말할 때 주로 뱁새를 인용한다. "뱁새가 황새걸음을 걸으면 가랑이 찢어진다"와 같은 속담이 전해온다. 곧 생각이 옅고 낮은 사람을 비유함.
1328) 못내: 대단히, 끝없이.
1329) 시비(是非) 업슨 후(後)ㅣ라: 세상 일 곧 속세에서 벗어난 후이라.
1330) 영욕(榮辱)이 다 불관(不關)타: 세상의 영욕에 관심이 없음.
1331) 금서(琴書): 거문고와 서책, 흔히 세속에서 벗어난 은둔지사들의 풍류생활을 거문고와 서책으로 보냄을 뜻한다.
1332) 흣튼: 흩(散)-은(관형어미)〉흩어버린, 은둔지사들의 유일한 낙이었던 금서(琴書)마저 흩어버렸으니, 완전히 무위한가(無爲閒暇)로운 몸으로 자연에 몰입된 것을 의미한다.

[236: 1833] 신흠(申欽)

아침에는 비가 오더니 저녁 무렵에는 바람이 불도다
천리만리 머나먼 인생사 가는 길에 비바람은 무슨 일인가
두어라 황혼이 멀었으니 쉬어 간들 어떠하리

아ᄎᆞᆷ은 비 오더니 느즈니ᄂᆞᆫ[1336] 바ᄅᆞᆷ이로다
千里 萬里 길히 風雨ᄂᆞᆫ 무스 일고[1337]
두어라 黃昏이 머럿거니[1338] 쉬여[1339] 간들 엇더리

[237: 553] 신흠(申欽)

내 가슴 파헤친 피로써 님의 모습을 그려내어
높은 집 깨끗한 벽에 걸어두고 보고 싶도다
누구라서 이별을 만들어 사람을 죽게 하는고

내 ᄀᆞᄉᆞᆷ[1340] 헷친[1341] 피로 님의 양ᄌᆞ[1342] 그려ᄂᆡ여
高堂 素壁에[1343] 거러두고 보고 지고
뉘라셔[1344] 離別을 삼겨[1345] ᄉᆞᄅᆞᆷ 죽게 ᄒᆞᄂᆞᆫ고

1333) 백구(白鷗): 물간의 한조(閒鳥)로 은둔지사나 한거지사의 벗이 됨.
1334) 기사(機事): 세상에 번거로운 일.
1335) 이즘은: 잊(忘)-음(동명사형어미)-은(관형어미)〉잊음은.
1336) 느즈니ᄂᆞᆫ: 늦(晩)-은(관형어미)#이(의존명사, 때(時))-ᄂᆞᆫ(관형어미)〉늦은 때는, 곧 아침에 대응하여 '늦은 때' 곧 '저녁에는'으로 해석할 수 있다. 정주동·유창식(1953: 216), 『주해 진본청구영언』에서는 '느즈니'는 '느진이'로 '늦다'라는 형용사형에 '이'접미사를 연결하여 명사로 사용된 것으로 설명하고 있으나 접사가 굴절어미인 관형어미 뒤에 통합될 수 있는 조어형을 국어에서 찾아보기 힘들기 때문에 설명력이 약하다고 볼 수 있다.
1337) 일고: 일(事)-고(의문형어미)〉일인가?
1338) 머럿거니: 멀(遠)-엇(과거시상선어말어미)-거니(구속형어미)〉멀었기 때문에.
1339) 쉬여: 쉬어(休, 息).
1340) ᄀᆞᄉᆞᆷ: ᄀᆞᄉᆞᆷ〉가슴(胸). 'ᄋᆞ'의 비음운화 과정은 다음과 같이 2단계를 거쳐서 이루어졌다. 곧 제1단계 'ᄋᆞ'의 비음운화 과정은 16세기 비어두음절에서 "ᄀᆞᄉᆞᆷ〉ᄀᆞ슴(心), ᄀᆞᄋᆞᆯ〉ᄀᆞ을(秋)"과 같이 'ᄋᆞ〉으'의 변화를 경험하였다. 제2단계 'ᄋᆞ'의 비음운화 과정은 18세기 어두음절에서 "ᄀᆞ슴〉가슴(心), ᄀᆞ을〉가을(秋)"과 같이 'ᄋᆞ〉아'의 변화를 경험함으로써 'ᄋᆞ'의 비음운화 과정은 완성되었다.
1341) 헷친: 파헤친, 헐어제친.
1342) 양ᄌᆞ: 모양.
1343) 고당소벽(高堂素壁)에: 높은 집 깨끗한 벽.
1344) 뉘라셔: 누구라서, 누가 있어서.
1345) 삼겨: 삼기-어(부사형어미)〉생기게 하여, 만들어.

[238: 3184] 신흠(申欽)

한식날 비가 온 밤에 봄기운이 다 퍼졌다
무정한 꽃나무와 버드나무도 땅을 알아 피었으매
어떠하다고 우리 님은 가고 아니 오는가

寒食[1346] 비 온 밤의 봄 빗치 다 퍼젓다
無情ᄒᆞᆫ 花柳도[1347] ᄯᅡ흘[1348] 아라 픠엿거든[1349]
엇더타 우리 님은 가고 아니 오ᄂᆞᆫ고[1350]

[239: 1975] 신흠(申欽)

어젯밤 비가 온 후에 석류꽃이 다 피었다
연꽃이 피어 있는 연못에 수정의 알로 만든 발을 걸어 두고
누구를 향한 깊은 시름을 끝없이 풀어내려고 하느냐

어ᄌᆡ밤 비 온 後에 石榴 곳지 다 픳엿다
芙蓉 塘畔에[1351] 水晶簾을[1352] 거더 두고
눌[1353] 向ᄒᆞᆫ 깁흔 시름을 못ᄂᆡ[1354] ᄑᆞ러 ᄒᆞ노라[1355]

1346) 한식(寒食): 동지가 지난 뒤 105일, 청명절 2일 전날을 말한다. 중국의 진(晉)나라 문공(文公)이 개자추(介子推)가 산불이 나 타 죽은 것을 슬퍼하여, 이 날은 화기(火氣)를 금지하고 찬음식을 먹도록 하였기에 한식이라는 이름이 나왔으며, 그 후에 이날은 명절의 하나로 왕실에서는 종조(宗祖) 및 각 능원(陵園)에 제사를 지내고 일반 민가에서도 조상의 산소에 가서 제를 지내는 풍습이 생겼다. 또 이 날을 전후하여 오는 비는 만물을 소생케 하여 백화가가 피기 시작한다고 하였다.

1347) 화류(花柳)도: 꽃과 버드나무도.

1348) ᄯᅡ흘: ᄯᅡᇂ(土)-을(대격조사)〉땅을, 진본 『청구영언』에서는 'ᄣᆡ를'로 표기되어 있다. 이처럼 "때를 알아 피었으매"로 해석해도 되지만 이 가곡집에서처럼 "봄이 온 기운을 아는 땅을"이라고 해석해도 무방하다.

1349) 픠엿거든: 프(開花)-이(사동접사)-엿(과거시상선어말어미)-거든(구속형어미)〉피었으매, 피었거니.

1350) 온ᄂᆞᆫ고: 오(來)-ᄂᆞᆫ고(의문형어미)〉오는가?

1351) 부용당반(芙蓉塘畔)에: 연꽃이 피어 있는 연못.

1352) 수정렴(水晶簾)을: 수정의 알로 만든 발.

1353) 눌: 누구를.

1354) 못ᄂᆡ: 대단히, 끝없이, 끝내.

1355) ᄑᆞ러 ᄒᆞ노라: 해석이 불가능하다. 진본 『청구영언』에서는 "프러ᄒᆞᄂᆞ뇨"로 표기되어 있는데, 이에 따르면 '풀려고 하느냐'로 해석된다.

[240: 2656] 신흠(申欽)

술독에 술이 있고 자리에는 손님이 가득하도다
이름은 융(融)이며 후한나라 사람인 대아 공문거를 다시 본 것이로다
어즈버 세상에 남은 사람들을 말하여 무엇 하리오

罇中에[1356] 술이 잇고 座上에 손이 가득[1357]
大兒 孔文擧를[1358] 곳쳐[1359] 본 거이고[1360]
어즈버 世間 餘子를[1361] 일너[1362] 무슴 ᄒᆞ리오

[241: 509] 신흠(申欽)

남산 깊은 골에 두어 이랑 갈아두고
삼신산 불사약을 다 캐어 심은 말이
어즈버 푸른 바다가 뽕나무밭으로 변하는 것과 같이 세상을 혼자 볼까 하노라

南山 깁흔 골에 두어 이랑[1363] 이러[1364] 두고
三神山 不死藥[1365]을 다 ᄏᆡ야 심근[1366] 말이
어즈버 滄海 桑田[1367]을 혼ᄌᆞ 볼가 ᄒᆞ노라

1356) 준중(罇中)에: 술독에.

1357) 좌상(座上)에 손이 가득: 앉는 자리에는 손님이 가득하고.

1358) 대아 공문거(大兒 孔文擧)를: 이름은 융(融)이며 후한(後漢)나라 사람으로 태중대부(太中大夫)에 이르렀으나 한나라 황실에 난을 만나 이를 광정(匡正)코자 상소를 올렸으나 뜻을 이루지 못했다. 그는 일찍 "座上客常滿 尊中酒不空 吾無憂矣(좌상에는 늘 손님이 가득하고 술독에는 술이 빌 날이 없으니 나는 근심이 또한 없구나)"라 하여 그의 득의연한 생활모습을 자랑하였으니 뒤에 조조(曹操)의 지탄을 받았다.

1359) 고쳐: 고쳐, 다시.

1360) 본 거이고: 본 것이고.

1361) 여자(餘子)를: 나머지 사람, 세상에 나머지 사람이란 곧 공문거(孔文擧)의 생활에 비길 수 있는 자기의 생활이니, 이상 더 다른 한일(閑逸)들의 생활을 부러워할 필요가 없다는 것이다.

1362) 일너: 니르(云)-어(부사형어미)〉말하여.

1363) 이랑: 이랑(頃).

1364) 이러: 일(起, 닐-〉일-, 두음법칙)-어(부사형어미)〉일으켜, 갈아(耕).

1365) 삼신산 불사약(三神山不死藥): 발해(渤海)나라에 있다는 봉래(蓬萊), 영주(瀛州), 방장(方丈)의 세 삼신산 중에 있다고 전해오는 영원히 죽지 않는다는 약.

1366) 심근: 심그-은(관형어미)〉심은.

1367) 창해상전(滄海桑田): 푸른 바다가 뽕나무밭으로 변하는 것과 같이 세상이 대변화를 일으킴을 듯하다.

[242: 630] 신흠(申欽)

노래 만든 사람 근심 걱정도 많고도 많을세라
일러 다 못 일러 불러나 뜻한 바를 풀었던가
진실로 풀릴 것이면 나도 불러 보리라

노ᄅᆡ 삼긴[1368] 사ᄅᆞᆷ 시름[1369]도 ᄒᆞ다 ᄒᆞᆯ샤[1370]
일너 다 못 일너[1371] 불너나[1372] 프돗던가[1373]
眞實노 풀닐 거시면 나도 불너 보리라

[243: 2721] 신흠(申欽)

창밖에 낙엽 밟는 소리가 바삭바삭하니 님이 오시는 소리인가 일어나 보니
난초가 우거진 지름길에 낙엽은 무슨 일인가
어즈버 유한한 간장이 다 그칠까 하노라

窓 밧긔[1374] 워셕버셕[1375] 님이신가 이러 보니
蕙蘭 蹊經[1376]에 落葉은 무스 일고[1377]
어즈버 有限ᄒᆞᆫ 肝腸이 다 긋ᄎᆞᆯ가[1378] ᄒᆞ노라

[244: 2273]

은으로 만든 등잔에 불이 밝고 짐승 모양으로 조각한 향로에 향이 사그라졌으니

1368) 삼긴: 삼기(生)-ㄴ(관형어미)〉만든, '삼기-'는 자타겸용동사로 사용된 예이다.
1369) 시름: 근심걱정.
1370) ᄒᆞ도 ᄒᆞᆯ샤: ᄒᆞ(多, 大)-도#ᄒᆞ-ㄹ샤(감탄형어미)〉많기도 많구나.
1371) 일너 다 못 일너: 말로 해서는 뜻한 바를 모두 입으로 다 표현할 수가 없어서.
1372) 불너나: 노래를 불러서나마.
1373) 프돗던가: 프(解, 풀-〉푸, ㄹ-불규칙)-돗(감탄선어말어미)-더(회상선어말어미)-ㄴ가(의문형어미)〉뜻한 바를 풀었던가.
1374) 밧긔: 밨(外)-의(처격조사)〉밖에.
1375) 워셕워셕: 와삭와삭, 바삭바삭. 낙엽 밟는 소리.
1376) 혜란혜경(蕙蘭蹊經): 난초가 우거진 지름길. '蕙'는 '蘭'과 같은 것이지만 한 가지로도 향기가 있는 것을 '蘭'이라 하고 여러 가지로도 향이 모자라는 것을 '蕙'라고 하여 그 향기의 아름다움을 비유하여 현인과 군자에 비유한다. '蹊'도 지름길을 뜻하며 '經'도 마찬가지이다.
1377) 落葉은 무스 일고: 낙엽은 무슨 일인고. 소소한 늦가을이 닥쳐 온 데 대한 감회와 그 낙엽소리가 님의 발자취 소리인가 잘못 생각한 서운한 마음을 담은 말임.
1378) 긋ᄎᆞᆯ가: 긏(斷)-을가(의문형어미)〉그칠가.

연꽃으로 물들인 비단 장막 속에 혼자 깨어 앉았으니
어떻다고 야단스러운 저 시간 알리는 북과 경점 소리에 잠 못 들어 하노라

銀缸[1379]에 불이 밝고 獸爐[1380]에 香이 진지[1381]
芙蓉[1382] 기픈 帳에 혼ᄌᆞ ᄭᅵ야 안ᄌᆞ시니
엇더타 헌ᄉᆞᄒᆞᆫ[1383] 져 更點[1384]에 ᄌᆞᆷ 못 드러 ᄒᆞ노라

[245: 1744] 신흠(申欽)
술이 몇 가지나 있는가 청주와 탁주가 있도다
먹고 취할망정 청탁이 관계 있겠는가
달 밝고 바람 시원한 밤이니 취한 술에서 아니 깨어난들 어떠하리

술이 몃 가지오 淸酒와 濁酒[1385] ㅣ로다
먹고 醉ᄒᆞᆯ션졍[1386] 淸濁이 關겨ᄒᆞ랴[1387]
ᄃᆞᆯ ᄇᆞᆰ고 風淸ᄒᆞᆫ[1388] 밤이어니[1389] 아니 ᄭᆡᆫ들 엇더리[1390]

[246: 1274] 신흠(申欽)
봄이 왔다고 하되 소식을 모르더니
냇가의 푸른 버들 네가 먼저 아는구나
어즈버 인간 이별을 또 어찌 하는가

1379) 은항(銀缸): 은으로 만든 등잔.
1380) 수로(獸爐): 짐승 모양으로 조각한 향로(香爐).
1381) 진지: 지(落, 디->지-)-ㄴ지(연결어미)〉떨어진지, 사그라지다.
1382) 부용(芙蓉) 기픈 장(帳): 연꽃으로 물들인 비단 장막.
1383) 헌ᄉᆞᄒᆞᆫ: 야단스러운, 떠들썩한, 또는 사랑하는.
1384) 경점(更點): 옛날에는 하룻밤을 5경(更)으로 나누고 1경은 다시 5점(點)으로 나누어 시각의 표준으로 삼았다.
1385) 청주(淸酒)와 탁주(濁酒): 맑은 술과 흐린 막걸리.
1386) 취(醉)ᄒᆞᆯ션졍: 취(醉)ᄒᆞ-ᄉᆞ(의존명사)-언졍(양보를 나타내는 연결어미)〉취할망정, 취할지언정.
1387) 관(關)겨ᄒᆞ랴: '關係ᄒᆞ랴'의 오기. 관계하겠는가? 반어적의문문.
1388) 풍청(風淸)ᄒᆞᆫ: 바람 시원한.
1389) 밤이어니: 밤(夜)-이(서술격)-어니(거니)〉밤이니, '-거니'〉-'어니', ㄱ탈락현상.
1390) 아니 ᄭᆡᆫ들 엇더리: 술에서 깨어나지 않은들 어떠하리. 차라리 술에서 개어나지 않기를 바라는 마음임.

봄이 왓다 ᄒᆞ되 消息을 모로더니
냇ᄀᆞ의 푸른 버들 네 몬져[1391] 아도괴야[1392]
어즈버 人間 離別을 쏘 엇지 ᄒᆞᄂᆞᆫ다[1393]

[247: 2383] 신흠(申欽)
인간 속계를 떠난 사람인 이 몸이 한가하다
도롱이를 앞으로 걷어 차 올려 입고 낚시터 조기(釣磯)로 올라가니
웃노라 태공망은 내가 그곳에 간 줄을 모르도다

人間을 써나 니ᄂᆞᆫ[1394] 이 몸이 閑暇ᄒᆞ다
蓑衣[1395]를 님의[1396] ᄎᆞ고[1397] 釣磯로[1398] 올나가니
웃노라[1399] 太公望[1400]은 나 간 줄을 몰ᄂᆡ라[1401]

1391) 몬져: 몬져>먼저.

1392) 아도괴야: 알(知)-도괴야(감탄형어미)>아는도다, 아는구나.

1393) ᄒᆞᄂᆞᆫ다: ᄒᆞ(爲)-ᄂᆞᆫ다(의문형어미)>하는가.

1394) 써나 니ᄂᆞᆫ: 써나-ㄴ(관형어미)#이(의존명사)-ᄂᆞᆫ(주제격조사)>떠난 사람은. 정주동·유창식(1953: 223), 『주해 진본청구영언』에서는 "써나 니ᄂᆞᆫ"를 '떠나니'로 해석하면서 "'ᄂᆞᆫ'보조사가 용언 아래에 연결되는 것은 드문 일인데, '써나니'에 다시 'ᄂᆞᆫ'을 첨가함은 그 어의를 강조 함이다. 따라서 어감상 단순한 '떠나니'와는 다르다고 보아진다. '떠나서는'하는 것이 적합할 것이다"라고 풀이하고 있으나 잘못된 해석이다.

1395) 사의(蓑衣): 되롱이.

1396) 님의: 님(前)-의(처격조사)>앞에. '빗니믈'[역어유해 자해중 27], "福으란 림배에 받ᄌᆞᆸ고"[동동]

1397) 님의 차고: 앞으로 치켜 올려 차고, 무슨 일을 할 때 옷자락이 걸치적거리지 않게 하기 위해 되롱이를 앞으로 치켜 올려 입는 것을 뜻함.

1398) 조기(釣磯)로: 물가에서 낚시질할 때 깔고 앉는 돌. 조대(釣臺)와 같이 낚시질하기에 좋은 장소라는 의미도 있음.

1399) 웃노라: 웃-노라(감탄형어미)>웃도다.

1400) 태공망(太公望): 주나라 문왕이 위수(渭水)에서 고기를 낚던 여상(呂尙)을 만나니 그의 선친 태공(太公)이 오랫동안 성인을 바랬다는 뜻에서 태공망(太公望)이라는 호를 주었다. 이 고사에서 유래하여 후세 낚시꾼을 태공망이라 이르게 되었다.

1401) 몰ᄂᆡ라: 모ᄅᆞ-ᄂᆡ라(감탄형어미)>모르도다. 본 가곡집에서는 'ㄹㄹ' 표기를 'ㄹㄴ'로 표기하고 있다. 따라서 '몰ᄂᆡ라'는 '몰래라'로 표기하는 것이 옳을 것이다. 그렇다면 '몰래라'는 '모ᄅᆞ(不知)-옳(미확정선어말어미)-ᄂᆡ라(감탄형어미)'로 분석이 가능하다. 참고로 정주동·유창식(1953: 225), 『주해 진본청구영언』에서는 '몰래라'로 표기되어 있는데 이를 다음과 같이 풀이하고 있다. 곧, "'몰래라'에서 '래'를 미래로 보아 '모르겠도다'로 새길만도 하다. '몰래라'는 '몰애라'의 연음 현상으로 보아 '애라'를 감탄종결어미형 이미로 샛길만 하다. 대저 국어에 있어서 'ㄹㅇ'은 발음에 있어서 'ㄹㄹ'로 변하는 성질이 있기 때문이다. '애라'가 감탄 종결어미로 시조에 관용되는 터로, 'ᄒᆞ야이라>ᄒᆞ애라>ᄒᆞ애라'처럼 변해 온 것이다."라고 설명하고 있다.

[248: 216] 신흠(申欽)

꽃이 지고 속잎이 돋아나니 시절도 변했도다

풀 속에 푸른 벌레 나비 되어 드나든다

누구라서 조화를 부려 수 천 번 변해도 수 만 번 꽃으로 다시 피어나는고

곳1402) 지고 속닙 ᄂᆞ니1403) 時節도 變ᄒᆞ거다1404)

풀 속에 푸른 버레1405) 나뷔 되여 ᄂᆞ듯ᄂᆞᆫ다1406)

뉘라셔 造化를 잡아1407) 千變萬化1408) ᄒᆞᄂᆞᆫ고

[249: 693] 신흠(申欽)

내가 늦게 태어나 태공 시절을 못 보았구나

결승문자 시대(곧 원시시대)가 끝난 후에 세상에 여러 가지 번거로운 일도 많기도 많구나

차라리 좋은 술이 많이 나는 곳에 들어가서 인간 속계를 잊으리라

느저1409) 날1410) 셔이고1411) 太公1412) 쩍을1413) 못 보완쟈1414)

結繩을1415) 罷ᄒᆞᆫ 後1416) 世故도1417) 하도 ᄒᆞᆯ샤1418)

1402) 곳: 곶(花)〉꽃.

1403) 속닙 ᄂᆞ니: 속잎이 피어나니.

1404) 變ᄒᆞ거다: 變ᄒᆞ-거다(과거감탄형어말어미)〉변했도다.

1405) 버레: 벌레.

1406) ᄂᆞ듯ᄂᆞᆫ다: ᄂᆞ(出)-들(入)-ᄂᆞᆫ(현재시상선어말어미)-다(어말어미)〉들락날락한다. 경상방언에서는 오늘날에도 '나들는다', '나듣는다'형이 '출입하다' 또는 '드나든다'라는 의미로 사용되고 있다.

1407) 잡아: 부려.

1408) 천변만화(千變萬化): 수천 번 변해도 수만 번 꽃이 되다.

1409) 느저: 늦어(晩).

1410) 날: 나(我)-ㄹ(대격조사)〉나를.

1411) 셔이고: 서(서이(立)-〉셔이-, ㅣ-모음역행동화)-고(연결어미), '날 셔이다'는 '내가 서다' 곧 '태어나다'라는 의미이다.

1412) 태공(太公): 강태공.

1413) 쩍을: 쩍(의존명사)-을(대격조사)〉때를.

1414) 보완쟈: 보(視)-ㄴ쟈(감탄형어말어미)〉보았구다, 보았도다. '-ㄴ쟈'는 '-ㄴ(관형어미)-ᄃᆞ(의존명사)-이어(감탄형어미)'의 형태 구성이다.

1415) 결승(結繩)을: 결승문자(結繩文字)시대. 곧 원시시대.

1416) 파(罷)ᄒᆞᆫ 후(後): 끝난 후에.

1417) 세고(世故)도: 세상에 여러 가지 번거로운 일도.

출하로[1419] 酒鄕에[1420] 드러 世界[1421]를 이즈리라

[250: 1262] 신흠(申欽)
보허자 마친 후에 여민락 곡조를 이어 연주하니
우조 계면에 곡을 듣는 이의 홍이 더 있어라
아이야 애상한 상성을 연주하지 마라 해가 저물가 하노라

步虛子[1422] ᄆᆞᄎᆞᆫ[1423] 後에 與民樂을[1424] 이어 ᄒᆞ니[1425]
羽調 界面[1426]에 客興[1427]이 더 이셰라[1428]
아희야 商聲[1429]을 마라 ᄒᆡ 져물가 ᄒᆞ노라

중국의 노래는 풍아를 갖추어 책에 실릴 수 있지만, 우리나라의 이른바 노래라는 것은 다만 손님을 접대하는 자리의 즐거움을 주기에 족하고, 풍아의 책에 쓸 수 없으니 대개 말과 소리가 달라서이다. 중국의 음은 말이 문이 되고, 우리나라의 음은 번역을 기다려야 문이 된다. 그러므로 우리나라 사람이 재능이 부족한 것이 아니라, 악부신성과 같은 것이 전할 수 없는 것이 개탄스러운 것이니 또한 거칠다 할 수 있다. 내가 이미 벼슬을 그만두고 고향으로 돌아온 것은 세상이 진실로 나를 버리고 내가 또한 세상에 진력이 난 때문이다. 지난날의 영화롭고 현달했던 것을 돌아보며 사탕 쭉정이나 도의 찌꺼기를 버리고 오직 자연을 마주하고 노래하면 풍부가 수레에서 내린 어리석음이 있다고 비웃을 것이지만, 마음에 먹은 바가 있으

1418) 하도 ᄒᆞᆯ샤: '하도 할샤'가 올바른 표기임. 많기도 만구나.
1419) 출하로: 차라리.
1420) 주향(酒鄕)에: 좋은 술이 많이 나는 곳.
1421) 세계(世界): 인간 속세.
1422) 보허자(步虛子): 당나라에서 도가(道家) 사람들의 노래 곡명인데 우리나라에서도 제례연향에서 보허자(步虛子)곡이 사용되었음.
1423) ᄆᆞᄎᆞᆫ: ᄆᆞᆾ(終)-ㄴ(관형어미)〉마친.
1424) 여민락(與民樂)을: 조선조 궁중제례에 사용되던 궁중악으로 『용비어천가(龍飛御天歌)』 1장, 2장, 3장, 4장과 125장을 사로 활용하였다.
1425) ᄒᆞ니: ᄒᆞ(대동사, 연주하다)-니(나열형어미)〉하니.
1426) 우조 계면(羽調 界面): 악곡명.
1427) 객홍(客興): 객군의 홍, 곡을 듣는 이의 홍.
1428) 이셰라: 이시(有)-어라(감탄형어미)〉있어라.
1429) 상성(商聲): 상조(商調)를 말함. 상은 방위로는 서쪽, 계절로는 가을이니 상성은 엄숙하고 베는 듯한 이질어지는 음조이다.

면 문득 시나 문장의 형식을 빌고 남은 여유가 있으면 방언으로 읊어 우리말로 기록한다. 언문으로 이렇게 겨우 아랫마을의 버드나무를 꺾듯 하는 것은 문단에 아무런 이득이 없으며 유희에서 나오는 것이어서 혹은 볼 만한 것이 없을 것이다. 1613(광해군 5)년 음력 6월에 방옹 신흠이 검포전사에서 쓴다.

中國之備, 歌風雅而登載籍, 我國所謂歌者, 只足以爲賓筵之娛, 用風雅, 載籍則否焉, 盖語音殊也. 中華之音, 以言爲文, 我國之音, 待譯乃文. 故我東, 非才彦之乏, 而如樂府新聲無傳焉, 可慨而亦可謂野矣. 余旣歸田間, 世固棄我, 而我且倦於世故矣. 顧平昔榮顯, 已糖粃土苴, 惟遇物諷詠, 則有馮婦下車之病, 有會心 輒形詩章, 而有餘 繼以方言腔之而記之, 以諺此僅下里折楊, 無得於騷壇一班, 而其出於遊戲, 或不無可觀. 萬曆癸丑長至放翁, 書于黔浦田舍.

[251: 2745] 정온(鄭蘊)[1430)]

책을 덮고 창을 여니 강호에 백구 떠다
왔다갔다하면서 무슨 뜻을 먹었는가
두어라 공명도 말고 너를 따라다니며 놀리라

冊 덥고[1431)] 窓을 여니 江湖에 白鷗 써다[1432)]
往來ᄒᆞ면셔 무ᄉᆞᆷ 뜻 먹어ᄂᆞᆫ고[1433)]
앗구려[1434)] 功名도 말고 너를 좃녀[1435)] 놀니라[1436)]

[252: 1606] 김광욱(金光煜)

가는 버들 가지 꺾어 낚은 고기 꿰어 들고
술집을 찾으려 짧은 다리로 건너가니
그 골짜기에 살구꽃이 날리니 어딘 줄을 모르겠도다

1430) 정온(1569~1641): 조선 중기의 문인. 자는 휘원이며, 호는 동계, 고고자 등이다. 1610(광해군 2)년 진사로서 별시문과에 급제하였다. 1614(광해군 6)년 영창대군을 살해한 강화부사 정항의 처벌을 주장하는 상소를 올렸다가, 제주도에 유배되었다. 문집으로 『동계문집』이 있다.

1431) 덥고: 덮-고(연결어미).

1432) 써다: 떠다.

1433) 먹어ᄂᆞᆫ고: 먹-어(부사형어미)#잇(有, 탈락되었음)-ㄴ고(의문형어미)〉먹었는가.

1434) 앗구려: 아서라(감탄사).

1435) 좃녀: 좃(從)-#니(行)-어(부사형어미)〉따라다니어.

1436) 놀니라: 놀-니(니〉리, 미확정선어말어미)-라(설명형어미)〉놀리라.

細버들1437) 柯枝 것거1438) 낙ᄀᆞᆫ1439) 고기 쎄여1440) 들고
酒家을 ᄎᆞᄌᆞ려1441) 斷橋1442)로 건너가니
그 골에 杏花ㅣ1443) 날니니1444) 아모됸1445) 줄 몰ᄂᆡ라1446)

[253: 859] 김광욱(金光煜)
도연명 죽은 후에 또 연명이 났다는 말이
밤마을 옛 이름이 마침 같기도 같구나
돌아와 옹졸함을 지켜 전원에 돌아와 숨어사는 것 그이고 나이고 무엇이 다르랴

陶淵明1447) 죽은 後에 ᄯᅩ 淵明이 나단 말이1448)
밤ᄆᆞ을1449) 옛 일홈1450)이 마초와 ᄀᆞ틀시고1451)
도라와 守拙田園1452)이야 긔오 ᄂᆡ오1453) 다르랴

1437) 세(細)버들: 가는 버들.
1438) 것거: 겄(折)-어(부사형어미)>꺾어.
1439) 낙ᄀᆞᆫ: 낛(낛->낡-)-은(관형어미)>낚은.
1440) 쎄여: 쎄(貫)-여(-어>-여(ㅣ-모음역행동화), 부사형어미)>꿰어.
1441) ᄎᆞᄌᆞ려: ᄎᆞᆽ(索)-ᄋᆞ(매개모음)-려(의도형어미)>찾으려.
1442) 단교(斷橋): 짧은 다리.
1443) 행화(杏花)ㅣ: 행화-ㅣ(주격조사)>살구나무가. 주격조사로는 '-이', '-ㅣ', '-∅'이 있었는데 18세기 말 '-가'가 새롭게 실현되었다. '-이' 주격조사는 선행체언의 말음이 폐음절(받침이 있는 경우)일 때, '-ㅣ' 주격조사는 선행체언의 말음이 개음절(받침이 없는 경우)일 때나 한자어 아래에서, '-∅' 주격조사는 선행체언의 말음이 'ㅣ'모음인 경우에 실현된다. 그러다가 18세기 후기부터 '-ㅣ'나 '-∅' 주격조사 자리에 '-가' 주격조사가 실현되었다.
1444) 날니니: 날리니, 'ㄹㄴ'의 표기가 'ㄹㄹ' 교체되었다.
1445) 아모됸: 아모ᄃᆡ-ㄴ(관형어미)>아무 곳인. 어디인.
1446) 몰ᄂᆡ라: 모ᄅᆞ(不知)-ㆎ라(감탄형어미)>모르겠도다.
1447) 도연명(陶淵明): 이름은 잠(潛), 자(字)는 원형(元亮) 진(晋)의 심양(潯陽)의 사람.
1448) 나닷말이: 났더란 말인가. '닷'은 과거회상보조어간의 '던'.
1449) 밤ᄆᆞ을: 율리(栗里) 곧 동리 이름으로 도연명이 거처하던 마을 이름이며 또한 작자 김광욱이 거처하던 마을 이름이기도 하다.
1450) 옛 일홈: 옛 이름. '뎨'는 옛(昔).
1451) 마초와 ᄀᆞ틀시고: 마참 (遇然히) 같기도 같구나.
1452) 수졸전원(守拙田園): 일부러 잘난 체 구며, 세상에 들어 날려고 하지 아니 하고, 옹졸(못생김, 어리석음)을 지켜 전원에 돌아와 숨어사는 것.
1453) 긔오 내오: 그이고 내고. 그고 나고 즉 도연명(陶淵明)이나 자기나 다름이 없다는 것이다. '오'는 접속조사 '고'가 'ㅣ'모음 아래에서 'ㄱ'이 탈락한 것.

[254: 232] 김광욱(金光煜)

공명도 잊었노라 부귀도 잊었노라
세상 번거롭고 시름겨운 일 다 주어 잊었노라
내 몸을 내마져 잊으니 남이 아니 잊으랴

功名도 이젓노라 富貴도 이젓노라
世上 번우ᄒᆞᆫ[1454] 일 다 주어 이젓노라
내 몸을 내ᄆᆞ자[1455] 이즈니 남이 아니 이즈랴[1456]

[255: 931] 김광욱(金光煜)

뒤 집의 술쌀을 꾸니 거친 보리도 말에 차짐 못한다
주는 것 모두 찧어 쉬 빚어 괴어 내니
여러 날 굶주렸던 입이니 다나 쓰나 어이하리

뒤 집의 술ᄊᆞᆯ[1457]을 ᄭᅮ니 것츤 보리 말 못 ᄎᆞᆫ다[1458]
즈ᄂᆞᆫ 것[1459] 마고 ᄶᅵ어[1460] 쉬 비져[1461] 괴야 내니
여러 날 주렷던 입이니 ᄃᆞ나 쓰나 어이리

[256: 103] 김광욱(金光煜)

강산의 고요하고 아름다운 경치 다 주어 맡아 있어
내 혼자 임자 되어 뉘라서 다를 것인가
남이야 꿈꾸지 여긴들 나누어 볼 줄 있겠는가

1454) 번우ᄒᆞᆫ: 번거롭고 시름겨운 일.

1455) 내ᄆᆞ자: 내-ᄆᆞ자(특수조사)〉내마져.

1456) 남이 아니 이즈랴: 남이 자기의 존재를 잊지 아니 하겠는가.

1457) 술ᄊᆞᆯ: '술'을 빚기 위하여 쓰는 쌀. 'ᄊᆞᆯ'은 쌀.

1458) 말 못ᄎᆞ다: 말(斗)이 차지 못하다. 곧 한말이 되지 않는다. 'ᄎᆞ다'는 '滿'의 뜻.

1459) 즈ᄂᆞᆫ 것: 『해동가요』에서는 '즌은아 마고 ᄶᅵ허'로 되어 있으니, '즌은아'를 '짓노나'로 새겨 '짓'은 '정도'의 '太'를 뜻하는 접두사이고 '아무렇게나 헤쳐서'라고 하였다. 그러나 여기서는 '즈는 것'이라고 되어 있으니, '치음+으〉치음+우'의 음변운화에 대한 반대적 유추작용으로, '주는 것'을 '즈는 것'으로 표기한 것으로 보아 '주는(給與) 것'으로 새겨 본다.

1460) 마고 ᄶᅵ어: 모두 찧어. '마고'는 '마구'이니 모조리, 모두의 뜻. 'ᄶᅵ허'는 '찌허'로 '찧다'의 부사형, 'ᄃᆡ흐다'는 'ᄃᆡ흐다'의 경음화 현상이니 'ᄃᆡ흐다〉ᄢᅵᇂ다〉찧다'처럼 변해 온 것이다.

1461) 비져: 빚어.

江山[1462] 閑雅ᄒᆞᆫ 風景 다 주어 맛다이셔[1463]
내 혼ᄌᆞ 임ᄌᆞ되여[1464] 뉘라셔 ᄃᆞ톨소니[1465]
눔이야 숨ᄶᅮ지[1466] 너긴들 ᄂᆞᆫ화[1467] 볼 줄 이시랴

[257: 2700] 김광욱(金光煜)
흙으로 구워 만든 가마솥 깨끗이 씻고 바위 아래 깨끗한 물 길러와
팥죽 달게 쑤고 절인 김치 꺼내니
세상에 이 두 가지 맛이야 남이 알까 두렵도다

질 가마[1468] 조히[1469] 씻고 바회[1470] 아ᄅᆡ 식 물 기려
ᄑᆞᆺ죽 ᄃᆞᆯ게 쑤고 저리짐ᄎᆡ[1471] ᄭᅳ어내니
世上에 이 두 마시야[1472] 눔이 알가 ᄒᆞ노라

[258: 1953] 김광욱(金光煜)
어와 저 백구야 무슨 수고하는구나
갈대숲으로 배회하며 고기 엿보기하는구나
나와 같이 딴 생각 없이 잠만 들면 어떠하리

어화 져 白鷗ㅣ야 무슴 수고 ᄒᆞᄂᆞᆫ고나[1473]

1462) 강산(江山) 한아(閑雅)ᄒᆞᆫ 풍경(風景): 강산의 고요하고 아름다운 경치.
1463) 맛다 이셔: 맡아 있어. '맛다'는 맡아. '맡(任)'의 원형은 '맛ㄷ'이었다.
1464) 임ᄌᆞ되여: 임자되어.
1465) ᄃᆞ톨소니: 다를 것인가. '소니'는 'ᄉᆞ(불완전명사)-오(의도법선어말어미)-ㄴ(관형형어미)#-이(의존명사)'의 구성이니 원래 뜻은 '-것인가' 하는 뜻이다. '이'는 의존명사이나, 이것이 단독으로 의문형에 쓰임은 '나닷말이'에서 보는 바와 같은 것이다. 이때는 '소니'의 원시적 구성이 어떠하든 벌써 하나의 어미로 퇴화 고정된 것이며, 감탄적 의문종결어미형에 사용된다.
1466) 숨ᄶᅮ지: 심술궂게.
1467) ᄂᆞᆫ화: 나누어.
1468) 질가마: 흙으로 구워 만든 가마솥.
1469) 조히: 깨끗이.
1470) 바회: 바위.
1471) 저리짐ᄎᆡ: 절이김치. 겉절이.
1472) 마시야: 맛-이야(감탄형어미)>맛이야.
1473) ᄒᆞᄂᆞᆫ다: 하는 것인가. 'ᄒᆞᄂᆞᆫ다'의 와전된 말. 'ᄉᆞᆫ다'는 'ᄉᆞ+ㄴ다'이니 '것인가' 하는 뜻. 감탄적 의문종결어미

골숩흐로[1474] 바지니며[1475] 고기 엿기[1476] ᄒᆞᄂᆞ괴야
날 ᄀᆞᆺ치 군ᄆᆞᄋᆞᆷ[1477] 업시 좀ᄆᆞᆫ 들면 엇더리

[259: 1037] 김광욱(金光煜)
초가의 처마 끝 기나긴 해에 할 일이 아주 없어
포대기 할 일에 낮잠 들어 석양이 지자 깨니
문 밖에 그 누가 애햄하고 낚시 가자고 하나니

茅簷[1478] 기나긴 ᄒᆡ에 ᄒᆡ올 일[1479]이 아조 업셔
蒲團[1480]ᄒᆡ올 일에 낫ᄌᆞᆷ 드러 夕陽에 지자 ᄭᆡ니[1481]
門 밧긔 긔 뉘 아홈[1482] ᄒᆞ고 낙시 가쟈 ᄒᆞᄂᆞ니

[260: 1472] 김광욱(金光煜)
삼공이 귀하다고 한들 이 강산과 바꿀쏘냐
일엽편주에 달을 싣고 낚싯대를 흩어 던질 때
이 몸이 이 맑은 홍취를 가지고 만호후인들 부러워하랴

三公[1483]이 貴타 ᄒᆞᆫ들 이 江山과 밧골소냐[1484]
扁舟[1485]에 ᄃᆞᆯ을 싯고[1486] 낙대를 흣더질 제[1487]

1474) 골숩흐로: 갈 때 숲으로. '골'은 갈 때.
1475) 바자니며: 배회하며.
1476) 엿기: 엿보기. '엿다'는 '엿다'에서 온 말.
1477) 군ᄆᆞᄋᆞᆷ: 딴 생각. 삼육수(三六首)의 '년듸 ᄆᆞᄋᆞᆷ'과 같음.
1478) 모첨(茅簷): 초가의 처마 끝. 띠집으로 모옥(茅屋)과 같은 뜻으로 쓰임.
1479) ᄒᆡ올 일: '하는 일. 시킬 일'이 본래 뜻인데, 이 노래에서는 '할 일'이라는 뜻으로 사용한 듯하니, 문법적으로 모순이 있다.
1480) 포단(蒲團): 포대기. 좌구(坐具). 존래 중(僧)이 좌선(坐禪) 및 꿇어 절할 때의 사용되는 포대기.
1481) 석양(夕陽)에 지자 ᄭᆡ니: 방종현의 『고시조정해』에는 "셕양이 디쟈 ᄭᆡ니"로 되어 "저녁 햇볕이 기울어 가쟈 잠을 깨니"로 새겼는데, '셕양'이 주어이라면 이러한 해석도 가능하나, 이 책에서는 '夕陽'이 부사어이기 때문에, 단순히 그렇다고만 볼 수 없다. 만약에 방종현님의 해석에 따라, '지자'를 '落'의 뜻으로 해석한다면 다음과 같이 석양 이외에 'ᄒᆡ'라는 주어가 따로 있어야 한다.
1482) 아홈: 애햄. 기침하는 소리의 의성어.
1483) 삼공(三公): 삼정승(三政丞)을 말함.
1484) 이 강산(江山)과 밧골소냐: 이 아름다운 강산과 바꿀 수 있겠는가.
1485) 편주(扁舟): 조각 배. 소주(小舟) 보통 일엽편주(一葉扁舟) 혹은 일엽주(一葉舟)로 쓰임.
1486) ᄃᆞᆯ을 싯고: 달을 싣고.

이 몸이 이 淸興[1488] 가지고 萬戶候[1489] 근들 브르랴[1490]

[261: 3232] 김광욱(金光煜)
헝클어지고 뒤숭숭한 문서 다 주어 후려치고
필마 추풍에 채를 쳐 돌아오니
아무리 매여 있던 새를 풀어놓는다고. 이토록 좋게 시원하랴

헛글고[1491] 싯근 文書[1492] 다 주어 후리치고[1493]
匹馬[1494] 秋風에 치를 쳐 도라오니
아모리 미인 식 노히다[1495] 이디도록[1496] 싀훤ᄒᆞ랴

[262: 816] 김광욱(金光煜)
대막대 너를 보니 유신하고 반갑구나
나니 아이 때의 너(대 막대)를 말 삼아 타고 다녔더니
이제란 창 뒤에 섰다가 내 뒤 서고 다녀라

대막디[1497] 너를 보니 有信ᄒᆞ고 반갑고야[1498]
나니[1499] 아희[1500] 젹의 너를 타고 ᄃᆞᆫ니더니
이제란[1501] 窓 뒤헤 셧다가 닉 뒤 셔고[1502] ᄃᆞᆫ녀라

1487) 홋더질 제: 흩어 던질 때. '훗다'와 '더지다'의 복합동사. '홋'은 '흩(散)'.
1488) 청흥(淸興): 맑은 흥취.
1489) 만호후(萬戶候): 만호나 되는 광대한 토지에 봉(封)함을 받은 후(候).
1490) 부르랴: 부러워하겠는가, 하지 않는다.
1491) 헛글고: 헝클어져서. 어수선하고. 흩어져 어수선하다.
1492) 싯근 문서(文書): 뒤숭숭한 문서. 시끄러운 문서.
1493) 후리치고: 후려치고. 빼 던지고.
1494) 사필(匹馬): 한 필의 말.
1495) 미인 새 노히다: 매여 있던 새를 풀어놓는다고.
1496) 이디도록: 이토록 좋게. '이대'는 '잘, 좋게'의 뜻.
1497) 대막대: 죽장(竹杖). 대나무 지팡이. '막대'는 지팡이.
1498) 반갑괴야: 반갑구나. '괴야'는 '고야'의 umlaut현상. 감탄종결어미형 어미.
1499) 나니: 감탄사.
1500) 아희 적의 너를 ᄐᆞ고 ᄃᆞᆫ니더니: 아이 때의 너(대 막대)를 말 삼아 타고 다녔더니. 어릴 때 대나무를 말 삼아 타고 다니는 데, 여기서 어릴 때 사귄 벗을 "竹馬之友, 竹馬之好"라고 하게 된 것이다.
1501) 이제란: 이제는. '란'은 지정사 '이라'에 보조사 'ㄴ'이 결합한 것으로 그 문법적 기능은 '는'과 전혀

[263: 1392] 김광욱(金光煜)

사람이 죽은 후에 다시 사는 이 보았는가
왔노라고 한 사람이 없고 돌아와 날 볼 사람이 없다
우리는 그런 줄 알기 때문에 살아 계신 적에 노노라

사ᄅᆞᆷ이 죽은 後에 다시 사 니[1503] 보완ᄂᆞᆫ다[1504]
왓노라 ᄒᆞ니 업고 도라와 ᄂᆞᆯ[1505] 보 리 업다
우리ᄂᆞᆫ 그런 줄 알모로 사라신 제 노노라

[264: 904] 김광욱(金光煜)

동풍이 건듯 불어 쌓인 눈을 다 녹이니
사면 청산이 옛날의 모양 나타나도다
귀밑에 해묵은 서리는 녹을 줄을 모른다

東風이 건듯 부러[1506] 積雪을 다 노기니
四面 靑山이 녜 얼골[1507] 나노ᄆᆡ라[1508]
귀 밋테 ᄒᆡ 무근 서리[1509]ᄂᆞᆫ 녹을 줄을 모른다

[265: 1701] 홍익한(洪翼漢)[1510]

수양산에서 내린 물이 이제의 원한 어린 눈물이 되어

같으나 어감이 그것보다 강하다. 경우에 따라서는 '-이라는 것은' 하는 뜻으로도 새길 만하다.

1502) ᄂᆡ 뒤 셔고: 내 뒤에 셰우고, '셰'는 '셔'의 사동형이니 '立'의 어간 '셔'에 다시 '우'가 더하여 된 것이다.

1503) 다시 사 니: 다시 산 사람.

1504) 보왓ᄂᆞᆫ다: 보(視)-왓(과거시상선어말어미)-ᄂᆞᆫ다(의문형어미)〉보았는가?

1505) 도라와 ᄂᆞᆯ: 돌아왔으므로.

1506) 건듯 부러: 얼른 불어 잠시 불어. '건듯'은 얼른. 잠시.

1507) 녜 얼골: 옛날의 모양. 풍신(風神).

1508) 나노ᄆᆡ라: 나도다. 나타나도다. '-노매라'는 감탄종결어미형.

1509) 귀 밋틔 ᄒᆡ 무근 서리: 귀 밑에 몇 년이나 묵은 흰 뇌발(頪髮). 이를 설발(雪髮), 상발(霜髮), 운발(雲髮), 백발(白髮)이라 하여 털이 희어졌음을 형용하고 있음.

1510) 홍익한(1586~1637): 조선 중기의 문인. 자는 백승이며, 호는 화포이다. 1624(인조 2)년 문과에 장원 급제한 뒤 사서, 장령을 지냈다. 1637년 병자호란이 일어나자 척화론을 주장하였다가, 척화의 주모자로 지목되어 청나라에 압송되었다. 청나라에서 협박과 유혹에 굴복하지 않고, 죽음을 당하였다. 문집으로 『화포집』이 있다.

주야에 쉬지 않고 여울여울 우는 뜻은
지금에 위국충성을 못내 싫어하노라

首陽山[1511] ᄂᆞ린 물이 夷齊의 寃淚ㅣ 되야[1512]
晝夜 不息[1513]ᄒᆞ고 여흘여흘[1514] 우ᄂᆞᆫ 씃은[1515]
至今에 爲國忠誠[1516]을 못ᄂᆡ 슬허[1517]ᄒᆞ노라

[266: 754] 송시열(宋時烈)[1518]
님이 생각하오시매 나는 전혀 믿었더니
날 사랑하던 정을 뉘 손에 옮기셨는가
처음에 미워하시던 것이면 이토록 서러울까

님이 혀오시ᄆᆡ[1519] 나ᄂᆞᆫ 젼혀 밋덧더니
날 사ᄅᆞᆼ ᄒᆞ든 情을 뉘손ᄃᆡ[1520] 옴기신고
처음에 뮈시든[1521] 거시면 이ᄃᆡ도록 셜울가

[267: 1966] 구인후(具仁垕)[1522]
어전에 실언하고 특명으로 내치시니
이 몸이 갈 데 없어 서호를 찾아가니
밤중쯤 닷 드는 소리에 임금을 그리는 정성이 새로워라

1511) 수양산(首陽山): 백이숙제(伯夷叔齊)가 아사(餓死)했다는 산서성(山西省)에 있는 산.
1512) 원루(寃淚)ㅣ 되야: 어린 눈물이 되어.
1513) 불식(不息): 쉬지 않음.
1514) 여흘여흘: 여울여울.
1515) 씃은: 뜻은.
1516) 위국충성(爲國忠誠):나라를 위해 충성을 다함.
1517) 슬허: 슬퍼.
1518) 송시열(1607~1689): 조선 중기의 문인. 자는 영보이며, 호는 우암, 황양동주 등이다. 이이, 김장생으로 이어지는 기호학파의 대표적 유학자로서, 일생을 주자학 연구에 바쳤다. 문집으로 『우암집』이 전한다.
1519) 혜오시매: 생각하오시매. 사랑하오시매. '혜다'는 생각(思量)하다.
1520) 뉘 손ᄃᆡ: 뉘 손데. 누구에게.
1521) 믜시던: 미워하시던. '믜다'는 '믭다'의 ㅂ변격으로 증오의 뜻.
1522) 구인후(1578~1658): 조선 중기의 무인. 자는 중재이며, 호는 유표이다. 인조의 외종형으로, 김장생의 문인이다. 1623(인조 1)년의 인조반정에 처음부터 계획을 세운 공로로 정사공신 2등에 책록되고, 능천군에 봉해졌다.

御前[1523]에 失言ᄒᆞ고 特命으로 ᄂᆡ치시니[1524]
이 몸이 갈 ᄃᆡ 업셔 西湖[1525]를 ᄎᆞᄌᆞ 가니
밤 中만[1526] 닷 드는[1527] 소ᄅᆡ예 戀君誠[1528]이 ᄉᆡ로왜라[1529]

[268: 319] 이완(李浣)[1530]
군산을 깎아 평평하게 한 들 동정호가 넓을 것이다
계수나무를 베었던들 달이 더욱 밝을 것을
뜻 두고 이루지 못하니 늙기가 서러워라

羣山[1531]을 削平[1532]ᄐᆞᆫ들 洞庭湖[1533]ㅣ 너를 낫다[1534]
桂樹[1535]를 버히던들[1536] ᄃᆞᆯ이 더욱 ᄇᆞᆰ을 거ᄉᆞᆯ
ᄯᅳᆺ 두고 이로지[1537] 못ᄒᆞ니 늙기 셜워ᄒᆞ노라

[269: 2449] 허정(許禎)[1538]
해 가운데 삼족조야 가지 말고 내 말 들어라
너희는 반포조라 뭇 새 가운데 제일 효성이 있는 새로다
북당에 계시는 백발 양친을 더디게 늙게 하여라

1523) 어전(御前): 임금의 앞.
1524) ᄂᆡ치시니: 내치시니. 물러가게 하시니.
1525) 서호(西湖): 오강(五江)의 하나. 오강은 한강, 용산, 마포, 지호(支湖), 서호.
1526) 밤중(中)만: 밤중쯤.
1527) 닷 드는: 닻 드는.
1528) 연군성(戀君誠): 임금을 그리는 정성.
1529) ᄉᆡ로왜라: 새롭구나.
1530) 이완(1602~1674): 조선 중기의 무인. 자는 징지이며 호는 매죽헌이다. 1624(인조 2)년 무과에 급제하여 현령, 군수, 부사를 역임했고, 1631년 평안도 병마절도사에 올랐다. 효종 즉위 이후 왕을 받들어 북벌 계획을 도모했으나, 뜻을 이루지 못하였다.
1531) 군산(羣山): 동정호 안에 있는 산.
1532) 삭평(削平): 깎아 평평하게 하는 것.
1533) 동정호(洞庭湖): 예전에 '둥팅 호'를 우리 한자음으로 읽던 지명.
1534) 너를 낫다: 넓을 것이로다. 널려졌을 것이다.
1535) 계수(桂樹): 달 속에 있다는 나무.
1536) 버히던들: 베었던들.
1537) 이로지: 이루지.
1538) 허정(1621~?): 조선 중기의 문인. 자는 중옥이며, 호는 송호이다. 1651(효종 2)년 별시문과에 병과로 급제하였고, 현종 때 성천부사를 거쳐 승지와 부윤을 역임하였다.

日中 三足烏[1539] ㅣ야 가지 말고 ᄂᆡ 말 드러
너희ᄂᆞᆫ 反哺鳥[1540] ㅣ라 鳥中之曾參[1541]이로다
北堂에 鶴髮 雙親[1542]을[1543] 더듸 늙게 ᄒᆞ여라

[270: 2905] 강백년(姜百)[1544]
청춘에 곱던 모습 님으로 말미암아 다 늙었다
이제야 임이 보면 날인 줄 아실까
아무나 내 형용 그려내어 님에게 드리고자

靑春에 곱든 양ᄌᆞ[1545] 님[으]로야[1546] 다 늙거다[1547]
이제야 님이 보면 날인 줄 아르실가
아모나 내 形容 그려ᄂᆡ여 님의손ᄃᆡ[1548] 드리고자

[271: 1153] 임경업(林慶業)[1549]
산을 뽑을 만한 힘과 세상을 뒤덮을 기상은 초패왕의 다음이오

1539) 일중(日中) 삼족조(三足鳥): 『해동가요』에는 "日中 三足烏"라고 되어 있는데 이것이 옳음. 해 속에 산다는 새 발을 가진 까마귀. 해속에 삼족조가 산다는 중국 고대 신화이다. 『춘추원명포』에 "日中有三足烏" 참조.

1540) 반포조(反哺鳥): 표(哺)는 입 속의 식물. 어미 새가 식물을 물고 와서 새끼를 키우는데 그 새끼가 자라나서 도리어 식물을 물고 와서 어미를 먹여 기루어 준 은혜를 갚는다는 새. 까마귀를 두고 말함. 효조(孝鳥)로 이름남. 『십육국춘추』에 "晏平三年, 白烏赤足來翔, 李雄以問范長生, 長生曰, 烏有反哺之義, 必有遠人感惠而來者, 果闕中流民相繼請降" 참조.

1541) 조중지증삼(鳥中之曾參): 뭇새 가운데 제일 효성이 있는 새.

1542) 북당(北堂)에 학발 쌍친(鶴髮雙親): 북당(北堂)에 계시는 백발 양친(白鬢 兩親). 『사원』에 "俗稱母, 爲北堂, 取義於詩之焉, 得諼草言樹之背, 背北堂也" 참고.

1543) 학발 쌍친(鶴髮雙親)을: 머리가 하얗게 세 부모. 구양수의 시에 "錦衣白日還家樂, 鶴髮高堂獻壽詩" 참조.

1544) 강백년(康柏年, 1603~1681): 조선 중기의 문인. 자는 숙구(叔久)이며, 호는 설봉(雪峰), 한계(閑溪), 청월헌(聽月軒) 등이다. 1627(인조 5)년에 문과에 급제하여, 예조판서 등을 지냈다. 문집으로 『설봉집』이 전한다.

1545) 양ᄌᆞ: 모습.

1546) 님로야: 님으로 말미암아. '님로야'의 '-야'는 '-ᅀᅡ'에서 온 강세조사.

1547) 늙거다: 늙-거(과거시상선어말어미)-다(종결어미)〉늙었다.

1548) 님의손ᄃᆡ: 님에게. 님한테. 조사 '-의손ᄃᆡ'는 '관형격조사+손ᄃᆡ'의 구성으로 나타난다. 관형격 조사의 대표적인 것으로는 '의'와 'ᄋᆡ'를 들 수 있는데, 모음 아래에서는 주격의 'ㅣ'가 관형격으로 사용되는 일이 있는 것이다.

1549) 임경업(1594~1646): 조선 중기의 무인. 자는 영백이며, 호는 고송이다. 1618(광해군 10)년 무과에 급제하여, 1624(인조 2)년 중충신 휘하에서 이괄의 난을 평정하는 데 공을 세웠다. 철저한 친명배청파의 무장이다.

지엄한 충절은 오자서보다 위로다
천고에 열녀장부의 풍모는 수정후인가 하노라

拔山力 盖世氣[1550]는 楚霸王[1551]의 버금[1552]이오
秋霜節 烈日氣忠[1553]은 伍子胥[1554]의 우히[1555]로다
千古에 烈丈夫風은[1556] 壽亭侯[1557]ㄴ가 ᄒᆞ노라.

[272: 481] 조한영(曺漢英)[1558]
낙유원 해 저문 날에 당 태종의 소능을 바라보니
흰 구름 깊은 곳에 당 명황의 능이 있는 금속퇴 보기가 슬프구나
어느 때 이 몸이 돌아가 다시 모시고 놀 것인가

樂遊園[1559] 빗긴 날에[1560] 昭陵[1561]을 ᄇᆞ라보니
白雲 깁흔 곳의 金粟堆[1562] 보기 셟다[1563]
어ᄂᆡ 제[1564] 이 몸이 도라가 다시 뫼셔 놀니요[1565]

1550) 발산력 개세기(拔山力 盖世氣): 산을 뽑을 만한 힘과 세상을 뒤덮을 기상. 항우가 해하(垓下)에서 패사하기 직전에 지은 시. 『사기』 〈항우본기〉에 "於時 項王乃悲歌忼慨, 自爲詩曰 "力拔山兮, 氣蓋世, 時不利兮, 騅不逝, 騅不逝兮, 可奈何, 虞兮虞兮, 奈若何, 歌數闋. 美人和之, 項王泣數行下, 左右皆泣, 莫能仰視" 참고.

1551) 초패왕(楚霸王): 항우. 진말(秦末) 하상(下相) 사람. 우는 자. 진(秦)을 파하고 서초 패왕이 되었다가 후에 유방과 싸우다 패사함.

1552) 버금: 다음.

1553) 추상절 열일기충(秋霜節 烈日氣忠): 지엄(至嚴)한 충절. 추상같은 절의와 햇빛처럼 뜨거운 충성.

1554) 우히: 위.

1555) 오자서(伍子胥): 중국 춘추시대 초(楚)나라의 사람. 이름은 원(員), 아버지 사(奢)와 형 상(尙)을 죽인 초의 평왕(平王)을 오나라의 도움으로 원수를 갚음.

1556) 열부장풍(烈丈夫風)은: 열녀장부의 풍모는.

1557) 수정후(壽亭侯): 삼국 촉의 관 우(關羽)의 봉호.

1558) 조한영(1608~1670): 조선 중기의 문인. 자는 수이이며, 호는 회곡이다. 1637(인조 15)년 정시문과에 급제하였다. 1641(인조 19)년 척화파로 몰려 심양으로 잡혀가 고초를 겪었으나 굽히지 않다가, 1642(인조 20)년 풀려났다. 문집으로 『회곡집』이 있다.

1559) 낙유원(樂遊園): 중국 섬서성 장안현 남쪽에 있는데 한의 선제가 묘우(廟宇)를 세운 곳.

1560) 빗긴 날에: 해가 저문 날에.

1561) 소능(昭陵): 당태종(唐太宗)의 능.

1562) 금속퇴(金粟堆): 중국 포성현 동북으로 200리 떨어진 곳에 있는 산 이름으로 당명황(唐明皇)의 능이 있음.

1563) 셟다: 슬프구나.

1564) 어ᄂᆡ 제: 어느 때.

[273: 1361] 윤선도(尹善道)1566)
비 오는 날 들에 가랴 사립문을 걸어 닫고 소 먹여라
장마가 늘 불겠는가 쟁기 연장 손질해 두어라
쉬다가 날이 개는 날 보아 이랑이 긴 밭을 매리라

비 오ᄂᆞᆫ 날 들ᄒᆡ 가랴 사립1567) 닷고 쇼1568) 멱여라
마히1569) ᄆᆡ양 불냐 잠기1570) 연장 다ᄉᆞ려라1571)
쉬다가 ᄀᆡᄂᆞᆫ 날1572) 보아 ᄉᆞᄅᆡ 긴 밧1573) ᄆᆡ리라

[274: 2022] 윤선도(尹善道)
연잎에 밥 싸 두고 반찬은 장만하지 마라
푸른 대 껍질로 결은 삿갓은 쓰고 있노라 도롱이를 가져왔느냐
어떻다 무심한 백구는 가는 곳마다 쫓아다닌다

蓮닙ᄒᆡ1574) 밥 ᄊᆞ 두고 飯饌으란 장만 마라
靑篛笠1575)은 써 잇노라 綠蓑衣1576)를 가져오냐
엇더타 無心ᄒᆞᆫ 白鷗ᄂᆞᆫ 간 곳마다 졷닌다1577)

1565) 놀니요: 놀-니(의존명사)-요(의문형어미)〉놀 것인가?
1566) 윤선도(1587~1671): 조선 중기의 문인. 자는 약이이며, 호는 1628(인조 60)년 별시 문과 초시에 장원급제한 후, 봉림대군의 사부와 사헌부 지평 등 요직을 두루 거쳤다. 생애의 20여 년을 귀양살이로, 19년간은 은거 생활로 보냈다. 그는 특히 시조에 뛰어나 정철의 가사와 더불어 시가사상 쌍벽을 이룬다. 문집으로 『고산유고』가 있고, '어부사시사' 등의 시조가 전한다.
1567) 사립: 사립 문.
1568) 쇼: 소(牛).
1569) 마히: 장마가. '히'는 주격조사. 『해가가요』에는 "霖히 每樣 불랴"라고 되어 있음. 방종현 님은 "'ᄆᆡ히 ᄆᆡ양 불냐' 하고 한데도 있으니, 만일 분다고 하면 바람을 두고 이름인가"라고 하였다.
1570) 장기: 논이나, 밭을 가는데 쓰는 농구.
1571) 다스려라: 다스리어라. 고장이 남이 없도록 손질하여 완전하게 하여 두어라.
1572) ᄀᆡᄂᆞᆫ 날: 비가 멎는 날. 개이는 날.
1573) ᄉᆞ래 긴 밧: "ᄉᆞ래 긴 밧"은 이랑이 긴 밭.
1574) 닙ᄒᆡ: 잎에.
1575) 청약입(靑篛笠): 푸른 대 껍질로 결은 삿갓.
1576) 녹사의(綠蓑衣): 도롱이.
1577) 졷닌다: 졷(從)-니(行)〉(복합동사어간)-ㄴ(현재시상선어말어미)-다(종결어미)〉쫓아다닌다.

[275: 2129] 윤선도(尹善道)
옷 위에 서리 오지만 추운 줄 모르겠노라
낚싯배가 좋다고 하나 덧없는 세상과 어떠하니
두어라 내일도 이러하고 모레도 이러하리라

옷 우희[1578] 셔리 오되 치운 줄 몰을노다[1579]
釣船[1580]이 좃다 ᄒᆞ나 浮世[1581]와 엇더ᄒᆞ니
두어라 來日도 이러ᄒᆞ고 모릐[1582]도 이러ᄒᆞ리라

[276: 592] 윤선도(尹善道)
내 일 망령된 줄을 내라 하여도 모를쏘냐
이 마음 어리기도 한 것은 님 위한 탓이로다
아무나 아무리 일러도 님이 헤아려 보소서

내 일 망녕된 줄을 내라 ᄒᆞ여도[1583] 모ᄅᆞᆯ쏜야
이 ᄆᆞᄋᆞᆷ 어리기도[1584] 님 위ᄒᆞᆫ 타시로다
아모나[1585] 아모리 일너도 님이 혜여[1586] 보소셔

[277: 2269] 윤선도(尹善道)
희고 큰 물고기가 몇 마리나 걸렸느냐
갈꽃에 불 붙여 고기를 가리어 얹어 구어 놓고
아이야 질병의 술을 기울려 바가지에 부어 다고

銀唇 玉尺[1587]이 몃 치나 걸년ᄂᆞ니[1588]

1578) 옷 우희: 옷 위에.
1579) 몰을노다: 모르겠도다.
1580) 조선(釣船): 낚싯배.
1581) 부세(浮世): 덧없는 세상.
1582) 모릐: 모레.
1583) 내라 ᄒᆞ여도: 나라고 하여도.
1584) 어리기도: 어리석기도. 어리석은 것도. 기본형은 '어리다'.
1585) 아모리: 아무리. 암만.
1586) 혜여: 혜아리어. 생각하여.

蘆花[1589]에 불 부터[1590] 골희여[1591] 구어 노코
아희야 질병을 거우러로혀[1592] 박국이[1593]에 부어 다고

[278: 1876] 윤선도(尹善道)
앞 내에 안개 걷히고 뒷산에 해가 비친다
밤물은 거의 지고 낮물이 밀려온다
강촌에 온갖 곳이 먼 빛이 더욱 좋아라

압 ᄂᆡ에[1594] 안ᄀᆡ 것고 뒷 뫼에[1595] ᄒᆡ 빗친다
밤물[1596]은 거의 지고 낫물[1597]이 미러 온다
江村에 온갓 곳이[1598] 먼 빗치 더옥 조홰라

[279: 2489] 윤선도(尹善道)
잔 들고 혼자 앉아 먼 산을 바라보니
그리던 님이 온다고 반가움이 이러하랴
말씀도 웃음도 아니라도 못내 좋아하노라

쟌 들고 혼ᄌᆞ 안ᄌᆞ 먼 뫼흘[1599] ᄇᆞ라보니
그리던 님이 오다[1600] 반가옴이 이러ᄒᆞ랴
말ᄉᆞᆷ도 우움[1601]도 아녀도 못ᄂᆡ 죠ᄒᆞ[1602]노라

1587) 은진 옥척(銀脣玉尺): 희고 큰 물고기.
1588) 걸년ᄂᆞ니: 걸렸느냐.
1589) 노화(蘆花): 갈꽃.
1590) 불부터: 불 붙여.
1591) 골희여: 가리어. 골라.
1592) 거우러로혀: 기울이어.
1593) 박국이: 구기(杓)로 쓸 수 있게 된 바가지.
1594) 압 ᄂᆡ에: 앞 내에.
1595) 뒷 뫼에: 뒷산에.
1596) 밤물: 밤물(水). 밀물.
1597) 낫물: 낮물. 설물.
1598) 곳이: 꽃이.
1599) 뫼흘: 산을.
1600) 오다: 온다고.
1601) 우움: 웃음.

[280: 666] 윤선도(尹善道)

누구라서 삼정승보다 낫다고 하더니 천자의 자리가 이만하랴
이제 와서 생각할 것 같으면 소부 허유 약더라
아마도 자연의 한가한 흥을 비교할 곳이 없어라

누고셔 三公[1603]도곤 낫다 ᄒᆞ더니 萬乘[1604]이 이만 ᄒᆞ랴
이졔로[1605] 혜어든[1606] 巢父 許由 냑돗더라[1607]
아마도 林泉 閑興[1608]을 비길 곳이 업세라

[281: 580] 윤선도(尹善道)

내 성이 게으르더니 하늘이 알고 계시사
인간 만사를 한 가지 일도 아니 맡기도다
다만 다툴 사람이 없는 강산을 지키리라 하시도다

내 性[1609]이 게으르더니 하ᄂᆞᆯ이 아로실샤[1610]
人間 萬事ᄅᆞᆯ ᄒᆞᆫ 일[1611]도 아니 맛뎌[1612]
다만당[1613] ᄃᆞ토 리[1614] 업슨 江山을 직히라 ᄒᆞ시도다

[282: 101] 윤선도(尹善道)

강산이 좋다한들 내 분수로 누리느냐
임금 은혜를 이제 더욱 알겠습니다

1602) 못ᄂᆡ 죠ᄒᆞ: 못내 좋아.
1603) 삼공(三公): 우리나라의 옛 삼정승. 중국 주대 이후의 정승급 벼슬자리.
1604) 만승(萬乘): 천자의 자리. 천자(天子).
1605) 이졔로: 이제 와서.
1606) 혜어든: 생각할 것 같으면. '-어든'은 '-거든'에서 'ㄱ'탈락.
1607) 냑돗더라: 약더라 '돗'은 강세보조어간.
1608) 임천한흥(林泉閑興): 자연의 한가한 흥. '임천(林泉)'은 산림천석(山林泉石)을 말함.
1609) 성(性): 천성(天性).
1610) 아로실샤: 알고 계시사. 아시사.
1611) ᄒᆞᆫ 일: 한가지 일도.
1612) 맛뎌: 맡기도다.
1613) 다만당: 다만.
1614) ᄃᆞ토리: 다툴 이. 다툴 사람.

아무리 임금의 은혜를 갚고자 하여도 할 일이 없어라

江山이 됴타 혼들 닉 分으로[1615] 누리느냐[1616]
님군 恩惠를 이제 더옥 아노이다[1617]
아므리[1618] 갑고쟈 호야도 힉올[1619] 일이 업세라

[283: 2228] 윤선도(尹善道)
월출산이 높더니만은 미운 것이 안개로다
천왕 제일봉을 일시에 가리었다
두어라 해가 퍼진 후면 안개 아니 걷으랴

月出山[1620]이 놉더니만는 믜운 거시 안기로다
天王 第一峯을 一時에 マ리왓다[1621]
두어라 히 퍼진 後ㅣ면 안기 아니 거드랴

[284: 572] 윤선도(尹善道)
내 벗이 몇이나 하니 물과 돌 그리고 소나무와 대나무라
동산의 달 오르니 그것이 더욱 반갑구나
두어라 이 다섯밖에 또 더하여 무엇하리

내 버지[1622] 몃치느 호니 水石과 松竹이라
東山의 둘 오르니 긔 더옥 반갑고야[1623]
두어라 이 다숫[1624] 밧긔[1625] 또 더호야 무엇호리

1615) 닉 분(分)으로: 내 분수로.
1616) 누리느냐: 누리-느냐(의문형어미)〉누리느냐?
1617) 아노이다: 알(知)-노(현재시상선어말어미)-이다(설명형어미)〉알겠습니다.
1618) 아므리: 아무리.
1619) 힉올: 할. 하올.
1620) 월출산(月出山): 전남 영암(靈巖)에 있는 산.
1621) マ리왓다: 가리었다.
1622) 내 버지: 내 벗(友)이.
1623) 반갑고야: 반갑구나. '-고야'는 감탄종결어미. 현재시상의문종결어미 '-는고'에 강세조사 '야'가 연결된 것.

[285: 289] 윤선도(尹善道)
구름 빛이 좋다고 하나 검기를 자주 한다
바람 소리 맑다 하나 그칠 적이 많도다
좋고도 그칠 때가 없기는 물뿐인가 하노라

구름 빗치 조타[1626] ᄒᆞ나 검기를 ᄌᆞ로[1627] ᄒᆞᆫ다
ᄇᆞ람 소ᄅᆡ ᄆᆞᆰ다 ᄒᆞ나 그칠 적이 ᄒᆞ노ᄆᆡ라[1628]
조코도 그칠[1629] 뉘 [1630]업기ᄂᆞᆫ 물 ᄲᅮᆫ인가 ᄒᆞ노라

[286: 207] 윤선도(尹善道)
꽃은 무슨 일로 피면서 쉬 지고
풀은 어이하여 푸르는 듯 누르나니
아마도 변치 아닐 것은 바위뿐인가 하노라

곳즌[1631] 무스 일노 픠면셔[1632] 쉬이 지고
풀은 어이ᄒᆞ야 프르ᄂᆞᆫ 듯[1633] 누르ᄂᆞ니[1634]
아마도 변치 아닐 ᄉᆞᆫ[1635] 바회 ᄲᅮᆫ인가 ᄒᆞ노라

[287: 850] 윤선도(尹善道)
더우면 꽃 피고 추우면 잎 지거늘
솔아 너는 어찌 눈서리를 모르는가
구천의 뿌리 곧기는 너뿐인 하노라

1624) 다ᄉᆞᆺ: 다섯(五).
1625) 밧긔: 밖에.
1626) 조타: 깨끗하다. '됴타'는 '좋다(好)'의 뜻으로 '조타'는 '깨끗하다(淨)'의 뜻이다.
1627) ᄌᆞ로: 자주.
1628) ᄒᆞ노ᄆᆡ라: 많도다.
1629) 그칠: 끊어질.
1630) 뉘: 때. '뉘'는 '누구', '세상', '때', '적' 등의 뜻이 있음.
1631) 곳즌: 꽃은. 초성의 ㄱ〉ㄲ은 경음화(硬音化)현상. 받침의 ㅈ〉ㅊ은 ㅎ개입으로 인한 격음화(激音化)현상.
1632) 픠면서: 피면서. 피자마자.
1633) 프르ᄂᆞᆫ 듯: 푸르러지자 곧.
1634) 누르ᄂᆞ니: 누렇게 되느냐. '-ᄂᆞ니'는 의문형.
1635) 아닐 ᄉᆞᆫ: 아니한 것은. 'ᄉᆞᆫ'은 'ᄉᆞ'(것)의 절대격형.

더우면 곳 픠고1636) 치우면 닙 지거ᄂᆞᆯ
솔아 너ᄂᆞᆫ 엇지1637) 눈 셔리ᄅᆞᆯ 모로ᄂᆞᆫ다1638)
九泉1639)의 불히1640) 곳기ᄂᆞᆫ1641) 너 ᄲᅮᆫ인가 ᄒᆞ노라

[288: 442] 윤선도(尹善道)
나무도 아닌 것이 풀도 아닌 것이
곧기는 누가 시켰으며 속은 어이 비었는가
저러하고 사시에 푸르니 그것으로 인해 좋아하노라

나모도 아닌 거시 풀도 아닌 거시
곳기ᄂᆞᆫ 뉘 시기며1642) 속은 어이 뷔엿ᄂᆞᆫ다1643)
뎌러코1644) 四時에 푸르니 글을 죠하ᄒᆞ노라

[289: 2470] 윤선도(尹善道)
작은 것이 높이 떠서 만물을 다 비추니
밤중에 광명이 너만한 것이 또 있느냐
보고도 말 아니하니 내 벗인가 하노라

자근 거시1645) 놉피 떠셔 萬物을 다 비취니
밤 中에 光明이 너만ᄒᆞ 니1646) 또 잇ᄂᆞ냐
보고도 말 아니ᄒᆞ니 ᄂᆡ 벗1647)인가 ᄒᆞ노라

1636) 곳 픠고: 꽃 피고.
1637) 엇지: 어찌.
1638) 모로ᄂᆞᆫ다: 모르느냐.
1639) 구천(九泉): 구중(九重)의 땅 밑. 곧 지하의 세계.
1640) 불히: 뿌리(根). 고어(古語)에는 '블희', '불ᄒᆡ', '불회', '불휘', '불희' 등으로 쓰였다.
1641) 곳기ᄂᆞᆫ: 곧(直)-기는>곧기는.
1642) 뉘 시기며: 누가 시켰으며.
1643) 뷔엿ᄂᆞᆫ다: 비었는가. '-ㄴ다'는 의문종결형어미.
1644) 뎌러코: 저러 하고.
1645) 자근 거시: 달(月)을 가리킴.
1646) 너만ᄒᆞ 니: 너만한 것이.
1647) ᄂᆡ 벗: 내 벗.

[290: 1997] 윤선도(尹善道)

엄동이 지나갔느냐 눈바람이 어디 갔느냐
천산만사의 봄기운이 어리었다
지게 문을 새벽에 열고서 하늘빛을 보리라

嚴冬이 지나거냐[1648] 雪風이 어듸 가니[1649]
千山 萬山의 봄 긔운이 어릐엿다
지게[1650]를 晨朝[1651]에 열고셔 하ᄂᆞᆯ 빗츨 보리라

[291: 1133] 윤선도(尹善道)

버렸던 가야금을 줄 얹어 놓다보니
깨끗하고 우아한 옛 소리 반가이 나는구나
이 곡조 알 사람이 없으니 집을 끼워 놓아두어라

ᄇᆞ렷던 ᄀᆡ약고[1652]를 줄 언져[1653] 노타 보니
淸雅ᄒᆞᆫ 녯 소ᄅᆡ 반가이 나ᄂᆞᆫ고야[1654]
이 曲調 알 니 업스니 집쪄[1655] 노하 두라

[292: 2666] 윤선도(尹善道)

즐기기도 하려니와 근심을 잊을 것인가
놀기도 하려니와 길게 아니 어려우냐
어려운 근심을 알면 만수무강하리라

즐기기도 ᄒᆞ려니와 근심을 이즐것가[1656]

1648) 지나거냐: 지나갔느냐. 지난 것이냐.
1649) 가니: 갔느냐?
1650) 지게: 지게문.
1651) 신조(晨朝): 새벽.
1652) ᄀᆡ약고: 가야금.
1653) 줄 언져: 줄 얹어.
1654) 나ᄂᆞᆫ고야: 나는구나. '-고야'는 감탄종결어미. 현재시상의문형종결어미 '-는고'에 강세조사 '야'가 연결된 것.
1655) 집쪄: 집을 껴서. 가야금을 넣는 집에 끼워.

놀기도 ᄒᆞ려니와 길기1657) 아니 어려오냐
어려온 근심을 알면 萬壽無疆1658) ᄒᆞ리라

[293: 3109] 윤선도(尹善道)
풋잠의 꿈을 꾸어 궁궐 십이루에 들어가니
옥황은 웃으시되 무리 지은 신선이 꾸짓는다
어즈버 백만억 백성들은 어느 결에 무르리

픗ᄌᆞᆷ1659)의 ᄭᅮᆷ을 ᄭᅮ어 十二樓1660)에 드러가니
玉皇1661)은 우스시되 羣仙이 ᄭᅮ짓ᄂᆞ다1662)
어즈버1663) 百萬億 蒼生을 언의 결의1664) 무르리

[294: 1752] 윤선도(尹善道)
슬프나 즐거우나 옳다하나 그르다 하나
내 몸의 할 일만 닦고 닦을 뿐일지언정
그 밖에 여나문 일이야 분별할 줄 있으랴

슬푸나 즐거오나 올타 ᄒᆞ나 외다 ᄒᆞ나1665)
내 몸의 ᄒᆡ올1666) 일만 닷고1667) 닷글 ᄲᅮᆫ이언뎡1668)
그 밧긔 여나문1669) 일이야 분별ᄒᆞᆯ 쥴 이시랴

1656) 이즐것가: 잊을 것인가.
1657) 길기: 길게. 오래.
1658) 만수무강(萬壽無疆): 사람의 장수를 비는 말.
1659) 픗ᄌᆞᆷ: 픗잠. 깊이 들지 않은 잠.
1660) 십이누(十二樓): 옥황상제가 있는 천상의 누각. 여기선 궁궐.
1661) 옥황(玉皇): 도교에서 천제(天帝)를 이름.
1662) ᄭᅮ짓ᄂᆞ다: 꾸짖는구나.
1663) 어즈버: 감탄사.
1664) 언의 결의: 어느 사이에.
1665) 외다 ᄒᆞ나: 잘못이라 하나.
1666) ᄒᆡ올: 할.
1667) 닷고: 닦고.
1668) ᄲᅮᆫ이언뎡: 뿐일지언정.
1669) 여나문: 여남은. 그 밖의 것은.

[295: 2970] 윤선도(尹善道)
추성진 진호루 밖에 울며 가는 저 시내야
무엇 하리라 밤낮으로 흐르는가
님 향한 내 뜻을 좇아 그칠 때를 모르는구나

椒城[1670]鎭 胡樓[1671] 밧긔[1672] 우러 녜ᄂᆞᆫ[1673] 뎌 시ᄂᆡ야
므슴 호리라[1674] 晝夜의 흐르ᄂᆞᆫ다[1675]
님 向ᄒᆞᆫ 내 뜻을 조ᄎᆞ 그칠 뉘[1676]을 모로ᄂᆞᆫ다[1677]

[296: 1044] 윤선도(尹善道)
산은 길고길고 물은 멀고멀고
어버이 그린 뜻은 많고많고 하고하고
어디서 외기러기는 울고울고 가느냐

뫼ᄒᆞᆫ[1678] 길고길고 믈은 멀고멀고
어버이 그린 뜻은 만코만코 하고하고[1679]
어듸셔 외기러기ᄂᆞᆫ 울고울고 가ᄂᆞ니[1680]

[297: 1916] 윤선도(尹善道)
어버이 그릴 줄을 처음부터 알았건마는
임금을 향한 뜻도 하늘이 만들었으니
진실로 임금을 잊으면 그것이 불효인가 여기도다

1670) 초성(椒城): 함북 경원(慶源)의 별칭. 옛 육진(六鎭)의 하나.
1671) 호루(胡樓): 함북 경원에 있는 누 이름.
1672) 밧긔: 밖에.
1673) 우러 녜ᄂᆞᆫ: 울며 흘러가는.
1674) 므슴 호리라: 무엇하겠다고.
1675) 흐르ᄂᆞᆫ다: 흐르느냐. '-ㄴ다'는 의문종결어미형.
1676) 뉘: 세상. 때(時) '뉘'는 '누구', '세상', '때', '적' 등의 뜻이 있음. 여기서는 '때'.
1677) 모로ᄂᆞᆫ다: 모르나보다.
1678) 뫼ᄒᆞᆫ: 산은.
1679) 하고하고: 많고많고.
1680) 가ᄂᆞ니: 가(行)-ᄂᆞ(현재시상선어말어미)-니(의문형어미)〉가느냐.

어버이 그릴 줄을 처엄부터1681) 알건마ᄂᆞᆫ1682)
님군 向ᄒᆞᆫ ᄯᅳᆺ1683)도 하ᄂᆞᆯ히 삼겨시니1684)
眞實노 님군을 이즈면1685) 긔 不孝ㅣ가 녀기라1686)

[298: 304] 윤선도(尹善道)
궂은 비 개었단 말인가 흐리던 구름 걷혔다는 말인가
앞 내에 깊은 소가 다 맑았다 하는가
진실로 맑기 곳 맑았으며 갓끈 씻어 오리라

구즌 비 ᄀᆡ단 말가1687) 흐리던 구름 것단 말가
압 ᄂᆡ희 깁흔 소히 다 ᄆᆞᆰ앗다 ᄒᆞᄂᆞᄉᆞᆫ다1688)
眞實노 ᄆᆞᆰ기곳1689) ᄆᆞᆰ아시면1690) ᄀᆞᆺᄭᅵᆫ 씨셔1691) 오리라

[299: 491] 윤선도(尹善道)
날이 덥도다 물 위에 고기 떴다
갈매기 둘 씩 셋 씩 오락가락 하는구나
아이야 낚싯대는 쥐고 있다 탁주병은 실었느냐

날이 덥도다 물 우희1692) 고기 ᄯᅥᆺ다
ᄀᆞᆯ먹이1693) 둘식 셋식1694) 오락가락 ᄒᆞᄂᆞᆫ고야1695)

1681) 처엄부터: 처음부터.
1682) 알건마ᄂᆞᆫ: 알았건마는.
1683) ᄯᅳᆺ: 뜻.
1684) 삼겨시니: 만들었으니. ‘생기다’의 타동사.
1685) 이즈면: 잊으면.
1686) 녀기라: 여기도다.
1687) ᄀᆡ단 말가: 개었단 말인가. 소히: 소(沼)가 ‘히’는 주격형.
1688) ᄒᆞᄂᆞᄉᆞᆫ다: ᄒᆞ-ᄂᆞ(현재시상선어말어미)#ᄉᆞ(의존명사)-ㄴ다(의문형어미))〉하는가. 하는 것인가.
1689) ᄆᆞᆰ기곳: 맑기곳.
1690) ᄆᆞᆰ아시면: ᄆᆞᆰ(淸)-아(부사형어미)#이시(有))〉(복합동사어간)-면(연결어미))〉맑았으면.
1691) ᄀᆞᆺᄭᅵᆫ 씨셔: 갓끈(纓) 씻어.
1692) 물 우희: 물 위에. ‘우희’는 ‘우(上)’의 처격형(處格形).
1693) ᄀᆞᆯ먹이: 갈매기.
1694) 둘식 셋식: 둘씩 셋씩.
1695) ᄒᆞᄂᆞᆫ고야: 하는구나. ‘-고야’는 감탄종결어미. 현재시상의문종결어미 ‘-는고’에 강세조사‘야’가 연

아희야 낙대[1696]ᄂᆞᆫ 쥐여 잇다 濁酒甁 시럿ᄂᆞ냐

[300: 963] 윤선도(尹善道)
동풍이 건듯 부니 물결이 고이 인다
동호를 돌아보며 서호로 가자구나
두어라 앞 뫼이 지나 가고 뒷 뫼이 나아 온다

東風이 건듯[1697] 부니 물결이 고이 인다[1698]
東湖를 도라보며 西湖로 가쟈스라
두어라 압 뫼히 지나 가고 뒷 뫼히 나아온다

[301: 2176] 윤선도(尹善道)
우는 것이 뻐꾸기인가 푸른 것이 버들 숲인가
어촌 두어 집이 냇물 속의 들날날락
두어라 맑은 깊은 연못에 온갖 고기 뛰어논다

우ᄂᆞᆫ 거시 벅구기가[1699] 프른 거시 버들 숩가[1700]
漁村 두어 집이 내 속의 날낙들낙
두어라 말가ᄒᆞᆫ[1701] 깁흔[1702] 소[1703]의 온갓 고기 쒸노ᄂᆞᆫ다[1704]

[302: 182] 윤선도(尹善道)
고운 볕이 쪼이는 데 물결이 기름 같다
그물을 풀어 던져둘까 낚시를 놓으리까

결된 것.
1696) 낙대: 낚싯대.
1697) 건 듯: 잠깐.
1698) 고이 인다: 곱게 일러거린다.
1699) 벅구기가: 벅구기(뻐꾸기)-이가(의문형어미)〉뻐꾸기인가.
1700) 숩가: 숩(숲)-가(의문형어미 -ㄴ가)〉숲인가.
1701) 말가ᄒᆞᆫ: 밁-아(조음소)-ᄒᆞ-ㄴ(관형어미)〉맑은.
1702) 깁흔: 깁ㅎ(깊)-은(관형어미)〉깊은.
1703) 소(沼): 못.
1704) 쒸노ᄂᆞᆫ다: [쒸-놀](복합동사어간)-ᄂᆞᆫ(현재시상선어말어미)-다(종결어미)〉뛰어논다.

아이야 탁영가의 흥이 나니 고기도 잊을 것이로다

고은 볏치[1705] 쬐ᄂᆞᆫ 듸[1706] 물결이 기름[1707] ᄀᆞᆺ다
그물을 주어 두랴[1708] 낙시를 노흘일가[1709]
아희야 濯纓歌[1710]의 興이 나니 고기도 이즐노다[1711]

[303: 1567] 윤선도(尹善道)
석양이 기울었으니 그만하여 돌아가자
강 언덕의 버들과 물가의 꽃은 고비고비 새롭구나
어떻다 삼정승을 부러워할 것이냐 만사를 생각하겠는가

夕陽이 빗겨시니[1712] 그만ᄒᆞ여 도라가쟈
岸柳 汀花[1713]ᄂᆞᆫ 고븨고븨[1714] ᄉᆡ롭고야[1715]
엇더타 三公[1716]을 불를소냐[1717] 萬事를 ᄉᆡᆼ각ᄒᆞ랴

[304: 1167] 윤선도(尹善道)
방초를 바라보며 난초와 지초도 뜯어보자
조그마한 한 척의 조각배에 실은 것이 무엇인고
두어라 갈 때는 내 뿐이오 올 적에는 달 뿐이로다

1705) 볏치: 볓(光)-이(주격조사)〉볓이〉볕이.
1706) 쬐ᄂᆞᆫ 듸: 쬐이는데.
1707) 기름: 기름(油).
1708) 주어 두랴: 풀어 던져둘까. 기본형은 ‘주다’곧 감았던 것을 풀어 가게 하다의 뜻.
1709) 노흘일가: 놓으리까.
1710) 탁영가(濯纓歌): 굴원(屈原)의 ‘어부사(漁父詞)’에 있는 노래. 어부사시사 가운데 춘사(春詞). 굴원의 〈어부사〉 “漁夫莞爾而笑, 鼓세而去, 乃歌曰, 滄浪之水淸兮, 可以濯吾纓. 滄浪之水濁兮, 可以濯吾足” 참고.
1711) 이즐노다: 잊겠도다. ‘-노다’는 감탄종결어미. ‘-ㄹ로다’는 ‘ᄒᆞ리로다’의 축약형이니 미래시이다.
1712) 빗겨시니: 비꼈으니. 기울었으니.
1713) 안유정화(岸柳汀花): 강 언덕의 버들과 물가의 꽃.
1714) 고븨고븨: 고비고비. 목목마다.
1715) ᄉᆡ롭고야: 새롭구나. ‘-고야’는 감탄종결어미. 현재시상의문종결어미 ‘-는고’에 강세조사 ‘-야’가 연결된 것.
1716) 삼공(三公): 심정승(三政丞). 조선시대의 세 정승 영의성(領議政), 좌의정(左議政), 우의정(右議政).
1717) 불를소냐: 부러워할 것이냐.

芳草를[1718] ᄇᆞ라보며[1719] 蘭芷[1720]도 ᄡᅳ더 보쟈
一葉扁舟[1721]에 시른 거시 무스 것고[1722]
두어라 갈 제ᄂᆞᆫ 내 ᄡᅳᆫ이오 올 제ᄂᆞᆫ ᄃᆞᆯ ᄡᅳᆫ이로다

[305: 3021] 윤선도(尹善道)
취하여 누었다가 여울 아래 내려갔다
떨어진 꽃잎이 흘러오니 도원이 가깝도다
아이야 인간 세상의 붉은 티끌이 얼마나 가렸느니

醉ᄒᆞ야 누엇다가 여흘[1723] 아ᄅᆡ ᄂᆞ리거다[1724]
落紅[1725]이 흘너 오니 桃源[1726]이 갓갑도다
아희야 人世 紅塵[1727]이 언ᄆᆡ나[1728] 가렷ᄂᆞ니[1729]

[306: 466] 윤선도(尹善道)
낚싯줄 걸어 놓고 봉창의 달을 보자
벌써 밤이 들었느냐 두견 소리 맑게 난다
두어라 남은 흥이 무궁하니 갈 길을 잊었더라

낙시줄 거더 노코 蓬窓[1730]의 ᄃᆞᆯ을 보쟈
ᄒᆞ마[1731] 밤 들거냐[1732] 子規[1733] 소ᄅᆡ ᄆᆞᆰ게 ᄂᆞᆫ다

1718) 방초(芳草)를: 향기로운 풀을.
1719) ᄇᆞ라보며: ᄇᆞ라보-며(연결어미)>바라보며. 혹은 '밟아보며'로 해석하기도 한다. 기본형 'ᄇᆞᆲ다'의 변칙활용. ᄇᆞᆯ바>ᄇᆞᆯ와.
1720) 난지(蘭芷): '蘭芝'의 잘못인 듯. 난초와 지초.
1721) 일엽편주(一葉扁舟): 조그마한 한 척의 조각배.
1722) 무스 것고: 무엇인가.
1723) 여흘: 여울(灘).
1724) ᄂᆞ리거다: ᄂᆞ리(降)-거(과거시상선어말어미)-다(종결어미)>내려갔다.
1725) 낙홍(落紅): 떨어진 꽃잎이.
1726) 도원(桃源): 별천지.
1727) 인세 홍진(人世紅塵): 인간 세상의 붉은 티끌.
1728) 언ᄆᆡ나: 얼마나.
1729) 가렷ᄂᆞ니: 가렸느냐.
1730) 봉창(蓬窓): 배에 있는 창.
1731) ᄒᆞ마: 이미. 벌써.

두어라 남은 興이 無窮ᄒᆞ니 갈 길흘 이젓ᄯᅩ다[1734]

[307: 593] 윤선도(尹善道)
내일이 또 없으랴 봄밤이 얼마 동안에 새리
낚싯대로 막대 삼고 사립문을 찾아보자
두어라 어부 생애는 이렁저렁 지내노라

來日이 ᄯᅩ 업스랴 봄 밤이 몃 덧 ᄉᆡ리[1735]
낙ᄃᆡ[1736]로 막ᄃᆡ[1737] 삼고 柴扉[1738]를 ᄎᆞ쟈 보쟈
두어라 漁父 生涯ᄂᆞᆫ 이렁구러[1739] 지ᄂᆡ노라

[308: 305] 윤선도(尹善道)
궂은 비 멀어 가고 시냇물이 맑아 온다
낚싯대를 둘러메니 깊은 흥을 금지하지 못 하겠도다
두어라 놀 진 강과 겹겹한 산은 누구라서 그려내었는가

구즌 비 머러 가고 시ᄂᆡ물이 ᄆᆞᆰ아 온다
낙ᄃᆡ[1740]를 두러메니 깁흔 興을 禁 못ᄒᆞᆯ다[1741]
두어라 煙江 疊嶂[1742]은 뉘라셔 그려낸고

[309: 952] 윤선도(尹善道)
마름 잎에 바람나니 봉창이 서늘하구나

1732) 밤 들거냐: 밤이 들었느냐.
1733) 자규(子規): 두견이의 이명.
1734) 이젓ᄯᅩ다: 잊(亡)-엇(과거시상선어말어미)-ᄯᅩ다(감탄형어미)〉잊었도다.
1735) 몃 덧 ᄉᆡ리: 얼마 동안에 새리. '덛'은 동안의 뜻.
1736) 낙ᄃᆡ: 낚싯대.
1737) 막ᄃᆡ: 막대기. 지팡이.
1738) 시비(柴扉): 사립문.
1739) 이렁구러: 이러구러. 이렁저렁.
1740) 낙ᄃᆡ: 낚싯대.
1741) ᄒᆞᆯ다: 할 것이로다.
1742) 연강첩봉(煙江疊嶂): 노을 진 강과 겹겹한 산.

여름 바람 정하겠느냐 가는 대로 배 시켜라
아이야 북쪽 개와 남쪽 강이 어디 아니 좋을러니

마람 닙희[1743] ᄇᆞ람 나니 篷牕[1744]이 셔늘코야[1745]
녀름[1746] ᄇᆞ람 뎡홀소냐[1747] 가는 ᄃᆡ로 ᄇᆡ 시겨라
아희야 北浦 南江[1748]이 어ᄃᆡ 아니 됴흘너니

[310: 1078] 윤선도(尹善道)
물결이 흐리거든 발을 씻는다고 어떠하리
오강에 가자 하니 천년 동안 성낸 파도가 슬프도다
두어라 초강에 가자고 하니 어복 충혼 낚을세라

물결이 흐리거든 발을 씻다[1749] 엇더ᄒᆞ리
吳江의[1750] 가쟈 ᄒᆞ니 千年 怒濤[1751] 슬풀노다
두어라 楚江의[1752] 가쟈 ᄒᆞ니 魚腹 忠魂[1753] 낫글세라

[311: 971] 윤선도(尹善道)
버들 숲 우거진 그늘 어린 곳에 한 조각 이끼 낀 여울돌이 기특하다
다리에 도달하거든 어부들이 다투어 건너가려 함을 허물하지 마라

1743) 마람 닙희: 마름 잎에.
1744) 봉창(篷窓): 배에 있는 창.
1745) 셔늘코야: 서늘하구나. '코야'는 'ㅎ고야'. '-고야'는 감탄종결어미. 현재시상의문종결어미 '-는고'에 강세조사 '-야'가 연결된 것.
1746) 녀름: 여름.
1747) 뎡홀소냐: 정하겠느냐(定).
1748) 북포 남강(北浦南江): 북쪽 개와 남쪽 강.
1749) 씻다: 씻(洗)-는다>씻는다.
1750) 오강(吳江)의: 중국 춘추전국시대 사람인 오자서가 빠져 죽은 오나라의 강.
1751) 천년 노도(千年 怒濤): 천년의 사나운 파도. 오나라를 위하여 무훈을 세운 오자서가 참소를 당하여 죽게 되자 그의 사인에게 자신의 눈을 빼내 오나라의 동문에 걸어 월나라에게 망하는 것을 보게 하라고 하니 오나라 왕 부차가 이를 듣고 크게 노하여 오자서의 시체를 가죽 주머니에 넣어 강에 버리게 하였다. 그러나 갑자기 강이 노한 파도를 일으켰으며 후에 오나라는 월나라에게 멸망당하였다.
1752) 초강(楚江)의: 국원이 빠져 죽은 초나라의 멱라수.
1753) 어복충혼(魚腹忠魂): 물고기 배 속에 담긴 충성스런 혼. 굴원은 중국 전국시대의 초나라 사람인데 회왕을 섬겼으나 간신의 모함으로 강남에 귀양 갔다가 멱라수에 빠져 죽었다. 물고기들이 굴원의 충성을 먹었기 때문에 멱라수의 물고기 배 속에는 굴원의 충혼이 담겨 있다고 하여 잡아먹지 않았다.

가다가 백발의 늙은이 만나거든 뇌택양거 본받아 법을 삼자

萬柳 綠陰[1754] 어린 고딕[1755] 一片 苔磯[1756] 奇特ᄒᆞ다
ᄃᆞ리에 다ᄃᆞᆺ거든[1757] 漁人 爭渡[1758] 허물 마라
가다가 鶴髮 老翁[1759] 맛나거든 雷澤讓居[1760] 效側[1761] ᄒᆞ쟈

[312: 418] 윤선도(尹善道)
긴 날이 저무는 줄 홍에 미처 모르도다
배의 돛대를 두드리고 수조가를 불러보자
어떻다 뱃노래 가운데 만고의 수심을 그 누가 알겠는가

긴 날이 져므는 줄 興의 미쳐 모로도다[1762]
ᄇᆡ 대[1763]를 두두리고 水調歌[1764]를 불너보자
엇더타 欸乃聲 中에[1765] 萬古心[1766]을 긔 뉘 알고[1767]

[313: 1568] 윤선도(尹善道)
석양이 좋다마는 황혼이 가까웠도다

1754) 만유녹음(萬柳綠陰): 버들 숲 우거진 그늘.
1755) 어린 고딕: 어린 곳에.
1756) 일편 태기(一片苔磯): 한 조각 이끼 낀 여울돌.
1757) 다ᄃᆞᆺ거든: 도달하거든, 다다르거든.
1758) 어인 쟁도(漁人 爭渡): 어부들이 다투어 건너가려 함.
1759) 학발 노옹(鶴髮 老翁): 백발의 늙은이.
1760) 뇌택양거(雷澤讓居): 뇌택에서 자리를 양보함. 중국 고대 성군인 순임금이 뇌택이라는 못에서 고기를 잡을 때 그곳 사람들이 모두 순에게 자리를 양보해 주었다는 고사. 『사시』 〈오제본기〉에 "舜冀洲之人也. 舜耕歷山, 漁雷澤, 陶河濱, 作什 器於壽丘…漁雷澤, 雷澤之人皆讓居" 참고.
1761) 효칙(效則): 본받아 법을 삼음.
1762) 모로도다: 모르도다. 몰랐도다.
1763) ᄇᆡ 대: 배의 돛대.
1764) 수조가(水調歌): 악부 상조곡(商調曲)의 이름. 수양제(隋煬帝)가 강도(江都)로 행할 때 스스로 만들었다 함. 『악부시집』 〈수조가〉에 "樂苑曰 水調商調曲也. 舊說水調河傳, 隋煬帝行江都時所製, 曲成奏之, 聲韻怨切云云" 참고.
1765) 애내성(欸乃聲) 중(中)에: 뱃소리 가운데, 애내(欸乃)는 나무로 만든 노(櫓)를 이름인데 노 젓는 소리에서 뱃노래로 전의(轉意)됨.
1766) 만고심(萬古心): 만고의 수심.
1767) 알고: 알(知)-고(의문형어미)〉알까. 알꼬.

바위 위에 굽은 길이 소나무 아래 비스듬하게 굽어 있다
어디서 푸른 나무숲에서 나는 꾀꼬리 소리 곳곳에서 들리는구나

夕陽이 됴타마ᄂᆞᆫ 黃昏이 갓갑거다[1768]
바회 우희[1769] 에구분 길 솔 아ᄅᆡ 빗겨[1770] 잇다
어ᄃᆡ셔 碧樹 鶯聲[1771]이 곳곳이[1772] 들니ᄂᆞ다[1773]

[314: 2132] 윤선도(尹善道)
달팽이집만큼 좁은 방을 바라보니 흰구름이 둘러 있다
부들로 만든 부채 가로로 움켜쥐고 돌길로 올라가자
아마도 어옹(漁翁)이 한가하더냐 이것이 핑계거리라

蝸室[1774]을 ᄇᆞ라보니 白雲이 둘너 잇다
부들 부ᄎᆡ[1775] ᄀᆞ로[1776] 쥐고 石逕[1777]으로 올나가쟈
아마도 漁翁이 閒暇터냐 이거시 구실[1778]이라

[315: 1090] 윤선도(尹善道)
세사를 떠난 곳에 좋은 일이 어부의 생애가 아니런가
고기잡이 늙은이를 비웃지 마라 그림마다 그렸더라
두어라 사시의 흥겨움이 한가지나 가을 강이 으뜸이라

物外[1779]에 조흔 일이 漁父 生涯 아니런가

1768) 갓갑거다: 가까웠도다. '-거다'는 감탄형종결어미. '거'에는 과거적 시간요소가 포함되어 있다.
1769) 바회 우희: 바위 위에.
1770) 빗겨: 비스듬히. 비껴(斜).
1771) 벽수앵성(碧樹鶯聲): 푸른 나무숲에서 나는 꾀꼬리 소리.
1772) 곳곳이: 곳곳에.
1773) 들니ᄂᆞ다: 들리는구나. '-ᄂᆞ다'는 감탄종결어미형.
1774) 와실(蝸室): 달팽이집만큼 좁은 방. 자기 방의 겸칭.
1775) 부들 부ᄎᆡ: 부들(香蒲)로 결은 부채.
1776) ᄀᆞ로: 가로로. 옆으로.
1777) 석경(石逕): 돌길.
1778) 구실: 벼슬(宦). 핑계거리.
1779) 물외(物外): 세사를 떠난 곳.

漁翁[1780]을 웃지 마라 그림마다 그렷더라
두어라 四時 佳興이 흔가지나 秋江이 읏듬이라[1781]

[316: 1694] 윤선도(尹善道)
강촌 마을에 가을이 드니 고기마다 살찌어 있다
만 이랑의 푸른 파도에 싫도록 한가히 지내자
술 취하여 인간세상을 돌아보니 멀수록 더욱 좋구나

水國[1782]의 ᄀᆞ을이[1783] 드니 고기마다 ᄉᆞᆯ져 잇다[1784]
萬頃 澄波[1785]의 슬ᄏᆞ지[1786] 容與[1787]ᄒᆞ쟈
술 ᄎᆔ코 人間을 도라보니 머도록 더욱 죠타

[317: 399] 윤선도(尹善道)
기러기 떠 있는 밖에 못 보던 산이 보이는구나
낚시질도 하려니와 취한 것이 이 흥이라
두어라 석양이 눈에 부시니 많은 산들이 비단에 수를 놓은 것과 같도다

기러기 ᄯᅥᆺᄂᆞᆫ[1788] 밧긔[1789] 못 보던 뫼[1790] 뵈ᄂᆞᆫ고야[1791]
낙시질도 ᄒᆞ려니와 醉ᄒᆞᆫ 거시 이 興이라
두어라 夕陽이 ᄇᆡᄋᆞ니[1792] 千山[1793]이 錦繡ㅣ로다

1780) 어옹(漁翁): 고기잡이 늙은이.
1781) 읏듬이라: 으뜸이라.
1782) 수국(水國): 강촌. 강이나 바다를 낀 마을.
1783) ᄀᆞ을이: 가을이.
1784) ᄉᆞᆯ져 잇다: 살찌어 있다.
1785) 만경징파(萬頃澄波): 만 이랑의 푸른 파도. 곧 푸른 바다의 파도의 모습을 말함.
1786) 슬ᄏᆞ지: 실컷.
1787) 용여(容與): 한가히 지냄.
1788) ᄯᅥᆺᄂᆞᆫ: 떠 있는.
1789) 밧긔: 밖에.
1790) 뫼: 산(山).
1791) 뵈ᄂᆞᆫ고야: 보이는구나. '-고야'는 감탄종결어미. 현재시상의문종결어미 '-는고'에 강세조사 '야'가 연결된 것.
1792) ᄇᆡᄋᆞ니: 눈부시니. 방언에서는 "ᄇᆡᄋᆞ다>바시다, 바새다"가 남아 있음.
1793) 천산(千山): 많은 산.

[318: 3333] 윤선도(尹善道)

흰이슬 빗겼는데 밝은 달 돋아온다
임금이 계신 곳이 아득하니 맑은 빛을 누구에게 줄고
어디에서 달에서 찧는 약을 호탕한 사람에게 먹이고 싶도다

힌 이슬 빗겨ᄂᆞᆫᄃᆡ[1794] ᄇᆞᆰ은 ᄃᆞᆯ 도다 온다
鳳凰樓[1795] 渺然ᄒᆞ니[1796] 淸光[1797]을 눌을[1798] 줄고
어듸셔 玉兎의 찟ᄂᆞᆫ 藥[1799]을 豪客[1800]을 먹이고쟈[1801]

[319: 147] 윤선도(尹善道)

건곤(乾坤)이 제각각인가 이것이 어디메오
서풍진이는 못 이르니 부채질을 하여 무엇하리
두어라 들은 말이 없으니 귀를 씻어 무엇하리

乾坤이 제곰[1802]인가 이거시 어듸메오
서풍진[1803] 못 미츠니[1804] 부체ᄒᆞ야[1805] 무엇ᄒᆞ리
두어라 드른[1806] 말이 업서시니 귀 씨셔[1807] 무엇ᄒᆞ리

1794) 빗겨ᄂᆞᆫᄃᆡ: 비꼈는데.
1795) 봉황누(鳳凰樓): 임금이 계신 곳.
1796) 묘연(渺然)ᄒᆞ니: (넓고 멀어서) 아득하니.
1797) 청광(淸光): 맑은 빛.
1798) 눌을: 누구를.
1799) 옥토(玉兎)의 씬ᄂᆞᆫ 약(藥): ‘옥토(玉兎)’는 달의 이칭. 달 속에 토끼가 있어 약을 찧는다고 전하여 옴.
1800) 호객(豪客): 호탕한 사람.
1801) 먹이고쟈: 먹이고 싶도다.
1802) 제곰: 제여곰. 제각기. ‘제곰’ 또는 ‘제금’, ‘제여곰’등으로 표기되었음.
1803) 서풍진(西風塵): 진(晋)나라 유량(庾亮)이란 사람이 제왕의 외삼촌으로 천권(擅權)함을 몹시 언짢이 여기던 왕 도(王導)가 일찍 서풍에 섞여 온 먼지를 부채를 들어 가리며 “원규(元規)가 사람을 더럽힌다”고 했다는 고사. 『진서』에 “庾亮出鎭外郡, 以帝舅, 內執朝權. 王導不能平, 嘗愚西風塵起, 擧扇自蔽徐日, 元規塵汚人” 참고.
1804) 못 미츠니: 못 미치니.
1805) 부체ᄒᆞ야: 부채질하여. 여기서는 부채로 먼지를 가리는 것. ‘부체’는 ‘부채(扇)’의 뜻.
1806) 드른: 들은.
1807) 귀 씨셔: 허유(許由)가 구주(九州)의 장(長)이 되어 달라는 요(堯)임금의 말을 듣고, 더러운 말을 들었다고 영수빈(潁水濱)에서 귀를 씻었다는 고사.

[320: 1683] 윤선도(尹善道)
솔숲 사이 돌로 된 방에 가서 새벽달을 보자고 하니
빈 산에 낙엽 길을 어찌 알아볼꼬
아이야 흰구름 따라오니 은자의 옷이 무겁구나

松間 石室[1808]의 가 曉月[1809]을 보쟈 ᄒᆞ니
空山 落葉의 길흘 엇지 아라 볼고
아희야 白雲이 좃ᄎᆞ 오니 女蘿衣[1810] 무겁고야[1811]

[321: 64] 윤선도(尹善道)
간밤의 눈 갠 후에 철을 따라 달라지는 풍물이 다르구나
앞에는 아름답고 반반한 유리 같은 바다 뒤에는 겹겹이 솟은 아름다운 산
이것이 신선이 사는 곳인가 여러 부처가 사는 세계인가 人間이 사는 곳이 아니로다

간밤의 눈 갠 後에 景物[1812]이 달낫고야[1813]
압희ᄂᆞᆫ 萬頃 琉璃[1814] 뒤희ᄂᆞᆫ 千疊 玉山[1815]
이거시 仙界[1816] 佛界[1817] ᆫ가 人間[1818]이 아니로다

[322: 759] 윤선도(尹善道)
붉은 낭떠러지와 녹색의 암벽이 그림을 그린 병풍 같이 둘렀는데
입이 크고 비늘이 가는 고기를 낚으나 못 낚으나
아이야 외로운 배에 도롱이와 삿갓만으로 흥에 겨워 앉았노라

1808) 송간석실(松間 石室): 솔숲 사이 돌로 된 방.
1809) 효월(曉月): 새벽 달.
1810) 여나의(女蘿衣): 이끼의 한가지. 은자(隱者)의 옷.
1811) 무겁고야: 무겁-고야(감탄종결어미형어미)〉무겁구나.
1812) 경물(景物): 철을 따라 달라지는 풍물.
1813) 달낫고야: 다르구나.
1814) 만경 유리(萬頃琉璃): 아름답고 반반한 유리 같은 바다.
1815) 천첩옥산(千疊玉山): 겹겹이 솟은 아름다운 산.
1816) 선계(仙界): 신선(神仙)이 사는 곳.
1817) 불계(佛界): 제불(諸佛)이 사는 세계. 정토(淨土).
1818) 인간: 인간 세계. 속세(俗世).

丹崖 翠壁[1819]이 畵屛[1820] ᄀᆞᆺ치 둘너ᄂᆞᆫᄃᆡ
巨口 細鱗[1821]을 낫그나 못 낫그나
아희야 孤舟 蓑笠에[1822] 興겨워 안잣노라

[323: 1802] 김응하(金應河)[1823]
십년 동안 간 칼이 칼집 속에서 울도다
대궐문을 바라보며 때때로 만져 보니
대장부의 나라를 위해 세운 공훈을 어느 때에 드리울까

十年 갈은[1824] 칼이 匣裡[1825]에 우노ᄆᆡ라
關山[1826]을 ᄇᆞ라보며 ᄯᅢᄯᅢ로 만져 보니
丈夫의 爲國功勳을 어ᄂᆡ ᄯᅢ에 들이올고[1827]

[324: 1421] 김종서(金宗瑞)[1828]
쌀쌀한 북풍은 앙상한 나뭇가지를 스치고, 중천에 뜬 밝은 달은 눈으로 덮인 산과 들을 비쳐 싸늘하기 이를 데 없거늘
이때 멀리 떨어져 있는 국경의 성루에 한 장수가 올라 긴 칼을 힘 있게 집고 서서
긴 휘파람과 외치는 고함소리 앞에는 감히 거치는 것이 없구나

1819) 단애 취벽(丹崖翠壁): 붉은 낭떠러지와 녹색의 암벽.
1820) 화병(畵屛): 그림을 그린 병풍.
1821) 거구세린(巨口細鱗): 입이 크고 비늘이 가는 고기. 쏘가리.
1822) 고주사립(孤舟蓑笠)에: 외로운 배에 도롱이와 삿갓만으로.
1823) 김응하(1580~1619): 조선 중기의 무인. 자는 경의이다. 1604(선조 37)년 무과에 급제하였고, 1608년(광해군 즉위년) 박승종이 전라도 관찰사가 되자 그 비장으로 기용되었다. 1618(광해군 10)년 명나라가 후금을 칠 때 조선에 원병을 청해오자, 1619(광해군 11)년 강홍립을 따라 후금 정벌에 종군했다. 이때 명나라가 패전하자 부하를 거느리고 분전했지만, 적병에게 포위되어 전사했다.
1824) 갈은: 갈(磨)-은(관형어미)〉간.
1825) 갑리(匣裡): 칼 집 속.
1826) 관산(關山): 궐문(關門), 고형의 산이란 뜻이 있으나 여기서는 대궐문이라는 뜻.
1827) 들이올고: 드리우-ㄹ까(의문형어미)〉드리울까?
1828) 김종서(1390~1453): 조선 전기의 문인. 자는 국경이며, 호는 절재이다. 1433(세종 15)년 함길도 관찰사가 되어 야인들의 변경 침입을 격퇴했고, 육진을 설치하여 두만강을 경계로 국경선을 확정하는 데 공을 세웠다. 수양대군에 의해 1453(단종 1)년 두 아들과 함께 참살되었다.

朔風[1829]은 나무 긋틔[1830] 불고 明月은 눈 속에 춘듸[1831]
萬里 邊城[1832]에 一長劒 집고 셔셔
긴 픽룸[1833] 큰 훈 소릐[1834]에 거칠 거시 업세라[1835]

[325: 2505] 김종서(金宗瑞)
백두산에 기를 꽂고 두만강에 말을 씻겨
적은 저 선비야 우리 아니 사내이냐
어떻다 능연각에 누구의 얼굴을 그릴까

長白山[1836]에 旗를 쏫고[1837] 豆滿江에 물을 씻겨
셕은[1838] 져 션빅야 우리 아니 스나희냐[1839]
엇더타[1840] 凌烟閣上[1841] 뉘[1842] 얼골을 그릴고

[326: 1230] 이화진(李華鎭)[1843]
벽상에 돋은 가지 고죽군 백이숙제 두 사람이로다
수양산 어디에 두고 반쪽 벽에 와서 걸렸는가
이제는 주나라 무왕 없으니 벌써 난들 어떠리

1829) 삭풍(朔風): 겨울철 북쪽에서 불어오는 맵고 찬 바람, 곧 북풍. '(삭)朔'은 북(北)의 뜻.
1830) 긋틔: 긑(긋 ㅌ(이중표기)-의(처격))>끝에.
1831) 춘듸: 찬데(寒).
1832) 만리장성(萬里邊城): 멀리 떨어진 국경 부근의 성. 곧 김종서가 있던 함경도 북방의 육진(六鎭).
1833) 픽룸: 휘파람.
1834) 큰 훈 소릐: 크게 한번 외친 소리.
1835) 업세라: 없구나.
1836) 장백산(長白山): 백두산.
1837) 쏫고: 꽂고.
1838) 셕은: 적은. 좀 된.
1839) 스나희냐: 사내냐.
1840) 엇더타: 어떠하다. 어떻다. 감탄사.
1841) 능연각상(凌烟閣上): 능연각(凌烟閣)을 요사이 기린각(麒麟閣)이라 부른다. 중국 후한의 무제가 기린을 잡았다고 전하는 곳에 지은 누각인데 선제가 그곳에 공신 11명이 화상을 그려 그렸음.
1842) 뉘: 누구.
1843) 이화진(1626~1696): 조선 중기의 문인. 자는 자서이며, 호는 묵졸재, 묵재이다. 1673(현종 14)년 정시문과에 병과로 급제하여, 정언, 부제학을 역임하였다. 1677(숙종 3)년 동지사의 서장관으로 청나라에 다녀와, 같은 해 실시된 과거의 부정이 탄로되자 시관으로 논죄되어 홍천에 도배되었다. 문집으로 『묵졸재집』이 있다.

壁上에 도든[1844] 柯枝 孤竹君의 二子[1845]ㅣ로다
首陽山[1846] 어듸 두고 半壁[1847]에 와 걸녓ᄂᆞᆫ다[1848]
이제ᄂᆞᆫ 周武王 업스니 ᄒᆞ마[1849] 난들 엇더리

[327: 2924] 이화진(李華鎭)
초당에 깊이 든 잠을 새 소리에 놀라 깨니
음 4~5월에 오는 비가 갠 가지의 석양이 다 기울어 가도다
아이야 낚싯대 내어라 고기잡이 저물었다

草堂에 깁히 든 ᄌᆞᆷ을 새 소ᄅᆡ에[1850] 놀나 ᄭᆡ니
梅花雨[1851] 긴 가지의 夕陽이 거의로다[1852]
아희야 낙ᄃᆡ ᄂᆡ여라 고기잡이 져무럿다[1853]

[328: 2901] 이귀진(李貴鎭)[1854]
청마총 여윈 후이니 자줏빛 비단 치마도 홍이 다했도다
나의 풍모나 아량이야 없다고 하겠는가마는
세상에 지극한 백발을 돌려 볼까 하노라

靑驄馬[1855] 여윈[1856] 後ㅣ니 紫羅裙[1857]도 興盡커다[1858]
나의 風度야 업다[1859]ᄒᆞ라만는

1844) 도든: 돋은.
1845) 고죽군(孤竹君)의 이자(二子): 백이(伯夷) 숙제(叔齊)를 이름.
1846) 수양산(首陽山): 백이숙제가 아사(餓死)했다는 산서성(山西省)에 있는 산.
1847) 반벽(半壁): 반쪽 벽. 벽의 가장자리.
1848) 걸녓ᄂᆞᆫ다: 걸렸느냐. '-ᄂᆞᆫ다'는 의문종결어미.
1849) ᄒᆞ마: 장차. 벌써.
1850) 새 소ᄅᆡ에: 새 소리에.
1851) 매화우(梅花雨): 음력 4~5월에 오는 비. 장마비.
1852) 거의로다: 다 기울어 가도다.
1853) 져무럿다: 져물(昏)-엇(과거시상선어말어미)-다(종결어미)〉저물었다.
1854) 이귀진(생몰년 미상): 신원 미상의 인물. 본 가곡집에 이조판서를 지낸 것으로 소개되어 있다.
1855) 청총마(靑驄馬): 총이말.
1856) 여윈: 여읜. 이별한.
1857) 자라군(紫羅裙): 자줏빛 비단 치마. 미색(美色)을 이름.
1858) 홍진(興盡)커다: 홍이 다하였도다.

世上에 至極훈 公物[1860]를 돌녀 볼가 ᄒᆞ노라

[329: 899] 남구만(南九萬)[1861]
동창이 밝았느냐 노고지리 우지진다
소 먹이는 아이는 지금 아니 일어났느냐
재 너머 이랑이 긴 밭을 언제 갈려고 하느냐

東窓이 ᄇᆞᆰ앗는야[1862] 노고지리[1863] 우지진다[1864]
쇼 칠[1865] 아희ᄂᆞᆫ 至今[1866] 아니 이러ᄂᆞᆫ냐[1867]
ᄌᆡ 너머 ᄉᆞ릐[1868] 긴 밧츨 언제 갈냐 ᄒᆞᄂᆞ니[1869]

[330: 85] 이택(李澤)[1870]
굴뚝새가 몸이 작다고 대붕아 비웃지 말아라.
머나먼 하늘을 대붕도 날고 굴뚝새도 나는 것이니,
두어라, 둘 다 똑같이 나는 새인데 너나 그나 다를 바가 있으랴.

감장식[1871] 쟉다 ᄒᆞ고 大鵬[1872]아 웃지 마라

1859) 업다: 없다고야.
1860) 지극(至極)훈 공물(公物): 지극히 공평한 물건. 여기선 백발(白髮)을 이름.
1861) 남구만(1629~1711): 조선 중기의 문인. 자는 운로이며, 호는 약천, 미재 등이다. 1656(효종 7)년 별시에 급제하여 정언, 이조정랑을 지냈으며, 사인, 함경감사 등을 거쳐 영의정에 이르렀다. 1701(숙종 27)년 희빈 장씨의 처벌에 대해 가벼운 형벌을 주장하다가, 사직하고 학문에 몰두하였다. 문집으로 『약천집』이 있다.
1862) ᄇᆞᆰ앗는야: ᄇᆞᆰ(明)-앗(과거시상선어말어미)-는야(의문형어미)〉밝았느냐?
1863) 노고지리: 종달새.
1864) 우지진다: 울(鳴)-#짖(鳴)〉(복합동사어간)-ㄴ다(감탄종결어미)〉야단스럽게 울어댄다. '울다'와 '짖다'의 복합동사인데, 째째거리는 새 소리를 보고 이르는 말.
1865) 쇼 칠: 소를 먹일. '소 치는'이라고 된 책도 있음. '쇼'는 소.
1866) 지금(至今): 지금껏. 아직. '상긔'로 된 시조집도 있음.
1867) 이러ᄂᆞᆫ냐: 일어#나(복합동사어간)-ᄂᆞᆫ냐(의문형어미)〉일어났느냐?
1868) ᄉᆞ릐 긴 밧츨: 이랑이 긴 밭을. 이랑이 긴 것을 지금 '장살'이라고 한다. 즉 곧고 긴 것을 뜻함이다.
1869) ᄒᆞᄂᆞ니: 하느냐. 의문종결어미. 'ᄒᆞᄂᆞ냐(니아)'에서 어미 '아'가 생략된 형.
1870) 이택(1351~1719): 조선 후기의 무인. 자는 운몽이다. 1676(숙종 2)년 무과에 급제, 선전관을 거쳐 고산진첨절제사로 나갔다. 관직은 평안도 병마절도사에까지 이르렀다. 품성이 순결하고, 청렴으로 이름이 높았다.
1871) 감장식: 굴뚝새.
1872) 대붕(大鵬): 큰 붕새. '鵬'은 엄청나게 커서 단번에 구만리를 날아간다는 상상의 새.

九萬里 長天[1873]을 너도 날고 저도 난다
두어라 一般 飛鳥[1874]ㅣ니 네오[1875] 제오[1876] 다르랴

[331: 796] 유혁연(柳赫然)[1877]
잘 달리는 말은 서서 그대로 늙고, 잘 드는 칼은 그대로 녹이 끼고 말았도다
정한 세월은 흘러서 백발을 재촉하니
임금님으로부터 대대로 받은 큰 은혜를 갚을 길이 없구나

돗는[1878] 물 셔셔 늙고 드는 칼 보뫼여다[1879]
無情 歲月은 白髮을 직촉ㅎ니
어즈버 聖主 鴻恩을[1880] 못 갑흘가 ㅎ노라

[332: 3320] 박태보(朴泰輔)[1881]
가슴속에 불이 이글거려, 오장육부가 다 타가는구나
꿈에 신농씨를 만나서 가슴속의 이 불을 끌 약이 있느냐고 물어 보았더니
충성 어린 절개와 불의에 복받쳐 슬퍼하고 한탄하는 데서 생긴 불이니 그 불을 끌 약이 없다고 하더라

胸中[1882]에 불이 나니 五臟[1883]이 다 트간다
神農氏[1884] 쑴의 보와 불 쓸 약을 무러 보니

1873) 구만리장천(九萬里長天): 머나먼 하늘.
1874) 일반 비조(一般飛鳥): 다 같은 나는 새.
1875) 네오: 너나. '~오'는 '~고'와 같이 두 가지 이상의 동작, 성질 등을 잇달아 나타내는 연결어미.
1876) 제오: 그이고, '감장새'를 말함.
1877) 유혁연(1616~1680): 조선 중기의 무인. 자는 회이이며, 호는 야당이다. 1644(인조 22)년 무과에 급제한 뒤 덕산현감 등을 역임하였다. 1680(숙종 6)년 경신환국으로 남인이 숙청될 때 연루되어, 경상도 영해에 유배되었다가 제주도 대정에 위리안치되어 사사 당하였다.
1878) 돗는: 달리는.
1879) 보뫼여다: 녹이 끼었도다. 경상방언에서 '보미'란 밤 속에 털이 난 부분을 보미라고 한다.
1880) 홍은(鴻恩)을: 임금의 큰 은혜.
1881) 박태보(1654~1689): 조선 중기의 문인. 자는 사원이며, 호는 정재이다. 1677(숙종 3)년 알성문과에 장원하여, 전적을 거쳐 예조좌랑이 되었다. 1689년 기사환국 때 서인을 대변하여 인현황후의 폐위를 반대하다가, 진도에 유배 도중 노량진에서 죽었다. 문집으로 『정재집』이 있다.
1882) 흉중(胸中): 가슴속.
1883) 오장(五臟): 다섯 가지 내장, 곧 간(肝), 심(心), 비(脾), 폐(肺). 보통 오장육부(五臟六腑)라고 한다.

忠節과 慷慨[1885]로 난 불이니 끌 藥 업다 ᄒᆞ더라

[333:2663] 구지정(具志禎)[1886]

쥐를 잡아 찬 소리개들아 배부르다 자랑 마라
푸른 강에 여윈 학이 주린다고 부러워 할까보냐
이 몸이 한가할지라도 살이 쪄서 무엇하리로

쥐 ᄎᆞᆫ[1887] 소로기[1888]들아 ᄇᆡ 부로다[1889] ᄌᆞ랑 마라
淸江에 여윈 鶴이 주리다 부를소냐[1890]
이 몸이 ᄒᆞᆫ가ᄒᆞᆯ션졍[1891] ᄉᆞᆯ져 무슴 ᄒᆞ리오

[334: 268] 김성최(金聖最)[1892]

관직에서 서리직을 그만두고 할 일이 아주 없어
자그마한 배에 술을 싣고 시중대를 찾아가니
갈꽃에 수많은 갈매기는 저의 벗인가 하여 반기더라

公庭[1893]에 吏退ᄒᆞ고[1894] ᄒᆞᆯ 일이 아조 업서
扁舟에 술을 싯고 侍中臺[1895] ᄎᆞᄌᆞ 가니

1884) 신농씨(神農氏): 중국 고대의 삼황(三皇)중의 한 사람. 농사짓기를 가르치고 의약(醫藥)을 만들어냈다고 한다.

1885) 강개(慷慨): 의분(義憤). 불의를 보고 정의심이 보고 정의심이 복받쳐 슬퍼하고 한탄함.

1886) 구지정(몰년 미상): 17세기 후반~ 18세기 초반에 활동했던 문인. 당시의 시류에 어긋난 성품으로 1691(숙종 17)년에 죄를 받았다가, 3년 후 관직에 복귀했다. 1697(숙종 23)년에는 남구만의 추천으로 음관이 되었고, 공주목사, 황주목사 등을 지냈다.

1887) 쥐 ᄎᆞᆫ: 쥐를 잡아 찼는. 쥐를 잡아 매단.

1888) 소로기: 소리개. '쇠로기'.

1889) 부로다: ᄇᆡ가 부르다. '-다'는 '-로다'의 축약으로 감탄종결어미인데 여기서는 서술종결어미형로 쓴 것.

1890) 부를소냐: 부러워할가브냐. '블'은 '羨'의 뜻.

1891) ᄒᆞᆫ가ᄒᆞᆯ션졍: 한가하다마는. 한가할지라도.

1892) 김성최(1645~1713): 조선 후기의 문인. 호는 일로당이다. 김광욱의 손자로, 1666(효종 17)년 진사시에 합격하여 의금부 도사직을 비롯하여 내·외직을 고루 역임하였다. 김창협·김창흡 등과 일족으로, 당시의 시사에 관여하지 않고 그들과 어울려 서울의 백악과 동교 등지에서 풍류를 즐기기도 했다.

1893) 공정(公庭): 관청의 들. 곧 관직의 자리.

1894) 이퇴(吏退)ᄒᆞ고: 서리 관직을 그만두고.

1895) 시중대(侍中臺): 강원도 통천군(通川郡) 흡곡면(歙谷面)에 있는 대. 관동팔경의 하나.

蘆花[1896]에 數 만흔 갈머기[1897]는 제 벗인가 ᄒᆞ더라

[335: 1715] 김성쵀(金聖最)

술 깨어 일어나 앉아 거문고를 타며 즐겨노니
창 밖에 섰는 학이 즐겨서 넘놀도다
아이야 남은 술 부어라 흥이 다시 오는구나

술 ᄭᆡ야 이러 안ᄌᆞ 거문고를 戲弄[1898]ᄒᆞ니
窓 밧긔 셧는 鶴이 즐겨셔 넘노ᄂᆞ다[1899]
아희야 나문 술 부어라 興이 다시 오노ᄆᆡ라[1900]

[336: 1685] 김창흡(金昌翕)[1901]

소나무 숲 사이에 만든 단에서 선잠에서 깨어 아직 취기가 남은 눈을 들여다보니
석양 포구에 드나드니 백구로다
아마도 이 강산 임자는 나뿐인가 하노라

松壇의 션즘[1902] ᄭᆡ야 醉眼[1903]을 드러 보니
夕陽 浦口에 나드나니[1904] 白鷗ㅣ로다
아마도 이 江山 님ᄌᆞᄂᆞᆫ 나 ᄲᅮᆫ인가 ᄒᆞ노라

1896) 노화(蘆花): 갈꽃.
1897) 갈머기: 갈매기.
1898) 거문고를 희롱(戲弄): 거문고를 타며 즐겨 노는 것.
1899) 넘노ᄂᆞ다: 넘(越)-노(遊, 복합동사어간)〉-ᄂᆞ다(현재시상종결어미)〉놀도다. 넘놀도다. '뛰놀다'의 뜻.
1900) 오노ᄆᆡ라: 오도다. 오는구나. '노ᄆᆡ라'는 감탄종결어미형.
1901) 김창흡(1653~1722): 조선 후기의 문인. 자는 자익이며, 호는 삼연이다. 1673(현종 14)년 진사시에 합격했으나 벼슬길에 나가지 않고, 백악산 기슭에 낙송루를 짓고 글을 읽으며 지냈다. 1721~1722년에 발생한 신임사화로 유배된 형 창집이 사사되자, 지병이 악화되어 그해에 죽었다. 문집으로 『삼연집』이 있다. 본 가곡집을 비롯한 각종 가곡집에 수록된 시조는 김창흡의 것이 아니라, 혀향 가창자인 김상현의 작품이다.
1902) 션즘: 깊이 들지 아니한 잠.
1903) 취안(醉眼): 술을 마시고 잔 모양인데 선잠을 깨웠으니, 아직 취기가 남은 눈.
1904) 나드나니: 나(出)-드(入, 복합동사어간)〉-나니(연결어미)〉드나드니.

[337: 644] 김창흡(金昌翕)

푸른 버들 춘삼월을 잡아매어 둘 것이면
흰머리 뽑아내어 칭칭 동여매어 두련만
올해도 그렇게 못하고 그저 놓아 보냈구나

綠楊1905) 春三月을 잡아 ᄆᆡ여 둘 거시면
센 머리1906) ᄲᅡᆸ아 ᄂᆡ여 ᄎᆞᆫᄎᆞᆫ 동혀1907) 두련만ᄂᆞᆫ
올ᄒᆡ도 그리 못ᄒᆞ고 그저1908) 노화 보ᄂᆡ거다1909)

[338: 707] 김창흡(金昌翕)

늙기 서러운 줄을 모르면서 늙었는가
봄볕이 덧이 없어 백발이 저절로 난다
그리워하나 소년 적의 마음은 줄어짐이 없어라

늙기 셜은 줄을 모로고나1910) 늙거ᄂᆞᆫ가1911)
春光 덧1912) 업서 白髮이 졀노 난다
그리나 少年1913) ᄶᅥᆨ ᄆᆞ음은 減홈1914)이 업세라

[339: 242] 김창흡(金昌翕)

공을 세워서 이름을 세상에 드날리는 일을 좋아하지 말라
많은 재물과 몸이 귀해지는 것을 탐내지 말라
우리는 아무 것도 없이 한 몸이 한가하거니 두려운 일이 없도다

1905) 녹양(綠楊): 푸른 버들.
1906) 센 머리: 흰머리.
1907) ᄎᆞᆫᄎᆞᆫ 동혀: 칭칭 얽어매어.
1908) 그저: 그냥.
1909) 보ᄂᆡ거다: 보ᄂᆡ-거(과거시상선어말어미)-다(감탄종결어미)〉보냈구나.
1910) 모로고나: 모르면서. '모르고'에 강세를 더하기 위하여 접미사 '나'를 연결한 것.
1911) 늙거ᄂᆞᆫ가: 늙-엇(과거시상선어말어미)-ᄂᆞᆫ가(의문형어미)〉늙었는가?
1912) 덧: 상(常), 시(時)의 뜻. 기대하는 바가 없다.
1913) 소년(少年) ᄶᅥᆨ: 소년 때. 'ᄶᅥᆨ'은 사잇소리 'ㅅ'과 '적'이 결합한 것.
1914) 감(減)홈: 줄어진. 덜한.

功名[1915] 즐겨 마라 榮辱[1916]이 半이로다
富貴를 貪치 마라 危機를 밥ᄂᆞ니라[1917]
우리ᄂᆞᆫ 一身이 閑暇거니 두려온[1918] 일 업세라

[340: 3042] 김창흡(金昌翕)
크나큰 바위 위에 네 사람이 한가롭다
자지가 한 곡조를 오늘에서야 듣겠는가
이 후에는 나를 하나 더하니 오호가 되었는가 하노라

큰나큰 바회 우희 네 사ᄅᆞᆷ[1919]이 閑暇롭다
紫芝歌[1920] ᄒᆞᆫ 曲調를 오날이야 들을넌가[1921]
이 後ᄂᆞᆫ 나 ᄒᆞ나 더ᄒᆞ니 五皓[1922]ㅣ 된가 ᄒᆞ노라

[341: 595] 김창흡(金昌翕)
내 정령이 술에 섞여 님의 속으로 흘러 들어가서
굽이굽이 깊이 든 마음속을 다 찾아다닐망정
날 잊고 님 향한 마음을 다스리려 하노라

내 精靈[1923] 술에 셧거[1924] 님의 속의 흘너 드러
九回 肝腸[1925]을 ᄃᆞ ᄎᆞᄌᆞ ᄃᆞᆫ닐만졍[1926]

1915) 공명(功名): 공을 세워 이름을 떨침.
1916) 영욕(榮辱): 영광과 치욕.
1917) 밥ᄂᆞ니라: 밟(踏)-ᄂᆞ니라(현재서술형어미)〉밟느니라.
1918) 두려온: 두려운.
1919) 네 사ᄅᆞᆷ: 사인(四人). 여기서는 상산사호(商山四皓)를 말함.
1920) 자지가(紫芝歌): 한(漢)나라의 신하가 되기를 의롭게 생각하지 아니한 사고(四皓), 즉 동원공(東園公), 기리이(綺里李), 하황공(夏黃公), 각리선생(角里先生)이 상산(商山)에 숨어서 지초(芝草)를 캐어 생활하며 불렀다는 은사(隱士)의 노래. 『시학운총(詩學韻叢)』에 "漢漢高山, 深谷逶迤. 曄曄紫芝. 可以療飢, 唐虞世遠, 吾將安歸, 馬馬高蓋, 其憂甚土, 富貴之畏, 人不如貧賤之肆矣" 참고.
1921) 들을넌가: 듣(聽)-을(미확정선어말어미)-너(회상선어말어미, -더/러-)-ㄴ가(의문형어미)〉듣겠는가?
1922) 오호(五皓): 사호(四皓)에 작자를 더하여 오호(五皓)라고 하였음.
1923) 정령(精靈): 전신과 영혼.
1924) 셧거: 셕-어(부사형어미)〉섞어.
1925) 구회간장(九回肝腸): 굽이굽이 깊이 든 마음속. 구곡간장과 같은 말.
1926) ᄃᆞᆫ닐만졍: 다닐지라도.

날 잇고 눔[1927] 向혼 ᄆᆞ음을 다스로려[1928] ᄒᆞ노라

[342: 2469] 이유(李溁)
두견아 울지 마라 울어도 속절없다
울거든 너만 울지 나를 어이 울리느냐
아마도 네 소리를 들을 적이면 가슴 아파 하노라

子規[1929]야 울지 마라 울어도 俗節 업다
울거든 너만 우지 날은 어이 울이ᄂᆞᆫ다[1930]
아마도 네 소릐[1931] 드를 제면 가슴 알파[1932] ᄒᆞ노라

[343: 1921] 이유(李溁)[1933]
가엾은 옛 님군을 생각하고 저절로 눈물이 나서 우니
하늘이 시키거든 내 어이 울었겠느냐
내가 없는 서리 내린 하늘에 눈 내린 달밤에 누구 때문에 울며 다니느냐

어엿분 녯 님군을[1934] ᄉᆡᆼ각ᄒᆞ고 졀노 우니
ᄒᆞ놀이[1935] 시겨거든[1936] ᄂᆡ 어이 우러시리[1937]
날 업슨 霜天 雪月[1938]에ᄂᆞᆫ 눌노[1939] ᄒᆞ여 울니던다[1940]

1927) 눔: '눔'은 남(他人).
1928) 다스로려: 다스리-오(의도형선어말어미)-려(의도형어미)〉다스리려. '-오려'가 의도형어미로 굳어짐.
1929) 자규(子規): 두견이의 이칭.
1930) 울이ᄂᆞᆫ다: 울(泣)-이(사동접사)-ᄂᆞᆫ다(의문형어미)〉울리느냐.
1931) 소릐: 소리.
1932) 알파: 아파.
1933) 이유(1645~1721): 조선 후기의 문인. 자는 자우이며, 호는 녹천이다. 1668(현종 9)년 별시문관에 급제한 뒤 헌납, 정언 등을 지냈고, 1680(숙종 6)년 경신대출척으로 서인이 재집권하자 승지로 발탁되었다. 『소와문집(笑窩文集)』 10권이 있다.
1934) 어엿분 녯님군을: 불쌍한 옛 임금을. 의미가 '가엽다, 불쌍하다(憐)〉예쁘다'로 변했음. 가엾은 옛 임금은 곧 중국 촉나라의 망제를 뜻한다. 여기서는 단종을 의미한다.
1935) ᄒᆞ놀이: 하늘이.
1936) 시겨거든: 시기-어-거든(선택의 연결어미)〉시키거든.
1937) 우러시리: 울-엇(과거시상선어말어미)-으리(의문형어미)〉울었으리.
1938) 상천상월(霜天雪月): 서리 내린 밤하늘과 눈 위에 비친달. 곧 추운 겨울을 듯하다.
1939) 눌로: 누구로.

[344: 1339] 이유(李溹)
부여귀 불여귀 하니 돌아가는 것만 못한 것을
가련한 우리 님군 무슨 일로 못 가시는고
지금에 해죽루에 달빛이 어제인 듯하여라

不如歸1941) 不如歸ᄒᆞ니 도라갈만 못ᄒᆞᆫ 거늘
어엿분1942) 우리 님군1943) 무ᄉᆞ1944) 일노 못 가신고
至今에1945) 梅竹樓1946) ᄃᆞᆯ빗치 어제론 듯1947) ᄒᆞ여라

[345: 140] 김창업(金昌業)1948)
거문고 줄에 술대를 꽂아놓고 홀연히 낮잠을 든 때에
사립문에서 나는 개 짖는 소리에 반가운 벗이 오는도다
아이야 점심도 준비하려니와 탁주부터 먼저 내어라

거문고 술 ᄭᅩᄌᆞ 노코1949) 홀연이1950) ᄌᆞᆷ을 든 제1951)
柴門 犬吠聲1952)에 반가온 벗 오ᄂᆞᆫ고야1953)
아희야 點心도 ᄒᆞ려니와 濁酒 몬져1954) ᄂᆡ여라

1940) 울니던다: 울(泣)-니(行)-더(회상선어말어미)-ㄴ다(의문형어미)〉울며다니느냐.
1941) 불여귀(不如歸): 두견. 두견이의 울음소리. 불여귀거(不如歸去)라고 들리기 때문.
1942) 어엿분: 가련한.
1943) 우리 님군: 단종을 일컬음.
1944) 무ᄉᆞ: 무슨.
1945) 지금(至今)에: 지금까지.
1946) 해죽누(海竹樓): 강원도 영월(寧越)에 있는 누대.
1947) 어제론 듯: 어제와 같은 듯.
1948) 김창업(1658~1721): 조선 후기의 문인. 자는 대유이며, 호는 가재, 노가재, 석교 등이다. 노론의 정치가이며, 유학자인 김수항의 아들이다. 1681(숙종 7)년 전사시에 합격했으나, 벼슬에 나아가지 않고 평생을 은거하며, 지냈다. 문집으로 『노가재집』이 있다.
1949) 거문고 술 ᄭᅩᄌᆞ 노코: 거문고를 타는 대가비(술대)를 꽂아 놓고.
1950) 홀연이: 홀연히. 호젓이. 잠잠하게.
1951) ᄌᆞᆷ을 든 제: 낮잠이 든 적에.
1952) 시문견폐성(柴門 犬吠聲): 사립 문에서 나는 개 짖는 소리.
1953) 오ᄂᆞᆫ고야: 오-ᄂᆞᆫ(현재시상선어말어미)-고야(감탄형어미)〉오는구나. 감탄종결어미. 감탄보조어간 '도'에 감탄형 어미 '괴야'가 연결된 것.
1954) 몬져: 몬져〉먼저(비원순모음화).

[346: 2472] 김창업(金昌業)

길이가 한 자가 더되는 보라매를 엊그제 금방 매를 길들이던 일을 끝내어
매의 꼬리 위에 있는 깃에 방울 달아 석양에 매를 팔 어깨에 받아서 집을 나오니
대장부의 평생 동안의 큰 뜻을 얻기는 이보다 더한 것이 없도다

자 나문1955) 보라ᄆᆡ를1956) 엇그제 ᄀᆞᆺ 손1957) ᄣᅦ혀1958)
ᄲᆡ짓체1959) 방울 다라 夕陽에 밧고 나니1960)
丈夫의 平生 得意ᄂᆞᆫ 이 ᄲᅮᆫ인가 ᄒᆞ노라

[347: 1228] 김창업(金昌業)

벼슬을 누구나 하면 농사지을 사람이 누가 있겠으며
의원이 무슨 병이든지 다 고친다면 북망산에 무덤이 저렇게 많겠느냐?
아이야, 잔에다 술이나 가득 따라라. 내 뜻대로 살아가리라.

벼슬을 져마ᄃᆞ ᄒᆞ면 農夫ᄒᆞ니1961) 뉘 이시며
醫員이 病 곳치면 北邙山1962)이 져려ᄒᆞ랴
아희야 盞만 부어라 ᄂᆡ ᄠᅳᆺᄃᆡ로 ᄒᆞ리라

[348: 74] 유숭(兪崇)1963)

간밤 오든 비에 앞 내에 물이 지는구나
등 검고 살진 고기 버들 지푸라기에 올랐구나
아희야 그물 내어라 고기 잡기 하자구나

1955) 자 나믄: 한 자도 더 된. '나믄'은 '남다'의 관형사형.
1956) 보라ᄆᆡ를: 준(隼). 보라는 회색의 빛깔. 보라매는 매우 날랜 매이다.
1957) ᄀᆞᆺ 손: 금방. '이제 막'이라는 뜻의 접두사.
1958) ᄣᅦ혀: 떼어. 즉 매를 길들이던 일을 끝내는 것.
1959) ᄲᆡ짓체: 빼깃에. 매의 꼬리 위에 있는 깃.
1960) 밧고 난이: 매를 팔 어깨에 받아서 집을 나오니.
1961) 농부(農夫)ᄒᆞ 니: 농부(農夫)ᄒᆞ-ㄴ(관형어미, 부정시제)-ㅣ(의존명사)-∅(주격조사)〉농부 할 사람이.
1962) 북망산(北邙山): 사람이 죽어서 가는 곳으로 '무덤'을 뜻함. 본디 중국 낙양(洛陽)에 있는 산 이름인데, 여기에 무덤이 많이 있었으므로 대유(代喩)로 쓰이게 된 것이다.
1963) 유숭(1661~1734): 조선 후기의 문인. 자는 원지이다. 음보로 기용되어, 1699(숙종 25)년 증광 문과에 을과로 급제하여 정언, 지평, 문학, 장령을 역임하였다. 1727(영조 3)년에 경기도 관찰사가 되어 정미환국으로 소론들이 등용되자, 이를 반대하다가 파직되어 문회송출 당하였다.

간밤 오든 비에 압 닉에[1964] 물 지거다[1965]
등 검고 술진 고기 버들 넉싀[1966] 올낫괴야[1967]
아희야 그물 닉여라 고기잡기 ᄒᆞ쟈셔라[1968]

[349: 2853] 유숭(兪崇)
청계산 변두리 흰모래 위에 혼자 섰는 저 백구야
나의 먹은 뜻을 너흰들 아시랴
번거로운 세속을 싫어함이야 너나 내나 다르랴

淸溪邊[1969] 白沙上에 혼ᄌᆞ[1970] 셧는[1971] 져 白鷗야
나의 먹은 뜻을 넨들 아니 아라시랴[1972]
風塵[1973]을 슬희여 홈이야[1974] 네오 닉오[1975] 다르랴

[350: 2576] 신정하(申靖夏)[1976]
앞산에 어젯밤에 내린 비에 가득한 가을 기운이로다
콩밭 관솔불에 밤 호미 빛이로다
아이야 뒷 냇가의 통발에 고기 흘러 나갈까 두렵다

1964) 압 닉에: 앞 내에.
1965) 지거다: 많아졌다.
1966) 넉싀: 넋에. '넋'은 '너겁'이라고도 하는데 '너겁'은 갇힌 물 위에 떠서 몰려 있는 티끌. 지푸라기, 잎사귀 같은 것이나 물가에 흙이 패어 드러난 풀 또는 나무뿌리를 말함.
1967) 올낫괴야: 올랐구나. '-괴야'의 '괴'는 '고'가 후행하는 '-야'의 영향으로 '이'음역행동화를 일으켜 된 표기인 듯. 감탄종결어미형.
1968) ᄒᆞ쟈셔라: 하자꾸나.
1969) 청계변(淸溪邊): 청계산 변두리.
1970) 혼ᄌᆞ: 혼자.
1971) 셧는: 서(立)-있(在)〉(복합동사어간)-는(관형어미)〉서 있는.
1972) 아라시랴: 알(知)-아(부사형어미)-시(주체존대선어말어미)-랴(의문형어미)〉알시랴.
1973) 풍진(風塵): 번거로운 세속.
1974) 슬희여 홈이야: 싫어함이야.
1975) 네오 닉오: 너이고 나이고. 네나 내나.
1976) 신정하(1680~1715): 조선 후기의 문인. 자는 정보이며, 호는 서암, 석호 등이다. 1715(숙종 41)년 헌납으로 있으면서 노론과 소론이 대립하였을 때, 이진유 등이 노론을 모략하므로 장편의 소를 올려 노론을 변호하였는데, 이 일로 파면되었다. 문집으로 『서암집』이 있다.

前山 昨夜雨[1977]에 ㄱ둑훈 秋氣ㅣ로다
豆花田[1978] 관솔불[1979]에 밤 홈뫼[1980] 빗치로다
아희야 뒷 닋 통발[1981]에 고기 흘너 날셰라[1982]

[351: 1229] 신정하(申靖夏)
벼슬이 귀하다 하더라도 이 내 몸이 소중함에야 어찌 비길 수 있으리요
다리를 저는 나귀를 바삐 몰아 고향으로 돌아오니
어디서 갑자기 쏟아지는 비 한 줄기가 티끌 쌓인 옷차림을 깨끗이 씻어주누나

벼술이 貴타 훈들 이 닋 몸에 비길소냐
蹇驢[1983]를 밧비 모라 故山[1984]으로 도라오니
어듸셔 急훈 비 훈 줄기에 出塵行裝[1985] 씻거고[1986]

[352: 75] 신정하(申靖夏)
임금에게 바른 말을 하다가 죽은 박 파주 죽었으나 서러워 마라
삼백년 강상을 네 혼자 붙들었도다
우리의 성덕 높은 숙종 임금이 머지않아 (곧 마음을 돌릴 것은) 너가 죽었기 때문인가 하노라

諫死[1987]훈 朴坡州[1988]ㅣ야 죽으라[1989] 셜워[1990] 마라

1977) 작야우(昨夜雨): 어젯밤에 내린 비.
1978) 두화전(豆花田): 콩밭. 두화우(豆花雨)란 콩 노긋이 필 무렵에 오는 비. 곧 음력 8월의 비.
1979) 관솔불: 관솔(松明).
1980) 홈뫼: 호미에.
1981) 통발: 가는 댓조각을 엮어 통같이 만든 고기잡이 기구.
1982) 날셰라: 나(出)-ㄹ셰라(감탄형어미)〉나갈까 두렵다.
1983) 건려(蹇驢): 다리를 저는 나귀.
1984) 고산(故山): 옛날에 보던 산. 고향산(故鄕山).
1985) 출진행장(出塵行裝): 속세를 벗어나는 여행의 차림.
1986) 씻거고: 씻었도다.
1987) 간사(諫死): 임금에게 바른 말을 하다가 죽음.
1988) 박파주(朴坡州): 박태보(朴泰輔)가 파주목사(坡州牧使)를 지냈으므로 이름. 숙종이 왕비 인현왕후를 폐위시킬 때 박태보가 반대를 주장하다가 유배길에 죽었음.
1989) 죽으라: 죽었으나. 또는 죽으라고.
1990) 셜워: 서러워.

三百年 綱常[1991])을 네 혼ᄌᆞ 밧들거다[1992])
우리의 聖君[1993]) 不遠復[1994])이 네 죽인가[1995]) ᄒᆞ노라

[353: 1810] 이정섭(李廷燮)
알았노라 알았노라 나는 벌써 알았노라
인정은 매말랐고 세상일은 소꼬리로다
어디서 망령엣 것이 오라 말라고 하느냐

아랏노라 아랏노라 나는 ᄇᆞᆯ셔[1996]) 아랏노라[1997])
人情은 兎角이오[1998]) 世事는 牛尾ㅣ로다[1999])
어듸셔 妄佡엣 거신 오라 말나 ᄒᆞᄂᆞ니

[354: 1641] 이정섭(李廷燮)[2000])
세차고 큼직한 말에다가 이내 근심, 걱정을 등에 우뚝 쌓이게 실어 가지고
술이 나는 샘이 모여 바다를 이룬 곳에 풍덩 들이쳐서 둥둥 뜨게 하고 싶구나!
정말로 그렇게만 할 수 있다면 (근심과 걱정이) 자연히 사라지리라.

쎄ᄎᆞ고 크나큰 ᄆᆞᆯ게[2001]) ᄂᆡ 시름 등 지게[2002]) 시러
酒泉[2003]) 바다히 풍드릿쳐[2004]) 둥둥 씌여 두고라쟈[2005])

1991) 삼백년 강상(三百年 綱常): 조선조 개국부터 300여 년 동안의 삼강오상(三綱五常). 강상(綱常)은 사람이 지켜야 할 대도(大道).
1992) 밧들거다: 붙들었다. '-거다'는 과거감탄종결어미. '거'는 과거를 표시하는 보조어간.
1993) 성군(聖君): 성덕이 높은 임금. 이조 숙종(肅宗).
1994) 불원복(不遠復): 머지않아 곧 마음을 돌리다.
1995) 죽인가: 죽었기 때문인가.
1996) ᄇᆞᆯ셔: 벌써.
1997) 아랏노라: 알(知)-앗(과거시상선어말어미)-노라(감탄형어미)〉알았노라.
1998) 토각(兎角)이오: 토끼뿔이오. 곧 토끼의 뿔이 없을 정도로 인정이 매마름을 말한다.
1999) 우미(牛尾)ㅣ로다: 소꼬리처럼 자유자재로 움직임에 비유하여 세상일은 내 뜻과 무관하게 움직임을 뜻함.
2000) 이정섭(생몰년 미상): 조선 후기의 문인. 자는 계화이며, 호는 저촌, 마악노초 등이다. 종실로서 음보로 정랑을 지냈다. 진본『청구영언』에 '청구영언후발'을 썼으며, 김천택과도 교류가 있다.
2001) ᄆᆞᆯ게: 말(馬)에게.
2002) 등 지게: 등에 우뚝 쌓이게.
2003) 주천(酒泉): 술이 절로 솟아나는 샘.

眞實노 그러곳2006) ᄒᆞ량이면 自然 삭아지리라

[355: 1878] 장현(張炫)2007)
압록강 해가 진 날에 어여쁜 우리 님이
만리나 되는 연경 길 어디라고 가시는고
봄 풀이 푸르거든 즉시 돌아오소서

鴨綠江 ᄒᆡ 진 날에2008) 에엿븐2009) 우리 님2010)이
燕雲 萬里2011)를 어ᄃᆡ라고 가시ᄂᆞᆫ고
봄 풀이 푸르거든2012) 卽時 도라오소셔2013)

[356: 279] 박희서(朴凞瑞)2014)
꾀꼬리 날려서라 가지 위에 울릴세라
겨우 든 잠을 네 소리에 깰 것 같으면
아마도 요하의 서쪽 수자리에 간 남편을 꿈에서나마 보고자 한 여인의 애타는 꿈을 못 이룰까 하노라

ᄭᅬᄭᅩ리 ᄂᆞᆯ녀슬라2015) 柯枝 우희 울닐셰라
계유2016) 든 ᄌᆞᆷ을 네 소ᄅᆡ에 ᄭᆡᆯᄶᅡᆨ시면

2004) 풍드릿쳐: 풍덩 들이쳐.
2005) 두고라쟈: 두고 싶구나. 원망종결어미 '-ᄒᆞ고라'에 감탄어미 '~쟈'가 연결된 형.
2006) 그러곳: 그렇게만. '곳'은 강세조사.
2007) 장현(1613~?): 17세기 후반에 주로 활동했던 역관. 1639(인조 17)년 역과에 합격한 후 50여 년 동안 역관으로 활동하면서, 인동 장씨가 역관 집안이 되는데 중추적인 역할을 하였다. 병자호란 후 소현세자 등이 인질로 중국에 끌려갈 때, 역관으로 수행하여 6년 동안 중국에 머무르기도 하였다.
2008) ᄒᆡ진 날에: 해가 떨어진 날에. '진'은 '딘(落)'에서 나온 말.
2009) 에엿븐: 가엾은. '에엿브다'는 '어엿브다'의 umlaut 현상으로 '어'가 '에'로 변한 것.
2010) 우리 님: 우리의 임금. 여기서는 소현세자(昭顯世子)와 봉림대군(鳳林大君)을 말함.
2011) 연운 만리(燕雲 萬里): 만리나 되는 연경(燕京) 길. 연경만리(燕程萬里)와 같음.
2012) 봄 풀이 푸르거든: 새로 봄이 돌아와 봄풀이 짙게 푸르거든.
2013) 오소셔: 와 주십시오. 상대존칭의 청유종결어미형.
2014) 박희서(생몰년 미상): 18세기 중, 후반에 활동했던 인물. 자는 경보이다. 본 가곡집의 작가 소개에 거문고와 글씨에 능했다고 기록 되어 있다.
2015) ᄂᆞᆯ녀 슬라: 날리자꾸나.
2016) 계우: 겨우.

아마도 遼西一夢[2017]을 못 일울가 ᄒᆞ노라

[357: 3260] 박희서(朴熙瑞)
홍료화 베어내어 백구를 날렸구나
세속 사를 떠난 곳에 벗님네야 날을 그르다고 하려니와
이 강산 이리 좋은 줄을 세상이 알까 두려워하노라

紅蓼花[2018] 븨여 ᄂᆡ아[2019] 白鷗를 날여스라[2020]
物外[2021]에 벗님네야 날을 외다[2022] ᄒᆞ려니와
이 江山 이리 죠흔 줄을 世上 알가 ᄒᆞ노라

[358: 2119] 윤두서(尹斗緖)[2023]
옥에 흙이 묻어 길가에 버려져 있으니
오는 사람 가는 사람이 모두 흙이라 하는구나
두어라 (옥인 줄을) 아는 사람이 있을 것이니 흙인 듯이 가만히 있거라

玉이 흙에 뭇쳐[2024] 길까에 ᄇᆞᆯ피이니[2025]
오ᄂᆞ 니[2026] 가ᄂᆞ 니 흙이라 ᄒᆞᄂᆞᆫ고나[2027]
두어라 알 니[2028] 이실찌니[2029] 흙인 듯시 [잇거라]

2017) 요서일몽(遼西一夢): '요서'는 요하의 서쪽. 수자리에 간 남편을 꿈에서나마 보고자 한 여인의 애타는 마음을 그린 시에서 온 말. 무명씨 작 〈이주가〉에 "打起黃鶯兒, 莫教枝上啼, 啼時驚妾夢, 不得到遼西" 참조.

2018) 홍료화(紅蓼花): 붉은 역귀꽃.

2019) 븨여 ᄂᆡ아: 베어내어.

2020) 날여스라: 날렸구나.

2021) 물외(物外): 세속사를 떠난 곳.

2022) 외다: 그러다.

2023) 윤두서(1668~1715): 조선 후기의 문인이자 화가. 자는 효언이며, 호는 공재, 종애 등이다. 젊어서 진사시에 합격하였으나 벼슬에 나가지 않고 시서로 일생을 보냈다. 정약용 외증조이자 윤선도의 증손이다.

2024) 뭇쳐: 묻어.

2025) ᄇᆞᆯ피이니: ᄇᆞᆲ(踏)-히(사동접사)-이니(설명형어미)〉밟히니.

2026) 오ᄂᆞ 니: 오는 사람.

2027) ᄒᆞᄂᆞᆫ고나: 하는구나. '-고야'는 감탄종결어미형.

2028) 알 니: 알 사람.

[359: 919] 조식(曺植)

지리산의 명승인 양단수를 지난날 이야기로만 듣고서 이제 와보니 신선 사는 곳을 가르쳐 주는 복사꽃이 이 맑은 물에 흘러내려 오는데 산 그림자조차 그 속에 잠겨 있구나

(내 생각으로는 산 좋고 물 맑은 곳에 복사꽃 잎이 흐르는 것을 보니) 그 별천지가 어디가 있다는 말인가 나는 이곳 지리산이 바로 그곳이라 생각하노라

頭流山2030) 兩端水2031)를 녜 듯고 이졔 보니
桃花 뜬 맑은 물에 山影2032)조추 잠겨셰라2033)
아희야 武陵2034)이 어듸믹오 나는 옌가 ᄒᆞ노라

[360: 287] 김성기(金聖器)2035)

굴레 벗은 천리마를 누가 잡아다가
겨와 콩을 섞어 삶은 콩죽을 살지게 먹여둔들
그 본성이 억세고 거치니, 그냥 머물러 있을 리가 있겠는가

구레2036) 버슨 千里馬2037)를 뉘라셔2038) 잡아다가
조쥭2039) 살믄 콩에 술지게 먹여 둔들
本性이 외양ᄒᆞ거니2040) 이실 줄이 이시랴

2029) 이실찌니: 있을 것이니.
2030) 두류산(頭流山): 지리산의 딴 이름. 백두산의 산줄기가 이곳까지 뻗쳤다 하여 두류산이라 부름.
2031) 양단수(兩端水): 쌍계사를 중심으로 두 갈래로 흐르던 물이 합치는 곳을 말함.
2032) 산영(山影): 산그림자.
2033) 잠겨셰라: 잠기-어(부사형어미)#이시(有)-어라(감탄형어미)〉잠겨 있구나.
2034) 무릉(武陵): 무릉도원(武陵桃源)의 약칭으로 별천지, 선경(仙景), 경치가 매우 좋은 곳을 말함.
2035) 김성기(1649~1724): 18세기 초반의 대표적인 악사이자 가창자. 자는 자호, 대재 등이며, 호는 조은, 어은, 낭옹 등이다. 상의원에 궁인으로 궁중의 활 만드는 일을 관장하였으나, 음악에 재질이 있어 후에 거문고의 명인이 되었다. 이른바 여항육인의 한 사람이다. 그가 죽은 뒤에 남원군 이설 등이 그의 가락을 모아 『낭옹신보』를 만들었고, 이후 『나옹신보』를 저본으로 금보인 『어은유보』가 편찬되었다.
2036) 구레: 굴레.
2037) 千里馬(천리마): 하루 천리를 달리는 말.
2038) 뉘라셔: 누가.
2039) 조쥭: 겨와 콩을 섞어 만든 죽(粗粥).
2040) 외양ᄒᆞ거니: 억세고 거치니.

[361: 2159] 김성기(金聖器)
요화에 잠든 백구 선잠을 깨워내지 마라
나도 일 없어 강호를 돌아다니는 나그네가 되었노라
이후는 찾을 사람이 없으니 너를 좇아 놀겠노라

蓼花2041)에 ᄌᆞᆷ든 白鷗 션ᄌᆞᆷ2042) ᄭᆡ야 ᄂᆡ지 마라
나도 일 업셔 江湖客2043)이 되엿노라
이후ᄂᆞᆫ ᄎᆞ즈 리2044) 업스니 널를 조ᄎᆞ 놀니라

[362: 2108] 김성기(金聖器)
옥으로 만든 화분에 심은 매화 한 가지 꺾어내니
꽃도 곱거니와 곳도 곱거니와 그윽이 스며드는 향기가 더욱 좋다
두어라 꺾어 왔으니 버릴 줄이 있겠느냐

玉盆에 심근2045) 梅花 ᄒᆞᆫ 柯枝 것거2046) ᄂᆡ니
곳도 곱거니와 暗香2047)이 더욱 죳타
두어라 것거 왓거니 ᄇᆞ릴 줄이 이시랴

[363: 3267] 김성기(金聖器)
붉은 먼지를 다 떨치고 대나무 지팡이와 짚신 짚고 신고
거문고를 비스듬히 안고 서호로 들어가니
갈대꽃에 떼 많은 갈매기는 내 벗인가 하노라

紅塵을 다 ᄯᅥᆯ치고 竹丈 芒鞋2048) 집고 신고

2041) 요화(蓼花): 여귀꽃.
2042) 션ᄌᆞᆷ: 깊이 들지 못한 잠.
2043) 강호객(江湖客): 강호를 돌아다니는 나그네.
2044) ᄎᆞ즈 리: ᄎᆞᆽ-을(관형어미)-∅(주격조사)〉찾을 사람이.
2045) 심근: 심은.
2046) 것거: 겂(折)-어(부사형어미)〉꺾어.
2047) 암향(暗香): 몰래 그윽이 스며드는 향기.
2048) 죽장망혜(竹丈 芒鞋): 대나무 지팡이와 짚신.

瑤琴[2049]을 빗기[2050] 안고 西湖[2051]로 드러가니
蘆花[2052]에 쎄 만흔 갈며기는 닉 벗인가 ᄒᆞ노라

나는 일찍이 노래를 매우 좋아했다. 국조이래로 세상에 이름이 난 사람이 고을에서 지은 작품을 모았지만, 유독 어은 김성기의 악보가 왕왕이 전송되었는데 그 전체 악보를 알 수 없었다. 그래서 이리저리 구하다가 그것을 얻지 못한 것을 마음으로 늘 한스러워했다. 그러던 차에 지난번 서호에 사는 김군중을 만났는데, 글재주가 뛰어났고, 어은을 조금 알고 있을 뿐이라고 하였다. 내가 그에게 말하기를 "그대는 일찍이 어은을 따라 노닐면서 영언을 불렀고, 기억하고 있는 것이 많을 테니 나를 위해서 그 것을 보여주게". 군중이 말하기를 "제가 어은과 더불어 10여 년 동안 함께 강호에 노닐었는데, 평소 품은 감흥이나 영감을 서술하고 다 기록하서 두었는데 그중 분명히 사람을 감동시키는 것이 많았습니다. 하지만 무지한 사람들은 알지 못하니 그래서 천으로 싸서 상자에 보관하여 좋은 일이 있기를 기다린 지 오랩니다." "그대의 말이 이와 같으니 이 곡은 장차 세상에 행해질 것이다." 드디어 전편을 의지하여 따르고, 세 번 반복해서 읊조리고, 어은이 얻은 산수의 풍취의 질탕함을 얻어 스스로 말의 의미를 드러내서 정처 없이 사물의 바깥을 노니는 여가를 얻었다. 어은은 천지를 소요한 한가로운 사람이다. 대개 음률이 오묘함을 깨닫지 않음이 없었다. 본성이 강산을 좋아하여 서쪽 강가에서 집을 지어놓고 호를 어은이라하고 맑은 아침과 달 밝은 저녁에 혹은 거문고를 두드리며 버드나무 드리운 자갈밭에 앉기도 하고 혹은 퉁소를 불어 안개 자욱한 파도를 희롱하며 갈매기를 벗하며 자신을 잊고 물고기를 보면서 즐거움을 알았다. 이로써 스스로 형식의 틀에서 자유로웠으니 이것이 바로 자신이 좋아하는 것을 쫓아 즐겁게 사는 것이고 가곡을 통해 사람들에게 올바름을 표현한 것이 아니겠는가. 남파 노포는 쓴다.

余嘗癖於歌, 裒集國朝以來名人里巷之作. 獨漁隱金聖器之譜, 往往傳誦, 而知其全譜者鮮, 故廣求而莫之得, 心常恨焉. 乃者遇西湖金君重呂 於文郁哉, 許君卽漁隱知已也. 余謂之曰 "子嘗從遊漁隱, 其所爲永言, 想多記藏者, 爲我示諸."曰 "吾與漁隱, 十數年間, 同遊江湖, 其平日敍懷寓興者, 盡記而有之, 其中多有油然感人者, 聾俗不知, 故藏諸巾笥, 以待好事者久矣. 子言如是, 玆曲將行於世也."

2049) 요금(瑤琴): 거문고.
2050) 빗기: 비스듬히.
2051) 서호(西湖): 오강(五江)의 하나. 지금의 한강 인당리 부근.
2052) 노화(蘆花): 갈대꽃.

遂歸其全篇, 三復諷詠, 其得於跌宕山水之趣者, 自見於辭語之表, 飄飄然有遐擧物外之意矣. 盖漁隱逍遙天地間, 一閑人也. 凡於音律, 莫不妙悟, 性好江山, 構屋于西江之上, 號漁隱, 晴朝月夕, 或拊琴坐柳磯, 或吹簫弄烟波, 狎鷗而忘機, 觀魚而知樂, 以自放於形骸之外, 此其所以自適其適, 而善鳴於歌曲者歟. 南坡老圃書.

[364: 698] 김태석(金兌錫)[2053] (이하 작가 이름을 하단에 기입되어 있음)
늙고 병 든 몸이 공명에 뜻이 없어
오두막집에 돌아오니 이 몸이 한가하다
시비와 영욕을 모르니 그를 좋아하노라

늙고 病 든 몸이 功名에 뜻지 업셔
田盧[2054]에 도라오니 이 몸이 閑暇ᄒᆞ다
是非와 榮辱을[2055] 모르니 그를 죠화ᄒᆞ노라

[365: 1267] 김태석(金兌錫)
본성이 언행이 허황하고 착실하지 못하여 세상
일에 뜻이 없어 충신과 효행의 일을 이룬 일이 크게 없다
두어라 네 철의 멋있는 흥에 남은 세월이나 보내리라

本性이 虛浪ᄒᆞ야[2056] 世事에 뜻지 업셔
忠孝 事業을 이론[2057] 일이 바히 업다[2058]
두어라 四時 佳興[2059]에 나문 ᄒᆡ나 보ᄂᆡ리라

2053) 김태석(생몰년 미상): 18세기 중반에 활동했던 가창자. 자는 덕이다. 『청구가요』에 작품과 김수장의 발문이 수록된 것으로 보아, 김수장과 활동했던 것으로 보인다.
2054) 전노(田盧): 오두막집. 농사를 짓는데 편리하게 논밭 부근에 임시로 지은 집.
2055) 시비(是非)와 영욕(榮辱)을: 시비와 영욕. 옳고 그름과 영달과 욕됨.
2056) 허랑(虛浪)ᄒᆞ야: 언행이 허황하고 착실하지 못하여.
2057) 이론: 이루-오(의도법선어말어미)-ㄴ(관형형어미)〉이룬.
2058) 바히 업다: 크게 없다.
2059) 사시가흥(四時佳興): 네 철의 멋있는 흥.

[366: 1517] 김태석(金兌錫)
샛별 높이 떴다 지게 메고 소 풀어 놓아라
앞 논에 벼를 베거든 뒷 밭은 내가 베리라
힘껏 (지게에) 지고 (소에) 실어 놓고 이랴 이랴 몰리라

ᄉᆡ별2060) 놉히 ᄯᅥᆺ다 지게 메고 쇼 ᄂᆡ여라
압 논네 븨여든2061) 뒷 밧츠란 ᄂᆡ ᄇᆡ리라
힘가지2062) 지거니 시러 노코2063) 이라 져라2064) 모라라

[367: 2057] 김태석(金兌錫)
오늘은 비 개었느냐 삿갓에 호미 메고
베 잠방 걸어 올리고 큰 논을 다 맨 후에
쉬다가 점심에 탁주 먹고 새 논으로 가리라

오ᄂᆞᆯ은 비 ᄀᆡ거냐2065) 샷갓세 홈믜 메고
뵈 잠방2066) 거두치고2067) 큰 논을 다 ᄆᆡᆫ 後에
쉬다가 點心에 濁酒 먹고 ᄉᆡ 논으로 가리라

[368: 3278] 김태석(金兌錫)
화산에 일이 있어 서악사에 올라오니
십리 강산이 끝없는 경개로다
아이야 잔 자주 부어라 놀고 가자고 하노라

花山2068)에 有事ᄒᆞ야2069) 西岳寺2070)에 올나 오니

2060) ᄉᆡ별: 샛별. 금성.
2061) 븨여든: 베거든.
2062) 힘가지: 힘껏.
2063) 지거니 시러 노코: (지게에)지고 (소에)실어 놓고. '-거니'는 동작이 잇달 때 동사의 어간에 붙이는 연결어미.
2064) 이라 져라: 소를 모는 소리. 또는 이리 저리.
2065) ᄀᆡ거냐: 개었느냐?
2066) 뵈 잠방: 베로 만든 잠방이. '잠방이'는 짧은 홑고의.
2067) 거두치고: 걷어 올리고.

十里 江山이 限업슨 景槪ㅣ로다
아희아 盞 ᄌᆞ로[2071] 부어라 놀고 가자 ᄒᆞ노라

[369: 2585] 김우규(金友奎)[2072]
젊어서 지난 일을 이제 와서 비교해 보니
마음이 호방하여 노래로 일삼더니
어디서 모르는 벗님네는 좋을시고 하나니

졈어셔[2073] 지난 일을 이졔로[2074] 비거 보니[2075]
ᄆᆞ음이 豪放ᄒᆞ여 노ᄅᆡ로 일 삼더니
어듸셔 모로난 벗님네ᄂᆞᆫ 죠흘시고 ᄒᆞᄂᆞ니

[370: 2894] 김우규(金友奎)
푸른 하늘에 뜬 구름 겹겹이 두른 산봉우리와 골짜기 되었구나
수루룩 솟아올라 저 구름에 안기고 싶구나
세상이 사물에 대한 욕심에 바쁨을 허허 웃고 다니리라

靑天에 ᄯᅥᆺᄂᆞᆫ[2076] 구름 萬疊 峯巒[2077] 되엿고나
수루록 소사[2078] 올나 져 구름에 안고라쟈[2079]
世上이 物態에 奔走ᄒᆞᆷ을[2080] 허허 웃고 다니리라

2068) 화산(花山): 경기도 수원(水原)에 있는 산.
2069) 유사(有事)ᄒᆞ야: 일이 있어.
2070) 서악사(西岳寺): 절 이름. 소재 미상.
2071) ᄌᆞ로: 자주.
2072) 김우규(1691~?): 18세기 중반에 활동했던 가창자. 자는 성백이며, 호는 백도이다. 창곡에 뛰어나 박상건에게 노래를 배운 뒤 명창으로 이름이 높았다고 하며, 「고금창가제씨」에도 그의 이름이 올라 있다. 여러 가곡집에 서리 출신으로 기록되어 있으며, 김수장과도 교분이 있었던 것으로 확인된다.
2073) 졈어서: 젊어서.
2074) 이졔로: 지금으로. 지금과. 이제와.
2075) 비거 보니: 비교해 보니.
2076) ᄯᅥᆺᄂᆞᆫ: ᄯᅳ(浮)-엇(과거시상선어말어미)-ᄂᆞᆫ(관형어미)〉뜬.
2077) 만첩 봉만(萬疊峯巒): 겹겹이 두른 산봉우리와 골짜기.
2078) 소사: 솟아.
2079) 안고리쟈: 안-고(사동접사)-리(미래시상선어말어미)-라(설명형어미)〉안기고 싶구나.
2080) 물태(物態)에 분주(奔走)ᄒᆞᆷ을: 사물에 대한 욕심에 바쁨을.

[371: 2766] 김우규(金友奎)

하늘은 인연 없는 사람을 낳지 않고 땅은 이름 없는 풀을 낳지 않느니라
천지간 이내 몸은 무엇하러 나왔는고
두어라 태평성대에 풍치가 있고 멋있는 젊은 남자가 되도다

天不生 無祿之人[2081]이오 地不生 無名之草[2082] ㅣ라
天地間 이 닉 몸은 무슴ᄒᆞ라[2083] 나왓ᄂᆞᆫ고
두어라 太平聖代에 風流郎[2084]이 되도다

[372: 2685] 김우규(金友奎)

직녀의 오작교를 어떻게 공을 들여 헐어다가
우리 님 계신 곳에 건너 놓아두고 싶은 것이여
지척이 천리 같으니 그것을 슬퍼하노라

織女[2085]의 烏鵲橋[2086]를 어이구러[2087] 허러다가[2088]
우리 님 겨신 곳에 건닉 노화 두고라쟈[2089]
咫尺[2090]이 千里 ᄀᆞᆺ트니 그를 슬허[2091]ᄒᆞ노라

2081) 천불생 무록지인(天不生 無綠之人): 하늘은 인연 없는 사람을 낳지 않음. '綠'은 '祿'의 오기.
2082) 지부생 무명지초(地不生 無名之草): 땅은 이름 없는 풀을 낳지 않음.
2083) 무슴ᄒᆞ라: 무엇하러.
2084) 풍류랑(風流郎): 풍치가 있고 멋있는 젊은 남자.
2085) 직녀(織女): 금좌(琴座)의 수성(首星). 칠석날 밤에 은하 건너에 있는 견우성을 만난다는 전설이 있는 별.
2086) 오작교(烏鵲橋): 칠석날 견우(牽牛)와 직녀(織女)의 두 별을 서로 만나게 하기 위하여 까막까치가 모여 은하에 놓는다는 다리.
2087) 어이구러: 어떻게 굴러. 어떻게 공을 들여.
2088) 허러다가: 헐(毁)-어(부사형어미)-다가(연결어미)〉헐어다가.
2089) 두고라쟈: 두고 싶은 것이여.
2090) 지척(咫尺): 가까운 거리.
2091) 슬허: 슬퍼.

[373: 1151] 박인로(朴仁老)2092)

소반에 놓인 붉은 감이 곱게도 보이는구나
비록 유자가 아니라도 품어갈 마음이 있지마는
품어 가도 반가워해 주실 부모님이 안 계시기 때문에 그를 서러워하노라

盤中 早紅감2093)이 고와도 보이ᄂᆞ다
柚子2094)ㅣ 아니라도 품엄2095) 즉 ᄒᆞ다마는
품어가 반기 리2096) 업슬 ᄉᆡ2097) 글노2098) 셜워ᄒᆞ노라

[374: 2139] 박인로(朴仁老)

왕상이 리어 잡고 맹종이 죽순 꺾어
검던 머리 희도록 노래자의 옷을 입고
일생에 양지 성효를 증자 같이하리라

王祥이 鯉魚 잡고2099) 孟宗이 竹笋 것거2100)
검던 마리 희도록2101) 老萊子의 옷슬 닙고2102)

2092) 박인로(1561~1642): 조선 중기의 문인. 자는 덕옹이며, 호는 노계, 무하옹이다. 임지외란 때 의병장 정세아의 막하에서 종군하기도 했다. 1599년 무과에 급제하여, 수문장, 선전관, 조라포수군만호 등을 역임했다. 문집에 『노계집』이 있으며, 〈태평사〉, 〈사제곡〉, 〈누항사〉 등의 가사와 『입암별곡』, 『훈민가』 등의 시조집을 남겼다.

2093) 반중조홍(盤中早紅)감: 소반에 놓인 일찍 익은 붉은 감.

2094) 유자(柚子): 귤의 일종으로 귤보다 작음. 중국 감국시대 육적(陸績)이라는 사람이 16세에 원술(袁術)이 준 귤을 품속에 품어다가 어머니에게 주었다는 육적회귤(陸績懷橘)의 고사.

2095) 품을만: 품을 만. 품어 갈만.

2096) 반기 리: 반길 사람.

2097) 업슬 ᄉᆡ: 없는 까닭으로. ‘ᄉᆡ’는 ‘~하므로’ ‘고로’ 등의 뜻.

2098) 글노: 그런 이유로.

2099) 왕상(王祥)의 인어(鯉魚) 잡고: 왕상은 중국 진나라 때 효자. 그의 계모가 한 겨울에 잉어를 먹고 싶다고 하자 잉어를 잡으러 강에 나가 얼음을 개니 잉어가 강속에서 스스로 튀어 올라왔다는 고사. 『중국인명사전』에 “王祥, 秦, 臨沂人. 字休徵. 事繼母篤孝. 母欲生魚, 天寒氷凍, 祥解衣將剖氷求之, 氷解得雙鯉” 참고.

2100) 맹종(孟宗)의 죽순(竹笋) 것거: 『해동가요』 등엔 죽순(竹笋)의 ‘笋’이 ‘筍’으로 되어 있으나 양자는 같음. 맹종은 중국 삼국시대 오나라 사람으로 효자. 맹종의 어머니가 죽순을 좋아하여 먹고 싶다고 하자 한 겨울 대밭에서 슬피 우니 죽순이 갑자기 솟아났다는 고사. 『중국인명사전』에 “盟宗, 吳, 江夏人, 字恭武. 一母嗜筍, 冬時筍尙未生, 宗入林哀歎, 筍忍迸出” 참고.

2101) 희도록: 휠 때까지. ‘도록’은 도급형 어미.

2102) 노래자(老萊子)의 오슬 닙고: 나이 칠십에 무늬 있는 옷을 입고, 어린애처럼 놀아 그 부모를 즐겁게 하였다는 고사. 중국 춘추시대 현인으로 효자로 이름이 났다. 그는 남을 피해 몽산(蒙山) 남쪽에서

一生에 養志 誠孝2103)를 曾子2104) ᄀᆞᆺ치 ᄒᆞ리라

[375: 968] 박인로(朴仁老)
만작을 늘여내어 길게 길게 노를 꼬아
구만리 장천에 가는 해를 잡아매어
학의 몸처럼 머리가 희어진 양친을 더디게 늙게 하리다

萬鈞2105)을 느려ᄂᆡ여2106) 길게 길게 노를 ᄭᅩ와
九萬里 長天에 가ᄂᆞᆫ ᄒᆡ를 잡아 ᄆᆡ야
北堂2107) 鶴髮雙親2108)을 더듸 늙게 ᄒᆞ리이다

[376: 315] 박인로(朴仁老)
군봉 모이신 데 외가마귀 들어가니
백옥 쌓인 데 돌 하나같다만
봉황도 나는 새와 같은 류이니 모시어 놓은 들 어떠하리

羣鳳2109) 모듸신 듸 외가마귀 드러가니
白玉 ᄊᆞ힌 듸 돌 ᄒᆞ나 ᄀᆞᆺ다만
鳳凰도 飛鳥2110)와 類 ㅣ 시니 뫼셔2111) 논들 엇더리

농사를 지으며 살았는데 70세 된 나이에 어린아이의 옷을 입고 부모님 앞에서 재롱을 부려 부모님을 즐겁게 했다는 고사. 『중국인명사전』에 "老來子, 孝行養親, 年七十母猶存, 身著斑爛之衣, 作嬰兒戲於親前, 取食上堂詐跌仆因臥地, 爲小兒啼欲親喜焉." 참고.

2103) 양지(養志) 성효(誠孝)를: 부모님을 정성껏 봉양하고 효를 다함.

2104) 증자(曾子): 중국 춘추시대의 유학자. 공자의 도(道)를 계승하였으며, 그의 가르침은 공자의 손자 자사(子思)를 거쳐 맹자(孟子)에게까지 전해져 유교사상사에서 중요한 위치를 차지한다. 동양 5성의 하나이다.

2105) 만작(萬鈞): 일작(一鈞)은 삼십근이니 만균은 삼십만작(三十萬鈞).

2106) 느려ᄂᆡ내야: 느리어 내어. 길게 느리어.

2107) 북당(北堂): 어머니를 말함. 북쪽에 있는 방에 어머니를 거처하게 하였음. 또 북당 앞에 훤초(萱草, 忘憂草)를 심었기에 어머니를 훤당(萱堂)이라고도 하며, 주로 남의 모친을 존칭함.

2108) 학발쌍친(鶴髮雙親): 학(鶴)의 몸처럼 머리가 희어진 양친.

2109) 군봉(群鳳): 여러 봉황(鳳凰). 웅(雄)을 봉(鳳), 雌를 봉(凰)이라 하는데, 장자의 격물론(格物論)에 의하면 봉(鳳)은 서응(瑞應)의 새. 태평의 世에 곧 나타남. 계두(雞頭), 와경(蝸頸), 연령(燕領), 용배(龍背), 어미로써 오채의 색이 있음.

2110) 비조(飛鳥)와 류(類) ㅣ 시니: 나는 새로서는 동류이니.

2111) 뫼셔: 모시어.

이 노래는 어찌하여 지은 것인가? 지난 신해년 봄에 이미 세상을 떠난 증조부 한음 상국께서 박인로로 하여금 마음에 품은 생각을 말하여 지은 것이다. 세대가 이미 오래 되어서 이 노래가 전하지 못하고 후대에 없어질까 두려워 남모르게 마음에 슬퍼한 것이 오래되었다. 불초한 손자 윤문이 경오년 봄에 영천군수가 되니 박인로는 이곳 사람이었다. 그 노래가 지금까지 전해오고 그의 손자 또한 살아있었다. 공사에 여유가 생긴 달 밝은 밤에 그의 손자 진선으로 하여금 노래를 부르도록 하여 들었다. 황연히 후생이 용진의 산수에서 그 분들을 모신 듯하여 창연한 회포가 더욱 넘치고 감격의 눈물이 저절로 흘렀다. 이에 장가 세곡과 단가 네 장을 아울러 판각하여 널리 전하고자 한다. 때는 이해 3월 3일이다.

此曲, 何爲而作也. 昔在辛亥春, 曾祖考漢陰相國, 使朴萬戶仁老, 述懷之曲也. 世代旣遠, 此曲無傳, 恐其泯沒於後, 窃嘗慨然於心者稔矣. 不肖孫允文, 是歲庚午著, 除永川郡, 仁老茲土人也, 其曲尙今流傳, 其孫亦且生存, 公餘月夕, 以其孫進善命歌而聽之, 怳若後生, 叩陪杖屨於龍津山(水-삽입)之間, 愴懷益激, 感淚自零, 並與長歌三曲及短歌四章, 而付諸剞劂氏, 以啚廣傳焉. 時是年三月三日也.

[377: 2843] 문수빈(文守彬)2112)

청냉포 달 밝은 밤에 어여쁜 우리 임금
외로운 몸에 외로운 그림자는 어디로 가신건가
푸른 산 속 두견의 애절하게 원망하여 울부짖는 울음소리는 나를 절로 울리는구나

淸冷浦2113) 둘 붉은 밤의 에엿분2114) 우리 님군
孤身 隻影2115)이 어듸로2116) 가시건고
碧山中2117) 子規2118) 哀怨聲이2119) 날을 절노 울닌다

2112) 문수빈(생몰년 미상): 18세기 중반에 활동했던 가창자. 자는 사장이다. 「고금창가제씨」에도 이름이 수록된 가창자이며, 서리 출신이다. 『청구가요』에도 1수의 작품이 수록되어 있다.
2113) 청랭포(淸冷浦): 단종이 유배된 강원도 영월지방의 강 이름.
2114) 에엿분: 가엾은. 불쌍한.
2115) 고신 척영(孤身隻影): 외로운 몸에 외로운 그림자.
2116) 어듸로: 어디로.
2117) 벽산중(碧山中): 푸른 산 속.
2118) 자규(子規): 두견이의 이칭.
2119) 애원성(哀怨聲)이: 애절하게 원망하여 울부짖는 울음.

[378: 2887] 이덕함(李德涵)[2120]
맑게 개인 창에 낮잠 깨어 경치를 둘러보니
꽃가지에 자는 새는 한가하기도 하구나
아마도 그윽하고 궁벽한 곳에서 사는 취미를 알 이는 저 이인가 하노라

晴窓[2121]에 낫즘 씨야 物態[2122]를 둘너 보니
花枝에 자는 식는 閑暇도 혼져이고[2123]
아마도 幽居 趣味[2124]를 알 니[2125] 젠가[2126] 흐노라

[379: 2464] 이덕함(李德涵)
피곤하면 잠에 들고 깨었으면 글을 보세
글 보면 의리 있고 잠이 들면 시름을 잊네
백년을 이렇듯 하면 영욕이 모두 다 뜬구름 같이 덧없음인가 하노라

잇부면[2127] 좀을 들고 씨야시면 글을 보식
글 보면 義理 잇고 좀 들면 시름 잇네[2128]
百年를 이러틋 흐면 榮辱이 總浮雲[2129]인가 흐노라

[380: 267] 이덕함(李德涵)
관청에 아전자리에서 물러나고 도장 넣는 갑에 이끼가 꼈다
태수가 다스림이 청렴결백하니 민사의 소송이 전혀 없다
두어라 소송을 들어 재판을 하는 데는 나도 님과 같을까보냐

2120) 이덕함(생몰년 미상): 이 가곡집의 목록 참조.
2121) 청창(晴窓): 맑게 개인 창.
2122) 물태(物態): 경치.
2123) 혼져이고: 흐-ㄴ져이고(감탄어미)〉하구나.
2124) 유거 취미(幽居 趣味): 그윽하고 궁벽한 곳에서 사는 취미.
2125) 알 니: 아는 이.
2126) 젠가: 저(새) 인가.
2127) 잇부면: 피곤하면.
2128) 잇네: 잊으이. 잊네.
2129) 영욕(榮辱)이 총부운(總浮雲): 영욕이 모두 다 뜬구름 같음. 덧없음.

公庭[2130]에 吏退ᄒᆞ고[2131] 印匣[2132]에 잇기[2133] 졋다
太守[2134]ㅣ 政淸[2135]ᄒᆞ니 詞訟[2136]이 아조 업다
두어라 聽訟이 猶人ᄒᆞᆫ들 無訟[2137]홈만 ᄀᆞᆺ틀가

[381: 998] 주의식(朱義植)
말하면 잡류라 하고 말 아니면 어리다 하네
가난을 남이 웃고 부귀를 시기하는데
아마도 이 하늘 아래 살아갈 일이 어려워라

말 ᄒᆞ면 雜類[2138]ㅣ라 ᄒᆞ고 말 아니면 어리다[2139] ᄒᆞ네
貧寒[2140]을 남이 웃고 富貴를 ᄉᆡ오ᄂᆞ니[2141]
아마도 이 하ᄂᆞᆯ 아ᄅᆡ 살을 일[2142]이 어려웨라

[382: 697] 주의식(朱義植)
늙고 병 든 몸이 가다가 아무데나
절로 솟은 산에 손수 밭 갈으리라
결실이 얼마나 되겠는가마는 연명이나 하리라

늙고 病 든 몸이 가다가 아모 듸나
졀노 소슨 뫼헤[2143] 손조[2144] 밧 ᄀᆞ로리라[2145]

2130) 공원(公庭): 관청.
2131) 이퇴(吏退)ᄒᆞ고: 아전 자리에서 물러나고.
2132) 인갑(印匣): 도장을 넣어 두는 갑.
2133) 잇기: 이끼.
2134) 태수(太守): 각 고을의 으뜸 벼슬.
2135) 정청(政淸): 다스림이 청렴결백함.
2136) 사송(詞訟): 민사의 소송.
2137) 청송(聽訟)이 유인(猶人)ᄒᆞᆫ들 무송(無訟): 소송을 들어 재판을 하는 데는 나도(孔子) 남과 같다. 반드시 송사가 없도록 도덕으로 다스려야 한다는 말.
2138) 잡류(雜類): 점잖지 못한 사람들. 잡된 무리.
2139) 어리다: 어리석다.
2140) 빈한(貧寒): 가난.
2141) ᄉᆡ오ᄂᆞ니: 시기하는데.
2142) 살을 일: 살아갈 일. 살릴 일. 또는 말할 일.
2143) 뫼헤: 산에. '뫼ㅎ-에(처격조사)〉뫼에.

結實이 언ᄆᆡ리마ᄂᆞᆫ[2146] 連命[2147]이나 ᄒᆞ리라

[383: 324] 주의식(朱義植)
형산에 박옥을 얻어 세상사람 보이려 가니
겉이 돌이거니 속을 알 이가 뉘 있으리
두어라 알 사람인들 없겠는가 돌인 듯이 있어라

荊山에 璞玉을[2148] 어더 世上 ᄉᆞᄅᆞᆷ 뵈라 가니[2149]
것치[2150] 돌이여니[2151] 속 알 이 뉘 이시리
두어라 알 닌들[2152] 업스랴 돌인 드시 잇거라

[384: 2395] 주의식(朱義植)
인생을 생각해 보니 한바탕 꿈이로다
좋은 일 궂은 일 꿈속에 꿈이어니
두어라 꿈같은 인생이 아니 놀고 어이하리

人生을 혜아리니[2153] ᄒᆞᆫ바탕 ᄭᅮᆷ이로다[2154]
됴ᄒᆞᆫ[2155] 일 구ᄌᆞᆫ[2156] 일 ᄭᅮᆷ 속에 ᄭᅮᆷ이어니

2144) 손조: 손수. 몸소. '손조'는 '손소'에서 전한 말.

2145) ᄀᆞ로리라: ᄀᆞᆯ(耕)-오(의도법선어말어미)-리라(종결어미)〉갈으리라.

2146) 언ᄆᆡ리마ᄂᆞᆫ: 얼마나 되겠는가마는. '언매'는 얼마이니 '언마'에서 온 것.

2147) 연명(連命): 명을 이어감.

2148) 형산(荊山)에 박옥(璞玉)을: 형산(荊山)은 중국 허베이성(湖北省) 남창현(南漳縣) 서쪽에 있다. 박옥(璞玉)은 아직 아름답게 다듬지 않는 옥. 초나라 하화(下和)라는 사람이 박옥을 초의 형산에서 얻어 여왕에게 받쳤음으로 박옥, 혹은 형벽(荊壁)이라고 함.

2149) 뵈라 가니: 보(視)-이(사동접사)-라(의도형어미)〉보이려 가니.

2150) 것치: 겇(表面)-이(주격조사)〉겉이.

2151) 돌이여니: 돌이거니. 돌이니. '여'는 時相의 '거'의 변형이다. '이' 모음 아래에서 '거'의 'ㄱ' 자음이 탈락하여 '어'가 되고, '어'는 다시 umlaut 현상으로 인하여 '여'가 된 것이다. '어'가 '이' 모음 아래에서 '여'로 변했다.

2152) 알닌들: 알 사람인들. '알 인들'의 언음현상. '이'는 불완전명사. 'ㄴ들'은 지정사 활용어미. 국어의 'ㄹ+ㅇ'은 그 발음이 'ㄹ+ㄹ'로 변하는 경향이 있다. 따라서 '알이'는 '알리'로 되는데, 여기에서 'ㄹ+ㄹ→ㄹ+ㄴ'으로 동화되어 '알니'가 된 것이라 본다.

2153) 혜여ᄒᆞ니: 생각해 보니. 세어 보니. '혜아리다'는 계(計), 료(料), 상(商), 려(慮), 도(度)의 뜻.

2154) ᄒᆞᆫ 바탕 ᄭᅮᆷ이여니: 'ᄒᆞᆫ 바탕'은 '一場' '바탕'은 '장(場)' '해(海)'.

2155) 됴ᄒᆞᆫ: 둏(好)-은(관형어미)〉좋은.

두어라 쉽갓튼 人生이 아니 놀고 어이리

[385: 2627] 주의식(朱義植)

(백이와 숙제가 주나라의 곡식을 안 먹고) 굶어 죽으려고 수양산에 들어갔는데
설마 고사리를 먹기 위해서 캔 것이랴?
고사리가 본디 구부러져 있는 게 애달아서 바로 펴주려고 캔 것이로다.

주려[2157] 죽으려 ᄒᆞ고 首陽山에 들엇거니
현마[2158] 고ᄉᆞ리를 먹으려 ᄏᆡ야시랴
物性이 구분 줄[2159] ᄋᆡᄃᆞ라[2160] 펴 보려 ᄏᆡ미라

[386: 3014] 주의식(朱義植)

충신의 속마음을 그 임금이 모르기 때문에
진나라의 향대부들의 묘지가 있는 곳에 다 슬퍼하려니와
비간은 충성을 보이었으니 무슨 한이 있으랴

忠臣의 속ᄆᆞᄋᆞᆷ을 그 님군[2161]이 모로무로
九原[2162] 千載에 다 슬허[2163] ᄒᆞ려니와
比干[2164]은 ᄆᆞᄋᆞᆷ을 뵈야시니 무슴 恨이 이시랴

[387: 801] 주의식(朱義植)

요순 시절도 좋거니와 하상주(夏商周)가 또한 좋다

2156) 구즌: 궂-은〉좋지 않은 일. 나쁜 일.
2157) 주려: 주리어, 굶주리어.
2158) 현마: 설마.
2159) 구분 줄: 굽은 것을. '줄'은 불완전명사.
2160) ᄋᆡᄃᆞ라: 애달파서.
2161) 그 님금: 여기서는 은말(殷末)의 폭주(暴主)인 계왕(紂王).
2162) 구원(九原): 진(晋)나라의 향대부(鄕大夫)들의 묘지가 있는 곳. 황천(黃泉).
2163) 슬허: 슬퍼. '슳어'에서 'ㅎ'이 탈락한 것.
2164) 비간(比干)은 ᄆᆞ음을 뵈야시니: 비간(比干)은 충성을 보이었으니. 비간(比干)은 은말(殷末)의 사람으로 삼충신의 한 사람. 『사기』〈은본기〉에 "紂愈淫亂不止, 微子數諫不聽 比干曰, '爲人臣者, 不得不以死爭', 迺强諫紂, 紂怒曰 '吾聞聖人, 心有七絃竅, 剖比干觀其心' 箕者懼乃佯狂爲奴" 참고.

이때를 헤아리니 어느 적만 한 것인고
요순 시절과 같은 태평성세이니 아무 때인 줄 몰래라

唐虞[2165]도 됴커니와 夏商周[2166]ㅣ 쏘ᄒᆞᆫ 됴타[2167]
이ᄌᆡ[2168]를 혜여ᄒᆞ니[2169] 어ᄂᆡ 젹만[2170] ᄒᆞᆫ 거이고
堯日月 舜乾坤[2171]ᄒᆞ니 아모 젠 줄[2172] 몰ᄂᆡ라[2173]

[388: 2719] 주의식(朱義植)
창밖에 동자가 와서 오늘이 새해라고 하거늘
동창을 열쳐 보니 옛 돋던 해가 돋았구나
두어라 만고에 드문 것이니 후천에 와 일러라

囱 밧긔[2174] 童子ㅣ 와셔 오날이 ᄉᆡ히[2175]라컬늘
東窓을 열쳐 보니[2176] 예 돗든[2177] ᄒᆡ 도다고나
두어라 萬古 罕稀[2178]ㅣ니 後天[2179]에 와 일너라

[389: 3132] 주의식(朱義植)
하늘이 높다고 하고 발굽을 돋우어서 서지 말며

2165) 당우(唐虞): 요순(堯舜) 시절을 말함.
2166) 하상주(夏商周): 소위 삼대의 성시(盛時)를 말함.
2167) 됴타: 좋구나. 좋도다.
2168) 이ᄌᆡ: 이때.
2169) 혜여ᄒᆞ니: 헤아리니, 세어 보니.
2170) 어ᄂᆡ 젹만: 어느 때 쯤. '어ᄂᆡ'는 'ᄋᆞᄂᆞ'에 'ㅣ'접미사가 결합한 것. 'ᄋᆞᄂᆞ'는 'ᄋᆞᄂᆞ, 어느, 어누'의 세 형이 있는데, 관형사, 대명사, 부사에 두루 쓰인다.
2171) 요일월 순건곤(堯日月舜乾坤): 요순(堯舜) 시절과 같은 태평성세(太平盛世).
2172) 아모 젠 줄: 어느 때인 줄. '제'는 때.
2173) 몰ᄂᆡ라: 모르겠도다.
2174) 밧긔: 밖에. '밖'의 옛 표기형은 '밨'이었다.
2175) ᄉᆡ히: 신일(新日, 新歲), 여기선 신년을 맞이한 새해.
2176) 열쳐 보니: 열어 재치고 보니.
2177) 예 돗든: 옛날 돋던. '든'은 과거회상의 '던'.
2178) 한희(罕稀): 더물다.
2179) 후천(後天): 세상에 타고 난 뒤 선천에 대한 말이라 하였으나, 여기선 뒷날이라고 해석하는 것이 좋을 듯하다.

땅이 두텁다 하고 많이 밟지 말 것을
하늘 땅 높고 두터워도 늘 조심하리라

하ᄂᆞᆯ이 놉다 ᄒᆞ고2180) 발 져겨2181) 셔지 말며
ᄯᆞ히 두텁다 ᄒᆞ고 ᄆᆡ이2182) ᄇᆞᆲ지 말을 거시2183)
하ᄂᆞᆯ ᄯᆞ 놉고 두터워도 ᄂᆡ2184) 조심ᄒᆞ리라

[390: 608] 주의식(朱義植)
나에게 하기 좋다하여 남에게 싫은 일을 하지 말며
또 남이 한다하여도 옳은 일이 아니거든 따라하지를 말아라
우리는 타고난 근본 성품을 좇아 나 생긴 그대로 행하리라.

ᄂᆡᄒᆡ2185) 됴타 ᄒᆞ고2186) 남 슬흔2187) 일 하지 말며
남이 ᄒᆞᆫ다 ᄒᆞ고 義2188) 아니여든 좃지 말니2189)
우리도 天性을 직희여2190) 삼긴2191) ᄃᆡ로 ᄒᆞ리라

[391: 1586] 주의식(朱義植)
눈 위에 비친 달은 전대의 왕조의 색깔이오 쓸쓸히 들리는 종소리는 고국의 소리를
남쪽 루에 홀로 서서 옛일을 생각할 때
남아 있는 성곽에 저녁연기가 일어나는 것을 보니 그것을 슬퍼하노라

2180) 하ᄂᆞᆯ이 놉다 ᄒᆞ고: 하늘이 높다고 해서.
2181) 발 져겨: 발굽을 돋우어서.
2182) ᄆᆡ이: 매우. 대단히.
2183) 말을 거시: 말 것이로다. '마롤'은 '말올'의 연철로 '말다'의 미래관형사형이다. 미래관형사형 어미로는 'ㄹ'을 쓰고 때에 따라 조성모음 'ᄋᆞ, 으'와 삽입모음 '오, 우'를 삽입함은 주지의 사실이다.
2184) ᄂᆡ: 계속. 늘.
2185) ᄂᆡᄒᆡ: 나의 것. 나에게. 'ᄒᆡ'는 여격조사.
2186) 됴타 ᄒᆞ고: 좋다 하고.
2187) 슬흔: 싫은.
2188) 의(義) 아니여든: 옳은 일이 아니면.
2189) 좃지 말니: 좇지 말 것이며.
2190) 직희여: 지켜서.
2191) 삼긴: 생긴.

雪月[2192]은 前朝[2193]色이오 寒鍾[2194]은 故國聲을
南樓에 홀노 셔셔 녯 일을 生覺홀 제
殘郭[2195]에 暮烟[2196] 生ᄒᆞ니 그를 슬허ᄒᆞ노라

[392: 2421] 주의식(朱義植)
일각이 삼추라 하니 열흘이면 몇 삼추요
제 마음 즐겹거니 남의 시름 생각하랴
가뜩이나 다 썩은 간장이 봄눈 녹아지듯 하여라

一刻이 三秋라[2197] ᄒᆞ니 열흘이면 몃 三秋ㅣ오
제 ᄆᆞᄋᆞᆷ 즐겹거니 남의 시름 生覺ᄒᆞ랴
ᄀᆞᆺ득에[2198] 다 셕은[2199] 肝腸이 봄눈 스듯[2200]ᄒᆞ여라

[393: 1212] 주의식(朱義植)
모든 강이 동으로 바다에 이르니 어느 날 다시 서쪽으로 돌아갈 것인고
예로부터 이제까지 거슬러 흐르는 물이 없건마는
어떻다 간장 썩은 물은 눈으로 솟아나나니

百川이 東到海[2201]ᄒᆞ니 何日에 復西歸오[2202]
古往今來[2203]에 逆流水[2204]ㅣ 업건마는

2192) 설월(雪月): 눈 위에 비친 달.
2193) 전조(前朝): 전대의 왕조.
2194) 한종(寒鐘): 쓸쓸히 들리는 종소리. 작자 미상의 〈개도시(開都詩)〉에 "雪月前朝色, 寒鏡古寺聲, 南樓愁獨立, 殘郭幕煙生" 참고.
2195) 잔곽(殘郭): 남아 있는 성곽.
2196) 모연(暮烟): 저녁연기.
2197) 일각(一刻)이 삼추(三秋): 일각이 삼추 같음. 일각이 석 달 가을과 같음. 초조하게 기다리는 마음의 괴로움을 이름.
2198) ᄀᆞᆺ득에: 가뜩이나.
2199) 셕은: 썩은.
2200) 스듯: 스러지듯. 녹아지듯.
2201) 백천(百川)이 동도해(東到海): 모든 강이 동으로 바다에 이름.
2202) 복서귀(復西歸)오: 다시 서쪽으로 돌아갈 것인고.
2203) 고왕금래(古往今來): 예로부터 이제까지.
2204) 역류수(逆流水): 거슬러 흐르는 물.

엇덧타 肝腸 셕은[2205] 물은 눈으로 소스[2206] ᄂᆞᄂᆞ니

내가 일찍이 주도원이 지은 〈신번12결〉을 얻어 보았다. 그 나머지 부분을 읽어보면 사람으로 하여금 무릎을 치면서 감탄케 하고 기뻐 뛰도록 하는데, 오직 한스런 것은 전체의 곡조를 얻지 못한 것이다. 하루는 변화숙이 나를 위하여 전편을 얻어와 보여줬다. 내가 세 번 반복해서 읽어보니 그 말이 바르고도 거창했으며, 그 음은 섬세하고도 아름다워 모두가 정감을 일으켜 실제 시경의 남은 운이 있어 옛날의 민풍을 보고자 하는 사람으로 하여금 그것을 채집하게 하니 그 또한 진시의 방법으로 노래하였다. 오호라 공은 이와 같은 것에 능할 뿐만 아니라 몸을 공손하고 검소하게 유지하고, 마음을 비워 평온히 하고 고요함에 머물며 공손함에서 군자의 풍모가 있다. 남파 노포는 쓴다.

余嘗得見朱公道源所製新翻一二闋, 唫咏之餘, 使人擊節, 蹈忭之不已, 惟恨未得其全調也. 一日卞君和叔, 爲我得全篇以視之. 余三復遍閱, 其辭正大, 其音微婉, 皆發乎情, 而實有風雅之遺韻, 使古之觀民風者采之, 其亦得徹於陳詩之列矣. 噫, 公盖非徒能於此也. 持身恭險, 虛心恬靜, 逡逡有君子之風焉. 南坡老圃書.

[394: 1516] 이재(李在)[2207]

샛별이 보이지 않게 되자, 종달새가 높이 떴네 호미 메고 사립문을 나서니
이슬에 젖은 숲 길을 지나노라니, 베잠방이가 다 젖어 버렸다.
두어라 시절만 좋을 것 같으면 옷이 젖은들 무슨 상관이냐? (열심히 밭일이나 해야 하겠다.)

시별[2208] 지고 죵다리[2209] 떳ᄂᆡ 호믜[2210] 메고 사립[2211] ᄂᆞ니
긴 풀 촌 이슬에 다 젓거다 뵈잠방이[2212]

2205) 셕은: 썩은.
2206) 소스: 솟아.
2207) 이재(생몰년 미상): 신원 미상의 인물. 대체로 18세기 중·후반에 활동했던 인물로 추정된다.
2208) 시별: 샛별.
2209) 죵다리: 종달새.
2210) 호믜: 호미.
2211) 사립: 사립문, 시비(柴扉).
2212) 뵈 잠방이: 베로 만든 짧은 홑바지.

두어라 時節이 됴흘션져[2213] 젓다[2214] 무슴ᄒᆞ리

[395: 3233] 조현명(趙顯命)[2215]
헌 삿갓 짧은 도롱이 삽 지고 호미 메고
논둑에 물 보리라 밭 잡초가 어떠하냐
아마도 박장기 보리술이 탈 없는가 하노라

헌 삿갓 자른[2216] 되롱이[2217] ᄉᆞᆸ[2218] 지고 호ᄆᆡ[2219] 메고
논ᄯᅮᆨ에 물 보리라 밧 기음[2220]이 엇더트니[2221]
아마도 朴將棊[2222] 보리술이 탈 업슨가 ᄒᆞ노라

[396: 419] 조재호(趙載浩)[2223]
길가에 꽃이 피니 저마다 임자로다
삼춘에 일찍 왔더라면 내가 먼저 꺾을런가
두어라 길가의 버들과 담장 안의 꽃이니 한을 가질 줄 있겠는가

길ᄀᆞ의 곳지 픠니 저마다 님ᄌᆡ로다
三春[2224]에 일오던들[2225] ᄂᆡ 몬져 것글넌가[2226]

2213) 됴흘션져: 좋을 것이면.
2214) 젓다: 젖는다고.
2215) 조현명(1690~1752): 조선 후기의 문인. 자는 치회이며, 호는 귀록, 녹옹 등이다. 1719(숙종 45)년 증광문과에 급제하여 검열이 되었고, 대사헌, 전라도관찰사, 부제학, 호조판서, 우의정, 영의정 등 요직을 두루 지냈다. 1728(영조 4)년 이인좌의 난 때 공을 세워 풍원군에 책봉되었다. 문집으로『귀록집』이 있다.
2216) 자른: 짧은.
2217) 되롱이: 도롱이.
2218) ᄉᆞᆸ: 삽.
2219) 호ᄆᆡ: 호미.
2220) 기음: 잡초. 지심>기심(역구개음화)
2221) 엇더트니: 어떠하더냐.
2222) 박장기(朴將棊): 박조각으로 만든 장기.
2223) 조재호(1702~1762): 조선 후기의 문인. 자는 경대이며, 호는 손재이다. 1739(영조 15)년 우의정 송인명의 천거로 세자시강원에 등용되었고, 1744(영조 20)년 문과에 급제하였다. 1762년 사도세자를 구하려다, 오히려 홍봉한의 무고로 역모의 누명을 쓰고 종성으로 유배, 사사되었다. 문집으로『손재집』이 있다.
2224) 삼촌(三春): 봄 석 달.

두어라 路柳墻花2227) ㅣ니 恨홀 줄이 이시랴

[397: 603] 윤순(尹淳)2228)

내 집은 백학산의 깊은 곳이니 날 찾아올 이가 누가 있으리오

다만 나를 찾아 방으로 들어오는 것은 맑은 바람이고 나와 함께 술을 마시는 것은 밝은 달이로다

뜰 가에 학이 오락가락 거닐고 있으니 그것이 나의 유일한 벗인가 하노라.

내 집이 白下山中2229) 날 ᄎᆞ즈 리 뉘 이시리2230)

入我室者2231) 淸風이오 對我唫者2232) 明月이라

庭畔2233)에 鶴 徘徊ᄒᆞ니 내 벗인가 ᄒᆞ노라

[398: 1585] 조명리(趙明履)2234)

설악산을 찾아가는 길에 금강산에서 나오는 중을 만나

중에게 물을 말이 가을 금강산의 경치가 어떻더냐하니 중이

요즈음 계속하여 서리가 치니(단풍 경치를 보기에는) 때가 알맞다고 하더라

雪岳山2235) 가ᄂᆞᆫ 길희 開骨山2236) 즁을 맛나

즁더러2237) 뭇ᄂᆞᆫ 말이 네 절 楓葉 엇더터니2238)

2225) 일오던들: 일찍 왔더라면.

2226) 것글넌가: 겱(折)-을른가(의문형어미))>꺾을 것인가?

2227) 노류장화(路柳墻花): 길가의 버들과 담장 안의 꽃. 곧 화류계의 여자를 비유함.

2228) 윤순(1680~1741): 조선 후기의 문인. 자는 중화이며, 호는 백하, 나계, 만옹 등이다. 1712(숙종 38)년에 진사 시험에 장원 급제하고, 이듬해 문과 시험에 급제하여 벼슬이 공조판서에까지 올랐다. 이어 예조 판서를 거쳐 평안도 관찰사로 있다가 순직하였다. 문집으로 『백하집』이 있다.

2229) 백하산중(白下山中): 백학산 깊은 곳.

2230) 이시리: 있으리오.

2231) 입아실자(入我室者): 내 방에 들어오는 것.

2232) 대아음자(對我唫者): 나와 함께 술을 마시는 것.

2233) 정반(庭畔): 뜰 가장자리.

2234) 조명리(1697~1756): 조선 후기의 문인. 자는 중례, 원례이며, 호는 노강, 도천 등이다. 1731(영조 7)년 정시문과에 급제, 1734(영조 10)년 정언을 거쳐 지평이 되었다. 정언으로 있을 때, 왕이 시정하여야 할 3개조의 치민책을 영조에게 올려 가납되었다. 문집으로 『도천집』이 있다.

2235) 설악산(雪岳山): 강원도 양양에 있는 산.

2236) 개골산(開骨山): 겨울의 금강산의 이칭.

이 ᄉᆞ이[2239] 셔리 쳐시니 쎡 마즌가 ᄒᆞ노라

[399: 397] 조명리(趙明履)
기러기는 다 날아가고, 또 서리는 몇 번이나 내렸던가?
가을밤은 길기도 한데 객지에 온 나그네의 수심은 많기도 많다
밤중쯤 뜰 가득히 비치는 맑은 달을 보니 고향에 있는 듯한 착각마저 드는구나.

기러기 다나라 가고 셔리ᄂᆞᆫ 몃 번 온고
秋夜도 김도 길샤[2240] 客愁[2241]도 하도 하다[2242]
밤 듕만 滿庭 月色[2243]이 故鄕 본 듯ᄒᆞ여라

[400: 3209] 조명리(趙明履)
해가 다 저서 저문 날에 지저귀는 참새들아
조그마한 몸이 반가지도 족하거늘
어떻다 크나큰 덤불을 시기하여 무엇하겠느냐

ᄒᆡ 다 져 져문 날에 지져귀ᄂᆞᆫ 참ᄉᆡ들아
조고마ᄒᆞᆫ 몸이 半柯枝도 足ᄒᆞ거늘
엇더타 크나큰 덤불을 ᄉᆡ와 무슴ᄒᆞ리[2244]

[401: 897] 조명리(趙明履)
동창에 돋은 달이 서창으로 돌아와 지도록
올 님 못 오면 잠조차 아니 온다
잠조차 가져 간 님을 그리워해서 무엇하리오

2237) 즁더러: 중더러. 중에게.
2238) 엇더터니: 어떻더냐.
2239) 이 ᄉᆞ이: 요즈음.
2240) 김도 길샤: 길기도 길도다. '-도, -ㄹ샤'는 감탄형어미.
2241) 객수(客愁): 객지에서 느끼는 수심(愁心), 곧 향수(鄕愁).
2242) 하도 하다: 많기도 많다.
2243) 만정월색(滿庭 月色): 뜰에 가득 찬 밝은 달빛.
2244) ᄉᆡ와 무슴ᄒᆞ리: 시기하여 무엇하겠느냐.

東牕에 돗은[2245] 둘이 西牕으로 되지도록[2246]
올 님 못 오면 즘조차 아니 온다
즘조ᄎ 가저간 님을 그려 무숨[2247] ᄒ리오

[402: 2847] 조명리(趙明履)
청려장 흩 짚으며 합강정에 올라가니
동천 밝은 달에 물소리뿐이로다
어디서 학을 타고 생을 부는 날 못 찾아 하는가

靑藜杖 훗더지며[2248] 合江亭[2249]에 올나 가니
洞天 明月[2250]에 물 소릐 쁜이로다
어듸셔 笙鶴仙人[2251]은 날 못 ᄎᄌ ᄒᄂ니[2252]

[403: 1601] 조명리(趙明履)
성진에 밤이 깊고 한 바다에 물결 칠 때
객창의 쓸쓸한 등불에 고향이 천리로다
이제는 마천령 넘었으니 생각한들 어쩌리

城津[2253]에 밤이 깁고 大海에 물썰 칠 제
客店 孤燈[2254]에 故鄕이 千里로다
이제ᄂᆞᆫ 摩天嶺 너머시니 ᄉᆡᆼ각ᄒᆞᆫ들 어이리

2245) 돗은: 돋은.
2246) 되지도록: 돌아와 지도록. 다시 지도록.
2247) 무숨: 무엇.
2248) 훗더지며: 흩던지며. 흩 짚으며.
2249) 합강정(合江亭): 낙동강(洛東江)에 있는 조 간송(趙澗松)의 정자. 〈합강정가(合江亭歌)〉가 나온 곳.
2250) 동천 명월(洞天 明月): '洞天'은 산에 싸이고 내에 둘린 경치 좋은 곳. 그곳의 밝은 달.
2251) 생학선인(笙鶴仙人): 학을 타고 생(笙)을 부는 선인.
2252) ᄒᄂ니: 하느냐.
2253) 성진(城津): 함북(咸北)에 있는 지명. 마천령(摩天嶺)이 이곳에 있음.
2254) 객점 고등(客店 孤燈): 객창의 쓸쓸한 등불.

[404: 815] 윤유(尹游)[2255)]
대동강 달 밝은 밤의 벽한사를 띄워 두고
연광정 취한 술이 부벽루에 다 깨었다
아마도 관서의 경치 좋은 곳은 여기뿐인가 하노라

大同江 ᄃᆞᆯ 발근 밤의 碧漢槎[2256)]를 ᄯᅴ워 두고
練光亭[2257)] 醉ᄒᆞᆫ 술이 浮碧樓[2258)]에 다 ᄭᅵ거다[2259)]
아마도 關西 佳麗[2260)]는 옛 ᄲᅮᆫ[2261)]인가 ᄒᆞ노라

[405: 2581] 윤유(尹游)
푸른 강물이 흘러가는 절벽언덕에 배를 매고 백운탄에 그물 걸고
한자가 넘는 고기를 실 같이 회 쳐 놓고
아이야 잔 가득 부어라 종일 동안 취하리라

淸流壁에[2262)] ᄇᆡ를 ᄆᆡ고 白雲灘[2263)]에 그물 걸고
ᄌᆞ 나문[2264)] 고기를 실 ᄀᆞᆺ치 膾 쳐 노코
아희야 盞 가득 부어라 終日 醉을 ᄒᆞ리라

[406: 439] 장붕익(張鵬翼)[2265)]
나라가 태평이라 무신을 버리시니

2255) 윤유(1674~1737): 조선 후기의 문인. 자는 백수, 맥숙이며, 호는 만하이다. 1718(숙종 44)년 정시문과에 급제한 후 수찬, 부제학, 승지 등을 역임했으며, 1734(영조 9)년에는 병조판서로 동지사가 되어 청나라에 다녀왔다.
2256) 벽한사(碧漢槎): 신선이 타는 배의 미칭. '碧漢'은 푸른 하늘과 은하. 곧 하늘을 뜻함.
2257) 연광정(練光亭): 평양 덕암상(德巖上)에 있는 누정.
2258) 부벽루(浮碧樓): 평양 을밀대 밑 영명사(永明寺) 동쪽 부벽루에 있는 다리.
2259) ᄭᅵ거다: ᄭᅵ-거(과거시상선어말어미)-다(감탄종결어미)〉깨었다. 깨었도다.
2260) 관서가여(關西佳麗): '關西'는 마천령 서쪽의 지방. 관서의 경치 좋은 곳.
2261) 옛 ᄲᅮᆫ: 여기뿐.
2262) 청류벽(淸流壁)에: 푸른 강물이 흘러가는 절벽언덕에.
2263) 백운탄(白雲灘): 평양 능라도(綾羅島) 근처에 있는 여울.
2264) ᄌᆞ 나문: 한 자가 넘는. 한 자 남짓한.
2265) 장붕익(1674~1735): 조선 후기의 무인. 자는 운거이다. 1699(숙종 5)년 무과에 급제하였고, 1723(경조 3)년 신임사화의 여파로 함경도 종송에 유배되었다. 1725년 영조가 즉위하면서 훈련대장에 기용되었다. 1728(영조 3)년 이인좌의 난이 일어나자, 난을 평정하는 데 크게 기여했다.

날 같은 영웅은 북방 변두리에서 다 늙었도다
아마도 나라를 위한 진정으로 우러나온 충성은 나뿐인가 하노라

나라히[2266] 太平이라 武臣[2267]을 발이시니[2268]
날 ᄀᆞ튼 英雄은 北塞[2269]에 다 늙거다[2270]
아마도 爲國精忠[2271]은 나 ᄲᅮᆫ인가 ᄒᆞ노라

[407: 393] 이정보(李鼎輔)[2272]
평생에 원하기를 이 몸이 날개가 돋치어 승천하여 신선이 되어
푸른 하늘에 솟아올라 저 구름을 헤치고 싶구나
이 후에는 밝은 해와 달인 임금을 가리게 말리라

平生에 願ᄒᆞ기를 이 몸이 羽化[2273]ᄒᆞ여
靑天에 소ᄉᆞ 올나 져 구름을 헤치고져[2274]
이 後는 光明 日月[2275]을 ᄀᆞ리 세게[2276] 말니라

[408: 275] 이정보(李鼎輔)
광풍에 떨린 이화 가며오며 날리다가
가지에 못 오르고 걸렸거나 거미줄에
저 거미 낙화인 줄 모르고 나비 잡듯 하도다

狂風[2277]에 ᄯᅥᆯ닌[2278] 梨花 가며 오며[2279] 날이다가[2280]

2266) 나라히: 나라가. '-히'는 주격조사.
2267) 무신(武臣): 무관인 신하.
2268) 발이시니: 버리시니.
2269) 북색(北塞): 북쪽 변두리.
2270) 늙거다: 늙(老)-거(과거시상선어말어미)-다(감탄종결어미)〉늙었도다.
2271) 위국정충(爲國精忠): 나라를 위한 진정으로 우러나온 충성.
2272) 이정보(1693~1766): 조선 후기의 문인. 자는 사수이며, 호는 삼주, 보객정 등이다. 1732(영조 8)년에 문과에 급제하였고, 대사간, 대사성, 이조판서 등을 지냈다. 성품이 강직하여 직언을 서슴지 않았다.
2273) 우화(羽化): 우화등선(羽化登仙). 사람의 몸에 날개가 돋치어 승천하여 신선이 됨.
2274) 헤치고져: 헤치고 싶구나.
2275) 광명일월(光明日月): 밝은 해와 달. 임금.
2276) ᄀᆞ리 세게: 가리게(蔽).

柯枝에 못 오로고 걸이거다[2281] 검의 줄[2282]에
져 검의 落花ㅣㄴ 줄 모로고 나뷔[2283] 잡듯 ᄒᆞ도다[2284]

[409: 901] 이정보(李鼎輔)
동풍 어제 비에 앵두꽃이 다 피었도다
뜰에 가득한 꽃과 잎이 비단과 수를 놓은 직물이 이루었도다
두어라 산가의 부귀를 아름답다 하노라

東風 어제 비에 杏花[2285] 곳 다 픠거다[2286]
滿園 紅綠[2287]이 錦繡[2288]가 일워셰라[2289]
두어라 山家 富貴를 아름답다 ᄒᆞ노라

[410: 118] 이정보(李鼎輔)
강호에 노는 고기 즐긴다 부러워하지 마라
어부 돌아가 후에 노리는 것이 백로로다
하루 종일을 떴다가 잠기다가 한가한 때가 없어라

江湖에 노ᄂᆞᆫ 고기 즑인다[2290] 부러[2291] 마라
漁夫 도라간 後 엿ᄂᆞ니[2292] 白鷺ㅣ로다[2293]

2277) 狂風(광풍): 미친 듯 사납게 부는 바람.
2278) 썰닌: 떨린.
2279) 가며 오며: 오락가락.
2280) 날이다가: 날(飛)-이(사동접사)-다가(연속의 연결어미)>날리다가.
2281) 걸이거다: 걸-이(사동접사)-거(과거선어말어미)-다(어말어미)>걸리었다.
2282) 검의줄: 거미줄.
2283) 나뷔: 나빅]나븨('ᄋᆞ'의 비음운화)>나뷔(원순모음화)>나비(단모음화).
2284) ᄒᆞ도다: 하려느냐. 'ㄴ다'는 의문종결어미.
2285) 행화(杏花): 앵두.
2286) 픠거다: 피었다. 피었도다.
2287) 만원홍록(滿園紅錄): 뜰에 가득한 꽃과 잎.
2288) 금수(錦繡): 비단과 수를 놓은 직물.
2289) 일워셰라: 이루었도다.
2290) 즑인다: 즐기-ㄴ다(종결어미)>즐긴다.
2291) 부러: 부러워.
2292) 엿ᄂᆞ니: 엿는 것이. 노리는 것이.

終日를 쓰락 즘기락 閑暇흔 씌 업세라

[411: 3158] 이정보(李鼎輔)
한나라 제일 공명 분수에 한바탕 분 가을바람
윤대조 아니었던들 천하를 잃을 뻔했도다
천고에 풍도가 있고 지용이 뛰어난 임금은 한무제인가 하노라

漢나라 第一 功名 汾水에 一陣 秋風[2294]
輪臺詔[2295] 아니런들[2296] 天下을 일흘랏다[2297]
千古에 豪傑 英主[2298]는 漢武帝[2299] ㅣ가 ᄒ노라

[412: 2526] 이정보(李鼎輔)
장주는 호접이 되고 호접은 장주이던지
장주가 아니어서 호접이던가
지금 칠원수 장자가 없으니 무를 곳을 몰라 하노라

莊周는 蝴蝶[2300]이 되고 蝴蝶은 莊周ㅣ런지
莊周ㅣ 아녀[2301] 蝴蝶이런가
既今[2302]에 柒園叟[2303]ㅣ 업스니 무를[2304] 씌[2305] 몰나 ᄒ노라

2293) 백로(白鷺)ㅣ로다: 백로이로다.
2294) 분수(汾水)에 일진추풍(一陣秋風): 분수에 한바탕 분 가을바람. 한 무제가 분하의 동쪽 언덕에 후투사(后土祠)를 짓고 보정(寶鼎)을 얻었다는 고사.
2295) 윤대조(輪臺詔): 한 무제의 말년 윤대(땅 이름)를 흉노(匈奴)에게 빼앗겼을 때 발한 조(詔).
2296) 아니런들: 아니던들. 아니었던들.
2297) 일흘랏다: 잃을 뻔했도다.
2298) 호걸영웅(豪傑英主): 풍도가 있고 지용(智勇)이 뛰어난 임금.
2299) 한무제(漢武帝): 이름은 철(徹). 경제(景帝)의 아들. 외적을 치고 유고를 펴는 등 국위를 내외에 빛낸 왕.
2300) 장주(莊周)는 호접(蝴蝶): 주(周)나라 때 장주가 꿈에 나비가 되었는데 자기가 꿈에 나비가 되었는지 나비가 장주가 되었는지를 분별하지 못했다는 고사. 장주는 중국 전국시대의 사상가. 곧 장자를 말한다.
2301) 아녀: 아니어.
2302) 기금(既今): 방금. 지금.
2303) 칠원수(柒園叟): 장자(莊子)를 가리킴. 장자가 일찍 주(周)의 칠원(柒園)에 있었기에 이름.
2304) 무를: 묻(問)-을(관형어미)〉무를.
2305) 씌: 딕, 곳(處).

[413: 3057] 이정보(李鼎輔)

이태백이 죽은 후에 강산이 고요하고 막막하여

한 조각의 밝은 달만 푸른 허공에 걸렸구나

저 달아 태백이 없으니 나와 노는 것이 어떠냐

太白2306)이 죽은 後에 江山이 寂寞ᄒᆞ여

2306) 太白: 이백(李白, 701~762)은 중국 성당기(盛唐期)의 시인. 자 태백(太白). 호 청련거사(靑蓮居士). 두보(杜甫)와 함께 '이두(李杜)'로 병칭되는 중국 최대의 시인이며, 시선(詩仙)이라 불린다. 1,100여 편의 작품이 현존한다. 그의 생애는 분명하지 못한 점이 많아, 생년을 비롯하여 상당한 부분이 추정에 의존하고 있다. 그의 집안은 간쑤성(甘肅省) 룽시현(西縣)에 살았으며, 아버지는 서역(西域)의 호상이었다고 전한다. 출생지는 오늘날의 쓰촨성(四川省)인 촉(蜀)나라의 장밍현(彰明縣) 또는 더 서쪽의 서역으로서, 어린 시절을 촉나라에서 보냈다. 남성적이고 용감한 것을 좋아한 그는 25세 때 촉나라를 떠나 양쯔강(揚子江)을 따라서 장난(江南), 산둥(山東), 산시(山西) 등지를 편력하며 한평생을 보냈다. 젊어서 도교(道敎)에 심취했던 그는 산중에서 지낸 적도 많았다. 그의 시의 환상성은 대부분 도교적 발상에 의한 것이며, 산중은 그의 시적 세계의 중요한 무대이기도 하였다. 안룽(安陵: 湖南省), 남릉(南陵: 安徽省), 동로(東魯: 山東省)의 땅에 체류한 적도 있으나, 가정에 정착한 적은 드물었다. 맹호연(孟浩然), 원단구(元丹邱), 두보 등 많은 시인과 교류하며, 그의 발자취는 중국 각지에 닿지 않은 곳이 없을 정도이다. 불우한 생애를 보내었으나 43세경 현종(玄宗)의 부름을 받아 창안(長安)에 들어가 환대를 받고, 한림공봉(翰林供奉)이 되었던 1~2년이 그의 영광의 시기였다. 도사(道士) 오균(吳筠)의 천거로 궁정에 들어간 그는 자신의 정치적 포부의 실현을 기대하였으나, 한낱 궁정시인으로서 지위를 감수하지 않을 수 없었다. 그의 〈청평조사(淸平調詞)〉 3수는 궁정시인으로서의 그가 현종, 양귀비의 모란 향연에서 지은 시이다. 이것으로 그의 시명(詩名)은 장안을 떨쳤으나, 그의 분방한 성격은 결국 궁정 분위기와는 맞지 않았다. 이백은 그를 '적선인(謫仙人)'이라 평한 하지장(賀知章) 등과 술에 빠져 술 속의 '팔선(八仙)'으로 불렸고, 방약무인한 태도 때문에 현종의 총신 고력사(高力士)의 미움을 받아 마침내 궁정을 쫓겨나 창안을 떠났다. 창안을 떠난 그는 허난(河南)으로 향하여 뤄양(洛陽), 카이펑(開封) 사이를 유력하고, 뤄양에서는 두보와, 카이펑에서는 고적(高適)과 지기지교를 맺었다. 두보와 석문(石門: 陝西省)에서 헤어진 그는 산시(山西), 허베이(河北)의 각지를 방랑하고, 더 남하하여 광릉(廣陵: 현재의 揚州), 금릉(金陵: 南京)에서 노닐고, 다시 회계(會稽: 紹興)를 찾았으며, 55세 때 안녹산(安祿山)의 난이 일어났을 때는 쉬안청(宣城: 安徽)에 있었다. 적군에 쫓긴 현종이 촉나라로 도망하고 그의 황자(皇子) 영왕(永王) 인(璘)이 거병, 동쪽으로 향하자 그의 막료로 발탁되었으나 새로 즉위한 황자 숙종과 대립하여 싸움에 패하였으므로 그도 심양(尋陽: 江西省九江縣)의 옥중에 갇히었다. 뒤이어 야랑(夜郎: 貴州)으로 유배되었으나 도중에서 곽자의(郭子義)에 의하여 구명, 사면되었다(59세). 그 후 그는 금릉, 쉬안청 사이를 방랑하였으나 노쇠한 탓으로 당도(當塗: 安徽)의 친척 이양빙(李陽氷)에게 몸을 의지하다가 그곳에서 병사하였다. 이백의 생애는 방랑으로 시작하여 방랑으로 끝났다. 청소년 시절에는 독서와 검술에 정진하고, 때로는 유협(遊俠)의 무리들과 어울리기도 하였다. 쓰촨성 각지의 산천을 유력(遊歷)하기도 하였으며, 민산(岷山)에 숨어 선술(仙術)을 닦기도 하였다. 그러나 그의 방랑은 단순한 방랑이 아니고, 정신의 자유를 찾는 '대붕(大鵬)의 비상(飛翔)'이었다. 그의 본질은 세속을 높이 비상하는 대붕, 꿈과 정열에 사는 늠름한 로맨티시스트에 있었다. 또한 술에 취하여 강물 속의 달을 잡으려다가 익사하였다는 전설도 있다. 그에게도 현실 사회나 국가에 관한 강한 관심이 있고, 인생의 우수와 적막에 대한 절실한 응시가 있었다. 그러나 관심을 가지는 방식과 응시의 양태는 두보와는 크게 달랐다. 두보가 언제나 인간으로서 성실하게 살고 인간 속에 침잠하는 방향을 취한 데 대하여, 이백은 오히려 인간을 초월하고 인간의 자유를 비상하는 방향을 취하였다. 그는 인생의 고통이나 비수(悲愁)까지도 그것을 혼돈화(混沌化)하여, 그곳으로부터 비상하려 하였다. 술이 그 혼돈화와 비상의 실천수단이었던 것은 말할것도 없다. 이백의 시를 밑바닥에서 지탱하고 있는 것은 협기(俠氣)와 신선(神仙)과 술이다. 젊은 시절에는 협기가 많았고, 만년에는 신선이 보다 많은

一片 明月[2307]만 碧空[2308]에 걸녀셰라[2309]
져 둘아 太白이 업스니 날과[2310] 놀미[2311] 엇더니[2312]

[414: 1423] 이정보(李鼎輔)
산가에 봄이 오니 자연이 일이 많도다
앞내에 어살도 매고 울 밑에 외씨도 뿌리고
내일은 구름 걷히거든 약을 캐러 가리다

山家[2313]에 봄이 오니 自然이 일이 하다[2314]
압 닉희[2315] 살[2316]도 믹고 울 미틱 외씨도 쌔코[2317]
來日은 구름 것거든[2318] 藥을 킥라[2319] 가라다[2320]

[415: 333] 이정보(李鼎輔)
꿈에 님을 보려 베게에 의지하였으니
한쪽 벽에 가물러 기리는 등불에 원앙 수놓은 이불도 차기도 차구나

관심의 대상이었으나, 술은 생애를 통하여 그의 문학과 철학의 원천이었다. 두보의 시가 퇴고를 극하는 데 대하여, 이백의 시는 흘러나오는 말이 바로 시가 되는 시풍(詩風)이다. 두보의 오언율시(五言律詩)에 대하여, 악부(樂府) 칠언절구(七言絶句)를 장기로 한다. 성당(盛唐)의 기상을 대표하는 시인으로서의 이백은 한편으로 인간, 시대, 자기에 대한 커다란 기개, 자부에 불타지만, 다른 한편으로는 그 기개는 차츰 전제와 독재 아래의 부패, 오탁의 현실에 젖어들어, 사는 기쁨에 정면으로 대하는 시인은 동시에 '만고(萬古)의 우수'를 언제나 마음속에 품지 않을 수 없었다. 현존하는 최고의 그의 시문집은 송대에 편집된 것이며, 주석으로는 원대 소사빈(蕭士)의 『분류보주 이태백시(分類補註李太白詩)』, 청대(淸代) 왕기(王琦)의 『이태백전집(李太白全集)』 등이 있다.

2307) 일편명월(一片明月): 한 조각 밝은 달.
2308) 벽공(碧空): 푸른 허공.
2309) 걸녀셰라: 걸렸구나. '-예라'는 감탄종결어미형.
2310) 날과: 나와.
2311) 놀미: 놀-ㅁ(동명사형어미)-ㅣ(주격조사)>노는 것이.
2312) 엇더니: 어떠냐.
2313) 산가(山家): 산 속에 있는 집.
2314) 하다: 많다.
2315) 닉히: 닉(川)-ㅎ(ㅎ개입)-ㅣ(처격)>내에.
2316) 살: 어살. 고기를 잡기 위해 물 속에 매는 나무 울.
2317) 쌔코: 뿌리고. '쎄타', '빟다'에서 온 말.
2318) 것거든: 걷거든.
2319) 킥라: 캐러.
2320) 가라다: 가리다.

밤중쯤 외기러기 소리에 잠 못 이뤄 하노라

숨에 님을 보려 벼기에 지혀시니[2321]
半壁 殘燈[2322]에 鴦衾[2323]도 츳도 찰샤[2324]
밤中만[2325] 외기러기 소릐에 줌 못 일워 ᄒᆞ노라

[416: 557] 이정보(李鼎輔)
내게 칼이 있어 벽 위에 걸려 있으니
때때로 우는 소리 무슨 일이 불평한지
두우에 용의 빛이 뻗쳐 있으니 사람을 알까 하노라

내게 칼이 이셔 壁上에 걸녀시니
ᄣᆡᄣᆡ로 우는 소릐[2326] 무숨 일[2327] 不平ᄒᆞᆫ지
斗牛에[2328] 龍光이[2329] 빗쳐시니[2330] 사름 알가 ᄒᆞ노라

[417: 42] 이정보(李鼎輔)
가인이 낙매곡을 달 아래에서 비껴 부니
대들보의 먼지 날리는 듯 (노래를 잘하니) 남은 매화도 다 졌도다
내게도 천금준마 있으니 바꾸어 볼가 하노라

佳人[2331] 落梅曲[2332]을 月下에 빗기 부니[2333]

2321) 지혀시니: 의지하였으니.
2322) 반벽잔등(半壁殘燈): 벽 한쪽에 걸어 논 불이 다 꺼져 가는 등불.
2323) 앙금(鴦衾): 원앙 수놓은 이불. 부부의 다정함을 상징한 말.
2324) 츳도 찰샤: 차기도 차다.
2325) 밤중(中)만: 밤중쯤.
2326) 우ᄂᆞᆫ 소릐: 우는 소리.
2327) 무숨 일: 무슨 일.
2328) 두우(斗牛)에: '두우'는 두성(斗星)과 우성(牛星).
2329) 용광(龍光)이: '용광'은 옛 보검(寶劍)의 빛.
2330) 빗쳐시니: '빗쳐시니'는 뻗쳐 있으니.
2331) 가인(佳人): 고운 여자.
2332) 낙매곡(落梅曲): 한나라 횡취곡(橫吹曲)의 이름. 원명은 매화락(梅花落).
2333) 빗기 부니: 비껴 부니.

樑塵이 놀니는 듯[2334] 나문 梅花 다 지거다[2335]
내게도 千金 駿馬[2336] 이시니 밧고와[2337] 볼가 ᄒᆞ노라

[418: 428] 이정보(李鼎輔)
떨어지는 해는 서산에 저서 동해로 다시 나아가고
가을바람에 시든 풀은 봄이면 푸르거늘
어떻다 최고 귀한 인생은 가고는 다시 돌아오지를 아니하나니

落日[2338]은 西山에 져셔 東海로 다시 나고[2339]
秋風에 이운[2340] 풀은 봄이면 프르거늘
엇더타[2341] 最貴ᄒᆞᆫ 人生은 歸不歸[2342]를 ᄒᆞᄂᆞ니

[419: 2543] 이정보(李鼎輔)
높은 누대에 올라 높은 누대에 올라 장안을 굽어보니
구름 속에 황성은 두 궁궐이요 비 가운데 봄 나무는 만백성의 집이러라
아마도 번화한 백성의 살림이 태평성대인가 하노라

臨高坮[2343] 臨高坮ᄒᆞ여 長安[2344]을 구버 보니
雲裡帝城[2345]은 雙鳳闕이오 雨中春樹 萬人家[2346] ㅣ라

2334) 양진(樑塵)이 놀니는 듯: 대들보의 티끌이 날리듯. 곧 중국 노나라 사람인 우공(虞公)이 음악을 연주하면 대들보의 먼지까지 날릴 정도로 연주 솜씨가 뛰어남을 말한다. 잘 노래하는 이를 지극히 칭찬한 말.
2335) 지거다: 지(落)-거(과거시상선어말어미)-다(어말어미)〉졌도다.
2336) 천금준마(千金駿馬): 값이 천금이나 되는 준마. 썩 좋은 말.
2337) 밧고와: 바꾸어.
2338) 낙일(落日): 해가 지다.
2339) 나고: 나(出)-고(나열의 연결어미)〉나아가고.
2340) 이운: 이울(枯)-ㄴ(관형어미)〉시든(枯).
2341) 엇더타: 어찌하다.
2342) 귀불귀(歸不歸): 가고는 다시 돌아오지 아니함.
2343) 임고대(臨高坮): 높은 누대에 오름.
2344) 장안(長安): 서울의 통칭.
2345) 운이제성(雲裡帝城)은 쌍봉궐(雙鳳闕): 구름 속에 황성은 두 궁궐이요.
2346) 우중춘수 만인가(雨中春樹 萬人家): 비 가운데 봄나무는 만백성의 집이러라. 왕유(王維)의 시 〈봉리성제종봉래향여경각도중유춘망(奉利聖製從蓬萊向與慶閣道中留春望)〉 참조.

아마도 繁華 民物[2347]이 太平인가 ᄒᆞ노라

[420: 312] 이정보(李鼎輔)
국화야 너는 어이 삼월 동풍 다 보내고
잎이 떨어지는 추운 하늘에 네 홀로 피었는가
아마도 서리의 차가움에도 굴하지 않는 절개는 너뿐인가 하노라

菊花야 너는 어니 三月 東風[2348] 다 보ᄂᆡ고
落木寒天[2349]에 네 홀노 픠엿ᄂᆞᆫ다[2350]
아마도 傲霜高節[2351]은 너 ᄲᅮᆫ인가 ᄒᆞ노라

[421: 910] 이정보(李鼎輔)
두견아 울지 마라 이제야 내가 왔노라
이화도 피어 있고 새 달도 돋아 있다
강상에 백구 있으니 맹서풀이 하노라

杜鵑아 우지 마라 이졔야 ᄂᆡ 왓노라
梨花도 픠여 잇고 ᄉᆡ ᄃᆞᆯ도 도다 잇다[2352]
江上에 白鷗 이시니 盟誓 프리[2353] ᄒᆞ노라

[422: 2024] 이정보(李鼎輔)
도연명의 귀거래사 짓고 고향으로 돌아갈 적에
구름은 무심히 산 바위 구멍에서 나고 새는 날기에 지치면 돌아올 줄 알도다
아마도 오류청풍에는 못 미칠까 하노라

2347) 번화민물(繁華民物): 번화한 백성의 살림.
2348) 삼월동풍(三月 東風): 슬슬 부는 봄바람.
2349) 낙목한천(落木寒天): 잎이 떨어지는 추운 하늘.
2350) 픠엿ᄂᆞᆫ다: 피었느냐.
2351) 오상고절(傲霜高節): 서리의 차가움에도 굴하지 않는 국화의 형용.
2352) 도다 잇다: 돋아 있다.
2353) 맹서(盟誓) 프리: '프리'를 접사를 처리해야 할 것 같다. 댕기풀이, 뒷풀이에서처럼 일정한 시간이 경과한 뒤에 앞에 일의 매듭을 푸는 행위 도는 행사라는 의미로 사용된다. 맹서(盟誓)풀이. "풀어(解) 주겠노라."로 해석하기도 한다.

淵明2354) 歸去來辭2355) 짓고 柴桑으로2356) 도라갈 졔
雲無心 而出峀ᄒᆞ고2357) 鳥倦飛 而知還이로다
아마도 五柳 淸風2358)을 못 미츨가2359) ᄒᆞ노라

[423: 3302] 이정보(李鼎輔)
하늘이 좋게 여기지 않으니. 무향후인들 어이하리
저근 듯 살았다면 한실 부흥할 것을
지금에 출사표 읽을 때면 눈물겨워 하노라

皇天이 不弔ᄒᆞ니2360) 武鄕候2361) ㅣㄴ들 어니ᄒᆞ리
져근듯2362) 사랏드면2363) 漢室 興復2364) ᄒᆞ올 거슬2365)
至今에2366) 出師表2367) 이러2368) 제면2369) 눈물겨워 ᄒᆞ노라

2354) 연명(淵明): 도연명, 동진(東晋)의 시인. 이름은 잠(潛). 연명은 자(子).
2355) 귀거래사(歸去來辭): 도연명이 팽택의 영(令)을 버리고 귀향할 때 지은 글.
2356) 시상(柴桑)으로: 잡목과 뽕나무가 자라는 고향으로.
2357) 운무심이출수(雲無心而出峀)ᄒᆞ고 조권비이지환(鳥捲飛而知還): 구름은 무심히 산 바위 구멍에서 나고 새는 날기에 지치면 돌아올 줄 안다. 도연명의 〈귀거래사〉에 "園日涉以成趣, 門雖設關而常關, 策扶老而流憩, 時矯首而遐觀, 雲無心而出峀, 鳥倦飛而知還, 景翳翳以將入, 憔孤松而盤桓" 참조.
2358) 오류청풍(五柳淸風): 도연명의 맑고 고상한 기품을 가리킴.
2359) 미츨가: 미츠(到)-ㄹ가(의문형어미)〉미칠까. 이를까.
2360) 황천(皇天)이 부조(不弔)ᄒᆞ니: 하늘이 좋게 여기지 않으니.
2361) 무향후(武鄕候): 제갈양(諸葛亮)을 일컬음.
2362) 져근 듯: 잠깐. '덧'은 '사이. 때' 등의 뜻을 가짐.
2363) 사랏드면: 살(生살)-앗(과거시상선어말어미)-더(회상선어말어미)-면(조건의 연결어미)〉살았다면.
2364) 한실흥복(漢室興復): 한나라를 다시 일으킴.
2365) ᄒᆞ올 거슬: 할 것을.
2366) 지금(至今)에: 이제도록.
2367) 출사표(出師表): 제갈 양이 출병할 때 그 뜻을 적어서 임금께 알린 글. 출사표의 의미는 다음과 같다. 유유유비와 조조가 대치하고 있을 때 유비는 관우, 장비, 조운 등의 맹장을 거느리고 제갈공명을 모사로 초빙했으나 거절(三顧草廬) 당하였다. 그러다가 208(건안 13)년에 조조가 20만 대군을 이끌고 유비를 추격하자 유비의 휘하에 있던 손권이 제갈량과 더불어 적벽(赤壁)에서 교만해진 조조에게 오의 장군 황개(黃蓋)를 거짓으로 항복시킨 뒤 조조 병사를 대패 시켰다. 이때 제갈공명이 유비와 더불어 적벽 항전에 나설 때 출사표를 던진 것이다. 곧 결정적인 계기에 몸을 일으켜 일을 완수하는 것을 일컬어 출사표(出師表)라고 하는 이유가 여기에 있다. 그 후 유비는 세력을 확대시키고 촉한(蜀漢)을 일으켜 223(장무 4)년에 오를 공격하다 죽자 그이 아들 유선(劉禪)이 즉위하여 제갈공명의 보정을 받았다. 그는 오나라 조조와의 연맹관계를 수립하고 남으로는 월(越)을 평정하여 국기를 든든하게 하였으나 234(건홍 12)년에 오장원 전투에서 보급의 불급으로 촉한은 망하게 되었다.
2368) 이러: '읽을'로 추정.
2369) 제면: 제(의존명사)-면(나열의 연결어미)〉적이면. 때면.

[424: 742] 이정보(李鼎輔)
님이 가오시며 소매 잡고 이별할 적에
창밖에 앵두꽃이 피지 아니하여 오마고 하더니
지금에 꽃이 지고 잎이 나도록 소식 몰라 하노라

님이 가오시며 ᄉᆞᄆᆡ[2370] 잡고 離別ᄒᆞᆯ 적[2371]
窓 밧긔 櫻桃 곳지[2372] 픠지 아녀[2373] 오마터니[2374]
至今에 곳 지고 입 나도록 消息 몰나 ᄒᆞ노라

[425: 533] 이정보(李鼎輔)
남은 다 자는 밤에 내 어이 홀로 앉아
잠 못 들어 몸을 이리저리 뒤척이고 님 둔 님을 생각하는고
그 님도 님 둔 님이니 생각할 줄이 이시랴

남은[2375] 다 ᄌᆞ는 밤의 ᄂᆡ 어니[2376] 홀노 안자
輾轉不寐ᄒᆞ고[2377] 님 둔 님을 生覺ᄂᆞᆫ고[2378]
그 님도 님 둔 님이니 生覺ᄒᆞᆯ 줄이 이시랴

[426: 1380] 이정보(李鼎輔)
사람의 백행 중에 충효밖에 또 있는가
맹종의 읍죽과 육적의 회귤도 다 옳다 하려니와
야인의 미나리나마 임금에게 드리고 싶어한 알뜰한 연군의 마음도 그것이 좋은가 하노라

2370) ᄉᆞᄆᆡ: ᄉᆞᄆᆡ>소매.
2371) ᄒᆞᆯ 적: 할 제. 할 때.
2372) 곳지: 꽃이.
2373) 픠지 아녀: 피지 아니하여. 피기 전에.
2374) 오마터니: 오마고 하더니.
2375) 남은: 남(他人)-은(주제격)>남은.
2376) 어니: '어이'의 오기인듯함. 어이, 어떻게.
2377) 전전불매(輾轉不寐)ᄒᆞ고: 잠 못 들어 몸을 이리저리 뒤척이다.
2378) 생각(生覺)ᄂᆞᆫ고: 생각-ᄂᆞᆫ고(의문형어미)>생각하는고?

사룸의 百行[2379] 中에 忠孝 밧긔[2380] 또 잇는가
孟宗의 泣竹[2381]과 陸績의 懷橘[2382]도 다 올타 ᄒᆞ려니와
野人[2383]의 獻芹之誠[2384]도 그 됴흔가 ᄒᆞ노라

[427: 1382] 이정보(李鼎輔)
사람이 늙은 후에 또 언제 젊어 볼까
빠진 이 다시 나며 센 머리 검을쏘냐
세상의 불로초 없으니 그를 서러워하노라

사룸이 늙은 後에 또 언지 져머[2385] 볼고
ᄲᅡ진 니[2386] 다시 나며 셴 마리[2387] 거물소냐
世上의 不老草[2388] 업스니 그를 슬허[2389] ᄒᆞ노라

[428: 1271] 이정보(李鼎輔)
봄은 어떠하여 초목이 다 즐기고
가을은 어떠하여 풀이 쇠하고 나뭇잎이 지는고
소나무와 대나무는 일 년 내내 푸르니 그를 서러워하노라

봄은 엇더ᄒᆞ여 草木이 다 즑기고
ᄀᆞ을은 엇더ᄒᆞ여 草衰兮여 木落[2390]인고

2379) 백행(百行): 마땅히 행해야 할 온갖 인도(人道).
2380) 밧긔: 밖에.
2381) 맹종(孟宗)의 읍죽(泣竹): 맹종은 중국 삼국시대의 이름난 효자. 종의 어머니가 죽순을 즐겨했다. 겨울날 대밭에 들어가 애탄하니 그의 효도에 느껴 죽순이 나왔다 함.
2382) 야인(野人): 벼슬하지 않은 재야의 사람.
2383) 육적의 회귤(陸績의 懷橘): 후한 말엽에 오나라의 육적이 6세 때 원술(袁術)이 귤을 먹어라고 권하자 우선 3개를 품에 넣으며 "어머님께 갇다 드리겠다"고 해서 모두 감동했다는 고사.
2384) 헌근지성(獻芹之誠): 야인으로서 미나리나마 임금에게 드리고 싶어 한 알뜰한 연군의 마음.
2385) 져머: 젊어.
2386) 니: 이(齒).
2387) 셴 마리: 센 머리.
2388) 불로초(不老草): 먹으면 늙지 않는다는 약초.
2389) 슬허: 슬퍼.
2390) 초쇠혜(草衰兮)여 목락(木落): 풀이 쇠하고 나뭇잎이 짐.

松竹은 四時 長靑[2391]ᄒᆞ니 그를 슬허ᄒᆞ노라

[429: 837] 조윤형(趙允亨)[2392]
아이들이 없는 깊은 골에 밤은 뚝뚝 저절로 듣고
벼 벤 그루터기에 게는 엉금엉금 하는구나
술 익자 채 장사 채 사옵소 하니 그것이 좋은가 하노라

아희 업ᄉᆞᆫ[2393] 깁흔 골에 밤은 쑥쑥 절노 듯[2394]고
벼 빈 그르의[2395] 게ᄂᆞᆫ 엉금엉금 ᄒᆞᄂᆞᆫ고나
술 익자 쳬 장ᄉᆞ 체 ᄉᆞᄋᆞᆸ소[2396] ᄒᆞ니 긔[2397] 조흔가 ᄒᆞ노라

[430: 2974] 김기성(金箕性)[2398]
가을 달이 뜰에 가득 찬데 슬피 우는 저 기러기
서릿바람이 한번 높이 오르면 돌아가기 어려우리
밤 중만 중천에 떠 있어 잠든 날을 깨우는도다

秋月이 滿庭ᄒᆞᆫᄃᆡ[2399] 슬피 우ᄂᆞᆫ 져 기럭이
霜風이 一高ᄒᆞ면[2400] 도라가기 어려오리
밤 中만[2401] 中天에 써 이셔 ᄌᆞᆷ든 날을 씌오는다

2391) 사시장청(四時長靑): 일 년 내내 푸름.
2392) 조윤형(1725~1799): 조선 후기의 문인. 자는 치행이며, 호는 송하옹이다. 문음과 학행으로 천거되어 관직에 나갔으며, 1784(정조 8)년 예조정랑을 역임하였다.
2393) 업ᄉᆞᆫ: 없-ᄋᆞᆫ(관형어미)>없는.
2394) 듯: 듣(滴)-고(나형형어미)>듣고. 떨어지고.
2395) 그르의: 그릊(그루터기, 그릊>그르, ㄱ-탈락현상)-의게(처격)-ᄂᆞᆫ(주제격)>그루터기에는.
2396) ᄉᆞᄋᆞᆸ소: ᄉᆞ-ᄋᆞᆸ(겸양선어말어미)-소(청유형어미)>사십시오.
2397) 긔: 그(其)-ㅣ(주격)>그것이.
2398) 김기성(?~1811): 조선 후기의 문인. 자는 성여이며, 호는 이길헌이다. 장헌세자의 서녀이자 정조의 누이와 혼인하여, 광은군에 봉해지고 정3품 당상관인 부위가 되었다. 글씨에 능하였으며, 순조 즉위 뒤 의령현감, 호조참판을 역임하였다. 초명은 김두성이었는데, 실록에 1790년 이후에는 김기성으로 바뀐 것으로 되어 있다.『청구가요』에는 김두성(金斗性) 작으로 되어 있음. 김두성은 김기성의 아명으로 실록에는 1790년부터 김기성으로 나타나고 있다. (김용찬, 2001: 27 참조.)
2399) 만정(滿庭)ᄒᆞᆫᄃᆡ: 뜰에 가득한데.
2400) 상풍(霜風)이 일고(一高)ᄒᆞ면: 서릿바람이 한 번 높이 오르면.
2401) 밤중(中)만: 밤중쯤.

[431: 3171] 김기성(金箕性)
한벽당이 좋다는 말을 듣고 짚신과 대지팡이 짚고 찾아가니
십 리나 뻗친 단풍 숲에 들리는 것은 물소리로다
아마도 남도 풍경은 여기뿐인가 하노라

寒碧堂[2402] 됴탄[2403] 말 듯고 芒鞋 竹杖[2404] ᄎᆞᄌᆞ 가니
千里 楓林[2405]에 들니ᄂᆞ니 물 소릐로다
아마도 南中 風景[2406]은 예 ᄲᅮᆫ인가[2407] ᄒᆞ노라

[432: 2317] 김수장(金壽長)[2408]
이 몸 생긴 후에 성대를 만나오니
천하 태평하던 요나라 때의 일월이 대동에 밝았구나
넓고 큰 임금의 은혜가 넓으시어 못내 즐겨 하노라

이 몸 삼긴[2409] 後에 聖代[2410]를 만나오니
堯日月[2411]이 大東[2412]에 ᄇᆞᆰ가세라[2413]
雨露에 德澤[2414]이 넙은샤[2415] 못ᄂᆡ 즑거ᄒᆞ노라

2402) 한벽당(寒碧堂): 충북 청풍군(淸風郡)에 있는 누각.
2403) 됴탄: 둏(好, 둏-]좋-)-다(어말어미)-ㄴ(관형어미)〉좋다는.
2404) 망혜죽장(芒鞋竹杖): 짚신과 대지팡이.
2405) 천리풍림(千里楓林): 십 리나 뻗친 단풍 숲.
2406) 남중풍경(南中風景): 남도(南道)풍경.
2407) 예 ᄲᅮᆫ인가: 여기뿐인가.
2408) 김수장(1690~?): 18세기 중엽에 활동했던 가창자. 자는 자평이며, 호는 십주, 노가재 등이다. 병조의 서리를 지냈다. 1746(영조 22)년에 가곡집인 『해동가요』의 편찬을 시작하여, 1770(영조 46)년에 완료했다. 만년에는 서울 화개동에서 노가재를 경영하며, 당대의 가창자들과 이른바 '노가재가단'을 형성하였다.
2409) 삼긴: 생긴.
2410) 성대(聖代): 성세. 성서러운 세대.
2411) 요일월(堯日月): 천하 태평하던 요나라 때의 일월.
2412) 대동(大東): 우리나라를 동방의 큰나라라는 뜻으로 일컬음. 청구(靑丘), 근역(槿域), 사해(四海) 등도 같은 의미이다.
2413) ᄇᆞᆰ가세라: 밝았구나.
2414) 우로(雨露)의 덕택(德澤): 넓고 큰 임금의 은혜.
2415) 넙은샤: 넓으시어.

[433: 1311] 김수장(金壽長)
아버지는 날 나으시니 은혜 밖에 은혜로다
어머니는 날 기르시니 덕 밖에 덕이로다
아마도 하늘 같은 은덕을 어디에 비교하여 갚사올꼬

父兮[2416]여 날 나흐시니 恩惠 밧긔 恩惠ㅣ로다
母兮여 날 기르시니 德 밧긔 德이로다
아마도 할늘[2417] ᄀᆞᄐᆞᆫ 恩德을 어ᄃᆡ 다혀[2418] 갑ᄉᆞ올고[2419]

[434: 1219] 김수장(金壽長)
부모 살아 계실 적에 근심스러움을 보이지 말며
마음을 즐겁게 해 드리며 몸을 봉양하여 백세를 지낸 후에
마침내 제사를 그치지 않는 그것이 옳은가 하노라

父母 사라신 제[2420] 愁心을 뵈지 말며
樂其心 養其饌[2421]ᄒᆞ야 百歲를 지닌 後에
ᄆᆞᆺᄎᆞᆷ닉[2422] 香火不絶[2423] 그 올흔가 ᄒᆞ노라

[435: 2149] 김수장(金壽長)
요순은 어떠하여 덕택이 높으시고
걸주는 어떠하여 포학이 심하던고
아마도 이러저러한 줄을 듣고 알게 함이라

堯舜[2424]은 엇더ᄒᆞ야 德澤[2425]이 놉흐시고

2416) 부혜(父兮): 아버지는. '兮'는 음조를 강하게 하기 위한 조자(助字).
2417) 할늘: 하늘.
2418) 다혀: 대어. 견주어.
2419) 갑ᄉᆞ올고: 갚-ᄉᆞ오(겸양선어말어미)-ㄹ고(의문형어미)〉갚을까.
2420) 사라신 제: 살아 계실 때.
2421) 악기심 양기찬(樂其心 養其饌): 마음을 즐겁게 해 드리며 몸을 봉양함.
2422) ᄆᆞᆺᄎᆞᆷ닉: ᄆᆞᄎᆞᆷ〉ᄆᆞᄎᆞᆷ〉마침(전부모음화 현상). 마침내.
2423) 향화부절(香火不絶): 제사를 그치지 않음.
2424) 요순(堯舜): 중국 고대의 성천자 요와 순.

(傑)紂[2426]는 엇더ᄒᆞ여 포학이 심토더고[2427]
아마도 이러저러ᄒᆞᆫ 줄을 듯고 알게 홈이라

[436: 1504] 김수장(金壽長)
은의 주왕을 죽였다고 하고 비간아 설워 마라
은의 주왕이 아니런들 비간인 줄 누가 알았겠느냐
하늘이 은의 주왕과 비간을 내어 후인에게 경계함이라

商紂ㅣ[2428] 죽다[2429] ᄒᆞ고 比干[2430]아 셜워 마라
商紂ㅣ 아니런들 比干인 줄 뉘 알느니[2431]
하늘이 商紂와 比干를 ᄂᆡ여 後人 警戒 홈이라

[437: 2947] 김수장(金壽長)
초암이 적막한데 벗 없이 혼자 앉아
평조 한 곡조에 백운이 절로 돈다
어디 누가 이 도의 뜻을 알 사람이 있다고 하리오

草庵[2432]이 寂寞ᄒᆞᆫ듸 벗 업시 혼자 안ᄌᆞ
平調 ᄒᆞᆫ 닙[2433]헤 白雲이 졀노 돈다
어듸 뉘 [2434]이 됴 ᄯᅳᆺ을 알 니[2435] 잇다 ᄒᆞ리요

2425) 덕택(德澤): 덕(德)이 빛남.
2426) 걸주(桀紂): 걸(桀)은 중국 하(夏)의 폭군. 하왕조는 11세 공갑(孔甲)에 이르러 점차 쇠퇴하여 마지막 왕인 걸에 이르러 상족(商族)의 침공을 받아 멸망하였다. 특히 걸은 역사상 손꼽히는 폭군으로 동쪽 여러 부족에게는 무력으로 백성들에게는 잔학무도하게 굴어 대내외적으로 그와 은나라 마지막 왕인 주와 더불어 그들의 잔학상이 유명하였다. 주(紂)는 중국 은(殷)의 왕, 역시 포악무도했음.
2427) 심토더고: 심하-더(회상선어말어미)-ㄴ고(의문형어미)〉심하던고? 심했더라는 말인가?
2428) 상주(商紂)ㅣ: 은주(殷紂)가. 은의 주왕이. 은나라 마직막 왕인 주(紂)는 하국과 더불어 잔혹한 통치를 행하다 민심이 이반되어 주나라 군사들과 그들이 도읍지인 조가(朝歌) 전투에서 함락되었다.
2429) 죽다: 죽였다고.
2430) 비간(比干): 은(殷) 주왕(紂王)의 신하. 왕의 잔혹한 통치와 무도함을 간하다 죽음을 당함.
2431) 알느니: 알 것이냐. 알았겠느냐.
2432) 초암(草庵): 풀로 지은 암자.
2433) 평조(平調) ᄒᆞᆫ 닙: 평조 대엽(大葉). 우리나라 속악의 음계. 양악의 장조에 가까운 낮은 음조. '닙'은 곡조를 부르는 이름.
2434) 어듸 뉘: 어느 누가.

[438: 1270] 김수장(金壽長)

봄비 개인 아침에 잠 깨어 일어나 보니
반쯤 열린 꽃봉오리가 다투어서 피는구나
봄 새도 봄기운을 못 이기어서 노래와 춤을 한다

봄비 긴 아즘에[2436] 즘 씨여 이러 보니[2437]
半開 花封[2438]이 다토와 픠ᄂᆞᆫ고여[2439]
春鳥도 春興을 못 이긔여 노릐[2440] 춤을 ᄒᆞᆫ다

[439: 166] 김수장(金壽長)

경회루 만 그루의 솔숲이 눈앞에 펼쳐져 있고
인왕 안현은 꽃나무의 가지를 틀어 만든 병풍처럼 되었는데
석양에 펄펄 나는 백로는 오락가락한다

景會樓[2441] 萬株松[2442]이 眼前에 버러 잇고[2443]
寅王 鞍峴[2444]은 翠屛[2445]이 되엿는듸[2446]
夕陽에 翩翩 白鷺[2447]ᄂᆞᆫ 오락가락ᄒᆞᆫ다

[440: 2454] 김수장(金壽長)

임고대하다 하고 낮은 대를 비웃지 마소

2435) 알 니: 알-이(의존명사)-∅(주격조사)〉알 사람이.
2436) 아츰에: 아ᄎᆞᆷ(朝)〉아츰〉아침.
2437) 이러 보니: 일어나 보니.
2438) 반개화봉(半開花封): 반쯤 열린 꽃봉오리.
2439) 픠ᄂᆞᆫ고여: 피는구나.
2440) 노릐: 노래.
2441) 경회루(慶會樓): 경복궁 안에 있는 누 이름. 경복궁 안 서쪽 강령전(康寧殿) 연못 복판에 있는 규모가 큰 누각. 임금과 신하가 모여 잔치하던 곳으로 이조(李朝) 태종(太宗) 12년에 건립됨.
2442) 만주송(萬株松): 만 그루의 솔숲.
2443) 버러 잇고: 벌리어 있고. 펼쳐져 있고.
2444) 인왕 안현(寅王 鞍峴): '인왕(寅王)'은 서울 인왕산(仁旺山). '鞍峴'은 서울 길마재. 인왕산은 서울의 서쪽 성내에 있는 산.
2445) 취병(翠屛): 꽃나무의 가지를 틀어 만든 병풍.
2446) 되엿는듸: 되-엿(과거시상선어말어미)-는듸(나열연결어미)〉되었는데.
2447) 편편 백로(翩翩 白鷺): 펄펄 나는 백로.

우뢰와 큰 바람에 발을 헛디디는 것이 괴이하랴
우리는 평지에 앉았으니 분별없어 하노라

臨高坮[2448] ᄒᆞ다 ᄒᆞ고[2449] ᄂᆞᄌᆞᆫ ᄃᆡ을[2450] 웃지 마소
雷霆 大風[2451]에 失足[2452]이 怪異ᄒᆞ랴[2453]
우리는 平地에 안ᄌᆞ시니 分別 업셔[2454] ᄒᆞ노라

[441: 2755] 김수장(金壽長)
천기가 맑고 쾌활하고 봄바람이 화창할 적에
도리꽃은 붉고 희고 버들과 꾀꼬리는 누르고 푸르도다
이 좋은 태평성대에 아니 놀고 어이리

天朗 氣淸[2455]ᄒᆞ고 惠風이 和暢[2456]ᄒᆞᆫ 제
桃李는 紅白이요 柳鶯[2457]은 黃綠이로다
이 됴흔 太平聖世에 아니 놀고 어이리

[442: 2388] 김수장(金壽長)
인간이 꿈인 줄을 나는 벌써 알았노라
한통의 술 있고 없고 늘 모여서 노세 그려
진세에 입을 열고 웃는 걸 보기가 어려우니 그치지 말고 노세

人間이 ᄭᅮᆷ인 쥴을 나는 발셔 아라노라
一樽 酒[2458] 잇고 업고 ᄆᆡ양[2459] 모다[2460] 노ᄉᆡ그려

2448) 임고대(臨高坮): 높은 대에 도달했음.
2449) ᄒᆞ다 ᄒᆞ고: 한다 하고.
2450) ᄂᆞᄌᆞᆫ ᄃᆡ을: 낮은 데(곳).
2451) 뇌정 대풍(雷霆 大風): 우뢰와 큰 바람.
2452) 실족(失足): 발을 헛디딤.
2453) 괴이(怪異)하랴: 이상하겠는가?
2454) 분별(分別) 업셔: 물정을 몰라 가릴 수 없어.
2455) 천랑 기청(天朗 氣淸): 천기가 맑고 쾌활함.
2456) 혜풍 화창(惠風 和暢): 봄바람이 화창함.
2457) 유앙(柳鶯): 버들과 꾀꼬리.

塵世[2461]에 難逢開口笑[2462] ㅣ니 긋지[2463] 말고 노옵싀[2464]

[443: 641] 김수장(金壽長)
푸른 버드나무도 좋거니와 벽오동이 더 좋아라
굵은 비 듣는 소리에 장부의 심사로다
나중에 오동나무로 만들면 순제금이 되리라

錄楊[2465]도 됴커니와 碧梧桐이 더 죠홰라[2466]
굴근 비 듯눈[2467] 소릐 丈夫의 心事ㅣ로다
나죵에 작고동ᄒᆞ면[2468] 舜帝琴[2469]이 되리라

[444: 236] 김수장(金壽長)
공명에 눈 뜨지 말며 부귀에 마음 흔들리지 마라
사람의 빈궁과 영달이 하늘에 매였느니
평생에 덕을 닦으면 끝없이 행복을 누리나니

功名 눈 쓰지 말며 富貴에 心動 마라
人事 窮達[2470]이 하늘에 ᄆᆡ엿느니
平生에 德을 닥그면 享福無疆[2471]ᄒᆞᄂᆞ니

2458) 일준 주(一樽 酒): 한 통의 술.
2459) ᄆᆡ양: 매양(每樣). 늘. 항상.
2460) 모다: 모두. 몯-아(부사형어미)〉모다서, 모여서.
2461) 진세(塵世): 티끌세상. 속세.
2462) 난봉개구소(難逢開口笑): 입을 열고 웃는 걸 보기가 어려움. 두목의 시 〈구월제산등고(九月齊山登高)〉에 "塵世難逢開口笑, 菊花須插滿頭歸" 참고.
2463) 긋지: 그치지.
2464) 노옵싀: 놀-옵싀(경칭, 하대(下待) 어말어미)〉노세.
2465) 녹양(綠楊): 푸른 버들나무.
2466) 죠홰라: 좋도다.
2467) 듯눈: 듣는(滴).
2468) 작고동ᄒᆞ면: '작오동(作梧桐)'ᄒᆞ면. 곧 오동나무로 만들면.
2469) 순제금(舜帝琴): 순 임금의 오현금(五絃琴).
2470) 인사 궁달(人事 窮達): 사람의 빈궁과 영달.
2471) 향복무강(享福無疆): 끝없이 행복을 누림.

[445: 151] 김수장(金壽長)

검으면 희다고 하고, 희면 검다고 하네.

(제 멋대로 한 말이니) 검다고 하거나 희다고 하거나 옳다고 할 사람은 아무도 없다.

차라리 귀도 막고 눈도 감아 듣지도 보지도 않으리라.

검으면[2472] 희다 ᄒᆞ고 희면 검다 ᄒᆞ네
검거나 희거나 올타[2473] ᄒᆞ 리 젼혀 업다
촐하로[2474] 귀 먹고 눈 감아 듯도 보도 말니라

[446: 762] 김수장(金壽長)

단풍은 연홍빛이오 황국은 순금색이라
신도주 맛이 들고 금은어회 더 좋아라
아이야 거문고 내어 켜라 술을 손수 따라 마시고 노래하리라

丹楓은 軟紅[2475]이오 黃菊은 純金이라
新稻酒[2476] 맛시 들고 錦銀魚 膾[2477] 더 죠ᄒᆡ라
아희야 거문고 ᄂᆡ혀라[2478] 自酌 自歌[2479]ᄒᆞ리라

[447: 2792] 김수장(金壽長)

천지는 부모이다 만물은 아내와 자식이로다
강산은 형제거늘 바람과 달은 친한 벗이로다
이 가운데에 임금과 신하가 의를 나눈 바는 비교할 곳이 없어라

2472) 검으면: 검으면.
2473) 올타 ᄒᆞ 리: 옳-다(고) ᄒᆞ-ㄹ(관형어미)-이(의존명사)-∅(주격조사)〉옳다고 할 사람이.
2474) 촐하로: 차라리, 'ᄎᆞ라로'로도 표기.
2475) 연홍(軟紅): 연한 홍색.
2476) 신도주(新稻酒): 햅쌀로 담근 술.
2477) 금은어회(錦銀魚膾): 흰 비늘의 맛 좋은 고기회.
2478) ᄂᆡ혀라: 내어서 켜라. 꺼내어서 연주하여라.
2479) 자작자가(自酌自歌): 술을 손수 따라 마시고 노래함.

天地는 父母여다[2480] 萬物은 妻子ㅣ로다
江山은 兄弟여늘[2481] 風月은 朋友ㅣ로다
이 中에 君臣 分義[2482]는 비길[2483] 곳이 업셔라

[448: 3183] 김수장(金壽長)
한식 철에 비가 갠 뒤에 국화 움이 돋아나니 반갑기도 하여라
(이제 가을이 되면) 아름다운 꽃도 보려니와 새 움이 돋아서 날로 새로워지는 것이 좋구나
자라고 자라서 바람과 서리가 뒤섞여 치는 늦가을이 되면 군자의 절개를 피울 것이로다

寒食[2484] 비 긴 날에 菊花 움[2485]이 반가왜라
꼿도 보려니와 日日新[2486] 더 죠홰라[2487]
風霜이 섯거치면[2488] 君子節[2489]을 픠온다

[449: 1258] 김수장(金壽長)
보리밥에 썩은 준치 고기에 배가 부르니 홍이로다
멋지게 휘둘러 포도를 그려 노래하니 신선을 부러울쏘냐
아마도 넓고 큰 임금의 은혜가 깊고 큰가 하노라

보리밥 문 쥰치[2490]예 빅 부르니 興이로다
弄筆 葡萄[2491] 노릭ᄒᆞ니 神仙을 부를소냐[2492]

2480) 부모(父母)여다: 부모이다.
2481) 兄弟여늘: 형제(兄弟)-이(계사)-거늘(구속형어미)〉형제거늘. 형제이므로.
2482) 군신분의(君臣分義): 임금과 신하 간에 있어야 할 마땅한 의리.
2483) 비길: 비교할.
2484) 寒食(한식): 명절의 하나. 동지(冬至) 뒤 105일째 되는 날.
2485) 움: 그루 뿌리에서 돋는 새싹.
2486) 일일신(日日新): 날로 새로움.
2487) 죠홰라: 좋구나.
2488) 섯거치면: 섞-어(부사형어미)#치-면(연결어미)〉섞이어 칠 제.
2489) 군자절(君子節): 덕행이 높은 사람의 절개. 국화를 군자절에 비유한고 있다.
2490) 문 쥰치: 썩은 준치.
2491) 농필포도(弄筆 葡萄): 멋지게 휘둘러 포도를 그림.

아마도 雨露 恩澤[2493]이 깁고 큰가 ᄒᆞ노라

[450: 1020] 김수장(金壽長)
먹으나 못 먹으나 술단지는 비워두지 말고
쓰거나 못 쓰거나 당대에 뛰어난 미인을 곁에 두어
지나가는 손같이 아랑곳없이 가는 세월을 위로하고자 하노라

먹으나 못 먹으나 酒罇[2494]으란 뷔오지 말고
쓰거나 못 쓰거나 絶代 佳人[2495] 겻희[2496] 두워[2497]
逆旅 光陰[2498]을 慰勞코져 ᄒᆞ노라

[451: 3252] 김수장(金壽長)
호화로움도 거짓 것이오 부귀 꿈이라네
북망산 언덕에 요령 소리 그쳐지면
아무리 뉘우치고 애달아도 미칠 길이 없느니라

豪華도 거즛[2499] 거시오 富貴도 숨이올네[2500]
北邙山[2501] 언덕에 搖鈴[2502] 소ᄅᆡ 긋쳐지면
아모리[2503] 뉘웃고[2504] ᄋᆡ달나도[2505] 미ᄎᆞᆯ[2506] 길이 업ᄂᆞ니[2507]

2492) 부를소냐: 부러울쏘냐.
2493) 우로은택(雨露恩澤): 넓고 큰 임금의 은혜.
2494) 주준(酒樽): 술단지.
2495) 절대가인(絶代佳人): 당대에 뛰어난 미인.
2496) 겻희: 곁에.
2497) 두워: '두어'의 오기.
2498) 역려광운(逆旅光陰): 지나가는 손같이 아랑곳없이 가는 세월. 이백의 시 〈춘야연도리원(春夜宴桃李園)〉 서에 "夫失地者, 萬物之逆 旅光陰肯, 百代之過客, 而浮生如夢, 爲懽幾何, 古人燭夜遊" 참고.
2499) 거즛: 거짓. 전부모음화 현상.
2500) 숨이올네: 꿈이오러이. 꿈이라네. 서술종결어미형.
2501) 북망산(北邙山): 죽어서 가는 곳.
2502) 요령(搖鈴): 상여 앞에서 흔드는 방울.
2503) 아모리: 아무리.
2504) 뉘웃고: 뉘우치고, 후회하고
2505) ᄋᆡ달나도: ᄋᆡ달-아(부사형어미)-도(특수조사)〉애달아도.
2506) 미ᄎᆞᆯ: 미츠(及)-ㄹ(관형어미)〉미칠.

[452: 233] 김수장(金壽長)
공명도 좋다고 하지만 함가함도 어떠하며
부귀를 부러워하나 가난한 가운데서도 안락한 마음을 지님이 어떠하냐
이래 백년, 저래 백년 사이에 누구에게 백년이 다르리

功名도 죠타 ᄒᆞ나[2508] 閑暇홈과 엇더ᄒᆞ며
富貴를 브러[2509]ᄒᆞ나 安貧[2510]에 엇더ᄒᆞ뇨[2511]
이 百年 져 百年 즈음[2512]에 뉘 百年이 다르리

[453: 2881] 김수장(金壽長)
입신출세의 대망을 이루는 것은 너가 좋아도 청렴한 선비의 마음은 내가 좋아라
부귀와 영화는 너가 즐겨도 가난한 가운데서도 안락한 마음은 내가 좋아라
어리석은 줄 웃거나마나 고칠 줄이 있겠느냐

靑雲[2513]은 네 죠화도 白雲[2514]은 ᄂᆡ[2515] 죠화라[2516]
富貴은 네 즑여도 安貧[2517]은 ᄂᆡ 죠화라
이런 쥴[2518] 웃거니와[2519] 고칠 쥴이 이시랴

[454: 1475] 김수장(金壽長)
삼군의 군사를 훈련시켜 북쪽과 남쪽의 오랑캐를 정벌한 후에

2507) 업ᄂᆞ니: 없-ᄂᆞ니(이다)〉없느니라.
2508) ᄒᆞ나: 하나. 하지만.
2509) 브러: 부러워.
2510) 안빈(安貧): 가난한 가운데서도 안락한 마음을 지님. 『후한서』에 "安貧樂天 與世無營" 참고.
2511) 엇더ᄒᆞ뇨: 어떠하뇨.
2512) 즈음: 사이.
2513) 청운(靑雲): 푸른 구름. 입신출세의 대망을 이름.
2514) 백운(白雲): 흰 구름. 여기선 청렴한 선비의 마음에 비유한 말. 『장자』에 "華封人曰 乘彼白雲, 至於齊鄕" 참고.
2515) ᄂᆡ: 내가.
2516) 죠홰라: 좋도다. '-애라'는 감탄종결어미형.
2517) 안빈(安貧): 가난한 가운데서도 안락한 마음을 지님.
2518) 이런 쥴: 어리석은 줄.
2519) 웃거니와: 웃거나마나.

더러워진 칼을 씻고 세검정 정자를 지은 뜻은
위엄과 덕을 세우시어 온 천하를 안녕하게 함이라

三軍[2520]을 鍊戎[2521]ᄒᆞ여 北狄 南蠻[2522] 破ᄒᆞᆫ 後에
더러인[2523] 칼을 씻고 洗劍亭[2524] 지은 ᄯᅳᆺ은
威嚴과 德을 셰오셔[2525] 四海[2526] 安寧 홈이라

[455: 3195] 김중열(金重說)[2527]
한가한 동안에 홀로 앉아 거문고를 비스듬히 안고
궁상각치우를 줄줄이 짚었더니
창 밖에 엿듣는 학이 우쭐우쭐하더라

閑中[2528]에 홀노 안ᄌᆞ 玄琴[2529]을 빗기[2530] 안고
宮商角微羽[2531]를 주줄이[2532] 집허시니[2533]
窓 밧긔 엿듯는 鶴이 우즑우즑[2534] ᄒᆞ더라

2520) 삼군(三軍): 군대의 좌익(左翼)·중군(中軍)·우익(右翼)의 총칭. 1군은 12,500명으로 3군은 37,500명이다.
2521) 연융(鍊戎): 군사를 훈련시킴. 지금 창의문(彰義門) 밖 세검정 옆에 선 바위에 '연융대' 석 자를 새겼음.
2522) 북적 남만(北狄南蠻): 북쪽과 남쪽의 오랑캐.
2523) 더러인: 더러워진.
2524) 세검정(洗劍亭): 관서 팔경(關西八景)의 하나. 여진을 물리치고 이곳에 문 진(鎭)의 군사들이 유연장으로 쓴 정자. 이조 영조 때 총융청(摠戎廳)이라는 전위수비대를 서울 창의문 밖에 두었음.
2525) 셰오셔: 세우시어.
2526) 사해(四海): 우리나라. 곧 해동(海東), 청구(靑丘), 근역(槿域)을 가리킴. 또는 온 천하.
2527) 김중열(생몰년 미상): 18세기 중반에 활동했던 가창자. 자는 사순이며, 호는 산수자이다. 당시의 가창자인 김정희의 아들이며, 부자가 나란히 「고금창가제씨」에 올라 있다. 일찍이 김성기로부터 거문고와 퉁소를 배웠고, 가곡창에 매우 뛰어났다고 한다. 김수장과 교분이 있었으며, 『청구가요』에도 그의 시조가 수록 되어 있다.
2528) 한중(閑中): 한가한 동안.
2529) 현금(玄琴): 거문고.
2530) 빗기: 비스듬히.
2531) 궁상각치우(宮商角微羽): 오음(五音).
2532) 주줄이: 줄줄이.
2533) 집허시니: 짚었더니.
2534) 우즑우즑: 우쭐우쭐.

[456: 288] 김중열(金重說)
아홉 마리 용이 논다는 구룡소 맑은 물에 이내 마음 씻어내니
세상영욕이 오로지 모두 꿈이로다
이 몸이 청풍명월과 함께 늙자 하노라

九龍溯[2535] 말근 물에 이 닉 ᄆᆞ음 씨셔ᄂᆡ니
世上 榮辱[2536]이 오로 다[2537] ᄭᅮᆷ이로다
이 몸이 淸風 明月[2538]과 ᄒᆞᆷᄭᅴ 늙ᄌᆞ ᄒᆞ노라

[457: 2460] 김중열(金重說)
임호에 배를 띄워 적벽으로 내려가니
한없는 풍경이 눈앞에 버려져 있다
우리도 소동파의 남은 흥을 이어서 놀려고 하노라

臨湖[2539]에 ᄇᆡ를 ᄯᅴ워 赤壁[2540]으로 나려가니
限 업ᄉᆞᆫ 風景이 눈 압희[2541] 버려[2542] 잇다
우리도 東坡[2543]의 남은 興을 이여 놀여[2544] ᄒᆞ노라

[458: 2895] 김진태(金振泰)[2545]
청천에 떠있는 구름 오며 가며 쉴 적 없어
무심한 흰 빛에 온갖 세상 만물 무슨 일인고

2535) 구룡소(九龍溯): 금강산 구룡폭포에서 떨어져 된 연못. 구룡연(九龍淵)을 이름인 듯.
2536) 세상영욕(世上榮辱): 세상의 영달과 치욕.
2537) 오로 다: 오로지 다.
2538) 청풍명월(淸風明月): 맑은 바람과 밝은 달.
2539) 임호(臨湖): 호북(湖北)성 황강(黃岡)현. 장강(長江) 연안에 있는 호수.
2540) 적벽(赤壁): 호북성 황강현 리성 밖에 있고 북송(北宋)의 시인 소식(蘇軾)이 놀던 곳.
2541) 눈 압희: 눈앞에.
2542) 버려: 벌이(羅列)-어(부사형어미)〉벌려져. 나열되어 있다.
2543) 동파(東坡): 소식. 북송의 문인이며 학자. 자첨(子瞻)은 그의 자.
2544) 놀여: 놀-려(의도형어미)〉놀려고.
2545) 김진태(생몰년 미상): 18세기 중반에 활동했던 가창자이자 여항 시인. 자는 군헌이다. 본 가곡집에 그이 신분이 서리로 소개 되어 있다. 김수장과 왕래가 있었으며, 『청구가요』에 많은 작품이 수록되어 있다.

구태여 세상 인사 따를 줄이 무엇이요

靑天에 썻는 구름 오며 가며 쉴 쩍2546) 업셔
無心흔 흰 빗체 萬狀 千態2547) 무스 일고2548)
구트여2549) 世上 人事 쓰를 쭐이 엇지오2550)

[459: 1636] 김진태(金振泰)
세월이 물과 같이 흘러가니 백발이 저절로 난다
뽑고 또 뽑아내어 젊고자 하는 뜻은
북당에 유친하시니 그를 두려하노라

歲月이 如流흐니 白髮이 결노 난다
쏩고 쏘 쏩아 졈고져2551) 흐는 뜻은
北堂2552)에 有親흐오시니 그를 두려흐노라2553)

[460: 1788] 김진태(金振泰)
신선이 있다는 말이 아마도 허랑함으로
진씨 황제와 한나라 무제는 깨달을 줄 모르던가
아마도 마음이 맑고 몸이 한가하면 진실로 신선인가 하노라

神仙이 잇단 말이 아마도 虛浪흐에
秦皇 漢武2554)는 씨드를 줄 모로던고

2546) 쉴 쩍: 쉴 때.
2547) 만상 천태(萬狀 千態): 온갖 모양.
2548) 무스 일고: 무슨 일인고.
2549) 구트여: 구태여.
2550) 이 엇지오: 따를 것이 무엇이요.
2551) 졈고져: 졂-고져(의도형어미)〉젊고저.
2552) 북당(北堂): 어머니를 일컬음. 북쪽에 있는 방을 모친(母親)이 거처하게 하였고 또 앞에는 훤초(萱草)를 심었으므로 남의 모친을 존칭하여 훤당(萱堂)이라고도 함.
2553) 두려흐노라: 두려워함이라.
2554) 진황 한무(秦皇漢武): 진시황제가 동남동녀(童男童女)로 하여금 삼신산(三神山)의 불사약을 구해오게 했다는 고사. 한무는 경제의 아들로 외적을 쳐서 국토를 확장하고 유교를 펴는 등의 선정을 한 한나라 군주.

아마도 心淸 身閑[2555]ᄒᆞ면 眞仙[2556]인가 ᄒᆞ노라

[461: 2501] 김진태(金振泰)
높은 허공에 떠 있는 솔개 눈치 살핌은 무슨 일인고
썩은 쥐를 보고 빙빙 도는구나
만일에 봉황을 만나면 웃음꺼리 될까 하노라

長空에 ᄯᅧᆺ는[2557] 소록이[2558] 눈 ᄉᆞᆯ피문[2559] 무스 일고[2560]
셕은 쥐를 보고 盤廻[2561] ᄒᆞᄂᆞᆫ고여[2562]
萬一에 鳳凰을 만나면 우음 될가 ᄒᆞ노라

[462: 612] 김진태(金振泰)
냇가에 서있는 버들 삼월 춘풍 만났다
꾀꼬리 노래하니 우줄우줄 춤을 춘다
어떻다 버들 속에서의 운치 있는 일을 입춘에도 서 있더라

ᄂᆡᆺᄀᆞ의[2563] 셧는 버들 三月 春風 맛나거다[2564]
ᄭᅬᄭᅩ리 노ᄅᆡᄒᆞ니 우즑우즑[2565] 츔을 츈다
엇더타 柳帶風流[2566]를 立春[2567]에도 ᄡᅧᆺ[2568] 잇드라

2555) 심청신한(心淸身閑): 마음이 맑고 몸이 한가함.
2556) 진선(眞仙): 도를 성취한 신선.
2557) ᄯᅧᆺ는: 떠 있는.
2558) 소록이: 솔개(鳶).
2559) 눈 ᄉᆞᆯ피문: ᄉᆞᆯ피-ㅁ(동명사형어미)-은(관형어미)〉살핌은.
2560) 무스 일고: 무슨 일인가.
2561) 반회(盤廻): 빙빙돌다.
2562) ᄒᆞᄂᆞᆫ고여: ᄒᆞᄂᆞᆫ-고여(감탄형어미)〉하는구나.
2563) ᄂᆡᆺᄀᆞ의: ᄂᆡ(川)-ㅅ(사잇소리)-ᄀᆞ(邊)-의(처격)〉냇가에.
2564) 맛나거다: 맛나-거(과거시상선어말어미)-다(종결어미)〉만났다.
2565) 우즑우즑: 우줄우줄.
2566) 유대풍류(柳帶風流): 버들 속에서의 운치 있는 일. 꾀꼬리의 노래.
2567) 입춘(立春): 24절기의 첫째. 대한과 우수 사이에 있음.
2568) ᄡᅧᆺ: 쓰여.

[463: 2916] 김진태(金振泰)

맑은 바람이 산들산들하니 소나무에 바람이 스치는 소리가 차갑도다
악보도 없고 곡조도 없으니 줄이 없는 거문고가 저러하던가
지금에 도연명이 간 후이니 음악의 곡조를 잘 알 사람이 없도다

淸風이 習習ᄒᆞ니[2569] 松聲[2570]이 冷冷ᄒᆞ다[2571]
譜[2572] 업고 調[2573] 업스니 無絃琴[2574]이 져러턴가
至今에 陶淵明[2575] 간 後ㅣ니 知音[2576]ᄒᆞ 리 업도다

[464: 1616] 박문욱(朴文郁)[2577]

세상 사람들아 벙어리와 소경을 비웃지 말라
보아도 보이지 않고 들어도 들리지 않음은 옛 사람의 경계로다
어디서 망령에 벗님네는 남의 시비하느냐

世上 ᄉᆞᄅᆞᆷ들아 聾瞽[2578]를 웃지 말나
視不見 聽不聞[2579]은 녯 사ᄅᆞᆷ[2580]의 警誡[2581]ㅣ로다
어듸셔 妄佾에 벗님ᄂᆡ는 남의 是非 ᄒᆞᄂᆞ니[2582]

2569) 습습(習習)ᄒᆞ니: 바람이 산들산들하니.
2570) 송성(松聲): 소나무에 바람이 스치는 소리.
2571) 냉냉(冷冷)ᄒᆞ다: 차갑다.
2572) 보(譜): 악보.
2573) 조(調): 곡조.
2574) 무현금(無絃琴): 줄이 없는 거문고. 도 연명이 가졌었다고 함. 소통(蕭統)의 〈도정절전(陶靖節傳)〉에 "淵明, 不解音律, 而蓄無絃琴, 張每酒適, 輒撫弄以奇其意." 참고.
2575) 도연명(陶淵明): 동진(東晋)의 시인. 이름은 잠(潛). 연명은 자(子).
2576) 지음(知音): 음악의 곡조를 잘 알음.
2577) 박문욱(생몰년 미상): 18세기 중반에 활동했던 가창자. 자는 여대이다. 서리 출신으로, 「고금창가제씨」에도 이름이 수록되어 있다. 『청구가요』에 평시조와 사설시조가 함께 수록되어 있으며, 김수장과는 친밀한 관계를 유지했다.
2578) 농고(聾瞽): 벙어리와 소경.
2579) 시불견 청불문(視不見 聽不聞): (마음을 그곳에 두지 아니하면) 보아도 보이지 않고 들어도 들리지 않음.
2580) 녯 사ᄅᆞᆷ: 옛 사람.
2581) 경계(警誡): 타일러 주의시킴.
2582) ᄒᆞᄂᆞ니: 하느냐.

[465: 1563] 박문욱(朴文郁)
석양에 매를 안고 내를 건너 산을 너머 가서
꿩을 날리고 매를 부르니 이미 황혼이 거의로다
어디서 반가운 방울 소리 구름 밖에서 들리더라

夕陽에 ᄆᆡ[2583]를 밧고[2584] ᄂᆡ 건너 山을 너머 가셔
ᄭᅯᆼ 날니고 ᄆᆡ 부르니 黃昏이 거의로다[2585]
어듸셔 반가온 방울 소ᄅᆡ[2586] 구름 밧긔[2587] 들니더라

[466: 1867] 박문욱(朴文郁)
알고 늙었는가 모르고 늙었노라
주색에 잠겼거든 늙은 줄 어이 알리
귀 밑에 백발이 흩날리니 그것을 슬퍼하노라

알고 늙엇ᄂᆞᆫ가 모로고 늙엇노라
酒色에 ᄌᆞᆷ겻거든 늙은 줄 어니 알니
귀 밋ᄒᆡ 白髮이 흣날니니[2588] 그를 슬허[2589]ᄒᆞ노라

[467: 2608] 박문욱(朴文郁)
아침에 도를 들으면 저녁에 죽어도 좋다고 하니 누구에게 물을 수 있겠느냐
인정은 알았노라 세상일은 모르겠도다
차라리 백구와 벗이 되어 남은 해를 즐기리라

朝聞道 夕死ㅣ 可矣[2590]라 ᄒᆞ니 눌ᄃᆞ려[2591] 물을 쏘니[2592]

2583) ᄆᆡ: 매(鷹). 여기서 매는 배우자를 상징하고 있다.
2584) 밧고: 받(受)-고(연결어미)>받고. 안고. 곧 '매를 안고'라는 의미이다.
2585) 거의로다: 거의 되었다.
2586) 방울소ᄅᆡ: 매의 공지에 달아 매어놓은 방울소리.
2587) 밧긔: 밖에.
2588) 흣날니니: 흩어 날리니.
2589) 슬허: 슬퍼.
2590) 조문도석사(朝聞道夕死)ㅣ가어(可矣): 아침에 도를 들으면 저녁에 죽어도 좋음.
2591) 눌ᄃᆞ려: 누구더러. 누구에게.

人情은 아란노라[2593] 世事는 모를노다[2594]
출하리 白鷗와 벗이 되야 樂餘年[2595]을 ᄒᆞ리라

[468: 456] 박사상(朴師尙)[2596]
집을 나서니 언제런지 어제런지 그제런지
월파정 밝은 달 아래 뉘 집 술에 취하였듯이
진실로 먹음도 먹었을 새 먹은 줄은 몰라라.

난이[2597] 언제런지 어제런지 그제런지
月波亭[2598] ᄇᆞᆰ은 ᄃᆞᆯ 아ᄅᆡ 뉘 집 술에 醉ᄒᆞ야뜻지[2599]
眞實노 먹음도 먹어실 ᄉᆡ[2600] 먹은 줄은 몰ᄂᆡ라

[469: 2042] 김천택(金天澤)[2601]
영예스러움과 욕됨은 항시 같이 가니 부귀도 무관 하더라
가장 아름다운 강산에 내 혼자 임자 되어
석양에 낚싯대를 둘러메고 오락가락 하리라

榮辱이 竝行[2602]ᄒᆞ니 富貴도 不關ᄐᆞ라[2603]

2592) 물을 쏘니: 물(問)을 쏘냐.
2593) 아란노라: 알(知)-앗(과거시상선어말어미, -앗->-안-)-노라(감탄형어미)>알았노라.
2594) 모를노다: 모르-노다(감탄형어미)>모르겠도다.
2595) 악여년(樂餘年): 남은 생을 즐김.
2596) 박사상(생몰년 미상): 신원 미상의 인물. 본 가곡집에만 이름이 등장하는 작가이다. 그의 작품이 다른 가곡집들에는 박문욱(朴文郁)의 작으로 되어 있다.
2597) 난이: 집을 나서니.
2598) 월파정(月波亭): 경북 구미시에 있는 누정.
2599) 취(醉)ᄒᆞ야뜻지: 취(醉)ᄒᆞ-얏-듯-이>취하였듯이.
2600) 먹음도 먹어실 ᄉᆡ: 먹기도 먹었지만.
2601) 김천택(1685?~?): 18세기 전반까지 활동했던 가창자. 자는 백함, 이숙 등이며, 호는 남파이다. 1728(영조 4)년 현전하는 최초의 가곡집인 『청구영언』을 편찬하였으며, 여러 가곡집에 그의 신분이 포교라고 소개되어 있다. 『청구영언』에 자신을 포함한 '여항육인'의 작품을 모아 수록하는 등, 여항인의 가악과 시조의 창작 활동에 많은 공헌을 하였다. 그의 일부 작품의 내용과 남파라는 호를 통해 볼 때, 서울의 남산 부근에서 살았던 것으로 파악된다.
2602) 영욕병행(榮辱竝行): 영예스러움과 욕됨은 항시 같이 간다. 곧 영예스러움이 있으면 반드시 욕됨이 있고 욕됨이 있은 뒤에는 반드시 영예스러움이 뒤따른다는 말.
2603) 부귀(富貴)도 불관(不關)ᄐᆞ라: 부귀도 관계하지 아니 하더라. 'ᄐᆞ라'는 'ᄒᆞᄃᆞ라'의 축약. 'ᄃᆞ'는 회상보

第一 江山2604)에 ᄂᆡ 홈ᄌᆞ 님ᄌᆡ 되야2605)
夕陽에 낙시ᄃᆡ 두러 메고2606) 오락가락 ᄒᆞ리라

[470: 3284] 김천택(金天澤)
꽃 난간에 달 떠 오르고 대나무 주렴이 드리워진 창문에 밤이 찾아 든 때에
물 흐르는 소리 칠현금을 듣기에 조용하게 비겨 타니
뜰 가에 서 있는 학이 듣고 우쭐우쭐 하더라

花檻2607)에 月上ᄒᆞ고2608) 竹窓2609)에 밤 든 적의
冷冷2610) 七絃琴을2611) 靜聽에2612) 빗기 ᄐᆞ니2613)
庭畔에2614) 셧는2615) 鶴이 듯고 우즑우즑2616) ᄒᆞ드라

[471: 2128] 김천택(金天澤)
옷을 벗어 아이에게 주어 술집에다 잡히고,
(그 값으로 술을 받아 술잔을 들고) 푸른 하늘을 우러러보며 달에게 물은 말이,
야! 옛날에 술을 좋아한 이백의 풍류와 오늘의 나의 그것이 어떠하냐?

옷 버셔 아희 주어 술집이 볼모2617)ᄒᆞ고
靑天을 우러러 ᄃᆞᆯ더려2618) 무른 말이

조어간 '더'의 와전된 것.
2604) 제일강산(第一江山): 가장 아름다운 강산.
2605) ᄂᆡ 홈ᄌᆞ 님ᄌᆡ 되야: 내 혼자 임자 되어. '님자'는 주인.
2606) 석양(夕陽)에 낙시ᄃᆡ 두러 메고: 석양에 낚싯대를 둘러메고.
2607) 화함(花檻): 꽃 난간.
2608) 월상(月上)ᄒᆞ고: 달이 떠오르고.
2609) 죽창(竹窓): 대나무 주렴이 드리워진 창문.
2610) 냉냉(冷冷): 물 흐르는 소리.
2611) 칠현금(七絃琴)을: 일곱 줄로 된 거문고.
2612) 정청(靜聽)에: 듣기에 조용하게.
2613) 빗기 ᄐᆞ니: 비스듬히 타니.
2614) 정반(庭畔)에: 뜰 가에.
2615) 셧는: 서(立)-잇(在)-는>서 있는.
2616) 우즑우즑: 우쭐우쭐.
2617) 볼모: 전당(典堂).
2618) ᄃᆞᆯ더려: 달에게.

어즈버[2619] 千古 李白이 날과[2620] 엇더 ᄒᆞ던뇨[2621]

[472: 2364] 김천택(金天澤)
이 잔을 잡으시고 이내 말씀을 다시 들어
한 동이 술이 다 익어 갈 적에 이를 다만 분별하세
이 밖에 옳고 그름을 밝히며 근심스러움과 즐거움은 나는 몰라 하노라

이 잔 잡으시고 이 ᄂᆡ 말 곳쳐[2622] 드러
一罇酒[2623] 긋쳐[2624] 갈 제 이을[2625][2626] 다만 분별ᄒᆞ싀[2627]
이 밧긔 是非 憂樂[2628]은 나ᄂᆞᆫ 몰나 ᄒᆞ노라

[473: 1479] 김천택(金天澤)
삼만육천일 곧 100년을 늘 같다고 인생은 잠간이라.
꿈속에서 청년이 어느 듯 지나가니.
두어라 사시절 풍경에 취하고 놀가 하노라.

三萬六千日[2629]을 ᄆᆡ양[2630]만 너기지[2631] 마쇼[2632]
夢裡 靑春[2633]이 어슨덧[2634] 지나ᄂᆞ니
두어라 四時 風景에 醉코 놀가 ᄒᆞ노라

2619) 어즈버: 감탄사.
2620) 날과: 나와.
2621) ᄒᆞ던뇨: ᄒᆞ-더(회상선어말어미)-ㄴ뇨(의문형어미)〉하더냐?
2622) 곳쳐: 다시.
2623) 일준주(一罇酒): 한 통의 술.
2624) 긋쳐: 그치어. 다 되어.
2625) 이을: 이를. 이것을.
2626) 이을: 계속할.
2627) 분별ᄒᆞ싀: 분별(分別)ᄒᆞ-싀(청유형어미)〉분별하세.
2628) 시비우락(是非 憂樂): 옳고 그름을 밝히며 근심스러움과 즐거움.
2629) 삼만육천일(三萬六千日): 백년(百年).
2630) ᄆᆡ양: 늘 같음.
2631) 너기지: 여기지. 생각하지.
2632) 마쇼: 말-쇼(청유형어미)〉마소.
2633) 몽이청춘(夢裡靑春): 꿈속의 젊음.
2634) 어슨덧: 어느덧. 삽시간.

[474: 248] 김천택(金天澤)
공명이 그 무엇인가 욕된 일 많으니
삼배주 거문고고 한 곡조로 사업으로 삼아 두고
좋은 태평연월에 이리저리 늙으리라

功名이 긔 무엇고[2635] 辱된 일 만흐ᄂᆞ니
三盃酒[2636] 一曲琴[2637]으로 事業을 삼아 두고
죠흔 太平烟月[2638]에 이리져리 늙으리라

[475: 3332] 김천택(金天澤)
흰 구름 푸른 내는 골골이 잠겼는데
가을 서리에 묻은 단풍 꽃보다 더 좋아라
조물주가 나를 위하여 산 빛을 꾸며 내었도다

흰 구름 프른 ᄂᆡ[2639]는 골골이[2640] ᄌᆞᆷ겻ᄂᆞᆫ듸
秋霜에 무든 丹楓 곳도곤[2641] 더 됴홰라[2642]
天公[2643]이 날을 爲ᄒᆞ야 뫼 빗츨 ᄭᅮᆷ여[2644] ᄂᆡ도다

[476: 2991] 김천택(金天澤)
봄의 창가에 늦게 깨어나 느리게 걸어 이르러 보니
동문 어귀에 흐르는 냇물에 낙화가 둥둥 떠 있구나
저 꽃아 신선이 노니는 곳의 비밀을 흘릴 적에 떠나가지 말아라

2635) 무엇고: 무엇-고(의문형어미)〉무엇인고?
2636) 삼배주(三盃酒): 석 잔의 술.
2637) 일곡금(一曲琴): 거문고 한 곡조.
2638) 태평연월(太平烟月): 태평한 세월.
2639) ᄂᆡ: 연기.
2640) 골골이: 골짝마다.
2641) 곳도곤: 꽃보다.
2642) 됴홰라: 둏(好)-애라(감탄형어미)〉좋구나.
2643) 천공(天公): 조물주. 하느님.
2644) ᄭᅮᆷ여: ᄭᅮ미-어〉꾸며.

春窓[2645]에 느지 ᄶᅵ야[2646] 緩步ᄒᆞ여[2647] 이러 보니[2648]
洞門 流水[2649]에 落花ㅣ 둥둥 ᄯᅥ 이셰라[2650]
져 곳아[2651] 仙源[2652]을 漏洩[2653]ᄒᆞᆯ 제 ᄯᅥ나가지 말와라

[477: 130] 김천택(金天澤)
깨면 다시 먹고 취하면 누었으니
세상의 영예와 치욕스러움이야 어떻든지 나는 몰라라
평생을 항상 술에 취해 깨어날 날 없이 먹으리라

ᄭᆡ면 다시 먹고 醉ᄒᆞ면 누어시니
世上 榮辱[2654]이 엇더튼동[2655] ᄂᆡ 몰ᄂᆡ라[2656]
平生을 醉裡乾坤[2657]에 ᄭᆡᆯ 날 업시 먹으리라

[478: 2808] 김천택(金天澤)
하늘과 땅이 뒤쳐지니 해와 달이 빛이 없도다
황제가 있는 궁전인 황극전 높은 집에 어찌 감히 흉노의 군장인 노단우(老單于)가 앉을 수 있단 말인가
어즈버 일부 춘추를 읽을 자리도 없도다

天地 飜覆[2658]ᄒᆞ니 日月이 無光이로다

2645) 춘창(春窓): 봄의 창문.
2646) 느지 ᄶᅵ야: 늦(晩)-이(부사화접사)〉늦게. 늦게 깨어나.
2647) 완보(緩步)ᄒᆞ여: 느리게 걸어서.
2648) 이러보니: 이러러 보니. 김용찬(2001: 223)은 "일어나 보니"로 풀이하고 있으나 시상 전개가 적절하지 않다.
2649) 동문유수(洞門流水): 동네 어귀에 흐르는 물.
2650) ᄯᅥ 이셰라: 떠 있구나.
2651) 져 곳아: 저 꽃아.
2652) 선원(仙源): 신선이 있는 곳.
2653) 누설(漏洩): 비밀을 흘러내다.
2654) 영욕(榮辱): 영예와 치욕.
2655) 엇더튼동: 어떻든지. 경상방언에는 아직 '어떻든지'라는 의미로 '어떻든동'이라는 분화형이 잔존하고 있다.
2656) 몰ᄂᆡ라: 모르노라.
2657) 취리건곤(醉裡乾坤): 항상 술에 취해 있음을 가리킨다.

黃極殿[2659] 놉흔 집의 老單于[2660] ㅣ 안단 말가[2661]
어즈버[2662] 一部 春秋[2663] 읽을 곳지 업셰라[2664]

[479: 412] 김천택(金天澤)
기산에 늙은 사람 귀는 어이 씻었던가
박 소리 핑계하고 지조가 가장 높다
지금에 영수 청파는 더러운 채 있나니

箕山[2665]에 늙은 사름 귀는 어니 씻돗든고[2666]
박 소릐[2667] 핑계ᄒᆞ고 操壯[2668]이 가쟝 놉다
至今에[2669] 潁水 淸波[2670]는 더러온 ᄌᆡ[2671] 잇ᄂᆞ니[2672]

[480: 171] 김천택(金天澤)
고금에 어질기야 공부자만 할까마는
수레를 타고 천하를 돌아다니며 세상 사람을 가르쳐 이끌 만한 인재가 되었으니
나와 같은 작은 선비야 말해 무엇하겠느냐

2658) 천지 번복(天地飜覆): 하늘과 땅이 뒤쳐짐.
2659) 황극전(皇極殿): 황제가 있는 궁전.
2660) 노단우(老單于): 한나라 때 흉노가 그 군장(君長)을 일컬어 선우(單于)라 했음. '老單于'는 '老上單于', 한의 문제 때의 흉노의 군장.
2661) 안단 말가: 앉았단 말인가.
2662) 어즈버: 감탄사.
2663) 업셰라: 없도다.
2664) 일부춘추(一部春秋): 한 부의 춘추. '춘추'는 오경(五經)의 하나.
2665) 기산(箕山): 기산세이(箕山洗耳). 『한서(漢書)』에 의하면 허유(許由)가 요 임금으로부터 양위하겠다는 말을 듣자 '귀가 더렵혀졌다'고 영천(潁川)에 가서 귀를 씻고 기산에 은거하였다는 옛일과 때마침 소를 몰고 영천에 갔다가 허유가 귀를 씻고 있는 모습을 본 소부(巢父)가 더렵혀진 물에 소를 먹일 수 없다고 그냥 돌아간 뒤 역시 기산에 들어가 나무 위에 집을 짓고 살았다는 고사.
2666) 씻돗든고: 씻(洗)-돗(강세접사)-더(회상선어말어미)-ㄴ고(의문형어미)〉씻던 것인가?
2667) 박 소릐: 박에서 나는 소리. 허유가 맨손으로 물을 움켜 마시므로 사람들이 표주박을 주었는데 그 박을 나무에 매달아 두었더니 바람이 불어 소내를 내자 시끄럽다고 버렸다는 고사.
2668) 조장(操壯): 지조(志操).
2669) 지금(至今)에: 지금에 이르도록.
2670) 영수청파(潁水淸波): 영천(潁川)에 흐르는 맑고 깨끗한 물.
2671) 더러온 ᄌᆡ: 더러운 채. 'ᄌᆡ'는 채.
2672) 잇ᄂᆞ니: 있는가.

古今에[2673] 어질기야 孔夫子[2674]만 ᄒᆞᆯ가마ᄂᆞᆫ[2675]
轍環天下[2676]ᄒᆞ야 大鐸[2677]이 되야시니
날 ᄀᆞᆺ튼 셕은[2678] 션븨[2679]야 일너 무슴 ᄒᆞ리요[2680]

[481: 2653] 김천택(金天澤)
높은 벼슬을 하여 좋은 집에서 사는 벗들이여, 높은 수레, 빠른 마차를 좋다고 하지 마오.
토끼를 잡은 뒤는 개까지 삶음을 당하는 것이라오.
우리는 영광이고, 치욕이고 하는 것이 없는 처지이고 보니, 아무 것도 두려운 것이 없도다!

朱門[2681]에 벗님네야 高車 駟馬[2682] 됴타 마쇼
토ᄭᅵ 죽은 後ㅣ면 ᄀᆡᄆᆞᄌᆞ[2683] ᄉᆞᆱ기이ᄂᆞ니[2684][2685]
우리ᄂᆞᆫ 榮辱을 모로니 두려온 일 업세라[2686]

[482: 2393] 김천택(金天澤)
인생을 생각하니 아마도 어려워라
잠시 유숙하는 여관과 같은 세상에 시름이 반이로다

2673) 고금(古今)에: 옛적과 지금에.
2674) 공부자(孔夫子): 공자의 높임말. 공자는 유가(儒家)의 비조.
2675) ᄒᆞᆯ가마ᄂᆞᆫ: 할까마는.
2676) 철환천하(轍環天下): 공자가 수레를 타고 천하를 돌아다님. 한퇴지의 〈진학해(進學解)〉에 "昔者盟軻好辯, 孔道以明, 轍環天下, 卒老於行" 참고.
2677) 대탁(大鐸): 세상 사람을 가르쳐 이끌 만한 인재. 『논어』 〈팔일(八佾)〉에 "天下之無道也久矣, 天將以夫子爲木탁" 참고.
2678) 셕은: 혁은. 작은(小).
2679) 션븨: 선비. 학문을 하는 이를 예스럽게 일컬음.
2680) 일너 무슴 ᄒᆞ리요: 말해 무엇하겠느냐.
2681) 주문(朱門): 붉은 칠을 한 대문, 곧 고관이나 부호의 집.
2682) 고거사마(高車駟馬): 네 필의 말이 끄는 높은 수레.
2683) ᄀᆡᄆᆞᄌᆞ: 개마저.
2684) ᄉᆞᆱ기이ᄂᆞ니: ᄉᆞᆱ-기(사동접사)-이(사동접사)-ᄂᆞ니〉삶기나니.
2685) 토ᄭᅵ 죽은 後ㅣ면 ᄀᆡᄆᆞᄌᆞ ᄉᆞᆱ기이ᄂᆞ니: 토사구팽(兎死狗烹). 교활한 토기를 잡은 사냥개를 필요 없기 때문에 삶아 먹는다는 고사. 곧 필요할 때는 부리고, 필요 없을 때에는 내친다는 의미.
2686) 업세라: 업-세라(감탄형어미)〉없도다.

무슨 일이 좋은 성스러운 세상에 아니 놀고 어이하리

人生을 혜아리니2687) 아마도 어러웨라2688)
逆旅 光陰2689)에 시름이 半이로다2690)
무스 일 이 됴흔2691) 聖世에 아니 놀고 어이리

[483: 36] 김천택(金天澤)
가을밤 대단히 긴긴 때에 님 생각이 더욱 깊다
오동나무 사이로 성글게 내리는 비에 남은 간장 다 썩노라
아마도 운명이 기구한 인생은 내 혼자인가 하노라

가을밤 ᄎᆡ2692) 긴 젹의2693) 님 生覺이 더욱 깁다2694)
머귀2695) 셩긘2696) 비에 남은 肝腸 다 셕노라2697)
아마도 薄命ᄒᆞᆫ2698) 人生은 ᄂᆡ 혼진가2699) ᄒᆞ노라

[484: 1310] 김천택(金天澤)
아버지는 날 나으시고 어머니는 나를 길러 주시니
부모의 은혜와 덕은 하늘이 끝없이 크고 넓은 것처럼 부모의 은혜가 끝없거니
진실로 흰 뼈가 가루가 된들 이생에서 어이 갑사오리

2687) 혜아리니: 생각하니.
2688) 어러웨라: '어려워라'의 오기인듯하다.
2689) 여역광음(旅逆 光陰): 역(逆)은 영(迎)의 뜻. 여수에서 손님을 맞이하는 여관을 말함, 광음(光陰)은 세월. 여역광음(旅逆光陰)은 잠시 유숙(留宿)하는 여관과 같은 세상과, 과객과 같은 세월을 말함.
2690) 시름이 반(半)이로다: 영욕(榮辱)이 병행하니 우락(憂樂)이 중분미백년(中分未百年)이란 말과 같다.
2691) 됴흔: 둏(好)-은(관형어미)>좋은.
2692) ᄎᆡ: 아주. 매우. 대단히.
2693) 젹의: 젹(의존명사)-의(처격조사)>때에.
2694) 깁다: 깊(深)-다(설명형어미)>깊다.
2695) 머귀: 머귀나무. 오동나무. '머귀오(梧)', '머귀동(桐)'[훈몽 상 10]
2696) 셩긘: 셩긔-ㄴ(관형어미)>성긴. 듬성듬성한. 드문.
2697) 셕노라: 셕-노라(감탄형어미)>썩노라.
2698) 박명(薄命)ᄒᆞᆫ: 운명이 기구한.
2699) 혼진가: 혼자-인가(의문형어미)>혼자인가. ᄒᆞᆫ자>혼자.

父兮 生我[2700]ᄒᆞ시고 母兮 鞠我[2701]ᄒᆞ시니
父母 恩德[2702]을 昊天罔極[2703]이ᄋᆞᆸ써니
眞實노 白骨이 糜粉[2704]인들 此生[2705]에 어니[2706] 갑ᄉᆞ오리

[485: 1949] 김천택(金天澤)
어와 우리 임금 질병이나 없으신가
빈곤이나 어려움에서 구제한 백성들이 즐기는 것이 남았도다
만백성이 임금이 되기를 원하니 태평인가 하노라

어화 우리 님군 疾病[2707]이 업쓰신가[2708]
濟濟 羣生[2709]이 즑기미[2710] 나맛또다[2711]
蒼生[2712]이 戴己를 願ᄒᆞ니 太平인가 ᄒᆞ노라

[486: 1171] 김천택(金天澤)
백구야 말 물어 보자 놀라지 말어라구나
경치 좋은 것으로 이름난 곳을 어디 어디서 보았는가
나에게 자세히 말할 것 같으면 너와 함께 그기에 가서 놀리라

白鷗야[2713] 말 무러 보자 놀나지 마라스라[2714]

2700) 부혜생아(父兮 生我): 아버지는 날 나으시고. '혜(兮)'는 강세조사. 이퇴계의 〈계몽편〉에 "父兮 生我 母兮 鞠我"라는 구절이 나온다.
2701) 모혜국아(母兮鞠我): 어머니는 나를 길러 주심.
2702) 부모은덕(父母恩德): 부모의 은혜와 덕은.
2703) 호천망극(昊天罔極): 하늘이 끝없이 크고 넓은 것처럼 부모의 은혜가 끝없음을 말한다.
2704) 백골(白骨)이 미분(糜粉): 흰 뼈가루가 된들.
2705) 차생(此生): 이 세상.
2706) 어니: 어이, 어떻게.
2707) 질병(疾病): 질병.
2708) 업쓰신가: 없-으(매개모음)-시(주체존대선어말어미)-ㄴ가(의문형어미)〉없으신가?
2709) 제제군생(濟濟 郡生): 빈곤이나 어려움에서 구제한 백성.
2710) 즑기미: 즐기-ㅁ(명사화접사)-ㅣ(주격조사)〉즐김이. 즐기는 것이.
2711) 나맛또다: 남(餘)-앗(과거시상선어말어미)-도다(감탄형어미)〉남았도다.
2712) 창생(蒼生)이 대기(戴己)를 원(願)ᄒᆞ니: 만백성이 임금이 되기를 원하니. "蒼生이 戴己"라는 말은 "億兆ㅣ 願 戴己"와 같은 말이다. 요 임금에 대한 고사로 백성이 자신을 왕위에 추대하기를 바란다는 것을 알지 못했다는 고사에서 온 말.

名區 勝地[2715]를 어듸 어듸 보왓는다[2716]
놀드려[2717] 仔細이 일너든[2718] 너와 게[2719] 가[2720] 놀니라

[487: 3119] 김천택(金天澤)
세속에 얽매어서 지금 당장은 떨치고 갈 수가 없을지라도
대자연 속에서 살겠다는 꿈은 꾼 지가 오래도다.
(나라 위한 일을 다하여) 임금에 대한 은혜를 다 갚은 뒤는 마음 놓고 기분이 좋게 자연으로 돌아가련다

風塵[2721]에 얽믹이여 썰치고 못 갈지라도
江湖 一夢[2722]을 꾸언지[2723] 오릭드니
聖恩[2724]을 다 갑흔 後는 浩然長歸[2725]흐리라

[488: 2981] 김천택(金天澤)
봄이 이미 마련되어 있거늘 어른과 아이 육칠명 거느리고
비를 기원하며 비는 제단에서 바람 쏘이며 흥을 타 도라오니
어즈버 사수심방을 부러워할 줄이 있으랴

2713) 백구(白鷗)야: 백구를 의인화하여 부르는 것이다. 고시조에서 인간 아닌 자연 생물을 다정스러운 생명체로써 의인화한 예는 많다. 그것은 자연과 동화하려는 옛 선인들의 시대정신을 나타내고 있다는 것은 더 말할 필요조차 없는 것이다.
2714) 마라스라: 말-아서라(명령형어미)〉말어라구나.
2715) 명구승지(名區勝地): 경치 좋은 것으로 이름난 곳.
2716) 보앗는다: 보-앗(과거시상선어말어미)-는다(의문형어미)〉보았느냐. 진본『청구영언』에는 '벌렸드니'로 되어 있다. 곧 벌려 있더냐. 나열되어 있더냐의 의미이다. '벌리다'는 버리다의 뜻으로 새긴데도 있으나 명구 승지가 벌려 있다로 해석될 수 있다.
2717) 놀드려: 나-ㄹ(대격조사)-드려(여격조사)〉나에게. 내게.
2718) 일너든: 일(닐-〉일-)-어든(-거든〉-어든, ㄱ탈락현상, 조건의 연결어미)〉말할 것 같으면. '닐-'는 이르다. 말하다.
2719) 게: 그게. 거기.
2720) 가: 가서.
2721) 풍진(風塵): 속세의 번거로운 일.
2722) 강호일몽(江湖 一夢): 속세를 떠나 대자연으로 돌아가는 꿈.
2723) 꾸언지: 꾼 지.
2724) 성은(聖恩): 임금의 거룩한 은혜.
2725) 호연장귀(浩然長歸): 마음 놓고 기분이 좋게 돌아감.

春服이 旣成[2726]커를 冠童 六七[2727] 거ᄂᆞ리고
風乎舞雩[2728]하며 興을 타 도라오니
어즈버[2729] 泗水 尋訪[2730]을 부를 줄[2731]이 이시랴

[489: 3169]
한 번 죽은 후이면 어느 날이 다시 오며
깊은 산 속 긴 소나무 아래 저가 누구라고 찾아 와서
술 부어 제가 나를 붙잡고 술을 권하며 노세라고 할 사람이 있겠는가

ᄒᆞᆫ 番 죽은 後ㅣ면 어늬 날[2732] 다시 오며
深山[2733] 긴 솔 아릐 제[2734] 뉘라 ᄎᆞᄌᆞ 와셔
술 부어 저[2735] 잡고 날[2736] 勸ᄒᆞ며 노ᄉᆡ[2737] ᄒᆞ리[2738] 이시리

[490: 636] 김천택(金天澤)
갈꽃 활짝 핀 깊은 곳에 낮게 낀 저녁놀을 비스듬히 띠고
서넛 대여섯씩 떼를 지어 섞여 떠 있는 저 백구들아
우리도 강호에서 맺었던 옛 맹세를 한 벗을 찾아보려 하노라

2726) 춘복(春服)이 기성(旣成): 봄옷이 이미 마련됨. 공자(孔子)가 제자들에게 뜻을 물었을 때 증석(曾晳)이 대답한 말 가운데에 나오는 말.
2727) 관동 육칠(冠童 六七): 공자(孔子)가 제자들에게 뜻하는 바를 물었을 때 증석(曾晳)의 대답 가운데 나오는 말. '冠'은 어른. '童'은 아이. 자연 속에서 조화롭게 살아가는 경지를 말함.
2728) 풍호무우(風乎舞雩): 무우(비를 기원하며 비는 제단)에서 바람 쏘임.
2729) 어즈버: 감탄사.
2730) 사수 심방(泗水 尋訪): '사수'는 강 이름. 중국 산동성 사수현에서 발원하여 서남으로 흐르는 강. 사하(泗河)라고도 하는데, 절승임. 주자(朱子)가 사수를 공문(孔門)의 길로 알고 읊은 한시에서 인용된 말. 공자가 옛 제자를 가르치던 사수의 옛터를 찾아가는 것.
2731) 부를 줄: 부러워할 줄.
2732) 어늬 날: 어느 날(日).
2733) 심산(深山): 깊은 산 속.
2734) 제: 저-이(주격조사)〉저가.
2735) 저: 젓가락.
2736) 날: 나(我)-ㄹ(대격조사이지만 기능상 여격의 기능)〉나에게.
2737) 노ᄉᆡ: 놀(ㄹ-불규칙)-ᄉᆡ(청유형어미)〉노세.
2738) ᄒᆞ리: ᄒᆞ-ㄹ(관형어미)#ㅣ(의존명사)-∅(주격조사)〉할 사람이.

蘆花[2739] 깁흔 고ᄃᆡ 落霞[2740]를 빗기 씌고[2741]
三三五五[2742]이 섯거 썬ᄂᆞᆫ[2743] 져 白鷗들아
우리도 江湖 舊盟[2744]을 ᄎᆞᄌᆞ 보려 ᄒᆞ노라

[491: 1689] 김천택(金天澤)
소나무 숲에 손님들이 흩어지고 차를 끓이는 솥에 불이 꺼지거늘
잠속에서 선인과 함께 노는 대낮에 꿈을 느지막이 깨니
어즈버 태평성대의 태곳적 백성을 다시 본 듯하여라

松林[2745]에 客散ᄒᆞ고[2746] 茶鼎[2747]에 烟歇[2748]커ᄂᆞᆯ
游仙 一枕[2749]에 午夢을 느지[2750] ᄭᆡ니
어즈버 羲皇 上世[2751]를 다시 본 듯ᄒᆞ여라

[492: 1904] 김천택(金天澤)
어부의 고기잡이 노래와 목동의 피리 노래 동풍에 섞여 불 때
낮잠을 새로 깨워 술 취기가 남아 있는 눈을 떠보니
재 너머 여남은 벗이 찾아와서 술병을 들고 찾아와 사립문을 두드리더라

漁歌 牧笛[2752] 노ᄅᆡ 谷風[2753]에 섯거 불 ᄌᆡ
午睡를[2754] ᄉᆡ로 ᄭᆡ아 醉眼[2755]을 여러 보니

2739) 노화(蘆花): 갈꽃.
2740) 낙하(落霞): 낮게 끼인 저녁놀.
2741) 씌고: 띠우고. 두루고.
2742) 삼삼오오(三三五五): 서넛 대여섯씩 떼를 지어 다니거나 무슨 일을 하는 모양.
2743) 썬ᄂᆞᆫ: 써(浮)-ㄴ(었-, 과거시상선어말어미의 축약)-는(관형어미)〉떠있는.
2744) 강호구맹(江湖 舊盟): 강호에서 맺은 옛 맹서.
2745) 송림(松林): 솔밭. 소나무 숲.
2746) 산객(客散)ᄒᆞ고: 손님들이 흩어지고.
2747) 다정(茶鼎): 차를 끓이는 솥.
2748) 연헐(烟歇): 연기가 다함. 불이 꺼짐.
2749) 유선일침(游仙一枕): 잠속에서 선인(仙人)과 함께 놀다.
2750) 느지: 늦(晩)-이(부사화접사)〉늦게. 느지막하게. 느지막이.
2751) 희황상세(羲皇上世): 태고의 백성. 태평성대의 태곳적의 백성.
2752) 어가목적(漁歌牧笛): 어부의 고기잡이 노래와 목동의 피리소리.
2753) 곡풍(谷風): 동풍(東風).

직 너머 혀나믄2756) 벗이 왓셔 携壺款扉 2757)ᄒᆞ더라

[493: 3144] 김천택(金天澤)
저녁노을과 따오기는 섞여서 날고 물과 하늘이 한 빛으로 푸른 때
작은 배를 풀어서 타고 작은 개울로 내려가니
강을 사이에 두고 좀 떨어져 있는 강둑에 삿갓 쓴 늙은이는 함께 가자고 하더라

霞鶩2758)은 섯거2759) 늘고 水天이 ᄒᆞᆫ 빗친 직2760)
小艇을2761) 글너2762) 타고 여흘2763)노 나려가니
隔岸2764)에 삿갓 쓴 늙은이는 ᄒᆞᆷ긔 가지 ᄒᆞ더라

[494: 373] 유세신(庾世信)2765)
금으로 만든 코뚜레와 옥으로 꼰 고삐로 여물죽으로 살져 있으니
일생에 매질로 꾸짖음 당하는 것이야 너 혼자뿐이로다
우리는 세 번 나무로 만든 피리를 불며 혼자 즐기며 사노라

金牿 玉索2766)으로 여물粥2767) 살져시니2768)
一生에 鞭叱2769)이야 너 혼자 ᄲᅮᆫ이로다

2754) 오수(午睡)를: 낮잠을.
2755) 취안(醉眼): 취한 눈. 술 취기가 남아 있는 눈.
2756) 혀나믄: 몇몇. 여남은.
2757) 휴호관비(携壺款扉): 술병을 들고 찾아와 사립문을 두드림.
2758) 하목(霞鶩): 저녁노을과 따오기.
2759) 섯거: 셔-어(부사형어미)>섞어. '섯겨'로 보아야 한다. 따라서 '섞여'로 풀이하는 것이 문맥에 적합하다.
2760) 수천(水天)이 ᄒᆞᆫ 빗친 직: 물과 하늘이 한 빛으로 푸른 때.
2761) 소정(小艇)을: 작은 배를.
2762) 글너: 글르-어(부사형어미)>끌러, 풀어.
2763) 여흘: 작은 개울.
2764) 격안(隔岸): 강을 사이에 두고 좀 떨어져 있는 강둑.
2765) 유세신(생몰년 미상): 18세기 중, 후반에 활동했던 가창자. 자는 관부이며, 호는 묵애당이다. 본 가곡집과 『악부 서울대본』에만 이름이 등장하는 작가이며, 여항시인이며, 여항시인인 유세통과 형제 관계인 것으로 추정된다.
2766) 금곡 옥색(金牿 玉索): 금으로 만든 코뚜레와 옥으로 꼰 고삐.
2767) 여물죽(粥): 마소를 먹이기 위해 여물로 쑨 죽.
2768) 살져시니: 살#지-어#이시('이시-'에서 '이'가 생략됨)-니(연결어미)>살져 있으니.
2769) 편질(鞭叱): 매질로 꾸짖음.

우리ᄂᆞᆫ 三弄牧笛[2770]에 홈ᄌᆞ 즐겨ᄒᆞ노라

[495: 2014] 유세신(庾世信)
야위고 병든 말을 누구라서 돌아보겠는가
때때로 길게 울어 멀리 마음을 두거니와
차라리 향기 짙은 풀이 나 있는 긴 제방에 덧없이 오락가락 하리라

여외고[2771] 病든 ᄆᆞᆯ을 뉘라셔[2772] 도라볼고
ᄣᅢᄣᅢ로 길겨[2773] 울어 멀니 ᄆᆞ음 두거니와
출하로[2774] 芳草 長堤[2775]에 오락가락 ᄒᆞ리라

[496: 1155] 유세신(庾世信)
밤마다 촛불 아래에서 육도삼략의 태공병법에 마음을 가라앉혀 전년하기는
이 몸이 무장이 되어 말가죽에 쌓일 것이리라
이따금 헌 옷을 만지면서 이 잡기만 하노라

밤마다 燭燈下에 韜略[2776]을 潛心키는[2777]
이 몸이 장상[2778]되야 ᄆᆞᆯ ᄀᆞ족[2779]에 ᄊᆞ히리라
잇다감[2780] 헌 옷슬 만지면셔 니[2781] 잡기만 ᄒᆞ노라

2770) 삼농목적(三弄牧笛): 세 번 나무로 만든 피리를 붐.
2771) 여외고: 야위고.
2772) 뉘라셔: 누(誰)-이라셔>누구라서.
2773) ᄣᅢᄣᅢ로 길겨: 때때로 길게.
2774) 출하로: 차라리.
2775) 방초장제(芳草 長堤): 향기 짙은 풀이 나 있는 긴 제방.
2776) 도략(韜略): 육도(六韜) 삼략(三略)의 줄인 말. 태공병법(太公兵法)의 하나로 병서(兵書)나 군략(軍略)을 일컫는다.
2777) 잠심(潛心)키는: 마음을 가라앉히기는. 전심전념하다.
2778) 장상: 장성(長城) 곧 무장(武將)을 가리킴. 경상도 방언에서 '팔대장성' 같은 놈이라는 말이 있는데 아는 키가 아주 크고 늠름하게 생긴 모습을 일컫는다.
2779) ᄆᆞᆯ ᄀᆞ족: 말가죽.
2780) 잇다감: 이따금.
2781) 니: 이(虱). 서캐.

[497: 1893] 유세신(臾世信)

반쯤 미치고 반쯤 취하니 세상 사람들이 다 웃는구나
길게 읍하여 예를 올리지 않을 적에 취해서 하는 말을 들었는가
무쇠가마솥에 더운 혼백이 한이 없다고 하더라

佯狂 佯醉[2782] 니 世上 사름 다 웃는다
長揖 不拜[2783] 홀 제[2784] 醉 말을 드런가[2785]
鼎鑊[2786]에 더운 魂魄[2787]이 恨이 업다 드라[2788]

[498: 1215] 유세신(臾世信)

백화산 들어가서 소나무가 썩어 무너진 자리에 홀로 안자
태평가 한 곡조에 성스러운 태평성대를 읊으시니
하늘이 바람을 보내어 솔숲 바람 불어 마치 가야금 탄주하도다

白華山[2789] 드러가셔 松坍[2790]에 홀노 안저
太平歌 曲調에 聖世[2791]를 을퍼시니[2792]
天公[2793]이 름을 보여 松生琴[2794]을 더라

[499: 1951] 유세신(臾世信)

어와 저 늙으니 이문포관 그 몇 해째요

2782) 반광반취(佯狂佯醉): 반쯤 미치고 반쯤 취하다.
2783) 장읍 불배(長揖 不拜): 길게 읍하여 예를 올리지 않다.
2784) 제: 제(의존명사)-에(처격조사)〉적에.
2785) 드런가: 듣(聞)-엇-가(의문형어미)〉들었는가.
2786) 정확(鼎鑊): 무쇠 가마솥.
2787) 혼백(魂魄): 혼백, 영혼.
2788) 드라: -더-(회상선어말어미, '으: 어' 혼기)-라(설명형어미)〉하더라.
2789) 백화산(白華山): 충북 괴산군과 경북 문경 사이에 있는 산. 경북 상주와 전북 장수에도 똑 같은 이름이 산이 있다.
2790) 송담(松坍): 소나무가 썩어 무너진 자리.
2791) 성세(聖世): 성스러운 태평성대.
2792) 을퍼시니: 읊-으(어, '으: 어'의 혼기)-시(주체존대선어말어미)-니(나열형어미)〉읊으시니. 필사자가 '으 : 어'를 혼기한 것으로 보아 경상도 방언화자일 가능성이 매우 높다.
2793) 천공(天公): 하늘. 하느님.
2794) 송생금(松生琴): 솔숲에 바람이 불어 마치 가야금 소리인 듯하다는 말.

신릉군 잔치할 적에 상객이 되었든가
세상에 자기를 진실로 알아주는 사람을 만났으면 이제 곧 죽는다고 어떠하리

어화 저 늙으니[2795] 夷門抱關[2796] 긔 몃 히요
信陵君[2797] 존치[2798]홀 제 上客[2799]이 되엿든가
世上에 知己[2800]를 맛나시면[2801] 고디[2802] 죽다 엇더호리

[500: 736] 유세신(庾世信)
임에게서 온 편지를 다시금 읽어보니
무정하다고 하려니와 남북이 멀기 때문일 것이다
(살아서 만나지 못하고 그리워만 하는 임이라면) 죽은 뒤는 화목한 부부가 되어 이 인연을 이으리라

님의게셔 오신 片紙 다시금 熟讀[2803]호니
無情타 호려니와 南北이 머러세라[2804]
죽은 後 連理枝[2805] 되여 이 禽緣[2806]을 이오리라[2807]

[501: 2164] 김진태(金振泰)
마치 용과 같은 저 소나무 반갑고도 반갑구나
격렬한 천둥과 벼락을 겪은 후에도 너는 어이 더 푸르렀는가

2795) 저 늙으니: 저 늙은 사람. 중국 전국시대 위나라 은자인 후영(侯嬴)을 가리킨다. 『사해』 "侯嬴 一稱侯生. 全國魏隱士. 家貧年七十 爲大梁第門監者" 참고.
2796) 이문포관(夷門抱關): 춘추전국시대 대량성(大梁城)의 동문에서 관문을 지키다가 신능군을 위해 죽었다.
2797) 신능군(信陵君): 신릉은 지명. 위국(魏國)의 공자 무기(無忌)가 이곳에 봉함을 받고 신릉군이라 했음.
2798) 존치: 잔치.
2799) 상객(上客): 지위가 높은 사람.
2800) 지기(知己): 자신을 진실로 알아주는 사람. 『사기』 〈위공자열전〉에 "於時羅酒侯生遂爲上客" 참고.
2801) 맛나시면: 맛나-앗(-아이시-, 과거시상선어말어미)-면(연결어미)〉만났으면.
2802) 고디: 이제 곧.
2803) 숙독(熟讀): 여러 번 읽음.
2804) 머러세라: 멀(遠)-었(과거시상선어말어미)-세라(감탄형어미)〉멀었도다.
2805) 연리지(連理枝): 두 나무가 서로 맞닿아 결이 통한 것. 화목한 부부나 남녀의 사이를 이른 말.
2806) 인연(禽緣): 인연(因緣). 덩굴이 뻗어 올라 엉킴.
2807) 이오리라: 잇(繼)-오(의도형선어말어미)-리(미확정선어말어미)-라(설명형어미)〉이르리라.

누구께서 성 삼문을 죽었다고 하였는가 이제 그를 본 듯 하도다

龍 ᄀᆺ튼 져 盤松[2808]아 반갑고 반가왜라[2809]
雷霆[2810]을 격근 後에 네 어니[2811] 프르럿ᄂᆞᆫ[2812]
누구셔[2813] 成學士[2814] 죽다트니[2815] 이졔 본 듯ᄒᆞ여라

[502: 161] 김유기(金裕器)[2816]
상서로운 별과 상서로운 구름이 일어나니 해와 달이 빛나는 도다
삼황 시절에 예악이오 오제의 문물이라
온 세상에 태평주 빚어서 온 백성과 같이 태평주에 취하리라

景星[2817]出 卿雲興[2818]ᄒᆞ니 日月이 光華ㅣ로다[2819]
三皇[2820] 禮樂[2821] 五帝[2822] 文物이로다
四海[2823]로 太平酒[2824] 비져 萬姓同醉ᄒᆞ리라[2825]

2808) 반송(盤松): 키가 작고 가지가 옆으로 퍼진 소나무.
2809) 반가왜라: 반갑-왜라(감탄형어미)〉반갑구나. 반갑도다.
2810) 뇌정(雷霆): 뇌성벽력. 격렬한 천둥과 벼락.
2811) 어니: 어이.
2812) 프르럿ᄂᆞᆫ: 프르-엇(과거시상선어말어미)-ᄂᆞᆫ(의문형어미의 생략형)〉푸르렀는가.
2813) 누구셔: 누구-셔(께서)〉누구께서.
2814) 성학사(成學士): 성 삼문(成三問)을 일컬음.
2815) 죽다트니: '죽었다고 하더냐'의 준말.
2816) 김유기(?~1718): 17세기 후반~18세기 초반에 활동했던 가창자. 자는 대재이다. 서울과 달성 등을 왕래하면서 활동하였고, 한유신 등의 제자를 양성했다. '여항육인'의 한 사람으로, 김천택과도 친분이 두터웠다. 여항시집인 『소대풍요』에 한시를 남긴 여항 시인이기도 한다.
2817) 경성(景星): 상서로운 별. 서성(瑞星). 좋은 징조를 여언하는 별이 나타남.
2818) 경운흥(卿雲興): 상서로운 기운이 일다. 서운(瑞雲). 『사기』 〈천궁〉에 "天精而見景星. 其狀無常, 常出于有道之圖, 〈瑞應圖〉 景雲者 太平之應也. 一曰慶雲非氣非煙, 五色絪緼" 참고.
2819) 일월(日月)이 광화(光華)ㅣ로다: 해와 달의 빛이 빛나도다.
2820) 삼황(三皇): 중국의 3황. 천황·지황·인황을 말함. 또는 태호복희씨(太昊伏羲氏). 염제신농씨(帝神農氏), 황제유능씨(皇帝有能氏)를 말하기도 한다.
2821) 예악(禮樂)예학과 악학.
2822) 오제(五帝): 중국의 태고시대의 다섯 성군을 말함. 복희(伏羲), 신농(神農), 황제(皇帝), 소호(小昊), 전욱(顚頊) 또는 오방(五方: 동·서·남·북·중앙을 맡은 다섯 신)을 말하기도 한다. 동은 청제(靑帝), 서는 백제(白帝), 남은 적제(赤帝), 북은 흑제(黑帝), 중앙은 황제(黃帝)라 한다.
2823) 사해(四海): 사방의 바다를 말함. 온 천하. 세상천지.
2824) 태평주(太平酒): 태평한 세상을 하나의 술로 비유함.
2825) 만성동취(萬姓同醉)ᄒᆞ리라: 만 가지의 성들이 같이 취하다의 뜻. 즉 온 백성과 같이 태평주에 취하겠

[503: 2996] 김유기(金裕器)
봄바람에 핀 복사꽃과 오얏꽃들아 고운 모양새를 자랑마라
긴 소나무와 푸른 대나무를 섣달의 매서운 추위에 보려무나
우뚝 서 있어 당당하고 뛰어난 절개를 고칠 수가 있겠느냐

春風 桃李[2826]들아 고은 양ᄌᆞ[2827] ᄌᆞ랑 마라
蒼松 綠竹[2828]을 雪寒[2829]의 보려무나
亭亭코 落落ᄒᆞᆫ[2830] 節[2831]을 곳칠[2832] 줄이 이시랴[2833]

[504: 800] 김유기(金裕器)
당우는 언제 시절 공맹은 누구시던고
순박한 풍습과 예절과 음악의 나라가 전란을 치르는 나라가 되었으니
이 몸이 생각 좁은 선비로 무릎을 치며 슬픈 노래를 하노라.

唐虞[2834]는 언제 時節 孔孟[2835]은 뉘시던고[2836]
淳風 禮樂[2837]이 戰國이 되야시니
이 몸이 셕은 션비[2838]로 擊節悲歌[2839] ᄒᆞ노라

[505: 3059] 김유기(金裕器)
태산에 올라앉아 온 세상을 굽어보니

다. 온 국민이 태평한 세상을 즐긴다의 뜻.
2826) 춘풍 도리(春風 桃李): 봄바람에 핀 복사꽃과 오얏꽃.
2827) 양ᄌᆞ: 모양새.
2828) 창송 녹죽(蒼松 綠竹): 긴 소나무와 푸른 대.
2829) 설한(雪寒): 음력으로 연말의 추위. 즉 섣달의 매서운 추위.
2830) 정정(亭亭)코 낙락(落落)한: 곧게 우뚝 서 있어 당당하고 뛰어난.
2831) 절(節): 절개. 지조.
2832) 곳칠: 고치-ㄹ(관형어미)〉고칠.
2833) 줄이 이시랴: 수가 있겠느냐?
2834) 당우(唐虞): 요순(堯舜)을 말함.
2835) 공맹(孔孟): 공자와 맹자를 말함.
2836) 뉘시던고: 그 누구인고?
2837) 순풍 예악(淳風 禮樂): 순박한 풍습과 예절과 음악.
2838) 셕은 션비: 썩은 선비. 생각이 좁은 선비.
2839) 격절비기(擊節悲歌): 무릎을 치며 슬픈 노래를 한다.

천지사방이 넓고도 훤하구나
사나이의 부끄럼이 없는 넓고 큰 뜻을 오늘에야 비로소 알겠구나!

泰山[2840]에 올나 안ᄌᆞ 四海를 구버 보니
天地 四方이 훤츨[2841]도 ᄒᆞ져이고[2842]
丈夫의 浩然之氣[2843]를 오ᄂᆞᆯ이야 알괘라[2844]

[506: 2506] 김유기(金裕器)
사나이 대장부로 생겨나서 출세하여 이름이 세상에 드높이지 못할 갓 같으면
차라리 다 떨쳐버리고 일 없이 늙으리라
이 밖에 평범하여 별로 쓸모가 없는 일에 꺼릴 것이 있겠는가

丈夫로 삼겨 나셔[2845] 立身揚名[2846] 못 ᄒᆞᆯ지면[2847]
ᄎᆞᆯ하로 다 ᄲᅥᆯ치고[2848] 일 업시 늙으리라
이 밧긔 碌碌ᄒᆞᆫ[2849] 營爲[2850]에 걸니ᄭᅵᆯ 줄 이시랴[2851]

2840) 사해(四海): 온천지. 사방.
2841) 훤츨: 넓고 환한 모양.
2842) ᄒᆞ져이고: 하구나. '~져이고'는 감탄종결어미형.
2843) 호연지기(浩然之氣): 마음이 넓고 뜻이 아주 큰 모양. 맹자(孟子)는 일찍이 호연지기(浩然之氣)를 강조하고, 자기는 호연지기를 기른다고 했다(我養浩然之氣). 그럼 호연지기란 무엇인가? 천지간에 가득 차 있는 크고 넓은 정기(正氣)다. 그것은 도의에 뿌리를 박고 있는 공명정대한 마음이다. 하늘을 우러러 부끄럽지 않고 사람을 대할 때 떳떳한 유연한 마음이다. 호연지기는 지대지강(至大至剛)하다고 맹자는 말했다. 그것은 한없이 크고 한없이 강하다는 뜻이다. 호연지기는 곧 불우(不憂), 불혹(不惑), 불구(不懼)의 경지다. 그래서 옛부터 "仁者不憂, 知者不惑, 勇者不懼"라는 말이 있다. 호연지기를 가진 사람이 사내대장부다. 그는 천하에서 가장 넓은 집 '인(仁)'에서 살고, 천하에서 가장 바른 자리 '의(義)'에 올라앉으며, 천하에서 가장 큰 길 '도(道)'를 얻는다. 그는 남이 알아서 써 주면 백성들과 함께 그 길을 걷고, 알아주는 이가 없으면 홀로 그 길을 간다. 부귀도 그 뜻을 어지럽히지 못하고, 빈천도 그의 뜻을 움직이지 못하여, 권위나 무력도 그 뜻을 굴복시키지 못한다. 이(利)와 욕(慾)에 눈이 어두워 우왕좌왕하는 졸장부가 되기 쉬운 현대인들에게 인의(仁義)의 덕(德)과 호연지기와 대장부의 정신을 강조한 맹자의 말은 천균(天鈞)의 무게를 가지고 우리에게 육박해 온다.
2844) 알괘라: 알괘라.
2845) 삼겨나셔: 생겨나서. 태어나서.
2846) 입신양명(立身揚名): 출세하여 이름이 세상에 드높음.
2847) 못ᄒᆞᆯ지면: 못ᄒᆞ-ㄹ(관형어미)#ᄌᆞ(의존명사)-이면(조건의 연결어미)〉못할 것 같으면.
2848) ᄎᆞᆯ하로 다 ᄲᅥᆯ치고: 차라리 다 떨어버리고, 털어 버리고.
2849) 녹록(碌碌)ᄒᆞᆫ: 평범하여 별로 쓸모가 없는.
2850) 영위(營爲): 경영하는 일.
2851) 걸니ᄭᅵᆯ 줄이 이시랴: 꺼리길 것이 있겠는가?

[507: 571] 김유기(金裕器)
내 몸에 병이 많아 세상에 버려져서
옳고 그름과 영광과 욕됨을 오로지 다 이루었건마는
다만 깨끗하고 한가한 한 가지 버릇이 매 사냥 좋아하노라

ᄂᆡ 몸이 病이 만하 世上에 ᄇᆞ리여[2852]
是非 榮辱[2853]을 오로 다[2854] 이럿건마ᄂᆞᆫ[2855]
다만지 淸閑ᄒᆞᆫ 一癖[2856]이 ᄆᆡ 부르기[2857] 죠홰라

[508: 1342] 김유기(金裕器)
임금에게 충신이 되지 못하고 어버이에게는 효자가 되지 못하여 죄 많은 이 내 몸이
구차하게 살아 있어 해 온 일도 없거니와
그러나 태평성대에 늙기 설워하노라

不忠 不孝ᄒᆞ고[2858] 罪 만흔 이 ᄂᆡ 몸이
苟苟히[2859] 사라 이셔 ᄒᆡ온 일[2860] 업거니와
그러나 太平聖代에 늙기 셜워ᄒᆞ노라

김군은 위대하구나. 노래를 잘해서 세상을 울리는 것이. 일찍이 병신(丙申)년간에 내가 그의 집에 가서 그의 상자를 열어서 책 한편을 얻었다. 책을 열람하니

2852) ᄇᆞ리여: ᄇᆞ리-이(피동접사)-어(부사형어미)〉버려져서. 버림받아서.
2853) 시비영욕(是非榮辱): 옳고 그름과 영광과 욕됨.
2854) 오로 다: 오로지 다.
2855) 이럿건마ᄂᆞᆫ: 이루-엇(과거시상선어말어미)-건마ᄂᆞᆫ(조건의 연결어미)〉이루었건마는.
2856) 일벽(一癖): 한 버릇. 한 가지의 버릇.
2857) ᄆᆡ부로기: 매 부리기(새 부리기). 매사냥.
2858) 불충불효(不忠不孝)ᄒᆞ고: 임금에게 충신이 되지 못하고 어버이에게는 효자가 되지 못함.
2859) 구구(苟苟)히: 구차하게.
2860) ᄒᆡ온 일: 하여온 일. 원래 'ᄒᆡ다'는 'ᄒᆞ이다'의 축약으로 'ᄒᆞ다'의 사동형이다. 따라서 'ᄒᆡ다'는 '시키다'라는 타동사로 써야 할 것인데 여기서는 자동사로 자신의 행위를 말하고 있다. 문법적으로 이와 같은 파격이 오히려 시가에 있어서는 교묘한 표현수단의 하나로 나타나는 수가 있는데, 이 경우에도 문법적인 오류를 범한 것이 아니고, 오히려 위와 같은 용의주도한 작가의 의도가 숨어 있는지도 모를 일이다. 즉 어떤 행위는 마음의 소치인데 행위와 마음가짐을 분리해서 생각하면 가능하다고 본다.

바로 스스로가 새로 번역한 것이었다. 이윽고 나에게 교정을 부탁하였는데 내가 말하였다. "그 가사를 보니 정감을 모두 말하여 곡조에 화합하니 진실로 악보의 빼어난 가락이다, 보잘 것 없는 나의 재주로 어찌 군더더기를 더하겠는가" 드디어 서로 더불어 문답하고 돌아왔다. 일이년 사이에 이미 묵은 자취를 이루었으니 조자건(曺子建)의 존몰(存沒)[2861]의 감정이 여기에 이르러 지극해 졌다. 내가 이에 그 남은 곡을 수습하여 세상에 전해서 그 이름과 함께 전하여 썩지 않게 하고자 한다. 남파(南波)의 노인 포(圃)가 쓴다.

金君 大哉. 以善歌鳴於世, 曾於丙申間, 余造其門, 叩其篋, 得一編. 開卷而閱之, 乃自家所爲新飜也. 仍要余訂正, 余曰, 觀其詞, 說盡情境, 諧合腔節, 信樂譜之絶調也. 以余不才, 奚容贅焉. 遂相與問答而歸, 一二年間, 已成陳迹, 曺子建存沒之感, 至是極矣. 余於是, 掇拾其遺曲, 以布于世, 欲與其名同傳不朽也. 南波老圃書.

[509: 689] 이중집(李仲集)[2862]

뉘라서 날 늙다고 하던고 늙은 이도 이러한가
꽃 보면 반갑고 잔 잡으면 웃음난다
춘풍에 흩날리는 백발이야 낸들 어이하리

뉘라셔 날 늙다 ᄒᆞᄂᆞᆫ고 늙은이도 이러ᄒᆞᆫ가
곳[2863] 보면 반갑고 盞 잡으면 우음 나다
春風[2864]에 흣ᄂᆞᄂᆞᆫ[2865] 白髮이야 ᄂᆡᆫ들 어니 ᄒᆞ리오[2866]

[510: 2276] 조응현(趙應賢)[2867]

이것이 어디인가 사상부(강태공)의 낚시터로다
강산도 끝이 없고 의지와 기개도 새로워라

2861) 조자건(曺子建)의 존몰(存沒): 살아서는 화려한 집에서 살더니, 목숨이 떨어지자 산속으로 돌아갔네 [生存華屋處 零落歸丘山]"라는 조자건(曹子建)의 시를 두고 한 말이다.

2862) 이중집(생몰년 미상): 신원 미상의 인물. 진본『청구영언』에 '연대결고' 항목에 작품 1수가 수록되어 있으나, 활동 연대와 신분에 대해서는 전혀 알 수가 없다.

2863) 곳: 꽃(花), 여성을 비유함.

2864) 춘풍(春風): 봄바람.

2865) 흣ᄂᆞᄂᆞᆫ: 흩날리는.

2866) 어니 ᄒᆞ리오: 어찌하겠는가? '어니'는 어찌의 옛말.

2867) 조응현(생몰년 미상): 신원 미상의 인물. 본 가곡집에 시조 1수가 전한다.

어즈버 만고 뛰어난 풍경을 다시 본 듯하여라

이거시 어듸믜고 師尙父[2868]의 釣臺ㅣ로다[2869]
江山도 긔지[2870] 업고 志槪도[2871] 싀로왜라
어즈버 萬古 英風[2872]을 다시 본 듯ᄒᆞ여라

[511: 3292] 임진(林晋)[2873]
활에 시위를 걸치고 칼 갈아 옆에 차고
철옹성은 철통같이 튼튼한 성곽 가장자리에 화살을 넣고서 메고 다니는 가죽 부대 베고 잠을 드니
본다 보았다 외치는 소리에 잠 못들어 하노라

활 지어[2874] 팔에 걸고 칼 ᄀᆞ라 엽희 ᄎᆞ고
鐵瓮城 邊[2875]에 筒箇[2876] 베고 누어시니
보완다 보와라 소릐[2877]에 즘 못 드러 ᄒᆞ노라

[512: 1256] 고경문(高敬文)[2878]
보거든 싫고 밉거나 잊혀지거나
네 나지 말거나 내 너를 모르거나
차라리 내 먼저 죽어서 네 그립게 하리라

2868) 사상부(師尙父): 중국 주나라 초기의 인물인 강상(姜尙). 흔히 강태공이라 하며, 여상(呂尙)이라고도 한다.
2869) 작대(釣臺)ㅣ로다: 고기잡이하는 자리. 낚시터.
2870) 긔지: 그지>긔지(ㅣ 모음역행동화). 끝이.
2871) 지개(志槪)도: 의지와 기개도.
2872) 만고영풍(萬古 英風): 만고에 뛰어난 풍경.
2873) 임진(생몰년 미상): 신원 미상의 인물. 진본『청구영언』에 작품 1수가 수록되어 있으나, 활동 연대와 신분에 대해서는 전혀 알 수가 없다.
2874) 활지여: '활을 얹다'의 옛말. 활에 시위(화살촉)를 얹어, 활에 시위를 걸쳐서의 뜻.
2875) 철옹성변(鐵甕城邊): 철옹성은 철통같이 튼튼한 성곽 변은 가장자리(언저리).
2876) 통개(筒箇): 화살을 넣고서 메고 다니는 가죽 부대.
2877) 보완다 보왜라 소릐: 본다 보았다 외치는 소리.
2878) 고경문(생몰년 미상): 신원 미상의 인물. 본 가곡집에만 등장하는 작가로, 고경명의 잘못된 표기로 보기도 한다.

보거든 슬믜거나[2879] 못 보거든 잇치거나[2880]
네 나지 말거나 뉘 너를 모로거나
출하리[2881] 뉘 몬져 치여셔[2882] 너[2883] 그리게[2884] 흐리라

[513: 2941] 이지란(李之蘭)[2885]

초에서 일어난 범과 같이 날래고 사나운 항우와 패에서 일어난 유방이
맞붙어 천하를 차지하려고 싸우는 그 기세는 장하기도 장하구나
이런 와중에서 나라를 잃게 되어 외로운 사슴의 신세가 된 진의 자영은 어찌할 바를 몰라 하노라.

楚山에 우는 虎[2886]와 沛澤에 즘긴 龍[2887]이
吐雲 生風[2888]흐여 氣勢도 壯흘시고
秦나라 외로온 스슴[2889][2890]은 갈 곳 몰나 흐노라

[514: 1292] 허강(許橿)[2891]

2879) 슬믜거나: 싫고 밉거나.

2880) 잇치거나: 잊-히(피동접사)-거나(선택의 연결어미)〉잊히거나. 잊혀지거나.

2881) 출하리: 차라리.

2882) 치여셔: 치이다. 센 힘에 치임을 당하다. 여기서는 죽다, 죽어서로 풀이함.

2883) 너: 너가.

2884) 그리게: 그립도록.

2885) 이지란(1331~1402): 고려 말~조선 초의 무인. 자는 식형이며, 여진족에서 귀화한 인물로 퉁두란이라고도 한다. 1392년 이성계를 도와 조선 건국에 공을 세워, 개국공신 1등으로 청해군에 봉해졌다. 태조가 은퇴하자, 영흥에 시종했다가 승려가 되었다.

2886) 초산(楚山)에 우는 호(虎): 초패왕(楚覇王) 항우(項羽)를 가리킴. 진(秦)을 치고 서초(西楚)의 패왕이라 자칭했음. 초산은 중국 초나라의 산. 초패왕인 항우가 일어난 곳. 지금의 양자강 기슭. 혹은 초강(楚江)이라는 이설이 있으나 여기서는 초산(楚山)이 옳다고 본다.

2887) 폐택(沛澤)에 즘긴 용(龍): 한(漢)의 고조 유방(劉邦)을 이름. 폐택은 유비 곧 유방이 일어난 곳. 지금의 서주현(徐州縣). 일찍이 유비(劉備)는 패군(沛郡) 가까이 산택(山澤)에서 숨어살았다고 함.

2888) 토운생풍(吐雲 生風): 구름을 토하고 바람을 일으킴. 곧 '용'이나 '범'의 활동을 비유한 말.

2889) 외로온 사슴: 여기서 외로운 사슴이란 진(秦)나라 3대(代) 황제인 자영을 두고 한 말이다. 진나라 3대 황제 자영은 13세의 어린 나이로 황제의 자리에 올랐다가 진나라가 망함으로 황제의 자리에서 물러나게 된 사연을 이른 말이다.

2890) 진(秦)나라 외로온 스슴: 항우가 죽인 진왕(秦王) 자영(子嬰)을 가리킴. 춘추전국시대 중국 서쪽에 있던 나라로 진시황(秦始皇)에 이르러 중국을 통일한 나라. 서기 221년, 불과 3대에 역년 15년으로 진나라 유비에게 멸망하였다.

2891) 허강(1520~1592): 조선 중기의 문인. 자는 사아이며, 호는 송호, 강호처사 등이다. 1545년(명종 즉위) 을사사화 때 아버지가 이기의 모함으로 홍원에 귀양 가서 죽자, 벼슬을 단념하고 40년 동안

부모님께서 날 낳아 주셨으니 부모님의 은혜가 막대 하옵거니
종아리를 때려서 피가 흐른들 어찌 미워하고 원망할 수가 있으랴
나를 낳아 주시고 나를 길러 주신 부모님의 은혜와 덕을 못 갚을까 걱정하노라

父母ㅣ 生之ᄒᆞ시니[2892] 續莫大焉이옵거니[2893]
撻之流血[2894]인들 疾怨을 ᄎᆞ마 ᄒᆞᆯ가[2895][2896]
生我코 鞠我ᄒᆞᆫ[2897] 恩德을 못 갑흘가 ᄒᆞ노라

유랑생활을 하면서 학문에 전념하였다. 문집으로 『송호유고』가 있다.
2892) 부모(父母)ㅣ 생지(生之)ᄒᆞ시니: 부모님께서 날 낳아 주셨으니.
2893) 속막대언(續莫大焉) ᄒᆞ옵거니: 부모님의 은혜가 막대하다. (크다)
2894) 달지유혈(撻之流血): 종아리를 때려서 피가 흐르다.
2895) 질원(疾怨)을 ᄎᆞ마 ᄒᆞᆯ가: 어찌 미워하고 원망할 수가 있으랴.
2896) ᄎᆞ마 ᄒᆞᆯ가: 어찌(어떻게) 할까.
2897) 생아(生我)코 국아(鞠我)ᄒᆞᆫ: 나를 낳아 주시고 나를 길러 주신.

[515: 3325] 원천석(元天錫)[2898]

떨쳐 일어남과 망하여 없어짐이 운수에 달렸으니 만월대도 시든 가을 풀뿐이로다
오백년 임금이 나라는 다스리는 일이 목동 피리소리에 담겨 불려지고 있으니
석양에 지나난 나그네가 눈물을 이기지 못해 하노라

興亡[2899]이 有數[2900]ᄒᆞ니 滿月臺[2901]도 秋草ㅣ로다[2902]
五百年 都業[2903]이 牧笛[2904]에 부쳐시니[2905]
夕陽에 지나ᄂᆞᆫ 客이 눈물계워 ᄒᆞ노라[2906]

[516: 67] 선우협(鮮于浹)[2907]

간밤에 불던 바람으로 뜰에 가득히 피었던 복숭아꽃이 다 떨어졌구나
아이는 비를 들고 (떨어진 꽃잎을) 쓸려고 하는도다
떨어진 꽃인들 꽃이 아니겠느냐 쓸어서 무엇하겠는가

간밤에 부던 ᄇᆞᄅᆞᆷ 滿庭桃花ㅣ[2908] 다 지거다[2909]
아희ᄂᆞᆫ 뷔를 들고 쓰로려[2910] ᄒᆞᄂᆞᆫ고나[2911]

2898) 원천석(생몰년 미상): 고려 말~조선 초의 문인. 자는 자정이며, 호는 운곡이다. 고려 말 정치의 문란함을 보고 개탄하여, 치악산에 들어가 농사를 지으며 부모를 봉양하고 이색 등과 교유하며 지냈다. 일찍이 조선 태종을 가르친 일이 있어, 태종이 왕위에 올랐을 때 그에게 여러 번 벼슬을 내렸으나 거절하였다. 문집으로 『운곡시사』가 있다.

2899) 흥망(興亡): 떨쳐 일어남과 망하여 없어짐. 성쇠(盛衰).

2900) 유수(有數): 운수에 달려 있음.

2901) 만월대(滿月臺): 개성에 있는 고려 왕실의 궁터.

2902) 추초(秋草)ㅣ로다: 시든 가을 풀 뿐이로다. 곧 '황폐하였음'을 은유한 말.

2903) 왕업(王業): 임금이 나라는 다스리는 일. 고려 왕조는 918~1392년, 즉 474년 동안 31왕의 왕업을 누렸다.

2904) 목적(牧笛): 목동이 부는 피리 소리.

2905) 부쳐시니: 붙이어 졌으니. 사연들이 피리 소리에 담겨 불러지고 있으니.

2906) 눈물계워 ᄒᆞ노라: 눈물을 이기지 못해 하노라.

2907) 선우협(1588~1653): 조선 중기의 문인. 자는 중윤이며, 호는 돈암이다. 38세(1652)에 도산서원을 찾아갔다가, 돌아오는 길에 장현광을 찾아가 학문을 질문하였다. 그 뒤 많은 제자들이 그를 따랐으며, 일생동안 후진 양성에 심혈을 기울였다. 문집으로 『돈암전서』가 있다.

2908) 만정도화(滿庭桃花)ㅣ: 뜰에 가득한 복숭아꽃이. 'ㅣ'는 주격표시.

2909) 지거다: 지-거(과거시상선어말어미)-다(종결어미)〉떨어졌도다. '-거-'는 과거를 표시하는 선어말어미인데 어말어미화하여 '-거다'는 과거 감탄 종결어미로 사용되었다.

2910) 쓰로려: 쓸-오려(의도형어미)〉쓸려고.

2911) ᄒᆞᄂᆞᆫ고나: 하는구나. '~괴야'는 감탄종결어미형으로 '괴'는 '고'가 후행(後行)하는 '야'의 영향으로

落花ㅣ들 곳지 아니랴 쓰러 무숨 ᄒᆞ리오

[517: 2146] 성운(成運)
요순 같은 임금을 모시어 와서 태평성대함을 다시 보니
오랜 옛날 세상에 해와 달의 빛이 환하게 비추도다
우리도 어진 임금이 다스리는 평화로운 세상에 늙을 줄을 모르리라

堯舜[2912] ᄀᆞ튼 님군을 뫼와[2913] 聖代를 다시 보니
太古 乾坤[2914]에 日月이 光華ㅣ로다[2915]
우리ᄂᆞᆫ 壽域 春臺[2916]에 늙을 뉘를 모로리라[2917]

[518: 719] 박도순(朴道淳)[2918]
님과 나와 다 늙었으니 또 언제 다시 젊어 볼꼬
천태산 불로초를 마고선녀가 알련마는
아마도 운산이 첩첩하니 모를 대 없어 하노라

님과 나와 다 늙어시니[2919] 쏘 언지[2920] 다시 졈어 볼고[2921]
天台山[2922] 不老草[2923]를 麻姑 仙女[2924]ㅣ 알년마ᄂᆞᆫ[2925]

'ㅣ' 모음 역행동화를 일으킨 표기임.

2912) 요순(堯舜): 중국 고대의 성군(聖君)으로 추앙 받는 요(堯)임금과 순(舜)임금을 말함.

2913) 뫼와: 모시어, '모시어 와서'의 옛말.

2914) 태고건곤(太古乾坤): 오랜 옛적의 천지, 세상. 오랜 옛날 세상.

2915) 일월(日月)이 광화(光華)ㅣ로다: 해와 달의 빛이 환하게 비춘다. 여기서의 일월(日月)은 요임금, 순임금 시대의 태평스러운 세상을 비유한 말.

2916) 수역춘대(壽域春臺): 다른 고장에 비하여 장수하는 사람이 많은 고장을 수역(壽域)이라고 하며, 여기서의 수역춘대(壽域春臺)라면 어진 임금이 다스리는 평화로운 세상. 그 임금이 다스리는 세상을 칭하기도 한다.

2917) 늙을 뉘를 모로리라: 늙어가는 줄을 모르다.

2918) 박도순(생몰년 미상): 신원 미상의 인물. 본 가곡집에만 이름이 등장하며, 18세기 중·후반에 활동했던 가창자로 추정된다.

2919) 늙어시니: 늙-엇(과거시상선어말어미)-으니(연결어미)〉늙었으니.

2920) 언지: 언제.

2921) 졈어볼고: 젊어 볼꼬.

2922) 알년마ᄂᆞᆫ: 아르련마는.

2923) 첩첩(疊疊)ᄒᆞ니: 첩첩이 쌓였으니.

2924) 모를 ᄃᆡ: 「오를ᄃᆡ」의 잘못인 듯. 「ᄃᆡ」는 곳의 뜻.

아마도 雲山이 疊疊ᄒᆞ니[2926] 모를 ᄃᆡ[2927][2928] 업서 ᄒᆞ노라

[519: 705] 박도순(朴道淳)
늙기 설운 것이 백발만인 줄 여겼더니
귀 먹고 이 빠지니 백발은 여사로다
그 밖에 한밤중의 미인도 쓴 오이 본 듯하여라

늙기 셔른[2929] 거시 白髮만 너겨써니[2930]
귀 먹고 니 ᄲᅡ지니[2931] 白髮은 餘事ㅣ로다[2932]
그 밧긔 半夜 佳人[2933]도 쓴 외[2934] 본 듯ᄒᆞ여라

[520: 2233] 박준한(朴俊漢)[2935]
월황혼에 기약을 두고 닭 울도록 아니 온다
새 님을 만났는지 옛정에 잡혔는지
아무리 일시에 인연인들 이렇도록 속이랴

月黃昏[2936] 期約을 두고 ᄃᆞᆰ 우도록 아니 온다
ᄉᆡ 님을 만낫ᄂᆞᆫ지 舊情의 잡히인지[2937]
아모리 一時 因緣인들[2938] 이ᄃᆡ도록[2939] 소기랴

2925) 천태산(天台山): 절강성 천태현(浙江. 天台)에 있는 산. 선녀(仙女)가 살았다고 전하는 산.
2926) 불로초(不老草): 먹으면 늙지 않는다는 약초.
2927) 마고선녀(麻姑仙女): 선녀의 이름.
2928) 알련마ᄂᆞᆫ: 알(知)-련마는(연결어미)〉알련마는.
2929) 셔른: 셟-은(관형어미)〉설운.
2930) 너겨써니: 너기-었(과거시상선어말어미)-더니(연결어미)〉여겼더니.
2931) ᄲᅡ지니: 빠지니.
2932) 여사(餘事)ㅣ로다: 보통일이로다. 아무 일이 아니로다.
2933) 반야가인(半夜佳人): 한밤중의 아름다운 여인.
2934) 쓴 외: 맛이 쓴 오이.
2935) 박준한(생몰년 미상): 신원 미상의 인물. 본 가곡집에만 이름이 등장하는 작가이다.
2936) 월황혼(月黃昏): 달이 황혼이 될 무려. 곧 달이 질 무렵.
2937) 잡히인지: 잡혔는지.
2938) 인연(因緣)인들: 인연인들.
2939) 이ᄃᆡ도록: 이렇도록.

[521: 2846] 김상득(金尙得)[2940]

청려장 흩어지며 백련을 찾아가니
봉만은 천층이오 계간은 수회로다
이곳에 소암을 지어 임자 됨이 어떠하리

靑藜杖[2941] 훗더지며[2942] 白蓮을[2943] ᄎᆞᄌᆞ 가니
峯巒[2944]은 千層이오 溪澗은 數回ㅣ로다
이 곳에 小菴을 지어 님ᄌᆞ 되미 엇더ᄒᆞ리

[522: 2777] 김묵수(金默壽)[2945]

하늘이 정한 운수가 순환하여 호풍을 쓸어 치므로
요임금은 하늘이오 순임금은 해가 대명이 되었더니
오늘날 신주육침을 불승강개하여라

天運[2946] 循環ᄒᆞ야 胡風[2947]을 쓰로치미[2948]
堯天 舜日[2949]이 大明[2950]이 되엿더니
오늘ᄂᆞᆯ 神洲 陸沉[2951]을 不勝慷慨[2952]ᄒᆞ여라

2940) 김상득(생몰년 미상): 신원 미상의 인물. 본 가곡집에만 이름이 보이는 인물이다.

2941) 청려장(靑藜杖): 명아주의 대로 만든 지팡이를 말한다. 중국 후한 때 사용했다는 것이 기록에 전해지며, 한국에서도 통일신라시대부터 장수(長壽)한 노인에게 왕이 직접 청려장을 하사했다고 전해진다. 또『본초강목(本草綱目)』에도 "청려장을 짚고 다니면 중풍에 걸리지 않는다"는 기록이 있고, 민간신앙에서도 신경통에 좋다고 하여 귀한 지팡이로 여겼다.

2942) 훗더지며: 흩어지며.

2943) 백련(白蓮)을: 흰 연꽃을.

2944) 봉만(峯巒): 뫼봉우리.

2945) 김묵수(생몰년 미상): 18세기 중, 후반에 활동했던 가창자. 자는 시경 또는 시경이다. 부친인 김성후와 나란히 〈고금창가제씨〉의 명단에 오른 것으로 보아, 부자가 함께 가창자로 활동했음을 알 수 있다. 김수장과는 부친 때부터 친분이 있었으며, '노가재가단'의 일원으로 활동한 것으로 파악된다.

2946) 천운(天運): 하늘이 정한 운수.

2947) 호풍(胡風): 호지로부터 불어오는 바람. 호인의 풍속.

2948) 쓰로치미: 쓸어 치므로.

2949) 요천순일(堯天 舜日): 요임금은 하늘이오 순임금은 해이니, 곧 요순시대와 같은 태평성대한 시대를 뜻함.

2950) 대명(大明): 명나라를 일컬음.

2951) 신주육침(神州陸沉): '신주(神州)'는 중국. '육침(陸沉)'은 나라가 적에게 멸망됨. 곧 유적(流賊). 이자성(李自成)의 청(淸)에게 멸망한 명조(明)를 가리킴.

2952) 불승강개(不勝慷慨): 불의(不義)를 보고 의분을 이기지 못함.

[523: 2954] 김묵수(金默壽)
촉검루 드는 칼 들고 백마를 호령하여
오강 조두에 밤마다 달리는 뜻은
지금에 치이분기를 못내 겨워함이라

蜀鏤劍2953) 드는 칼 들고 白馬를 號令ᄒᆞ여
吳江 潮頭에 밤마다 ᄃᆞᆯ니ᄂᆞᆫ 뜻은
至今에 鴟夷 憤氣2954)를 못ᄂᆡ 게워2955) ᄒᆞᆷ이라

[524: 2960] 김묵수(金默壽)
촉제의 죽은 혼이 접동새 되어 있어
밤마다 슬피 울어 피눈물로 그치느니
우리의 님 그린 눈물은 어느 때에 그칠가

蜀帝2956)의 죽은 魂이 蝶蝀ᄉᆡ2957) 되야 이셔
밤마다 슬피 우러 피눈물노 그치ᄂᆞ니2958)
우리의 님 그린 눈물은 언의 ᄯᅢ에 그칠고

[525: 478] 김묵수(金默壽)
낙엽 떨어지는 소리, 찬바람에 기러기 슬피 울 제
저녁 해질 무렵의 강 언덕에 고운 님 보내나니
석가와 노자가 당한들 아니 울고 어이리

落葉聲2959) 츤 ᄇᆞ름의 기러기 슬피 울 지

2953) 촉루검(蜀鏤劍): 촉(蜀)은 '鐲'의 잘못. 중국의 옛 칼.
2954) 치이분기(鴟夷憤氣): 치이(鴟夷)는 가죽 주머니. 말 가죽주머니에 쌓여 죽은 분한 기운, 오자서가 참소로 인해 말자국에 쌓여 억울하게 죽은 것을 애도함.
2955) 게워: 겨워.
2956) 촉제(蜀帝): 촉의 망제(望帝).
2957) 접동(蝶蝀)ᄉᆡ: 접동새, 두견이.
2958) 그치ᄂᆞ니: 그치느냐.
2959) 낙엽성(落葉聲): 낙엽 지는 소리.

夕陽 江頭[2960]의 고은 님 보ᄂᆡ오니
釋迦[2961]와 老聃[2962]이 當ᄒᆞᆫ들 아니 울고 어이리

[526: 1669] 인평대군(麟坪大君)[2963]
작은 동산에 핀 많은 꽃떨기에 날아다니는 나비들아
향내를 좋게 생각하여 가지마다 앉지 마라
석양에 숨었던 거미는 그물을 쳐놓고 기다린다

小園 百草叢[2964]에 ᄂᆞ니ᄂᆞᆫ[2965] 나뷔들아[2966]
香ᄂᆡ를[2967] 됴히[2968] 너겨[2969] 柯枝마다 안지 마라
夕陽에 숨구든[2970] 거믜[2971]ᄂᆞᆫ 그믈 걸고 기ᄃᆞ린다

[527: 2649] 인평대군(麟坪大君)
주인이 일을 좋아하여 먼데서 오신 손님을 위로할 때
다정한 노랫소리와 관악기 소리가 귀에 배였나니 객지에서의 시름과 외로움이로다
어즈버 밀성 금일이 태평인가 하노라

主人이 好事ᄒᆞ야[2972] 遠客[2973]을 위로ᄒᆞᆯ 식

2960) 석양강두(夕陽江頭): 저녁 해질 무렵의 강 언덕.
2961) 석가(釋迦): 부처님.
2962) 노담(老聃): 중국 춘추시대의 노자(老子)의 별호(別名)임.
2963) 인평대군(1622~1658): 조선 중기의 왕족으로, 인조의 셋째 아들. 자는 용함이며, 호는 송계이고, 이름은 이요이다. 1640(인조 18)년 볼모로 심양에 갔다가 이듬해 돌아온 이후, 1650년부터 네 차례에 걸쳐 사은사가 되어 청나라에 다녀왔다. 문집으로 『송계집』이 있다.
2964) 소원백화총(小園百花叢): 작은 동산에 핀 많은 꽃떨기(꽃무리).
2965) ᄂᆞ니ᄂᆞᆫ: 날(飛)-니(行)-ᄂᆞᆫ(관형어미)〉날아다니는.
2966) 나뷔들아: 나비들아.
2967) 향(香)ᄂᆡ를: 향내를.
2968) 됴히: 둏(好)-이(부사화접사)〉좋게.
2969) 너겨: 너기-어(부사형어미)〉여기어서. 생각하여.
2970) 숨구든: 숨-기우(사동접사, 중과형)-든(조건 연결어미)〉숨었던. 사동형이 실현될 환경이 아닌데 사동형이 나타났다.
2971) 거믜: '거미'의 옛말.
2972) 호사(好事)ᄒᆞ야: 일을 좋아하여. 일을 좋아한다.
2973) 원객(遠客): 먼데서 온 손님.

多情 歌管[2974]이 빅야ᄂᆞ니[2975] 客愁[2976] ㅣ로다
어지버[2977] 密城[2978] 今日이 太平인가 ᄒᆞ노라[2979]

[528: 1514] 적성군(積城君)[2980]
새벽 비 일찍 갠 날에 일어나거라
아이들아 뒷산에 고사리 하마 아니 자랐겠는가
오늘은 일찍 꺾어 오너라 새로 걸러낸 술안주 하리라

ᄉᆡ벽 비 일 긘 날의[2981] 일거스라[2982] 아희들아
뒷 뫼 고ᄉᆞ리 하마 아니 ᄌᆞ라시랴
오늘은 일 것거 오너라[2983] ᄉᆡ 술[2984]안주[2985] ᄒᆞ리라

[529: 1970] 유천군 정(儒川君 㴐)[2986]
어제도 몹시 취하고 오늘도 또 술이로다
그제 깨였던지 긋그제도 내 몰라라
내일은 서호에 벗 오마고 하였으니 깰 듯 말 듯 하여라

어ᄌᆡ도 亂醉[2987]ᄒᆞ고 오늘도 술이로다

2974) 다정가관(多情歌管): 다정한 노랫소리와 관악기 소리.
2975) 빅야ᄂᆞ니: 빅-야(부사형어미)-ᄂᆞ(出)-니(연결어미))배어나니.
2976) 객수(客愁): 객지에서의 시름과 외로움.
2977) 어지버: 어즈버. 감탄사.
2978) 밀성(密城): 어느 성(城)의 이름.
2979) 태평(太平)인가 하노라: 조용하고 평화스러움.
2980) 적성군(생몰년 미상): 조선 후기의 종친으로 추정되나, 신원 미상의 인물. 『병와가곡집』 등의 가곡집에 시조 1수가 전한다.
2981) ᄉᆡ벽비 일긘 날에: 새벽비가 일찍 갠 날에. '일긘'은 '일찍 갠'의 뜻으로 '일'은 '일찍'의 준말. '긘'은 '개다', '멎다', '그치다'의 옛말.
2982) 일거스라: 일어나거라.
2983) 일 것거 오너라: 일찍 꺾어 오너라.
2984) ᄉᆡ 술: 새술. 새로 걸러 낸 술.
2985) 안주: 술을 먹을 때 옆에 놓고 먹는 음식. 술안주.
2986) 유천군(생몰년 미상): 조선 후기의 종친으로 추정되나, 신원 미상의 인물. 본 가곡집 등의 가곡집에 시조 2수가 전한다.
2987) 난취(爛醉): 몹시 취함.

그적씌 ᄉᆡ엿든지 긋그제ᄂᆞᆫ ᄂᆡ 몰ᄂᆡ라
來日은 西湖2988)에 벗 오마니2989) ᄯᅵᆯᄯᅩᆼ말ᄯᅩᆼ ᄒᆞ여라

[530: 777] 랑원군 간(郞原君 侃)2990)
달은 언제 떠오르며 술은 누구가 마실 것인가
유령(劉伶)이 죽고 없는 뒤에 태백도 간 곳이 없다
아마도 물을 데 없으니 홀로 취하고 놀 것이리라

ᄃᆞᆯ은 언제 나며2991) 술은 뉘 삼긴고2992)
劉伶2993)이 업스 後에 太白2994)이도 간 듸 업다
아마도 무를2995) 듸 업스니 홀노 醉코 놀니라

[531: 2353] 랑원군 간(郞原君 侃)
이 술이 천향주라 모두 다 싫다고 하지 마소
좋은 때에 취한 후에 취한 술을 깨워 풀기 위하여 다시 한잔 마시세
하물며 태평성대를 만났으니 아니 취하고 어이하리

이 술이 天香酒2996) ㅣ라 모다 大都ㅣ2997) 술타2998) 마소
令辰2999)에 醉한 後에 解醒酒3000) 다시 ᄒᆞ식
ᄒᆞ물며 聖代를 맛나 아니 醉코 어이리

2988) 서호(西湖): 서쪽에 있는 호수. 또는 지명의 이름.
2989) 벗 오마니: 벗이(친구)가 오겠다고 했으니.
2990) 낭원군(1640~1699): 조선 중기의 종친. 본명은 이간이고, 자는 화숙이며, 호는 최당락이다. 선조의 손자인 인흥군의 아들이며 효종의 당숙이다. 형인 낭선군과 함께 전서와 예서에 능하였다고 한다.
2991) 달은 언제 나며: 달은 언제 떠오르며. 달은 언제 돋아나며.
2992) 삼긴고: 삼기-ㄴ고(의문형어미)〉삼킬 것인가? 마실 것인가?
2993) 유령(劉伶): 당나라 때의 8대 대음주가(술꾼)의 한 사람.
2994) 태백(太白): 이태백(李太白). 시성(詩聖)이라 일컬음. 대음주가(술꾼).
2995) 무를: 묻(問, ㄷ 불규칙)-을(관형어미)〉물을.
2996) 천향주(天香酒): 술 이름.
2997) 모다 대도(大都)ㅣ: 모두 다. 전부 다. '대되'는 통틀어서. 전부 합쳐서.
2998) 술타: 슳(슳->싫-)-다(종결어미)〉싫다.
2999) 영신(令辰): 좋은 때. 길일(吉日). 善, 美, 好 등의 뜻이 있음.
3000) 해성주(解醒酒): 취한 술을 깨워 풀기 위하여 마시는 술잔. 성(醒)은 술병(酒病).

[532: 2763] 랑원군 간(郎原君 侃)

천보산 내린 물을 금석촌에 흘려 두고
옥류당 지은 뜻을 아는가 모르는가
진실로 이 뜻을 알면 날인 줄을 알리라

天寶山[3001] ᄂᆞ린 물을 金石村[3002]에 흘녀 두고
玉流堂[3003] 지은 ᄯᅳᆺ즐 아ᄂᆞᆫ다 모로ᄂᆞᆫ다[3004]
眞實노 이 ᄯᅳᆺ즐[3005] 알면 날인 줄을 알니라[3006]

[533: 488] 랑원군 간(郎原君 侃)

난하수 돌아드니 사상부의 조기로다
위수 바람연기 이니 고금에 다를쏘냐
어즈버 옥황필사를 친히 본 듯하여라

灤河水[3007] 도라드니 師尙父[3008]의 釣磯[3009] ㅣ로다
渭水[3010] 風煙[3011]이야 古今에 다를쇼냐
어즈버 玉璜 異事[3012]를 親히 본 듯ᄒᆞ여라

3001) 천보산(天寶山): 만주 열하성 위장현 서방(熱河省 圍場縣 西方)에 있는 산.

3002) 금석촌(金石村): 지명. 하남(河南) 낙양현(洛陽縣) 서쪽에 있는 골짜기로 곡중에 청수가 있고 무성한 나무가 우거져 승경(勝景)의 땅으로, 진(晋)의 희대의 거부 석숭(石崇)의 별장이 있던 곳으로 유명하다. 숭(崇)의 자는 이륜(李倫)이며 매일 보객을 모와 관화연을 열고 시를 부하고 만약 시를 짓지 못하면 벌주 삼배를 마시게 한 고사는 유명하다.

3003) 옥류당(玉流堂): 석숭(石崇)의 별당. 금곡(金谷)의 청류(清流)에 의하여 딴 집 이름.

3004) ᄯᅳᆺ즐: ᄯᅳᆺ(意)-을(대격조사)〉뜻을. 'ᄯᅳᆺ즐'로 표기된 것은 'ᄯᅳᆽ-을"로 발음되었음을 의미한다. 아마 방언적 표기일 것이다.

3005) 아ᄂᆞᆫ다 모로ᄂᆞᆫ다: 아느냐 모르느냐. 의문종결어미.

3006) 이 쁫을 알면 날인 줄을 암: 석숭(石崇)이 금석촌(金石村)에 옥류당(玉流堂)을 지은 뜻과 자기의 뜻이 같다는 것.

3007) 난하수(灤河水): 만주 열하성의 경계로 드는 강.

3008) 사상부(師尙父): 여상(呂尙). 위수빈(渭水濱)에서 낚시질하기 십 년, 주 문왕이 이를 만나 스승으로 삼음.

3009) 조기(釣磯): 낚시질할 때 앉는 여울 돌.

3010) 위수(渭水): 감숙(甘肅)현 위원(渭源)현의 서북에 근원을 두고 황하로 드는 강. 여상(呂尙)이 낚시질 하던 곳.

3011) 풍연(風煙): 바람과 연기.

3012) 옥황이사(玉璜異事): 주의 문왕, 무왕이 천명을 받들어 혁은조주(革殷造周)의 대업을 완성한 일. '옥황(玉璜)'은 여상(呂尙)이 낚아 얻었다는 부참(符讖)이 새겨진 구슬.

[534: 1555] 랑원군 간(郎原君 侃)
돌 바위 위에 자오동 석 자만 베어내면
일장 현금이 자연이 되겠다마는
아마도 높은 산, 계곡수를 알 사람이 없어 하노라

石上에 自梧桐[3013] 석 ᄌᆞ만 버혀ᄂᆡ면[3014]
一張 玄琴[3015]이 自然이 되련마ᄂᆞᆫ[3016]
아마도 高山 流水[3017]를 알 니[3018] 업셔 ᄒᆞ노라

[535: 1680] 랑원군 간(郎原君 侃)
솔아 심근 솔아 네 어이 생겨났는가
느릿느릿 흐르는 산골짜기 냇물가를 어디 두고 여기 와서 섰는가
진실로 울울창창 무성한 숲이 언제까지나 푸른빛을 지니고 있음을 알 사람이 없어 하노라

솔아 삼긴 솔아 네 어이 삼겻ᄂᆞᆫ다[3019]
遲遲澗畔[3020]을 어듸 두고 예[3021] 와 셧ᄂᆞᆫ[3022]
眞實노 鬱鬱ᄒᆞᆫ 晩翠[3023]를 알 니[3024] 업셔 ᄒᆞ노라

3013) 석상자오동(石上自梧桐): 고(枯)는 고(槁)와 같은 '마를고' 字나 오(梧)와도 통함. 자오동(自梧桐)은 스스로 자라난 오동으로써 금(琴)을 만든다고 하는데, 이를 오동금(梧桐琴), 줄여서 오동이라고도 함. 모든 거문고 중에서 오동금(梧桐琴)이 제일이며, 또한 오동은 돌산 사이에 나는 것이 질이 제일 좋다고 한다.
3014) 버혀ᄂᆡ면: 버히(豁)-어(부사형어미)#내-면(연결어미)〉베어내면.
3015) 일장현금(一張玄琴): 일장금은 한개의 금(琴). '장(張)'은 금(琴)을 헤아리는 단위.
3016) 되련마ᄂᆞᆫ: 되-려(미확정선어말어미)-ㄴ마ᄂᆞᆫ(양보의 연결어미)〉되겠다마는.
3017) 고산유수(高山流水): 높은 산, 계곡수.
3018) 알 니: 알(知)-∅(관형어미)#니(의존명사)-∅(주격조사)〉알 사람이.
3019) 삼겻ᄂᆞᆫ다: 삼기(삼기-〉생기-)-엇(과거시상선어말어미)-ᄂᆞᆫ다(의문형어미)〉생겨났는가?
3020) 지지간반(遲遲澗畔): 느릿느릿 흐르는 산골짜기 냇물가.
3021) 예: 여기에의 준말. 여기에.
3022) 셧ᄂᆞᆫ: 서(立)-엇(과거시상선어말어미)-ᄂᆞᆫ(다)(의문형어미)〉섰는가?
3023) 울울(鬱鬱)한 만취(晩醉): 울울창창 무성한 숲이 늦도록(언제까지나) 푸른빛을 지니고 있는.
3024) 니: 이(의존명사)-∅(주격)〉사람이.

[536: 3216] 랑원군 간(郎原君 侃)

해가 져서 어둡거늘 밤중인 줄로만 여겼더니
덧없이 밝아지니 센 날이 되었구나
세월이 유수 같으니 늙기도 설워하노라

ᄒᆡ 져3025) 어둡거ᄂᆯ 밤 듕만3026) 너겻더니
덧업시3027) ᄇᆞᆯ가지니3028) ᄉᆡᆫ 날이 되여괴야3029)
歲月이 流水 ᄀᆞᆺ트니3030) 늙기 슬워ᄒᆞ노라

[537: 1917] 랑원군 간(郎原君 侃)

부모님이 날 낳으셔 어진 사람이 되게 하고자 길러내니
이 두 분 아니시면 내 몸 나서 어질겠느냐
아마도 지극한 은덕을 못내 갚아 하노라

어버이3031) 날 나흐셔3032) 어질고쟈3033) 길너 ᄂᆡ니
이 두 分 아니시면 ᄂᆡ 몸 나셔 어질소냐
아마도 至極ᄒᆞᆫ 恩德을 못ᄂᆡ 갑하 ᄒᆞ노라3034)

[538: 2181] 랑원군 간(郎原君 侃)

우리 몸 갈라 난 들 두 몸이라 알지 마소

3025) ᄒᆡ져: 해가 저서. '져'는 '디다'에서 온 부사형.

3026) 밤 즁만: 밤중인 줄로만. 조사'만'은 여러 가지 뜻으로 샛길 수도 있으나 여기서는 강세접미사로 새겨 둔다.

3027) 덧 업시: 아무 보람 없이. 덧없다는 무상하다. '덧'은 '사이'의 뜻.

3028) ᄇᆞᆯ가지니: ᄇᆞᆰ(明)-아(부사형어미)#지-니(나열형어미)〉밝아지니.

3029) 되야괴야: 되었구나. '야괴야'는 감탄형어미.

3030) 세월(歲月)이 유수(流水) ᄀᆞᆺ트니: 『논어』의 '逝者如斯夫 不舍晝夜'에서 파생된 말. 곧 세월이 흐르는 물처럼 빠름을 뜻함.

3031) 어버이: 부모. 양친 '어버ᅀᅵ'에서온 말.

3032) 나흐셔: 낳(産)-으(매개모음)-시(주체존대선어말어미)-어(부사형어미)〉낳으시어.

3033) 어질고쟈: 어질-고자(의도형어미)〉어진 사람이 되게 하고자. 현대어에서는 이러한 용법이 잘 쓰이지 아니한다. '-고쟈'는 '의도형어미'인데 이는 희망부사형 어미 '-고'의 조동사 '-쟈'가 연결된 것이다. 이 경우에 희망부사형 '-고'는 이것 단독으로도 원망의 뜻을 가지나, 거기에 '-쟈'가 더한 것이다.

3034) 지극(至極)ᄒᆞᆫ 은덕(恩德)을 못내 가파 ᄒᆞ노라: 부모님의 지극한 은혜와 덕을 다 못 갚을까 걱정하도다.

몸은 다르지만 다 같은 부모의 기운을 이어 타고났으니 이것이 이른바 형제니라
형제야 이 뜻을 알아 형은 아우를 사랑하고 아우는 형을 공경하자구나

우리 몸 갈나[3035] 난들 두 몸이라 아지[3036] 마소
分形 連氣ᄒᆞ니[3037] 이 이른[3038] 兄弟ㅣ니라
兄弟아 니 뜻을 아라 自友自恭[3039] ᄒᆞᄌᆞ스라[3040]

[539: 2855] 황진(黃眞)
청산리 벽계수야 쉽게 감을 자랑 마라
일도창해하면 다시 오기 어려우니
명월이 만공산하니 쉬어 간들 어떠하리

靑山裡 碧溪水[3041]ㅣ야 수이[3042] 감을[3043] ᄌᆞ랑 마라
一到 滄海[3044]ᄒᆞ면 다시 오기 어려오니
明月[3045]이 滿空山[3046]ᄒᆞ니 쉬여[3047] 간들 엇더리

내가 하루는 왕손(王孫) 낭원공(朗原公)을 최락당(最樂堂)안에서 뵈었다. 공이 나에게 작은 책자를 주셨는데 이름이 '영언(永言)'이였다. 공께서 말씀하시기를 "이것은 내가 평소 집에 있을 때나 행역(行役)을 하는 틈틈이 회포를 서술하고 흥을

3035) 갈나: 가르(分割)-아(부사형어미)>갈라. 설측음화 현상에 의해 '가르아>갈라'로 실현됨.
3036) 아지: 알(知)-지(부사형어미)>알지. 방언형에 따라 '알-고, 아-니, 아-지'와 같이 불규칙적인 활용을 하기도 한다.
3037) 분형 연기(分形 連氣)ᄒᆞ니: 모양은 나누어져 있으나 정신은 이었으니. 즉 형제란 몸뚱이는 다르지만 다 같은 부모의 기운을 이어 타고났다는 말.
3038) 이른: 소위. 이른 바. '이른'은 이르는, 말하는.
3039) 자우자공(自友自恭): 스스로 우애(友愛)하여 공경(恭敬)하는 것. 우제(友悌), 형우제공(兄友弟恭)이라고도 함. 즉 형은 아우를 사랑하고 아우는 형을 공경하는 것.
3040) ᄒᆞ쟈스라: ᄒᆞ-쟈(희망조동사 '지-'에 감탄형 '-야'가 연결)-스라(청유형어미)>하사이다. 하자구나.
3041) 청산리 벽계수(靑山裡 碧溪水): 푸른 산 속을 흐르는 골짜기 물.
3042) 수이: 쉽게. 빨리. '쉽이>쉬ᄫᅵ>쉬이>쉬'로 변천.
3043) 감을: 가(行)-ㅁ(동명사형어미)-을(대격조사)>감을.
3044) 일도창해(一到 滄海): 한번 푸른 바다에 이름.
3045) 명월(明月): 밝은 달빛 황진이의 기명(妓名), 곧 자기 자신을 가리킴.
3046) 만공산(滿空山): (달빛이) 빈 산에 가득 비침.
3047) 쉬여: 쉬(息)-여(부사형어미, '-어'에서 ㅣ-모음역행동화에 의해 '-여')>쉬어.

붙인 것을 사사로이 거두어 기록한 것이네. 그대가 그것으로 나를 위하여 비평해 주게."라고 하셨다. 나는 삼가 받들고 물러나와 세 번 반복하여 외워보니 대개 향기롭고 호사스러운 장면이나 방탕에 흐르는 비리한 작품은 전혀 없었다. 거기에는 산수지간에서 질탕히 노는 것이 유독 많았으며 또 임금에 대한 사랑과 군은에 보답하고자하는 염원, 그리고 몸을 삼가고 스스로 경계하는 뜻을 여기에서 감발한 것이 모두 수십여 편이었다. 나는 평소 여기에 능하지 못하여 음조와 가락이 격식에 부합하는지 여부는 진실로 알지 못한다. 그러나 산수의 사이에서 터득한 것에 시험삼아 나아가보면 실로 그윽하고 한가한 것을 말하여 구령(緱嶺)[3048]과 회남왕(淮南王)[3049]이 남긴 뜻이 있었고 감축하고 은혜를 읊은 것은 충성하고 사랑하는 정성이 또 애연하게 말 밖으로 넘쳤고 이른바 스스로 경계하는 말은 또한 엄정하고 절실하여 늠연하게 도가 있는 것 같았으니 요약하면 모두 노래하여 전할 만 하였다. 노래라는 것은 시의 종류이다. 이 때문에 예전 촌부의 민간 가요들도 시의 반열에 올랐다. 혹 관현으로 연주하면 향당과 나라에 사용해서 감발하고 흥기하는 바탕으로 삼았으니 폐지할 수 없는 것이 분명하다. 아! 공은 왕족의 귀한 몸으로 주상께서 바야흐로 높은 어른으로 모시어 지위가 매우 높았다. 자손도 번창하여 귀한 옷과 보석들이 뜰에 휘황찬란하였으니 그 복이 매우 성대하여 한나라의 만석군(萬石君)에 비견되었다. 그러나 공은 또 조심하고 삼가며 부지런히 몸소 평소 선비의 단아한 행동을 하였고 말이 성정의 바름에서 나옴이 이와 같아서 귀중히 여길 만하니 어찌 민간의 촌부의 가요에 그칠 수 있겠는가. 애석하게도 우리 조정에서는 가요를 채집하지 않아서 상자 안에 갈무리되는 것을 면할 수가 없다. 비록 그러하지만 세상 사람들로 하여금 이 책을 얻어서 읽게 한다면 읊조리고 깊이 음미하는 나머지에 영리와 때 묻은 세속의 기운을 아마도 조금이나마 덜어 낼 수 있을 것이고 임금을 사랑하고 자신의 몸을 삼가는 생각 또한 반드시 스스로 그만 둘 수 없음이 있을 것이니 공은 몰래 아쉬워하지 마소서. 정축(丁丑)년 초봄에 생질 연안(延安) 이하조(李賀朝)가 삼가 쓴다.

余一日, 謁王孫朗原公於最樂堂中, 公授一小冊子, 名永言者, 曰此吾平日家居行役之際, 叙懷而寄

3048) 구령(緱嶺): 중국 하남성(河南省) 언사현(偃師縣)에 있는 산 이름인데, 주(周)나라 영왕(靈王)의 태자 진(晉)이 이곳에서 신선이 되어 학을 타고 하늘로 올라갔다고 한다.

3049) 회남왕(淮南王): 한(漢)나라의 회남왕(淮南王) 유안(劉安)이 지은 『초은사(招隱士)』를 말하는데, 그 내용 중에 "계수나무 무더기로 자라나 산골 깊은 곳에, 꼿꼿하고 굽은 가지 서로 얽히었네[桂樹叢生兮山之幽 偃蹇連卷兮枝相繚]"라고 한 부분이 있다. 세속을 피해 산림에 숨은 은사(隱士)를 형용할 때 흔히 인용된다.

興, 私自收錄者, 子其爲我評焉. 余謹受而退, 三復而諷誦, 槩絶無芬華惕流蕩鄙俚之作, 而其得於跌宕山水之間者爲獨多, 且愛君啚報之願 與勑身自警之意, 輒於是而發之, 凡數十有餘闋也. 余素不能爲此, 其音調節族之盡合於格與否 固未可知也. 而試就其得於山水之間者, 言實幽遠閑放, 有緱嶺淮南之遺思, 至如感祝啚報之詠 則忠愛之誠, 又藹然溢於辭表, 而所謂自警之語, 亦嚴正切實, 凜然若有道者, 言要之 皆可歌而傳也. 夫歌者, 詩之類也. 是以, 古者里巷風謠, 如田畯野夫之詞, 亦得徹於陳詩之列, 或被以管絃, 用之鄉黨邦國, 而爲感發興起之資焉. 其不可廢也. 亦審矣. 嗟乎, 公以天潢貴介 主上方侍以尊屬, 位遇甚隆, 子姓繁昌, 金犀貂玉輝映於階庭, 其福履之盛世 盖比之於漢萬石君, 然公又小心畏愼, 孜孜焉躬布素儒雅之行, 而言之出於情性之正者, 又如此 其可貴重也. 豈止如里巷田畯野夫之詞, 而惜乎我朝無採謠之擧, 不免爲中笥之藏也. 雖然 使世之人, 得此卷而讀之, 詠嘆淫液之餘, 其榮利塵氣之累, 豈不少瘳乎, 而愛君勑身之念, 亦必有不能已者矣. 公其勿秘惜之也. 歲在丁丑初春, 姪延安李賀朝謹書.

[540: 588] 황진(黃眞)

내 언제 신의가 없어 님을 언제 속였건데
달 없는 깊은 밤에 (찾아) 온 뜻이 전혀 없네
가을바람에 지난 잎 소리야 낸들 어이하리

ᄂᆡ 언ᄌᆡ 無信[3050] ᄒᆞ여[3051] 님을 언ᄌᆡ 속엿관ᄃᆡ[3052]
月沈 三更[3053]에 온 쁫지[3054] 젼혀 업ᄂᆡ
秋風에 지ᄂᆞᆫ 닙 소ᄅᆡ야[3055] ᄂᆡ들 어니 ᄒᆞ리오[3056]

[541: 1441] 황진(黃眞)

산은 옛산이로되 물은 옛 물 아니로다
주야로 흐르니 옛 물이 있을쏘냐
인걸도 물과 같도다 가고 아니 오더라

3050) 무신(無信): 신의가 없음.
3051) ᄂᆡ 언ᄌᆡ 無信ᄒᆞ여: 내 언제 신의가 없어. 'ᄂᆡ'는 '내가'의 준말.
3052) 속엿관ᄃᆡ: 속이-엇(과거시상선어말어미)-관ᄃᆡ(구속형어미)〉속였기에.
3053) 월침삼경(月沈三更): 달마저 서천으로 기운 컴컴한 한밤중. 달 없는 깊은 밤.
3054) 온 쁫지: 찾아오는 흔적이. 오는 뜻이. 올 뜻이. 오는 낌새가.
3055) 추풍(秋風)에 지ᄂᆞᆫ 닙 소릐야: 가을 바람에 지는 잎 소리야.
3056) ᄂᆡᆫ들 어이ᄒᆞ리: 낸들 어이하리. 나도 어찌 할 수 없다. 'ᄂᆞᆫ들'은 '나로서'의 옛말.

山은 녯[3057] 山이로ᄃᆡ 물은 녯 물 아니로다
晝夜[3058]에 흐르거든[3059] 녯 물이 이실소냐[3060]
人傑[3061]도 물과 ᄀᆺ또다[3062] 가고 아니 오ᄂᆞᆫ또다

[542: 1495] 소백주(小柏舟)[3063]
상공을 뵈온 후에 사사을 믿자오니
옹졸하고 곧아서 융통성이 없는 마음에 병이 들가 염려이러니
이렇게 하마 저렇게 하마고 하시니 백년 동포 하리라

相公[3064]을 뵈온 後에 事事[3065]를 밋ᄌᆞ오니[3066]
拙直[3067]ᄒᆞᆫ ᄆᆞ음에 病 들가 念慮ㅣ러니
이러마 져러챠[3068] ᄒᆞ시니 百年同胞[3069] ᄒᆞ리이다

[543: 1009] 매화(梅花)[3070]
매화 옛등걸에 봄절이 돌아오니
옛 피던 가지에 피엄즉 하다마는
춘설이 난분분하니 필 듯 말 듯 하여라

3057) 녯: 옛.
3058) 주야(晝夜): 밤낮, 늘.
3059) 흐르거든: 흐르니.
3060) 이실소냐: 있을 것이냐?
3061) 인걸(人傑): 뛰어난 인물.
3062) ᄀᆺ또다: ᄀᆮ(如)-도다(감타형어미)〉같도다.
3063) 소백주(생몰년 미상): 17세기 전기에 활동했던 기녀. 박엽이 장기를 둘 때, 장기판의 말을 이용해 시조를 지은 것이 남아 있다.
3064) 상공(相公): 상국(相國). '정승', '대신'을 가리킨 말이며, 상신(相臣)이라고도 한다. 여기서는 감사(監司)를 높여서 부른 말.
3065) 사사(事事): 사사건건(事事件件). 모든 일을.
3066) 밋ᄌᆞ오니: 밋(믿, 信)-ᄌᆞ오(겸양선어말어미)-니(나열의 연결어미)〉믿자오니.
3067) 졸직(拙直): 옹졸하고 곧아서 융통성이 없이 외곬으로 쏠림.
3068) 이러마 져러챠: 이렇게 하마. 저렇게 하마.
3069) 백년동포(百年同胞): 백년까지 한가지로 안음, 곧 부부가 되어 평생을 해로(偕老)함.
3070) 매화(생몰년 미상): 생몰년 미상의 기녀. 『해동가요 주씨본』의 기녀 작가 중 다복과 함께 가장 뒷부분에 등장하는 것으로 보아, 대체로 18세기 전, 중반에 활동했던 것으로 추정된다.

梅花 녯 등걸[3071]에 春節[3072]이 도라오니
녜[3073] 픠던[3074] 柯枝에 픠엄즉[3075] ᄒᆞ다마ᄂᆞᆫ
春雪[3076]이 亂紛紛ᄒᆞ니 필똥말똥[3077] ᄒᆞ여라

[544: 3178] 홍장(紅粧)[3078]
한송정 달 밝은 밤에 경포대에 물결 잔잔
유신한 백구는 오락가락 하건마는
어떻다 우리 님은 가고 아니 오는고

寒松亭[3079] ᄃᆞᆯ ᄇᆞᆰ은 밤의 景瀑臺[3080]에 물결 潺潺[3081]
有信ᄒᆞᆫ[3082] 白鷗[3083]ᄂᆞᆫ 오락가락 ᄒᆞ건마ᄂᆞᆫ
엇더타 우리의 님은 가고 아니 오ᄂᆞᆫ고[3084]

3071) 녯 등걸: 옛 등걸. 해묵은 등걸.

3072) 춘절(春節): 봄철.

3073) 녜: 옛.

3074) 픠던: 프(開花)-ㅣ(사동접사)-더(고거회상선어말어미)-ㄴ(관형어미)〉피던. '픠-〉피-'.

3075) 픠엄즉: (다시) 피어남 즉도.

3076) 춘설(春雪)이 난분분(亂紛紛): 봄 눈이 어지러이 흩날리는 모양.

3077) 필똥말똥: 필지 말지. '~똥'은 동사나 부정어의 어미에 붙는 복합어미 '지'와 같은 뜻.

3078) 홍장(생몰년 미상): 고려 말~조선 초에 활동했던 기녀. 강릉부사가 경포 뱃놀이에서 홍장을 선녀같이 꾸며, 안렴사 박신을 유혹하려 했다는 일화가 있다.

3079) 한송정(寒松亭): 강원도 강릉에 있는 누정. 고려시대의 작자, 연대, 가사 미상의 가요(歌謠)로 한송정(寒松亭)이라는 작품이 전한다. 이 노래는 950(광종 1)년 이전에 된 것으로, 『고려사』 〈악지(樂志)〉에 유래만 실려 전한다. 즉, 일찍이 이 노래가 거문고 밑바닥에 적혀 중국의 강남땅까지 흘러갔는데, 그곳 사람들이 그 뜻을 알지 못하여 궁금히 여기던 중, 고려 광종(光宗) 때 사신 장진공(張晉公)이 그곳에 갔다가 "月白寒松夜 波安鏡浦秋 哀鳴來又去 有信一沙鷗"라는 한시(漢詩)로 번역해 주었다고 한다. 이 5언 절구(五言節句)의 해시(解詩)는 고려 때 기생 홍장(紅粧)이 지었다는 시조인 단가 "한송정(寒松亭) 근은 밤에 경포대에 물결 잔제, 유신(有信) 백구(白鷗)는 오락가락 건마는, 엇덧타 우리의 왕손(王孫)은 가고 아니 오고"와 합치된다.

3080) 경포대(景瀑臺): 강원도 강릉에 있는 누대. 관동팔경(關東八景)의 하나. 관동팔경은 강원도 동해안에 있는 여덟 군데의 명승지, 곧 간성의 청간정(淸澗亭), 강릉 경포대(景瀑臺), 고성 삼일포(三日浦), 삼척 죽서루(竹西樓), 양양 낙산사(洛山寺), 울진 망양정(望洋亭), 통천 총석정(叢石亭), 평해 월송정(越松亭) 등의 여덟 지역을 일컬음.

3081) 잔잔(潺潺): 잔잔할 때. 물이 흐르는 모양. 또는 물이 졸졸 흐르는 소리.

3082) 유신(有信)ᄒᆞᆫ: 신의가 있는.

3083) 백구(白鷗): 갈매기.

3084) 오ᄂᆞᆫ고: 오(來)-ᄂᆞᆫ고(의문형어미)〉오는고?

[545: 2116] 옥이(玉伊)[3085]

옥을 옥이라고 하거든 형산 백옥만 여겼더니
다시 보니 자옥인 것이 적실하다
마침내 비벼서 구멍을 뚫는 활이 있으니 뚫어 볼까 하노라

玉을 玉이라커든[3086] 荊山 白玉만 여겻더니[3087]
다시 보니 紫玉일시[3088] 的實ᄒᆞ다[3089]
맛츰이[3090] 활비비[3091] 잇더니 ᄯᅮ러 볼가 ᄒᆞ노라

[546: 2824] 철이(鐵伊)[3092]

철을 철이라커든 무쇠 석철만 여겼더니
다시 보니 정철(鄭澈)인 것이 적실하다
마침내 골풀무 있으니 녹여 볼까 하노라

鐵을 鐵이라커든 무쇠 錫鐵[3093]만 여겻더니[3094]
다시 보니 鄭澈일시 的實ᄒᆞ다
맛츰이 골풀모[3095] 잇더니 녹여 볼가 ᄒᆞ노라

[547: 1681] 송이(松伊)[3096]

솔이 솔이라 하니 무슨 솔만 여겼는데
천심절벽에 낙락장송 내가 바로 그이로다
길 아래 초동이 작은 낫이야 걸어 볼 줄이 이시랴

3085) 옥이(생몰년 미상): 생몰년 미상의 기녀. 본 가곡집에만 그 이름이 보인다.
3086) 옥(玉)이라커든: '옥(玉)이라고 하거든'의 준말.
3087) 여겻더니: 여기-엇(과거시상선어말어미)-더(과거회상선어말어미)-니(연결어미)>여겼더니.
3088) 자옥(紫玉)일시:자옥(紫玉)이-ㄹ(관형어미)#ᄉᆞ(의존명사)-ㅣ(주격조사)>자옥(紫玉)인 것이.
3089) 적실(的實)ᄒᆞ다: 확실하다.
3090) 맛츰이: 마침내.
3091) 활비비: 비벼서 구멍을 뚫는 활.
3092) 철이(생몰년 미상): 생몰년 미상의 기녀. 본 가곡집에만 그 이름이 보인다.
3093) 석철(錫鐵): 순수하지 못한 쇠.
3094) 여겻더니: 여기-엇(과거시상선어말어미)-더(과거회상선어말어미)-니(연결어미)>여겼더니.
3095) 골풀모: 골풀무. 불을 피우는데 바람을 일으키는 기구의 하나.
3096) 송이(생몰년 미상): 생몰년 미상의 기녀. 『해동가요』를 비롯한 여러 가곡집에 작품이 전한다.

솔이 솔이라 ᄒᆞ니 무슴 솔만 너겨더니[3097]
千尋 絶壁[3098]에 落落長松[3099] ᄂᆡ 긔로다[3100]
길 아릐 樵童[3101]의 졉낫시야[3102] 걸어 볼 줄[3103] 이시랴[3104]

[548: 404] 강강월(康江月)[3105]
기러기 우는 밤에 내 홀로 잠이 없어
잔등 돋우어 혀고 누워서 이리저리 뒤척거리며 잠을 못 이루는 차에
창 밖에 궂은 비 소리에 더욱 멀고 아득하여라

기러기 우ᄂᆞᆫ 밤에 ᄂᆡ 홀노 좀이 업셔
殘燈[3106] 도도 혀고[3107] 輾轉不寐[3108] ᄒᆞᄂᆞᆫ ᄎᆞ에[3109]
窓 밧게 굵은 비 소릐에 더욱 茫然[3110]ᄒᆞ여라

[549: 2759] 강강월(康江月)
천리에 만났다가 천리에 이별하니
천리 꿈속에 천리 밖 님 보았구나
꿈 깨어 다시금 생각하니 눈물겨워 하노라

千里에 맛나ᄯᅡ가[3111] 千里에 離別ᄒᆞ니

3097) 솔만 너겨더니: 솔인가 여겼더니.
3098) 천심절벽(千尋絶壁): 천길이나 된다는 높은 낭떠러지 절벽.
3099) 낙낙장송(落落長松): 가지가 축축 늘어진 큰 소나무.
3100) ᄂᆡ 긔로다: 내가 바로 그로다. 내가 바로 그 소나무이다.
3101) 초동(樵童): 시골의 어린 나무꾼을 초동이라 한다.
3102) 졉낫시야: 접는 낫이야. 접을 수 있는 낫이야. 작은 낫이야.
3103) 걸어볼 줄: 겨뤄, 힘겨루기 해볼 줄이. 해볼 수가.
3104) 이시랴: 있겠느냐? 즉, 없다. 할 수 없다.
3105) 강강월(康江月, 생몰년 미상): 함경도 맹산의 기녀. 자는 천심(天心)이며, 대체로 18세기 중·후반에 활동했던 것으로 추정된다. 본 가곡집과 『악부 서울대본』에 시조 3수가 전한다.
3106) 잔등(殘燈): 희미해져 가는 등.
3107) 도도 혀고: 돋우어 켜고. '혀고'는 '끌다', '당기다(引)'의 뜻으로 여기서는 퇴호(退湖)를 의미함.
3108) 전전불숙(輾轉不寐): 누워서 이리저리 뒤척거리며 잠을 못 이룸.
3109) ᄒᆞᄂᆞᆫ ᄎᆞ에: 하는 때에.
3110) 망연(茫然): 멀리 아득함.
3111) 맛나ᄯᅡ가: 맛나-앗(과거시상선어말어미)-다가(연속의 연결어미)〉만났다가.

千里 꿈 속에 千里 님 보거고나[3112]
꿈 끼야 다시금 生覺ᄒᆞ니 눈물 계워[3113] ᄒᆞ노라

[550: 1770] 강강월(康江月)
때때로 생각하니 눈물이 몇 줄기요
북천을 나는 가을 기러기가 어느 때에 돌아올고
두어라 연분이 다하지 아니하면 다시 볼가 하노라

時時 生覺ᄒᆞ니 눈물이 몃 줄기요
北天霜鴈[3114]이 언의[3115] 씌여 도라올고
두어라 緣分이 未盡ᄒᆞ면[3116] 다시 볼가 ᄒᆞ노라

[551: 3185] 송대춘(松臺春)[3117]
한양에서 날아 온 나비 백화총에 들었구나
은하월에 잠간 쉬여 송대에 올라 앉아
이따금 매화춘색에 흥을 못 이겨 하노라

漢陽셔 써 온 나뷔[3118] 百花叢[3119]에 들거고나[3120]
銀河月[3121]에 좀간 쉬여 松臺[3122]에 올나 안져
잇다감[3123] 梅花 春色[3124]에 興을 계워[3125] ᄒᆞ노라

3112) 보거고나: 보(視)-거(과거시상선어말어미)-고나(감탄어미)〉보았구나.
3113) 계워: 이기지 못하여.
3114) 북천상안(北天霜鴈): 북천을 나는 가을 기러기.
3115) 언의: 어느.
3116) 녹분(綠分)이 미진(未盡)ᄒᆞ면: 연분이 다하여 남음이 있음.
3117) 송대춘(생몰년 미상): 함경도 맹산의 기녀. 대체로 18세기 중·후반에 활동했던 것으로 추정된다. 본 가곡집과 『악부 서울대본』에만 그 이름이 보인다.
3118) 나뷔: 나비. 여기서 나비는 꽃(기녀)을 찾아온 선비를 상징한다.
3119) 백화총(百花叢): 온갖 꽃이 피어난 떨기.
3120) 들거고나: 들(入)-거(과거시상선어말어미)-고나(감탄어미)〉들었구나.
3121) 은하월(銀河月): 은하수와 달.
3122) 송대(松臺): 소나무가 있는 언덕.
3123) 잇다감: 이따금.
3124) 매화춘색(梅花春色): 기생의 이름.
3125) 계워: 이기지 못하여.

[552: 740] 송대춘(松臺春)
님이 가신 후에 소식이 돈절하니
창 밖에 앵도가 몇 번이나 피었는고
밤마다 등불 아래에 홀로 앉아 눈물 못 이겨 하노라

님이 가신 後에 消息이 頓絶ᄒᆞ니[3126]
窓 밧긔[3127] 櫻桃가 몃 번이나 픠엿ᄂᆞ고[3128]
밤마다 燈下에 홀노 안저 눈물 계워 ᄒᆞ노라

[553: 1961] 한우(寒雨)[3129]
어찌 얼어 잘 수 있을까 무슨 일로 얼어 잘 수 있을까
원앙침 비취금을 어디 두고 얼어서 잘까
오늘은 찬비 맞으니 더욱 덮쳐 자리라

어니[3130] 어러[3131] ᄌᆞ리[3132] 무스 일[3133] 어러 ᄌᆞ리
鴛鴦枕[3134] 翡翠衾[3135]은 어듸 두고 어러 ᄌᆞ리
오늘은 ᄎᆞᆫ 비 맛나시니 더욱 덥겨[3136] 즐가 ᄒᆞ노라

[554: 2518] 구지(求之)[3137]
장송으로 배를 만들어 대동강에 흘러 띄어

3126) 돈절(頓絶)ᄒᆞ니: 아주 끊어짐.
3127) 밧긔: 밖에.
3128) 픠엿ᄂᆞ고: 픠(프-ㅣ(사동접사)-엿(과거시상선어말어미)-ᄂᆞ고(의문형어미)〉피었는고.
3129) 한우(생몰년 미상): 조선 중기에 활동했던 기녀. 선조 때 임제와 가까이 지내던 평양 기생으로, 임제가 '한우가'를 부르자 이에 화답한 것이라는 시조 1수가 전한다.
3130) 어니: 어찌하여. 어떻게 하여.
3131) 어러: 얼(交尾)-어(부사형어미)〉남녀가 상합하여.
3132) ᄌᆞ리: ᄌᆞ(宿)-리(의문형어미)〉자겠는가? 자리요?
3133) 무스 일: 무슨 일.
3134) 원앙침(鴛鴦枕): 원앙새를 수놓은 베개로서 부부가 함께 베는 베개.
3135) 비취금(翡翠衾): 온 몸이 청황색의 아름다운 깃털로 된 비취새를 수놓은 이부자리.
3136) 덥겨: 덮-기(사동접사)-어(부사형어미)〉'덮겨. 덮쳐. 덥게'로 풀이한다.
3137) 구지(생몰년 미상): 조선 중기에 활동했던 것으로 추정되는 기녀. 『해동가요』 등에 유일지의 애첩으로 소개되어 있으며, 유일지와 자신의 이름을 소재로 한 시조 1수를 남기고 있다.

버드나무의 늘어진 한 가지 휘여다가 굳게굳게 매었으니
어디서 망령에 것은 연못에 들어가라 하느냐

長松[3138]으로 빅를 무어[3139] 大同江 흘니 씌여
柳一枝[3140] 휘여다가 구지 구지[3141] 믹야시니
어듸셔 妄伶[3142]에 거슨 소혜[3143] 들나 ᄒᆞᄂᆞ니[3144]

[555: 1314] 다복(多福)[3145]

북두성도 이미 기울어지고, 밤은 점차 깊어만 가는구나.

(그러나 님은 아직 와주지 않으니) 신선이 산다는 섬에서 서로 만나기로 한 아름다운 약속은 미덥지 못한 헛된 일이로구나.

그만두어라, 사귀는 벗들이 많은 님이고 보니, 나를 찾아 주지 않는다고 새삼스레 시기하여 무슨 소용이 있겠는가?

北斗星 기우러지고 五更 更點[3146] ᄌᆞᄌᆞ 간다[3147]
十洲 佳期[3148]ᄂᆞᆫ 虛浪타[3149] ᄒᆞ리로다
두어라 번우[3150]ᄒᆞᆫ 님이니 ᄉᆡ와[3151] 무슴 ᄒᆞ리오

3138) 장송(長松): 크게 자란 소나무.
3139) 무어: 만들어.
3140) 유일지(柳一枝): 버드나무의 늘어진 한 가지.
3141) 구지 구지: 굳(强, 굳->궂-(구개음화)-이(사동접사))>굳게.
3142) 망령(妄伶): 망령(妄靈). '망령스런 것'이란 '자신을 유혹하는 뭇남성들'을 지칭하는 것.
3143) 소헤: 소(沼)에. 비유적으로 사용되었다.
3144) ᄒᆞᄂᆞ니: 하느냐.
3145) 다복(생몰년 미상): 생몰년 미상의 기녀. 자는 십주이며, 여러 가곡집에 단 1수의 작품만이 전한다. 『해동가요 주씨본』의 기녀 작가 중 가장 나중에 등장하는 것으로 보아, 대체로 18기 전·중반에 활동했던 것으로 추정된다.
3146) 경오점(更五點): 경(更)은 하룻밤을 다섯으로 나눈 시간의 단위로 초경(初更), 이경(二更), 삼경(三更), 사경(四更), 오경(五更)으로 구분하며, 5점(點)은 다시 경(更)을 다섯으로 나눈 단위.
3147) ᄌᆞᄌᆞ 간다: 다해간다 또는 잦아간다(頻).
3148) 십주 가기(十洲佳期): '십주(十洲)'는 신선들이 살고 있다는 열 군데의 섬, '가기(佳期)'는 '좋은 때', '처음 사랑을 맺은 시기'를 말하여 곧 신선이 산다는 섬에서 서로 만나기로 한 약속. 여기서는 '사랑의 보금자리'를 은유한 말이다.
3149) 허랑(虛浪)타: 미덥지 못하다.
3150) 번우: 사귄 사람이 많음. 벗으로 하여 교재가 번거로움.
3151) ᄉᆡ와: 시기하여.

[556: 2377] 계랑(桂娘)[3152]

비처럼 휘날리는 배꽃 흩뿌릴 적에 울며 잡고 이별한 님
추풍낙엽에 져도 날 생각는지
천리에 외로운 꿈은 오락가락 하더라

梨花雨[3153] 홋색릴[3154] 제 울며 잡고 離別흔 님
秋風 落葉에 져도 날 生覺는가
千里에 외로온 숨은 오락가락 흔다[3155]

[557: 2598] 소춘풍(笑春風)[3156]

제나라도 대국이오 초나라도 대국이라
조그만 승국이 제와 초국의 사이에 끼어 있으니
두어라 어느 쪽인들 임군으로 섬기지 않을까 보냐! 제나라도 섬기고 초나라도 섬기리라.

齊[3157]도 大國이오 楚[3158]도 亦 大國이라

3152) 계낭(桂娘, 1513~1550): 조선 중기에 활동했던 기녀. 본명은 이향금(李香今)이며, 호는 매창(梅窓), 매생(桂生), 계낭(桂娘) 등이다. 전라도 부안의 명기로서, 노래와 가무, 현금, 한시 등에 능했다고 한다.

3153) 이화우(梨花雨): 비처럼 휘날리는 배꽃. 배나무 꽃비. 배꽃이 우수수 떨어짐을 비로 비유했다.

3154) 홋색릴 제: 흩어 뿌릴 때.

3155) 흐노매: 하는구나.

3156) 소춘풍(생몰년 미상): 15세기 후반에 활동했던 영흥 출신의 기녀. 문신과 무신 사이에서 자신의 처지를 빗대어 지은 시조 3수가 전하고 있다.

3157) 제(齊): 중국 춘추시대의 한나라로 주(周)의 무왕(武王)이 태공망(太公望)에게 봉하여 준 나라로, 齊는 중국 전국시대의 7웅국(七雄國)의 하나이다. 진(陳)나라에서 제나라로 망명한 대부 전씨(大夫田氏)가 B.C. 5세기의 전걸(田乞), 전상(田常) 부자(父子) 시대에 점차 제나라의 실권을 잡고, B.C. 391년에 전화(田和: 전상의 증손)가 주왕으로부터 정식으로 제후로서 인정을 받아 성립된 나라이다. 본래의 제(齊: 姜齊)와 구별하여 전제(田齊)라고 한다. 제나라의 영역은 산이나 바다의 물산이 풍부하고 도읍지인 임치(臨淄: 濟南)는 대상업도시로 번창하였다. 특히 위왕(威王), 선왕(宣王)시대가 전성기였으며, 타국으로부터 많은 학자들이 모여들어 직문(稷門)에서의 토론은 '직하(稷下)의 학'이라 하여 유명하다. 이웃나라인 연(燕), 위(魏)와 대립, 교전하였으나 B.C. 3세기 말에 서쪽으로부터 진(秦)의 통일의 손길이 뻗쳐서 B.C. 221년 마침내 진에 항복하였다.

3158) 초(楚): 춘추오패(春秋五覇)의 하나로 후에 전국시대(戰國時代)의 7웅(雄)의 하나. 楚는 주(周)왕조시대 전국칠웅(戰國七雄)의 하나로 세력을 떨치던 제후국(?~B.C. 223). 후베이성(湖北省)을 중심으로 활약한나라로, 시조는 제(帝) 전욱(頊)의 자손 계련(季連). 웅역(熊繹) 때에 주나라의 성왕(成王)으로부터 초의 제후로 봉해져, 단양(丹陽)에 정착한 뒤부터 시작되었다고 한다. 원래, 초나라 백성은 중원제국(中原諸國)의 백성과는 종족을 달리하는 남방의 만이(蠻夷, 荊蠻)로 불려 멸시를 받았다. B.C. 704년 웅통(熊通)은 스스로 무왕(武王)이라 칭하였는데, 아들 문왕(文王)이 천도한 뒤, 더욱 국세가 신장하였

됴고만 滕國[3159]이 間於 齊楚[3160]ᄒᆞ여시니
두어라 何事非君[3161]가 事齊 事楚[3162] ᄒᆞ리라

[558: 805] 소춘풍(笑春風)
당우를 어제 본 듯 한당송을 오늘 본 듯
옛날과 지금을 모두 통하여 사물의 이치를 통달하여 매우 밝은 명철사를 어떠하다고
저가 서야 할 데를 모르는 무부를 어이 좇으리

唐虞[3163]를 어제 본 듯 漢唐宋[3164]을 오늘 본 듯
通古今[3165] 達事理[3166]ᄒᆞ는 明哲士[3167]를 엇더타고
져 셜 ᄭᅴ[3168] 모로는 武夫[3169]를 어이 [조ᄎᆞ리]

[559: 2577] 소춘풍(笑春風)
전언은 실없이 웃고자 농을 한 것뿐이라 내 말씀 허물 마오
문관과 무관이 한결같은 줄 나도 잠간 알고 있사오니

다. 특히 장왕(莊王)은 B.C. 597년 진(晉)나라 군대를 정현(河南省 鄭縣)에서 격파하여 결국 중원의 패자가 되었다. 이로부터 초는 진나라와 남북으로 대립하여 약 1세기에 걸쳐 싸움을 계속하였는데, 그 사이에 양쯔강 하류에서 오(吳), 월(越)이 일어나자 한때 초나라의 소왕(昭王)은 오나라에 밀려 도읍을 옮겼다. 그 후 오나라가 월나라에 망하고, 또 월나라가 쇠퇴해지자 초는 다시 세력을 회복, 양쯔강 중·하류를 모두 차지하는 강국으로서 전국칠웅의 하나가 되었다. 특히 위왕(威王)은 B.C. 334년 월나라를 멸하고 저장성(浙江省) 서쪽의 땅을 차지하였는데, 다시 제(齊)나라 군사를 격파하여 세력을 중원으로 뻗치는 동시에, 영토를 사방으로 확대하였다. 이 무렵에 초는 7웅 가운데서 영토가 가장 컸을 뿐만 아니라 인구도 가장 많았다. 그러나 점차 진(秦)의 압박을 받아 B.C. 278년 수도 영이 함락되자 진(陳)으로 천도하였고, 다시 B.C. 241년 수춘(壽春, 安徽省 壽縣)으로 옮겼으나 B.C. 223년 결국 진에게 망하고 말았다.

3159) 됴고만 승국(滕國): 작고 힘이 없어 업신여김을 당하는 나라. 서남으로는 초(楚)에 동북으로는 제(齊)에 접근하여 끼어 있는 소국.

3160) 간어제초(間於齊楚): 제와 초국 사이에 끼어 있음.

3161) 하사비군(何事非君): 어느 쪽인들 임군으로 섬기지 않을까 보냐!

3162) 사제사초(事齊事楚): 제를 섬기고 초를 섬김. 제나라도 섬기고 초나라도 섬긴다. 다시 말해 이 사람을 섬기기도 하고 저 사람을 섬기기도 한다.

3163) 당우(唐虞): 덕(德)으로 백성을 다스리던 중국 고대의 요(堯), 순(舜)임금시대, 곧 '태평시대'를 이름.

3164) 한당송(漢唐宋): 중국 고대문화의 바탕을 이루었던 3국.

3165) 통고금(通古今): 옛날과 지금을 모두 통하여.

3166) 달사리(達事理): 사물의 이치를 통달하여 매우 밝은.

3167) 명철사(明哲士): 세상 형편과 사물의 이치에 밝은 선비.

3168) 져 셜 ᄭᅴ: 자기 자신이 서 있어야 할 곳, 즉 자신의 처지나 행동.

3169) 무부(武夫): 무사(武士)

두어라 용맹스러운 무사를 아니 좇고 어이하리

前言[3170]은 戱之耳라[3171] ㄴ| 말솜 허물 마오
文武 一体[3172]ㅣㄴ 줄 나도 暫間 아옵거니[3173]
두어라 赳赳武夫[3174]를 아니 조고 어이리[3175]

[560: 2909] 계섬(桂蟾)[3176]
청춘은 언제 가면 백발은 언제 오는가
오고 가는 길을 알았던들 막을 수 있겠는가
알고도 못 막을 길이니 그것을 슬퍼하노라

靑春은 언제 가면 白髮은 언제 온고[3177]
오고 가는 길을 아던들[3178] 막을낫다[3179]
알고도 못 막을 길히니[3180] 그를 슬허[3181]ᄒᆞ노라

[561: 2968] 유천군 정(儒川君 淵)
가을 산이 가을바람을 띄고 가을 강에 잠겨 있다
가을 하늘에 가을 달이 뚜렷이 돋았는데
가을 서리에 한 쌍의 가을하늘에 나는 기러기는 남쪽으로 날아가더라

3170) 전언(前言): 먼젓번에 한 말.
3171) 희지이(戱之耳)라: 실없이 웃고자 농을 한 것뿐이라.
3172) 문무일체(文武 一体): 문관과 무관이 한결같음.
3173) 아옵거니: 알고 있사오니.
3174) 규규무부(赳赳武夫): 용맹스러운 무사.
3175) 조고: 좇고. 따르고(追).
3176) 계섬(桂蟾, 1736~?): 18세기 중·후반에 서울에서 활동했던 기녀. 계섬이라고도 표기되어 있다. 창으로 이름을 떨쳐, 당시에 잔치에 그녀가 없으면 부끄럽게 여겼다고 한다. 이정보의 말년에 그의 문하에서 지냈다. 지방의 가기들이 서울에 와 그녀에게 노래를 배웠으며, 그녀의 음악을 계랑조라 하였다.
3177) 온고: 오(來)-ㄴ고(의문형어미)〉오는가?
3178) 아던들: 알(知, ㄹ-불규칙)-더(과거시상의 인지함이라는 의미로 사용됨)-ㄴ들(선택의 어말어미)〉알았던들.
3179) 막을낫다: 막-을낫(의도의 의미를 지닌 선어말어미)-다(의문형어미)〉막을 수 있었겠던가? 경상방언에서 "나는 갈랐다.(=나는 가겠다)"처럼 실현되고 있다.
3180) 길히니: 길이니.
3181) 슬허: 슬퍼.

秋山이 秋風을 띄고 秋江에 즘겨 잇다
秋天에 秋月이 두려시[3182] 도닷ᄂᆞᆫ듸
秋霜[3183]에 一雙 秋鴈[3184]은 向南 飛[3185]를 ᄒᆞ더라

[562: 1989] 박희서(朴凞瑞)
언약이 늦어 가니 벽도화도 다 졌도다
아침에 우는 까치 믿읍다고 하겠는가마는
그러나 거울 속에 비치는 고운 눈썹을 다듬어나 보리라

言約이 느져[3186] 가니 碧桃花도 다 지거다[3187]
아ᄎᆞᆷ에 우ᄂᆞᆫ 가치[3188] 有信[3189]타 ᄒᆞ랴마ᄂᆞᆫ[3190]
그러나 鏡中蛾眉[3191]를 다ᄉᆞ려나[3192] 보리라

이하 연대와 이름은 상세하지 않다
以下年代姓名欠詳

[563: 1146]
반 남아 늙었으니 다시 젊어지든 못하여도
이 후이나 늙지 말고 매양 이만 하고져
백발이 네 짐작하여 더디 늙게 하여라

半 남아[3193] 늙어시니 다시 졈든 못ᄒᆞ여도

3182) 두려시: 두렷-이(부사형어미)〉두렷하게. 둥글게.
3183) 추상(秋霜): 가을에 내린 서리.
3184) 일쌍 추안(一双 秋雁): 한 쌍의 가을하늘에 나는 기러기.
3185) 향남비(向南飛): 남쪽을 향하여 낢.
3186) 느져: 늦(晩)-여(부사형어미)〉늦어.
3187) 지거다: 지(落)-거(과거시상선어말어미)-다(어말어미)〉졌도다.
3188) 가치: 까치.
3189) 유신(有信): 믿음이 있음.
3190) ᄒᆞ랴마ᄂᆞᆫ: 하겠는가마는.
3191) 경중아미(鏡中蛾眉): 거울 속에 비치는 고운 눈썹.
3192) 다ᄉᆞ려나: 다ᄉᆞ리-어나(선택의 어미)〉다스리다. 곧 '다듬다'라는 뜻.
3193) 반(半) 남아: 반이 남다. 즉 "반이 넘다"의 뜻이 된다.

이 後ㅣ나 늙지 말고 ᄆᆡ양[3194] 이만 ᄒᆞ엿고져[3195]
白髮아 네나 斟酌ᄒᆞ여[3196] 더듸나[3197] 늙게 ᄒᆞ여라

[564: 1829]
아 내 소년이야 어디로 갔느냐
주색에 잠겨 있을 때 백발과 바뀌었도다
이제야 아무리 찾은들 다시 보기 쉽겠는가

아자[3198] ᄂᆡ 少年이야 어듸러로 간 거이고[3199]
酒色[3200]에 즘겨신 제[3201] 白髮과 밧괴도다[3202]
이제야 아모리 ᄎᆞ즌들[3203] 다시 오기 쉬오랴

[565: 1614][3204]
세상 부귀인들아 빈천을 웃지 마라
기식어표모할 때 설책배장 누가 알더냐
두어라 돌 속에 든 옥을 온갖 것에 능통한 사람이 알리라

世上 富貴人들아 貧賤을 웃지 마라
寄食於漂母[3205]ᄒᆞᆯ 제 設柵拜將[3206] 뉘 아드냐

3194) 매양(每樣): 오늘도 내일도 언제나 이 모양 이 꼴로.
3195) 이만 ᄒᆞ엿고져: 이만하게 이고 싶다. 이대로 있고 싶다의 옛말.
3196) 네나 짐쟉(斟酌)ᄒᆞ여: 네가 짐작하여서. 네가 알아서.
3197) 더듸나: 더듸게나. 늦게나.
3198) 아자: 아!, 어!. 하나의 감탄사.
3199) 어듸러로 간 거이고: 어디로 갔느냐?
3200) 주색(酒色): 술과 여자. 술과 색.
3201) 잠(潛)겨신제: 파묻혀 있을 때. 빠져 있을 때.
3202) 백발(白髮)과 밧괴도다: 백발과 바뀌었구나. 바뀌었도다.
3203) 아모리 ᄎᆞ즌들: 아무리 'ᄎᆞ즌들'의 '들'은 찾는다면의 힘준 말.
3204) 『청구가요』에는 김우규(金友奎) 작으로 되어 있음.
3205) 기식어표모(寄食於漂母): 한신(韓信)이 빨래하는 노파(漂母)에게 기식했다는 고사. "寄食於漂母, 無資身之策;受辱於跨下, 無兼人之勇, 不足畏也. 且救" 참고.
3206) 설책배장(設柵拜將): 장책을 설치하고 장수에게 인사를 하다. 곧 단을 만들어 장수의 벼슬을 제수받음. 한 고조가 소하(蕭何)만을 인정하고 한신을 배척하자 한신이 달아났으나 소하가 다시 한신을 데려와 한 고조에게 천거하니 단을 만들고 예를 갖추어 한신에게 벼슬을 제수했다는 고사.

두어라 돌 속에 든 玉을 博物君子[3207] ㅣ 알니라

[566: 1284][3208]

부귀를 누가 싫다고 하며 빈천을 누가 즐기리
공명을 누가 싫어하며 수요를 누가 탐하리
진실도 재수도 모두 하늘이 정하니 한할 것이 있겠는가

富貴를 뉘 마다[3209] ᄒᆞ며 貧賤[3210]을 뉘 즑기리[3211]
功名을 뉘 厭[3212]ᄒᆞ며 壽夭[3213]를 뉘 貪ᄒᆞ리
眞實도 在數天定[3214]이니 恨ᄒᆞᆯ 줄이 이시랴

[567: 1783]

신농씨 백초를 기를 제 만병을 다 고치되
상사로 든 병은 백약이 무효로다
저 님아 너로 하여금 든 병이니 네가 고칠까 하노라

神農氏[3215] 嘗百草[3216]ᄒᆞᆯ 제 萬病을 다 고치되
相思로 든 病은 百藥이 無效ㅣ로다
저 님아 널노 든 病이니 네 고칠가 ᄒᆞ노라

[568: 2780]

하늘의 한가운데 보름달이 뜨는 좋은 단오절에 옥으로 만들 병에 술을 넣고

3207) 박물군자(博物君子): 온갖 것에 능통한 사람.
3208) 『청구가요』에는 김우규(金友奎) 작으로 되어 있음.
3209) 마다: 싫다.
3210) 빈천(貧賤): 가난하고 천함.
3211) 즑기리: 즐기-리(추측의 의문형어미)>즐기겠는가?
3212) 염(厭): 싫어하다.
3213) 수요(壽夭): 수를 하다. 오래 살다.
3214) 재수 천정(在數天定): 재수(在數)가 하늘에 달렸다. 곧 모든 운명이 하늘에 의해 정해진다는 뜻.
3215) 신농씨: 중국의 옛 전설에 나오는 제왕. 삼황의 한 사람. 성은 강(姜)이며, 몸은 사람인데 머리는 소이다. 화덕(火德)으로써 임금이 된 까닭에 염제(炎帝)라고 일컬으며, 백성에게 농사짓는 법을 가르쳤으므로 신농씨(神農氏)라 일컬음.
3216) 상백초(嘗百草): 백가지 풀을 기름.

녹음방초에 백마로 돌아드니
푸른 버드나무에 처녀 낭자들의 그네놀이에 방탕한 사내 정을 재촉한다

天中[3217] 端午節[3218]에 玉壺[3219]에 술을 너코
綠陰 芳草에 白馬로 도라드니
碧柳[3220]에 女娘 鞦韆[3221]이 蕩子情[3222]을 빅안다[3223]

[569: 640]
녹수청산 깊은 곳에 청려를 짚고 느린 걸음으로 들어가니
천봉은 백운이고 만학에 연무이로다
이곳이 경개 좋으니 여기 와서 놀려고 하노라

綠水[3224] 靑山 깁흔 골에 靑藜 緩步[3225] 드러가니
千峯[3226]에 白雲이오 萬壑에 烟霧[3227] ㅣ로다
이 곳이 景槪[3228] 됴흐니[3229] 예[3230] 와 늙자 ᄒᆞ노라

[570: 1186]
백발이 풀섬을 지고 원망하나니 수인씨를
나무 열매로 음식을 삼아 먹을 때에도 만팔 천세를 살았거든

3217) 天中: 하늘의 한가운데 보름달이 뜨는 좋은 명절 곧 천중가절(天中佳節).
3218) 단오절(端午節): 단오를 명절로 일컫는 말.
3219) 옥호(玉壺): 옥으로 만든 작은 병.
3220) 벽류(碧柳): 푸른 버드나무.
3221) 여랑추천(女娘鞦韆): 여자들의 그네타기.
3222) 탕자정(蕩子情)을: 방탕한 남자의 춘정.
3223) 빅안다: 재촉한다.
3224) 녹수 청산(綠水靑山): 푸른물 푸른산.
3225) 청려 완보(靑藜緩步): '청려(靑藜)'는 명아주 나무. '완보(緩步)'는 느린 걸음걸이. 즉, 명아주 나무막대로 지팡이 삼고 느린 걸음으로 걸어간다로 풀이함.
3226) 천봉(千峯), 만학(萬壑): 산봉우리는 천이요 산골짜기는 만이나 된다. 즉, 많은 봉우리와 많은 골짜기란 뜻.
3227) 연무(烟霧): 연기와 안개.
3228) 경개(景槪): 아름다운 경치.
3229) 됴흐니: 둏(好)-으니(어미)〉좋으니.
3230) 예: 여기와.

어떻다 불에 익혀 먹는 화식하기를 시작하여 사람 피곤케 하는가

白髮에 섭흘 지고[3231] 願ᄒᆞᄂᆞ니 燧人氏[3232]를
食木實[3233]홀 적에도 萬八千歲[3234]를 ᄉᆞ라거든[3235]
엇더타 始攢燧[3236]ᄒᆞ야 사ᄅᆞᆷ 困케 ᄒᆞᄂᆞ니[3237]

[571: 3055]
태백이 언제 사람인가 당나라 시절에 한림학사
풍월을 즐기는 호탕한 사람이로다
평생에 오래도록 술에 취해 술에서 깨어나는 것을 원치 아니하더라

太白이[3238] 언ᄌᆡ 사ᄅᆞᆷ 唐時節 翰林學士[3239]
風月之先生[3240]이오 翫月之豪士[3241]ㅣ로다
平生에 但願長醉[3242]ᄒᆞ고 不願醒[3243]을 ᄒᆞ리라

[572: 667]
누구께서 장사라고 했던고 이별에도 장사가 있는가

3231) 섭흘 지고: 풀섶을 지고.
3232) 수인씨(燧人氏): 중국의 태곳적 사람으로서 불을 발견하고 지금까지 날로 음식을 먹던 것을 끓여서 먹는 최초의 화식(火食)하는 것을 시작한 사람. 수인씨(燧人氏) 고대 중국의 전설상의 황제. 복희씨(伏羲氏), 신농씨(神農氏)와 함께 3황(三皇)의 한 사람으로 화식(火食)하는 것을 발명하였다고 전해진다. 수(燧)는 불을 얻는 도구로, 수인씨가 나무를 마찰하여 불을 얻어 음식물을 요리하는 방법을 가르쳐 주었다고 한다. 이 전설의 원형은 오래 되었으나 3황전설(三皇傳說)로 정리된 것은 전국시대 이후인 것으로 추정된다.
3233) 식목실(食木實)홀: 나무 열매로 음식을 삼아 먹을.
3234) 만팔천세(萬八千歲)를: 만팔천세를.
3235) ᄉᆞ라거든: ᄉᆞᆯ(生)-아(과거선어말어미)-거든(선택의 연결어미)〉살았거든.
3236) 시찬수(始鑽燧): 불에 익혀 먹는 화식하기를 시작한 수인씨(燧人氏).
3237) 사ᄅᆞᆷ 곤(困)케 ᄒᆞᄂᆞ니: 사람은 곤란하게 하느냐? 괴롭히느냐?
3238) 태백(太白)이: 이태백이.
3239) 한림학사(翰林學士): 벼슬 이름. 주로 예문을 담당하는 벼슬.
3240) 풍월지선생(風月之先生): 풍월을 즐기는 선생.
3241) 완월지호사(翫月之豪士): 달구경을 즐기는 호탕한 사람.
3242) 단원장취(但願長醉): 다만(오로지) 오래도록 술에 취함을 원한다. 오로지 원하는 것은 오래도록 술에 취함.
3243) 불원성(不願醒): 술에서 깨어나는 것을 원치 아니한다.

명황도 눈물짓고 항우도 울었거든
하물며 평범한 단신의 지아비야 일러 무엇하리오

누고셔[3244] 壯士[3245] ㅣ 라턴고 離別에도 壯士ㅣ[3246] 잇다
明皇[3247]도 눈물 지고 項羽[3248]도 우럿거든[3249]
허물며 匹夫 單身[3250]이야 일너 무슴 ᄒᆞ리오

[573: 2428]
해가 저문데 파랗게 보이는 먼 산에 날이 저물어 못 오던가
찬 하늘 초가곡집 가난하니 하늘이 차가워 못 오던가
사립문에 개가 짖는 소리를 들으니 님 오는가 하노라

日暮 蒼山遠[3251] ᄒᆞ니 날 저무러 못 오던가
天寒 白屋貧[3252] ᄒᆞ니 하ᄂᆞᆯ이 차 못 오던가
柴門에 聞犬吠[3253] ᄒᆞ니 님 오ᄂᆞᆫ가 ᄒᆞ노라

3244) 누고셔: 누구께서.
3245) 장사(壯士)ㅣ라턴고: 장사이라고 하던고.
3246) 장사(壯士)ㅣ 잇다: 장사(壯士)-ㅣ(주격조사) 잇(有)-다(의문형어미)〉있는가?
3247) 명황(明皇): 당나라 태종. 초기에는 '개원(開元)의 치(治)'라고 하여 선정을 하였으나 만년에는 양귀비에게 빠져서 치도가 문란해졌다.
3248) 항우(項羽, B.C. 232~B.C. 202): 중국 진(秦)나라 말기에 유방(劉邦)과 천하를 놓고 다툰 무장. 이름은 적(籍), 우(羽)는 자이다. 임회군 하상현(臨淮郡 下相縣, 江蘇省) 출생. 사마천(司馬遷)의 『사기』에는, 젊은 시절 '문자는 제 이름을 쓸 줄 알면 충분하고, 검술이란 1인을 상대할 뿐인 하찮은 것'이라 하고, 회계산(會稽山)에 행차하는 시황제의 성대한 행렬을 보고 '저 녀석을 대신해 줄 테다'라고 호언하였다는 일화가 있다. B.C. 209년 진승(陳勝), 오광(吳廣)의 난으로 진나라가 혼란에 빠지자, 숙부 항량(項梁)과 함께 봉기하여 회계군 태수를 참살하고 인수(印綬)를 빼앗은 것을 비롯하여 진군을 도처에서 무찌르고, 드디어 한구관[函谷關]을 넘어 관중(關中)으로 들어갔다. 이어 앞서 들어와 있던 유방과 홍문(鴻門)에서 만나 이를 복속시켰으며, 진왕 자영(子)을 죽이고 도성 함양(咸陽)을 불사른 뒤에 팽성(彭城: 徐州)에 도읍하여 서초(西楚)의 패왕(霸王)이라 칭하였다. 그러나 각지에 봉한 제후를 통솔하지 못하여 해하(垓下)에서 한왕(漢王) 유방에게 포위되어 자살하였다.
3249) 우럿거든: 울(鳴)-엇(과거시상선어말어미)-거든(선택의 연결어미)〉울었거든.
3250) 필부 단신(匹夫 單身): 평범한 단신의 지아비.
3251) 일모 창산원(日暮 蒼山遠): 해가 저문데 파랗게 보이는 아득히 먼 산.
3252) 백옥빈(白屋貧): 초가곡집 가남함.
3253) 문견폐(聞犬吠)ᄒᆞ니: 개가 짖는 소리를 들으니.

[574: 1321]
북소리 들리는 절이 멀다한들 얼마나 멀리오
푸른 산의 위요 흰 구름 아래이건만
그곳에 안개 잦으니 아무 데인 줄 몰래라

북 소ᄅᆡ 들니ᄂᆞᆫ 졀이 머다 ᄒᆞᆫ들 긔 얼ᄆᆡ리[3254]
靑山之上[3255]이오 白雲之下[3256]연마ᄂᆞᆫ[3257]
그 곳ᄌᆡ[3258] 白雲이 ᄌᆞᄌᆞ시니[3259] 아무 듼 줄 몰ᄂᆡ라[3260]

[575: 713]
늙은이에게 불사약과 젊은이에게 불로초는
봉래산 제일봉에 가면 얻어 오련 마는
아마도 이별 없앨 약은 못 얻을까 하노라

늙은의 不死藥[3261]과 져믄의 不老草[3262]는
蓬萊山[3263] 第一峯에 가면 어더 오려니와

3254) 얼ᄆᆡ리: 얼마나 멀리오.
3255) 청산지상(靑山之上): 푸른 산의 위.
3256) 백운지하(白雲之下): 흰구름 아래.
3257) 연마ᄂᆞᆫ: 건마는. ㄱ-탈락.
3258) 그 곳ᄌᆡ: 그곳에.
3259) ᄌᆞᄌᆞ시니: 안개가 끼니. 안개가 잔득 끼었으니의 옛말.
3260) 무 듼 줄 몰ᄂᆡ라: 아무덴 줄을 모르는구나!
3261) 불사약(不死藥): 죽지 않는 약.
3262) 불로초(不老草): 늙지 않는 약초.
3263) 봉래산(蓬萊山): 중국에서 동해 한가운데 있다는 상상의 산이요, 靈山(영산)으로 말하는 산. 봉래산(蓬萊山)은 중국의 전설상의 산. 『사기』의 〈봉선서(封禪書)〉에 따르면, 영주산(瀛州山), 방장산(方丈山)과 더불어 발해(渤海) 해상에 있었다고 전하며, 세 산을 함께 3신산으로 부르는데, 그곳에 선인이 살며 불사의 영약(靈藥)이 거기에 있다고 한다. 또한 그곳에서 사는 새와 짐승은 모두 빛깔이 희고, 금, 은으로 지은 궁전이 있어, 멀리서 바라보면 구름같이 보이며, 가까이 다가가 보면 물밑에 있는 것을 알게 되는데, 배는 바람에 이끌려 도저히 그곳에 다다를 수가 없다고 한다. 보하이 남안의 산둥반도에 있던 고대국가 제(齊)나라에는 그 3신산을 신앙하여 제사를 지내는 풍습이 있었던 것으로 전해지고 있다. 이런 신앙이 같은 제나라의 사상가 추연(鄒衍)의 음양오행설(陰陽五行說)과 결부되어 신선사상의 바탕을 이루게 되었고, 진(秦)나라 시황제(始皇帝)는 서불(徐市)로 하여금 3신산에서 불로불사의 약을 구해오게 하였다. 한편, 그 같은 신선사상을 수반한 봉래산의 호칭은 한국에도 전래되어, 민간신앙과 무속 등에 깊이 침투함으로써 추상 또는 고유명사로 널리 쓰이고 있다. 봉래산이 여름의 금강산(金剛山)을 일컫는 호칭으로 쓰이고 있는 것도 그 한 예이다.

아마도 離別 업슬 藥은 못 어들가 ᄒᆞ노라

[576: 3012]

충신은 조정에 가득하고 효자는 집집마다 있으니
우리 성주는 백성을 어린애처럼 여기고 사랑하시는데
밝은 하늘이 이 뜻을 알고서 비 오기가 순조롭고 바람이 알맞게 불어오도록 하소서

忠臣은 滿朝廷[3264]이오 孝子는 家家在[3265]라
우리 聖上은 愛民赤子[3266] ᄒᆞ시ᄂᆞᆫ듸
明天[3267]이 이 ᄯᅳᆺ 아로셔[3268] 雨順風調[3269] ᄒᆞ소셔

[577: 411]

기사마 여마동아 항우의 적군인 줄 모르더냐
팔 년 전쟁에 날 대적할 이가 누가 있더냐
지금에 이렇게 되기는 하늘인가 하노라

騎司馬[3270] 呂馬董아 項籍[3271]인 줄 모로ᄂᆞᆫ다
八年[3272] 干戈에 날 對敵[3273]ᄒᆞ 리 뉘 이스리
오ᄂᆞᆯ날 이리 되기ᄂᆞᆫ 하ᄂᆞᆯ인가 ᄒᆞ노라

3264) 만조정(滿朝廷): 임금이 있는 곳(조정)에 가득하다.
3265) 가가재(家家在)라: 집집마다 있다.
3266) 애민적자(愛民赤子): 백성을 어린애처럼 여기고 사랑함. 적자(赤子)란 어린애. 임금은 백성을 흔히 적자라고도 하고, 백성이 임금 앞에서 자칭을 적자(赤子)라 말하기도 한다.
3267) 명천(明天): 모든 것을 명찰 하는 하느님. 밝게 살피시는 하느님.
3268) 알오셔: 아시어서.
3269) 우순풍조(雨順風調): 비 오기가 순조롭고 바람이 알맞게 불어옴.
3270) 기사마(騎司馬) 여마동(呂馬董): 항우의 친구로서 뒷날 한나라에 투항하여 용적을 치고 항적을 죽임.
3271) 항적(項籍): 진나라 말엽의 무장. 항우라고도 하며 유방과 함께 진나라를 쳐서 스스로 서초 패왕이 되었다. 곧 항우의 나라에 적(籍)을 가짐. 예) 호적(戶籍)과 같은 뜻.
3272) 팔년(八年) 간과(干戈): 팔 년 동안의 전쟁. (초나라, 한나라의 싸움.) 간과(干戈)는 방패와 창인데 이는 전쟁의 무기임으로 전쟁의 뜻이 됨.
3273) 대적(對敵): 적으로 대하다. 상대하다.

[578: 1193]

눈 내리는 달빛이 천지에 가득하니 모든 산이 옥과 같이 희구나
매화는 반쯤 피고 대숲이 푸르렀다
아희야 잔 가득 부어라 봄의 흥에 겨워하노라

雪月이 滿乾坤[3274] ᄒᆞ니 千山[3275]이 玉이로다
梅花ᄂᆞᆫ 半開ᄒᆞ고 竹林이 프르럿다
아희야 盞 ᄀᆞ득 부어라 春興 계워 ᄒᆞ노라

[579: 3306]

황학루 피리 소리 듣고 고소대에 올라가니
한산사 찬 바람에 취한 술 다 깨었다
아희야 술집이 어디인가 옷을 전당하여 술을 사리라

黃鶴樓[3276] 뎌 소ᄅᆡ[3277] 듯고 姑蘇臺[3278]에 올나 가니
寒山寺[3279] ᄎᆞᆫ ᄇᆞᄅᆞᆷ에 醉ᄒᆞᆫ 술 다 ᄭᆡ거다[3280]
아희야 酒家ㅣ[3281] 何處ㅣ오 典衣沽酒[3282] ᄒᆞ리라

[580: 2959]

촉에서 우는 새는 한나라를 싫어하고
봄바람에 웃는 꽃은 시절 만난 탓이로다
두어라 이 세상 만물은 모두 흥하고 쇠함이 있으니 아껴 무엇 하리오

3274) 만건곤(滿乾坤)ᄒᆞ니: 천지에 가득함.
3275) 千山이 玉이로다: 모든 산이 옥과 같이 희다.
3276) 황학루(黃鶴樓): 중국 호북성에 있는 누각. 촉나라 비위(費褘)라는 이가 등선하여 황학을 타고 이곳에 내려 쉬었다는 고사가 있음.
3277) 뎌 소ᄅᆡ: 피리(笛)소리.
3278) 고소대(姑蘇臺): 중국 강소성의 고소산에 있는 누대.
3279) 한산사(寒山寺): 중국 강소성에 있는 절.
3280) ᄭᆡ거다: ᄭᆡ(覺)-거(과거시상선어말어미)-다(종결어미)〉깨었다.
3281) 주가(酒家)ㅣ 하처(何處)ㅣ오: 술집이 어디멘고? 어디인가.
3282) 전의고주(典衣沽酒): 옷을 전당하고 술을 삼.

蜀에셔 우는 식[3283]는 漢나라흘 슬허ᄒᆞ고
春風에 웃는 곳촌[3284] 時節 만난 타시로다[3285]
두어라 物有盛衰[3286]니 앗겨 무슴 ᄒᆞ리요

[581: 227]
공명과 부귀와는 세상 사람들에게 맡겨 두고
말 없는 강산에 일 없이 누워 있어
값없는 맑은 바람과 밝은 달이 내 벗인가 하노라

功名 富貴[3287]과란 世上 ᄉᆞ름 맛겨[3288] 두고
말 업슨 江山에 일 업시 누어 이셔
갑 업슨 淸風 明月[3289]이 ᄂᆡ 벗인가 ᄒᆞ노라

[582: 2180]
우리 두 사람이 다시 태어나 너는 내가 되고 나는 너가 되어
나와 너가 그리워 끊던 애간장을 너도 날 그리며 끊어져 보면
이 전에 내 서러워하던 줄을 돌려 봄이 어떠하냐

우리 두리[3290] 後生[3291] ᄒᆞ여 네[3292] 나 되고 ᄂᆡ 너 되야
ᄂᆡ 너 그려 긋던 이[3293]를 너도 날 그려 긋쳐[3294] 보렴
平生에 ᄂᆡ 셜워ᄒᆞ던[3295] 줄을 돌녀 볼가 ᄒᆞ노라

3283) 촉(蜀)에서 우는 식: 촉나라에서 우는 두견새.
3284) 곳촌: 꽃은.
3285) 만난 타시로다: 만난 탓이로다. 만났기 때문이구나.
3286) 물유성쇠(物有盛衰): 이 세상 만물은 모두 흥하고 쇄함이 있다.
3287) 부귀(富貴)과란: 부귀(富貴)-과(공동격)-란(열거격)〉부귀일랑.
3288) 맛겨: 맛기-어(부사형어미)〉맡겨. 맡겨두고. '맛지다'는 '맜기다'에서 온 것. '맜다'는 맡다. '맜기다'는 '맜다'의 사동형이니 맡기다.
3289) 청풍명월(淸風 明月): 맑은 바람과 밝은 달.
3290) 두리: 두(二)-ㄹ(관형어미)-이(의존명사)-⊘(주격조사)〉두 사람이.
3291) 후생(後生): 후세에 다시 태어남.
3292) 네: 네가.
3293) 긋던 이: 끊던 애간장.
3294) 긋쳐: 끊어져.

[583: 2436]

일찍 심어서 늦게 피니 군자의 덕이로다
풍상에 아니 지니 열사의 절개로다
세상에 도연명이 없으니 누구라 너를 이르리오

일 슴거3296) 느저3297) 피니 君子의 德이로다
風霜에 아니 지니3298) 烈士의 節이로다
世上에 陶淵明3299) 업스니 뉘라 너를 닐니오3300)

[584: 3053]

태백이 신선의 흥을 겨워 채석강에 달 쫓더니
이제 이르기를 술의 탓이라 하려니와
굴원이 멱라수에 스스로 몸을 던져 죽을 제 무슨 술을 먹었는고

太白이 仙興3301)을 겨워 采石江3302)에 ᄃᆞᆯ 조ᄎᆞ 드니
이ᄌᆡ 이르기를 술의 타시라 ᄒᆞ건마ᄂᆞᆫ
屈原3303)이 自投汨羅ᄒᆞᆯ 제 어ᄂᆡ 술이 잇더니

3295) ᄂᆡ 셔워ᄒᆞ던: 내가 서러워하던.
3296) 일 슴거: 일찍 심어서.
3297) 느저: 늦(晩)-어(부사형어미)〉늦어. 늦게.
3298) 아니 지니: 떨어지지 않으니.
3299) 도연명(陶淵明): 중국 진나라의 시인. 도잠.
3300) 닐니오: 이르리오.
3301) 선흥(仙興): 신선 같은 흥겨움. 여기서는 선유(船遊-뱃놀이).
3302) 채석강(採石江): 중국에 있는 강으로, 이태백이 이 강에서 뱃놀이를 할 때 술에 취하여 강에 비친 달을 잡으려다 빠져죽었다.
3303) 굴원(屈原)이 자투멱라(自投汨羅): 굴원이 멱라수에 스스로 몸을 던져 빠져죽음을 말함.
屈原(B.C. 343?~B.C. 277?): 중국 전국시대의 정치가, 비극 시인. 초(楚)의 왕족과 동성(同姓). 이름 평(平). 생몰연대는 기본자료인 『사기』 〈굴원전〉에 기록되지 않았기 때문에 여러 설이 있으나, 지금은 희곡 굴원의 작자인 곽말약(郭沫若)의 설에 따른다. 학식이 뛰어나 초나라 회왕(懷王)의 좌도(左徒: 左相)의 중책을 맡아, 내정, 외교에서 활약하였으나 법령입안(法令立案) 때 궁정의 정적(政敵)들과 충돌하여, 중상모략으로 국왕 곁에서 멀어졌다. 이소(離騷)는 그 분함을 노래한 것이라고 『사기』에 적혀 있다. 그는 제(齊)나라와 동맹하여 강국인 진(秦)나라에 대항해야 한다는 합종파(合縱派)였으나, 연형파(連衡派)인 진나라의 장의(張儀)와 내통한 정적과 왕의 애첩 때문에 뜻을 이루지 못하였다. 왕은 제나라와 단교하고 진나라에 기만당하였으며, 출병하여서도 고전할 따름이었다. 진나라와의 화평조건에 따라 자진하여 초나라의 인질이 된 장의마저 석방하였다. 제나라에 사신으로 가 있던 굴원은 귀국하여 장의를 죽여야 한다고 진언했으나, 이미 때는 늦었고 왕의 입진(入秦)도 반대하였으

[585: 1814]

아미산월 반륜추와 적벽강산 무한경을
이적선 소자첨이 놀고 남겨 두온 뜻은
후세에 영웅호걸 놀고 가게 함이라

峨眉山[3304]月[3305] 半輪秋[3306]와 赤壁江上[3307] 無限景[3308]을
蘇東坡 李謫仙[3309]이 놀고 남겨 두온 뜻은
後世에 英雄 豪傑[3310]노 놀고 가게 홈이라

[586: 270]

관 벗어 소나무 가지에 걸고 구절 대나무 지팡이 바위에 세우고
푸른 물이 흐르는 계곡 가에 귀 씻고 누웠으니
건곤이 나에게 이르기를 함께 늙자 하더라

冠 버셔[3311] 松枝[3312]에 걸고 九節 竹杖[3313] 바회에 셰고[3314]

나 역시 헛일이었다. 왕이 진나라에서 객사(客死)하자, 장남 경양왕(頃襄王)이 즉위하고 막내인 자란(子蘭)이 영윤(令尹, 재상)이 되었다. 자란은 아버지를 객사하게 한 장본인이었으므로, 굴원은 그를 비난하다가 또다시 모함을 받아 양쯔강 이남의 소택지로 추방되었다. 〈어부사(漁父辭)〉는 그때의 작품이다. 『사기』에는 〈회사부(懷沙賦)〉를 싣고 있는데, 이는 절명의 노래이다. 한편 자기가 옳고 세속이 그르다고 말하고, 난사(亂辭: 최종 악장의 노래)에서는, 죽어서 이 세상의 유(類: 법, 모범)가 되고 자살로써 간(諫)하겠다는 결의를 밝히고 있는데, 실제로 장사(長沙)에 있는 멱라수(汨羅水)에 투신하여 죽었다. 그의 작품은 한부(漢賦)에 영향을 주었고, 문학사에서뿐만 아니라 오늘날에도 높이 평가된다.

3304) 아미산(峨眉山): 중국 사천성 아미현에 있는 이름난 산. 산의 모양이 아미(여자의 눈썹)와 같다 하여 아미산이라 함.

3305) 아미산월(峨眉山月): 아미산에 뜬 달. 이백의 〈아미산월가〉가 있음.

3306) 반륜추(半輪秋): 아미산에 반달이 뜬 경치.

3307) 적벽강산(赤壁江山): 중국 호북성 가어현의 서쪽에 있는 땅. 이름 있는 강과 산. 적벽강산은 양자강 한 부분으로서 중국 삼국시대의 오나라 주유(周瑜가 위나라 군함을 불살라 버린 곳. 소동파가 뱃놀이를 하며 〈적벽부〉를 지었다.

3308) 무한경(無限景): 끝없는 경치.

3309) 이적선(李謫仙) 소자첨(蘇子瞻): 이태백(李太白)과 소동파(蘇東波)이다.

3310) 영웅호걸(英雄豪傑): 모든 것이 뛰어나고 도량이 넓고 기개가 있는 사람.

3311) 버셔: 벗(脫)-어(부사형어미)〉벗어.

3312) 송지(松枝): 소나무가지.

3313) 구절죽장(九節 竹杖): 아홉 마디가 있는 대나무 지팡이.

3314) 셰고: 서(立)-이(사동접사)-고(연결어미)〉세우고.

綠水 溪邊[3315]에 귀 씻고 누어시니
乾坤이 날드려[3316] 이로기를[3317] 홈긔 늙ᄌ[3318] ᄒ더라

[587: 3067]
태산이 평지 되고 하해가 육지되도록
두 분의 부모님을 모시는 경사스러움 아래에서 충효로 일삼다가
성대에 사직을 돌보는 이가 되어 늙을 줄을 조금도 모르리라

泰山이 平地 되고 河海 陸地 되도록
北堂 俱慶 下[3319]에 忠孝로 일 삼다가
聖代에 稷契[3320]이 되야 늙을 뉘를 모로리라[3321]

[588: 451]
남의 님 향할 뜻이 죽으면 어떠할 제
뽕나무 밭이 푸른 바다로 변하게 되려니와
님을 향한 일편단심이야 가실 줄이 있으랴

남의 님 向홀 쁫지 죽으면 엇더홀지
桑田[3322]이 變ᄒ여 碧海ᄂ 되려니와
님 向ᄒᆫ 一片丹心[3323]이야 가싈 줄이 이시랴

3315) 녹수 계변(綠水溪邊): 푸른 물이 흐르는 계곡 가에.
3316) 날ᄃ려: 나(我)-ㄹ(대격조사)-ᄃ려(여격조사)〉나에게.
3317) 이로기를: 이르-기(동명사형어미)-를(대격조사)〉말하기를. 이르기를.
3318) 늙자: 늙-자(청유형어미)〉늙자고.
3319) 북당구경하(北當 俱慶 下): 두 분의 부모님을 모시는 경사스러움 밑에서.
북당(北當)은 부모님이 기거하시는 곳을 북당이라 한다. 따라서 북당하면 부모님을 연상하게 된다.
구경하(俱慶下)는 두 분의 부모님이 같이 생존에 계시는 경사로움 아래.
3320) 직계(稷契): 사직(社稷)을 돌보는 일. 사직 돌보기. 사직(社稷)의 '社'는 토신(土神) '직(稷)'은 곡신(穀神)으로 임금이 될 때는 사직을 세우고 제사하여 나라와 존망을 같이 한 데서 온 말. 나라를 지키다.
3321) 늙을 뉘를 모로리라: 늙을 줄을 조금도 모르다. '뉘'는 조금도, 약간, 다소의 뜻.
3322) 상전(桑田)이 변(變)ᄒ여 벽해(碧海)ᄂ 되려니와: 뽕나무 밭이 푸른 바다로 변함.
3323) 일편단심(一片丹心)이야: 한 조각의 붉은 마음이란 뜻으로, 한결같은 참된 정성, 변치 않는 참된 마음을 이름. 오로지 한 곳으로 향한, 한 조각의 붉은 마음, 진정에서 우러나오는 충성된 마음.

[589: 69]
간밤에 울던 여울 슬피 울어 지냈도다
이제야 생각하니 님이 울어 보냈도다
저 물 거슬러 흐르고자 나도 울어 흘러가리라

간밤에 우던 여흘[3324] 슬피 우러 지ᄂᆡ여다[3325]
이졔야 生覺ᄒᆞ니 님이 우러 보ᄂᆡ도다
져 물 거스리[3326] 흐로고져[3327] 나도 우러 녜리라[3328]

[590: 2304]
이리 생각하고 저리 생각하니 속절없는 생각만 많도다
험 궂은 인생이 살고자 살았는가
지금에 살아 있기는 님을 보려고 함이라

이리 혀고[3329] 져리 혜니 속절업슨[3330] 혬만[3331] 만희[3332]
險구즌[3333] 人生이 살고져 사란ᄂᆞᆫ가[3334]
至今에 사라 잇기ᄂᆞᆫ 님을 보려 홈이라

[591: 2586]
피리소리 반겨 듣고 죽창을 바삐 여니

3324) 여흘: 여울. 물이 소리 내며 흘러가는 곳.
3325) 지ᄂᆡ여다: 지나갔다. '여'는 '내'의 모음의 영향으로 ㄱ이 탈락되었다. '~어다'는 '~거다'와 마찬가지로 '~었다' '~도다'의 뜻을 지닌 어미.
3326) 거스리: 거슬러. 기본형은 '거슬다(逆)' '거스리'는 어간 '거슬-이(부사형어미)〉거슬러.
3327) 흐로고져: 흘렀으면. '~고져'는 원망형 어미.
3328) 녜리라: 가겠도다. '녜다'는 '가다(行)'의 뜻. '~리라'는 받침 없는 체언이나 용언의 어간에 붙어서 '~ㄹ것이다'의 뜻으로 추측이나 미래의 뜻을 나타내는 종결어미.
3329) 혀고: 헤아리고. 생각하고.
3330) 쇽절업슨: 할 일 없는.
3331) 혬만: 셈만. 생각만. 이때의 '만'은 국한의 뜻을 가진 조사.
3332) 만희: 많도다. '의'는 'ᄒᆞ의'형의 감탄종결어미.
3333) 험(險)구즌: 『시조유취(時調類聚)』엔 '험구즌'으로 되어 있음. 일이 구즐구즐한. '궂다'는 흉하다, 음침하다, 우중충하다, 악하다 등의 뜻. 심술궂다, 날씨가 궂다 등으로 쓰임.
3334) 사란ᄂᆞᆫ가: 살-았(과거시상선어말어미)-ᄂᆞᆫ가(의문형어미)〉살았는가?

가랑비가 내리는 긴 둑에 소 등에 탄 아이로다
아이야 강호에 봄이 들거든 낚싯대를 장만하여라

젓 소릐3335) 반겨 듯고 竹窓3336)을 밧비 여니
細雨 長堤3337)에 쇠 등에 아희로다
아희야 江湖에 봄 들거든 낙듸3338) 推尋ᄒᆞ여라3339)

[592: 1843]
아희야 그물 내어 고깃배에 실어놓고
덜 괸 술 걸러 술독에 담아두고
어즈버 배 놓지 마라라 달 기다려 가리라

아ᄒᆡ야 그믈 ᄂᆡ여3340) 漁舡3341)에 시러 노코
덜 괸 술 걸너 酒罇3342)에 담아 두고
어즈버 ᄇᆡ 아직 노치 마라3343) ᄃᆞᆯ 기다려 가리라3344)

[593: 2960]
가을 강물에 밤이 드니 물결이 차노매라
낚시 들이치니 고기 아니 무는구나
무심(無心)한 달빛만 씻고 빈 배 저어 오노라

秋江3345)에 밤이 드니 물결이 ᄎᆞ노ᄆᆡ라3346)

3335) 젓소릐: 피리 소리.
3336) 죽창(竹窓): 대를 엮어서 만든 창문.
3337) 세우장제(細雨長堤): 가랑비가 내리는 긴 둑(제방둑).
3338) 낙듸: 낚싯대.
3339) 추심(推尋)ᄒᆞ여라: 미리 장만하여 정리정돈하다.
3340) 그믈ᄂᆡ여: 그물 내놓아라.
3341) 어강(漁舡)에 시러노코: 고깃배에 실어 놓고.
3342) 주준(酒樽): 술통.
3343) ᄇᆡ 노치 마라: 배 놓지 마라. 배 띄우지 말아라.
3344) 달 기다려 가리라: 달뜨기를 기다렸다가 갈 것이다.
3345) 추강(秋江): 가을철의 강.
3346) ᄎᆞ노ᄆᆡ라: 차기도 차구나.

낙시 드리치니 고기 아니 무노ᄆᆡ라
無心ᄒᆞᆫ[3347] ᄃᆞᆯ빗만 싯고 뷘 ᄇᆡ 저어 오노라[3348]

[594: 2073]
올벼 고개 숙이고 어린 무 살졌는데
낚시에 고기 물고 게는 어이 내리는고
아마도 농가흥미[3349]는 이뿐인가 하노라

오려[3350] 고ᄀᆡ 속고 열무오[3351] 살져ᄂᆞᆫ듸
낙시에 고기 물고 게ᄂᆞᆫ[3352] 어이 나리ᄂᆞᆫ고
아마도 農家에 ᄆᆞᆯ은 마시 이 됴혼가 ᄒᆞ노라

[595: 1039]
목이 붉은 산 위의 꿩과 홰에 앉은 송골매와
집 앞 논 무살미에 고기 엿보는 백로로다
초당에 너희 곧 없으면 날 보내기 어려워라

목 붉은 山上雉[3353]와 홰[3354]에 안즌 松骨[3355]이와
집 압 논 무살미[3356] 고기 엿ᄂᆞᆫ 白鷺ㅣ로다[3357]
草堂[3358]에 너희 아니면 날 보ᄂᆡ기[3359] 어려워라

3347) 무심(無心)ᄒᆞᆫ: 물욕이 없는. 사심(邪心)이 없는.
3348) 저어 오노라: 저어 돌아오노라.
3349) 농가흥미(農家興味): 농가의 흥미로운 일, 재미있는 일. 신나는 일.
3350) 오려: 올벼. 일찍 익는 벼. 이른 벼의 옛말.
3351) 널무우: 어린 무.
3352) 게ᄂᆞᆫ 어이 나리ᄂᆞᆫ고: 게는 어찌하여 내리는고. 여기서 '내리다'란 게잡이 그물에 내리다. 즉, '잡히다'의 뜻.
3353) 산상치(山上雉): 산 위의 꿩. 산에 사는 목이 붉은 장끼(수꿩).
3354) 홰: 닭이나 매 따위의 새들이 올라앉게 가로놓은 나무.
3355) 송골(松骨): 매의 일종. 송골매. 매의 일종. 새끼매를 말함.
3356) 무살미: 무삶이. 물을 대고 써레질한 논. 논에 물을 대고 사래질 한 논.
3357) 고기 엿ᄂᆞᆫ 백로(白鷺)ㅣ로다: 고기를 엿보는 백로.
엿ᄂᆞᆫ: 엿보는, 노리는. 기본형은 '엿다'. '엿ᄂᆞᆫ'은 '엿보는'의 옛말.
3358) 초당(草堂): 원채에서 따로 떨어진 딴채. 억세로 지붕을 이은 초가곡집.
3359) 날 보ᄂᆡ기: 나날을 보내기의 옛말.

[596: 1741]

술을 취하게 먹고 오다가 공산에 자니
뉘 날을 깨오리 하늘과 땅이 곧 이불과 베개이로다
광풍이 가는 비를 몰아다가 잠든 날을 깨오나니

술을 醉케 먹고 오다가 空山3360)에 지니3361)
뉘 날을 ᄭᅵ오리3362) 天地卽 衾枕3363)이로다
狂風3364)이 細雨3365)를 모라3366) 즘든 날을 ᄭᅵ와다3367)

[597: 1874]

앞 내에 고기 낚고 뒷산에 산나물 캐어
아침 밥 충분히 먹고 초당에 누었으니
지어미 잠 깨어 이르되 술 맛 보라 하더라

압 ᄂᆡ헤 고기 낙고 뒷 뫼헤3368) 山菜3369) ᄏᆡ야
아춤 밥 됴히3370) 먹고 草堂3371)에 누어시니
지어미3372) 즘 ᄭᅵ야 이르되 술 맛 보라3373) ᄒᆞ더라

[598: 1875]

앞 내에 낚은 고기 버들에 한 가득이고

3360) 공산(空山): 인적이 없는 산 속.
3361) 지니: 해가 지듯이 없어지니. '지니'는 떨어지다의 옛말. 즉 공산에 쓰러져 자다.
3362) ᄭᅵ오리: 깨우리. 깨우겠는가.
3363) 천지금침(天地卽衾枕): 하늘과 땅이 곧 이불과 베개.
3364) 광풍(狂風): 사납고 매서운 바람. 사나운 바람이나 여기서는 동풍(東風)으로 바꿔 풀이하여 동쪽에서 불어오는 부드러운 바람.
3365) 세우(細雨): '가랑비', '가는 비'.
3366) 모라: 몰-아(부사형어미)>몰아서.
3367) ᄭᅵ와다: 깨운다.
3368) 뒷 뫼헤: 뒷산에.
3369) 산채(山菜): 산나물.
3370) 됴히: 둏(好)-이(부사화접사)>충분히. 충분하게.
3371) 초당(草堂): 짚으로 이은 초가곡집. 보잘것없이 초라한 집.
3372) 지어미: 아내.
3373) 맛 보라: 맛을 보라고.

뒷산에서 캐어 온 삽주 주먹으로 한 가득이라
어디에 가서 여유를 바라랴 이럭저럭 지내리라

압 닉에 낙근 고기 버들에[3374] ᄒᆞ나희고[3375]
뒷 뫼헤 ᄏᆡ 온 삽쥬[3376] 줌으로[3377] ᄒᆞ나히로다
어듸가 有餘[3378]를 ᄇᆞ라랴 이러구러[3379] 지ᄂᆡ리라

[599: 1628]
세상이 말하거늘 떨치고 돌아가니
하루갈이 거친 밭과 팔백 뽕나무뿐이로다
살아가는 것은 부족하다마는 시름없어 하노라

世上이 말하거날[3380] 떨치고 도라오니[3381]
一項荒田[3382]에 八百桑林[3383] ᄲᅮᆫ이로다
生利야 不足다마ᄂᆞᆫ 시름 업셔 ᄒᆞ노라

[600: 1759]
걱정이 없다면야 부귀공명 관계하며
마음이 편하다면 남이 웃다 어니 하리
진실로 옹졸함을 지키며 편안하게 살아가는 것을 나는 좋아 하노라

시름이 업슬션졍[3384] 富貴 功名 關係ᄒᆞ며

3374) 버들에: 버들가지에.
3375) ᄒᆞ나희고: ᄒᆞ나(한가득)-ㅎ(ㅎ개입)-이(서술격)-고(연결어미)〉한 가득이고.
3376) 삽쥬: 삽주.
3377) 줌으로: 주먹으로.
3378) 유여(有餘): 넉넉함.
3379) 이러구러: 이렇게(억울하게). 이럭저럭. 경상방언에서는 오늘날에도 사용되는 단어이다. 이러구러 살아왔는데 인자 죽을라 카이 억울해서 몬 죽을떼이(=이렇게 (억울하게) 살아왔는데 이제 죽으려하니 억울해서 못 죽겠다).
3380) 말ᄒᆞ거ᄂᆞᆯ: 이렇다 저렇다 하며 말이 많기에.
3381) 썰치고 도라오니: 내팽개치고(버리고) 강산으로 돌아오니.
3382) 일항황전(一項荒田): 한 이랑의 거친 밭.
3383) 팔백상림(八百桑林): 팔백구루가 심어져 있는 뽕나무밭. 즉 그리 많지 않은 거친 땅.

ᄆᆞ음이 평홀션졍 남이 웃다 어니 ᄒᆞ리
眞實노 守拙安貧[3385]을 나ᄂᆞᆫ 됴화ᄒᆞ노라[3386]

[601: 502]
남도 준 바가 없고 받은 바도 없건마는
원수백발이 어디에서 온 것인가
백발이 공도가 없도다 날을 먼저 ᄇᆡ얀다

남도 준 ᄇᆡ 업고[3387] 바든 바도 업건마ᄂᆞᆫ
怨讐 白髮[3388]이 어듸러로[3389] 온 거니고[3390]
白髮이 公道[3391]이 업도다 날을 몬져 ᄇᆡ얀다

[602: 2904]
청춘소년들아 백발노인 비웃지 마라
공평한 하늘 아래 너인들 얼마나 젊어 있으랴
우리도 소년행락이 어제런 듯 하여라

靑春 少年[3392]드라 白髮 老人 웃지[3393] 마라

3384) 업슬션정: 없-을(관형어미)-ㄹ션졍(구속어미)〉없으면 없었지. 없다면야.

3385) 수졸안빈(守拙安貧): 옹졸함을 지키며 편안하게 살아감. 도연명(陶淵明)의 〈도화원기(桃花源記)〉에 나오는 대목. 중국 진대(晋代)의 도연명(陶淵明)이 지은 유기(遊記). 동진(東晋)의 태원 연간(太元年間, 376~396)에 무릉(武陵)에 사는 한 어부가 배를 타고 가다가 도화림(桃花林) 속에서 길을 잃었다. 어부는 배에서 내려 산 속의 동굴을 따라 나아갔는데, 마침내 어떤 평화경(平和境)에 이르렀다. 그곳에서는 논밭과 연못이 모두 아름답고, 닭 소리와 개 짖는 소리가 한가로우며, 남녀가 모두 외계인(外界人)과 같은 옷을 입고 즐겁게 살고 있었다. 그들은 진(秦)나라의 전란을 피하여 그곳까지 온 사람들이었는데, 수백 년 동안 바깥세상과의 접촉을 끊고 산다고 하였다. 그는 융숭한 대접을 받고 돌아오게 되었는데, 그곳의 이야기는 입 밖에 내지 말라는 당부를 받았다. 그러나 이 당부를 어기고 돌아오는 도중에 표를 해두었으나, 다시는 찾을 수가 없었다. 이 글의 배경에는 진인동(秦人洞)을 비롯한 실향민 부락의 전설이 담겨 있으며, 도연명이 노자(老子)의 소국과민(小國寡民) 사상을 유려하고 격조 높은 문장으로 그린 것이다. 이 글은 선경(仙境)의 전승(傳承)에 중대한 역할을 하였으며, 그 유토피아 사상은 후세의 문학, 예술에 큰 영향을 주었다.

3386) 됴화ᄒᆞ노라: 둏(好)-아(부사형어미)-ᄒᆞ노라(감탄형어미)〉좋아한다.

3387) 준배 업고: 준 바가 없고.

3388) 원수백발(怨讐 白髮): 무정백발(無情白髮)이라고도 쓰임.

3389) 어더러셔: 어데서. 어느 곳으로부터.

3390) 온거이고: 온 것인가. '것이고'에서 'ㅅ'이 탈락한 어미로 퇴화하고 만다.

3391) 백발공도(白髮公道): 백발(白髮)이란 누나 없이 일정한 시기에 공평하게 찾아오는 길이라는 것.

공번된[3394] 하늘 아릭 넨들 얼마 져머시리[3395]
우리도 少年 行樂[3396]이 어제론 듯ᄒᆞ여라[3397]

[603: 3329]
희었다가 검을지라도 희는 것이 서럽다 하겠거든
희었다가 못 검는데 남보다 먼저 흴 줄을 어찌 생각이나 하랴
백발이 공도가 적도다 나를 먼저 늙게 한다

희여[3398] 검을지라도 희는 거시 셜로려든[3399]
희여 못 검는듸 남의 몬져 흴 줄 어니[3400]
白髮이 公道ㅣ 적도다 날을 몬져 늙힌다[3401]

[604: 955]
마음[3402]아 너난 어이 매양에 젊었느냐
내 늙을 제면 넨들 아니 늙을쏘냐
아마도 너 좇아다니다가 남을 웃길까 두렵구나

ᄆᆞ음아 너는 어니[3403] ᄆᆡ양[3404]에 졈어는다[3405]
ᄂᆡ 늙을 제면[3406] 넨들 아니 늙을소냐
아마도 너 좃녀[3407] 다니다가[3408] 남 우일가[3409] ᄒᆞ노라

3392) 청춘소년(青春少年): 20세 전후의 젊은 소년.
3393) 웃지: 비웃지.
3394) 공번된: 공평한의 옛말.
3395) 져머시리: 젊어 있으랴의 옛말.
3396) 소년행락(少年行樂): 소년시절의 즐거움.
3397) 어제런 듯 ᄒᆞ여라: 어제인 듯하여라.
3398) 희여: '희었다가'의 옛말.
3399) 셜로려든: 서럽거든.
3400) 휠줄 어이: 희어질 줄이야 어찌. 어찌 희어질 줄이야.
3401) 늙힌다: 늙-히(사동접사)-ㄴ다(종결어미)〉늙게 한다.
3402) 마음: 내가 생각하는 마음.
3403) 너는 어니: 너는 어찌하여.
3404) ᄆᆡ양(每樣): 늘. 항상.
3405) 졈어는다: 졈(少)-어(과거시상선어말어미)-는다(의문형어미)〉젊었나니.
3406) 제면: 져(의존명사)-이면(조건의 접속어니)〉적이면.

[605: 961]

한없이 넓고 넓은 푸른 물결치는 바닷물에 다 못 씻은 오랜 예전부터 내려오는 근심걱정을
한 병 술을 가져다가 오늘에야 씻었구나
이태백이 이러함으로 오래 취하여 깨지 않으리라

萬頃滄波水[3410]로도 다 못 씨ᄉᆞᆫ[3411] 千古愁[3412]를
一壺酒[3413] 가지고 오날이야 씨셔괴야[3414]
太白이 이러ᄒᆞᆷ으로 長醉不醒[3415] ᄒᆞ닷다

[606: 1736]

술을 내 즐기더냐 광약인줄 알건마는
일촌간장에 만 가지 근심걱정 실어 두고
취하여 잠든 덧이나 근심걱정 잊자 하노라

술은 ᄂᆡ 즐기더냐 狂藥[3416]인 줄 알건마ᄂᆞᆫ
一寸 肝腸[3417]에 萬斛愁[3418] 시러 두고[3419]
醉ᄒᆞ여 ᄌᆞᆷ든 덧시나[3420] 시름 잇쟈 ᄒᆞ노라

3407) 좃녀: 좃(좇(從)#니(行)(복합동사어간)-어(부사형어미))〉좇아.
3408) 단이다가: 다니다가.
3409) 남 우일가: 남을 웃길까.
3410) 만경창파수(萬頃蒼波水): 한없이 넓고 넓은 푸른 물결치는 바닷물.
3411) 씨ᄉᆞᆫ: 씻-은(관형어미)〉씻은.
3412) 천고수(千古愁): 오랜 예전부터 내려오는 근심걱정.
3413) 일호주(一壺酒): 한 항아리의 술.
3414) 오날이야 씨셔고나: 오늘에야 씻었구나.
3415) 장취불성(長醉不醒): 오래 취하여 깨지 않는다.
3416) 광약(狂藥): 미치는 약. 미칠 약.
3417) 일촌간장(一寸肝腸): 한 치 길이의 간장. 즉, 마음.
3418) 만곡수(萬斛愁): 만가지 곡식 낱알과도 같은 많은 근심걱정. '斛(곡)'은 곡식의 뜻. 10두(斗, 열말)를 한 곡(一斛)이라 한다. 즉, 한 섬, 두 섬의 그 한 섬이 일곡(一斛)이다.
3419) 시러 두고: 얹어두고. 마음에 간직하고.
3420) ᄌᆞᆷ든 덧이나: 잠든 동안이나. '덧'은 '사이'를 말함. 예) 덧없는 세월.

[607: 2401]
인생이 둘인가 셋인가 이 몸이 네 다섯인가
빌어온 인생이 꿈에 몸 가지고서
평생(平生)에 살 일만 하고 언제 놀려 하나니

人生이 둘가 셋가3421) 이 몸이 네 닷ᄉᆞᆺ가
비러 온 人生이 ᄭᅮᆷ에 몸 가지고셔
平生에 살을 일만3422) ᄒᆞ고 언제 놀녀 ᄒᆞᄂᆞ니

[608: 2445]
한결 백년 산다고 한들 백년이 그 얼마며
질병과 근심하고 아픈 날을 더니 남는 날 아주 적다
두어라 비백세 인생이 아니 놀고 어이 하리

一定 百年3423) 산들 百年3424)이 긔 언ᄆᆡ며
疾病憂患3425)더니3426) 남ᄂᆞᆫ 날 아조 젹다3427)
두어라 非百歲 人生3428)이 아니 놀고 어이리

[609: 14]
까마귀 검거라 말고 백로 휠 줄 어이 아느냐
검거니 희거니 일편도 분명하구나
우리는 수리두루미 검도 희지도 아니어라

3421) 둘가 셋가: 둘인가 셋인가. '가'는 의문종결어미형. 현대어에서는 말음절이 자음으로 끝난 체언에 의문종결어미 '가'나 '고'를 연결하는 경우에 이 사이에 반드시 지정사를 삽입함이 원칙이나, 고어에서는 이와 같이 체언에 바로 어미를 직결시켰다.

3422) 살을 일만: 살 일. '살을'은 '살다'의 관형사형. 관형사형 어미는 받침 없는 말 아래에서는 어간에 직결되기도 하지마는, 조성모음 'ᄋᆞ, 으' 삽입모음 '오(요), 우(유)'가 삽입되기도 한다. '사롤'은 '살+으+ㄹ'로 '살'과 'ㄹ' 사이에 삽입모음 '오'가 연결된 변이형도 나타난다.

3423) 일정백년(一定 百年) 산들: 한결(꼭) 백년 산다고 한들.

3424) 백년(百年)이 긔 언매라: 백년이 그 얼마나 되리.

3425) 질병우환(疾病憂患): 질병과 근심 질병.

3426) 더니: 덜(減)-니(연결어미)〉감하니. '덜다'의 ㄹ탈락.

3427) 적다: 적다.

3428) 비백세인생(非百歲人生): 백살도 못 사는 인생사. 『명심보감』 "人生非百歲人 枉作千年計" 참고.

가마귀 검거라 말고 히오리[3429] 셸 줄 어이[3430]
검거니 셰거니[3431] 一偏[3432]도 흔져이고
우리도 수리 두로미[3433]라 검도 셰도 아녜라[3434]

[610: 1366]
비파를 둘러메고 옥난간에 기대었으니
동풍세우에 떨어지는 것이 도화이로다
춘조도 송춘을 쓰러 온갖 울음을 울더라

琵琶[3435]를 두러메고 玉蘭에 지혀 셔니[3436]
東風 細雨[3437]에 듯드ᄂᆞ니[3438] 桃花[3439] ㅣ로다
春鳥[3440]도 送春[3441]을 슬허 百般啼[3442]를 ᄒᆞᄂᆞᆺ다

[611: 214]
꽃이 진다하고 새들아 슬퍼 마라
바람에 흩날리니 꽃의 탓이 아니로다
가노라 휘젓는 봄을 시기하여 무엇하리오

곳[3443]지 진다 ᄒᆞ고 ᄉᆡ드라 슬허 마라[3444]

3429) 히(海)오리: 해오라기. 백로.
3430) 셸 줄 어이: 어찌 휠 줄만 아느냐.
3431) 검거니 셰거니: 검거니 희거니.
3432) 일편(一偏)도 흔져이고: 오로지 한빛으로 분명도 하구나.
3433) 수리 두로미: 수리두루미. 검지도 희지 않는 재색을 띤 큰 두루미.
3434) 아녜라: 아니어라의 옛말.
3435) 비파(琵琶): 현악기의 하나로서 둥근 몸에 자루는 곧고 네 줄과 네 개의 기둥이 있음.
3436) 지혀 셔니: '지엇스니'의 잘못 표기한 것임. '의지하며', '의지한다'의 옛말.
3437) 동풍세우(東風細雨): 동쪽 바람의 가랑비, 즉 봄바람에 내리는 가랑비. 우리나라 기후조건은 봄에는 동풍이 불어오고 겨울에는 서풍이 불어온다. 이중 봄에 부는 동풍은 대개 가랑비를 내리게 한다. 따라서 동풍세우를 '봄바람에 내리는 가랑비'라고 흔히 말한다.
3438) 듯드ᄂᆞ니: 떨어지나니. 떨어지는 것은. 무엇이 더하여 잘못되다.
3439) 도화(桃花): 복사꽃. 복숭아꽃.
3440) 춘조(春鳥): 봄의 새. 꾀꼬리, 종달이 등.
3441) 송춘(送春): 봄을 보냄.
3442) 백반제(百般啼): 백가지 울음. 온갖 울음.

ᄇᆞ름에 홋날니니3445) 곳의 탓 아니로다
가노라 희짓ᄂᆞᆫ3446) 봄을 ᄉᆡ와3447) 무슴 ᄒᆞ리오

[612: 290]
구름아 너는 어이 햇볕을 감추는가
유연(油然)은 성한 모양으로 구름을 이루면 큰 가뭄에는 좋지만은
북풍이 슬프게 불 적에 밝은 세상을 몰라 하노라

구름아 너ᄂᆞᆫ 어니 힛빗츨 ᄀᆞᆷ초ᄂᆞᆫ다3448)
油然 作雲3449) ᄒᆞ면 大旱3450)에ᄂᆞᆫ 됴커니와
北風3451)이 ᄉᆞᆯ하져3452) 블3453) 제 볏뉘3454) 몰나 ᄒᆞ노다

[613: 1466]
삼각산 푸른 빛이 중천에 솟아올라
초목이 무성하여 파랗고 날씨는 개어 화창하니 대궐문에 붙여두고
강호에 잔 잡은 늙은이란 매양 취케 하소서

三角山3455) 프른 빗치 中天3456)에 소ᄉᆞ 올나

3443) 곳: 꽃.
3444) 슬허 마라: 슬퍼마라.
3445) 홋날니니: 흩어져 날리니.
3446) 희짓ᄂᆞᆫ: 휘젓는. 희롱하는.
3447) ᄉᆡ와: 시기하여.
3448) ᄀᆞᆷ초ᄂᆞᆫ다: ᄀᆞᆷ초(藏)-ᄂᆞᆫ가(의문형어미)〉감추는가?
3449) 유연작운(油然作雲): 유연(油然)은 성한 모양으로 구름을 이루면. 여기서 구름은 간신배를 상징하는 듯하다. 곧 임금이 올바른 정사를 펴지 못하도록 구름이 앞을 가리는 것을 상징함.
3450) 대한(大旱): 큰 가뭄.
3451) 북풍(北風): 참언을 드리는 곧 간신무리가 아닌 충신을 상징함.
3452) ᄉᆞᆯ하져: '살아져'로도 볼 수 있으나 '슬프게'로 새길 만하다. 'ᄉᆞᆶ다'는 'ᄉᆞᆶ다'에서 온 것으로 痛, 悲의 뜻.
3453) 블: 블(吹)- ⊘(관형어미)〉불.
3454) 볏뉘 '볏'은 '볓'이니 光, 明, '뉘'는 '누리'니 世. 따라서 '볏뉘'는 '볏'과 '뉘'의 복합명사이니, '밝은 세상, 광명한 세상'의 뜻.
3455) 삼각산(三角山): 서울 북쪽에 있어 서울의 진산을 이루고 있다.
3456) 중천(中天)에 소ᄉᆞ 올나: 하늘 한가운데 높이 솟아올라서.

鬱蔥 佳氣[3457]란 象闕[3458]에 부쳐 두고
江湖[3459]에 盞 잡은 늙으니란 ᄆᆡ양 醉[3460]케 ᄒᆞ소셔

[614: 2815]
천하제일의 잘 드는 단도를 한데 모아 비를 매어서
남쪽 오랑캐와 북쪽 오랑캐를 다 쓰러버린 후에
그 쇠로 호미를 만들어 강위의 밭을 매리라

天下 匕首劍[3461]을 ᄒᆞᆫ ᄃᆡ 모와 뷔를 ᄆᆡ야[3462]
南蠻 北狄[3463]을 다 쓰러 ᄇᆞ린 後에
그 쇠로 호믜를 ᄆᆡᆼ그러[3464] 江上田[3465]을 ᄆᆡ리라

[615: 2874]
청산에서 스스로 그 푸름을 믿는 소나무아 네 어이 누웠는가
광풍을 못 이겨서 뿌리 젖혀 누웠노라
가다가 솜씨 좋은 목수 만나거든 날 여기 있더라 하여다오

青山 自負松[3466]아 네 어이 누엇ᄂᆞᆫ다[3467]
狂風을 못 이긔여 불희[3468] 졋져[3469] 누엇노라
가다가 良工[3470] 맛나거든 날 넷더라[3471] ᄒᆞ고려[3472]

3457) 울총가기(鬱蔥佳氣): 초목이 무성하여 파랗고 날씨는 개어 화창하다.
3458) 상궐(象闕)에 부쳐 두고: 대궐문에 붙여두고. 즉, 맡겨두고. 따라서 이러한 아름다운 경치는 대궐의 임금님이나 즐기게 내버려 두고란 뜻을 내포한다.
3459) 강호(江湖): 강과 호수. 시골. 시인, 묵객이 숨어사는 산골.
3460) ᄆᆡ양 취(醉)케 ᄒᆞ소셔: 언제나 취하게 하여 주소서.
3461) 천하비수검(天下 匕首劒): 천하제일의 잘 드는 단도.
3462) 뷔를 ᄆᆡ야: 비를 매어서의 옛말.
3463) 남만북적(南蠻 北狄): 남쪽 오랑캐와 북쪽 오랑캐.
3464) 호믜를 ᄆᆡᆼ그러: 호미를 만들어서.
3465) 강상전(江上田): 강위의 밭.
3466) 청산자부송(青山 自負松): 청산에서 스스로 그 푸름을 믿는 소나무. 혹은 나무가 곧곧하게 서 있지 아니하고 곧게 선 나무를 이름이라고 볼 수는 없을까?
3467) 누엇ᄂᆞᆫ다: 눕-엇(과거시상선어말어미)-ᄂᆞᆫ다(의문형어미)〉누웠는가?
3468) 불희: 뿌리.
3469) 졋져: 젖혀. 뒤로 기대어.

[616: 3211]

해도 낮이 기울면 산하로 돌아가고
달도 보름 후면 가장자리부터 이지러지나니
세상에 부귀공명이 이런가 하노라

ᄒᆡ도 낫지3473) 계면 山河3474)로 도라지고
ᄃᆞᆯ도 보름 後ㅣ면 ᄒᆞᆫᄀᆞ부터 이져 온다3475)
世上에 富貴功名3476)이 다 이런가 ᄒᆞ노라

[617: 3319]

흉중에 먹은 뜻을 속절없이 못 이루고
반평생이나 되는 관계살이에 남의 웃음 된 것이고
두어라 시운이니 한할 줄이 있으랴

胸中에 먹은 뜻을 속절업시3477) 못 이로고
半世 紅塵3478)에 남의 우음3479) 된져이고3480)
두어라 時乎時乎3481)니 恨ᄒᆞᆯ 줄이 이시랴

[618: 32]

假使3482) 죽을지라도 明堂3483)이 뷘 듸 업ᄂᆡ

3470) 양공(良工): 솜씨가 매우 좋은 목수.
3471) 녯더라: 여기 있더라고. '옛ᄃᆞ라'는 '예 잇ᄃᆞ라'의 축약형인데, '예'는 '여기'의 준말.
3472) ᄒᆞ고려: 하여 다오. '고'는 희망부사형 어미. '려'는 의도형 어미. 이 두 개 어미가 결합하여 종결어미형에 쓰일 때는 원망형이 된다.
3473) ᄒᆡ도 낫이 계면: 해도 낮이 기울면(지면)의 옛말.
3474) 산하(山河)로 도라지고: 산과 강으로 돌아 들어간다, 넘어간다.
3475) ᄀᆞ부터 이져 온다: 변두리부터 이지러지니. '한쪽이 떨어지다'의 옛말.
3476) 부귀공명(富貴功名): 부하고 귀하고 이름이 세상에 드날림.
3477) 쇽절업시: 할일 없이. 틀림없이.
3478) 반세홍진(半世 紅塵): 반평생이나 되는 관계(官界)살이.
3479) 우음: 우슴꺼리. '우음'은 우슴(笑).
3480) 된져이고: 되-ㄴ(관형어미)-져이고(감탄형어미)〉된 것이고.
3481) 시호시호(時乎時乎): 시절의 탓이니. 시절의 운이니.
3482) 가사(假使): 가령(假令). 만약.
3483) 명당(明堂): 여러 가지 의미가 있는데 주로 왕자(王者)의 정치하는 조정 및 나라를 두고 말한다.

三神山[3484] 不死藥을 다 키아 먹을만졍
海中에 식 뫼 나거든 게 가[3485] 둘가 ᄒᆞ노라

[619: 2045]
너도 이러하면 이 얼굴을 기리시겠는가
수심이 실이 되어 굽이굽이 맺혀 있어
아무리 풀려고 해도 끝 간 데를 몰라라

녜라[3486] 이러ᄒᆞ면 이 얼굴을 기려시랴[3487]
愁心이 실이 되야 구뷔구뷔 ᄆᆡ쳐[3488] 이셔
아모리 프로려 ᄒᆞ되 긋 간 ᄃᆡ를 몰ᄂᆡ라

[620: 711]
늙었다 물러가자 마음과 의논하니
이 님을 바리고 어디로 가자는 말인고
마음아 너란 있거라 몸만 먼저 가리라

늙엇다 물너가자 ᄆᆞ음과 議論[3489] ᄒᆞ니
이 님 바리ᄋᆸ고 어ᄃᆡ러로 가잔 말고[3490]

그러나 여기선 뒤의 삼신산 등의 문구로 보아 도교에서 말하는 명당일 것이다.

3484) 삼신산(三神山): 중국 전설에 나오는 상상의 세 신산(神山). 즉 봉래산(蓬萊山), 방장산(方丈山), 영주산(瀛洲山)의 세 산이다. 『사기』 〈열자(列子)〉에서 비롯된 이야기로, 〈열자〉에 의하면, 발해(渤海)의 동쪽 수억만 리 저쪽에 오신산(五神山)이 있는데, 그 높이는 각각 3만 리, 금과 옥으로 지은 누각이 늘어서 있고, 주옥(珠玉)으로 된 나무가 우거져 있다. 그 나무의 열매를 먹으면 불로불사한다고 한다. 그곳에 사는 사람은 모두 선인(仙人)들로서 하늘을 날아다니며 살아간다. 오신산은 본래 큰 거북의 등에 업혀 있었는데, 뒤에 두 산은 흘러가 버리고 삼신산만 남았다고 한다. 『사기』에 의하면, B.C. 3세기의 전국시대 말, 발해 연안의 제왕 가운데 삼신산을 찾는 사람이 많았는데 그 중에서도 진나라 시황제는 가장 신선설에 열을 올려 자주 삼신산을 탐험시켰다. 한번은 방사(方士: 仙術을 행하는 사람) 서불(徐市)이 소년과 소녀 수천 명을 이끌고 배에 올랐는데, 결국 행방불명이 되었다는 사건은 특히 유명하다. 한국에서도 중국의 삼신산을 본떠 금강산을 봉래산, 지리산을 방장산, 한라산을 영주산으로 불러 이 산들을 한국의 삼신산으로 일컬었다고 한다.

3485) 게 가: 거기 가서. '게'는 '거기'의 축약.

3486) 녜라: 너-이라.

3487) 기려시랴: 기리-시(주제존대선어말어미)-랴(의문형어미)〉기리시겠는가.

3488) ᄆᆡ쳐: ᄆᆡᆽ-히-어〉맺혀.

3489) 의논(議論): 서로 상의하는 것.

ᄆᆞᄋᆞᆷ아 너란 잇거라3491) 몸만 몬져 가리라3492)

[621: 2318]
이 몸 늙고 쇠약해져서 접동새 넋이 되어
이화 핀 가지 속잎에 싸였다가
밤중쯤 살아나서 울어 님의 귀에 들리리라

이 몸 쇠여져셔3493) 접동ᄉᆡ 넉시 되야
梨花 핀 柯枝 속닙헤 ᄊᆞ혓다가3494)
밤 中만3495) ᄉᆞᆯ하져3496) 우러 님의 귀에 들니리라

[622: 7]
가더니 잊은 양하여 꿈에도 아니 보이네
설마 님이야 그 사이에 잊었으랴
내 마음 아쉬움 때문에 님의 탓을 삼노라

가더니 이즌3497) 양ᄒᆞ여 ᄭᅮᆷ에도 아니 뵈ᄂᆡ
혈마3498) 님이야 그 덧에3499) 이져시랴3500)
ᄂᆡ ᄆᆞᄋᆞᆷ 아수온3501) 젼ᄎᆞ로 님의 타슬 삼노라

[623: 890]
동정 밝은 달이 초회왕의 넋이 되어

3490) 어듸러로 가잔 말고: 어디로 가자는 말이냐.
3491) ᄆᆞᄋᆞᆷ아 너란 잇거라: 마음아, 너는 남아 있거라
3492) 몸만 몬져 가리라: 몸만 먼저 가련다.
3493) 쇠여져서: 쇠(衰)-ㅣ(사동접사)-어(부사형어미)#지-어서〉늙고 쇠약해져서.
3494) ᄊᆞ혓다가: ᄊᆞ히-엇(과거시상선어말어미)-다가(연결어미)〉싸였다가.
3495) 밤 중(中)만: 밤 중쯤.
3496) ᄉᆞᆯ하져: ᄉᆞᆯㅎ(生)-아(부사형어미)#지-어(부사형어미)〉살아져서. 살아나서.
3497) 이즌: 잊(忘)-은(관형혀어미)〉잊은.
3498) 혈마: 설마.
3499) 덧에: 그 사이에.
3500) 이져시랴: 잊-엇(과거시상선어말어미)-으랴(감탄형어미)〉잊었으랴.
3501) 아수온: 아숩-은(관형어미)〉아수ᄫᅳᆫ〉아수온. 아쉬온.

칠백리 평호에 두렷이 비친 뜻은
굴삼려 고기 뱃속에 들어 있는 충성어린 혼백을 못내 밝혀 함이라

洞庭[3502] ᄇᆞᆰ은 ᄃᆞᆯ이 楚懷王[3503]의 넉시 되야
七百里 平湖에 두렷시[3504] 빗쵠 뜻은
屈三閭[3505] 魚腹 忠誠[3506]을 못ᄂᆡ ᄇᆞᆰ키 ᄒᆞᆷ이라[3507]

[624: 252]
공평한 천하의 업은 힘으로 얻을 것인가
진궁실 불을 지른 것도 오히려 무도커든
하물며 의제를 죽이고 하늘 죄를 면하랴

공번된[3508] 天下業은 힘으로 어들 것가[3509]
秦宮室[3510] 불지름도 오히려 無道커든
ᄒᆞ물며 義帝[3511]를 죽이고 하ᄂᆞᆯ 罪를 免ᄒᆞ랴

[625: 674] 원천석(元天錫)
눈 맞아 휘어진 대를 누구라고 굽는다고 하던고
굽을 절이면 눈 속에 푸를쏘냐
아마도 추운 계절에 외롭게 지키는 절개는 너뿐인가 하나니

눈 마ᄌᆞ 휘여진 ᄃᆡ를 뉘라셔 굽다턴고[3512]

3502) 동정(洞庭): 중국 호남성 북부에 있는 큰 호수의 이름.
3503) 초회왕(楚懷王): 초나라의 회왕이며 간신배의 말을 듣고 충신인 굴삼여를 귀양 보냈다.
3504) 두렷시 빗쵠 뜻은: 뚜렷이(똑똑히) 비취는 뜻은.
3505) 굴삼려(屈三閭): 중국 초나라 때의 충신.
3506) 어복충혼(魚腹忠魂): 고기 뱃속에 들어 있는 충성어린 혼백.
3507) 못ᄂᆡ ᄇᆞᆰ키 ᄒᆞᆷ이라: 잊지 못하고 밝히려 함일 것이다.
3508) 공번된: 공평한.
3509) 어들 것가: 얻(得)-을(관형어미)#것(의존명사)-가(의문형어미)>얻을 것인가?
3510) 진궁실(秦宮室) 불질름도: 진궁실(秦宮室)은 하방관(河房官). 항우가 군사를 일으켜 진나라 왕 자영(子嬰)을 죽이고 궁월에 불 지른 일.
3511) 의제(義帝)를: 항우(項羽)가 초회왕(楚懷王)을 표면적으로 높이는 채 하여 의제(義帝)라 한다.
3512) 굽다던고: 굽었다고 하던가.

구블 節[3513]이면 눈 속의 프를소냐
아마도 歲寒孤節[3514]은 너 뿐인가 ᄒᆞ노라

[626: 1124]
바람에 휘었노라 굽은 줄 비웃지는 말아라
봄바람에 핀 꽃이 늘 고울 수 있으랴
바람이 세차게 불고 눈이 어지러이 흩날릴 때면 너야말로 나를 부러워하리라.

ᄇᆞ롬에 휘엿노라 구분 줄 웃지 마라
春風에 픠온 곳지[3515] ᄆᆡ양에[3516] 고와시랴
風飄飄[3517] 雪粉粉[3518]ᄒᆞᆯ 제 네야[3519] 날을 부르리랴

[627: 2420]
어진 바람이 부는 날에 봉황이 나타나도다
장안에 가득 핀 복사꽃이 지니 꽃이로다
산림에 굽은 솔이야 꽃이 있어 저 보겠는가

仁風[3520]이 부ᄂᆞᆫ 날에 鳳凰[3521]이 來儀[3522]ᄒᆞ니
滿城 桃李[3523]ᄂᆞᆫ 지ᄂᆞ니[3524] 곳지로다[3525]
山林[3526]에 굽견[3527] 솔이야 곳 지니 사려 보랴[3528]

3513) 굽을 절(節)이면: '節'은 절개의 준말. 굽을 절개이면.
3514) 세한고절(歲寒孤節): 추운 계절에 외롭게 지키는 절개.
3515) 곳지: 꽃이.
3516) ᄆᆡ양에: 항상. 늘.
3517) 풍표표(風飄飄): 바람이 세차게 부는 모양.
3518) 설분분(雪粉粉): 눈이 어지러이 흩날림.
3519) 네야: 너야말로.
3520) 인풍(仁風): 세상 사람들이 어질게 살려는, 착하게 살려는 애씀. (바램, 기풍).
3521) 봉황(鳳凰): 상서로운 새. 봉(鳳)은 수컷이요, 황(凰)은 암컷이라 한다. 그 모양새는 뱀의 목에 제비의 턱이요, 거북의 등에 물고기의 꼬리 모양이고 5색의 빛에 5음의 소리를 낸다 한다. 나라에나 사사로움에나 좋은 일이 있을 때, 경사로운 일이 있을 때 나타난다는 상서로운 새.
3522) 내의(來儀): 오도다. 나타나다. 여기서는 춤을 춘다는 뜻.
3523) 만성도리(滿城桃李): 성안에(서울 장안에) 복사꽃, 오얏꽃이 가득하다.
3524) 지ᄂᆞ니: 꽃이 지다, 떨어지다.
3525) 곳지로다: '꽃이로다'의 옛말.

[628: 215]
꽃이 지자 속잎 피니 녹음이 다 퍼진다
솔가지 꺾어내어 버들개지를 쓸어치우고
취하여 계오든 잠을 꾀꼬리가 벗을 부르는 소리에 깨났도다

ᄭᅩᆺ 지고[3529] 속닙 나니 綠陰이 다 퍼젓다[3530]
솔 柯枝 것거 ᄂᆡ여 柳絮[3531] 쓰리치고[3532]
醉ᄒᆞ여 겨오 든 ᄌᆞᆷ[3533]을 喚友鶯[3534]이 ᄭᆡ와다

[629: 1991]
말이 충성되고 진실함 행실이 돈독하고 조심스러워 하고 주색을 삼가하면
내 몸에 병이 없고 남 아니 우이나니
행하고 남은 힘이 있거든 학문 따라 하리라

言忠信[3535] 行篤敬[3536]ᄒᆞ고 酒色을 삼가ᄒᆞ면
ᄂᆡ 몸에 病 업고 남 아니 무이ᄂᆞ니[3537]
行ᄒᆞ고 餘力[3538]이 잇거든 學問죠ᄎᆞ[3539] ᄒᆞ리라

3526) 산림(山林): 산 속의 숲.
3527) 굽젼 솔이야: 구부러진(굽은) 소나무.
3528) ᄭᅩᆺ지 이셔 져보랴: 꽃이 있어서 저보겠는가? (떨어지겠느냐)
3529) ᄭᅩᆺ 지쟈 속닙 퓌니: 꽃이 지자 속잎이 피니.
3530) 녹음(綠陰)이 다 퍼진다: 녹음이 널리 퍼진다. (많아진다) 즉, 녹음이 짙어진다.
3531) 유서(柳絮): 버들개지. 솜털 같은 버들 씨앗이 쌓여 날아다는 것을 말함.
3532) 쓰르치고: 쓸어 치우고의 옛말.
3533) 계오든 잠: 겨우 들은 잠.
3534) 환우앵(喚友鶯): 꾀꼬리가 벗을 부르는 소리.
3535) 언충신(言忠信): 말이 충성되고 진실함.
3536) 행독경(行篤敬): 행실이 돈독하고 조심스러움. '言忠信 行篤敬'이란 곧 '언행이 성실함'을 이름.
3537) 무이ᄂᆞ니: 미워하니. '뮈'는 '무이'의 준말. '뮈다'는 '움직이다(動)'의 뜻으로 쓰인 경우도 있음. "ᄇᆞᄅᆞ매 아니뮐써(風亦不扤)"[龍歌2]. 그러나 여기서는 '미워하다(憎)'의 뜻. "처엄에 뮈시던 거시면 이대도록 설우랴."[고시조; 宋時]
3538) 여력(餘力): 남은 힘.
3539) 학문(學問)죠ᄎᆞ ᄒᆞ리라: 글배우는 걸 좋아하리라. 곧 '글을 배우겠다'는 뜻. 진본『청구영언』에는 "學文조차ᄒᆞ리라"로 표기.

[630: 2142]

잘못되어도 옳다하고 옳아도 잘못되었다 하니
세상 인사를 아마도 모르겠도다
차라리 내 그런 체하고 남을 옳다 하리라

외야도[3540] 올타 ᄒᆞ고 올희여도[3541] 외다 ᄒᆞ니
世上 人事를 아마도 모를노다[3542]
출하리[3543] ᄂᆡ 외 쳬[3544] ᄒᆞ고 남을 올타 ᄒᆞ리라

[631: 2952]

초패왕의 장한 뜻도 죽기보다 이별 슬퍼
옥장비가에 눈물은 지었으니
지금에 오강 풍랑에 운단 말 없어라

楚覇王[3545] 壯ᄒᆞᆫ ᄠᅳᆺ도 죽기도곤[3546] 離別 셜의
玉帳 悲歌[3547]에 눈물은 지어시나[3548]
至今희 烏江 風浪[3549]에 우단 말은 업세라[3550]

3540) 외야도: 잘못 되어도. 글러도. '외다'는 誤의 뜻.

3541) 올희여도: 옳-ㅢ(정확하게 분석이 되지 않음)-어도(연결어미)〉옳아도.

3542) 모를로다: 모르-ㄹ(미래시성선어말어미)-로다(감탄형어미)〉모르겠도다.

3543) 출하리: 차라리.

3544) 왼 체: 그른 체.

3545) 초패왕(楚覇王): 중국 삼국시대의 초나라 왕 항우를 말함.

3546) 죽기도곤: '죽기보다'의 옛말.

3547) 옥장비가(玉帳悲歌): 항우가 해하(垓下)에서 한나라 군사에게 포위될 당시 우미인과 함께 이별의 노래를 불렀다는 진중장막을 말함.

3548) 눈물을 지엿시나: 눈물을 지였으나. '눈물을 흘렸으나'의 옛말. 『사기』〈항우본기〉"項王則夜起飮帳中, 有美人名虞常幸從, 駿馬名추常騎之, 於是項王乃悲歌忼慨自爲詩" 참고.

3549) 오강풍랑(烏江風浪): 항우가 옥장 진지에서 우미인을 죽이고, 즉 우미인과 이별하고 동쪽으로 도망가다가 양자강의 지류인 오강에 다다랐을 때 더 나아갈 수가 없기에 스스로 자결하였다. 이 사건을 오강풍랑 이라고 한다. 풍랑하면 바람이 이는 물결이 되겠으나 세상이 어지러울 때를 비유하여 말하기도 한다. 오강(烏江)은 중국 귀주성(貴州省), 서천성(四川省)을 흐르는 강으로, 첸장강(黔江)이라고도 한다. 윈구이(雲貴) 고원 동쪽에서 흘러내리는 유충강(六沖河)과 삼자강(三#河)이 합류하여 우장강이 되는데, 이것이 쓰촨성을 흐른 다음, 홍두강(洪渡河), 부용강(芙蓉河)과 합쳐 룽(陵)에서 양쯔강과 합류한다.

3550) 오강풍랑(烏江風浪)에 운단 말 업세라: '오강풍랑에 운다는 말이 없도다'의 옛말.

[632: 176]
고마련 못 이루었거든 은일원에 못 죽던가
수양산 고사리 그 누구 땅에 났다는 말인고
아무리 푸새의 것인들 먹을 수가 있겠는가

叩馬諫3551) 못 일워든3552) 殷日月3553)에 못 죽던가
首陽山 곳ᄉ리3554) 긔3555) 뉘 ᄯ헤 나단 말고
아모리 프싀엣3556) 거신들 먹을 줄이 이시랴

[633: 3622]
주공도 성인이도다 세상사람 들어봐라
문왕의 아들이 오 무왕의 아우로되
평생에 털끝만치도 교만함을 드러내 보임이 없나니

周公3557)도 聖人이ᄉ다 世上 ᄉ룸3558) 드러스라
文王3559)의 아들이오 武王3560)의 아이로되3561)
平生에 一毫 驕氣3562)를 ᄂ여 뵈미3563) 업ᄂ니

3551) 고마련(叩馬諫): 말 고삐를 잡고 간곡하게 간함. 주의 무왕이 은나라의 주를 치려고 할 때, 백이와 숙제가 말렸다는 고사.
3552) 일워든: 이루었거든.
3553) 은일월(殷日月): 은나라의 시대(세월). 백이숙제는 은나라의 제후고죽군의 두 아들이었음. 은은 중국 조대의 이름으로 탄왕에서 비롯하고 주로 끝난 나라.
3554) 수양산 곳ᄉ리: 백이와 숙제가 주나라의 곡식을 먹지 않고 수양산에 숨어서 고사리를 캐 먹었다는 고사. 수양산은 중국의 산서성에 있는 산으로 이제가 여기서 끝내 아사했다 함.
3555) 긔: 그것이.
3556) 푸새엣: 푸새의, 푸성귀의.
3557) 주공(周公): 고대 중국 주나라의 정치가로서 무왕의 동생이요, 문왕의 아들이다.
3558) 世上사룸 드러스라: 세상 사람들아 들어보아라.
3559) 문왕(文王): 고대 중국 주나라의 대왕으로서 무왕의 아버지요 주공의 아버지이다.
3560) 무왕(武王): 고대 중국 주나라의 대왕으로서 문왕의 아들이요 주공의 형이다.
3561) 아이로되: 동생이로되. 동생이었건만.
3562) 일호교기(一毫驕氣): 털끝만치도 교만하지 않음.
3563) ᄂ여 뵈미 업ᄂ니: 내어 보임이 없나니(없도다)의 옛말.

[634: 1123]
바람에 우는 오동나무 베어내어 줄 메우면
성냄을 풀어 주는 남쪽에서 불어오는 바람에 순금이 되련마는
세상에 알 사람이 없으니 그를 슬퍼하노라

ᄇᆞᄅᆞᆷ에 우ᄂᆞᆫ 머귀[3564] 버혀 ᄂᆡ여[3565] 줄 메오면
解慍 南風[3566]에 舜琴이 되련마ᄂᆞᆫ
世上에 알 이 업스니[3567] 그를 슬허ᄒᆞ노라

[635: 2513]
오래 사는 기술 거짓말이 불사약을 제 누가 보았는가
진시황 무덤 하나라 무제의 무덤도 저녁노을의 가을 풀뿐이로다
인생이 일장춘몽이니 아니 놀고 어이리

長生術[3568] 거즛말이 不死藥[3569]을 긔 뉘 본고
秦王塚[3570] 漢武陵[3571]에 暮煙 秋草[3572] ᄲᅮᆫ이로다
두어라 ᄭᅮᆷᄀᆞᆺ튼 人生[3573]이 아니 놀고 어이리

[636: 787]
닭아 우지 말아 일우었노라고 자랑 말아
한밤 중 진관에 맹상군 아니로다
오늘은 님 오신 날이니 아니 운들 어떠하리

3564) 머귀: 오동, 오동나무.
3565) 버혀 ᄂᆡ혀: 베어 내어.
3566) 해온남풍(解慍南風): 노여움, 성냄을 풀어 주는 남쪽에서 불어오는 바람. 즉 세찬 겨울바람을 풀어 주는 남쪽에서 불어오는 바람. 따스한 봄날의 따뜻한 바람. 순 임금의 〈남풍가〉에 나오는 구절. 순금(舜琴): 고대 중국의 순임금이 탔다는 거문고. 명금.
3567) 알 니 업스니: 알 이 없으니. 아는 사람이 없으니.
3568) 장생술(長生術): 오래 사는 기술.
3569) 불사약(不死藥): 죽지 않는 약.
3570) 진황총(秦皇塚): 중국 진시황의 무덤.
3571) 한무능(漢武陵): 한무제의 능(무덤).
3572) 모연추초(暮烟秋草): 저녁놀과 시들어 가는 가을 풀.
3573) 인생(人生)이 일장춘몽(一場春夢): 인생은 한바탕의 꿈결과 같다.

ᄃᆞᆰ아 우지 마라 일 우노라3574) ᄌᆞ랑 마라
半夜3575) 秦關3576)에 孟嘗君3577) 아니로다
오ᄂᆞᆯ은 님 오신 날이니 아니 우다 엇더리

[637: 19]
까마귀 저 까마귀 너를 보니 애닯구나
네 무슨 약 먹고 머리조차 검게 되었는가
우리의 백발은 무슨 약에 검게 할까

가마귀 져 가마귀 너를 보니 ᄋᆡᄃᆞᆲ괴야3578)
네 무숨 藥 먹고 ᄆᆞ리죠ᄎᆞ3579) 검어ᄂᆞᆫ다3580)
우리의 白髮은 무숨 藥에 검길고3581)

[638: 334]
꿈에 다니는 길이 자취라도 날 적이면
님 계신 창 밖에 돌길이라도 닳으리라
꿈길이 자취가 없으니 그를 서러워하노라

ᄭᅮᆷ에 ᄃᆞᆫ이ᄂᆞᆫ3582) 길히 ᄌᆞ최곳3583) 날쟉시면3584)

3574) 일우노라: 일찍 운다.
3575) 반야(半夜): 밤의 반, 즉 한밤중.
3576) 진관(秦關): 진나라의 관문. 여기서는 함곡관(函谷關)을 말함.
3577) 맹상군(孟嘗君, ?~B.C. 279?): 중국 제(齊)나라의 공족(公族)이며, 전국시대 말기의 '사군(四君)'의 한 사람. 성명 전문(田文). 맹상군은 시호 또는 봉호(封號)라고도 한다. 선왕(宣王)의 서제(庶弟)인 아버지의 뒤를 이은 다음, 천하의 인재들을 모아 후하게 대접하여 그 명성과 실력을 과시하였다. 진(秦)나라 소양왕(昭襄王)의 초빙으로 재상이 되었으나 의심을 받아 살해위기에 처했을 때 좀도둑질과 닭울음소리를 잘 내는 식객들의 도움으로 위기를 모면하였다. 이것이 '계명구도(鷄鳴狗盜)'의 고사이다. 후일 제나라와 위(魏)나라의 재상을 역임하고 독립하여 제후가 되었다.
3578) ᄋᆡᄃᆞᆲ괴야: 애닯구나.
3579) ᄆᆞ리죠ᄎᆞ: 머리까지.
3580) 검어ᄂᆞᆫ다: 검-어(과거시상선어말어미)-ᄂᆞᆫ다(의문형어미)〉검게 되었는가?
3581) 검길고: 검(黑)-기(사동접사)-ㄹ고(의문형어미)〉검게 할까.
3582) ᄃᆞᆫ이ᄂᆞᆫ: ᄃᆞᆮ(到)-니(行)(복합동사어간)-ᄂᆞᆫ(관형어미)〉ᄃᆞᆮ니ᄂᆞᆫ〉ᄃᆞᆫ니ᄂᆞᆫ〉다니는.
3583) ᄌᆞ최곳: ᄌᆞ최-곳(강세접사)〉자취라도.
3584) 날쟉시면: 나(出)-ㄹ(관형어미)#쟉(적, 의존명사)#시(時, 때)-면(연결어미)〉날 적이면.

님 계신 窓 밧기 石路ㅣ[3585]라도 달흐리라[3586]
삶길히 ᄌᆞ최[3587] 업ᄉᆞ니 그를 슬허ᄒᆞ노라

[639: 3061]
태산이 높다 하되 하늘 아래 산이로다
오르고 또 오르면 못 오를 리 없건마는
사람이 저는 아니 오르고 산을 높다 하더라

泰山[3588]이 놉다 ᄒᆞ되 하ᄂᆞᆯ 아ᄅᆡ 뫼히로다[3589]
오로고 ᄯᅩ 오르면 못 오를 理 업건마ᄂᆞᆫ
사ᄅᆞᆷ이 졔 아니 오르고 뫼흘 놉다 ᄒᆞ더라

[640: 898]
동창이 이미 밝았으므로 님을 깨여 보내올 제
동쪽 아닌 곳도 밝아 달이 뜨는 빛이로다
원앙이불을 거두고 원앙베개를 물리치고 이리 구르고 저리 뒤척이노라

東窓이 旣明[3590]커늘 님을 ᄭᆡ야 보내오니
非東方之明[3591]이오 月出之光[3592]이로다
脫鴦衾 推鴛枕[3593]ᄒᆞ고 輾轉反側[3594]ᄒᆞ노라

3585) 석로(石路)ㅣ라도: 돌길이라 하더라도.
3586) 달흐리라: 닳-으리라(감탄형어미)〉닳으리라.
3587) ᄌᆞ최: ᄌᆞ최-∅(주격조사)〉자취가.
3588) 태산(泰山): 중국 산동성에 있는 명산. 중국에는 오악 중의 으뜸인 동악이다. 옛날부터 왕자가 천명을 받고 성을 바꾸면 천하를 바로잡은 다음 반드시 그 사실을 태산의 산신에게 아뢰기 때문에 이산을 높여 대종(岱宗)이라고도 일컫는다. 높이는 1,450m이다. 다른 한편으로 높을 산을 말할 때 비유하기도 함.
3589) 뫼히로다: 산이로다. '뫼'는 고어에서 반드시 'ㅎ'이 개입되어 격변화하기 때문에 'ㅎ'개입체언이라 함.
3590) 기명(旣明)커ᄂᆞᆯ: 이미 밝았거늘.
3591) 비동방즉명(非東方則明): 아침의 해가 동쪽 아닌 곳이 밝다.
3592) 월출기광(月出之光)이로다: 달이 뜨는 빛이로다.
3593) 탈앙금추원침(脫鴦衾推鴛枕): 원앙이불을 거두고 원앙베개를 물리치고.
3594) 전전반측(戰戰反側): 이리 구르고 저리 뒤척이다.

[641: 2969]

가을 서리에 놀란 기러기 싱거운 소리 말아라
가뜩이나 님 여희고 허물며 객지로다
밤중만 네 우음 소리에 잠 못 들어 하노라

秋霜에 놀난 기러기 셤거온[3595] 소ᄅᆡ 마라
ᄀᆞᆺ득에[3596] 님 여희고[3597] ᄒᆞ물며 客裡[3598]로다
어듸셔 제 슬허 우러 ᄂᆡ 스ᄉᆞ로 슬허랴

[642: 1218]

푸른 버들은 실이 되고 꾀꼬리는 북이 되어
구십춘광에 짜내는 것은 나의 걱정
누구라서 푸른 녹음과 꽃다운 풀을 꽃보다 아름답다고 하더냐

綠楊[3599]은 실이 되고 ᄭᅬᄭᅩ리ᄂᆞᆫ 북[3600]이 되여
九十 春光[3601]에 ᄶᆞᄂᆡᄂᆞᆫ이[3602] 나의 시름[3603]
누고셔[3604] 綠陰 芳草[3605]를 勝花時라 ᄒᆞ더니

[643: 2430]

일생에 얄미운 것은 거미 외에 또 있는가
제 창자를 풀어내어 마냥 그물 널어 두고

3595) 셤거온: '싱거운'의 옛말.
3596) ᄀᆞᆺ득에: 가뜩이나.
3597) 여희고: 여의고. 죽어서 이별하고.
3598) 客裏(객리): 객지에 있는 몸.
3599) 녹양(綠楊): 푸른 버들.
3600) 북: 베틀에 달린 기구의 한 가지로 씨의 꾸리를 넣고 북바늘로 고정시켜 날의 틈으로 왔다 갔다 하게 하여, 씨를 풀어 주어 피륙이 짜지게 하는 배 같이 생긴 나무통. 방추.
3601) 구십 춘광(九十春光): 90일 동안의 봄볕. 노인의 마음이 청년처럼 젊음.
3602) ᄶᆞᄂᆡᄂᆞᆫ이: ᄶᆞ(織)-내(供給)(복합동사어간)-ᄂᆞᆫ(관형어미)#이(의존명사)-∅(주격조사)〉(베를) 짜내는 것이.
3603) 시름: 걱정거리.
3604) 누고셔: 누구라서.
3605) 녹음 방초(綠陰芳草)를 승화시(勝花時)라: 푸른 녹음과 꽃다운 풀을 꽃보다 아름답다고.

꽃 보고 춤추는 나비를 다 잡으려 하더라

一生[3606]에 얄믜올슨[3607] 거믜[3608] 밧긔 또 잇ᄂᆞᆫ가
제 ᄇᆡ를 푸러 ᄂᆡ여[3609] 망녕[3610] 그믈[3611] ᄆᆡᄌᆞ[3612] 두고
ᄭᅩᆺ 보고 넙노ᄂᆞᆫ[3613] 나뷔를 잡으려 ᄒᆞ논고나[3614]

[644: 764]
달이 뜨자 배 떠가니 이제 가면 언제 오리
만경창파에 가는 듯 다녀옴세
밤중만 지국총 소리에 애를 끊는 듯하여라

ᄃᆞᆯ 뜨쟈 ᄇᆡ ᄯᅥ나니 인졔[3615] 가면 언졔 오리
萬頃滄波[3616]에 가ᄂᆞᆫ 듯[3617] 도라옴ᄉᆡ
밤 中만 至菊蔥[3618] 소ᄅᆡ에 ᄋᆡ 긋ᄂᆞᆫ 듯[3619]ᄒᆞ여라

[645: 2896]
푸른 하늘에 떠 있는 매가 우리 님의 매와 같도다
단장고 빼깃에 방울 소리 더욱 같다
우리 님 주색에 잠겨 매 떠 있는 줄 모르는고

3606) 일생(一生)에: 생물들의 한 살이 또는 이 세상에.
3607) 얄믜올슨: ‘얄미운 것은’의 옛말.
3608) 거믜: 거미의 옛말.
3609) 졔 ᄇᆡ를 푸러 ᄂᆡ여: 제 배알(창자)을 풀어내어, 뽑아내어서의 옛말.
3610) 망녕: 죽치고 오래도록. 언제까지나.
3611) 그믈: 그물.
3612) ᄆᆡᄌᆞ: 맺어. 펴두고.
3613) 넙노ᄂᆞᆫ: 넘(越)-놀(遊)-ᄂᆞᆫ(관형어미)〉넘다들며 노는.
3614) ᄒᆞ논고나: ᄒᆞ-노(현재시상선어말어미)-ㄴ고나(감탄형어미)〉하는구나.
3615) 인졔: 이제. 경상방언에서는 ‘인자’라는 방언형을 사용하고 있음.
3616) 만경창파(萬頃蒼波): 한없이 넓고 넓은 바다.
3617) 가ᄂᆞᆫ 듯: 가자마자. 가는 듯하다가. 가는 척 하다가.
3618) 지국총(地菊叢): 홍을 돋우기 위해 내는 〈어부가〉의 후렴의 일종. 또는 배 떠날 때 배에서 나는 소리. 노 젓고 닻을 감는 소리.
3619) ᄋᆡ긋ᄂᆞᆫ 듯: 애타는 듯.

靑天에 ᄯᅥᆺᄂᆞᆫ ᄆᆡ가3620) 우리 님의 ᄆᆡ도3621) ᄀᆞᆺ다
단장고3622) ᄲᆡ깃헤3623) 방울 소ᄅᆡ 더옥 ᄀᆞᆺ다
우리 님 酒色에 즘겨 ᄆᆡ ᄯᅥᆺᄂᆞᆫ 줄 모로ᄂᆞᆫ고

[646: 1097]
묻노라 저 선사야 관동 풍경 어떴더냐
명사십리에 붉어있고
멀리 포구에 쌍쌍의 흰 갈매기는 성긴 비속을 날도다

뭇노라 져 禪師3624)야 關東3625) 風景 엇더터니3626)
明沙十里3627)에 海棠花3628) 불것ᄂᆞᆫᄃᆡ3629)
遠浦3630)에 兩兩白鷗3631)ᄂᆞᆫ 飛疎雨3632)를 ᄒᆞ더라

[647: 2638]
주색을 전폐하고 일정 장생할 것 같으면
서시를 돌아보며 천일주를 마실 것이냐
아마도 참고 참다가 둘 다 잃을까 하노라

3620) ᄆᆡ가: 매가.
3621) ᄆᆡ도: ᄆᆡ-와(공동격 생략)-도(특수조사)>매와도.
3622) 단장고: 매사냥에 쓰는 매의 몸에 꾸미는 치장.
3623) ᄲᆡ깃헤: 빼깃에. 빼깃은 매의 꽁지 위에 표를 하기 위해 덧꽂는 새의 깃.
3624) 선사(禪師): 스님. 중.
3625) 관동(關東): 대관령 동쪽 강원도 땅. 관동팔경(여덟의 경치가 좋은 곳)이 있다.
3626) 엇더터니: 어또하더냐. 얼마나 경치가 좋으냐의 옛말.
3627) 명사십리(明沙十里): 함남 원산시 갈마반도(갈마반도)의 남동쪽 바닷가에 있는 백사장. 바다 기슭을 따라 흰 모래톱이 10리(4km)나 이어지고 있어 명사십리라고 한다. 안변의 남대천과 동해의 물결에 깎이고 씻긴 화강암의 알갱이들이 쌓여서 이루어진 것이다. 이 일대에는 소나무, 잣나무, 참나무들이 자라며 특히 해당화가 많다. 명사십리의 돌단부는 본디 섬이었는데, 바닷물의 퇴적작용으로 육지와 연결되어 갈마반도를 형성하였다. 원산시와 명사십리 어귀를 잇는 구간에는 현대적인 고층건물이 늘어서고, 부근에는 송도원해수욕장이 있다. 특히 원산 앞바다의 모래밭에는 해당화 꽃이 10리나 이어져서 피는데 이곳을 '명사십리'라 한다. '명사십리 해당화야……' 하는 노랫말의 해당화는 이곳의 해당화를 말함.
3628) 해당화(海棠花): 바닷가에서 많이 피는 장미꽃 모양의 꽃.
3629) 불거잇고: 붉게 피어 있느냐의 준말.
3630) 원포(遠浦): 먼 포구. 먼 물가.
3631) 양양백구(兩兩白鷗): 쌍쌍의 흰 갈매기.
3632) 비소우(飛疎雨): 성기게 오는 비. 성하게 오는 비. 힘차게 오는 비. 소낙비.

酒色[3633]을 삼간 後에 一定 百年[3634] 살쟈시면[3635]
西施[3636]ㅣ들 關係ᄒᆞ며 千日酒[3637]ㅣ들 마실소냐
아마도 츰고 츰다가 兩失[3638]홀가 ᄒᆞ노라

[648: 1390]
사람이 죽어갈 적에 값을 주고 산다면
안연(顔淵)이 죽어갈 적에 공자가 아니 살렸으랴
값 주고 못 살 인생이니 아니 놀고 어이 하리

사름이 죽어갈 졔 갑슬[3639] 주고 살쟈시면[3640]
顔淵[3641]이 죽어갈 제 孔子ㅣ 아니 살녀시랴[3642]
갑 주고 못 살 人生이니 아니 놀고 어이ᄒᆞ리

[649: 2340]
이별 서러운 줄을 직녀야 아느니라
오작교 가에서 여희노라 우는 눈물
인간에 궂은 비 되어 님 못 가게 하노라

離別 셜운[3643] 줄을 織女[3644]야 아ᄂᆞᆫ이라
烏鵲橋[3645] 邊의 여희노라[3646] 우ᄂᆞᆫ 눈물

3633) 주색(酒色)을 전폐(全廢)ᄒᆞ고: 술과 여자를 폐지하고, 멀리하고.
3634) 일정장생(一定長生): 정한 오랜 삶.
3635) 홀쟈시면: 할 작정이면.
3636) 서시(西施): 중국 춘추시대 월나라의 미인.
3637) 천일주(千日酒): 천일이 된 술. 좋은 술.
3638) 양실(兩失): 둘을 다 잃음.
3639) 갑슬: 값을.
3640) 살쟈시면: 산다면.
3641) 안연(顔淵): 공자(孔子)의 수제자로 32세에 조사하여 공자가 몹시 애통했다 함.
3642) 살녀시랴: 살렸으랴.
3643) 셜운: 슬픈.
3644) 직녀: 직녀성, 금좌의 수성, 칠석날 밤에 은하 건너에 있는 견우성을 만난다는 전설이 있는 별.
3645) 오작교: 칠석날 견우와 직녀의 두 별을 만나게 하기 위하여, 까막까치가 모여 은하에 놓는다는 다리.
3646) 여희노라: 이별하노라.

人間에 구즌 비 되야 님 못 가게 ᄒᆞ노라

[650: 1609]

세상사는 금 삼척이오 생애는 술 한 잔이라
서쪽 강위에 보름달이 뚜렷이 밝았는데
동쪽 누각에 설중매 대리고 달구경을 즐기며 오래도록 술에 취하리라

世事[3647]ᄂᆞᆫ 琴三尺[3648]이오 生涯[3649]ᄂᆞᆫ 酒一杯[3650]이라
西亭 江上月[3651]이 두렷이 ᄇᆞᆰ아ᄂᆞᆫᄃᆡ
東閣[3652]에 雪中梅[3653] 다리고 翫月長醉[3654] ᄒᆞ리라

[651: 1656]

중국의 소상강 가에 있는 긴 대나무를 베어내어 낚시 매어 둘러메고
공명을 되돌아보지 않고 푸른 바다로 돌아드니
백구야 날 본 체 하지 마라 세상 알까 하노라

瀟湘江[3655] 긴 ᄃᆡ 버혀 낙시 ᄆᆡ혀 두러메고
不顧 功名ᄒᆞ고[3656] 碧波로 도라드니[3657]
白鷗야 날 본 쳬 마라 世上 알가 ᄒᆞ노라

3647) 세가(世事): 세상일.
3648) 금삼척(琴三尺): 삼척(三尺-세자)의 거문고. 즉, 거문고 하나.
3649) 생애(生涯): 인생살이. 살아가는 생태나 환경.
3650) 주일배(酒一盃): 술 한 잔. 한 잔 술.
3651) 서정강상월(西亭江上月): 서쪽 강위에 보름달. 서쪽 강위로 떠오르는 둥근 보름달.
3652) 동각(東閣): 동쪽에 있는 누각.
3653) 설중매(雪中梅): 눈 속에 매화꽃. 기녀를 상징.
3654) 완월장취(翫月長醉): 달구경을 즐기며 오래도록 술에 취하다.
3655) 소상강(瀟湘江): 중국에서 경치가 좋기로 이름난 아름다운 강. 중국 후난성(湖南省) 둥팅호(洞庭湖) 남쪽의 샤오수이강(瀟水)과 샹장강(湘江)이 합류하는 곳에 대표적인 8가지 아름다운 경치가 있어 이를 소상강 팔경이라 한다.
3656) 불고공명(不顧 功名)ᄒᆞ고: 공명을 되돌아보지 않고.
3657) 벽파(碧波)로 도라드니: 푸른 바다로 돌아드니.

[652: 204]

꽃아, 고운 빛을 믿고 오는 나비를 막지 말아라.
봄빛이 잠깐 동안이라는 것을 너인들 짐작이 안 가느냐?
초록빛 나뭇잎으로 그늘이 지고 열매가 가지마다 가득하면 어느 나비가 돌아보리

곳3658)아 色3659)을 밋고 오는 나뷔 禁치 마라3660)
春光3661)이 덧업신 줄3662) 넨들 아니 斟酌ᄒᆞ랴
綠葉3663)이 成陰子3664) 滿枝3665)ᄒᆞ면 어ᄂᆡ 나뷔 도라보리

[653: 1438]

산영루 비갠 후에 백운봉이 새로워라
도화 뜬 맑은 물이 골골이 솟아난다
아희야 무능이 어디메오 나는 여긴가 하노라

山映樓3666) 비 긴 後에 白雲峰3667)이 ᄉᆡ로왜라
桃花 ᄯᅳᆫ ᄆᆞᆰ은 물은 골골이 소ᄉᆞ 난다
아희야 武陵3668)이 어듸ᄆᆡ요3669) 나는 녠가 ᄒᆞ노라

[654: 1730]

술아 너는 어디에 흰 낯을 붉히느냐

3658) 곳: 꽃.
3659) 색(色): 색깔.
3660) 금(禁)치마라: 금하지 말아라. 거절하지 말아라.
3661) 춘광(春光): 봄의 햇살. 봄볕.
3662) 덧업슨 줄: 덧없음을. 세상이 사정없이 빠름.
3663) 녹엽(綠葉): 푸른 잎.
3664) 성음자(成陰子): 녹음이 이루어지는 씨앗. 즉 푸른 나무와 그 잎들.
3665) 만지(滿枝): 가지에 가득하다. 녹음이 우거지다.
3666) 산영루(山映樓): 옛날에 삼각산에 있었다는 누대.
3667) 백운봉(白雲峯): 서울 삼각산의 주봉을 말함이다. 지금의 백운대.
3668) 무릉(武陵): 무릉도원(武陵桃源)을 말한다. 무릉도원은 중국의 진(晋)나라 사람 도연명의 가설적인 기사로서 무릉이라는 지방에 아름다운 복숭아꽃이 피는 이 세상의 별천지를 말한다. 즉 선경(仙境)을 말함이다.
3669) 어듸메오: 어디에 있느냐.

흰 낯 붉히니 백발을 검게 하려므나
아마도 백발 검은 약은 못 얻을까 하노라

술아 너ᄂᆞᆫ 어니 흰[3670] 낫츨[3671] 븕키ᄂᆞ니[3672]
흰 낫 븕키ᄂᆞ니 白髮을 검기렴은[3673]
아마도 白髮 검은 약은 못 엇들가 ᄒᆞ노라

[655: 1677]
소나무 아래에 동자에게 물어보니 말인즉 선생은 약초 캐러 갔다고 한다
다만 이 산중에 있지만은 구름이 깊어 간 곳을 알지 못한다고 하니
아희야 네 선생 오시거든 날 왔다고 사뢰어라

松下에 問童子ᄒᆞ니 言師採藥[3674]去ㅣ라[3675]
只在此山中[3676]이언마ᄂᆞᆫ 雲深不知處ㅣ로다[3677]
아희야 네 先生 오시거던 날 왓더라 ᄉᆞᆯ와라

[656: 2770]
수많은 산엔 새의 자취도 없고 모든 길에는 인적 또한 끊겼구나
외로운 배에 사립 쓴 저 늙은이 찬 눈을 맞으며 혼자서 낚시질하네
낚시 저절로 무는 고기 그것뿐인가 하노라

千山에 鳥飛絶이오 萬逕[3678]에 人蹤滅를
孤舟 蓑笠翁이[3679] 獨釣寒江雪이로다[3680]

3670) 흰: 흰.
3671) ᄂᆞᆺᄎᆞᆯ: 낯을.
3672) 븕키ᄂᆞ니: 붉히느냐.
3673) 검기렴은: 검게 하려므나.
3674) 채약(採藥): 약초를 캠.
3675) 언사채약사(言師採藥去)ㅣ라: 말인즉 선생은 약초 캐러 갔음.
3676) 지재차산중(只在此山中): 다만 이 산중에 있기는 있음.
3677) 운심부지처(雲深不知處)ㅣ로다: 구름이 깊어 간 곳을 알지 못한다. 초, 중장은 당나라 시인 매도(賈島)의 시 〈심은자불우(尋隱者不遇)〉의 전문.
3678) 만경(萬逕)에 인종멸(人蹤滅)를: 모든 길에 사람의 자취가 끊겼음.

낙시의 졀노[3681] 무ᄂᆞᆫ 고기 긔[3682] 분인가[3683] ᄒᆞ노라

[657: 1768]

시상리 오류촌에 도처사의 몸이 되어
줄 없는 거문고를 소리 없이 짚어시니
백붕이 음악의 곡조를 아는지 우쭐우쭐 하더라

柴桑里 五柳村에 陶處士[3684]의 몸이 되야
줄 업슨 거문고를[3685] 소ᄅᆡ 업시 집허시니
白鵬이 知音[3686]ᄒᆞᄂᆞᆫ지 우즑우즑[3687] ᄒᆞ더라

[658: 29]

까마귀는 까만색 칠하여서 검으며 해오라기는 늙어서 희겠느냐
태어나면서부터 희고 검은 것은 옛부터 있건마는
어찌하여 나를 보는 님은 검다 희다 하고 말이 많으냐

가마귀 칠ᄒᆞ여 검으며[3688] ᄒᆡ오리[3689] 늙어 셰더냐
天生黑白[3690]은 녜부터 잇건마ᄂᆞᆫ
엇더타[3691] 날 보신 님은[3692] 검다 셰다 ᄒᆞᄂᆞ니

3679) 고주(孤舟) 사립옹(蓑笠翁)이: 외로 운 배에 도롱이를 쓴 노인만이.
3680) 독조한강설(獨釣寒江雪)이로다: 찬 눈을 맞으며 홀로 낚시질을 하네.
3681) 졀노: 저절로.
3682) 긔: 그것이.
3683) 분인가: 분수에 맞는가.
3684) 시상리(柴桑里) 오류촌(五柳村)에 도처사(陶處士): 도연명의 고향인 심양에 있는 오류촌. 도처사는 중국 진나라 시인인 도잠을 말하며 관작이 없는 처사.
3685) 줄 업슨 거문고를: 곧 무현의 금을 말하는데 도현명이 지니고 있었다고 하는 거문고이름이다.
3686) 지음(知音): 음악의 곡조를 앎.
3687) 우즑우즑: 우줄우줄. 우쭐우쭐.
3688) 칠(漆)ᄒᆞ여 거무며: 옻칠을 하여 검으며.
3689) 해(海)오리: 해오라기. 백로.
3690) 천생흑백(天生黑白): 태어나면서부터 희고 검은 것은.
3691) 엇더타: 어떻다. 어찌하여.
3692) 날 본 님: 나를 보는 님.

[659: 1610]

이 세상의 일들은 내가 알 바가 아니로다 가리라 위수 강변에
세상이 비록 나를 싫어할지라도 산수조차 나를 싫어할쏘냐
강호에 한 낚시꾼의 어부가 되어서 하늘이 내리는 좋은 때(세상)가 오기를 기다리련다.

世事[3693]를 뉘 아더냐 가리라 渭水濱에[3694]
世上이 날은 씌다 山水조ᄎᆞ 날을 씌랴[3695]
江湖[3696]에 一竿 漁父[3697] 되야 이셔 待天時[3698]ᄒᆞ리라

[660: 96]

고기잡이 그물을 매는 강가의 말을 사람들아 기러기는 잡지를 말아라
북쪽 변방에서 강남에 있는 그리운 님에게 소식을 그 누구에게(그 누구를 시켜서) 전하겠느냐
아무리 강촌의 어부인들 어찌 이별이 없으리오

江邊에 그믈 멘 ᄉᆞᄅᆞᆷ[3699] 기러기ᄂᆞᆫ 잡지 마라
塞北[3700] 江南[3701]에 消息인들 뉘 傳ᄒᆞ리
아모리 江村[3702] 漁夫[3703] ᅟᅵᆫ들 離別조ᄎᆞ 업스랴

[661: 3054]

이 태백이 술을 실러 가서 달이 지도록 아니 온다

3693) 세사(世事)ᄅᆞᆯ ᄂᆡ 아더냐: 이 세상일들을 내가 알 바 아니다.
3694) 위수빈(渭水濱): 강태공이 고기를 낚던 위수강변.
3695) 산수(山水)조차 날 ᄭᅴᆯ소냐: 산수까지야 나를 싫어하겠느냐.
3696) 강호(江湖): 강과 호수. 즉, 시골.
3697) 일간어부(一竿漁父): 한 낚시꾼의 어부. 일간은 한 낚싯대.
3698) 대천시(待天時): 하늘이 내리는 때를 기다린다. 대천명(待天命)도 있다.
3699) 그믈 멘 사람: 고기잡이 그물을 매는 사람. 고기잡이 그물을 치는 사람의 옛말.
3700) 새북(塞北): 북쪽 변방을 말함. 북쪽 추운 지방.
3701) 강남(江南): 남쪽 지방. 겨울을 춥고 여름에는 더운 지방. 춘하추동의 사계절의 고장.
3702) 강촌(江村): 강가에 있는 마을.
3703) 강촌어부(江村漁父부): 강가의 마을 어부.

오는 배가 그것인가 하니 고기 잡는 작은 고깃배로다
아희야 잔 씻어 놓아라 벌써 올까하노라

太白이 술 실너[3704] 가셔 ᄃᆞᆯ 지도록 아니 온다
오ᄂᆞᆫ ᄇᆡ 귄가[3705] ᄒᆞ니 고기 잡ᄂᆞᆫ 小舡[3706]이로다
아희야 盞 씨셔 노하라[3707] 하마[3708] 올가 ᄒᆞ노라

[662: 2837]
푸른 계울 위 초가곡집 밖에 봄은 어이 늦었느냐
흰 눈 같은 배꽃 향기에 황금 같은 고운 버들빛이로다
수많은 골짜기에 덮인 구름에 봄의 뒤숭숭한 생각에 분주하도다

淸溪上 草堂[3709] 外에 봄은 어이 느졋ᄂᆞ니
梨花白雪香[3710]에 柳色黃金嫩[3711]이로다
滿壑雲[3712] 蜀魄聲[3713]中에 春事ㅣ 茫然[3714]ᄒᆞ여라

[663: 2819]
천황씨 요사하고 지황씨 단명하니
온전하지 못한 이 몸이 지금까지 살았기는
후세에 새 천지 나거든 편지 전하고자 함이라

天皇氏[3715] 夭死[3716]ᄒᆞ고 地皇氏 短命ᄒᆞ니

3704) 실러: 실으려고.
3705) 귄가: 그것인가.
3706) 소강(小舡): 작은 고깃배.
3707) 노하라: 놓아라.
3708) ᄒᆞ마: 벌써.
3709) 초당(草堂): 초갓집.
3710) 이화 백설향(梨花白雪香): 흰 눈 같은 배꽃의 향기.
3711) 유색황금눈(柳色黃金嫩): 황금 같이 고운 버들 빛. 이백의 〈궁중행락시(宮中行樂詩)〉에 "柳色黃金嫩 梨花白雪香" 참고.
3712) 만학운(滿壑雲): 수많은 골짜기에 덮인 구름.
3713) 촉백성(蜀魄聲): 두견의 울음소리.
3714) 춘사ㅣ 망연(春事ㅣ茫然): 봄의 뒤숭숭한 생각에 분주한.

支離훈[3717] 이 몸이 至今에 ᄉᆞ랏기는[3718]
後世에 ᄉᆡ 天地 나거든 편지 젼ᄎᆞ 홈이라[3719]

[664: 161]
천지 넓고 크고 해와 달이 밝게 빛나도다
삼황 때 예악이오 오제의 문물이라
사해로 태평주 빚어 만백성이 함께 취하고 즐기게 하리라

天地 廣大ᄒᆞ고 日月이 光華[3720]로다
三皇 젹 禮樂[3721]이오 五帝의 文物[3722]이라
四海로 太平酒[3723] 비져 萬姓同醉[3724] ᄒᆞ리라

[665: 2811]
천간사 높은 누의 이백이와 놀았던가
벽상풍월은 완연이 있다마는
지금에 한 말 술로 시 백편은 꿈이런가 하노라

天竺寺[3725] 놉흔 樓의 李白이와 노돗던가
壁上 風月[3726]은 完然[3727]이 잇다마는
至今에 酒一斗[3728] 詩百篇은 쑴이런가[3729] ᄒᆞ노라

3715) 천황씨(天皇氏). 지황씨(地皇氏): 천황시는 중국 상고시대의 삼황의 나나로 일만 팔천세를 살았다고 함. 역시 지황씨도 같다.
3716) 요사(夭死): 일찍 죽음.
3717) 지리(支離)훈: 몸이 말을 듣지 않는 무용지물이라는 뜻. 혹은 온전하지 못함.
3718) 사랏기는: 산 것은.
3719) 젼ᄎᆞ 홈이라: 전하자고 함이라.
3720) 일월(日月)이 광화(光華): 해와 달이 밝게 빛남.
3721) 삼황(三皇) 젹 예약(禮樂): 중국 고대 삼황시대의 예법과 음악.
3722) 오제(五帝)의 문불(文物): 중국 고대 오제 시절의 문화와 문물.
3723) 태평주(太平酒) 비져: 태평주를 빚어.
3724) 만성동취(萬姓同醉): 만백성이 함께 취하고 즐김.
3725) 천축사(天竺寺): 중국 절강성의 천축산에 있는 절 이름.
3726) 벽상풍월(壁上風月): 절벽 위의 아름다운 달과 풍경.
3727) 완연(完然)이: 두렷이. 완연히.
3728) 두일두(酒一斗): 함량의 술.

[666: 606]
내 집이 초갓집 삼간 세상의 일에는 전혀 관심이 없네
다 달이는 돌탕관과 고기 잡는 낚싯대로다
뒷산에는 저절로 난 고사리 그뿐인가 하노라

닉 집이 草廬 三間[3730] 世事[3731]는 바히 업닉[3732]
茶 다리는 돌湯罐[3733]과 고기 잡는 낙딕 ᄒᆞ나
뒷 믜희[3734] 졀노 난 고ᄉᆞ리 긔 分인가[3735] ᄒᆞ노라

[667: 1409]
사랑인들 님 마다 하며 이별인들 다 설으랴
평생에 처음이오 다시 못 볼 님이로다
얼마나 긴장했던 님인데 살뜰한 애를 끝나니

思郎인들 님마다 ᄒᆞ며 離別인들 다 셜으랴[3736]
平生에 쳐음이오 다시 못 볼 님이로다
얼ᄆᆡ나 긴장ᄒᆞᆯ 님이완ᄃᆡ ᄉᆞᆯ든 ᄋᆡ를[3737] ᄭᅳᆺᄂᆞ니[3738]

[668: 2730]
창오산에서 우나라 순임금이 돌아가시고 두 왕비의 눈물로 상수의 물이 말라야 이 내 시름이 없어질 것을
구의봉에 구름이 갈수록 새로와라
밤중만 동쪽 고개에서 달이 뜨니 님을 뵈온 듯하여라

3729) 꿈이런가: 꿈(夢)-이(서술격조사)-더(회상선어말어미)-ㄴ가(설명형어미)〉꿈이던가.
3730) 초당삼간(草堂三間): 초가삼간. 띠풀이나 짚으로 지붕을 이은 집.
3731) 세사(世事): 이 세상의 일.
3732) 바히 업네: 전혀 없다. 전혀 알지 못한다.
3733) 다(茶) 달히는 돌탕관: 차 달이는 돌로 된 탕기(湯器).
3734) 뒷뫼희: 뒷산에.
3735) 긔 분(分)인가 ᄒᆞ노라: 그뿐인가, 그것뿐인가 하노라.
3736) 셜으랴: 섧-으랴(감탄형어미)〉섧겠느냐
3737) ᄉᆞᆯ든 ᄋᆡ를: 살뜰한 애를.
3738) ᄭᅳᆺᄂᆞ니: 끝나니.

蒼梧山崩 湘水絶[3739]이라야 이 ᄂᆡ 시름이 업ᄉᆞᆯ 거슬
九疑峰[3740] 구름이 가지록 ᄉᆡ로왜라[3741]
밤 中만 月出東嶺[3742]ᄒᆞ니 님[3743] 뵈온 듯ᄒᆞ여라

[669: 2773]
천세를 누리소서 만세를 누리소서
무쇠기둥에 꽃 피어 열매가 열면 따서 드리도록 누리소서
그 제서야 억만세 외에 또 만세를 누리소서

千歲를 누리소셔[3744] 萬歲를 누리소셔
무쇠 기동[3745]에 ᄭᅩᆺ 픠여 여름이 여러[3746] ᄯᅡ 드리도록[3747] 누리소셔
그ᄌᆡ아[3748] 億萬歲 밧긔[3749] ᄯᅩ 萬歲를 누리소셔

[670: 2661]
달에게 말을 물어 보려고 술잔을 잡고 창을 여니
둥글고 맑은 빛은 옛날과 같지마는
(그토록 달을 사랑하던) 이백이 이제는 없으니 (달의 아름다움을) 알 이는 없음을 한탄하노라

ᄃᆞᆯᄃᆞ려 무르려 ᄒᆞ고[3750] 盞 잡고 窓을 여니

3739) 창오산붕(蒼梧山崩) 산수절(湘水絶): 창오산에서 우나라 순임금이 돌아가시고 두 왕비의 눈물로 상수의 물이 마름. 창오산은 호남성 연형의 동쪽에 있는 산으로, 우나라 순임금이 돌아가신 곳인데 구의산이라고도 함.
3740) 구의봉(九疑峰): 창오산의 봉우리, 아홉 개의 봉우리가 모양이 비슷해서 이름함.
3741) 새로왜라: 새롭구나.
3742) 월출어동녕(月出東嶺): 동쪽 고개에서 달이 뜸.
3743) 님: 순임금을 가리킴.
3744) 누리소셔: 복을 받아 잘살다. 형유(亨有)하다.
3745) 무쇠기동: 쇠기둥. 강철. 쇠붙이를 말함.
3746) 여름이 여러: 열매가 열어.
3747) ᄯᅡ 드리도록: 따서 드리도록.
3748) 그ᄌᆡ야: 그제서야.
3749) 그밧긔: 그 밖에.
3750) 무르려 ᄒᆞ고: 물으려고. '~려고'는 의도형어미.

두렷고[3751] ᄇᆞᆰ은 빗츤 녜론 듯[3752] ᄒᆞ다마ᄂᆞᆫ
이제ᄂᆞᆫ 太白이 간 後ㅣ니 알 니[3753] 업셔 ᄒᆞ노라

[671: 773]
달아달아 밝은 달아 이태백이 놀던 달아
이태백이 고래 등을 타고 하늘을 오른 뒤이니, 이제는 그 누구와 놀려고 밝았느냐?
나 역시 음풍농월하는 호매한 사람이니 나와 같이 놀면 어떻겠느냐?

ᄃᆞᆯ아 ᄇᆞᆰ은 ᄃᆞᆯ아 李太白[3754]이 노든 ᄃᆞᆯ아
太白이 騎鯨飛上天 後ㅣ니[3755] 눌과 놀녀 ᄇᆞᆰ앗ᄂᆞᆫ다
ᄂᆡ 亦是 風月之豪士[3756]라 날과 놀미 엇더리

[672: 340]
꿈으로 차사를 삼아 먼 데 님 오게 하면
비록 천리이라도 순식간에 오련만
그 님도 님을 둔 님이니 올 듯 말 듯 하여라

ᄭᅮᆷ으로 差使[3757]을 삼아 먼 ᄃᆡ[3758] 님 오게 ᄒᆞ면
비록 千里이라도 瞬息에 오련마ᄂᆞᆫ
그 님도 님 둔 님이니 올ᄯᅩᆼ말ᄯᅩᆼ[3759] ᄒᆞ여라

3751) 두렷고: 둥글고.

3752) 녜론 듯: 옛다운 듯. 예로운 듯. 옛 모양 그대로인 듯.

3753) 알 니: 알 사람.

3754) 이태백(李太白)이: 중국 당나라 때의 명시인. 위지 시성(詩聖)이라고도 한다. 술 한 잔을 마시면 시 한 수를 지어내었다 한다. 특히 달을 보고 즐겨 시를 지었다 한다. 또 술을 좋아하여 말술을 먹었다 한다. 끝내는 배를 저어 강 한 가운데 나아가서 물 속에 들어 있는 달을 건져내려다가 물에 빠져 죽었다는 유명한 일화가 전해온다.

3755) 기경비상천후(騎鯨飛上天後)ㅣ니: 이태백이 고래를 타고 하늘로 날은 후니. 즉, 물에 빠져죽은 뒤라는 뜻. 두보의 시에 "若逢李白騎鯨魚 道甫門訊今何" 참고.

3756) 풍월지호사(風月之豪士): 음풍농월하는 호매한 사람. 시도 짓고 노래를 부르는 호탕한 사람. 풍월을 즐기는 사람.

3757) 차사(差使): 주요한 임무를 위하여 파견하는 외교사신, 또는 고을 원이 죄인을 압송하기 위해 보내는 하인.

3758) 먼 ᄃᆡ: 먼 곳의.

3759) 올ᄯᅩᆼ 말ᄯᅩᆼ: 올는지 말는지.

[673: 1354]

빚은 술을 다 먹고 나니 먼데서 손님이 왔도다.
술집은 저기만큼 있건마는 헌옷을 술을 얼마나 주리
아이야, 에누리하지 말고 주는 대로 받아 오너라.

비즌 술[3760] 다 먹으니 먼 듸셔 벗지 왓다
술집은 졔연마ᄂᆞᆫ[3761] 헌 옷셰 헌마 쥬리[3762]
아희야 셔기지[3763] 말고 쥬ᄂᆞᆫ ᄃᆡ로 바다라

[674: 2936]

초당 가을 달밤에 귀뚜라미 울음소리도 못 울게 금하거든
무엇하리라 한밤에 기러기 울음소리인가
우리도 님 이별하고 잠 못 들어하노라

草堂 秋夜月[3764]에 蟀蟀聲[3765]도 못 禁커든
무ᄉᆞᆷ 호리라[3766] 夜半에 鴻鴈聲[3767]고
우리도 님 離別ᄒᆞ고 ᄌᆞᆷ 못 드러[3768] ᄒᆞ노라

[675: 1557]

석숭이 죽어 갈 제 무엇을 가져가며
유령의 무덤 위에 흙에 어느 누가 술이 말하더니
아희야 잔 가득 부어라 살아계실 제 먹으리라

石崇[3769]이 죽어 갈 제 무어슬 가져 가며

3760) 비즌 술: 빚은 술. 만든 술.
3761) 술집은 졔엿마ᄂᆞᆫ: 술집은 저기에 있건마는.
3762) 헌 옷 셰 헌마 쥬리: 헌옷 세 얼마나 하는지.
3763) 셕이지: 속이지. 값을 에누리하지.
3764) 추야월(秋夜月): 가을밤 달.
3765) 실솔성(蟀蟀聲): 귀뚜라미의 울음소리.
3766) 무슴 ᄒᆞ리라: 무엇하려고.
3767) 홍안성(鴻鴈聲): 기러기의 울음소리.
3768) ᄌᆞᆷ 못 드러: 잠 못 이뤄.

劉伶의 墳上土[3770]에 어닉 술이 이르더니[3771]
아희야 盞 ᄀ득 부어라 사라신 졔[3772] 먹으리라

[676: 2918]
너희 집이 어느 곳에 있느냐? 이산 넘어 긴 강 위에
대숲 푸른 곳에 외사립 닫은 집이
그 앞에 백구(흰 갈매기)가 떠 날고 있으니 그곳에 가서 물어 보려무나.

네 집이 어듸미오 이 뫼 넘어 긴 江 우희
竹林[3773] 프른 곳에 외사립[3774] 다든 집이
그 압희 白鷗 써스니[3775] 게 가 무러 보와라

[677: 2855]
초강의 어부들아, 고기를 낚아서 삶지는 말아라
굴삼려의 충성어린 혼백이 고기 뱃속에 들었으니
아무리 큰 솥에 삶는다 하더라도 변할 줄이 있으랴

楚江[3776] 漁父들아 고기 낙가 숨지 마라
屈三閭 忠魂이 魚腹裡[3777]에 드러ᄂ니
아모리 鼎鑊[3778]에 솔문들 變ᄒᆞᆯ 줄이 이시랴

3769) 석숭(石崇)이: 중국 진나라 때의 부호이며 문장가. 항해와 무역으로 번 돈으로 매우 호화롭게 살며 시문을 좋아했다고 한다.
3770) 유령(劉伶)의 분상토(墳上土)에: 유령의 무덤 위의 흙. 유령은 진나라 시인으로 허무를 주창하며 술을 마시며 청담을 논했던 죽림칠현의 한 사람.
3771) 이르더니: 니르-더(과거회상선어말어미)-니>말하더니.
3772) 사라신 졔: 살아 있을 때에.
3773) 죽림(竹林): 대숲. 대나무 우거진 숲.
3774) 외사립: 외짝 사립문.
3775) 써시니: '떠 있으니'의 옛말. 날고 있으니.
3776) 초강(楚江) 어부(漁夫)들아: 초강의 어부들아. 초강은 굴원이 빠져 죽은 멱라수(覓羅水).
3777) 어복리(魚腹裏): 고기 뱃속.
3778) 정확(鼎鑊): 큰 솥. 중국 전국시대에 죄인을 삶아 죽이던 큰 솥을 말한다. 이 솥은 발이 있는 솥과 없는 솥으로 되어 있다.

[678: 2855]

청사검을 둘러메고 흰 사슴 눌러 타고서
동쪽 해 뜨는 곳 지는 해에 동천으로 돌아오니
신선의 궁전에서 쇠북소리와 경쇠소리는 구름 밖에서 들리는 듯하구나.

靑蛇劍[3779] 두러메고 白鹿[3780]을 지즐 타고[3781]
扶桑[3782] 지ᄂᆞᆫ ᄒᆡ에 洞天[3783]으로 도라오니
仙宮[3784]에 鍾磬[3785] ᄆᆞᆰ은 소ᄅᆡ[3786] 구름 박긔[3787] 들니더라

[679: 962]

만경창파에 해 저물어 가려는 때 낚은 고기와 술로 바꾸려 하는 버들가지 드리워진 다리에서
먼데 손이 와서 나에게 흥망사를 묻거늘, 갈대꽃총에 매여 있는 달이 비취는 한배로다
술에 취하여 강호에 서 있으니 세월이 가는 줄을 모르겠구나

萬頃滄波[3788] 欲暮天[3789]에 穿魚換酒[3790] 柳橋邊[3791]을
客來問我[3792] 興亡事[3793]여ᄂᆞᆯ 笑指芦花[3794] 月一舡[3795]이로다

3779) 청사검(靑蛇劍): 파란색을 띤 구렁이의 문양을 한 검(칼)의 이름. 옛날부터 전해 내려오는 명검의 하나.
3780) 백록(白鹿): 흰사슴.
3781) 지즐타고: 지질어타고. 눌러타고.
3782) 부상(扶桑): 중국에 해가 뜨는 동쪽 바다 속에 있다는 큰 신목(神木). 옛 중국에서 해가 뜨는 동쪽 바다 속에 있다는 뽕나무 모양의 신선(神仙)나무. 해가 지는 곳은 함지(咸池)라 함.
3783) 동천(洞天): 산에 싸이고 물에 싸인 경치 좋은 곳. 신선이 사는 곳.
3784) 선궁(禪宮): 선(禪)을 하는 중이 사는 절. 신선이 사는 궁.
3785) 종경(種磬): 쇠종과 징.
3786) 소ᄅᆡ: 소리가. ㅣ-모음 아래에서는 주격조사가 zero격으로 쓰임(곧 주격조사의 생략).
3787) 구름 박긔: 구름(雲) 밖에.
3788) 만경창파(萬頃蒼波): 한없이 넓고 넓은 바다.
3789) 욕모천(欲暮天): 해는 저물려고 하는데.
3790) 천어환주(穿魚換酒): 고기를 꿰어 술과 바꿈.
3791) 유변교(柳橋邊): 버들이 우거진 다리 옆에.
3792) 객래아문(客來問我): 손이 와서 나에게 묻다.
3793) 흥망사(興亡事): 흥하고 망하는 일.
3794) 소지노화(笑指蘆花): 갈대꽃을 웃으며 손으로 가리킨다.

술 醉코 江湖[3796]에 누어시니 節 가는 줄 몰ᄂᆡ라

[680: 1659]

유령이 술을 좋아한다고 술을 쫓아 가져가며
태백이 달을 좋아한다고 달을 쫓아 가져가랴
남은 술 남은 달 가지고 달 빛 희롱하며 크게 취해보리라

劉伶이 嗜酒ᄒᆞ다[3797] 술조ᄎᆞ 가져가며
太白이 愛月[3798]ᄒᆞ다 ᄃᆞᆯ조ᄎᆞ 가져가랴
나문 술 나문 ᄃᆞᆯ 가지고 翫月長醉 ᄒᆞ리라[3799]

[681: 422]

소상강 가는 비 내리는 중에 삿갓 쓴 져 노옹아
빈 배를 홀로 저어 어디로 향하는가
태백이 騎鯨飛上天 후임에 달과 바람 실러 가노라

瀟湘江[3800] 細雨 中에 삿갓 쓴 져 老翁아
뷔 ᄇᆡ를 홀노 져어[3801] 어드러로 向ᄒᆞᄂᆞᆫ다[3802]
太白이 騎鯨飛上天[3803] 後ㅣᄆᆡ 風月 실너[3804] 가노라

[682: 3297]

나는 가거니와 사랑이란 두고 감세

3795) 월일강선(月一舡): 달빛이 비취는 한 배.
3796) 강호(江湖): 강과 호수가 원뜻이나 자연, 관직을 떠나 은거하거나 시인, 묵객이 파묻혀 있는 시골을 말한다. 여기서는 이를 칭한다.
3797) 유령(劉伶)이 기주(嗜酒)ᄒᆞ다: 유령이 술을 즐김.
3798) 태백이 애월: 태백이 달을 좋아함.
3799) 완월장취(翫月長醉) ᄒᆞ리라: 달빛을 즐기며 크게 취하리라.
3800) 소상강(瀟湘江): 순 임금을 따라 두 비인 아황(蛾黃)과 여영(女英)이 빠져 죽은 강.
3801) 홀노 져어: 홀로 저어서.
3802) 향(向)ᄒᆞᄂᆞᆫ다: 향하는가.
3803) 기경비상천(騎鯨飛上天): 고래를 타고 하늘로 오른 후이니. 두보의 〈시〉에 "若逢李白騎鯨魚 道甫問訊今如何" 참조.
3804) 실너: 실러.

두고 가거든 날 본 듯이 사랑하소
사랑아 푸대접하거든 사랑하는 데로 오너라

나는 가옵거니와 思郞은 두고 감싀3805)
두고 니거든 본듯시 思郞ᄒᆞ소
思郞아 不待接ᄒᆞ거든3806) 괴는 듸로3807) 오나라

[683: 3297]
맹호연 타던 발을 저는 당나귀 등에 이태백이 먹든 천일주 싣고
도연명 찾아 가리라 오류촌에 들어가니
갈건의 술 떨어지는 소리에 가는 빗소리인가 하노라

孟浩然3808) 타던 젼 나귀3809) 등에 李太白이 먹든 千日酒 싯고
陶淵明3810) ᄎᆞ즈리라 五柳村3811)의 드러가니
葛巾3812)의 술 듯는 소ᄅᆡ 細雨聲3813)인가 ᄒᆞ노라

[684: 3197]
슬프게 노래하니 노랫소리가 목이 메고 수심이 번득이니 춤추는 옷소매가 느리구나
노래에 목이 메이고 춤추는 소매가 느린 것은 님 그리워한 탓이로다
서쪽 무덤엔 해가 지려 하니 애 끊는 듯하여라

恨唱ᄒᆞ니3814) 歌聲咽이오 愁翻ᄒᆞ니 舞袖遲라3815)

3805) 사랑으란 두고 감세: 사랑만은 두고 가겠네. 사랑만은 두고 저 세상으로 가겠네.
3806) 푸대접(對接)ᄒᆞ거든: 아무렇게나 하는 대접. 소홀한 대접.
3807) 괴ᄂᆞ듸로: 사랑하는 데로.
3808) 맹호연(孟浩然): 중국 당나라 때의 이름난 시인. 녹문산(鹿門山)에 은거하며 시를 즐겼다.
3809) 젼 나귀: 발을 저는 당나귀.
3810) 도연명(陶淵明): 중국 진나라 때의 전원시인. 〈귀거래사〉를 남기었다.
3811) 오류촌(五柳村): 도연명이 즐겨 찾던 강가의 마을.
3812) 갈건(葛巾): 칡의 섬유로 짠 베수건.
3813) 세우성(細雨聲): 가느다란 빗소리.
3814) 한창(恨唱)ᄒᆞ니 가성열: 슬프게 노래하니 노랫소리가 목이 멤.

歌聲咽 舞袖遲ᄂᆞᆫ 님 그린 타시로다
西陵에 日欲暮ᄒᆞ니[3816] ᄋᆡ 긋ᄂᆞᆫ 듯[3817]ᄒᆞ여라

[685: 1236]
벽상의 기린 같이 너 난지 몇 천 년인고
우리의 사랑을 아는가 모르는가
아마도 너 날아 갈 제면 함께 갈까 하노라

壁上의 기린 가치[3818] 너 나란지 몃 千年고
우리의 思郞을 아ᄂᆞᆫ다 모로ᄂᆞᆫ다
아마도 너나라 갈 제면 ᄒᆞᆷᄭᅴ 갈가 ᄒᆞ노라

[686: 1851]
아이 적에 글 못한 죄로 이 몸이 무부되어
백만 군중에 화살통을 베고 잠을 드니
밤 중쯤 천아일성에 애 끊는 듯 하여라

아희 지[3819] 글 못ᄒᆞᆫ 罪로 이 몸이 武夫[3820] 되여
百萬 軍中에 筒箇[3821] 볘고 ᄌᆞᆷ을 드니
밤 中만[3822] 天鵝 一聲[3823]에 ᄋᆡ 긋ᄂᆞᆫ 듯[3824]ᄒᆞ여라

[687: 6]
가다가 올지라도 오다가 가지 마소

3815) 수번(愁翻)ᄒᆞ니 무수지(舞袖遲)라: 수심이 번득이니 춤추는 옷소매가 느리구나.
3816) 서릉(西陵)에 일욕모(日欲暮)ᄒᆞ니: 서쪽 무덤엔 해가 지려 함.
3817) ᄋᆡ 긋ᄂᆞᆫ 듯: 애 끊는 듯.
3818) 벽상(壁上)의 기린 가치: 벽 위에 돋아난, 생긴 가지이나 여기서는 벽에 박힌 못을 말함.
3819) 아희 지: 아이 적에.
3820) 무부(武夫): 무도를 익혀 무예에 능한 사람.
3821) 통고(筒箇): 전통의 잘못. 화살통.
3822) 밤 중(中)만: 밤중쯤.
3823) 천아일성(天鵝 一聲): 국가에 경사가 있을 때에 군사를 모으기 위해 부는 나팔 소리.
3824) ᄋᆡ 긋ᄂᆞᆫ 듯: 애끓는 듯.

움직이다가 사랑할지라도 사랑하다가 움직이지 마소
세상에 인사가 변하니 그것을 슬퍼하노라

가다가 올지라도 오다가 가지 마소[3825]
뮈다가[3826] 괼지라도[3827] 괴다가 뮈지 마소
世上에 人事ㅣ 變ᄒᆞ니 그를 슬허[3828]ᄒᆞ노라

[688: 1064]
무왕이 주왕을 정벌하시니 백이숙제가 말을 보며 절하며 간하되
신하가 임금을 치시니 불가함이라 하였는데
태공이 이제를 도아 돌아가 수양산에서 굶어 주었노라

武王[3829]이 代紂어시를 伯夷 叔齊 叩馬而諫曰[3830]
以臣伐君[3831]이니 不可라 ᄒᆞᆫᄃᆡ
太公[3832]이 扶而去之 餓死首陽[3833] ᄒᆞ니라

[689: 1171]
백구야 놀라지 말아 너 잡을 내 아니다.
성상이 버리시니 갈 데 없어 여기 왔도다
이후에는 찾는 사람 없으니 너를 좇아 놀리라.

3825) 마소: 마시오.
3826) 뮈다가: 믜다가의 잘못. 미워하다가.
3827) 괼지라도: 사랑할지라도.
3828) 슬어: 슬퍼.
3829) 무왕(武王)이 벌주(伐紂)어시를: 무왕이 주왕을 정벌함. 주나라를 일으킨 우왕은 은나라 주왕(紂王)을 멸한 고대 성군.
3830) 백이숙제(伯夷 叔齊) 고마이간왈(叩馬而諫曰): 백이와 숙제가 문왕의 장례도 치르지 않았고, 신하로서 임금을 치는 것은 가하지 않다면서 말고삐를 붙들고 간다고 하였는데, 좌우가 이제를 죽이려 하니 태공이 도와 돌려보냈다는 고사.
3831) 이신벌군(以臣伐君): 신하로서 임금을 치는 것.
3832) 태공(太公)이 부이거지(扶而去之): 태공이 이제를 도와서 돌아가게 함.
3833) 아사 수양(餓死首陽): 이제가 주나라의 곡식을 먹지 않겠다며, 수양산에서 미나리를 캐나가 굶어 죽은 일.

白鷗[3834]야 놀ᄂᆡ지 마라 너 잡을 ᄂᆡ 아니로다[3835]
聖上[3836]이 ᄇᆞ리시니[3837] 갈 곳 업셔 예 왓노라[3838]
이젹는[3839] ᄎᆞ즈 리 업스니[3840] 너를 좃녀 놀니라[3841]

[690: 3305]
황하원상 흰 구름 사이 하니 일편고성 만인산을
춘광이 예로부터 못 넘는 옥문관이라
어디서 일성 강적이 원양류를 하나니

黃河遠上[3842] 白雲間ᄒᆞ니 一片孤城[3843] 萬仞山을
春光이 예로부터 못 넘는 玉門關[3844]이라
어듸셔 一聲 羌笛[3845]이 怨楊柳[3846]를 ᄒᆞᄂᆞ니[3847]

[691: 2988]
봄 물은 연못에 가득하니 물이 많아 못 오더냐
여름 구름은 기이한 봉우리를 이루니 산이 높아 못 오더냐
가을 달은 밝게 비치는데 무슨 일로 못 오던가

春水[3848] 滿四澤ᄒᆞ니 물이 만아 못 오더냐
夏雲[3849] 多奇峰ᄒᆞ니 山이 놉하 못 오던가

3834) 백구(白鷗): 흰 갈매기.
3835) 잡을 ᄂᆡ 아니라: 잡을 내가 아니다.
3836) 성상(聖上): 임금.
3837) ᄇᆞ리시니: 버리니.
3838) 갈 곳 업셔 예 왓노라: 갈듸 업셔 예 왓노라. 갈데가 없어서 여기에 왔노라.
3839) 이 후(後)는: 이후에는.
3840) ᄎᆞ즈리 업스니: 찾는 사람 없으니. 찾을 이가 없겠으니.
3841) 너를 조ᄎᆞ 놀니라: 너를 좇아서 놀리라.
3842) 황하원상(黃河遠上) 백운간(白雲間): 황하의 저 멀리 흰 구름 속엔.
3843) 일편 고성(一片孤城) 만인산(萬仞山)을: 한 조각 외로운 성과 만 길의 산이로다.
3844) 옥문관(玉門關): 중국 감수성 돈황현의 서쪽에 있어 서녘으로 통하는 관문.
3845) 일성 강적(一聲 羌笛): 한 가닥 오랑캐의 피리 소리.
3846) 원양류(怨楊柳): 양유곡을 원망함. 양유는 절양유란 이름의 피리곡.
3847) ᄒᆞᄂᆞ니: 하느냐.
3848) 춘수(春水) 만사택(滿四澤)ᄒᆞ니: 봄 물은 연못에 가득하다.

秋月이 揚明輝[3850]어늘 무슴 일노 못 오던가

[692: 3297]

황산곡 돌아들어 이백화를 꺾어들고
도연명 찾으리라 오류촌에 들어가니
갈건에 술 떨어지는 소리 가는 빗소리인가 하노라

黃山谷[3851] 도라드러 李白花를 것거 들고
陶淵明 ᄎᆞ즈이라 五柳村[3852]에 드러가니
葛巾[3853]에 술 듯는[3854] 소릐 細雨聲[3855]인가 ᄒᆞ노라

[693: 2271]

은하에 물이 지니 오작교 뜬다는 말인가
소를 이끄는 신선 낭자가 못 건넌 온단 말인가
직녀의 손가락 한 마디만한 간장이 봄눈 쓸 듯 하여라

銀河[3856]에 물이 지니 烏鵲橋[3857] 쓰단 말가
쇼 잇근[3858] 仙郎[3859]이 못 거너 오단 말가
織女[3860]의 寸만ᄒᆞᆫ 肝腸이 봄눈 스듯 ᄒᆞ여라[3861]

3849) 하운(夏雲) 다기봉(多奇峯)ᄒᆞ니: 여름 구름은 기이한 봉우리를 이루니.
3850) 양명휘(揚明輝)어늘: 밝게 비치니.
3851) 황산곡(黃山谷): 중국 송나라의 문인 황정견의 호, 자는 노직으로 홍주 분령 사람임.
3852) 오륜촌(五柳村): 도연명의 고향으로 심양에 있는 지명.
3853) 갈건(葛巾): 베수건.
3854) 듯는: 떨어지는.
3855) 세우성(細雨聲): 가랑비 소리.
3856) 은하(銀河): 은하수.
3857) 오작교(烏鵲橋): 칠석날 견우와 직녀의 두 별을 만나게 하기 위하여, 까마까치가 모여 은하에 놓는다는 다리.
3858) 잇근: 이끈.
3859) 선랑(仙郎)이: 소를 이끄는 선계의 사람. 여기서는 견우성.
3860) 직녀(織女): 직녀성, 칠석날 밤에 은하 건너에 있는 견우성을 만난다는 전설이 있는 별.
3861) 스듯 ᄒᆞ여라: 쓸 듯하여라.

[694: 2095]

옥 같은 한나라 궁여도 땅에 묻혀 흙이 되고

말을 할 줄 아는 꽃이라는 양귀비도 역로에 묻혔으니

각씨네 한때의 꽃과 같은 아름다운 얼굴을 아껴서 무엇하리오

玉 굿튼 漢宮女3862)도 胡地에 塵土 되고

解語花3863) 楊貴妃3864)도 驛路3865)에 브렷ᄂᆞ니

閣氏3866)ᄂᆡ 一時 花容3867)을 앗겨 무슴 ᄒᆞ리오

[695: 2579]

농촌 시골에서의 남은 홍취(재미)를 다리를 저는 나귀(작은 말)에 모두 다 싣고

시내와 산이 낯익은 길을 따라 홍얼거리며 집으로 돌아와서는

아이야, 거문고와 서책을 바로잡아라. (제자리에 놓아라) 얼마 남지 않은 여생을 거문고와 서책으로 보내련다.

田園3868) 남은 興을 젼나귀게3869) 모도 싯고

溪山3870) 닉은3871) 길노 흥치며 드러가니

3862) 한나라 궁여(漢宮女): 왕소군은 중국 전한 원재 말년의 궁녀. B.C 33년에 흉노의 호한사단우(呼韓邪單于)에게 출가하여 흉노와의 화친정책에 희생이 되었다. 뒤에 아들 하나를 낳고 '호한사단우' 사망 후 그 본처의 아들에게 다시 시집가서 두 딸을 낳았다. 진(晋)대에는 문제 사마소(司馬昭)의 휘를 피해서 왕명군(王明君) 또는 명비(明妃)로 불리었다. 당대의 이백이나 백거이의 시에도 소군(昭君)을 노래한 것이 있으며 원대(元代)의 희곡 중에서 걸작으로 인정받고 있는 한궁추(漢宮秋)의 주인공으로 연극화 되었다. 왕소군은 당대의 미인으로 이름을 떨친 여인.

3863) 해어화(解語花): 말하는 꽃. 양귀비를 일컬어 말하는 꽃으로 비유한 말.

3864) 양귀비(楊貴妃): 당나라 현종이 안록산의 난을 만나 관군과 더불어 애첩 양귀비를 데리고 피난 도중 마외파(馬嵬坡) 고개에 이르자 관군은 행군을 멈추고 양귀비를 처단해야 한다고 고함을 치며 마상에서 끌어내려 죽일 때 현종도 만류할 길 없어 눈물을 흘릴 뿐 구출할 도리가 없었다. 그리하여 당대 천하일색인 양귀비도 죽어서 길거리에 묻히게 되었다.

3865) 역로(驛路): 당나라 현종이 안록산의 난이 일어나지 성도로 피하는 도중에 마외파에서 양귀비와 사별한 길거리.

3866) 각씨(閣氏): 새색시. 상류 여자의 존칭. 여자 인형.

3867) 일시화용(一時花容): 한때의 꽃과 같은 아름다운 얼굴.

3868) 전원(田園): 밭 갈고 모 심는 농촌, 시골.

3869) 젼나귀게: 발을 쩔뚝쩔뚝하고 저는 나귀에게.

3870) 계산(溪山): 시내와 산.

3871) 닉은: 닉-은(관형어미)〉익은.

아희야 琴書[3872]를 다ᄉᆞ려라[3873] 送餘年[3874]을 ᄒᆞ리라

[696: 1540]
서쪽 산으로 해가 넘어가니 하늘과 땅의 끝이 보이지 않는구나!
흰 배꽃에 달조차 밝으니 님의 생각이 더욱 간절하도다!
두견아, 너는 누구를 그리워하여 이렇듯 밤새도록 우느냐?

西山에 日暮ᄒᆞ니 天地 ᄀᆞ이[3875] 업ᄂᆡ
梨花 月白ᄒᆞ니 님 生覺이 ᄉᆡ로왜라[3876]
杜鵑아 너ᄂᆞᆫ 눌을[3877] 그려[3878] 밤 ᄉᆡ도록 우지지ᄂᆞᆫ[3879]

[697: 1191]
백발이 되는 것이 공명이라면 사람마다 서로가 다툴 것이니
나와 같이 어리석고 옹졸한 사람이야 바라지도 못할 일이
세상에 지극히 공평하고 바른 척도는 백발이 되는 것인가 하노라

白髮이 功名[3880]이런들 사ᄅᆞᆷ마다 ᄃᆞ토리니[3881]
날 ᄀᆞᆺ튼 愚生[3882]이 여어나 보아시랴[3883]
아마도 世上 公道[3884]ᄂᆞᆫ 白髮인가 ᄒᆞ노라

3872) 금서(琴書): 거문고와 책.
3873) 다ᄉᆞ려라: 바로잡아라. 정리 정돈하여라.
3874) 송여년(送餘年)을 ᄒᆞ리라: 남은 해를 보내련다. 남은 여생을 보내련다.
3875) ᄀᆞ이: 한이. 끝이.
3876) ᄉᆡ로왜라: 새롭구나. '이라'는 감탄 종결어미형.
3877) 눌을: 누구를.
3878) 그려: 그리워하여.
3879) 우지지ᄂᆞᆫ: 우느냐.
3880) 공명(功名)이런들: 공명이라면은.
3881) 사ᄅᆞᆷ마다 닷톨찌니: 사람마다 다툴 것이니.
3882) 날 ᄀᆞᆺ튼 우졸(愚拙): 나 같은 어리석고 옹졸한 사람.
3883) 여어나 보아시랴: 바라지도 못할 일이다.
3884) 공도(公道): 공평하고 바른 도리. 누구나 똑같이 돌아가는 도리.

[698: 2566]
사람 없어 적적한 데 뜰에 가득하던 꽃은 지고 밝은 달을 시를 읊으니
외로이 사창에 기대어 긴 탄식을 하는 차에
멀리 시골에서 한 마리 닭 울음소리에 나의 애장을 끊는 듯하여라

寂無人 掩重門ᄒᆞᆫ듸[3885] 滿庭花落 月明時라[3886]
獨倚紗窓ᄒᆞ여[3887] 長歎息ᄒᆞᄂᆞᆫ[3888] ᄎᆞ의
遠村[3889]에 一鷄鳴ᄒᆞ니[3890] 이 긋ᄂᆞᆫ 듯ᄒᆞ여라

[699: 684]
천천히 흘러 이르기를 푸른 강물 (누구가) 깊다고 하던고
비오리 가슴이 반도 아니 잠겼구나
아마도 깊고 깊은 것은 님이신가 하노라

뉘뉘[3891] 이르기를 淸江水[3892] 깁다 턴고
비오리[3893] ᄀᆞ삼이[3894] 半도 아니 ᄌᆞᆷ겨셰라[3895]
아마도 깁고 깁흘 손[3896] 님이신가 ᄒᆞ노라

[700: 330]
꿈에 항우를 만나 승패를 의론하니
큰 눈에 눈물지고 큰 칼 짚고 말하기를
지금에 오강(烏江)을 건너지 못해 못내 슬퍼하노라

3885) 적무인(寂無人) 언중문(掩重門)ᄒᆞᆫ듸: 사람이 없어 적적한 데 문은 굳게 닫힌 데.
3886) 만정화락(滿庭花落) 월명시(月明時)라: 뜰에 가득한 꽃이 지고 달 밝은 밤 시를 짓고
3887) 독의사창(獨倚紗窓)ᄒᆞ여: 외로이 사창에 기대어.
3888) 장탄식(長歎息)ᄒᆞᄂᆞᆫ: 길게 탄식하는.
3889) 원촌(遠村)에: 멀리 시골.
3890) 일계명(一鷄鳴)ᄒᆞ니: 한 마리 닭이 우니.
3891) 뉘뉘: 천천이.
3892) 청강소(淸江水): 푸른 강물.
3893) 비오리: 빛이 고운 오리.
3894) ᄀᆞ삼이: 가슴이.
3895) ᄌᆞᆷ겨셰라: 잠기-었-어라>잠겼구나.
3896) 깁흘 손: 깊은 것은.

삶에 項羽를 만나 勝敗를 議論ᄒᆞ니
重瞳에 눈물 지고[3897] 큰 칼 집고 니르기를
至今에 不渡烏江[3898]을 못ᄂᆡ 슬허ᄒᆞ노라

[701: 2914][3899]
맑은 바람이 불어오는 북쪽 창문 아래에 갈건을 숙여 쓰고
희황 베개 위에 취하여 누었으니
석양에 머리를 짧게 깍은 나무꾼 아이 장난감 피리를 불며 돌아오더라

清風 北窓 下[3900]에 葛巾[3901]을 수기[3902] 쓰고
羲皇 벼ᄀᆡ[3903] 우희 醉眼를 드러 보니
夕陽에 短髮 樵童[3904]이 弄笛還[3905]을 ᄒᆞ더라

[702: 2511]
장산 깊은 골에 흰 눈이 잦았도다
명사십리에 푸른 바다로 둘러 있다
금사(金寺)에 종을 치는 맑은 소리 구름 밖에서 들리나니

長山 깁흔 골에 白雪이 ᄌᆞᄌᆞ셰라[3906]
明沙 十里[3907]에 滄海[3908]를 둘너 잇다

3897) 중동(重瞳)에 눈물지고: 눈동자가 겹쳐지는 듯. 커다란 눈에 눈물지고.
3898) 불도오강(不渡烏江): 항우가 군사를 정비하여 다시 오강(烏江)을 건너지 않고 스스로 목을 찔러 죽은 일. 항우가 우민인과 이별하고 동쪽으로 도망하다가 이곳에서 강을 건너지 못하고 물에 빠져 죽었다.
3899) 해동가요 박씨본 김천택(金天澤) 작품으로 되어 있음.
3900) 청풍 북창 하(淸風北窓下): 맑은 바람이 북쪽 창문 아래에서 불다.
3901) 갈건(葛巾): 갈포로 만든 두건. 갈포(葛布): 칡의 섬유로 짠 베.
3902) 수기: 숙이-어(부사형어미)〉숙여.
3903) 희황(羲皇) 벼ᄀᆡ: 중국의 고대 복희황(伏羲皇)의 상징을 수놓은 베개.
3904) 단발 초동(短髮樵童): 머리를 짧게 깍은 나무꾼 아이.
3905) 농적환(弄笛還): 장난감 피리를 불며 돌아오더라.
3906) ᄌᆞᄌᆞ셰라: ᄌᆞᆽ-아(부사형어미)-셰라(감탄형어미)〉잦았도다.
3907) 명사십리(明沙十里): 빛나는 모래가 십리를 벋어 있는 바닷가.
3908) 창해(滄海)를: 푸른 바다를. 대격조사 '-를'이 부차적 기능으로 사용되었음.

金寺[3909]에 鍾磬 묽은 소릐[3910] 구름 밧긔[3911] 들니ᄂᆞ니

[703: 933]

친구를 얻으면 술을 얻기 힘들고, 술을 얻으면 마음 맞는 친구를 얻기 어려움이라
오늘 저녁이 어느 저녁인고 술이 있고 벗이 있도다
두어라 세 가지 어려움이 갖추었으니 아니 놀고 어이하리

得友면 難得酒ㅣ오 得酒면 難得友ㅣ라[3912]
今夕 何夕고[3913] 有酒 有友ㅣ로다[3914]
두어라 三難[3915]이 ᄀᆞᄌᆞ시니[3916] 아니 놀고 어니ᄒᆞ리

[704: 2458]

숲과 샘을 집을 삼고 돌베개에 누었으니
솔바람은 거문고요 두견이 소리는 노래로다
천고(千古)에 이 없는 한가한 몸은 나뿐인가 하노라

林泉[3917]을 집을 삼고 石枕[3918]에 누어시니
松風[3919]은 거문고요 杜鵑聲[3920]이 노릐로다
千古에 事無 閑身[3921]은 나 ᄲᅮᆫ인가 ᄒᆞ노라

3909) 금사(金寺): 금색으로 단청한 절.
3910) 소릐: '소리(聲)-의(처격)'가 재구조화하여 소릐(聲)-∅(주격조사)〉소리가. 경상방언에서는 '소리(聲)'가 '소래' 등의 분화형을 가지고 있다.
3911) 밧긔: 밝(外)-의(처격조사)〉밖에서.
3912) 득우(得友)면 난득주(難得酒)ㅣ오 득주(得酒)면 난득우(難得友)ㅣ라: 친구를 얻으면 술을 얻기 힘들고, 술을 얻으면 마음 맞는 친구를 얻기 어려움.
3913) 금석(今夕) 하다(何夕)고: 오늘 저녁은 어떤 밤인가.
3914) 유주(有酒) 유여(有友)ㅣ로다: 술이 있고 벗이 있구나.
3915) 삼난(三難): 세 가지 어려움. 주(酒)·우(友)·석(夕).
3916) ᄀᆞᄌᆞ시니: 갖추었으니. 기본형은 'ᄀᆞᆽ다(備)'.
3917) 임천(林泉): 숲과 샘.
3918) 석침(石枕): 돌베개.
3919) 송풍(松風): 솔바람.
3920) 두견성(杜鵑聲): 두견의 울음.
3921) 사무 한신(事無 閑身): 일이 없는 한가한 몸.

[705: 1241]

벽오동 심은 뜻은 봉황을 보려 하던 것인데
내가 심은 탓인지 기다려도 아니 온다
무심한 한 조각 밝은 달빛이 빈 가지에 걸렸구나

碧梧桐[3922] 시믄 뜻은 鳳凰[3923]을 보려ᄐᆞ니[3924]
나[3925] 시믄 타신가 기ᄃᆞ려도 아니 온다
無心ᄒᆞᆫ 一片 明月[3926]이 뷘[3927] 가지에 걸여셰라[3928]

[706: 1587]

눈 쌓인 밤에 비치는 달빛이 창에 가득한데 바람아 불지마라
신을 끄는 소리 아닌 줄은 분명히 알건마는
그립고 아쉬운 마음에 행여 그인가 하노라

雪月[3929]이 滿窓[3930]ᄒᆞᆫ듸 ᄇᆞ룸아 부지[3931] 마라
曳履聲[3932] 아닌 줄을 判然이[3933] 알건마는
그립고 아수은[3934] 적이면 힝여 귄가[3935] ᄒᆞ노라

3922) 벽오동(碧梧桐): 푸른 오동나무.

3923) 봉황(鳳凰): 경사스러움을 상징하는 상상의 새. 오동나무에 깃들이고, 대의 열매를 먹으며, 예천(醴泉)을 마신다고 하며, 성천자(聖天子)가 나면 이 새가 나타나는데 뭇짐승들이 따라 모인다고 함. 수컷을 '鳳', 암컷을 '凰'이라고 함. 일명 봉새, 봉조(鳳鳥), 봉(鳳).

3924) 보려ᄐᆞ니: 보려고 하던 것이니.

3925) 나: 내가.

3926) 일편 명월(一片明月): 한 조각의 밝은 달.

3927) 뷘: 빈.

3928) 걸여셰라: 걸리-어(부사형어미)-셰라(감탄형어미)〉걸렸구나.

3929) 설월(雪月): 눈 쌓인 밤에 비치는 달빛.

3930) 만창(滿窓): 창에 가득함. 가득히 비침.

3931) 부지: 불-지(부사형어미)〉불지. 경상방언에서는 'ㄹ'불규칙형으로 실현된다. 특히 '-지' 부사형어미의 활용 환경에서 불규칙형으로 실현되는 예(우지(泣), 주지(縮))가 있다.

3932) 예리성(曳履聲): 신발 끄는 소리.

3933) 판연(判然)히: 분명히. 뚜렷이.

3934) 아수은: 아쉽-은(관형어미)〉아쉬운. '아수은'은 경상방언형 '아숩은'형의 분화형이다.

3935) 귄가: 그인가.

[707: 1561]
석양이 비낀 날에 강과 하늘이 한 빛인 적에
단풍잎과 갈대꽃으로 달라 드는 저 기럭아
가을철이 다 지나가되 소식 몰라 하노라

夕陽이 빗긴[3936] 늘에 江天[3937]이 흔 빗츤[3938] 졔
楓葉 蘆花[3939]로 다라드는[3940] 져 기럭아
秋節이 다 지나가되 消息 몰나 ᄒ노라

[708: 2684]
지척이 천리더니 또 만리를 간다는 말인가
산은 높고 물이 깊은데 꿈으로나마 (그대와 함께) 소식을 연결하세
이 몸이 밝은 달이 되어서 (그대가) 가는 곳마다 비추리라

咫尺[3941]이 千里러니 쏘 萬里를 간든 말가
山高 水深흔듸[3942] 쑴으로나 連信ᄒ식[3943]
이 몸이 明月이 되여셔 간 곳마다 비쵸리라

[709: 3142]
하루 밤 서리가 낌에 만곡이 다 익었다
동쪽 울타리 황국은 언제 이르러 피었던고
아희야 체 가져 오너라 새 술 걸러 먹으리라

3936) 빗긴: 빗기(斜)-ㄴ(관형어미)〉비낀(斜).
3937) 강천(江天)이: 강과 하늘이.
3938) 빗츤: 빛-은(관형어미)〉빛인. '빛-이-ㄴ'의 구성이 '빛-은'의 구성으로 실현되는 것은 방언형의 반영이다.
3939) 풍엽노화(楓葉 蘆花)로: 단풍잎과 갈대꽃으로.
3940) 다라드는: 달라들-는(관형어미)〉달라드는.
3941) 지척(咫尺): 자로 젤 수 있는 가까운 거리.
3942) 산고수심(山高水深)흔듸: 산은 높고 물이 깊은데.
3943) 연신(連信)ᄒ식: "연신(連信)ᄒ-식(청유형어미)〉소식을 주고 받으세."로 해석하면 제삼자에 대한 객관화된 상황을 뜻한다. 한편으로 이 구문을 "연신(連信)ᄒ-ㄹ식('ㄹ'이 탈락되었음)〉소식을 연결할 때. 소식을 주고받을 때."로 해석하면 명월인 작자가 제삼자에게 향한 상황이 된다. 곧 연신하는 체험자가 작가가 된다.

ᄒᆞ로 밤 셔리 찜에[3944] 萬穀[3945]이 다 닉거다[3946]
東籬 黃菊[3947]은 어니 미쳐 퓌도던고
아희야 쳬 가져 오너라 ᄉᆡ 술 걸너 먹으리라

[710: 1726]
술 먹지 말자고 다짐하였더니 술이 제 스스로 따라오니
먹는 이가 나인지 나를 따르는 이가 술인지
잔 잡고 달에게 묻노니 누구인고 하고 묻노라

술 먹지 마자ᄐᆞ니[3948] 수리라셔 졔 ᄯᆞ로니[3949]
먹ᄂᆞᆫ ᄂᆡ 왼지[3950] ᄯᆞ로ᄂᆞᆫ 술이 왼지[3951]
盞 잡고 ᄃᆞᆯᄃᆞ려 뭇ᄂᆞ니[3952] ᄂᆔ라 왼고 ᄒᆞ노라[3953]

[711: 688]
누가 내가 자는 창 밖에 벽오동을 심었던가
달 밝은 동정호수에 잎이 지고 가지 성긴 오동나무의 그림자도 좋거니와
누구를 향한 깊은 시름에 한숨 겨워하노라

누고 나 자ᄂᆞᆫ 窓 밧긔 碧梧桐을 시무도쎤고[3954]
月明庭畔[3955]에 影婆娑도[3956] 됴커니와

3944) 셔리 찜에: 서리가 낌에.
3945) 만곡(萬穀): 만 가지 곡식.
3946) 닉거다: 닉(닉-〉익)-거(과거시상선어말어미)-다〉익었다.
3947) 동리 황국(東籬 黃菊)은: 동쪽 울타리의 황국화.
3948) 마자ᄐᆞ니: 말자고 다짐하였더니.
3949) 수리라셔 졔 ᄯᆞ로니: 술이 제 스스로 따라오니.
3950) 먹ᄂᆞᆫ ᄂᆡ 왼지: 먹는 이가 나인지. '왼지'는 '인지'의 옛말.
3951) ᄯᆞ로ᄂᆞᆫ 술이 왼지: 나를 따르는 이가 술인지.
3952) ᄃᆞᆯᄃᆞ려 뭇ᄂᆞ니: 달에게 묻노니.
3953) ᄂᆔ라 왼고 ᄒᆞ노라: 누구인고 하고 묻노라.
3954) 시무도쎤고: 심(植)-우(사동접사)-돗(강세선어말어미)-던(과거회상선어말어미)-고(의문형어미)〉심던고?
3955) 월명정반(月明庭畔)에: 달이 밝은 정원 호수에.
3956) 영파사(影婆娑)도: 잎이 지고 가지가 성긴 오동나무의 그림자.

눌3957) 向혼 깁흔 시름에 혼숨 게워 ᄒᆞ노라

[712: 609]
내 것이 좋다하고 남의 님을 늘 보겠는가
한 열흘 두 닷새와 여드레만 보고 싶도다
한 달도 서른 날이니 또 이틀만 보고 싶도다

닋히 됴타 ᄒᆞ고3958) 남의 님을 ᄆᆡ양3959) 보라
ᄒᆞᆫ 열흘 두 닷ᄉᆡ와 여드레만 보고지고
ᄒᆞᆫ ᄃᆞᆯ도 셜흔 날이니 ᄯᅩ 이틀만 보고지고

[713: 817]
대붕을 손으로 잡아 번갯불에 구어 먹고
곤륜산3960) 옆에 끼고 북해를 건너뛰니
태산이 발끝에 차이어 왜걱제걱하더라

大鵬3961)을 칩ᄡᅥ 잡아 번ᄀᆡ불에 쐬여 먹고
南海를 다 마시고 北海로 건너 ᄯᅱᆯ 직
泰山이 발 긋히 ᄎᆞ이여 왜걱제걱3962) ᄒᆞ더라

3957) 눌: 누(誰)-ㄹ(관형어미)>누구를.

3958) 닋히 됴타 ᄒᆞ고: 나의 것이 좋다고 하고. "닋히"는 경상도 안동방언에서는 '나의 것'이라는 뜻을 가지고 있다.

3959) ᄆᆡ양: 늘. 항상.

3960) 곤륜산(崑崙山): 중국에 있는 큰 산의 이름. 이 산은 실제 있는 산이나 또 한편으로는 상상의 산으로 되어 있다. 이 곤륜산에는 천제가 내려오는 성스러운 산으로 전해 오며, 호랑이 몸에 꼬리가 9개나 달인 호신구미(虎身九尾)와 사람의 얼굴에 범의 발톱을 가진 인면호조(人面虎爪)의 신이 지키고 있다는 마경-귀신이 산다는 산으로 불렸으며, 신선상의 영향으로 서왕모가 사는 선경으로 믿어 오는 산이다.

3961) 대붕(大鵬): 하루에 구만리를 날아간다는 상상의 아주 큰 새. 『장자』〈소요유(逍遙遊)〉에 보면 다음과 같은 기록이 있다. "北有魚 其名爲鯤 鯤之大 不知其幾天里也 化而爲鳥 其名爲鵬, 鵬之背知其天里也(북쪽 바다에 고기가 있으니 그 이름은 '곤'이라 한다. '곤'의 크기는 몇 천리가 되는지 알 수 없다. 이 '곤'이 변하여 새가 되는데 그 새의 이름은 '붕'이라 한다. 붕의 등 넓이가 몇 천리인지 알지 못한다)."

3962) 왜걱제걱: 단단한 물건이 서로 부딪쳐 소리 나는 모양.

[714: 377]
금은 아름다운 물에서 난다고 한들 물마다 금이 나랴
옥은 곤강에서 난다고 한들 산마다 옥이 나랴
아무리 여자는 반드시 남편을 따라야 한들 님마다 따르랴

金生麗水[3963] ㅣ라 흔들 물마다 金이 나며
玉出崑崗[3964]이라 흔들 뫼[3965]마다 玉이 나랴
아모리 女必從夫[3966] ㅣ들 님마다 조추랴[3967]

[715: 927]
뒷산에 떠서 구름이 지고 앞 내에서 안개 끼니
비 올지 눈이 올지 바람 불어 진서리칠지
나간 님 오실지 못 오실지 개만 홀로 짓는구나

뒷 뫼 써구름 지고 압 늬에 안기 씨니
비 올지 눈이 올지 ᄇ롬 부러 진셔리[3968] 칠지
나간 님 오실지 못 오실지 기만 홀노 즞노미라[3969]

[716: 15]
까마귀 검다하고 백로야 웃지 마라
겉이 검은들 속조차 검을쏘냐
겉이 희고 속이 검은 이는 너뿐인가 하여라

가마귀 검다 ᄒ고 白鷺[3970]야 읫지[3971] 마라

3963) 금생여수(金生麗水): 금은 아름다운 물에서 남. '여수(麗水)'는 중국에 있는 지명인데, 여기서 나는 금이 질이 좋다는 데서 연유함.
3964) 옥출곤강(玉出崑崗): 옥은 곤강에서 남. '곤강(崑崗)'은 '곤륜산(崑崙山)'의 이명인데, 여기서 옥이 많이 난다는 데서 이르는 말.
3965) 뫼: 산(山).
3966) 여필종부(女必從夫): 여자는 반드시 남편을 따라야 함.
3967) 조추랴: 따르랴. 좇다.
3968) 진셔리: 진서리. 서리가 매우 짙게 내림.
3969) 즞노미라: 즞(즞->짓-)-노(현재시상선어말어미)-미라(설명형어미)〉짓는구나.

것치[3972] 검은들 속조ᄎᆞ 검을소냐
것 희고 속 검은 거슨[3973] 너 ᄲᅮᆫ인가 ᄒᆞ노라

[717: 776]
달은 밝고 바람은 찬데 밤은 길고 잠 없어라
옛 사람이 이르기를 그리는 님을 생각만 하면 병든다 하는데
병들어 못 살 인생이니 그를 슬퍼하노라

ᄃᆞᆯ은 ᄇᆞᆰ고 ᄇᆞ룸은 ᄎᆞᆫ듸[3974] 밤은 길고 잠 업ᄉᆡ라
녯 ᄉᆞ룸 이르기를 相思곳 하면[3975] 病 든다 ᄒᆞᆫ듸
病 드러 못 살 人生이니 그를 슬허 ᄒᆞ노ᄆᆡ라[3976]

[718: 3219]
해가 지면 긴 탄식을 하고 두견의 울음소리에 애를 끊는 마음이라
잠간이나 있자고 하니 궂은비는 무슨 일인고
먼 시골에 한 마리 닭 울음소리가 애를 끊는 듯하여라

ᄒᆡ 지면 長歎息[3977]ᄒᆞ고 蜀魄聲[3978]에 斷腸호[3979]라
一時나 잇ᄌᆞ ᄒᆞ니[3980] 구즌 비는 무ᄉᆞᆷ[3981] 일고
遠村에 一鷄鳴[3982]ᄒᆞ니 ᄋᆡ 긋는[3983] 듯ᄒᆞ여라

3970) 백로(白鷺): 해오라기. 다리와 부리, 목이 모두 길고 깃털이 새하얗다.
3971) 윗지: 웃(笑)-지(부사형어미)〉웃지. '웃지'에서 움라우트 현상으로 '윗지'가 되었다. 동사어간과 어미의 경계 사이에서 움라우트 현상이 적용되었다.
3972) 것치: 겉이. 고어에서는 '것', '겇'으로도 표기되었음.
3973) 검은 거슨: 검은 것은. '슨'은 'ᄉᆞ'에서 온 말로 '-것'의 뜻을 가진 불완전명사.
3974) ᄎᆞᆫ듸: 차가운데.
3975) 상사(相思)곳 하면: 그리는 님을 생각만 하면.
3976) ᄒᆞ노ᄆᆡ라: ᄒᆞ-노 ᄆᆡ라(감탄형 종결어미)〉하는구나. 하노라.
3977) 장탄식(長歎息): 긴 한숨.
3978) 촉백성(蜀魄聲): 두견의 울음소리.
3979) 단장회(斷腸懷): 애 끊는 마음.
3980) 잇ᄌᆞ ᄒᆞ니: 잊자고 하니.
3981) 무ᄉᆞᆷ: 무슨.
3982) 원촌(遠村)에 일계명(一鷄鳴): 먼 마을에서 닭 우는 소리.
3983) ᄋᆡ 긋는: 창자가 끊어지는 듯.

[719: 2372][3984]
이천에서 배를 띄워 염계로 내려갈 제
명도께 길을 물어 가는대로 가자구나
가다가 저물어 지거들랑 회암에 가서 자고 가리라.

伊川[3985]에 빅를 쓰여 濂溪[3986]로 건너가니
明道[3987]게 길흘 무러[3988] 가는 되로 빅 시겨라
가다가 져무러지거든 晦菴[3989]에 드러 즈리라

[720: 479]
낙엽에 두 자만 적어 북서풍에 높이 띄워
닭 밝은 정원과 호반에 님 계신 곳에 보내고 싶구나
님께서 보신 후면 님도 반겨 하시리라

落葉에 두 字만 젹어 西北風에 놉히 씌여[3990]
月明庭畔[3991]에 님 겨신 듸 보닉고져[3992]
님겨셔[3993] 보오신 後면 님도 반겨 흐시리라

[721: 3151]
학 타고 피리 부는 아이야 너에게 말 물어 보자
요지연에 앉아 있는 손님이 누구누구 앉었더냐
내 뒤에 남극성의 화신이 오시니 거기 가서 물어 보소서

3984) 『해동가요』 박씨본에는 김천택(金天澤) 작으로 되어 있음.
3985) 이천(伊川): 중국 하남성 고현 및 이양현의 땅. 송나라 주정이의 호.
3986) 염계(濂溪): 호남성 도현에서 발원하여 숙수로 드는 강, 혹은 송나라의 유학자 주돈이의 호.
3987) 명도(明道): 중국 북송의 유학자 정호(程顥).
3988) 무러: 물어서.
3989) 해암(晦菴): 송의 유학자 주희의 호.
3990) 놉히 씌여: 높게 띄워 보내서. 기본형은 "씌오다, 띄오다, 씌우다, 띄우다" 등이 다 같이 쓰였음.
3991) 월명정반(月明庭畔): 달 밝은 정원과 호반(庭畔).
3992) 보닉고져: 보내고 싶구나.
3993) 님겨셔: 님께서.

鶴 타고 져[3994] 부는 아희 너드려[3995] 말 무러 보즈
瑤池宴[3996] 坐客이 누고 누고 안졋더니[3997]
닉 뒤예 南極 仙翁[3998] 오시니 계 가[3999] 무러 보소셔

[722: 2742]
창힐(倉頡)이 글자를 만들 적에 이내 몸 원수 이별 두 글자
진시황 분서에 어느 틈에 들어다가
지금에 있는 인간 속에 있어 남의 애를 끊느냐

倉頡이 作字[4000]홀 직 此生 怨讐 離別 두 字
秦始皇 焚書[4001]에 어닉 틈어 드러다가
至今에 在 人間[4002]흐야 남의 익을 긋느니[4003]

[723: 68]
간밤에 울던 그 새 여기 와서 울고 그기에 가서 또 지내니
자네 그렇게 죽어져라(라고 새에게 울어라고) 하였더니
전하기를 바로 못 전하여 (새가) 주걱주걱 하도다

간밤에 우던[4004] 그 싀 여 와[4005] 울고 게 가[4006] 또 쇠나니[4007]

3994) 져(笛): 피리.
3995) 너드려: 너에게. '~다려'는 여격조사.
3996) 요지연(瑤池宴): 주(周)의 목왕(穆王)이 요지에서 서모왕(西母王)과 주연을 베풀었다는 고사.
3997) 안졋더니: 앉았더냐.
3998) 남극 선옹(南極仙翁): 남극성(南極星)의 화신(化身). 인간의 수명을 주관하는 별로 이별이 나타나면 태평하다는 믿음이 있음.
3999) 계 가: 거기에 가서.
4000) 창힐(倉頡)이 작자(作字): 중국의 전설에 창힐(倉頡)이 글자를 지었다 함.
4001) 진시황 분서(秦始皇 焚書): 진시황이 즉위 34년에 학자들의 정치 비평을 금하기 위해 의약, 복서, 종수(種樹) 등 이외의 서적을 모아서 불태우고, 다음 해 유생을 죽인 일.
4002) 재 인간(在 人間): 인간 속에 있음.
4003) 익을 긋느니: 창자를 끊느냐.
4004) 우던: 울(泣, ㄹ탈락)-더(회상선어말어미)-ㄴ(관형어미)〉울던.
4005) 여 와: 여기에 와서.
4006) 게 가: 그기에 가서.
4007) 쇠나니: 쇠(經過)-나(현재시상선어말어미)-니(나열연결어미)〉지내니. '추석쇠다', '설 쇠러 고향에

ᄌᆞᄂᆡ 그러 죽어지라4008) ᄒᆞ엿더니
傳키를 ᄇᆞ로 못 傳ᄒᆞ여 주걱주걱4009) ᄒᆞ도다

[724: 601]
내 집이 길이 치우쳐진 듯하여 두견이 낮에 운다
만학천봉에 외사립 닫았는데
저 개야 왔다갔다하는 새와 짐승을 보고 짖어 무엇하리오

ᄂᆡ 집이 길츼거다4010) 杜鵑4011)이 나ᄌᆡ 운다
萬壑 千峰4012)에 외사립 다다시니4013)
져 ᄀᆡ야 往來 鳥數를 ᄌᆞ져 무ᄉᆞᆷ ᄒᆞ리오

[725: 1682]
솥 적다 솥 적다하거늘 그 새의 말을 곧이듣고
적은 솥 침처에 주고 큰 솥 사 걸었더니
지금에 풍년을 못 맛나니 그 새가 나를 속인가 하노라

솟 젹다4014) 솟 젹다커ᄂᆞᆯ 그 ᄉᆡ 말를4015) 고지4016) 듯고
져근 솟4017) 침쳐4018) 주고 큰 솟 사 거러더니4019)
至今에 豊年을 못 맛ᄂᆞ니 그 ᄉᆡ 날 소긴가 ᄒᆞ노라

간다'에서처럼 '지내다, 보내다'의 의미를 가지고 있다.
4008) 죽어지라: 죽-어(부사형어미)-지라(원망의 감탄형어미)>죽어져라. "이ᄅᆞᆯ 議論ᄒᆞ야지라 請ᄒᆞ거ᄂᆞᆯ" [두초 23-35]
4009) 주걱주걱: "죽어지라 죽어지라"를 잘 못 전한 새의 울음소리를 의인화한 것임.
4010) 길츼거다: 치우쳐 있는 듯하다. 떨어져 있어서. 외딴곳.
4011) 두견(杜鵑): 동물-소쩍새, 뻐꾸기와 같으나 몸이 작음. 집을 짓지 못하고 다른 새집에 알을 낳아 번식한다. 별명으로 불여귀(不如歸), 자규(子規), 소쩍새 등이 있다.
4012) 만학 천봉(萬壑千峯): 여러 골짜기와 여러 봉우리.
4013) 외사립 다다시니: 외사립 닫았으니. 외짝 사립문 닫았으니.
4014) 솟 젹다: 소쩍새의 울음소리. 의성어.
4015) 말를: 말(言)-을(대격조사)>말을.
4016) 고지: 곧(直)-이(부사화접사)>고지.
4017) 솟: 솥(鼎).
4018) 침쳐: 침처(寢處). 집에 더부살이 사는 사람.
4019) 거러더니: 걸-었(과거시상선어말어미)-더(회상선어말어미)-니>걸었더니.

[726: 1003]
매산각 적막한데 풀색만 푸르고
찬수능 돌아드니 찬 구름은 무슨 일인고
어즈버 고국 흥망을 못내 슬퍼하노라

梅山閣4020) 寂莫ᄒᆞᆫ듸 草色만 푸르르고
千壽陵4021) 도라드니 ᄎᆞᆫ 구름은 무슴 일
어즈버 古國 興廢4022)를 못ᄂᆡ 슬허4023)ᄒᆞ노라

[727: 2573]
(발을) 저는 나귀 걷는다 하니 서쪽 산에 해가 지는도다
산길이가 험하거든 산골짜기에서 흘러내리는 물이나 잔잔하려므나
멀리 시골에 개 짓는 소리 들으니 다 왔는가 하노라

젼 나귀4024) 건노라4025) ᄒᆞ니 西山의 日暮ㅣ로다4026)
山路ㅣ 險ᄒᆞ거든 澗水4027)나 殘ᄒᆞ렴은4028)
遠村에 聞鷄鳴ᄒᆞ니4029) 다 왓ᄂᆞᆫ가 ᄒᆞ노라

[728: 1022]
먼데 개가 급히 짖어 몇 사람을 지나갔느냐
차라리 오지 못할 것 같으면 오겠다 하던 말이나 말 것이지
가뜩이나 다 썩은 간장이 봄눈 녹듯 하더라

4020) 매산각(梅山閣): 중국 매산(煤山)에 있는 누각인데 한자가 오자이다. 매산(煤山)은 경산(景山) 또는 만세산(萬歲山)이라고도 한다. 매산은 중국 북경 심무문 밖에 있으며 명나라 사종(思宗)이 이곳에서 자살하였다.
4021) 천수능(千壽陵): 중국 하북성 창평현의 북쪽에 천수산이 있는데, 여기에 명대 제왕의 13능이 있음.
4022) 고국 홍폐(古國 興廢): 고국의 흥망.
4023) 슬혀: 슬퍼.
4024) 젼나귀: 발을 저는 나귀.
4025) 건노라: 걷(步)-노(현재시상선어말어미)-라(조결어미)〉걷는다.
4026) 일모(日暮)ㅣ로다: 해가 저물었도다.
4027) 간수(澗水): 산꼴짜기에서 흘러내리는 물.
4028) 잔(殘)ᄒᆞ렴은: 잔잔하겠는가?
4029) 원촌(遠村)에 문견명(聞犬鳴)ᄒᆞ니: 먼 마을에 개짖는 소리를 들으니.

먼듸 ᄀᆡ 急히 즈져 4030)몃 ᄉᆞᄅᆞᆷ을 지ᄂᆡ건고4031)
ᄎᆞ라로 못 올션졍4032) 오만4033) 말이나 마로되여4034)
ᄀᆞᆺ득에4035) 다 셕은 肝腸4036)이 봄눈 스듯 ᄒᆞ더라4037)

[729: 473]
낙양성 십리 밖에 울퉁불퉁 저 무덤에
만고 영웅이 누고 누고 묻혔는고
우리도 저리 될 인생이니 그를 슬퍼하노라

洛陽城4038) 十里 밧긔 울퉁불퉁4039) 져 무덤에
萬古 英雄이 누고 누고 무쳣ᄂᆞᆫ고4040)
우리도 져리 될 人生이니 그를 슬허ᄒᆞ노라

[730: 388]
금으로 만든 술독에 술 거르는 소리와 아름다운 여인의 치마를 벗는 소리가
비가 내리는 소리 가운데 어느 소리가 더 좋은가
아마도 달이 지는 한밤중에 인의 치마를 벗는 소리가 더 좋아라

金樽4041)에 酒滴聲4042)과 玉女4043)의 解裙聲4044)이
雨聲之中에 어ᄂᆡ 소ᄅᆡ 더 됴흐니4045)

4030) 급(急)히 즈져: 급하게 짖어. 빨리 짖어. 마구 짖어.
4031) 지ᄂᆡ건고: 지ᄂᆡ-거(과거시상선어말어미)-ㄴ고(의문형어미))〉지나갔느냐.
4032) 못 올션졍: 오지 못할 것 같으면.
4033) 오만: 오겠다 하던.
4034) 말이나 마로되여: 말이나 말 것이지.
4035) ᄀᆞᆺ득에: 가뜩이나. 그렇지 않아도 어려운데.
4036) 셕은 간장(肝腸): 썩은 간장. 근심 걱정하는 고심으로 간장이 썩음.
4037) 봄눈 스듯 ᄒᆞ더라: 봄눈이 녹듯이 한다. 녹아 버린다. 썩어 버린다.
4038) 낙양성(洛陽城): 중국 하북성 북쪽 도시. 주나라의 왕도.
4039) 울퉁불퉁: 여기저기 흩어져 있는 무덤의 모습을 말함.
4040) 무쳣ᄂᆞᆫ고: 무치-엇(과거시상선어말어미)-ᄂᆞᆫ고(의문형어미))〉묻혔는고.
4041) 금준(金樽): 술독의 미칭.
4042) 주적성(酒滴聲): 술 거르는 소리.
4043) 옥녀: 아름다운 여인.
4044) 해군성(解裙聲): 여인의 치마를 벗는 소리.

아마도 月沈三更[4046]에 解裙聲이 더 됴왜라[4047]

[731: 1450]
산 속에 책력이 없어 계절이 가는 줄 나도 몰라라
꽃 피면 봄이요 잎이 지면 가을이로다
아이들 헌 옷 찾으니 겨울인가 하노라

山中에 칙曆[4048] 업셔 節 가는 줄 닉 몰닉라[4049]
곳 픠면 봄이요 입 지면 ᄀ으리로다
아희들 헌 옷 ᄎᄌ니[4050] 겨울인가 ᄒ노라

[732: 1691]
소나무 아래에 앉은 중아 너가 (그 자리에) 앉은 지 몇 백 년인고
산길 험하더냐 갈 길을 잊었느냐
앉고도 못 일어서는 정은 나도 몰라 하노라

松下에 안즌 즁아 너 안즌지 몃 百年고
山路[4051] 險ᄒ더냐 갈 길을 이젓ᄂ냐[4052]
안ᄭ도[4053] 못 니ᄂ[4054] 情은 나도 몰나 ᄒ노라

[733: 1196][4055]
백세를 다 못 살아 칠팔십 세를 살지라도

4045) 됴흐니: 좋은가.
4046) 월침삼경(月沈三更): 달도 없는 깊은 밤. 오후 11시~새벽 1시까지.
4047) 됴왜라: 좋구나.
4048) 칙력: 일력.
4049) 모를노다: 모르겠구나.
4050) ᄎ즈면: 찾으면.
4051) 산로: 산길.
4052) 이젓ᄂ냐: 잊었느냐.
4053) 안ᄭ도: 앉고서.
4054) 못니ᄂ: 일어서지 못하는.
4055) 진본『청구영언』에는 김유기(金裕器) 작으로 되어 있다.

벗고 굶주리지 말고 병 없이 늙었다가
자식이 있고 손자가 있음이 그 원인가 하노라

百歲를 닷 못 亽라[4056] 七八十을 솔지라도
벗고 굼지[4057] 말고 病 업시 늘거짜가[4058]
有子코 有孫ᄒᆞ미[4059] 긔 願인가 ᄒᆞ노라

[734: 1633]
가랑비 내리는 날에 검붉은 자줏빛 장옷을 휘어잡고서
배꽃 핀 곳으로 딩동댕동 바쁜 걸음으로 가는 저 각씨
어디로 가느냐? 누구의 거짓말을 듣고서 가기에 옷 젖는 줄을 모르느냐!

細雨 ᄲᅳ리ᄂᆞᆫ 날에 紫芝[4060] 장옷[4061] 뷔혀 잡고
梨花 픤 골노[4062] 진동ᄒᆞᆫ동[4063] 가ᄂᆞᆫ 閣氏[4064]
어듸 가 뉘 거즛말 듯고 옷 젓ᄂᆞᆫ 줄 모로ᄂᆞ니

[735: 3206]
항우가 도리에 어긋난 일을 한다고는 하나 그의 모사인 범증이 좀 더 유식하였다면
홍문 잔치에 칼춤을 가장하고 초의 희왕 즉 의제를 죽이지는 않았으리라.
범증이 공을 이루지 못한 채 등창병으로 죽고 말았으니 이것을 누구의 탓이라 하리요.

項羽ㅣ[4065] 無道ᄒᆞ나 范增[4066]이 有識던들

4056) 닷 못 亽라: '다 못 사라'의 '닷'은 '다'의 오자이다.
4057) 굼지: 굶-지(부사형어미)〉굶주리지.
4058) 늘거짜가: 늙-었(과거시상선어말어미)-다가(연결어미)〉늙었다가.
4059) 유자(有子)코 유손(有孫)ᄒᆞ미: 아들이 있고 손자가 있음. 유자생손(有子生孫)이라고 많이 쓰임.
4060) 자지(紫芝): 자줏빛. 검붉은 자줏빛.
4061) 장옷: 여자가 나들이 할 때 약간의 사치스러울 만한 옷치장. 머리에 써서 온몸을 가리는 옷.
4062) 이화(梨花) 픤 골노: 배나무꽃이 핀 골짜기로.
4063) 진동ᄒᆞᆫ동: 정신없이 바삐.
4064) 각씨(閣氏): 여인을 지칭하는 말. 누구를 특별히 지목하지는 못하여 대명사 적인 말이라 하겠다.
4065) 항우(項羽)ㅣ 무도(無道)ᄒᆞ나: 초패왕(楚霸王) 항우(項羽)는 도리에 벗어나 무지하나.

鴻門에 칼춤 업고 義帝4067)를 아니 죽일 거슬
不成功4068) 疽發背死4069)흔들 뉘 타시라 ᄒᆞ리오

[736: 1213]
백초를 다 심어도 대나무는 아니 심으리라
저 대나무는 울고 살대는 가고 그리하니 붓대로다
구태여 울고 가고 그리워하는 대나무를 심어 무엇하리오

百草4070)를 다 심어도 ᄃᆡᄂᆞᆫ 아니 시믈 거시
져 ᄯᅴ4071) 울고 살4072) ᄯᅴ 가고 그리ᄂᆞᆫ 이 붓 ᄯᅴ로다
구트나4073) 울고 가고 그리ᄂᆞᆫ ᄃᆡ4074) 시믈 줄이 이시랴

[737: 1165]
밭 갈며 소일하고 약 캐니 봄이 다 지나갔도다
산이 있고 물이 있는 경치가 좋은 곳에 임의로 소요하니
아마도 영달과 치욕이 없는 몸은 나뿐인가 하노라

밧 ᄀᆞ라 消日ᄒᆞ고 藥 ᄏᆡ여 봄 지나거다4075)
有山 有水 處4076)에 任意로 逍遙4077)ᄒᆞ니
아마도 榮辱4078) 업슨 몸은 나 ᄲᅮᆫ인가 ᄒᆞ노라

4066) 범증(范增): 항우의 모사(謀士)이다. 따라서 항우는 범증을 범아부(氾亞父)라고 까지 불렀다. 그러나 홍문연(鴻門宴)의 작전계획이 실패하니 등창병이 나서 죽었다.
4067) 의제(義弟): 초(楚)나라 회왕(懷王)을 말한다.
4068) 불성공(不成功): 성공을 하지 못하다. 성공을 하지 못하고.
4069) 저발배사(疽發背死): 등창병이 나서 죽다. 등창병이란 등에 나는 큰 종기알이병. 어떤 일에 분개하면 등창병이 생긴다는 말이 있다.
4070) 백초(百草): 백가지 만가지, 즉 여러 가지 풀.
4071) 져ᄯᅴ: 대로 만드는 악기. 피리, 날라리, 퉁소.
4072) 살: 화살. 시(矢).
4073) 구트나: 구태여의 옛말. 일부러. 짓궂다. 짐짓.
4074) ᄃᆡ: 대나무(竹).
4075) 지나거다: 지냈구나.
4076) 유산 유수 처(有山 有水 處): 산이 있고 물이 있는 경치가 좋은 곳.
4077) 소요(逍遙)ᄒᆞ니: 한가롭게 거니니.
4078) 영욕: 영달과 치욕.

[738: 604]

내 집이 깊숙하고 궁벽하니 홍진과 떠들썩함 아주 없다
시내와 산들은 울타리이오 꽃과 새는 벗이로다
이따금 청풍과 명월을 시로서 읊조리고 거문고를 희롱하리라

닉 집이 幽僻ᄒᆞ니[4079] 塵喧[4080]이 아조 업다
溪山은 울[4081]이오 花鳥ᄂᆞᆫ 벗이로다
잇ᄯᅳ감 吟詠風月[4082]ᄒᆞ고 弄絃琴[4083]을 ᄒᆞ리라

[739: 1432]

산 속에서 밭을 갈아 먹고사는 백성들아. 너희 신세가 참으로 한가롭구나
샘을 파서 물을 마시고, 밭을 갈아먹고 사는 것은 제왕의 은덕인 줄을 모르느냐
하오나 나라의 복록을 타먹고 사는 관리이나 돈이 많은 부자들도 모르는데 산속에서 파묻혀 사는 백성에게 물어본들 무엇하리요.

山上에 밧 ᄀᆞᄂᆞᆫ 百姓[4084]아 네 身世ㅣ 閑暇ᄒᆞ다
鑿飮耕食[4085]이 帝力[4086]인 줄 모로ᄂᆞᆫ다
答ᄒᆞ되 肉食者[4087]도 모로거든 무러 무솜 ᄒᆞ리오

[740: 2711]

손수 우물을 파서 물을 마시고, 밭을 갈아 음식을 장만하여 먹고 산에서 나물을 캐고, 물에서 낚시질을 하노라
배불리 먹고 배를 두드리며 격양가 노래하니

4079) 유벽(幽僻)ᄒᆞ니: 깊숙하고 궁벽하니.
4080) 진훤(塵喧): 홍진과 떠들썩함. 분주함과 떠들썩함.
4081) 울: 울타리.
4082) 음영풍월(吟詠風月): 청풍과 명월을 시로서 읊조림.
4083) 농현금(弄絃琴): 거문고를 희롱함.
4084) 백성(百姓): 그 나라의 국민.
4085) 착음경식(鑿飮耕食): 샘을 파서 물을 마시고 밭을 갈아먹고 삶.
4086) 제력(帝力): 제왕의 힘. 즉 제왕(임금)의 은덕이란 뜻.
4087) 육식자(肉食者): 고기를 먹는 사람. 따라서 부자로서 호의호식하는 사람. 여기서는 나라에서 후한 복록(俸給)을 타먹고 사는 관리나 부자로 사는 사람으로 풀이한다.

아마도 당뇨와 우순의 시대에 이르러 본 듯하여라

鑿井飮 耕田食[4088] ᄒᆞ고 採於山 釣於水[4089] ㅣ라
含哺鼓腹[4090] ᄒᆞ며 擊壤歌[4091] 노릐ᄒᆞ니
아마도 唐虞 世界[4092]를 미쳐[4093] 본 듯ᄒᆞ여라

[741: 70]
간밤에 이리 저리 할 때 그 누구라서 알았던가
앵무의 말이런지 두견의 빈 말이런지
내 빰에 분(粉)이 저에게 묻어갔는가 하노라

간밤에 이리 져리 ᄒᆞᆯ 직[4094] 그 뉘라셔 아돗던고[4095]
鸚鵡의 말[4096]이런지 杜鵑의 虛辭[4097] ㅣ런지
ᄂᆡ 뺨에 粉이 제게 무더[4098] 간가 ᄒᆞ노라

[742: 940]
등잔불 꺼져 갈 때 창틀을 짚고 들어오는 님과
새벽달 질 때에 고쳐 앉고 눕는 님은
진실로 흰 뼈가 진흙이 된 들 잊을 줄이 있겠는가

燈盞불 그무러[4099] 갈 직 窓前[4100] 집고 드ᄂᆞᆫ 님과

4088) 착정음 견전식(鑿井飮 耕田食): 손수 우물을 파서 물을 마시고, 밭을 갈아 음식을 장만하여 먹음.
4089) 채어산 조어수(採於山 釣於水): 산에서 나물을 캐고, 물에서 낚시질을 하여 먹음.
4090) 함포고폭숨(哺鼓腹): 배불리 먹고 배를 두드리다.
4091) 격양가(擊壤歌): 중국 고대 요 임금 때 한 노인이 막대기를 땅을 치며 불렀다는 노래로 태평을 구가하는 내용임.
4092) 당우 세계(唐虞 世界): 당뇨와 우순의 시대.
4093) 미쳐: 미츠(到)-어>이르러.
4094) ᄒᆞᆯ 직: 할 제. 할 때.
4095) 아돗던고: 알-돗(강세선어말어미)-더(과거회상선어말어미)-ㄴ고(의문형어미)>알았던가.
4096) 앵무의 말: 진실성이 없는 말.
4097) 두견의 허사: 두견이 빈 말.
4098) 무더: 묻어.
4099) 그무러: 꺼져, 까물어져.

식벽돌 지실 젹에 고쳐 안고 눕는 님은
眞實노 白骨塵土된들 이즐 줄이[4101] 이시랴

[743: 544]
남을 시켜 편지 전하지 말고 당신이 스스로 온다고
남이 남의 일을 못 이루게 하리마는
남을 시켜 전한 편지니 알지 말지 하여라

남 ᄒᆞ여[4102] 片紙 傳치 말고 當身이 제 오다야[4103]
남이 남의 일을 못 일과져[4104] ᄒᆞ랴마ᄂᆞᆫ
남 ᄒᆞ여 傳ᄒᆞᆫ 片紙니 일똥말똥[4105] ᄒᆞ여라

[744: 2919]
초경 말에 비취 울고 이경 초에 두견이로다
삼경 사오경에 울고 가는 저 홍안아
너희도 날과 같도다 밤새도록 울고 다니니

初更[4106] 末에 翡翠[4107] 울고 二更[4108] 初에 杜鵑이로다
三更[4109] 四五更[4110]에 우러 녜ᄂᆞᆫ 져 鴻鴈아
너희도 날과 ᄀᆞᆺ도다 밤 ᄉᆡ도록 우ᄂᆞ니

4100) 창전: 창틀.
4101) 이즐 줄이: 잊을 줄이.
4102) 남ᄒᆞ여: 남을 시켜.
4103) 제오다야: 스스로 온다고.
4104) 못 일과져: 못 이루게야.
4105) 알똥 말똥: 알지 말지.
4106) 초경(初更): 오후 7~9시 사이.
4107) 비취(翡翠): 짙은 초록색의 경옥(硬玉). 빛깔이 아름다워 보석(寶石)으로 쓰임.
4108) 이경(二更): 밤 9시부터 11시 사이.
4109) 삼경(三更): 밤 11시부터 1시 사이.
4110) 사오경(四五更): 새벽 1~5시 사이.

[745: 2363]
이 잔 잡으소서 술이 아닌 잔이로세
한 무제 승로반에 이슬 받은 잔이로세
이 잔을 다 마신 후면 수부무강하리이다

이 盞 잡으소셔 술이 아닌 盞이로싀[4111]
漢武帝 承露盤[4112]에 이슬 바든 盞이로싀
이 盞을 다 셔신[4113] 後면 壽富無疆 ᄒᆞ리이다

[746: 550]
내 가슴 두충 뱃바닥이 되고 님의 가슴 화유등 되어
인연진 부레풀로 시운 지게 붙였으니
아무리 석달 계속해서 흙비가 내린들 떨어질 줄 있으랴

ᄂᆡ 가슴 杜冲[4114] 腹板[4115]되고 님의 ᄀᆞ슴 花柚[4116] 등 되여
夤緣[4117]진 부레풀[4118]노 時運 지게[4119] 보쳐시니[4120]
아므리 셕ᄃᆞᆯ 長霾ㅣ들[4121] ᄶᅥ러질 줄 이시랴

[747: 743]
님이 가오실 제 노구솥 넷을 주고 가니
오노구 가노구 그리노구 여희노구
이제는 그 노구 다 한 데 모아 가마솥이나 만들까 하노라

4111) 잔이로싀: 잔이로구나.
4112) 한무제(漢武帝) 승로반(承露盤): 한 무제가 건장궁에서 이슬을 받기 위해 만들어 놓은 동제의 잔.
4113) 셰신: 세며 마신, 술잔의 수를 세며 마신.
4114) 두충(杜冲): 단단한 목재의 한 가지.
4115) 복판(腹板): 뱃바닥.
4116) 화유(花柚) 등: 화류의 등.
4117) 인연(夤緣)진: 덩굴이 나무뿌리나 바위를 의지하여 이리저리 뻗어 나가듯이 권세에 의지하여 지위에 오르는 것을 비유함.
4118) 부레 풀: 민어의 부레를 끓여서 만든 교착력이 강한 풀로 목재를 붙이는데 씀.
4119) 시운지게: 때의 운수에 맞게, 단단하게.
4120) 보쳐시니: 붙였으니.
4121) 장매(長霾)ㅣ들: 석 달 동안 계속해서 흙비가 내려도.

님이 가오실 제 爐口 네흘[4122] 주고 가니
오노구 가노구 그리노구 여희노구
이ᄌᆡᄂᆞᆫ[4123] 그 노구 다 ᄒᆞᆫ ᄃᆡ 모아 가마나 질가[4124] ᄒᆞ노라

[748: 3046]
탁군 제실주는 영재도 세상을 덮을 만 하다
형갈을 취할 때는 한실의 중흥을 꾀할 듯하더니
어즈버 유한한 천운을 못내 스러워하노라

涿郡[4125] 帝室胄ᄂᆞᆫ 英才도 盖世[4126]ᄒᆞ다
荊葛을[4127] 取ᄒᆞᆯ ᄌᆡᄂᆞᆫ 漢室[4128]을 興ᄒᆞᄂᆞ니
어즈버 有恨ᄒᆞᆫ 天運[4129]을 못ᄂᆡ 슬허[4130]ᄒᆞ노라

[749: 2813]
천하 대장부는 진실로 수정후이라
촛불은 밝고 홀로 천리를 갔도다
아마도 순수한 충의와 큰 절의는 이뿐인가 하노라

天下大丈夫ᄂᆞᆫ 眞實노 壽亭侯ㅣ라[4131]
明燭遠夜 ᄒᆞ고[4132] 獨行 千里[4133]로다
아마도 精忠大節[4134]은 이 ᄲᆞᆫ인가 ᄒᆞ노라

4122) 노구 네흘: 노구솥 넷을.
4123) 이ᄌᆡᄂᆞᆫ: 이제는.
4124) 가마나 질가: 가마솥이나 만들까.
4125) 탁군(涿郡) 제실주(帝室胄)ᄂᆞᆫ: 촉한의 유비를 말함.
4126) 개세(盖世)ᄒᆞ다: 세상을 덮을 만함.
4127) 형갈(荊葛)을: 유비가 제갈량의 책략을 써서 얻은 형주와 입주, 갈은 익의 잘못임.
4128) 한실(漢室)을 흥(興)ᄒᆞᄂᆞ니: 한실의 중흥을 꾀하더니.
4129) 천운(天運): 하늘의 운수.
4130) 슬허: 슬퍼.
4131) 수정후(壽亭侯)ㅣ라: 중국 촉한의 무장 관우. 수정후는 그의 봉호이다.
4132) 명촉(明燭)ᄒᆞ고: 밝은 촛불. 곧 덕이 높아 세상의 사표가 됨을 말한다.
4133) 독행 천리(獨行千里)로다: 홀로 천리 길을 가다. 관우가 의를 지키기 위해 적 중 천리를 홀로 달려가 주군인 유비를 따랐다는 고사.

[750: 3140]
하동 대장부는 위풍도 늠름할세
화용에 의석하고 칠군을 수엄할 때
누구라서 맥성수곤의 뜻인들 알았으리

河東4135) 大丈夫ᄂᆞᆫ 威風도 凜凜ᄒᆞᆯ샤4136)
華容에 義釋ᄒᆞ고4137) 七軍을 水渰ᄒᆞᆯ4138) ᄌᆡ
뉘라셔 麥城受困4139)을 ᄠᅳᆺ인들 ᄒᆞ여시리

[751: 3243]
형양이거든 공이 서천에 미치었도다
칠종칠금하고 팔진에 성한 공덕
아마도 구원천재에 못내 슬퍼하노라

荊襄4140)어든 功이 西川4141)에 미쳣ᄯᅩ다
七縱七擒4142)ᄒᆞ고 八陳4143)에 盛ᄒᆞᆫ 功德
아마도 九原千載4144)에 못ᄂᆡ 슬허4145)ᄒᆞ노라

4134) 정충 대절(精忠大節)은: 순수한 충의와 큰 절의.
4135) 하동(河東) 대장부(大丈夫)ᄂᆞᆫ: 삼국시대 촉한의 장수요, 하동 사람인 관우.
4136) 위풍(威風)도 늠늠(凜凜)ᄒᆞᆯ샤: 풍채가 위엄이 있어 당당하구나.
4137) 화용(華容)에 의석(義釋)ᄒᆞ고: 화용에서 의리로 풀어주고. 곧 관우가 화용도에서 패주하던 조조를 잡았으나 옛 의를 생각하여 다시 놓아주었다는 고사.
4138) 칠군(七軍)을 수장(水渰)ᄒᆞᆯ: 조조의 부하 우금과 총덕이 칠군을 거느려 번성(樊城)을 치려하매, 관우가 양강의 물을 이용하여 수장해 버린 일.
4139) 맥성수곤(麥城受困): 관우가 오군에게 패하고 맥성(麥城)에서 도망한 일. 맥성은 지금의 호북성 당양의 동남.
4140) 형양(荊襄): 중국 형주와 양양
4141) 서천(西川): 사천성 서북쪽에 있는 지명.
4142) 칠종칠금(七縱七擒): 제갈량이 남만의 침략을 막기 위해 맹주 孟호를 일곱 번 사로잡았다가 일곱 번 놓아줌으로써 남만을 복속시켰다는 고사.
4143) 팔진(八陳): 팔진법.
4144) 구원 천재(九原千載): 중국의 오랜 역사. 곧 구원은 중국을 말함.
4145) 슬허: 슬퍼.

[752: 1499]

상산 진정 사람 기상과 풍모도 당당할세
반하에 적수 없고 장판에 위주충성
아마도 강개한 영걸스런 용맹이 짝이 없는가 하노라

常山 鎭定 사룸[4146] 相貌[4147]도 堂堂홀샤
盤河[4148]에 敵手 업고 長坂[4149]에 爲主忠誠
아마도 慷慨훈 英勇[4150]이 짝[4151] 업슨가 ᄒᆞ노라

[753: 1536]

서량에 소년 장군 영용도 무쌍하다
위교에 대전할 때 간웅도 몹시 두려워하다
아마도 서쪽 오랑캐를 쳐서 항복 받은 것은 맹기이런가 하노라

西涼[4152]에 少年 將軍[4153] 英勇도 無雙ᄒᆞ다
渭橋에 六戰홀 식[4154] 奸雄[4155]도 喪膽커다[4156]
아마도 西夷를[4157] 鎭服ᄒᆞ믄[4158] 孟起런가[4159] ᄒᆞ노라

4146) 상산(常山) 진정(鎭定) 사룸: 조자룡(趙子龍), 상산에서 낳기 때문임.
4147) 상모(相貌): 기상과 풍모.
4148) 반하(盤河): 구반하, 공손찬(公孫瓚)이 원소(袁紹)에게 패주할 때, 조자용이 원소를 무찌르고 공손찬을 구출했던 곳.
4149) 장반(長坂): 유비가 조조에게 패한 곳. 이때 조운이 단신으로 적중에 들어가 유비의 부인인 감부인(甘夫人)과 아들 아두(阿斗)를 구출해 내었음.
4150) 영용(英勇): 영걸스런 용맹.
4151) 짝: 짝이.
4152) 서량(西涼): 지금의 감수성 무위현의 땅으로 마초(馬超)가 산 곳.
4153) 소년장군(少年將軍): 삼국 송나라의 장수 마초를 이름.
4154) 위교(渭橋)에 육전(六戰)홀 식: 마초가 부친의 원수를 갚기 위해 조조와 싸웠던 대전, 위교는 협서성 장안현의 서북 고장안성의 북쪽에 있음. 위교에서 여섯 번 싸울 때 마초가 부친의 원수를 갚기 위해 조조와 여섯 차례 싸웠다는 고사.
4155) 간웅(奸雄): 여기서는 조조를 가리킴.
4156) 상담(喪膽)커다: 몹시 두려워 함.
4157) 서이(西夷)를: 촉나라 서남 밖의 오랑캐.
4158) 진복(鎭服)ᄒᆞ믄: 쳐서 항복 받음.
4159) 맹기(孟起)런가: 마초의 자.

[754: 2508]
장사에 놀던 노장 의로운 용기도 남음이 있다
동천을 빼낼 적에 영웅의 지략을 누가 당해 내리
어즈버 군산에 놀란 혼은 개묘한 재주이던가 하노라

長沙에 노든 老將[4160] 義氣도 有餘ᄒᆞ다[4161]
東川[4162]을 ᄲᅢ혀닐 직[4163] 雄略[4164]을 뉘 當ᄒᆞ리
어즈버 軍山[4165]에 놀난 魂은 妙才[4166]런가 ᄒᆞ노라

[755: 221]
공은 세 분국을 덮고 명성은 팔진도를 이룸이라
강이 흐르니 천운도 유정하다
천재에 지친 한은 오후런가 하노라

功盖三分困[4167]이오 名成八陣圖[4168] ㅣ라
江이 흐르니 天運도 有定커다[4169]
千載[4170]에 지친[4171] 恨은 吳候[4172]런가 ᄒᆞ노라

4160) 장사(長沙)에 노든 노장(老將): 삼국시대 오나라의 장수 손책(孫策)을 가리킴. 일찍이 강동의 여러 적을 치고 오후에 올랐으며, 장사환왕(長沙桓王)이라 부름.
4161) 유여(有餘)ᄒᆞ다: 남음이 있다.
4162) 동천(東川): 지금의 서천성 동쪽의 땅.
4163) ᄲᅢ혀닐 직: 빼앗아 낼 제.
4164) 웅략: 웅대한 계략.
4165) 군산(軍山): 중국 강서성 남풍현의 서쪽에 있는 산. 한나라의 오예가 남월을 칠 때, 이곳에 군대를 주둔했기에 이름했다 함.
4166) 묘재(妙才): 기묘한 재주.
4167) 공개삼분국(功盖三分困): 공은 삼분국을 덮음. 삼분국은 촉, 왜, 오의 세 나라.
4168) 명성팔진도(名成八陣圖): 이름은 팔진도를 이룸. 팔진도는 제갈량이 썼다는 진법의 그림.
4169) 유정(有定)커다: 유정. 한정이 있었다.
4170) 천재(千載): 천년.
4171) 지친: 끼친.
4172) 오후(吳候): 삼국 오의 개국주 손권(孫權)을 가리킴. 유미와 동맹하여 적벽대전에서 조조 군사를 무찌르고 강남을 확보하여 유비와 조조는 천하를 3분하게 된다.

[756: 2044]

영천에 놀던 효자 성주를 겨우 만나
백하에 용수하여 조인을 놀라게 했도다
천고에 기친 한은 서서이런가 하노라

潁川[4173]에 노든 孝子 聖主를 계오 맛나
白河에 用水ᄒᆞ여[4174] 曹仁[4175]을 놀ᄂᆡ거다[4176]
千古에 기친 恨은 徐庶런가[4177] ᄒᆞ노라

[757: 1473]

삼국에 놀던 명사이던가
연환계 드린 후에 영주를 겨우 만나 공업을 미건하여 낙봉파를 만났으니
평생에 보책을 미처 꾀하지 못함을 못내 슬퍼하노라

三國[4178]의 노든 名士[4179] 時運이 不齊이턴가[4180]
連環計[4181] 드린 後에 英主[4182]를 계오 맛나 功業을 未建ᄒᆞ여 落鳳坡[4183]를 맛나시니
平生에 未講運籌[4184]를 못ᄂᆡ 슬허ᄒᆞ노라

4173) 영천(潁川)에 노든 효자(孝子): 영천은 지금의 하남성 중부와 남부지대로 서서(徐庶)를 가리킴. 처음에는 유비를 따랐는데 조조가 그 어머니를 잡아 가매, 어쩔 수 없이 자신의 뜻을 굽히고 조조를 따랐으나 어머니가 죽은 후에는 죽을 때까지 조조를 위한 일은 하지 않았음.

4174) 백하(白河)에 용수(用水)ᄒᆞ여: 서서가 유비를 따를 때에 백하(신야연 부근을 흐르는 옛 육수)의 물을 이용하여 조인을 친일.

4175) 조인(曹仁): 촉한의 영천 사람으로 자는 자효. 처음에는 유비를 따랐으나, 뒤에 조조에게 들어가 벼슬이 어사중승에 이름.

4176) 놀ᄂᆡ거다: 놀라게 하였도다.

4177) 서서(徐庶)런가: 초한의 모사로 후에 위나라로 갔음.

4178) 삼국: 촉(蜀), 위(魏), 오(吳)의 삼국.

4179) 명사(名士): 삼국시대에 이름난 선비인 방통(龐統)을 가리킴. 중국 삼국시대에 촉한의 모사였던 방통(庞統). 적벽대전에서 오나라 주.

4180) 시운(時運)이 부제(不齊)이턴가: 때의 운수를 타지 못함.

4181) 연환계(連環計): 오(吳)의 주유가 적벽대전에서 조조의 군사에게 불로 공격할 때, 방통(龐統)으로 하여금 군함을 쇠고리로 연결시키게 하여 승리했다는 고사.

4182) 영주(英主): 촉한의 유비(劉備)를 이름.

4183) 낙봉파(落鳳坡): 방통이 낙성(雒城)을 공략하다가 장임(張任)에게 사살되었다는 곳.

4184) 미강운주(未講運籌): 보책을 미처 꾀하지 못함. 장량의 운주유악(運籌運籌)을 익히지 못함. 곧 운주유악(運籌運籌)이란 작전 현장에 나가지 않고 전장에 승리하는 계책, 보책.

[758: 1827]

아이 시절에 저의 경행이 방정맞고 방탕하게 자란 후에는 간웅의 우두머리로

용병을 잘못함은 마치 손오와 흡사하고 재능은 세상을 구제하고 백성들을 편안하게 하여

만일에 덕행이 겸전하였던들 태공망이라고 부러워할 것인가

兒時[4185] 제 輕薄 蕩子[4186] ᄌᆞ란 後ᄂᆞᆫ 奸雄首[4187]

惡用兵은 彷彿孫吳[4188] 才能은 濟世安民[4189]

만일에 德行이 兼全[4190]턴들 太公 望[4191]을 브를소냐[4192]

[759: 160]

경복 북성 밖에 활터도 넓고도 넓도다

뜻 맞는 친구를 서로 제휴하여 활쏘기대회를 다 한 후에

취하여 소나무 아래에 누었으니 날이 가는 줄 몰래라

景福 北城 外[4193]에 射亭도[4194] 廣闊ᄒᆞᆯ샤

知己를[4195] 相携ᄒᆞ야 射會를[4196] 다ᄒᆞᆫ 後에

醉ᄒᆞ야 松下에 누어시니 ᄂᆞᆯ 가ᄂᆞᆫ 줄 몰ᄂᆡ라[4197]

4185) 아시(兒時) 제: 어릴 때.
4186) 경박탕자(輕薄蕩子): 언행이 방정맞고 방탕한 사내.
4187) 간웅수(奸雄首): 간웅의 우두머리, 조조를 가리킴.
4188) 악용변(惡用兵)은 방불손오(彷彿孫吳): 용병을 잘못함은 마치 손무(孫武)와 오기(吳起)와 흡사함.
4189) 제세안민(濟世安民): 세상을 구제하고 백성들을 편안하게 함.
4190) 겸전(兼全): 둘 다 갖추어짐.
4191) 태공망(太公望): 주나라 초기에 여상(呂尙). 흔히 강태공이라고 하는 강상(姜尙), 사상부(師尙父)라고도 한다.
4192) 브를쏘냐: 부러워할쏘냐.
4193) 경복 북성외(景福 北城 外): 경복궁의 북쪽성 밖. 경복궁은 서울 북악산 남쪽에 있는 궁궐.
4194) 사정(射亭)도: 활터. 내사복사에 있으며 효종 조에 세웠는데, 영조 18년에 고쳐 지음.
4195) 지기(知己)를: 뜻이 맞는 친구.
4196) 사회(射會)를: 활쏘기 대회.
4197) 몰ᄂᆡ라: 모르겠구나.

[760: 527]

남양에 누운 용이 이리저리 꾀를 내는 것도 끝이 없다
박망에 소둔하고 적벽에 행한 모략 대적할 이 누가 있으랴
지금에 오장원 충혼을 못내 슬퍼하노라

南陽4198)에 누은 龍4199)이 運籌4200)도 그지 업다
博望에 燒屯ᄒᆞ고4201) 赤壁에 行ᄒᆞᆫ 謀略4202) 對敵ᄒᆞ 리 뉘 이시리
至今에 五丈原 忠魂4203)을 못ᄂᆡ 슬허ᄒᆞ노라

[761: 2633]

주렴을 반쯤만 걷고 푸른 바다를 굽어보니
십리까지 뻗친 파도의 빛이 물과 하늘빛이 푸른 빛 한 색깔이로다
물 위에 쌍쌍이 나는 갈매기는 오락가락 하더라

珠簾을 반만 것고4204) 碧海4205)를 굽어 보니
十里 波光4206)이 共長天一色4207) 이로다
물 우희 兩兩白鷗4208)는 오락가락 ᄒᆞ더라

4198) 남양(南陽): 중국의 한 지명. 여기서는 제갈량이 벼슬길에 나오기 전에 기거하던 곳.

4199) 용(龍): 몸통이 큰 구렁이 같고 발톱과 뿔이 있다는 전설의 동물. 때로는 위대한 영물로 추앙을 받는다. 또한 영웅이나 왕의 상징으로 비유한다. 제갈량을 상징한다.

4200) 운주(運籌): 이리저리 꾀를 내다.

4201) 박망(博望)에 소둔(燒屯)ᄒᆞ고: 박망에서 불을 피우고 진을 치고. 박망(博望)은 안휘성에 있는 산으로, 여기에서 오(吳)나라의 배인 여황(艅艎)을 빼앗음.

4202) 적벽(赤壁)에 행(行)ᄒᆞᆫ 모략(謀略): 적벽대전을 승리로 이끈 계획. 오나라의 주유가 적벽대전에서 제갈량이 동남풍을 이용하여 조조의 배에 불을 질러 크게 승리한 적벽대전.

4203) 오장원 충혼(五丈原 忠魂): 오장원에서 별이 떨어지다. 즉 오장원에서 제갈양이란 별이 떨어지다. 제갈양이 전사하다의 뜻. 오장원(五丈原)은 촉한(蜀漢)의 제갈양이 위(魏)의 사마의(司馬懿)와 대전하여 패한 전장 터이다. 제갈양은 이곳에서 병사하였다고 기록에 있으나 사실은 전사하였다고 본다.

4204) 것고: 걷히고.

4205) 벽해(碧海): 푸른 바다.

4206) 십리 파광(十里波光): 십리까지 뻗친 파도의 빛.

4207) 공장천일색(共長天一色): 물과 하늘빛이 푸른 빛 한 색깔임. 왕발(王勃)의 〈승왕각서(勝王閣序)〉에 "落霞與孤鶩 齊飛秋水 共長天一色" 참고.

4208) 양양백구(兩兩白鷗): 쌍쌍이 나는 갈매기.

[762: 1980]
어와 너로구나 나를 속이던 너로구나
성한 나를 병들게 하고 나를 속이던 너로구나
아마도 너로 인하여 든 병은 너가 고쳐야 될까 하노라

어져 네로고나4209) 날 소기든4210) 네로고나
셩ᄒᆞᆫ4211) 날 病 드리고 날 소기든 네로고나
아마도 널노4212) 든 病은 네 고칠가 ᄒᆞ노라

[763: 1030]
절개가 굳세기에 덕망이 세상 사람의 사표가 되니 천추의 고상한 절개로다
의리를 위하여 적중 천리를 홀로 달려 군주를 따르니 만고의 대의로다
절개와 의리가 다 같이 갖추어진 이는 중국 삼국시대의 촉한의 장수 관운장인가 한다.

明燭 達夜4213) ᄒᆞ니 千秋에 高節이오4214)
獨行 千里4215) ᄒᆞ니 萬古에 大義로다4216)
世上에 節義 兼全4217)은 이 ᄲᅮᆫ인가 ᄒᆞ노라

[764: 2880]
푸른 소를 타고 푸른 강을 흘러 건너가니
천태상 깊은 골짜기에 불로초를 캐러가니

4209) 네로구나: 너(爾)-이로구나(감탄형어미)〉너로구나.
4210) 소기든: 속-이(서술격)-드(과거회상선어말어미)-ㄴ(관형어미)〉속이던.
4211) 셩ᄒᆞᆫ: 성한. 온전한.
4212) 널노: 너에게.
4213) 명촉달야(明燭達夜): 촛불을 밝혀 밤을 새움. 또는 덕망이 높아 세상사람들의 사표가 됨.
4214) 천추(千秋)에 고절(高節)이오: 오랜 세월에 이어 내려오는 높은 절개. 여기서는 관운장의 절개를 말함.
4215) 독행천리(獨行千里): 천리길을 홀로 달려오다. 관우가 의를 지키기 위해 적진을 단신으로 천리를 달려가서 유비를 따랐다는 고사.
4216) 만고(萬古)에 대의(大義)로다: 오랜 세월을 내려오는 큰 의리. 여기서는 관운장의 의리를 말함.
4217) 절의겸전(節義兼全): 절개와 의리가 다같이 갖추어지다.

수많은 골짜기에 흰 구름이 덥혔으니 갈 길을 몰라 하노라

靑牛[4218]를 빗기[4219] 타고 綠水를 흘니 건너
天台上[4220] 깁흔 골에 不老草 킈라[4221] 가니
萬壑[4222]에 白雲이 덥혀시니 갈 길 몰나 ᄒᆞ노라

[765: 2812]
천하 대장부는 오자서이로다
오자서가 그의 부형을 죽인 초의 평왕의 원수를 갚기 위해
이미 죽어 무덤 속에 있는 평왕의 시체를 파내어 삼백 번을 매질에 큰 원한을 갚았으니

天下 大丈夫는 伍家의 子胥[4223] ㅣ로다
楚尸 三百 鞭[4224]에 大怨[4225]을 갑하시니[4226]
아마도 有淚英雄은[4227] 이 ᄲᅮᆫ인가 ᄒᆞ노라

[766: 2048]
오강에 달이 어두우니 추마가 아니 간다
우미인이여 우미인이여 내 너를 어이 하리
두어라 하늘이 날 망하게 한 것이지 싸움 잘못한 죄 아니니 한할 줄 있으랴

4218) 청우(靑牛): 털이 푸른 소. 노자가 서유(西遊)할 때 탔던 소. 『열이전』 "老子西遊 關令尹喜望見, 有紫氣浮關, 而老子果乘靑牛而過" 참고.
4219) 빗기: 비스듬이.
4220) 천태산: 절강성에 있는 선녀가 산다고 하는 산.
4221) 킈라: 캐러.
4222) 만학(萬壑): 수많은 골짜기.
4223) 오가(伍家)의 자서(子胥): 오자서. 초나라 사람인 오원(伍員). 아버지와 형이 초나라에 의해 피살되자 오나라로 건너가서 초나라를 치는 것을 도와 원수를 갚았다. 오왕 부차(夫差)가 월왕 勾천(勾踐)이 항복한 것을 용서하도록 간하였으나 받아드려지지 않자 촉검루로 자결하였다.
4224) 초시 삼백편(楚尸 三百 鞭): 오자서가 그의 부형을 죽인 초의 평왕의 원수를 갚기 위해, 이미 죽어 무덤 속에 있는 평왕의 시체를 파내어 삼백 번을 매질했다는 고사.
4225) 대원(大怨): 큰 원한.
4226) 갑하시니: 갚았으니.
4227) 유류영웅(有淚英雄)은: 눈물을 흘리고 있는 영웅.

烏江에 月黑4228)ᄒᆞ고 騅馬도 아니 간다
虞兮 虞兮4229) ᄂᆡᆫ들 너를 어이ᄒᆞ리4230)
두어라 天亡我 非戰罪니4231) 恨ᄒᆞᆯ 줄이 이시랴

[767: 995]
말이 놀라거늘 혁 잡고 굽어보니
금수청산이 물 속에 잠겼어라
져 말아 놀라지 마라 이를 구경함이라

ᄆᆞᆯ이 놀나거ᄂᆞᆯ 革 잡고4232) 구버 보니
錦繡 靑山4233)이 물 아ᄅᆡ ᄌᆞᆷ겨셰라4234)
져 ᄆᆞᆯ아 놀나지 마라 이를 구경ᄒᆞ미라

[768: 2795]
천지는 뜻이 있어 장부를 내었는데
해와 달(곧 세월)은 무정하여 백발을 재촉하니
아마도 여러 해 쌓인 큰 은혜를 못 갚을까 하노라

天地ᄂᆞᆫ 有意ᄒᆞ여 丈夫4235)를 ᄂᆡ엿ᄂᆞᆫᄃᆡ
日月은 無情ᄒᆞ여 白髮를 ᄌᆡ촉ᄒᆞ니4236)
아마도 累世 洪恩4237)을 못 갑흘가4238) ᄒᆞ노라

4228) 월흑(月黑): 달이 없는 어두운 밤. 달이 검다함은 달이 없다는 뜻.
4229) 우혜우혜(虞兮虞兮): 우여우여 또는 우미인이여 우미인이여의 뜻. 항우가 해하에서 유비에게 대패한 뒤 죽기 직전에 지은 시.
4230) ᄂᆡ 너ᄅᆞᆯ 어이ᄒᆞ리: 나는 너를 어찌 하리의 옛말.
4231) 천망아(天亡我) 비전죄(非戰罪)니: 하늘이 나를 망하게 한 것이지 싸움을 잘못한 죄가 아님. 항우가 죽기 전에 한 말로 자신의 운명이 하늘이 다한 것이라는 뜻. 『사기』 〈항우본기〉에 "然今卒困於此, 此天之亡我, 非天之亡我" 참고.
4232) 혁 ᄌᆞᆸ고: 말고삐를 잡고.
4233) 금수청산(錦繡靑山): 비단에 수놓은 듯이 아름다운 푸른 산.
4234) 물속에 잠(潛)겨셰라: 물 속에 잠겨 있다, 들어 있다.
4235) 장부(丈夫)를: 대장부를.
4236) ᄌᆡ촉ᄒᆞ니: 재촉하니.
4237) 누세 홍은(累世洪恩): 여러 해 쌓인 큰 은혜.

[769: 1734]
술은 언제 나고 시름은 언제 났는지
술 나고 시름 났는지 시름 난 후 술이 났는지
아마도 술이 난 후에 시름 났는가 하노라

술은 언ᄌᆡ 나고 시름4239)은 언ᄌᆡ 난지4240)
술 나고 시름 난지 시름 난 後 술이 난지
아마도 술이 난 後에 시름 난가 ᄒᆞ노라

[770: 220]
꽃이 피자 술이 익고 달 밝자 벗이 왔네
이 같이 좋은 때를 어이 그저 보낼쏘냐
하물며 아름다운 네 가지가 있으니 긴긴 밤 취하리로다

곳 픠쟈 술이 닉고 ᄃᆞᆯ이 ᄇᆞᆰ쟈 벗이 왓ᄂᆡ
이 ᄀᆞᆺ치 됴흔 ᄯᅢ를 어이 그져 보ᄂᆡᆯ소냐4241)
ᄒᆞ물며 日美具4242)ᄒᆞ니 長夜醉4243)를 ᄒᆞ리라

[771: 1700]
수양산 고사리 캐고 위수빈에서 고기 낚고
의적이 빚은 술과 태백의 돋은 달과
장건의 수레 타고 달구경 가리라

首陽山4244) 고ᄉᆞ리 것거 渭水濱4245)에 고기 낙가

4238) 갑흘가: 갚을까.
4239) 시름: 수심.
4240) 난지: 낳는지.
4241) 보ᄂᆡᆯ소니: 보낼소냐.
4242) 사미구(四美具): 네 가지의 아름다운 것. 꽃, 술, 달, 벗을 사미구라고 한다.
4243) 장야취(長夜醉): 긴 밤이 새도록 취한다.
4244) 수양산(首陽山): 중국에 있는 산 이름. 백이, 숙제 형제가 고사리를 캐먹던 산 이름.
4245) 위수빈(渭水濱): 중국의 황하강의 한 지류로서, 이곳에서 강태공이 곧은 낚싯대를 드리우고 세상을 낚았다 한다.

儀狄[4246]의 비즌 술과 太白이 노던 들에
張騫[4247]의 乘槎 타고 들 구경을 가리라

[772: 2302]
이리 하여 날 속이고 저리 하여 날 속이니
원수가 님을 잊음즉 하다마는
전전에 언약이 중하니 못 잊을까 하노라

이리 ᄒᆞ야 날 속이고 져리 ᄒᆞ야 날 속이니
怨讐 이 님을 이졈즉[4248] ᄒᆞ다마는
前前[4249]에 言約이 重ᄒᆞ니 못 이즐가 ᄒᆞ노라

[773: 1273]
봄이 간다고 하거늘 술 싣고 전송 가니
꽃이 떨어지는 곳에 간 곳을 모를러니
버들 숲에 꾀꼬리가 이르기를 어제 갔다고 하더라

봄이 간다커늘 술 싯고[4250] 餞送 가니
落花 ᄒᆞᆫ[4251] 곳에 간 곳을 모를너니[4252]
柳幕[4253]에 쐬꼬리 이르기를 어지[4254] 갓다 ᄒᆞ더라

4246) 의적(儀狄): 중국 상고시대 하(夏)나라 우(禹)왕 때에 세상에서 처음으로 '술'을 빚은(만든) 사람.
4247) 장건(張騫): 중국 전한 때의 외교가이자 서방의 여행가. 한 무제 때 흉노를 견제하기 위해 서방(大月旨)과 동맹을 맺기 위해 서역으로 파견되어 가다가 도중에 흉노에게 포획되어 10년 동안 포로생활을 하다가 풀려 그곳을 두루 여행하다가 13년 만에 되돌아왔다.
4248) 니졈즉: 잊음직도, 잊을만도.
4249) 전전(前前)에: 예전의, 그 전에.
4250) 싯고: 싣고.
4251) 낙화(落花) ᄒᆞᆫ: 낙화가 많은.
4252) 모를너니: 모르겠더니.
4253) 유막(柳幕): 버들 숲.
4254) 어지: 어제.

[774: 1767]
시비에 개 짖은들 돌길[4255]에 올 이 없다
죽림이 푸릇하더니 봄 새 울음소리로다
아이야 나를 보려는 손님 오시거든 나물하러 갔다고 사뢰어라

柴扉[4256]에 기 즈즌들[4257] 이 山村에 제 뉘 오리
竹林이 프르르니 봄식 우름 소릭로다
아희야 날 볼 손 오셔든 採薇 갓다 살와라

[775: 2484]
자포는 산중 객이오 청삼은 신선이라
서로 만나 묻기를 어찌된 일이요 도리와 무릉도원의 봄이라
내 집에 새 술 익었으니 취하고 간들 어떠하리

紫布[4258]는 山中客[4259]이오 靑衫[4260]은 鶴上人[4261]이라
相逢 問何事[4262]오 桃李 武陵春[4263]이라
닉 집의 식 술 익어시니 醉코 간들 엇더ᄒᆞ리

[776: 3050]
태공이 고기 낚던 낚싯대 긴 줄 매여 앞내에 나려
은비늘이 달린 듯 모양이 아름다운 큰 물고기를 버들 움[4264]에 꾀여들고 오니
행화촌[4265] 주가[4266]에 모든[4267] 벗님네는 더디게 온다고 하더라

4255) 돌길: 석경(石逕). 산중의 길. 돌이 깔려 있는 험한 돌길.
4256) 시비(柴扉): 싸리를 엮어 만든 작은 문. 사립문.
4257) 기 즈져도: 개가 짖어도의 옛말.
4258) 자포(紫布): 자줏빛 도포. 중이 입는 가사.
4259) 산중객(山中客): 중을 가리켜 한 말.
4260) 청삼(靑衫): 남빛으로 된 옷. 조복의 안에 받쳐 입는 옷으로 선인의 옷.
4261) 학상인(鶴上人): 신선을 가리켜 한 말.
4262) 상봉(相逢) 문하사(問何事)오: 서로 만나 묻기를 어찌된 일이요.
4263) 도리(桃李) 무릉춘(武陵春): 선경의 봄.
4264) 버들움: 새로 돋아난 버들가지.
4265) 행화촌(杏化村): 살구꽃이 피어 있는 마을.
4266) 주가(酒家): 술집. 술청.

太公4268)의 낙든 낙딕 비러 嚴子陵4269)의 긴 줄 믹여
范蠡4270)의 빅를 타고 張翰4271)을 ᄎᄌ 가나
乾坤이 이르기를 흠긔 늙ᄌ ᄒ더라4272)

[777: 2632]
주렴에 비친 달과 멀리 오는 피리소리야
온갖 근심과 만 가지 한을 네 어이 돋우느냐
천리에 님 이별하고 잠 못 들어하노라

珠簾에 비쵠4273) ᄃᆞᆯ과 멀니 오ᄂᆞᆫ 笛 소릐야
千愁 萬恨4274)을 네 어이 도도ᄂᆞᆫ다4275)
千里에 님 離別ᄒ고 ᄌᆞᆷ 못 드러 ᄒ노라

[778: 463]
낙락장송들아 너는 어이 홀로 서서
바람 비 눈 서리에 어이하여 푸르렀는
우리도 푸른 하늘과 한 빛이라 변할 줄 있으랴

落落長松4276)드라 너ᄂᆞᆫ 어이 홀노 셔
ᄇᆞ름 비 눈 셔리예 어이ᄒ여 프르럿ᄂᆞᆫ4277)

4267) 모든: 전부, 전부다.
4268) 태공(太公): 강태공을 말하며, 주문왕에 등용되어 주나라가 천하통일을 하는데 가장 공이 컸던 사람.
4269) 엄자능(嚴子陵): 중국 후한 광무제 대 은사인 엄흥(嚴興). 광무제의 부름을 받았으나 부춘산에 은거하였다.
4270) 범려(范蠡)의: 중국 월나라 재상. 월왕 흫교(㑃踐)를 도와 오나라를 멸망시킨 뒤 서시(西施)와 함께 오호로 들어와 살았다.
4271) 장한(張翰)을: 진나라 사람으로 제나라에 들어가 벼슬을 하다가 자기 고향인 강동(江東)을 그리워하여 벼슬을 버리고 되돌아 왔다는 고사.
4272) 은린옥척(銀鱗玉尺): 은비늘이 달린 듯 모양이 아름다운 큰 물고기.
4273) 비쵠: 비친.
4274) 천수 만한(千愁萬恨): 온갖 근심과 한.
4275) 도도ᄂᆞᆫ다: 돋우느냐.
4276) 낙락장송(落落長松): 가지가 척척 늘어지고 키가 큰 소나무.
4277) 프르럿ᄂᆞᆫ: 푸르렀느냐.

우리도 蒼天[4278]과 ᄒᆞᆫ 빗치라 變ᄒᆞᆯ 줄이 이시랴

[779: 2767][4279]
천산에 눈이 오니 건곤이 일색이라
백옥경 유리계인들 이에서 더할쏘냐
천 가지 나무에 이화 활짝 피니 봄볕을 본 듯하여라

千山에 눈이 오니 乾坤이 一色이라
白玉京 琉璃界ᅵᆫ들[4280] 이에셔 더ᄒᆞᆯ소냐
千樹[4281]에 梨花 發ᄒᆞ니 陽春[4282] 본 듯ᄒᆞ여라

[780: 1397]
사랑 모여 불이 되어 가슴에 피어나고
간장 썩어 물이 되어 두 눈으로 솟아난다
일신이 물과 가슴에 불이 서로 침해하니 살동말동 하여라

思郞 모여 블이 되여 ᄀᆞ슴[4283]에 푸여나고[4284]
肝腸 셕어[4285] 물이 되여 두 눈으로 소사[4286]난다
一身이 水火相侵[4287]ᄒᆞ니 ᄉᆞᆯ동말동[4288] ᄒᆞ여라

[781: 3188]
한 자 쓰고 눈물 지고 두 자 쓰고 눈물 지니

4278) 창천(蒼天): 푸른 하늘.
4279) 『해동가요』 주씨본에는 이정보(李鼎輔) 작으로 되어 있음.
4280) 백옥경(白玉京) 유리계(琉璃界)ᅵᆫ들: 선인이 사는 세상.
4281) 천수(千樹): 온갖 나무.
4282) 양춘(陽春): 따뜻한 봄볕.
4283) ᄀᆞ슴: 가슴.
4284) 퓌여 나고: 피어나고.
4285) 셕어: 썩어.
4286) 소사: 솟아의 연철.
4287) 수화상침(水火相侵): 간장에는 물과 가슴에는 불이 서로 침해함.
4288) ᄉᆞᆯ동 말동: 살지 말지.

자자 행행이 수묵으로 산수화를 그린 것 되겠구나
저 님아 울며 쓴 편지니 휴지 삼아 보시오

ᄒᆞᆫ ᄌᆞ 쓰고 눈물 지고 두 ᄌᆞ 쓰고 눈물 지니
字字 行行[4289]이 水墨山水[4290] 되거고나[4291]
져 님아 울며 쓴 片紙ㅣ니 휴지 삼아 보시소[4292]

[782: 2434]
번 웃을 때마다 백가지 교태가 생기는 태진의 아름다운 자질이라
명황도 이러함으로 멀고 먼 촉나라로 행하셨도다
마고에서 죽으니 그를 슬퍼하노라

一笑 百媚生[4293]이 太眞[4294]의 麗質[4295]이라
明皇[4296]도 이러무로 萬里 行蜀[4297]ᄒᆞ시도다
馬嵬에 馬前死[4298]ᄒᆞ니 그를[4299] 슬허ᄒᆞ노라

[783: 2885]
푸른 새조야 오는구나 반갑다 님의 소식
약수 삼천리를 네 어찌 건너 왔나
우리 님 만단정회를 네 다 알까 하노라

靑鳥[4300]야 오노고야[4301] 반갑다 님의 消息

4289) 자자행행(字字行行)이: 글자와 행마다.
4290) 수묵산수(水墨山水): 수묵으로 산수화를 그린 듯.
4291) 되거고나: 되겠구나.
4292) 보시소: 보시오.
4293) 일소(一笑) 백미생(百媚生): 한 번 웃을 때마다 백가지 교태가 생김.
4294) 태진(太眞): 양귀비.
4295) 여질(麗質): 아름다운 자질. 자태.
4296) 명황(明皇): 당의 현종.
4297) 만리 (萬里) 행촉(行蜀): 멀고 먼 촉나라로 행해하심.
4298) 마외(馬嵬)에 마전사(馬前死): 마외파에서 죽음. 안록산의 난 때 양귀비가 죽은 마외파(馬嵬坡).
4299) 그를: 그것을.
4300) 청조(靑鳥)야: 파랑새야. 도방삭이 서왕모(西王母)의 심부름꾼. 한무의 고사로 반가운 사자나 편지

弱水 三千里[4302]를 네 어니 건너온다[4303]
우리 님 萬端 情懷[4304]를 네 다 알가 ᄒᆞ노라

[784: 200]
꽃보고 춤추는 나비와 나비 보고 당실 웃는 꽃과
저 둘의 사랑은 절절이 오건마는
어떻다 우리의 사랑은 가고 아니 오나니

곳 보고 춤추ᄂᆞᆫ 나뷔와 나뷔 보고 당싯 웃ᄂᆞᆫ[4305] 곳과
져 둘의 思郞은 節節이[4306] 오건마ᄂᆞᆫ
엇더타[4307] 우리의 思郞은 가고 아니 오ᄂᆞ니[4308]

[785: 921]
두어도 다 썩는 간장 드는 칼로 저며 내어
산호상 백옥함에 점점이 담았다가
아무나 가는 이가 있거든 님 계신 데 전하리라

두어도 다 셕ᄂᆞᆫ[4309] 肝腸 드는 칼노 졈혀ᄂᆡ여
珊瑚床 白玉函[4310]에 졈졈이 담앗다가
아모나 가ᄂᆞ 니 잇거든 님 겨신 ᄃᆡ[4311] 젼ᄒᆞ리라

의 뜻.

4301) 오노괴야: 오는구나.

4302) 익수(弱水) 삼천리(三千里)를: 신선이 살았다는 중국 서쪽 전설적인 강. 길이가 삼천리이고 부력이 매우 약해 기러기 털조차 가라앉는다고 한다.

4303) 건너온다: 건너서 오느냐.

4304) 만단정회(萬端情懷): 온갖 정서와 회포.

4305) 당신 웃ᄂᆞᆫ: 방긋 웃는.

4306) 절절이: 계절마다. 철따라.

4307) 엇더타: 어찌하여.

4308) 오ᄂᆞ니: 오는가, 오느냐.

4309) 셕ᄂᆞᆫ: 썩는.

4310) 산호상(珊瑚床) 백옥함(白玉函): 산호로 만든 좋은 상자, 백옥으로 만든 합자.

4311) 님 겨신 ᄃᆡ: 님이 계신 곳에.

[786: 833]
대천 바다 한 가운데 뿌리 없는 나무가 나서
가지는 열둘이오 잎은 삼백예순이라
그 나무에 열매가 열리는데 다만 둘이 열었더라

大川 바다 ᄒᆞᆫ 가온ᄃᆡ4312) ᄲᅮ리 업ᄉᆞᆫ4313) 남기4314) 나셔
가지ᄂᆞᆫ 열둘이오 닙흔 삼ᄇᆡᆨ 예순이라
그 남게4315) 여름4316)이 열니되 다만 둘이 열녓더라

[787: 1429]
산 밑에 살자하니 두견이도 부끄럽다
내 집을 굽어보고 솥 적다고 우는구나
두어라 안빈낙도가 너가 한할 줄이 이시랴

山 밋ᄒᆡ4317) ᄉᆞ쟈 ᄒᆞ니 杜鵑4318)이도 붓그럽다4319)
ᄂᆡ 집을 굽어 보고 솟 적다4320) 우ᄂᆞᆫ고나
두어라 安貧樂道4321)ㅣ 니 恨ᄒᆞᆯ 줄이 이시랴

[788: 1515]
새벽 서리 지는 달에 외기러기 울며 갈 적에
반가운 님의 소식 행여나 올까 바랐더니
다만 창망한 구름 밖에 빈 소리만 들리더라

4312) 가온ᄃᆡ: 가운데.
4313) ᄲᅮ리 업ᄉᆞᆫ: 뿌리 없는.
4314) 남기: 나무가.
4315) 남게: 나무에.
4316) 여름: 열매.
4317) 밋ᄒᆡ: 밑에.
4318) 두견: 동물-소쩍새, 뻐꾸기와 같으나 몸이 작음. 집을 짓지 못하고 다른 새집에 알을 낳아 번식한다. 별명으로 불여귀(不如歸), 자규(子規), 소쩍새 등이 있다.
4319) 붓그럽다: 붓그리-업(형용사파생접사)-다>부끄럽다.
4320) 솟적다: 솥이 적다. 가난하다의 뜻으로 쓴 두견의 의성.
4321) 안빈낙도(安貧樂道): 구차하고 가난한 속에서도 편안한 마음으로 도를 즐김.

ᄉᆡ벽 셔리4322) 지ᄂᆞᆫ ᄃᆞᆯ에 외기러기 우러 옐 졔4323)
반가온 님의 消息 힝혀 올가 ᄇᆞ랏더니
다만지4324) 蒼茫4325)ᄒᆞᆫ 구름 밧긔 뷘4326) 소ᄅᆡ만 들니더라

[789: 634]
노인이 주령을 짚고 옥란간에 기대어 서서
백설을 가리키며 고향이 저기건마는
언제면 저기 흰 눈을 타고 신선이 사는 곳으로 올라 가리오

老人이 주령4327)을 집고 玉欄干4328)에 지혀4329) 셔셔4330)
白雪을 가르치며 故鄕이 졔연마ᄂᆞᆫ4331)
언제면 乘彼白雪ᄒᆞ고4332) 至于帝鄕4333)ᄒᆞ리오

[790: 40]
가을 하늘 비 갠 빛을 드는 칼로 말나 내어
금침 오색실로 수를 놓아 옷을 지어
님 계신 구중궁궐에 들이오려 하노라

가을 하ᄂᆞᆯ 비 ᄀᆡᆫ4334) 빗츨4335) 드ᄂᆞᆫ 칼노4336) 말나4337) ᄂᆡ여

4322) 셔리: 서리.
4323) 옐 졔: 녀(行)-니(行)-ㄹ(관형어미)#제(의존명사)>갈 때에.
4324) 다만지: 다만.
4325) 창망(蒼茫): 넓고 아득한.
4326) 뷘: 빈.
4327) 주령: 지팡이.
4328) 옥난간(玉欄干): 옥으로 만든 난간.
4329) 지혀: 기대.
4330) 셔셔: 셔(立)-서>서서.
4331) 졔연마ᄂᆞᆫ: 저기이건마는. “저기건마ᄂᆞᆫ”의 변이형.
4332) 승피백설(乘彼白雪)ᄒᆞ고: 저기 흰 눈을 타고.
4333) 지우제향(至于帝鄕): 제향(신선이 사는 곳)에 오름. 곧 등선(登仙)을 뜻함. 『장자』〈천지〉에 “華對人謂堯曰 乘彼白雲于帝鄕” 참고.
4334) ᄀᆡᆫ: 개인.
4335) 빗츨: 빛(光)-을(대격조사)>빛을. ‘빗츨’은 이중표기임.
4336) 칼노: 칼-노(로, 도구)>칼로.
4337) 말나: 말-아.

金針 五色실노 繡노하 옷슬 지어
님 겨신 九重宮闕에 드리오려 ᄒᆞ노라

[791: 539]
남이 해할지라도 나는 아니 겨루리니
참으면 덕이요 겨루면 같으리라
굽음이 제게 있거니 겨룰 줄이 있으랴

남이 ᄒᆡᄒᆞᆯ지라도[4338] 나ᄂᆞᆫ 아니 겯을 거시[4339]
참으면 德이오 닷토면 ᄀᆞᆺ트리이라
굽으미[4340] 졔겨 잇ᄂᆞ니 겯을 줄이 이시랴[4341]

[792: 469] 李鼎輔[4342]
낙양 삼월 시에 곳곳에 화류로다
성에 가득한 봄 기운이 태평스러움을 그렸는데
아마도 당우 세계를 다시 본 듯 하여라

洛陽[4343] 三月時에 處處에 花柳[4344] ㅣ로다
滿城春光[4345]이 太平을 그렷ᄂᆞᆫ듸
어즈버 唐虞世界[4346]을 다시 본 듯ᄒᆞ여라

[793: 1658][4347]
소상강 달 밝은 밤에 돌아오는 저 기러기야

4338) 남이 해(害)ᄒᆞᆯ지라도: 남이 나를 해칠지라도.
4339) 아니 겨로리니: 아니 겨루리니. 아니 싸우리니.
4340) 굽으미: '굽은 것이'의 옛말. 그릇됨이. 잘못됨이.
4341) 겨롤 줄이 이시랴: 겨룰 수가 있으랴. 맞상대를 할 수야 있겠느냐.
4342) 무명씨 작인데 후기 첨기한 것임.
4343) 낙양(洛陽): 중국의 옛 서울로 6대국의 서울이었다.
4344) 화류(花柳): 꽃과 버들. 꽃이 피고 버들가지가 늘어지다.
4345) 만성춘광(滿城春光): 봄빛이, 봄의 경치가 낙양성에 가득하다.
4346) 당우세계(唐虞世界): 요순세상. 태평세상. 요제-요임금을 도당(陶唐) 씨라 칭호하고 순제-순임금을 유우(有虞) 씨라 호칭하였으니 당우라 하면 요 임금과 순 임금을 말함이다.
4347) 『해동가요』 주씨본에는 이정보(李鼎輔) 작으로 되어 있음.

상수의 신이 타는 비파소리 얼마나 슬프건데
지금에 청원을 못 이겨서 저도록 우는가

瀟湘江4348) 둘 붉은 밤의 도라오는 저 기럭아
湘靈의 鼓瑟聲4349)이 어미나4350) 슬푸관디4351)
至今에 淸怨4352)을 못 이긔여 저디도록4353) 우는다

[794: 525]4354)
남양에 누운 선배 밭 갈기만 일삼더니
초당춘일에 무슨 꿈을 꾸었건대
시비4355)에 귀 큰 왕손에 삼고초려하거니

南陽4356)에 누은 션빈4357) 밧 갈기믄 일솜더니
草堂 春日4358)에 무슨 숨을 수엇관디4359)
門 밧긔 귀 큰 王孫4360)이 三顧草廬호거니4361)

[795: 2915]4362)
찬 바람 부는 북창 아래에 잠 깨어 누었으니
의황씨 적 사람인가 갈천씨 적 백성인가

4348) 소상강(瀟湘江): 순임금을 따라 그의 두 비인 아황과 여영이 빠져 죽은 강.
4349) 상영(湘靈)의 고슬성(鼓瑟聲): 상수(湘水)의 신이 비파를 타는 소리.
4350) 엇미나: 얼마나.
4351) 슬프관디: 슬프길래.
4352) 청원(淸怨): 청결한 원망. 순결한 원망.
4353) 저디도록: 저렇도록.
4354) 『해동가요』 주씨본에는 이정보(李鼎輔) 작으로 되어 있음.
4355) 시비(柴扉): 사립문. 싸리를 엮어서 만들어진 문.
4356) 남양(南陽): 중국 하동성 남양부란 지명으로 제갈양이 숨어살던 곳.
4357) 누은 션빈: 누운 선비의 옛말로서 숨어살다의 뜻이 내포되어 있다.
4358) 초당춘일(草堂春日): 봄날의 초가곡집. 햇볕 따뜻한 봄날에.
4359) 무슨 숨을 수어관디: 무슨 꿈을 꾸었기에의 옛말.
4360) 왕손(王孫): 임금의 손. 임금의 자손. 여기서는 유비(劉備)를 말함.
4361) 삼고초려(三顧草廬)호거니: 세 번 합하여 왔다. 즉 유비가 제갈양의 초가지에 세 번이나 찾아가서 손을 합하여 합장을 하여 빌어서 유비의 간청을 받아들여 나왔다는 것.
4362) 『해동가요』 주씨본에는 이정보(李鼎輔) 작으로 되어 있음.

아마도 태고 인물은 나뿐인가 하노라

淸風 北窓 下에 줌 ᄭᆡ야[4363] 누어시니[4364]
羲皇氏[4365] 쩍 사ᄅᆞᆷ인가 葛天氏[4366] 쩍 百姓인가
아마도 太古 人物은 나 ᄲᅮᆫ인가 ᄒᆞ노라

[796: 394][4367]
늙어서 만난 님을 덧없이 여희었구나
소식(消息)이 끊겼다 한들 꿈에나 아니 보이랴
임이야 날 생각하랴마는 못 잊을까 하노라

늙ᄀᆡ야[4368] 만난 님을 덧업시 여희거다[4369]
消息이 긋쳐신들[4370] ᄭᅮ에나[4371] 아니 뵈라[4372]
임이야 날 ᄉᆡᆼ각ᄒᆞ랴마ᄂᆞᆫ[4373] 못 이즐가 ᄒᆞ노라

4363) 줌 ᄭᆡ야: 잠을 깨어.
4364) 누어시니: 눕(臥)-엇(과거시상선어말어미)-으니(연결어미)〉누었으니.
4365) 의황씨(羲皇氏): 의황상인이라고도 불리는데 화황시절의 백성.
4366) 갈천씨(葛天氏): 중국의 옛 제왕의 이름. 도연명의 〈오류선생전(五柳先生傳)〉에 "無懷氏之民歟 葛天氏氏之民歟" 참고.
4367) 『해동가요』 주씨본에는 이정보(李鼎輔) 작으로 되어 있음.
4368) 늙ᄀᆡ야: 늙어서.
4369) 여희거다: 여의었구나. 이별하였구나.
4370) 긋쳐신들: 긏(斷)-이(접사)-어(부사형어미)-시(주체존대선어말어미)-ㄴ들(구속의 연결어미)〉끊겼다 한들.
4371) ᄭᅮ에나: 'ᄭᅮᆷ에나'의 오자임.
4372) 뵈라: 보이랴.
4373) ᄉᆡᆼ각ᄒᆞ랴마ᄂᆞᆫ: 생각하랴마는. 생각하겠는가마는.

삼삭대엽(三數大葉)

삼삭대엽【궁궐에서 나온 장수가 칼을 휘두르고 창을 던지며 용과 호랑이가 서로 다투듯 한다.】

三數大葉【轅門出將 舞刀提賊 龍虎相爭】

[797: 2291] 태종어제(太宗御製)[1]

이런들 어떠하리 저러한들 어떠하리
만수산 드렁칡이 얽어진들 귀 어떠하리
우리도 이같이 얽어져서 백년까지 하리라

이런들 엇더ᄒᆞ며 저런들 엇더ᄒᆞ리
萬壽山[2] 드렁츩[3][4]이 얼거진들[5] 긔[6] 엇더ᄒᆞ리

---

1) 태종(1367~1422, 재위 1401~1418): 조선 제3대 왕. 이름은 방원으로, 이른바 '왕자의 난'을 통해 실권을 장악하였다. 집권 후 공신과 외척세력의 제거, 의정부 기능의 약화, 언관제도의 강화, 사전에 대한 통제의 강화 등을 통해 중앙집권체제를 강화하였다.
2) 만수산(萬壽山): 개성 서쪽에 있는 산. 고려의 칠릉(七陵)이 있다 함.
3) 드렁츩: 들판에 난 칡덩굴.
4) 드렁츩: 드렁칡. 둔덕(언덕)을 따라 뻗어난 칡덩굴.
5) 얼거진들: 얽-어(부사형어미)#지-ㄴ들(구속의 연결어미)〉얽힌들.

우리도 이굿치 얼거저 百年싸지 누리이라[7]

[798: 327] 주의식(朱義植)

굴원충혼 배에 넣은 고기 채석강에 긴 고래 되어
이적선 등에 얹고 하늘 위로 올라가니
이제는 새로 난 고기니 낚아 삶은들 관계하랴

屈原 忠魂 빅에 너흔 고기[8] 采石江[9]의 긴 고릭 되야[10]
李謫仙[11] 등에 언고 하늘의 올나스니
이졔는 새 고기[12] 낙가 삼다[13] 엇더리

[799: 미상] 최영(崔瑩)

녹이상제 살지게 먹여 시냇물에 씻어서 타고
용천설악 들게 갈아서 다시 빼어서 둘러메고
장부의 나라를 위해 바치는 충성과 절개를 적셔 볼가 하노라

綠駬 霜蹄[14] 술지게[15] 먹여 시닉물에 씨셔 타고
龍泉 雪鍔[16] 들게 ᄀ라 다시 색혀 두러메고
丈夫의 爲國忠節[17]을 젹셔[18] 볼가 ᄒ노라

---

6) 긔: 그것의 준말. 그의.
7) 누리이라: 살아가리라.
8) 빅헤 너흔 고기: 배에 넣은 고기 하나. 먹은 고기. 굴원이 물고기밥이 되다.
9) 채석강(採石江): 굴원의 물에 빠져 죽었다는 강. 멱라수라고도 한다.
10) 긴 고릭 되야: 긴 고래 되어. 큰 용이 되어서로 풀이.
11) 이적선(李謫仙): 한 신선(神仙) 또는 선인(仙人)을 말함. 이백(李白), 이태백(李太白)을 말함. 이 적선이란 신선(神仙)이 굴원의 고기를 먹은 고기가 긴 고래(용)가 되었는데 이 고래(용)을 업고 하늘로 올가갔다 한다. 굴원이 빠져 죽은 후에는 채석강의 물고기를 사람들은 굴원의 고기라 하여 먹지 않았다.
12) 새 고기: 새로 난 고기. 새로 오른 고기로 풀이.
13) 삼다: '삶(蒸)는다고', '삶은들'.
14) 녹이상제(綠駬霜蹄): 하루에 천리를 달리는 날랜 말, 곧 명마(名馬), 준마(駿馬). '녹이(綠駬)'는 중국 주왕(周王)이 타던 푸른빛의 귀를 가진 말, '상제(霜蹄)'는 날랜 말굽이라는 뜻. 『화원악보(花源樂譜)』에는 '綠耳'로 표기되어 있음.
15) 술지게: 살찌게. 기본형은 술지다. 현대어에서는 '살지다'는 형용사로, '살찌다'는 동사로 구별되나 고어에서는 동일하게 쓰임.
16) 용천설악(龍泉雪鍔): 무척 좋은 칼. 용천(龍泉)은 '태아(太阿)', '상시(上市)'와 더불어 고대 중국의 보검(寶劍), 설악(雪鍔)은 잘 베어지는 칼날.

[800: 480]
낙엽이 말 발에 떨어지니 잎잎이 가을소리로다
풍백이 비자루가 되어 다 쓰러 버렸구나
두어라 험한 산길을 덮어둔들 어떠하리

落葉이 ᄆᆞᆯ 발에 지니 닙닙히 秋聲[19]이라
風伯[20]이 뷔[21] 되여 다 쓰러 ᄇᆞ고나[22]
두어라 崎嶇 山路[23]를 덥허둔들 엇더리

[801: 2942]
초산과 진산에 흰 구름이 많이 떠있으니 곳곳마다 흰구름이로다
그대를 늘 따라서 초산으로 들어가니 구름 ㄸ"ㅗ한 임군 따라 소상수를 건너더라
소상 강물 위에서 담쟁이 덩굴을 몸에 걸치고 흰 구름 속에서 유유자적하여 한가로이 누워 있을 그대여. 어서어서 돌아오소서

楚山 秦山 多白雲ᄒᆞ니[24] 白雲處處[25] 長隨君을
長隨君[26]君 入楚山裡[27]ᄒᆞ니 雲亦隨君 渡湘水[28]ㅣ라
湘水[29]上 女蘿衣[30]로 白雲堪臥 君[31]早歸라[32]

---

17) 의국충절(爲國忠節):나라를 위해 바치는 충성과 절개.
18) 격셔: 적시-어(부사형어미)〉적셔.
19) 추성(秋聲): 가을철의 바람소리. 가을 소리.
20) 풍백(風伯): 바람을 맡은 신. 풍신(風神).
21) 뷔: 빗자루. 마당이나 길 등을 쓰는 빗자루.
22) 다 쓰려 ᄇᆞ고나: 다 쓰러 버렸구나.
23) 기구 산로(埼嶇山路): 험준한 산길. 험악한 살길. 구차스런 길.
24) 초산 진산(楚山秦山)에 다백운(多白雲)ᄒᆞ니: 초산과 진산에 흰구름이 많도다. 흰구름이 많이 끼어서.
25) 백운처처(白雲處處): 흰구름은 곳곳마다 있고.
26) 장수군(長隨君): 그대는 항상 따랐다. 君: 그대. 님. 長: 언제나. 늘. 항상. 隨: 따르다.
27) 군 입초산리(君入楚山裏): 그대는 초산 속으로 들어가다.
28) 운역수군(雲亦隨君) 도상수(渡湘水): 구름 역시 그대를 따라 소상수(瀟湘水)로 건너가다.
29) 상수(湘水): 중국 5대 호수 중의 하나인 소상호(瀟湘湖)를 말하며 경치가 뛰어난 곳. 소상강(瀟湘江)도 있다.
30) 상수상 여라의(湘水上女蘿衣): 소상 물위 또는 소상 위에 담쟁이덩굴을 몸에 걸치고. 소상 위의 담쟁이 덩굴을 옷으로 삼고서는.
31) 백운감와 군(白雲堪臥君): 흰 구름이 경치 좋은 곳에 한가로이 누워 있는 그대.
32) 주귀(早歸)를 ᄒᆞ쇼라: 일찍 돌아오라. 어서어서 돌아오라.

[802: 1665]

퉁소 소리 목이 메네 진아의 꿈은 진루의 달에 끊어졌구나 진루의 달이여 해마다 버들빛 같기만 한데 패릉의 이별에 가슴 태우고

낙유원 맑은 가을철 함양 옛 길엔 소식이 없네

소식 끊긴 채 서녘 바람 쇠잔한 빛 속의 한조의 능과 궁궐이여.

簫聲咽[33] 秦娥夢斷[34] 秦樓月 秦樓月 年年柳色 霸陵相別[35]

樂遊原上 淸秋節[36]이오 咸陽古道 音塵絶[37]이라

西風殘照 漢家陵闕[38]이로다

[803: 462]

낙동강 위에 신선들이 타고 논다는 화려한 배를 띄우고 피리 소리에 맞추어 노래하는 소리가 먼 바람결에 들려오는구나.

한 나그네가 타고 가던 말을 멈추게 하고는 오직 듣기만 하고 즐기지 않음은 고대 중국의 순 임금이 남수웅하다가(남쪽 나들이 하다가) 죽었다는 창오산색이 저녁놀에 묻혀 있기 때문이다. 지금에 와서 옛날의 창오산 일을 상기하며 제왕의 죽음을 한없이 슬퍼한다.

洛東江上 仙舟泛[39]ᄒᆞ니 吹笛歌聲[40] 落遠風[41]이라

客子[42]ㅣ 停驂聞不樂[43]은 蒼梧山[44]色 暮雲中[45]이라

---

33) 소성인(簫聲咽): 통소소리에 목이 메인다.

34) 진아몽단(秦娥夢斷) 진누월(秦樓月): 진나라의 아름다운 계집 진아의 꿈은 진루의 달에 끊어졌구나.

35) 연연유색(年年柳色) 패릉상별(霸陵相別): 해마다 버들빛 갈기만 한데 패릉의 이별에 가슴 태우고. 패릉(霸陵)은 섬서성 장안현 옛 패상의 땅에 있는 능. 옛 사람이 많이 송별하던 곳임.

36) 낙유원상(樂遊原上) 청추절(淸秋節): 낙유원의 맑은 가을절이오. 낙유원(樂遊原)은 섬서성 장안현 남쪽의 땅.

37) 함양고도(咸陽古道) 음진절(音塵絶): 함양의 옛길에 소식에 끊어졌구나. 함양(咸陽), 진의 고도. 지금의 섬서성 장안현.

38) 서풍잔조(西風殘照) 한가릉궐(漢家陵闕): 서풍의 쇠잔한 빛이 한왕조의 능과 궁궐을 비출 뿐이로다.

39) 선주범(仙舟汎): 화려한 배를 띄움. 신선들이 탈 수 있는 화려한 배를 띄움.

40) 취적가성(吹笛歌聲): 피리를 불고 노래를 함. 피리 소리에 맞추어 들려오는 노랫소리.

41) 낙원풍(落遠風): 먼 바람에 떨어짐. 바람결에 멀리서 들려오다.

42) 객자(客子): 길가의 나그네.

43) 정참문불락(停驂聞不樂): 말고삐를 멈추고 듣고는 있으면서 즐기지 않음.

44) 창오산(蒼梧山): 중국 화남성에 있는 산으로서 옛날에 중국 순임금이 남쪽을 순시하다가 죽었다는

어즈버 鼎湖龍飛[46]를 못내 슬허ᄒᆞ노라

[804: 2214]

원문 번장이 기웅호하니 칠척 장신 대보검이라
큰 사냥한 음산에 세 길 눈이 쌓였고 장중에 돌아와 포도주를 마시도다
크게 취하여 남만을 헤아리니 초개론듯 ᄒᆞ여라

轅門[47] 番將[48]이 氣雄豪[49]ᄒᆞ니 七尺 長身 帶寶刀[50] ㅣ라
大獵[51]陰山[52] 三丈雪[53]ᄒᆞ고 帳中歸飮 碧葡萄[54] ㅣ로다
大醉코 南蠻[55]를 혜아리니 草芥[56]론듯 ᄒᆞ여라

[805: 1889]

약산동대 이지러진 바위틈에 왜철죽 같은 저 내 님아
내 눈에 덜 밉거든 남인들 지나보랴
새 많고 쥐 꼬이는 동산에 까마귀 새 간 듯하여라

藥山 東坮[57] 여즈러진 바회[58] 우희 倭躑躅[59] ᄀᆞ튼 저 내 님이
내 눈에 덜 뮙거든[60] 남의 눈에 지나 보랴[61]

산으로 유명하다.

45) 모운중(暮雲中): 저녁 구름 속에 잠겨 있다. (묻혀 잇다)

46) 정호용비(鼎湖龍飛): 정호는 호수, 용비는 날다. 즉 호수에서 용이 날아갔다, 용이 승천했다의 뜻. 다시 말해 왕이 승천했다. 제왕이 죽었다는 풀이. 용(龍)은 임금, 제왕의 상징이기도 하다.

47) 원문(轅門): 관아의 외문을 가리킴.

48) 번장(番將): 중국 한고조 때의 공신 번쾌.

49) 기웅호: 기백이 웅장하고 호탕함.

50) 대보도(帶寶刀): 보검을 허리에 참.

51) 대엽(大獵): 큰 사냥. 사냥한 수확이 많음.

52) 음산(陰山): 요동의 밖에 있는 산.

53) 삼장설(三丈雪): 세 길이나 쌓인 눈.

54) 장중귀음벽포도(帳中歸飮 碧葡萄): 장중에 돌아와 포도주를 마심.

55) 남만(南蠻): 사이중의 하나, 중국 남쪽에 있던 족속을 중국 사람이 일컫는 말.

56) 초개(草芥): 지푸라기, 하찮을 것 없는 것.

57) 약산(藥山) 동대(銅臺): 평안북도 영변 약산의 동쪽에 있는 봉우리. 김소월이 약산의 진달래 운운함을 연상케 한다. 약산에 있는 구리가 나는 산골의 높다란 곳을 일컫는다.

58) 여즈러진 바회: 이지러진 바위.

59) 왜척촉(倭躑躅): 왜철쭉.

싀 만코[62] 쥐 쐰[63] 東山[64]에 오조[65] 곳듯[66] ᄒᆞ여라

[806: 1565]

석양에 취한 흥에 겨워 나귀 등에 실려 있시니
십리 계산이 꿈속에 지나갔다
어디서 두세 마디의 어부의 피리 소리가 잠든 날을 깨오나니

夕陽에 醉興[67]을 계워 나귀 등에 실녀시니[68]
十里 溪山[69]이 夢裡[70]에 지ᄂᆡ여다
어듸셔 數聲 漁笛[71]이 ᄌᆞᆷ 든 날을 ᄭᆡ와다

[807: 9]

가로로 넘어지나 새로로 넘어지나 그 중에 죽은 후면 누가 알더냐
죽은 무덤 위에 밭을 가나 논을 매나
술이 유령의 무덤위의 흙까지 이르지 못하니 아니 놀고 어이리

가로 지나[72] 셰 지나[73] 中에 죽은 後면 뉘 아더냐
죽은 무덤 우희 밧츨 가나 논을 ᄆᆡ나[74]

---

60) 덜 뮙거든: 덜밉거든. 즉, 밉지 않다.
61) 지나 보랴: 지나쳐 보겠으랴.
62) 싀만코: 새가 많고.
63) 쥐 쐰: 쥐가 꼬이는.
64) 동산(東山): 동쪽에 있는 산.
65) 오조(烏鳥): 까마귀. 까마귀는 반포조라 하여 길조(吉鳥)로 통한다. '오조(早粟)'로 해석하기도 한다(황충기, 2000: 286). 전후 문맹룡 고려해 보면 '까마귀'로 해석하는 것이 옳다.
66) 곳듯: '간 듯'으로 풀이하기도 한다(황충기, 2000: 286).
67) 취흥(醉興)을 계워: 술에 취하여 흥겨움을 이기지 못하여.
68) 나귀 등에 실녀시니: 나귀등에 실려 있으니. 즉, 나귀를 타고.
69) 십리계산(十里溪山): 십리나 되는 계곡의 산길.
70) 몽이(夢裏)에 지나거다: 꿈속에서 지나갔다.
71) 수성어적(數聲漁笛): 두세 마디의 어부의 피리 소리.
72) ᄀᆞ르지나: 가로넘어지나. 횡사하나. 'ᄀᆞ르'는 'ᄀᆞᄅᆞ'에서 온 것으로 '橫'의 뜻.
73) 셰지나: 새로 넘어지거나, 종사하거나, 앞의 횡사에 대하여 쓴 말인데 횡사함은 비명으로 죽음을 말함이요. 종사라 함은 순사를 말하는 것이다. '셰'는 세로.
74) 밧츨 가나 논을 ᄆᆡ나: 사이수의 신릉군 무덤 우에 밭을 간다는 想에서 온 것일 것이다.

酒不到劉伶墳上土[75] ㅣ니 아니 놀고 어이리

[808: 1175]

백년을 저마다 살 수 있을지라도
근심과 즐거움을 반반으로 나누어도 인생은 백년을 못 사니
두어라 백년 전까지라 취하고 놀려고 하노라

百年을 可使人人壽ㅣ[76]라도 憂樂中分 未百年[77]을
허물며 百年이 밧듯기[78] 어려오니
두어라 百年 前ㅅ지란[79] 醉코 놀녀 ᄒᆞ노라

[809: 2621]

주객이 청탁을 가리랴 쓰다 다나 말마고 술을 걸러
잡거니 권하거니 양대로 먹으리라
취하여 초당에 밝은 달에 누워 있는들 어떠하랴

酒客이 清濁을 ᄀᆞᆯ희랴[80] 다나 쁘나[81] 마고 걸너
잡거니 勸ᄒᆞ거니[82] 量ᄃᆡ로 먹으리라
醉ᄒᆞ여 草堂[83] 明月에 누어신들[84] 엇더리

[810: 2285]

이러니 저러니 말고 술만 먹고 노세 그려

75) 주불도유령분상토(酒不到劉伶墳上土): 술이 유령의 무덤위의 흙까지 이르지 못함.
76) 백년(百年)을 가사인인수(可使人人壽)ㅣ라도: 백년을 저마다 살 수 있을지라도.
77) 우락(憂樂)을 중분미백년(中分未百年): 근심과 즐거움을 반반으로 나누면 인생 백년을 못살아. 근심과 즐거움이 반반으로 참다운 인생은 백년이 못됨.
78) 반듯기: 반드시. 기필고. '기'는 형요사, 동사를 명사형으로 바꿀 때 붙이는 말. 예) 놀기, 먹기, 자기, 반듯기 등.
79) 백년(百年) 전(前)ㅅ지란: 백년 전까지라도의 준말.
80) 주객(酒客)이 청탁(清濁)을 갈희랴: 술꾼이 맑고 탁함을 가리랴.
81) 쁘나: 쓰나. '쁘다(苦)'.
82) 잡거니 권(勸)ᄒᆞ거니: 잔을 잡거니 권하거니. 즉, 술을 마시거니 권하거니의 뜻.
83) 초당(草堂): 초가곡집 별당.
84) 누엇신들: 누워 있는다면.

먹다가 취하거든 취한 채 잠 들리라
취하여 시비를 모르는 그것이 원인인가 하노라

이러니 저러니[85] 말고 술만 먹고 노ᄉᆡ그려[86]
먹다가 醉커든 醉ᄒᆞᆫ 지 즘 들니라
醉ᄒᆞ여 是非를 모름이 긔 願인가 ᄒᆞ노라

[811: 1926]
어우와 날 속여다 가을바람 봄바람이 날 속여다
절절이 돌아옴에 믿음 있다 여겼더니
백발을 나에게 다 맡기고 소년 쫓아 가려느냐

어우화[87] 날 속여고[88] 秋月 春風[89]이 날 속여고
節節[90]이 도라오미[91] 有信이 너엿쎠니[92]
白髮은 날 다 맛지고[93] 少年좃ᄎᆞ 니거다[94]

[812: 869]
복사꽃, 배꽃, 살구꽃, 푸른 풀들아 일련의 봄빛이 빨리 지내 감을 원망하지 말아라
너희들은 그래도 천지와 더불어 끝이 없이 무궁하려니와
우리네 인생은 길어서 백세 밖에는 살지를 못하니 그것을 슬퍼하노라.

桃花 梨花 杏花[95] 芳草들아 (一年春光 恨치 마라-삽입)

---

85) 이러니 져러니: 일이 이렇다저렇다 하고 아귀다툼을 하는 속세의 소리.
86) 노ᄉᆡ그려: 노잣구나. '그려'는 '그리어'에서 온 것으로 원뜻은 '그렇게 하다'의 감탄형. 이것이 퇴화하여 감탄적 청유종결어미형 어미가 된 것이라고 본다.
87) 어우하: 아! 감탄사.
88) 소겨고: 속였구나.
89) 추월춘풍(秋月春風): 가을들달, 봄바람.
90) 절절(節節): 계절. 봄, 여름, 가을, 겨울의 4계절.
91) 도라오ᄆᆡ: 돌아옴으로의 옛말.
92) 유신(有信)이 너겨더니: 믿음성 있게 여겼더니.
93) 맛지고: 맡기고.
94) 좃ᄎᆞ 니거다: 쫓아가느냐, 가려느냐의 옛말. '니'는 '닛가'의 축약. 의문종결어미.
95) 도리(桃花) 이화(梨花) 행화(杏花): 복사꽃, 배꽃, 살구꽃, 푸른 풀. 전부 봄에 피는 꽃.

너희는 그려도 與天地 無窮[96]이라
우리는 百歲뿐이니 그를 슬허ᄒᆞ노라

[813: 2000]
엇그제 님 이별하고 푸른 비단 창에 의지하였으니
황혼에 지는 꽃과 푸른 버들가지에 걸린 달을
아무리 무심이 보아도 슬픔을 이기지 못하겠노라

엇그제 님 離別ᄒᆞ고 碧紗窓[97]에 지혀시니[98]
黃昏에 지는 곳과 綠柳 걸닌 ᄃᆞᆯ을[99]
아모리 無心이 보아도 不勝悲感[100] ᄒᆞ여라

[814: 552]
내 가슴 쓰러 만져 보니 살 한 점이 업네그려
굶주리지는 아니 하였건만 자연이 그러하데
얼마나 긴장한 님이 살던 애를 끊나니

내 ᄀᆞ슴 쓰리[101] 만져 보소 ᄉᆞᆯ ᄒᆞᆫ 점이 바히 업ᄂᆡ
굼든 아니되[102] 自然이 그러ᄒᆞ데[103]
얼마나 긴장ᄒᆞᆯ 님이 ᄉᆞᆯ든 ᄋᆡ를 긋ᄂᆞ니

[815: 2286]
이러하여라 저리하여라 하고 날더러는 잡말을 마시오
내 당부에 님의 맹세가 모두 다 허사로다

96) 여천지무궁(與天地無窮)이라: 천지와 더불어 끝이 없음.
97) 벽사창(碧紗窓)에: 푸른 비단을 바른 창.
98) 지혀시니: 의지하였으니.
99) 녹유(綠柳) 걸닌 ᄃᆞᆯ을: 푸른 버들가지에 걸린 달을.
100) 불승비감(不勝悲感): 슬픔을 이기지 못함.
101) 내 ᄀᆞ슴 쓰러: 내 가슴이 쓰려서. 내 가슴이 타서.
102) 굼든 아니ᄒᆞ되: 굶주리지 아니하였건만.
103) 그러ᄒᆞ데: 그러하네. 그렇게 되었네.

정밖에 못 이룰 맹세야 하여 무엇하리요.

이러니 저러니 ᄒᆞ고 날ᄃᆞ려란[104] 雜말 마소[105]
내 당부[106] 님의 盟誓[107] 오로 다 虛事ㅣ로다[108]
情 밧긔 못 일[109] 盟誓를 ᄒᆞ여 무슴 ᄒᆞ리오[110]

[816: 1139]
박랑사중 쓰고 남은 철추 항우 같은 장사를 얻어
힘 다할 데가지 둘러메어 깨뜨리고 싶구나 이별 두 자
그제야 우리 님 대리고 백년동락하리라

博浪沙[111]中 쓰고 나믄 鐵椎 項羽 갓틋 壯士를 어더
힘ᄭᆞ지[112] 들워메여 ᄭᆡ이고져 離別 두 字
그제야 우리 님 ᄃᆞ리고 百年同樂[113] ᄒᆞ리라

[817: 1909]
너는 어디에서 자고 여기를 왔느냐 평양에서 자고 여기 왔네
임진강, 대동강을 누구누구와 배를 타고 건너왔느냐
뱃삯이 많더라마는 예쁜 기생의 배를 타고 건너왔네.

어듸 쟈고[114] 어듸 온다 平壤 쟈고 여기 왓ᄂᆡ[115]
臨津 大同江을 뉘뉘 ᄇᆡ로[116] 건너온다

104) 날더려란: 나보고는.
105) 잡(雜)말 마소: 잡소리. 잔말. 필요치 않은 말.
106) ᄂᆡ 당부: 나의 부탁.
107) 맹서(盟誓): 신불(神佛) 앞에서 하는 서약. 신의를 지키기 위하여 사람끼리의 약속, 맹세.
108) 오로다 허사(虛事)ㅣ로다: 모두 다 헛된 일.
109) 정(情) 밧긔 못 이롤: 정이 밖에 나서 못 이룰, 정이 떨어져서.
110) 무슴 ᄒᆞ리오: 무엇하겠느가?
111) 박랑사(博浪沙): 중국 하남성에 있는 한나라 장량이 장사를 시켜 쇠몽둥이로 진시황을 저격하려 함.
112) 힘ᄭᆞ지: 힘껏. 힘이 미치는 한.
113) 백년동락(百年同樂): 백년 동안 함께 즐김.
114) 어듸 ᄌᆞ고: 어디에서 자고.
115) ᄌᆞ고 여긔 왓네: 자고 여기 왔다.

船價[117]는 만트라마는[118] 女妓[119] 빅로 건너왓닉[120]

[818: 401]

저 기러기야. 석양 하늘에 높이 떠서 날지 말고 네 날개 나를 빌려다오
마음은 이미 가고 몸만이 미처 가지 못한 곳이 있으니 잠깐 다녀오련다
가다가 옛날 사람을 만나거들랑 즉시 돌아오련다

기러기 夕陽天[121]에 나지 말고 네 느릭[122]를 날 빌니렴[123]
深送 未歸處[124]에 즘간 단녀 도라오마
가다가 故人 相逢[125]ᄒᆞ여던 卽還來[126]ᄒᆞ리라

[819: 2963]

가을밤 강에 달이 밝으니 조각배를 물 흐르는 대로 저어서
낚싯대를 후려쳐서 드리우니 잠자던 흰 갈매기 모두 다 놀래서 날아간다.
저들 갈매기도 사람의 흥겨움을 알 오락가락하더라

秋江에 月白쩌를[127] 一葉舟를 흘니 저어[128]
낙대를 썰쳐 드니[129] 좀든 白鷗[130] ㅣ 다 놀나거다[131]
저희도 사름의 興을 아라 오락가락 ᄒᆞ더라

---

116) 뉘뉘 빅로: 누구누구의 배로.
117) 선가(船價): 뱃삯. 배로 강을 건네준 값.
118) 만터라마는: 많다 마는. 많더라마는의 옛말.
119) 여기(女妓): 여자 기생.
120) 빅 타고 건너왓닉: 배타고 건너왔네.
121) 석양천(夕陽天): 저녁 하늘.
122) 나ᄅᆞㅣ: 날개의 옛말.
123) 빌녀든: 빌릴지라. 빌려다오의 옛말.
124) 심송미귀처(心送未歸處): 마음은 보내고 몸은 미처 가지 못한 곳. 저승길.
125) 고인상봉(故人相烽): 옛날 사람을 만나면. 또한 죽어간 사람들을 만나면.
126) 즉환래(卽還來): 즉시 돌아오련다. 곧 돌아온다.
127) 추강(秋江)이 월백(月白)커늘: 가을밤 강에 달이 밝으니.
128) 일엽주(一葉舟) 흘리저어: 한개의 나뭇잎만한 조각배를 물 흐르는 대로 저어서.
129) 낙디를 썰쳐드니: 낚싯대를 크게 휘둘러서 물에 넣으니.
130) ᄌᆞ든 백구(白鷗): 잠자던 흰 갈매기.
131) 다 놀나난다: 모두 다 놀라서 날아간다.

[820: 2179]
천둥같이 큰 소리를 치는 님을 번갯불같이도 번뜩 만났더니
비같이 오락가락 오다말다 하여 구름같이 헤어지니
가슴속에서는 바람 같은 한숨이 절로 나서 안개 같이 피더라

우레[132]ᄀᆞᆺ치 소릐 나는 님을 번ᄀᆡᄀᆞᆺ치 번쁫 만나
비ᄀᆞᆺ치 오락ᄀᆞ락 구름ᄀᆞᆺ치 헤여지니
胸中[133]에 ᄇᆞ름ᄀᆞᆺ튼 ᄒᆞᆫ숨이 안ᄀᆡ 픠듯[134] ᄒᆞ여라

[821: 1115]
바람이 불어서 쓰러진 나무(죽은 나무) 비가 온다고 해서 싹이 나겠느냐
임이 그리워서 들은 병이니 약을 먹는다고 해서 낫겠느냐
저 님아 너로 하여 생긴 병이니 네가 고칠까 하노라

ᄇᆞ람 부러 쓸어진 남기[135] 비 오다 삭시 나며[136]
님 그려 든 病이[137] 藥 먹다 허릴쇼냐[138]
아마도 널노 든 病이니[139] 네 곳칠가 ᄒᆞ노라[140]

[822: 2561]
저 잔에 가득 부은 술이 조금 비었으니 유령이 와서 마신 것이리라
둥근 달이 일그러졌으니 아마도 이태백이 와서 깨뜨렸으리라
남은 술을 마시며 달을 가지고서 달구경을 하면서 오래도록 술에 취하리라

---

132) 우레: 우레. 천둥.
133) 흉중(胸中): 가슴속.
134) 픠더라: 피더라. 꽃이 '피다'이나, 이곳에서는 한숨이 나서 안개같이 피어서(또는 퍼져서) '하늘로 올라가다'란 말이니, 그리운 님과 이별하게 되니 가슴속에서 한숨이 절로 나서 마음이 '달아오른다'의 뜻.
135) 쓰러진 남기: 쓰러진 나무. 죽은 나무.
136) 삭시나며: 싹이 돋아나며.
137) 님 그려 든 병이: 님이 그리워서 난 병이니.
138) 약먹다고 하릴소냐: 약 먹는다고 하겠느냐, 낫겠느냐?
139) 널노 든 병이니: 너로 하여금 병이 났으니
140) 네 곳칠가 하노라: 네가 낫게 하여라. 네가 고쳐라.

저 盞에 술이 고라시니141) 劉伶142)이 와 마시도다
두렷ᄒᆞᆫ143) ᄃᆞᆯ이 이즈러시니144) 李白이 와 ᄀᆡᆺ치도다145)
나문 술 나문 ᄃᆞᆯ 가지고 翫月長醉146) ᄒᆞ오리라

[823: 2005]
엊그제 주물러서 빚은 술이 다 익었느냐
앞 내에 후린(그물로 잡은) 물고기는 구웠느냐 회 치느냐 푹 고았느냐
아희야 어서 상 차려서 내 오너라 벗님을 대접하리라

엇그제 쉬 비즌 술이 익엇ᄂᆞ냐 셜엇ᄂᆞ냐147)
압 ᄂᆡ에 후린 고기148) 굽ᄂᆞ냐 솟고ᄂᆞ냐149)
아희야 어셔 차라 내여라150) 벗님151) 대졉ᄒᆞ리라

[824: 2610]
조인이 팔문금쇄진을 치고 (유비군을 치려 할 때) 영천 땅에 사는 서서가 알았던지
조자룡이 조인의 백만군 중에 뛰어들어간 이가 자룡이었다
일신은 모두가 다 담력으로 뭉쳐 있으니 그 누가 조자룡을 당해 내리오.

曹仁의 八門 金鎖陣152)을 穎水 徐庶153)ㅣ 아돗던가
百萬 軍中154)에 헙든ᄂᆞ니155) 子龍156)이로다

---

141) 고라시니: 조금 비였으니. 조금 없어졌으니.
142) 유령(劉伶): 중국에 다섯 명의 술 잘 먹는 사람 중 한 사람.
143) 두렷ᄒᆞᆫ 달: 둥근 달의 옛말.
144) 여즈러져시니: 이지러졌으니. 조금 기울었으니. 조금 없어졌으니.
145) ᄭᆡ치도다: 깨뜨렸도다의 옛말.
146) 완월장취(翫月長醉): 달구경하면서 오래 술에 취한다.
147) 셔럿ᄂᆞ냐: 설었느냐. 덜익었느냐.
148) 후린 고기: 후려친 고기. 그물로 잡은 고기.
149) 솟고ᄂᆞ냐: 푹 고았느냐.
150) 어셔 차차 내여라: 어서 상 차려서 내오너라.
151) 벗님: 친구. 님은 친구를 높인 말. 다정한 친구.
152) 조인(曹仁)의 팔문금쇄진(八門金鎖陣): 조인은 조조의 셋째 아들로서 팔문금쇄진은 진지의 한 이름.
153) 서서(徐庶): 중국 영천에 사는 유비의 한 장수.
154) 백만진군(百萬陣中): 백마의 군대가 진을 치고 있는 가운데.
155) 헵ㅅ드ᄂᆞ니: 허둥거리며 날뛰다의 옛말.

一身이 都是膽[157]이라 졔 뉘라셔 當ᄒᆞ리오

[825: 2287]

이러니저러니 하고 시끄러운 속세의 소식을 나에게는 전하지 말아라
남의 시비는 내가 알 바가 아니로다
질그릇 술통에 술이 익으면 그 아니 좋을쏘냐

이러니 저러니 ᄒᆞ고 世俗 긔별[158] 傳치 마소
남의 是非[159]는 ᄂᆡ의 알 ᄇᆡ[160] 아니로다
瓦樽[161]에 술이 익어시면 그를 죠화ᄒᆞ노라

[826: 1183]

백마는 가자하고 네 굽은 놓고 긴 소리로 울어대며 아름다운 그 님은 옷소매를 부여잡고 이별을 서러워하는데
석양은 이미 산마루에 기울었고, 갈 길은 멀고도 멀어라
아마도 이토록 서러운 이별은 백년의 삼만육천일에 오늘뿐인가 하노라.

白馬는 欲去長嘶[162]ᄒᆞ고 靑娥[163]는 惜別牽衣[164] ㅣ로다
夕陽은 已傾西嶺[165]이오 去路[166]은 長程 短程[167]이로다
아마도 님의 離別은 百年 三萬六千日에 오ᄂᆞᆯ ᄲᅮᆫ인가 ᄒᆞ노라

---

156) 자룡(子龍): 힘이 세고 날래고 칼 잘 쓰는 담력이 남보다 뛰어난 유비의 부하 장수인 조자룡을 말함. 한때 유비는 조조에게 몰려서 자기의 부모, 처자를 두고서 혼자서 피신한 적이 있었는데, 조자룡이 조조의 진영에 들어가서 유비의 가족을 구해냈다. 이를 유비는 "그대는 일신(一身)이 도시담(都是膽)이로다"고 한데서 이 말이 나왔다.

157) 일신(一身)이 도시담(都是膽) 이어니: 한 몸이 모두 다 담력으로 뭉쳐 있다의 뜻.

158) 긔별: 기별. 소식.

159) 시비(是非): 옳고 그름.

160) 알 배: 알 바가.

161) 와준(瓦樽): 질그릇으로 만든 술통. 박주를 넣는 술통. 와분과 같음.

162) 욕거장시(欲去長嘶): 가려고 길게 울고. 백마는 가자 하고 길게 울고.

163) 청아(靑娥): 푸르게 그린 눈썹, 젊고 예쁜 미인.

164) 석별견의(惜別牽衣): 미인은 옷을 잡고 이별을 서러워하도다.

165) 이경서령(已傾西嶺): 석양은 이미 서쪽 마루에 기울었고.

166) 거로(去路): 가는 길. 갈 길.

167) 장정단정(長亭短亭): 갈 길은 멀고 가깝다.

[827: 2004]
엊그제 손으로 주물러서 빚은 술을 술동이채로 둘러메고 집을 나오니
집안에 있는 아이들은 우습다고 손뼉을 치며 하하 웃어대는 구나
강호에 봄이 지나간다기에 전송하려 하노라

엇그제 비즌 술[168]을 酒桶[169] 이ᄌᆡ 메고
나이 집안 아희들은 허허쳐[170] 웃ᄂᆞᆫ고야[171]
江湖[172]에 봄 간다 ᄒᆞᄆᆡ 餞送[173]가려 ᄒᆞ노라

[828: 1116]
바람이 불어서 쓰러지는 산을 보며 눈비 맞아서 썩은 돌은 보았느냐
눈 정(눈짓)으로 사귄 님을 싫도록 어디 보았느냐
돌이 썩고 산이 쓰러지거든 이별인가 하노라

ᄇᆞᄅᆞᆷ 부러 쓰러진 뫼[174] 보며 눈비 마자 석은 돌[175] 본다
눈졍의 걸은 님[176]이 슬커던 어듸 본다[177]
돌 석고 뫼 쓸니거든[178] 離別인 쥴 알니라

168) 쥐비즌 술: 손으로 주물럭주물럭 주물러서 담근 술.
169) 주통(酒桶): 술통. 나무로 만들어진 술 넣은 통.
170) 후후(詡詡)쳐: 허허 웃으며 손뼉 쳐.
171) 웃ᄂᆞᆫ고나: 웃는구나.
172) 강호(江湖): 시인 묵객이 즐겨 노는 곳. 시골을 말함.
173) 전송(餞送): 잔치로써 이별하여 보냄. 송별. 원뜻은 돈을 주어 이별하다.
174) 쓰러진 뫼: 쓰러진 산.
175) 눈비 마자 석은 돌: 눈비 맞아서 썩은 돌멩이.
176) 눈졍에 걸은 님: 눈짓으로 사귄 님.
177) 슬커던 어듸 본다: 싫커던 어디(싫어지는 것을 어디) 보았느냐.
178) 뫼 쓸니거든: 산이 쓰러지거든. 산이 무너지거든.

삭대엽(數大葉)

삭대엽 【구름 끝에서 용이 달린다.】
數大葉 【雲端走龍】

[829: 408]
기러기 펄펄 모두 다 날아드니 소식을 누가 전하리요
수심이 쌓이고 쌓이니 잠이 와야지 꿈이라도 꾸지
차라리 저 하늘에 떠 있는 달이라도 되어 비취볼가 하노라

기러기 풀풀[1] 다나라드니[2] 消息인들 뉘 젼ᄒᆞ리
愁心이 疊疊[3]ᄒᆞ니 ᄌᆞᆷ이 오야[4] ᄭᅮᆷ 아니 ᄭᅱ랴
ᄎᆞᆯ하리 져 ᄃᆞᆯ이 되여 비최여나 보리라

---

1) 풀풀: 펄펄. 새가 나는 소리.
2) 나라드니: 날아드니. 날아간다.
3) 첩첩(疊疊): 쌓이고 쌓여서.
4) ᄌᆞᆷ이 오야: 잠이 와야지.

[830: 1206] 윤선도(尹善道) (이하 작가 명칭이 하단에 기록되어 있음)
흰 눈이 휘날리니 나무 끝이 흔들린다
밀물 때에는 동호로 가고 썰물 때에는 서호로 가자
아이야 너는 그물을 걷어 추려 담고 닻을 들고 돛을 높이 달아라

白雲이 이러나니[5] 나무 긋치 흔덕인다[6]
밀물[7]에 東湖 가고 혈물[8]에 西湖[9] 가자
아희야 넌 그물 거더 셔리고 닷츨 들고[10] 돗츨 놉히 다라스라[11]

[831: 2351]
이렁저렁 다 지내고 해롱해롱 거리다 보니 이룬 일 없네
공명도 어근버근 세상일들이라도 싱숭생숭
날마다 술이나 한잔 두잔 하면서 그럭저럭 살리라

이셩져셩[12] 다 지닉고 흐롱하롱[13] 닌 일[14] 업닉
功名도 어근버근[15] 世事도 싱슝상슝[16]
每日에 흔 盞 두 盞 흐여 이렁저렁 흐리라

[832: 1912]
어리거든 채 어리석거나 미치거든 채 미치거나
어석은 듯 미친 듯 아는 듯 모르는 듯

---

5) 백설(白雪)이 이러나니: 흰 눈이 일다. 흰 눈이 휘날리니.
6) 나무 긋치 흔덕인다: 나무 끝이 흔들린다.
7) 밀물: 조수(바다물)가 밀려들어오는 현상.
8) 혈물: 조수(바다물)가 빠져나가는 현상. 썰물의 옛말.
9) 동호(東湖), 서호(西湖): 동쪽 호수, 서쪽 호수란 말이나 동쪽 바다와 서쪽 바다로 풀이할 수도 있다.
10) 닷츨 들고: 닻을 올리고.
11) 돗츨 놉히 다라스라: 돛을 높이 달아라.
12) 이셩져셩: 이렁저렁. 이럭저럭.
13) 흐롱하롱: 우즑 우즑. 어렷 두렷. 흐늘거려 세월을 보내는 의태어.
14) 닌 일: 이룬 일. 성공한 일. '인'은 '일다'의 과거관형사형.
15) 어근버근: 사리가 꼭 맞지 않고 물러나려고 하는 모양. 또는 여러 사람의 마음이 화합하지 아니한 모양.
16) 싱슝샹슝: 정신이 갈팡질팡하는 모양. 세상이 뒤숭숭한 모양.

이런가 저런가하니 아모란 줄 몰래라

어리거든[17] 칙 어리거나 밋치거든 칙[18] 밋치거나
어리듯 밋친듯 아는듯 모로는듯
이런가 저런가 ᄒᆞ니 아모란 쥴[19] 몰ᄂᆡ여라[20]

[833: 2288]
사람들이 이러하다 저러하다 말들이 아마도 두리숭숭
있거나 살거나 (집에서 빚은 술이거나 사온 술이거나 간에) 잔에 가득 부어라
매일 취해 있기만 하고 깨지 마는 것이 좋아라

이러타 저러탄 말[21]이 오로 다[22] 두리슝슝[23]
잇거나 사거나[24] 깁흔 盞에 ᄀᆞ득 부어
每日에 醉키만 ᄒᆞ고 ᄭᆡ지 말미[25] 됴홰라

[834: 1612]
세상의 일은 저 세거풀이라 힘 없어 휘청거리고 다 미쳤도다
꼬깃꼬깃 구겨서 박차 버리고 내 몸은 내가 하고 싶은 대로 하고 싶고
아이야, 덩덕쿵 어서 북을 쳐라 이것이야 저것이냐 하고 싶은 대로 하리라

世事ㅣ[26] 삼ᄀᆞ올[27]이라 허틀고 ᄆᆡ쳐셰라[28]

---

17) 어리거든: 어리석거든.
18) 칙: 아주. 매우.
19) 아모란 쥴: 어떤 줄.
20) 몰ᄂᆡ여라: 모르겠도다. '~애라'는 감탄종결어미형.
21) 이러타 져러탄 말: 이러하다 저러하다는 말. 이러니 저러니 하며 시비를 다투는 말. '탓'은 '탄'이니 '하다는'. ㄴ을 ㅅ으로 바꾸어 뜻을 강조한 것이다.
22) 오로 다: 오로지 다. 모두 다.
23) 두리슝슝: 죄다 어지러운 모양.
24) 잇거나 사거나: 집에 있는 술이거나 사온 술이거나.
25) 每日에 醉키만 ᄒᆞ고 ᄭᆡ지 말미: 장취불성(長醉不醒) 곧 길이 취하여 깨지 않음.
26) 세사(世事)ㅣ: 세상 일이 'ㅣ'는 주격조사.
27) 삼ᄀᆞ올: 삼을 생기는 찌끼. 삼의 거풀. 삼 껍질을 다듬을 때 긁어 떨어지는 작은 꺼풀. 껍질의 옛말. 즉 하찮은 것, 매우 가벼운 것을 세상사에 비유함.

거귀여[29] 드르치고[30] 내 몰내라 ᄒᆞ고 지고[31]
아희야 덩덕궁[32] 부쳐라 이야기야[33] ᄒᆞ리라

[835: 2791]
천지는 만물지역여요 광음은 백대지과객이라
인생을 헤아리니 어둔 바다 한 톨의 좁쌀이라
두어라 꿈과 같은 덧없는 인생 아니 놀고 어이리

天地ᄂᆞᆫ 萬物之逆旅ㅣ오[34] 光陰은 百代之過客[35]이라
人生을 혜아리니 杳滄海之一粟[36]이라
두어라 若夢浮生[37]이 아니 놀고 어이리

[836: 1545]
서새산 앞에 백로가 날고 도화 흐르는 물에 궐어(쏘가리)가 살졌도다
푸른 삿갓 도롱이로 비낀 바람에 가랑비 내리는 데 돌아가 무엇 하리
이후에는 장지화가 없으니 이 홍취를 알 사람이 없구나.

西塞山前 白鷺飛ᄒᆞ고[38] 桃花流水 鱖魚肥라[39]
靑蒻笠 綠蓑衣도[40] 斜風 細雨에 不須歸라[41]

---

28) ᄆᆡ쳐셰라: 매쳤도다. 'ᄆᆡ치다'는 '밎다'의 사동형이니, '밎+히'가 연철된 것. '히'는 피동접사다.
29) 거귀여: 꾸기어.
30) 드리치고: 들이치고. 마구 치고. 구겨서 차버리다.
31) ᄒᆞ고 지고: 하고 싶은 것이여.
32) 덩덕궁: 궁덕 궁덕 북치는 소리.
33) 이야기야: 이것이야 저것이야. 이렇쿵 저렇쿵 말을 한다.
34) 천지(天地)ᄂᆞᆫ 만물지역여(萬物之逆旅)ㅣ오: 천지의 만물은 밤에 맞고 아침에 보내는 여숙과 같음. 곧 나면 죽고 만나면 헤어진다는 뜻.
35) 광음(光陰)은 백대지과객(百代之過客)이라: 세월은 백대에 지나가는 길손 같이 덧없음.
36) 묘창해지일속(杳滄海之一粟): 인간이 세상에 있음은 한 톨의 좁쌀이 넓은 바다에 떠 있는 것과 같다는 말.
37) 약몽부생(若夢浮生): 꿈과 같은 덧없는 삶.
38) 서색산전(西塞山前) 백로비(白鷺飛)ᄒᆞ고: 서색산 앞에 백로가 날고.
39) 도화유수(桃花流水) 궐어비(鱖魚肥)라: 도화 흐르는 물에 쏘가리가 살졌구나.
40) 청약립(靑蒻笠) 녹사의(綠蓑衣)도: 푸른 삿갓과 도롱이도.
41) 사풍(斜風) 세우(細雨)에 불수귀(不須歸)라: 비낀 바람에 가랑비 내리니 돌아가지 못하리라.

이 後는 張志和[42] 업스니 興 알 니 업세라[43]

[837: 929]

뒷산에 떼구름 끼고 앞 내에 비 몰려온다

갈대 삿갓 숙여 쓰고 고기잡이 가자꾸나

아희야 날 만나볼 손이 오시거든 긴 여울로 갔다고 사뢰어라

뒷 뫼헤 쩨구름 씨고 압 내에 비 져 온다

골 삿[44]갓 숙이[45] 쓰고 고기잡이 가자스라

아희야 날 볼 손[46] 오시거든 긴 여흘[47]노 술와라[48]

[838: 1858]

악양루에 올라 앉아 동정호수 칠 백리를 둘러보니

낮게 드리운 저녁놀이 외로운 들오리와 더불어 가지런히 날고 있으며, 가을의 동정 호수의 물과 하늘의 빛이 한 가지 색으로 푸르구나

아, 강에 가득한 가을 홍취는 고기잡이의 피리 소리뿐이로다.

岳陽樓[49]에 올나 안즈 洞庭湖[50] 七百里를 四面으로 둘너보니

落霞는 與孤鶩齊飛오[51] 秋水는 共長天一色[52]이로다

어즈버 滿江 秋興[53]이 數聲 漁笛 쌘이로다[54]

---

42) 장지화(張志和): 당나라 때의 문인이며 은사, 금화사람으로 자는 자동. 물위에 자리를 깔고 그 위에 앉아 술을 마시니 그의 머리 위로 학이 춤추었다는 고사.

43) 업세라: 없구나.

44) 골 삿갓: 쪄갠 갈대를 엮어 만든 삿갓.

45) 숙이: 깊숙이.

46) 날 볼 손: 나를 보려는 손님.

47) 여흘: 여울.

48) 술와라: 여쭈어라. 아뢰어라.

49) 악양루(岳陽樓): 중국 동정호수가에 있는 누각.

50) 동정호(洞庭湖): 중국의 오대호수의 하나인 호수 이름. 길이가 700리나 되며 경치가 매우 아름답기로 이름나 있다.

51) 낙하여고목제비(落霞與孤鶩齊飛)ᄒᆞ고: 낮게 드리운 저녁놀은 외로운 들오리와 가지런히 날고.

52) 추수(秋水)ㅣ 공장천일색(共長天一色): 가을물과 하늘빛은 한가지로다.

53) 만강추홍(滿江秋興): 강에 가득 드리운 가을의 홍취.

54) 수성어적(數聲漁笛) 쌘이로다: 고기잡이의 피리 소리뿐이다.

[839: 2456]

임술년 가을 음력 칠월 십육일 기망에 배를 다고 금릉에 내려
손수 고기 낚아 고기 주고서 술을 사니
오늘은 소동파 없으니 (함께) 놀 사람이 없어 하노라

壬戌之秋 七月 旣望에[55] ᄇᆡ를 ᄐᆞ고 金陵[56]에 ᄂᆞ려
손조[57] 고기 낙가 고기 주고셔 술을 ᄉᆞ니
오ᄂᆞᆯ은 蘇東坡[58] 업스니 놀 니[59] 업셔 ᄒᆞ노라

[840: 2889]

푸른 하늘 구름 밖에 높이 떠 있는 백송골이
사방천지를 지척만으로 여기는데
어떻다 시궁창 뒤져 먹는 오리는 제 집 문지방 넘나들기를 백천리만 여기나니

靑天[60] 구름 박긔 놉히 ᄯᅥᆺᄂᆞᆫ 白松骨[61]이
四方 千里를 咫尺만 너기ᄂᆞᆫᄃᆡ
엇더타 싀궁츼[62] 두저[63] 먹ᄂᆞᆫ 오리ᄂᆞᆫ 졔 집 門地方[64] 넘나들기를 百千里만 너기ᄂᆞ니[65]

[841: 148]

건너편에서는 손을 흔들며 날 오라하고 집안에서는 날 들라고
문을 닫고서 방안으로 들어갈까 손을 흔들며 날 오라는 데로 갈까나

55) 임술지추(壬戌之秋) 칠월(七月) 기망(旣望)에: 임술년 가을 음력 칠월 십육일 〈전적벽부〉의 첫 부분임.
56) 금릉(金陵): 중국 남광의 수도.
57) 손조: 손수.
58) 소동파(蘇東坡): 북 송의 시인.
59) 놀니: 놀 사람이.
60) 청천(靑天): 푸른 하늘.
61) 백송골(白松鶻): 독수리과에 딸린 새의 하나. 송골매. 온몸이 새하얗고 성질이 굳세고 날샘.
62) 싀궁치: 더러운 물이 잘 빠지지 않고 썩어서 질척질척하게 된 도랑. 시궁창.
63) 두저: 뒤지어.
64) 門止方(문지방): 문 아래 문설주 사이에 가로놓인 나무토막.
65) 너기ᄂᆞ니: 여기나니.

이 몸이 둘이 되면 이기저기 가리라.

건너셔는[66] 손을 치고[67] 집의셔는 들나 ᄒᆞᄂᆡ[68]
門 닷고 드자 ᄒᆞ랴 손 치는 ᄃᆡ 가자 ᄒᆞ랴
ᄂᆡ 몸이 둘이 되오면 여긔져긔 가리라[69]

[842: 1485]
구월 구일 황국 단풍 삼월 삼일 이백 도홍
강호에 술 있고 동정에 추월인 제
백옥배 천일주 가지고 밝은 달을 바라보며 오랫동안 취하리라

九月 九日 黃菊 丹楓[70] 三月 三日[71] 李白 桃紅[72]
江湖에 술 잇고 洞庭[73]에 秋月[74]인 ᄌᆡ
白玉盃[75] 千日酒[76] 가지고 翫月長醉 ᄒᆞ리라

[843: 942]
시도 때도 없는 손이 오는 날 갓 벗은 주인이 나서서
나가 맞아서 정자에 박장기 벌려놓고
아희야 선술 걸러라 오이 안주인들 어떠리

ᄣᅴ[77] 업슨 손이 오난 ᄂᆞᆯ[78] 갓 버슨 主人[79]이 나셔

66) 건너셔는: 건너편에서는.
67) 손을 치고: 손을 흔들고. 이리 오라고 손을 흔들고.
68) 들나 ᄒᆞ네: 들어오라 하네.
69) 여긔져긔 가리라: 여기 저기 가리라.
70) 황국 단풍(黃菊丹楓): 누른 국화와 붉은 단풍.
71) 삼월 삼일(三月三日): 상사일, 삼짇날.
72) 이백 도홍(李白 桃紅): 흰 오얏꽃과 붉은 복사꽃.
73) 동정(洞庭): 중국 호남성에 있는 동정조.
74) 추월(秋月)인 지: 가을 달 떠 있을 때.
75) 백옥배(白玉盃) : 백옥으로 만든 술잔, 백옥여화배라 하여 술잔 대신 술을 따르는 여인의 손을 일컫기도 함.
76) 천일주(千日酒): 한 번 마시면 천 날 동안 취한다는 술.
77) ᄣᅴ: 때. 시(時). 예약도 없이, 사도 때도 없이.

녀나무[80] 亭子[81]에 박장긔[82] 버려 노코
아희야 선술 걸너라 외안쥬ㅣ들[83] 엇더리

[844: 2474] 김육(金堉)[84]
자네 집에 담근 술이 익거든 부디 나를 부르시게.
초당에 꽃이 피거든 자네를 부르겠네
백년 동안 근심 없이 지낼 방책이나 서로 의논하세 그려.

ᄌᆞᄂᆡ 집의 술 익거든 부ᄃᆡ 날을 부로시소
草堂[85]에 곳 픠거든[86] 나도 자ᄂᆡ[87]를 請ᄒᆞ옵싀[88]
百年덧[89] 시름 업슬 일을 議論코져 ᄒᆞ노라[90]

[845: 1396]
사랑도 하였노라 이별도 하였노라
눈 내리는 달빛 가득한 밤 창문에 기다려도 보았노라
전전에 이르던 것이 의외런가 하노라

---

78) 오난 늘: 오는 날. 오(來)-나(과거시간보조어간 '거'의 변격)-ㄴ(관형어미). '오다' 동사에 연결되는 '거'는 '나'로 변하고, 현대어에서는 '너'를 쓴다.
79) 갓 버슨 주인(主人): 갓을 벗은 주인.
80) 녀나무: 미상. 종래의 해석에 두 가지가 있다. 양주동(梁柱東) 님은 '여나무'라 하여 나무 이름이라 하였고, 방종현(方鍾鉉)님은 대개 '-나셔'까지로 보아 여나모 정자라고 '-여'를 아랫말에 붙어 있으나, 위에 손이 '오나늘이'라고 하였으니 '오나늘'에 대하여 '나서여'로 보는 것이 아마 순한 듯 생각된다. '너셔여'를 '나가 맞아서'로 새기고 있다. '여나문'은 경상방언에서 10개 남짓한 의미를 지닌 방언형으로 해석이 가능하다.
81) 정자(亭子): 정자.
82) 박 장기(將碁): 박 쪽으로 만든 장기.
83) 외 안쥬ㅣ들: 오이의 안주인들.
84) 김육(金堉, 1580~1658): 조선 중기의 문인. 자는 백후이며, 호는 잠곡, 회정당 등이다. 경제 정책에 뛰어나 백성의 수탈을 막는 대동법과 새 역법인 시헌력을 시행하였다. 유형원에게 영향을 끼쳐 실학의 선구자가 되었으며, 성리학, 천문, 지리, 병법, 율력 등에도 밝았다. 문집으로『잠곡유고』가 전한다. 진본『청구영언』에는 일로당(逸老堂) 김성최(金盛最)로 되어 있음.
85) 초당(草堂): 본체에서 따로 떨어진 곳에 집이나 또는 억새로 지붕을 이은 별채.
86) 곳지 픠거드란: 꽃이 피거들랑의 옛말.
87) ᄌᆞᄂᆡ: 자네. 진본『청구영언』에는 '좌내'로 되어 있는데 이는 '자네'의 오철인 듯함.
88) 청(請)ᄒᆞ옵싀: 청함세. 청하겠네.
89) 백년(百年)덧: 백년 동안.
90) 시름 업슬 일을 의론코져 ᄒᆞ노라: 근심 없는 일을 상의 하고저 한다.

思郞도 ᄒᆞ엿노라 離別도 ᄒᆞ엿노라
雪月 紗窓[91]에 기ᄃᆞ려도 보와노라
前前에 이러든 주리 의외런가 ᄒᆞ노라

[846: 3279]
화산에 따뜻한 봄날이요 푸른 버드나무에 꾀꼬리가 어지럽게 울어댄다
다정하고 고운 울음소리를 그지없이 들으려 하던 참에
석양에 버드나무에 매인 총이 말은 가고 싶어 길게 울더라

花山[92]에 春日暖[93]이오 綠柳에 鶯亂啼라[94]
多情 好音[95]은 못내 드러 ᄒᆞᄂᆞᆫ ᄎᆞ의[96]
門前에 繫柳靑驄[97]은 欲去長嘶[98] ᄒᆞ더라

---

91) 설월 사창(雪月紗窓): 눈 위에 달이 비치는 여인의 침실.
92) 화산(花山): 꽃동산. 꽃이 핀 산.
93) 춘일난(春日暖): 봄날이 따뜻함.
94) 녹유(綠柳)에 앵란제(鶯亂啼)라: 푸른 버드나무에서 꾀꼬리가 어지럽게 울어댄다.
95) 다정호음(多情好音): 다정하고 고운 울음소리.
96) 못ᄂᆡ드러 ᄒᆞ든 ᄎᆞ에: 그지없이 들으려 하던 참에.
97) 계유청총(繫柳靑驄): 버드나무에 매인 총이 말. 총이말은 푸른색의 말. 말에는 청마, 백마, 적마, 흑마 등이 있다.
98) 욕거장시(欲去長嘶): 가고 싶어 길게 울음.

소용(騷聳)

소용【폭풍이 불고 소나기 내리고 제비 가로지르며 날고 두 장수 교전하며 창을 씀이 신과 같네.】

騷聳【暴風驟雨 飛燕橫行 兩將交戰 用戟如神】

[847: 1947]

어젯밤도 혼자 몸을 움츠려 새우잠을 자고 지나간 밤에도 혼자 몸을 움츠려 새우잠을 잤네

웬놈의 팔자가 밤낮 할 것 없이 언제나 몸을 움츠려 새우잠만 자느냐

오늘은 그렇게도 그리던 님을 만났으니 두발을 벌리고 님을 칭칭 휘어 감고서 잘까 하노라

어제밤도 홈자 곱송그려 ᄉᆡ오좀 ᄌᆞ고[1] 지난밤도 홈ᄌᆞ 곱송그려 ᄉᆡ오좀 자ᄂᆡ

어인 놈의 八字ㅣ완ᄃᆡ 晝夜長常[2] 곱송그려셔 ᄉᆡ오좀만 ᄌᆞ노

오늘은 그리던 님 맛나 발을 펴 ᄇᆞ리고[3] 촌촌 휘감아[4] 즐가 ᄒᆞ노라

---

1) 곱숑 그려 ᄉᆡ오잠 ᄌᆞ고: 몸을 움츠려 새우잠을 자고.

2) 주야쟝상(晝夜長常): 밤, 낮 할 것 없이 언제나.

3) 발을 펴바리고: 발을 벌리고.

[848: 1985]
어흠 그 누가 오셨는고 건넌 불당에서 동냥 다니는 중이옵니다
홀아비가 혼자서 자는 방에 무엇 하려 왔는고
홀아비의 노를 꼬아 만든 감투(노감탁)를 벗어 거는 말(말뚝) 곁에 내 고깔도 벗어 걸러 왔습니다

어흠아[5] 긔 뉘옵신고 건넌 佛堂[6]에 動鈴僧이[7] 내 올너니
홀 居士 내 홀노 즈시는[8] 방안에 무스것[9] ᄒᆞ랴 와 겨오신고
홀 居士 내 노 감토[10] 버셔 거는 말[11] 겻틔 내 곡갈 버셔 걸너 왓노라[12]

[849: 583]
내 쇠스랑 잃어버린 지가 오늘로서 만 삼년에 이르렀다
전해 오는 말에 의하면 각시네 기방에 있다 하더라 하던데
가지는(쇠로랑의 발)은 몽땅 물 속에 묻혔을지라도 자루 들어갈 구멍이나 보내소

내 쇼시랑 일허ᄇᆞ린지 오ᄂᆞᆯ조차[13] ᄎᆞᆫ 三年[14]이오러니[15]
젼젼ᄐᆡᄐᆡ[16] 문젼[17]ᄒᆞ니 閣氏[18]ᄂᆡ 방[19]안의 셔 잇드라 ᄒᆞᄃᆡ
柯枝란 다 씌여 쓸지라도[20] ᄌᆞ로 드릴 구멍이나[21] 보내소

---

4) 챤챤 휘감아: 칭칭 휘어감아(감고).
5) 어흠아: 어흠. 사람이 여기 있다고 인기척을 내는 소리. 헛기침 소리.
6) 건너 불당(佛堂): 건너 쪽에 있는 부처님을 모시는 집.
7) 동녕승(動鈴僧)이외러니: 동냥 다니는 중이 온데.
8) 홀거ᄉᆞ: 홀아비 거사. 거사(居士)는 들어앉아서 수도하는 사람.
9) 무스 것: 무엇의 옛말.
10) 노감탁이: 노를 꼬아 만든 감투(모자).
11) 말: 여기서는 벽에 박은 말뚝. 옷걸이. 못.
12) 왓노라: 왔노라.
13) 오늘조ᄎᆞ: 오늘까지 합하여의 옛말.
14) 찬 삼년(三年): 가득 찬 삼년 했으니 만으로 3년.
15) 외러니: 되었으니, 되었다의 옛말.
16) 전전(轉轉)긋틔: 이리 전하고 저리 전한 끝에. 즉 이사람 저사람 거쳐.
17) 문전언(聞傳言): 전하여 들리는 말에 의하면.
18) 각씨(閣氏): 예쁜 어린 계집. 새색시.
19) 방(房): 안방 등의 방의 뜻이나, 여기서는 기방(妓房)으로 풀이한다.
20) 柯枝란 다 씌여 쓸지라도: 가지는 다 뜯어내어.
21) ᄌᆞ로 드릴 구멍이나: 자루가 들어갈 구멍이나의 옛말. 자루는 남성의 성기.

[850: 836]
대추볼 붉은 가지를 휘어잡아 훑어 따 담고
올밤(이른 밤) 익어 벌어진 가지 휘두드려 볶아 따 담고
벗 불러서 초당으로 들어가니 술통에는 술이 가득히도 담겨 있구나

大棗[22]볼 븕은 柯枝 에후르혀[23] 훌터 ᄯᆞ 담고
올밤 익어 벙그러진[24] 柯枝 휘두두려[25] ᄇᆞᆯ나[26] ᄯᆞ 담고
벗 모아 草堂으로 드러가니 술이 풍충청[27]이세라

[851: 2834]
개구리 이질복질하여 죽은 날 밤에
금두꺼비 화랑이 진오귀 굿하러 동남으로 갈 때 청메뚜기 계대는 장고 덩더럭쿵 치는데 흑메뚜기 전악이 피리 힐니리 분다
어디서 산을 진 거북과 돌에 붙어사는 가재는 부고를 둥둥 치나니

ᄀᆡ고리 痢疾腹疾ᄒᆞ여[28] 죽은 날 밤의
金두텁 花郎이[29] 즌노고[30] ᄉᆡ남[31] 갈 제 靑묏둑[32] 계ᄃᆡᄂᆞᆫ[33] 杖鼓 덩더럭쿵 치ᄂᆞᆫ ᄃᆡ 黑묏둑[34] 典樂이 져 힐니리[35] 분다
어듸셔 山진[36] 거북과 돌진[37] 가ᄌᆡᄂᆞᆫ 拊鼓를[38] 둥둥 치ᄂᆞ니

---

22) 대조(大棗)볼: 대추의 살.
23) 에후르혀: 휘어잡다.
24) 벙그러진: 벌어진.
25) 휘두두려: 휘두드려.
26) ᄇᆞᆯ나: 볶아.
27) 풍충청: 술통에 술이 가득 담겨 있다.
28) 이질목질(痢疾腹疾)ᄒᆞ여: 이질(痢疾)은 설사를 하는 병으로 똥에 곱이 생기면서 뒤가 자주 마려운 병이며 복질(腹疾)은 배를 앓는 병. 배앓이 병.
29) 금화랑(金花郎)이: 화랑이인 금두꺼비. 화랑이는 광대와 비슷한 광대패를 말한다.
30) 즌노고: 진오귀굿. 죽은 사람의 명복을 위해 올리는 진오귀굿.
31) ᄉᆡ남: 동남쪽으로 추정.
32) 청(靑)묏둑: 푸른 메뚜기. 여기서는 진오귀굿을 지낼 때 악공을 의미한다.
33) 계ᄃᆡᄂᆞᆫ: 미상.
34) 흑(黑)묏둑: 전악인 흑메뚜기. 전악은 국가에 소속된 전문 악인이다.
35) 힐니리: 피리 소리의 의성어.
36) 산(山)진: 산을 지고 있는.

37) 돌진: 돌에 붙어사는.
38) 부고(拊鼓)를: 목에 걸어 양 손으로 둥둥 치는 북의 일종.

만횡(蔓橫)

만횡【선비들의 설전이 뜬 구름의 수많은 모습과 같다.】

蔓橫【舌戰羣儒 變態浮雲】

[852: 1813]

아마도 호방하기로는 청연거사 이태백 선인이로다.

옥황상제 앞에 향불을 사르고 황정경을 외울 때 한 글자를 잘못 읽었다 하여 옥황상제의 노여움을 사니 그 죄의 벌로 인간세상으로 귀양을 오니 이름을 속이고 하루에 삼백 잔의 술을 기울이며 지낼 때 채석강에 조각배를 띄우고 달과 노닐다가 긴 고래등을 타고 하늘로 날아가니

이제는 강남 풍월 한가로운 세월인가 하노라.

아마도 豪放홀[1] 슨 靑蓮居士[2] 李謫仙[3]이라

玉皇 香案 前[4]에 黃庭經[5] 一字 誤讀흔[6] 罪로 謫下人間[7]ᄒᆞ야 藏名酒肆[8]ᄒᆞ고 弄月

---

1) 호방(豪放)홀: 기개가 장하여 작은 일에 거리끼지 아니하기는.

2) 청연거사(靑蓮居士): 이태백의 아호.

3) 이적선(李謫仙): 이태백이 자칭 선인(仙人)이란 칭호. 선계에서 인간계로 쫓겨 온 신선에 비유함.

4) 옥황향안전(玉皇香案前): 옥황상제에 향불을 사르는 책상 앞에. 옥황상제(玉皇上帝)란 뜻이며 도가(道

采石[9] 다가 긴 고릐 ㅌ고 飛上天[10] 니
이제는 江南 風月[11] 閑多年[12]인가 노라

[853: 44]
각설이라 현덕이 단계 건너갈 때 적로마야 날 살려라
앞에는 장강이오 뒤따르는 채모(蔡瑁)로다
어디서 상산 조자룡은 날 못 찾아 하니

却說[13]이라 玄德[14]이 檀溪[15] 건너갈 직 的盧馬[16]야 날 살녀라
압희는 長江[17]이오 뒤ᄯ로ᄂ니[18] 蔡瑁[19] ㅣ로다
어듸셔 常山 趙子龍[20]은 날 못 ᄎᄌ ᄒᄂ니

[854: 2096]
옥도끼 돌도끼 이가 무디었던 대문인지 월중 계수나 나무 남아 있도다
광한전 뒷산에 자잘한 다복솔 엉켜 있거나 아니거나 저보다 못하랴
이 달이 낌새가 곧 없으면 님 뵈온 듯 하여라

家)에서는 하느님을 옥황상제라 부른다. 옥황상제=하느님.
5) 황정경(黃庭經): 도가(道家)의 경전. 즉, 책이며 노자(老子)가 저술하였다 한다.
6) 일자(一字) 오독(誤讀)흔: 한 글자를 잘못 읽었다.
7) 적하인간(謫下人間): 인간 세상으로 귀양 오다.
8) 장명주사(藏名酒肆): 이름을 감추고 술집에 다니다. 술을 먹다.
9) 채석(采石): 채석강(采石江)을 말하며 양자강(揚子江)의 지류이다. 중국의 강남(江南)에 있다. 즉, 양자강 남쪽에 있다.
10) 비상천(飛上天): 하늘 위로 날아가다. 하늘로 날아가다. 천당에 가다. 즉, 죽었다가 된다.
11) 강남풍월(江南風月): 강남의 세우러. 강남은 등으로 풀이가 되겠다.
12) 한다연(閑多年): 한가한 해가 만다. 한가로운 세월인가 하노라.
13) 각설(却說): 화제를 바꿀 때 첫 머리에 쓰이는 투어. 설화. 차설. 선설 등도 쓰임.
14) 현덕(玄德): 촉한의 유비(劉備)의 자(字).
15) 단계(檀溪): 중국 호북성 양양현에 있는 시내의 이름인데, 유비가 말을 타고 건너뛰었다 함. '단계(丹溪)'의 오류임.
16) 적로마(的盧馬): 별박이. 유비가 이 말을 타고 단계를 뛰어 넘었다 함.
17) 장강(長江): 큰 강.
18) 뒤ᄊ로ᄂ니: 뒤따르니.
19) 채모(蔡瑁): 삼국 위(魏)나라 양양인이고 자는 덕규로 유표의 모주가 되었고 관은 진남대장군 군수 등을 지냈으며 문제의 전론은 모로서 이루어졌음.
20) 상산 조자룡(常山 趙子龍): 상산인으로 촉한의 명장인 조운(趙雲).

玉도ᄎᆡ[21] 돌도ᄎᆡ 니[22] 믜듸던지[23] 月中 桂樹[24]나 남기니 시위도다[25]
廣寒殿[26] 뒷 뫼에 ᄌᆞᆫ 다북소 서리어든[27] 아니어든 져 못ᄒᆞ랴[28]
이 ᄃᆞᆯ이 기믜곳[29] 업ᄉᆞ면 님 뵈온듯 ᄒᆞ여라

[855: 17]
까마귀 검든지 말든지 해오리가 희든지 말든지
황새 다리가 길든지 말든지. 오리 다리가 짧든지 말든지
아마도 세상일들이 검던지 희든지 길든지 짧든지가 나는 몰라하노라

가마귀 거므나 다나[30] ᄒᆡ오리[31] 희나 다나
환ᄉᆡ 다리 기나 다나 올히[32] 다리 져르나 다나[33]
世上에 黑白長短[34]은 나ᄂᆞᆫ 몰나 ᄒᆞ노라

[856: 2557]
젊어지고 젊어지고 열다섯 소년만큼만 젊고 싶고저
예쁜 얼굴이 냇가에 서 있는 수양 버드나무의 광대등걸이 될지라도
우리도 소년시절이 어제런 듯하여라

져머고져 져머고져[35] 열 닷ᄉᆞᆺ만 되여고져

---

21) 옥(玉) 도ᄎᆡ: 옥도끼.
22) 니: 이가.
23) 믜듸던지: 무디었던 때문인지.
24) 월중 계수(月中桂樹): 달 가운데 있다는 계수나무.
25) 시위로다: 남아 있도다.
26) 광한전(廣寒殿): 달 속에 있다고 하는 궁전.
27) 서리어든: 엉켜 있거든. 다복솔이 엉키어 무성하지.
28) 져 못ᄒᆞ랴: 저것보다 못하야.
29) 기믜곳: 기미(幾微)만. 앞일에 대한 다소 막연한 예상이나 짐작이 들게 하는 어떤 현상이나 상태. 낌새.
30) 거무나다나: '다나'는 말든지(말거나)의 옛말.
31) ᄒᆡ오리: 해오라기. 백로.
32) 올희: 오리의 옛말.
33) 져르ᄂᆞ다ᄂᆞ: 짧든지 말든지의 옛말.
34) 흑백장단(黑白長短): 검고 희고 길고 짧고. 세상일들의 옳고 그름의 서로간의 시비 거리.
35) 져멋고쟈: 젊어 있고 싶도다. '고쟈'는 원망종결어미형.

어엿분[36] 얼고리 ᄂᆡᄀᆞ의 션ᄂᆞᆫ 垂楊버들 광ᄃᆡ 등걸이[37] 되여고나[38]
우리도 少年 行樂[39]이 어제론듯[40] ᄒᆞ여라

[857: 2940]
곧 초산(楚山)에 나무 베는 아이 나무 벨 때 행여 대나무를 벨까보냐
그 대 자라거든 베어 휘어서 낚싯대를 만들겠노라
우리도 그런 줄 알기 때문에 나무만 베나이다.

楚山[41]에 나무 뷔ᄂᆞᆫ 아희 나무 뷜 ᄌᆡ 힝혀[42] 대 뷜세라[43]
그 ᄃᆡ[44] ᄌᆞ라거든 뷔여 휘우리라[45] 낙시ᄃᆡ를
우리도 그런 쥴 아오ᄆᆡ 나무만 뷔ᄂᆞ이다

[858: 2392]
인생 실은 수레 가가늘 보고 온다
칠십 고개 너머 팔십 들로 건너가거늘 보고 왔노라
가기는 가더라마는 소년 행락을 못내 일러 하더라

人生 시른 수레[46] 가거ᄂᆞᆯ 보고 온다
七十 고ᄀᆡ 너머 八十 드르흐로[47] 건너가거ᄂᆞᆯ 보고 왓노라
가기ᄂᆞᆫ 가더라마ᄂᆞᆫ 少年 行樂을 못ᄂᆡ 일너[48] ᄒᆞ더라

---

36) 에엿븐: 어여쁜.
37) 광ᄃᆡ 등걸이: 몹시 파리해진 모습. 광대는 얼굴의 낮은 말이요, 등걸은 가지가 없는 나무의 줄기토막.
38) 되연제고: 되였구나. 'ㄴ제고'는 'ㄴ져'에 '-고'가 연결된 감탄종결어미형.
39) 소년행락(少年行樂): 소년시절에 즐겨 노는 것.
40) 어제론 듯: 어제인 듯. '론 듯'은 '이른 듯'에서 '이'가 위의 '제'의 'ㅣ'모음의 영향으로 묵음한 것.
41) 초산(楚山): 중국 호북성 양양현(襄陽縣)의 서남쪽에 있는 산으로 망초산이라고도 함.
42) 힝혀: 행여나, 혹시라도.
43) 뷜세라: 벨까 두렵구나.
44) 그 ᄃᆡ: 그 대나무가.
45) 휘우리라: 휘(曲)-우(사동접사)-리(미래시상선어말어미)-라(종결어미)〉휘어지게 만들리라.
46) 인생(人生) 시른 수레: 상여(喪輿). 혹은 세월. 여기선 앞의 뜻이 마땅할 것 같다.
47) 드르흐로: 들로. '들'은 '드르'에서 온 말이다.
48) 못내 닐러: 못다 말하여. '못내'는 '몹시, 매우'라는 뜻으로 사용되는 한편, 그 어원적 의미에 따라 '내내 못다하다'로 쓴다. '못'은 '몸'으로 불능의 뜻. '내'는 '乃'의 뜻인 것이다.

[859: 914]

두고 가는 이의 마음과 보내고 있는 이의 마음과

두고 가는 이의 마음은 눈 뒤덮은 남관에 말이 더 이상 가지 못할 뿐이니

보내고 있는 이의 마음은 해마다 봄이 돌아오면 한스러움이 무궁하여 끝이 없어 하노라

두고 가ᄂᆞᆫ의 안과49) 보ᄂᆡ고 잇ᄂᆞᆫ의 안과

두고 가ᄂᆞᆫ의 안50)은 雪擁藍關51)에 馬不前 ᄲᅳᆫ이언이와

보ᄂᆡ고 잇ᄂᆞᆫ의 안은 芳草年年52)에 恨不肯53)을 ᄒᆞ노라

[860: 1491]

삼촌 따뜻한 봄날은 자랑마라 꽃이 지면 나비도 찾지 않으니라

용모가 아름답던 양귀비의 아름다운 자태는 오랑캐 땅에 높은 봉우리 아래 흙이 되고 푸른 솔과 파란 대는 천년을 두고 변함이 없는 절개이오 벽도화(복사꽃), 붉은 살구꽃은 일년의 봄뿐이로다.

저 님아 광음은 본래 무용지물이니 아껴서 무엇 하리오

三春色54) 자랑 마소 花殘55) 後ㅣ면 蝶不來ㅣ라56)

昭君 玉貌57) 胡城土ㅣ오58) 貴妃 花容 馬嵬塵59)이라 蒼松 綠竹은 千古節60) 碧桃

---

49) 가ᄂᆞᆫ의 안과: 가는 사람의 마음. '의'는 단순한 관형격조사가 아니고, 불완전명사 '이'의 관형격 '이, 의'의 축약인 것이다.

50) 안: 마음.

51) 설옹남관(雪擁藍關): 남관을 뒤덮은 눈 때문에 말이 더 이상 가지 못함. '남관(藍關)'은 지명으로 장안의 남방인 진령을 횡단하여 남으로 나아가면 있음.

52) 방초년년(芳草年年恨不窮): 해마다 봄이 돌아오면 변함없이 자라나는 꽃다운 풀을 바라 볼 때마다, 인생의 무상함을 한탄하는 것.

53) 한불궁(恨不窮): 한스러움이 무궁하여 끝이 없다.

54) 삼춘색(三春色): 세 봄의 빛이란 뜻. 봄의 경치를 말함. 음력으로 1, 2, 3월 또는 2, 3, 4월의 봄을 3춘이라 한다.

55) 화잔(花殘): 꽃이 떨어지면. 꽃이 지면. 꽃이 시들면.

56) 접불래(蝶不來)ㅣ라: 나비가 찾아오지 않는다.

57) 소군 옥모(昭君玉貌): 왕소군(王昭君)의 옥같이 아름다운 용모. 전한(前漢)의 원제(元帝)의 후궁(後宮)이었던 미인으로 본명을 왕장(王嬙), 흉노(匈奴)의 왕이 한의 조정에 처를 구함으로 이에 응하여 시집보냈다. 만공주(蠻公主)라고 불리운다.

58) 호성토(胡城土)ㅣ오: 오랑캐의 흙이 됨.

59) 귀비화용 마외역(貴妃花容 馬嵬塵): 양귀비의 아릿다운 얼굴도 마외역의 먼지가 됨. 양귀비는 안록산

紅杏 一年春[61]이로다

져 님아 光陰은 本是 無情之物이[62]니 앗겨 무슴 ᄒᆞ리오

[861: 367]

끝없이 바라보이는 하늘가 저편에는 짝 잃은 외기러기가 날아가니 외롭고 한스럽게만 보이는구나 눈을 돌려서 대들보를 바라보니 짝 이룬 제비 한 쌍이 처마 끝에서 둥지 틀기에 여념이 없음을 보노라니 한없이 부럽구나

먼 산은 무정도하여라 천리의 먼 곳을 바라보는 내 눈을 보지 말라고 가리고 밝은 달은 정도 많아 양쪽의 향리에 살면서 서로 그리워하는 마음을 환히 비추어주는구나

기다려도 기다려도 2~3월의 꽃은 필 줄을 모르더니 기쁘게도 이불 속에서 피어나고 기다려도 뜨지 않던 3~5야 둥근 보름달은 잠자리의 베개 위를 밝혀 주니 그리운 님을 만난 듯이 반가워라

極目天涯ᄒᆞ니[63] 恨孤鴈之失侶[64]ㅣ오 回眸樑上[65]에 羡雙燕之同巢ㅣ[66]로다

遠山은 無情ᄒᆞ야 能遮千里之望眼이오[67] 明月은 有意ᄒᆞ야 相照兩鄕之思心이로다[68]

花不待 二三之月[69] 預發於衾中ᄒᆞ고[70] 月不當三五之夜[71]ᄒᆞ야 圓明於枕上ᄒᆞ니[72] 님 뵈온 듯ᄒᆞ여라

(安祿山)의 반란이 원인이 되어 국민에게 '마외파'라는 산 언덕에서 죽임을 당하였다.

60) 창송록죽천고절(蒼松綠竹千古節)이오: 푸른 소나무와 파란 대는 오랜 옛날부터 변함이 없는 절개요.

61) 벽도홍행(碧桃紅杏)은 일년춘(一年春)이라: 벽도화와 붉은 살구꽃은 한해의 봄뿐이로다란 말로써 잠시 잠깐이란 뜻.

62) 본시 무용지물(本是 無情之物)이: 본래가 쓸 데 없는 물건임.

63) 극목천애(極目天涯)ᄒᆞ니: 끝없이 바라보이는 하늘가 저편에서는.

64) 한고안지실려(恨孤鴳之失侶)ᄒᆞ고: 짝 잃은 외기러기가 날아가니 외롭고 한스럽게만 보이는구나.

65) 회모량상(回眸樑上)에: 눈을 돌려서 대들보를 바라보니.

66) 선쌍연지동소(羡雙鷰之同巢)ㅣ로다: 짝을 이룬 제비 한쌍이 처마 끝에서 지지배배 좋아라고 둥지 틀기에 여념이 없는 모습을 바라보니 한없이 부럽도다.

67) 능차천리지망안(能遮千里之望眼)이오: 능히 천리의 먼 곳을 바라보는 내 눈을 보지 말라고 가리는구나.

68) 상조양향지사심(相照兩鄕之思心)이로다: 양쪽의 향리에 살면서 서로 고향을 그리워하는 마음을 환히 비쳐 주는구나.

69) 화부대이삼지월(花不待二三之月)에: 기다려도 2~3월의 꽃은 필 줄을 모르더니.

70) 예발어금중(預發於衾中)ᄒᆞ고: 기쁘게도 이불 속에서 피어는구나.

71) 월불당삼오지야(月不當三五之夜)에: 기다려도 뜨지 않던 3, 5야 둥근 보름달은.

72) 원명어침상(圓明於枕上)ᄒᆞ니: 둥근 밝은 달은 베개 위를 밝혀 주는구나.

[862: 1571]

옛날 그대가 갈 때는 기운이 굳세더니 이제 자네가 돌아오매 모습이 쓸쓸하구나

명마 오추(烏騅)와 항우의 애첩이었던 행희 곧 우미인(虞美人)은 어디로 갔는가 싸움에 지친 병사들은 대오가 어지럽구나

그대는 문왕이 능히 다스리는 것을 보지 못했는가 항우가 오강을 건너지 못함을 못내 슬퍼하노라

昔子之去에 氣桓桓ᄐᆞ니[73] 今子之來에 身踽踽ㅣ라[74]

名騅幸姬은 去何處오[75] 倦甲殘兵이 不成伍ㅣ로다[76]

君不見 文王百里 能御宇[77]ᄒᆞᆫ다 不渡烏江[78]을 못ᄂᆡ 슬허ᄒᆞ노라

[863: 2628]

술에 취한 술기운이 다 깨어나고 차 달이는 김이 멎었으니 석양에 해는 저물고 새 달이 떠올 적에

'학창의'를 아무렇게나 입고 '화양건'을 뒤로 재껴 쓰고 손에는 주역 한 권을 들고 '분향묵좌'하여 세상 돌아가는 꼴을 근심도 해보면서 소일을 하노라니 강산의 저 너머에서는 돛단배가 바람결에 떠가고 백사장에서는 흰 갈매기가 오락가락하고 저녁 연기와 대숲에 드러나 모습이 한눈에 들어오는구나

때로는 벗님들과 바둑, 장기도 두고 투호도 즐기고 거문고를 뜯으며 시도 읊으니 그 아니 좋을 소냐. 이렇듯이 남은 여생을 보내련다

酒力醒 茶煙歇[79]ᄒᆞ고 送夕陽 迎素月[80]ᄒᆞᆯ 직

鶴氅衣[81] 님의 ᄎᆞ고[82] 華陽巾[83] 젓게 쓰고 手持周易[84] 一卷ᄒᆞ고 焚香 默坐[85]ᄒᆞ야

73) 석자지거(昔子之去)에 기환환(氣桓桓)ᄐᆞ니: 옛날 그대가 갈 때는 기운이 굳세더니.

74) 금자지래(今子之來)에 신우우(身踽踽)ㅣ라: 이제 자네가 돌아오매 모습이 쓸쓸하구나.

75) 명추행희(名騅幸姬)은 거하처(去何處)오: 명마 오추(烏騅)와 항우의 애첩이었던 행희 곧 우미인(虞美人)은 어디로 갔는가.

76) 권갑잔병(倦甲殘兵)이 불성오(不成伍)로다: 싸움에 지친 병사들은 대오가 어지럽구나.

77) 군불견 문왕백리능어우(君不見 文王百里 能御宇): 그대는 문왕이 능히 다스리는 것을 보지 못했는가?

78) 부도오강(不渡烏江): 항우가 오강을 건너지 못함.

79) 주력성다연헐(酒力醒茶烟歇): 술기운이 깨고 차 달이는 김이 다하다.

80) 송석양영소월(送夕陽迎素月): 석양을 보내고 흰 달을 맞이함. 즉, 해는 지고 새달이 떠오른다.

81) 학창의(鶴氅衣): 옛날 관리가 입던 옷. 학무늬가 있는 옷.

消遣 世慮[86]홀 직 江山之外에 風帆 沙鳥와 煙雲 竹樹[87]ㅣ 一望[88]의 다 드노미라
잇다감[89] 셔나믄 벗님닉와 圍碁 投壺[90]ᄒ고 鼓琴 咏詩[91]ᄒ야 送餘年[92]을 ᄒ리라

[864: 2357][93]

이 시름 저 시름 여러 가지 시름 방패연의 세세하게 글을 지어
춘정월 정월 보름날에 서풍이 고이 불 적에 올 흰 실 한 얼레를 끝까지 풀어 띄울 적에 큰 잔에 술을 부어 마지막 전송하세 둥게 둥게 높이 떠서 백룡의 굽이치듯 구름 속에 들고나고 동해 바닷가에 가서 외로이 걸렸다가
바람 소소히 불고 비가 내릴 적에 자연 소멸하여라

이 시름 져 시름 여러 가지 시름 方牌鳶[94]의 細書 成文[95]ᄒ여
春正月 上元日[96]에 西風이 고이 불 직 올 白絲 ᄒᆞᆫ 어릐[97]를 슷ᄀ지 프러 씌울 직 큰 盞에 술을 부어 마ᄌ막 餞送ᄒ시 둥게둥게 놉히 써셔 白龍의 구뷔ᄀ치 구름 속에 들거고나[98] 東海 바다ᄉ의 가셔 외로이 걸녓다가
風蕭蕭 雨落落홀 직[99] 自然 消滅ᄒ여라

---

82) 님의 ᄎ고: 제 마음대로 입고. 아무렇게나 입고.
83) 화양건(華陽巾): 옛날 관리가 쓰던 두건.
84) 수지주역(手執周易): 주역책을 손에 쥐고.
85) 분향묵좌(焚香黙坐): 향을 살으고 조용히 앉아 있음. 세사의 근심을 씻어낼 때.
86) 소견세례(消遣世慮): 소일을 하며 세상을 근심 걱정함.
87) 풍범사조연운죽수(風帆沙鳥烟雲竹樹): 돛단배가 바람의 힘에 떠가고 백사장의 갈매기와 안개와 구름 그리고 대나무 숲이.
88) 일망(一望): 한눈에 보인다.
89) 잇다감: 가끔.
90) 위기투호(圍碁投壺): 바둑, 장기, 투호. '투호'는 둥근 통나무에 화살 넣는 놀이. 이 놀이는 궁중에서 성행했다.
91) 고금영시(敲琴詠時): 거문고를 뜯고 시를 읊음.
92) 송여령(送餘齡): 남은 연령을 보냄. 즉 여생을 보냄.
93) 『해동가요』 주씨본에는 김수장의 작으로 되어 있다.
94) 방패연(方牌鳶): 방패처럼 네모지게 만든 연.
95) 세서성문(細書成文): 세세하게 글을 지음.
96) 상원일(上元日): 음력 정월 보름.
97) 어릐: 얼레. 연줄을 감는 틀.
98) 들거고나: 들어갔구나.
99) 풍소소(風蕭蕭) 우낙낙(雨落落)홀 직: 바람이 솔솔 불고 비가 후둑후둑 내릴 때에.

[865: 1247]

이별하는 역원엔 봄기운이 깊으니 그윽한 회포를 둘 대 없어

봄바람을 쏘이니 더욱 추연하여 서면을 둘러보니 백수 많은 꽃들이 흐드러지게 피어 있는 대 버들가지 위의 꾀꼬리는 쌍쌍이 비스듬히 날아 소리가 높았다 낮았다 할 때 어떠한지 내 귀에는 유정하게 들리는가

어찌타 최고 귀한한 사람들은 저 새만도 못하니

別院에 春深ᄒᆞ니[100] 幽懷[101]를 둘 ᄃᆡ 업셔

臨風 怊悵[102]ᄒᆞ여 四面을 둘너 보니 百花爛熳[103]ᄒᆞᆫᄃᆡ 柳上 黃鶯[104]은 雙雙이 빗기 나라 下上其音[105]홀 직 엇지ᄒᆞᆫ ᄂᆡ 귀여ᄂᆞᆫ 有情ᄒᆞ여 들이ᄂᆞᆫ고[106]

엇지타 最貴ᄒᆞᆫ 사ᄅᆞᆷ들은 져 ᄉᆡ만도 못ᄒᆞ니

[866: 2016] 권덕중(權德重)[107]

역산에 밭 갈 때 백성이 모두 밭두둑을 사양하고

순이 뇌택에서 낚시를 할 때에 모든 사람들이 자리를 양보하고 순이 물가에서 그릇을 구울 때 모두가 험이 없을 때 그릇이 기울어 터지지 아니 했으니

천하의 임금을 뵙고 소송할 사람과 찬가를 부를 사람의 바라는 성덕을 이것으로 조차 알겠구나

歷山[108]에 밧 ᄀᆞ르실 ᄉᆡ 百姓이 다 ᄀᆞ을 辭讓ᄒᆞ고[109]

漁雷澤ᄒᆞ실 ᄉᆡ 人皆讓居ᄒᆞ고[110] 陶河濱ᄒᆞ실 ᄉᆡ 그릇시 기우트지 아녓ᄂᆞ니[111]

---

100) 별원(別院)에 춘심(春深)ᄒᆞ니: 이별하는 역원엔 봄기운이 깊으니.

101) 유회(幽懷): 그윽한 회포.

102) 임풍 초창(臨風怊悵): 봄바람을 쏘이니 더욱 추연해 짐.

103) 백화 란만(百花爛熳): 수많은 꽃들이 흐드러지게 피어 있음.

104) 유상 황앵(柳上黃鶯): 버들가지 위의 꾀꼬리.

105) 하상기음(下上其音): 소리가 높았다 낮았다 함.

106) 들이ᄂᆞᆫ고: 들리는가.

107) 권덕중(생몰년 미상): 18세기 중, 후반에 활동했던 가창자. 자는 흠재로 『해동가요 주씨본』의 〈고금창가제씨〉에도 수록된 인물이다. 그의 작품은 본 가곡집에 1수만이 전하는 것으로 보아, 주로 가창자로 활동을 했던 것으로 보인다.

108) 역선(歷山)에 밧ᄀᆞ르실ᄉᆡ: 순(순) 임금이 왕위에 오르기 전에 역산에서 농사를 지으시니.

109) ᄀᆞ을 사양(辭讓)ᄒᆞ고: 순이 역산에서 밭을 갈 때에 사람들이 모두 밭두둑을 사양했다는 고사.

110) 어뇌택(漁雷澤)ᄒᆞ실 ᄉᆡ 인개양거(人皆讓居)ᄒᆞ고: 순이 뇌택에서 낚시를 할 때에 모든 사람들이 자리

天下의 朝覲訟獄 謳歌者[112]의 ᄇᆞᄅᆞᄂᆞᆫ 聖德을 일노 좃ᄎᆞ[113] 알네라[114]

[867: 2657] 박사상(朴師尙)

남자 중과 여자 승려가 산 첩첩 깊은 산 속에서 만나서 어디로 가느냐

어디에서 오시는 것인가 산 좋고 물 좋은데 우리 고깔씨름 하여 보세 두 고깔한데 닿아 너풀너풀 넘는 모양은 마치 백목단 두 포기가 피어서 봄바람에 흥을 이겨내지 못하여 이리도 흔들 저리도 흔들, 흔들려서 넘어나는 듯

아마도 산 속의 씨름은 이 둘뿐인가 하노라

僧과 듕[115]이 萬疊 山中[116]에 ᄒᆞᆫ ᄃᆡ 만나 어드러로[117] 오오 어듸러로 가시ᄂᆞᆫ고

山 됴코 물 됴흔 ᄃᆡ ᄂᆞᆷ 업시 둘이 맛나 곳갈 씨름[118]ᄒᆞ여 보식 두 곳갈이 ᄒᆞᆫ ᄃᆡ 덥펴 너픈너픈 넙느ᄂᆞᆫ 양은 白牧丹 두 퍼귀가[119] 春風의 휘듯ᄂᆞᆫ 듯[120]

두어라 山中에 이 씨름은 兩僧인가 ᄒᆞ노라

[868: 1431]

산은 높은 데 있는 것이 아니라 신선이 있음으로 해서 유명하고, 물은 깊은 데 있는 것이 아니라 용이 있음으로 해서 신령하시니

이 더러운 방에는 오직 내덕으로 하여 향기롭다 이끼의 흔적은 섬돌에 올라 푸르고 풀색은 주렴에 들어 또한 푸르더라 웃으며 말하는 가운데 홍유가 있고(훌륭한 학자) 서로가 오고 가는데 상민이 없음이니 가히 거문고를 고르고 금경(금으로 된 책, 좋은 책)을 읽음직하니 실버들과 대나무의 소리로 귀를 시끄럽게 하는 일이 없고 책상의 편지가 얼굴을 찌푸리게 하는 일이 없도다

를 양보했다는 고사.

111) 도하빈(陶河濱)ᄒᆞ실 식 그릇시 기우트지 아녓ᄂᆞ니: 순이 물가에서 그릇을 구웠는데 모두가 험이 없었다는 고사.

112) 조근송옥(朝覲訟獄) 구가자(謳歌者): 임금을 뵙고 소송할 사람과 찬가를 부를 사람.

113) 일노좃ᄎᆞ: 이것으로 미루어.

114) 알네라: 알리라.

115) 듕과 승: 남자 중과 여자 중.

116) 만첩산중(萬疊山中): 여러 산들이 둘러싸인 산중.

117) 어드러로: 어디로의 옛말.

118) 곳갈시름: 꼬깔씨름의 옛말. 남녀 성행위를 비유함.

119) 두 퍼귀가: 두 송이가 피어서.

120) 휘듯ᄂᆞᆫ: 흔들거리는 듯의 옛말.

제갈량의 초려(초가곡집)와 고대 중국 서 촉나라의 장수 양웅이 은거하던 정자 자운정을 공자가 이르기를 무엇이 더러운 것이 있으리요 하시더라

山不在高ㅣ나[121] 有仙則名ᄒᆞ고[122] 水不在深이나[123] 在龍則靈ᄒᆞᄂᆞ니[124] 斯是陋室[125]에 惟吾德馨[126]이라

苔痕은 上階綠이오[127] 草色은 入簾靑[128]이라 談笑有鴻儒ㅣ오[129] 往來無白丁[130]이라 可以調素琴閱金經ᄒᆞ니[131] 無絲竹之亂耳[132]ᄒᆞ고 無案牘之勞形이로다[133]

南陽 諸葛廬[134]와 西蜀 子雲亭[135]을 孔子云 何陋之有[136] ᄒᆞ시니라

[869: 882] 박명원(朴明源)[137]

혼례식을 마치고 촛불을 밝힌 첫날밤 한밤중에 아름답고 얌전함이 성을 기울일 만한 옥 같은 미인을 만나 이리보고 저리보고 고쳐보고 다시 보아도 나이 2, 8세의 16세 얼굴색은 갓 피어난 복사꽃이로다

그 맵시는 황금의 비녀에 흰 모시치마 차림으로 밝은 눈동자를 흘겨 뜨고 반만큼의 미소짓는 모양이 모두 다 내 사랑이로다

그 밖에 읊조리는 노랫소리와 이부자리 속에서의 요염한 태도야 말하여 무엇

---

121) 산불재고(山不在高)ㅣ라: 산은 높은데 있는 것이 아니라.
122) 유선즉명(有仙則名)ᄒᆞ고: 신선이 있음으로 해서 유명하고.
123) 수불재심(水不在深)이라: 물은 깊은 데 있는 것이 아니라.
124) 유룡즉영(有龍則靈)ᄒᆞᄂᆞ니: 용이 있음으로 해서 신령 하느니라.
125) 사시루실(斯是陋室)이나: 이 더러운 방이나.
126) 유오덕형(惟吾德馨)이라: 오직 내 덕으로 하여금 향기롭다.
127) 태흔(苔痕)ᄂᆞᆫ 상계록(上階綠)ㅣ오: 이끼의 흔적은 섬돌 위에 올라 푸르고. (이기는 섬돌에 끼어 푸르고.)
128) 초색(草色)은 입렴청(入簾靑)을: 푸른 풀색은 주렴에 들어 더욱 푸르더라.
129) 담소유홍유(談笑有鴻儒)ㅣ오: 웃으며 말하는 가운데 훌륭한 학자가 있고.
130) 왕래무백정(往來無白丁): 서로 오고가는데 상민이 없음이니.
131) 가이조소금열금경(可以調素琴閱金經)ᄒᆞ니: 가히 거문고를 고르고 금경(좋은 책)을 읽음직 하니.
132) 무사죽지란이(無絲竹之亂耳): 실버들과 대나무로 귀를 시끄럽게 하는 일이 없고.
133) 무안독지로형(無案牘之勞形)이로다: 책상의 편지가 얼굴을 찌푸리게 하는 일이 없도다. 즉, 글공부를 하면 책상 위에 편지를 일지 못하여 얼굴을 찌푸리게 하는 일이 없는 것이니 사람은 꼭 공부를 하여야 한다는 교훈.
134) 남양제갈려(南陽諸葛廬): 중국 남양땅에 있던 제갈공명이 벼슬길에 오르기 전에 살던 누추한 초가집.
135) 자운정(子雲亭): 고대 중국 서촉나라의 장수 양웅(楊雄)이 숨어살던 누추하고 조그마한 정자 이름.
136) 공자(孔子)ㅣ 운하루지유(云何陋之有): 공자가 말씀하기를 "무엇이 더러움이 있을 것이냐"라고 했다.
137) 박명원(1725~1790): 조선 후기의 문인. 자는 회보이며, 호는 만보정이다. 1738(영조 14)년 영조의 딸과 결혼하여 금성위에 봉해지고, 품계가 수록대부에 이르렀다. 1776년 사은사로 청나라에 다녀온 뒤, 세 차례나 사은사의 임무를 수행하였다.

하리요

洞房 花燭[138] 三更인 직 窈窕 傾城 玉人[139]을 맛나
이리 보고 져리 보고 다시 보고 고쳐 보니 時年은 二八이오[140] 顔色은 桃花ㅣ로다[141] 黃金釵[142] 白苧衫[143]의 明眸[144]를 흘이 쓰고 半開笑ᄒᆞᄂᆞᆫ 양이[145] 오로 다[146] ᄂᆡ 思郞이로다
그 밧긔 吟咏 歌聲[147]과 衾裡巧態[148]야 일너[149] 무슴ᄒᆞ리

[870: 691] 이정보(李鼎輔)
그 누가 범증이 지혜가 있다고 말하던가
한고조 유방이 태어난 패현에 천자가 나올 기운이 있다는 말이 이 세상에 떠돌고 있는 것이 판연이 알 것만 홍문연에서 칼춤을 출 때 유방이 주는 패옥을 깨뜨린 까닭은 무슨 연유인가
홍문연의 계획이 성공하지 못하여 등창병이 나서 죽었다고 한들 누구의 탓이라 하리요

뉘라셔 范惡父[150]를 智慧 잇ᄃᆞ 이르던고
沛上[151]에 天子氣[152]를 判然이 아란마은 鴻門宴[153] 칼춤의 擧玉玦[154]은 무슴 일고

---

138) 동방화촉(洞房華燭) 삼경(三更)인제: 혼례식을 마치고 촛불을 밝힌 첫날밤. 삼경(三更)은 깊은 밤. 밤 11시부터 1시 사이.
139) 요조경성옥인(窈窕傾城玉人): 아름답고 요염함이 성을 기울일 만큼 옥 같은 미인. 즉, 뛰어난 미인.
140) 시년(時年)은 이팔(二八)이오: 방년 또는 당년 나이 2, 8의 16세란 뜻.
141) 안색(顔色)은 도화(桃花)로다: 얼굴색은 갓 피어난 복숭아꽃처럼 아름답다.
142) 황금채(黃金釵): 황금으로 만들어진 비녀.
143) 백저삼(白苧衫): 흰 모시치마.
144) 명모(明眸): 밝은 눈동자. 맑은 눈동자.
145) 반개소(半開笑)ᄒᆞᄂᆞᆫ 양이: 반만큼의 미소짓는 모양.
146) 오로 다: 오로지.
147) 음영가성(吟詠歌聲): 읊조리는 노랫소리.
148) 금리교태(衾裡嬌態): 이부자리 속에서의 요염한 태도.
149) 일너: 말하여.
150) 범아부(氾亞父): 항우가 신뢰하는 모신인 범증(范增)을 존경하여 부르는 칭호.
151) 패상(沛上): 한고조 유방이 태어난 곳. 패현(沛縣)에. 여기서 沛는 패현(沛縣)이요, 上은 위에, 곳에, 에의 뜻이다. 즉, 패상(沛上)은 패현(沛縣) 위에, 또는 패현에가 된다.
152) 천자기(天子氣): 천자가 날 기운이 있다. 이는 풍수지리설에 따라 한고조 유방의 고향인 패현에 있어 왔다. 그런데 그것이 사실로 나타나서 한고조 유방이 한나라의 천자가 되었다.

不成功 疽發背死155) ᄒᆞᆫ들 뉘 ᄐᆞ시라 ᄒᆞ리오

[871: 1620]

세상 사람들이 인생을 둘로만 여겨 두고 또 두고 먹고 놀 줄 모르던고

먹고 놀 줄 모르거든 죽을 줄 알겠는가마는 석숭이 죽어 갈 때 많은 재산을 가져가며 유령의 무덤 위에 어느 누구 술이 이르렀더냐

하물며 청춘 일장춘몽에 모든 꽃들이 흐드러지게 피니 이같이 좋은 때에 아니 놀고 어이하리

世上 사ᄅᆞᆷ드리 人生를 둘만 너거 두고156) 쏘 두고 먹고 놀 줄 모로던고

먹고 놀 줄 모로거던 죽을 줄 알야마는 石崇이157) 죽어 갈 ᄌᆡ 累鉅萬財158) 가져가며 劉伶159)의 무덤 우희 어ᄂᆡ 술이 이르러쩌니160)

허물며 靑春 一場夢에161) 百花爛熳162) ᄒᆞ니 이ᄀᆞ치 됴흔 ᄯᅵ에 아니 놀고 어이리

[872: 2572] 이정보(李鼎輔)

천군이 격노하여 수성을 칠적에

대원수 환백장군 좌 막요로는 청주에서 종사하는 완보병을 앞장세우고 이태백이

---

153) 홍문연(鴻門宴): 홍문(鴻門)에서 연회를 베풀었다는 뜻으로 진시황이 세운 진나라를 유방과 항우가 합세하여 쳐부수고, 홍문에서 승천의 축하연을 베풀 때 항우는 진나라 회왕(懷王) 의제(義帝)를 죽이고 겸하여 유방까지도 죽이고 자기가 천하통일을 하려는 생각에서 모사인 범증으로 하여금 연회 중에 뛰어들어가서 칼춤을 추게 하고 낌새를 보아 유방을 단칼로 베라는 작전계획을 추진하던 그 홍문연. 이를 세상 사람들은 범증의 홍문연 칼춤이라고도 한다.

154) 거옥결(擧玉玦): 패물(佩物)을 깨부수다의 뜻. 옥결(玉玦)은 패물(佩物), 거(擧)는 들어서 깨부수다의 뜻. 즉, 패물을 깨부수다가 된다. 항우가 홍문연에서 범증으로 하여금 칼춤을 추게 하자 유방은 자기를 죽이려는 낌새를 알고 유방이 항우의 신하 범증(范增)에게 패물(佩物) 한 쌍을 주었으나 범증이 칼을 뽑아 이것을 깨트려 버렸다. 이는 성의가 모자라다는 표시이다.

155) 불성공저발배사(不成功疽發背死): 등창이 터져서 죽었다의 뜻이다. 항우는 홍문연 범증의 칼춤이 성공하지 못하자 유방과 내통한다고 의심하여 불신을 받고 보니 하도 원통하고 분을 참지 못하다 끝내는 팽성(彭城)에서 등창이 터져서 죽었다.

156) 둘만 너거 두고: 둘로만 여기고.

157) 석숭(石崇)이: 예전 중국의 진나라 때 부호.

158) 누거만재(累鉅萬財): 많은 재산.

159) 유령(劉伶): 진(晉)나라의 은사(隱士)로 술을 매우 좋아 했음.

160) 어ᄂᆡ 술이 이르러쩌니: 어느 술이 이르렀더냐. 누가 술을 주더냐.

161) 청춘 일장몽(靑春 一場夢)에: 젊음은 한바탕 꿈에 지나지 않음.

162) 백화난만(百花爛熳): 모든 꽃들이 흐드러지게 핌.

초안한 격문을 돌리고 보석으로 만들어진 호박롱을 선봉장으로 엄습하고 서 주작 역사당은 협공케 하여 대파괴시키고 조구대에 올라앉아서 백이숙제 충절 송덕하며 독전 승전하고 달로 가는 지름길을 별이 달려가게 해서 이룩한 전공을 고한 연후에

그제야 축하의 술에 취하여 춤을 추고 뛰면서 북과 피리를 섞어 가며 북치고 피리를 불지라도 패자의 업은 성을 지키기 어렵고 어려워도 기여코 개선가를 부르리라

天君[163]이 赫怒ᄒᆞ샤[164] 愁城을[165] 치오실 ᄉᆡ

大元帥 歡伯 將軍[166] 佐幕[167]은 靑州從事[168] 阮步兵[169] 前駈[170]ᄒᆞ야 李謫仙[171] 草檄[172]ᄒᆞ고 琉璃鍾[173] 琥珀濃[174]은 先鋒[175] 掩襲ᄒᆞ고 舒州杓[176] 力士鐺은[177] 挾擊大破[178]ᄒᆞ야 槽丘臺[179]에 올나 안자 伯倫[180]으로 頌德ᄒᆞ고[181] 越牒星馳ᄒᆞ야[182] 告厥成功[183]ᄒᆞ온 後에

---

163) 천군(天君): 마음을 비유함.

164) 혁노(赫怒)ᄒᆞ샤: 버럭 성을 내시어.

165) 수성(愁城)을: 근심 걱정으로 고생하는 처지. =우수지경(憂愁之境).

166) 환백장군(懽伯將軍): 기쁨을 가져다준다는 말을 환백(懽伯)이라 한다. '환백(懽伯)'은 '술'을 의인화한 것임.

167) 좌막(佐幕): 감사(監司), 유수(留守), 병사(兵使)를 따라 다니며 보좌하던 관리. 막요(幕僚), 전구(前驅)는 앞세우고의 뜻.

168) 청주종사(靑州從事): 중국의 한 고을명. 청주(淸酒)를 뜻한다고 하기도 함. 청주의 종사관.

169) 완보병(阮步兵): 삼국시대 위(魏)의 완적(阮籍)을 가리킴. 죽림칠현(竹林七賢)의 하나로 음악과 술을 즐겼음.

170) 전구(前駈): 말을 타고 행렬을 선도함. 또는 그 사람.

171) 이적선(李謫仙): 당나라 시인 이백(李白).

172) 초격(草檄): 격문을 초안한다.

173) 유리종(琉璃鍾): 보석 술잔.

174) 호박롱(琥珀瓏): 호박옥이 부딪치는 소리. 술잔의 이름인데 이는 모두 의인화되어 있다.

175) 선봉(先鋒) 엄습(掩襲)하고: 앞잡이 장군을 삼고서 불의에 공격하다.

176) 서주작(舒州勺): 서주(舒州)는 중국 구천(九川)의 한 개울. 작(勺)은 술잔. 서주작인란 서주 토산의 명물인 주기(酒器)이다.

177) 역사당(力士鐺)은: 역사(力士)들이 먹을 밥을 짓는 솥.

178) 협격 대파(挾擊大破): 협공하여 크게 쳐부심.

179) 조구대(槽邱臺): 술 찌꺼기로 쌓은 대(臺).

180) 백륜(伯倫): 백이숙제와 같은 충절의 도리.

181) 송덕(頌德)ᄒᆞ고: 백륜으로 하여금 술의 덕(德을) 칭송하고. 백륜은 유령(유령)의 자이며 주덕송(酒德頌)을 지었다.

182) 월첩(月捷)을 성치(星馳)ᄒᆞ여: 달에 가는 지름길을 별로 하여금 달리게 하여 즉, 하느님께 빨리 달려가서 보고한다는 경로를 설명한 것이다. 여기서는 전쟁에서 이긴 소식을 빨리 알림.

183) 고궐성공(告厥成功): 전쟁에서 이긴 소식을 임금에게 아룀.

그져야 耳熱蹈舞[184] ᄒᆞ야 鼓角[185]을 셧불며[186] 覇業難 守成難[187] 難又難 凱歌歸[188]를 ᄒᆞ더라

[873: 3309]

회수는 동백산에서 발원하여 동쪽으로 멀리 달려 천리를 쉬지 않거늘

비수가 그 옆에서 나와 백리를 회류에 들더라 수주의 속현으로 안풍이라는 곳이 있어 당나라 정원 때에 현인 동소남이 그 가운데 숨어 살며 도의를 행하더라 자사가 그를 천거하지 않으니 천자는 그의 명성을 듣지 못한지라

작록이 문에 이르지 않고 문밖에 다만 관리가 날로 와서 조세를 징수하고 돈을 찾아 가더라.

淮水出桐栢山ᄒᆞ니[189] 東馳遙遙[190] ᄒᆞ야 千里不能休어을[191]

淝水[192] ㅣ 出其側ᄒᆞ야 百里入淮流[193] ㅣ라 壽州[194] 屬縣에 有安豊ᄒᆞ니 唐貞元[195]年이라 縣人 董生邵南[196]이 隱居 行義於其中[197]이로다 刺史[198]不能薦ᄒᆞ야 天子ㅣ不聞名聲이오

爵祿[199]不及門을 門外唯有吏 日來徵租 更索錢 ᄒᆞ더라

184) 이열무도(耳熱舞蹈): 술에 취하여 귀뿌리가 빨갛고 춤을 추다. 즉, 술에 취하고 춤추다. 기뻐서 춤을 추다.

185) 고각(鼓角): 장구와 피리. 호각.

186) 셧불며: 셔(混)-불(吹)-며(연결어미)〉섞어불며.

187) 폐업 난수성(覇業難 守成難): 즉 으뜸가는 사업. 큰 일. 큰 사업은 성을 지키기 어렵다.

188) 난난우난(難難又難) 개가귀(凱歌歸)를 ᄒᆞ리라: 어렵고 어렵고 또 어렵더라도 기어코 이기고 개선가를 부르면서 돌아가리라.

189) 회수출동백산(淮水出桐栢山)ᄒᆞ니: 회수는 동백산에서 발원하니. 중국 하남성에서 발원하여 안휘성을 지나 강소성(江蘇省)을 거쳐 바다에 드는 강. 동백산(桐栢山)은 하남성 동백현에 있는 산.

190) 동치 요요(東馳遙遙): 동쪽으로 멀리 달림.

191) 천리부능휴(千里不能休)어을: 천리를 쉬지 않거늘.

192) 비수(淝水): 안휘성의 경계를 흐르는 강으로 한 가닥은 회수로 흘러들어옴.

193) 백리입회류(百里入淮流): 백리를 흘러 회수에 들더라.

194) 수주(壽州): 안휘성 수현의 땅.

195) 당정원(唐貞元): 당나라의 년호.

196) 동소남(董邵南): 동생 소남, 당나라의 안풍 사람으로 뜻을 얻지 못해 하북에서 놀았다 함.

197) 은거 행의어기중(隱居 行義於其中): 그 속에 숨어 살며 의와 도를 행함.

198) 자사(刺史): 태수.

199) 작녹(爵祿): 관작과 봉록.

[874: 845]

댁들에서 단 저 단 술 사소 (외치는) 저 장사야 네 등짐 몇 가지나 (된다고) 외치는가

아래 등경 윗 등경 걸이 등경 조리 동해 동노구 수저 국자들 가니 사소 대무관 녀기와 소각관 술파는 계집이 본시 뚫어져 물 조르르 흐르는 구멍들 막으소

장사야 막기는 막아도 뒷말이나 없이 막아라

宅들에셔 단져 단술[200] ᄉᆞ소 져 장ᄉᆞ야 네 황우[201] 몃 가지나 웨ᄂᆞᆫ다 ᄉᆞ자

아리등경[202] 웃등경 걸등경 ᄌᆞ으리[203] 東海 銅爐口[204] 수뎌 구기자들[205] 가ᄋᆞᆸᄂᆡ ᄉᆞᄋᆞᆸ소 大務官[206] 女妓와 小各官[207] 酒湯[208]이 本是 ᄯᅮ러져 믈 조로로 흐르ᄂᆞᆫ 구멍들 막키ᄋᆞᆸ소

장ᄉᆡ야 막킴은 막키도 後ㅅ말이나 업시 막켜라

[875: 729]

임 데리고 산에 가도 못살 것이 촉백성(蜀魄聲)에 애끊는 듯 물가에 가도 못살 것이

물 위의 사공과 물 아래 사공이 밤중 쯤 배 떠날 적에 지국총 어사와 닻 올리는 소리에 한숨지고 도라 눕네

이 후에는 산도 물도 말고 들에 가서 살려 하노라

님 다리고 山에도 못 살 거시[209] 蜀魄聲[210]에 ᄋᆡ 긋ᄂᆞᆫ 듯[211]

물가의도 못 ᄉᆞᆯ 거시 물 우희[212] 沙工 물 아릐[213] 沙工[214]놈들이 밤 中만 ᄇᆡ

---

200) 단져 단술: 단저 단술. 숟가락과 젓가락 묶음.
201) 황우: 황아. 떠돌이 상이 등짐으로 다니며 파는 물건.
202) 등경: 등잔걸이.
203) ᄌᆞ으리: 조리. 쌀을 이는 데 사용하는 기구.
204) 동노구(銅爐口): 쇠로 만든 아궁이
205) 구기자들: 국자들.
206) 대무관(大務官): 지방 관의의 목사(牧使).
207) 소목관(小各官): 낮은 여러 벼슬아치.
208) 주탕(酒湯): 술파는 계집.
209) 못살거시: 못살 것이로다. 못살겠다.
210) 촉백성(蜀魄聲): 두견새(소쩍새) 우는 소리.
211) ᄋᆡ 긋ᄂᆞᆫ 듯: 애끊는 듯. 애간장이 타는 듯.
212) 물 우희: 물 위에.

ᄯᅧᄂᆞᆯ ᄌᆡ 至菊蔥 其於耶 伊於[215] 닷 ᄎᆡᄂᆞᆫ 소ᄅᆡ에[216] ᄒᆞᆫ숨 짓고 도라눕ᄂᆡ
이 後란 山도 물도 말고 들에 가셔 ᄉᆞᆯ니라

[876: 11]
까마귀 까마귀를 따라 들어오니 뒷동산에
늘어진 고욤나무에 휘늘어진 듯 하는 것이 가마기로다
이튿날 뭇 까마귀 한 데 내려 뒤덤벙뒤덤벙 두루 덮쳐서 싸우니 아무도 그것이 가마기인 줄 모르는도다

가마귀 가마귀를 ᄯᆞ라 들거고나[217] 뒷 東山에
늘어진 괴향남게[218] 휘듯ᄂᆞ니[219] 가마귀로다
잇틋날 뭇[220] 가마귀 ᄒᆞᆫ ᄃᆡ[221] 나려 뒤덤벙 뒤덤벙[222] 두로 덥젹여[223] ᄊᆞ오니[224] 아모[225] 어ᄌᆡ 그 가마귄 줄 몰ᄂᆡ라

[877: 3280]
화식을 못 먹을 때는 나무 열매를 먹었단 말인가
천백 가지 나무 열애 성미가 다 다르니 천황씨 지황씨 팔만천세 살 때 이 과실을 먹었단 말인가
아마도 요지연에서 먹었다는 반도와 만수산 오장관에 인삼과를 먹었도다

---

213) 물 아ᄅᆡ: 물 아래.
214) 사공(沙工): 뱃사공.
215) 지국총 기어야 이어(至菊蔥 其於耶 伊於): 노 젓는 소리와 배가 삐거덕거리는 소리의 한자 표기.
216) 닷 ᄎᆡᄂᆞᆫ 소리에: 닻을 채는 소리 즉, 닻을 올린다. 닻을 걷어올리는 소리. 어부가 후렴의 한 종류.
217) 들거고나: 들(入)-거(去)-고나(감탄형어미)>들어오는구나. 날아오는구나.
218) 괴향남게: 고욤나무. 고욤나무에는 늦가을에 고욤을 따먹기 위해 유달리 까마귀가 모인다. 황충기(2000: 23)는 '느티나무'로 해석하고 있는데 이는 근거가 없다.
219) 휘듯ᄂᆞ니: 휘늘어진 듯 하는 것이.
220) 뭇: 여러.
221) ᄒᆞᆫ ᄃᆡ: 한 테. 한 곳.
222) 뒤덤벙 뒤덤벙: 함부로 뒤섞여서.
223) 덥젹여: 덮쳐서. 얼싸여서.
224) ᄊᆞ오니: 싸우니.
225) 아모: 아무도.

火食을 못홀[226] 지는 木實을 먹쏘던가[227]

千百 ᄀ지 나모[228] 열미 性味[229]가 다 다르니 天皇氏[230] 地皇氏 萬八千歲 술 지[231]이 實果를 먹쏘던가

아마도 瑤池 蟠桃[232]와 萬壽山[233] 五莊觀[234]에 人參果[235]를 먹엇쏘다

[878: 885]

동산 어제부터 내리는 비에 노사(老謝)와 바둑 두고

초당 오늘밤 달 아래에 만나 술 한 말을 마시고 시 백 편을 짓도다

내일은 두릉에 호걸과 감단 기생과 큰 모꼬지 하리라

東山[236] 昨日雨에 老謝[237]과 박독 두고

草堂[238] 今夜月에 謫仙[239]을 맛나 酒一斗[240]ᄒ고 詩百篇이로다

來日은 陌上[241]靑樓[242]에 杜陵豪[243] 邯鄲[244]妓과 큰 못고지[245] ᄒ리라

---

226) 못홀: 못-ᄒ(대동사)-ㄹ(관형어미)〉못 먹을.

227) 먹쏘던가: 먹었단 말인가.

228) 나모: 나무.

229) 성미(性味): 본성과 맛.

230) 천황씨(天皇氏) 지황씨(天皇氏) 만팔천세(萬八千歲): 고대 중국의 삼황인 천황씨 그리고 지황씨 인황씨가 각각 일만 팔천세를 다스렸다 함.

231) 술 지: 살 때에.

232) 요지반도(瑤池 蟠桃): 요지연에서 먹었다는 선도(仙挑) 먹으면 삼천년을 산다고 함.

233) 만수산(萬壽山): 고려시대 개성의 수창궁(壽昌宮)에 만들었던 가산(假山).

234) 오장관(五莊觀): 오선관인 듯함.

235) 인삼과(人參果): 인삼으로 만든 과자.

236) 동산(東山): 조그마한 뒷산. 다음에 나오는 노사가 동산에 은거하였음.

237) 노사(老謝): 동진인 사안(謝安)을 말함. 노사에 대하여 사안의 조카인 사현(謝玄)을 소사(少謝)라고 한다.

238) 초당(草堂): 초가곡집.

239) 적선(謫仙): 이백의 호. 하계진(賀季眞)이 이백의 시를 보고 감탄하여 적선이라고 한 것을 호로 삼았다고 전함.

240) 주일두(酒一斗) 시백편(詩百篇): 이백이 술 한 말 마시고 시 백 편을 지었다는 것.

241) 맥상(陌上): '陌'은 전간의 도를 말하기도 하나, 시중의 거리를 이름하기도 함.

242) 청루(靑樓): 옛날에는 청칠(靑漆)을 한 천자가 거하는 루였으나, 나중에 기관의 칭이 되었다고 한다.

243) 두릉호(杜陵豪): 두릉(杜陵)의 호걸. 두릉은 지명. 두릉엔 호족이 많이 살았다고 함.

244) 감단(邯鄲): 전국시의 趙의 도시. 繁華한 도시. 지금 하북성 광평부 감단현에 있음.

245) 큰못ᄀ지: 큰못까지이니, 큰못이 되도록. 'ᄀ시'는 'ᄀ장'에서 온 말로 '-에 이르도록' 하는 뜻의 조사이다.

[879: 2373]

이태백의 주량은 그 어떠하여 하루에 반드시 술 삼백 잔 기울이고

두목의 풍채와 태도는 그 어떠하여 술에 취하여 양주 땅을 지나가니 차에 귤이 가득하다

아마도 두 사람의 풍도는 못 미치는가 하노라

李太白의 酒量은 긔 엇더ᄒᆞ여 一日須傾 三百盃[246] ᄒᆞ며

杜牧之의 風度[247]은 긔 엇더ᄒᆞ여 醉過楊州 橘滿車ㅣ런고

아마도 이 둘의 風采ᄂᆞᆫ 못ᄂᆡ 부러ᄒᆞ노라

[880: 829] 이정보(李鼎輔)

대장부 공을 이루고 난 후 은퇴하여 숲속에 집을 짓고 만권의 책을 쌓아 두고

만족하며 밭을 갈고 보라매 길들이고 좋은 망아지 앞에 매고 좋은 술통에 술을 두고 절대가인 곁에 두고 벽오동 거문고에 남풍시 노래하며 태평연월에 취하여 누었으니

아마도 평생에 할 일은 이뿐인가 하노라

大丈夫 功成身退[248] 後에 林泉[249]에 집을 짓고 萬卷書를 ᄡᅡ아 두고

종 ᄒᆞ여 밧 갈니며[250] 보ᄅᆡᄆᆡ[251] 깃드리고 千金駿馬[252] 셔여 두고 絶代佳人 겻ᄒᆡ 두고 金樽[253]에 술을 노코 碧梧桐[254] 거문고에 南風詩[255] 노ᄅᆡᄒᆞ며 太平煙月[256]에 醉ᄒᆞ여 누어시니

---

246) 일일수경(一日須傾) 삼백배(三百盃): 하루에 삼백 잔의 술을 기울이고.

247) 두목지풍(杜牧之風): 두목의 풍채와 태도.

248) 공성성퇴(功成身退): 공을 이루고 난 후 은퇴한 몸.

249) 임천(林泉): 숲 풀 속에 있는 샘. 은사(隱士)의 정원을 일컫는 말.

250) 좋ᄒᆞ야 밧갈니고: 종(하인)으로 하여금 밭을 갈게 하고.

251) 보라ᄆᆡ: 보라매. 그해에 난 새끼를 길들여 곧 사냥에 쓰는 매(햇매). 수지니, 날지니, 재지니 하는 그 '재지니'를 말함.

252) 천금준구(千金駿駒): 천량 값어치가 되는 빠른 말. 좋은 흰 망아지.

253) 금준(金罇): 금으로 만들어진 술통. 좋은 술통.

254) 벽오동(碧梧桐): 푸른색을 띈 오동나무. 옛사람들은 이 벽오동 나무로 거문고를 만들어 썼다. 벽오동 거문고라고 하면 고급스러운 거문고를 말한다.

255) 남풍시(南風詩): 중국 상고시대 우순(虞舜)이 지은 시로 유명하다.

256) 태평연월(太平烟月): 태평한 세월.

아마도 男兒의 ᄒᆞ올 일은 인 섄인가 ᄒᆞ노라

[881: 831]

사나이 대장부 하늘과 땅 사이에서 태어나서 할 일이 전혀 없다.

글을 배우고자 하나 인생식자 우환이라 하여 아는 것이 환난의 시발이 될 줄이야 어찌 알았으리요. 검술, 즉 칼쓰기, 활쏘기를 익히고자 하나 병사를 아는 것은 곧 흉기와 같이 위험함을 깨달았도다.

차라리 술파는 기생집에나 오며 가며 하면서 한평생을 술이나 먹으면서 지내련다

大丈夫ㅣ257) 天地間에 ᄒᆞ올 일258)이 바히259) 업다
글을 ᄒᆞ쟈 ᄒᆞ니 人生識字 憂患始260)요 칼을 쓰자 ᄒᆞ니 乃知兵者 是凶器261)로다
출ᄒᆞ로 靑樓 酒肆262)로 오락가락 ᄒᆞ리라

[882: 107]

강원도 개골산 감돌아들어 유점사 절 뒤에 우둑 선 저 나무 끝에
웅크려 앉은 백송골이를 아우나 잡아 길을 들여 꿩 사냥 보내는데
우리는 새 님 걸어두고 길을 못 들어 하노라

江原道 開骨山263) 감도라드러264) 楡店 졀265) 뒤에266) 읏둑 선 져 나무267) 긋헤268)

257) 대장부(大丈夫)ㅣ: 사나이가.
258) ᄒᆞ올 일: 하일 일. 할 일.
259) 바히: 전혀.
260) 인생식자(人生識字) 우환시(憂患始): 사람이 학식이 있으면, 도리어 근심과 환난이 비롯된다는 것.
261) 내지병자(乃知兵者) 시흉기(是凶器): 곧 병사에 대하여 알고 있는 것은 이는 흉기와 같은 것으로 위험한 일이라는 것. 삼지는 진여(眞如) 실체를 아는 진지(眞智), 자기의 무명(無明)을 깨달아 번뇌를 끊는 내지, 고금에 통하고 속세의 일에 밝은 외지(外智) 등, 배워서 아는 병사. 군인.
시흉기: 이것이 곧 사람을 살상하는 데 쓰이는 연장.
262) 청루주사(靑樓酒肆): 기관(妓館)과 술집.
263) 개골산(開骨山): 금강산(金剛山)의 일명.
264) 감도라드러: '감다'와 '돌다'의 복합동사이니 '감아 돌아 들어가다'라는 뜻이다. 여러 바퀴 돌아들어가다.
265) 유점(鍮店)졀: 유점사(楡岾寺). 금강산에 있음.
266) 뒤헤: 뒤에. '헤'는 'ㅎ+에'로 처소격인데, 'ㅎ'의 존재에 대하여 지금 논의가 많다. 이 'ㅎ'이 앞 체언의 받침이냐 뒤 '에'에 붙은 조사이냐, 또는 이 둘 사이에 들어가는 어떠한 조음적 현상이냐 하는 것이 아직도 결론은 내리지 못하고 있다. 그러나 지금 'ㅎ'은 앞 체언에 붙어 있는 받침이라는 설이 유력한 것 같다. 그렇다면 '뒤'라는 명사의 고형은 '뒤'가 아니고 '뒿'인 것이다.
267) 졀나모: '젓나무'의 자음동화현상. 줄기는 곧고 가지가 사방으로 퍼지며 잎은 바늘 같고 솔방울과

숭구로혀[269] 안즌 白松骨[270]이를 아모져나[271] 잡아 질드려 꿩 山行[272] 보닉는듸
우리는 식 님 거러두고 질 못 드러 ᄒᆞ노라

[883: 391]
금화금성 땅에서 수숫대 반단을 얻어 조그마한 말만 하게 짚으로 움집을 짓고
이웃과 더불어 조죽이면 조죽, 이죽이면 이죽으로 백양나무로 만든 백양 젓가락으로 집어서 자네 자시게나 나는 많이 먹었네 서로 권해가며 살망정
평생에 이별의 고루함 없이 산다면 그보다 더할 나위 없이 좋은 일인가 하노라

金化 金城[273] 수숫듸[274] 반 단만 어더 조고만 말만치[275] 움을 뭇고[276]
조쥭 이쥭[277] 白楊箸[278]로 지거 자네 자소[279] 나는 믜[280] 셔로 勸ᄒᆞᆯ만졍[281]
一生에 離別 뉘[282] 모로미 긔 願인가 ᄒᆞ노라[283]

[884: 2332]
달이 저물어 넘어갈 때 정처 없이 떠나간 임이
흰말에 금빛안장을 한 말을 타고 어디를 다니다가 주색에 잠겨 돌아올 줄 잊었는가

비슷한 열매가 열리는 나무.
268) 긋헤: 끝에. '긋'은 끝.
269) 송구로혀: 웅숭 그리어, '웅숭 그리다'는 '추워서 몸을 몹시 쪼구리는 것'.
270) 백송골(白松骨): 날랜 매의 종류.
271) 아므려나: 아무렇게나. '아므리어나'의 축약. '어나'는 '거나'에서 'ㄱ'음이 탈락한 것.
272) 산행(山行): 사냥.
273) 금화금성(金化金城): 강원도 궁벽한 산간 지방에 있는 금화금성의 지방이름.
274) 수수띄: 수수대. 수수나무의 대.
275) 조고만 말만치: 조그마한 말(斗)만 하게의 옛말. '만치'는 만하게 의 준말. 여기서 말은 타는 말이 아니고 한 말 두 말하는 곡식을 재는 말을 말함이다. 따라서 수수대 반단으로 엮어 만든 말만한 자그마한 움집을 생각해 보라.
276) 주푸루 여움을 뭇고: 짚으로 움집(움)을 묶고(지었다)의 옛말.
277) 조粥(죽) 니粥(죽): 조로 쑨 조죽, 쌀로 쑨 쌀죽.
278) 백양저(白楊箸): 백양나무, 흰버드나무로 만들어진 젓가락.
279) 직어 ᄌᆞ네 쟈오: 찍어서 집어 자네 자시오(먹으시오).
280) 나는 마의: 나는 많이. 나는 많다. 많이 먹었다의 옛말.
281) 권(勸)ᄒᆞ올 만경: 권할망정. 권해가며 산다 하더라도.
282) 이병루(離別陋): 이별하는 고루함(못난짓). 즉 이별하는 일.
283) 업스면 긔 됴흔가 ᄒᆞ노라: 없으면 그것이 좋은가 하노라.

이내 몸은 독수공방 긴긴밤을 홀로 누워 그리운 님의 생각에 하염없이 눈물지며 이리 뒤척 저리 뒤척 잠 못 들어하는구나

月黃昏[284] 계워 간 날에 定處업시 나간 님이
白馬 金鞭[285]으로 어듸 가 ᄃᆞᆫ니다가[286] 酒色에 즘기여 도라오기를 이젓ᄂᆞᆫ고
獨守空房[287]ᄒᆞ여 長相思 淚如雨[288]에 轉輾不寐[289] ᄒᆞ노라

[885: 1828]

아. 내가 쓰던 황모시필을 수양매월 흠뻑 찍어 창전에 걸었더니
댁대골 굴러 뚝 떨어지고 이제 돌아가면 얻어 올 방법이 있건마는
아무나 얻어 가져셔 그려 보면 알리라

아자[290] 나 쓰던 黃毛試筆[291]를 首陽梅月[292] 흠벅 직어 窓前에 언젓더니
ᄃᆡᆨᄃᆡ골[293] 동고러 쏙 ᄂᆞ려지거고[294] 이제 도라가면 어더 올 법 잇건마ᄂᆞᆫ
아모나 어더 가져셔 그려 보면 알니라

[886: 2375]

배꽃에 이슬이 맺히는 한밤중이 되기까지 그 누구에게 잡혀 못 오는 것일까
소맷자락 부여잡고 가지 마소서 하며 붙잡는 님을 무단히 뿌리치고 나오려고 하는 것도 어려워라

---

284) 워량혼(月黃昏) 계워 갈제: 달이 저물어 넘어갈 때. 여기서 달이 저문다는 것은 새벽을 뜻함. '계워'는 '겹다'의 부사형 '계워'의 와철. '겹다'는 불승의 뜻이나, 전하여 '넘어지다'의 뜻으로도, 사용된 것이다.

285) 백마금편(白馬金鞭): 좋은 말과 좋은 채.

286) 됴니다가: '도니다가'의 오철인가? '도니다'는 '돌다'와 '니다'의 복합동사이니 '돌아다니다'. 그러나 달리 '둇니다'로도 볼 만한데 '됴'를 '죷'에 대한 구개음화의 유추작용으로 오기한 것이라면 이것은 '따라다니다, 좇아다니다'로 새길 수도 있다.

287) 독수공방(獨守空房): 홀로 외로운 방을 지킴.

288) 장상사 누여우(長相思淚如雨): 길이 서로 사모의 정에 못 이겨 흐르는 눈물이 비와 같음.

289) 전전불매(轉輾不寐): 뒤척이며, 잠을 이루지 못함.

290) ᄋᆞ자: 감탄사.

291) 황모시필(黃毛試筆): 호지에서 나는 황모로 만 듯 붓.

292) 수양매월(首陽梅月): 황해도 해주에서 나는 질이 좋은 먹.

293) 댁ᄃᆡ글: 높은 곳에서 떨어져 구우는 모양.

294) 지거고: 떨어졌구나. '거'는 과거. '고'는 감탄종결어미.

저임아, 헤아려 주시구려 양해하여 주시구려. 너와 그가 다를 수가 있으리요

梨花에 露濕도록[295] 뉘게 집혀 못 오던고[296]
옷쏫락 뷔혀 잡고[297] 가지 마소 ᄒᆞᄂᆞᆫ듸 無端이 썰치고[298] 오잠도 어려웨라
져 님아 혜여 보아스라[299] 네오 긔오 다르랴[300]

[887: 1204]
흰 구름은 천리만리나 멀리멀리 사라지고 밝은 달은 앞내에 뒷내에 드리울 때
낚시를 마치고 돌아오는 길에 낚은 고기 꿰어 들고 끊어진 다리를 건너서 행화촌 술집으로 들른 저 늙은이
묻노라 너희 흥취는 얼마나 되느냐 거묻고 치지 못하겠느냐

白雲은 千里 萬里[301] 明月은 前溪 後溪[302]
罷釣 歸來[303] ᄒᆞᆯ 지 낙근 고기 써여 들고 斷橋를 건너 杏花村 酒家로 도라드ᄂᆞᆫ 져 늙으니
眞實로 네 興味 언믹[304] 오 금 못 칠가 ᄒᆞ노라[305]

[888: 1798] 정철(鄭澈)
심의산 서너 바퀴 휘도라 감도라 들 적에
오륙월 낮을 조금 지나 살얼음 집힌 위에 진서리 섞어치고 자최 눈 떨어지거늘 보았는가 님아 님아

---

295) 이화(梨花)에 노습(露濕)도록: 배꽃에 이슬이 맺히는 한밤중이 되기까지.
296) 뉘게 잡펴 못 오든가: 그 누구에게 잡히어서 못 온 것인가.
297) 옷 자락 뷔혀 잡고: 소매자락 부여잡고의 옛말.
298) 무단(無端)이 썰치고: 아무런 까닭이 없이 뿌리치고.
299) 혜여보소라: 헤아려 보소라. 헤아려 주시구려의 옛말.
300) 네오긔오 다르랴: 너요 그요 하고 다르게 차별을 할 수 있으리요.
301) 백운(白雲)은 천리만리(千里萬里): 둥실 뜬 흰 구름이 창공에 임의로 떠다님을 말함.
302) 명월(明月)은 전계후계(前溪後溪): 밝은 달은 앞내에 뒷내에 드리우고. 밝은 달은 앞 계곡 뒷 계곡 할 것 없이 골고루 비침.
303) 파조귀내(罷釣歸來): 낚시질을 마치고 돌아오는 것.
304) 언믹: 얼마.
305) 금 못 칠가 ᄒᆞ노라: 값으론 치를 수 없다고 생각된다. 즉 자연 생활의 흥은 돈으로는 바꿀 수 없을 만큼 부러운 것이라는 뜻이다.

왼 놈이 왼 말을 하여도 님이 짐작하소서

深意山[306] 세네 바회[307] 휘도라 감도라[308] 들 제
五六月 낫계즉만[309] 살어름[310] 지픤[311] 우희 즌셔리[312] 섯거치고 자최눈[313] 지엿거늘 보앗는다 님아 님아
왼 놈이 왼 말을 ᄒᆞ여도 님이 斟酌ᄒᆞ소셔

[889: 1958]
어와 초패왕이야 애닯고 애닯어라
역발산 기개세로 인의를 행하여 의제를 아니 죽였던들
천하에 패공이 열이 있어도 속수무책일 뿐이다

어우화 楚霸王[314]이야 ᄋᆡ둛고 ᄋᆡᄃᆞ레라[315]
力拔山 氣盖世[316]로 仁義를 行ᄒᆞ여 義帝를 아니 쥭기던들[317]
天下에 沛公[318]이 열이 이셔도 束手無策[319] ᄒᆞᆯᄯᆞᄅᆞᆷ이로다[320]

---

306) 심의산(深意山): 수미산(須彌山).
307) 세네 바회: 여기는 이설이 있다. 첫째 '세네'를 '삼, 사'로 보는 설과, '계천'으로 보는 설이 있다. 그러나 〈성주본 송강가사〉에는 '세네'로 되었으니, 이것이 '새내'의 와철로 보기에는 너무나 거리가 멀다. 따라서 이것은 '삼, 사'라고 봄이 타당할 듯하다. 또한 전처의 사의로 보아서도 '감도라 휘도라'가 있으니, 역시 '삼, 사'가 좋을 듯하다.
308) 휘도라 감도라: 위, 감, 共히 '廻'의 뜻을 강조하는 접두사로 사용된 것이다.
309) 낫계죽만: '낫'은 '낮' '계'는 '겹다'이니 불승에서, '넘다'의 뜻. 낮을 조금 지나.
310) 살어름: 얇게 얼은 어름.
311) 지픤: '지픤'은 '짓핀'으로 '짓'은 정도를 나타내는 접두사. '피다'는 개의 뜻으로 '凝'의 뜻에 씀.
312) 즌서러: '서러'는 서리의 오철. 의성본과 성주본 〈송강가사〉에 다 '즌 서리'로 되어 있음. 진서리. 된서리.
313) 자쵀 눈: 걸으면 자욱이 질 만큼 나린 눈.
314) 초패왕(楚霸王): 중국 진나라 말엽의 무장인 항우를 말한다.
315) ᄋᆡᄃᆞ레라: 애닯도다. 애달프다.
316) 역발산 기개세(力拔山氣盖世): 산을 뽑아낼 힘과 세상을 뒤덮을 만한 기세. 항우가 해하에서 패하여 죽기 전에 지은 시구이다.
317) 주기던들: 죽였던들.
318) 패공(沛公): 중국 전한의 초에 한고조 유방.
319) 속수무책(束手無策): 특별한 계책이 없음, 본래 손수는 남에게 저항하지 않는다는 뜻임.
320) ᄒᆞᆯᄯᆞᄅᆞᆷ이로다: 할 뿐이로구나.

[890: 1725]

아무리 술을 많이 먹어도 병 나지 않는 약과 여색을 좋아하더라도 오래 살 술책을 돈을 주고 살수만 있다면야 판을 벌이고 맹서하지 얼마인들 관계할까 보냐 돈 주고 사지 못할 약이겠으니 눈치를 알아 살금살금 백년까지 살리라

술 먹어 病 업는 藥과 色ᄒᆞ여 長生홀 術[321]을
갑 쥬고[322] 살작시면 춤 盟誓ᄒᆞ지 아모 만인들[323] 關係ᄒᆞ랴
갑 쥬고 못 살 藥이니 눈칙 아라 소로소로[324]ᄒᆞ여 百年ᄭᆞ지 ᄒᆞ리라

[891: 1333]

채벽 사창 달 뜬 삼경에 나라를 기울게 할만큼 미혹한 고운님을 만나
비취금 다소곳 덮고 호박 베개 마주 베고 이같이 서로 줄기는 모양은 한상의 원앙이 푸른 ㅂ물결 위 노는 모양이로다

粉壁 紗窓 月三更에 傾國色에 고온 님 맛나
翡翠衾 나소 덥고 琥珀枕 마조 베고 이ᄀᆞᆺ치 셔로 즐기는 樣은 이로다
楚襄王의 巫山 神女會를 부를 줄이 이시랴

粉壁[325] 紗窓[326] 月三更에 傾國色[327]에 고온 님 맛나
翡翠衾[328] 나소[329] 덥고 琥珀枕[330] 마조 베고 이ᄀᆞᆺ치 셔로 즐기는 樣은 一雙元央이 遊錄水之波瀾[331]이로다
楚襄王의 巫山 神女會[332]를 부를 줄[333]이 이시랴

---

321) 장생(長生)홀 술(術)을: 오래 살 방도와 술책.
322) 갑쥬고: 값을 주고. 돈을 주고.
323) 아모만인들: 얼마인들. 얼마가 되든 간에.
324) 소로소로: 살금살금 하여. 살살. 즉, 조용히.
325) 분벽(粉壁): 분을 바른 듯 고운 벽.
326) 사창(紗窓): 깁으로 드리운 아름다운 창.
327) 경국색(傾國色): 혹하여 나라까지 기울어지게 할 미색.
328) 비취금(翡翠衾): 비취를 수놓은 꽃다운 이불.
329) 나소 긋고: 내어 끌고.
330) 호박침(琥珀枕): 칠보 중의 하나인 호박으로 만든 좋은 베개.
331) 일쌍(一雙) 원앙유녹수지파란(元央遊綠水之波瀾): 일쌍 자웅의 원앙이 푸른 물에 파란을 그리며 (물을 차며) 사이좋게 노는 것. 부부, 남녀가 짝을 지어 다정하게 지내는 모양에 비한다.

[892: 1935]

어와 벗님네야 남만(南蠻)을 치러 가세

전영장 우영장에 우영장 후영장이 차례로 벌려 있는데 중군은 가운데에 있고 천파총 초관 기대총은 애차 수행하고 장일호하고 명금변하거든 기수 분립 삼행하고 장이호하고 주장이 말에 오르거든 금은 울이고 주라 나팔 태평소 정고 일일이 투둥퉁 괭괭 치며 님 계신 데 승전하고 가세

그곳에 초패왕 있어도 다시 꿈쩍하지 않으리

어우와 벗님ᄂᆡ야 南蛮[334]을 치라 가ᄉᆡ[335]

前營將 左營將에 右營將 後營將[336]이 ᄎᆞ례로 버렷ᄂᆞᆫᄃᆡ[337] 中軍은 在中ᄒᆞ고 千把總[338] 哨官[339] 旗隊摠[340]은 挨次 隨行[341]ᄒᆞ고 掌一号[342]ᄒᆞ고 鳴金邊[343]이어든 旗幟分立[344] 三行ᄒᆞ고 掌二号ᄒᆞ고 主將이 上馬어든 金은 울이고 朱囉[345] 喇叭 太平簫 鉦鼓 실일이[346] 투둥퉁 괭괭 치며 님 겨신 ᄃᆡ 勝戰ᄒᆞ고 가ᄉᆡ

그 곳ᄃᆡ 楚覇王 이셔도 更無[347] 굼젹ᄒᆞ리라

[893: 1765]

사립문에 개 짖거든 님만 여겨 나가보니

임은 아니오 밝은 달이 뜰에 가득한데 한 바탕 부는 가을바람에 잎 지는 소리로다

332) 초양왕(楚襄王)의 무산(巫山) 신여회(神女會): 양왕은 '儴王'의 잘못인 듯. 옛날 초의 懷王이 고당이란 곳에 놀다가 낮잠이 들었는데 꿈 중에 처녀로 죽은 무산의 선녀와 정환하였다는 고사.

333) 부를 줄: 부러워 할 까닭.

334) 남만(南蠻): 남쪽 오랑캐.

335) 치라 가ᄉᆡ: 치러(攻擊) 가세.

336) 전영장 좌영장(前營將 左營將)에 우영장 후영장(右營將 後營將): 진영의 사방의 방어를 책임 맡은 장군.

337) 버렷ᄂᆞᆫᄃᆡ: 벌리어 섰는데.

338) 천파총(千把總): 조선조 때 훈련도감. 금어영·어영청·총계청 등에 속한 정3품 벼슬아치.

339) 초관(哨官): 한 초(哨)를 거느리던 위관으로 종9품의 직위임.

340) 기대총(旗隊摠): 깃발을 든 기수.

341) 애차 수행(挨次隨行): 순서대로 따름.

342) 장일호(掌一號): 손뼉을 한 번 쳐서 신호를 함.

343) 명금변(鳴金邊): 바라를 울림.

344) 기치분립(旗幟分立): 기수들이 나뉘어 섬. 깃발을 든 기수들이 세 줄로 나누어 섬.

345) 주라(朱囉): 붉은 칠을 한 소라껍질로 만든 대각.

346) 실일이: '일일이'의 잘못인 듯.

347) 갱무(更無) 굼젹ᄒᆞ리라: 다시 꿈적할 리가 없음.

저 개야 가을바람에 지는 낙엽 소리만을 듣고 공연스레 나를 속일 줄이야 꿈에도 생각하지 못하였도다

柴扉[348]에 ᄀᆡ ᄌᆞᆺ거ᄂᆞᆯ[349] 님만 너겨 나가보니
님은 아니오 明月이 滿庭[350]ᄒᆞᆫᄃᆡ 一陣 秋風[351]에 닙 지ᄂᆞᆫ 소ᄅᆡ로다
저 ᄀᆡ야 秋風落葉을 헛도이[352] ᄌᆞ져 날 소길 쥴 엇지오[353]

[894: 2893]
기러기 외기러기 너 가는 길이로다
한양 성대에 가서 잠시 머물러 웨웨 소리쳐서 부디 한 말 전하여 주렴
우리도 바삐 가는 길이니 전할동 말동 하여라

기러기 외기러기 너 가ᄂᆞᆫ 길히로다
漢陽城臺[354]에 가셔 저근덧[355] 머무러 웨웨쳐[356] 부ᄃᆡ ᄒᆞᆫ 말 傳ᄒᆞ여 쥬렴[357]
우리도 밧비 가ᄂᆞᆫ 길히니 傳ᄒᆞᆯ동 말동[358] ᄒᆞ여라

[895: 3167]
한 무제는 북에서 밀어 치고 서에서 공격하는 제갈량은 일곱 번을 공격하여 일곱 번 다 초나라 군사를 물리치는 대 승전을 이룩했도다
또한 진나라의 사도독은 내몽고 팔공산의 싸움에 위엄으로 백만의 사이융적을 다 쓸어버린 뒤에

---

348) 시비(柴扉): 사립 문.
349) ᄌᆞᆺ거ᄂᆞᆯ: 짓거늘.
350) 명월(明月)이 만정(滿庭): 밝은 달이 뜰에 가득 비쳐 있음.
351) 일진추풍(一陣秋風): 한바탕 부는 가을바람.
352) 헛도이: 헛되이.
353) ᄌᆞ져 날 소길 쥴 엇지오: '짖어서 나를 속일 줄이 있느냐'의 옛말.
엇졔오: 무엇인가? '엇지이거오'가 축약된 형. '엇지'는 관형사, 부사, 대명사로 두루 쓰이나 대명사로 쓰일 때는 '무엇'이라고도 새길 만하다.
354) 한양성대(漢陽城臺): 서울의 궁궐. 한양은 중국에도 있는 이름이나, 여기선 이씨 조선의 국도명.
355) 져근 덧: 잠시.
356) 웨웨쳐: 웨쳐. '웨치다'의 '웨'를 거듭함으로써 그 뜻을 강조한 것이다.
357) 주렴: 주어다오. '주리엄'의 축약. '엄'은 청유종결어미.
358) ᄒᆞᆯ동말동: 할지 말지. '동'은 부정부사형.

막남에 있는 왕정을 없애 버리고 개선가 부르며 돌아와서 나라님께 이기고 돌아왔노라 고하리라

漢武帝의 北斥 西擊[359] 諸葛亮의 七縱七擒[360]
晋나라 謝都督[361]의 八公山 威嚴으로 四夷 戎狄을 다 쓸어 바린 後에
漠南[362]에 王庭[363]을 업시 ᄒᆞ고 凱歌 歸來ᄒᆞ여 告厥成功[364] ᄒᆞ리라

[896: 1894]
양덕 맹산 철산 가산으로 내리는 물은 부벽루로 감돌아들고
마흐락이 공류소 두미 월계 내린 물은 제천정으로 감돌아들고
님 그려 우는 눈물은 베개 속으로 흐르더라

陽德[365] 孟山[366] 鐵山[367] 嘉山 나린 물은 浮碧樓[368]로 도라들고
莫喜樂 恐有愁 豆毛 月溪[369] 나린 물은 濟川亭으로 도라드ᄂᆡ
엇더타 님 그려 우ᄂᆞᆫ 눈물은 벼기 모호로[370] 흘너든다

---

359) 북척서격(北拓西擊): 북쪽 오랑캐를 밀어 치고 서쪽에서 공격하다.
360) 칠종칠금(七縱七擒): 제갈량이 그의 신계로써 남이 맹획(孟獲)이란 자를 일곱 번 놓아 보내고 일곱 번 사로잡았다는 고사. 일곱 번을 쫓아서 일곱 번을 사로잡다. 즉, 일곱 번을 공격하여 일곱 번을 다 이겼다는 뜻.
361) 사도독(謝都督): 중국 진나라 장수로 인품이 고귀하였다 함. 호(胡)나라 백만 대군이 팔공산 싸움에서 사도독의 위엄을 보고서 무서워하며 싸우지도 못하고 항복하였다는 고사가 있다.
362) 막남(漠南): 내몽고(內蒙古). 호국 오랑캐나라 왕궁이 있었다는 내몽고에 있는 지명.
363) 왕정(王廷): 임금이 다스리는 조정. 여기서는 오랑캐나라의 조정을 말함.
364) 고궐성공(告厥成功): 궐은 대궐이란 뜻으로 전쟁에서 이기고 성공하고 대궐에 고한다의 뜻이니, 전재에서 이기고 돌아왔음을 임금에게 고한다.
365) 양덕(楊德): 평안남도 동남에 편위. 강원 및 함경남도 사이에 개재.
366) 맹산(孟山): 평안북도에 있음.
367) 철산(鐵山): 평안 서북부. 남서 일대는 바다에 면하고 있음.
368) 부벽루(浮碧樓): 평괴 모단태상, 영명사동, 대동강반 단애상에 있으며, 고대 건축으로 아취에 풍부하고 이 루에 오른 시인 묵객들의 제영이 매우 많다. 〈동인시화〉에 고려 학사 김황원(金黃元)이 이 누대에 올라 고금의 제영이 모두 마음에 맞지 않아 그 판을 불사르고 종일 란간에 비겨 고금 끝에 "長成一面溶溶水 大野東頭點點山"이라는 二句를 읊고는 그만 조망의 실경을 능히 다 표현할 수가 없어 통곡하였다는 이야기는 너무나 유명하다.
369) 두미월계(斗尾月溪): 공이소를 고유명사로 본다면 斗尾 月溪도 고유명사일 듯.
공이소: 미상. 한자음의 표기가 아닐까?
370) 모호로: 모로. '모ㅎ'는 隅, 方.

[897: 1412]

사마천은 만고의 문장으로 이름이 나있고 왕일소는 천인의 필법을 휘둘렀으며 유령은 술을 즐기었고 두목은 색을 좋아함은 백년 동안 종사하면 한 몸에 겸하려니와 아마도 두 가지를 갖추기 어려운 것은 순임금과 증자의 효행과 관용봉과 비간의 충성인가 하노라

司馬遷[371]의 鳴萬古文章[372] 王逸少[373]의 掃千人筆法[374]
劉伶의 嗜酒와 杜牧之好色[375]은 百年ᄒᆞ면 一身 兼備[376]ᄒᆞ려니와
아마도 雙全[377]키 어려울 슨 大舜[378] 曾參[379] 孝와 龍逄 比干[380] 忠인가 ᄒᆞ노라

[898: 1233]

벽사창이 어른어른하거늘 님인가 여겨 나가 보니
임은 아니 오고 벽오동 젖은 잎에 봉황이 내려와서 긴 부리 휘저어 깃 다듬는 그림자로다
모처럼 밤일만정 행여 낮이런들 남 웃길 뻔 하였으라

碧紗窓이 어른어른거ᄂᆞᆯ[381] 님만 너겨 나가 보니
님은 아니 오고 碧梧桐 [382]져즌 닙헤[383] 鳳凰[384]이 ᄂᆞ려와셔 긴 부리 휘여다가

---

371) 사마천(司馬遷): 중국 前漢(전한)의 역사가이며 이름난 문장가이다. 즉, 글을 잘 썼음.
372) 명만고문장(名萬古文章): 만고에 떨친 문장으로서의 명성을 날림.
373) 왕일소(王逸少): 일소는 명필에 이름 높은 진의 왕희지의 자.
374) 소천인필법(掃千人筆法): 천인을 휩쓸 힘찬 필법.
375) 두목지(杜牧之)의 호색(好色): 두목이 여색을 좋아한 것.
376) 일신겸비(一身兼備): 이상의 문장, 필법, 주, 색을 한 몸에 겸하여 갖춤.
377) 쌍전(雙傳)키 어려울 슨: 양쪽 다 전하기 어려운 것은, 즉 여기선 충, 효를 같이 실천하기 어렵다는 것이다. '슨'은 'ᄉᆞᆫ'에서 온 것.
378) 대순(大舜): 순임금은 계모의 학대에도 불구하고 지성껏 효도를 다하여 요순으로부터 선양을 받아 임금이 되었다.
379) 증참(曾參): 공자 문하에 제일 성효로써 이름 높은 사람.
380) 용봉차간(龍逄比干): 용봉은 하의 桀王의 신. 비간은 은의 紂王의 신. 다 왕의 무도함을 충간하다가 피살됨.
381) 어른 어른커ᄂᆞᆯ: 그림자가 비치어 어른거리거늘.
382) 벽오동(碧梧桐) 져즌 닙헤: 푸른 오동에 이슬이 나려 젖은 잎에.
383) 닙헤: '잎에'의 속철.
384) 봉황(鳳凰)이 ᄂᆞ려와: 봉황은 오동나무에 서식한다고 함.

짓[385] 다듬ᄂᆞᆫ[386] 그림ᄌᆡ로다

모쳐로[387] 밤일싀만졍[388] 힝혀 낫이런들 남 우일[389] 번 ᄒᆞ괘라[390]

[899: 2536]

재 위에 우뚝 서 있는 소나무 바람 불적마다 흔들흔들

개울에 서 있는 버들은 무음일 조차서 흔들흔들 흔들흔들하노

님 그려 우는 눈물은 옳거니와 입하고 코는 어이 무음일 조차서 후루룩 빗쭉하나니

ᄌᆡ 우희 웃둑 션ᄂᆞᆫ 소나무 ᄇᆞ람 불 젹마다 흔들흔들[391]

ᄀᆡ올에 셧ᄂᆞᆫ 버들 무음 일 조ᄎᆞ셔[392] 흔들흔들

님 그려 우ᄂᆞᆫ 눈물은 올커니와[393] 닙 코ᄂᆞᆫ 어이 무음 일 조ᄎᆞ셔 후루룩 빗쥭[394] ᄒᆞᄂᆞ니

[900: 1812]

아마도 세상이 태평함은 우리 임금의 시절이요

성주께서는 덕이 많아서 나라에 상서로운 바람과 구름이 일어 경사로움이 많음이요, 우리 양친께서는 복도 많으셔서 집안에 땔나무와 밥걱정이 없도다

온 백성들은 연년이 풍년에 홍취가 넘쳐서 누런 삶은 닭을 먹고 마시고 노래를 부르며 기뻐하고 같이 즐기련다

아마도 太平홀 슨[395] 우리 君親[396] 이 時節이야

---

385) 짓: 깃>짓(구개음화). 깃(羽).
386) 다듬ᄂᆞᆫ: 따듬는. 꾸미는.
387) 모처라: 아차! 감탄사.
388) 밤일싀만졍: 밤이기는 할망정. 'ㄹ싀만졍'은 'ㄹ싀'에 '만졍'이 결합한 것. 'ㄹ싀'는 'ㄹ시'에서 온 것. 감탄종결어미. 따라서 이것은 '밤이로다할망정'이 될 것이다.
389) 우일: 웃길. '우이다'는 '웃기다'로 '웃다'의 사동형.
390) ᄒᆞ괘라: ᄒᆞ-괘라(감탄종결어미)>하도다.
391) 흔들흔들: 나무나 그 밖의 것들이 흔들이는 모양.
392) 무음일 조ᄎᆞ셔: 무슨 일 따라(쫓아서).
393) 올커니와: 옳거니와. 옳다 하겠다거니와.
394) 후루룩 빗ㅅ죽: 후루룩 코를 흘리며 입은 삐쭉거리느냐.
395) 홀슨: 할 것은.
396) 군친(君親): 친한 임금. 임금.

聖主ㅣ 有德ᄒᆞ샤 國有風雲慶[397]이오 雙親이 有福ᄒᆞ샤 家無桂玉愁[398]ㅣ로다
億兆 羣生[399]들이 年豊을 興계워 白酒[400] 黃鷄[401]로 戲娛同樂[402] ᄒᆞ더라

[901: 1807]

10년을 경영하여 초가곡집 수가(초가삼간) 지었으니 금강의 한 자락이오 월봉산(월성산) 앞이로다

복숭아꽃은 떨어져 이슬과 같이 점점 이 강물에 둥둥 떠내려가고. 버들개지의 흰솜털은 바람에 날리어 배에 가득하고 좁다란 돌길을 걸어 바쁘게 저절로 돌아가는 중의 그림자는 산박에서 어른거리고. 안개 속에 가물거리는 백로는 비 내리는 소리가 들리는 저편에서 보이도다

공주의 약재를 팔고 사는 시장인 약령으로 마힐로 하여금 이곳으로 놀러 오게 하여 반듯이 그해가 아니더라도 아름다운 금강의 경치를 그리게 했으면 좋으련만

十載을 經營 屋數椽ᄒᆞ니[403] 錦江之上이오[404] 月峯前이라[405]

桃花浥露 江浮水ㅣ오[406] 柳絮飄風 白滿舡을[407] 石逕歸僧은 山影外어늘[408] 烟沙眠鷺雨聲邊이로다[409]

若令摩詰[410] 留於此ㅣ[411]런들 不必當年에 畵輞川이랏다[412]

---

397) 국운풍운경(國有風雲慶): 나라에 상서로운 바람과 구름이 일어서 경사로운 일이 많다. 풍운경(風雲慶)은 바람과 구름이 경사스러운 것.

398) 가무계옥수(家無桂玉愁): 집에 薪食(나무와 밥)의 걱정이 없음을 말함. '桂'는 薪에, '玉'은 米에 譬한 것이다.

399) 억조창생(億兆蒼生): 많은 백성.

400) 백주(白酒): 흰 술. 막걸리.

401) 황계(黃鷄): 빛이 누른 닭. 백주의 안주로 나온 것이다.

402) 희오동락(戲娛同樂): 서로 기뻐하고 같이 즐기는 것. 희호동락(熙皞同樂)으로 된 작품도 있다.

403) 십재(十載)를 경영옥수연(經營屋數椽)ᄒᆞ니: 10년을 경영하여 초가곡집 수가(초가삼간) 지었으니(짓고 보니).

404) 금강지상(錦江之上)이오: 금강의 한 위요. 금강가.

405) 월봉전(月峯前)이로다: 공주 동쪽에 있는 월봉산(월성산) 앞이로다.

406) 도화(桃花)ㅣ 읍로홍부수(浥露紅浮水)ㅣ오: 복숭아꽃은 떨어져 이슬과 같이 점점 이 강물에 둥둥 떠내려가고.

407) 유서(柳絮)는 표풍백만선(飄風白滿船)을: 버들개지의 흰솜털은 바람에 날리어 배에 가득한데.

408) 석경귀승(石逕歸僧)은 산영외(山影外)여널: 좁다란 돌길을 걸어 바쁘게 저절로 돌아가는 중의 그림자는 산박에서 어른거린다.

409) 연사면로우성변(煙沙眠鷺雨聲邊)이로다: 모래연기(안개) 속에 가물거리는 백로는 비 내리는 소리가 들리는 저편에서 보인다.

410) 약령마힐(若令摩詰)노: 공주의 약재를 팔고 사는 시장인 약령(若令 또는 藥令으로 씀)으로 마힐(摩詰)

[902: 2893]

푸른 하늘에 떠서 울고 가는 외기러기 너 가는 길이로다

한양 성내에 잠간 들러 부디 내말 잊지 말고 웨웨쳐 불러 이르기를 달 빛 황혼 깊어 갈 때 님 그리워 차마 못 살겠다는 말을 전하여 주렴

우리도 임 보러 바삐 가는 길이므로 전할동 말동하여라

靑天[413]에 써셔 울고 가는 져 기러기 너 가는 길히로다

漢陽城內[414] 즘간 들너[415] 웨웨쳐 불너[416] 이로기를[417] 月黃昏[418] 계워 갈 제 님 그려 촘아 못 솔너라 ᄒᆞ고 ᄒᆞᆫ 말만 傳ᄒᆞ여 주렴

우리도[419] 西洲에 期約을 두고 밧비 가는 길히ᄆᆡ[420] 傳ᄒᆞᆯ동 말동 ᄒᆞ여라

[903: 188]

옛사람은 중국의 옛 서울인 낙성 동쪽에 다시 돌아오지 아니하고 지금 사람은 꽃을 지게 하는 옛날 그 바람을 또다시 대할 수가 있거늘

해마다 피는 꽃은 옛날 그 꽃과 서로가 같거니와 해마다 사람은 같지 않아 옛날 그 사람은 보이지를 않는구나

해마다 사람은 같지 않고 해마다 꽃은 서로가 같으니 그를 슬퍼하노라

古人은 無復 洛城東[421]이오 今人은 還對 落花風[422]을

年年歲歲 花相似[423]여ᄂᆞᆯ 歲歲年年에 人不同[424]이라

로 하여금.

411) 유어차(遊於此)ㅣ런들: 이곳 공주로 놀러 오게 한다면(하여)

412) 불필당년(不必當年)에 화망천(畵輞川)을 ᄒᆞ리라: 반드시 그해가 아니더라도 망천을 그리게 하고 싶구나. 다시 말하여 공주 근교의 아름다운 금강의 경치를 그리게 했으면 좋으련만.

413) 청천(靑天): 푸른 하늘.

414) 한양성내(漢陽城內): 옛날 서울을 부르는 말.

415) 잠간(暫間) 들너: 잠깐 들러. 잠깐 왔다가.

416) 웨웨쳐 불너: 웨웨는 소리. 즉, 웨웨 외쳐 불러.

417) 니르기를: 이르기를. 말하기를.

418) 월황혼(月黃昏): 달뜨는 저녁. 달이 뜬 저녁.

419) 우리도 님 보라: 우리도 님을 보려.

420) 가옵ᄂᆞᆫ 길ᄆᆞㅣ: 가는 길이므로.

421) 고인무복락성동(古人無復洛城東): 옛사람은 낙성 동쪽에 다시 돌아오지 않는다. 사람은 한번 가면 다시는 오지 않는다.

422) 금인환대락화풍(今人還對落花風): 지금 사람은 꽃을 지게 하는 옛날 그 바람을 대할 수 있다.

人不同 花相似ᄒᆞ니[425] 그를 슬허ᄒᆞ노라

[904: 2737]

창 밖 삼경에 가는 비 내리는데 두 사람의 심사 두 사람이 아는 지라
새로운 정이 미흡한데 하늘이 차츰 밝아온다
다시금 비단 옷자락을 부여잡고 훗날의 기약을 묻더라

窓外 三更[426] 細雨時[427]에 兩人 心事 兩人 知[428]라
新情이 未洽ᄒᆞᆫ듸[429] 하ᄂᆞᆯ이 장ᄎᆞ ᄇᆞᆰ아온다
다시곰 羅衫[430]을 뷔혀[431] 잡고 後ㅅ期約을 뭇더라

[905: 2250]

말이 있고 금(돈)이 있고 겸하여 술이 있고 본래는 친척이 아니지만 억지로 친해졌는데
하루아침에 말이 죽고 황금이 다하니 도리어 한낱 길거리의 행인에 불과하구나
어떻다 세상에 사람들은 (인심이) 날마다 달라져 가나니.

有馬有金 兼有酒[432]ᄒᆞᆯ 지 素非親戚[433] 强爲親[434]이러니
一朝에 馬死[435]黃金盡[436]ᄒᆞ니 親戚이 還爲路上人[437]이로다

---

423) 연년세세하상사(年年歲歲花相似): 해마다 옛꽃이 그 꽃이어서 꽃은 변하지 않고 같도다.
424) 세세년년인부동(歲歲年年人不同): 해마다 사람은 죽어지니 같은 사람이 없다.
425) 인부동화상사(人不同花相似)ᄒᆞ니: 해마다 사람은 같은 사람이 없고 해마다 꽃은 변하지 않아 어제의 그 꽃이 오늘도 그 꽃이로다. 초장과 중장은 유연지(劉延芝)의 시 〈대비백두옹(大悲白頭翁)〉의 일부.
426) 삼경(三更): 밤 11시부터 1시 사이.
427) 세우시(細雨時): 가는 비가 내리는 시간에.
428) 양인(兩人) 심사(心事) 양인(兩人) 지(知): 두 사람의 심사 두 사람이 아는지. 신윤복(申潤福)의 풍속화의 화제. 심사(心事)는 마음에서 일어나는 일을 뜻한다.
429) 신정(新情)이 미흡(未洽)ᄒᆞᆫ듸: 새로운 정이 모자라는데.
430) 나삼(羅衫)을: 비단옷의 소매자락을.
431) 뷔혀: 부여.
432) 유마유금(有馬有金) 겸유주(兼有酒): 말이 있고 금(돈)이 있고 겸하여 술이 있고.
433) 소비친척(素非親戚): 본래는 친척이 아님을.
434) 강위친(强爲親): 억지로 친해졌는데.
435) 일조마사(一朝馬死): 하루아침에 말이 죽고.
436) 황금진(黃金盡): 황금이 다하다. 돈이 떨어지다.

엇더타 世上 人事[438]는 나늘 달라[439] 가ᄂᆞ니

[906: 972]

만리장성 담 안에 아방궁을 높이 짓고

기름진 옥야천리에 고래논에 수천 궁녀 앞에 두고 쇠북을 울리니 옥쇄를 펼쳐 놓았었는데 유방과 항우의 유정장이나 항우 측의 도위들이 우러러 보았으리라

아마도 귀와 눈을 황홀하게 하고 마음의 뜻을 기쁘게 하는 것은 이런 것인가 하노라

萬里長城[440]엔 담[441] 안에 阿房宮[442]을 놉히 짓고

沃野 千里[443] 고릐논[444]에 數千 宮女 압희 두고 玉璽[445]를 드더지며[446] 金鼓[447]를 울닐 적의 劉亭長[448] 項都督層이야 우러러 보아시랴

아마도 耳目之所好[449]와 心志之所樂은 이 섄인가 ᄒᆞ노라

[907: 1525]

여색같이 좋고 좋은 것을 그 누가 말리겠느냐

목왕은 천자로되 삼천궁녀를 데리고 아름다운 곳을 찾아다니며 호화로운 연회를 즐겼고 항우는 천하장사로되 가을달 밝은 오강의 군영에서 우미인과의 이별의 슬픔에 탄식을 마지 않았으며, 당 명황 현종은 영주로되 말하는 꽃인 양귀비와의 이별에 마외파에서 울었느니

---

437) 환위로상인(還爲路上人): 도리어 한낱 길거리의 행인에 불과하구나.
438) 세상 인사(世上人事): 세상에 사람들이 살아가는 일들.
439) 나늘 달라: 날마다 달라.
440) 만리장성(萬里長城): 중국 진나라 진시황이 북방오랑캐의 흉노 침입을 막아보겠다고 쌓은 만리장성. 길이 2,700km, 높이 6.9m, 두께 4.5m
441) 엔담: 에운 담.
442) 아방궁(阿房宮): 중국 춘추시대 진시황이 세운 궁전(宮殿).
443) 옥야천리(沃野千里): 기름진 땅이 천리나 펼쳐 있다의 뜻.
444) 고릐논: 물대기가 용이한 기름진 논.
445) 옥새(玉璽): 임금의 도장. 임금이 사용하는 도장.
446) 드더지며: 집어 던지며.
447) 금고(金鼓): 군중에서 호령할 대 쓰는 북과 징.
448) 유정장(劉亭長): 유방(劉邦) 측의 경비원. 지금의 경찰관.
449) 이목지소호(耳目之所好): 귀와 눈에 좋게 보이다. 잘 보이다. 황홀하게 보이다.

하물며 나머지 우리네 장부야 몇백 년이나 살리요 할 일을 아니하고 속절없이 이대로 늙을 수야 있으리요

色ᄀᆞᆺ치 됴코 됴흔 거슬 뉘라셔 말일손가[450]

穆王[451]은 天子ㅣ로ᄃᆡ 瑤臺 宴樂ᄒᆞ고[452] 項羽ᄂᆞᆫ 天下 壯士ㅣ로ᄃᆡ 滿營秋月에 悲歌慷慨ᄒᆞ고[453] 明皇은 英主ㅣ로ᄃᆡ[454] 解語 離別ᄒᆞᆯ 지 馬嵬坡下에 우럿거든[455]

허물며 날ᄀᆞᆺᄒᆞᆫ 小丈夫ㅣ야[456] 百年[457] 살이라고 ᄒᆞ올 일 아니ᄒᆞ고[458] 속졀업시[459] 늙으리

[908: 1742]

술이란 것이 어떻게 생긴 것이길래 한 잔 한 잔 또 한 잔하고 술을 마시기만 하면 한 있는 사람에게는 한 풀어 주고 근심이 있는 사람에게는 근심을 씻어 주어 즐겁게 하여 주며 저작 거리의 패거리들 미친 듯이 좋아라고 춤추고 노래한다. 괴로운 사람에게는 절로 노래가 흘러나와 마음의 회포를 노래한다. 백이, 숙제 같은 충절의 기개를 가진 사람에게는 그 덕망을 찬양하며 또한 울분을 터트리기도 하고 달래기를 마지 아니 한다 시짓기를 좋아하고 노래 부르기를 즐기는 선비에게는 맺혔던 가슴을 쓸어내리듯이 후련하게 하여주어 시흥을 더욱 돋구어준다. 갈포로

450) 말일손가: 말리겠느냐? '돗'은 감탄형 조동사요, '던고'는 지난일을 회상하여 묻거나 의심을 나타낼 때 쓰이는 어미.

451) 목왕(穆王): 천자 곧 중국 주나라 5대왕으로 사치스럽고 호방한 왕으로서 많은 궁녀를 이끌고 경치가 아름다운 곳을 찾아다니며 즐겼다.

452) 요대(瑤臺)에 연락(宴樂)ᄒᆞ고: 경치 좋고 아름다운 곳에서 연회를 베풀며 즐김. 요대(瑤臺)는 목왕이 곤윤산 선녀 서왕모가 있던 요지.

453) 만영추월(滿營秋月)인제 비가강개(悲歌慷慨)ᄒᆞ고: 가을달 밝은 오강의 군영에서 우미인과의 이별의 슬픔에 탄식한다.

454) 명왕(明皇)은 영주(英主)ㅣ로되: 당나라 명황 현종(玄宗)은 현명하고 뛰어난 임금이었건만.

455) 해어화이별(解語花離別)에 마외파하(馬嵬坡下)에 울엇ᄂᆞ니: 말하는 꽃과의 이별에 마외파고개 밑에서 울었다. 당 명황 현종은 미인 양귀비를 지극히 사랑하였다. 양귀비가 얼마나 아름다웠던지 현종은 말하는 꽃. 즉, 해어화라고 까지 부르기에 이르렀다. 이로 인하여 현종은나라 일을 등한이 하여나라 안이 어지럽고 혼란에 빠지게 되었는데, 이를 기화로 안록산이 반란을 일으켰고, 국정이 어지럽게 된 원인은 양귀비로 인함이니 양귀비를 처치하라는 원성이 많아 결국 마외파란 산고개 밑에서 사람들에게 죽임을 당하였다. 즉, 마외파는 양귀비가 죽은 곳. 사람들에게 죽임을 당하였다.

456) 여나문 장부(丈夫)ㅣ야: 나머지 남은 우리네 장부야. 하찮은 남자란 뜻.

457) 몇 백년(百年) 살니라: 몇 백 년 살겠으랴(살겠느냐)?

458) ᄒᆞ올일 아니ᄒᆞ고: 할 일(하여야 하는 일, 의무적인 일) 아니하고.

459) 쇽졀업시: 속절없이(아무런 희망도 없이, 별 도리없이) 늙을 수가 있으리요.

만든 두건을 쓰고 질박한 거문고를 지닌 도연명은 뜰 앞의 나뭇가지를 내려다보며 희희낙락하여 만면에 웃음을 짓는다. 또한 이태백은 비단도 포를 입고서 배를 흘리 띄워 밝은 달을 찾아 강으로 나가 술잔을 날리며 달구경에 도취하니

아마도 사람의 시름을 풀어주는 것은 술만한 것이 없구나.

술이라 ᄒᆞᄂᆞᆫ 거시 어니 삼긴 거시완ᄃᆡ[460]

一杯 一杯 復一杯[461] ᄒᆞ면 恨者泄[462] 憂者樂[463]에 扼腕者[464] 蹈舞[465] ᄒᆞ고 呻吟者[466] 謳歌[467] ᄒᆞ며 伯倫[468]은 頌德[469] ᄒᆞ고 嗣宗[470]은 澆胸[471] ᄒᆞ고 淵明[472]은 葛巾素琴[473]으로 眄庭柯而怡顔[474] ᄒᆞ고 太白은 接䍦 錦袍[475]로 飛羽觴而醉月[476] ᄒᆞ니

아마도 시름 풀기ᄂᆞᆫ 술만ᄒᆞᆫ 거시 업세라[477]

[909: 244]

공명을 헤아려 보노라니 영광과 욕됨이 반반이로구나

동문에서 관을 벗고 시골집으로 돌아와 성경과 현전을 펼쳐 놓고 읽기를 마친 후에 앞내에 나가 살진 고기도 낚고, 뒷산에 얼기설기 엉킨 약초도 캐다가 높은 곳으로 올라가 멀리 바라보다가 마음 내키는 대로 거닐기도 하는데 때마침 시원한

---

460) 어니 삼긴 거시완ᄃᆡ: 어떻게 생긴 것이기에.
461) 일배일배 부일배(一盃一盃 復一盃): 한 잔 한 잔 또 한 잔 술을 마시면.
462) 한자설(恨者泄): 한이 있는 사람에게는 한을 풀어주고.
463) 우자낙(憂者樂): 근심 있는 사람에게는 즐거움을 가져다준다.
464) 액완자(搤腕者): 저자거리에서 헤매는 사람. 보통사람. 거친 깡패.
465) 도무(蹈舞): 깔깔거리고 떠들썩하게 소리를 내며 손, 발고 치고 박고 한다는 뜻.
466) 신음자(呻吟者): 괴로워하는 사람.
467) 구가(謳歌): 노래 부르기. 노래를 한다.
468) 백륜(伯倫): 옛날 중국의 충절이 곧다는 백이, 숙제 형제의 절개를 갖춘 사람이란 뜻. 곧 유령(劉伶)은 술의 덕을 칭송하고 백륜(伯倫)은 유령의 자이며 주덕송(酒德頌)을 지었다.
469) 송덕(頌德): 덕망을 찬양하며 그를 기림.
470) 사종(詞宗): 글 잘 하고 시짓기, 노래부르기에 으뜸인 선비.
471) 요흉(澆胸): 가슴을 쓸어 준다. 가슴이 후련하다의 뜻. 사종은 진나라 완적(阮籍)의 자로 역시 술을 좋아했다.
472) 연명(淵明): 도연명(陶淵明)을 일컬음.
473) 갈건소금(葛巾素琴): 갈건을 쓰고 질박한 가야금을 가지고, 지니고.
474) 면정가이이안(面庭柯而怡顔): 뜰의 나뭇가지를 보고 얼굴에 기쁜 빛을 띰.
475) 택백(太白)은 접리금포(接羅錦袍): 이태백은 비단도포를 입고.
476) 비우상이취월(飛羽觴而醉月): 술잔을 날이며 달에 취함. 술잔을 돌리며 달구경에 도취하다의 뜻.
477) 업세라: 없구나.

맑은 바람은 솔솔 불어오고 밝은 달이 다가오니 알 것도 같으면서도 모를 일이로다 천지간에 이 같은 즐거움을 그 무엇에 비길쏘냐

아마도 이리저리 바람이 부는 대로 물결이 치는 대로, 자연 그대로 놀다가 천명이 다하는 날에 자연으로 돌아감은 그 아니 좋을쏘냐

功名을 혜아리니[478] 榮辱이 半이로다[479]

東門[480]에 掛冠[481]ᄒᆞ고 田廬[482]의 도라와셔 聖經 賢傳[483] 헷쳐 노코 이러기를 罷[484]ᄒᆞᆫ 後에 압 ᄂᆡ에 ᄉᆞᆯ진 고기도 낙고 뒷 뫼에 엄긴 藥[485]도 ᄏᆡ다가[486] 臨高遠望[487]ᄒᆞ야 任意逍遙[488]ᄒᆞ니 淸風이 時至ᄒᆞ고[489] 明月이 自來[490]ᄒᆞ니 아지 못게라 天壤之間[491]에 이ᄀᆞᆺ치 즐거옴을 무어스로 代ᄒᆞᆯ소니[492]

平生의 이리저리 즐기다가 老死太平ᄒᆞ야 乘化歸盡[493]ᄒᆞ면 긔 됴흔가 ᄒᆞ노라

[910: 2467]

옛부터 남아의 호매(豪邁)한 마음과 즐거운 일을 하나하나 헤어보니

한나라의 김일제(金日磾)와 장안세(張安世)의 훌륭한 집과 수레와

진의 왕란지(王坦之)와 사안(謝安)의 풍류문물 백향산의 팔절 음영과 곽분양 꽃밭 정원의 행락은 다 좋다고 이르려니와

아마도 봄바람 부는 날 작은 수레 이끌고 태화탕 대여섯 술 항아리에 태평성대 경양가(擊壤歌) 부르면서 마음대로 왔다갔다하여 늘어 태평함을 누리는 것은 비길

---

478) 공명(功名)을 혜아리니: 공이 높아 이름이 드높임을 헤아려보니.
479) 영욕(榮辱)이 반(半)이로다: 영광과 욕됨이 반반이로다.
480) 동문(東門): 동쪽 문. 한나라의 동도의 성문.
481) 괘관(掛冠): '머리에 쓰는 관을 걸다'가 본뜻이나, 여기서는 벼슬에서 물러남의 뜻.
482) 전려(田廬): 농막. 시골의 집. 전가(田家): 밭에 있는 집.
483) 성경현전(聖經賢傳): 성경은 공자 등 성인의 저서요. 현전은 현인의 저서를 말함.
484) 파(罷)하다: 마치다의 뜻.
485) 엄긴 약(藥): 싹이 길게 자란 약초. 얼기설기 엉킨 약초.
486) ᄏᆡ다가: 캐기를 말다가. 캐기를 중지하고.
487) 임고원망(臨高遠望): 높은 곳을 올라 멀리 바라봄.
488) 임의소용(任意逍遙): 마음 내키는 대로 거닐음.
489) 청풍(淸風)은 시지(時至)ᄒᆞ고: 때마침 맑은 바람이 불어오고.
490) 자래(自來): 스스로 오다.
491) 천양지간(天壤之間): 천지지간. 하늘과 땅 사이.
492) 무어스로 대(對)ᄒᆞᆯ쇼냐: 무엇으로 대할 소냐. 무엇으로 비교 한 소냐.
493) 승화귀진(乘化歸盡): 자연으로 돌아감. 즉, 자연스럽게 천수, 천명을 다하다의 뜻.

데가 없노라

自古[494] 男兒의 豪心 樂事[495]를 歷歷히[496] 혜여 보니[497]

漢代 金張[498] 甲第 車馬[499]와 晋室 王謝[500] 風流 文物 白香山[501] 八節 吟詠[502]과 郭汾陽[503] 花園行樂은 다 됴타 이르려니와[504]

아마도 春風 十二街[505]에 小車를 잇글고 太華客[506] 五六口[507]에 擊壤歌[508] 부르면셔 任意去來[509]ᄒᆞ여 老死太平[510]은 類ㅣ 업슨가[511] ᄒᆞ노라

[911: 1984]

어촌에 저녁 해는 떨어지고 물과 하늘은 한 가지 색인데

작은 배에 그물과 싣고 강을 따라 10리만큼이나 뻗친 모래사장 내려가니 강에 가득한 갈대에는 저녁놀과 땅 옥세가 섞이어서 마구 날고 복사꽃이 떨어져 흐르는 강에 쏘가리 살졌는데 버드나무 우거진 다리 난간에 배를 매어 놓고는 고기를 주고 술을 사서 술에 취한 후에 뱃노래를 부르면서 밝은 달을 바라보며 집으로 돌아오니

저 중국에 있다는 오호에서 뱃놀이를 하는 즐거움은 이뿐인가 하노라

---

494) 자고(自古): 예로부터.

495) 호심 낙사(豪心樂事): 호매(豪邁)한 마음과 즐거운 일.

496) 역역(歷歷)히: 일일이.

497) 혜여 보니: 생각하니.

498) 한대 금장(漢代金張): 한나라의 김일제(金日磾)와 장안세(張安世), 모두 선제(宣帝)를 섬겨 권세와 영화를 누리었음.

499) 갑제 거마(甲第車馬): 훌륭한 집과 수레. 곧, 호화로운 생활. 갑제는 제일이란 뜻으로 훌륭한 저택이란 말임.

500) 진실 왕사(晋室王謝): 진의 왕탄지(王坦之)와 사안(謝安), 두 사람 다 풍류를 즐겼다 함.

501) 백향산(白香山): 중서의 시인 백거이(白居易). 자는 낙천(樂天), 호가 향산거사(香山居士)임.

502) 팔절음영(八節吟詠): 당나라 시인 백락청이 연중 팔절에 기로들과 더불어 부시음주 하던 일. 팔절은 일년 중 춘추분·동하지·하입춘·입추·입추동 등 여덟 개의 절후, 음영은 시부를 읊음.

503) 곽분양(郭汾陽): 당나라의 명장 곽자의(郭子儀)를 가리킴. 후에 공으로 분양왕(汾陽王)에 봉해졌다.

504) 니르려니와: 말하려니와.

505) 춘풍 십이가(春風 十二街): 봄바람이 부는 날. '가(街)'는 '와(窩)'의 오류인 듯함.

506) 태화객(太華客): '태화탕(太和湯)'의 오류임. 술의 별칭.

507) 오륙구(五六口): 대여섯 항아리.

508) 격양가(擊壤歌): 태평한 시대를 즐기는 노래.

509) 임의거내(任意去來): 마음대로 왔다갔다함.

510) 노사태평(老死太平): 늙어서도 태평을 누림.

511) 유(類) 업슨가: 비길 데가 없는가.

漁村의 落照[512]ᄒᆞ고 江天이 一色인 제[513]

小艇[514]에 그물 싯고 十里 沙汀[515] ᄂᆞ려가니 滿江 蘆荻[516]에 鷺鶩[517]은 섯거 ᄂᆞᆯ고 桃水流水[518]에 鱖魚[519]는 ᄉᆞᆯ지ᄂᆞᆫᄃᆡ 柳橋邊[520]에 ᄇᆡ를 ᄆᆡ고 고기 주고 술을 바다 酩酊[521]케 醉ᄒᆞᆫ 後에 欸乃聲[522] 부르면셔 ᄃᆞᆯ을 ᄯᅴ고 도라오니

아마도 江湖至樂은 이 ᄲᅮᆫ인가 ᄒᆞ노라

[912: 723]

임 그려 깊이 든 병을 무슨 약으로 고쳐 낼까

태상로군 초환단과 서왕모의 천년반도 낙가산 관세음 감로수와 진원자의 인삼과며 삼산십주 불사약을 아무만 먹은들 하겠느냐

아마도 그리던 님을 만날 양이면 그것이 양약일까 하노라

님 그려 깁히 든 病을 어이ᄒᆞ여 곳쳐[523] ᄂᆡᆯ고

醫員 請ᄒᆞ여 命藥ᄒᆞ며 쇼경의게 푸닷그리ᄒᆞ며 무당 불너 당즘긁기[524]ᄒᆞᆫ들 이 모진 病이 하릴소냐[525]

아마도 그리던 님 만ᄂᆞ면 고ᄃᆡ[526] 됴흘가 ᄒᆞ노라

[913: 2659]

중놈은 승년의 머리털 손에 칭칭 휘감아 쥐고 승년은 중놈의 상투 풀어 손에

---

512) 낙조(落照): 저녁 해가 떨어질(넘어갈) 무렵의 하늘빛. 저녁놀.
513) 수천(水天)이 일색(一色)인제: 물과 하늘이 한 가지 색으로 푸르구나.
514) 소정(小艇): 작은 배.
515) 십리사정(十里沙汀): 10리 백사장(모래밭).
516) 만강려적(滿江蘆荻): 강에 가득히 우거진 갈대. 갈대총. 갈대밭.
517) 하목(霞鶩): 놀과 따오기. 멀리 따오기가 날다.
518) 도화류수(桃花流水): 복사꽃이 떨어져 흐르는 물(강).
519) 궐어(鱖魚): 쏘가리.
520) 유교변(柳橋邊): 버드나무가 우거진 곳의 다리(다리 변두리).
521) 명정(酩酊): 술에 몹시 취하다. 몹시 취하여. 진창 취하다(많이 취하다).
522) 오이성(聲): 본뜻은 시골이나 여기서는 중국의 오호(五湖)를 일컫는다. 중국에는 5대 호수가 있다. 한 호수의 넓이가 우리나라만큼 넓은 호수도 있다. 따라서 경치가 좋기로 유명하다.
523) 곤쳐: 고쳐. '곳쳐'에서 'ㅅ'이 'ㄴ'으로 변한 것.
524) 당즘글기: 巫堂이 장구 대신에 당즘을 비는 것. 이 '당즘'이란 버들로 결은 물건을 담는 섦의 일종.
525) ᄒᆞ릴소냐: 하릴가브냐. 'ᄒᆞ리다'는 '病愈'의 뜻.
526) 고ᄃᆡ: 고대. 즉시.

칭칭 꼭 걸어 잡고

두끄덩이 맞매잡고 내가 그르냐 네가 그르냐 다투는데

뭇소경 놈들은 굿보는구나 그 곁에 귀먹은 벙어리는 그르다 옳다 하더라

중놈은 승년(여자중)의 머리채를 손에 칭칭 휘어감아 잡고, 승년은 중놈의 상투를 풀어 손에 칭칭 꼭 걸어 잡고 아귀다툼을 하는데 뭇소경들은 구경거리를 보는구나. 그 곁에 귀머거리 벙어리는 네가 그르다 내가 옳다 하고 나름대로 판단을 함은 가관이더라.

듕놈은 승년의 머리털[527] 손의 ᄎᆞᆫᄎᆞᆫ 휘감아 쥐고[528] 승년은 듕놈의 상토를 풀쳐[529] 잡고

두 ᄭᅳᆺ등이[530] 마조 잡고[531] 이 왼고 저 왼고[532] 작작공이 첫ᄂᆞᆫ듸[533] 뭇[534] 소경 놈이 굿 보ᄂᆞᆫ고나

어듸셔 귀 먹은 벙어리ᄂᆞᆫ 외다 올타[535] ᄒᆞ나니

[914: 3041]

콩 밭에 들어 콩잎 뜯어 먹는 검으ㄴ암소 아무리 쫓은들 그 콩잎 두고 제 어디 가며

이불 아래 든 임을 발로 툭 박차 미적미적하며 어서 나가시오 한들 이 아닌 밤의 날 버리고 제 어디로 가리

아마도 싸우고 못 잊을 것은 임이신가 하노라

콩 밧희 드리 콩닙 ᄡᅳ더 먹ᄂᆞᆫ 감은 암소 아모리 ᄧᅩᄎᆞᆫ들[536] 그 콩닙 두고 제 어듸 가며

527) 머리털: 머리채.
528) ᄎᆞᆫᄎᆞᆫ 휘 감아 쥐고: 칭칭 휘어 감아쥐고.
529) 풀쳐: 펼쳐.
530) 두ᄭᅳᆺ등이: 머리털 또는 실 따위의 한데 뭉친 끝.
531) 맛ᄆᆡᄌᆞ: 마주잡고.
532) 이외고 져외다: 내가 그르냐 네가 그르냐의 옛말.
533) 작작 공이 첫난듸: 서로 다투는데의 옛말.
534) 굿: 구경거리
535) 외다 올타: '그르다 옳다'의 옛말.
536) ᄧᅩᄎᆞᆫ들: 쫓은 들. 'ᄧᅩᄎᆞᆫ'은 '좇은'의 訛綴.

이불[537] 아ᄅᆡ 든 님을 발노 쑥 박ᄎᆞ[538] 미젹미젹ᄒᆞ며[539] 어서 나가소 ᄒᆞᆫ들 니 아닌 밤의 날 ᄇᆞ리고 제 어ᄃᆡ로 가리

아마도 ᄊᆞ호고[540] 못 니즐 ᄉᆞᆫ 님이신가 ᄒᆞ노라

[915: 2748]

천고의 희황의 하늘과 일촌 무회의 땅 아래에 이름난 경치 좋은 땅을 가리고 가려내어 몇 간의 띠집을 지어내니

구름이 머물고 산골짜기에 맑은 물이 흐르고 솔바람에 달이 환하게 비치고 들짐승과 산새가 절로 내 것이 되었구나

아이야 산에 사는 늙은이의 부귀함을 남에게도 행하여라 말해주렴

千古 羲皇之天[541]과 一寸 無懷之地[542]에 名區勝地[543]를 갈희고 갈히여[544] 數間草屋[545] 지어 ᄂᆡ니

雲山 烟水 松風 蘿月[546] 野獸 山禽[547]이 졀노 己物[548]이 되거고나[549]

아희야 世上 多情ᄒᆞ니 山翁[550]의 富貴[551]를 남다려 ᄒᆞᆯ세라[552]

---

537) 니불: 이불.

538) 박ᄎᆞ: 힘차게 차서.

539) 미젹미젹ᄒᆞ며서: 미적미적 내밀며.

540) ᄊᆞ호고: 싸우고.

541) 천고희황지천(千古羲皇之天): 중국 신화에 나오는 태고적의 성천자 복희(伏羲) 씨가 말아서 다스리던 하늘. 즉 세월.

542) 일촌무회지지(一寸無懷之地): 무회는 땅 맡아서 다스리는 제왕의 이름. 무회 씨가 다스리던 땅. 즉, 세상. 일촌은 '잠시 잠깐 동안'이란 뜻.

543) 명승구지(名區勝地): 이름나고 경치가 좋은 곳. 경치가 뛰어난 곳.

544) 갈희고 갈희여: 가리고 가려서. 고르고 골라서의 옛말.

545) 수간모옥(數間茅屋): 두세 칸의 초가곡집. 띠풀로 이은 자그마한 집.

546) 운산연수송풍라월(雲山煙水松風蘿月): 구름이 머물고 산골짜기에 맑은 물이 흐르고 솔바람에 달이 환하게 비추임.

547) 야수산금(野獸山禽): 들짐승과 산새.

548) 이물(已物): 나의 물건. 내 것이 되었다.

549) 되거고나: 되었구나의 옛말.

550) 산옹(山翁): 산에 사는 늙은이.

551) 부귀(富貴): 부자가 되고 귀하게 되다.

552) 남더러 힝여 니르리라: 남을 보고 행여나(혹시나) 이야기할라. 즉, '누구에게도 말하지 말아라'의 뜻.

[916: 549]

궁궐 남쪽 뜰에서 순임금의 오현금을 타면서 후정화를 노래하던 풍습이 하나라, 은나라, 주나라에 까지 전하여 내려오더니

진나라 한나라 당나라 때까지 창과 방패가 뒤섞인 싸움과 송나라 제나라 어지러운 세상에 제왕의 품위(권위)가 땅에 떨어지니 정악의 바른 소리, 음률의 정통이 끊어졌더니 동방의 나라 우리나라에서 악성인 우륵이 태어나니, 거문고를 타면서 남풍가를 이어볼가 하노라. 순 임금의 오현금의 전통을 이어 볼까하노라

南薰殿553) 舜帝琴을 夏殷周에 傳ᄒᆞ오셔

晋 漢 唐 雜覇干戈554)와 宋 齊梁風雨 乾坤梁에555) 王風이 委地ᄒᆞ여556) 正聲이 긋쳐더니557)

東方에 聖賢이 나 겨시니558) 彈五絃559)歌南風을 이어 볼가 ᄒᆞ노라560)

[917: 65]

간밤에 크게 취하고 취한 잠을 자다가 꿈을 꾸니

칠 척 검 천리마로 요해를 날아 건너 강적 호적의 항복받고 배궐에 돌아와서 고궐성공하여 (임금을) 배알하니

장부의 강개한 마음이 가슴속에 울울하여 꿈에 시험하여라

간밤에 大醉ᄒᆞ고 醉ᄒᆞᆫ 즘에 쑴을 쑤니

七尺劍 千里馬로 遼海561)를 나라 건너 天驕562)를 降服밧고 北闕563)에 도라와셔

---

553) 남훈전(南薰殿): 궁궐 남쪽 전각. 또는 궁궐 남쪽 뜰. 이곳에서 순 임금은 오현금을 즐기면서 '후정화'의 노래를 불러온 백성의 마음을 훈훈하게 하였다 한다.

554) 잡백간과(雜伯干戈): 창칼과 방패가 뒤섞인 싸움(전쟁).

555) 풍우건곤(風雨乾坤): 싸움으로 어지러운 세상.

556) 왕풍(王風)이 위지(委地)ᄒᆞ여: 왕의 품위와 권위가 땅에 떨어지다.

557) 정성(正聲)이 긋쳐졌더니: 악의 바른 소리가 그쳤으니. 음률(音律)의 전통이 끊어졌더니.

558) 동방(東方)의 성인이 나계오샤: 동방의 나라(우리나라)에 성인이 나오시니. 여기서는 악성 우룩(于勒)이 태어났으니 풀이한다.

559) 탄오현(彈五絃): 오현금을 타다. 즉 거문고를 타다.

560) 가남풍(歌南風)을 이어볼가 ᄒᆞ노라: 남풍가를 이어 볼가 하노라. 여기서는 순임금이 궁궐 남쪽에서 오현금으로 후정화를 불렀는데 그간 많은 전란으로 인하여 오현금 음률의 정통이 끊겨졌는데 그 끊어진 정통을 되살려 이어볼까 한다라는 뜻.

561) 요해(遼海)를: 아득히 먼 바다.

告厥成功[564]ᄒᆞ여 뵈ᄂᆡ

丈夫의 慷慨[565]ᄒᆞᆫ ᄆᆞ음이 胸中에 鬱鬱ᄒᆞ여 ᄉᆞᆷ에 試驗ᄒᆞ여라

[918: 1367]

비파야 너는 어디 간데 온데서나 앙조아리는가

싱금한 묵을 뒤 안아서 잔뜩 안고 언 파 같은 손으로 금 현을 잡아 뜯거든 아니 앙조알이랴

아마도 대주 소주 낙옥반하기는 너뿐인가 하노라

琵琶야 너ᄂᆞᆫ 어니 간듸 온듸[566] 앙됴어리ᄂᆞᆫ다[567]

싱금ᄒᆞᆫ 묵을[568] 에후로혀[569] 잔둑 안고 엄파갓튼[570] 손으로 ᄇᆡ[571]를 잡아 ᄯᅳᆺ거든[572] 아니 앙됴어리랴

아마도 大珠 小珠 落玉盤[573]ᄒᆞ기ᄂᆞᆫ 너 ᄲᅮᆫ인가 ᄒᆞ노라

[919: 3100]

평양 여자 기생년들의 다홍치마 대단치마 의주 여자 기생의 감물들인 사주치마

영해 영덕 술집 각씨 생 칡물 들인 설핏 감춘 고장 중의 행주치마 허리에 끈을

562) 천교(天驕): 강한 호적을 말함.

563) 북관(北闕): 옛날에는 궁전의 북의 궐을 말하고, 상진 알견의 도의 출입소. 그 후 천자의 궁전의 통칭으로도 쓰임.

564) 고궐성공(告厥成功): 그 성공을 아뢰는 것.

565) 강개(慷慨): 슬퍼하며 탄식하는 것.

566) 간듸 온듸: '간데 온데'와 같은 말. '간곳 온곳마다'.

567) 앙됴어리ᄂᆞᆫ다: 앙(접두사)-도아리〉조아리-ᄂᆞᆫ다(의문형어미)〉앙조아리는가. '앙조아리ᄂᆞᆫ'으로 쓴데도 있으니 음향으로는 비파의 소리를 '앙조알'보다 '앙주알', 즉 '주'보다 '조'가 나은 것 같다. 모두 비파를 뜯을 때에 아는 소리를 말한 것이나 앙조알의 말뜻은 무슨 싫은 일을 할 때에 불평을 자기 혼자 들릴 듯 말 듯 입 속으로 입 밖으로 무엇이라 지껄이는 듯함.

568) 싱금ᄒᆞᆫ 묵을: '싱금ᄒᆞᆫ 목'이라고 쓴데도 있거니와 '심금'과 '힝금'은 같은 말로서 그 음만이 조금 변한 것이니 '힝금'의 '힝'이 '싱'보다는 오랜 것인가 생각 되는 바 그것은 다른 부분보다 가늘게 뻰 것을 말한 것이다.

569) 에후로혀: '에'는 물러의 뜻이고 '후로혀'는 안으로 뒤안아서의 뜻이니 안을 때의 형용이다.

570) 엄파ᄀᆞᆺ탄: '엄파'는 '움파' 즉 못보고 가느스름하게 또 희게, 길게 생긴 것이니 손가락이 희고 가느스름한 것을 형용.

571) ᄇᆡ: 배. 사람의 '배'에서 전하여 사물의 중간을 가리키는 말에 쓰이니, 여기서는 금(琴)의 중간.

572) ᄯᅳᆺ거든: 타거든. 'ᄯᅳᆺ다'는 비파, 거문고등을 타는 것을 말한다.

573) 대주(大珠) 소주(小珠) 낙옥반(落玉盤): 큰 구슬 작은 구슬이 옥으로 만든 소반에 떨어져 구르는 소리를 말함. 비파의 아름다운 소리를 말함.

맨 모습 아름다운 모습 갖춤이로다
우리도 이리저리 다니다 같은 편이 될까 하노라

平壤 女妓년들의 多紅 大緞치마574) 義州 女妓의 月花575) 沙紬치마576)
寧海 盈德 酒湯閣氏577) 生葛578) 셜핀 감출 등의579) 힝즈치마580) 멜쓴581) 졔싀이로다582)
우리도 이렁셩 ᄃᆞ니다가 同色583)이 될가 ᄒᆞ노라

[920: 3170]
한벽당의 맑고 깨끗한 경치를 비가 개인 뒤에 올라보니 백 척이나 높다랗게 솟아 있는 용마요 한 시냇가에는 꽃이 피고 하늘에는 밝은 달이 솟아 있는 듯하도다
둘러보니 아름다운 미인은 자리에 가득히 앉아 있고 노랫소리가 하늘 끝까지 울려 퍼져서 호호탕탕한 풍경이 가관이로다 주위에 어지럽게 흩어져 있는 것은 술잔이요, 쟁반이로구나.
아이야, 잔에 술을 가득 부어라. 오늘은 대취하여 큰소리로 노래 불러 먼데서 오신 손님의 객지의 고생스런 근심어린 회포를 말끔히 씻어 줄까 하노라

寒碧堂584) 瀟灑585)ᄒᆞᆫ 景을 비 긴 後에 올나 보니 百尺 元龍586)과 一川 花月587)이라

---

574) 대단(大緞)치마: 대단으로 만든 치마.
575) 월화: 감의 하나. 열매가 작고 껍질이 얇으며 일찍 익는다. 감물을 드린.
576) 사주(沙紬)치마: 고운 명주치마.
577) 주탕각씨(酒湯閣氏): 술집 각씨. 곧 기녀를 말함.
578) 생갈(生葛): 생 칡.
579) 셜핀 감출 등의: 설핏 감춘 속옷.
580) 힝즈치마: 부엌일을 할 때 옷을 더럽히지 아니하려고 덧입는 작은 치마.
581) 멜쓴: 허리에 매는 끈.
582) 졔싀이로다: 재색(才色). 여자의 재주와 아름다운 용모를 갖춤이로다.
583) 동색(同色): 같은 빛깔. 같은 당파. 또는 같은 편.
584) 한벽당(寒碧堂): 한 누각의 이름이나, 찬바람이 불어치는 곳에 지은 누각은 우리나라와 중국 곳곳에 있다.
585) 소쇄(瀟灑): 비로 쓸고 물을 뿌림, 맑고 깨끗함.
586) 백척원용(百尺元龍)이오: 원용(元龍)은 중국 삼국시대에 진등(陳登)의 자이며 허사(許汜)라는 사라밍 찾아 가니 큰 침상에 올라 누워 있었다는 고사. 하늘에 오르는 용이 백 척만큼이나 높이 솟아 있는 용마로다.
587) 일천화월(一川花月): 한 냇물에는 꽃이 피어 있고 하늘에는 밝은 달이 솟아 있다.

佳人은 滿座ᄒᆞ고[588] 衆樂이 喧空ᄒᆞᆫ듸[589] 浩湯ᄒᆞᆫ 風烟이오[590] 浪藉ᄒᆞᆫ 盃盤[591]이로다
아희야 盞 가득 부어라 遠客 愁懷[592]를 씨셔 볼가 ᄒᆞ노라

[921: 2133]
완산 안으로 돌아들어 만경대에 올라보니 삼한 고도에 봄의 광경이라
풍류 가객과 미색과 술과 안주가 풍성한데 백운가 한 곡조를 관현에 섞어내니
장부의 객사에서 호탕하게 즐기는 이름난 곳의 장관이 오늘인가 하노라

完山[593]裏 도라들어 萬頃臺[594]에 올나 보니 三韓 古都에 一春 光景이라
錦袍 羅裙[595]과 酒肴 爛熳[596]ᄒᆞ듸 白雲歌[597] ᄒᆞᆫ 曲調을 管絃에 셧거ᄂᆡ니[598]
丈夫의 逆旅[599] 豪遊[600]와 名區 壯觀이 오날인가 ᄒᆞ노라

[922: 3002]
봄바람이 부는 봄날에 말채찍을 집고 누에머리(남산)에 올라서 한양의 형국을 살펴보니
인왕산, 삼각산은 범이 웅크리고 앉은 형국이요, 용이 도사리고 있는 형세로 북극성을 고이고 있고, 한강 물은 남산 끝으로 흘러서 천해요새의 금탕이로다. 한나라가 오랜 세월을 누려 오니 만세나 천세까지도 한이 없도다.
임금은 왕의 덕을 쌓고 시하는 정사에 오로지 힘을 다하니 의롭고 예의바른 이동방나라에 저 중국의 요나라의 태평한 세월이요, 순임금의 태평한 세상인가 하노라.

---

588) 가인(佳人)은 만좌(滿座)ᄒᆞ고: 아름다운 미인이 한자리에 가득히 앉아 있음.
589) 중악(衆樂)이 원공(喧空)ᄒᆞᆫ듸: 노랫소리가 하늘 끝까지 울려 퍼지는데.
590) 호탕(浩蕩)ᄒᆞᆫ 풍연(風烟)이오: 호호탕탕 넓고 호탕한 풍치, 풍경.
591) 낭적(狼藉)ᄒᆞᆫ 배반(盃盤): 어지럽게 흩어져 있는 술잔과 쟁반.
592) 원객수회(遠客愁懷): 먼데 손님의 객고(근심의 회포). 객지의 외로움.
593) 완산(完山): 백제시대의 고도의 이름. 전주(全州).
594) 만경대(萬頃臺): 전주에 있는 만경대를 두고 말한다.
595) 금포나군(錦袍羅裙): 비단 두루마기와 치마. 풍류 가객과 미색.
596) 주효난만(酒肴爛熳): 술과 안주가 풍성함을 말함.
597) 백운가(白雲歌): 금곡인 백운곡을 노래함.
598) 셧거내니: 합주하니. '셧거'는 섞여의 뜻. 여기서는 관악기의 소리와 현악기의 소리가 서로 섞여 나게 한다는 뜻.
599) 역여(逆旅): 여사. 객사.
600) 호유(豪遊): 호탕하게 노는 것.

春風杖策[601] 上蠶頭[602]ᄒᆞ야 漢陽城裏를 歷歷히 둘너 보니
仁王山[603] 三角峯은 虎跪龍盤[604]勢로 北極[605]을 괴야 잇고 終南[606] 漢水[607]는 襟帶相連ᄒᆞ야 久遠ᄒᆞᆫ 氣像[608]이 萬千歲之無疆[609]이로다
君修德 臣修政[610]ᄒᆞ니 禮義 東方이라 堯之日月이오 舜之乾坤[611]이로다

[923: 1556]
석숭의 거대한 만석 재산과 두목의 풍채라도
밤일을 할 적에 제 연장 영성하면 꿈자리만 자리라 그 무엇이 귀할쏘냐
가난하고 풍도가 볼품이 없을지라도 제 것이 무직하여 내 것과 잘 맞으면 그가 내 님인가 하노라

石崇[612]의 累鉅萬財[613]와 杜牧之[614]의 風采라도
밤일을 ᄒᆞᆯ 적의[615] 제 연장 零星[616]ᄒᆞ면 ᄭᅮᆷ자리만 자리라[617] 그 무어시 貴ᄒᆞᆯ소니
貧寒코 風度[618]ㅣ 埋沒[619]ᄒᆞᆯ지라도 제 거시 무즑ᄒᆞ여[620] ᄂᆡ 것과 如合符節[621]곳

601) 춘풍장책(春風杖策): 봄바람 부는 봄날에 말채찍을 잡고서(말을 타고서). 장책(杖策)은 말채찍을 말함.
602) 상잠두(上蠶頭): 누에머리에 올라서, 즉 남산에 올라서. 남산의 형국은 '누에'가 누운 형국이라 한다. 남산을 자세히 바라보면 팔각정이 있는 곳은 누에머리요, 장춘당 쪽은 누에꼬리로 보인다. 잠두(蠶頭): 양화도(楊花渡) 동쪽에 있는 용두봉.
603) 인왕산(仁王山): 백악산 서쪽에 있음.
604) 호궤룡반(虎跪龍盤): '룡반'은 '龍蟠'이라고도 쓴다. 지리설에 좌청룡, 우백호라는 것으로 범이 걸터앉고, 용이 서린 형. 지형의 요해 험고함을 말하는 것으로, 제왕의 도읍의 지형에 비한다. 이것이 '虎跪龍盤勢'로 된 작품도 있다.
605) 북극(北極)을 괴얏고: 북극은 북극성으로 하늘이 운행하는 중축으로 제왕의 성에 비하며 '괴다'는 지탱함을 말한다.
606) 락남(絡南): '絡'자는 '終'자의 오서인 것 같다. 중국 섬서성 서안부의 서남방에 있는 산. 종남산을 생략하여 종남, 혹은 남산이라고 한다. 기타 태을(太乙), 태산(泰山)이라고도 한다.
607) 한수(漢水): 중국 감소성 공창부 룡서현 파가산에서 발원하여 동남으로 흘러 양자강으로 유입함.
608) 구원(久遠)ᄒᆞᆫ 기상(氣像): '亨國長久'로 된 작품도 있다. 장구한 시일 동안 나라를 누릴 모양.
609) 무강(無疆): 한이 없음.
610) 군수덕 신수정(君修德臣修政): 임금은 왕덕을 닦고, 신하는 정사를 닦음.
611) 요지일월 순지건곤(堯之日月舜之乾坤): 요순시대의 태평세월.
612) 석숭(石崇): 진나라의 만석부자.
613) 누거만재(累鉅萬財): '累巨萬財'로 된 작품도 있다. 거대하게 쌓은 만석 재산.
614) 두목지(杜牧之): 당의 시인이며 미남자인 두목. 대두인 두남에 대하여 세칭 소두라 함.
615) 밤 일을 ᄒᆞᆯ 저긔: '밤마다 품에 드러 야사(夜事)할 제'라고 된 작품도 있다.
616) 영성(零星): 탐탁하지 않은 것. 어울리지 않은 것.
617) ᄭᅮᆷ자리만 자리라: 꿈을 꾸는 잠자리에서만 잔다는 것이니, 할 일 없이 꿈만 꾸고 잔다는 것이다.

ᄒᆞ면 긔 ᄂᆡ 님인가 ᄒᆞ노라

[924: 129]

개를 여나문이나 기르되 요 개같이 얄미우랴

미운 님 오게 되면 꼬리를 회회 치며 치 뛰락 내리 뛰락 반겨서 내닫고 고운 님 오게 되면 뒷방을 바둥바둥 무로락 나오락 캉캉 짖는 요 도리 암캐

쉰밥이 그릇 그릇 날이 지난들 너 먹일 줄 있으랴

ᄀᆡ를 여라문[622]이나 기르되 요 ᄀᆡ ᄀᆞᆺ치 얄믜오랴[623]

믜온 님[624] 오게 되면 ᄭᅩ리를 회회 치며 치쒸락 나리쒸락[625] 반겨셔 ᄂᆡ닷고 고온 님 오게 되면 뒷 방을 바둥바둥 무로락 나오락[626] 캉캉 즛ᄂᆞᆫ[627] 요 도리 암ᄏᆡ[628]

쉰 밥이 그릇 그릇 날진들[629] 너 먹일 쥴이 이시랴

[925: 134]

개미야 불개미야 허리가 쏙 들어간 불개미야

앞 발에 정종나고 뒷발에 종기 난 불개미야 광릉 심재 너머 들어 가람의 허리 가로 물어 치켜들고 북해를 뛰어서 건넜단 말이 있었소이다 임아 임아

온 사람이 백말로써 온 말을 할지라도 임이 짐작하소서

ᄀᆡ얌이 불ᄀᆡ얌이[630] ᄌᆞᆫ등[631] 쏙 부러진[632] 불ᄀᆡ얌이

---

618) 풍도(風渡): '풍도(風度)'의 잘못인 듯하다.

619) 매몰(埋沒): 파 묻혀 없어지는 것. 여기선 볼 모양이 없는 것.

620) 무즑ᄒᆞ여: 무직하여.

621) 여합부절(如合符節): 사물이 꼭 들어맞는 것. 약합부절(若合符節)이라고도 한다.

622) 여라믄: 여나믄. 열이 넘게.

623) 얄믜오랴: 얄밉겠느냐.

624) 뮈온 님: 믜온 님. 미운 님.

625) 치쒸락 나리쒸락: 위로 뛰고 아래로 뛰고. 개가 폴짝거리며 뛰는 모습.

626) 므르락 나오락: 물러섰다가 나아갔다가.

627) 즛ᄂᆞᆫ: 짖는.

628) 도리암ᄏᆡ: 머리를 흔드는 암캐. 도리는 도리머리. 머리를 좌우로 흔들어 어떤 것을 부정하거나 싫다는 뜻을 표시하는 짓. 도리질.

629) 날진들: 날이 간들. 날이 지난들.

630) 개얌이 볼ᄀᆡ얌이: 개미 불개미.

631) ᄌᆞᆫ등: 잔등이. 허리.

압 발에 경종 나고 뒷 발에 종긔 난 불ᄀᆡ얌이 廣陵 심ᄌᆡ 넘어드러 가람의 허리를 가로 믈어 츄혀 들고633) 北海를 건너단 말이 이셔이다 님아 님아

왼 놈이 왼 말을 ᄒᆞ여도 님이 斟酌ᄒᆞ소셔

[926: 3091]

평생에 경모할 것은 백향산의 네 가지 아름다운 풍류 뛰어난 말과 미인은 장부의 장년 호기로다

늙은 생애 살림살이를 옮길 때 처와 자식이 함께 하고 학과 거문고아 서책 함께 배에 실어가니 그 더욱 지조를 지키며 벼슬에서 물러나는 일

당시에 삼대 문장가로 이백, 두보와 어깨 나란히 하여 백대 방명이 썩을 줄이 있으랴

平生에 景慕ᄒᆞᆯ ᄉᆞᆫ 白香山634)의 四美風流635) 駿馬 佳人636)은 丈夫의 壯年 豪氣로다

老境 生涯 移搬637)ᄒᆞᆯ 졔 身兼妻子(都三口638)-삽입) ㅣ오 鶴與琴書639) 共一舡640)이라 ᄒᆞ니 긔 더욱 節介 廉退641)

當時에 三大 作文642)章이 李杜643)와 並駕644)ᄒᆞ야 百代芳名645)이 셕을 줄이 이시랴

[927: 1667]

소렬의 큰 기쁨과 노함을 행동과 안색에 나타내지 않는 제갈량의

---

632) 잔등 쏙 부러진: 잔등이 똑 부러진. 허리가 잘룩한의 옛말.
633) 츄혀들고: 추켜들고.
634) 백향산(白香山)에: '에'가 '의'로 된 작품도 있다. 여기서는 관형격조사. 백향산은 백거역이 만년에 은거한 산.
635) 사미풍류(四美風流): 네 가지 아름다운 미를 갖춘 풍류.
636) 준마 가인(駿馬佳人): 매우 뛰어난 말과 아름다운 여인.
637) 노경 생계 이반(老境生計移伴): '이반(移伴)'이 '移搬'으로 된 작품도 있다. 老年이 되어 살림살이로 옮겨질 때.
638) 도삼구(都三口): 전부 세 식구.
639) 학여금서(鶴與琴書): 학과 금서.
640) 공일반(共一般): 백거역의 시와 같이 '共一船'으로 된데도 있으며, 공일반은 공일선의 잘못이다.
641) 절개염퇴(節价廉退): 절개를 지키고 벼슬을 그만 두고 물러난. '節概廉退'로 된 작품도 있다.
642) 당시(唐詩)에 삼대작(三大作): '唐時에 三大作'으로 된 작품도 있다. 당나라 때의 3대 문장 백낙천, 원진, 유우석을 말함.
643) 이두(李杜): 이백과 두보.
644) 병가(竝駕): 가마를 나라니 하는 것. 어깨를 겨누는 것. 맞서는 것.
645) 백대방명(百代 芳名): 오랜 세월 동안 전하는 꽃다운 이름.

오호대장 웅호의 용감무쌍한 힘으로 성을 공략하여 땅을 차지하여 몸을 받친 고절함과 임금을 사랑하는 충성과 의리는 고금에 짝이 될 만한 이가 없으되

푸른 하늘이 돕지 않아 중흥을 못 이루고 영웅의 한을 남겨 백세에 이르는 아픈 감상이로다

昭烈之大度[646]喜怒를 不形於色[647]과 諸葛亮之 王佐大才[648] 三代上 人物[649]

五虎大將[650] 熊虎之勇力으로 攻城掠地[651]ᄒᆞ야 亡身之高節과 愛君之忠義 古今에 짝 업ᄉᆞ되

蒼天이 不助ᄒᆞ샤[652] 中興을 못 이르고[653] 英雄의 恨을 기쳐[654] 曠百代之傷感[655]이로다

[928: 미상]

위에 삼가 올리는 소지는 사뢰는 사정을 살펴서 옥황상제가 처분해 주옵소서

술 솟는 샘에 주인이 없어 오랫동안 황패하였으니 정상과 이유를 참상하여 이 몸 바라는 바를 허락하시고 상제의 제사에 소송하는 바를 모두 살지게 하거니와 유령 이백도 결세를 떼어 얻지 못 하였거든

허물며 천하 공공의 물이라 기탄없이 잠시 보유할 일이라

右[656] 謹陳 所志矣段[657]는 上帝 處分[658]ᄒᆞ옵소서

---

646) 소렬지대도(昭烈之大度): 촉한 소렬 황제의 큰 도량.

647) 불형어색(不形於色): '不見於色'과 같은 말, 안색에 나타내지 아니함.

648) 왕좌대재(王佐大才): 왕의 보좌되기에 족한 재능.

649) 삼대상 인물(三代上人物): 삼대 이상의 인물. 삼대는 하·은·주를 가리킴. 두시에 공명을 '伯仲之間見伊呂'라 하여 이윤과 태공에 비하였고 주자도 그같이 평하여 공명을 삼대 이상의 인물이라 하였다.

650) 오호대장(五虎大將): 촉한의 맹장 관우, 장비, 조운, 마초, 황충을 말함.

651) 공성략지(攻城掠地): 성지를 쳐서 점령하는 것.

652) 창천(蒼天)이 부조순(不助順)ᄒᆞ샤: 하늘이 순조로이 도와주지 않으시어. 촉한의 통삼 대계가 중절한 것을 말함.

653) 이르고: 이루고.

654) 기쳐: 남겨.

655) 광백대지상감(曠百代之尙感): '曠'은 "빔, 멈, 밝음, 큼" 등의 뜻이 있으나, 여기선 '멈(遠)'의 뜻으로 봄이 제일 알맞을 듯하다. 즉 멀리 백대까지 오히려 느끼게 함. '尙感'이 '傷感'으로 된 작품도 있다.

656) 우(右): 어떠한 사록의 뒤에 말을 바꿈에 씀. 곧 '앞의'의 하는 뜻과 같은 것이나 여기서는 이글 앞에 다른 사록이 나타나 있지 않으니 일종의 고문서에 나타나는 발어사의 기능을 가진 말이다(이상규, 『한글고문서연구』, 도서출판 경진, 2012 참조).

657) 근진소지의단(謹陳所志矣段)은: 삼가 뜻하는 바를 베풀고자 하는 것은. '矣段'은 '의ᄯᆞᆫ'의 리독. '의ᄯᆞᆫ'

酒泉이 無主ᄒᆞ야 久遠陣荒[659]爲有去乎[660] 情由添商ᄒᆞ여 矣身[661] 處許給事[662]를 立旨成給爲白只爲[663] 上帝題辭[664] 內에 所訴知悉[665]爲有在果[666] 劉伶 李白段置[667] 折授不得[668]爲有去等[669]

허물며 天下 公物이라 檀恣安徐向事[670]이라

[929: 174]

고대 광실 나는 싫다 비단옷 좋은 음식 더욱 싫다

은금 보화 노비 전댁 비단치마 대단장옷 밀화주 장도 자주 저고리 가체 머리 오로지 다 꿈자리와 같도다

아마도 나가 원하기는 글 잘 하고 말 잘 하고 얼굴 깨끗하고 잘 생기고 잠자리 잘 하는 젊은 서방인가 하노라

高臺 廣室 나는 마다 錦衣 玉食 더욱 슬타

銀金 寶貨 奴婢 田宅 비단치마 大緞[671]쟝옷[672] 蜜花珠 겻칼[673] 紫的鄕織[674] 져구

은 '잇ᄃᆞᆫ' 또는 '이ᄯᆞᆫ'으로 일종의 강세접미사이다. 'ᄃᆞᆫ'은 불완전명사 'ᄃᆞ'에 보조사 'ㄴ'이 결합한 것으로 '것은' 하는 뜻이었으나, 전하여 '-이야 -마는' 하는 뜻을 강조하는 구실을 한다.

658) 상제처분(上帝處分): 상제는 옥황상제. 처분은 분수에 알맞도록 처리하는 것. 원정 또는 상언에 대한 판단 결정을 내림.

659) 구원진황(久遠陣荒): 오랫도록 진설하지 못하여 황량하여 진 것.

660) 위유거호(爲有去乎): 'ᄒᆞ잇거온'의 이두식 표기. '하잇거온'은 '하였으니'. '爲'는 'ᄒᆞ다' 동사의 어간표기, '有'는 그 과거보조어간, '去乎'는 사실구속형어미.

661) 의신(矣身): '이몸'의 이두.

662) 처허급사(處許給事): 소망하는 뜻을 들어 허낙해서 처결하는 것. 여기 급사는 주천이 주인이 없으니 그것을 다시 받들어 섬기게 하는 일.

663) 입지성위백지위(立旨成爲白只爲): '立旨成ᄒᆞᄉᆞᆲ기ᄒᆞ야' 곧 뜻을 세워 이루게 하시어. '白'은 'ᄉᆞᆲ'으로 겸양선어말어미. '只'는 '기'이나, 이 경우에는 '긔'로 제이부사형 '게' 대신으로 쓴 것. '爲'는 'ᄒᆞ'이나 단독으로 부사형에 쓴것이니 'ᄒᆞ야'로 읽는다.

664) 제사(題辭): 원정 소지 등의 소장이나 청원서에 판관이 써 주는 재판 결정문.

665) 소소지실(所訴知悉): 호소하는 바를 잘 살피는 것.

666) 위유재과(爲有在果): 'ᄒᆞ잇견과'의 이두식 표기. '하였거니와'의 뜻.

667) 은도(段置): 'ᄃᆞᆫ 두'의 이두. '段'은 앞의 '矣'과 같은 것. '置'는 조사 '도'.

668) 절수부득(折授不得): 절수를 얻지 아니 하는 것. 절수는 신하가 임금으로부터 토지 또는 결세를 떼어 받던 것. 따라서 절수부득은 궁녹을 먹지 아니 하는 것.

669) 위유거등(爲有去等): 'ᄒᆞ잇거든'의 이두로 '하였거든'.

670) 향사(向事): '아ᄋᆞᆫ일'의 이두로 '할 일'이나 '할 것이니라'.

671) 대단(大段): '大緞'의 잘못인 듯. 대단은 중국에서 나는 비단의 한 가지.

672) 쟝옷: 부녀가 출입할 때 머리에 써서 온몸을 가리던 초록 옷. '蜜花珠'로 된 작품도 있다.

673) 겻칼: 장도.

리 뜬머리[675] 石確黃[676] 오로 다 숨ᄌ리 ᄀᆺ다[677]

아마도 내의 願ᄒ기는 글 줄ᄒ고 말 줄ᄒ고 얼골 ᄀ쟈ᄒ고[678] 픔ᄌ리[679] 잘ᄒ는 졀물[680] 書房인가 ᄒ노라

[930: 3006]

태산이 도량이 넓어서 모든 것을 포용할 만큼 크고 하해가 가늘게 흐르는 것을 택하지 않고 깊으니

만고천하 영웅 준걸 건안 여덟 사람 죽림칠현 이적선 소동파 같은 시와 술과 풍류와 절대 호사가를 어디 가서 이들 모두 다 사귈 수 있으리

여유 광객이 낙양 재사 모이신 곳 말석에 참여하여 놀고 가려 하노라

泰山이 不讓土壞故로 大ᄒ고[681] 河海 不擇細流故 深ᄒᄂ니

萬古 天下 英雄 俊傑 建安 八子[682] 竹林七賢[683] 李謫仙[684] 蘇東波[685] ᄀᆺ튼 詩酒風流[686]와 絶代豪士 燕雀를도 鴻鵠의 무리라[687] 어듸 가 이로 다 사괴리

旅遊 狂客[688]이 洛陽 才士[689] 모도신[690] 곳에 末地[691]에 叅預ᄒ야 놀고 가려 ᄒ노라

---

674) 향직(鄕織): '香織'으로 된 작품도 있다. 향직은 명주의 한 가지.

675) 뜬머리: 따은 머리. 옥은 가채. 가체(加髢) 곧 여자가 성장할 때 머리에 큰 머리나 어여머리를 얹는 것.

676) 석확황(石確黃): 웅황 석황이라고도 하며, 천연석으로 계관석이 분해하여 되는 광물.

677) 숨자리 ᄀᆺ고: 쓸데없다는 것.

678) ᄀ자ᄒ고: 깨끗이 잘 생기고.

679) 픔ᄌ리: 잠자리.

680) 져믄: 젊은.

681) 태산(泰山)이 부양토괴고(不讓土壞故)로 대(大)ᄒ고: 도량이 넓어서 모든 것을 포용할 수 있는 대기에 비한 말.

682) 건안팔자(建安八字): '八字'가 '八子'로 된 작품도 있는데 '子'자가 옳은 듯. 중국 한 시대 말기 헌제의 건안 연간 조조 부자와 같이 문단의 주력이던 사람들. 도읍의 이름을 따서 업하칠자(鄴下七子)라고도 한다.

683) 죽림칠현(竹林七賢): 중국 위 시대의 말에 원적(阮籍), 혜강(嵇康), 산도(山濤), 향수(向秀), 원함(阮咸), 왕계(王戎), 유령(劉伶)의 일곱 사람이 죽림에서 청담에 탐닉하였는데 다 예교에 반 로장을 즐기고 시주를 벗하여, 超世 탈속의 행동을 하였다.

684) 이적선(李謫仙): 이백. 적선은 천상에서, 적강한 신선이란 뜻인데 하계진이 이백의 시를 보고 감탄하여 이름한 것을 백호한 것이다.

685) 소동파(蘇東波): '波'는 城이라야 옳다. 다른 작품에서는 '城'자로 되어 있다.

686) 시주풍류(詩酒風流): 시를 잘 짓고 술을 좋아 하는 풍류객.

687) 연작(燕雀)를도 홍곡(鴻鵠)의 무리라: 재비와 참새도 기러기나 따오기와 같은 무리다. 즉 연작은 작은 새고, 홍곡은 큰 새라 할지라도 다 같은 나는 새의 족속에는 틀림없다는 뜻.

688) 여유 광객(旅遊狂客): 여역 광객과 같음. 각지로 떠돌아다니는 나그네.

689) 낙양재자(洛陽才子): 낙양의 문재에 뛰어난 소년.

[931: 3160]

한 눈 멀고 한 다리 절고 치질 삼년 복질 삼년 변두통 내외 단골 앓는 조그마한 새끼 개구리가 백쉰다섯 자 긴 나무에 오를 적에 그것을 쉽게 여겨 수로록 소로록 허위 허위 몸을 솟구쳐 뛰어올라 앉고 내릴 때는 어이할고 내 몰라라 저 개구리

우리 새 임 걸어두고 나중에 몰라 하노라

ᄒᆞᆫ 눈 멀고 ᄒᆞᆫ 다리 절고 痔疾[692] 三年 腹疾 三年 邊頭痛[693] 內外 丹骨 알ᄂᆞᆫ 죠고만 ᄉᆞᆺ기[694] ᄀᆡ고리가 一百 쉰 ᄃᆡ자[695] 장남게[696]를 올은 졔 그 수이 너겨[697] 수로록소로록[698] 허위허위 소습 쒸여[699]올나 안자 ᄂᆞ릴 졔란 어니ᄒᆞᆯ고 내 몰내라 저 ᄀᆡ고리

우리 고ᄉᆡ 님 거러두고 나종 몰나 ᄒᆞ노라[700]

[932: 2668]

증경이는 쌍쌍이 푸른 연못에 노는 모습이 영창난간에 비친다

처량한 비단 휘장 안에 귀뚜라미는 슬피 울고 사람이 적적하고 밤은 깊어 가는데 옥누 향로에 꽂은 향이 다 타고 달이 지도록 정든 옛님은 누구에게 잡혀서 못 오는가

임이야 날 생각하겠는가마는 님뿐임에 구곡간장 마디마디 쓸어다가 사라져 죽을 망정 나는 잊지 못하겠네

鶬鶊은 雙雙綠潭中이오[701] (白告月은 團團-[702]삽입) 映窓櫳[703]이라

---

690) 모도신: 모이신.

691) 말지(末地): 말석과 같음.

692) 치질(痔疾): 항문병. 치질.

693) 변두통(邊頭痛): 한 쪽 머리가 아프고 광선 음향에 대하여 지각이 예민해지고, 번고가 나는 병. 부녀에게 많다. 편두통(偏頭痛)이라고도 쓴다.

694) 삿기: 새끼.

695) 쉰대자: 오십 자나 되는 큰 길이. 오십대척.

696) 쟝남게게: '쟝낡에게'의 연철. '쟝낡'은 장대.

697) 쉬어너겨: 쉽게 생각하여.

698) 수로록 소로로: 이럭저럭하여.

699) 소솝쒸어: 몸을 솟구쳐 뛰어.

700) 나죵 몰라 ᄒᆞ노라: 결과가 어찌 되든 우선은 불관하다는 것이다.

701) 증경이 쌍쌍 연담중(雙雙綠潭中)이오: 증경이가 짝을 지어 푸른 못 가운데서 정답게 놀고. 증경은 '비오리'라고도 한다.

702) 호월(皓月)은 단단(團團): 희 달은 둥글고 둥금.

703) 영창롱(映窓櫳): '映窓'은 방 마루에 있는 미닫이 이고, '櫳'은 난간 유리. 창의 뜻인데, 여기선 위의

淒凉호 羅惟[704] 안히 蟀蟀[705]은 슬피 울고 人寂寂 夜深호듸 玉漏[706] 金爐에 香盡[707]參橫 月落도록 有美故人[708]은 뉘게 잡피 못 오던고

님이야 날 生覺호랴마는 님 쏀이미 九面 肝腸[709]을 寸寸이 슬오다가[710] ᄉ라져 죽을만경 나는 잇지 못호애[711]

[933: 1105]

본 남편 그 놈 광주 광덕산 싸리 빗자루 장사이고 정부 남자 그 놈 삭녕이라 방빗자루 장사

눈정에 걸린 님은 뚝딱 두드려 방망이 장사 돌돌 말아 홍두께 장사 빙빙 돌아 물레 장사 우물전에 치달아 간당간당하다가 워랑 충청 풍덩 빠져 물 담뿍 떠내는 두레박 꼭지 장사

어디 가서 이 얼굴 가지고 두레박 장사 못 얻으리

밋 남편[712] 그 놈 廣州[713] 廣德山 ᄡ리뷔[714] 장ᄉ 소듸 남진 그 놈 朔寧이라 잇뷔[715] 장ᄉ

눈졍[716]의 거른 님은 쑤쑥 쑤두려[717] 방마치 장ᄉ 드를로 마라[718] 홍둑ᄀ| 장ᄉ 뼁뼁 도라[719] 물네 장ᄉ 우물젼의 치ᄃ라[720] 근댕 근댕[721]호다가 워랑충청 풍덩

'皓月은 團團'에 대하여, '暎'을 비친다는 동사의 뜻으로 새겨 창 난간에 비친다는 뜻으로 새길 것이다. 또는 '映窓'의 '暎'자를 비친다는 뜻과 영창이란 명사를 겸하여 영창에 달이 비친다고도 새길 수 있으나 뒤의 '欏'자가 있어 새김에 부자유스러운 것 같으니, 앞의 새김이 좋을 것 같다.

704) 나유(羅惟): 비단 휘장.

705) 반솔(蟠蟀): '蟠'은 '蟋'의 오자. '실솔'은 귀뚜라미.

706) 옥누(玉漏): 궁중에서 물을 뜨려 시간을 헤는 그릇.

707) 금노(金爐)에 향진(香盡): 좋은 향노에 꽂은 향이 다 타 버림.

708) 유미고인(有美故人): "有美一人은 白馬 金鞍으로 어데를 다니다가"로 된 작품도 있다. 정든 옛님.

709) 구회 간장(九回肝腸): 아홉 구비 돌아서 있는 간장. 구곡간장. 아홉 번 구부러진 간과 창자라는 뜻으로, 굽이굽이 사무친 마음속 또는 깊은 마음속.

710) 스로다가: 쓸어다가.

711) 못호애: 못하겠도다. 감탄종결어미.

712) 밋난편: 남편. 본부. '쇼대 남편'의 대. '밋남진'으로 된 작품도 있다. 밋은 '밑'이다.

713) 광주(廣州): "廣州 廣德山 싸리비 장사"라고 된 작품도 있다. 광주는 경기도에 있는 고을 이름.

714) ᄡ리뷔: 싸리로 만든 비.

715) 닛뷔: 방을 쓰는 빗자루의 한 가지.

716) 눈경: 눈치. 눈짓을 하여 아양을 부리는 것. '경'은 '景'으로 '景況'.

717) 쑤쑥 쑤두려: 밑의 '방망이'를 뚜드리는 의성어.

718) 드를로 마라: 돌돌말아. 홍두깨로 마는 모양을 형용한 말.

ᄉᆡᆫ져 물 담복 써ᄂᆡᄂᆞᆫ 드레ᄭᅩᆨ지[722] 장ᄉᆞ
어듸 가 이 얼골 가지고 됴ᄅᆡ[723]박 장ᄉᆞ 못 어드리

[934: 1771]
시어머님 며느리 나쁘다 벽바닥을 구르지 마오
빚 대신 받은 며느린가 값으로 쳐 온 며느리인가 밤나무 썩은 등걸에 회초리 나는 것 같이 앙살 피는 시아버님 볕에 쬐인 소똥같이 되종고신 시어마님 삼 년 겨른 망태에 쇠 송속 부리같이 뾰족하신 시누의님 당피를 간 밭에 돌피 나니 껍질이 샛노란 외 꽃 같은 피똥 누는 아들 하나 두고
거룬 밭에 메꽃 같은 며느리를 어디가 나쁘다고 하시는고

싀어마님 며ᄂᆞ리[724] 낫바[725] 벽바닥[726]을 구로지 마오[727]
빗에 바든 며ᄂᆞ린가 갑셰 쳐 온 며ᄂᆞ린가 밤나모 셕은 등걸[728] 휘초리 나니 ᄀᆞᆺ치[729] 앙살픠신[730] 싀아바님 볏 뵌 쇠ᄯᅩᆼ[731]ᄀᆞᆺ치 되죵고신[732] 싀어마님 三年 겨론[733] 망태[734]에 ᄉᆡᆨ승곳 부리ᄀᆞᆺ치 섀죡ᄒᆞ신 싀누의님 唐피[735] 가론[736] 밧틔[737]

719) 빙빙 도라: 도는 물레의 형용어.
720) 치ᄃᆞ라: 치올라.
721) ᄀᆞᆫ댕 ᄀᆞᆫ댕: 밑의 ‘드레곡지’가 간댕거리는 모양.
722) 드레곡지: 두레박.
723) 됴ᄅᆡ: 조리. 대를 쪼개어 엮어 만든 기구로 쌀을 이는데 씀.
724) 며느라기: ‘며늘아기’의 연철. 며느리의 애칭.
725) 낫바: 바빠. 좋지 못하여. 나쁘다는 것은, 모자람을 말하는 것이니, 그 근본은 아마 낮다는 말과 본다는 말과의 두 말이 합하여서 낮추 보인다는 뜻에서 온 것인 듯하다.
726) 벽바흘: 벽 바닥을. ‘벽바’는 ‘벽바닥’을 가리키는 말이니, 경북 지방에서는 ‘벼림박, 벼릿박’이라고 한다. 또 ‘壁바닥’이라고 쓰인 책도 있다.
727) 구루지마오: 구르며 치지 마오. ‘치(티)지 마소’로 된 작품도 있다.
728) 들걸: 등걸. 들걸로 된 작품도 있다.
729) 휘초리나 ᄀᆞᆺ치: ‘휘초리’는 나뭇가지. ‘나ᄀᆞᆺ치’의 ‘나’는 강세접미사. ‘휘초리이나’의 ‘이나’와 같은 것인지, 또는 ‘나다’의 어간을 취하여, 관형사로 쓴 것인지 모르겠다. 문고본에는 “휘초리 나니ᄀᆞ치”로 되어 있으니, 후자의 뜻이다. 여기서도 다음에 ‘돌피나니ᄀᆞ치’로 되어 있으니, ‘난 것 같이’로 새김이 좋을 듯하다.
730) 알살픠선: 몹시 매운 모양을 형용한 말. ‘양살 피우다’의 관형사형. ‘앙살픠신’으로 된 작품도 있다.
731) 볏뵌 쇳동: 별에 쪼인 쇳똥.
732) 되죵고신: 말라빠진.
733) 겨론: 겨른. ‘겨른’으로 된 작품도 있다.
734) 노망태: 노(삼껍질, 실들을 꼬아서 만든 가늘고 긴줄)로 만든 망태기, 노망탁이라고 된 작품도 있다.
735) 당피: 좋은 곡식. 당은 ‘唐’이니, ‘唐靴, 唐糸…’처럼, 좋다는 것을 형용하는 접두사.

돌피[738] 나니 ᄀᆞᆺ치[739] ᄉᆡ노란 외곳[740] ᄀᆞᆺ튼 피ᄯᅩᆼ 누ᄂᆞᆫ 아ᄃᆞᆯ ᄒᆞ나 두고

건 밧틔[741] 메곳[742] ᄀᆞᆺ튼 며ᄂᆞ리를 어듸를 낫바 ᄒᆞ시ᄂᆞᆫ고

[935: 2297]

이러나 보자 이러나 보자 내 아니 이르랴

네 남편에게 거짓 것으로 물 깃는 척하고 물통은 내려 우물 전에 놓고 똬리 벗어 통 손잡이에 걸고 건너 집 작은 김 서방을 눈 금적하여 불러내어 두 손목 마주 덥석 쥐고 수근덕 숙덕하다가 삼밭으로 들어가서 무슨 일하는지 자잘한 삼은 쓰러지고 굵은 삼대 끝만 남아 우즑우즑하더라 하고 내 아니 이러랴 네 남편에게

저 아이 입이 보드라워 이 거짓말 말아서랴 우리는 마을 지어미라 밥 먹고 놀기 하도 심심하여 실 삼 캐러 갔더니라

니르랴 보자[743] 니르랴 보자 ᄂᆡ 아니 니르랴 네 남편[744]ᄃᆞ려

거즛 거스로 물 깃ᄂᆞᆫ 쳬ᄒᆞ고 통으란 나리워 우물 젼에 노코 ᄯᅩ아리[745] 벼셔 통조지[746]에 걸고 건넌 집[747] 쟈근 金書房을 눈 ᄀᆡ야[748] 불너ᄂᆡ여 두 손목 마조 덥셕 쥐고 슈근슉덕 ᄒᆞ다가셔 삼 밧[749]트로 드러가셔 무스 일 ᄒᆞᄂᆞᆫ 지 ᄌᆞᆫ삼[750]은 쓰러지

---

736) 가론: 간. 심은. '가온'으로 된 작품도 있다.

737) 밧틔: 밭에.

738) 돌피: 좋지 못한 곡식. '돌'은 '좋지 못한 것'을 형용하는 접두사이니, 앞의 '唐'과는 대가 되는 것이다. 지금도 '돌-능금. 돌-미나리, 돌-삼, 돌-통대, 돌-팥, 돌-콩, 돌-눔'처럼 사용하고 있다.

739) 나니 ᄀᆞᆺ치: 난 것 같이. '나니'는 '난이'이니, '난 것', 위의 '나ᄀᆞᆺ치'도 이 '나니 ᄀᆞᆺ치'가 축약된 것이라고 볼 만하다.

740) 왯곳: 외의 꽃.

741) 건 밧틔: 건 밭에. '건밭'은 기름진 밭.

742) 멋곳: 좋은 꽃. '멋'을 '멋'의 속철로 볼 수 있으나, '멋'을 '멋지다'할 때의 '멋'과 같은 접두사로 보고자 한다. 대저 접두사 '멋'은 '멋-거리, 멋-구러기, 멋-없다, 멋-장이, 멋-적다, 멋-지다, 멋-질리다'처럼 사용되어 '풍치 좋은 것'을 형용하는 접두사로 사용되는 것이다. 따라서 여기의 '멋곳'도 풍치좋은 꽃, 아름다운 꽃이란 뜻으로 새겨 둔다. 그러나 '메꽃' '멧꽃'으로 된 작품도 있다 있으니, 이렇다면 메의 꽃으로 이뇨제에 쓰는 것이다.

743) 니로랴보쟈: 이러나 보자구나. '니로다'는 '이르다'로 말하다의 뜻. 비밀된 일을 말하여 주는 것.

744) 남진: 남편.

745) ᄯᅩ아리: 또아리. 물건을 머리에 일 때 머리 위에 얹는 것.

746) 통조지: 통을 드는 쥘 손.

747) 건넌집: 저 건넛집.

748) 눈 ᄀᆡ야: 눈짓하여. '눈금적'으로 된 작품도 있다.

749) 삼밧: 마전.

750) ᄌᆞᆫ삼: 세마.

고 굵은 삼듸 뜻[751]만 나마 우즑우즑ᄒ더라 ᄒ고 닉 아니 니르랴 네 남편ᄃ려

져 아희 입이 보다라와 거즛말 마라스라[752] 우리ᄂ 마을 지서미[753]라 밥 먹고 놀기 ᄒ 심심ᄒ여 실삼 킈러 갓더니라

[936: 2226]

조각달에 등불 희미한 밤중에 집을 나간 임을 생각하니

술집 기생집에 새로운 님을 맺어두고 방탕한 마음을 이기지 못해 길가에 꽃을 보니 봄도 이미 늦었는데 주마 투계하는 님은 아직도 돌아오지 않는구나 때마다 문밖에 나가 기다려도 소식은 없고 윈 종일 난간에 기대어 혼자 애만 태우네

月一片 燈三更인 제 나간 님 혜여 보니[754]

酒肆 靑樓에[755] 싀 님을 거러두고 不勝蕩情ᄒ야[756] 花間 陌上에[757] 春將晩[758]이요 走馬 鬪鷄[759] 猶未返이라[760]

三時出望 無消息ᄒ니[761] 盡日欄頭에[762] 空斷腸을[763] ᄒ노라

[937: 2720]

창 밖에 어른어른 하나니 소승이옵니다

어제 저녁에 동냥하러 왔던 중이 옳으니 각씨 님 자는 방 족두리 벗어 거는 말코지 끝에 이 내 소리 송낙을 걸고 가자고 왔소

저 중아 걸기는 걸고 갈지라도 후에 말이나 없게 하여라

---

751) 뜻: '끝'의 속철.
752) 마라스라: 말라구나.
753) 지서미: 지어미. "지 어믠 전차로"라고 된 작품도 있다.
754) 혜여 보니: 생각하여 보니.
755) 주사 청루(酒肆靑樓)에: 술 파는 기생집.
756) 부승탕정(不勝蕩情)ᄒ야: 방탕한 마음을 이기지 못해.
757) 화간 맥상(花間 陌上)에: 길가에 꽃.
758) 춘장만(春將晩): 봄이 늦음. 늦은 봄.
759) 주마 투계(走馬 鬪鷄): 말달리기와 싸움닭 놀이.
760) 유미반(猶未返)이라: 아직 돌아오지 않음이라.
761) 삼시출망 무소식(三時出望 無消息)ᄒ니: 때마다 문밖에 나가 기다려도 소식은 없으니.
762) 진일난두(盡日欄頭)에: 윈 종일 난간에 기대어.
763) 공단장(空斷腸)을: 애를 태움.

窓 밧기[764] 어른어른 ᄒᆞᄂᆞ니 小僧[765]이올소이다

어졔 져녁의 動鈴ᄒᆞ랴[766] 왓든 듕이올ᄂᆞ니[767] 閣氏님 ᄌᆞᄂᆞᆫ 房 뚝도리[768] 버셔거ᄂᆞᆫ 말 그틔[769] 이 ᄂᆡ 쇼리 숑낙[770]을 걸고 가자 왓소

져 듕아 걸기ᄂᆞᆫ 걸고 갈지라도 後ㅅ말[771]이나 업게 ᄒᆞ여라

[938: 967]

만고 이별하던 중에 누고 누고 더 서럽던고

항우의 우미인은 검광에 향혼이 날아나고 한공주 왕소군은 호지원가하여 금슬현 홍곡가의 유한이 면면하고 석숭의 금곡 번화로도 녹주를 못 지녔으니

우리는 한 뿌리에서 두 개의 꽃이 핀 연리지 병대화처럼 님과 나와 꺾어 쥐고 원앙을 수놓은 베개와 비취를 수놓은 이불에 백년 백주하리라

萬古 離別ᄒᆞ든 듕에 누고 누고 더 셟던고

項羽[772]의 虞美人은 劒光에 香魂이나라나고 漢公主[773] 王昭君은 胡地遠嫁ᄒᆞ야 琴瑟絃 鴻鵠歌의 遺恨이 綿綿ᄒᆞ고[774] 石崇의 金谷 繁華[775]로도 綠珠[776]를 못 진여ᄂᆞ니

우리ᄂᆞᆫ 連理枝[777] 竝帶花[778]를 님과 나와 것거 쥐고[779] 元央枕 翡翠衾[780]에 百年

---

764) 밧기: 밝(外)-이(주격)〉밖이.

765) 소승(小僧)이올소이다: 소승(小僧)-이(계사)-올(겸양의 '옵'의 이형태)-소이다(서술형어미)〉소승이옵니다.

766) 동령(動鈴)ᄒᆞ랴: 요령을 흔들다. 곧 구걸(求乞)하다라는 뜻.

767) 올ᄂᆞ니: 옳으니. 틀림없으니.

768) 뚝도리: 쪽도리.

769) 말 그틔: 말고지 옆에. 명사는 말. 경상방언에서는 "맛고리"임.

770) 쇼리 숑낙: 송낙(松絡)을 강조하기 위해 반복하였다.

771) 후(後)ㅅ말: 뒷말. 소문(所聞).

772) 항우(項羽)의 우미인(虞美人)은: 항우가 사랑하던 우미인.

773) 한공주(漢公主) 왕소군(王昭君)은 호지에 원가ᄒᆞ야: 한나라의 공주로 명은 장. 흉노와의 친화책 때문에 호지에 시집갔다는 고사.

774) 금슬현(琴瑟絃) 홍곡가(鴻鵠歌)의 유한(遺恨)이 면면(綿綿)ᄒᆞ고: 왕소군이 그 원통함을 이기지 못해, 말 위에서 비파를 타며 부른 홍곡가의 한이 끊임이 없고.

775) 석숭(石崇)의 금곡(金谷) 번화(繁華)의: 석숭은 중국 진나라 때의 부호이며 문장가. 금곡(하남성 낙양현의 서쪽)에 별장을 두고 호사를 했음.

776) 녹주(綠珠): 석숭의 애첩. 손수란 사람이 나타나 녹주는 결국 다락에서 떨어져 죽었다는 고사.

777) 연리지(連理枝): 두 나무 가지가 서로 맞닿아 결이 이어진 가지. 곧 부부의 화락함을 말한다.

778) 병대화(竝帶花): 한 뿌리에서 두 개의 꽃이 핀 꽃. 부부간의 화목함에 비유함.

779) 것거 쥐고: 꺾어서 들고.

780) 원앙침(元央枕) 비취금(翡翠衾): 원앙을 수놓은 베개와 비취를 수놓은 이불.

百住 ᄒᆞ리라

[939: 1084]

물 위에 사공과 물 아래 사공 놈들이 삼사월 전세대동 실러 갈 때

일천석 싣는 대중선을 자귀대어 꾸며내어 삼색실과 머리 갖은 것 갖추어 피리 무고를 둥둥 치며 오강 성황지신과 남해 용왕지신께 손 고초와 고사할 제 전라도 경상도라 울산바다 나주바다 칠산바다 휘돌아서 안흥목 손돌목 강화목 감돌아 들 제 평반에 물 담듯이 만경창파를 가는 듯 돌아오게 고스레고스레 소망일게 하오소서

이어라 저어라 배 띄워라 지국총 남무아미타불

물 아릐 沙工 그 물 우희 沙工 그 놈드리 三四月 田稅 大同[781] 실나 갈 지

一千石 싯ᄂᆞᆫ 大中船[782]을 자괴[783]다혀[784] ᄭᅮ며ᄂᆡ여 三色 實果[785] 머리 ᄀᆞᆺ즌 것[786] ᄀᆞ초와[787] 노코 笛 觱篥[788] 巫鼓[789]를 둥둥 치며 五江 城隍之神[790]과 四海 龍王之神긔 손 고초와[791] 告祀홀 지 全羅道 慶尙道ㅣ라 蔚山 바다 羅州 바다 七山 바다 휘도라셔 安興목 孫乭목 江華ㅣ목 감도라 들 지 平盤[792]의 물 담드시 萬頃滄波[793]를 ᄀᆞᄂᆞᆫ덧 도라오게[794] 고소릭[795] 고소릭 所望 일게[796] ᄒᆞ오소셔

이어라 저어라 ᄇᆡ 띄여라 至菊蔥ᄒᆞ고 南無阿彌陀佛[797]

---

781) 전세대동(田稅大同): 땅 구실에 기준하여 쌀, 무명 같은 것을 관아에 상납하게 하던 제도.
782) 대중선(大中船): 크고 작은 배.
783) 자귀: 자귀. 고어에서는 자괴.
784) 다혀: 대어.
785) 삼색 실과(三色實果): 제사 때에 쓰는 세 가지 과실.
786) 머리 ᄀᆞ즌 것: 골라서 좋은 것.
787) 각초아: 갖추어.
788) 필률(觱篥): 피리.
789) 무고(巫鼓): 무당이 치는 북.
790) 오강 성황지신(五江 城隍之神): 오강은 한강 연안(한강·용산·마포·지호·서호)의 다섯 곳의 성황당에 뫼신 신.
791) 손 곳초아: 손을 합장하여.
792) 평반(平盤): 소반.
793) 만경창파(萬頃滄波): 한없이 넓고 넓은 바다.
794) 가는 덧 도라오게: 가자마자 돌아오게. 빨리 돌아오게.
795) 고스레: 고수레. 원어는 고시레인데 아는 사람 이름이었음. 단군의 신하로 농사를 처음 백성에게 전수했으므로, 그 공덕을 잊지 않기 위해 음식을 먹기 전에 그 신의 이름을 부르며 던져 바침.
796) 소망 일게: 바람을 일우도록.
797) 나무아미타불(南無阿彌陀佛): 아미타불에 귀의한다는 뜻으로 염불의 일종.

[940: 830]

대장부가 되어 태어나셔 공자 맹자 안자 증자(처럼 유학을) 못할 양이면

차라리 다 떨치고 태공병법 외워서 말만한 대장인을 허리 아래 비스듬히 차고 금단(金坍)에 높이 앉아 만마천병을 지휘 간에 넣어두고 좌작진퇴함이 그 아니 유쾌하지 않겠느냐

아마도 심장적구하는 썩은 선비는 나는 아니 부러워하리라

大丈夫 되여 나셔 孔孟798)顔曾799) 못ᄒᆞ800) 양이면

ᄎᆞᆯ하리 다 ᄯᅥᆯ치고 太公兵法801) 외와ᄂᆡ야802) 말만ᄒᆞᆫ 大將印803)을 허리 아ᄅᆡ 빗기 ᄎᆞ고 金坍804)에 놉히 안ᄌᆞ 萬馬千兵을 指揮間에 너허두고 坐作進退805)ᄒᆞᆷ이 긔 아니 괘ᄒᆞᆯ소냐806)

아마도 尋章摘句807)ᄒᆞᄂᆞᆫ 석은 션비ᄂᆞᆫ808) 나ᄂᆞᆫ 아니 불우리라809)

[941: 2717]

창 밖에 가마솥 막으라는 장사 이별 나는 구멍도 막히는가

장자의 대답하는 말이 진시황 한 무제는 천하를 호령하되 위엄으로 못 막고 제갈량은 경천하를 다스리는 경륜으로도 막지 못한다는 말 못 듣고 하물며 서초 패왕의 힘으로도 능히 못 막으니 이 구멍 막는다는 말이 아마도 하도 웃었어라

진실로 장사의 말 같으면 긴 이별인가 하노라

窓 밧긔 가마솟810) 막키라는811) 장사 離別 나ᄂᆞᆫ812) 구멍도 막키ᄂᆞᆫ가

---

798) 공맹(孔孟): 공자(孔子)와 맹자(孟子).

799) 안증(顔曾): 공자의 제자. 안자(顔子)와 증자(曾子).

800) 못ᄒᆞ: 못(접사)-ᄒᆞ-ㄹ(관형어미 생략)〉못할.

801) 태공병법(太公兵法): 태공망 여상(呂尙)이 지은 병법서.

802) 외와ᄂᆡ야: 외워서.

803) 대장인(大將印): 대장수가 차는 인장.

804) 금단(金坍): 주장이 서는 연단.

805) 좌작진퇴(坐作進退): 앉아서 진퇴를 명령함.

806) 괘ᄒᆞᆯ소냐: 유쾌하지 않겠느냐.

807) 심장적구(尋章摘句): 옛 사람의 글귀를 따서 글을 지음.

808) 석은 션비ᄂᆞᆫ: 썩은 선비는.

809) 불우리라: 부러워하리라.

810) 가마솟: 가마솥, 큰 솥.

장ᄉᆞ의 對答ᄒᆞᄂᆞᆫ 말이 秦始皇 漢武帝ᄂᆞᆫ 令行天地ᄒᆞ되[813] 威嚴으로 못 막고 諸葛亮은 經天緯地之才로도[814] 막단 말 못 듯고 ᄒᆞ물며 西楚霸王의 힘으로도 能히 못 막앗ᄂᆞ니 이 구멍 막키란 말이 아마도 하[815] 우슈에라

眞實노 장ᄉᆞ의 말 ᄀᆞᆺ틀진ᄃᆡ 長離別[816]인가 ᄒᆞ노라

[942: 1897]

청가를 날리고 흰 이를 열어 노래하니 북녘 미인과 이웃 어여쁜 처녀로다

또 백저곡을 읊고 녹수를 쉬며 긴 소매로 얼굴을 떨치고 그대를 위하여 일어나도다 찬 구름이 밤에 거두니 바다와 하늘에 서리치고 북풍이 하늘에 부니 변방 기러기가 나부끼도다

미인이 집에 가득하아여 즐거움이 그치지 않고 관왜에 해는 떨어지고 노랫소리 그윽하도다.

揚淸歌 發皓齒ᄒᆞ니 北方 佳人 東隣子[817] ㅣ로다

且吟 白苧 停綠水ㅣ오[818] 長袖拂面爲君起라[819] 寒雲은 夜捲霜海空이오[820] 胡風吹天 飄寒鴻[821]이로다

玉顔 滿堂 樂未終ᄒᆞ니 館娃 日落ᄒᆞ고[822] 歌吹濛[823]을 ᄒᆞ노라

[943: 71] 이정보(李鼎輔)

간밤의 자고 간 그놈 아마도 못 이져라

와야놈의 아들인지 진흙에 뽐내듯이 사공놈의 성냥인지 사어때로 찌르듯이 두

811) 막키라는: 막으라는, 때우라는.
812) 이별 나는: 이별이 생기는.
813) 영행천지(令行天地)ᄒᆞ되: 천하를 호령라되.
814) 경천위지재(經天緯地之才)로도: 천하를 다스리는 경륜
815) 하: 너무.
816) 장리별(長離別): 오랜 이별.
817) 동린자(東隣子): 미인을 이름.
818) 백저녹수(白苧停綠水)ㅣ오: 악곡의 이름. 녹은 록의 잘못임.
819) 장수불면위군기(長袖拂面爲君起)라: 긴 소매 자락으로 얼굴을 가리고 그대를 위하여 일어나도다.
820) 야권상해공(夜捲霜海空)이오: 밤에 바다와 하늘에 서리가 내리고.
821) 호풍취천 표한홍(胡風吹天 飄寒鴻): 북풍.
822) 관왜 일낙(館娃 日落)ᄒᆞ고: 미녀가 거처하는 집에 해가지고.
823) 가취몽(歌吹濛)을: 노래가 가득하다.

지취 새끼인지 곳곳이 뒤지듯이 평생에 처음이오 가슴 속에도 얄궂어라

전후에 나도 무던히 겪었으되 참 맹서하지 간밤 그 놈은 차마 못 잊어하노라

간밤의 자고 간 그놈 아마도 못 이져라[824]

瓦冶ㅅ놈[825]의 아들인지 즌흙에 뽐닉드시[826] 沙工놈의 뎡녕[827]인지 沙於씩[828]로 지르드시 두지쥐 녕식[829]인지 곳곳지 두지드시 平生에 처음이오 흉증[830]이도 야릇지라[831]

前後에 나도 무던이 격거시되 ᄎᆞᆷ 盟誓ᄒᆞ지 간밤 그 놈은 ᄎᆞᆷ아 못 니저 ᄒᆞ노라

[944: 1071]

춘추 좌씨전을 읽고 무사로 청룡 언월도라

홀로 천리길을 가서 오관을 지나 갈 적에 따르는 저 장수야 옛성의 북소리를 들었느냐 못 들었느냐

천고의 관공을 믿지 않는 자는 익덕(장비)이런가 하노라

文讀春秋左氏傳ᄒᆞ고 武使靑龍偃月刀ㅣ라[832]

獨行千里ᄒᆞ야[833] 五關을 지나 갈 제 ᄯᆞ로ᄂᆞᆫ 저 將帥ㅣ야 古城 북소릭[834]를 드럿ᄂᆞ냐 못 드럿ᄂᆞ냐

千古의 關公을 未信者[835]ᄂᆞᆫ 翼德[836]이런가 ᄒᆞ노라

---

824) 이져라: 잊겠구나.
825) 瓦冶ㅅ놈: 기와를 만드는 사람의 낮춤 말.
826) 뽐닉 드시: 뛰놀듯이(진흙을 이기는 일). 고어에선 봄뇌다, 뽐놀다 등으로도 쓰였는데, 뛰놀다의 뜻.
827) 뎡녕: 성냥.
828) 沙於씩: 사앗대, 상아대. 물이 얕은 곳에서 밀어갈 때 쓰는 장대.
829) 녕식: 남의 아들을 높여 부르는 말.
830) 흉증: 음흉.
831) 야릇지라: 야릇하구나, 얄궂어라. 야로졔라.
832) 무사 청룡 언월도(武使靑龍偃月刀)ㅣ라: 무사 청룡 언월도라. 언월도는 옛 중국 무기의 하나로 관우가 썼음.
833) 독행천리(獨行千里)ᄒᆞ야: 관우가 의를 위해 홀로 적중 천리를 달려가 군주를 따른 일.
834) 고성(古城) 북소릭: 고성은 유. 관. 장 삼형제가 서주에서 헤어진 후 장비가 일시로 점거하고 있던 성. 북소리는 관우가 장비를 시험하기 위해 뒤쫓은 조조의 장수를 죽이게 한 신호.
835) 미신자(未信者): 믿지 않는 사람.
836) 익덕(翼德): 장비.

[945: 1100]
고운 님 꼭 찍어 낚아채는 갈고리 잠자리 싫어하는 님 꼭 찍어 물리치는 갈고리 잠자리
큰 갈고리 잠자리 작은 갈고리 잠자리 한 데 들어 넘나더니 어느 갈고리 잠자리 값 비싸며 또 어느 갈고리 잠자리 값 적은 줄 알 수 있으리
아마도 고운 님 곡 찍어 낚아채는 갈고리 잠자리는 돈을 못 칠까 하노라

고온 님 촉씨거 나오치는[837] 갈고라 쟝쟈리[838] 믜온 님 척씨거 물이치는 갈고라 쟝쟈리
큰 갈고라쟝쟈리 자근 갈고라 쟝쟈리 ᄒᆞᆫ ᄃᆡ 드러 넘ᄂᆞ니 어ᄂᆡ 갈고라쟝쟈리 갑 만으며[839] 또 어ᄂᆡ 갈고라 쟝쟈리 갑 적은 줄 알니
아마도 고온 님 촉씨거 나오치는 갈고라 쟝쟈리는 금 못 칠가 ᄒᆞ노라

[946: 2136]
왕거미 덕거미들아 진지 동산 진거미 낙거미들아
줄을 느리니 마천잠 마운잠 공덕산 내린 산으로 멍덕 해룡산 진천 바다 너머 가서 삼수갑산 초계 동산으로 내내 진 줄 늘어 주렴
평생에 그리든 님의 소식 네 거미 줄로 소식을 전하리라

王거믜[840] 덕거믜[841]드라 진지 東山 진거믜 낙거믜[842]드라
줄을 느르ᄂᆞ니 摩天岑 摩雲岑[843] 孔德山[844] 나린 뫼로 멍덕[845] 海龍山[846] 陣川[847] 바다 너머가셔 三水甲山[848] 草溪東山[849]으로 내내 진 줄 느러 쥬렴

837) 촉씨거 나오치는: 꼭 찍어 낚아채는.
838) 갈고라 쟝쟈리: 갈고랑이 잠자리, 갈고랑이는 끝이 뾰족하고 꼬부라진 물건.
839) 갑 만으며: 값이 비싸며.
840) 왕(王)거믜: 왕거미.
841) 덕거믜: 거미의 일종.
842) 낙거믜: 납거미
843) 마운령(摩雲岑): 함북 단천에 있는 재의 이름.
844) 공덕산(孔德山): 산이름.
845) 멍덕: 지명. 소재미상.
846) 해용산(海龍山): 경기 포천에 있는 산.
847) 진천(陣川): 충북의 진천.
848) 산수 갑산: 함남에 있는 지명.

平生에 그리든 님의 消息 네 쥴노 連信[850]ᄒᆞ리라

[947: 1911]

서로 엉켜 있는 것 넌출이야 여기 어른 것 박 넝쿨이야
어인 넌추리이건데 담을 넘어 손을 주노
어른 님 여기에서 저리로 갈 적에 손을 주려고 하노라

어른쟈[851] 너추리야 에어른쟈[852] 박너추[853]리야
어인 너추리완ᄃᆡ[854] 담을 너머[855] 손을 주노
어른 님[856] 이리로셔 져리로 갈 제 손을 쥬려 ᄒᆞ노라

[948: 1398][857]

사랑, 사랑, 그물 코마다 맺힌 사랑, 온 바다를 두루 덮는 그물같이 맺힌 사랑
왕십리와 답십리의 외 덩굴 수박 덩굴이 얽혀지고 뒤틀어져서 골마다 펴져 가는 것과 같은 사랑
아마도 이 님의 사랑은 끝 간 곳을 모르겠도다

思郞 思郞[858] 고고이[859] ᄆᆡ친[860] 思郞 왼 바다를[861] 두로[862] 덥ᄂᆞᆫ 그물ᄀᆞᆺ치[863]

---

849) 초계 동산(草溪東山)으로: 경남 초계에 있는 동산.
850) 연신(連信): 소식 올 이름.
851) 어른쟈: 서로 엉켜 있는 것.
852) 에어른쟈: 여기 어른 것.
853) 박 너출: 박 넝쿨.
854) 너출이완ᄃᆡ: 넝쿨이기에. 너출.
855) 담을 너머: 담장 너머로.
856) 어론님: 엉켜 있는 님.
857) 『청구가요』에는 박문욱(朴文郁) 작으로 되어 있다.
858) 사랑(思郞): '사랑'의 한자 표기.
859) 고고(庫庫)이: '곳간마다'로 새길 수 있겠으나, 여기선 '고고이'의 한자 표음인 듯. 굽이굽이. (그물 따위의) 코마다.
860) ᄆᆡ인: 매어진(繫).
861) 바다흘: 바다를. '바다'는 고어에서 '바다ㅎ'로 ㅎ음이 개입되거나, '바ᄅᆞᆯ'로 표기.
862) 두로: 두루.
863) 그물ᄀᆞᆺ치: 그물처럼. '~쳐로'는 고어에서 '~처럼'의 뜻을 가진 비교격 조사. "소혀쳐로 드리워 물 속에 풍덩 빠지는 듯 싶으더라."(〈의유당관북유람일기(意幽堂關北遊覽日記)〉)

ᄆᆡ친 思郞

往十里 踏十里864)라 츰외 너출865) 슈박 너출 얼거지고 트러져셔 골골이 버더가는 思郞

아마도 이 님의 思郞은 ᄀᆞᆺ 간 ᄃᆡ를 몰나 ᄒᆞ노라

[949: 2660] 이정보(李鼎輔)

젊은 사당이 중 서방을 얻어 시부모께 효도를 그 무엇으로 해 갈까

송기떡 콩좌반 산으로 치달아 올라 시고 단 채소라 삽주 고사리와 들밭으로 내려 달려 곰취 물쑥 씀바귀 꽃다지 잔디 거여목 고들빼기 두루 캐어 바랑 굳게 넣었다가

상자야 암소 등에 언치 놓고 새 삿갓 모시 장삼 고깔에 염주 바쳐 어울려 타고 가리라

졈은 사당이866) 듕 書房을867) 어더 싀父母긔 孝道를 긔 무어슬 ᄒᆞ야 가리

송긔썩868) 콩佐飯869) 뫼호로 치다라 辛甘菜라870) 삽쥬 고ᄉᆞ리와 들 밧트로 나리다라 곰달늬 물숙 쓴바구 ᄭᅩᆺᄯᆞ지 쟌다괴 게오묵 고둘박이871) 두로 ᄏᆡ야 발앙 국긔872) 여헛다가873)

상ᄌᆡ야 암쇠 등에 언치 노코874) ᄉᆡ 삿갓 모시 장삼 곳갈에 염쥬 바쳐 어울 타고875) 가리라

---

864) 왕십리(往十里) 답십리(踏十里): 서울 동쪽 교외에 있던 농촌. 지금도 같은 이름으로 동대문구와 성동구에 속한 한 동리.

865) 너출: 덩굴.

866) 졈은 사당이: 젊은 사당패가.

867) 듕 서방(書房)을: 중 서방을.

868) 송긔썩: 소나무 껍질을 찍어 빚은 떡.

869) 콩좌반(佐飯): 콩자반.

870) 신감채(辛甘菜)라: 씨고 단 채소. 곧 시금치와 삽주나물과 고사리나물.

871) 곰달늬 물숙 쓴바구 ᄭᅩᆺᄯᆞ지 쟌다괴 게오묵 고둘박이: 곰취 물쑥, 씀바귀와 꽃다지, 거여묵과 고들빼기나물.

872) 발앙 국긔: 바랑.

873) 여헛다가: 불룩하게 넣었다가.

874) 언치 노코: 위에 얹어 놓고.

875) 어울 타고: 같이 타고.

[950: 1446]

산이 고요하니 태고와 같고 해가 기니 소년과 같도다

푸른 이끼는 섬돌에 가득하고 낙화는 만정한데 낮잠을 자니 비로소 만족하거늘 주역, 국풍, 좌씨전, 이소, 태사공서, 도잠과 두보 시와 한소문 수편을 읽고 흥이 이르면 계변에 나가 거닐며 뜨락에 늙은이와 시냇가의 벗을 만나 삼 가르기와 농사를 이야기하길 반나절까지 하다가 돌아와 사립문 아래서 지팡이에 의지하니

이윽고 해가 기울고 붉고 푸른빛이 온갖 형상이 잠깐 사이에 변환하여 사람의 눈을 황홀하게 하니 소등에서 부는 목동의 피리 소리에 두셋씩 돌아올 때 달빛은 앞 시내에 밝구나

山靜ᄒᆞ니[876] 似太古요[877] 日長ᄒᆞ니 如少年이라[878]

蒼蘚映階ᄒᆞ고 落花ㅣ 滿庭ᄒᆞ듸[879] 午睡初足거늘[880] 讀周易 國風 左氏傳 離騷 太史公書 陶杜詩와 韓蘇文 數篇ᄒᆞ고[881] 興到則出 步溪邊ᄒᆞ야[882] 邂逅園翁溪友ᄒᆞ야[883] 問桑麻 說秔稻에 相與劇談 半餉ᄒᆞ다가[884] 歸而倚杖柴門下ᄒᆞ니[885]

이윽고 夕陽이 在山ᄒᆞ고 紫綠 萬狀이라[886] 変變 頃刻ᄒᆞ야[887] 悅可人目이라 牛背笛聲이 兩兩歸來ᄒᆞᆯ 지[888] 月印前溪ᄒᆞ엿더라[889]

---

876) 산정(山靜)ᄒᆞ니: 산이 조용하니

877) 사태고(似太古)요: 옛날과 같고.

878) 일장(日長)ᄒᆞ니 여소년(如少年)이라: 해가 길어서 젊은 시절과 같구나.

879) 창선영계(蒼蘚映階)ᄒᆞ고 落花ㅣ 滿庭ᄒᆞ듸: 푸른 이끼는 섬돌에 화사하고 떨어지는 꽃은 뜰에 가득한데.

880) 오수초족(午睡初足)거늘: 낮잠을 자니 비로소 만족하거늘.

881) 독주역(讀周易) 국풍(國風) 좌씨전(左氏傳) 이소(離騷) 태사공서(太史公書) 도두시(陶杜詩)와 한소문(韓蘇文) 수편(數篇)ᄒᆞ고: 주역, 국풍, 좌시전, 이소, 태사공의 책과 도잠과 두보의 시와 한소문 수편을 읽고.

882) 여도적출 보계변(興到則出 步溪邊)ᄒᆞ야: 흥에 이르면 개울가로 산보 나가니.

883) 해후원옹계우(邂逅園翁溪友)ᄒᆞ야: 뜨락에 늙은 이와 시냇가의 벗을 만나.

884) 문상마 설갱도(問桑麻 說秔稻)에 상여극담(相與劇談) 반향(半餉)ᄒᆞ다가: 삼 가르기와 농사를 이야기하고 서로 어울려 극담하기를 반나절하다가.

885) 귀이의장시문하(歸而倚杖柴門下)ᄒᆞ니: 돌아와 사립문 아래 지팡이에 의지하니.

886) 자록 만장(紫綠萬狀)이라: 붉고 푸른 빛이 온갖 형상을 다하는구나.

887) 변환 경각(變幻頃刻)ᄒᆞ야 열하인목(悅可人目)이라: 순식간에 변화하여 사람의 눈을 황홀하게 한다.

888) 우배 적성(牛背笛聲)이 양양귀래(兩兩歸來)ᄒᆞᆯ 지: 소 등에 올라타고 피리 불며 쌍쌍이 돌아올제.

889) 월인전계(月印前溪)ᄒᆞ엿더라: 달이 앞개울을 비추더라.

[951: 834]

대천 바다 한 가운데 중침 세침 다 빠졌다

여나문 사공이 길 남은 사어때를 끝까지 둘러메어 일시에 소리치고 귀 꿰어 내단 말이 이서이다 님아 님아

왼 놈이 왼 말은 하여도 임이 짐작하소서

大川 바다890) ᄒᆞᆫ 가온ᄃᆡ 中針 細針891) ᄲᆡ지거다892)

열아믄893) 沙工이 길 남은 沙於ᄉᆡ894)를 ᄉᆞᆺ895)가지 두러메여 一時에 소ᄅᆡ치고 귀 ᄡᅦ여896) 내단 말이 이셔이다 님아 님아

왼 놈이 왼 말은 ᄒᆞ여도 님이 斟酌ᄒᆞ소셔

[952: 352]

귀뚜라미, 저 귀뚜라미, 불쌍하다 저 귀뚜라미

어찌된 귀뚜라미인가. 지는 달 새는 밤에 긴 소리 짧은 소리 마디마디 슬픈 소리로 제 혼자 울면서 사창에서 얼핏 든 잠을 알뜰하게도 다 깨워버리는구나

두어라, 제 비록 별볼일없는 벌레이지만 님이 안 계시는 외로운 방에서 나의 뜻을 알아주는 것은 너뿐인가 하노라

귀ᄯᅩ리897) 져 귀ᄯᅩ리 어엿부다898) 져 귀ᄯᅩ리

지ᄂᆞᆫ ᄃᆞᆯ 새ᄂᆞᆫ 밤의 긴 소ᄅᆡ 져른 소ᄅᆡ 節節이899) 슬픈 소ᄅᆡ 졔 혼ᄌᆞ 우러 녜어900) 紗窓901) 여윈 ᄌᆞᆷ902)을 ᄉᆞᆯᄯᅳ리903)도 ᄭᆡ오ᄂᆞ니

---

890) 대천(大川) 바다: 대천이란 지명은 여러 곳에 있으나, 여기선 충청남도 남포 앞 바다인 것 같다.

891) 중침 세침(中針細針): 크기가 중간 되는 바늘과 제일 작은 바늘.

892) 싸지거다: 빠졌도다. 거다.

893) 열나믄: 열이 넘는.

894) 沙於ᄉᆡ: 삿대. 상앗대라고도 하며, 물 속을 짚어 보는 기다란 대.

895) ᄉᆞᆺ: 끝.

896) 귀 ᄡᅧ여: 바늘귀를 꿰여. '귀'는 '耳'로 여기서는 바늘귀. 'ᄡᅧ다'는 'ᄢᅦ다'에서 온것이니 'ᄢᅦ다>ᄡᅦ다'에서 'ㅣ'모음이 탈락한 것. 'ᄡᅦ다'는 '貫'의 뜻.

897) 귓도리: 귀뚜라미.

898) 에엿부다: 가련하다.

899) 절절(節節)이: 마디마디

900) 우러 녜어: 계속하여 울어.

901) 사창(紗窓): 비단을 바른 창. 여인이 거처하는 방을 가리킴.

두어라 네 비록 微物904)이나 無人洞房에905) 닉 뜻 알 이는 너 뿐인가 ᄒᆞ노라

[953: 966] 이정보(李鼎輔)

만고 역대 신하들 가운데 명철보신한 이가 이 누구 누구인가

범려의 오호주와 장량의 사병벽곡 소광의 산천금과 장한의 추풍강동거 도처사의 귀거내사

이 밖에 녹녹한 탐관오리배야 일러서 무엇 하리오

萬古 歷代906) 人臣之中에 明哲保身907) 누고 누고

范蠡의 五湖舟와908) 張良의 謝病辟穀909) 疏廣의 散千金910)과 張翰의 秋風江東去911) 陶處士의 歸去來辭912) ㅣ라

이 밧긔 碌碌913)ᄒᆞᆫ 貪官汚吏之輩914)야 일너 무슴 ᄒᆞ리오

[954: 158]

타고를 치고 용적을 부니 고운 입으로 노래하며, 날씬한 몸매로 춤을 추도다

즐겁다 모두 흠뻑 취하자 유령도 죽은 후에는 술은 그의 무덤에 가지 못했으니

아희야 맛 좋은 술로 바꾸어라 그대와 함께 마음껏 취하리라.

---

902) 여윈 즘: 여윈 잠. 얼핏 든 잠.

903) 솔드리: 알뜰히.

904) 미물(微物): 자질구레한 벌레.

905) 무인동방(無人洞房): 님이 없는 외로운 여인의 방.

906) 만고 역대(萬古歷代): 오랜 역사가 쓸쓸함. '고금인물'이라고 된 작품도 있다.

907) 명철보신(明哲保身): 명은 이를 밝히는 것. 철은 지. 즉 이지로써 잘 살펴 능히 그 몸을 보전하는 것.

908) 범려(范蠡)의 오호주(五湖舟): 범려는 중국 춘추 때의 사람이니, 월왕 부차(夫差)를 도와 서시를 얻어 미인계로 오왕 구천(勾踐)을 멸한 공이 있었으나 더 환로에 나가지 아니하고 서시와 더불어 오호로 물러 나와 명철보신하였다.

909) 장량(張良)의 사병벽곡(謝病辟穀): 장량의 자는 자방으로 한 고조를 도와 천하를 통일하고 유후에 봉함을 받음.

910) 소광(疏廣)의 산천금(散千金): 한의 소광이 친족, 고우 빈객들을 모아 주식으로 즐기며, 그의 재산을 다 흩어버림을 말함.

911) 계응(季鷹)의 추풍강동(秋風江東): 한나라 계응이란 자는 높은 벼슬에 있었는데도 불구하고 가을바람이 불메 고향인 강동 오의 순갱(蓴羹)과 로회(鱸膾)가 생각이 나서 벼슬을 그만 두고 돌아갔다는 것이다.

912) 도처사(陶處士)의 귀거래사(歸去來辭): 도연명이 팽택령(彭澤令)을 그만 두고 〈귀거내사〉를 지었다.

913) 녹녹(碌碌): 변변치 못한 것.

914) 탐관오리배야(貪官汚吏之輩): 탐욕(貪慾)이 많고 부정(不正)을 일삼는 벼슬아치 무리야.

擊鼉鼓 吹龍笛ᄒᆞ고[915] 皓齒歌 細腰舞ㅣ라[916]
즐겁다 모다 酩酊醉ᄒᆞ쟈[917] 酒不到劉伶墳上土ㅣ라[918]
아희야 換美酒ᄒᆞ여라[919] 與君長醉 ᄒᆞ리라[920]

[955: 1529]
생 매 잡아 길들여 둠에 꿩 산행 보내고
백마 시켜 밧줄 내려 뒷동산 소나무 가지에 매고 손수 고기 낚아 버드나무 연한 가지에 꿰여 돌 짓눌러 채워두고
아이야 날 볼 손님이 오시거든 긴 여울로 와서 사뢰어라

生 ᄆᆡ 잡아 깃드려[921] 둠에 ᄭᅯᆼ 山行[922] 보ᄂᆡ고
白馬 씻겨 바 느려[923] 뒷 東山 松枝에 ᄆᆡ고 손죠[924] 고기 낙가 버들움[925]에 ᄢᅦ여 돌 지질너[926] ᄎᆞ여 두고[927]
아희야 날 볼 손[928] 오셔든 긴 여흘[929]노 술와라

[956: 2921]
초당 뒤에 와 안장 우는 소쩍새야 암소쩍새야 숫소쩍새 다 우는 새야
공산이 어디 없어 객창에 와 앉아 우는가 소쩍새야

915) 격타고 취룡적(擊鼉鼓 吹龍笛)ᄒᆞ고: 타고를 치고 용적을 부니. 타고는 천산갑의 껍질로 만든 북, 용적은 머리 쪽에 용을 새겨 만든 피리.
916) 호치가 세요무(皓齒歌 細腰舞)ㅣ라: 고운 입으로 노래하며, 날씬한 몸매로 춤을 춤. 호치, 세요는 모두 미인을 형용한 말.
917) 낙정취(酩酊醉)ᄒᆞ쟈: 흠뻑 술에 취함.
918) 주부도유령분상토(酒不到劉伶墳上土)ㅣ라: 술을 그토록 좋아하던 유령이지만, 죽은 후에는 술은 그의 무덤에 가지 못함. 유령은 진의 페국인자는 백륜, 용모는 심루하였으나 술을 몹시 즐김.
919) 환미주(換美酒)ᄒᆞ여라: 맛이 좋은 술로 바꿈.
920) 여군장취(與君長醉) ᄒᆞ리라: 그대와 함께 맘껏 취함.
921) 깃드려: 길들여.
922) 산행(山行): 사냥.
923) 바 느려: 밧줄을 느려.
924) 손죠: 손수.
925) 버들움: 버드나무의 새로 자란 연한 가지.
926) 지질너: 눌러.
927) ᄎᆞ여두고: 채워두고.
928) 날 볼 손: 나를 만나려는 손님.
929) 여흘: 여울.

공산이 비고 많되 울 때 달라서 여기 와서 우노라

草堂 뒤에[930] 와 안자 우는 솟젹다ᄉᆡ야[931] 암 솟젹다 ᄉᆡᆫ다[932] 슈 솟젹다 우는 ᄉᆡᆫ다

空山이 어듸 업셔 客窓[933]에 와 안져[934] 우는다 솟젹다ᄉᆡ야

空山이 허고 만호되[935] 울 듸 달나 예 와[936] 우노라

[957: 2358]

이십사교 달 밝은 밤에 가절은 정월 상단(보름)이라

억조창생 길거리에 몰려나와 함께 즐거워하고 귀족의 자제도 대지팡이를 짚고 자박자박 걷도다

사시에 관등놀이와 꽃놀이 새해 삼복 납향날 모두 온 백성들이 함께 즐김은 오늘 뿐인가 하노라

二十四橋[937] 明月夜에 佳節[938]은 月正上元[939]이라

億兆[940] 蘭街 歡動ᄒᆞ고[941] 貴遊[942]도 携笻步屐이로다[943]

四時에 觀燈 賞花[944] 歲時伏臘[945] 도트러[946] 萬姓同樂홈이[947] 오날 ᄲᅮᆫ인가 ᄒᆞ노라

---

930) 뒤헤: 뒤에.

931) 솟젹다ᄉᆡ야: 소쩍새야.

932) ᄉᆡᆫ다: 새냐.

933) 객창: 여창.

934) 안져: 앉아서.

935) 허고만호되: 많고 많은데.

936) 예와: 여기에 와서.

937) 이십사교(二十四橋): 중국 강소성 강도현의 서문밖에 있는 명승. 일설에 한 개의 다리라고도 함.

938) 가절: 명절 또는 시절.

939) 월정상원(月正上元): 음력 정월 보름.

940) 억조(億兆): 억조창생. 백성들.

941) 난가 환동(蘭街歡動)ᄒᆞ고: 길거리에 몰려나와 함께 즐거워 함.

942) 귀유(貴遊): 귀족의 자제.

943) 휴공 보극(携笻步屐)이로다: 대지팡이를 짚고 자박자박 걸음.

944) 관등 상화(觀燈 賞花): 관등놀이와 꽃놀이. 관등은 음력 4월 초파일에 등에 불을 켜고 석가탄신을 기념하는 일.

945) 세시복납(歲時伏臘): 새해. 삼복. 납향의 총칭.

946) 도트러: 통틀어.

947) 만성동락(萬姓同樂)홈이: 온 백성들이 함께 즐김.

[958: 733] 이정보(李鼎輔)

님은 회양 금성 오리나무가 되고 나는 삼사월 칡 넝쿨되어

그 나무에 그 칡이 납거미 나비 감듯 이리로 칭칭 저리로 칭칭 잘못 풀어 옳게 감아 밑에부터 끝까지 한 곳도 빈 틈 없이 주야장상에 뒤틀려 감겨 있어

동지섣달 바람 비 눈 서리를 아무리 맞은들 풀릴 줄이 있겠는가

님으란948) 淮陽949) 金城950) 오리남기951) 되고 나는 三四月 ᄎᆞᆰ 너출952)이 되야

그 남긔953) 그 ᄎᆞᆰ이 낙거믜954) 나븨 감듯 이리로 ᄎᆞᆫᄎᆞᆫ955) 져리로 ᄎᆞᆫᄎᆞᆫ 외오 프러956) 올이 감아957) 밋부터 ᄭᅳᆺᄭᆞ지958) ᄒᆞᆫ 곳도 뷘 틈 업시 晝夜長常959)에 뒤트러져 감겨 이셔

冬셧ᄯᆞᆯ ᄇᆞ람 비 눈 셔리를 아모리 마ᄌᆞ들960) 플닐 줄이 이시랴

[959: 821]

큰 눈이 산에 가득하거늘 검은 돈피로 만든 갖옷 떨쳐입고

흰 깃에 달린 깃 화살 허리에 띠고 천근이나 되는 각궁 팔에 걸고 철총마를 비스듬히 몰아 산골짜기로 들어가니 커다란 토기 뛰어 내달아나거늘 문득 화살을 뽑아 활을 당겨 쏘아 잡아 칼을 빼서 대 놓고 긴 꼬챙이에 꿰어 구워내니 고혈이 뚝뚝 지거늘 호상에 걸터앉아 썰어서 머금고 큰 은 접시에 가득 부어 안주 삼아 술을 마시며 느긋하게 올려다보니 산골자기의 구름이 한 조각 한 조각이 모두 수놓은 비단과 같아 취한 낯에 부딪혀 떨어질 때 이 맛을 제 누가 알리

아마도 남아의 기이한 일은 이뿐인가 하노라

---

948) 님으란: 님은.
949) 회양(淮陽): 강원도 회양군의 지명.
950) 금성(金城): 지명.
951) 오리남기: 오리나무. 자작나무과에 딸린 나무의 하나.
952) ᄎᆞᆰ너출: 칡넝쿨.
953) 남긔: 나무에.
954) 낙거믜: 납거미.
955) ᄎᆞᆫᄎᆞᆫ: 칭칭.
956) 외오 프러: 외게 풀어. 잘못 풀어.
957) 올이 감아: 옳게 감아. 바르게 감아.
958) ᄭᅳᆺᄭᆞ지: 끝까지.
959) 주야장상(晝夜長常): 밤이고 낮이고 할 것 없이 언제나.
960) 마ᄌᆞᆫ들: 맞은 들.

大雪[961]이 滿山커늘 黑貂裘[962]를 떨쳐 닙고

白羽 長前[963] 허리에 띄고 千斤 角弓[964] 풀에 걸고 鐵驄馬[965]를 빗기 모라 潤壑[966]으로 드러가니 크나흔 쑛기[967] 쒸여 닉닷거늘 輒拔矢引 滿射殪ᄒᆞ야[968] 칼을 쌔혀 다혀 노코 長串ᄃᆡ[969] 쎄여 구어ᄂᆡ니 膏血이 点滴거늘 踞胡床切而啖之ᄒᆞ고[970] 大銀椀에[971] ᄀ득 부어 飮之 熏然 仰看ᄒᆞ니[972] 壑雲[973]이 翩翩如錦ᄒᆞ야[974] 醉ᄒᆞᆫ ᄂᆞᆺ치 飄撲ᄒᆞᆯ[975] 지 此中之味를 제 뉘 알니

아마도 男兒의 奇壯事ᄂᆞᆫ[976] 이 ᄲᆞᆫ인가 ᄒᆞ노라

[960: 1316]

북두칠성 하나 둘 셋 넷 다섯 여섯 일곱 분에게 민망하온 백활 소지한 장 알외나이다

그리던 님을 맛나 정에 말을 채 못하여 날이 쉬 세니 그로 민망

밤중쯤 삼태성 차사 놓아 샛별 없게 하소서

北斗七星 ᄒᆞ나 둘 셋 넷 다ᄉᆞᆺ 여ᄉᆞᆺ 일곱 분게[977] 민망ᄒᆞ온[978] 白活所志[979] ᄒᆞᆫ 丈 알외ᄂᆞ니다

그리던 님을 맛나 情에 말[980] 치 못ᄒᆞ여 날 쉬[981] 식니 글노 민망

961) 대설(大雪): 큰 눈.
962) 흑초구(黑貂裘): 검은 돈피로 만든 갖옷.
963) 백우 장전(白羽 長前): 흰 깃에 달린 깃 화살.
964) 천근 각궁(千斤角弓): 천근이나 되는 각궁. 각궁은 쇠뿔·양뿔 같은 것으로 꾸민 활.
965) 철총마(鐵驄馬): 철청총이. 푸른 털에 흰 털이 조금 섞인 말.
966) 윤학(潤壑): 산골짜기.
967) 쑛기: 토끼.
968) 첩발시인(輒拔矢引) 만사에(滿射殪)ᄒᆞ야: 문득 화살을 뽑아 활을 당겨 쏘아 잡음.
969) 장곶(長串)ᄃᆡ: 긴 꼬챙이대.
970) 거호상절이담지(踞胡床切而啖之)ᄒᆞ고: 호상에 걸터 앉아 썰어서 먹음.
971) 대은완(大銀椀)에: 큰 은바리. 완(碗, 盌)으로도 씀.
972) 음지훈연앙간(飮之熏然仰看)ᄒᆞ니: 안주 삼아 술을 마시며 느긋하게 올려다 봄.
973) 학운(壑雲): 산골짜기의 구름.
974) 편편 여금(翩翩如錦)ᄒᆞ야: 한 조각 한 조각이 모두 수놓은 비단과 같음.
975) 표박(飄撲)ᄒᆞᆯ: 부딪쳐 떨어짐.
976) 기장사(奇壯事)ᄂᆞᆫ: 기이한 일은.
977) 분게: 분에게.
978) 민망ᄒᆞ온: 답답하고 미안한.
979) 백활소지(白活所志): '백활(白活)'은 '발괄(호소)'이라고 한다. '소지'는 관아에 제출하는 공소장을 말한다. 원정, 소지, 상언이라고도 한다. 곧 '진정서와 소장'이라는 뜻임. 이상규, 『한글고문서연구』, 도서출판 경진, 2012 참조.

밤듕만[982] 三台星[983] 差使[984] 노하 ᄉᆡᆺ별[985] 업게 ᄒᆞ소셔

[961: 1338]

불 아니 때더라도 저절로 익는 솥과

여물죽 아니 먹어도 크고 살쪄 잘 걷는 말과 길쌈하는 여자 계집첩과 술 샘처럼 솟아나는 주전자와 양(膿)보로 낳는 검은 암소 두고

평생의 이 다섯 가졌으면 부러울 것이 있겠느냐

불 아니 ᄯᅵ일지라도[986] 졀노[987] 익ᄂᆞᆫ 솟과[988]

녀무쥭[989] 아니 먹어도 크고 ᄉᆞᆯ져 ᄒᆞᆫ 건ᄂᆞᆫ[990] ᄆᆞᆯ과 질ᄉᆞᆷ[991]ᄒᆞᄂᆞᆫ 女妓妾과 술 ᄉᆡᆷᄂᆞᆫ[992] 酒煎子와 膿(양의 俗字가 없어 正字로 입력함) 보로[993] 낫ᄂᆞᆫ[994] 감은 암쇼 두고

平生의 이 다ᄉᆞᆺ 가져시면 부를 거시[995] 이시랴

[962: 3079] 이정보(李鼎輔)

팔만대장 부처님께 비나이다 나와 님을 다시 나게 하오소서

여래보살 지장보살 문수보살 보현보살 십왕보살 오백나한 팔만가람 삼천게제 서방정토 극락세계 관세음보살 남무아미타불

---

980) 정(情)에 말: 정담(情談).

981) 날 쉬 ᄉᆡ니: 날이 빨리 밝으니.

982) 밤듕만: 밤중쯤.

983) 삼태성(三台星): 큰곰자리의 별. 상태성, 중태성, 하태성의 세별.

984) 차사(差使): 심부름 하는 사람.

985) ᄉᆡᆺ별: 금성(金星).

986) ᄯᅵ일지라도: 때더라도.

987) 졀노: 저절로.

988) 솟과: 솟(鼎, 솟〉솥)-과(공동격)〉솥과.

989) 녀무쥭: 소나 말을 먹이는 여물죽.

990) ᄒᆞᆫ 것ᄂᆞᆫ: 잘 걷는.

991) 질ᄉᆞᆷ: 길쌈.

992) 술 ᄉᆡᆷᄂᆞᆫ: 술이 샘처럼 솟아나는.

993) 양(膿) 부로: '양보'는 '양부(膿部)'의 잘못인 듯하다. 곧 '양'은 고의 위(胃)이다. 소가 새끼를 순산(順産)하는 것을 말하는 듯하다.

994) 낫ᄂᆞᆫ: 낫(낳)-ᄂᆞᆫ(관형어미)〉낳는.

995) 부를 거시: 부러워할 것이.

후생에 환생하여 다시 만나 꽃다운 인연을 잇게 하면 보살님 은혜를 몸을 받쳐 보시하리이다

八萬大藏[996] 부쳐님게 비ᄂᆞ이다 나와 님을 다시 나게 ᄒᆞ오소셔

如來菩薩[997] 地藏菩薩[998] 文殊菩薩[999] 普賢菩薩[1000] 十王菩薩[1001] 五百羅漢[1002] 八萬伽藍[1003] 三千揭啼[1004] 西方淨土[1005] 極樂世界[1006] 觀世音菩薩[1007] 南無阿彌陀佛[1008]

後生[1009]에 還道相逢ᄒᆞ여 芳緣[1010]을 잇게 ᄒᆞ면 菩薩님 恩惠를 捨身 報施[1011]ᄒᆞ리이다

[963: 3154] 이정보(李鼎輔)

한 고조의 모신 맹장 이제 와 생각해보니

소하가 군량미를 공급하고 길이 끊어지지 않게 한 것과 장량의 장막 속에서 책략을 꾸민 일과 한신의 싸우면 반드시 이기고 공격하면 반드시 적지를 뺏으니 이들이 삼걸이라 하겠거니와 진평의 여섯 가지 기이한 계책이 아니런들 백등에 온 성을 누구라서 풀어내며 항우의 범아부를 누구라서 두 사람 사이에 하리를 놀아 서로 멀어지게 하리

아마도 금도창업의 공은 사걸인가 하노라

---

996) 팔만대장(八萬大藏) 부쳐님게: 모든 부처님.
997) 여래보살(如來菩薩): 부처로서 모시는 석가모니.
998) 지장보살(地藏菩薩): 석가 입멸 후 미륵불의 출세까지 무불의 세계에 머물러 중생을 화도한다는 보살.
999) 문수보살(文殊菩薩): 여래의 왼 편에 있어 지혜를 맡은 보살.
1000) 보현보살(普賢菩薩): 불타의 이(理)·정(定)·행(行)의 덕을 맡아보는 보살. 석가 우측에 있다.
1001) 시왕보살(十王菩薩): 저승에서 망자를 재판한다고 하는 십대왕(十大王)인데 이를 보살로 봄.
1002) 오백나한(五百羅漢): 석가의 오백 제자. 나한은 세상 사람들의 공경을 받을 만한 공덕을 갖춘 성자.
1003) 가람(伽藍): 승려가 살면서 불도를 닦는 곳. 팔만가람(八萬伽藍)은 승가람마(僧伽藍摩)와 같은 말임.
1004) 삼천게제(三千揭啼): 불교의 오묘한 진리. 게구의 참뜻.
1005) 서방정토(西方淨土): 서방극락, 서쪽으로 십만억 국토를 지나 있다는 아미타불의 극락정토. 서방극락(西方極樂).
1006) 극락세계(極樂世界): 아미타불이 살고 있는 극락정토의 세계.
1007) 관세음보살(觀世音菩薩): 대자대비한 보살의 하나.
1008) 남무아미타불(南無阿彌陀佛): 아미타불에 귀의한다는 뜻으로 염불의 일종.
1009) 환도(還道): 환생.
1010) 방연(芳緣): 꽃다운 인연.
1011) 사신보시(捨身 報施): 수행보은을 위하여 속계에서의 몸을 버리고 불문에 들어감.

漢高祖[1012]의 謀臣 猛將[1013] 이ᄌᆡ 와 셰여보니
蕭何의 給饋餉 不絶粮道와[1014] 張良의 運籌帷帳과[1015] 韓信의 戰必勝 功必取[1016]ᄂᆞᆫ 三傑[1017]이라 ᄒᆞ려이와 陣平의 六出奇計[1018] 아니런들 白登에 에온 城[1019]을 뉘라셔 푸러ᄂᆡ며 項羽의 范亞父를 뉘라셔 離間ᄒᆞ리[1020]
아마도 金刀創業之功[1021]은 四傑[1022]인가 ᄒᆞ노라

[964: 3159]
한 눈 멀고 한 다리 저는 두꺼비 서리 맞은 파리 물고 두엄 위에 뛰어 올라 앉아
건너 산 바라보니 백송골이 떠 있거늘 가슴이 뜨금 하여 풀쩍 뛰다가 그 아래 도로 자빠졌구나
아무렴 몸이 날랜 나이기에 망정이지 동작이 둔한 사람이였던들 피멍이 들 뻔하였다

ᄒᆞᆫ 눈 멀고 ᄒᆞᆫ 다리 져ᄂᆞᆫ[1023] 두터비[1024] 셔리 마즈 ᄑᆞ리[1025] 물고 두엄[1026] 우희 치다라[1027] 안자
건넌 山 ᄇᆞ라보니 白松骨[1028]리 ᄯᅥ 잇거ᄂᆞᆯ 가ᄉᆞᆷ이 금즉ᄒᆞ여[1029] 플ᄶᅥᆨ ᄯᅱ다가 그 아ᄅᆡ 도로 잣바지거고나[1030]

1012) 한고조(漢高祖): 유방.
1013) 모신(謀臣) 맹장(猛將): 지모가 있는 신하와 용맹한 장수.
1014) 소하(蕭何)의 급궤향부절량도(給饋餉 不絶粮道)와: 소하가 군량을 공급하면서 길이 끊어지지 않게 함.
1015) 장량(張良)의 운주유장(運籌帷帳)과: 장양이 작전계획을 세움.
1016) 한신(韓信)의 전필승공필취(戰必勝功必取): 한신이 싸우면 반드시 이기고 공격하면 반드시 적지를 뺏는다는 고사.
1017) 삼걸(三傑): 한의 세 영웅.
1018) 진평(陣平)의 육출기계(六出奇計): 한고조의 모신 진평의 여섯 가지 기이한 계책.
1019) 백등(白登)에 에운 성(城): 한고조가 흉노를 칠 때, 칠 일 동안 포위되었던 산성. 백등은 산서성 대동현의 동쪽에 있는 산임.
1020) 이문(離間)ᄒᆞ리: 누구라서 두 사람 사이에 하리를 놀아 서로 멀어지게 하리.
1021) 금도병업지공(金刀創業之功): 유방이 한나라를 처음 세운 공. 금도는 유자를 이름.
1022) 사걸(四傑): 한의 삼걸에 유방까지 합쳐서 이른 말임.
1023) 져ᄂᆞᆫ: 절뚝이는.
1024) 두터비: 두꺼비.
1025) 마즈 ᄑᆞ리: 절름거리는 파리.
1026) 두엄: 퇴비. 쓰레기 더미.
1027) 치다라 안자: 위로 뛰어 올라 앉아.
1028) 백송골(白松骨): 송골매.
1029) 금즉ᄒᆞ여: 뜨금하여.
1030) 도로 잣바지거고나: 도리어 자빠졌구나. '도로'는 '도리어'의 뜻을 가진 경상방언이다.

뭇쳐로[1031] 날닌 젤싀만졍[1032] 힝혀 鈍者ㅣ런둘 어혈질 번 ᄒᆞ괘라[1033]

[965: 648]
녹음방초 우거진 골에 꾀꼬리라 우는 저 꾀꼬리 새야
너의 소리 예쁘다 마치 님의 소리와 같을시고
아마도 너 있고 님 계시면 아무개인 줄 모르겠도다

綠陰芳草 우거진 골에 쇠꼬리라[1034] 우ᄂᆞᆫ 져 쇠꼬리 ᄉᆡ야
네 소릐 어엿부다[1035] 마치 님의 소릐도 ᄀᆞᆺ틀시고[1036]
아마도 너 잇고 님 겨시면 아모 귄 줄 몰ᄂᆡ라

1031) 뭇쳐로: 아무렴.
1032) 날닌 젤싀만졍: 몸이 날랜 나이기에 망정이지.
1033) 어혈(瘀血)질 번 ᄒᆞ괘라: 피멍이 들 뻔하였다.
1034) 쇠꼬리라: 꾀꼬리의 울음을 의성화한 표현.
1035) 어엿부다: 불쌍하다, 가련하다.
1036) ᄀᆞᆺ틀시고: 같구나.

낙희조(樂戲調)

낙희조【요임금과 탕임금의 태평성대 꽃 핀 봄의 성터, 봄 가을의 하늘과 땅, 봄바람에 희희낙락한네.】

樂戲調【堯風湯日 花欄春城 春秋(乾坤-風雨) (楚漢乾坤-삽입) 樂樂春風】

[966: 2609]

졸다가 낚싯대를 잃고 춤추다가 도롱이를 잃었구나
늙은이 망령들었다고 비웃지 마라 저 백구들아
십리에 도화꽃 만발하니 춘흥을 못 이겨 하노라

조오다가 낙시딕[1]를 일코 츔츄다가 되롱의[2]를 일허고나
늘그늬 妄侫으란 웃지 마라 저 白鷗드라
十里에 桃花[3]發ㅎ니 春興을 계워 ㅎ노라

1) 낙시딕: 낚싯대. '낡+대'의 복합어.
2) 되롱이: 도롱이. 누역(縷繹). 띠풀 따위로 엮어 만든 비옷.
3) 십리도화(十里桃花): 십리에 피어 있는 복사꽃.

[967: 3532] 정철(鄭澈)

고개 너머에 살고 있는 성 권농의 집에 빚은 술이 익었다는 말을 어제 듣고
누워 있는 소를 발로 차서 일으켜 세워가지고 언치만 놓아 껑충 뛰어 눌러타고
아희야 너의 권농 어른 계시냐 정좌수가 찾아왔다고 아뢰어라

ᄌᆡ 너머 成勸農4) 집의 술 닉단 말5) 어ᄌᆡ 듯고
누은 소 발노 박ᄎᆞ 언치6) 노하 지즐 ᄐᆞ고7)
아희야 네8) 勸農 계시냐 鄭座首9) 왓다 ᄉᆞᆲ와라

[968: 1085]

물 아래 가는 강 모레 아무리 밟아도 발자취 나며
임이 날을 아무리 사랑한들 내가 알 수 있더냐 님의 정을
미친 바람에 짓불린 사공같이 기피를 몰라 하노라

물 아ᄅᆡ 細가랑 모ᄅᆡ10) 아모리 밥다 발ᄌᆞ최 나며
님이 날을 아모만 괸들11) 내 아ᄋᆞᆸ더냐 님의 情을
狂風에 씨부친12) 沙工ᄀᆞᆺ치 깁픠을 몰나 ᄒᆞ노라

[969: 632]

녹양방초 언덕에 소 먹이는 아희들아
앞내 고기 뒷내 고기를 다 물 속에서 잡아내 채롱에 넣어 들어 네 소 궁둥이에 얹어다 주렴

---

4) 성권농(成勸農): 성(성)씨인 권농(勸農). 여기서는 성혼(成渾)을 가리킴. '권농'은 지방의 방(坊)이나 면에 딸려 있으면서 농사일을 권장하던 사람.

5) 술 닉닷 말: 술이 익었다는 말.

6) 언치: 안장 밑에 까는 털헝겊.

7) 지즐 ᄐᆞ고: 눌러타고. '지즐다'는 '지지르다'의 뜻.

8) 네: 너의.

9) 뎡좌수: 정좌수(鄭座首), 곧 송강 자신을 가리킴. 좌수(座首)는 향촌의 우두머리.

10) 셰 가랑 모래: 잔 모레. '셰'는 한자 '세'의 음. '가랑'은 '세'의 훈. 지금 세풍을 '가랑비'라고 하는데, 이 '가랑'에 해당하는 말이다. '가랑'은 'ᄀᆞᄅᆞ'에 'ㅇ'접미사가 연결된 것이다.

11) 괴다: 사랑하다.

12) 씨부친: 짓불린. '씨'는 접두사.

우리도 서쪽 밭두둑에 일이 많아 바삐 가는 길이므로 가서 전할동 말동 하여라

綠楊芳草岸에[13] 쇼 멱이ᄂᆞᆫ 아희들아
압 내 고기 뒷 내 고기를 다 몰쇽[14] 잡아내 다락치[15]에 너허드란 네 쇠궁치[16]에 언저다가 쥬렴[17]
우리도 西疇에[18] 일이 만하 밧비 가ᄂᆞᆫ 길히ᄆᆡ 가 젼ᄒᆞᆯᄯᅩᆼ 말ᄯᅩᆼ ᄒᆞ여라

[970: 632]
노세 노세 주야장천 노세 노세 낮에도 놀고 밤에도 노세
벽 위에 그린 황계 수탉이 홰홰 치며 울 때까지 노세 노세
인생은 아침 이슬이라 아니 놀고 어이하리

노ᄉᆡ 노ᄉᆡ ᄆᆡ양 장ᄉᆡᆨ[19] 노ᄉᆡ 노ᄉᆡ 낫도 놀고 밤도 노ᄉᆡ
壁上에 그린 黃鷄 숫ᄃᆞᆰ[20]이 홰홰처 우도록 노ᄉᆡ 노ᄉᆡ
人生이 아ᄎᆞᆷ 이슬이라 아니 놀고 어이리

[971: 1846]
아이야 말안장 준비해라 타고 고기잡이 가자구나
술병 걸 때에 행여 잔 잊을까 걱정되는구나 백발을 흩날리며 여흘여흘 건너가니
내 뒤에 불로 잘 받는 소를 타고 있는 벗님네는 함께 가자 하더라

아희야 ᄆᆞᆯ 鞍裝ᄒᆞ여라 타고 川獵[21]을 가자
술병 걸 졔 힝혀 盞 이즐세라[22] 白鬚[23]를 흣날니며[24] 여흘여흘 건너 가니

13) 녹음방초안(綠楊芳草岸)에: 나무 우거진 아름다운 꽃 핀 언덕.
14) 몰쇽: 몽탕. 남김없이.
15) 다락치: 다라치. '다라치'는 '채롱'의 사투리.
16) 쇠궁치: 소의 궁둥이. '쇠'는 '쇼'의 관형어이니, '소'의.
17) 쥬렴: 다오. 청유종결어미.
18) 서주(西疇)에: 서쪽 밭두둑에.
19) ᄆᆡ양 장ᄉᆡᆨ: 매양장식(每樣長息). 주야장천(晝夜長天)과 같은 말. 시도 때도 없이. 낮밤으로.
20) 벽상(壁上)에 그린 황계(黃鷄) 수ᄃᆞᆰ: 바람 벽 위의 그린 그림의 누런 수탉.
21) 천렵(川獵): 냇물에서 고기잡이 하는 일.
22) 이즐세라: 잊을까 걱정되는구나.

내 뒤헤 쁜 쇼[25] 탄 벗님ᄂᆡ는 홈긔[26] 가자 ᄒᆞ더라

[972: 2212]

웃는 모습은 눈매도 고우며 돌아서는 모습은 뒷모습이 더욱 곱다

앉거라 보자 서거라 보자 걷거라 보자 온갖 교태를 다하여라 보자 어허 내 사랑 삼고 싶구나

네 부모가 널 낳을 때 나만 사랑하게 한 것이로다

웃ᄂᆞᆫ 양[27]은 눈씨[28]도 고의 돌치ᄂᆞᆫ 양은 뒤 허우리 더욱 됴타

안쩌라 보자 셔거라 보자 건니거라 보쟈 百萬 嬌態[29]를 다 ᄒᆞ여라[30] 보자 어어 내 思郞 삼고라지고

너 父母 너 길러 내올 제 날만 괴려[31] ᄒᆞ돗다[32]

[973: 2554]

저 건너 흰 옷 입은 사람 얄밉고도 얄미워라

작은 돌다리 건너 큰 돌다리 넘어 밟고 뛰어간다 가로 뛰어가는가 어허 내 사랑 삼고 싶구나

진실로 내 서방 못 될 바에 벗의 님이나 되기나 하지

져 건너 흰 옷 닙은 사름 ᄌᆞᆺ밉고도[33] 얄믜왜라[34]

ᄌᆞ근 돌다리 건너 콘 돌다리 넘어 뱝 쒸여간다[35] ᄀᆞ로 쒸여가ᄂᆞᆫ고[36] 어허 내

23) 백수(白鬚): 흰 수염.
24) 홋날니며: 휘날리며, 흩날리며.
25) 쁜 쇼: 불로 받아넘기기를 잘하는 소.
26) 홈긔: 함께.
27) 양(樣): 모습.
28) 눈씨: 노려보는 시선의 힘, 혹은 눈매.
29) 교태(嬌態): 애교를 떠는 모양.
30) ᄒᆡ여라: 하여라.
31) 괴려: 사랑하려.
32) ᄒᆞ돗다: 한 것이로다.
33) ᄌᆞᆺ밉고도: 얄밉고도. 'ᄌᆞᆺ'은 '자잘굳다'에서 유래한 접두사.
34) 얄믜왜라: 얄미워라.
35) 뱝 쒸여간다: 밟고 뛰어간다.

思郞 삼고라지고[37]

眞實노 내 書房 못 될진ᄃᆡ 벗의 님이나 되고라자

[974: 676]

눈썹은 수나비 앉은 듯하고 이빨은 이화꽃과 같다

날 보고 당실 웃는 양은 삼색 도화가 피어나지 않은 것이 하루 밤비 기운에 반만 절노 핀 형장이로다

네 부모 너 생겨 날 적에 나만 사랑하라 생겼도다

눈섭은 슈나뷔[38] 안즌 듯ᄒᆞ고 닛바ᄃᆡ[39]ᄂᆞᆫ 梨花도 ᄀᆞᆺ다

날 보고 당싯[40] 웃ᄂᆞᆫ 양은 三色 桃花[41]ㅣ 未開封[42]이 하로 밤 비 氣運에 半만 절노 핀 形狀이로다

네 父母 너 삼겨 낼 젹의 날만 괴라[43] 삼기도다

[975: 937]

딛다 바드득 안으니 가는 허리에 자낙자낙

홍상을 거두 치우니 눈처럼 희고 깨끗한 살결이 풍만하고 다리를 들고 걸터앉으니 반쯤 핀 홍목단이 봄바람이 성하게 이는 듯하도다

앞으로 나갔다가 또 뒤로 물러나니 울창하게 우거진 산중 숲에 봄 물소리인가 하노라

드립더[44] ᄇᆡ드득[45] 안으니 셰 허리지[46] ᄌᆞ늑ᄌᆞ늑[47]

---

36) ᄀᆞ로 쒸여가ᄂᆞᆫ고: 횡으로 옆으로 뛰어가는고.

37) 삼고라지고: 삼고 싶도다.

38) 수나뷔: 수나비. 보통 미인의 그린 것과 같이 고운 눈썹을 아미(蛾眉)라고하고, 또는 청춘의 아름다운 눈썹을 청아(靑蛾)라고 하는데, 여기서 일반으로 미인을 가리킨다.

39) 닛바ᄃᆡ: 잇발>이빨.

40) 당싯: 방긋 웃는 모양.

41) 삼색 도화(三色桃花): 한 나무에 세 빛깔의 꽃이 핀 복사꽃.

42) 미개봉(未開峰): 아직 다 피지 못한 봉우리.

43) 괴라: 사랑하라고. '괴다'는 사랑하다.

44) 드립더: 힘을 주어 안으로 들어 미는 것. 딛다.

45) ᄇᆡ드득: 바드득. 몹시 힘을 주는 것.

46) 셰허리지: 가는 허리. '셰'는 細. '지'는 단순한 접미사.

紅裳을 거두치니[48] 雪膚之豊肥[49]ᄒᆞ고 擧脚蹲坐[50]ᄒᆞ니 半開ᄒᆞᆫ 紅牧丹[51]이 發郁於春風[52]이로다

進進코 又退退ᄒᆞ니 茂林 山中[53]에 水舂聲[54]인가 ᄒᆞ노다

[976: 426]

나는 님을 생각하기를 엄동설한에 맹상군의 고백구 믿듯이

임은 날 생각하기를 삼각산 중흥사에 이 빠진 늙을 중놈의 살이 빠져 성긴 얼레빗이로다

짝사랑 외로 즐기는 뜻을 하늘이 알아서 되돌아보게 하소서

나ᄂᆞᆫ 님 혜기를[55] 嚴冬雪寒에 孟嘗君[56]의 孤白裘[57] 밋듯

님은 날 혜기를 三角山[58] 中興寺[59]에 니 색진 늘근 즁놈의 살 셩귄[60] 어레빗시로다

짝ᄉᆞ랑 외즐김[61] ᄒᆞᄂᆞᆫ 쁫을 하ᄂᆞᆯ이 아르셔 둘너보게 ᄒᆞ소셔[62]

[977: 132]

개성부 장사 배경 들어갈 적에 걸고 간 동노구 자리 올 적에 보니 맹서코 몹시도

---

47) ᄌᆞ늑 ᄌᆞ늑: 부드러운 모양. 'ᄌᆞ녹 ᄌᆞ녹'에서 온 말인데 이 말은 '조용이, 살금살금'하는 뜻을 가진 말이다. 이것이 근세에는 그 의미가 변하여 '부드럽게'하는 뜻이 되었다.

48) 거두치니: 거두어 올려 부치니.

49) 설부지풍비(雪膚之豊肥): 눈처럼 희고 깨끗한 살결이 기름짐을 말함. 흰 살결과 고운 얼굴을 보통 '설부화용(雪膚花容)'이라고 한다.

50) 거각준좌(擧脚蹲坐): 다리를 들고 걸터앉음.

51) 반개(半開)ᄒᆞᆫ 홍목단(紅牧丹): 여자의 생식기를 상징하였음.

52) 발욱어춘풍(發郁於春風): 봄바람이 성하게 나타 남. 교정의 기분을 말한 것임. '郁'은 성한 모양.

53) 무림 산중(茂林山中): 성하게 숲이 우거진 산중. 국부 음모를 상징.

54) 수용성(水舂聲): 물 절구질 하는 소리. 음수성의 상징.

55) 혜기를: 생각하기를.

56) 맹상군(孟嘗君): 중국 전국시대 사람으로 성은 전이요, 이름은 문인바, 제나라의 정승이었다. 양객을 좋아하여 식객이 삼천 명이나 되었다 한다.

57) 고백구(孤白裘): 여우의 겨드랑 아래 털의 흰 것만을 모아서 만든 갖저고리, 맹상군이 이 것 한 벌을 가졌는데 그것은 값이 천금어치나 되고, 천하에 둘도 없는 보배라 여기였다고 한다.

58) 삼각산(三角山): 서울 북악에 있는 삼각산.

59) 중흥사(中興寺): 딴데는 '重興寺'로 되어 있다. 삼각산 중에 있는 절이다.

60) 성귄: '어리'가 딴데는 '어레'로 되어 있다. 얼레빗.

61) 짝ᄉᆞ랑 외즐김: 짝사랑의 혼자 즐김.

62) 둘너보게 ᄒᆞ쇼셔: 돌아보게 하소서.

반가워라

저 동노구 자리 저다지 반갑거든 돌새 어미 말이야 일러 무엇하리

들어가 돌새 어미 보거든 첫 말씀 하여라

開城府 장ᄉᆞ[63] 北京[64] 드러갈 졔 걸고 간 銅爐口 ᄌᆞ리[65] 올 제 보니 盟誓ㅣ코[66] 痛忿이도[67] 반가왜라[68]

져[69] 銅爐口 자리 저다지 반갑거든 돌ᄉᆡ[70] 엄의 말이야 닐너 무슴ᄒᆞ리

드러가 돌ᄉᆡ 엄이 보거든 첫 말솜에 ᄒᆞ여라

[978: 844]

외골 내골 두 눈이 하늘 향하고 앞으로 뒤로 기는 작은 다리 팔 족 큰 다리 두 족

청장 흑장 아사삭하는 게젓 사소

저 장사야 매우 거북하게 웨지 말고 게젓이라 하려므나

外骨 內骨[71] 兩目이 上天[72] 前行 後行 小[73]아리 八 足 大아리 二 足

靑醬 黑醬[74] 아스슥ᄒᆞᄂᆞᆫ[75] 동난지[76] 사소

저 장ᄉᆞ야 하 거북이 웨지 말고[77] 게젓[78]이라 ᄒᆞ렴은

---

63) 개성부(開城府) 쟝ᄉᆞ: 개성서 사는 장사꾼.
64) 북경: 중국의 수도. 북평.
65) 동노구(銅爐口) 자리: 퉁노구를 걸었던 자리.
66) 맹서(盟誓)ㅣ코: 맹세코, 정말로.
67) 통분(痛忿)이도: 몹시도.
68) 반가왜라: 반갑구나.
69) 져: 저.
70) 돌ᄉᆡ 엄이: 돌쇠의 어머니가.
71) 외골 내골(外骨內骨): 안쪽과 바깥 뼈. 게의 겉모습을 말함.
72) 상천(上天): 하늘로 향하였다.
73) 小아리: 작은 다리.
74) 청장 흑장(靑醬黑醬): 진하지 아니한 간장과 진한 간장.
75) 아스슥ᄒᆞᄂᆞᆫ: 아삭한.
76) 동난지: 게젓.
77) 하 거북이 웨지 말고: 매우 거북하게 웨지 말고. 매우 어렵게 웨지 말고.
78) 게젓: 게(蟹)젓.

[979: 1854]

아흔 아홉 구비 먹은 노장이 탁주를 걸러 가득 듬뿍 취하게 먹고

길고 좁은 길로 이리로 비틀 저리로 비뚝 비틀비틀 걸을 적에 웃지 마라 저 靑春 소년 아이놈들아

우리도 소년 적 마음이 어제인 듯 하여라

아흔 아홉 곱[79] 먹은 老丈[80]이 濁酒을 걸너 가둑 담북 醉케 먹고

납족됴로ᄒᆞᆫ 길[81]노 이리로 뷧둑[82] 저리로 뷧척 뷧둑뷧척 뷔거를 젹의[83] 웃지 마라 져 靑春 少年 아희놈드라

우리도 少年 적 ᄆᆞ음이 어졔론 듯[84]ᄒᆞ여라

[980: 48]

각씨네 내 첩이 되나 내가 각씨네 훗 남편이 되나

꽃 본 나비 물 본 기러기 고기 본 가마오지 가재 젓이오 수박에 달린 쪽 술이로다

각씨네 하나 수철장에 달이오 나 땜장이로 솥 만들고 남은 쇠로 찬찬 감아서 질까 하노라

閣氏ᄂᆡ ᄂᆡ 妾이 되나 내가 閣氏ᄂᆡ 後ㅅ남편[85]이 되나

곳 본 나뷔 물 본 기러기 고기 본 가마오지[86] 가지[87]에 젓시오 슈박의 ᄯᆞᆯ인 쪽 술[88]이로다

閣氏ᄂᆡ ᄒᆞ나 水鐵匠[89]의 ᄯᆞᆯ[90]이오 나 짐장이[91]로 솟 짓고 나문 쇠로 ᄎᆞᆫᄎᆞᆫ 감아

79) 곱: '구비'와 같은 말이니, '고개'라는 뜻. '굽다'가 umlaut 현상으로 인하여 '곱다'로 된 것이니, '구비'에 대하여 '고비'가 있다. 따라서 '곱'은 '곱다'에서 그 어간만 취한 것이다.

80) 노장(老丈): 늙은이의 존칭. 노승의 존칭.

81) 납족 도라ᄒᆞᆫ길: 길고 좁은 길.

82) 뷧둑: 몸이 비뚝 비뚝하는 모양.

83) 뷔거를 젹의: 비틀비틀 걸을 때에.

84) 어졔론 듯: 어제인 듯. '론'은 지정사의 관형사형 '인'.

85) 후(後)ㅅ남편: 뒷 남편.

86) 가마오지: 가마우지, 물새의 일종.

87) 가지: 젓을 담그는 가재의 방언.

88) 쪽술: 쪽술. 쪽박 같이 생긴 숟가락.

89) 수철장(水鐵匠): 무쇠장이. 경공장의 하나로서 내수자에 속하는 공장이며, 아직 풀무에 들어가지 않은 무쇠를 가지고 쇠를 만드는 장인.

질싸92) ᄒᆞ노라

[981: 964]

넓은 푸른 물에 둥둥 떠 있는 불약금이 거위 오리들과 비솔 금성 원앙새 둥둥 떠 다니는 듯이 두루미들아

너 떠 있는 물 깊이를 알고 지 떠 있는 줄 모르고 둥둥 떠 있는

우리도 남의 님 정을 맺어두고 깊이를 몰라 하노라

萬頃滄波之水에 둥둥 ᄯᅥᆫ는 불약금93)이 게올이94)들과 비솔 금셩95) 증경이96) 동당강상97) 너시98) 두루미드라

너 ᄯᅥᆫ는 물 깁픠를 알고 둥 ᄯᅥᆫ는 모로고 둥 ᄯᅥᆫ는

우리도 남의 님 거러두고99) 깁픠을 몰나 ᄒᆞ노라

[982: 1170]

갈매기 떼 펄펄 대동강 위를 날고 낙락장송은 청류벽 위에 푸르구나

넓은 들판 동쪽의 점점이 보이는 산엔 석양빛 비꼈는데 장성의 북쪽엔 넘실거리는 대동강 물에 작은 고깃배 저어 가네

크게 취해 기생을 실은 채로 물결 따라 흘러 가니 금수산 능라도를 자유롭게 오가네.

白鷗는 片片 大同江 上飛오 長松 落落100) 青流壁上翠라

大野東頭 點點山에101) 夕陽은 빗겻ᄂᆞᆫ듸 長城一面 溶溶水에 一葉 漁艇 흘니 저어

大醉코 載妓 隨波102)ᄒᆞ여 錦繡 綾羅103)에 任去來104)를 ᄒᆞ리라

---

90) ᄯᆞᆯ: 여십, 딸.

91) 짐장이: 땜장이.

92) 감아 질싸: 가마솥을 때울까.

93) 불약금: 물새의 하나.

94) 게올이: 거위와 오리.

95) 비솔금셩: 미상.

96) 증경이: 원앙새.

97) 동당강상: 강 위에 둥둥 떠다니는.

98) 너시: 미상.

99) 거러두고: 정을 맺어 두고.

100) 장송낙낙(長松落落) 청유벽상취(青流壁上翠)라: 낙락장송은 청류벽 위에 푸르구나.

101) 대야동두(大野東頭) 점점산(點點山)에: 넓은 들 동쪽에 점점이 보이는 산.

[983: 2370]
이 좌수는 검은 암소를 타고 김 약정은 질장군 두루체 메고
남 권농 조 당장은 취하여 비틀비틀 걸으며 장고 무고 둥더럭궁 춤을 추는구나
산골 어리석은 백성의 질박 천진 행동거지와 태곳적 순풍을 다시 본 듯 하여라

李座首[105]는 감은 암소를 타고 金約正[106]은 질장군[107] 두루체 메고
南勸農[108] 趙堂掌[109]은 醉ᄒᆞ여 뷔 거르며[110] 杖鼓 巫鼓[111] 둥더럭궁 춤추ᄂᆞᆫ고나
峽裡[112]에 愚氓[113]의 質朴 天眞[114] 行止[115]와 太古 淳風[116]을 다시 본 듯ᄒᆞ여라

[984: 1673]
손 약정은 점심을 차리고 이 풍헌은 술안주 장만하소
거문고 가야금 혜금 비파 적 필률 장고 무고 공인은 우당장이 데려오시오
글 짓고 노래 부르기와 여기 화간은 내가 다 담당함세

孫約正[117]은 点心을 ᄎᆞ리고 李風憲[118]은 酒肴[119]을 장만ᄒᆞ소
거문고 伽倻琴[120] 嵇琴[121] 琵琶 笛 觱篥[122] 長鼓 巫鼓 工人으란 禹堂掌[123]이 ᄃᆞ려

---

102) 제기수파(載妓隨波): 기생을 싣고 물 흐르는 대로 따라감.
103) 금수 능라(錦繡綾羅): 평양에 있는 금수산과 능라도.
104) 임거래(任去來): 마음대로 오감.
105) 좌수(座首): 향소의 장.
106) 약정(約正): 조선시대의 향약 단체의 임원.
107) 질장군: 질그릇으로 된 장군.
108) 권농(勸農): 농사일을 권함.
109) 당수(堂掌): 당장. 서원에 속하는 하례.
110) 뷔거르며: 비틀비틀 걸으며.
111) 무고(巫鼓): 큰 북.
112) 협리(峽裡): 산골. 시골.
113) 우맹(愚氓): 어리석은 백성.
114) 질박 천진(質朴天眞): 순박하고 거짓이 없음.
115) 행지(行止): 행동거지.
116) 태고 순풍(太古淳風): 태고 적의 순박한 풍속.
117) 손약정(孫約正): 손씨 성을 가진 약정.
118) 이풍헌(李風憲): 이씨 성을 가진 풍헌. 조선조의 향소직의 하나.
119) 주효(酒肴): 술안주.
120) 가야금(伽倻琴): 가야금.
121) 혜금(嵇琴): 깡깡이.
122) 필률(觱篥): 필률. 피리와 비슷한 악기.

오시

글 짓고 노릭 부르기와 女妓 花看[124]으란 내 다 擔當ᄒᆞ옴싀

[985: 2713]

창 내고 싶구나 창을 내고 싶구나 이 내 가슴에 창을 내고 싶구나

고모장자 세살장자 가로닫이 여닫이에 암돌쩌귀 수돌쩌귀 크나큰 장도리로 뚝딱 박아 이 내 가슴에 창을 내고 싶구나

이따금 하도 답답할 때 열고 닫아 볼까 하노라

窓 내고져[125] 窓을 내고져 이 내 가슴의 窓 내고져

고모장ᄌᆞ[126] 細살장ᄌᆞ ᄀᆞ로다지 여다지에 암돌져귀[127] 수돌져귀 크나큰 장도리[128]로 쑥싹 박아 이 내 가슴에 窓 내고져

잇다감 하[129] 답답ᄒᆞᆯ 지 여다져[130]나 볼가 ᄒᆞ노라

[986: 843]

댁드레 나무들 사오 저 장사야 네 나무 값이 얼마나 하나 사자

싸리나무는 한 말을 치고 검주나무는 닷 되를 쳐서 합하여 헤면 한 말 닷 되 받으니 사서 때어 보소 불 잘 붙습니다

한 번 곧 사 때어 보면 매양 사서 때리라 하오리

宅드레 나무들 사오 져 장ᄉᆡ야 네 나무[131] 갑시 언미ᄂᆞ ᄒᆞ니 사쟈

ᄊᆞ리나무ᄂᆞᆫ[132] ᄒᆞᆫ 말을 치고 검쥬남긔ᄂᆞᆫ[133] 닷 되를 쳐셔 合ᄒᆞ여 헤면 마 닷

123) 우당수(禹堂掌): 우씨 성을 가진 당수.
124) 여기 화간(女妓花看): 기생들을 보살피는 일.
125) 내고져: 내-고져(청원의 어미)>내고 싶구나.
126) 고모장ᄌᆞ: 창문의 일종.
127) 돌져귀: 문설주에 박는 구멍난 돌쩌귀.
128) 쟝도리: 장도리.
129) 하: 몹시.
130) 여다져: 열고 닫아.
131) 나모: 나무.
132) ᄊᆞ리나무ᄂᆞᆫ: 싸리나무는.
133) 검쥬남긔ᄂᆞᆫ: 검불나무는.

되 바드니 사 ᄯᆡ여 보옵소 불 잘 붓ᄉᆞᆸᄂᆞ니
ᄒᆞᆫ 번곳 사 ᄯᆡ혀 보면 ᄆᆡ양 사 ᄯᆡ히쟈[134] ᄒᆞ오리

[987: 1521]
새악시 시집 간 날 밤에 질방구리 대여섯을 따려 버리오니
시어미 이르기를 물어달라고 하는 고나 새악시 대답하되 시어미 아들놈이 우리 집 전라도 경상도에서 회령 종성 쪽을 못 쓰게 뚫어 그르쳤으니
그것으로 비겨 보면 양의장할까(서로 비겼을까, 피장파장) 하노라

ᄉᆡ약시 ᄉᆡ집 간 날 밤의 질방그리[135] ᄃᆡ엿슬[136] ᄯᆡ려 ᄇᆞ리오니
ᄉᆡ어미 이르기를 물나 달나[137] ᄒᆞᄂᆞᆫ괴야 ᄉᆡ약시 對答ᄒᆞ되 ᄉᆡ어미 아ᄃᆞᆯ놈이 우리 집 全羅道 慶尙道로셔 會寧 鍾城 다히를[138] 못 쓰게 ᄯᅮ러 어긔로쳐시니[139]
글노 비겨[140] 보와 냥의 쟝ᄒᆞᆯ가[141] ᄒᆞ노라

[988: 1216]
백화산 상상두에 낙낙장송 휘어진 가지
부엉이 방구 뀐 수상한 옹두리 길죽 넙죽 우툴두툴 뭉클뭉클하지 말고 님의 연장 그렇고저
진실로 그렇고 할 짝이면 벗고 굶는다 한들 무슨 성가신 일이 있으랴

白華山 上上頭에 落落長松[142] 휘여진 柯枝
부헝이[143] 방귀[144] ᄲᅱᆫ 殊常ᄒᆞᆫ 옹도리지[145] 길쥭넙쥭 어틀머틀[146] 믜뭉슈로 ᄒᆞ거

134) 사 ᄯᆡ히쟈: 사서 때고자.
135) 질방그리: 질방구리. 질로 만든 방구리.
136) ᄃᆡ엿슬: 대여섯을.
137) 물나 달나: 물어 달라고.
138) 회령 종성 다히를: 회령과 종성 쪽을. 본래 회령, 종성은 함경도의 속군이나 여기서는 여자의 음부를 은유한 듯함.
139) 어긔로쳐시니: 그르쳤으니.
140) 비겨: 비기어. 비교해.
141) 냥의 쟝ᄒᆞᆯ가: 서로가 빗장을 부름. 여기서는 피장파장이란 뜻.
142) 낙락장송(落落長松): 가지가 척척 늘어진 큰 소나무.
143) 부헝이: 부엉이.
144) 방귀: 방귀.

라[147] 말고 님의 연장[148] 그러코쟈[149]

眞實노 그러곳 ᄒᆞᆯ 쟈시면[150] 벗고 굴물진들[151] 셩이 무슴 가싀리[152]

[989: 2163]

용같이 잘 걷는 말에게 한 자 넘는 보라매 팔에 얹고

해 저무는 산실로 개 부르며 돌아드니

아마도 장부의 놀이는 이것이 좋은가 하노라

龍ᄀᆞ치 ᄒᆞᆫ 건ᄂᆞᆫ[153] ᄆᆞᆯ게[154] ᄌᆞ나믄[155] 보라ᄆᆡ 밧고

夕陽山路로 ᄀᆡ[156] 부르며 도라드니

아마도 丈夫의 노리ᄂᆞᆫ 이 됴ᄒᆞᆫ가 ᄒᆞ노라

[990: 1643]

소경놈이 맹광이를 업고

외나무다리로 막대 없이 건너가니

그 아래 돌부처 앉아서 손뼉을 치며 큰 소리로 웃더라

소경놈이 ᄆᆡᆼ광이[157]를 업고

외나무 다리로 막ᄃᆡ 업시 건너 가니

---

145) 옹도라지: 나무에 난 옹두리.

146) 어틀 머틀: 우툴 두툴.

147) ᄆᆡ뭉슈로 ᄒᆞ거라: 뭉클 뭉클하지 말고.

148) 연장: 남자의 성기를 가리킴.

149) 그러코라쟈: 그러고저.

150) 그러곳ᄒᆞᆯ쟈시면: 그렇기만 할 것 같으면.

151) 굴문진들: 굶는다 한들.

152) 셩이 무슴 가싀리: 무슨 성가신 일이 있으랴.

153) 한것ᄂᆞᆫ: 잘 걷는. '한'은 '하다'의 관형사형인데 '大'의 뜻에서 전하여 '훌륭한, 위대한, 잘'들의 뜻으로 쓰임.

154) ᄆᆞᆯ게: 말에. '게'는 처소격조사. '에'인데, 'ㄹ'자음과 모음'에'사이에 'ㄱ'음이 삽입된 것이다. 지금도 경상도 영천 지방의 방언에서는 체언 말음절 음이 'ㄹ'일 때 그 아래에 오는 처소격조사를 '게' 또는 'ᄀᆡ'로 발음하고 있다.

155) 자나믄: '자'는 尺, '나믄'은 남은이니, '자나믄'은 한 척(一尺)이 넘는.

156) ᄀᆡ: 사냥개.

157) ᄆᆡᆼ광이: 소경.

그 아릐 돌부쳬[158] 안즈셔 拍掌大笑[159] ᄒᆞ더라

[991: 33]

가슴에 구멍에 둥그렇게 뚫고

왼손잡이 새끼를 눈 길게 꼬아 그 구멍에 그 새끼 넣고 두 놈이 마주 잡아 이리로 훌쩍 저리로 훌쩍 훌쩍할 적에는 나나 남이나 할 것 없이 남이 다 한다 해도 어떻게 해서든지 견디려니와

아마도 님 외롭게 살라하면 그는 그렇게 못하리라

가숨[160]에 궁글[161]에 둥그러케 뚤고[162]

왼 ᄉᆞᆺ기[163]를 눈 길게 ᄭᅩ와 그 궁게 그 ᄉᆞᆺ기 너코 두 놈이 마조 잡아 이리로 훌근 져리로 훌근[164] 훌젹 ᄒᆞᆯ 젹이는 나남즉[165] 남 大都ㅣ도[166] 그는 아모쬬로[167]나 견듸려니와

아마도 님 외오[168] 살나 ᄒᆞ면 그는 그리 못ᄒᆞ리라

[992: 394]

기어들고 기어나는 집이 꽃이 피기도 피어 삼색 도화

얼씨구 범나비야 너는 어디에 넘놀아 드느냐

우리도 남의 님 걸어두고 넘놀아 볼까 하노라

긔여 들고[169] 긔여 나는 집이 픰도 퓔샤[170] 三色桃花[171]

158) 돌부체: 돌부처가.
159) 박장대소(拍掌大笑): 손뼉을 치며 큰 소리로 웃음.
160) 가숨: 가슴.
161) 궁글: 구멍을.
162) 뚤고: 뚫고.
163) 왼 ᄉᆞᆺ기: 왼 새끼. 왼손잡이 새끼.
164) 이리로 훌근 져리로 훌근: 이쪽으로 당기고, 다시 저 쪽으로 당길 때.
165) 나남즉: 나나 남이나 할 것 없이.
166) 남 대도(大都)ㅣ도: 남이 다 한다 해도.
167) 아모쬬로: 아모죠록. 어떻게 해서든지.
168) 외오: 외롭게. 외따로. 흔히 고어에서는 외오곰으로도 나타나고 있음.
169) 긔여 들고: 기어 들어오고.
170) 픰도 퓔샤:소담스럽게 피었기도 피었구나.

어론쟈[172] 범나뷔야 너는 어니 넙나는다[173]
우리도 남의 님 거러두고 넙나러 볼가 ᄒᆞ노라

[993: 1113]
바람도 쉬어 넘는 고개 구름이라도 쉬어 넘는 고개
산진이 수진이 해동청 보라매 쉬어 넘는 높은 봉 장성령 고개
그 너머 님이 왔다 하면 나는 아니 한 번도 쉬어 넘어 가리라

ᄇᆞ름도 쉬여 넘는 고ᄀᆡ 구름이라도 쉬여 넘는 고ᄀᆡ
山진이[174] 水진이[175] 海東靑[176] 보ᄅᆡᄆᆡ[177] 쉬여 넘는 高峰[178] 長城嶺 고ᄀᆡ
그 너머 님이 왓다 ᄒᆞ면 나는 아니 ᄒᆞᆫ 번도 쉬여[179] 넘어 가리라

[994: 324]
그대가 고향으로부터 오니 고향 일을 응당 알 것이로다
오는 날 기창 앞에 한매 피었더냐 아니 피었더냐
피기는 피었더라마는 임자 그리워하더라

君이[180] 故鄕으로부터 오니 故鄕事를[181] 應當 알니로다
오는 날 綺窓[182] 압픠 寒梅[183] 픠엿써니 아니 픠엿써냐
픠기는 픠엿더라마는 님ᄌᆞ 그려 ᄒᆞ더라

---

171) 삼색 도화(三色桃花): 각색의 복사꽃.
172) 어론쟈: 얼씨구나. 지화자.
173) 넙나는다: 넘놀아 드느냐.
174) 산(山)진이: 산에서 자란 것을 길들인 매.
175) 수(水)진이: '수(水)'는 '수(手)'의 잘못. 곧 새끼 때부터 사람이 길들인 매.
176) 해동청(海東靑): 송골매.
177) 보ᄅᆡᄆᆡ: 보라매.
178) 고봉(高峰) 장성령(長城嶺): 높은 봉우리. 전라남도 와 전라북도 경계에 있는 장성. 갈재고개.
179) 쉬여: 쉬어서.
180) 군(君)이: 그대가.
181) 고향사(故鄕事)를: 고향의 일을.
182) 기창(綺窓): 장식으로 구민 창.
183) 한매(寒梅): 추운 겨울에 피는 매화.

[995: 2531]

재 너머 막덕의 어미네 막덕이 자랑 마라

내 품에 들어서 돌개잠 자다가 이를 갈고 코를 골고 오짐 싸고 방구 뀌니 참 맹서치 모진 냄새가 맡기 하 지긋지긋하다 어서 대려가거라 막덕의 어미 막덕의 어미년 달려들어 총명하게 말을 하되 우리의 아기딸이 고림증 배아리와 잇다감

여러 병증세 밖에 여남은 잡병은 어려서부터 없는 아이라니

ᄌᆡ 너머 莫德의 어미네[184] 莫德이 ᄌᆞ랑 마라

ᄂᆡ 픔에 드러셔 돌겻ᄌᆞᆷ[185] ᄌᆞ다가 니[186] ᄀᆞᆯ고 코 고오고[187] 오좀 ᄊᆞ고 放氣 쒸니 ᄎᆞᆷ 盟誓ㅣ치 모진 ᄂᆡ[188] 맛기 하 즈즐ᄒᆞ다[189] 어셔 다려 니거라[190] 莫德의 어마 莫德의 어미년 ᄂᆡ다라 叢明ᄒᆞ여 이로되 우리의 아기ᄯᆞᆯ[191]이 고림症[192] ᄇᆡ아리와 잇다감

제症[193] 밧긔 녀나문 雜病은 어려셔부터 업ᄂᆞ니[194]

[996: 409]

기름에 지진 꿀약과도 아니 먹는 나를

냉수에 삶은 돌만두를 먹으라 지근덕거리고 아주 아름다운 여인도 관계하지 않는 나를 각씨님이 관계하라고 추근덕거리네

아무리 지근덕거린들 품어 잘 까닭이 있으리

기름의 지진 ᄭᅮᆯ 약과도[195] 아니 먹는 날을

ᄂᆡᆼ수의[196] 살문 돌만두[197]를 먹으라 지근[198] 絶代 佳人[199]도 아니 허ᄂᆞᆫ 날을[200]

---

184) 어미네: 여편네.

185) 돌계ᄌᆞᆷ: 돌개잠. 잠버릇이 험한 잠.

186) 니: 이.

187) 고오고: 골고.

188) 모진 ᄂᆡ: 모진 냄새.

189) 즈즐ᄒᆞ다: 지긋지긋하다.

190) 니거라: 가거라.

191) 아기ᄯᆞᆯ: 막내딸.

192) 고림증(症): 임질의 일종.

193) 제증: 여러 가지 병의 증세.

194) 업ᄂᆞ니: 없도다.

195) ᄭᅮᆯ 약과도: 꿀물을 반죽하여 만든 유밀과.

閣氏님이 허라고 지근지근
아모리 지근지근ᄒᆞᆫ들 픔어 잘 줄 이스랴

[997: 57]
각씨님 차신 칼이 일 척검인가 이 척검인가
용천검 태아검에 비수 단검 아니거든
어떻다 장부의 간장을 구비구비 끊는구나

閣氏님 ᄎᆞ오신[201] 칼이 一尺劒가[202] 二尺劒가
龍泉劒 太阿劒[203]에 匕首 短劒[204] 아니어든[205]
엇더타 丈夫의 肝腸을 구뷔구뷔 긋ᄂᆞ니[206]

[998: 1403]
사랑을 사자고 하니 사랑 팔 사람 누가 있으며
이별을 팔자 하니 이별 살 사람이 전혀 없다
사랑 이별을 팔고 살 사람이 없으니 긴 사랑 긴 이별뿐인가 하노라

思郞을 ᄉᆞ자 ᄒᆞ니[207] 思郞 ᄑᆞᆯ 니[208] 뉘 이시며[209]
離別을 ᄑᆞᄌᆞ ᄒᆞ니 離別 ᄉᆞ 리[210] 젼혀 업다

---

196) ᄂᆡᆼ수의: ᄂᆡᆼ수(冷水)-의(처격)〉냉수에.
197) 돌만두: 만두 속을 넣지 않은 쌀가루나 밀가루만 뭉쳐 만든 만두. 하품의 만두. 돌은 질이 떨어짐을 뜻하는 접두사. 돌배.
198) 지근 지근: 지근덕거림.
199) 절대가인(絶代 佳人): 아주 아름다운 여인.
200) 아니 허ᄂᆞᆫ 날을: 관계하지 않는 나를.
201) ᄎᆞ오신: 차신, 차고 계신.
202) 일척검(一尺劒)가: 한 자 되는 칼인가.
203) 용청검(龍泉劒) 태아검(太阿劒): 옛 중국의 보검임.
204) 비수단검(匕首短劒): 날이 날카로운 단도.
205) 아니여든: 아니거든.
206) 긋ᄂᆞ니: 끊는구나.
207) ᄉᆞ자 ᄒᆞ니: 사자고 하니.
208) ᄑᆞᆯ 니: 팔 사람이.
209) 뉘 이시며: 누가 있으며.
210) 사 리: 살 사람이.

思郞 離別을 풀고 ᄉᆞ 리 업ᄉᆞ니 長思郞[211] 長離別인가 ᄒᆞ노라

[999: 2983]

청산의 봄이 드니 포기마다 꽃 화(花)로다
한 병 술 가지고 시내 가에 앉을 자리로다
아희야 잔 들으니 좋을 호(好)인가 하노라

靑山의 봄春 드니 퍼기마다[212] 곳花ㅣ로다
ᄒᆞᆫ 병 술酒 가질持ᄒᆞ고[213] 시내溪 ᄀᆞ邊에[214] 안즐坐ㅣ로다
아희童 잔盃 들擧ᄒᆞ니 됴흘好ㅣᆫ가 ᄒᆞ노라

[1000: 2902] 김광수(金光洙)[215]

청총마 타고 보라매 받고 흰 깃털을 단 긴 화살 천근되는 각궁 허리에 차고
산 너머 구름 밖에 꿩 사냥하는 저 한가한 사람
우리도 성은을 갚은 후에 너를 따라 놀리라

靑驄馬[216] 타고 보라ᄆᆡ[217] 밧고 白羽 長箭[218] 千斤 角弓 허리에 ᄎᆞ고[219]
山 너머 구름 밧긔 ᄭᅯᆼ 山行[220]ᄒᆞᄂᆞᆫ 져 閑暇ᄒᆞᆫ 사ᄅᆞᆷ
우리도 聖恩을 갑흔 後의 너를 좃ᄎᆞ[221] 놀니라

[1001: 1083]

물 밑에 그림자가 비치기에 다리 위에 중이 간다

---

211) 장ᄉᆞ랑(長思郞): 영구한 사랑.
212) 퍼기마다: 포기마다.
213) 가질지(持)ᄒᆞ고: 가지고.
214) 시내계(溪) ᄀᆞ변(邊)에: 한자어에 음을 단 특이한 표현 양식이다.
215) 김광수(생몰년 미상): 신원 미상의 인물. 본 가곡집에만 이름이 보이는 작가이다. 그의 작품으로 사설시조 1수가 전하는데, 『청구가요』에는 같은 작품이 김묵수의 작으로 수록되어 있다.
216) 청총마(靑驄馬): 총이말.
217) 보라ᄆᆡ: 보라매. 그해에 난 새끼를 길들여 곧 사냥에 쓰는 매(햇매).
218) 백우 장전(白羽長箭): 흰 깃털을 단 긴 화살.
219) 천근 각궁(千斤角弓) 허리에 ᄎᆞ고: 허리에다 차고. 허리.
220) 산행(山行): 사냥.
221) 좃ᄎᆞ: 따라.

거기 가는 저 중아, 거기에 서 있거라 네가 가는 곳을 물어나 보자
손으로 흰 구름을 가리킬 뿐, 말도 아니하고 그냥 간다.

물 아릭 그림즈 지는 드리 우희 듕이 간다
져 듕아 게[222] 잇거라 너 가는 듸 말 무러 보자
그 듕이 손으로 白雲을 ᄀ로치며[223] 말 아니터라

[1002: 3282]
꽃이 찬란하게 피고 범나비 쌍쌍 버드나무 푸르고 푸르러 꾀꼬리 쌍쌍
날 짐승 기는 벌레 다 쌍쌍 하다마는
어찌하다 이 내 몸은 혼자 쌍이 없나니

花灼灼[224] 범나뷔 雙雙 柳靑靑 꾀고리 雙雙
늘즘싱[225] 긜 버러지[226] 다 雙雙 ᄒ다마는
엇더타 이 닉의 몸은 혼즈 雙이 업ᄂ니[227]

[1003: 1871] 서견(徐甄)
바위 사이 눈 속의 외로운 대나무 반갑고도 반가워라
묻노라 외로운 대나무야 고죽군의 네 어찌 났는가
수양산 만고 청풍에 백이숙제를 본 듯하여라

岩畔 雪中 孤竹[228] 반갑고도 반가왜라[229]
뭇노라 孤竹아 孤竹君[230]의 네 엇던 닌다[231]

222) 게: 거기.
223) ᄀ로치며: 가리키며.
224) 화작작(花灼灼): 꽃이 찬란하게 핀 모양.
225) 늘즘승: 날아다니는 짐승.
226) 긜 버러지: 기어 다니는 벌레.
227) 업ᄂ다: 없느냐.
228) 암반 설중 고죽(岩畔 雪中 孤竹): 바윗 사이 눈 속의 외로운 대나무.
229) 반가왜라: 반갑구나.
230) 고죽군(孤竹君): 『사기』 〈백이열전〉에 "伯夷叔齊 孤竹君之二子也"라고 하여 백이와 숙제는 고죽군의 두 아들이다.

首陽山[232] 萬古 淸風[233]에 夷齊[234] 본 듯ᄒᆞ여라

[1004: 2962] 김광욱(金光煜)
최행수 쑥을 전을 붙여 먹세 조동갑의 화전을 붙여 먹세
닭찜 게찜 오히려 점심 내 아무조록 담당함세
매일에 이렇게 살면 무슨 걱정이 있으랴

崔行首[235] 쑥다림[236] ᄒᆞ식 趙同甲[237] 곳다림[238] ᄒᆞ식
ᄃᆞᆰ찜[239] 게찜[240] 오려 點心[241] ᄂᆡ 아모조록 담당ᄒᆞᆷ식
每日에 이렁 굴면[242] 무슴 시름 이시랴

[1005: 1839]
아희는 약을 캐러 가고 대나무 정자는 비었는데
흩어진 바둑을 누가 주어 담을쏘냐
취하고 소나무 아래에 의지하였으니 세월 가는 줄 모르겠도다

아희는 藥을 ᄏᆡ라 가고 竹亭은 븨엿ᄂᆞᆫᄃᆡ
흣터진 바독을 뉘 주어 담을 소니[243]
醉ᄒᆞ고 松下에 져시니[244] 節[245] 가ᄂᆞᆫ 줄 몰ᄂᆡ라[246]

---

231) 엇더니다: 어떤 관계냐.
232) 수양산(首陽山): 중국 산서성(山西城)에 있는 산으로, 백이(伯夷)와 숙제(叔齊)가 숨어 살다가 굶어 죽었다고 하는 산.
233) 만고청풍(萬古淸風): 만고에 빛나는 백이 숙제의의 절개.
234) 이제(夷齊): 백이와 숙제.
235) 최행수(崔行首): 최씨 성을 가진 행수. 행수는 무리 가운데의 우두머리.
236) 쑥다림: 화전놀이. 쑥 잎을 따서 전을 부치거나하여 먹으며 노는 놀이.
237) 조동갑(趙同甲): 조씨 성을 가진 같은 또래. 동갑은 같은 나이의 벗.
238) 곳다림: 화전(花煎).
239) ᄃᆞᆰ찜: 닭고기로 만든 찜.
240) 개찜: 게찜.
241) 오려 점심: 올벼의 쌀로 지은 중식. 오려.
242) 이렁 굴면: 이렇게만 지낸다면.
243) 담을 소니: 담겠는가. '소냐'와 같은 의문종결어미형. '소냐'는 '손+아'의 구성인데 '소니'는 '손+이'의 구성이다. 이 '이'는 감탄종결어미에 쓰이는 것이 원칙이나 때에 따라 의문에도 사용되었다.
244) 져시니: 지었으니. 의지하였으니. '지다'는 倚持하다.

[1006: 3286]
환상도 타 와 있고 작은 개울 고기도 얻어 와서 있네
빚은 술 새로 익고 산에는 달이 밝았구나
꽃 피고 거문고 있으니 벗을 청하여 놀리라

還上[247]도 타 와 잇고 小川魚도 어더 잇ᄂᆡ
비즌 술 ᄉᆡ로 익고 뫼헤 ᄃᆞᆯ이 ᄇᆞᆰ아셰라[248]
곳 픠고 거문고 이스니 벗 請ᄒᆞ여 놀니라

[1007: 3326]
홍홍 노래하고 덩덕궁 북을 치고
궁상각치우를 맞추려고 하였더니
어그러지고 다 어긋나니 허허 웃고 마노라

홍홍 노ᄅᆡᄒᆞ고 덩덕궁 북을 치고
宮商角徵羽[249]를 마츠랏 경[250] ᄒᆞ엿더니
어긔고[251] 다 齟齬[252]ᄒᆞ니 허허 웃고 마노라

[1008: 1106]
바둑바둑 뒤얽은 놈아 제발 빌어보자 너는 냇가에는 서지 마라
눈 큰 준치 허리 긴 갈치 두루쳐 메기 츤츤 가물치 부리 긴 공치 넙적한 가자미 등 곱은 세우 떼거리가 많은 곤쟁이 그물만 여겨 풀풀 뛰어 다 다라는데 겁 많게 생긴 오징어 쩔쩔 매는구나
진실로 너 곳 와 있을 양이면 고기 못 잡는 것이 뭐 큰일이겠느냐

245) 절(節): 시절. 세월.
246) 몰ᄂᆡ라: 모르겠도다. '애라'는 감탄종결어미.
247) 환상(還上): 환상미. 환자. 봄에 백성에게 꾸어 주었던 사창의 곡식을 가을에 도루 바치게 하던 것.
248) ᄇᆞᆰ아셰라: ᄇᆞᆯ가셰라>밝았도다. 'ᄇᆞᆯ갓예라'의 연철. '예라'는 감탄종결어미.
249) 궁상각치우(宮商角徵羽): 국악의 오음.
250) 마츠랏 경: 맞추려고.
251) 어긔고: 어그러지고.
252) 저어(齟齬)ᄒᆞ니: 어긋나니, 사물이 서로 모순됨.

바둑바둑[253] 뒤얼거진 놈아 졔발[254] 비자 네게 닉가의란[255] 서지 마라
눈 큰 쥰치 허리 긴 갈치 두루쳐 메오기[256] 츤츤 가물치[257] 부리 긴 공치[258] 넙적훈 가잠이 등 곱은 ᄉ오 결네 만훈 곤쟝이[259] 그물만 너겨 플플 뛰여 다 다라나는듸 열 업시 삼긴 오증어[260] 둥긔눈고나[261]
眞實노 너곳 와 셔시 량이면[262] 고기 못 잡아 大事[263] ㅣ러라

[1009: 1127]

바람은 지동 치듯 불고 궂은비는 담아 붓듯이 온다
눈짓에 맺은 님을 오늘밤 서로 만나자 하고 판을 쳐서 맹세 받았더니 이러한 풍우에 제 어찌 오리
진실로 오기만 곧 올 양이면 연분인가 하노라

ᄇ름은 지동 치듯[264] 불고 구즌 비는 담아 붓덧시 온다
눈경에 걸운[265] 님을 오늘밤 서로 만나ᄌ 훗고 픈쳑쳐[266] ᄆ셔 바닷더니 이러훈 風雨에 졔[267] 어이 오리
眞實노 오기곳[268] 오량이면 緣分[269]인가 훗노라

---

253) 바둑바둑: 몹씨 얽은 모양.
254) 졔발 비자: 제발 빌자.
255) 닉가의란: 냇가에는.
256) 두루쳐 메오기: 두루쳐 메기. '들쳐 메다'의 의미.
257) 츤츤 가물치: 츤츤 가물치. '칭칭감다'에 비유한 말.
258) 공치: 꽁치.
259) 결네 만훈 곤쟝이: 떼거리가 많은 곤쟁이.
260) 열 업시 삼긴 오증어: 겁 많게 생긴 오징어.
261) 둥긔눈고나: 쩔쩔 매는구나.
262) 너곳 와셔 시량이면: 네가 와서 있으면.
263) 대사(大事): 큰 일. 걱정할 일.
264) 동치 듯: 벼락치듯.
265) 눈경에 걸운: 눈짓에 걸은. 눈짓에 맺은.
266) 픈쳑쳐: 판을 쳐서. 약속이나 시비를 가려 결정하는 일.
267) 졔: 제가.
268) 오기곳: 오기만.
269) 연분(緣分): 귀한 인연.

[1010: 2708]

이 세상의 원수가 이별 두 자 어이하여 영영 아주 없이 할꼬

가슴에 메인 불이 일어날 양이면 허리 동여 넣어 불로 살 만도 하고 눈으로 솟은 물바다가 되면 풍덩 던져서 띄우련만

아무리 띄우고 살은 들 한숨이야 어이하리

此生 怨讐[270]이 離別 두 字 어이ᄒᆞ야 永永 아조 업시 ᄒᆞᆯ고

가슴에[271] ᄆᆡ인[272] 불 이러날 양이면 어리[273] 동여 녀허 ᄉᆞ롬 즉도 ᄒᆞ고 눈으로 소슨 믈 바다이 되면 풍덩 드르쳐[274] ᄯᅴ오련마는

아모리 ᄯᅴ오고[275] 살은들 한숨이야 어이리

[1011: 2578]

전이 없는 둥근 놋쟁반에 물 묻은 죽순을 하나 가득 담아 이고

황학루 고소대와 악양루 등왕각으로 발 벗고 상큼 나가기는 나남 할 것 없이 모두 다 그는 아무쪼록 하려니와

나에게 님 외따로 살라고 하면 그것은 그렇게 못 하리라

젼 업슨[276] 두리 놋錚盤[277]의 물 무든 笋[278]을 ᄒᆞ나 ᄀᆞ득 담아 이고

黃鶴樓[279] 姑蘇臺[280]와 岳陽樓[281] 滕王閣으로 발 벗고 상금[282]을 나가기는 나남즉[283] 남大都ㅣ 그는 아뭇조로나 ᄒᆞ려니와

---

270) 차생 원수(此生 怨讐): 이 세상의 원수.

271) 가슴에: 가슴에.

272) ᄆᆡ인: 메인. 가득찬.

273) 어리: 미상. '허리'인 듯함.

274) 드르쳐: 드리쳐.

275) ᄯᅴ오고: 띄우고.

276) 젼 업슨: 전이 없는.

277) 두리 놋쟁반(錚盤): 크고 둥근 놋쟁반.

278) 순(笋): 죽순. 듁순.

279) 황학루(黃鶴樓): 중국 호북성에 있는 누각. 촉나라 비위(費褘)라는 이가 등선하여 황학을 타고 이곳에 내려 쉬었다는 고사가 있음.

280) 고소대(姑蘇臺): 중국 강소성의 고소산에 있는 누대.

281) 악양루(岳陽樓): 중국 동정호수가에 있는 누각.

282) 상금: 상큼.

283) 나남즉 남ᄃᆡ도(大都): 나나 남 할 것 없이 모두다.

날다려 님 외오[284] 살나 ᄒᆞ면 그ᄂᆞᆫ 그리 못ᄒᆞ리라

[1012: 1528]

생매 같은 저 각씨 남의 간장 그만 끊소
몇 가지나 하여 줄까 비단장옷 대단치마 구름 같은 북도다래 옥비녀 죽절 비녀 은장도 금장도 강남서 나온 산호 가지 자개 천도 금가락지 수를 놓은 신을 장만하여 주마
저 님아 일만 냥이 꿈자리라 꽃같이 웃는 듯이 천금으로 싼 언약을 잠간 허락하시오

싱ᄆᆡ[285] ᄀᆞᆺ튼 저 閣氏 남의 肝腸 그만 긋소[286]
몃 가지나 ᄒᆞ야 쥬로 비단장옷[287] 大緞치마[288] 구름갓튼 北道다ᄅᆡ[289] 玉비녀 竹節 비녀 銀粧刀[290] 金粧刀 江南셔 나온 珊瑚 柯枝 ᄌᆞᄀᆡ 天桃 金가락지[291] 繡草鞋[292]을 ᄒᆞ여 쥬마
저 님아 一萬兩이 �ᆷᄌᆞ리[293]라 ᄭᅩᆺᄀᆞᆺ치 웃ᄂᆞᆫ 드시 千金 ᄊᆞᆫ 言約을 暫間 許諾ᄒᆞ시소

[1013: 2857]

푸른 산도 자연 그대로이며 흐르는 맑은 물도 자연 그대로라
이와 같이 산과 물이 모두 자연의 뜻을 따르니 이 자연 속에 묻혀 사는 나도 자연 그대로이다
이와 같이 자연 속에서 절로 자란 몸이니 늙어가는 것도 자연의 순리대로 따라 가리라.

青山도 절노절노[294] 綠水[295] ㅣ라도 절노절노

---

284) 외오: 외따로.
285) 싱ᄆᆡ: 길들이지 않은 매.
286) 긋소: 끊어지게 하시오.
287) 장옷: 부녀자들이 나들이 할 때에 몸을 가리던 옷.
288) 대단(大緞)치마: 비단 치마. 대단은 중국에서 나는 비단.
289) 북또(北道)다ᄅᆡ: 다리, 여자의 머리에 덧 넣는 딴 머리.
290) 은장도: 칼집이 없는 작은 칼.
291) 천도(天桃) 금(金)가락지: 하늘 복숭아로 새긴 금가락지.
292) 수초혜(繡草鞋): 수를 놓은 신.
293) �ᆷᄌᆞ리: 꿈자리.

山 절노절노 水 절노절노 山水間[296]에 나도 절노절노
그 中에 절노 ᄌ·린 몸이 늙기도 절노절노 늙으리라

[1014: 2953]

촉(蜀)나라에 가는 어려움이 푸른 하늘을 오르기보다 어려우나 지팡이를 짚고 또 엉금엉금 기면 넘으려니와
어렵고 어려운 것이 님의 이별이 어려워라
아마도 이 님의 이별은 촉나라 수도에 가는 어려움보다 더 어려움인가 하노라

蜀道之難이 難於上靑天[297]이로ᄃᆡ 집고[298] 긔면[299] 넘으려니와
어렵고 어려울 슨[300]이 님의 離別이 어려웨라
아마도 이 님의 離別은 難於蜀道難[301]인가 ᄒᆞ노라

[1015: 3200]

한 해도 열두 달이오 윤삭 들면 열석 달이 한 해오니
한 달도 서른날이오 그 달 적으면 스무아흐레 그 어느 사람이
밤 다섯 낱 일곱 때에 나를 보려 하는 이 없겠는가

ᄒᆞᆫ ᄒᆡ도 열 두 달이오 閏朔 들면[302] 열 석 달이 ᄒᆞᆫ ᄒᆡ오니
ᄒᆞᆫ 달도 서른 날이오 그 달 적으면 스무 아흐릐 그 으느[303]니
밤 다섯 낫 일곱 ᄣᅵ의 날 볼 할 니 업스랴

294) 절노: 자연 그대로. 스스로.
295) 녹수(綠水): 나무가 무성한 숲속을 흐르는 맑은 물.
296) 사눗간(山水間): 산과 물 사이, 곧 '자연 속'을 지칭함.
297) 촉도지난(蜀道之難)이 난어상청천(難於上靑天): 촉(蜀)나라에 가는 어려움이 푸른 하늘을 오르기보다 어렵다.
298) 집고: 땅을 짚고.
299) 긔면: 기어가면.
300) 어려울 손: 어려운 것은.
301) 난어촉도난(難於蜀道難): 촉도의 어려움보다 더 어려움.
302) 윤삭(閏朔)들면: 윤삭(旣望) 이미 기자에 만월망으로 만월이 이미 지난날, 즉 16일을 말한다.
303) 그 으느: 그 어느 사람이.

[1016: 1399]

사랑 사랑 긴긴 사랑 개천같이 길고긴 사랑
구만리 장공의 늘어져서 남는 사랑
아마도 이 님의 사랑은 끝없는가 하노라

思郞 思郞 긴긴 思郞 ᄀᆡ천304) ᄀᆞᆺ치305) ᄂᆡᄂᆡ306) 思郞
九萬里 長空307)의 넌지러지고308) 남는 思郞
아마도 이 님의 思郞은 가309) 업슨가310) ᄒᆞ노라

[1017: 1401]

사랑을 칭칭 얽고 동여 뒤에 짊어지고
태산준령으로 허위적 허위적 넘어갈 적에 내 마음을 모르는 벗님네는 그만하고 버리고 가라고 하건마는
가다가 굶주려 죽어도 나는 아니 버리리라

思郞을 ᄎᆞᆫᄎᆞᆫ311) 얽동혀312) 뒤설머 지고313)
泰山 峻嶺으로314) 허위허위315) 넘어갈 제 그 모른316) 벗님네ᄂᆞᆫ 그만ᄒᆞ야317) ᄇᆞ리고 가라 ᄒᆞ건마ᄂᆞᆫ
가다가 ᄌᆞ즐녀318) 죽어도 나ᄂᆞᆫ 아니 ᄇᆞ리리라

---

304) ᄀᆡ천: 개울.
305) ᄀᆞᆺ치: ᄀᆞᇀ(如)-이(부사화접사)〉같이.
306) ᄂᆡᄂᆡ: 늘. 길고 긴.
307) 구만리 장공(九萬里 長空): 먼나먼 하늘.
308) 넌지러지고: 넌즈러지-고(나열형어미)〉늘어지고. 쫙 헤어져 있고.
309) 가: 끝.
310) 업슨가: 없는가.
311) ᄎᆞᆫᄎᆞᆫ: 칭칭. "셴머리 셉아ᄂᆡ여 ᄎᆞᆫᄎᆞᆫ 동혀 두련마ᄂᆞᆫ"
312) 얽동혀: 얽고 동여.
313) 뒤설머 지고: 뒤에 짊어지고. 뒤에 걸머지다.
314) 태산준령(泰山 峻嶺)으로: 높은 산의 험한 등성이로.
315) 허위허위: 허위적 허위적.
316) 그 모른: 내 마음을 알지 못하는.
317) 그만ᄒᆞ야: 그만하고.
318) ᄌᆞ즐녀: 눌려져. 자질리어.

[1018: 1705]
수요 장단 누가 알더냐 죽은 후이면 거짓같이
천황 씨 일만 팔천세로 죽은 후이면 거짓같이
아마도 먹고 노는 것이 그 옳은가 하노라

壽夭 長短[319] 뉘 아더냐 죽은 後ㅣ면 거즛 거시
天皇氏 一萬八千歲[320]도 죽은 後ㅣ면 거즛 거시
아마도 먹고 노는 거시 긔[321] 올흔가 ᄒᆞ노라

[1019: 795]
닫는 말도 워 하면 서고 서 있는 소도 이랴 하면 가네
심의산 모진 범도 깨우치고 타이르면 돌아서니
각씨님 누구 어미 딸이길래 경계하는 말을 듣지 아니 하는가

닷ᄂᆞᆫ[322] 말도 誤住[323]ᄒᆞ면 셔고 셧ᄂᆞᆫ 소도 이라타[324] ᄒᆞ면 가ᄂᆡ
深疑山[325] 모진 범도 警誓[326]곳 ᄒᆞ면 도서거던[327]
閣氏님 뉘 어미 ᄯᆞᆯ이완ᄃᆡ[328] 警說을[329] 不聽ᄒᆞᄂᆞ니

[1020: 576]
내 사랑 남 주지 말고 남의 사랑 탐치 마라
우리 두 사랑의 행여 잡사랑 섞일세라
일생에 이 사랑 가지고 사랑하여 살려고 하노라

---

319) 수요 장단: 수명이 길고 짧음.
320) 천황씨(天皇氏) 일만팔천세(一萬八千歲): 고대 중국의 삼황인 천황씨 그리고 지황씨, 인황씨가 각각 일만팔천 세를 다스렸다 함.
321) 긔: 그것이.
322) 닷ᄂᆞᆫ: 달리는.
323) 오왕(誤住): 워 또는 왕. 말이나 소를 서게 할 때 하는 소리.
324) 이라타: '이랴' 하여 말이나 소를 몰 때 가라고 하는 소리.
325) 심의산(深疑山): 불가에서 말하는 수미산인 듯.
326) 경서(警誓): 경세. 깨우치고 타이름.
327) 도서거던: 돌아서나니.
328) ᄯᆞᆯ이완ᄃᆡ: 딸이길래.
329) 경설(警說)을: 놀랜 말.

내 思郞 남 쥬지 말고 남의 思郞 탐치 마라
우리 두 思郞의 힝혀 雜思郞 섯길세라[330]
一生에 이 思郞 가지고 괴야 솔녀[331] ᄒᆞ노라

[1021: 2541]
저 건너 광창 높은 집 머리 긴 각씨님
초생 반달같이 비치지나 말려무나
가득에나 다 썩은 간장이 봄눈 녹듯 하여라

저 건너 廣窓[332] 놉흔 집의 ᄆᆞ리 됴흔[333] 閣氏님
初生 반달ᄀᆞᆺ치 비최지나 마로렴은[334]
ᄀᆞᆺ뜩에[335] 다 석은[336] 肝腸이 봄눈 스듯[337] ᄒᆞ여라

[1022: 517]
남색도 아닌 내외 초록색도 아닌 내외
당대홍 진분홍에 연한 반물도 아닌 내외
각씨네 물색을 몰라서도 나는 진남인가 하노라

藍色도 아닌 내외[338] 草綠色도 아닌 내외
唐大紅[339] 眞粉紅[340]에 연반물[341]도 아닌 내외
閣氏닉 物色을 모로셔도 나는 진남[342]인가 ᄒᆞ노라

330) 섯길세라: 섞일까 두렵구나.
331) 괴야 솔녀: 사랑하며 살고자.
332) 광창(廣窓): 넓은 창문.
333) ᄆᆞ리 됴흔: 머리가 긴. 머리가 좋은.
334) 마로렴은: 말려무나.
335) ᄀᆞᆺ뚝에: 가뜩이나.
336) 석은: 섞은.
337) 봄눈 스 듯: 봄눈 녹듯.
338) 아닌 내오: 아닌 나이고.
339) 당대홍(大紅): 중국에서 난 짙은 붉은 빛깔.
340) 진분홍(粉紅): 진한 분홍 색깔.
341) 연반물: 연한 검은 빛을 띤 남빛.
342) 진남: 진한 남빛. 진짜 남자. 중의적으로 사용됨.

[1023: 720]
임과 나와 부디 둘이 이별 없이 살자 하였더니
평생 원수 악인연이 있어서 이별로 구차하게 되어 이별하였다
푸른 하늘이 이 뜻 헤아려서 이별 없게 하소서

님과 나와 부듸[343] 두리 離別 업시 ᄉᆞ쟈 ᄒᆞ엿더니
平生 怨讐 惡因緣[344]이 이셔 離別노 구구ᄃᆞ여[345] 여희여다
蒼天이 이 ᄠᅳᆺ 아오셔 離別 업게 ᄒᆞ소셔

[1024: 512]
남산에 눈 날리는 모습은 백송골이 죽지 끼고 빙빙 도는 듯
한강에 배 뜬 모습은 강 위에 두루미 고기 물고 넘노는 듯
우리도 남의 님 걸어두고 넘놀아 볼까 하노라

南山에 눈 ᄂᆞᆯ니 양은[346] 白松鶻[347]이 쥭지[348] ᄭᅵ고 당도ᄂᆞᆫ ᄃᆞᆺ[349]
漢江에 ᄇᆡ ᄠᅳᆫ 양은 江上 두루미 고기 물고 넘ᄂᆞᄂᆞᆫ 듯
우리도 남의 님 거러두고 넘ᄂᆞ러 볼가 ᄒᆞ노라

[1025: 756] 채유후(蔡裕後)[350]
달거나 쓰거나 입쌀로 만든 술이 좋고, 참대로 테를 두른 질병들이 더욱 좋다
얼씨구, 표주박으로 만든 술구기를 술통에 둥둥 띄워놓고
아이야. 절이 김치라도 좋으니 안주 없다 말고 내어라

343) 부듸: 부디.
344) 악인연: 험악한 인연.
345) 구구ᄃᆞ여: 구구하게 되어. 구차하게 되어.
346) 눈 ᄂᆞᆯ니 양은: 눈 날리는 모습은.
347) 백송골(白松鶻): 맷과에 속한 새.
348) 쥭지: 날개.
349) 당도ᄂᆞᆫ ᄃᆞᆺ: 새 그물 주위를 빙빙 도는 듯.
350) 채유후(1599~1660): 조선 중기의 문인. 자는 백창이며, 호는 호주이다. 1623(인조 1)년 개시문과에 장원하여, 사가독서를 했다. 1636년 병자호란 때 집의로서 왕을 호종하였고, 김류 등의 강화 천도 주장을 반대하여 주화론 편에 섰다. 문집으로 『호주집』이 있다.

다나 쓰나 이 濁酒[351] 됴코 대테[352] 메온 질병드리 더욱 됴히[353]
어른자[354] 朴 구기[355]를 둥지둥둥 띄여두고
아희야 저리 沈菜[356]만정 업다 말고 내여라

[1026: 2853]
청명 시절 비가 분분히 내릴 적에 나귀 목에 돈을 걸고
술집이 어디메오 묻노라 목동들아
저 건너 행화가 날리니 그기에 가서 물어 보소서

淸明 時節 雨紛紛[357]ᄒᆞ저 나귀 목에 돈을 걸고
酒家ㅣ 何處오 뭇노라 牧童드라
저 건너 杏花ㅣ 늘이니 게[358] 가 무러 보소셔

[1027: 2058] 김유기(金裕器)
오늘은 천렵하고 내일은 사냥 사세
화전놀이는 모래 가고 배우고 익히기는 글피 하리
그 글피 편 갈라 활쏘기할 적에 각자가 술병가 과일을 가지고 오소서

오ᄂᆞᆯ은 川獵ᄒᆞ고 來日은 山行[359] 가ᄉᆡ
곳 다림[360] 모릐[361] 가고 講信[362]으란 글픠[363] ᄒᆞ리

351) 이 탁주(濁酒): 입쌀로 만든 탁주.
352) 대테: 대로 메운 테.
353) 됴히: 좋으이. 좋도다.
354) 어른쟈: 감탄사. '얼씨구' 또는 '지화자'와 같은 뜻.
355) 박(朴)구기: 표주박으로 만든 구기. '구기'는 물이나 술을 뜨는 기구.
356) 저리침채(沈菜): 절이김치. 진본 『청구영언』에는 '저리짐츼'로 되어 있다.
357) 청명 시절 난분분(淸明時節 雨紛紛): 청명 시절에 비가 어지럽게 날림. 청명은 한식의 절후며, 청명절 이일 전이 한식인데, 이때 만물이 발생하는 봄비가 나리는 것임.
358) 게: 거기.
359) 산행: 사냥.
360) 곳 다림: 화전.
361) 모릐: 모래.
362) 강신(講信): 학문을 배우고 익힘.
363) 글픠: 글피.

그 글픠[364] 邊射會[365]홀 직 各持壺果[366]ᄒᆞ시소

[1028: 3290]

언제나 청춘인 줄로만 알았더니 날이 벌써 저물어 가네 복사꽃 어지럽게 떨어지는 것이 마치 붉은 비가 오는 듯하구나

자네와 술잔을 권하여 마음껏 취해 보세 술은 유령의 무덤에는 이르지 못하지 않는가

아희야 잔 가득 부어라 그대와 함께 오랫동안 취하리라

況是靑春 日將暮ᄒᆞ니[367] 桃花亂落 如紅雨ㅣ라[368]
勸君終日 酩酊醉ᄒᆞ자[369] 酒不到劉伶墳上土ㅣ라[370]
아희야 盞 ᄀᆞ득[371] 부어라 與君長醉[372]ᄒᆞ리라

[1029: 2113]

옥에는 티나 있는가 말만하면 다 님이신가
내 마음 뒤집어 남 못 보여주고 천지간에 이런 답답함이 또 있는가
백 사람이 백가지 말을 하여도 님이 짐작 하시오

玉의ᄂᆞᆫ 틔[373]나 잇ᄂᆡ 말곳 ᄒᆞ면[374] 다 님이신가
ᄂᆡ 안[375] 뒤혀[376] 남 못 뵈고 天地間의 이런 답답ᄒᆞᆷ이 ᄯᅩ 잇ᄂᆞᆫ가

364) 그글픠: 그글피.
365) 변사회(邊射會): 편을 나누어 하는 활쏘기 대회.
366) 각지호과(各持壺果): 각자가 술병가 과일을 가지고 옴.
367) 황시청춘(況是靑春) 일장모(日將暮)ᄒᆞ니: 언제나 청춘인 줄로만 알았더니 날이 벌써 저물어 가네.
368) 도화난락(桃花亂落) 여홍우(如紅雨)ㅣ라: 복사꽃 어지럽게 떨어지는 것이 마치 붉은 비가 오는 듯하구나.
369) 권군종일(勸君終日) 명정취(酩酊醉)ᄒᆞ자: 자네와 술잔을 권하여 마음껏 취해 보자.
370) 주불도유령분상토(酒不到劉伶墳上土)ㅣ라: 술은 유령의 무덤에는 이르지 못하지 않는가.
371) ᄀᆞ득: 가득.
372) 여군장취(與君長醉): 그대와 오래도록 취함.
373) 틔: 티, 흠집.
374) 말곳 ᄒᆞ면: 말만 하면.
375) ᄂᆡ 안: 내 마음.
376) 뒤혀: 뒤집어.

왼 놈이[377] 왼 말을 ᄒᆞ여도 님이 斟酌ᄒᆞ시소

[1030: 1089]

언덕 무너져 좁은 길 메우지 말며

논 두둑이나 무너뜨려 넓은 구멍 좁히려면 용산 마포 여울목 내려가며 뒤져 먹고 올라가며 뒤져 먹는 비오리 목이 가늘고 길쭉하다고 하지 말고 대무관 여기와 소각관 주탕년들이 와당탕 내달아 두 손으로 움켜쥐고 와르르 떠나니 내 무엇이나 심고 싶구나

진실로 그러 곧 할 것이면 애부될까 하노라

언덕 믄희여[378] 좁은 길 메오지 말며

두던이나 믄희여[379] 너른 구멍 좁히렴은 龍山 麻浦 여흘 모흐로[380] ᄂᆞ려 두저 먹고 치두저 먹ᄂᆞᆫ[381] 비올히 묵이 심금커라[382] 말고 大務官[383] 女妓와 小各官 酒湯 년들이[384] 와당탕 ᄂᆡ다라 두 손으로 우히고[385] 와드드 ᄡᅥᄂᆞ니 ᄂᆡ 무스 거시나 심금 과자[386]

眞實노 그러곳 ᄒᆞᆯ 작시면 愛夫될가 ᄒᆞ노라

[1031: 316]

그대는 황하의 물이 하늘에서 내려서 바다에 들어 다시는 돌아오지 못하는 것을 보았느냐!

또 그대는 보았느냐! 고당 명경 속에 백발이 슬픈 것을, 아침엔 검던 머리가 저녁엔 눈처럼 희어진 것을

인생이 득의하면 즐거움이 덧없으니, 달을 바라보며 술잔을 기울임이 어떠리.

---

377) 왼 놈이: 백 사람이.

378) 언덕 믄희여: 언덕 무너뜨려.

379) 두던이나 믄희여: 밭두둑이나 무너뜨려.

380) 여흘 모흐로: 여울목으로.

381) ᄂᆞ려 두저 먹고 치두저 먹ᄂᆞᆫ: 내려가며 뒤져 먹고 거슬러 올라가며 뒤져 먹는.

382) 심금커라: 가늘고 길쭉하다고.

383) 대무관(大務官) 여기(女妓)와: 지방 향관인 목사와 향청에 달린 기녀.

384) 소각관(小各官) 주탕(酒湯)년들이: 낮은 벼슬아치를 상대하는 술파는 기녀 년들아.

385) 손으로 우히고: 손으로 움켜잡고.

386) 무스 거시나 심금과자: 무엇이나 심고 싶구나.

君不見[387] 黃河之水[388]ㅣ 天上來[389]ᄒᆞ다 奔流到海 不復回[390]라
又不見[391] 高堂明鏡 悲白髮[392]ᄒᆞ다 朝如靑絲 暮成雪[393]이라
人生이 得意須盡歡[394]이니 莫使金樽으로[395] 空對月[396]을 ᄒᆞ여라

[1032: 1877]
앞 논에 올벼를 베어 백화주 빚고
뒷동산 송지 전통 위에 활 지어 걸고 손수 구구리 낚아 움버들에 꿰어 돌 짓눌러 (물에) 채어 두고
아희야 날 볼 손님 오시거든 뒷 여울로 (갔다고) 사뢰어라

압 논에 오려[397]를 뷔여 百花酒[398] 빗고
뒷 東山 松枝 箭筒[399] 우희 활 지어 걸고 손조[400] 구글무지[401] 낙가 움버들[402]에 쒸여 돌 지즐너[403] ᄎᆞ여 두고
아희야 날 볼 손님 오셔든 뒷 여흘노[404] ᄉᆞᆲ와라[405]

[1033: 23497] 이정보(李鼎輔)
이선이 집을 배반하여 노새 목에 금돈을 걸고

387) 군불견(君不見): 그대는 보지 못하였는가?
388) 황하지수(黃河之水): 황하강물이.
389) 천상래(天上來): 하늘에서 내려온다.
390) 분류도해 불부회(奔流到海 不復回): 빨리 흘러 바다에 이르러 다시 돌아오지 못함.
391) 우불견(又不見): 또 보지 못하였는가.
392) 고당명경비백발(高堂明鏡 悲白髮) 고당에서 거울에 비친 백발을 슬퍼함.
393) 조여청사모성설(朝如靑絲 暮成雪): 아침에 검은머리가 저녁엔 백발이 됨.
394) 득의수진환(得意須盡歡): 인생이 뜻대로 되면 모름지기 즐거움이 한이 없으니.
395) 막사금준(莫使金樽)으로: 술통을 비우다.
396) 공대월(空對月): 달을 상대하여.
397) 오려: 올벼.
398) 백화주(百花酒): 여러 가지 꽃잎을 넣어 만든 술.
399) 전통(箭筒): 화살 통.
400) 손조: 손수.
401) 구글무지: 구구리, 뿌구리 등 방언형이 매우 다양함.
402) 움 버들: 움이 돋아난 버들.
403) 지즐너: 짓눌러.
404) 여흘노: 여울로.
405) ᄉᆞᆲ와라: 말씀 드려라.

천태상 층암절벽을 넘어 방울새 새끼 치고 난봉 공작이 넘나드는 곳에 초부를 만나 마고 할미 집이 어디메오
저 건너 채운 어린 곳에 수간모옥 대사립 밖에 청삽살이를 찾으소서

李仙[406]이 집을 叛ᄒᆞ여 노ᄉᆡ 목에[407] 金돈을 걸고
天台山[408] 層岩 絶壁을 넘어 방울ᄉᆡ 삿기 치고 鸞鳳 孔雀[409]이 넘ᄂᆞᆫ 곳ᄃᆡ 樵夫[410]를 맛나 麻姑 할미[411] 집이 어듸ᄆᆡ오
저 건너 彩雲[412] 어린 곳ᄃᆡ 數間茅屋 대사립 밧긔[413] 靑삽ᄉᆞ리[414]를 ᄎᆞᄌᆞ소셔

[1034: 1934]
나는 싫다 나는 싫다 금의옥식 나는 싫다
죽어 관에 들어갈 적에 금의를 입으려니 자손의 제사를 받을 적에 옥식을 먹으려니 죽은 후 못 할 일은 분벽사창 월 삼경에 고은 님 데리고 밤낮으로 함께 자리하는 것이로다.
죽은 후 못 할 일이니 살아서 아니하고 뉘우칠까 하노라

나ᄂᆞᆫ 마다[415] 나ᄂᆞᆫ 마다 錦衣 玉食[416] 나ᄂᆞᆫ 마다
죽어 棺에 들 지[417] 錦衣를 입으련이[418] 子孫의 祭 바들 지 玉食을 먹으려니
죽은 後 못 ᄒᆞᆯ 일은 粉壁 紗窓[419] 月 三更의 고은 님 ᄃᆞ리고 晝夜同枕 ᄒᆞ기로다[420]

406) 이선(李仙): 고소설에 등장하는 숙향의 대상 인물.
407) 노ᄉᆡ 목에: 노새의 목에.
408) 천태산(天台山): 숙향이 장정승의 집을 나와 천태산의 집에서 술을 팔았던 일.
409) 난봉 공작(鸞鳳孔雀): 난새와 봉황과 공작새.
410) 초부: 나무꾼.
411) 마고(麻姑)할미: 선녀(仙女)의 이름.
412) 채운(彩雲): 여러 빛깔이 아롱져서 무늬가 있는 고운 구름.
413) 밧긔: 밖에.
414) 청삽ᄉᆞ리: 귀신을 좇는 개라고 하여 집안의 나쁜 액이나 살을 물리친다고 하여 지어진 이름이다. 얘는 제가 기르는 청삽살이.
415) 마다: 말(勿)-다>마다. 싫다.
416) 금의(錦衣) 옥식(玉食): 비단 옷과 호사스런 음식.
417) 들 지: 들 때에.
418) 입으련이: 입으려니. 입고 가겠느냐.
419) 분벽사창(粉壁 紗窓): 하얗게 꾸민 벽과 비단으로 바른 창문이라는 뜻으로, 여자가 거처하는 아름답게 꾸민 방을 이르는 말.

죽은 後 못 ᄒᆞᆯ 일이니 사라[421] 아니ᄒᆞ고 뉘웃츨가[422] ᄒᆞ노라

[1035: 2595]
제갈량은 칠종칠금하고 장익덕은 의로서 엄안을 풀어주었다 말인가
싱겁다 화용도 좁은 길에 조맹덕이가 살아서 갔단 말인가
천고에 늠름한 대장부는 한수정후인가 하노라

諸葛亮은 七縱七擒[423] ᄒᆞ고 張翼德[424]은 義釋嚴顔[425] ᄒᆞ단 말가
섬겁다[426] 華容道[427] 조븐 길에 曹孟德[428]이가 사라 가단 말가
舌千古에 凜凜ᄒᆞᆫ[429] 大丈夫ᄂᆞᆫ 漢壽亭侯[430] ㅣᆫ가 ᄒᆞ노라

[1036: 73]
간밤에 지게문 열던 바람 살뜰이도 날 속였다
문풍지 소리에 님이신가 반긴 나도 역시 잘못이건만
행여나 들어오십시오라고만 했더라면 밤이 좇아와 웃을 뻔 하였구나

간밤에 지게[431] 여던 ᄇᆞᄅᆞᆷ ᄉᆞᆯ드리도[432] 날 소겨다

---

420) ᄒᆞ기로다: ᄒᆞ-기(동명명사형어미)-로다(감탄형어미)〉하는 것이로다.
421) 사라: 살아서.
422) 뉘웃츨가: 뉘우칠까, 후회할까.
423) 칠종칠금(七縱七擒): 제갈량(諸葛亮)이 맹획(孟獲)을 일곱 번 놓아주고 일곱 번 사로잡았다는 고사에서, 상대방을 마음대로 다룸을 이르는 말.
424) 장익덕(張翼德): 장비. 『삼국지』에서 유현덕(劉玄德)으로 장형(長兄)삼고 관운장(關雲長)은 중형(仲兄)이요 장익덕(張翼德)은 아우가 되며, 황건적(黃巾賊) 도기(禱祈)중에 만백성(萬百姓)을 구출하였다.
425) 의석엄안(義釋嚴顔): 관우는 조공(曹公-조조)에 보효(報效-힘써 보답함)하고 장비는 의(義)로써 엄안을 놓아주었다는 고사.
426) 섬겁다: 싱겁다.
427) 화용도(華容道): 『삼국지연의』에서 적벽대전(赤壁大戰)과 관우가 조조를 죽이지 않고 너그러이 길을 터 주어 달아날 수 있게 한 장면을 소재로 만든 것이다. 빠른 장단에 웅장하고 씩씩한 호령조를 많이 사용하는 가장 남성적인 판소리로 양반들의 애호를 받았다. 표면적으로는 충의(忠義)와 인덕(仁德)을 주제로 하고 있으나, 전쟁에 시달리는 백성들의 한과 권력자에 대한 풍자가 강하게 나타나 있다. 판소리 열두 마당 중 전승되고 있는 다섯 마당의 하나. 창본으로는 신재효(申在孝)의 개작된 정착본 외에 7종 정도가 전해진다.
428) 조맹덕(曹孟德): 치세의 능신, 난세의 간웅.
429) 표표(凜凜)ᄒᆞᆫ: 늠름하다. 위엄이 있다.
430) 한수정후(漢壽亭侯): 중국 삼국시대의 촉한의 장수 관운장(關雲長)을 말함. 한때 조조(曹操)에게 포로가 된 뒤 우대를 받으며 한수정후(漢壽亭侯)로 봉함받기도 했으나, 한평생 유비에게 충성했다.

風紙 소릐에[433] 님이신가 반기온[434] 나도 亦是 외건마는[435]
힝혀나 드소곳[436] ᄒᆞ더면 밤이 좃ᄎᆞ 우울ᄂᆞᆺ다[437]

[1037: 3297]
항우가 이룬 천하장사라고 하지만 우미인 이별에 한숨 섞어 눈물지고
당 명황이 이룬 세상을 구제한 영주이지만 양귀와 이별에 울었으니
하물며 다른 장부들이야 더 말해서 무엇하리오

項羽ㅣ 작ᄒᆞᆫ[438] 天下 壯士ㅣ랴마는 虞美人 離別에 한숨 섯거[439] 눈물 지고
唐明皇이 작ᄒᆞᆫ 濟世 英主[440]ㅣ랴마는 解語花 離別에 우럿ᄂᆞ니
허물며 여나문[441] 丈夫ㅣ야 일너 무슴[442] ᄒᆞ리오

[1038: 1615]
세상 부귀한 사람들아 빈한 선비를 비웃지 마라
석숭은 엄청난 재산을 모은 부자였지만 필부로 죽고 안연은 도시락에 표주박 물을 마시면서 더러운 거리에서 살았지만 성현으로 이르나니
내 몸 빈한할지라도 내 길을 닦아 두었으면 남의 부귀 부러우랴

世上 富貴人드라 貧寒士[443]를 웃지 마라
石崇은 累鉅萬財[444]로도 匹夫[445]로 죽고 顔淵은 簞瓢陋巷[446]으로 聖賢의 니르너니

431) 지게: 지게문. 지게문은 마루에서 방으로 드나드는 곳에 안팎을 두꺼운 종이로 바른 외짝 문.
432) ᄉᆞᆯ드리도: 살뜰이도.
433) 풍지(風紙) 소릐에: 문풍지 소리에.
434) 반기온: 반가와 한.
435) 외건마는: 잘못이거니와.
436) 드소곳: 들어오십시오라고만.
437) 우울ᄂᆞᆺ다: 웃을 뻔하였다. 웃을 뻔하였구나.
438) 작ᄒᆞᆫ: 작히나, 훌륭한.
439) 섯거: 섞어.
440) 제세 영주(濟世英主): 세상을 구제할 만한 영주.
441) 여나문: 다른.
442) 무슴: 무엇.
443) 빈한사(貧寒士): 가난한 선비.
444) 석숭(石崇) 누거만재(累鉅萬財): 석숭이는 엄청난 재물을 모은 부자.
445) 필부(匹夫): 평범한 한 사람의 남자.

닉 몸 貧寒홀지라도 닉 길을 닷가[447] 두어시면 남의 富貴 브르랴

[1039: 1960]

어이 하리 어이 하리 시어마님 어이하리

샛서방의 밥을 담다가 놋주걱 자루를 부러뜨렸으니 이를 어이 하리 시어마님요 저 아기 너무 걱정 말아라

우리도 젊었을 적에 여럿을 부러뜨려 보았네

어이려뇨[448] 어이려뇨 싀어마님 어이려뇨

소딕[449] 남진의 밥을 담다가 놋쥬걱 잘눌[450] 브르쳐시니 이를 어이려뇨 싀어마님아 져 아기[451] 하 걱정 마라스라

우리도 저머실 직 여러흘[452] 부르쳐 보왓닉

[1040: 1109]

바람가비라 하늘로 날며 두더쥐라 땅 파고 들어가랴

금종다리새 철망에 걸려 풀떡 풀떡 푸드덕인들 나나 기나 네 어디로 갈가랴

우리도 남의 님 걸어두고 풀떡거려 볼까 하노라

ᄇᆞ름갑이[453]라 하늘노 날며 두지쥐라[454] ᄯᅡ[455] 파고 들냐

금종다리싀[456] 鐵網에 걸녀 풀덕풀덕 프드덕인들 날다 긜다 네 어드로 갈다

우리도 남의 님 거러두고[457] 풀덕여 볼가 ᄒᆞ노라

---

446) 안연(顔淵) 단표누항(簞瓢陋巷): 안연은 도시락에 표주박 물을 마시면서 더러운 거리에서 살았음. 가난함을 이르는 말.

447) 닷가: 닦아.

448) 어이려뇨: 어떻게 할 것이냐.

449) 소딕 남진: 샛서방. 간부(姦夫).

450) 잘눌: 자루를.

451) 아기: 며늘아기.

452) 여러흘: 여럿을.

453) ᄇᆞ름갑이: 익조(鷁鳥). 연작과에 딸린 새의 일종. 부리는 넓적하고 다리는 몹시 약하며, 밤중에 나와, 벌레들을 잡아먹는 새. 신풍(晨風), 토교조(吐蛟鳥)라고도 함.

454) 두지쥐라: 두더쥐라.

455) ᄯᅡ: 땅.

456) 금종다리싀: 누른 종달새.

[1041: 50]

각씨네 옥 같은 가슴을 어떻게 대여 볼까

물 고운 명주 자지색 저구리 속에 깁적삼 안섶에 대여 존득존득 대고 싶어라

이따금 땀이 나서 몸에 달라붙을 때 떨어질 때를 모르겠노라

閣氏[458]늬 玉깃튼 가슴을 어이구러[459] ᄃᆡ혀 볼고[460]

믈綿紬[461] 紫芝[462] 작져구리[463] 속에 깁[464]젹삼 안셥[465]희 ᄃᆡ혀 됸득됸득 ᄃᆡ히고라지고

잇다감[466] ᄯᆞᆷ[467] 나 분닐 제[468] ᄡᅥ힐 뉘[469]를 모로이라

[1042: 2443]

일월성신도 천황씨 때 일월성신 산하토지도 지황씨 때 산하토지

일월성신 산하토지 다 천황씨 지황씨 때와 한가지로되

사람은 어인 연고로 인황씨 때 사람이 없는고

日月星辰[470]도 天皇氏[471]ㅅ 적 日月星辰 山河土地도 地皇氏[472]ㅅ 적 山河土地

457) 거러 두고: 걸어 두고. 움직이지 못하도록 (떠나가지 못하도록) 해 두고.

458) 각시(閣氏)늬: 새악시. '늬'는 복수를 나타내는 접미사 '들'과 같은 것.

459) 어이 구러: 어떻게 구울러.

460) ᄃᆡ혀 볼고: 대여 볼까. '다히다'는 대이다.

461) 믈 면주(綿紬): 비단 명주, 좋은 명주.

462) 자지(紫芝): 자색(紫色)과 같음.

463) 작져구리: 회장저고리. 회장을 꾸민 여자의 저고리의 한 가지. 반회장과 온 회장의 두 가지가 있다. '회장'은 여자의 저고리의 깃 끝동, 곁대, 고름을 자지색 헝겊으로 꾸미는 것.

464) 깁: 명주(絹).

465) 섭: 섶. 두루마기, 저고리들의 깃 옆 깃 아래에 달린 긴 헝겊. 섶폭.

466) 잇다감: 가끔.

467) ᄯᆞᆷ: 땀.

468) 나 분닐 제: 나와 (몸에) 달라붙었을 때.

469) ᄡᅥ힐 뉘: 떨어질 때, '뉘'는 세(世), 시(時).

470) 이월성신(日月星辰): 모든 천체.

471) 천황씨(天皇氏): 삼황 중의 머리. 목덕의 왕으로 형제 12인. 일만 팔천세를 누림. 천후는 중국의 민간에서 신앙하는 신. 천비(天妃), 천상성모(天上聖母), 마조(馬祖)라고도 한다. 전설에 의하면, 10세기 중반에 푸젠(福建) 출신의 여성으로, 승천하여 해난구조(海難救助) 등에 영이(靈異)를 나타냈기 때문에 조정에서 천비, 천후로 봉했다. 본래 뱃사람들이 믿는 수신(水神)이었는데 점차 민간에 퍼져 중국의 중부, 남부의 연해, 타이완(臺灣) 등지에 분포하고 인근나라에까지 전파되었다.

472) 천황씨(天皇氏): 삼황오제의 하나. 곧 중국 고대의 전설적 제왕. 3황은 일반적으로 천황(天皇), 지황(地

日月星辰 山河土地 다 天皇氏473) 地皇氏ㅅ 적과 ᄒᆞᆫ가지로되
사ᄅᆞᆷ은 어인 緣故로 人皇氏474)ㅅ 적 사ᄅᆞᆷ이 업ᄂᆞᆫ고

[1043: 1317]
북망산천이 그 어떠하여 고금 사람 다 찾아 가는고
진시황 한 무제도 채약 구선하야 부디 아니 가려하더니
어이하여 여산 비바람과 무릉 송백을 못내 슬퍼하노라

北邙山川475)이 긔 엇더ᄒᆞ여 古今 사ᄅᆞᆷ 다 가ᄂᆞᆫ고
秦始皇476) 漢武帝477)도 採藥 求仙478)ᄒᆞ야 부ᄃᆡ 아니 가려터니
엇더타 驪山 風雨479)와 茂陵 松栢480)을 못ᄂᆡ 슬허ᄒᆞ노라

[1044: 665]
뉘라서 크게 취하면 시름을 다 잊는다고 했던가
하늘에 하나뿐인 미인 곧 왕을 바라볼 때면 백 잔을 먹어도 조그마한 공도 전혀 없네

皇), 인황(人皇 또는 泰皇)을 가리키지만, 문헌에 따라서는 복희(伏犧), 신농(神農), 황제(黃帝)를 들기도 한다. 또는 수인(燧人), 축융(祝融), 여와(女媧) 등을 꼽는 경우도 있다. 사마천(司馬遷)은 3황의 전설을 믿을 수 없는 것으로 생각했는지, 『사기』의 기술을 「오제본기(五帝本紀)」에서부터 시작한다. 사마천이 5제로 든 것은 황제헌원(黃帝軒轅), 전욱고양(頊高陽), 제곡고신(帝高辛), 제요방훈(帝堯放勳: 陶唐氏), 제순중화(帝舜重華: 有虞氏) 등이며, 별도로 복희, 신농 또는 소호(少昊) 등을 드는 경우도 있어 일정하지 않다. 원래 이 전설은 다양한 신화, 전설이 혼입된 것이며, 도덕적, 정치적으로 억지로 끌어들인 것이어서 그 기원은 애매하다. 오행설이 일반화된 전국시대 말 이후 이야기 경향을 띠게 되었다.

473) 지황시(地皇氏): 삼황 중의 一로써 화덕의 왕으로 역시 형제 12인 각각 일만 팔천세를 누림.

474) 인황씨(人皇氏): 삼황 중의 끝으로 형제 구인이며 구주의 장이다.

475) 북망산천(北邙山川): 사람이 죽어서 묻히는 곳을 이르는 말.

476) 진시황(秦始皇): 천하를 통일하고 아방관을 지어 만세계를 누리려던 시황은 방사 서시 등으로 하여금 양녀를 이끌게 하여 삼.

477) 한무제(漢武帝): 한무제는 경제(景帝)의 아들로 처음 내치 외벌(外伐)에 많은 업적이 있었으나, 나중 방사 이소군(李少君) 등의 말에 현혹되어, 신선의 도에 귀의하였는데, 그의 구선의 모습이 설화화되어 한무제 고사, 한무제 내전 등으로 나타났다.

478) 채약(採藥) 구선(求仙): 선약을 캐고 신선을 구함.

479) 여산(驪山) 풍우(風雨): 진시황의 무덤이 있는 여산에 뿌리는 바람, 비. 여산은 중국 산시성(陝西省) 시안(西安) 동쪽의 린퉁(臨潼)에 인접해 있는 산. 산록에 있는 온천은 주(周)의 유왕(幽王)이 그의 폭정에 원한을 품은 정부인 신후(申后) 일족에 의해 살해당한 곳이며, 또 진시황이 생전에 70만 인원을 동원해 자신의 묘소를 축조시킨 곳으로도 유명하다. 또 당의 현종(玄宗)이 722년 이곳에 온천궁(溫泉宮)을 짓고, 747년에 다시 증축하여 화청궁(華淸宮)이라 개칭하고, 양귀비와 더불어 연유에 탐닉하였다.

480) 무릉 송백(茂陵松栢): 무릉은 한 효무제의 릉. 무제의 능 위에 선 솔과 잣나무.

하물며 백발 부모가 아들 돌아오는 것을 문간에 의지하여 바라보는 것은 더욱 잊지 못하네

누고셔[481] 大醉ᄒᆞ면 시름을 다 닛ᄂᆞᆫ다턴고
望美人於天一方[482]홀 제면 百盞을 먹어도 寸功이[483] 전혀 업ᄂᆡ
허물며 白髮 倚門望[484]은 더욱 잊지 못ᄒᆞ에

[1045: 840]
댁들에 자리 등메 사소 저 장사야 네 등메 좋으냐 (그러면) 사자
한 필에 산 등메에 반 필 받으려는가 파네 내 좆 자시오 아니 파네
진실로 그러하여 팔 것이면 첫 말에 아니 팔았겠느냐

宅들에 ᄌᆞ릿 등ᄆᆡ[485] 사소 저 장ᄉᆞ야 네 등ᄆᆡ 됴흔냐 ᄉᆞ자
ᄒᆞᆫ 匹 싼 등ᄆᆡ에 半 匹[486] 바드라ᄂᆞᆫ가[487] 파네[488] ᄂᆡ 좃[489] 자소 아니 파ᄂᆡ
眞實노 그러ᄒᆞ여 ᄑᆞᆯ 거시면 첫 말에 아니 ᄑᆞᆯ라시랴[490]

[1046: 846]
댁들에 연지분들 싸오 저 장사야 네 연지 고우면 사자
곱든 비록 아니하나 바르기만 바르면 온갖 교태 다 나서 님 사랑받음직하오 사서 발라 보오
진실로 그럴 것 같으면 다섯 말어치만 사리라

---

481) 누고셔: 누가 있어서. '뉘고셔'에서 'ㅣ'가 탈락한 것. '뉘라셔'와 같은 것.
482) 망민인어천일방(望美人於天一方): 미인은 '왕'. 하늘에 하나 뿐인 미인 곧 왕을 바라보다.
483) 촌공(寸功)이: 조그마한 공이.
484) 백발의문망(白髮倚門望): 백발이 된 부모가 아들의 돌아오는 것을 문간에 의지하여 바라보며. 하마나 올까 기다리는 것.
485) ᄌᆞ릿 등ᄆᆡ: 자리 등메, 헝겊으로 가선을 두르고, 뒤에 부들 자리를 대서 만든 돗자리.
486) 필(匹): 피륙을 잴 때 쓰는 단위. 필(疋).
487) 바드라ᄂᆞᆫ가: 받으라는가.
488) 파네: '팔게나'의 뜻인 듯하다.
489) ᄂᆡ 좃 자소: 내 좆 자시오.
490) ᄑᆞᆯ라시랴: 팔았겠느냐.

宅들에 臙脂粉[491]들 소오[492] 저 장ᄉᆞ야 네 臙脂 곱거든 ᄉᆞ쟈[493]

곱든 비록 아니ᄒᆞ나 ᄇᆞ르기곳[494] ᄇᆞ르면 온갓 嬌態 다 나셔 님 괴얌즉 ᄒᆞ오니[495]사 블나 보오

眞實노 그러곳 홀 작시면[496] 닷 말엇치만[497] ᄉᆞ리라

[1047: 677]

눈아 눈아 멀어질 눈아 두 손 장가락으로 꼭 찔러 멀어질 눈아

남의 임 볼지라도 본동 만동 하라 하고 내 언제부터 정 다 쓸어버리려 하니

아마도 이 눈의 탓에 말 많을까 하노라

눈아 눈아 머르칠 눈아 두 손 장가락[498]으로 쏙 질너 머르칠[499] 눈아

남의 님 볼지라도 본동만동 ᄒᆞ라 ᄒᆞ고 ᄂᆡ 언제부터 졍 다 슬나터니[500]

아마도 이 눈의 지휘[501]에 말 만흘가 ᄒᆞ노라

[1048: 1284]

병풍에 앞니 자끈동 부러진 고양이 그리고 그 고양이 앞에 조그마한 사향쥐를 그렸으니

애고 요 고양이 약삭빠른 채하여 그림에 쥐를 물려고 쫓아다니는구나

우리도 새로운 님 걸어두고 쫓아다녀 볼까 하노라

屛風에 암니 ᄌᆞ근동[502] 부러진 괴[503] 그리고 그 괴 압희[504] 됴고만 麝香쥐[505]를

491) 연지분(臙脂粉): 연지와 분.
492) 소오: 싸오.
493) 곱거든 사쟈: 곱다면 사자.
494) ᄇᆞ르기곳: 바르기만.
495) 님 괴얌즉 ᄒᆞ오니: 님의 사랑을 받을 만하니.
496) 홀작시면: 할 것 같으면.
497) 닷 말엇치만: 다섯 말 값어치만.
498) 장가락: 장지. 가운데 손가락.
499) 머르칠: 눈을 멀게 할.
500) 슬나터니: 쓸어버리라 하였더니, 없애라고 하였더니.
501) 지휘: 디위.
502) ᄌᆞ근동: 자끈동.
503) 괴: 고양이.

그려시니

ᄋᆡ고 요 괴 ᄉᆞᆺ부론 양ᄒᆞ야[506] 그림에 쥐를 믈냐고 존니ᄂᆞᆫ고나[507]
우리도 ᄉᆡ 님 거러두고 존니러 볼가 ᄒᆞ노라

[1049: 1520]

새 각씨 서방 못 맞아 애서 죽은 영혼
마른 삼 밭둑 삼 되어 용문산 개골사에 이 빠진 늙은 중의 야삼베나 되었다가
이따금 땀이 나 몸에 달라붙을 적에 들쳐볼까 하노라

ᄉᆡ약시 書房 못 마자 ᄋᆡ써 죽은 靈魂
긴 삼[508] 밧쑥 삼[509] 되야 龍門山 開骨寺[510]에 니 ᄲᆡ진 늙은 즁의 들뵈[511]나 되엿다가
잇다감[512] ᄯᆞᆷ 나 붓닐 적의[513] 슬적여[514]나 볼가 하노라

[1050: 175]

옛부터 물을 써서 처 민 바다 송 태조가 금릉을 치려고 돌아들어 갈 때
조빈의 드는 칼로 무지개를 휘듯이 에둘러 다리를 놓고
그 건너 님이 왔다 하면 나는 장금장금 건너리라

고ᄅᆡ 물 혀[515] ᄎᆡ민[516] 바다 宋太祖ㅣ 金陵 치라 도라들 제
曹彬[517]의 드ᄂᆞᆫ 칼노 무지게 휘오드시[518] 에후루혀[519] ᄃᆞ리를 노코

---

504) 알ᄑᆡ: 앞에.
505) 사향(麝香)쥐: 생쥐의 한자 표기.
506) ᄉᆞᆺ부론 양ᄒᆞ야: 약삭빠른 체 하여. 꾀바른 양 하여.
507) 존니ᄂᆞᆫ고나: 좃(從)-니(行)-ㄹ(관형형어미)-어(부사형어미)〉쫓아가. 곧 쫓아가는구나.
508) 긴 삼: 마른 삼. '긴'은 '건'의 오자.
509) 밧쑥 삼: 밭 뚝에 심은 삼. '쑥'은 '뚝'의 오자.
510) 개골사(開骨寺): 개골산(開骨山)이라고 되어 있는 작품도 있음.
511) 들뵈: 들배(野布). 여기서는 삼배.
512) 잇다감: 가끔.
513) ᄯᆞᆷ 나 붓닐 적의: 땀이 나 옷이 몸에 달라붙을 적에.
514) 슬적여: 헤쳐보다. 슬쩍 들쳐보다.
515) 물 혀: 물을 써서.
516) ᄎᆡ민: 처 민. '채'는 강세접두사.

그 건너 님 왓다 ᄒᆞ면 나ᄂᆞᆫ 장금장금[520] 건너리라

[1051: 1286]

부러진 활 꺾어진 총 때운 동노구 메고 원망하나니 황제 헌원 씨를
相奪攘 아닌 전에는 인심이 순후하고 천하가 태평하여 일만 팔천 세를 살았거든
어떻다 병기 쓰는 것을 익혀 후의 사람을 괴롭게 하는가

부러지 활 썻거진[521] 춍[522] 쌘[523] 銅爐口[524] 메고 怨ᄒᆞᄂᆞ니 黃帝 轅軒氏[525]를
相奪攘[526] 아닌 젼은 人心이 淳厚ᄒᆞ고 天下ㅣ 太平ᄒᆞ여 萬 八天 歲[527]를 사랏거던
어더타 習用干戈[528]ᄒᆞ여 後生 困케 ᄒᆞᄂᆞ니[529]

[1052: 37]

가을비 과연 얼마만큼 오리 우장 직령 내지 마라
십리 길 과연 얼마만큼 가리 등 처지고 배 앓고 다리 저는 나귀를 크나큰 당채로 꽝꽝 쳐서 다모지 마라
가다가 주점에 들르면 갈동말동 하여라

ᄀᆞ올비 긔똥[530] 언마치 오리 雨裝 直領[531] ᄂᆡ지 마라

---

517) 조빈(曹彬): 송 태조 시대의 명장. 강남의 남당을 칠 때 채석강에 다리를 놓아 도강하여 남당 서울인 금릉에는 무혈 입성하였다.
518) 휘오드시: 휘우듯이. '휘오다'는 휘다 곧 '굽으리다'.
519) 에후루혀: 에둘러. 얼싸 안어. 포위하여. '후루혀'는 앞의 '휘여'와 같은 말.
520) 장금장금: 의태어로 반가워 폴짝폴짝 뛰어가다.
521) 것거: 꺾어.
522) 룡: 총(銃). 창이라고 쓴 데도 있다.
523) 쌘: 때인. 뚫어진 구멍을 막는 것.
524) 동노구(銅爐口): 동으로 만든 조그만 솥.
525) 헌원씨(軒轅氏): 헌원 씨는 황제가 헌원의 언덕(軒轅之丘)에 태어났음을 말한다. 중국 고대의 황제의 이름으로 성은 공손이다. 황제는 오행설에 의한 토덕(土德)의 왕.
526) 상탈양(相奪攘): 서로 다투어 물리침. 서로 다투어 빼앗는 것.
527) 일만팔천세(一萬八天歲): 황제 이전에 천황씨 지황씨는 각 일만팔천세를 누렸다.
528) 습용간과(習用干戈): 병기 쓰는 것을 익힘.
529) 우생곤(後生困)케 ᄒᆞ연고: 후세 백성들을 이처럼 괴롭게 하였는가.
530) 긔똥: 미상.
531) 우장(雨裝) 직령(直領): 비옷과 직령

十里 길 긔쫑 언마치 가리 등 닷고[532] 비 알코 다리 저는 나귀[533]를 큰나큰 唐치로 꽝꽝 쳐셔 다모지 마라
가다가 酒肆[534]의 들너면 갈쫑말쫑 ᄒᆞ여라

[1053: 2512]
장삼 뜯어 중의 적삼 짓고 염주 끌어서 당나귀 밀치 만드세
석왕세계 극락세계 관세음보살 남무아미타불 십년 공부도 네 갈 데로 가거라
밤중만 여승 품에 드니 염불할 경황이 없어라

長衫[535] 쓰더[536] 中衣 赤衫 진고 念珠[537] 글너 唐나귀 밀치[538] ᄒᆞ식
釋王世界 極樂世界[539] 觀世音菩薩[540] 南無阿彌陀佛[541] 十年 工夫도 네 갈 듸로 니거[542]스라
밤 中만 암 居士[543] 품에 드니 念佛 경[544] 업셔라[545]

532) 등 닷고: 등이 처치고.
533) 저는 나귀: 다리를 저는 나귀.
534) 주사(酒肆): 술집, 주점.
535) 장삼(長衫): 중이 입는 웃옷이니, 검은 빛으로 길게 소매는 넓게 된 옷. 길이가 길고 품과 소매가 넓은 승려의 겉옷, 또는 조선시대 여인의 예복. 원래는 중국 계통의 포제(袍制)로, 삼국시대에 불교가 전래된 이후 승려의 법복(法服)으로 사용되어왔다고 하나 정확한 형태는 상고할 수 없다. 『세종실록』 세종 6년 12월조(條)에 보면 일본으로 승의(僧衣)를 사여한 물목이 있는데, 그 중에 장삼이 기록되어 있다. 『태종실록』 태종 12년 6월조에는 장삼이 5품 이하 관리의 정처(正妻)의 예복으로 기록되어 있다. 형태는 원삼(圓衫)과 비슷하나 소매와 옷의 길이가 조금 짧아, 『사례편람』에 의하면 길이는 무릎까지 오고 소매는 넓으며 소매 길이는 2자 2치라 하였다. 또한 『국혼정례』와 『가례도감의궤』에는 장삼이 예복으로서 비, 빈부터 상궁, 나인까지 착용하였음이 기록되어 있고, 종류도 비, 빈의 흉배겹장삼(胸背長衫), 상궁의 아청단장삼(鴉靑單長衫), 나인의 홍장삼, 황장삼, 시녀의 흑장삼 등 다양하고, 옷감은 저포(苧布), 사(紗), 주(紬), 단(緞) 등 계급에 따라 달랐다. 오늘날의 장삼은 검정 또는 회색 삼베로 만든, 길이가 길고 소매가 넓은 승복을 말하는데, 깃은 직령(直領)이며 허리선을 절단하고 맞주름을 잡았다.
536) 쓰더: 뜯어.
537) 염주(念珠): 염불할 때에 수효를 세는 구슬꿰미.
538) 밀치: 안장에서 궁둥이에 돌린 띠.
539) 석왕세계(釋王世界) 극락세계(極樂世界): 후세의 가장 안락한 세계를 가리키는 불가의 용어.
540) 관세음보살(觀世音菩薩): 관세음, 또는 관음은 관세음보살의 약칭. 거처는 보타락가산이요, 자비를 맡아 있는바, 중생의 고뇌를 풀어 준다고 하며, 그 이름을 늘 외우면 소원을 얻을 수 있다고 한다.
541) 남무아미타불(南無阿彌陀佛): 아미타불여래의 호.
542) 니거: 갔어.
543) 암거사(居士): 녀승. '居士'는 '乞士'라고도 쓰는데, 본디 '比丘', 즉 중의 별칭이다. 후에는 수양하는 의미를 가진 처사와 같은 뜻으로 쓰였다.
544) 염불(念佛)경: '경'은 경기체가에 나오는 '景'이니 '念佛景'은 염불할 경황.

[1054: 2591]

정월 이삼월은 진달래와 살구꽃 배꽃 오얏꽃이 좋고

사오육월은 잎이 푸르게 우거진 숲과 향기로운 풀 놀기가 좋고 칠팔구월은 황국 단풍이 더욱 좋아라

십일이월은 규방 속의 봄빛에 설중매인가 하노라

正二三月은 杜莘杏[546] 桃李花ㅣ 됴코

四五六月은 綠陰 芳草[547] 놀기가 됴코 七八九月은 黃菊 丹楓이 더 됴홰라[548]

十一二月은 閤裡 春光[549]에 雪中梅[550]ㄴ가 ᄒᆞ노라

[1055: 2540]

저 건너 검으틱틱한 바위 정을 대어 깨어 두드려 내어

털이 돋고 뿔 박아서 드문드문 걸어가게 만들리라 검은 암소

두었다가 우리 님 날 이별하고 가실 적에 거꾸로 태워서 보내리라

저 건너 거머무투룸ᄒᆞᆫ[551] 바회 釘[552] 다혀[553] ᄭᅵ두ᄃᆞ려[554] ᄂᆡ여

털 돗치고[555] ᄲᅮᆯ 박아셔 홍셩드뭇[556] 거러 가게 ᄆᆡᆼ글니라[557] 감은 암쇼

둣다가 우리 님 날 離別ᄒᆞ고 가실 ᄌᆡ[558] 것고로[559] ᄐᆡ와[560] 보ᄂᆡ리라

---

545) 업세라: 없도다.
546) 두신행(杜莘杏): 진달래와 살구꽃.
547) 녹음 방초(綠陰芳草): 잎이 푸르게 우거진 숲과 향기로운 풀이란 뜻으로, 여름철의 자연 경치를 이르는 말.
548) 됴홰라: 좋구나.
549) 합리 춘광(閤裡春光): 규방 속의 봄빛.
550) 설중매(雪中梅): 눈 속에 핀 매화.
551) 거머무투룸ᄒᆞᆫ: 검으티틱한.
552) 정(釘): 정.
553) 다혀: 대어.
554) ᄭᅵ두ᄃᆞ려: 깨 두들기어.
555) 털 돗치고: 털이 돋고.
556) 홍셩드뭇: 드문드문함.
557) ᄆᆡᆼ글니라: 만드리라.
558) 가실 ᄌᆡ: 가실 때에.
559) 것고로: 거꾸로.
560) ᄐᆡ와: 태워.

[1056: 2956]

두견이 슬러 울고 산마루에는 달이 걸려 밤이 깊으니 멀리 있는 사람을 그리며 다락 끝에 몸을 기대었노라

두견아 네가 울면 나 또한 괴롭고, 네 울음이 없으면 내 근심도 사라지는 것 같구나

이별한 이들에게 말하노니 춘삼월 두견이 우는 달 밝은 다락에 삼가 오르지 말 것이니라

蜀魄啼[561] 山月白[562]ᄒᆞ듸 相思空[563]倚樓頭[564]ㅣ로다

爾啼苦[565]我心愁[566]ㅣ니 無爾聲[567]이면 無我愁[568]ㅣ라

寄語人間 離別客[569]ᄒᆞ니 信莫登[570] 子規啼 明月樓를 ᄒᆞ여라

[1057: 3104]

푸른 산중의 백발노인이 고요히 앉아 남쪽 봉우리 바라보고 앉았으니

바람 부니 소나무가 거문고 소리를 내고 안개가 이니 산골짜기가 붉게 물들이도다 주개 짐승소리 천고의 한이오 솥 적다 소쩍새 일년 풍년 알리노라

누구라서 산 적막하고 나는 홀로 음악소리 무궁하노라

푸른 山中白髮翁이[571] 고요 獨坐向南峰이라[572]

---

561) 촉백제(蜀魄啼): 두견이 슬피 움. 촉혼(蜀魄)은 두견(杜鵑), 두우(杜宇), 소쩍새, 접동새의 별칭. 촉나라는 산악이 첩첩히 쌓인 중국인에게도 아득한 고장이었다. 이 촉나라로 귀양을 간 두우(杜宇)라는 사람이 고향을 그리다가 죽었는데 그 넋이 두견이 되었다고 전함.

562) 월산저(山月低): 산무루에 걸린 달. '低'는 '낮다'는 뜻인데 곧 떨어져간다는 뜻으로 "달이 떨어져가니"로 의역하면 "밤이 깊어가니"의 의미임.

563) 상사고(相思苦): 상사는 서로 그리워함. 곧 상사고는 "그리워하는 괴로움".

564) 의루두(倚樓頭): 다락마루 난간에 기댐. 루두는 '다락마루 난간'.

565) 이제고(爾啼苦): 네가 울며 괴로워하면. '爾'는 2인칭 대명사로 여기서는 소쩍새를 가리킴.

566) 아심수(我心愁): 내 마음이 쓸쓸함.

567) 무이성(無爾聲): 너의 울음이 없음.

568) 무아수(無我愁): 나의 쓸쓸한 마음이 없음.

569) 기어인간 이별객(寄語人間 離別客): '기어'는 "부탁말을 하다"의 뜻으로 이 세상에서 이별한 사람들에게 부탁말을 한다는 뜻.

570) 신막등(信莫登): 삼가며 오르지 말라.

571) 산중백발옹(山中白髮翁)이: 산 속에 사는 백발노인이.

572) 갈좌향남봉(獨坐向南峰)이라: 홀로 남쪽 봉우리를 향해 앉아 있다.

ᄇᆞ롬 부니 松生瑟이오[573] 안ᄀᆡ 이니 壑成虹이라[574] 쥬걱[575] 啼禽[576] 千古恨이오 젹다 鼎鳥 一年豊이로다[577]
누고셔 山寂寞고 나는 호올노 樂無窮이라[578] ᄒᆞ노라

[1058: 52]
각씨네 외따로 떨어져 있는 논이 두던 높고 물 많고 단단해지고 땅이 기름지다고 하되
병작을 어쩔 수 없이 주려고 하거든 연장 좋은 나에게나 주십시오
진실로 나에게 내어 줄 것 같으면 연장을 들고 씨를 뿌려 농사를 지어 볼까 하노라

閣氏ᄂᆡ 외밤이[579] 오려[580] 논이 두던 놉고[581] 물 만코 ᄃᆡ지고[582] 거지다[583] ᄒᆞᄃᆡ
並作[584]을 부ᄃᆡ 쥬려 ᄒᆞ거든 연장[585] 됴흔 날이나 주소
眞實노 날을 ᄂᆡ여 줄 쟉시면[586] 가ᄅᆡ[587] 들고 씨 지어[588] 볼가 ᄒᆞ노라

[1059: 1016]
머귀 열매 동실동실 보리 뿌리 맥근맥근
동인 풋나무 쓰든 수세미 어린 노송 작은 대추로다
구월 산중 봄처럼 푸르고 오경의 누각 아래 석양 노을 붉었노라

---

573) 송생슬(松生瑟)이오: 소나무가 거문고 소리를 일으키다.
574) 학성홍(壑成虹)이라: 산골자기가 붉게 되다.
575) 쥬걱: 주개. 미상. '주걱' 짐승소리의 의성어인 듯함.
576) 제수(啼禽): 짐승 울음소리.
577) 젹다 정조(鼎鳥) 일년풍(一年豊)이로다: 솥 적다고 우는 소쩍새 울음은 이년동안 풍년을 노래하다.
578) 낙무궁(樂無窮)이라: 음악소리 무궁하다.
579) 외밤이: 외따로 떨어져 있는 논. 다른 논들과 외따로 떨어져 있는 논. 여성의 성기를 은유함.
580) 오려: 올벼.
581) 두던 놉고: 두둑이 높고.
582) ᄃᆡ지고: 단단해지고.
583) 거지다: 땅이 걸쭉하다. 기름지다.
584) 병작(竝作): 소작인과 지주가 수확을 나누어 갖는 제도.
585) 연장: 일을 하는데 쓰는 도구. 여기서는 남성의 성기를 은유함.
586) 줄 쟉시면: 줄 것 같으면.
587) 가ᄅᆡ: 흙을 파헤치는 기구.
588) 씨 지어: 씨를 떨어뜨려.

머귀[589] 여름[590] 桐實桐實[591] 보리 뿔이 麥根麥根
동인 풋나무[592] 쓰든 숫섬[593] 어린 老松 쟈근 大棗ㅣ로다
九月山中 春草綠이오[594] 五更樓下 夕陽紅인가[595] ᄒᆞ노라

[1060: 2326]
이 몸이 죽어지거든 묻지 말고 꽁꽁 묶어 매어다가
술 샘 깊은 연못에 풍덩 들쳐 넣어 둥둥 띄워 두면
일생에 즐기던 것이므로 오래 오래 취해 깨지 않으리라

이 몸이 죽어지거든 뭇지[596] 말고 주푸리여[597] ᄆᆡ혀다가
酒泉[598] 깁흔 소[599]에 풍덩 드리쳐[600] 둥둥 ᄯᅴ여 두면
一生에 질기던 거시ᄆᆡ[601] 長醉不醒[602]ᄒᆞ리라

[1061: 159]
이호(梨湖)에 심한 사태로 산사태로 인해 산의 사면이 두루 낮아지니 여주의 먼 경치 푸른 풀 우거졌네
파사성 그림자 청심루 북에 있고 신륵사의 종소리가 백서탑 서쪽으로 퍼지네 적석의 물결은 신마의 자취를 침범하고 이릉에 봄이 드니 두견새 우는구나
술 취한 늙은 마소를 치는 이는 문장과 미사여구가 모두 쓸 데 없으니 같이 아름다운 경치를 그와 함께 하지 못하누나

589) 머귀: 오동나무의 옛말.
590) 여름: 열매.
591) 동실동실(桐實桐實): 동글동글. 열매가 둥근 모습. 의태어.
592) 동인 풋나못: 풋나무의 나뭇동.
593) 숫섬: 수세미.
594) 구월산중(九月山中) 춘초록(春草綠)이오: 9월 산 속의 봄 풀이 푸름.
595) 오경누하(五更樓下) 석양홍(夕陽紅)인가: 새벽 누각 아래엔 석양 노을이 붉음.
596) 뭇지: 묻지.
597) 주푸리여: 꽁꽁 묶어. 주리혀다.
598) 주천(酒泉): 술이 솟는다는 샘.
599) 소: 소. 연못.
600) 드리쳐: 집어넣어.
601) 거시ᄆᆡ: 것이매. 것이므로.
602) 장취불성(長醉不醒): 오래 오래 취해 깨지 않음.

擊汰梨湖[603] 山四低[604]ᄒᆞ니 黃驪遠勢 草萋萋라[605]

婆娑城影 淸樓北이오[606] 辛勒鍾聲 白塔西ㅣ라[607] 積石波浸 神馬跡이오[608] 二陵春入 子規啼라[609]

翠翁牧老 空文藻니[610] 如此風光을 不共携ㅣ로다[611]

[1062: 1743]

술이라 하면 말이 물 핥아 마시듯 하고 음식이라 하면 헌 말등에 서리황 다인 듯

양 부은 다리 잡조지 팔에 흑보기 눈 안팎 곱사등이 고자 남자를 만석중이라 앉혀두고 보겠는가

창 밖에 통메장이 너나 자가 가거라

술이라 ᄒᆞ면 ᄆᆞᆯ믈 혀듯[612] ᄒᆞ고 飮食이라 ᄒᆞ면 헌 ᄆᆞᆯ등에 셔리황 다앗듯

兩 水腫 다리[613] 잡조지 팔[614]에 할긔눈[615] 안ᄑᆞᆺ 쉽장이[616] 고쟈 남진[617]을 만셕듕[618][619]이라 안쳐 두고 보랴

窓 밧긔 통메 장ᄉᆞ[620] 네나 ᄌᆞ고 니거라[621][622]

---

603) 격태리호(擊汰梨湖): 이호(梨湖)에 심한 사태가 남. 이호는 경기 여주에 있는 지명 이포인 듯함.

604) 산사저(山四低): 산사태로 인해 산의 사면이 두루 낮아짐.

605) 황려원세(黃驪遠勢) 초처처(草萋萋)라: 여주의 먼 경치 푸른 풀 우거졌네. 황려(黃驪)는 경기도 여주의 옛 이름.

606) 파사성영(婆娑城影) 청루배(淸樓北)이오: 파사성 그림자 청심루 북에 있고, 파사성은 여주에 있던 성의 이름.

607) 신늑종성(辛勒鍾聲) 백탑서(白塔西)ㅣ라: 신륵사의 종소리가 백서탑 서쪽으로 퍼지네.

608) 적석파침(積石波浸) 심마적(神馬跡)이오: 적석의 물결은 신마의 자취를 침범하고.

609) 이릉춘입(二陵春入) 자류제(子規啼)라: 이릉에 봄이 드니 두견새 우는구나. 이릉은 여주에 있는 조선조 세종과 효종의 능.

610) 취옹목노(翠翁牧老) 공문조(空文藻)니: 술 취한 늙은 마소를 치는 이는 문장과 미사여구가 모두 쓸데 없으니.

611) 여차풍광(如此風光)을 부공휴(不共携)ㅣ로다: 이 같이 아름다운 경치를 그와 함께 하지 못하누나.

612) 혀듯: 켜듯. 핥아 마시듯.

613) 수종(水腫) 다리: 부은 다리.

614) 잡조지 팔: 잡좆이 팔, 쟁기의 잡좆 같이 생긴 팔. 잡좆은 쟁기의 술 중간에 박아서 쟁기를 들거나 뒤로 물릴 때, 잡아 쳐들게 된 나무.

615) 할긔눈: 눈동자가 한쪽으로만 몰려, 정면으로 보지 못하고 늘 흘겨보는 사람. 흑보기.

616) 안팟 쉽장이: 안팎곱사등이.

617) 고쟈 남진: 성기가 불완전한 남편.

618) 망셕즁: 망석중이, 나무로 만든 꼭두각시의 하나.

619) 웨ᄂᆞᆫ: 웨치는.

[1063: 39]

가을 타작 다 한 후에 동내 사람 모아 강신할 때
김 풍헌의 메더지 노래와 박 권농의 도롱이춤이로다
좌상에 이 존위는 손뼉을 치며 크게 웃더라

ᄀᆞ올[623] 打作 다 ᄒᆞᆫ 後에 洞內 모하[624] 講信ᄒᆞᆯ ᄌᆡ[625]
金風憲[626]의 메더지[627]와 朴勸農[628]의 되롱춤[629]이로다
座上에 李尊位[630]ᄂᆞᆫ 拍掌大笑[631]ᄒᆞ더라

[1064: 1279]

봉황대 이에 봉황이 놀더니만 봉황은 날아가고 빈 대엔 강물만 유유히 흐르네
화초는 그윽 산 길에 묻혔고 진대 의관은 고구를 이루었네
삼산은 반쯤 청천밖에 떨어졌거늘 이수는 백로주에서 가운데기 나뉘었구나
모두 뜬 구름이 되어 능히 해를 가리니 장안을 보지 못하매 근심케 하누나

鳳凰臺上[632] 鳳凰遊ㅣ러니 鳳去臺空 江自流ㅣ라
花草ᄂᆞᆫ 埋幽逕이오[633] 晋代 衣冠 成古邱ㅣ라[634] 三山[635]은 半落青天外오[636] 二水中分 白鷺洲[637]로다

---

620) 통메 장ᄉᆞ: 통메쟁이. 통을 메우거나 고치는 일을 업으로 하는 사람.
621) 니거라: 가거라.
622) 니거라: 니(去, 行)-거라(명령형어미)〉가거라.
623) ᄀᆞ올: ᄀᆞᅀᆞᆯ〉ᄀᆞ올〉ᄀᆞ을〉가을. 추(秋)
624) 모하: 뫃(集)-아(주동사형어미)〉모아.
625) 강신(講信)ᄒᆞᆯ ᄌᆡ: 믿음을 강론할 때. 여러 사람이 모여 술을 마시며 서로 신의를 맹세할 때.
626) 김풍헌(金風憲): 김씨 성을 가진 풍헌. 풍헌은 동리의 소임.
627) 메더지: 메던이. 노래의 이름.
628) 박권농(朴勸農): 박씨 성을 가진 권농. 권농은 지방의 방이에서 농사를 장려하는 유사.
629) 되롱춤: 도롱이 춤. 어깨춤.
630) 이존위(李尊位): 이씨 성을 가진 향리의 어른.
631) 박장대소(拍掌大笑): 손뼉을 치며 크게 웃음.
632) 봉황대상(鳳凰臺上): 지금의 중국 남경에 있는 누대 위.
633) 매유경(埋幽逕)이오: 그윽 산 길에 묻혔고.
634) 성고구(成古邱)ㅣ라: 고구를 이루었네.
635) 삼산(三山): 강소성 강녕현의 서남에 있는 산.
636) 반낙청천외(半落青天外)오: 반쯤 청천밖에 떨어졌다.
637) 백노주(白鷺洲): 강소성 강넌현의 서남에 있는 섬.

摠爲浮雲 能蔽日ᄒᆞ니[638] 長安不見 使人愁로다[639]

[1065: 1678]

소나무 아래에 굽은 길로 셋이 가는데 맨 마지막 중아

인간 이별 독수공방 생긴 부처 어느 절 법당 탁자 위에 감괘하고 눈 맑으니 앉아 있거늘 보았는가 묻노라 저 맨 마지막 중아

소승은 알지 못하오니 상좌 누이야 알 것입니다

솔 아릐 에구분 길[640]노 셋 가ᄂᆞᆫ듸 ᄆᆡᆫ 말ᄌᆡ 듕[641]아

人間 離別 獨守空房[642] 삼기신[643] 부쳐 어ᄂᆡ 졀 法堂 卓子 우희 坎中連ᄒᆞ고[644] 눈 말가ᄒᆞ니 안ᄌᆞ거ᄂᆞᆯ 보왓ᄂᆞᆫ다 問노라 져 ᄆᆡᆫ 말ᄌᆡ 듕아

小僧은 아옵지 못ᄒᆞ오니 上佐[645] 누의야[646] 알이니다

[1066: 3181]

한숨아 가는 한숨아 네 어느 틈으로 들어 왔느냐

고무레 장자 가는 살창문 들 장자 열 장자에 암돌 적귀 수돌 적귀 배목걸쇠 뚝딱 박고 크나큰 자물쇠로 잔뜩 잠기었는데 병풍이라 덜컥 잡고 족자라 데굴데굴 말고 너가 어느 틈으로 들어왔나

어인 일인지 너 온 날이면 잠을 못 들어 하노라

한숨아 셰 한숨[647]아 네 어ᄂᆡ 틈으로 드러온다

고모장ᄌᆞ[648] 셰술장ᄌᆞ[649] 들장ᄌᆞ 열장ᄌᆞ에 암돌젹귀 수돌젹귀 ᄇᆡ목걸ᄉᆡ 뚝

---

638) 총위부운(摠爲浮雲) 능폐일(能蔽日)ᄒᆞ니: 모두 뜬 구름이 되어 능히 해를 가리다.

639) 사인수(使人愁)로다: 사람에게 근심케 하다.

640) 에구븐길: 굽은 길, '에'는 '回'의 뜻을 가진 접두사.

641) 말ᄌᆡ 중: 끝의 중. '말'은 '말'. 'ᄌᆡ'는 서수접미사. 'ᄌᆡ'는 '자히'에서 온 말. 'ㅅ'은 사잇소리.

642) 독수공방(獨守空房): 홀로 빈 방에서 긴 밤을 새움.

643) 삼기신: 생기신.

644) 감중련(坎中連)ᄒᆞ고: 괘(卦)의 가운데 효(爻)만 연결되었다는 뜻으로, 팔괘의 세 번째 괘인 '감괘(坎卦)'를 달리 이르는 말.

645) 샹좌(上座): 처음 출가한 중, 어떤 중. 주시 스님을 보필하는 중.

646) 누의야: 누님과 누이동생의 통칭.

647) 셰 한숨: 가는 한숨. '셰'는 '細'의 음기.

648) 고모장ᄌᆞ: 고무레 장자(障子).

닥650) 박고 크나큰 좀을쇠651)로 숙이숙이652) ᄎᆞ엿ᄂᆞᆫᄃᆡ653) 屛風이라 덜걱 졉고 簇子654)ㅣ라 ᄃᆡᄃᆡ골 말고655) 네 어ᄂᆡ 틈으로 드러온다656)

어인지 너 온 날이면 좀 못 드러 ᄒᆞ노라

[1067: 440]

나무도 바위도 없는 산에서 매에게 쫓긴 까투리의 속마음과

대천 넓은 바다 한가운데서 일천 석이나 되는 짐을 실은 배가 노도 잃고, 닻도 잃고, 닻줄도 끊어지고, 돛대도 꺾어지고, 키까지 빠져버려(배가 나아갈 수 없게 되었는데), 바람이 불어 물결이 치고 안개가 뒤섞여 자욱한 날에, 갈 길은 천리 만리 아득하게 먼데 사면은 점점 컴컴하고 어둑어둑하게 저물어가고 천지는 적막하여 이제 폭풍우가 몰려오려는 듯이 까치노을이 떠 있어 (난데없이) 해적선을 만난 도사공의 마음속과

바로 엊그제 이별한 나의 마음을 어디에다가 비길 수가 있으리오

나무도 돌도 바히657) 업슨 믜에658) ᄆᆡ게659) 쫏친660) 불가토리661) 안662)과

大川 바다 ᄒᆞᆫ가온ᄃᆡ 一千石 시른 大中舡663)이 노도 일코 닷도 일코 돗ᄃᆡ도 것고664) 농층665)도 슨코666) 키667)도 ᄲᆡ지고 ᄇᆞ름 부러 물결 치고 안ᄀᆡ 뒤셧거 ᄌᆞᄌᆞ

649) 셰술장ᄌᆞ: 가는 살창문.

650) 암돌져귀 수돌져귀 ᄇᆡ목, 걸ᄉᆡ: 암돌적귀, 수돌적귀, 배목걸쇄.

651) 좀을쇠: 자물쇠.

652) 숙이숙이: 잔뜩.

653) ᄎᆞ엿ᄂᆞᆫᄃᆡ: ㅊ웠는데. 잠구었는데.

654) 족자(簇子): 글씨, 그림을 꾸미어 벽에 거는 물건. 주련(株聯).

655) ᄃᆡᄃᆡ골 말고: "댁대글 만다"로 된 작품도 있다 있다. 'ᄃᆡᄃᆡ글'은 대글 대글 즉 구르는 양이고, 'ᄆᆞᆫ다'는 만다, 즉 둥글게 감는 것이니, 족자를 굴려서 둥글게 감는 것. 데굴데굴.

656) 드러온다: 들(入)-어(부사형어미)#오(來)-ㄴ다(의문형어미)〉들어왔느냐.

657) 바히: 바위.

658) 믜에: 산에.

659) ᄆᆡ게: 매에게.

660) 쫏친: 쫓긴.

661) 불가토리: 까투리. 암꿩. 수꿩을 '장끼'라고 함.

662) 안: 마음. 속마음.

663) 대중강(大中舡): 큰 배.

664) 것고: 꺾어지고.

665) 농총: 용총(龍總)줄, 곧 돛대에 달린 굵은 밧줄.

666) 슨코: 끊어지고.

진[668] ᄂᆞᆯ의 갈 길은 千里 萬里 남고 四面이 거머어득[669] 天地 寂莫[670] 가치 노을[671] ᄯᅥᆺᄂᆞᆫᄃᆡ 水賊 만난 都沙工[672]의 안과

엇그졔 님 여흰[673] 안이야 엇다가 ᄀᆞ을ᄒᆞ리오[674]

[1068: 2882]

청울치 육날 미투리신 신고 휘둘러 감싼 장삼 들쳐 메고

소상 반죽 열두 마디 뿌리 채 뽑아 짚고 마을 너머 재 너머 들 건너 들판 건너 푸른 산 돌길에 굽은 늙은 솔 아래로 희뜩 여기저기 누운 동내 너머 가는 것을 보았는가 못 보았는가 그 사람 우리 남편 선사 중이오니 남이야 중이라고 하여도 밤중만 되면 옥 같은 가슴 위에 수박 같은 대머리를

둥굴껄금 껄금둥굴 둥실둥실 기어 올라올 때 내야 좋아 중 서방이 좋도다

靑울치[675] 六날[676] 신 신고 휘ᄃᆡ 長衫[677] 두루쳐 메고[678]

瀟湘 斑竹[679] 열 두 ᄆᆞᄃᆡ 불희ᄌᆡ[680] ᄲᅢ혀 집고 ᄆᆞ로[681] 너머 ᄌᆡ 너머 들 건너 벌[682] 건너 靑山 石逕[683]에 구분 늙은 솔 아ᄅᆡ로 흿근 누은누은[684] 흿근흿근 동너머

---

667) 키: 키(舵). 배가 나아가는 방향을 조정하는 기구.

668) ᄌᆞᄌᆞ진: 자욱한.

669) 거머어득: 검어 어둑한.

670) 천지적막(天地寂寞): 온 천지가 고요하고 쓸쓸함.

671) 가치노을: 까치놀. 검은 구름 사이로 피어난 놀. 폭풍우가 오기 전에 저녁 때 서쪽에 뜨는 놀. '사나운 파도'를 뜻하기도 함.

672) 도사공(都沙工): 사공의 우두머리.

673) 여흰: 이별한.

674) ᄀᆞ을ᄒᆞ리오: 가를 두겠는가? (끝이 없다). 비교하겠는가.

675) 청(靑)울치: 칡덩굴의 속껍질로 삼은 여섯 날의 미투리.

676) 육(六)날: 여섯 개의 날. '날'은 짚신이나 피륙을 짜는 대 새로 놓은 선(線). 육날 메토리, 곧 육날 미투리. 삼 껍질 또는 종이 노로 짚신 같이 만든 신발.

677) 휘ᄃᆡ 장삼(長衫): 휘둘러 감은 장삼. 장삼은 검은 배로 길이가 길고 소매가 넓고, 길게 지은 중의 웃옷.

678) 두루쳐 메고: 둘러메고.

679) 소상 반죽(瀟湘斑竹): 중국 소상강에서 나는 아롱 무늬진 대나무. 순비(舜妃)가 순의 죽은 소식을 듣고 눈물을 흘려 무늬를 이뤘다고 한다.

680) 불희ᄌᆡ: 뿌리째로. '불희'는 '불희'에서 온 것으로 뿌리(根)의 뜻.

681) ᄆᆞ로: 마을(村).

682) 벌:언덕(原). 넓은 들(坪).

683) 청산석경(靑山石逕): 청산(靑山)의 돌길.

684) 흿근 누은누은: 흿득 여기 저기 누워 있는.

가읍거늘 보오신가 못 보오신가 긔 우리 남편 禪師 듕이올너니 남이셔[685][686] 듕이라 ᄒᆞ여도 밤 中만 ᄒᆞ여셔 玉ᄀᆞᆺ튼 가슴 우희 슈박ᄀᆞᆺ튼 ᄃᆡ고리를[687]

둥굴썰금[688] 썰금둥굴 둥실둥실 긔여 올나올 졔 ᄂᆡᄉᆞ[689] 됴희 듕 셔방이[690] 올네

[1069: 2171]

용산과 동작 사이에 늙은 돌이 있다 하되

저 아희야 헛말을 하지 말아 돌이 늙는 것을 너가 어디서 보았느냐

옛부터 이르기를 노들(老乭)이라 하더라

龍山[691]과 銅雀[692]之間에 늙은 돌이 잇다 ᄒᆞᄃᆡ

져 아희 헷말[693] 마라 돌 늙ᄂᆞᆫ 듸[694] 네 어듸 본다[695]

녜[696]부터 이르기를 老乭[697]이라 ᄒᆞ더라

---

685) 남이셔: 남이야. 다른 사람이야. '셔'는 '샤'에서 온 것. 강세조사.

686) 옥인(玉人): 신선. 군주. 미인.

687) 슈박ᄀᆞᆺ튼 ᄃᆡ고리를: 수박 같이 둥근 머리, 즉 머리를 빡빡 깎아 둥그럼한 중의 머리.

688) 둥굴썰금: 슈박ᄀᆞᆺ튼 머리에 맞추기 위한 의태어.

689) ᄂᆡᄉᆞ: 내야, '사'는 강세접미사.

690) 됴해 듕 서방(書房)이: 중 서방(書房)이 좋도다.

691) 용산(龍山): 서울 용산.

692) 동작(銅雀): 서울 동작동.

693) 헷말: 헛말.

694) 듸: ᄃᆞ(의존명사)-의(처격조사)〉것을.

695) 본다: 보(視)-ㄴ다(의문형어미)〉보았느냐.

696) 녜: 옛.

697) 노돌(老乭): 노들, 노드리 용산에서 동작 사이에 노량진(鷺梁津)의 옛 지명을 뜻함.

편삭대엽(編數大葉)

편삭대엽【대군이 쫓아오니 피리와 뿔이 가지런히 울린다.】

編數大葉【大軍驅來 鼓角齊鳴】

[1070: 2054]

오늘도 저물어지도다 저물면 샐 것이로다 날이 새면 이 님은 갈 것이로다

가면 못 보려니 못 보면 그리려니 그리면 응당(應當) 병(病)들려니 병 곧 들면 못 살 것이로다

병 들어 못 살 줄 알면 자고나 간들 어떠하리

오ᄂᆞᆯ도 져무러지게[1] 졈을면은 ᄉᆡ리로다[2] ᄉᆡ면 이 님 가리로다

가면 못 보려니 못 보면 그리려니 그리면 應當[3] 病들려니 病곳 들면 못 살니로다[4]

病 드러 못 살 줄 알면 자고나 간들 어더리

---

1) 져무러지게: 져물-어(부사형어미)#지-거(과거시상선어말어미)-이(감탄형어미)〉저물었도다. '지게'는 '지거이'의 축약.

2) ᄉᆡ리로다: ᄉᆡ-ㄹ(관형어미)-이로다(감탄형어미)〉날이 샐 것이로다.

3) 응당(應當): 마당히, 당연히.

4) 살니로다: 살-이로다(감탄형어미)〉살것이로다.

이 작품은 어휘를 점층적 연쇄법으로 이미지를 이어 나가는 독특한 수법을 이용하고 있다. 시조형식의 실험적인 운용을 보이는 좋은 예라고 할 수 있다. 인생은 다 세월이 흐름에 따라 병들고 늙어지고 도 죽게 되나니 그런 줄 안다면 나와 함께 하룻밤 동침을 한들 어떠하냐고 유혹을 하고 있다.

[1071: 827]

사람 기다리기가 어려운데 기다리는 사람은 오지 아니하고 그만 닭이 세 번 울어 새벽 오경이라

사람 오기를 기다리다 못해, 직접 문 밖에 나아가 바라보니 청산녹수는 겹겹이 쌓이고 푸른 물은 굽이굽이 감돌아 앞을 막아 보이지 않는도다 이윽고 개 짖는 소리에 백마 타고 찾아오는 님이 넌지시 돌아드니 반가운 마음이 못내 그리는 마음이 한이 없도다

오늘밤 서로 즐거운 것이야 어떤 끝이 있겠는가

待人難 待人難ᄒᆞ니[5] 鷄三呼ᄒᆞ고 夜五更이라[6]

出門望 出門望[7]ᄒᆞ니 靑山은 萬重이오 綠水은 千面로다[8] 이윽고 ᄀᆡ 짓는 소릐에 白馬 遊冶郞[9][10]이 넌ᄌᆞ시[11] 도라드니 반가온 ᄆᆞ음이 無窮耽耽[12]ᄒᆞ야

오ᄂᆞᆯ밤 셔로 즐거운이야 어ᄂᆡ[13] 그지[14] 이시리오

[1072: 472]

낙양성에 봄이 무르 익어갈 때 모두가 스스로 즐기도다

---

5) 대인난 대인난(待人難 待人難)ᄒᆞ니: 사람 기다리기가 어려우니.

6) 계삼호(鷄三呼)ᄒᆞ고 야오경(夜五更)이라: 사람은 오지 아니하고 그만 닭이 세 번 울어 새벽 오경(五更)이 되어 날이 센다는 뜻이다. 오경은 상오사시경(上午四時頃), 곧 오시를 뜻하기도 하지만 하루 밤을 오경으로 나누니 하룻밤 전부를 두고 말하기도 한다.

7) 출문망출문망(出門望出門望): 사람 오기를 기다리다 못해, 직접 문 밖에 나아가 바라보니.

8) 청산(靑山)은 만중(萬重)이오 녹수(綠水)은 천면(千面)로다: 푸른 산은 겹겹으로 쌓이고 푸른 물은 굽이굽이 감돌아 앞을 막아 보이지 않는다는 것이다.

9) 백마유야낭(白馬遊冶郞): 백마는 흰말.

10) 유야낭(遊冶郞): 오입 노름으로 일삼는 사람이니 백마를 타고 찾아오는 님.

11) 넌ᄌᆞ시: 넌지시.

12) 무궁(無窮)탐탐: 못내 그리는 마음이 한이 없음을 말함.

13) 어ᄂᆡ: 어떤.

14) 그지: 끝이.

아희들 오육명과 동자 칠팔인을 거느리고 문수 중흥으로 백운봉 올라가니 하늘 문이 지척이라 뒤쪽 삼각은 나라를 다스림에 끝이 없고 장부의 흉금에 운몽을 삼키는 듯 구천 은빛 은하수에 먼지 묻은 갓끈을 씻은 후에 행화 방초 석양 길로 땅을 구르며 노래하며 태학으로 돌아오니

증점의 석이 청소년과 청유하고 노래 부르며 돌아오고 싶다 미쳐 본 듯하여라

洛陽城裏 方春和時[15]에 草木羣生이 皆自樂[16]이라

冠者 五六[17]과 童子 七八 거ᄂᆞ리고 文殊 重興으로 白雲峰 登臨ᄒᆞ니 天門이 咫尺[18]이라 控北 三角은 鎭國無疆[19]이오 丈夫의 胸襟에 雲夢[20]을 ᄉᆞᆷ켜ᄂᆞᆫ 듯 九天銀瀑[21]에 塵纓으 쓰슨 後에[22] 杏花 芳草 夕陽로 踏踏歌 行休[23]ᄒᆞ야 太學으로 도라오니

曾點의 詠歸高風[24]을 미쳐 본 듯하여라

[1073: 2523]

장안의 도성이 있는 번화한 큰길 삼월 봄바람 불고 길거리에 있는 높은 집과 백화 방초 푸르르니

술을 좋아하는 시인 호걸 오능에 협객들 복숭아와 오얏꽃이 피어 있는 아래의 지름길에 아름답게 치장한 미인들을 함께 다 모아 거느리고 잔잔한 풍악을 앞세우고 노래하고 춤추며 가다가 쉬고 가다가 쉬어 대동(大東)의 천지 풍월강산 사문불법의 세계 한적하고 구석진 구름 숲 사이를 골고루 돌아다니며 돌아보니

태평성대에 조정이나 서민들이나 함께 즐기는 태평화색이 옛 그대로의 모양이니 삼황오제 때의 임금의 덕화이런가 하노라

---

15) 낙양성리 방춘화시(洛陽城裏 方春和時): 낙양성에 봄이 무르 익어갈 때.
16) 개자락(皆自樂): 다 스스로 즐기다.
17) 관자 오륙(冠者 五六)과 동자 칠팔(童子 七八): 공자가 제자들에게 뜻하는 바를 물었을 때 증석(曾晳)의 대답 가운데 나오는 말. 관자는 어른을 동자는 아이를 뜻함.
18) 천문(天門)이 지척(咫尺): 하늘의 일월성신이 아주 가까운 사이에 있음.
19) 진국무강(鎭國無疆): 나라 다스림이 끝이 없다.
20) 운몽(雲夢): 연못의 이름.
21) 구천은폭(九天銀瀑): 아득히 하늘에 걸려 있는 은하수.
22) 진영(塵纓)으 쓰슨 후(後)에: 먼지 묻은 갓끈을 씻은 후에.
23) 답가행휴(踏歌 行休): 땅을 구르며 노래하고 걷다가 쉬다가 함.
24) 영귀고풍(詠歸高風): 증석이 청소년과 청유하고 노래 부르며 돌아오고 싶다고 한 풍격.

長安 大道[25] 三月 春風 九陌 樓臺[26] 百花 芳草

酒伴 詩豪[27] 五陵[28] 遊俠[29] 桃李谿[30] 綺羅裙[31]을 다 모화 거ᄂᆞ려 細樂[32]을 前導[33]ᄒᆞ고 歌舞 行休[34]ᄒᆞ야 大東 乾坤[35] 風月 江山[36] 沙門[37] 法界[38] 幽僻[39] 雲林을 遍踏[40]ᄒᆞ야 도라보니

聖代에 朝野 同樂ᄒᆞ야 太平 和色이 依依然[41] 三五 王風[42]이런가 ᄒᆞ노라

[1074: 2689]

진배 명산 만장봉이 푸른 하늘 높이 우뚝 솟은 것이 금빛 연꽃 봉우리라

거대한 석벽은 우뚝 솟아 뒤쪽은 삼각산이오 기괴한 바위는 일어나 앞쪽에는 남산이로다 좌청룡 낙산 우백호 인왕의 상서로운 빛이 둘러친 대궐이오 막힌 기운이 모여 걸출한 인물이 나 아름답도다 우리나라 산하의 견고함이여 태평성대의

---

25) 장안대도(長安大道): 장안(長安)의 큰 길. 시안(西安)은 중국 산시성(陝西省)의 성도(省都).

26) 구백루대(九陌樓臺): 백(陌)은 가두(街頭). 즉 도성(都城)의 큰 길이 구조(九條)로 된 번화한 거리에 있는 높은 집.

27) 주반시호(酒伴詩豪): 술을 동반하는 시인 호걸.

28) 오능(五陵): 한 장안의 장능(長陵), 인능(安陵), 양능(陽陵), 무능(茂陵), 평능(平陵)임. 근처에 호족들이 많이 살았음.

29) 유협(遊俠): 협기(俠氣, 용맹한 기상)가 있는 남자. 협객, 협사(俠士)라고도 함.

30) 도리계(桃李谿): 복숭아와 오얏꽃이 피어 있는 아래의 지름길.

31) 기라군(綺羅裙): 비단 치마. 아름답게 치장한 미인들.

32) 세악(細樂): 잔잔한 풍악(風樂). 피리 따위를 말한 듯.

33) 전도(前導): 앞에 인도함, 앞에서 이끎.

34) 가무행휴(歌舞行休): 노래하고 춤추며 가다가 쉬고 이와 같이 계속 하는 것.

35) 대동건곤(大東乾坤): 대동의 천지(天地).

36) 풍월강산(風月江山): 아름다운 자연.

37) 사문(沙門): 중(僧)을 말함.

38) 법계(法界): 불법의 세계.

39) 유벽(幽僻): 한적하고 구석짐.

40) 편답(遍踏): 골고루 돌아다님.

41) 의의연(依依然): 옛 그대로의 모양.

42) 삼오왕풍(三五王風): 삼황오제(三皇五帝) 때의 임금의 덕화(德化). 중국 고대의 전설적 제왕. 3황은 일반적으로 천황(天皇), 지황(地皇), 인황(人皇 또는 泰皇)을 가리키지만, 문헌에 따라서는 복희(伏犧), 신농(神農), 황제(黃帝)를 들기도 한다. 또는 수인(燧人), 축융(祝融), 여와(女媧) 등을 꼽는 경우도 있다. 사마천(司馬遷)은 3황의 전설을 믿을 수 없는 것으로 생각했는지, 『사기』의 기술을 오제본기(五帝本紀)에서부터 시작한다. 사마천이 5제로 든 것은 황제헌원(黃帝軒轅), 전욱고양(頊高陽), 제곡고신(帝高辛), 제요방훈(帝堯放勳), 도당시(陶唐氏), 제순중화(帝舜重華: 有虞氏) 등이며, 별도로 복희, 신농 또는 소호(少昊) 등을 드는 경우도 있어 일정하지 않다. 원래 이 전설은 다양한 신화, 전설이 혼입된 것이며, 도덕적, 정치적으로 억지로 끌어들인 것이어서 그 기원은 애매하다. 오행설이 일반화된 전국시대 말 이후 이야기 경향을 띠게 되었다.

문화와 예의 바른 풍속이 만만세세 단단한 성스로운 땅이로다

해마다 풍년들고 나라가 안정되고 백성이 편안하거늘 가을 단풍과 국화가 피는 시절에 기린이 유유히 노는 모습을 보려하고 앞산을 올라 취하고 배불러 두루 돌아다니며 임금의 은혜에 감격하노라

鎭北 名山 萬丈峯[43]이 靑天 削出 金芙容[44]이라

巨壁은 屹立ᄒᆞ야[45] 北祖 三角이오[46] 奇岩은 斗起ᄒᆞ야 南案 蚕頭ㅣ로다[47] 左龍 駱山 右虎 仁王[48] 瑞色은 蟠空[49] 凝象闕이오 淑氣은 鍾英 出人傑이라[50] 美哉[51] 我東山河之固여[52] 聖代 衣冠 太平 文物이[53] 萬萬世之金湯[54]이로다

年豊코 國泰民安커ᄂᆞᆯ 九秋 黃菊 丹楓節에[55] 麟遊[56]를 보려 ᄒᆞ고 面岳登臨ᄒᆞ야[57] 醉飽盤桓ᄒᆞ오며[58] 感激君恩ᄒᆞ여라

[1075: 2818]

하늘 가득 막힌 듯 눈이 펑펑 나리는 날에 님 찾으러 하늘 위로 갈 때

신 벗어 손에 쥐고 버선 벗어 품에 품고 님배곰배 곰배님배 천방지방 지방천방 한 번도 쉬지 말고 허위허위 올라가니

각별히 벗은 발은 아니 시리되 생각에 젖은 모든 가슴이 산듯 산듯하여라

---

43) 진북 명산 만장봉(鎭北名山 萬丈峯): 나라를 진정할 만한 높은 봉우리.
44) 청천삭출 금부용(靑天削出 金芙容): 하늘 높이 우뚝 솟아올라 있는 것이, 마치 금빛의 연꽃 봉우리와 같음.
45) 거벽(巨壁)은 흘립(屹立)ᄒᆞ야: 거대한 석벽은 우뚝 솟아 있음.
46) 배조(北祖) 삼각(三角)이오: 뒤쪽엔 삼각산, '조'는 풍수지리설에서 뒷산을 이름.
47) 남안(南案) 천두(蚕頭)ㅣ로다: 앞쪽엔 남산. 안은 앞산의 뜻.
48) 우호(右虎) 인왕(仁王): 오른쪽에 인왕산.
49) 서색(瑞色)은 반공(蟠空) 응상궐(凝象闕)이오: 상서로운 빛이 하늘에 둘러친 대궐이오.
50) 숙기(淑氣)은 종영(鍾英) 출인걸(出人傑)이라: 막힌 기운이 모여 걸출한 인물이 나고.
51) 미재(美哉): 아름답도다.
52) 아동산하지고(我東山河之固)여: 우리나라의 산하의 견고함이여. 곧 나라의 기반이 단단함을 말한다.
53) 성대의관(聖代衣冠) 태평문물(太平 文物)이: 태평성대의 문화와 예의 바른 풍속.
54) 금탕(金湯): 성지(聖地)의 견고함을 이르는 말. 성스러운 땅.
55) 구추황국(九秋黃菊) 단풍절(丹楓節)에: 가을 단풍과 국화가 피는 시절에, 구추는 가을 석 달 동안.
56) 인유(麟遊): 기린은 상서로운 짐승으로 성대에 나타나 논다함. 곧 기린이 노는.
57) 면악등림(面岳登臨) ᄒᆞ야: 앞산에 오름.
58) 취포 반환(醉飽盤桓) ᄒᆞ오며: 취하고 배불러 두루 돌아다님.

天寒59)코 雪深60)ᄒᆞᆫ ᄂᆞᆯ에 님 ᄎᆞ즈라 天上61)으로 갈 ᄌᆡ
신 버서 손의 쥐고 보션 버셔 픔에 픔고 님뵈곰뵈 곰뵈님뵈62) 天方地方63) 地方天方 ᄒᆞᆫ 번도 쉬지 말고 허위허위 올나가니
각별이 버슨 발은 아니 스리되 념64)의 온 가슴65)이 ᄉᆞᆫ득ᄉᆞᆫ득 ᄒᆞ여라

[1076: 1187]
백발에 화양 노는 년이 젊은 서방을 맞추어 두고
흰 머리 먹칠하고 태산준령으로 훠이훠이 넘어가다가 괘 검은 소나기에 동정 검어지고 검든 머리 다 희어지구나
그렇게 된 것까지도 늙은이 소망이라 엎어질락하더라

白髮에 환양 노ᄂᆞᆫ 년66)이 졈은67) 書房을 마초와 두고
셴 머리 먹칠ᄒᆞ고68) 泰山 峻嶺으로 휘위휘위69) 너머 가다가 卦 그믄70) 소낙이71)에 동졍72) 검어지고 감든 마리 다 희거고나
그르ᄉᆞ73) 늙은의 所望74)이라 닐낙 빅낙75) ᄒᆞ더라

---

59) 천색(天塞): 하늘이 꽉 막힌 듯.
60) 설심(雪深): 눈이 가득한, 눈이 펑펑 나리는.
61) 천상(天上): 하늘 위. '태산(泰山)'으로 된 작품도 있다.
62) 곰뵈님뵈: '곰븨 님븨'로 된 작품도 있다. 앞뒤를 계속하여 되풀이 할 때 쓰는 듯하니 『악학궤범』 〈동동〉에서 "덕으로 곰ᄇᆡ예 받즙고 복으란 림ᄇᆡ에 받즙고 덕이며 복이라 ᄒᆞᄂᆞᆯ 나ᅀᆞ라 오소이다 하으 동동다리"라고 한 것이 '곰ᄇᆡ'로 되어 '븨'가 아니고, 'ᄇᆡ'로 되어 있다. 평안방언에 배(船)의 전후를 '고믈 니믈'하는 것과 같은 뜻의 말인 듯하다.
63) 텬방지방(天方 地方): 정신없이 함부로 덤벼, 행동하는 것을 말하나니, 천방지축(天方地軸)이라고 흔히 쓰인다.
64) 념(念): 생각.
65) 온 가슴: 온(百) 가슴(胸). 전 가슴.
66) 환양 노ᄂᆞᆫ 년: 화냥 노는 년, 난봉 피우는 년.
67) 져믄: 젊은.
68) 셴 머리에 먹칠ᄒᆞ고: 흰 머리에 먹칠을 해서 검게 함.
69) 휘이휘위: 허둥지둥.
70) 괘(卦) 그믄: 괘 검은. '괘'는 결대로 추정된다. 앞뒤의 뜻이 잘 통하지 않는다.
71) 소낙이: 소래기. 물을 담는 오지그릇.
72) 동졍: '동졍'은 저고리나 두루마기의 깃 위에 다는 흰 헝겊. 즉 소낙비가 와서 흰머리에 먹칠 해둔 것이 씻기어 내려 도로 머리가 희어지는 동시에 흰 동정은 도리어 그 먹물에 젖어 검어진다는 것이다. 희어야 될 것은 검어지고 검어야 될 것은 희어진다는 것이다.
73) 그르ᄉᆞ: 그것마자. '그르'는 형용사 '그러ᄒᆞ다'에서 어간 '그르'를 취하여 부사로 쓴 것이다. '사'는 강세첨사. 따라서 그 원의는 "그렇게 된 것까지도"이다.
74) 늘근의 소망(所望): 늙은이의 바라는 바.

[1077: 3179]

한송정자 긴 솔 베어 조그마한 배를 만들어 타고

술이라 안주 거문고 가야금 비파 혜금 적 필률 장고 무고 공인들과 안암산 차돌 노고산 수리치 한 번 부쇠 나전으로 꾸민 큰 담배 삼지 강릉 여기 삼척 술파는 계집년 다 주어 담아 싣고 달 밝은 밤에 경포대로 가서

크게 취해 상앗대를 두드리며 흐르는 대로 타고 가 총석정 금난굴과 영낭호 선유담에 마음대로 왔다갔다 하리라

寒松亭ᄌ 긴 솔 버혀 조고마치[76] ᄇᆡ 무어[77] 타고

술이라 안쥬 거문고 伽倻琴 琵琶 嵇琴 笛 觱篥 長鼓 巫鼓 工人[78]들과 安岩山[79] 차돌 老姑山[80] 수리치[81] 一番[82] 부쇠 螺鈿[83] ᄃᆡ궤 지숨이[84] 江陵 女妓[85] 三陟 酒湯년[86] 다 쥬셔 싯고[87] ᄃᆞᆯ ᄇᆞᆰ은 밤의 鏡浦臺[88]로 가셔

大醉코 叩枻 乘流[89]ᄒᆞ여 叢石亭[90] 金爛窟[91]과 永郎湖[92] 仙遊潭[93]에 任去來[94]를 ᄒᆞ리라

---

75) 닐락 ᄇᆡ락: 성패. 일어날락 엎어질락.

76) 조고마치: 조그맣게.

77) ᄇᆡ 무어: 배를 만들어.

78) 가야금(伽倻琴) 비파(琵琶) 혜금(嵇琴) 적(笛) 필률(觱篥) 장고(長鼓) 무고(巫鼓) 공인(工人): 가야금, 비파, 혜금, 피리, 필률, 장구, 북, 공인.

79) 안암산(安岩山): 서울 성북구에 있는 산.

80) 노고산(老姑山): 황해도 곡산군에 있는 산.

81) 수리치: 각 지방 관아의 수석 아전. 곧 이방아전(吏房衙前).

82) 일번(一番) 부쇠: 한 번에 쳐서 불이 붙는 부시.

83) 나전(螺鈿): 자개 조각을 한.

84) ᄃᆡ 궤지숨이: 담배대 쌈지. '지ᄉᆞ미'는 썬 담배.

85) 강릉 여기(江陵女妓): 강릉의 기생.

86) 삼척 주탕(三陟酒湯)년: 삼척의 술파는 계집, 삼척은 강원도 있는 지명.

87) 다 쥬셔 싯고: 몽땅 주어 싣고.

88) 경포대(鏡浦臺): 강원 강릉시 저동 94 바닷가에 있는 누대.

89) 고설승류(叩枻乘流): 상앗대를 두드리며 흐르는 대로 타고 감.

90) 총석정(叢石亭): 강원도에 있는 누대의 이름.

91) 금난굴(金爛窟): 강원도 통천에 있는 굴의 이름.

92) 영낭호(永郎湖): 강원도 간성에 있는 호수의 이름.

93) 선유담(仙遊潭): 간성에 있는 못의 이름.

94) 임거내: 마음대로 왔다 갔다 함.

[1078: 2446]

일정 백년 사는 줄 알면 주색 참는다고 관계하야
행여 참은 후에 백년을 못 살면 그 아니 애달픈가
두어라 주색을 참은 들 백년 살기 쉬우랴

一定 百年 살 줄 알면 酒色 촘다[95] 關係ᄒᆞ랴
힝혀 촘은 後에 百年을 못 살면 긔 아니 ᄋᆡ돌온가[96]
두어라 人命이 在乎天定이라 酒色 촘은 들 百年 살기 쉬우랴

[1079: 2913]

맑은 바람 밝은 달 지혜로운 자는 물을 좋아하고 어진 자는 산을 좋아하니 흰 머리카락에 검은 모자 쓴 큰 현자인 군자
신야수 랑야옹이 대동에 다시 태어나 소나무와 계수나무로 둘린 은거지에 자지가를 소리하여 한가로운 향취도 높으시구나
비나니 큰 뜻으로 성주를 도와 백성이 편안하도록 나라를 다스리소서

淸風 明月[97] 智水 仁山[98] 鶴髮[99] 烏巾[100] 大賢 君子
莘野叟[101] 琅琊翁[102]이 大東[103]에 다시 나 松桂 幽棲[104]에 紫芝를 소릐ᄒᆞ여[105] 逸趣[106]도 놉픠시샤[107]
비ᄂᆞ니 經綸 大志[108]로 聖主를 도와 治國安民 ᄒᆞ소셔

95) 촘다: 참다. 참는다고.
96) ᄋᆡ돌온가: 애달픈가. 애가 타는가.
97) 청풍 명월(淸風明月): 맑은 바람 밝은 달. 곧 아름다운 자연 속.
98) 지수 인산(智水 仁山): 지식이 있는 자는 물을 좋아하고 어진 자는 산을 즐김.
99) 학발(鶴髮): 학의 머리털. 곧 머리가 하얗게 센 흰 머리.
100) 오건(烏巾): 관복을 입을 때 쓰는 검은 모자.
101) 신야수(莘野叟): 중국 고대 은나라 탕왕을 보필하여 하나라 걸왕을 멸망시킨 이윤을 가리킴.
102) 낭야옹(琅琊翁): 중국 삼국 시대 촉한 유비의 재상으로 활약했던 재갈량을 가리킴.
103) 대동(大東): 우리나라.
104) 송계 유서(松桂幽棲): 소나무와 계수나무로 둘린 은거지.
105) 자지(紫芝)를 소릐ᄒᆞ여: 산사에서 은거생활을 즐겨 불렀다는 노래.
106) 일취(逸趣): 한가로운 취향.
107) 노프실샤: 높으시구나.
108) 경륜 대지(經綸大志): 천하를 다스릴 큰 뜻.

[1080: 1150]

사십에 처음으로 계집 관계하니 어리둥절 우벅주벅 죽을 뻔 살 뻔
드려 안고 와당탕 달려들어 이리저리 하니 노도령의 마음 홍글항글
진실로 재미 알았더라면 길 때부터 하렸다

半 여든[109]에 첫 계집[110] ᄒᆞ니 어릿두릿[111] 우벅주벅[112] 죽을 번 살 번
드립더 안고[113] 와당탕 드리 다라[114] 이리져리 ᄒᆞ니 老都令[115]의 ᄆᆞ음 홍글항글[116]
眞實노 滋味 아더면[117] 긜 적[118]부터 ᄒᆞᆯ낫다[119]

[1081: 2637]

주색을 삼가하라는 말이 옛 사람의 경계로되
답청 등고절에 벗님네 대리고 시구를 읊을 때에 가득한 술동이 향기로운 막걸리에 아니 취하기 어려워라
여관에서 가물거리는 등불을 대하여 홀로 잠을 이루지 못할 때 옥인을 만나 아니 자고 어이하리

酒色을 삼가ᄒᆞ란 말이 녯 사ᄅᆞᆷ의 警誡[120]로되
踏靑[121] 登高節[122]에 벗님ᄂᆡ 다리고 詩句를 읇플 ᄉᆡ 滿樽 香醪[123]를 아니 醉키

109) 半 여든: '여든'은 '팔십'이니, '半여든'은 팔십의 반인 사십.
110) 계집: '계집'은 '妻'의 뜻인데, 여기서는 '계집질'이란 뜻으로 사용된 것이니, 남자가 난봉질한다는 것이다.
111) 어릿두릿: 어리둥절한 모양.
112) 우벅주벅: 우적우적. 함부로 덤비는 모양.
113) 드립더 안고: 들여 안고.
114) 드리 다라: 달려들어. 급하게 달려드는 모습.
115) 노도령(老都令): 관례를 행하지 아니한 남자. 장가들지 아니한 남자. 노총각과 같음.
116) 홍글항글: 홍뚱 항뚱. 마음이 진정되지 아니 하고 얼렁거리는 모양.
117) 아더면: 알았었던들. 알았었을 것 같으면.
118) 긜 적: 길 때. 기어다닐 때.
119) ᄒᆞᆯ낫다: ᄒᆞ(行)-리(미래시상선어말)-앗(과거시상선어말어미)-다〉했을 것이다.
120) 경계(警誡): 경계(警戒). '誡'는 '戒'자와 같음. 다른 책에는 '戒'자로 되어 있다.
121) 답청(踏靑): 교외를 산책하며 화초를 즐기는 중국의 풍속. 답백초(踏百草)라고도 한다. 당·송시대에 기원을 찾아볼 수 있다. 장안 사람들은 봄이 오면 들에 나가 자리를 마련하고, 악기를 가지고 놀았다. 남방에서는 2월 2일, 북방에서는 5월 5일, 9월 9일에 하는 예도 있으나, 대개는 청명절에 하는 풍류

어려왜라

旅舘에 殘燈을 對ᄒᆞ야 獨不眠ᄒᆞᆯ 직[124] 玉人[125]을 맛나 아니 자고 어니ᄒᆞ리

[1082: 507]

남산 아름다운 기상 울울총총 한강 유수 호호양양

주상전하는 이 산수 같으시어 산이 무너지고 물이 마르도록 성수무강하시어 천천만만세를 태평으로 누리셔든

우리도 편안한 백성이 되어 강구연월에 격양가를 하리라

南山 佳氣[126] 鬱鬱葱葱[127] 漢江 流水 浩浩洋洋[128]

主上殿下[129]ᄂᆞᆫ 이 山水 ᄀᆞᄐᆞ샤 山崩水渴[130]토록 聖壽無疆[131]ᄒᆞ샤 千千萬萬歲를 太平으로 누리셔든

우리도 逸民[132]이 되야 康衢烟月[133]에 擊壤歌[134]를 ᄒᆞ오리라

[1083: 1036]

모시를 이리저리 삼아 두루 감삼다가

행사이다. 묘제를 마친 남녀가 함께 교외로 나가 술을 마시면서 즐기는데, 오락으로 투백초(鬪百草)라는 놀이를 한다. 『천록각식록(天錄閣識錄)』에 장안 근교의 답청 상황을 "북을 가지고 교외에서 즐기며 아침에 가서 저녁때에 돌아온다. 이것을 영부(迎富)라고 한다"라고 묘사한 것을 보면, 단순히 놀고 즐기는 것만을 목적으로 한 것은 아니고, 실리적인 속신 때문에 성황을 이루었을 것으로 생각된다.

122) 등고절(登高節): 높은 곳을 오르는 9월 9일 중양의 절을 말함.

123) 향료(香醪): 향기로운 막걸리.

124) 여관(旅舘)에 잔등(殘燈)을 대(對)ᄒᆞ여 독부면(獨不眠)ᄒᆞᆯ제: 여관에서 가물거리는 등불을 대하여 홀로 잠을 이루지 못할 때.

125) 옥인(玉人): 미인. '玉人'은 선녀, 혹은 임금을 두고 말할 때도 있다.

126) 남산 가기(南山佳氣): 남산 송백으로 된 작품도 있다. 남산의 아름다운 기상. 남산은 본디 중국의 종남산의 약칭인 데 전하여 중국이나, 우리나라 할 것 없이 제도의 앞산을 이름하여 왕자의 서기를 남산 서기로서 비하는 수가 많다.

127) 울울총총(鬱鬱蔥蔥): 울울창창(鬱鬱蒼蒼)으로 된 작품도 있다. 다 같이 성하고 푸르고 푸르다는 것이다. 높게 늘어진 송백의 가색을 말한 것이다.

128) 호호양양(浩浩洋洋): 넓고 넓고 많아서 넘쳐흐를 듯한 모양.

129) 주상전하(主上殿下): 우리 임금. 현재 살아 있는 군주를 두고 말함.

130) 산붕수갈(山崩水渴): 산이 무너지고, 물이 마름. 창해상전과 같은 뜻이다.

131) 성수무량(聖壽無疆): 임금의 성스러운 수명이 한없이 김을 말함.

132) 일민(逸民): 벼슬을 하지 않고 산수간에 숨어 한가히 지내는 사람.

133) 강구연월(康衢煙月): 강구는 번화한 거리고, 연월은 연기에 사인 달인데 태평세월을 말한다.

134) 격양가(擊壤歌): 흙덩이를 치며 노래 부르는 것. 제요시의 백성들의 태평가.

가다가 한가운데 뚝 끊어지거늘 흰 이를 가진 붉은 입술로 흠빨며, 감빨며, 섬섬옥수로 두 끝 마주 잡아 뱌비작거려 이으라

저 모시를 어떻다 이 인생 끊겨져 갈 때 제 모시처럼 이으리라

모시를 이리 져리 삼아 두로 삼아[135] 감삼다가[136]

가다가 ᄒᆞᆫ가온ᄃᆡ ᄯᅩᆨ 근쳐지ᄋᆞᆸ거ᄂᆞᆯ[137] 皓齒丹脣[138]으로 홈ᄲᆞᆯ며[139] 감ᄲᆞ라[140] 纖纖玉手[141]로 두 ᄭᆞᆺ[142] 마조 잡아 뱌부쳐[143] 이으리라

져 모시를 우리님 思郞 ᄀᆞᆺᄎᆞ 갈 ᄌᆡ[144] 져 모시ᄀᆞᆺ치 이으리라

[1084: 2658]

중놈도 사람인 양 여기고 자고 가니 그립대

중의 송낙모자 내가 베고 네 족두리는 중놈 베고 중놈의 장삼은 내 덮고 내 치마는 중놈 덮고 자다가 깨어보니 둘의 사랑이 송낙으로 하나 족두리로 듬뿍

이튿날 했던 일 생각하니 못 잊을까 하노라

듕놈도[145] 사ᄅᆞᆷ이 양ᄒᆞ야[146] 자고 가니 그립ᄉᆞᆸᄃᆡ

듕의 송낙[147] 나 베ᄋᆞᆸ고[148] ᄂᆡ 족도리란 듕놈 베고 듕놈의 長衫은 나 덥ᄉᆞᆸ고 ᄂᆡ 치마란 듕놈 덥고 자다가 ᄭᆡ야 보니 둘의 思郞이 송낙으로 ᄒᆞ나 족도리로 담북

잇튼날 ᄒᆞ던 일 生覺ᄒᆞ니 못 니즐가 ᄒᆞ노라

---

135) 두로 삼아: 두루 삼아.
136) 감삼다가: 감아 삼다가.
137) 근쳐지거ᄂᆞᆯ: 끊어지거늘.
138) 호지단순(皓齒丹脣): 하얀 이와 붉은 입술. 미인의 아름다움을 형용한 말.
139) 홈ᄲᆞᆯ며: 흠뻑 빨며.
140) 감ᄲᆞᆯ며: 감빨며. 감칠맛이 있게 빨며.
141) 섬섬옥수(纖纖玉手): 가냘프고 고운 여자의 손.
142) 두 ᄭᆞᆺ: 두 끝.
143) 뱌부쳐: 뱌비작거려.
144) ᄀᆞᆺ처 갈 ᄌᆡ: 끊어져 갈 때. 죽어갈 때.
145) 듕놈도: 중놈도.
146) 사ᄅᆞᆷ이 양ᄒᆞ야: 사람인 양하여.
147) 듕의 송낙: 중이 쓰는 송라를 우산 모양으로 엮어 만든 모자. 예전에는 여승이 주로 쓰던 모자.
148) 베ᄋᆞᆸ고: 베-ᄋᆞᆸ(겸양선어말어미)-고(나열형어미)〉베고.

[1085: 1994]

얼굴 곱고 뜻이 더러운 년아 음정(淫精)을 좇아 부정한 년아

어떤 말이나 몸가짐 따위가 방정맞고 독실하지 못한 사람을 황혼에 기약을 해두고 거짓으로 꾸민 것을 받아 자고 가란 말이 입으로 차마 나온단 말인가

두어라 예쁜 얼굴을 한 창기의 행실이 본래 정처가 없고 탕자의 미색을 찾는 정이 피아의 일반이라 허물할 수 있겠는가

얼골149) 곱고 쯧 다라온150) 년아 밋졍151) 좃ᄎ 不精ᄒᆞᆫ 년아

엇더ᄒᆞᆫ 輕薄子152)를 黃昏에 期約 두고 거즛 脉153) 바다 자고 가란 말이 입으로 ᄎᆞᆷ아 도아 나ᄂᆞ냐154)

두어라 娼條 冶葉155)이 本無定主ᄒᆞ고 蕩子의 探春好花之情156)이 彼我157)의 一般이라 허물할 주리 이시랴

[1086: 2753]

천금의 준마에 소첩을 불러 태우고 웃으며 잘 꾸민 안장에 앉아 낙매곡을 부르네

수레 곁에 한 항아리 술동이를 매달고 봉생과 용관은 갈수록 재촉하며 부누나

서주의 명물 술항아리와 역사당아 이태백이 그대와 죽고 살기를 같이 하리.

千金 駿馬158)로 換少妾ᄒᆞ야159) 笑坐雕案 歌樂梅라160)

---

149) 얼골: 얼굴. 모양.

150) 쯧 다라온: 뜻이 더러운. '다랍다'는 '매우 더럽다'.

151) 밋졍: '밑전'을 말하는지 밑살을 말하는지 미상. 어린이의 대소편의 회수를 밑정이라 하는 데 전하여 '밑살'이라는 뜻에도 쓰인 듯하다. 이것이 '행실'로 되어 있는 데도 있다. 음정(淫精)을 뜻하는 것으로 보인다.

152) 경박자(輕薄子)를: 말이나 몸가짐 따위가 방정맞고 독실(篤實)하지 못한 사람을 일컫는 말.

153) 거즛 맥(脉): 거짓의 맥. '거즛 맥'은 거짓말로 교묘하게 꾸며 대는 것.

154) ᄎᆞᆷ아 도 아 나ᄂᆞ냐: 차마 그런 말이 나온단 말인가?

155) 창조(娼條) 치엽(冶葉): '冶'는 '信條'의 조로 여기서는 '버릇'이라고 보고 '葉'은 '얼골'이라 보아 창기의 행실과 예쁜 얼굴 '冶'는 예쁘다는 뜻으로 쓰인다.

156) 탕자(蕩子)의 탐춘호화지정(探春好花之情): 방탕한 남자가 봄을 찾아 꽃을 즐기는 정. 즉 남자가 미색을 찾는 정.

157) 피아(彼我)의: 피아에.

158) 천금 준마(千金駿馬)로: 천금의 준마로.

159) 환소첩(換少妾)ᄒᆞ야: 소첩을 불러 태우고.

160) 소좌조안(笑坐雕案) 가악매(歌樂梅)라: 웃으며 잘 꾸민 안장에 앉아 낙매곡을 부르네.

車傍側掛 一壺酒ᄒᆞ고[161] 鳳笙龍管 行相漼라[162]
舒州酌 力士鐺아[163] 李白이 與爾同死生을 ᄒᆞ리라

[1087: 2547]

져 건너 월암 바위 위에 밤 중 되어 부엉이 울면

옛 사람 말하기를 남의 첩이 되어 요기스럽고 사기스럽고 여러 가지로 꾸며 간사한 젊은 첩년이 죽는다고 하도다

첩이 대답하되 아내 님 하신 말씀이 아마도 망영되게 나는 일찍 들으니 가옹을 박대하고 첩 시기를 심히 하는 늙은 아내에게 님이 죽는다고 하더라.

져 거너 月岩 바회[164] 우희 밤 듕마치[165] 부헝이 울면

녯 ᄉᆞ름 이르기를 남의 시앗[166] 되여 요긔롭고[167] 사긔롭고 百般 巧邪[168] ᄒᆞᄂᆞᆫ 져믄[169] 妾년이 죽ᄂᆞᆫ다 ᄒᆞᄃᆡ[170]

妾이 對答ᄒᆞ되 안ᄒᆡ 님[171] ᄒᆞ신 말ᄉᆞᆷ이 아마도 망녕저의 나ᄂᆞᆫ[172] 일즉 듯ᄌᆞ오니 家翁[173]을 薄待ᄒᆞ고 妾 ᄉᆡ옴[174] 심히 ᄒᆞᄂᆞᆫ 늙은 안ᄒᆡ 님이 죽ᄂᆞᆫ다 ᄒᆞᄃᆡ

[1088: 519]

남아의 소년 신세 즐거운 일 많기도 많다

글 읽기 칼 쓰기 활 쏘기 말 타기 벼슬하기 벗 사귀기 꽃피는 아침 달 뜨는 저녁 노래하고 춤추기 모두 다 호기롭다

---

161) 거방측괘(車傍側掛) 일호주(一壺酒)ᄒᆞ고: 수레 곁에 한 항아리 술동이를 매달고.
162) 봉생용관(鳳笙龍管) 행상최(行相漼)라: 봉생과 용관은 갈수록 재촉하며 부누나.
163) 서주준(舒州酌) 역사당(力士鐺)아: 주의 명물 술항아리와 역사당아.
164) 월암(月岩) 바회: 월암 바위.
165) 마치: 쯤. '밤즁만'의 '만'과 같은 것. 정도를 표시하는 접미사.
166) ᄉᆡ앗: 남편의 첩.
167) 요긔롭고 사긔롭고: 요기스럽고 사기스럽고.
168) 백선(百般) 교사(巧邪): 여러 가지로 꾸며 간사한 것.
169) 져믄: 젊은.
170) 죽난다 ᄒᆞ되: 죽는다고 하더라도.
171) 안해 님: 안햇님께서.
172) 망년저의 나ᄂᆞᆫ: 노망하여 언행이 상규에서 벗어나는.
173) 가옹(家翁): 가장과 같음.
174) 첩(妾) 새옴: 첩을 시기하는 것.

늙어서 강산에 물러와서 밭 갈기 논 매기 고기 낚기 나무 베기 거문고 타기 바둑 두기 어진 자는 산을 즐기고 지식이 있는 자는 물은 즐기며 노니는 것은 백년 안영하여 사시 풍경이 어디에 끝이 있으리

男兒의 少年 身世[175] 즐거온 일 ᄒᆞ고 하다[176]
글 닑기 칼 쓰기 활 쏘기 ᄆᆞᆯ ᄐᆞ기 벼슬 ᄒᆞ기 벗 사괴기 花朝 月夕[177] 歌舞ᄒᆞ기 오로다[178] 豪氣롭다
늙게야[179] 江山에 물너와셔 밧 갈기 논 ᄆᆡ기 고기 낙기 나무 뷔기[180] 거문고 ᄐᆞ기 바독 두기 仁山智水[181] 遨遊[182]ᄒᆞ기 百年 安樂ᄒᆞ여 四時 風景이 어ᄂᆡ 그지 이시리

[1089: 2533] 김태석(金兌錫)
재 넘어 첩을 두고 손뼉 치며 애를 서서 가니
말만한 삿갓집의 헌 덕석 펼쳐 덮고 엉클어지고 틀어졌다 이제는 어리보기 반노군에 들어갔구나
두어라 모밀떡에 두 장고를 말려 무엇하리오

ᄌᆡ 넘어 싀앗[183]슬 두고 손벽 치며 ᄋᆡ써 가니
말만ᄒᆞᆫ[184] 삿갓집의 헌 덕셕[185] 펼쳐 덥고 얼거지고[186] 트러졋다 이제ᄂᆞᆫ 어리복이[187] 叛奴軍[188]에 들거고나

175) 소년 신세(少年身世): 소년의 신세. 곧 소년 시절의 놀이.
176) ᄒᆞ고하다: 많기도 많도다. ‘ᄒᆞ고’의 ‘ᄒᆞ’의 오철.
177) 화조(花朝) 월석(月夕): 꽃피는 아침, 달 뜨는 저녁. 좋은 때를 말함.
178) 오로 다: 모두다.
179) 늙게야: 늙어서야.
180) 뷔기: 베기.
181) 인산지수(仁山智水): 어진 자는 산을 즐기고, 지식이 있는 자는 물은 즐김.
182) 오유(遨遊): 노니는 것.
183) 싀앗: 시앗. 남편의 첩, 여기선 첩.
184) 말만한: 말만한, 작은.
185) 덕셕: 덕석.
186) 얼거지고: 엉클어지고.
187) 어리복이: 어리보기. 어리비기. 얼뜨고 둔한 사람.
188) 반노군(叛奴軍): 반록군, 하는 일 없이 떠돌아다니며 난봉을 피우는 사람.

두어라 모밀썩에 두 杖鼓[189]를 말녀 무슴 ᄒᆞ리오

[1090: 415]

옛일을 생각하니 일찍이 이곳은 신선이 모였던 곳이라

월지의 구름 계단을 향해 거듭 푸른 옷소매를 이끌고 꽃비녀를 주었네 번화롭던 지난 일들 물 따라 흘러가니, 슬프다 일장춘몽 이루기도 어렵구나

황폐한 구렁의 연못엔 이슬방울 듣는데 언덕 위 버들에는 저녁연기 둘렀네

남북의 두 봉우리 옛처럼 의구하건만 임금님 다니던 연로엔 잡풀만 우거졌네 슬프다 창별관 떨어진 궁궐에 연기가 뒤덮어 지붕을 이루고 물결은 용선을 묻었구나

나 살던 집의 은병풍과 칠 등을 대하니 어둡고 지루하기 일 년 같구나 석양 무렵 우양은 언덕 위에 서 있고 서녘 바람 스산한데 연작은 숲가에 나네

記前朝舊事ᄒᆞ니[190] 曾此地에 會神仙이라[191]

上月地雲階ᄒᆞ야[192] 重携翠袖ᄒᆞ고 來拾花鈿이라[193] 繁華摠隨流水ᄒᆞ니[194] 歎一場春夢杳難圓이라[195] 廢巷芙蕖 滴露ᄒᆞ고[196] 短提楊柳 裊煙이로다[197] 兩峯 南北이 只依然이로되[198] 輦路에 草竿竿[199]을 帳別館 離宮에[200] 烟消鳳盖오[201] 波沒龍舡이라[202]

平生 銀屛에[203] 對答燈無焰夜如年이라[204] 落日 牛羊은 瀧上이오[205] 西風 燕雀은 林邊이라[206]

189) 메밀썩에 두 장고(杖鼓): 성기를 은유한 듯함.
190) 기전조구사(記前朝舊事)ᄒᆞ니: 옛일을 생각하니.
191) 승차지(曾此地)에 회신선(會神仙)이라: 일찍이 이곳은 신선이 모였던 곳이라.
192) 상월지운계(上月地雲階)ᄒᆞ야: 월지의 구름 계단을 향해.
193) 중휴취수(重携翠袖)ᄒᆞ고 내습화전(來拾花鈿)이라: 거듭 푸른 옷소매를 이끌고 꽃비녀를 주었네.
194) 번화총수류수(繁華摠隨流水)ᄒᆞ니: 번화롭던 지난 일들 물 따라 흘러가니.
195) 탄일장춘몽묘난원(歎一場春夢杳難圓)이라: 슬프다 일장춘몽 이루기도 어렵구나.
196) 폐항부거 적노(廢巷芙蕖 滴露)ᄒᆞ고: 황폐한 구렁의 연못엔 이슬방울 듣는데.
197) 단제양류 뇨연(短提楊柳 裊煙)이로다: 언덕 위 버들에는 저녁 연기 둘렀도다.
198) 지의연(只依然)이로되: 옛처럼 의구하건만.
199) 연노(輦路)에 초간간(草竿竿)을: 연로엔 잡풀만 우거졌네.
200) 창별관(帳別館) 이궁(離宮)에: 창별관 떨어진 궁궐에.
201) 연소봉개(烟消鳳盖)오: 연기가 덮개를 이루고. 연기가 덮여 지붕을 이루는 듯하고.
202) 파몰룡강(波沒龍舡)이라: 물결은 용선을 묻었구나.
203) 평생(平生) 은병(銀屛)에: 평생 살던 집은 병풍에.
204) 대답등무염야여년(對答燈無焰夜如年)이라: 칠 등을 대하니 어둡고 지루하기 일 년 같구나.
205) 낙일(落日) 우양(牛羊)은 농상(瀧上)이오: 석양 무렵 우양은 언덕 위에 서 있고.
206) 서풍(西風) 연작(燕雀)은 임변(林邊)이라: 서녘 바람 스산한데 연작은 숲가에 나네.

[1091: 2368]

이제야 못 보게 하여 못 볼 것도 분명하다

만리 가는 길에 그곳 은하수 건너 뛰어 배해가 가리어서 바람 불어 파도가 심히 위험한데 마니산 갈까마귀 차돌도 전혀 못 얻어먹고 태백산 기슭으로 두세 번 감돌아 골깍골깍 우지지다가 굶어 죽는 땅에 내가 어디에 가서 님을 찾아보겠는가

아희야 날 볼 님 오시거든 굶어죽었다는 말 생심도 하지 말고 살뜰히 그리워하다가 갓과 뼈만 남아 울타리 밑으로 아장 바삭 건너시다가 소변본 후에 이마 위에 손을 얹고 벌떡 넘어져 장탄식 한 소리에 문득 명이 다해 흰 구름 잡아 쥐고 월궁에 올라가서 옛날 함께 놀던 항아 만나 팔방을 두루 돌아다니며 장생부사하련노라 하더라고 하여라

이졔사 못 보게 ᄒᆞ여 못 볼 시도[207] 的實ᄒᆞ다[208]

萬里 가ᄂᆞᆫ 길에 海鬼節고 銀河水 건너 뛰여 北海[209] ᄀᆞ리지여[210] 風濤 甚險ᄒᆞᆫ듸[211] 摩尼山[212] ᄀᆞᆯ가마귀 ᄎᆞ돌도 바히 못 어더 먹고 太白山[213] 기슭으로 두셰 번 감도라 골각골각 우지지다가 굴머 죽ᄂᆞᆫ ᄯᅡ히 ᄂᆡ 어ᄃᆡ 가 님 ᄎᆞᄌᆞ 보리

아희야 날 볼 님 오셔든 굴머 죽단 말 生心[214]도 말고 ᄊᆞᆯᄊᆞᆯ이[215] 그리다가[216] 갓과 ᄲᅧ만 남아 달바조[217] 미트로 아장 ᄇᆞᆺ삭 건니시다가 쟈근 소마 보신 後에 이마 우희 손을 언고 발ᄊᆞᆨ 잣바져[218] 長歎 一聲에 奄然 命盡ᄒᆞ야[219] 秉彼白雲ᄒᆞ고[220]

---

207) 못볼 시ᄂᆞᆫ: 보지 못할 것은. '시'는 불완전명사 'ᄉᆞ'의 주격형.

208) 적실(的實)ᄒᆞ다: 확실하다.

209) 북해(北海): 북해.

210) ᄀᆞ리지여: 가려져. 앞을 못 보게 가로 덮어 싸고.

211) 풍도 심험(風濤甚險)ᄒᆞᆫ듸: 바람 불어 파도가 격심하여 매우 위험한데.

212) 마니산(摩尼山): 경기도(京畿道) 강화군 강화도(江華島)에 있는 산(山).

213) 태백산(太白山): 경북 봉화군과 강원 영월군 및 태백시의 경계에 있는 산. 높이 1,567m. 설악산(雪嶽山), 오대산(五臺山), 함백산(咸白山) 등과 더불어 태백산맥 중에 솟아 있는 고봉으로 명산이다. 산정에 있는 황지(黃池)는 낙동강의 발원지이다. 태백산을 중심으로 한 일대는 탄전이 많은데다가 주변에도 철광석, 석회석, 텅스텐, 흑연 등 자원이 풍부하여 지하자원과 에너지 자원이 개발되었다. 또한 경치가 아름답고 산중에는 만경대(萬景臺), 상일사, 백련암(白蓮庵) 등의 사찰이 있어 관광객이 많이 찾는다.

214) ᄉᆡᆼ심(生心): 생각을 하는 것. 마음을 내는 것.

215) ᄊᆞᆯᄊᆞᆯ이: 살뜰이.

216) 그리다가: 그리워하다가.

217) 달바조: 달바지. 달 나무로 만든 울타리.

218) 발ᄊᆞᆨ 잣바져: 벌떡 넘어져. '자빠지다'는 경상도 방언형으로 넘어지다라는 뜻임.

219) 엄연 명진(奄然 命盡)ᄒᆞ야: 문득 명이 다해.

220) 병피 백운(秉彼白雲)ᄒᆞ고: 흰 구름을 잡아 쥐고.

月宮에 올나가셔 녜 노던 姮娥 만나 八極[221]에 周遊ᄒᆞ야 長生不死ᄒᆞ련노라 ᄒᆞ더라 ᄒᆞ여라

[1092: 629]

노래같이 좋고 좋은 것을 벗님내야 알았던가

봄철에는 꽃과 버들, 여름철엔 청풍과 명월, 가을철엔 밝은 달, 겨울철엔 눈 덮인 설경에 필운대 소격대 탕춘대와 남북 한강 경관이 뛰어난 곳에 술과 안주가 가득한데 좋은 벗을 고루 갖춘 깡깡이와 피리와 아리따운 아무개 제일가는 명창들이 차례로 앉아 서로 엇갈려 불어내니 중대엽 삭대엽은 요순 우탕 문무시대와 같고 후정화 낙희조는 한당송이 되어 있고 소용이 편낙 가락은 전국시대가 되어 있어 창과 칼을 쓰는 기술이 각자 기세 높이 떨쳐서 관악기와 현악기의 소리에 어리었다. 공명과 부귀도 내 놀래라

남아의 호기를 나는 좋아하노라

노ᄅᆡᆺ치 조코 조흔 거슬 벗님ᄂᆡ야 아돗던가[222]

春花柳 夏淸風과 秋月明 冬雪景[223]에 弼雲[224] 昭格[225] 蕩春臺[226]와 南北 漢江 絶勝處[227]에 酒肴 爛熳ᄒᆞ듸[228] 조은 벗 가즌 嵇笛[229] 알릿ᄯᆞ온 아모 가이[230] 第一 名唱드리 ᄎᆞ례로 안자엇거러 불너 ᄂᆡ니[231] 中大葉[232] 數大葉[233]은 堯舜 禹湯 文武 ᄀᆞᆺ고 後庭花[234] 樂戲調[235]ᄂᆞᆫ 漢唐宋[236]이 되여 잇고 騷聳[237]이 編樂[238]은 戰國이 되여 이셔

221) 팔극(八極): 팔방(八方)의 멀고 너른 범위(範圍)라는 뜻으로, 온 세상(世上)을 이르는 말.
222) 아돗던가: 알(知)-돗(강세접사)-더(과거회상시제)-ㄴ가(의문형어미)〉알았던가.
223) 춘화류 하청풍 추월명 동설경: 봄철에는 꽃과 버들, 여름철엔 청풍과 명월, 가을철엔 밝은 달, 겨울철엔 눈 덮인 설경.
224) 필운(弼雲): 필운대.
225) 소격(昭格): 소격대.
226) 탕춘대(蕩春臺): 서울 삼청동에 있던 누대.
227) 절승처(絶勝處): 경관이 뛰어난 곳.
228) 주효(酒肴) 난만(爛熳)ᄒᆞ듸: 술과 안주가 가득한데.
229) 가즌 혜적(嵇笛): 고루 갖춘 깡깡이와 피리.
230) 아모 가이: 아무개.
231) 불러 ᄂᆡ니: 불어내니.
232) 중대엽(中大葉): 노래 곡조의 한 종류. 중대엽은 삭대엽과 같은 계열의 가곡인데, 삭대엽보다 늦고 평조·우조·평조류면조·우조류면조의 4종이 있음.
233) 삭대엽(數大葉): 중대엽보다 빠른 곡조로 5장 형식으로 되었고, 우조·류면조의 두 음계가 있다.
234) 후정화(後庭花): 조선 때 가곡의 하나. 내용은 조선의 창업을 기린 것인데, 『금합자보(琴合字譜)』,

刀槍 劒術[239]이 各自騰揚[240]ᄒᆞ야 管絃聲[241]에 어릐엿다 功名과 富貴도 ᄂᆡ 몰ᄂᆡ라
男兒의 豪氣를 나ᄂᆞᆫ 됴하ᄒᆞ노라

[1093: 1033]

모란은 꽃 중에 왕이요 향일화는 충신이로다

연꽃은 군자요 살구꽃은 소인이라 국화 속세를 피해 숨어 사는 사람이 매화 차가운 선비로다 박꽃은 노인이오 패랭이꽃은 소년이라 해바라기는 무당이요 해당화는 창기로다

이 중에 이화는 시객이오 홍도 벽도 삼색도는 풍류 낭자인가 하노라

牧丹은 花中王[242]이오 向日花[243]ᄂᆞᆫ 忠臣이로다

蓮花ᄂᆞᆫ 君子ㅣ오 杏花 小人이라 菊花 隱逸士[244]요 梅花 寒士로다 朴곳츤 老人이오 石竹花[245]ᄂᆞᆫ 少年이라 葵花[246] 巫倘[247]이오 海棠花ᄂᆞᆫ 娼妓[248]로다

이 듕에 梨花 詩客이오 紅桃 碧桃 三色桃[249]ᄂᆞᆫ 風流郎[250]인가 ᄒᆞ노라

[1094: 3145]

여름 사월 첫 여드레 날에 관등놀이 하러 높은 대에 오르니

멀리 가까이 높고 낮은 곳 석양은 비껴드는데 어룡등 봉학등과 두루미 거북이며

『양금신보(梁琴新譜)』 등에 그 악보가 전함.

235) 낙희조(樂戲調): 가곡의 한 가지.

236) 한당송(漢唐宋): 한나라. 당나라. 송나라.

237) 소용(騷聳): 가곡의 한가지로 삭대엽 변주곡의 명창들

238) 편락(編樂): 낙시조(樂時調)를 엮은 가곡의 한 가지.

239) 도창 검술(刀槍劒術): 창과 칼을 쓰는 기술.

240) 등양(騰揚): 기세와 지위가 높아서 떨침.

241) 관현성(管絃聲): 관악기와 현악기의 소리.

242) 화중왕(花中王): 모란의 이름. 꽃 중의 왕. 곧 꽃 중에 가장 아름다운 꽃.

243) 향일화(向日花): 해바라기.

244) 은일사(隱逸士): 속세를 피해 숨어사는 사람. 산 속이나 한가한 시골에 숨어 사는 선비.

245) 석죽화(石竹花): 패랭이꽃.

246) 규화(葵花): 해바라기.

247) 무당(巫倘): 무당.

248) 창기(娼妓): 노는 계집.

249) 삼색도(三色桃): 삼색도는 한 나무에서 세 가지 꽃이 피는 복숭아나무.

250) 풍류낭(風流郎): 풍류를 즐기며 아는 낭자.

종경등 부채등 북등이며 수박등 마늘등과 연꽃 속에 선동이오 난봉 위에 여신이로다 배등 집등 산대등과 영등 알등 병등 벽장등 가마등 난간등과 사자 탄 오랑태요 호낭이 탄 오랑캐라 발로 툭툭 구루는 등과 칠성등 버려 있고 일월등 밝았는데 동쪽 묏부리에 달이 뜨고 곳곳에 불을 켜니 어언 홀연 간에 찬란하기도 찬란하도다

이 중에 월명 등명 천지를 밝히니 큰 밝음을 본 듯하여라

夏四月 첫 여드레 날[251]의 觀燈[252]ᄒᆞ라 臨高臺[253]ᄒᆞ니

遠近 高低의 夕陽은 빗겨ᄂᆞᆫᄃᆡ 魚龍燈[254] 鳳鶴燈과 두름이 南星이며 鍾磬燈 션燈 북燈이며 슈박燈 만을燈과 蓮곳 속에 仙童이오 鸞鳳[255] 우희[256] 天女[257]ㅣ로다 ᄇᆡ燈 집燈 山臺燈과 영燈 알燈 甁燈 壁欌燈 가마燈 欄干燈과 獅子 탄 체과리오[258] 虎狼이 탄[259] 오랑ᄏᆡ라 발노 툭툭 구을燈과 七星燈 버려 잇고 日月燈 ᄇᆞᆰ앗ᄂᆞᆫᄃᆡ 東嶺[260]에 月上ᄒᆞ고 곳곳지 불을 혀니[261] 於焉 忽焉間에 燦爛도 ᄒᆞᆫ져이고[262]

이 듕에 月明 燈明 天地明ᄒᆞ니 大明 본 듯ᄒᆞ여라[263]

[1095: 99] 이정보(李鼎輔)

강산도 좋을시고 봉황대가 떠왔는가

삼산은 반락 청천 외오 이수는 중분 백로주이로다

이백이 이제 있어도 이 경 밖에는 못 쓰리라

江山도 됴흘시고[264] 鳳凰臺[265]가 ᄯᅥ 왓ᄂᆞᆫ가

---

251) 첫 여드렛 날: 초파일. 음력 사월 초파일. 곧 관등절.

252) 관등(觀燈): 관등놀이.

253) 임고대(臨高臺): 높은 대에 오름.

254) 어룡등(魚龍燈) 봉황등(鳳鶴燈): 용처럼 만든 등. 봉황처럼 만든 등.

255) 난봉(鸞鳳): 난조와 봉조.

256) 우희: 위에.

257) 천녀(天女): 직녀성(織女星), 비천(飛天), 여신, 아름답고 상냥한 여자를 비유.

258) 체과리요: 체괄이요. 체괄은 오랑캐.

259) 탄: 타고 있는.

260) 동영(東嶺): 동쪽 묏부리.

261) 혀니: 켜니.

262) ᄒᆞᆫ져이고: ᄒᆞ-ㄴ져이고(감탄형어미)〉하도다.

263) 대명(大明) 본 듯ᄒᆞ여라: 크게 밝음을 본 듯하여라. 곧 대명(大明)은 중위적인 의미로 사용되고 있다. 곧 대 명나라를 뜻한다고 볼 수도 있다.

264) 됴흘시고: 좋구나.

三山은 半落 靑天 外오 二水는 中分 白鷺洲[266] ㅣ로다
李白이 이졔 이셔도 이 景[267] 밧긔는 못 쓰리라[268]

[1096: 752]

임께서 오마고 하시기에 저녁밥을 일찍 지어먹고

중문을 나서 대문을 나가 문지방 위에 치달아 올라앉아서 손으로 이마를 가리고 오는가 가는가 하고 건넌 산을 바라보니 검고도 흰 것이 서 있거늘 저것이 바로 님이로다 하고 버선을 벗어 품에 품고 신을 벗어 손에 쥐고 엎치락뒤치락 허둥거리며 진 곳, 마른 곳을 가리지 않고 와당탕 건너가서 정 있는 말을 하려하고 곁눈으로 흘깃 보니 작년 칠월 사흗날에 갉아서 벗긴 삼대의 줄기가 알뜰하게도 나를 속였구나.

마치 밤이기 망정이지 낮이었더라면 웃길 뻔하였구나.

님이 오마거늘 져녁밥을 째노 일[269] ᄒᆞ여 먹고

中門 나 大門 나 한문 밧 ᄂᆡ다라 以手加額ᄒᆞ고[270] 오는가 가난가 건넌 山 ᄇᆞ라보니 거머흿득[271] 셔 잇거늘 이야 진짓 님이로다 ᄒᆞ고 보션[272] 버셔 픔에 픔고 신은란 버서 손의 쥐고 워렁충청 건너 가셔 겻눈으로 얼픗 보니 上年[273] 七月 열 ᄉᆞ흔날 ᄀᆞᆯ가 벗겨[274] 셰운 휘초리 삼ᄃᆡ[275] 判然이도 날 소겨고나

힝혀 밤닐식 만져[276] ᄂᆞᆺ이런들 남 우일번[277] ᄒᆞ여라

265) 봉황대: 중국 강소성 남경시의 남쪽에 있는 대의 이름.
266) 삼산은 반락 청천 외오 이수는 중분 백로주: 이백이 봉황대에 올라 옛날을 생각하며, 참소를 당한 자신의 일을 가슴 아프게 여긴 시의 일절.
267) 이 경: 이와 같은 경치.
268) 쓰리라: 쓸 것이다.
269) 일: 일찍.
270) 이수(以手)로 가액(加額)ᄒᆞ고: 손으로 이마를 가리고.
271) 거머흿들: 검은 빛과 흰 빛이 뒤섞인 모양.
272) 보션: 버선.
273) 상년(上年): 지난해.
274) ᄀᆞᆯ가 벅긴: 갉아 벗긴.
275) 주추리 삼대: 삼대의 줄기.
276) 밤일싀만졍: 밤이기 망정이지.
277) 우일번: 웃길 뻔.

[1097: 470]

낙양 삼월 청명절에 성 안에 가득한 꽃과 버들이 일시에 새롭구나

짚신 신고 명아주 지팡이를 짚고 필운대 올라가니 크고 좋은 집은 사방으로 통하는 큰 길에 밝게 빛나고 겹겹이 둘러싸인 붉고 푸른 화초는 수놓은 장막에 어렸다. 공자 왕손들이 푸른 덮개 붉은 바퀴 수레 타고 아름다운 나무 아래에 흘러들고 멋지게 꾸민 유객들은 백마에 금빛 장식 안장으로 지는 꽃 앞에 모였는데 여러 무리지운 여인들은 녹음에 섞여 돌며 맑은 노래 예쁜 춤으로 봄의 흥을 재촉할 때 시를 쓰고 그림 그리는 묵객들이 모자를 거꾸로 쓰고 취하여 괴성을 지르는 것은 모두 다 호기로다

석양의 치리와 북소리 왁자하고 금교 거리로 내려오면 태평연월에 노래하며 놀더라

洛陽278) 三月 淸明節279)에 滿城花柳280) 一時新281)이라

芒鞋 藜杖282)으로 弼雲臺283) 올나가니 千甍 甲第284)는 九衢285)에 照曜ᄒᆞ고 萬重 紅綠286)은 繡幕287)에 어릐엿다288) 公子 王孫289)들이 翠盖 朱輪290)으로 芳樹下291)에 흘너들고 冶郞 遊客292)들은 白馬 金鞍293)으로 落花前294) 모다ᄂᆞᆫ듸 百隊 靑娥295)들은 綠陰에 셧둘며셔296) 淸歌 妙舞297)로 春興을 ᄇᆡ야 ᄂᆞᆯ 직298) 騷人 墨客299)들이

278) 낙양(洛陽): 서울의 뜻으로 쓰였음.
279) 청명절(淸明節): 24절기의 하나. 춘분과 곡우 사이. 또는 봄의 쾌청한 때.
280) 만성 화류(滿城花柳): 성안에 가득한 꽃과 버들.
281) 일시신(一時新): 한꺼번에 새로워짐.
282) 망혜려장(芒鞋 藜杖): 미투리에 명아주 지팡이를 짚음.
283) 필운대(弼雲臺): 서울 인왕산 아래에 있는 누대의 이름, 살구꽃이 유명했다 함.
284) 천맹갑제(千甍 甲第): 수많은 좋은 집.
285) 구구(九衢): 사방으로 통하는 길.
286) 만중홍녹(萬重 紅綠): 겹겹이 둘린 붉은 꽃과 푸른 화초.
287) 수막(繡幕): 수를 놓은 장막.
288) 어릐엿다: 휘황스럽게 빛나다.
289) 공자왕손(公子 王孫): 귀족의 자제.
290) 취개주륜(翠盖 朱輪): 비취의 날개로 꾸민 일산과 붉게 칠한 수레, 귀족의 자제가 타는 수레.
291) 방수하(芳樹下): 잎이 우거진 나무 아래.
292) 야낭유객(冶郞 遊客): 성장을 한 노는 남자.
293) 백마금안(白馬 金鞍): 흰 말에 좋은 안장.
294) 낙화전(落花前): 꽃잎이 떨어지는 곳.
295) 백대청아(百隊 靑娥): 여럿의 예쁜 계집.
296) 셧둘면서: 셧-돌(廻)-면서(연결어미)〉뒤섞여 돌아다니면서.
297) 청가묘무(淸歌 妙舞): 맑은 노래와 묘한 춤.
298) ᄇᆡ야ᄂᆞᆯ 직: 재촉할 때에.

接罹를 倒着300)ᄒᆞ고 醉後 狂唱301)이 오로 다302) 豪氣로다
夕陽의 簫鼓 喧天303)ᄒᆞ고 禁街304)로 나려오며 太平烟月305)에 歌誦ᄒᆞ고 노더라

[1098: 2105]
옥빈 홍안 제일 색아 너는 누구를 보아이고
명월 황혼 풍류랑아 나는 너를 알았노라
초대 운우회하니 노류장화를 꺾어 볼까 하노라

玉鬢 紅顔306) 第一 色아 너ᄂᆞᆫ 눌을 보아이고307)
明月 黃昏 風流郎308)아 나ᄂᆞᆫ 너를 아란로라
楚臺 雲雨會309)ᄒᆞ니 路柳 墻花310)를 것거 볼가 ᄒᆞ노라

[1099: 2545]
저 건너 명당을 얻어 명당 안에 집을 짓고
밭 갈고 논 갈고 오곡을 갖추어 심은 후에 대 위에 벌통 놓고 집 위에 박 올리고 울 밑에 우물 파고 구월 추수하여 남북 마을 인근에 아는 사람 다 초청하여 오락을 하며 함께 즐기고 싶구나
매일의 이렇게 놀고 다니다가 늙을 줄을 모르리라

져 건너 明堂311)을 어더 明堂 안희312) 집을 짓고

---

299) 소인묵객(騷人 墨客): 시인과 서화를 하는 선비.
300) 접리(接罹)를 도착(倒着): 흰 모자를 거꾸로 씀. 접라(接라)의 오기임.
301) 취후광창(醉後 狂唱): 취하여 미친 듯이 노래를 부름.
302) 오로 다: 온전히 다.
303) 소고훤천(簫鼓 喧天): 퉁소와 북소리는 공중에 널리 퍼짐.
304) 금가(禁街): 궁중.
305) 태평연월(太平烟月): 태평성대.
306) 옥빈홍안(玉鬢 紅顔): 미소년을 지칭하는 말. 여기서는 여자를 가리킴.
307) 보아이고: 보려고.
308) 풍류랑: 풍류를 즐기는 남자.
309) 초대 운우회: 중국 초나라 양왕이 고당이라는 누대에서 꿈을 꾸니 무산의 선녀와 만나 즐겼다는 고사.
310) 노류장화: 길 가에 핀 꽃, 즉 화류계의 여자를 이름.
311) 명당(明堂): 길지(吉地)라고 알려진 곳.
312) 안희: 안에.

밧 갈고 논 갈고 五穀[313]을 ᄀᆞ초[314] 시믄 後에 臺 우희 별통[315] 노코 집 우희 박 올니고 울 밋틔 우물 파고 九月 秋收ᄒᆞ여 南隣 北村[316] 다 請ᄒᆞ야 喜娛 同樂[317] ᄒᆞ고 지고[318]

每日의 이렁셩[319] 노니다가[320] 늙을 뉘를 모로리라

[1100: 226]

공명과 부귀와는 세상 사람들에게 다 맡기고

가다가 아무 데나 산을 의지하여 강이 감돌아 흐르는 곳에 명당을 골라서 다섯 간 팔작집으로 황학루만큼 큰 집을 짓고 벗님네 데리고 밤낮으로 놀고 다니다가 앞 내에 큰물이 지거든 흰 술(막걸리)과 누런 닭을 안주하여 냇가의 놀음놀이 가 있다가

내 나이 팔십이 넘거든 저 흰구름 타고 하늘에 올라가서 옥제 옆에서 투호놀이하는 미녀를 내 혼자 사랑하는 임자되어 늙을 줄을 모르리라

功名과 富貴과란[321] 世上 ᄉᆞᄅᆞᆷ 다 맛기고[322]

가다가 아모 데나 依山帶海[323] 處의 明堂[324]을 갈외셔[325] 五間 八作[326]으로 黃鶴樓[327] 마치[328] 집을 짓고 벗님ᄂᆡ 다리고 晝夜로 노니다가 압 내에 물 지거던[329]

---

313) 오곡(五穀): 한국, 중국, 일본 등에서 주식으로 하는 주요 곡물 5종. 옛날 인도에서는 보리, 밀, 쌀, 콩, 깨를 5곡이라 하였으며, 중국에서는 참깨, 보리, 피, 수수, 콩이거나 참깨, 피, 보리, 쌀, 콩의 5종, 또는 수수, 피, 콩, 보리, 쌀의 5종을 5곡이라고 하였다. 한국에서는 쌀, 보리, 조, 콩, 기장을 5곡이라고 한다. 식생활의 변화에 따라 시대나 지역에 의하여 종류나 순서가 달라진다. 5곡 이외에 6곡, 9곡이라는 말도 사용한다.

314) ᄀᆞ초: 갖추어, 이것저것.

315) 별통: 벌통.

316) 남린북촌(南隣 北村): 남북 인근 아는 사람.

317) 희오동락(喜娛 同樂): 같이 기뻐하고 함께 즐거워함.

318) ᄒᆞ고 지고: 하고 싶구나.

319) 이렁셩: 이렇게

320) 노니다가: 놀-#니(行)-다가>놀고 다니다가.

321) 부귀(富貴)과란: 부귀-과(공동격)-란(주제격)>부귀와는.

322) 맛기고: 맛디-고>맡기고, '맜-이'형과 '맜-기'형이 경쟁관계에 있다가 '맛디->맡기-'로 교체되었다.

323) 의산대해(依山帶海): 산을 의지하여 강이 감돌아 흐르는 곳.

324) 명당(明堂): 풍수학적으로 좋은 땅.

325) 갈외서: 골라서.

326) 오간팔작(五間 八作): 넓고 훌륭한 집. 크고 좋은 집.

327) 황학루(黃鶴樓): 중국 호북성(湖北省) 무창(武昌) 서남쪽에 있는 누각 이름. 촉(蜀)나라 비위(費褘)가

白酒 黃鷄330)로 ᄂᆡ노리331) 가 잇다가332)

ᄂᆡ 나히 八十이 넘거드란 乘彼白雲333)ᄒᆞ고 하ᄂᆞᆯ에 올나 가셔 帝旁投壺 多玉女334)를 ᄂᆡ 홈ᄌᆞ335) 님ᄌᆞ되여 늙을 뉘를336) 모로리라

[1101: 1933]

얼굴이 얽고 검고 키 크고 구레나룻 그것(남성의 성기)조차 길고도 넙죽하다

젊지도 아니한 놈이 밤마다 기어올라 조그만 구멍(여성의 성기)에다가 큰 연장을 넣어 두고 흘근흘군 마음대로 드나들 때 애정(愛情)은 불구하고 산(山)이 짓누르는 듯하여 잔 방기(放氣)조차 날 때 젖 먹든 힘이 다 쓰이는구나

아무나 이 님 대려다가 백년(百年) 함께 살고 영영(永永) 아니 돌려준들 어느 급살 맞아죽을 년이 씨앗 샘을 하겠는가

얽고 검고 킈 크고 구레나룻337) 제 것조ᄎᆞ 길고도 넙쥭338)

뎜지339) 아닌 놈이 밤마다 긔여 올나 됴고만 궁게다가340) 큰 연장341) 여허342) 두고 흘근흘군 홀나드릴 ᄌᆡ343) 愛情은 커니와344) 泰山이 누로ᄂᆞᆫ듯 ᄌᆞᆫ345) 放氣조ᄎᆞ 날 ᄌᆡ 졋 먹든 힘346)이 다 쓰이ᄂᆞᆫ고나

등선하여 황학을 타고 이곳에 내려 쉬었기 때문에 황학루라 이름 지었다고 전해 온다.

328) 마치: 만큼, 만한.

329) 물 지거던: 큰물이 지거던, 물이 불어나거던.

330) 백주황계(白酒 黃鷄): 흰술(막걸리)과 누런 닭.

331) ᄂᆡ노리: ᄂᆡ(川)#놀-이(접사)>냇가의 놀음놀이. 천렵(川獵).

332) 가 잇다가: 가서 있다가.

333) 승피백운(乘彼白雲): 저 흰 구름을 탐, 곧 신선이 됨.

334) 제방투호 다옥녀(帝旁投壺 多玉女): 옥제(玉帝) 옆에서 투호놀이하는 미녀.

335) 홈자: 혼자.

336) 뉘를: 때를 세상을.

337) 구레나룻: 구리 수염. 구리쇠처럼 굵직한 수염. '나룻'은 수염.

338) 제 것조ᄎᆞ 길고도 넙죽: '그것'은 생식기(生殖器)를 가리킴. '제 것 조차 독별(獨別)이 길고 넙죽'으로 된 작품도 있다.

339) 뎜지: 뎜지>졈지>젊지, '졈지'로 된데도 있으니 잠기지로 해독하기도 한다.

340) 궁게다가: 굵-에다가>구멍에다가.

341) 연장: 남자의 생식기(生殖器)를 가리킴.

342) 여허: 옇(넣->옇-)-어(부사형어미), '옇-'은 경상도방언형이다.

343) 홀나드릴ᄌᆡ: 마음대로 드나들 때, '홀-'은 접두사로써 마음대로라는 의미이다. '홀때리뿔라', '홀쫓아뿌라'와 같은 경상도 방언형이 있다.

344) 커니와: 말할 것도 없거니와.

345) ᄌᆞᆫ: 잔.

아모나 이 님 다려다가 百年 同住ᄒᆞ고 永永 아니 준들 언이[347] 급살 마ᄌᆞ 죽을 년이 싀앗[348] 식옴[349]ᄒᆞ리오

[1102: 미상]

위에 삼가 올리는 소지는 사뢰는 사정을 두루 살펴 분명히 한 후에

서시의 월나라의 미색과 양귀비의 꽃 같은 자태와 조비연의 뛰어난 아름다움을 아울러 이 몸에게 허급해 주실 일을 옥황상제의 제사에 네가 원하는 여자는 다 요물이니

여자 가운데 군자로 패옥을 찰만한 요조숙녀를 특별히 허락하니 처첩으로 삼아 오랜 수와 복을 누리고 다 남자하고 백년회로 하는 것이 당연한 일이라

右 謹陳所志爲白去乎[350] 情由를[351] 叅商敎是 後[352]

西施之國色과[353] 貴妃之花容과[354] 飛燕之盛皃를[355] 幷以依所願許給矣身事乙[356] 千萬行下爲白只爲[357] 上帝題辭 門에[358] 汝矣身所欲之女는[359] 皆是妖物이니[360]

---

346) 졋먹던 힘: 어릴 때 젖을 빨아 먹던 힘이니, '全身의 온 힘'이란 뜻이다.

347) 언이: 어느.

348) 싀앗: 남편의 첩(妾).

349) 새옴: 샘. 시기. 질투.

350) 우근진소지위백거호(右謹陳所志爲白去乎): 위에 삼가 올리는 소지는. '우(右)'는 소지 형식의 기두어이다. 근진(謹陳)은 삼가 올리다. '소지(所志)'는 백성이 관할 관부에 올리는 청원 고소장. '원정(原情, 願情)', '발괄' 등의 고소장을 말한다. '위백거호(爲白去乎)'는 '합숣거온' 곧 '~하므로'의 뜻이다.

351) 정유(情由)를: 사정을.

352) 참상교시후(參商敎是後): 참상하신 후에. 살펴보신 후에.

353) 서시지국색(西施之國色)과: 서시(西施)의 아름다움과. 중국 월나라의 미녀인 서시의 아름다움과.

354) 귀비지화용(貴妃之花容)과: 귀비의 아름다운 모습과. 곧 양귀비의 아름다운 자색과.

355) 비연지성모(飛燕之盛皃)를: 날아가는 재비와 같은 귀여운 아이를. 중국 한나라 성제의 황후인 조비연의 뛰어난 아름다움. 조비연의 태생은 미록 미천하였지만 가무에 뛰어난 절세의 미인으로 후궁으로 들어갔다가 성제에 눈에 들어 황후가 되었다.

356) 병이의소원허급의신사을(幷以依所願許給矣身事乙): 아울러 허급하는 것을 바라는 나의 일을. '병이(幷以)'는 이두로 '아울러'의 뜻. '의소원(依所願)'은 원하는 바. '허급(許給)'은 분재를 할 때 허락하여 나누어 주면서 작성하는 문서. '의신(矣身)'은 이 몸. 곧 나에게. '사를(事乙)'은 일을.

357) 천만행하위백지위(千萬行下爲白只爲): 천만금의 보수(行下)를 주시도록. '위백지위(爲白只爲)'는 이두로 'ᄒᆞ숣기암'으로 '하시도록'의 뜻이다.

358) 상제제사문(上帝題辭門)에: 옥황상제의 제사(題辭) 안에. 제사는 상급자가 판결하여 기록한 글. 곧 재판문.

359) 여의신소욕지녀(汝矣身所欲之女)는: 네가 바라는 여자는. '여의신(汝矣身)'은 '너의 몸'의 이두어로 '너'의 뜻이다.

360) 개시요물(皆是妖物)이니: 다 요물이니. 모두 요사스러운 물건이니.

女中君子[361] 佩玉[362]淑女를 特爲許給ᄒᆞ니[363] 作爲妻妾ᄒᆞ야[364] 壽富賓 多男子ᄒᆞ고[365] 百年偕老ㅣ[366] 宜當向事이라[367]

이 작품은 조선 후기 서리들에게 주로 사용되었던 이두(吏讀)를 활용한 언농(言弄)으로 시조 작품으로 쓴 것이다. 소송 문서 양식인 소지라는 형식을 활용한 사설시조로 고문서 양식과 시조의 양식이 결합된 작품이다. 소지의 청원인이 옥황상제에게 월나라의 서시의 미색과 양기비의 자태와 조비연의 아름다움을 갖춘 여인을 내려 주실 것을 청원한 결과 옥황상제는 미모가 뛰어난 요조숙녀를 처첩으로 삼도록 하락한다는 이야기이다.

또 한 편의 시조가 있다.

[1103: 1962]

어이 못 오든가 무슨 일로 못 오든가

너가 오는 길에 무쇠 성을 쌓고 성 안에 담을 쌓고 담 안에 집을 짓고 집 안에 두지 놓고 두지 안에 궤를 짜고 그 안에 너를 필자형으로 결박하여 넣고 쌍배목의 걸쇠 금거북 자물쇠로 쑥쑥 잠가 있더냐 네 어이 그리 오지 아느냐

한 해도 열두 달이오 한 달은 서른 날에 나에게 와서 (보려는)오려는 사람이 없느냐

어이 못 오던가 무숨 일노 못 오던가

너 오는 길에 무쇠城을 쏘고 城 안에 담 쏘고 담 안에 집을 짓고 집 안에 두지 노코 두지 안에 匱를 쏘고[368] 그 안에 너를 必字形으로 結縛ᄒᆞ여[369] 너코 雙排目[370]

---

361) 녀중군자(女中君子): 야자 가운데 군자.

362) 패옥(佩玉): 벼슬아치의 예복 위에 좌우에 늘이어 차는 옥. 흰 옥을 이어서 무릎 아래까지 내려가도록 한 것인데, 엷은 사(紗)로 긴 주머니를 지어 그 속에 넣어서 참.

363) 특위허급(特爲許給)ᄒᆞ니: 특별히 분재하는 것을 허락하니.

364) 작위처첩(作爲妻妾)ᄒᆞ야: 처첩으로 삼아.

365) 수부빈다남자(壽富賓多男子)ᄒᆞ고: 부귀하고 아들을 많이 낳아.

366) 백년해노(百年偕老)ㅣ: 백년해로하는 것이.

367) 의당향사(宜當向事)이라: 당연히 행할 바이라. '의당향사(宜當向事)'는 이두어로 처결을 내릴 대 사용하는 관용구이다.

368) 궤(匱)를 쏘고: 궤를 짜고.

369) 필자형(必字形)으로 결박(結縛)ᄒᆞ여: 필(必)자형으로 묶어서.

370) 쌍배목(雙排目): 삼배목(三排目)에 거는 쇠.

의 걸쇠 金거북 자물쇠로 슈긔슈긔371) 잠가 잇더냐 네 어이 그리 아니 오더니
ᄒᆞᆫ ᄒᆡ도 열 두 ᄃᆞᆯ이오 ᄒᆞᆫ ᄃᆞᆯ 셜흔 ᄂᆞᆯ의 날372) 와 볼 ᄒᆞᆯ니 업스랴

[1104: 2282]

이 년아 말 들어라 굽어뜨리고 나면 자지러뜨릴 년아

처음에 나를 볼 적에 백년을 살자고 하기에 네 말을 곧이듣고 집 팔고 텃밭 팔고 가마솥 팔고 동솥 팔고 자적마 진배미에 먹이소를 마저 팔아 너를 아니 주었더냐 무슨 일 누가 나빠서 노대를 놀았는가

저 님아 나에게 그렇게 하지 마오 내 일을 님도 나를 속였으니 낸들 아니 속이랴

이 년아 말 듯거라373) 굽고 나마 쟈질 년아374)

쳐ᄋᆞᆷ에 날을 볼 ᄌᆡ375) 百年을 사쟈376)키에377) 네 말을 곳지 듯고378) 집 ᄑᆞᆯ고 텃밧379) ᄑᆞᆯ고 가마 ᄑᆞᆯ고 동솟380) ᄑᆞᆯ고 紫的馬381) 씬밤이에 먹기 쇼를 마ᄌᆞ382) ᄑᆞ랴 너를 아니 주엇더냐383) 무ᄉᆞ 일 뉘 낫바셔384) 소ᄃᆡ를385) 노랏ᄂᆞᆫ다

져 님아 날ᄃᆞ려 그렁 마오386) ᄂᆡ 일을 [님도 나를 소겨거든 ᄂᆡᆫ들 아니소기랴]

[1105: 2911]

청(靑)치마 한 화냥년의 딸년 자줏빛의 긴 옷 찢어버릴 년이

---

371) 슈긔슈긔: 쑥쑥.

372) 날: 나-ㄹ(대격조사)〉나에게.

373) 듯거라: 듣(聽, ㄷ-불규칙)-거라(명령형어미)〉들어라.

374) 굽고 나마 자질 년아: 굽어뜨리고 자지러질 년아. 자지러뜨리는 것은 식물의 중간을 자라지 못하게 방해하는 것. 나-마(조건연결어미)〉나면. 쟈질: 잦-아#지-ㄹ〉떨어질, 내려갈.

375) ᄌᆡ: 적에.

376) 사쟈: 살(生, ㄹ-불규칙)-쟈(청유형어미)〉살자.

377) 키에: '-고하기에'의 준말.

378) 곳지 듯고: 곧이듣고.

379) 텃밧: 집 앞에 채소를 가는 밭.

380) 동솟: 좀 작은 솥.

381) 자적마(紫的馬) 씬밤이에 먹기 쇼를: 자줏빛 털을 가진 자적마 진배미(좋은 논) 먹이 소(검정소)를.

382) 마ᄌᆞ: '마차', 마지막으로.

383) 주엇더냐: 주-엇-더-냐〉주었더냐.

384) 낫바셔: 낫(낮)#바시-어〉낮이 바시어.

385) 소ᄃᆡ를 노랏ᄂᆞᆫ다: 노대를 놀았느냐. 노대는 큰 물결이 치는 것처럼 커다란 말썽을 일으키는 것을 말함. 여기서는 샛서방 둔 것을 말함.

386) 그렁마오: 그렇게 생각하지 마오.

엇그제 나를 속이고 또 누구를 마저 속이려하는고
석양(夕陽)에 가느다란 허리를 한들한들 하느냐

靑치마 ᄒᆞᆫ 환영의[387] ᄯᆞᆯ연[388] 紫的[389] 長옷[390] 뮈여ᄇᆞ릴[391] 연이
엇그졔 날 속이고 또 눌을[392] 마자[393] 속이려 ᄒᆞ고
夕陽에 ᄀᆞ는[394] 허리를 한들한들 ᄒᆞᄂᆞ니

[1106: 2437] 이정보(李鼎輔)
한 몸이 살자고 하니 물 것에 이기지 못해 못 살겠도다.
피껴(피 껍질) 같은 갈랑이 보리알 같은 수통이 잔 벼룩 굵은 벼룩 왜벼룩 뛰는 놈 기는 놈의 비파 같은 빈대 새끼 사령 같은 등에 어이 각따귀 사메 여기 센 바퀴 누른 바퀴 바구미 거저리 부리 뾰족한 모기 다리 기다란 모기 살진 모기 야윈 모기 그리마 지네 뾰룩이 주야로 빈 틈 없이 물거니 쏘거니 빨거니 뜯거니 심한 깽비리에 어렵구나
그 중에 차마 못 견딜 것은 오뉴월 복 더위에 쉬파리인가 하노라

387) 환영의: 화냥년의.
388) ᄯᆞᆯ연: 딸년.
389) 자적(紫的): 자줏빛의.
390) 장(長)옷: 긴 옷. 조선시대에 부녀자들이 외출할 때 내외용으로 머리부터 내리 쓴 옷. 장의라고도 한다. 보통 초록 바탕에 흰색 끝동을 달았고 두루마기와 비슷하다. 조선 전기에는 남자들이 겉옷(袍)으로 착용하였다. 『세조실록』에 보면, 세조 2년 3월 양성지(梁誠之)의 상소에 "대개 의복이란 남녀 귀천의 구별이 있는 법이어서 하민들이 마음대로 할 수 없는 것이다. 지금 여인들은 남자와 같이 장의 입기를 좋아하고, 혹 의상(衣裳) 사이에 입어 3층을 이루며, 이런 풍습이 거국적으로 퍼지는 것은 사문(史文)에서 말한 복요(服妖)이니 금하자"고 하였다. 또, 조선의 역대 왕이 죽었을 때 소렴(小殮), 대렴(大殮), 실재궁 의대(衣) 목록에 많은 수량의 장옷을 사용한 것이 실록에 기록되어 있다. 이러한 사실로 미루어 도포 등과 함께 남자의 포(袍)로 조선 후기까지 사용한 장옷을 언제부터인지 여자들의 쓰개용으로 사용하였다. 조선 후기에는 의복의 간소화와 더불어 남자의 포는 두루마기 한 가지만 남고, 장옷은 여자의 전용 쓰개가 된 것으로 여겨진다. 장옷의 형태는 두루마기와 거의 같으며, 다른 점은 소매 끝에 흰색 끝동을 넓게 대었고, 옷깃, 옷고름, 겨드랑이에 대는 삼각형의 물드린 옷색 또는 다른 색으로 대었다. 장옷의 색은 기록에 의하면 분홍, 보라, 초록, 유록색, 옥색, 남색, 황토색, 흑색 등이 사용되었다. 그러나 조선 후기의 여인들의 내외용 쓰개로 사용한 장옷은 주로 초록 무명이나 명주였고 안은 흰색으로 하였다. 깃의 형태는 좌우가 대칭이며, 앞은 맞대어 맺음단추를 달았고, 이중 고름(홍색과 자주색)이 양쪽에 달려 있어 손으로 잡아 오무린다.
391) 뮈여 ᄇᆞ릴: 찢어버릴. 찢어버리려니.
392) 눌을: 누구를.
393) 마자: 전부.
394) ᄀᆞ는: ᄀᆞᄂᆞᆯ-는(관형어미)〉가느다란.

一身이 사자 ᄒᆞ니 물 것 계워395) 못 살니로다

皮쪄ᄀᆞᆺ튼396) 갈랑니397) 보리알ᄀᆞᆺ튼 슈통이398)399) 잔 벼록400) 굵은 벼록 왜벼록 쒸는 놈 긔ᄂᆞᆫ 놈의 琵琶ᄀᆞᆺ튼 빈ᄃᆡ401) 삿기 使令ᄀᆞᆺ튼 등에어이402) 갈싸귀403) 사메여기404) 셴 박휘405) 누른 박휘 바금이406) 거져리407) 부리408) 샛족ᄒᆞᆫ 모긔409) 다리 기다ᄒᆞᆫ 모긔 살진 모기 야윈410)411) 모긔 그리화412) 진에 샛오룩이 晝夜로 뷘 틈 업시 물거니 쏘거니 쌜거니 뜻거니 심ᄒᆞᆫ 당비리413)에 어려이왜라414)

그 듕에 ᄎᆞᆷ아 못 견딜 슨415) 五六月 伏 더위에 쉬피인가416) ᄒᆞ노라

[1107: 2337]

여보오 편편한 미역들아 발한 뜸부기가 가는 것을 보느냐

뜸부기가 성을 내어 토란(土卵)모양의 눈으로 부릅뜨고 깨 자반 묻은 수염을 나부기고 김으로 삼은 신을 신고 푸른 부들 떠 있는 못에 헤쳐서 건너편 버섯 고개 넘어 다시마 긴긴 골로 과거를 보았느냐

가기는 가더라마는 이울고 낡은 얼굴에 노여워하는 마음이 없이 가더라

---

395) 물 것 계워: 물것을 이기지 못해.
396) 피겨: 피ㅅ겨. 피겨. 피 알맹이의 껍질.
397) 가랑니: 이의 새끼
398) 슈통니: 크고 굵고 살찐 이.
399) 갓쉰 니: 갓깬 이.
400) 강벼룩: 벼룩의 일종.
401) 빈ᄃᆡ: 빈대.
402) 등에어이: 등에아비.
403) 갈싸귀: 각따귀. 모기의 일종.
404) ᄉᆞ무아기: 미얀마재비.
405) 셴 박휘: 흰 바퀴. 벌레.
406) 바금이: 바구미.
407) 거절이: 고자리.
408) 부리: 입부리.
409) 모긔: 모기.
410) 야윈: 여윈.
411) 긔다ᄒᆞᆫ: 기다란.
412) 그리마: 그리마.
413) 당비루: 깽비리. 키가 작은 사람이나 어린 아이를 얕잡아 이르는 말.
414) 어려왜라: 어렵구나.
415) 못 견될 슨: 못 견딜 것은.
416) 쉬ᄑᆞ리: 쉬파리.

아바417) 片메욱418)드라 발한419) 듬복이420) 가거늘421) 본다422)

듬복이 셩ᄂᆡ여 土卵눈423) 부롭424)쓰고 ᄊᆡ좌반425) 나롯426) 거스리고427) 甘苔신428) 사마429) 신고 靑莆소430) 허여431) 건너 버셧 고ᄀᆡ 넘어 다ᄉᆞ마432) 긴긴 골노433) 가거434)를 보앗ᄂᆞᆫ다435)

가기ᄂᆞᆫ 가더라마ᄂᆞᆫ 蔈古ᄒᆞᆫ436) 얼굴에 셩이437) 업시 가더라

[1108: 2094]

옥(玉) 같은 님을 잃고 님과 같은 자네를 보니

자내가 그이인지 그이가 자네인지 아무개인 줄 내 몰라라

저 님아 자네가 그이나 그이가 자네나 그 가운데에 자고 갈까 하노라

玉 ᄀᆞᆺ튼438) 님을 일코439) 님과 ᄀᆞᆺ튼 자ᄂᆡ를440) 보니

자ᄂᆡ가 긘지441) 긔가442) 자ᄂᆡᆫ지 아모 긘443) 줄 ᄂᆡ 몰ᄂᆡ라444)

---

417) 이바: 어와, 혹은 여보오.
418) 편(片)메욱: "메곡>메옥, 메욱". 편편한 미역.
419) 발한: 발기(勃起).
420) 듬복이: 뜸부기(水鷄).
421) 가거늘: 가-거늘(조건의 연결어미)>감으로. 가는 것을.
422) 본다: 보(視)-ㄴ다(의문형어미)>보느냐.
423) 토란(土卵)눈: 토란 모양의 눈.
424) 부롭: 부릅.
425) ᄊᆡ좌반: 깨보숭이. 깨자반.
426) 나롯: 나룻, 수염.
427) 거스리고: 거스리-고(연결어미)>나부끼고.
428) 감태(甘苔) 신: 김으로 만든 신.
429) 사마: 삼-아(부사형어미)>삼아.
430) 청보(靑莆)소: 푸른 부들이 더 있는 연못.
431) 허여: 헤쳐서, 헤쳐 나가.
432) 다ᄉᆞ마: 다시마, 여성의 성기(性器)를 상징함.
433) 골노: 골로, 골짝으로.
434) 가거: 과거(科擧).
435) 보앗ᄂᆞᆫ다: 보-앗(과거시상선어말어미)-ᄂᆞᆫ다(의문형어미)>보았느냐.
436) 표고(蔈古)ᄒᆞᆫ: 이울고 낡은.
437) 셩이: 노여워하는 마음이.
438) ᄀᆞᆺ튼: ᄀᆞᇀ(如, ᄀᆞᇀ-, 이중표기)-은(관형어미)>같은.
439) 일코: 잃-고(연결어미)>잃고.
440) 자ᄂᆡ를: 너를, 당신을, 2인칭대명사.
441) 긘지: 그(其, 대명사)-인지>그인가.

져 님아 자ᄂᆡ 긔나 긔 자ᄂᆡ나 中에 자고 갈가 ᄒᆞ노라

[1109: 1728]

술 붓다가 잔(盞) 고르게 붓는 첩(妾)과 첩(妾)이 술을 붓는다고 시기를 하는 아내
헌 배에 모두 함께 실어다가 띄어 버리리라 저 끝없는 바다에
풍랑(風浪)에 놀라 잘못을 깨닫거든 즉시 데려오리라

술 붓다가 盞 골케445) 붓ᄂᆞᆫ 妾과 妾ᄒᆞᆫ다고 ᄉᆡ오ᄂᆞᆫ446) 안ᄒᆡ447)
헌 ᄇᆡ448)에 모도449) 시러다가 씌오리라450) 가 업슨451) 바다
風浪에 놀나452) ᄭᆡ닷거든453) 卽時454) 다려455) 오리라

---

442) 긔가: 그(3인칭대명사)-이(의존명사)-가(주격조사)〉그이가.
443) 아모 긘: 아모긔-ㄴ(관형어미)〉아무개인.
444) 몰ᄂᆡ라: 모ᄅᆞ-ᄂᆡ라(설명형어미)〉몰라라.
445) 골케: 고르게.
446) ᄉᆡ오ᄂᆞᆫ: ᄉᆡ(嫉妬, 猜忌)-오(놀-의 오기인 듯)-ᄂᆞᆫ(관형어미)〉질투하는, 시기하는.
447) 안ᄒᆡ: 아내.
448) 헌 ᄇᆡ: 낡은 배.
449) 모도: 모두.
450) 씌오리라: 씌우-오(의도법선어말어미)-리라(미래추측어말어미)〉띄우리라.
451) 가업슨: 가(邊)-없-은(관형어미)〉끝없는.
452) 놀나: 놀라서.
453) ᄭᆡ닷거든: ᄭᆡ닷-거든(연결어미)〉잘못을 깨닫거든.
454) 즉시(卽時): 즉시, 곧.
455) 다려: 대려, 다리어.

자료

병와의 악학론 자료

1. 『병와문집』, 『악학편고』 한역시조

유학자가 가곡집을 편찬한 예는 매우 드문 일이다. 그러나 한역 시조 작품은 유학자들의 손에 의해 제작된 예가 많다. 병와는 『병와선생문집』 권4 〈호파구(浩皤謳)〉에 한역 시조 16수를 싣고 있다.

1) 『병와문집』 〈호파구(浩皤謳)〉 한역시조

망태평(望太平)

忠臣은 滿朝廷이요 孝子는 家家在라
우리 聖上은 愛民赤子 ᄒᆞ시는ᄃᆡ
明天이 이뜻 아로셔 雨順風調 ᄒᆞ소셔

忠臣滿朝廷 孝子家家在
聖主垂衣裳 萬物皆眞宰
我輩安畊鑿 太平翅是足待

노송욱(路松勗)

길가의 老松나무 굿센 척 자랑 마라
어이 아니 山을 넘고 深谷間에 서 있으랴
헌사히 굴지 말고 幽人이나 기두리리.

昻莊石逕松 自謂超塵寰
何不更踰山 立於深續谷問
喧기囂邈不到 只許幽人攀

폐사결(弊屣闋)

功名도 헌신이라 헌신 신고 어ᄃᆡ 가리
헌신 버서 후리치고 山中에 드러가니
乾坤이 날ᄃᆞ려 니ᄅᆞ기를 흠[싀]늙쟈 ᄒᆞ더라

功名若弊屣 弊屣將焉往
吾今深而還 入此深谷放
山靈向余言 此眞佳客況

누항락(陋巷樂)

十年을 經營ᄒᆞ야 草廬 한間 지어ᄂᆡ니
半間은 淸風이요 半間은 明月이라
江山을 드릴듸 업ᄉᆞ니 둘너 두고 보리라

十年經營久 草屋一間設
半問淸風在 又半問明月
江山無置處 屛簇左右列

안분칙(安分勅)

龍은 구름에 싸여야 하고 범은 안개로 덮여야 한다
저렇듯 도움 없으면 어이할 수 없으리라
烟霞을 벗을 삼으니 내 分일씨 分明코나

神龍得雲升 雕虎待霧隱
差無外物激 彼且烏平奮
烟霞自入室 分明是吾分

어부약(漁父約)

너희는 어이하여 江 위에 사는가
너희는 무슨 일로 고기잡이 하는가
두어라 物我一體어니 나도 너와 놀리라

借問再何居 揭來江居且
又問爾何業 無事魚漁且
心精不外投 吾亦爾偕且

초옹원(樵翁怨)

白髮에 섭흘지고 願(怨)ᄒᆞᄂᆞ니 燧人氏를
食木實 ᄒᆞᆯ 젹에도 萬八千歲를 ᄉᆞ라거든
엇디타 始攢燧ᄒᆞ야 사람 困케 ᄒᆞᄂᆞ니

老翁待斧出 所怨燧人氏
木實亦命廷 無欲取可喜
如何教人食 使我未晨起

요선격(邀仙檄)

아희ᄂᆞᆫ 採薇 가고 竹亭이 뷔여셰라
헤친 碁局을 뉘라서 주어 주리
醉ᄒᆞ여 松根에 지혀시니 ᄂᆞᆯ 싀ᄂᆞᆫ 줄 몰나라

童子採藥去 竹亭當午空
散落彼碁局 孰收松桂叢
巢鶴待丹成 來報川石東

백로박(白鷺駁)

白沙汀 紅蓼邊에 고기엿ᄂᆞᆫ 白鷺들아
口腹을 목메워져마다 굽니ᄂᆞᆫ다
一身이 閒ᄒᆞᆯ暇선정 ᄉᆞᆯ 못진들 관계ᄒᆞ랴.

時沙江蓼邊 窺魚彼白鷺
口腹如是急 不憚折腰步
一身若不閑 雖飽亦何補

백발섭(白髮鑷)

漢法이 너그럽지만 殺人者는 必死하고
秋霜도 때 있듯이 피는 꽃도 때가 있다.
白髮이 나를 죽이려 하니 어이 아니 뽑으리

漢法雖寬假 殺人者必死
秋霜待時降 護花慢堪忌
白髮將殺我 不鑷更何竢

※[王僧虔 晩年惡白髮 一日對客左右進銅鑷 僧虔曰却老先生至矣] (雲仙雜記)

곡수촉(鵠鬚囑)

희여 검을 찌라도 희는 것시 셜우려든
희여 못검은듸 놈의 몬져 휠 쑬 어이
희여서 못검을 人生인이 그를 슬흐 흐노라

假使白還黑 雪色猶加悲
況聞不得黔 何遽先我髭
亦稟金氣剛 無令我更衰

노망탄(老妄歎)

조오다가 읽던 책 일코 졸면서 낙시딕를 일코
늘그늬 忘佾으란 웃지 마라 져 白鷗드라
十里에 桃花發하니 春興을 계워 흐노라

講畢忘書帙 睡了失釣竹
老我昏耗象 兒曹勿深督

少年雄豪氣 吾亦緬如昨

독농과(督農課)

東窓이 블갓ᄂᆞ냐 노고지리 우지진다
쇼 칠 아ᄒᆡᄂᆞᆫ 여태 아니 니러ᄂᆞ냐
재너머 ᄉᆞ래 긴 밧츨 언제 갈려 ᄒᆞᄂᆞ니

東方欲曙未 鶬鶊已先鳴
可僧牧豎輩 尙耽短長更
上平田畝長 恐未趁日耕

초자대(樵子對)

楚山에 나무 뷔ᄂᆞᆫ 아희 나무 뷜ᄌᆡ 힝혀 대 뷜세라
그 ᄃᆡᄌᆞ 라거든 뷔여 휘우리라 낙시ᄃᆡ를
우리도 그런 쥴 아오만 나무만 뷔ᄂᆞ이다.

鵲山樵子輩 刈薪恐傷竹
徒其茁且長 將以爲釣木
我曹亦知此 只欲取樸樕

월색탐(月色探)

長風이 건 듯 부러 浮雲을 헷쳐ᄂᆡ니
華表 千年에 ᄃᆞᆯ빗치 어졔 낫과 갇은듯
뭇노라 丁令威 어ᄃᆡ 가뇨 너ᄂᆞᆫ 알가 ᄒᆞ노라

長風颯然吹 陰翳自擁篲
華表千年後 月色明如晝
借問丁令威 爾亦知此否

절조축(節操祝)

이몸이 주거가셔 무어시 될ᄭᅩ ᄒᆞ니

峯萊山 弟一峯에 落落長松 되야 이셔
白雲이 滿乾坤홀 제 獨也靑靑 ᄒᆞ리라

此身雖一死 餘氣尙不蟄
峯萊弟一峯 願作長松立
風雲滿乾坤 獨也靑以直

※ [老翁特斧出 所怨燧人氏 木實亦命延 無欲最可喜 如何敎人食 使我耒農起 樵翁怨] (李衡祥, 〈浩皤謳〉, 『甁窩集』 卷四, 〈甁窩樂府〉)

2) 병와의 『악학편고』 한역시조 2수

병와(甁窩) 이형상(李衡祥)의 『악학편고(樂學便考)』 〈포은가(圃隱歌)〉는 세상에 전해 오기를 포은이 태종대왕을 상대하여 지은 것이라 한다(世傳 圃隱對 太宗大王作).

[부록] 歌詞 二闋 (『樂學便考』 卷之四, 『芝嶺錄』 弟六) 72)~73)

포은가(圃隱歌) 世傳圃隱對太宗大王作(此歌 至今傳唱)

此身死復死 一百番更死	이몸이 주거주거 一白番 다시 주거
白骨爲塵土 魂兮有也無	白骨니 진퇴 되야 넉시라도 잇고 업고
向主一片丹心 寧有更改理	님 向흔 一片丹心이야 가싈 줄이 이시랴

이몸이 주거주거 一白番 고쳐 주거
白骨이 塵土ㅣ되여 넉시라도 잇고 업고
님 向흔 一片丹心이야 가싈 줄이 이시랴

※ [太宗設宴請之 作歌侑酒曰「此亦何如 彼亦何如. 城隍檣後垣 頽落亦何如. 我輩苦此爲 不死亦何如」文忠作家送酢曰, 此身死了死了 一百番更死了, 白骨爲塵土 魂魄有也無, 向主一片丹心 寧有改理也歟. 太宗知其不變 燧議除之. 出於海東樂府] (李衡祥, 〈圃隱遺事〉, 『芝嶺錄』 弟七), (『甁窩隨筆』)

※ [此身死復死 百死又千死, 白骨爲塵土 魂魄復何有, 向君一片丹心到此猶未已.] (南九萬, 飜方曲, 藥泉集 卷一)

야은가(冶隱歌) 世傳冶隱聞 太祖大王昇遐而作

三冬衣布衣 岩穴雨雲霑	三冬의 뵈옷 입고 岩穴에 눈비 마자
蔽雲陽旭 雖無所深	구롬 낀 볏뉘을 쬔 졔는 업건마는
西山聞日落 是以傷心	西山의 히지다 ᄒᆞ니 그를 傷心ᄒᆞ노라

嚴冬에 뵈옷 닙고 岩穴에 눈비 마자
구룸 낀 볏뉘를 쬔적이 업건마는
西山에 히지다ᄒᆞ니 눈물겨워 ᄒᆞ노라

※ [三冬衣葛悽岩穴 曾未向陽晒雨雲 聞說西山日已昏 不禁涕淚空嗚咽梁父吟] (鄭鳳 讀)(高大藏樂府)

※ [三冬衣短裙 岩穴蒙雨雲. 浮雲翳朝曦 陽輝不我睎. 忍聞日西落 我心還惻惻] (南夏正, 『桐巢樂府』)

절조축(節操祝) 『樂學便考』 卷之四, 『芝嶺錄』 弟六
此身雖一死 餘氣尙不蟄
峯萊弟一峯 願作長松立
風雲滿乾坤 獨也靑以直

이몸이 주거가셔 무어시 될ᄭᅩ ᄒᆞ니
峯萊山 弟一峯에 落落長松 되야 이셔
白雲이 滿乾坤ᄒᆞᆯ 제 獨也靑靑 ᄒᆞ리라

2. 병와의 『지령록』 〈금속행용가곡〉 한역시조

〈今俗行用歌曲〉

行用中平調, 羽調, 界面調 自足大綱 而如中大葉, 心方曲, 感君恩, 北殿之載於琴譜者可考 而知其緩急也. 然慢大葉幾乎絶響 梨園老師 亦未有歌之者 只取俗樂之可解者 以分

於三調之中 使後人知有所取舍焉.

● 平調 第一旨

[1] 촌거악(村居樂)
이 몸 삼긴 후에 聖代太平을 만나오니
堯之日月이오 舜之乾坤이로다
우리도 太平聖代에 놀고 가려 ᄒᆞ노라

皇矣聖代 太平無痕
堯之日月 舜之乾坤
如吾老痛 樂此立園

[2] 감군은(感君恩)
泰山이 놉다 ᄒᆞ여도 하ᄂᆞᆯ 아래 뫼히로다
河海 깁다 ᄒᆞ여도 ᄯᅡ 우ᄒᆡ 므리로다
아마도 놉고 깁플슨 聖恩인가 ᄒᆞ노라

泰山雖高 一尺可量
東海雖深 一葦可航
吾君恩德 可葦何尺

[3] 자황과(自況誇)
林泉을 집을 삼고 石枕에 누어시니
松風은 거문고요 杜鵑聲이 노릐로다
千古에 事無閑身은 나 인가 ᄒᆞ노라

藤蘿繞屋 水石爲座
松風颯吹 鶯歌自和
物外豪權 亦足來賀

[4] **산거승(山居勝)**

草家 三間을 岩穴間에 옮겨오니
青山은 屛風이오 白雲은 울이로다
어디서 巢許가 와서 間間이 따르는고

三間草屋 岩穴間移
青山屛簇 白雲藩籬
何來巢許 間間相追

[5] **강흥독(江興獨)**

江村에 해 저므니 平沙에 기러기라
漁船이 도라오니 白鷗도 잠이 든다
이중에 興이 겨워 나만 홀로 거닌다

江村日暮 平沙鴈落
漁舡掉還 白鷗睡熟
箇中豪興 惟我是獨

[6] **대학유(大學遺)**

人門하여 나아가면 規模 절로 定해 있다
語孟 詩書가 이로 조차 거치거니
하물며 次序도 있으니 어찌 아니 밝힐고

人間在卽 規模自定
語孟詩書 由此可經
矧卽次序 可敢聽瑩

[7] **명덕강(明德綱)**

大學 經一章에 明明德을 말했거니
하늘이 주신 命을 마음으로 받았도다
하물며 新民至善이야 이로 조차 깨지리

大學經一章 首言明明德
天賦以命 心受爲得
況新民至善 皆從此覺

[8] 신민추(新民推)

父母가 끼친 財産 내가 미리 미루리라
兄弟는 함께 있고 나 홀로 아닐지니
이로써 미루어보면 期必코 새로우리

父母遺財 我若先推
兄弟可共 非我獨私
是以先覺 必欲新之

[9] 지선총(至善總)

山不仞九인이요 井不及泉이면
이 이론 半途여니 前功이 可惜하다
어찌타 山을 오르면서 다 이르지 못할까

山不仞九 井不及泉
此謂半途 前功可捐
何今登山 皆不欲巓

[10] 심성판(心性判)

神靈은 마음이요 나타나면 性品이니
光明한 活動으로 지니고 實行하라
이 이론 德이어니 聖覽되기 걱정하랴

靈者爲心 實底是性
光明活動 得而爲行
是之謂德 何患不聖

[11] **격치급(格致扱)**

格物은 工夫요 致知는 效驗이라
格致를 하고 나면 어느 구슬 가르리
功程만 있다하면 探索하기 어려울까

格誠工夫 致爲效驗
旣格旣致 何玉可玷
但有功程 至苦苦耽索便不是

[12] **성의관(誠意關)**

意誠有要하니 必無自欺로다
一念이라도 或假면 萬物이 皆私로다
하물며 零賊 있으면 그 危險 어떠리

意誠卽要 必無自欺
一念或假萬物皆私
況有零賊 嗚呼其危

[13] **정심약(正心鑰)**

未發을 先養하면 旣發이 亦察하리
天理와 人欲이 存遏에 달렸으니
어즈버 明鏡이론 듯 無垢하게 하리라

未發先養 旣發亦察
天理人欲 是存是遏
若鏡無垢 姸嬧何失

[14] **수신결(修身訣)**

修身 一節은 貴賤없이 가르친다
이로부터 以下는 바야흐로 본받으리
어즈버 齊家治平이 꿈이론 듯 깨치리

修身一節 貴賤所敎
自此以下 方可爲效
齊家治平 如夢斯覺

[15] **영대철(靈臺澈)**
理粹면 氣渾하고 性發에 情隨로다
虛靈이 易感하여 體用이 때가 있네
하물며 큰길 있으니 어찌아니 恭敬하리

理粹氣渾 性發情隨
虛靈易感 體用惟時
況有要道 不敬何爲

[16] **학공박(學工博)**
助長하면 多空이오 窺高면 如기하니
頓悟가 徑約하면 節節이 非理로다
이 중에 常道 있나니 不偏不椅 하리라

助長多空 窺高如跂
頓悟徑約 節節非理
是有常道 不偏不椅

● 平調 第二旨

[17] **회고희(懷古噫)**
靑草 욱어진골에 시내는 울어녠다
歌臺 舞殿이 어듸어듸 어드ᄆᆡ오
夕陽에 물ᄎᆞ는 졉이야 네나 알짜 ᄒᆞ노라

春草綿芊谷 溪流鳴咽去
歌臺舞殿 何處處處處

夕陽掠水玄鳥 爾或知道

[18] 석조환(夕眺歡)

잘새는 ᄂᆞ라들고 새ᄃᆞᆯ은 도다온다
외나모 ᄃᆞ리에 홀로 가는 져 禪師ㅣ야.
네졀이 언매나 멀관ᄃᆡ 遠鍾聲이 들리ᄂᆞ니

宿鳥飛入 新月升之
獨木矼上 獨去彼禪師
爾寺何許 遠遠鐘聲聞

※[宿鳥投林初月輝 溪邊約略僧歸 伽藍從此路多小 風送遠從聲轉微.] (樂高 851)

[19] 경연풍(經筵諷)

孟子 見梁惠王ᄒᆞ신ᄃᆡ 첫말ᄉᆞᆷ이 仁義禮智
朱文公 註의도 긔 더욱 誠意正心
우리는 ᄒᆡ울 일 업ᄉᆞ니 孝悌忠信 ᄒᆞ리라

孟子見梁惠王 第一言仁義
朱文公集註 眷眷乎 正心誠意
我今遇 聖君 何講何議

[20] 성도가(聖道歎)

泰山이 놉다 ᄒᆞ되 ᄒᆞᄂᆞᆯ 아릭 뫼히로다
오르고 또 오르면 못 오를理 업건마는
사ᄅᆞᆷ이 제 아니 오르고 뫼흘놉다 ᄒᆞᄂᆞ니

嵩華雖云高 不過天下山
登登復登登 亦須時日間
如何倦遊客 謂是邊難攀

[21] 충사변(忠邪辨)

가마귀 沐浴한들 희지 않고 검노매라
고구마 曝曬한들 단맛조차 짜게하리
天下의 物를 性이 다르거니 炎涼을 어이하리

烏雖日浴 不白還黑
蔗雖日曝 旣甜何鹽
請觀天下物 毫釐判涼炎

[22] 초옹온(樵翁溫)

白髮에 섭흘 지고 願(怨)ᄒᆞᄂᆞ니 燧人氏를
食木實ᄒᆯ 젹에도 萬八千歲를 ᄉᆞ리거든
엇더타 始攢燧ᄒᆞ야 사람 困케 ᄒᆞᄂᆞ니

老翁負薪 訴怨燧人有巢氏
作木實亦生 何教人火食
使我困行

※ [老翁特斧出 所怨燧人氏 木實亦命延 無欲最可喜 如何教人食 使我未農起 樵翁怨] (이형상, 浩皤謳, 瓶窩集 卷四, 瓶窩樂府)

[23] 채지각(採芝覺)

芝蘭 있다 바삐 듣고 芒鞋로 거닐거니
千山엔 白雲이오 萬壑엔 靑霞로다
四皓를 도라보며 나래칠 듯 하여라

忙聞芝生 芒鞋陟遐
千山百雲 前叡靑霞
願四皓當年 羽翼堪瑕

● 平調 第三旨

[24] **악태평(樂太平)**
둘 불은 밤의 八元八凱(愷) ᄃᆞ리시고
五絃琴 一聲에 解吾民之慍兮로다
우리도 聖主 뫼으와 同樂太平 ᄒᆞ리라

南熏殿月明夜 八元八凱相携
五絃琴一聲 解吾民之溫兮
吾輩祝 聖壽 願與天齊

[25] **춘풍개(春風丐)**
春山에 눈 노기는 ᄇᆞ람 건 듯 불고 간 ᄃᆡ 업다
져근듯 비러다가 ᄆᆞ리우희 불이고져
귀 밋ᄐᆡ ᄒᆡ 무근 셔리를 녹여볼가 ᄒᆞ노라

春山解雪風 而今何處去
霎然借得來 願吹吾寢處
鬢上年久霜 庶幾盡消除

[26] **이단박(異端駁)**
老虎코 佛無明하니 明德을 밝히오며
發憤한들 新民을 議論하리
아무리 五伯을 빌린들 至善에 이르리

老虛慟無明德 所累列曠
莊憤豈新民可議
況五伯 假借不於善止

● 羽調 第一旨

[27] **어부약(漁父約)**
너희는 어이하여 江 위에서 사는가

너희는 무슨 일로 고기잡이 하는가.
두어라 物我一體어니 너와 함께 하리라

爾何居江居
且爾何事漁魚
且吾亦汝偕且

※ [借問爾何居 堨來江居且 又問爾何業 無事魚漁且 心情不外役 吾亦爾偕且漁父約] (이형상, 〈浩皤謳〉, 『瓶窩集』 卷四, 〈瓶窩樂府〉)

[28] 야좌흥(夜坐興)
梧桐에 雨滴ᄒᆞ니 五絃을 잉이ᄂᆞᆫ 듯
竹葉에 風動ᄒᆞ니 楚漢이 셧도ᄂᆞᆫ 듯
金樽에 月光明ᄒᆞ니 李白 본 듯 ᄒᆞ여라

梧桐雨滴 舜琴如鳴
竹林風動 楚漢如爭
會樽月白 如見李白

[29] 형옥원(荊玉寃)
玉을 돌이라ᄒᆞ니 그려도 애ᄃᆞ래라
博物君子는 아ᄂᆞᆫ 法 잇건마ᄂᆞᆫ
알고도 모로ᄂᆞᆫ 쳬ᄒᆞ니 글노 슬허ᄒᆞ노라

喚玉爲石 雖然可慨
博物君子 議見應在
知而不知 是以傷之

[30] 형옥원(荊玉寃) 其二
내게 있는 寶玉을 世上에 알리고자
겉으로 돌이어니 璞玉 속을 알겠는가

두어라 바탕이 되었으니 몰라본들 어떠리

我有一寶玉 欲使世人覺
惟其外爲石 孰知門有璞
此旣有本質 何關識不識

[31] **관동행(關東行)**
뭇노라 져 禪師야 關東風景 엇더터니
明沙十里에 海棠花 볼것는듸
遠浦에 兩兩白鷗는 飛踈雨를 ᄒᆞ더라

酒後關東景 昔聞今何如
明沙十里海棠 初舒何處
白鷗飛兩 雨踈雨於

※ [關東風景問何如 山僧向我說依俙 明沙十里棠花外 夕陽踈雨鷺雙飛 關東] (洪良浩, 〈靑丘短曲〉, 『耳溪集』)

[32] **협구격(峽寠激)**
山밋희 ᄉᆞ쟈ᄒᆞ니 杜鵑이도 붓그럽다
ᄂᆡ 집을 굽어 보고 솟 젹다 우는고나
두어라 安貧樂道ㅣ니 恨ᄒᆞᆯ 줄이 이시랴

欲居山中 杜鵑堪羞
俯瞰吾家 鼎小也
喚謳天旣家 我尙嫌其大

[33] **청성도(淸聖悼)**
首陽山 ᄇᆞ라보며 夷齊를 恨ᄒᆞ노라
주려 주글진들 採薇 ᄒᆞ는것가
비록애 푸새엣거신들 긔 뉘ᄯᅡ헤 낫ᄃᆞ니

首陽山下水 爲夷齊怨淚
晝夜不息灘 灘鳴咽意
至今爲國忠誠 不盡鳴

[34] 가효문(可孝問)
쑴에 曾子씌 뵈와 事親道을 뭇ᄌᆞ온딕
曾子ㅣ曰嗚乎ㅣ라 小子ㅣ야 드려스라
事親이 豈有他哉리오 敬之而已 ᄒᆞ시니라

夢見宗聖公 爲問事親孝
答云無他道 要在和容貌
深愛苟不者 愉色非外效

※ [我思事親道 夜夢感會子 會子 曰嗚呼 小子吾語爾 事親豈有他 敬之而已矣 夢會子歌] (南㠀實, 〈八灘公遺稿〉, 『宜山世稿』 卷9)

● 羽調 第二旨

[35] 악산조(樂山操)
冠(갓) 버서 松枝에 걸고 九節竹杖 바희에 셰고
綠水 溪邊에 귀 씻고 누어시니
乾坤이 날ᄃᆞ려 이로기를 흠긔 늙ᄌᆞ ᄒᆞ노라

解冠松樹掛 彈琴山鳥和
箕水川邊 浩耳高臥
天公爲我說 願興偕老

[36] 호기결(浩氣闋)
天地ᄂᆞᆫ 언졔 나며 興亡을 뉘 아더니
英雄이 몃치나 지나거니
아마도 一片明月이 네나 알가 ᄒᆞ노라

天地何時生 興亡又誰知
萬古英雄 幾箇來耶
無心一片明月 爾或知之

[37] 월준교(月樽皎)
劉伶이 嗜酒ᄒᆞ다 술조ᄎᆞ 가져가며
太白이 愛月ᄒᆞ다 ᄃᆞᆯ조ᄎᆞ 가져가랴
나문 술 나문 ᄃᆞᆯ 가지고 翫月長醉 ᄒᆞ리라

劉伶縱嗜酒 豈盡携酒去白雖愛月
亦豈鞭月御 吾將收所遺
酩酊皓月覿

[38] 야조빙(野眺憑)
젓소ᄅᆡ 반겨 듯고 竹窓을 밧비 여니
細雨 長堤에 쇠등에 아희로다
아희야 江湖에 봄 들거든 낙ᄃᆡ 推尋 ᄒᆞ여라

鐵笛聲樂聞 竹窓忙開
細雨長堤 牛背上牧孩
兒兮 理釣竹 江湖春入

[39] 고죽뢰(孤竹誄)
岩畔 雪中孤竹 반갑고도 반가왜라
뭇노라 孤竹아 孤竹君의 네 엇던닌다.
首陽山 萬古淸風에 夷齊 본 듯 ᄒᆞ여라

岩畔彼孤竹 有心如抱寃
我問爾世系 孤竹君之幾代孫
首陽山萬古淸風 如見二公

[40] **상죽특(霜竹特)**

桃李는 春風을 웃으니 薄情도 할셔이고
蟋蟀은 가을 기다려 不平타 우노매라
두어라 陵霜孤竹은 시들 줄이 있으랴

桃李笑春風 所瑕惟薄情
蟋蟀俟秋吟 亦係不平鳴
最愛經霜竹 無瘁亦無榮

[41] **설매방(雪梅訪)**

梅花 픠라커를(늘) 山中의 드러가니
봄눈 깁헌ᄂᆞᄃᆡ 萬壑이 ᄒᆞᆫ빗치라
어ᄃᆡ셔 곳다온 香내ᄂᆞᆫ 골골이셔 나ᄂᆞ니

聞梅發山中
入春雪深 萬壑一色
何處暗番 自來訪

[42] **탄서영(歎逝詠)**

一定 百年 산들 百年이 긔 언ᄆᆡ며
더니 남ᄂᆞᆫ 날 아조 젹다
두어라 非百歲人生이 아니 놀고 어이리

假令百年生 百年眞須臾
疾病憂患 餘日全無
又況非百歲 人生不樂何須

● 羽調 弟三調(旨)

[43] **채미해(採薇解)**

首陽山 ᄇᆞ라보며 夷齊를 恨ᄒᆞ노라

주려 죽을진들 採薇도 ᄒᆞᆫ것가
아모리 프ᄉᆡ엣거신들 그 뉘 싸희 낫더니

初意欲死 已入道陽
餒寧爲口腹計 而以薇蕨
採却嫌周 雨露更欲 商鼎溉

※ [叩馬當年敢言非 大義堂堂日月輝 草木亦沾周雨露 愧周猶食首陽薇] (『詩歌』)

[44] 삼려원(三閭怨)
楚江 漁父들아 고기 낙가 숢지 마라
屈三閭 忠魂이 魚腹裡에 드러ᄂᆞ니
아모리 鼎鑊에 ᄉᆞᆱ문들 變ᄒᆞᆯ 줄이 이시랴

楚江漁父等 捉魚草烹
屈三閭忠魂 魚腹中
雖烹之鼎鑊 寧有可熟

※ [釣魚草向楚江中 魚腹其魂屈子忠 縱使萬番煎鼎鑊 依然鬢鬣凜生風楚江漁] (元世洵, 『續樂府』)

[45] 소대감(小大感)[1]
어릴샤 저 鵬鳥ㅣ야 웃노라 저 鵬鳥ㅣ야
九萬里 長天에 무스 일노 올나 간다
굴헝에 뱝새 ᄎᆞᆷ내 못내 즐겨 ᄒᆞᄂᆞ다

鷦鷯巢林木 大鵬若笑
九萬里長天 雖到亦眇
同是一般离 何大何小

---

1) "감장ᄉᆡ 쟉다ᄒᆞ고 大鵬아 웃지마라/九萬里 長天을 너도 날고 저도 난다/두어라 一般飛鳥ㅣ니 네오 제오 다르랴", 권영철(1978: 91) 참조.

[46] 표리질(表裡叱)

가마귀 검다 ᄒᆞ고 白鷗야 웃지마라
것치 검은들 속조ᄎᆞ 검을소냐
것 희고 속 검은 거슨 너ᄲᅮᆫ인가 ᄒᆞ노라

若黔非鳥 白鷗且若笑
毛雖不潔 裡豈如表
表白裡黑 人孰汝要

[47] 소상반(瀟湘斑) (靑珍 386)(時全 2731)(습령 102)

蒼梧山 聖帝魂이 구룸조차 瀟湘에 ᄂᆞ려
夜半에 흘러드러 竹間雨 되온 ᄠᅳᆺ은
二妃의 千年淚痕을 못내 시서 홈이라

蒼梧山聖帝魂 雲物並瀟湘之寄
夜半流入 竹間相化意
至今二妃寃淚不盡洗

※ [蒼梧山聖帝魂 雲中出兮下瀟湘, 化爲竹間雨蕭蕭 滴夜凉聲繞枝竟, 如何欲洗 千年淚痕香 瀟湘夜雨歌] (南肅寬, 〈八灘公遺稿〉, 『宜山遺稿』 卷9)

●界面調 第二旨

[48] 행로이(行路易)

伏羲氏 녀던 길을 二帝三王도 거쳐가고
孔孟程朱 이어 다스려 坦坦大路 이뤘거니
어찌타 揵徑客들은 今不修라 하느뇨

伏羲所行道 二帝三王共由
孔孟程朱更治 坦坦平夷無幽
如何捷徑客 反謂今不修

[49] **자조칙(自嘲勅)**
竹色을 어이 보노 雨風에 마땅하고
松韻을 어짜 듣노 半夜濤聲 寒在空이로다
내 홀로 無華無盛하니 草廬中에 자리라

竹色如何看 宜烟宜雨又宜風
松韻如何聽半夜濤聲 寒在空我獨
無草無聲 高臥草廬中

[50] **백발촉(白髮囑)**
白髮이 功名이런들 사름마다 드톨지니
날 ᄀᆞᄐᆞᆫ 愚拙은 늘거도 못볼랏다
世上에 至極ᄒᆞᆫ 白髮인가 ᄒᆞ노라

白髮如功名 人人必爭迎
如我愚拙老 亦靡及
惟其爲公物也 貴人頭上何貰

●界面調 第二旨

[51] **백재음(白在吟)**
青山도 절로절로 綠水도 절로절로
절로절로 水 절로절로 山水間에 나도 절로절로
두어라 절로 ᄌᆞ란 몸이 늙기도 절로절로

青山自在自在 綠水自在自在
山自在 水自在 吾亦自在
渠自在自在 旣自在自在 吾將自在自在

[52] **청량비(淸凉祕)**
淸凉山 六六峰을 아ᄂᆞ니 나와 白鷗ㅣ로다

白鷗ㅣ야 헌ᄉᆞᄒᆞ랴 못미들슨 桃花ㅣ로다
桃花ㅣ야 써나지 마라 漁舟子ㅣ 알가ᄒᆞ노라

清涼山最高丘 知者吾與白鷗
白鷗勿誇 所不信者桃花
桃花且勿移 恐爲舟子

※ [清凉六六峰 惟有白鷗知我家, 白鷗淸愼愼負吾 輕薄難信是桃花 桃花更草出洞去 恐引外客來經過] (南有容,『雷淵集』卷8)

[53] 낙엽호(落葉護)
落葉이 ᄆᆞᆯ밭에 지니 닙닙히 秋聲이라
風伯이 뷔 되어 다 쓰려 ᄇᆞ(리)고나
두어라 崎嶇山路를 덥허 둔들 엇더리

落木馬蹄躄 葉葉秋聲
風伯爲箒掃盡淸
彼崎嶇山路昇欲覆

● 界面調 第三旨

[54] 천군석(天君釋)
龍馬는 뿌리 없고 淸風은 날개 없으되
變化도 不測하여 方寸 사이를 出入하니
時時로 雲雨를 만나면 天地造化 알리라

謂龍胡無角 謂風胡無翼
變化神不測 出入方寸隙
時時得雲雨 亦知天地窄

[55] 항적매(項籍梅)

萬人敵 믿고서 力盡코 不降하니
亭長의 배 기다려 烏江을 急渡라커늘
至今껏 田父를 疑心하니 나도 몰라 하노라.

自恃萬人敵 力盡猶不降
亭長艤船待 謂急渡烏江
至今田父疑 吾亦不知

● 長歌

[56] 장진주(將進酒)

一杯飮 復一杯飮 折花作籌 無盡無盡飮 此身死後 機上覆篙仍草縛 厥或流蘇寶帳裡 百夫緦麻行且哭 茸莎葉櫝白楊下 去則去耳何須擇 瞑目沉霞泣 愁雲滯雨來 蕭[蕭]風自咽 誰勸一杯 況彼猿每向塚顚嘯 雖悔曷追哉

※[ ]는『병와전서』권8, 547쪽.

ᄒᆞᆫ 盞 먹새 그려 또 ᄒᆞᆫ 盞 먹새그려
곳 것거 算 노코 無盡無盡 먹새그려
이몸 주근 後에 지게 우희 거적 더퍼 주리혀 ᄆᆡ여 가나 流蘇寶帳에 萬人이 우러네나 어옥새 속새 덥가나무 白楊수페 가기곳 가면 누른 희뒨 ᄃᆞᆯ ᄀᆞᄂᆞᆫ비 굴근눈 쇼쇼리 ᄇᆞ람 불 제 뉘 ᄒᆞᆫ盞 먹쟈ᄒᆞᆯ고. ᄒᆞ믈며 무덤 우희 잔나비 ᄑᆞ람 불 제 뉘우ᄎᆞᆫ들 엇지리.

※[一杯復一杯 折花作籌無盡杯 此身已死後 束縛藁裡屍 流蘇兮寶帳百夫緦麻哭 且隨茅樸楸白楊裡 有去無來欺 白月兮黃日 大雪細雨悲風吹 可憐誰復勸一杯 況復孤墳猿嘯時 雖悔何爲哉] (北軒 金春澤)

[57] 옹문주(雍門周)(琴)

千秋前 尊貴키야 孟嘗君만 ᄒᆞᆯ가마ᄂᆞᆫ 千秋後 冤痛ᄒᆞᆷ이 孟嘗君이 더옥 섧다.
食客이 젹돗ᄃᆞᆫ가 名聲이 괴요ᄐᆞᆫ가 개 盜賊ᄃᆞᆰ의 우름 人力으로 사라나셔 말이야 주거지여 무덤 우희 가싀 나니 樵童牧竪들이 그 우흐로 것니며셔 슬픈 노래 ᄒᆞᆫ

曲調를 부르리라 혜여실가.

雍門調(周)一曲琹에 孟嘗君의 한숨이 오로ᄂᆞᆫ 듯 ᄂᆞ리ᄂᆞᆫ 듯.

아ᄒᆡ야 거문고 청쳐라 사라신 제 놀리라.

千秋前所貴艶 孟嘗君孰尊 千秋後所悲恨 孟嘗君尤寃

食客何會小 名聲寧寂寥 鷄鳴及狗盜 人力爲榮誰及到身死後 荊棘生幽壙樵童牧竪輩躑躅行其上 悲歌一曲調 豈料於斯唱 雍門周一曲琴[雍門琴數闋聲] 孟嘗君噓唏 如下復如上 兒兮[者] 須擊淸 及生且遊賞

※[ ]는『병와전서』권8, 548쪽.

[58] 구마련(狗馬戀)

내가 客이 된 지 오래여서 歲月이 덧없구나.

至誠이 不足한가 허물이 많아선가.

어이하여 떠나 있어 그리기만 한단 말가.

달 밝고 서늘한데 別恨이 더욱 서럽구나.

어제 밤 疲困한 꿈에 님 계신데 들어가서

耿耿히 그리던 情懷 切切히 呼訴했네.

이내 情이 이러하니 님이 어찌 無心하랴.

깬 뒤에 다시 생각하니 절로 눈물이 지더라.

我久爲客 歲月空徂 忱誠少乎 咎罰多乎 何事落南 至此之離 月白風淸 別恨愈悲

昨夜勞夢 入居居所 耿耿別懷 切切呼訴 吾情若此 主豈無心 覽後更思 自然霑襟

[77] 탄식갈(歎息喝)2)

네 어이 歎息하리, 날이 저물어 내가 오고 있는데,

羔毛莊子 細矢莊子 牡丹莊子 擧莊子 掛莊子 牝樞金 牡樞金 排目擊 矢促錯釘龍腭鑰鐵 儆儆然鑠停 屛風對曲 對曲 걷어 들였느냐

---

2) "窓 내고쟈 窓을 내고쟈 이내 가슴에 窓 내고쟈/고모장지 셰살장지 들장지 열장지 암돌져귀 수돌져귀 ᄇᆡ목걸새 크나큰 쟝도리로 ᄯᅮᆼ닥 바가 이내 가슴에 窓 내고쟈/잇다감 하 답답 ᄒᆞᆯ제면 여다져 볼가 ᄒᆞ노라" 들장지: 들창문. 열장지: 열창문. ᄇᆡ목걸새: 배목의 걸쇠.

슬프다, 저 歎息소리에 너를 조차 어이하리
네가 올가말가 헤아리자니 어느 잠이 들겠는가

歎息爾胡爲 日暮來吾所 羔毛莊子 細失莊子 蔓莊子 牡丹莊子 擧莊子 掛莊子 牝樞金 牡樞金 排目擊 矢促錯釘 龍腭錀鐵 僘僘然僘停 屛風對曲 對曲撤入乎 簇子突 胡胡盧錄捲入乎 嗟嗟彼歎息 爾從耶裡便入 顧汝來止夕 睡不堪着

3. 병와의 연시조 창부사(傖父詞)

● 別曲 傖父詞 (次 聾巖 漁夫詞) (集唐音)

一章 言掛冠
我本漁樵 孟渚野로
世間名利 盡悠悠ㅣ라
ᄇᆡ내여라 ᄇᆡ내여라

富貴於我 如浮雲이로다
歸去來 歸去來 霜花店ᄒᆞ니
山鳥山花ㅣ 吾友于니라

二章 言定居
武陵春樹 他人迷ᄒᆞ니
別有天地라 非人間이로다
집지어라 집지어라

傍此煙霞 茅可誅러라
樂志囂 樂志囂 心方曲ᄒᆞ니
萬事盡付 形外ᄒᆞ노라

三章 言講讀
孝經一通 看在手ᄒᆞ니
小兒學問 只論語ㅣ로다
글닑어라 긁닑어라

先王作法 皆正道니라
錄竹猗 錄竹猗 淇澳詩ᄒᆞ니
群書萬卷 常暗誦호리라

四章 言採藥
演漾錄蒲 含白芷ᄒᆞ니
兩岸桃花 挾去津이로다
약키여라 약키여라

淸溪幾渡 到林雲고
商顏採 商顏採 紫芝歌ᄒᆞ니
不如燒却 頭上巾이로다

五章 言彈琴
松風澗水 聲合時에
長歌短詠 還相酬로다
줄골나라 줄골나라

商聲寥亮 羽聲苦ᄒᆞ니라
地東當 地東當 梁琴譜ᄒᆞ니
幽音이 變調 忽瓢洒ᄒᆞ더라

六章 言月竹
竹色四時 也不移ᄒᆞ니
宜對琴書 窓外看이로다
잔부어라 잔부어라

雲間月色이 明如素로다
界面調 界面調 步虛子ᄒᆞ니
江上何人 復吹笛고

七章 言釣般

漁翁이 夜傍 西岩宿ᄒᆞ니
竿頭釣絲ㅣ 長丈餘로다
ᄇᆡ저어라 ᄇᆡ저어라

扣枻乘流 無定居호리라
至菊(匊)摠 至菊(匊)摠 漁父詞ᄒᆞ니
欸乃一聲 山水錄이러라

八章 言歡娛

朝廷禮樂이 彌寰宇ᄒᆞ니
謳歌煙月 太平春이로다
춤추어라 춤추어라

汝等豈知 蒙帝力가
平羽調 平羽調 與民樂ᄒᆞ니
此重樂事 亦已遍이로다

九章 言感祝

一物이 自荷 皇天慈ᄒᆞ니
靑山萬里 靜散地로다
쉼씨여라 쉼씨여라

遙望天門 白日晩이로다
華封祝 華封祝 感君恩ᄒᆞ니
萬歲千秋 奉君王호리라

4. 병와 이형상의 수사(壽詞)

병와 이형상이 지은 〈수사(壽詞)〉 4수는 숙종 37(1711)년 병와의 백형인 의금부 도사를 지낸 이형징(李衡徵, 1651~1715)이 소성(邵城, 인천)에서 회갑연을 맞이하여 지은 송축사로 국한혼용체로 악부 시형 4수를 필사로 남긴 작품이다. 병와는 당시 영남 영천 호연정(浩然亭)에 체류 중이어서 백씨의 회갑연에 직접 참석하지 못하자 이 작품을 보내 송축한 것이다. 백형의 수연을 기리며 조상의 음덕을 찬양하고 부득이 참석하지 못하는 애석함을 담아서 지은 송축시이다. 특히 백형의 사위인 공재 윤두서가 축하로 보낸 〈노인성도(老人星圖)〉에 비겨서 지은 악부가사로 내외 2음 보격으로 장형의 가사형식을 취하고 있다. 이처럼 조선 후기 자주적 악학관을 가지고 있었던 병와 이형상에 대해 식산 이만부도 〈차 병와공 수사 병서〉에서 악부의 변형체로서의 가치를 높게 평가하고 있다.

壽詞并序

舍弟 衡祥 再書

昔蘇子瞻有自贊, 辛幼安兩賀洪內翰, 又慶岳母, 皆壽詞也. 乃敢妄拙步韻, 追呈吾兄, 或曰東方無雅樂, 雖以李春卿, 崔立之之博洽, 猶不諧樂府, 況於他人乎, 又況於子乎. 衡祥曰, 然凡所謂樂府, 必得中氣然後, 乃可東坡蜀產, 所發只膤音, 故欲諧而未諧, 況吾東之聲, 已編於齒, 顧何可譜, 只依方音, 而為平調, 羽調, 界面調, 則譬猶秋蟬春鶯, 自鳴自樂而已, 何不可之, 有且此詞, 非敢為宮商計也. 只以無窮之心, 欲添有限之壽, 情亦慽矣, 後必有恕之者矣. 遂錄之以附於末.

平調 第三旨

大槩 드러ᄒᆞ니 過隙이 如流로다
世間 어ᄃᆡ어ᄃᆡ 다시 佳處 잇ᄂᆞᆫ게고
내 兄이 홀로ᄒᆞ셔 塵緣을 쒸여나니
져머 어이 일ᄌᆞᆨᄒᆞ샤 科學ᄅᆞᆯ 求覔ᄒᆞᆯ고
性이 본ᄃᆡ 그러ᄒᆞ샤 雅淡코 精強ᄒᆞ니
平生을 셰여 보면 ᄯᅩ 엇지 妄語ᄒᆞᆯ고
除命이 至再ᄒᆞ되 문득 掉歌 ᄒᆞ여두고

浪路 江海에 月駗과 星馭샷다
顧於 名利에 더욱이 踈脫ᄒᆞ셔
듕의 즌흙 ᄂᆞᄂᆞᆫ 柳絮 절로 오래 저젓도다
大義ᄅᆞᆯ 이뫼 몬져 스스로 斟酌ᄒᆞ니
가보야이 이 몸가져 許諾지 말오고져
況有 至樂ᄒᆞ여 ᄆᆞ음의 즐겨오니
어여보듸 深谷間의 傲踞ᄒᆞ여 이실손고
適適然 怡情ᄒᆞ여 悅然히 養神ᄒᆞ니
속의 잇ᄂᆞᆫ 三蟲 ᄯᆞ라갈까 ᄒᆞ노라

羽調 第一旨

鍊丹術 어이 브듸 稚川ᄃᆞ려 믈어볼고
真짓 仙訣이 이돗긔 잇뜻더라
靈春은 남글 굽혀 書籤下의 둘러잇고
老人은 별을 보야 酒樽邊의 顚倒ᄒᆞ니
ᄒᆞ믈며 麻姑仙이 ᄀᆞᆺ치 聯娟 ᄒᆞ노매라
六十에 馬援은 矍鑠ᄒᆞ다 일ᄏᆞ랏고
六十五에 蘇軾은 任便히 머므ᄂᆞᆫ 양
이 不過 그ᄉᆞ이에 ᄒᆞ나다ᄉᆞᆺ 年歲로다
다힝홀ᄉᆞᆫ 聰明ᄒᆞ샤 쓰ᄂᆞᆫ 거시 不廢ᄒᆞ니
耳邊의 亂噪蟬을 엇지 그리 근심홀고
大槩 欲不高不僻ᄒᆞ니 이 어론 神仙인가 ᄒᆞ노라

界面調 第二旨

두 번 辛卯年을 머리지어 두고 보니
ᄲᅦ밧고인 真짓 사ᄅᆞᆷ 잇ᄂᆞᆫ 줄 알리로다
火棗와 交梨ᄂᆞᆫ 虛妄ᄒᆞᆫ 줄 ᄭᅵᄃᆞᄅᆞ니
心不 形役ᄒᆞ면 아니론 神仙이라
義理 駸駸ᄒᆞ여 日夕의 浸灌ᄒᆞ니
風月도 ᄯᅩᄒᆞᆫ 足히 우리 軍을 베플로다
뜻이 自樂ᄒᆞ매 다시 자바 셰아라니

箕裘 世業이 이제ᄭᆞ지 잇노매라
이러므로 일ᄏᆞᄅᆞ되 風塵밧 人物이니
恠異타 此生이 何處예 不春溫고
譬컨대 松竹性이 無寒 無熱ᄒᆞ니
어이 브듸 呴噓ᄒᆞ여 日辰을 길을손고
ᄒᆞ믈며 先陰이 繩繩ᄒᆞ여 오히려 未絕ᄒᆞ니
이 門中 子孫들이 만흘시 올톳더라
根本이 둣거오니 所期ᄂᆞᆫ 八千歲 大春ᄲᅮᆫ 아니로다

界面調 第一旨
늘근 누의 노픠 뫼셔 壽席을 크게 여니
石髓와 瓊液들이 이긔여 비즐로다
繁絃 急管이 仙關의 들레이니
瑤池예 뫼ᄃᆞᆫ 模樣 ᄯᅩᄒᆞᆫ 거의 彷彿ᄒᆞ다
밧비 오ᄂᆞᆫ 和ᄒᆞᆫ 氣運 融融ᄒᆞᆫ 줄 倍覺ᄒᆞ니
이 몸은 엇지ᄒᆞ여 席上의 못밋ᄎᆞᆫ고
京鄕 親舊들이 壽詞를 만히 ᄒᆞ되
ᄉᆞᆨ졀업시 나ᄂᆞᆯ 시켜 嶺外예 獨唱ᄒᆞ게 ᄒᆞ놋다

5. 병와의 악학 산문

1) 예악(禮樂)의 처음과 끝

병와의 경학사상의 기조는 궁리실천하기 위해 예(禮)와 악(樂)을 균형적으로 조화시킬 것을 강조하였으며, 이는 병와 사상의 기본이었다. 『성리대전(性理大全)』, 『주역전의(周易傳儀)』, 『대학가의(大學講義)』, 『사서훈몽(四書訓蒙)』, 『소학집성(小學集成)』, 『중용구경연의(中庸九經衍義)』 등의 저술과 더불어 『가례편고(家禮便考)』, 『가례혹문(家禮或問)』, 『가례부록(家禮附錄)』, 『가례도설(家禮圖說)』 등의 저술이 있다. 특히 예송사건 이후 서인들 사이에 성전으로 받들고 있던 김장생(金長生)의 예학논을 정면으로 공박하면서 서인뿐만 아니라 남인들도 모두 비판하는 초당적인 초연한 자세를 취하였다.

예악에 대한 것을 논한다면 진작부터 예는 곧 송사가 생기는 시초가 되는 것이니 우선 선조의 예절을 따를 뿐이며, 예란 집집이 같지 못하니 길예나 흉예에서 자기의 견해를 고집하여 하나같이 단정할 수는 없다고 여겼기에 곧 가례조목을 간독하면서 그 아랫부분에 의심나는 구절을 모아서 분리시켜 가지에서 또 가지가 잎에서 또 잎이 생겨나듯 위로는 『례의(儀禮)』로부터 아래로는 우리나라의 문집에 이르기까지 모두 모아서 책을 만들었으니 거기에는 『가례편고(家禮便考)』도 있고 『가례혹문(家禮或問)』, 『가례부록(家禮附錄)』, 『가례도설(家禮圖設)』 등 30여 권이 있으니, 이 책들을 취하여 상고하는 사람이면 누구나 책을 펴면 밝게 보이게 했으니 쏟은 정력이 후인에게 끼친 혜택은 이보다 더 큰 것은 없으리라. 그리고 예와 악은 어느 것 한쪽을 폐할 수 없는 것이니, 예가 지나치면 거리감이 생긴다(『병와 행장』 중에서).

예란 천리의 절문이라 의칙에서 드러나는 것이며, 악이란 인성의 여운이라 도수로 표현되는 것이다. 이 때문에 예는 밖으로부터 생기고 악은 속으로 말미암아 나온다. 공자의 가르침에 시를 먼저하고 예를 뒤로하다 하였으니 거기에 표본이 있다. 오직 겉만을 중시하기에 악이 지나치면 한계를 잃는다. 어찌해서 하는 말인가. 예는 의심되는 것을 결정지어 미세한 것을 밝히는 데에 주로하기 때문에 그

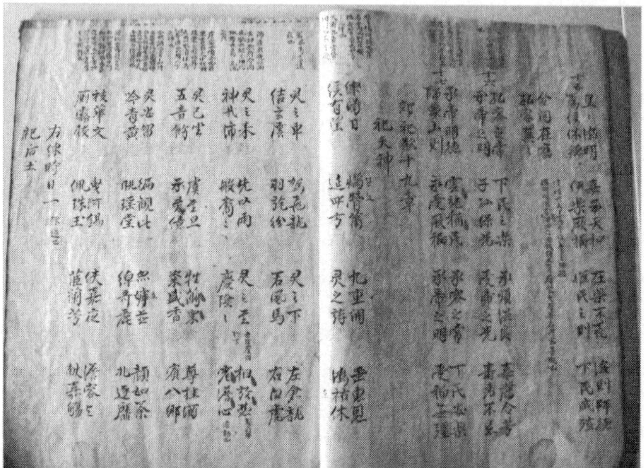

잘못됨이 터럭을 다투어 승부를 견주어서 마침내 같으면 무리짓고 다르면 배격함에 이른다. 악은 기운을 펼치어 즐기는 데에 주로하기 때문에 그 잘못이 중화를 교란하여 반드시 탕지에로 들어가 몸을 상하게 된다. 이러한 병폐를 고치려 한다면 먼저 예로써 윤서를 정하고 악으로써 중화를 이루되 인으로써 사랑하고 정에 부합되면서 서를 행하는 것이 마음의 떠남을 구함이며, 의로써 바로잡아 덕을 행하고 몸소 힘쓰는 것이 그 뜻의 방류를 구하는 것이다. 때문에 "예의 용은 화가 귀중하다" 할 것이며 또 말하기를 "대례는 천지와 더불어 그 서를 같이하고 대악은 만물과 더불어 그 화를 같이 한다" 하였으니 어찌 참말이 아니겠는가(『병와집』 중에서).

2) 우리나라에도 아악(雅樂)이 있습니까?

적현의 밖은 풍토가 별다르고 편협한 지역은 방음이 천박하기에 비록 이상국이나 최간이 같은 박식으로도 오히려 악부를 알지 못하였거든 하물며 그 아랫사람이겠습니까? 진나라 사람이 칠현금을 고구려에 보내왔더니 제이상 왕산악이 그 제도를 증손해서 육현을 만들었고 그 후 극종은 평조와 우조 계면조를 만들어 육현에 올렸으며, 고려의 시중 채홍철은 청평악 수룡음, 금전악, 이상곡, 오관산, 자하동 등을 지었으며, 정서는 정과정을 지었으며 한림의 제유는 한림별곡을 지었습니다. 우리 조선조의 정도전은 여민락, 낙양춘, 보허자, 풍안곡, 정동방, 창의사, 봉황음 등을 지었고, 윤회는 치화평을 지었고, 정인지는 만전춘, 취풍형을 지었으니, 이것이 이른바 동방 악부이나 아악에 있어서는 들은 바가 없습니다. 옛적 세종조 때에 박연이라는 사람이 매양 앉았을 때나 누웠을 때나 손을 가슴 사이에 대고 알성을 만들었고 입안에서 휘파람을 불어 율려의 소리를 만들어내어 10년을 적공한 뒤에야 이루었습니다. 세종께서 깊이 믿고 소중히 여기시어 아악을 만들게 하였습니다. 그는 벼슬이 1품에 이르렀으니 사람들은 모두 때를 만나 출생한 사람이라고 일렀습니다.

우리나라의 언문도 반절의 법에 맞습니까?

세종조에 언문청을 설치하시고 정인지와 신숙주, 성삼문 등에 명하시어 언문을 지었으니, 초종성 8자와 초성 8자와 중성 11자이었으며 그 자에는 범자에 의하여 만들었습니다. 본국 및 제국의 언어들의 문자로 기록하지 못할 것을 막힘없이 모두 기록할 수 있고 『홍무정운』의 모든 글자도 모두 이 언문을 가지고 썼습니다. 드디어 오음으로 나누어 구별하였으니 이르되, 아, 설, 순, 치, 후입니다. 아음은 경중의 다름이 있고 설음은 정반의 구별이 있으며 글자도 전청과 차청이 있고 전탁과 불청, 불탁의 차이가 있습니다. 이것은 본래 반절로부터 창작한 것이므로 이름하여 반절이라고 하나 그러나 적합하지 않은 것도 있으니 그것은 방음이 중국과 다르기 때문에 그러한 것입니다.

춘추의 일식은 정상의 도수가 있는 것인 데도 난세에는 재앙이 되고 치세에는 재앙이 되지 않는 것은 어찌해서 입니까? 마치 춥고 더운 것이 일정한 계절이 있는 데도 원기가 왕성하면 병을 앓지 않다가 원기가 쇠약한 뒤에야 해독을 당하는 것과 같습니다.

『논어』에는 인이 일편의 대지인 데도 전편 중에 확실한 훈석이라고는 없습니다. 부자는 이르시기를, “내가 서고자 함에 남을 세워 주고 내가 달하고자 함에 남을 달하게 하여 준다” “능히 가까이서 취하여 비유하면 인을 하는 방법이라고 이를 수 있다” 하시고, 기타의 문답 또한 각각 같지 아니하니 후학은 어디에서 그것을 알아내야 합니까?

공자 문하의 사람 가르치는 방법은 매양 그 사람에게 절실한 것을 가지고서 정도를 낮추어 가르쳤기 때문에 다만 ‘입인’, ‘달인’으로 말한 것뿐이지, 인의 훈석이 본래 이와 같다는 것은 아닙니다. 만약 인을 그대로 말하면 사람들이 확실히 알아듣지 못할 것이므로 다만 인을 하는 방법이라고만 말했는데, 이는 마치 “충서와 도와는 그 거리가 멀지 않다”라고 이른 것과 같습니다. 대가 인의 범위는 지극히 넓어 더불어 상대를 삼을 것이 없습니다. 대로도 이름 하기에 부족하며 애로도 그 실체를 설명하기엔 부족하며 각으로도 충분한 설명이 못되고 성자로도 형용할 수 없으며, 공자도 착들어붙지 않습니다. 정자가 이른바 “예로부터 원래 인을 알 수가 없었다”는 것은 민망하여 탄식할 말이었고, 주자에 이르러 “마음의 덕이오 사랑의 이이다” 이렇게 훈석을 하고나서야 비로소 메쳐도 깨지지 않겠다고 이를 만 합니다(『병와집』 중에서).

3) 예악원류(禮樂源委)

禮者 天理之節文而著於儀則 樂者 人性之餘韻而發之度數 是故禮自外作 樂由中出 夫子之敎 先詩而後禮者 厥有標本 惟其外也 禮勝則離 惟其內也 樂勝則流 何以言之 禮主於決疑而闡微 故其失也 爭毫較勝 終至於黨同而伐異 樂主於舒氣而歡悰 故其失也 攪中挐和 必入於蕩志而喪身 欲矯此患 則先以禮序倫 又以樂和中 仁以愛之 合情而行恕者 救其心之離也 義以正之 執德而飭躬者 救其志之流也 故曰禮之用 和爲貴 又曰 大禮與天地同序 大樂與萬物同和 寧不信矣乎

瓶窩先生文集卷之十三

4) 『악학편고(樂學便考)』 서문

송나라 때에 예교가 극도로 성하더니 말엽에 이르러서는 3당이 나뉘었고, 우리나라에서도 오로지 번거로운 예문에만 일삼고 악학을 익히지 못하여 근래의 당화는 역시 예가 너무 지나친 말유의 폐단이다"라고 말하였다. 이에 『시경』의 관저, 종사, 인지지의 장을 유별로 시조의 평조와 계면조, 우조에 화음을 맞추어서 『악학편고(樂學便考)』 1권을 지었으니 그것은 아마도 후세의 자운을 기대하는 심정에서였으리라(『병와행장』 중에서).

예(禮)와 악(樂)은 어느 것에나 기울지 말아야 할 것이니 예에 치우치면 사람의 마음이 들뜨므로 송나라에서는 예교(禮敎)가 너무 성하여 마침내 그 말년에 가서 삼당(三堂)으로 나눠졌다. 우리나라에서도 오로지 번거로운 수식과 까다로운 예절에만 흐르고 악학(樂學)에 힘쓰지 아니하므로 근래의 당화(黨禍) 역시 예에 지나친 폐단이 아닌가 한다. 이에 『시전』의 관수장(關雎章, 문왕과 후비의 성덕을 읊은 시), 종사우장(螽斯羽章, 부부화합을 읊은 시), 인지지장(麟之趾章, 주나라 문왕의 후비의 덕이 후손에까지 미침을 창송한 시)을 종류에 따라 나누어 우리나라 시조(時調)의 평조, 우조, 계면조와 어울려 『악학편고(樂學便考)』라는 책을 한 권 지었으니 이는 장차 후일의 후배들에게 기대함이라.

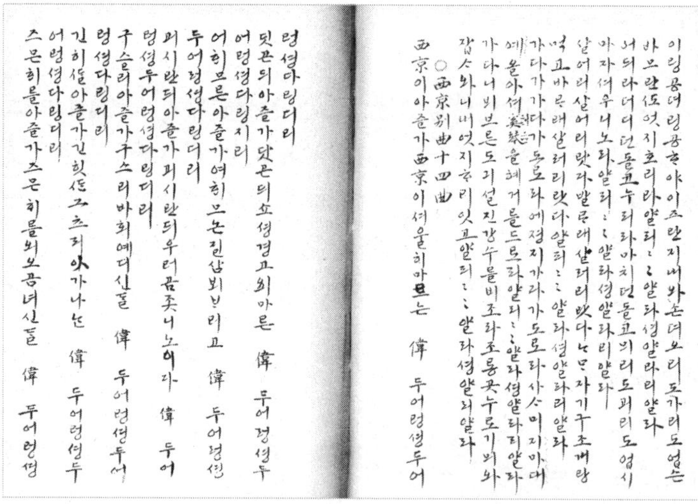

『악학편고(樂學便考)』에 실린 〈서경별곡〉의 일부

이 『악학편고』는 고대(고대, 신라, 고려, 이조)의 속악 183편을 해서체로 친필한 책으로 국내 속전 악서가 4종이 있다고 하지만 현재 발견된 것으로는 이 책이 유일한 진본이다.

5) 이중서에게 답합

풍진 속의 속된 아전이 세상에 시달려 노쇠해서 이미 경적과 더불어 원수가 되었고, 사람들도 또한 이와 같은 일을 가지고서 서로 기대하지도 않는데, 어찌 감히 제작한 것이 있겠습니까. 다만 생각하건대 예를 밖으로부터 제정하고 악은 중을 말미암아 나오는 것이기 때문에 공자의 가르치심이 시를 먼저하고 예를 뒤에 하신 것입니다. 우리나라의 풍속이 예학에 매우 힘써 비록 곡유나 협사일지라도 눈을 부릅뜨고 따지지 않는 이가 없으나, 유독 악에 대해서만은 과연 유의하는 사람이 있습니까. 이제 저의 기록 중에 비록 한 두 사람 거론한 바가 있기는 하지만 또한 음률에 주력할 따름이오. 전혀 훈도하는 것으로 마음을 삼는 사람은 없습니다. 이런 까닭으로 호탕한 무리가 음악에 유련하여 심지어는 공당에 있으면서 노래 부르며 술병을 두드리는 자까지 있으니 추강기에 "우찬성이 타량무를 잘 추었다"고 한 것이 또한 그 한 예입니다.

『악기』에 말하기를 “악이 지나치면 유탕하고 예가 지나치면 이산한다”고 하였으니, 가만히 생각하건대 유탕하여 방광하는 것은 반드시 음탕한 악이 지나쳤기 때문이오, 이산하여 당화가 되는 것은 반드시 소소한 예가 지나쳤기 때문입니다. 이러므로 항상 ‘절절히 개연한 생각이 마음에 있어 음사에 빠진 사람들을 붙들어 일으켜서 세교를 구제하기로 마음먹었다’는 것이 어찌 회암이 그만둘 수 있는 말이었겠습니까. 차라리 유탕한 풍속을 바로 잡아 서로 다투어 죽이는 폐단을 교정하는 것이, 때에 따라 적절히 변통하는 방도가 됨에 해롭지 않는 것입니다.

또 이를테면 악부의 이름은 도의처럼 오묘한 것이 아니라, 이는 사한가의 자랑하고 싶은 좀재주에 불과할 따름입니다. 그렇다면 이제 이를 만드는 것이 또한 혹 죄가 적을 것이므로 이에 감히 당돌하게 화응하였습니다. 그러나 본래 보잘 것 없는 문필로 4~5일 동안에 급히 이룬데다가 병우마저 또 따라서 마음을 요란시켰습니다. 문사가 이런 속으로부터 나왔으니 어찌 아름다울 수 있겠습니까. 이제 가르쳐주신 바를 받들어 봄에 용서하심도 너무 지나치고 책구하심도 너무 높으니, 아니 저 종률에 비등하여 보시는 것입니다. 다만 회답하지 않을 수 없는 것만을 하면에 기록하여 두겠습니다.

비룡사는 비록 이것이 위조 작품이기는 하지만 사의가 순수하고 지극하여 단연코 진, 위 연대간의 솜씨는 아닙니다. 하물며 이강구와 격양은 또한 어찌 이소처럼 처창한 것뿐이겠습니까. 옛말에 의하면 결코 가행의 시조가 될 것으로 생각합니다. 대체로 시 삼백편이 없어진 뒤에 이소가 있었고 이소가 없어지고서 악부가 제작되었는데 한위로부터 끊는 것은 너무나 소홀하지 않겠습니까.

교사, 방중, 요가는 그것이 참으로 선심을 감발하고 방일한 뜻을 징계하는 바가 있다고 생각하십니까. 오직 뜻의 하고 싶은 대로 하여 성률에 구애하지도 않으며 제목의 뜻에 맞는 것도 구하지 않고 또한 혹 압운하지도 않은 것도 있으니 대개 이와 같이 아니하면 아무리 이, 두라 하여도 역시 그 저력을 마음껏 발휘할 수 없었을 것입니다. 단서 중에 정성스럽게 그것을 말하였으니 모르는 것이 아닙니다. 주자가 『대학』의 보망장에 있어서 어찌 그 문체를 본받을 수 없었겠습니까. 그 때문에 주필대에게 답한 글에 은미한 뜻이 담겨져 있습니다. 휴유의 말에 “그 문체의 유형을 구하지 아니하고 하여금 장구와 더불어 똑같게 한 것이다”고 한 것이 어찌 분명하게 믿을 만하지 않습니까. 이것이 비록 성학에는 다른 것이 있지만 보잘 것 없는 티끌 같은 몸으로 감히 만고의 문장을 본받아 의방한 것 같은 듯함이 있는 것은 그 의의를 감히 벗어날 수 없는 바에서이며, 그 뜻을 화응하고 그 운을 사용하여 감히 터럭 끝 만큼도 서로 다르게 아니한 것은 또한 보는 사람들이 이 어리석음을 용서하여 악부로 책망하지 말기를 바라서입니다.

맥상상과 일출행은 나부에게서 한가지로 나온 것이니 모두 염가입니다. 임금으로서 이것을 지었으니 무슨 추행입니까. 이 시에 대하여 고금의 화응한 사람이 한둘이 아닌데 번번이 사군으로 말한 것은 임금의 존귀함을 피한 것입니다. 비작이 그 제목 밑에 나부사를 주해하는 데 있어 오로지 사군만을 지칭한 것은 또한 이러한 뜻에서였습니다.

독록편이 쌍운을 쓰지 아니한 것은 과연 조관을 잘못한 것입니다.

가행은 소창을 위주로 합니다. 두릉이 악부를 짓지 아니하고 유독 이것에만 치우친 것은 악부와 더불어 같지 않기 때문입니다. 이미 호방으로 주장을 삼았으므로 혹은 고체로 혹은 절구로, 혹은 장단구로 혹은 배율로 하는 등 본래 일정한 체제가 없으니, 『청련집』에서 상고할 수 있습니다.

동방의 아악 삼조는 방음이고, 성교에서 논하신 것은 종률입니다. 그것이 비록 금보로부터 비롯되었지만 음조가 약간은 같지 않은 것이 있고 가곡도 또한 일정한 음이 없으니, 일편만을 고집할 수는 없을 것 같습니다.

남풍과 녹명과 어리를 글자를 가지고서 배율한 것은 고법으로서 아악이오, 비룡사 등 칠가 및 관저와 종사와 인지지를 삼조에 분배한 것은 억견으로서 속악입니다. 그 의의를 완미하여 보고 그 문사를 풍송하여 보면 이와 같은 것이 읽는 것 같습니다. 그런데, 대개 삼조를 이미 음악에 사용하게 되면 고법과 더불어 서로 막히어 통하지 않으니 어찌 이치이겠습니까. 꼭 억지로 분배할 것이 아니라는 등의 말씀은, 혹 깊이 생각해 보지 않으신 것입니까.

청야음과 양관율과 동정시를 삼조에 분배한 것은 이미 시법원류에 실려 있습니다. 비록 반드시 논하신 바에 합치하는지는 모르겠으나 그 인용하여 비유한 것이 자못 상세하므로 그것을 인용하였을 뿐입니다.

성대 인물의 출처를 다만 방목을 따라 차례를 삼은 것뿐인데, 이른바 뒤섞였다는 것은 무엇을 지적한 것입니까. 알려주십시오.

행용하는 가곡은 가만히 생각건대 대강이 이와 같을 따름입니다. 느리면 평조, 청조하면 우조, 너무 호방하면 계면조가 되니, 이것은 오음 중의 우음과 더불어 또한 다릅니다. 한 번 노래함에 삼조를 부를 수 있는 것이 얼마나 많습니까. 그러나 이것은 견강해서 따르는 것이니, 만약 신통한 악사로 하여금 들어보도록 한다면 반드시 분류되는 바가 있을 터인데 어떻습니까.

정밀하게 권형대로 따랐다고 하는 등의 말씀은 감히 감당할 수 없습니다. 어찌 일호인들 본받을 마음이 있겠습니까. 종률 일편은 일찍이 해석한 것이 있지만 그저 구설을 비류하여 찬집하였을 따름이오, 단연코 자신에게 얻은 바가 없으니 감히 내놓아 남에게 보일 수 없는 것이 이 때문입니다. 이것은 종률이 성정을 발산시키는 것과 같지 아니하므로, 비록 잘되었다 하더라도 사조로서 그칠 뿐이니 본래 귀중할 만한 것이 못됩니다. 더구나 본의를 가지고서 문사를 만들며 또 본운에 구애되는가의 여부를 헤아리지도 아니하였으니 자주하는 뜻이 있겠습니까. 다만 음률이 나에게 있어서 말할 수 없지만 악부가 반드시 모두 진리를 아는 사람에게서만 나오는 것은 아닙니다. 앞서 이른바 또한 혹 죄가 적으리라고 한 것도 역시 이 때문이니 다시 더 자세히 해보십시오.

이것을 쓴 뒤에 다시 귀하의 뜻을 관찰하건대 한 글자의 변음에 대하여 의심한 것 같음이 있으니 또한 어찌 감히 이미 떠들어 놓고 다시 침묵하겠습니까. 대개 가곡은 모두 제 1음으로 본궁을 삼으니 먼저 한 글의 뜻을 봄에 그 뜻이 애원하면 소리가 반드시 애원하므로 이것을 정하여 상, 우로 삼습니다. 이를테면 당시 중에 정, 고, 목, 엽, 하는 오음이 화협하지만, 만약 목을 고쳐 수로 삼는다면 정은 치가 되고 고는 우가 되고 수는 치가 되고 엽은 각이 되고 하는 우가 되어 오음이 산란하며 또 이를테면 운, 중, 변, 연, 수는 오음이 화협하지만, 만약 수를 고쳐서 목으로 삼으면 운은 치가 되고 중은 상이 되고 변은 궁이 되고 언은 상이 되고 목은 각이 되어 오음이 산란하게 됩니다. 한 글자가 변하면 한 구절이 모두 변하고 한 구절이 변하면 한 곡이 모두 변하니, 이것은 다름이 아니라 오음이 사성에 속한 것은 운서의 정법이 있고, 사성이 한자 한자에 흩어진 것은 가성의 정해진 음이 없기 때문입니다. 팔괘의 정위가 있는 것은 운서와 같고 육허의 정위가 없는 것은 마음으로 깨닫는 데 있으니 익숙히 읽고 완미하면 반드시 스스로 얻는 바가 있을 것입니다. 저처럼 졸렬한 사람은 다만 고법을 진술하였을 따름이니, 또한 대강을 짐작하시고 다시 가르쳐 주심을 빕니다(『병와집』 중에서).

참고문헌

오창명, 『제주도 오름 이름의 종합적 연구』, 제주대학교 출판부, 2007.

심재완, 『교본역대시조전서』, 세종문화사, 1972.

심재완, 『시조의 문헌적 연구』, 세종문화사, 1972.

권영철, 「병와의 평우계면조수사연구」, 모산 심재완박사화갑기념논문집, 1978.

권영철, 『병와이형상연구(瓶窩李衡祥研究)』, 한국연구원, 1978.

권영철, 「필사본 악학편고에 대한 관견」, 『장암지헌영선생고희기념논총』, 형설출판사, 1980.

권영철, 「병와전서해제」, 『병와전서』 제10책, 한국정신문화연구원, 1982.

권영철, 「악학습령고」, 『국어국문학』 87, 국어국문학회, 1982.

권영철, 『정본 시조대전』, 일조각, 1984.

권영철, 『고시조 천수선』, 형설출판사, 1994.

권영철, 「병와 이형상의 『금속행용가곡』에 대한 고찰」, 『고전문학연구』 10, 한국고전문학회, 1995.

권영철, 『18세기 시조문학과 예술사적 위상』, 월인, 1999.

권영철, 「창부사와 어부사의 계보연구」, 『신태식박사고희기념논문집』, 1979.

권영철, 「규범선영에 대하여」, 『여성문제연구』 7, 효성여자대학교, 1978.

권영철, 「『강도지』에 대하여」, 『효성여자대학교 논문집』, 1978.

권영철, 『병와 이형상 연구』, 한국연구원, 1978.

권영철, 『악학편고』(영인 해제), 형설출판사, 1976.

강전섭, 「병와 이형상의 한역가곡 소고」, 『국어국문학』 102, 국어국문학회, 1983.

강전섭, 「병와가곡집의 형성연대」, 『천봉이능우선생 칠순기념논총』, 논총간행위원회, 1990.

강전섭, 「병와가곡집 형성 연대」, 『대전어문학』 7, 1990.

강전섭, 「병와 이형상의 수사4장에 대하여」, 『어문론지』 6-7, 1990.

강전섭, 「병와 이형상의 한역 가곡 소고」, 『국어국문학』 102, 1989.

강전섭, 「필사본 악학편고에 대한 관견」, 『장암지헌영선생고희기념논총』, 형설출판사, 1980.
강화문화원, 『국역 『강도지』』 상·하, 1991.
곽신환·김용걸 외, 「한국 사상가의 새로운 발견」, 『정신문화연구』 16-3집, 1993.
권오성, 「병와 이형상의 악론연구」, 『동아시아문화연구』 제8집, 1985.
김기동·이가원·장덕순·박성의·양주동, 『완역 시조문학』, 서음출판사, 1983.
김남형, 「조선후기 악률론 일국면」, 『한국음악사학보』 2, 한국음악사학회, 1989.
김남형, 「『율려추보』의 해제 및 영인」, 『한국음악사학보』 4, 한국음악사학회, 1990.
김동준, 『악학습령고』(『악학습령』 영인본), 동국대 한국학연구소, 1978.
김동준, 『악학습령』(영인 해제), 1978.
김명순, 「조선후기 기속시 연구」, 경북대대학원, 1996.
김문기·김명순, 「조선조 한역시가의 유형적 특징과 전개양상 연구(2)」, 『어문학』 58, 한국어문학회, 1995.
김성칠, 『남환박물』, 『신광지』, 1951.
김수현, 『조선시대 악률론과 시악화성』, 민속원, 2012.
김언종, 「병와 이형상의 '자학'에 대하여」, 『한문교육연구』 38, 2008.
김영숙, 「상촌과 병와의 악부연구」, 『어문학』 46, 한국어문학회, 1985.
김영숙, 「조선시대 영사악부 연구」, 영남대학교 대학원, 1988.
김영호, 『청구영언 해의』, 삼강문화사, 1994.
김용찬, 「『병와가곡집』의 형성년대에 대한 고찰」, 『한국학연구』 7, 고려대 한국학연구소, 1995.
김용찬, 『주해 병와가곡집』, 월인, 2001.
김용찬, 「병와 이형상의 금속행용가곡에 대한 고찰」, 『고전문학연구』 10, 1995.
김용찬, 『병와가곡집의 형성 연대』, 1999.
김용찬, 『주해 병와가곡집』, 월인, 2001.
김용환, 「병와 악부의 특성과 작가의식」, 경북대학교 대학원, 1993.
김종제, 『고시조오백선주해』, 1952.
김진희, 「병와 이형상의 악부관을 통해 본 『지령록』 제육책의 체재와 의미」, 『한국시가연구』 33권, 한국시가학회, 2012.
김태능, 「제주토속과 영천 이목사의 치적」, 『제주도지』 30, 1967.
김학성, 「조선후기 시조집의 편찬과 국문시가의 동향」, 단국대 제22회 동양학학술회의 강연초, 1992.
남동걸, 「병와 이형상과 인천」, 『인천역사』 2, 2005.

박노춘, 「시조한역사화총집」, 『어문연구』 제5~6합병호, 1974.
박민철, 「병와 이형상의 저술과 가장 문헌의 서지적 분석」, 경북대학교 대학원, 2011.
박정희, 「병와 이형상의 한시 연구」, 『한국사상과 문화』 48, 2009.
방종현, 『고시조정해』, 일성당서점, 1949.
백원철, 「병와악부소고」, 『논문집』 22, 공주사범대학, 1984.
부영근, 「병와 이형상의 한시 연구」, 『한문학연구』 14, 1999.
서원섭, 『시조강해』, 경북대학교 출판부, 1987.
손종섭, 「고시조 새자료: 가곡집 『여중락』을 발견」, 영남일보, 1956.9.12.
송민선, 「병와 이형상의 예론 연구」, 고려대학교 대학원, 1989.
송방송, 『증보 한국음악통사』, 민속원, 2007.
신영철, 『고시조신석』, 연학사, 1946.
심재완, 「병와가곡집의 연구」, 『청구대학 10주년 기념논집』, 1958.
심재완, 『시조의 문헌적 연구』, 세종문화사, 1972
심재완, 『교본역대시조전서』, 세종문화사, 1972.
양주동, 『상주 국문학고전독본』, 박문출판사, 1953.
여기현, 「병와 이형상의 악론 연구」, 『반교어문연구』 12, 2000.
여기현, 「병와 이형상의 악론 연구」, 『한국시가연구』 제9-1집, 2001.
연경아, 「병와 이형상의 저술관 연구」, 청주대학교 대학원, 1996.
오용원, 「병와의 현실인식과 시세계 연구」, 『퇴계학과 한국문화』 37, 2005.
오중해, 「이형상 목사의 대불정책」, 『제주대학논문집』 제7-1집, 1975.
유명종, 『조선후기 성리학』, 이문출판사, 1988.
유창돈, 『고시조신해』, 동구문화사, 1959.
윤민용, 「『탐라순력도』 연구」, 한국종합예술학교, 2010.
윤영옥, 『시조의 이해』, 영남대학교 출판부, 1986.
윤일이, 「『탐라순력도』를 통해 본 제주 3성의 건축 특성」, 『대한건축학회지』 242, 2008.
이기문, 「九國所書八字에 대하여」, 『진단학보』 62, 1986.
이내옥, 『공재윤두서』, 시공사, 2003.
이병기, 『역대시조선』, 박문출판사, 1946.
이보라, 「옛 문헌에 나타난 제주, 제주문화: 17세기 말 『탐라십경도』의 성립과 『탐라순력도첩』에 미친 영향」, 『온지론총』 17, 2007.
이상규·오창명 옮김, 『(국역) 남환박물지』, 푸른역사, 2009.

이정옥, 「병와 이형상의 생지시 분석」, 문학과언어연구회, 1998.
이정옥, 『영천에 가면 나무도 절을 한다』, 아르코, 2007.
이정옥, 『백성은 물, 임금은 배』, 글누림, 2012.
이정재 엮음, 『병와연보』, 청권사, 1979.
이정재, 「樂學拾零 瓶窩先生集今年譜」, 『병와연보』, 淸權祠, 1979.
이태극, 『시조개론』, 새글사, 1961.
이형상, 『악학편고』(영인), 형설출판사, 1976.
전지영, 『조선시대 악론선집』, 민속원, 2008.
전지영, 『조선시대 음악담론』, 민속원, 2008.
전지영, 『옛글 속의 음악풍경』, 북코리아, 2016.
정병욱, 『시조문학사전』, 신구문화사, 1966.
조윤제, 『한국시가사강』, 을유문화사, 1955.
조종업, 「국역병와집 해제」, 『국역 병와집』 1~3, 한국정신문화연구원, 1990.
최순희, 「병와선생문집」, 『국학자료』 26, 장서각, 1977.
최장수, 『고시조해설』, 세운문화사, 1977.
한춘섭, 『고시조해설』, 홍신문화사, 1983.
황충기, 『한국여항시조연구』, 국학자료원, 1988.
황충기, 「樂學拾零攷」, 『국어국문학』 87, 1982.
이정옥, 『경북대본 소백산대관록·화전가』, 도서출판 경진, 2012.
이정재, 『병와년보』, 청권사, 1979.
이주영·장현주, 「조선 숙종조 『탐라순력도』를 통해 본 상급관원의 복식」, 『복식』 제57-3, 2007.
이형상 지음, 김언종 외 옮김(2008), 『역주 자학(譯註字學)』, 푸른역사, 2008.
이형상, 『악학습령』(영인본), 홍문각. 1998.
이형상, 『악학편고』, 형설출판사. 1976.
이호형·이종술·차주환·류정동, 『국역 강도지』(『국역병와집』 3에 전제), 한국정신문화연구원. 1990.
인천광역시립박물관, 『인천 출신 병와 이형상과 강도지』, 전국학술대회, 2008.
임성원, 「병와 이형상의 악부시 연구」, 성균관대학교 대학원, 2002.
정병석·권상우, 「병와 이형상의 예적 질서에 대한 역학적 해석」, 『불교사상연구』 25, 2006.
조성윤·박찬식, 「조선 후기 제주지역의 지배체제와 주민의 신앙」, 『탐라문화』 19, 1998.
조종업, 「국역병와집 해제」, 『국역병와집』 1~3, 한국정신문화연구원, 1990.

진갑곤, 「병와 이형상의 자학 서설: 미발표 자료 자학제강을 중심으로」, 『동방한문학』 9, 1993.
최순희, 「병와선생문집」, 『국학자료』 26, 장서각, 1977.
최순희, 『병와저서목록』, 문화재관리국, 1987.
최재남, 「병와 이형상의 삶과 시세계」, 『한국시작가연구』 13, 2009.
한국정신문화연구원, 『국역병와집』 1~3(국역총서 90-3), 1990.
한국정신문화연구원, 『병와전서』 (1)~(10)(영인본).
한국정신문화연구원, 『탐라순력도』·『남환박물지』 합본 원색 영인, 1979.
한지훈, 『조선 지식인의 악(樂)사상』, 아카넷, 2017.
현길언, 「역사적 사실과 문학적 인식: 이형상 목사의 신당 철폐에 대한 설화적 인식」, 『탐라문화』 2, 1983.
황충기, 「악학습령고」, 『국어국문학』 87, 국어국문학회, 1982.
황태희, 「병와 이형상의 악부시 연구」, 경북대학교 대학원, 2002.

찾아보기

가노라 三角山아 [223]
가다가 올지라도 [687]
가더니 이즈 양ᄒᆞ여 [622]
가로 지나 셰 지나 中에 [807]
가마귀 가마귀를 ᄯᆞ라 [876]
가마귀 거므나 다나 [855]
가마귀 검거라 말고 [609]
가마귀 검다 ᄒᆞ고 [716]
가마귀 눈비 마자 [64]
가마귀 져 가마귀 [637]
가마귀 칠ᄒᆞ여 검으며 [658]
가마귀 ᄎᆞᆫ 가마귀 [182]
假使 죽을지라도 [618]
가을 하ᄂᆞᆯ 비 ᄀᆡᆫ 빗츨 [790]
가을밤 ᄎᆡ 긴 적의 [483]
佳人 落梅曲을 [417]
가슴에 궁글에 [991]
却說이라 玄德이 [853]
閣氏님 ᄎᆞ오신 칼이 [997]
閣氏ᄂᆡ 玉ᄀᆞᆺᄐᆞᆫ 가슴을 [1042]
閣氏ᄂᆡ 외밤이 오려 논이 [1059]
閣氏ᄂᆡ ᄂᆡ 妾이 되나 [980]
간밤 오든 비에 [348]
간밤에 大醉ᄒᆞ고 [917]
간밤에 우던 그 ᄉᆡ 여 와 [723
간밤에 우던 여흘 [589]
간밤에 이리 져리 ᄒᆞᆯ ᄌᆡ [741]
간밤에 지게 여던 ᄇᆞᄅᆞᆷ [1037]
간밤의 눈 ᄀᆡᆫ 後에 [321]
간밤의 부든 ᄇᆞ람 [66]
간밤의 자고 간 그놈 [943]
諫死ᄒᆞᆫ 朴坡州ㅣ야 [352]
감장ᄉᆡ 쟉다 ᄒᆞ고 [330]
江邊에 그믈 멘 ᄉᆞᄅᆞᆷ [660]
江山 閑雅ᄒᆞᆫ 風景 [256]
江山도 됴흘시고 [1096]
江山이 됴타 ᄒᆞᆫ들 [282]
江原道 開骨山 감도라드러 楡店 졀 [882]
강호(江湖)에 여름이 [56]
江湖에 겨울이 드니 [58]
江湖에 期約을 두고 [183]
江湖에 노ᄂᆞᆫ 고기 [410]
江湖에 봄이 드니 [55]
江湖에 봄이 드니 [73]
江湖에 ᄀᆞ을이 드니 [57]
開城府 장ᄉᆞ 北京 드러갈 졔 [977]
客散門扃ᄒᆞ고 [78]
거문고 大絃 올나 [171]
거문고 大絃을 치니 [151]
거문고 줄 ᄭᅩᄌᆞ 노코 [345]
乾坤이 제곰인가 [319]
건너셔ᄂᆞᆫ 손을 치고 [841]
검으면 희다 ᄒᆞ고 [445]
擊鼉鼓 吹龍笛ᄒᆞ고 [954]
擊汰梨湖 山四低ᄒᆞ니 [1062]
景福 北城 外에 [759]
景星出 卿雲興ᄒᆞ니 [502]日
景會樓 萬株松이 [439]
계집의 가ᄂᆞᆫ 길을 [128]
古今에 어질기야 [480]
高臺 廣室 나ᄂᆞᆫ 마다 [929]
叩馬諫 못 일워든 [632]
高山 九曲潭을 [112]
고온 님 촉찌거 나오치ᄂᆞᆫ 갈고라쟝쟈리 믜온 님 [945]
고은 볏치 쐬ᄂᆞᆫ ᄃᆡ [302]

古人도 날 못 보고 [88]
古人은 無復 洛城東이오 [903]
고ᄅᆡ 물 혀 치민 바다 [1051]
곳 보고 춤추는 나뷔와 [784.
곳 지고 속닙 ᄂᆞ니 [248]
곳 픠쟈 술이 닉고 [770]
곳아 色을 밋고 오는 [652]
곳즌 무스 일노 픠면셔 [286]
곳즌 밤비의 피고 [132]
곳지 진다 ᄒᆞ고 [611]
功盖三分困이오 [755]
功名 눈 쓰지 말며 [444]
功名 富貴과란 [581]
功名 즐겨 마라 [339]
功名과 富貴과란 [1101]
功名도 이젓노라 [254]
功名도 죠타 ᄒᆞ나 [452]
功名을 혜아리니 [909]
功名이 그지 이실가 [101]
功名이 긔 무엇고 [225]
功名이 긔 무엇고 [474]
공번된 天下業은 [624]
空山이 寂寞ᄒᆞᆫ되 [3]
公庭에 吏退ᄒᆞ고 [334]
公庭에 吏退ᄒᆞ고 [380]
冠 버셔 松枝에 걸고 [586]
狂風에 쩔닌 梨花 [408]
九曲은 어ᄃᆡ미오 [121]
구레 버슨 千里馬를 [360]
九龍溯 말근 물에 [456]
구룸 빗치 조타 ᄒᆞ나 [285]
구름아 너는 어니 [612]
구름이 無心톤 말이 [53]
구버는 千尋綠水 [70]
九月 九日 黃菊 [842]
구즌 비 머러 가고 [308]
구즌 비 ᄀᆡ단 말가 [298]
菊花야 너는 [420]
群鳳 모ᄃᆡ신 ᄃᆡ [376]
君不見 黃河之水ㅣ 天上來ᄒᆞᆫ다 [1032]
群山을 削平톤들 [268]
君이 故鄕으로부터 오니 [994]
君平이 棄世ᄒᆞ니 [215]
屈原 忠魂 ᄇᆡ에 너흔 고기 [798]
歸去來 歸去來 ᄒᆞ되 [99]
귀ᄂᆞᄅᆡ여 뎌 소곰 [173]
귀또리 져 귀또리 [952]
極目天涯ᄒᆞ니 恨孤鴈之失侶ㅣ오 [861]
긔여 들고 긔여 나는 집이 [992]
기 小園 百草叢에 [526]
기러기 다나라 가고 [399]
기러기 夕陽天에 나지 말고 [818]
기러기 외기러기 [894]
기러기 풀풀 다나라드니 [829]
기러기 쎗는 밧긔 [317]
기름의 지진 쌀 약과도 [996]
騎司馬 呂馬董아 [577]
箕山에 늙은 사ᄅᆞᆷ [479]
記前朝舊事ᄒᆞ니 [1091]
긴 날이 져므는 줄 [312]
길ᄀᆞ의 곳지 픠니 [396]
金生麗水ㅣ라 ᄒᆞᆫ들 [714]
金爐에 香盡ᄒᆞ고 [221]
金烏 玉兎드라 뉘 [27]
金樽에 酒滴聲과 [730]
金樽에 ᄀᆞ득ᄒᆞᆫ 술을 슬커댱 [214]
金化 金城 수숫ᄃᆡ 반 단만 어더 [883]
金灤河水 도라드니 [533]
金牿 玉索으로 [494]
나라히 太平이라 [406]
나모도 아닌 거시 [288]
나무도 돌도 바히 업슨 ᄆᆡ에 [1068]
나무도 병이 드니 [157]
나올 적 언제더니 [172]
나는 가옵거니와 [682]
나는 님 혜기를 [976]
나는 마다 나는 마다 [1035]
洛東江上 仙舟泛ᄒᆞ니 [803]
落落長松드라 [778]
낙시줄 거더 노코 [306]
洛陽 三月 淸明節에 [1098]
洛陽 三月時에 [792]
洛陽城 十里 밧긔 [729]
洛陽城裏 方春和時에 [1073]
落葉에 두 字만 젹어 [720]
落葉이 ᄆᆞᆯ 발에 지니 [800]
樂遊園 빗긴 날에 [272]
落日은 西山에 져셔 [418]
樂只쟈 오날이여 [108]
난이 언제런지 [468]

날이 덥도다 [299]
남 ᄒᆞ여 片紙 傳치 말고 [743]
南極 老人星이 [148]
남도 준 ᄇᆡ 업고 [601]
南山 佳氣 鬱鬱葱葱 [1083]
南山 깁흔 골에 두어 [241]
南山 뫼 어듸메고만 [164]
南山에 눈 ᄂᆞᆯ니 양은 [1024]
藍色도 아닌 내외 [1022]
男兒의 少年 身世 [1089]
南陽에 躬耕홈은 [48]
南陽에 누은 션ᄇᆡ [794]
南陽에 누은 龍이 [760]
남으로 삼긴 등에 [131]
남은 다 ᄌᆞ는 밤의 [425]
남의 님 向ᄒᆞᆯ 뜻지 [588]
남이 ᄒᆡᄒᆞᆯ지라도 [791]
南八아 男兒死耳언졍 [26]
南薰殿 舜帝琴을 [916]
南薰殿 ᄃᆞᆯ 붉은 밤에 [28]
郎 思郎 고고이 ᄆᆡ친 思郎 [948]
내 말 곳쳐 드러 [142]
내 버지 몃치ᄂᆞ ᄒᆞ니 [284]
내 思郎 남 쥬지 말고 [1020]
내 性이 게으르더니 [281]
내 쇼시랑 일허ᄇᆞ린지 [849]
내 양ᄌᆞ 남만 못ᄒᆞᆫ 줄 [156]
내 일 망녕된 줄을 [276]
내 精靈 술에 섯거 [341]
내 집이 白下山中 [397]
내 ᄀᆞ슴 쓰리 만져 보소 [814]
내 ᄀᆞ솜 헷친 피로 [237]
내 ᄆᆞ옴 버혀 ᄂᆡ여 [146]
내게 칼이 이셔 [416]
來日이 또 업스랴 [307]
네 아들 孝經 닑더니 [127]
네 집이 어듸ᄆᆡ오 [676]
네 ᄒᆡ 져 어둡거ᄂᆞᆯ [536]
녜라 이러ᄒᆞ면 [619]
老人이 주령을 집고 [789]
노푸나 노픈 남게 [107]
蘆花 깁흔 고ᄃᆡ [490]
노ᄅᆡ 삼긴 사ᄅᆞᆷ [242]
노ᄅᆡᄀᆞ치 조코 조흔 거슬 [1093]
노ᄉᆡ 노ᄉᆡ ᄆᆡ양 장식 노ᄉᆡ [970]
綠水 靑山 깁흔 골에 [569]
綠楊 春三月을 잡아 [337]
綠楊도 됴커니와 [443]
綠楊芳草岸에 [969]
綠楊은 실이 되고 [642
綠楊이 千萬絲ㅣ들 [181]
綠陰芳草 우거진 골에 [965]
綠草 晴江上에 구레 버슨 [192]
綠駬 霜蹄 ᄉᆞ지게 먹여 [799]
綠駬霜蹄은 櫪上에셔 늙고 [20]
壟岩에 올나 보니 [100]
雷霆 破山ᄒᆞ여도 [83]
누고 나 자ᄂᆞᆫ 窓 밧긔 [711]
누고셔 大醉ᄒᆞ면 [1045]
누고셔 三公도곤 [280]
누고셔 壯士ㅣ라턴고 [572]
누은들 잠이 오며 [18]
눈 마ᄌᆞ 휘여진 ᄃᆡ를 [625]
눈물이 漢陽셔 ᄡᅥ 온 나뷔 [551]
눈섭은 슈나뷔 안즌 듯ᄒᆞ고 [974]
눈아 눈아 머르칠 눈아 [1048]
뉘뉘 이르기를 [699]
뉘라셔 날 늙다 ᄒᆞᄂᆞᆫ고 [509]
뉘라셔 范惡父를 [870]
뉘밤마다 燈燭下에 [496]
느저 날 셔이고 太公 [249]
늙고 病 든 몸이 [364]
늙고 病 든 몸이 [382]
늙기 셔른 거시 [519]
늙기 셜은 줄을 [338]
늙엇다 물너가자 [620]
늙은의 不死藥과 [575]져믄
늙은이도 이러ᄒᆞᆫ가 이거시 어듸ᄆᆡ고 [510]
늙지 말려이고 [46]
늙기야 만난 님을 [796]
니고 진 져 늘그니 [137]
니르랴 보자 니르랴 보자 [935]
님 그려 깁히 든 病을 [912]
님 다리고 山에도 못 살 거시 [875]
님 보신 ᄃᆞᆯ 보고 [180]
님 山은 녯 山이로ᄃᆡ [541]
님과 나와 다 늙어시니 [518]
님과 나와 부ᄃᆡ 두리 [1023]
님군과 百姓과 ᄉᆞ이 [123]
님으란 淮陽 金城 오리남기 되고 [958]

님을 미들 것가 [179]
님이 가신 後에 [552]
님이 가오시며 [424]
님이 가오실 제 [747]
님이 오마거늘 져녁밥을 [1097]
님이 혀오시믹 [266]
다나 쓰나 이 濁酒 됴코 [1025]
丹崖 翠壁이 畵屛 [322]
丹楓은 軟紅이오 [446]
닷는 말도 誤往ᄒᆞ면 셔고 [1019]
當時에 녜던 길흘 [89]
唐虞는 언제 時節 [504]孔
唐虞도 됴커니와 [387]
唐虞를 어제 본 듯 [558]
대 심거 울을 삼고 [178]
臺 우희 셧는 [149]
大同江 ᄃᆞᆯ 발근 밤의 [404]
대막ᄃᆡ 너를 보니 [262]
大鵬을 칩써 잡아 [713]
大雪이 滿山커늘 [959]
待人難 待人難ᄒᆞ니 [1072]
大丈夫 功成身退 後에 林泉에 [880]
大丈夫 되여 나셔 [940]
大丈夫ㅣ 天地間에 [881]
大棗 불근 골에 [75]
大棗볼 븕은 柯枝에 [850]
大川 바다 ᄒᆞᆫ 가온ᄃᆡ [786]
大川 바다 ᄒᆞᆫ 가온ᄃᆡ [951]
宅드레 나무들 사오 져 장ᄉᆡ야 [986]
宅들에 臙脂粉들 소오 [1047]
宅들에 ᄌᆞ릿 등믹 사소 [1046]
宅들에셔 단져 단술 ᄉᆞ소 져 장ᄉᆞ야 [874]
더우면 곳 픠고 치우면 [287]
德으로 밴 일 업고 [11]
韜略佯狂 佯醉ᄒᆞ니 [497]
陶淵明 죽은 後에 [253]
桃花 梨花 杏花 [812]
洞房 花燭 三更인 적 [869]
東山 昨日雨에 [878]
洞庭 붉은 ᄃᆞᆯ이 [623]
冬至ㅅᄃᆞᆯ 기나긴 밤을 [24]
東窓에 돗은 ᄃᆞᆯ이 [401]
東窓이 旣明커늘 [640]
東窓이 붉앗는야 [329]
東風 어제 비에 [409]
東風이 건듯 부러 [264]
됴고만 빅얌이라셔 [12]
杜鵑아 우지 마라 [421]
두고 가는의 안과 [859]
頭流山 兩端水를 [359]
두어도 다 셕는 肝腸 [785]
뒤 집의 술쏠을 ᄭᅮ니 [255]
뒷 뫼 ᄶᅥ구름 지고 [715]
뒷 뫼헤 ᄶᅦ구름 ᄢᅵ고 [837]
뒷 뫼히 ᄉᆡ 다 긋고 [74]
듕놈도 사름이 양ᄒᆞ야 [1085]
듕놈은 승년의 머리털 손의 츤츤 휘감아 쥐고 [913]
드른 말 卽時 잇고 [93]
드립더 ᄇᆞ드득 안으니 [975]
得友면 難得酒ㅣ오 [703]
燈盞불 그무러 갈 ᄌᆡ [742]
마람 닙희 ᄇᆞ람 나니 [309]
滿 堯舜ᄀᆞ튼 님군을 뫼와 [517]
萬頃滄波 欲暮天에 [679]
萬頃滄波水로도 다 [605
萬頃滄波之水에 둥둥 ᄠᅥ는 불약금이 게올이들과 [981]
萬古 歷代 人臣之中에 [953]
萬古 離別ᄒᆞ든 둥에 [938]
萬鈞을 느려ᄂᆡ여 [375]
萬柳 綠陰 어린 고ᄃᆡ [311]
萬里長城엔 담 안에 [906]
滿月 간밤에 부던 ᄇᆞ롬 [516]
말 업슨 靑山이오 [106]
말 ᄒᆞ면 雜類ㅣ라 [381]
梅山閣 寂莫ᄒᆞ듸 [726]
孟子 見梁惠王ᄒᆞ신ᄃᆡ [60]
孟浩然 타던 젼나귀 등에 [683]
머귀 닙 지거냐 알와다 [166]
머귀 여름 桐實桐實 [1060]
먹으나 못 먹으나 [450]
먼듸 ᄀᆡ 急히 즈져 [728]
明珠 四萬斛을 년닙픠 [170]
明燭 達夜ᄒᆞ니 [763]
모시를 이리 져리 삼아 [1084]
茅簷 기나긴 ᄒᆡ에 [259]
목 븕은 山上雉와 [595]
牧丹은 花中王이오 [1094]
못 楚山에 우는 虎와 [513]
뫼흔 길고 길고 [296]

무 기러기 우는 밤에 [548]
武陵 어제 밤의 구름이 [167]
무쇠 솔이 솔이라 ᄒᆞ니 [547]
무스 일 이로리라 [141]
武王이 代紂어시를 [688]
문노라 汨羅水야 [42]
文讀春秋左氏傳ᄒᆞ고 [944]
물 相公을 뵈온 後에 [542]
물 아ᄅᆡ 그림ᄌᆞ 지는 [1001]
물 아ᄅᆡ 沙工 그 물 우ᄒᆡ 沙工 [939]
물 아ᄅᆡ 細가랑 모ᄅᆡ [968]
물결이 흐리거든 [310]
物外에 조흔 일이 [315]
뭇노라 져 禪師야 [646]
밋 남편 그 놈 廣州 廣德山 ᄡᅳ리뷔 [933]
바둑바둑 뒤얼거진 놈아 [1008]
博浪沙中 쓰고 나믄 [816]
半 남아 늙어시니 [563]다
半 여든에 첫 계집 ᄒᆞ니 [1081]
盤中 早紅감이 [373]
拔山力 蓋世氣는 [271]
밤 어버이 날 나흐셔 [537]
밧 ᄀᆞ라 消日ᄒᆞ고 [737]
房 안에 혓는 [67]
芳草를 ᄇᆞ라보며 [304]
北斗七星 ᄒᆞ나 둘 셋 넷 다ᄉᆞᆺ 여ᄉᆞᆺ 일곱 분게 [960]
北邙山川이 긔 엇더ᄒᆞ여 [1044]
白鷗야 놀ᄂᆡ지 마라 [689]
白鷗야 말 무러 보자 [486]
百年을 可使人人壽ㅣ라도 [808]
白蓮 天運 循環ᄒᆞ야 [522]
白馬는 欲去長嘶ᄒᆞ고 [826]
白髮 月黃昏 期約을 두고 [520]
白髮에 섭흘 지고 [570]願
白髮에 환양 노는 년이 [1077]
白髮이 功名이런들 [697]
白沙汀 紅蓼邊에 [32]
白雪이 ᄌᆞᄌᆞ진 골에 [51]
百歲를 닷 못 ᄉᆞ라 [733]
白雲은 千里 萬里 [887]
白雲이 이러나니 [830]
白日은 西山의 지고 [44]
百川이 東到海ᄒᆞ니 [393]
百草를 다 심어도 ᄃᆡ는 [736]
白華山 上上頭에 [988]
벼슬을 져마ᄃᆞ ᄒᆞ면 [347]
벼ᄉᆞᆯ이 貴타 ᄒᆞᆫ들 [351]
碧紗窓이 어른어른거늘 [898]
壁上에 도든 柯枝 [326]
壁上의 기린 가치 [685]
碧梧桐 시믄 뜻은 [705]
碧海渴流 後에 [8]
別院에 春深ᄒᆞ니 [865]
屛風에 암니 ᄌᆞᆨ근동 부러진 괴 [1049]
보거든 슬믜거나 [512]
보리밥 문 쥰치예 [449]
步虛子 ᄆᆞᄎᆞᆫ 後에 [250]
本性이 虛浪ᄒᆞ야 [365]
봄비 긴 아츰에 [438]
봄은 엇더ᄒᆞ여 [428]
봄이 간다커늘 [773]
봄이 왓다 ᄒᆞ되 [246]
蓬萊山 님 겨신 ᄃᆡ [138]
鳳凰臺上 鳳凰遊ㅣ러니 [1065]
富貴를 뉘 마다 ᄒᆞ며 [566]
부러지 활 썻거진 춍 ᄶᅵᆫ 銅爐口 메고 [1052]
父母 사라신 제 [434]
不如歸 不如歸ᄒᆞ니 [344]
不忠 不孝ᄒᆞ고 [508]罪 만
부협고 섬써을 손 [14]
父兮 生我ᄒᆞ시고 [484]
父兮여 날 나흐시니 [433]
북 소ᄅᆡ 들니는 졀이 [574]
北斗星 기우러지고 [555]五
北天이 ᄆᆞᆰ다커를 [197]
粉壁 紗窓 月三更에 [891]
불 아니 ᄡᅵ일지라도 [961]
비 오는 날 들ᄒᆡ 가랴 [273]
비록 못 닙어도 [135]
비올히 묵이 심금커라 말고 [1031]
비즌 술 다 먹으니 [673]
琵琶를 두러메고 [610]
琵琶야 너는 어니 [918]
貧賤을 풀냐 ᄒᆞ고 [205]
事 梅花 넷 등걸에 [543]
四曲은 어ᄃᆡᄆᆡ오 [116]
思郞을 ᄉᆞ자 ᄒᆞ니 [998]
思郞을 ᄎᆞᆫᄎᆞᆫ 얽동혀 [1017]
思郞 모여 블이 되여 [780]
思郞 思郞 긴긴 思郞 [1016]

思郎도 ᄒᆞ엿노라 [845]
思郎이 거즛말이 님 [219]
思郎이 엇써터니 [191]
思郎인들 님마다 ᄒᆞ며 [667]
司馬遷의 鳴萬古文章 [897]
師尙 石上에 自梧桐 [534]
師尙 활 지어 팔에 걸고 [511]
四皓 진짓 것가 [227]
사ᄅᆞᆷ의 百行 中에 [426]
사ᄅᆞᆷ이 늙은 後에 [427]
사ᄅᆞᆷ이 죽어갈 제 [648]
사ᄅᆞᆷ이 죽은 後에 [263]
朔風은 나무 긋ᄐᆡ 불고 [324]
山 밋ᄒᆡ ᄉᆞ쟈 ᄒᆞ니 [787]
山家에 봄이 오니 [414]
山頭에 閒雲起ᄒᆞ고 [69]
山不在高ㅣ나 有仙則名ᄒᆞ고 水不在深이나 [868]
山上에 밧 ᄀᆞᄂᆞᆫ 百姓아 [739]
山暎樓 비 ᄀᆡᆫ 後에 [653]
山前에 有臺ᄒᆞ고 [85]
山靜ᄒᆞ니 似太古요 [950]
山中에 ᄎᆡᆨ曆 업셔 [731]
山村에 눈이 오니 [224]
三角山 프른 빗치 [613]
三曲은 어ᄃᆡᄆᆡ오 [115]
三公이 貴타 ᄒᆞᆫ들 [260]
三國의 노든 名士 [757]
三軍을 鍊戎ᄒᆞ여 [454]
三冬에 뵈옷 닙고 [13]
三萬六千日을 [473]
三春色 자랑 마소 [860]ㅣ
삿갓셰 되롱의 입고 [74]
常山 鎭定 사ᄅᆞᆷ [752]
商紂ㅣ 죽다 ᄒᆞ고 [436]
色ᄀᆞᆺ치 됴코 됴흔 거슬 [907]
生 ᄆᆡ 잡아 깃드려 둠에 [955]
西凉에 少年 將軍 [753]
西山에 日暮ᄒᆞ니 [696]
西塞山前 白鷺飛ᄒᆞ고 [836]
석 ᄌᆞ솔아 삼긴 솔아 [535]
石崇의 累鉅萬財와 [923]
石崇이 죽어 갈 제 [675]
夕陽 빗긴 날에 江天이 [169]
夕陽에 醉興을 계워 [806]
夕陽에 ᄆᆡ를 밧고 [465]
夕陽이 됴타마ᄂᆞᆫ [313]
夕陽이 빗겨시니 [303]
夕陽이 빗긴 ᄂᆞᆯ에 [707]
昔子之去에 氣桓桓ᄐᆞ니 [862]
雪岳山 가ᄂᆞᆫ 길ᄒᆡ [398]
雪月은 前朝色이오 [391]
雪月이 滿乾坤ᄒᆞ니 [578]
雪月이 滿窓ᄒᆞᆫᄃᆡ [706]
城津에 밤이 깁고 [403]
細버들 柯枝 것거 [252]
世事를 뉘 아더냐 [659]
世事ㅣ 삼ᄀᆞ올이라 [834]
世事ᄂᆞᆫ 琴三尺이오 [650]
世上 白華山 드러가셔 [498]
世上 富貴人드라 [1039]
世上 富貴人들아 [565]貧賤
世上 사ᄅᆞᆷ드리 人生를 둘만 너거 두고 [871]
世上 ᄉᆞᄅᆞᆷ들아 [464]
世上이 말ᄒᆞ거ᄂᆞᆯ [599]
細雨 ᄲᅮ리ᄂᆞᆫ 날에 [734]
歲月이 如流ᄒᆞ니 [459]
션우음 ᄎᆞᆷ노라 ᄒᆞ니 [162]
소경놈이 [990]
昭烈之大度喜怒를 [927]
瀟湘江 긴 대 베혀 [218]
瀟湘江 긴 ᄃᆡ 버혀 [651]
瀟湘江 細雨 中에 [681]
瀟湘江 ᄃᆞᆯ ᄇᆞᆰ은 밤의 [793]
蕭聲咽 秦娥夢斷 秦樓月 [802]
續興亡이 有數ᄒᆞ니 [515]
孫約正은 点心을 ᄎᆞ리고 [984]
솔 아ᄅᆡ에 구분 길노 [1066]
솟 젹다 솟 젹다커ᄂᆞᆯ [725]
松間 石室의 가 [320]
松壇의 션즘 ᄭᆡ야 [336]
松坍어화 저 늙으니 [499]
松林에 客散ᄒᆞ고 [491]
松林에 눈이 오니 [1]
松下에 問童子ᄒᆞ니 [655]
松下에 안즌 즁아 [732]
수 ᄂᆡ 언ᄌᆡ 無信ᄒᆞ여 [540]
水國의 ᄀᆞ을이 드니 [316]
首陽山 고ᄉᆞ리 것거 [771]
首陽山 ᄂᆞ린 물이 [265]
首陽山 ᄇᆞ라보며 [62]

壽夭 長短 뉘 아더냐 [1018]
淳風이 죽다 ᄒᆞ니 [86]
술 먹고 노난 일을 [232]
술 먹어 病 업ᄂᆞᆫ 藥과 [890]
술 먹지 마자ᄐᆞ니 [710]
술 붓다가 盞 골케 [1110]
술 ᄭᆡ야 이러 안ᄌᆞ [335]
술아 너ᄂᆞᆫ 어니 [654]
술은 언ᄌᆡ 나고 [769]
술은 이 술이 天香酒ㅣ라 [531]
술은 ᄂᆡ 즐기더냐 [606]
술을 醉케 먹고 [217]
술을 醉케 먹고 [596]
술이 몃 가지오 [245]
술이라 ᄒᆞ면 ᄆᆞᆯ믈 혀듯 ᄒᆞ고 [1063]
술이라 ᄒᆞᄂᆞᆫ 거시 [908]
슬푸나 즐거오나 [294]
僧과 듕이 萬疊 山中에 ᄒᆞᆫ ᄃᆡ 만나 [867]
싀어마님 며ᄂᆞ리 낫바닥 [934]
시름이 업슬션경 [600]
是非 업슨 後ㅣ라 [235]
柴扉에 ᄀᆡ 즈즌들 [774]
柴扉에 ᄀᆡ 즛거ᄂᆞᆯ [893]
柴桑里 五柳村에 [657]
時時 生覺ᄒᆞ니 [550]
時節이 저러ᄒᆞ니 [184]
時節이 太平토다 [105]
神農氏 嘗百草ᄒᆞᆯ [567]제
神仙을 보려 ᄒᆞ고 [233]
神仙이 잇단 말이 [460]
新院 院主ㅣ 되야 [153]
新院 院主ㅣ 되야 [154]
深意山 세네 바회 [888]
十年 갈은 [323]
十年을 經營ᄒᆞ야 草廬 [177]
十載을 經營 屋數椽ᄒᆞ니 [901]
雙六 將碁 ᄒᆞ지 마라 [136]
쎄ᄎᆞ고 크나큰 ᄆᆞᆯ게 [354]
쓴 나물 더운 물이 [139]
아 네 어이 [615]
아랏노라 아랏노라 [353]
아마도 太平ᄒᆞᆯ 슨 [900]우리
아마도 豪放ᄒᆞᆯ 슨 [852]
峨眉山月 半輪秋와 [585]赤
아바 片메욱드라 [1108]
아바님 날 나호시고 [122]
兒時 제 輕薄 蕩子 [758]
아자 나 쓰던 黃毛試筆를 [885]
아자 ᄂᆡ 少年이야 [564]어
아쟈 ᄂᆡ 黃毛 試筆 먹을 [22]
아흔 아홉 곱 먹은 老丈이 [979]
아희 업슨 깁흔 골에 [429]
아희아 구럭 망ᄐᆡ [210]
아희야 되롱 삿갓 출화 [211]
아희야 쇼 먹여 ᄂᆡ여 [213]
아희야 粥早飯 다고 [212]
아희야 ᄆᆞᆯ 鞍裝ᄒᆞ여라 [971]
아희ᄂᆞᆫ 藥을 ᄏᆡ라 가고 [1005]
아희ᄂᆞᆫ 採薇 가고 [168]
아흿 ᄌᆡ 글 못ᄒᆞᆫ 罪로 [686]
아츰은 비 오더니 [236]
아ᄒᆡ야 그믈 ᄂᆡ여 [592]
岳陽樓에 올나 안ᄌᆞ [838]
알고 늙엇ᄂᆞᆫ가 [466]
岩畔 雪中 孤竹 [1003]
압 논에 오려를 뷔여 [1033]
압 못세 든 고기들아 [30]
압 ᄂᆡ에 낙근 고기 [598]
압 ᄂᆡ에 안ᄀᆡ 것고 [278]
압 ᄂᆡ헤 고기 낙고 [597]
鴨綠江 ᄒᆡ 진 날에 [355]
앗가 사ᄅᆞᆷ 되야 [38]
藥山 東坮 여즈러진 바회 우희 [805]
陽德 孟山 鐵山 嘉山 나린 [896]
揚淸歌 發皓齒ᄒᆞ니 [942]
어 우리 몸 갈나 난들 [538]
漁歌 牧笛 노ᄅᆡ [492]
어니 어러 ᄌᆞ리 [553]무스
어뎌 ᄂᆡ 일이여 [25]
어ᄃᆡ 쟈고 어ᄃᆡ 온다 [817]
어른쟈 너추리야 [947]
어리거든 ᄎᆡ 어리거나 [832]
어릴샤 저 鵬鳥ㅣ야 [234]
어버이 그릴 줄을 [297]
어버이 ᄉᆞ라신 졔 [124]
어엿분 녯 님군을 [343]
어우와 벗님ᄂᆡ야 [892]
어우화 날 속여고 [811]
어우화 楚覇王이야 [889]
어이 가려ᄂᆞᆫ고 [189]

어이 못 오던가 [1104]
어이려뇨 어이려뇨 [1040]
御前에 失言ᄒᆞ고 [267]
어제 밤 눈 온 후에 [228]
어제밤도 홈자 곱송그려 [847]
어져 네로고나 [762]
어졔 오던 눈이 [194]
漁村의 落照ᄒᆞ고 [911]江天이
어화 우리 님군 [485]
어화 져 白鷗ㅣ야 [258]
어흠아 긔 뉘옵신고 [848]
어ᄌᆡ 곱든 마리 [7]
어ᄌᆡ도 亂醉ᄒᆞ고 [529]
어ᄌᆡ밤 비 온 後에 [239]
어휘 버힐시고 [158]
언덕 므희여 [1030]
言約이 느져 가니 [562]
言忠信 行篤敬ᄒᆞ고 [629
얼골 곱고 뜻 다라온 년아 [1086]
얽고 검고 킈 크고 구레나룻 [1102]
嚴冬이 지나거냐 [290]
엇그제 님 離別ᄒᆞ고 [813]
엇그제 비즌 술을 [827]
엇그제 쉬 비즌 술이 [823]
여외고 病든 ᄆᆞᆯ을 [495]
歷山에 밧 ᄀᆞ르실 ᄉᆡ [866]
蓮닙희 밥 ᄊᆞ 두고 [274]
淵明 歸去來辭 짓고 [422]
烟霞로 집을 삼고 [80]
榮辱이 竝行ᄒᆞ니 [469]
潁川에 노든 孝子 [756]
예서 ᄂᆞᆯᄋᆡ를 들어 [144]
烏江에 月黑ᄒᆞ고 [766]
五曲은 어ᄃᆡᄆᆡ오 [117]
오날도 다 ᄉᆡ거다 [134]
梧桐에 듯는 빗발 [222]
오려 고ᄀᆡ 속고 [594]
五百年 都邑地을 [54]
五世讐 갑흔 後에 [195]
五丈原 秋夜月에 [49]
烏騅馬 우ᄂᆞᆫ 곳에 [61]
오ᄂᆞᆯ ᄃᆞᆯ은 언제 나며 [530]
오ᄂᆞᆯ도 져무러지게 졈을면은 [1071]
오ᄂᆞᆯ은 비 ᄀᆡ거냐 [367]
오ᄂᆞᆯ은 川獵ᄒᆞ고 [1027]
오ᄂᆞᆯ이 오ᄂᆞᆯ이쇼셔 [10]
玉 ᄀᆞᆺ튼 님을 일코 [1109]
玉 ᄀᆞᆺ튼 漢宮女도 [694]
玉도치 돌도치 니믜 듸던지 [854]
玉盆에 심근 梅花 [362]
玉鬢 紅顔 第一 色아 [1099]
玉을 돌이라 ᄒᆞ니 [176]
玉을 玉이라커든 [545]
玉의ᄂᆞᆫ 틔나 잇ᄂᆡ 말곳 [1029]
玉이 흙에 뭇쳐 [358]
올나 올나이다 [33]
옷 버셔 아희 주어 [471]
옷 우희 셔리 오되 [275]
蝸室을 ᄇᆞ라보니 [314]
完山裏 도라들어 萬頃臺에 [921]
王거믜 덕거믜드라 진지 [946]
王祥이 鯉魚 잡고 [374]
외야도 올타 ᄒᆞ고 [630]
堯舜은 엇더ᄒᆞ야 [435]
蓼花에 ᄌᆞ든 白鷗 [361]
龍 ᄀᆞᆺ튼 져 盤松아 [501]
龍馬ㅣ 負圖ᄒᆞ고 [104]
龍山과 銅雀之間에 [1070]
龍ᄀᆞ치 ᄒᆞᆫ 건ᄂᆞᆫ [989]
右謹陳所志矣段 去乎情由를 [1103]
右謹陣所志矣段은 [928]
우레ᄀᆞᆺ치 소ᄅᆡ 나ᄂᆞᆫ 님을 [820]
우리 두리 後生ᄒᆞ여 [582]
우리집 모든 ᄋᆡᆨ을 [174]
愚夫도 알녀 ᄒᆞ거니 [90]
우ᄂᆞᆫ 거시 벅구기가 [301]
우ᄂᆞᆫ 거시 벅국이냐 [133]
울며 잡은 ᄉᆞᄆᆡ [190]
웃ᄂᆞᆫ 양은 눈씨도 [972]
遠客 ᄉᆡ벽 비 일 긴 날의 [528]
轅門 番將이 氣雄豪ᄒᆞ니 [804]
越相國 范小伯이 名垂 [41]
月一片 燈三更인 [936]
月出山이 놉더니만ᄂᆞᆫ [283]
月黃昏 계워 간 날에 [884]
幽蘭이 在谷ᄒᆞ니 [81]
劉伶은 언제 사름 晋 [140.]
劉伶이 嗜酒ᄒᆞ다 [680]
有馬有金 兼有酒ᄒᆞᆯ 지 [905]
六曲은 어ᄃᆡᄆᆡ오 [118]

銀唇 玉尺이 [277]
銀河에 물이 지니 [693]
銀缸에 불이 밝고 [244]
이 년아 말 듯거라 [1105]
이 몸 삼긴 後에 [432]
이 몸 쇠여져셔 [621]
이 몸 허러 내여 [145]
이 몸이 되올진딘 [202]
이 몸이 죽어 가셔 [63]
이 몸이 죽어 죽어 [52]
이 몸이 죽어지거든 [1061]
이 뫼흘 허러 닉여 [193]
이 시름 져 시름 여러 가지 시름 [864]
이 盞 잡으소셔 [745]
이 잔 잡으시고 [472]
二曲은 어디미오 [114]
이러니 저러니 말고 [810]
이러니 저러니 ᄒᆞ고 [815]
이러니 저러니 ᄒᆞ고 [825]
이러타 저러탄 말이 [833]
이런들 엇더ᄒᆞ며 [79]
이런들 엇더ᄒᆞ며 [797]
이려도 太平聖代 [97]
이리 혀고 져리 혜니 [590]
이리 ᄒᆞ야 날 속이고 [772]
夷門님의게셔 오신 片紙 [500]
離別 셔름을 아나 [220]
離別 셜운 줄을 [649]
離別ᄒᆞ던 날에 [209]
李仙이 집을 叛ᄒᆞ여 노식 [1034]
이셩져셩 다 지닉고 [831]
二十四橋 明月夜에 [957]
이정저셩ᄒᆞ니 이른 일이 [91]
이졔사 못 보게 ᄒᆞ여 [1092]
李座首는 감은 암소를 타고 [983]
伊川에 비를 쓰여 [719]
李太白의 酒量은 긔 엇더ᄒᆞ여 [879]
梨花에 露濕도록 [886]
梨花에 月白ᄒᆞ고 [50]
梨花雨 흣색릴 제 [556]울
人間을 써나 니는 [247]
人間이 숨인 쥴을 [442]
人生 시른 수레 [858]
人生을 혜아리니 [384]
人生을 혜아리니 [482]
人生이 둘가 셋가 [607]
仁心은 터이 되고 [5]
仁風이 부는 날에 [627]
일 슴거 느저 피니 [583]
一刻이 三秋라 ᄒᆞ니 [392]
一曲은 어디미오 [113]
日暮 蒼山遠ᄒᆞ니 [573]
一生에 얄미올슨 [643]
一生의 願ᄒᆞ기를 羲皇 [43]
一笑 百媚生이 [782]
一身이 사자 ᄒᆞ니 [1107]
日月도 예과 ᄀᆞᆺ고 [34]
日月星辰도 天皇氏ㅅ 적 [1043]
一定 百年 산들 [143]
一定 百年 산들 [608]
一定 百年 살 줄 알면 [1079]
日中 三足烏ㅣ야 [269]
臨高台 臨高台ᄒᆞ여 [419]
臨高台ᄒᆞ다 ᄒᆞ고 [440]
壬戌之秋 七月 旣望에 [839]
林泉을 집을 삼고 [704]
臨湖에 비를 씌워 [457]
입아 楚 사름들아 [9]
잇부면 좀을 들고 [379]
自古 男兒의 豪心 樂事를 [910]
子規야 우지 마라 [342]
자근 거시 놉피 써셔 [289]
자나문 보라미를 [346]
紫布는 山中客이오 [775]
잘 식는나라 들고 [2]
長空에 쩟는 소록이 [461]
長白山에 旗를 곳고 [325]
丈夫로 삼겨 나셔 [506]立
長沙에 노든 老將 [754]
長沙王 賈太傅 [155]
長沙王 賈太傅야 [186]
長山 깁흔 골에 [702]
長衫 쓰더 中衣 赤衫 진고 [1054]
長生術 거즛말이 [635]
長松으로 비를 무어 [554]
長安 大道 三月 春風 [1074]
長安을 도라보니 [76]
莊周는 蝴蝶이 되고 [412]
長깃치 다 게야 [152]
長風이 건듯 부러 [36]

張翰이 江東 去ᄒᆞᆯ [6]
쟌 들고 ᄒᆞᆫᄌᆞ 안ᄌᆞ [279]
저 건너 거머무투룸ᄒᆞᆫ 바회 [1065]
저 건너 廣窓 놉흔 집의 [1021]
저 盞에 술이 고라시니 [822]
寂無人 掩重門ᄒᆞᆫᄃᆡ [698]
前山 昨夜雨에 ᄀᆞ둑ᄒᆞᆫ [350]
前言은 戱之耳라 [559]
田園 남은 興을 [695]
蝶落葉聲 ᄎᆞᆫ ᄇᆞᄅᆞᆷ의 [525]
正二三月은 杜莘 [1055]
貞一 執中홈은 [40]
諸葛亮은 七縱七擒ᄒᆞ고 [1036]
齊도 大國이오 [557]楚도
져 거너 月岩 바회 우희 [1088]
져 건너 明堂을 어더 [1100]
져 건너 흰 옷 닙은 사ᄅᆞᆷ [973]
져긔 셧ᄂᆞᆫ 져 소나모 셤도 [161]
져머고져 져머고져 [856]
젼 업슨 두리 놋錚盤의 물 [1011]
젼나귀 건노라 ᄒᆞ니 [727]
졈어셔 지ᄂᆞᆫ 일을 [369]
졈은 사당이 듕 書房을 어더 싀父母긔 [949]
졋 소ᄅᆡ 반겨 듯고 [591]
朝聞道 夕死ㅣ 可矣라 [467]
조오다가 낙시ᄃᆡ를 [966]
曹仁의 八門 金鎖陣을 [824]
朝天路 보믜단 말가 [37]
酒客이 淸濁을 ᄀᆞᆯ희랴 [809]
周公도 聖人이ᄉᆞᆺ다 [633]
주려 죽으려 ᄒᆞ고 [385]
酒力醒 茶煙歇ᄒᆞ고 [863]
珠簾에 비췬 ᄃᆞᆯ과 [777]
珠簾을 반만 것고 [761]
朱門에 벗님네야 [481]
酒色을 삼가ᄒᆞ란 말이 [1082]
酒色을 삼간 後에 [647]
罇中에 술이 잇고 [240]
中書堂 白玉杯를 [159]
쥐 ᄎᆞᆫ 소로기들아 [333]
즐기기도 ᄒᆞ려니와 [292]
증@鶵은 雙雙綠潭中이오 [932]
池塘에 비 ᄲᅳ리고 [208]
咫尺이 千里러니 [708]
織女의 烏鵲橋를 [372]
鎭北 名山 萬丈峯이 [1075]
秦檜가 업듯던들 [17]
秦淮에 ᄇᆡ을 ᄆᆡ고 [21]
질 가마 조히 씻고 [257]
집 方席 내지 마라 [199]
此生 怨讐이 離別 [1010]
鑿井 飮 耕田 食ᄒᆞ고 [740]
窓 내고져 窓을 내고져 [985]
窓 밧긔 가마솟 막키라는 [941]
窓 밧긔 童子ㅣ 와셔 [388]
窓 밧기 어른어른 ᄒᆞᄂᆞ니 [937]
滄浪에 낙시 넛코 [206]
蒼梧山 聖帝魂이 [102]
蒼梧山 ᄒᆡ 진 後에 [231]
蒼梧山崩 湘水絶이라야 [668]
窓外 三更 細雨時에 [904]
倉頡이 作字ᄒᆞᆯ ᄌᆡ [722]
冊 덥고 牕을 여니 [251]
天竿寺 놉흔 樓의 [665]
千古 羲皇之天과 一寸 無懷之地에 [915]
天君이 赫怒ᄒᆞ샤 [872]
千金 駿馬로 換少妾ᄒᆞ야 [1087]
天郎 氣淸ᄒᆞ고 [441]
千萬里 머나먼 길ᄒᆡ [59]
天寶山 ᄂᆞ린 물을 [532]
天覆 地載ᄒᆞ니 [95]
天不生 無祿之人이오 [371]
千山에 눈이 오니 [779]
千山에 鳥飛絶이오 [656]
千歲를 누리소셔 [669]
天雲齊臺 도라드러 [87]
天中 端午節에 玉壺에 [568]
天地 廣大ᄒᆞ고 [664]
天地 몃 번ᄌᆡ며 [204]
天地 飜覆ᄒᆞ니 [478]
天地는 父母여다 [447]
天地도 唐虞 썩 [111]
天地로 將幕 삼고 [201]
天地ᄂᆞᆫ 萬物之逆旅ㅣ오 [835]
天地ᄂᆞᆫ 有意ᄒᆞ여 [768]
天下 大丈夫는 [765]
天下 匕首劒을 [614]
天下大丈夫ᄂᆞᆫ [749]
天寒코 雪深ᄒᆞᆫ ᄂᆞᆯ에 [1076]
天皇氏 夭死ᄒᆞ고 [663]

天皇氏 지ᄋᆞ신 집을 [29]
鐵嶺 노픈 峯에 [185]
瞻彼淇澳혼ᄃᆡ [77]
淸江에 비 듯ᄂᆞᆫ 소ᄅᆡ [35]
淸溪邊 白沙上에 [349]
淸溪上 草堂 外에 [662]
淸冷浦 ᄃᆞᆯ 붉은 밤의 [377]
靑凉山 六六峯을 [16]
靑藜杖 훗더지며 [402]
靑藜杖 훗더지며 [521]
淸流碧에 ᄇᆡ를 ᄆᆡ고 [405]
淸明 時節 雨紛紛ᄒᆞ저 [1026]
靑蛇劒(청사검) 두러메고 [678]
靑山도 절노절노 [1013]
靑山裡 碧溪水ㅣ야 [539]
靑山아 웃지 마라 [198]
靑山은 엇더ᄒᆞ여 [84]
靑山의 봄春 드니 [999]
靑山의 부흰 비발 [175]
靑山이 寂寞혼ᄃᆡ [15]
靑石嶺 지나거냐 [23]
靑牛를 빗기 타고 [764]
靑雲은 네 죠화도 [453]
靑울치 六날 신 신고 휘ᄃᆡ [1069]
靑鳥야 오노고야 [783]
晴窓에 낫즘 ᄭᆡ야 [378]
靑天 구룸 밧긔 [150]
靑天 구름 박긔 [840]
靑天에 ᄯᅥ셔 울고 가ᄂᆞᆫ [902]
靑天에 ᄯᅥᆺ는 구름 [458]
靑天에 ᄯᅥᆺᄂᆞᆫ 구름 [370]
靑天에 ᄯᅥᆺᄂᆞᆫ ᄆᆡ가 [645]
靑草 우거진 골에 [196]
靑驄馬 여윈 後ㅣ니 [328]
靑驄馬 타고 보라ᄆᆡ 밧고 [1000]
靑春 少年드라 [602]
靑春에 곱든 양ᄌᆞ [270]
靑春은 언제 가면 [560]白
靑치마 ᄒᆞᆫ 환영의 [1106]
淸風 北窓 下에 [701]
淸風 北窓 下에 [795]
淸風이 習習ᄒᆞ니 [463]
靑荷애 밥을 ᄡᆞ고 [75]
況是靑春 日將暮ᄒᆞ니 [1028]
楚江 漁父들아 [677]
初更 末에 翡翠 울고 [744]
草堂 뒤에 와 안자 우ᄂᆞᆫ 솟적다ᄉᆡ야 [956]
草堂 秋夜月에 [674]
草堂에 깁히 든 ᄌᆞᆷ을 [327]
草堂에 일이 업서 [65]
草木이 다 埋沒ᄒᆞᆫ [226]
楚山 秦山 多白雲ᄒᆞ니 [801]
楚山에 나무 뷔ᄂᆞᆫ 아희 [857]
草庵이 寂寞ᄒᆞᆫᄃᆡ [437]
楚覇王 壯ᄒᆞᆫ 뜻도 [631
蜀道之難이 難於上靑天이로ᄃᆡ [1014]
蜀魄啼 山月白혼ᄃᆡ [1057]
蜀에셔 우ᄂᆞᆫ ᄉᆡᄂᆞᆫ [580]
蜀帝의 죽은 魂이 [524]
崔行首 쑥다림 ᄒᆞᄉᆡ [1004]
秋江에 밤이 드니 [593]
秋江에 月白커를 [819]
秋山이 夕陽을 ᄯᅴ고 [203]
秋山이 秋風을 ᄯᅴ고 [561]
秋霜에 놀난 기러기 [641]
楸城鎭 胡樓 밧긔 [295]
秋水는 天一色이오 [39]
秋月이 滿庭혼ᄃᆡ [430]
春眠이 旣成커를 [488]
春山에 눈 노기ᄂᆞᆫ [45]
春水 滿四澤ᄒᆞ니 [691]
春節 寒松亭 ᄃᆞᆯ 붉은 밤의 [544]
春窓에 느지 ᄭᆡ야 [476]
春風 桃李들아 [503]고은
春風에 花滿山ᄒᆞ고 [82]
春風杖策 上蠶頭ᄒᆞ야 [922]
忠臣은 滿朝廷이오 [576]孝
忠臣의 속 ᄆᆞ음을 [386]
醉ᄒᆞ야 누엇다가 [305]
治天下 五十年의 [98]
七曲은 어ᄃᆡᄆᆡ오 [119]
콩 밧헤 드리 콩닙 쓰더 먹ᄂᆞᆫ 감은 암소 [914]
큰 盞에 ᄀᆞ득 부어 [187]
큰나큰 바회 우희 [340]
太公의 낙든 낙ᄃᆡ 비러 [776]
太白이 仙興을 겨워 [584]
太白이 술 실너 가셔 [661]
太白이 언직 사ᄅᆞᆷ [571]唐
太白이 죽은 後에 [413]
泰山에 올나 안ᄌᆞ [505]四

泰山이 놉다 ᄒᆞ되 [639]
泰山이 不讓土壤故로 大ᄒᆞ고 [930]
泰山이 平地 되고 [587]
太平 天地間에 [110]
八曲은 어ᄃᆡ메오 [120]
八萬大藏 부쳐님게 비ᄂᆞ이다 [962]
沛父母ㅣ 生之ᄒᆞ시니 [514]
平沙에 落鴈ᄒᆞ고 [207]
平生에 景慕ᄒᆞᆯ 슨 [926]
平生에 願ᄒᆞ기를 [407]
平壤 女妓년들의 多紅 大緞치마 [919]
푸른 山中白髮翁이 [1058]
풋즘의 쑴을 ᄯᅮ어 [293]
風霜이 섯거친 날의 [94]
風塵에 얽ᄆᆡ이여 [487]
風波에 놀난 沙工 [216]
風波에 일니던 ᄇᆡ [160]
河東 大丈夫ᄂᆞᆫ [750]
霞鶩은 섯거 늘고 [493]
夏四月 첫 여드레 날의 [1095]
하ᄂᆞᆯ이 놉다 ᄒᆞ고 [389]
鶴 타고 져 부ᄂᆞᆫ 아희 [721]
鶴은 어ᄃᆡ 가고 [163]
漢나라 第一 功名 [411]
漢高祖의 謀臣 猛將 [963]
漢武帝의 北斥 西擊 [895]
寒碧堂 됴탄 말 듯고 [431]
寒碧堂 蕭灑ᄒᆞᆫ 景을 비 긴 後에 [920]
閑山셤 달 ᄇᆞᆰ은 밤의 [200]
寒松亭 ᄌᆞ긴 솔 버혀 [1078]
한숨아 셰 한숨아 [1067]
한숨은 ᄇᆞ람이 되고 [31]
寒食 비 온 밤의 봄 빗치 [238]
寒食 비 긴 날에 [448]
閑中에 홀노 안ᄌᆞ [455]
恨唱ᄒᆞ니 歌聲咽이오 [684]
項羽ㅣ 無道ᄒᆞ나 [735]
項羽ㅣ ᄌᆞᆨᄒᆞᆫ 天下 壯士ㅣ랴마ᄂᆞᆫ [1038]
헌 삿갓 자른 되롱이 [395]
헛글고 싯근 文書? [261]
혓가릐 기나 ᄌᆞ르나 [230]
荊山 鐵을 鐵이라커든 [546]
荊山에 璞玉을 어더 [383]
兄아 아오야 [125]
荊襄어든 功이 [751]
胡風을 蜀鏤劍 드는 칼 들고 [523]
豪華도 거즛 거시오 [451]
豪華코 富貴키야 [103]
紅蓼花 븨여 ᄂᆡ아 [357]
紅塵을 다 썰치고 [363]
花山에 有事ᄒᆞ야 [368]
花山에 春日暖이오 [846]
火食을 못ᄒᆞᆯ 지ᄂᆞᆫ [877]
花灼灼 범나뷔 雙雙 [1002]
花檻에 月上ᄒᆞ고 [470]
還上도 타 와 잇고 [1006]
黃山谷 도라드러 [692]
皇天이 不弔ᄒᆞ니 [423]
黃河水 ᄆᆞᆰ다더니 [4]
黃河遠上 白雲間ᄒᆞ니 [690]
黃鶴樓 뎌 소ᄅᆡ 듯고 [579]
淮水出桐栢山ᄒᆞ니 東馳遙遙ᄒᆞ야 [873]
胸中에 먹은 ᄯᅳᆺ을 [617]
胸中에 불이 나니 [332]
호리 누거 괴오시든 [19]
興亡이 數 업스니 [147]
홍홍 노릐ᄒᆞ고 [1007]
희여 검을지라도 [603]
흰 구름 프른 ᄂᆡᄂᆞᆫ [475]
힌 이슬 빗겨ᄂᆞᆫᄃᆡ [318]
牕 밧긔 워셕버셕 [243]
ᄀᆞ을 打作 다 ᄒᆞᆫ 後에 [1064]
ᄀᆞ을비 긔똥 언마치 [1053]
ᄀᆞᆺ 쉰 져믈가마ᄂᆞᆫ [165]
ᄀᆡ고리 痢疾腹疾ᄒᆞ여 [851]
ᄀᆡ를 여라문이나 기르되 [924]
ᄀᆡ얌이 불ᄀᆡ얌이 ᄌᆞᆫ등 [925]
ᄂᆞ니ᄂᆞᆫ 主人이 好事ᄒᆞ야 [527]
ᄂᆡ 가슴 杜冲 腹板되고 [746]
ᄂᆡ 몸이 病이 만하 [507]
ᄂᆡ 집이 길츼거다 [724]
ᄂᆡ 집이 幽僻ᄒᆞ니 [738]
ᄂᆡ 집이 草廬 三間 [666]
ᄂᆡ 千里에 맛나ᄯᅡ가 [549]
ᄂᆡ히 됴타 ᄒᆞ고 [390]
ᄂᆡ히 됴타 ᄒᆞ고 [712]
ᄂᆡᆺᄀᆞ의 셧는 버들 [462]
ᄂᆡᆺᄀᆞ의 히오라비 [229]
ᄃᆞᆯ ᄇᆞᆰ은 五禮城에 [109]
ᄃᆞᆯ ᄯᅳ쟈 ᄇᆡ ᄯᅥ나 [644]

ᄃᆞᆯ아 ᄇᆞᆰ은 ᄃᆞᆯ아 [671]
ᄃᆞᆯ은 ᄇᆞᆰ고 ᄇᆞᄅᆞᆷ은 ᄎᆞᆫᄃᆡ [717]
ᄃᆞᆯ이 두렷ᄒᆞ여 [188]
ᄃᆞᆯᄃᆞ려 무르려 ᄒᆞ고 [670]
ᄃᆞᆰ아 우지 마라 [636]
ᄯᆞᆺᄂᆞᆫ ᄆᆞᆯ 셔셔 늙고 [331]
ᄆᆞ을 사ᄅᆞᆷ들아 [129]
ᄆᆞ음아 너ᄂᆞᆫ 어니 [604
ᄆᆞ음이 어린 後니 [96]
ᄆᆞᆯ이 ᄂᆞᆯ나거ᄂᆞᆯ [767]
ᄇᆞ람 부러 쓸어진 남기 [821]
ᄇᆞ렷던 ᄀᆡ약고를 [291]
ᄇᆞᄅᆞᆷ 부러 쓰러진 뫼 보며 [828]
ᄇᆞᄅᆞᆷ갑이라 하ᄂᆞᆯ노 날며 [1041]
ᄇᆞᄅᆞᆷ도 쉬여 넘ᄂᆞᆫ 고ᄀᆡ [993]
ᄇᆞᄅᆞᆷ에 우ᄂᆞᆫ 머귀 [634]
ᄇᆞᄅᆞᆷ에 휘엿노라 [626]
ᄇᆞᄅᆞᆷ은 지동 치듯 불고 [1009]
ᄉᆡ벽 셔리 지ᄂᆞᆫ ᄃᆞᆯ에 [788]
ᄉᆡ별 놉히 ᄯᅥᆺ다 [366]
ᄉᆡ별 지고 종다리 ᄯᅥᆺᄂᆡ [394]
ᄉᆡ약시 書房 못 마자 [1050]
ᄉᆡ약시 ᄉᆡ집 간 날 밤의 [987]
ᄉᆡᆼᄆᆡᄀᆞᆺ튼 저 閣氏 [1012]
ᄭᅩᆺ 지고 속닙 나니 [628]
ᄭᅬᄭᅩ리 ᄂᆞᆯ녀 슬라 [356]
ᄭᅮᆷ에 님을 보려 [415]
ᄭᅮᆷ에 曾子ᄭᅴ 뵈와 [78]
ᄭᅮᆷ에 項羽를 만나 [700]
ᄭᅮᆷ에 ᄃᆞᆫ이ᄂᆞᆫ 길히 [638]
ᄭᅮᆷ으로 差使을 삼아 [672]
ᄭᆡ면 다시 먹고 [477]
ᄭᅴ 업슨 손이 오난 ᄂᆞᆯ [843]
涿郡 帝室冑ᄂᆞᆫ [748]
ᄌᆞᄂᆡ 집의 술 익거든 [844]
ᄌᆡ 너머 莫德의 어미네 [995]
ᄌᆡ 너머 成勸農 집의 술 [967]
ᄌᆡ 넘어 ᄉᆡ앗슬 두고 [1090]
ᄌᆡ 우희 웃둑 션ᄂᆞᆫ 소나무 [899]
ᄑᆞᆯ목을 쥐시거든 [130]
ᄒᆞ로 밤 셔리 ᄶᅵᆷ에 [709]
ᄒᆞᆫ 눈 멀고 ᄒᆞᆫ 다리 져ᄂᆞᆫ 두터비 [964]
ᄒᆞᆫ 눈 멀고 ᄒᆞᆫ 다리 절고 痔疾 三年 腹疾 三年 [931]
ᄒᆞᆫ 달 셜흔 날의 盞을 [92]
ᄒᆞᆫ 몸 둘희 ᄂᆞᆫ화 [126]
ᄒᆞᆫ 番 죽은 後ㅣ면 [489]
ᄒᆞᆫ 손에 가시를 들고 [47]
ᄒᆞᆫ ᄌᆞ 쓰고 눈물 지고 [781]
ᄒᆞᆫ ᄒᆡ도 열 두 달이오 [1015]
ᄒᆡ 다 져 져문 날에 [400]
ᄒᆡ 지면 長歎息ᄒᆞ고 [718]
ᄒᆡ도 낫지 계면 [616]

樂學拾零

원전 악학습령
樂學拾零

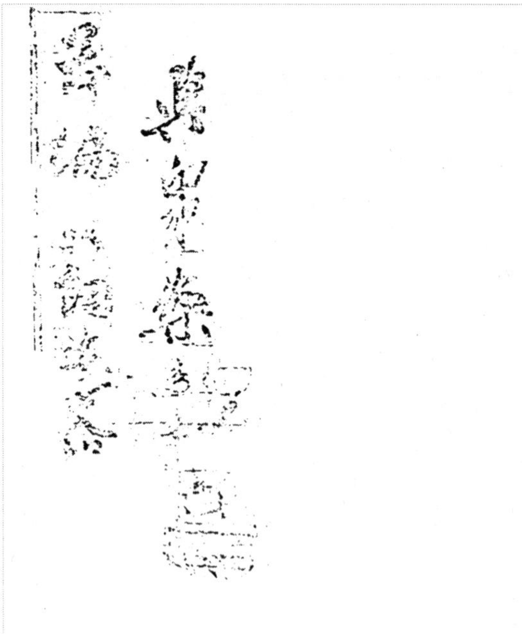

-212-

ᄒᆞᄂᆞ니

1107 身아사자ᄒᆞ니 물것계워 못견ᄃᆡᆯᄉᆡ [illegible]
니알ᄀᆞᄐᆞᆫ슈통이 잔 [illegible] ᄇᆡ곱ᄂᆞᆫ [illegible]
리ᄂᆞᆫ놈의ᄯᅥᆯᄀᆞᄐᆞᆫ빈ᄃᆡ삭기 使令ᄀᆞᄐᆞᆫ등에어ᅌᅵ각다
사ᄆᆡ여기센박휘누른바퀴바곰이거저리북귀 [illegible] ᄒᆞᆫ
모긔다리기다ᄒᆞᆫ모긔살진모긔야윈모긔그리마진에 [illegible]
목이晝夜로빈틈업시물거니ᄲᅡᆯ거니ᄯᅳᆺ거니 [illegible]
엉비ᄯᅦ에어려이ᄭᅬ다그등에ᄎᆞᆷ아못견ᄃᆡᆯ손五六月伏더
위에쉬ᄑᆞ리인가ᄒᆞ노라 李鼎輔

1108 아바님에 [illegible] 발ᄒᆞᆫ 봄이 이가거날 본다 ᄃᆞᆫ 봄이 ᄉᆡᆼ니여
上卯ᄂᆞᆫ 북몸 [illegible] 반나 혼거 [illegible] 甘苦 신사ᄭᅡ 신고 春
菌소히여 건너버셧고 기넘어다 [illegible] 마긴 [illegible] 노가 [illegible] 보
앗ᄂᆞᆫ다가기ᄂᆞᆫ가더라ᄭᅡᄂᆞᆫ 藥 [illegible] 얼 [illegible] 에 ᄉᆡᆼ이 업시가
더ᄭᅡ

1109 玉ᄀᆞᆺᄐᆞᆫ님을일코님과ᄀᆞᆺᄐᆞᆫ자니 [illegible] 자너
지아모젼줄니몰너라 져님아자니거나거
ᄃᆞᆫ잘가ᄒᆞ노라

1110 술붓다 [illegible] 盞몰계붓ᄂᆞᆫ 妾과 妾 ᄒᆞᆫ다ᄒᆞ고 시오ᄂᆞᆫ아
더다ᄭᅡ [illegible] 오 [illegible] 다가업슨바다風浪에놀나 [illegible]
며오ᄒᆞ다

[illegible]堂을 [illegible] 고[illegible]지[illegible]
을 짓ᄂᆞᆫ 벗님니야 되ᄂᆞᆫ 晝夜ᄒᆞ야 동에 月明 [illegible]
던 白酒 黃鶴로 비ᄂᆞ며가 잇다가 비나히 ᄉᆞ十이 넘ᄋᆞ
彼白雲ᄒᆞᄂᆞᆫ 하ᄂᆞᆯ에 올나가셔 帝旁 投壺 多玉女를 [illegible]
조넘ᄌᆞ되여 ᄒᆞᆷ울 뉘를 모로리라

1102 얽고 검고 킈 크고 구레나롯 제 것조차 길ᄂᆞᆫ도 덥쥬ᄭᅴ 지 아닌 놈
이 밤마다 ᄇᆡ에 올나 도ᄂᆞᆫ 만 궁게다가 큰 연장 너허 두ᄂᆞᆫ 흘
근ᄒᆞᆯ 나드ᄅᆞᆯ 적 愛情은 커니와 泰山이 누로ᄂᆞᆫ 듯 잔 放
氣 조ᄎᆞ 날 지 젓 먹든 힘이 다 쓰이ᄂᆞᆫ고나 아모나 이 놈 다려
다가 百年同住ᄒᆞᄂᆞᆫ 永永 아니 온들 언의 개ᄯᆞᆯ년이 ᄉᆡ옴을
년이 싀앗 시옴ᄒᆞ리오

1103 右謹陳所志 矣徒 去年 情由를 泰両 數兒 後 西施之國色과
貴妃之花容과 飛燕之盛貌를 並以 依所願 許給 矣身
東乙 千萬 行下 爲白只爲 上帝 題辭內에 汝矣身 所欲
之女乚 皆是 妖物이니 女中君子 佩玉淑女를 特爲 決給ᄒᆞ니

作爲妻妾ᄒᆞ야 壽富貴多男子ᄒᆞᄂᆞᆫ 百年偕老ㅣ 宜當向
事이라

1104 어이 못 오던가 무ᄉᆞᆷ 일로 못 오던가 너 오ᄂᆞᆫ 길에 무쇠 城을 쌋
ᄂᆞᆫ 城 안에 담 쌋ᄂᆞᆫ 담 안에 집을 짓ᄂᆞᆫ 집 안에 두지 노코 두
지 안에 櫃를 ᄶᆞᆫ고 그 안에 너를 必字形으로 結縛ᄒᆞ여 너코 雙
排目의 걸쇠 金거북 자물쇠로 슈기ᄌᆞᆷ가 잇더나 네 어이
그리 아니 오더니 ᄒᆞᆫ ᄃᆞᆯ이 셜흔 날이오 ᄒᆞᆫ 날 [illegible] 날이 와
볼 ᄒᆞᆯ니 업스랴

1105 이 년아 말 듯거라 곱ᄂᆞᆫ 나 마자 잘 년아 뉘 [illegible] 날 울불지 [illegible]
年을 사자 지에 네 [illegible] 못지 듯ᄂᆞᆫ [illegible]
마 [illegible] 동 夫를ᄂᆞᆫ 紫的 馬 [illegible]
야나 주엇더나 [illegible] 일 [illegible]
ᄯᅳ어 그 엉ᄃᆡ 오 [illegible]
기라

1106 [illegible]

日月燈빗츨 앗ᄂᆞᆫ듸 東岑에 [illegible] 지블
馬忽馬洞에 燦爛도 ᄒᆞᆫ져이고 따뜻에 月明燈明天[illegible]
나 大明 본 ᄃᆞᆺ ᄒᆞ여라

1096 江山도 됴흘시고 鳳凰臺가 ᄯᅥ 왓ᄂᆞᆫ가 三山은 半落青天外오
二水ᄂᆞᆫ 中分白鷺洲ㅣ로다 李白이 이제 이셔도 이 景 밧긔
ᄂᆞᆫ 못 쓰리라

李鼎輔

1097 님이 오마 거ᄂᆞᆯ 져녁 밥을 일 지어 먹고 中門 나서 大門 나가 한 [illegible]
밧비 다라 以手加額 ᄒᆞ고 오ᄂᆞᆫ가 가ᄂᆞᆫ가 건넌 山 ᄇᆞ라보니 거머
흿득 셔 잇거ᄂᆞᆯ 이야 진짓 님이로다 [illegible] 보션 버서 품에
품고 신은 버서 손의 쥐고 [illegible] 건너가서 겻눈
으로 얼픗 보니 上年 七月 열사흔날 [illegible] 벗겨 [illegible] 휘
초리 삼대 [illegible] 判然이도 날 소기거고나 [illegible] 밤일세 망졍 [illegible] ᄂᆞᆺ
이런들 남 우일 번 ᄒᆞ여라

1098 洛陽三月 清明節에 滿城花柳 一時新이라 [illegible] 扶으로

[illegible]

-206-

[illegible] 備幕 너머 뵈엿다 公子王孫들이 翠盖朱輪으
로 芳樹下에 물너 들고 冶郎遊客들은 白馬金鞍으로
落花前 모아ᄂᆞᆫ듸 百隊青娥들은 綠陰에 셧슬 [illegible] 清
歌妙舞로 春興을 [illegible] 騷人墨客들이 接羅를
倒着ᄒᆞ고 醉後狂唱이오 豪氣로다 夕陽의 簫鼓喧
天ᄒᆞ고 禁街로 나려오며 太平烟月에 歌誦ᄒᆞ더라

1099 玉顔紅顔 第一色 아니ᄂᆞᆫ 늘을 보아 이ᄂᆞᆫ 明月黄昏 風流郞 나
나ᄂᆞᆫ 너를 아니 보와 楚臺雲雨會ᄒᆞ니 路柳墻花를 것거
볼가 ᄒᆞ노라

1100 져 건너 明堂을 어더 明堂 안 최 집을 짓고 밧 갈고 논 ᄆᆡᆫ 후의
五穀을 ᄀᆞ초 심은 後에 臺 우희 벌 통 노코 [illegible]
울 밋ᄐᆡ [illegible] 九月 秋收 ᄒᆞ여 南[illegible]
請ᄒᆞ야 嘉祥同樂 ᄒᆞᆫ 즉 每日의 이러 ᄒᆞ고
울 뒤 물도 [illegible]

[illegible]

-207-

운林遊이라

1092 이제야 보니 ᄒᆞ에 못볼 시도 的實ᄒᆞ야 萬里가 ᄂᆞᆫ 별에 海外
絶島ᄒᆞᆫ 銀河水 건너 傳ᄒᆞ여 北海 건너지여 風濤甚險ᄒᆞ되 摩
尼山 근가마귀 좃ᄎᆞ도 바히 못어 더ᄭᆞᆫ 太白山 기슭으로 ᄃᆞ그
셰번 갈도 파물 박ᄉᆞ오치 다가 ᄆᆞ어 ᄒᆞᄂᆞᆫ 仙 하너 어디가 난
초즈보리 아하야 뵈불님 요何ᄅᆞ ᄆᆞ어 ᄆᆞ단 生心도 ᄆᆞ은
仙ᄋᆞ 이그리아가 갓파 셰 ᄒᆞ남 아 ᄆᆞ바 조이트로 아장 보사 건너
시다가 가자 소아 보신 後에 이마의 손를 언고 맥 잣바져
長歎一聲에 夜半에 盡ᄒᆞ야 乘彼白雲ᄒᆞ고 月宮에 올나가셔
예노던 姮娥 맛나 仙境에 周遊ᄒᆞ야 長生不死ᄒᆞ련노라 ᄒᆞ여라
ᄒᆞ여라

1093 노리 ᄀᆞ치 조코 조흔 거슬 벗님네야 아던가 春花柳 夏淸風이라
秋月明 冬雪景에 弼雲 昭格 蕩春臺 外南北漢江 絶勝處
에 酒肴 爛漫ᄒᆞ되 조흔 벗 가즌 稽笛 알뜬 仙손아 오가이 第
一名唱ᄃᆞ니 ᄎᆞ례로 안자 엇거러 불너 니나 中大葉 數大葉은

堯舜 禹湯 文武 ᄀᆞᆺ고 後庭花 樂戱調ᄂᆞᆫ 漢唐宋이 되어 잇
ᄂᆞᆫ 蹤跡이 偏樂은 戰國이 되여 잇ᄂᆞᆫ 刀鎗釰戟이 名日騰
揚ᄒᆞ야 霓裳羽衣에 어ᄃᆞ엿다 功名과 富貴도 ᄂᆞ 잇ᄂᆞᆫ 男
兒의 豪氣를 나ᄂᆞᆫ도 하노라

1094 牧丹은 花中王이오 向日花ᄂᆞᆫ 忠臣이로다 蓮花ᄂᆞᆫ 君子ㅣ오 杏花
小人이라 菊花ᄂᆞᆫ 隱逸士오 梅花 寒士로다 朴ᄭᆞᆺ은 老人이오
石竹花ᄂᆞᆫ 少年이라 葵花 巫俑이오 海棠花ᄂᆞᆫ 娼妓로다 이
중에 梨花 詩客이오 紅桃 碧桃 三色桃ᄂᆞᆫ 風流郎인가
ᄒᆞ노라

1095 夏四月 初八日에 觀燈ᄒᆞ랴 臨高臺ᄒᆞ니 遠近 高低의
夕陽은 빗겻ᄂᆞᆫ되 魚龍燈 鳳鶴燈과 두루미 南星이며
鍾磬燈 仙燈 북燈이며 수박燈 마늘燈과 蓮ᄭᆞᆺ 속에 仙
童이오 鸞鳳 우희 天女ㅣ로다 배燈 집燈 山臺燈과 영
燈 알燈 甁燈 壁欌燈 가마燈 獅子燈 탄 체괴며 ᄯᅩ
[illegible]

시ᄎᆞ도록 밧 드ᄅᆞᄂᆞᆫ 듕에 長松은 너 덧ᄉᆞᆫ다 ...
듕솟 덥고 자마가셔 아 봄ᄂᆞᆯ의 畏卽이 송낙으로 ᄎᆞᆫ다ᄎᆞᆺ
두뢰로 닷 북 잇ᄂᆞᆫ 날 ᄒᆞ던 일 生覺ᄒᆞ니 못 니즐가 ᄒᆞ노라

1086 얼골 곱고 ᄯᅳᆺ다라온 년아 잇졍ᄎᆞ 不精ᄒᆞᆫ 년아 엇더ᄒᆞᆫ 어린
子ㅣ를 黃昏에 期約ᄒᆞ고 거즛 脈마다 자고 가란 말이 입으로 ᄎᆞᆷ
아 도아 나나니 아ᄆᆞ리 娼條冶葉이 本無定主ᄒᆞᆫ 蕩子의 探春
好花之情이 彼我의 一般이라 허믈 ᄒᆞᆯ 줄 이시랴

1087 千金駿馬로 換少妾ᄒᆞ야 笑坐雕鞍歌落梅라 車傍側掛一壺
酒ᄒᆞ고 鳳笙龍管行相催라 錦州酌力士鐺아 李白이 與爾
同死生을 ᄒᆞ리라

1088 져 건너 月岩바회 우희 밤듕마치 부헝이 울면 녯 사ᄅᆞᆷ 이론 말이
ᄂᆞᆷ의 싀앗 되여 요거롬 모 사거롬 모 百般 巧邪 ᄒᆞᄂᆞᆫ 져믄
妾년이 죽ᄂᆞᆫ다 ᄒᆞ되 妾이 對答ᄒᆞ되 안ᄒᆡ님 ᄒᆞ신 말ᄉᆞᆷ이 아마
도 ᄆᆡᆼ령의 나ᄂᆞᆫ 일 ᄒᆞᆫ듯 ᄂᆞᆷ 家翁을 薄待ᄒᆞᄂᆞᆫ 妾 싀앗
샹ᄎᆡ ᄒᆞᄂᆞᆫ 늘근 안ᄒᆡ님이 죽ᄂᆞᆫ다 ᄒᆞ되

-202-

1089 男兒의 少年身世 ᄒᆞ올 거ᄉᆞᆫ 일 ᄒᆞᆫ 라마 ᄒᆞᆯ 니어기 활쏘기 謂仗
기ᄅᆞᄂᆞ기 벼슬ᄒᆞ기 벗사귀기 花朝月夕 歌舞ᄒᆞ기 ᄒᆞ도다
豪蕩ᄒᆞᆷ 다ᄒᆞ여 가야 江山에 물너와셔 밧 갈기 논ᄆᆡ기 고기
낙기 나무 뷔기 거ᄌᆞ 모ᄃᆞ기 바독 두기 仁山智水 遊ᄒᆞ기
百年安樂ᄒᆞ여 四時風景이 어니 그지 이시리

1090 지님 어의 잣 ᄃᆞ 두ᄆᆡ 손바 稱ᄒᆞ며 셔 셔 ᄒᆞᆫ 말 ᄉᆞᄂᆞᆫ 상소짐의 헌
더 ᄲᅴ 절 ᄃᆡᆨ 덥ᄂ 얼 거 치드러 잣다 이제ᄂᆞᆫ 어리북이
粄收車에 ᄃᆞᆯ 거 ᄂᆞ 나 두어라 ᄯᅩ 말 ᄉᆡ에 ᄒᆞ 枝鼓 둘 말녀
무슴 ᄒᆞ리오 金光錫

1091 記前朝舊事ᄒᆞ니 曾此地에 會神仙이라 上月地雲階ᄒᆞ야 重
携翠袖ᄒᆞ고 來拾花鈿이라 繁華摠隨流水ᄒᆞ니 歎一
場春夢杳難圓이라 廢巷芙蕖滴露ᄒᆞ고 斷堤楊柳
巢煙이로다 兩峯南北이 只依然이로되 輦路에 草芊芊을
悵別館離宮에 烟消鳳蓋ᄒᆞ고 波浸龍舡이라 平生銀屏에
對茶燈無焰 夜如年이라 ... 華年은 隴上이오 西風 ...

-203-

ᄒᆞ고 萬山 嵯峨으로 휘휘ᄒᆞ니 너머가다가 ᄒᆞᆫ고ᄂᆞᆫ 밧쓰
동뎡 경에 지고 갑ᄂᆞᆫ이 ᄅᆞ다 ᄒᆞᆫ 거ᄆᆞᄂᆞ 그ᄅᆞᆺ 쇼ᄂᆞ 운의 㶚陵이
라 날 낙비 낙ᄒᆞ더라

1078 寒松亭 ᄌᆞᆫ 솔 버혀 조고마치 ᄇᆡ 무어 타고 술이라 안쥬 거문
고 伽倻琴 琵琶 奚琴 笛 觱篥 長鼓 巫鼓 工人들 ᄃᆞ 安信山
ᄎᆞ돌 老姑山 슈 ᄅᆞ 치 一番 부ᄅᆞ 뎌 螺鈿 더 뎌 지 슈 이 江陵 女妓 三
陟 酒湯 년 다 쥬 어 싯고 ᄃᆞᆯ 밝은 밤의 鏡浦臺 로 가셔 大醉 코
叩枻 乘流 ᄒᆞ며 叢石亭 金幱窟 과 永郞湖 仙遊潭 에 任去來
를 ᄒᆞ리라

1079 一定 百年 살 쥴 알면 酒色 ᄎᆞᆷ아 關係 ᄒᆞ랴 힝혀 ᄎᆞᆷ은 後에 百年
을 못 살면 긔 아니 애ᄃᆞᆯ온가 두어라 人命이 在乎天定이라 酒
色 ᄎᆞᆷ은들 百年 살기 쉬오랴

1080 淸風 明月 智水 仁山 鶴駕島 中 大賢 君子 草野 叟 琅琊翁 이 大東
에 다시 나 松桂 幽樓 에 紫芝를 노ᄅᆡ ᄒᆞ며 逸趣 도 奇 ᄒᆞ리 시 니
비니 仁 偏 大志 로 聖主 를 도와 治國 安民 ᄒᆞ소셔

-200-

1081 半 여ᄃᆞᆫ에 첫 계 집 ᄒᆞ니 어엿 두 ᄅᆞᆺ 슈 버 주 버 ᄌᆞᆨ 을 번 ᄉᆞᆯ 번 드 럽
더 안고 ᄒᆞ와 망 당 두 ᄅᆞ ᄃᆞ 가 이 리 져 리 ᄒᆞ니 老 都 令 의 ᄆᆞ 음 ᄒᆞᆫ
글 ᄒᆞᆫ 眞 宴 도 消 ᄒᆞ야 더 면 결 져 부 더 ᄒᆞᆯ 낫 다

1082 酒色을 삼가 ᄒᆞ란 말이 녯 사ᄅᆞᆷ 의 警誡 로 되 踏青 登高 節 에 벗
님 니 다 리 고 詩句 를 읇 흘 져 滿 樽 香 醪 를 아니 醉 키 어 려
에 라 袜 韈 에 殘 燈 을 對 ᄒᆞ야 獨 不 眠 ᄒᆞᆯ 지 玉人을 닛 나 아 니
하 고 어 니 ᄒᆞ 리

1083 南山 佳氣 鬱鬱 蔥蔥 漢江 流水 浩浩 洋洋 主上 殿下 ᄂᆞᆫ 이 山水 ᄀᆞᆺ트 샤
山崩 水渴 토록 聖壽 無疆 ᄒᆞ샤 千千 萬萬 歲 를 太平 으로 누
리 셔 든 우 리 도 逸民 이 되 야 康衢 烟月 에 擊壤 歌 를 ᄒᆞ 오 리 라

1084 春 들 어 ᄎᆞ 져 타 샤 아 무 로 실 아 갈 실 아 가 아 아 기 ᄒᆞᆫ 가 존 이 傳 ᄒᆞ
돠 자 ᄉᆞᆷ 거 ᄂᆞᆫ 이 漁 翁 伴 侶 로 호 ᄂᆞᆫ 닐 제 ᄂᆞᆫ 이 어 儀 ᄒᆞ 主 手 로 두 伏
ᄒᆞ 고 갑 아 바 ᄂᆞ 위 어 ᄒᆞ 보 ᄂᆞ 져 ᄒᆞ 를 ᄒᆞ 리 ᄂᆞᆫ 照 即 去 天 上
ᄃᆞ 뎐 서 來 치 이 ᄒᆞ 리 다
ᄃᆞᆯ 이 ᄒᆞᄂᆞᆫ 하 ᄂᆞ 가 샤 그 얼 ᄀᆞᆸ 이 ᄃᆞᆷ 의 ᄉᆞᆷ 낙 나 게 ᄒᆞ

-201-

編數大葉 [illegible]

1071 오날도 저무러지게 졈을면은 새리로다 새면 이 님 가리로다 가면 못
보려니 못 보면 그리려니 그리면 應當 病들려니 病 곳 들면 못
살니로다 病드러 못 살 쥴 알면 자고나 간들 어더리

1072 待人難 待人難하니 鷄三呼하고 夜五更이라 出門望 出門望하니
青山은 萬重이오 綠水는 千回로다 이윽고 개 즛는 소릐에 白馬
遊冶郎이 넌즈시 도라 드니 반가온 마음이 無窮耽耽하야 오날
밤 서로 즐거오미야 어내 그지 이시리오

1073 洛陽城東方春和時에 草木群生이 皆自樂이라 冠者 五六과
童子 七八 거나리고 文殊 中興으로 白雲峰 登臨하니 天門이 咫尺
이로다 拱北三角은 鎭國無疆이오 丈夫의 胸襟에 雲夢을 삼
켜시니 九天 銀瀑에 塵纓을 씻슨 後에 杏花 芳草 夕陽路로 踏靑歌
行休하야 太學으로 도라오니 曾點의 詠歸高風을 미처 본 듯
하여라 金春澤

1074 長安大道 三月 春風 九陌樓臺 百花芳草 酒伴詩豪 五陵遊

俠 桃李蹊 綺羅裙을 다 모화 거나려 細樂을 前導하고 歌舞
行休하야 大東 乾坤 風月江山 沙門 法界 幽僻 雲林을 遍踏
하고 도라 오니 聖代에 朝野同樂하야 太平和色이 依依하니
三五王風이 이런가 하노라

1075 鎭北名山 萬丈峰이 青天削出 金芙蓉이라 巨壁은 屹立하야
北祖三角이오 奇岩은 斗起하야 南案蠶頭ㅣ로다 左龍駱
山 右虎仁王 瑞色은 蟠空凝象闕이오 淑氣는 鍾英出人傑이라
美哉 我東山河之固여 聖代衣冠 太平文物이 萬萬世之金湯이
로다 年豐코 國泰民安커늘 九秋 黃菊 丹楓節에 麟趾를 보려
하고 南岳에 登臨하야 醉飽盤桓하오며 感激君恩하여다

1076 天寒코 雪深한 날에 님 차즈라 天上으로 갈 제 신 버서 손에 쥐고 보션
버서 품에 품고 님뵈곰뵈 님뵈 天方地方 天方 한번도 쉬
지 말고 허위허위 올나가니 보션 버슨 발은 아니 스리되 님의
온 가슴이 스 둣 하여다

1077 [illegible]

1065 鳳凰臺上鳳凰遊ㅣ러니鳳去臺空江自流ㅣ라吳宮花草난埋幽
逕이오晉代衣冠成古邱ㅣ라三山은半落靑天外오二水中分白
鷺洲로다摠爲浮雲能蔽日ᄒᆞ니長安不見使人愁로다

1066 술아ᄌᆡ에구분길노셧가ᄂᆞᆫ듸뎐ᄡᅡᆯ뎌듬아人間離別獨守空房
삼기신부쳐어비뎔法堂卓子우희坎中連ᄒᆞᆫ눈ᄡᅮᆯ가ᄒᆞ니
안조거날보왓ᄂᆞ다ᄂᆞ쇠노라재뎐ᄡᅡᆯ지듬아小僧은아옵지못
ᄒᆞᆫ소上佐ᄂᆞᆫ의야얘이니다

1067 한숨아셰한숨아네어ᄂᆡ틈으로드러온다고모장ᄌᆞ셰술장ᄌᆞ
들장ᄌᆞ열장ᄌᆞ에암돌져귀수돌져귀빗목걸시
뚝박고크나큰ᄌᆞ믈쇠로숙이ᄉᆞᆫ차엿ᄂᆞᆫ듸屛風이라덜
거뎝고簇子ㅣ라ᄃᆡᄃᆡ글ᄂᆞᆫ듸네어ᄂᆡ틈으로드러온다어
인지너온날이면ᄌᆞᆷ못드러ᄒᆞ노라

1068 나모도돌도바히업슨뫼에매게ᄶᅩᆺ친불가토리안과大川바
다한가온듸一千石시른大中舡이노도일코닷도일코돗
대도것고뇽총도ᄭᅳᆫ코키도ᄲᅡ지고ᄇᆞ람부러ᄆᆞᆯ결치고안

개뒤섯거ᄌᆞᄌᆞ진날의갈길은千里萬里남고四面이거머어
둑天地寂寞가치노을ᄯᅥᆺᄂᆞᆫᄃᆡ水賊맛난都沙工의안마엇
그제님여흰나의안이야엇다가그을ᄒᆞ리오

1069 靑올치六날신ᄉᆞᆫ고휘뎌長衫두루쳐메고瀟湘斑竹열두ᄆᆞ듸
불희지ᄉᆞᆺ혀집고모로너머지너머들건너벌건너靑山
石逕에구분늙은솔아릐로ᄒᆡᆺ근누은ᄒᆡᆺ근ᄒᆡᆺ근동너
머가ᄂᆞᆫ거ᄂᆞᆫ보오시야ᄭᅩᆺ보오시야거우리ᄂᆞᆷ편禪師듕
이올너니ᄂᆞᆷ이야듕이라ᄒᆞᆫ에도밤中만ᄒᆞᆫ에안고ᄌᆞᆺ
ᄂᆞᆫ가사우희쥬ᄲᅡᆨ것ᄂᆞᆫ듸모리물등굴셜ᄂᆞᆫ셜ᄂᆞᆫ동
ᄅᆞᆫ당실ᄉᆞᆯ며울ᄂᆞᆫ울쇠비스로희듐여ᄇᆞᆷ이올네

1070 龕山外銅雀之間에느러은둘이잇마ᄂᆞᆫ듸재아희헛ᄉᆞᆯ쏘아들
늙ᄂᆞᆫ의네어되본마뎐부터이모기ᄅᆞᆯ老虎이라ᄒᆞ더라

1055 正二三月은杜華谷桃李花ㅣ요고 四五六月은綠陰芳草ㅣ기가요고
七八九月은黃菊丹楓이더도 취라 十二月은閣裡春光에雪中梅
ㄴ가 호노라

1056 져건너 거머 두듥 흔바회 釘다혀 세두고 더 너여 달 듯치면
샐박아 서 흥셩드 붓거러 가게 링 술 나라 갑은 삼오 듯아가
우리 님 날 離別 홀 가실 지 것 만 모 되와 보니 되라

1057 蜀魄啼山月白혼디 相思空倚樓頭ㅣ로다 爾啼苦我心悲ㅣ니
無爾聲이면 無我悲ㅣ라 寄語人間離別客ᄒᆞ니 愼莫登
子規啼明月樓를 ᄒᆞ여라

1058 우믈 中白頭翁이요 요獨坐向南峰이라 보믐보니 松竹 셤이오 안지
이나 堅成虹이라 奇女啼翁千古恨이오 장야 鼎鳥一年實이로
다 누구 仙山衆葉ㄷ 다 난 호 울 노 樂無窮이라 ᄒᆞ노라

1059 閔氏네 외 밤이오 래 는 이 두 던 놈 ㄷ 풀 싸고 디지 ㄷ 거 치 다 ᄒᆞ디 竝作
울 부터 죽 태 ᄒᆞ 거 든 연 장 도 흔 날 히 나 주 소 眞實노 날 을
너 어 줄 작 시 면 가 피 둘 ㄷ 셔 지 어 볼 가 ᄒᆞ노라

-194-

1060 머지어름桐窓ㅣ、보며 샐이 參根 동인 뭇 나 무 쓰 든 숫 섬 어
린 老松 가 근 大東ㅣ로 아 九月山中 春草綠이오 五更樓下夕
陽紅인가 ᄒᆞ노라

1061 아 몸이 죽어 지 거 든 곳 지 말 고 주 무 러 에 미 회 여 가 酒泉 깁 흔 소
에 뭉 덩 드 릐 쳐 둥 ᄂ 떠 에 두 면 一生에 잘 이 던 거 시 며 長醉
不醒 ᄒᆞ리라

1062 攀林擧湖山四低ᄒᆞ니 黃鸝遠聲草萋萋ㅣ라 裊娜成影淸樓北이오
辛勤鍾殺白塔西ㅣ라 積石沈波禪馬跡이오 二陵春入子規
啼라 翠翁牧老空文藻니 如此風光全不共携ㅣ로다

1063 술이 나 ᄒᆞ 면 울 취 듯 ᄒᆞ 면 飮食이 다 ᄒᆞ 면 현 물 둥 에 섞 여 향 다
앗 듯 雨水 降 다 여 잡 호 지 팔 에 떠 지 는 안 못 借 장 이 안 자 날 전
울 만 쇄 둥 이 다 아 져 드 흔 부 하 如 밧 커 흥 메 장 소 녀 나 주 면
너 희 라

1064 [illegible] 에 洞 [illegible] 하 搖信 [illegible] 金風 [illegible] 에 더 기 와 朴 [illegible]

-195-

百盞을 먹어도 ᄒᆞᆫ잔이 전혀 업니 허물며 白ᄒᆞᆫ 侍門望은더
추잇지 못ᄒᆞ여

1046 宅들에 ᄌᆞ릿등미 사소 뎌 장ᄉᆞ야 네 등미 모도 ᄒᆞ나 ᄉᆞ자 외 正從쇼
碑에 半正마드라 논아 파네 비ᄶᅩᆺ 자소 아니 파시 真實노 그러ᄒᆞ여
풀어시면 첫ᄀᆞᆯ에 아니 풀라시라

1047 宅들에 臙脂粉을 ᄉᆞ오 뎌 장ᄉᆞ야 네 臙脂 곱거든 ᄉᆞ자 곱든 비록
아니 ᄒᆞ나 ᄇᆞᄅᆞ기곳 ᄇᆞ르면 온갓 嬌態 다 나셔 님괴얌즉 ᄒᆞ여
ᄉᆞ불나 보소 真實노 그러곳 ᄒᆞᆯ작시면 닷ᄀᆞᆯ 엇치 ᄆᆞᆫ ᄉᆞ리라

1048 눈아、머무러 ᄒᆞ야 도순 잔가 ᄒᆞᆨ을 도ᄀᆞ질너 머무러 ᄒᆞ야 남의
님 볼쉬라도 본동 만동 ᄒᆞ라 ᄒᆞᆷ비 언제 부터 덩다 슐나더
나 아ᄂᆞ도 이 눈의 지회에 ᄂᆞᆫ만 ᄒᆞ야 ᄒᆞ노라

1049 屛風에 암나 죽근 동부러진 매 그려고 그리압 희묘ᄀᆞ만 麝香쥐를
그려셔니 쉬고 요리 ᄉᆞᄇᆞ롬 양ᄒᆞ야 그림 비 쥐를 물나고 존
나ᄂᆞᆫ 고나 우리도 쉬님 거러두고 존나너 불가 ᄒᆞ노라

1050 시악시 書房 못 마자 시애 주은 靈魂 긴삼 ᄇᆞᆺ 숫삼 되야 읍 山門

-192-

淸寺에 너ᄇᆞ진 ᄂᆞ희운 즙의 ᄃᆞᆯ 되나 되엿다가 잇다감 ᄯᅡ나
붓날 적의 술 적에나 볼가 ᄒᆞ노라

1051 고리ᄅᆞᆯ 혀 치신 바다 宋太祖ㅣ 金陵 치ᄃᆞ ᄃᆞᆯ 계 曹彬의 드
ᄂᆞᆫ 잘도 ᄋᆞ지게 휘오 드시에 우ᄅᆞᆨ 혀ᄃᆞ 되를 ᄂᆞ코 그 건너 님 밧
다 ᄒᆞ면 나ᄂᆞᆫ 잔곳、건너 되라

1052 부쳐지 ᄒᆞᆫ 셧거진 흥년 엿장 메ᄂᆞᆫ 헌 ᄒᆞᄂᆞ니 黃帝軒轅氏를 相奔
揉아 ᄂᆞᆫ 젼은 人心이 淳厚ᄒᆞ던 天下ㅣ 太平ᄒᆞ여 萬八千歲를
사ᄅᆞᆺ거던 어ᄃᆡ 타 習用干戈ᄒᆞ여 涿鹿 周게 ᄒᆞᄂᆞ니

1053 ᄆᆞ올 비거 ᄉᆞ언 마치 우리 兩家 直領 버리 ᄒᆞ라 十里 ᄇᆞ거 ᄉᆞ언 ᄯᅡ
치 ᄉᆞ뒤 동 맛고 비알 코 다리 저ᄂᆞᆫ 나귀를 콘나 콘 康 치로
他ᄂᆞᆫ 혀어 다 모지 ᄉᆞᆯ 가다가 酒肆의 들너면 ᄀᆞᆯ드 ᄀᆞᆯ다
ᄒᆞ여라

1054 長杉 드러 中衣 赤衫 지고 念珠 둘너 唐나귀 치고 서 釋王世界
極樂世界 觀世音菩薩 南無阿彌陀佛 十年 工夫도 네
갈 되 보니 ᄉᆞᆺ와 暗中만 암 居士 ᄯᅵ리ᄂᆞᆫ 닛ᄃᆞ 念佛 경 엇데

-193-

은 粉壁紗窓月三更의 고은 님도 되엿 晝夜同樞 호기 삼다 둘을
淸風을 일이나 사나 이 호 위 冬春 사 호노라

1036 諸葛亮은 七縱七擒호고 張翼德은 義釋嚴顔호단 말가 성됴다
華容道 조분 길에 曹孟德이 아마 타가면 살아 돌아 千古에 瀟
흔 大丈夫는 漢壽亭侯ㅣ신가 호노라

1037 한밤에 지게에 던 님은 숨도 들의도 몰로게 다 寒風 속에 님이 신가 만
기운나도 좋은 외 한 마는 칭혜 나드오 못ᄂᆞ 더 넌 밤이 옷 ᄎᆞ
울 엇다

1038 項羽ㅣ 쿠흔 天下壯士ㅣ라마는 虞美人 離別에 한숨 셧거 눈물 지
고 唐明皇이 쿠흔 濟世英主ㅣ라 마는 解語花 離別에 우럿
나니 허물며 여나믄 丈夫ㅣ야 일너 무슴 흐리오

1039 世上 富貴人들아 貧賤士를 웃지 마라 石崇은 累鉅萬財로도 匹夫
로 죽고 顔淵은 簞瓢陋巷으로도 聖賢의 니르러나니 내 몸 貧賤
흔 지라도 내 길을 닥가 두어시면 남의 富貴 브르랴

1040 어이려뇨 어이려뇨 싀어마님아 어이려뇨 소대 남진의 밥을 담다가 놋

쥬걱 잘늘 부르쳐시니 이를 어이려뇨 싀어마님아 져 아기 하
걱정 마스라 우리도 져머신 제 여러흘 부르쳐 보왓너

1041 넘은 갑이나 하 남도 날 에두지 쥐나 사와 두고 금 좋다 며시 鈌
個에 걸녀울 뎌ᄂᆞᄂᆞ 모드뎌 인들 날다 갈다 네 어드로 갈다
우리도 남의 님 거러두고 몰뎌 어 볼가 호노라

1042 閣氏네 玉 ᄀᆞ튼 가슴을 어이구러 디혀 볼고 綿紬 紫芝 작
져구리 속에 깁 젹삼 안 섭희 디혀 문듯ᄂᆞᄂᆞ 되디ᄂᆞ다 지ᄂᆞ
잇다감 땀 나 븐 날 지셔 힐 뇌를 ᄆᆞᄂᆞᄂᆞ이라

1043 日月星辰도 天皇氏ㅅ 적 日月星辰 山河土地도 地皇氏ㅅ 적 山河土地
日月星辰 山河土地 다 天皇氏 地皇氏ㅅ 적과 혼가지로되 사름
은 어이 人皇氏ㅅ 적 사름이 업는고

1044 北邙山川이 긔 엇더 흐여 古今 사름 다 가는고 秦始皇 漢武帝도 採
藥求仙흐야 부듸 아니 가랴 흐더니 엇더타 驪山風雨와 茂陵
松柏을 못내 슬허 흐노라

1045 ᄒᆞᄆᆞ며 大靜 호연 지븐을 다 보던 다 ᄃᆞ던 皇美人 ... 八方 호엿 세 鐵

1025 다나 쓰나 이濁酒 됴코 대테 메온 질병드러 더옥 됴희 어른자
박구기를 둥지둥둥 띄여 두고 아희야 저리 沈菜 만졍 업다
말고 내여라 蔡裕後 (ㄱ5)

1026 淸明時節 雨紛紛ᄒᆞᆯ 제 나귀 등에 도롱 닙고 酒家ㅣ 何處오 뭇노라
牧童드라 저 건너 杏花ㅣ 날니니 게 가 무러 보소셔

1027 오ᄂᆞᆯ은 川獵ᄒᆞ고 來日은 山行 가시 곳다림 모릐 가고 講信으란 글픠 ᄒᆞ리
그글픠 邊射會ᄒᆞᆯ 제 各持壺果ᄒᆞ시소 金裕器

1028 况是 靑春日將暮ᄒᆞ니 桃花亂落如紅雨ㅣ라 勸君終日酩酊醉ᄒᆞ
자 酒不到劉伶墳上土ㅣ라 아희야 盞 가득 부어라 與君長醉
ᄒᆞ리라

1029 玉 외ᄂᆞᆫ 듸 나 잇니 말곳 ᄒᆞ면 다 님이신가 네 안 뒤혀 남 못 뵈고 天地間
의 이런 답답ᄒᆞᆷ이 또 잇ᄂᆞᆫ가 뒨 곳이 뒨 말을 ᄒᆞ여도 님이 斟
酌ᄒᆞ시소

1030 언덕 문희여 좁은 길 메오지 말며 두던이나 문희여 너른 구멍
좁히 되면 遠山 麻浦에 흘너 오ᄂᆞᆫ 뉘ᄃᆡ 다 저 먹고 치ᄃᆞ 저 먹ᄂᆞᆫ

1031 1017 비올 이 쑥이 삼근 기ᄎᆞ 말고 大務官 女妓 外 小各官 酒湯년들
이와 ᄋᆞᆼ 니다 라ᄃᆞ 손으로 ᄒᆞ히ᄂᆞᆫ 와드ᄃᆞ ᄯᅥ 나니 계시거시다
삼근 과자 眞實로 그러곳 ᄒᆞᆯ작시면 匹夫될가 ᄒᆞ노라

1032 君不見 黃河之水ㅣ 天上來ᄒᆞ다 奔流到海不復回라 又不見 高堂明鏡
悲白髮ᄒᆞ야 朝如靑絲暮成雪이라 人生이 得意須盡歡이니 莫
使金樽으로 空對月을 ᄒᆞ여라

1033 압 논에 오려를 뷔여 百花酒 빗고 뒷 東山 松栍 葡萄 ᄒᆞᆯ 치
여물은 손조 구을 ᄒᆞ지 낙가 음 버들에 여에 ᄒᆞᆯ지 즐너 츠에ᄃᆞᆫ고
아희야 날 볼 손님 오시던 뒷여 술노 술ᄒᆞ와라

1034 李仙이 집을 叛ᄒᆞ여 玄鶴에 金鞍을 얹고 天台山 鱐岩 石壇을 넘
어 방을 쇠 솟 가치 鸞鳳孔雀이 넘ᄂᆞᆫ 곳듸 壯夫를 맛나 麻姑
할미 집이 어듸메오 저 건너 彩雲 어린 곳듸 數間茅屋에 삽섭
밧기 靑삽사리 좃ᄂᆞᆫ 곳듸 李鼎輔

1035 나ᄂᆞᆫ 마다 나ᄂᆞᆫ 마다 錦衣玉食 나ᄂᆞᆫ 마다 죽어 棺에 들 제 錦衣를 닙을
소냐 오련이 ... 食을 먹을소냐 ... 無益ᄒᆞ니 일

절노ᄂᆞᆫ 그中에 절노 조흔 곳이 느러지도 절노ᄂᆞᆫ 느러우라 ᄒᆞ

1014 蜀道之難이 難於上靑天이로되 집 모거ᄆᆞᆫ 넘으려니와 더 어렵고 어
더올손 이 님의 離別이어니 ᄡᆞᆯ가 아마도 이 님의 離別은 難於
蜀道難인가 ᄒᆞ노라

1015 ᄒᆞᆫ 히도 열두 ᄃᆞᆯ이오 閏朔 들면 열석 ᄃᆞᆯ이 ᄒᆞᆫ 히 ᄉᆞ여 ᄒᆞᆫ ᄃᆞᆯ도 서
른 날이오 그 ᄃᆞᆯ 적 ᄒᆞ면 스므 아ᄒᆞ릐 그으ᄂᆞ니 밤 다섯 낫 일곱
서의 날 볼 할 니 업스라

1016 思郞 思郞 긴긴 思郞 긴 쳔 ᄀᆞᆺ치 思郞 九萬里 長空의 넌지러지
고 남는 思郞 아마도 이 님의 思郞은 ᄀᆞ 업슨가 ᄒᆞ노라

1017 思郞을 ᄎᆞᆫᄎᆞᆫ 어어 동혀 뒤 설머 지고 泰山 峻嶺으로 허위허위 넘어
갈 제 그 모른 벗님네는 그만 ᄒᆞ야 ᄇᆞ리고 가라 ᄒᆞ건마는 가다가 ᄌᆞ
줄 내 죽어도 나는 아니 ᄇᆞ리리라

1018 壽夭長短 뉘 아더냐 죽은 後ㅣ면 거즛 거시 天皇氏 一萬八千歲도 죽은
後ㅣ면 거즛 거시 아마도 먹고 노는 거시 긔 올흔가 ᄒᆞ노라

1019 닷ᄂᆞᆫ ᄆᆞᆯ도 誘然ᄒᆞ면 셔고 셧ᄂᆞᆫ 소도 이라 타 ᄒᆞ면 가ᄂᆞ니 深山 모진

-186-

범도 警咳ᄒᆞ면 도셔거든 閔氏 님은 뉘 어미 ᄯᆞᆯ이완ᄃᆡ 警欬를
不聽ᄒᆞᄂᆞ니

1020 내 思郞 남 쥬지 말고 남의 思郞 탐치 마라 우리의 思郞의 흠
ᄭᅥ 雜思郞 섯길세라 一生에 이 思郞 가지고 괴야 ᄉᆞᆯ녀 ᄒᆞ노
라

1021 러건너 廣南 ᄭᅩᆷ 흔 집의 모리 도흔 閔氏 님 初生 반ᄃᆞᆯ ᄀᆞᆺ치 비최
지나 말고 ᄃᆞᆯ온 ᄀᆞᆺ득에 다 석은 肝腸이 봄 눈 스ᄃᆞᆺ ᄒᆞ예라

1022 藍色도 아닌 ᄂᆡ의 草綠色도 아닌 ᄂᆡ의 唐大紅 眞粉紅에 연반물도
아닌 ᄂᆡ의 閔氏ㅣ 物色을 못 ᄒᆞᆫᄃᆡ도 나ᄂᆞᆫ 진 ᄯᅳᆺ인가 ᄒᆞ노라

1023 님과 나와 부ᄃᆡ 두리 離別 업시 ᄉᆞ자 ᄒᆞ여ᄯᅥ니 平生 恩愛 緣
이ᄂᆞᆫ 所離別 노ᄌᆞᄌᆞ 두에 ᄒᆞ이여 蒼天이ᄂᆞᆫ 알아 우리 離別 업
게 ᄒᆞ소셔

1024 南山에 눈 날니 양은 白松鶻이 ᄯᅮᆨ지 ᄭᅵᆷ도ᄂᆞᆫ ᄃᆞᆺ 漢江에 비 ᄯᅳᆫ 양은
江上 두 ᄯᅮᆨ 비 ᄆᆞᆫ 게 올은 ᄂᆞᆫ ᄃᆞᆺ 우리도 남의 님 거러 두고
ᄂᆞᆫ노라 볼가 ᄒᆞ노라

-187-

1005 아희ᄂᆞᆫ藥을ᄏᆡ라가고竹亭은뷔엿ᄂᆞᆫᄃᆡ흣터진바독을뉘
주어담을손고醉ᄒᆞ고松下에져시니節가ᄂᆞᆫ줄몰ᄂᆡ라

1006 還上도타와잇고小川魚도어더잇네비즌술시흐엿고쇠해도
이븨아셔라곳괴일거시고이슌엿諸ᄒᆞ여술나라

1007 ᄒᆞᄒᆞ노ᄐᆡ혹은당덕궁북을치고宮商角徵羽를맛초뎟경을
엿더니어거은다齟齬ᄒᆞ니허ᄒᆞ웃고마ᄋᆞᆫ다

1008 바독ᄀᆞᆺ뒤얼거진놈아졔밥비자네게비가의만쉬지사라ᄂᆞᆫ
곤줄치허리고말치두옥채메오기촌ᄀᆞ가볼치복나고
공취넘잭ᄒᆞᆫ가잠이둥굽은시오결네만ᄒᆞᆫ편장이그
울만너겨물ᄀᆞ쇠에다ᄀᆞ다나눈듸얼업시삼간오좁어
둥거ᄂᆞᆫ곳나真實노너곳와셔시당이면그기못잡아
大事ㅣ러라

1009 부몬은지동치둣불은구준비ᄂᆞᆫ담아옷먼시온다ᄂᆞᆫ정에걸
온님을오날밧서로맛나ᄌᆞ호ᄋᆞᆫ문책채빙셔바닷더니이
러ᄒᆞᆫ風雨에졔어오리真實노오기곳오ᄂᆞᆫ이면緣分인

가ᄒᆞ노라

1010 此生怨讎이離別두字어이ᄒᆞ야永ᄀᆞ아조업시ᄒᆞᆯ고가슴에ᄃᆞᆫ인
불이러날양이면어리ᄂᆞᆫ녀ᄂᆞᆫ허ᄉᆞᆫᄇᆞ죽도ᄒᆞᆫ그눈으로소
슨물바다이되면몽덩드르쇠여오련마ᄂᆞᆫ아모리셔온샬
은울한숨이야어이리

1011 전업슨두ᄅᆡ솟錚盤의물ᄯᅮ듯ᄂᆞᆫ箏을ᄒᆞᆫ나ᄆᆞ두담아이고黃
鶴樓姑蘇臺와岳陽樓滕王閣으로발벗고상금올나가기
ᄂᆞᆫ나남즉남大都ㅣ그ᄂᆞᆫ아곳조로나ᄒᆞᆫ며니와발ᄯᅡ러남에
오샬나ᄒᆞ면그ᄂᆞᆫ그리옷ᄒᆞ리라

1012 싱뒤것튼져閔氏님의肝腸그만天소넛가지나ᄒᆞ야쥬요비단장옷大
緞치마구름갓튼北道다리玉비녀竹節비녀銀粧刀金粧刀江
南에나온珊瑚村枝조지天桃金ᄉᆞᆫ푸리게備草鞋을ᄒᆞᆫ에쥬마
저님아一萬兩이셔조다가옷치옷ᄂᆞᆫ듯져千金쒸言約을ᄒᆞᆫ듸
閒許諾ᄒᆞ시소

1013 靑山도절로 綠水ㅣ라도절로 山절로 水절로ᄒᆞ니山水間에나도

995
저너머莫德의어미네莫德이ᄌᆞ랑마라네품에드러새올
적ᄌᆞ조다가니골고코고오좀숫고放氣쇠니쟈臨警
ᄒᆞ치고진내잇기하ᄌᆞ졸ᄒᆞ다어서다려가거라莫德의어마
莫德의어미년너다라發明ᄒᆞ예이르되우리의아기ᄯᆞᆯ
이고림症비아뢰와잇다감제症밧거녀나ᄂᆞᆫ雜病은어ᄃᆡ
새우터업ᄂᆞ니

996
기름의지진ᄯᆞᆯ약과도아니먹는날을빙슈의살ᄯᆞᆫ동ᄯᆞᆫ
두물먹우라지ᄂᆞᆫ絶代佳人도아니허난날을閔氏姐이허
라모지ᄂᆞᆫᄂᆞᆫ아모리지ᄂᆞᆫᄂᆞᆫᄒᆞᆫ들웃어잘줄이스랴

997
閔氏님ᄌᆞ오신칼이一尺釰가二尺釰가龍泉釰太阿釰에匕首釰
釰아니어든엇더타丈夫의肝腸을구뷔ᄂᆞᆫ굿ᄂᆞ니

998
思郞을ᄉᆞ자ᄒᆞ니思郞ᄭᅳᆺᄂᆡ뉘어이시ᄆᆡ離別을쿠쟈ᄒᆞ니離別
ᄉᆞ리젼혀업다思郞離別을글고ᄉᆞ리업ᄉᆞ니長思郞
長離別인가ᄒᆞ노라

999
靑山의봄春ᄃᆞ니터기마마곳花ㅣ로다ᄒᆞᆫ병술酒가질持ᄒᆞ고

고시니溪邊에안줄坐ㅣ로다아희야잔부어라醉ᄒᆞ니도
홀好ᄒᆞᆫ가ᄒᆞ노라

1000
靑驄馬타고보라매밧고白羽長箭千斤角弓허리에ᄎᆞ고山너머
구롬밧거ᄒᆡᆼ山行ᄒᆞᆫ재閑暇ᄒᆞᆫ사ᄅᆞᆷ은우리도聖恩을갑흔
後의너물좃ᄎᆞ놀니다 金光沐

1001
불아디그림ᄌᆞ지난ᄃᆞ리우희등이간마져둥아게잇거라너가
ᄂᆞᆫ듸발우러보자그둥이손으로白雲을가ᄅᆞ치며말아니
터라

1002
花灼灼범나뷔雙雙柳靑靑ᄭᅬ고리雙雙날김셩걸버러지다雙雙ᄒᆞ
마ᄂᆞᆫ엇더타이내의몸은홀즈隻이업ᄂᆞ니

1003
岩畔雪中孤竹반갑고도반가와라뭇노라孤竹아孤竹君의네엇
던ᄂᆞ다首陽山萬古淸風에夷齊본듯ᄒᆞ예라 徐甄

1004
崔行首쑥다림ᄒᆞ새趙同甲곳다림ᄒᆞ새ᄃᆞᆰ찜게찜소더란
心에아모조록ᄃᆡ당ᄒᆞ셔每日에이렁ᄒᆞ면무슨시름
이시랴 金光

쌋더나무논혼짐은치달리고유남쟈논닷되를謫仙合ᄒᆞ여
혜며마닷되바드러사셔여보옴소불작붓舍나니혼
번못사셔해보면뒤항사셔치쟈ᄒᆞ노라

987 서약시의집간날밤의질방그리디옛술셔퍼부더옥의
어미이트기를술나만나ᄒᆞᆫ며아서약시勸酒ᄒᆞᆫ되의
어미아돌놈이우터접全羅道慶尙道로셔會寧鍾城
다히를못쓰게셔더어이로쇄이니ᄒᆞᆯ노비져보와냥외랑
ᄒᆞᆯ가ᄒᆞ노라

988 白華山上頭에落落長松휘여진柯枝부형이방귀뀌珠潔ᄒᆞᆫ
솔도리치길흑넙흑어틀며틀뵈옹슈로ᄒᆞ거라ᄆᆞᆯ
그님의연장그러코자真實노그러곳ᄒᆞᆫ작시면벗모를
물진ᄂᆞᆯ셩이옥슴가의리

989 龍마치ᄒᆞᆫ건는물게즈나논보라며밧고夕陽山路로가부르
며도라드러마다丈夫의소리는이도ᄒᆞᆫ가ᄒᆞ노라

990 土경놈이팅관이를업고뫼나우다리로막더업시건너가

네그아되돌부쳐안즈셔拍掌大笑ᄒᆞ더라

991 가슴에궁글에둥그러게셜고왼숫기를눈길게셔와그궁
게그숫기너코두놈이마조잡아이리로훌근져리로훌
근훌젹훌젹이는나남즉남大都ㅣ도그는아모셔로
나견듸려니와아마도님외오살나ᄒᆞ면그는그리못ᄒᆞ
리라

992 게여ᄒᆞᆯ고리에나는집이闊도될샤三色桃花어른자뻐나
뵈야너는어니넙나는다우리도남의님거러두고넙나
더볼가ᄒᆞ노라

993 ᄇᆞ름도쉬여넘는고개구름이라도쉬여넘는고개山진이水
진이海東靑보라매쉬여넘는高峯長城嶺고개그너
머님이왓다ᄒᆞ면나는ᄒᆞᆫ번도쉬여넘어가리라

994 君이故鄕으로부터오니故鄕事를應當알니로다오던날
綺窓앏픠寒梅픠엿더냐아니픠엿더냐픠기는픠
엿더라ᄒᆞ는요

지 엇을 게 것이라 ᄒᆞ닙은

979 아흔아홉 곱 먹은 老丈이 濁酒를 걸너 가득 담북 醉케 먹고

납죽 됴흔 길노 이리로 뷧득 저리로 뷧득 뷧득 뷧득 뷧

쳑 뷔거를 저와 웃지 마라 져 靑春少年 아희들아 우

리도 少年 적 마음이 어제론 듯 ᄒᆞ여라

980 閔氏네 妾이 되나 내가 閔氏네 後ㅅ남편이 되랴 꽃 본 나뷔 물

본 기러기 고기 본 가마오지 가지에 젓시오 수박의 겻

술이로다 閔氏네 ᄒᆞ나 水鐵匠의 겻이오나 잠장이로

矣 짓고나 준 쇠로 준ᄌᆞ 가마 질가 ᄒᆞ노라

981 萬頃滄波之水에 둥둥 떳는 부략 금이 게오리들아 비슬 금셩

증경이 동당강싱 너시 두루미들아 너 떳는 물 깁픠를

알고 둥 떳는 모로고 둥 떳는 우리도 남의 님 거러두고 깁픠

를 몰나 ᄒᆞ노라

982 白鷗는 片片 大同江上飛오 長松은 落落 靑流壁上翠라 大野東頭

點點山에 夕陽은 빗겻는듸 長城 一面 溶溶水에 一葉漁艇을

-178-

나 저어 大醉코 載妓隨波ᄒᆞ여 錦繡綾羅에 任去來를

ᄒᆞ리라

983 李座首는 감은 암소를 타고 金約正은 질장군 드뤼치고

南勸農 趙堂掌은 醉ᄒᆞ여 뷔거르며 杖鼓 舞鼓 둥더

럭궁 춤추ᄂᆞ고나 峽裡에 愚氓의 質朴 天眞 行止와

太古淳風을 다시 본 듯 ᄒᆞ여라

984 孫約正은 點心을 ᄎᆞ리고 李風憲은 酒肴를 장만ᄒᆞ소 거문고

伽倻琴 嵇琴 琵琶 笛 觱篥 長鼓 舞鼓 工人으란 禹堂掌

이 드려오소 글 짓고 노릭 부르기와 女妓 花看으란 내 아擔

當ᄒᆞ옴세

985 窓내고쟈 窓을 내고쟈 이 내 가슴의 窓 내고쟈 고모장ᄌᆞ 細숌장ᄌᆞ

마로다지 에다지 에 암돌쩌귀 수돌쩌귀 크나큰 장도리로 ᄯᅩ

닥 박아 이 내 가슴에 窓 내고쟈 잇다감 하 답답ᄒᆞᆯ지 여다져

나 볼가 ᄒᆞ노라

986 宅드레 나모들 사오 져 장사야 네 나모 갑사 언매니 ᄒᆞᄂᆞᆫ 사쟈

-179-

鷄숫듸이홰홰쳐우도록오시오시人냥이아즉이슬이
아니올ᄭᅥ에이리

971 아희야불殺甚ᄒᆞ여라다ᄀᆞ川獄을가자술병걸제힝혀
毒이줄셔라白髮을ᄒᆞᆺ날니ᄲᅧ여올ᄭᅡ건너가니내
뒤헤ᄯᅩᆫ瑶단벗님네ᄂᆞᆫ흠ᄭᅴ가쟈ᄒᆞ더라

972 꼿ᄂᆞᆫ양은눈셔도ᄀᆞ의돌치ᄂᆞᆫ양은뒤혀옥ᄋᆞ리더옥도타안
셔다보자셔거다보자건너거다보자百萬嬌態를다ᄒᆞ여
라보자어ᄂᆞ내閑郎삼ᄀᆞ라지ᄀᆞ네父母너길너내올제날
만괴여ᄒᆞ도다

973 져건너흰옷닙은사ᄅᆞᆷ잣밉ᄀᆞ도얄믜오라조근돌다리건너
큰돌다리넘어밥ᄲᅱ여간다ᄀᆞ로ᄲᅱ여가ᄂᆞᆫᄀᆞ어허내閑
郎삼ᄀᆞ다지ᄀᆞ眞實로내書房못될진ᄃᆡ벗의님이나
되ᄀᆞ랴쟈

974 눈섭은슈나뷔안즌ᄃᆞᆺᄒᆞᆫ닛바듸ᄂᆞᆫ梨花도곳다날보ᄀᆞ당
싯꼿ᄂᆞᆫ양은三月桃花ㅣ未開封이하로밤비細雨에半

만졀노된形狀이보다내父母너삼거빌쟈의날만괴라삼
기도다

975 드립더보드득안으니셰허리지근ᄌᆞᆨᄌᆞᆨ紅裳을거두치니雪
膚之豊肥ᄒᆞ고擧脚蹲坐ᄒᆞ니半開ᄒᆞᆫ紅牧丹이發郁於春
風이로다進進코又退退ᄒᆞ니茂林山中에水春聲인가ᄒᆞ노다

976 나ᄂᆞᆫ님혜기를嚴冬雪寒에孟嘗君의狐白裘입듯님은
날혜기를三角山中興寺에니셔진늘근중놈의살셩긴
어레빗시로다ᄯᅢᆨᄉᆞ탕의즐김ᄒᆞᄂᆞᆫ닷을하늘이아ᄅᆞ셔
돌너보게ᄒᆞ쇼셔

977 開城府장ᄉᆞ北京드러갈제걸고간銅爐口조리올제볼모
ᄒᆞᆺ고痛哭이로다아마도알ᄯᅴ가뎌銅爐口조리져다가니만갈거
돈들셔얼의말이야닐너무슴ᄒᆞ리두리가돌셔얼
이보셔드렷ᄯᅢ슈에ᄒᆞ여라

978 外骨內骨兩目이上天前行後行小아리八足大아리二足靑醬
黑醬아스슥ᄒᆞᄂᆞᆫ동난지니사오져장ᄉᆞ야하거복이웨

와張良의運籌帷幄과韓信의戰必勝功必取ᄂᆞᆫ三傑이다ᄒᆞ
여이와陳平의六出奇計아니런들白登에七日을뉘라셔
부터니어項羽의范亞父를치다셔離間ᄒᆞ니아마도金刀劉
業之功은四傑인가ᄒᆞ노라 李鼎輔

964 늙은 벗 늙은 마누라 ᄂᆞᆫ 두어버이 셤기다가 모자라 ᄒᆞᄂᆞᆫ 두 엄옷 희치다
다 야자 건넌 山밧다 보니 白松骨 다 여잇거날 가솔아금 죽ᄒᆞ여
물 여여 다 수 그아리도 조 잣바지거든 나 못치 모날 빈 절 의 샹
힝허 純者ㅣ 런 둘 어헐 질번 ᄒᆞ괘라

965 綠陰芳草 우거진 골에 새 우다 우ᄂᆞᆫ 저 새 셔아 네 소리 어엿
부다 마치 님의 소리도 굿 물시근 아마도 너 잇ᄂᆞᆫ 날 거시면 아
모 건줄 올 뇌다

樂府詞

堯風湯日 花燭春城 春秋風雨 楚漢乾坤 宋 : 春風

966 초오다가 낙시 되물 실코 츄츄다가 되용의 물 일허ᄂᆞ니 노을
그니 妄俗으란 옷지 사라 저 白鷗드다 千里에 桃花發ᄒᆞ니
春興을 겨워 ᄒᆞ노라

967 지너머 成勸農 집의 술 닉단 말 어제 듯고 누은 소 발로 박차 언
치노 하치 출타고 아희야 네 勸農 계시냐 鄭座首 왓다
숀 와라 鄭澈

968 물 아래 細가랑 모래 아무리 밟다 발자최 나며 님 아니 물 아모
만 련들 내 아 더 나 님의 情을 狂風에 써 부친 沙工 지
갑 리을 ᄒᆞ나 ᄒᆞ노라

969 綠楊芳草岸에 쇼 먹이ᄂᆞᆫ 아희들아 압내 고기 뒷내 고기를
다 몰쳑 잡아 내 다락치에 너허 든 ᄃᆡ 소 궁둥치에 언저 다
가 슈 故 우리도 西疇에 일이 만하 밧비 가ᄂᆞᆫ 길히면 가젼
信 ᄒᆞ여라

970 쇼치 ᄯᅱ 야 앙 사 노 ᄃᆡ 뭇 도 술 고 밤 도 ᄃᆡ 壁上에 그린 黃

아서라 塵山이 희끗ᄒᆞ니 조되올 뎌 날새와 소슬

957 二十四橋明月夜에 佳節은 月正上元이라 億兆烟街 歡娛ᄒᆞᄂᆞᆫ
貴遊도 携手步屐이오 다 四時에 觀燈 賞花 歲時 伏臘도곤
이 萬姓同樂홈이오 날 앗인가 ᄒᆞ노라

958 님으란 淮陽金城 오리남게 되고 나는 三四月 츩너출이 되야 그 남게
그 츩이 나거의 나뷔 감듯이 외로 풀고 올희 풀고 외오 풀어
올희 감아 밋부터 ᄭᅳᆺ머리 ᄒᆞᆫ 곳도 뵌 틈 업시 晝夜長常에
뒤트러져 감겨 이셔 冬섯달 ᄇᆞ람비 눈서리를 아모리 맛즌들
플릴 줄이 이시랴 李鼎輔

959 大雪이 滿山커ᄂᆞᆯ 黑貂裘를 썰쳐 닙고 白羽長箭 허리에 띄고 千
斤角弓을 팔에 걸고 鐵驄馬를 빗기 타고 바람 洞壑을 드러가니
크나큰 ᄯᅥ기 뎌에 너롯거늘 執弓扶矢 引滿 射殪ᄒᆞ야 잘 갈 버혀
ᄒᆞ다 ᄒᆞ고 長尋 터 ᄭᅦ어 구어 너니 膏血이 點滴거늘 쓰러 胡
床 坊 而 咲之ᄒᆞ고 大銀 桃에 ᄀᆞ득 부어 飮之 東 仰精ᄒᆞ니
凝雲이 翩翩ᄒᆞ고 錦衾에 醉ᄒᆞᆫ 듯 치 飄揚ᄒᆞᆫ 저 此中之 味를 쳐

위 알니아마도 男兒의 奇壯ᄒᆞᆫ 이 ᄯᅳᆺ인가 ᄒᆞ노라

960 北斗七星 ᄒᆞ나 둘 셋 넷 다ᄉᆞᆺ 여ᄉᆞᆺ 일곱 분ᄭᅦ 민망ᄒᆞᆫ 白活 所
志ᄒᆞᆫ 장 알외ᄂᆞ이다 그리던 님을 맛나 情엣 말 ᄎᆞ 못ᄒᆞ여 날
쉬시니 글로 민망 ᄇᆞᆯ든 밧 三台星 差使 노하 샛별 업게 ᄒᆞ
소셔

961 불아 니 엇지 라도 쎄로 외는 ᄯᅳᆺ과 녀ᄂᆞᆫ 죽어 벅어도 고고 쇠
져 ᄒᆞᆫ 것는 울다 杜舍ᄒᆞᆫ 女妓 妻와 술 십는 酒肆ᄒᆞ 빠時
보도 낫는 잠은 알고 듯고 平生의 이 다ᄉᆞᆺ가 져 시면 ᄇᆞ를 거
시 이시랴

962 八萬大藏 부쳐님ᄭᅴ 비ᄂᆞ이다 나와 님을 다시 나 게 ᄒᆞ오소셔
如來菩薩 地藏菩薩 文殊菩薩 普賢菩薩 十王菩薩
五百羅漢 八萬伽藍 三手獨詩 西方淨土 極樂世界 觀世音
菩薩 南無阿彌陀佛 後世에 還道 相逢ᄒᆞ여 芳緣을 잇게
ᄒᆞ면 菩薩님 恩惠를 捨身 報施 ᄒᆞ리이다 李鼎輔

963 漢高祖의 謀臣猛將 이제와 ᄠᅢ에 보니 蕭何의 伯 顔 綱 不 伐根

리와 둘밧드로 나러다나 곰발의 쏫웃슨 바ᄂᆞᆫ 셧셔지자다
과게 오묵고 둘박이 ᄃᆞ로귀 아ᄠᆞᆯ 양국 거에 헛 ᄃᆞ가 상치아
암쇠 들에 연치노코 시ᄉᆞᆺ갓 문시 장삿 곳갈이 엄추바 쇄어
올 타ᄂᆞᆫ 가리라

李鼎輔

950 山靜ᄒᆞ니 似太古요 日長ᄒᆞ니 如少年이라 蒼蘚映階ᄒᆞ고 落花
ㅣ滿庭ᄒᆞᆫ듸 午睡初足거ᄂᆞᆯ 讀周易國風左氏傳離騷太
史公書陶杜詩와 韓蘇文數篇ᄒᆞ고 興到則出步溪邊
ᄒᆞ야 邂逅園翁溪友ᄒᆞ야 問桑麻說秔稻에 相與劇談
半餉ᄒᆞ다가 倚杖柴門下ᄒᆞ니 이윽고 夕陽이 在山ᄒᆞ고 紫綠
萬狀이라 變幻頃刻ᄒᆞ야 恍可人目이라 牛背笛聲이 兩兩歸
來홀 제 月印前溪ᄒᆞ엿더라

951 大川바다 ᄒᆞᆫ가온듸 中針細針 섯지거다 열놈은 沙工이 길 남은 沙工
何울 셧가지 두러ᄢᅦ여 一時에 소릐치고 귀예 ᄢᅦ여 내단 말이
이셔이다 님아 ᄋᆞᆫ놈이 온 말을 ᄒᆞ여도 님이 斟酌ᄒᆞ쇼셔

952 귀ᄯᅩ리 져 귀ᄯᅩ리 어엿브다 져 귀ᄯᅩ리 지ᄂᆞᆫ ᄃᆞᆯ 새ᄂᆞᆫ 밤의 긴 소릐
져른 소릐 節節이 슬픈 소릐 제 혼자 우러 녜어 紗窓의 여왼
ᄌᆞᆷ을 ᄉᆞᆯᄯᅳ리도 ᄭᆡ오ᄂᆞᆫ고야 두어라 제 비록 微物이나 無人
洞房에 내 ᄯᅳᆺ 알 리ᄂᆞᆫ 너ᄲᅮᆫ인가 ᄒᆞ노라

953 萬古 歷代 人臣之中에 明哲保身 누고누고 范蠡의 五湖舟와 張良의
謝病辟穀 疏廣의 散千金과 張翰의 秋風江東去 陶處士
의 歸去來辭ㅣ라 이 밧긔 碌碌ᄒᆞᆫ 貪官汚吏之輩야 일
너 므슴ᄒᆞ리오

李鼎輔

954 彈琴吹笛ᄒᆞ고 皓齒歌細腰舞ㅣ라 술 ᄆᆡᆫ다 ᄒᆞ야 酩酊醉
ᄒᆞ세 酒不到劉伶墳上土ㅣ라 ᄒᆞ니 아희야 換美酒ᄒᆞ여라 與君
長醉ᄒᆞ리라

955 生매 잡아 깃드려 두메 ᄭᅯᆼ 山行 보내고 白馬 싯겨 ᄇᆞᆯ 드ᄃᆡ여 東山
松枝에 ᄆᆡ고 손조 고기 낙가 버들 움에 ᄭᅦ여 돌지ᄌᆞᆯ에 ᄃᆞ
모 아희야 날 볼 손 오거든 긴 여흘로 ᄉᆞᆯ와라

956 草堂 뒤에 와 안자 우ᄂᆞᆫ 솟적다 새야 암 솟적다 우ᄂᆞᆫ 새냐 수 솟적
다 우ᄂᆞᆫ 새냐 空山이 어ᄃᆡ 업셔 客窓에 와 안자 우ᄂᆞᆫ다 솟적

942 揚淸歌發皓齒ᄒᆞ니 北方佳人東隣子ㅣ로다 且吟白苧停綠水
ㅣ오 長袖拂面爲君起라 寒雲은 夜捲霜海空이오 胡風
吹天飄寒鴻이로다 玉顔滿堂樂未終ᄒᆞ니 館娃日落ᄒᆞᄂᆞᆫ 歌
吹濛을 ᄒᆞ노라

943 간밤의 자고 간 그놈 아마도 못이져라 風流人놈의 아ᄃᆞᆯ 잇지 준ᄒᆞᆫ
어셤비ᄃᆞ시 잘 그놈의 뎡녕인지 ᄒᆞᆷ긔 떼로지르ᄂᆞᆫ 두지 둬녕
시원지 못ᄒᆞᆫ지 도지 둬ᄒᆡ 平生에 처음이오 ᄒᆞᆼ즁이로다 못지
라 前後에 나도 ᄌᆞᆷ 벗이 젹거시되 盟誓ᄒᆞ지 간밤 그놈은
ᄎᆞᆷ아 못니저 ᄒᆞ노라

944 文讀春秋左氏傳ᄒᆞ고 武使靑龍偃月刀ㅣ라 獨行千里ᄒᆞ야 五關
을 지나갈 제 伍로ᄂᆞᆫ 저 將師ㅣ야 古城북 소리 를 드럿ᄂᆞ냐 못
드럿ᄂᆞ냐 千古의 關王을 未信者ᄂᆞᆫ 翼德이런가 ᄒᆞ노라 李鼎輔

945 고본 님 죽여 거나 오치ᄂᆞᆫ 말고라 장자 ᄃᆞ리 외온 님 죽여 거 울이 치
ᄂᆞᆫ 말고라 장자 ᄃᆞ리 큰 말고라 장자 ᄃᆞ리 자근 말고라 장자 ᄃᆞ리 ᄒᆞᆫ
되 드 더 넘ᄂᆞ니 어 너 말고라 장자 ᄃᆞ리 갑 만 오며 또 어 너 말고라

장자 ᄃᆞ리 갑 젹은 줄 알니 아마도 고온 님 죽여 거나 오치ᄂᆞᆫ 갈
고라 장자 ᄃᆞ리ᄂᆞᆫ 곰 못 찰가 ᄒᆞ노라

946 王거 외 덕거 외 드라 진지 東山 진거 외 낙거 외 드라 즐을 느르ᄂᆞ니 摩
天嶺 摩雲嶺 孔德山 나 뎐 외로 졍 덕 海 앵山 陣 시 ᄒᆞ야 너 머
가셔 三水甲山 草溪 東山으로 내ᄂᆞ 진 줄 느러 ᄌᆞᆷ 평 平生에 그리
든 님의 消息 비 즐고 連信ᄒᆞ리라

947 어른 자 너추리야 에 어른 자 박 너추리야 어인 너 추리 완ᄃᆡ 담을
너머 손을 주고 어른 님 이리 오 셔 져 리 오 갈 졔 손을 쥐
려 ᄒᆞ노라

948 思郞ᄂᆞ 고ᄂᆞ이 며 친 思郞 원 바다 물 두고 덥 ᄂᆞᆫ 구 쳘 곳치 미친 思
郞 왼 千里 地 ᄒᆡ 라 츰 외 너 줄 쥬 박 너 줄 얼서 지 모 통 ᄒᆡ 져
쳐 굴 ᄂᆞ 이 어 더 가ᄂᆞᆫ 思郞 아 사 도 이 님 의 思郞 은 ᄭᅳᆺ 간 ᄃᆡ 를
몰 나 ᄒᆞ노라

949 졈은 사 망 이 듕 書房을 어 더 의 父母 거 孝道를 어 ᄒᆞ 여 술 ᄒᆞ야
가 리 ᄉᆞᆼ 거 덕 곰 佑 飯 쩌 ᄃᆞ로 치 다 ᄒᆡ 辛 甘 菜 라 ᄉᆞᆼ 쥬 곳 ᄉᆞ

寺遠이다 三時出定無消息ᄒᆞ니 盡日 欄頭에 空餘觴으로
ᄒᆞ노라

937 窓밧기 어른어른ᄒᆞ니 小僧이 올소이다 어져 져녁의 動鈴ᄒᆞ라
왓ᄃᆞᆫ 듕이올노니 閣氏님 ᄌᆞᄂᆞᆫ 房 뭇ᄌᆞ러 ᄃᆞᆫ니ᄂᆞᆫ 말 그ᄃᆡ
이너ᄉᆞ리 ᄉᆞᆷ 낙욧 갈 고가 ᄭᅡ 왓소 져 듕아 걸 기ᄂᆞᆫ 걸으ᄃᆡ
지라도 後ㅅ말이나 업게 ᄒᆞ여라

938 萬古離別ᄒᆞᆫ 듯 듀의 누고 누고 어ᄃᆡ던고 項羽의 虞美人은 釼光에
香魂이 나라나고 漢宮王昭君은 胡地遠嫁ᄒᆞ야 琵琶絃 鴻
鵠歌의 遺恨이 綿綿ᄒᆞᆫ 石崇의 金谷繁華로도 綠珠를
못 진여 나니 우리ᄂᆞᆫ 連理枝 並蒂花를 남과 나와 것거 쥐고
元央枕 翡翠衾에 百年百住ᄒᆞ리라

939 물 아래 細沙 갓ᄐᆞᆫ 몰ᄋᆞ치 沙工 놈 드리 三四月 田稅 大同 실나 갈 제 一千石
싯ᄂᆞᆫ 大中船을 자귀 다혀 ᄭᅮ며 내여 五色 實果 머리 ᄀᆞᆺ곳 ᄀᆞ
초와 ᄂᆞ고 笛 簫 亞鼓를 둥둥 치며 五江城隍之神과 四海龍
王之神의 손 곳초와 告祀ᄒᆞᆯ 제 全羅道 慶尙道ㅣ라 蔚山

바다 羅州 바다 七山 바다 휘도라셔 安興 목 孫乭 목 江華ㅣ목
감도라 들 제 平盤의 물 담듯이 萬頃滄波를 가ᄂᆞᆫ 듯 도라
오게 고ᄉᆞ레 고ᄉᆞ 지내 告祀 발원ᄒᆞ오니 이어라 저어라 ᄇᆡ ᄯᅴ여
ᄯᅴ여라 至菊悤ᄒᆞᆫ 南無阿彌陀佛

940 大丈夫 되여 나서 孔孟顏曾 못ᄒᆞᆯ 양이면 ᄎᆞᆯ하리 다 ᄯᅥᆯ치고 太公兵
法 외와 내야 말만ᄒᆞᆫ 大將印을 허리 아래 빗기 차고 金壇에 놉
히 안자 萬馬千兵을 指揮間에 너허 두고 ᄯᅳᆺ가 進退ᄒᆞ미 긔
아니 쾌ᄒᆞᆯ소냐 아마도 尋章摘句ᄒᆞᄂᆞᆫ 석은 선비ᄂᆞᆫ 나ᄂᆞᆫ
아니 부러ᄒᆞ노라

941 窓밧기 가마 솟 막키라ᄂᆞᆫ 장사 離別 나ᄂᆞᆫ 구멍도 막키ᄂᆞᆫ가 장ᄉᆞ의 對
答ᄒᆞᄂᆞᆫ 말이 秦始皇 漢武帝ᄂᆞᆫ 令行天地ᄒᆞ되 威嚴으로도 못
막고 諸葛亮은 經天緯地ᄒᆞᆫ 재조로도 막단 말 못 듯고 ᄒᆞ물며
西楚覇王의 힘으로도 能히 못 막앗ᄂᆞ니 이 구멍 막키란 말이
아마도 하 우숩다 眞實로 장ᄉᆞ의 말 곳트면 진되 長離別
인가 ᄒᆞ노라

는죠고만삿기지모라가一百쉰디짐자장남게물올은제과숙이너
거수룩수룩솨쉬ㅎ소슈俳여올나안가느질제란어니
홀만내물내다러지온리오리오ㅎ쳐눈러독믄남홈볼나
로다

932 鸚鵡은瘦ㅎ고綠潭中이오皓月은團ㅎ고映由欄이라淒涼ㅎ羅帷안히
螻蟀은울리올인人寂ㅎ고夜深ㅎ되玉漏殘ㅎ고金爐에香盡
參橫月落토록有美故人은뉘게잡피못오던고날ㅎ야이야
生生覺ㅎ라마는남생이비九回肝腸울ㅎㅎ이울오다가스라져
죽을만졍나는잇치못ㅎ에

933 밋남편그놈廣州廣德山싸리뷔장ᄉᆞ소되남진그놈朔寧이라잇
뷔장ᄉᆞ눈정의거둔님은ᄯᅡᆨ다ᄯᅮ드려방아치장ᄉᆞ돌홍
마자홍독긔장ᄉᆞ휘ᄒᆞ도라물네장ᄉᆞ오줌젼의치다라갈
망ᄒᆞᄒᆞ다가쉬장ᄒᆞ쳥ᄲᅩᆼ덩션졔물담복셔네눈드레
ᄯᅡᆨ지장ᄉᆞ어듸가이얼물가히모도리박장ᄉᆞ못어두리

934 싀어마님며나리낫바벽바닥을구로지마오빗에바든며나린가

갑세쳐손며느린가밤나모쇽은등걸휘초리나니ᄀᆞᆺ치안
살리신싀아바님벽볏뵌쇠똥ᄀᆞᆺ치되죵고신싀어마님三年겨
믈망태에서숀곳부리ᄀᆞᆺ치샢죡ᄒᆞ신싀누의님唐피가
론밧틔돌피나니ᄀᆞᆺ치시오란뫼곳ᄀᆞᆺ튼피똥누는아ᄃᆞᆯ
나두고건밧틔메곳ᄀᆞᆺ튼며나리를어듸를낫바ᄒᆞ시는고

935 너브다보자너브다보자니아니ᄒᆞ므라네남편도래거즛것스로올깃던졔
울던둥으란나리쉬오올젼에노코鐵아히어셔둥조치에널
고건넌집자근金書房을눈기야불너네여두ᄀᆞᆫ복마조
덥셕쥐고숙근숙덕ᄒᆞ다가셔샹박트로드러아셔우스일
ᄒᆞ던지조샹은쓰러지고굴허은삭되엿만나야우흠ᄒᆞᄒᆞ더다
ᄒᆞ던너야ᄒᆞᄒᆞ므라네남편도래져아희입이보다라와거즛
말마ᄅᆞ소라우리는마울지어셔라밥먹고울히ᄀᆞ심ᄒᆞᄀᆞ로에
갈셔리러간더니라

936 月落燈殘三更인졔나간님헤여보니酒肆青樓에셔남을거러
두고不勝濃情ᄒᆞ야花間陌上에春將晚이요走馬鬪鷄ᄒᆞ

거ᄂᆡ님인가ᄒᆞ노라

924 ᄃᆡ물여ᄯᅡᄂᆞᆫ이나기ᄃᆞ되요리ᄀᆞᆺ치ᄉᆡᆼ의소ᄅᆡ의온님오게되면任던물
회ᄒᆞ치며치뎌ᄃᆞᆨ나뎌뎌ᄒᆞᆨ반거서니닷고ᄂᆞ온님오게되면뒷
방울바등ᄂᆞ꾹모ᄀᆞᆨ나오ᄒᆞᆨ관ᄂᆞ즛ᄂᆞᆫ요도리암켜쥔밤이긋
그믓날젼ᄃᆞᆯ너ᄭᅥ일줄이ᄂᆞ시다

925 개얌이불개얌이ᄌᆞᆫ등ᄯᅳᆨ부러진불개얌이압발에졍종나고뒷
발에죵긔나ᄂᆞᆫ불개얌이廣陵ᄉᆡᆷ재넘어드러가람의허리를가
로믈어취혀들고北海를건너닷말이이셔이다님아ᄂᆞ온놈이
온말을ᄒᆞ여도님이斟酌ᄒᆞ소셔

926 平生에景慕ᄒᆞᄂᆞᆫ白香山의四美風流駿馬佳人은丈夫의壯年豪
氣오다老境生涯移搬ᄒᆞᆫ제身無妻子都三口ㅣ오鶴與琴
書共一舡이다ᄒᆞ니러더옥節介廉退當時에三大作文章이
李杜와並駕ᄒᆞ야百代芳名이뎐ᄒᆞᆯ줄이ᄂᆞ시하

927 昭烈之大度喜怒를不形於色과諸葛亮之王佐大才三代上人物五
虎大將熊虎之勇力으로攻城掠地ᄒᆞ야七月之高節과愛君

-162-

忠義古今에엇업스되蒼天이不助ᄒᆞ샤中興을못이르고英
雄의恨을기ᄭᅵ쳐曠百代之傷感이로다

928 右旌陳所志矣段은上帝處分ᄒᆞ오신後伊酒泉이無主ᄒᆞ야久遠陳荒
爲有去乎情由悉商ᄒᆞ여矣身處許給事을立旨成給爲白只
爲上帝題辭內에所訴知悉爲有在果劉伶李白股置折授
不得爲有去等ᄒᆞᆯ를며天下公物이라擅恣安徐向事이라

929 高臺廣室나ᄂᆞᆫ마다錦衣玉食더옥슬타銀金寶貨奴婢田宅비단치마
大緞장옷蜜花珠겻칼紫的綾纖저구리也머리石雄黃오로다
ᄭᅮᆷᄌᆞ되것다아마도내의願ᄒᆞ기ᄂᆞᆫ글ᄌᆞᆯᄒᆞ고말ᄌᆞᆯᄒᆞ고얼굴
ᄀᆞ자ᄒᆞᆫ몸ᄌᆞ되재ᄒᆞᄂᆞᆫ젊은書房인가ᄒᆞ노라

930 泰山이不讓土壤故로大ᄒᆞ고河海不擇細流故深ᄒᆞᄂᆞ니萬古天下
英雄俊傑建安八子竹林七賢李謫仙蘇東坡갓ᄐᆞᆫ詩酒風流와
絶代豪士를어듸가이로다사괴리萬崔一鳴鸞의ᄀᆞ리라議送
狂客이洛陽才士모도신곳에ᄒᆞ比에恭領ᄒᆞ야놀고가려ᄒᆞ노라

931 ᄒᆞᆫᄂᆞᆫ말고ᄒᆞᆫ다ᄒᆞ니ᄌᆞᆯ고積疾三年腹疾三年邊頭痛內外丹青

-163-

間草屋지어니니雲山烟水松風蘿月野獸山禽이졀노근物이
되어ᄂᆞ나아희야世上多精ᄒᆞ니山翁의富貴를남다려ᄒᆞᆯ
세라

916 南薰殿舜帝琴을夏殷周에傳ᄒᆞ야秦晋漢唐雜覇干戈
와宋齊梁風雨乾坤에王風이委地ᄒᆞ야正聲이久絶터니東
方에聖賢이나계시니彈五絃歌南風을이어볼가ᄒᆞ노라

917 간밤에大醉ᄒᆞ고醉ᄒᆞᆫ줌에쑴을ᄭᅮ니七尺劒千里馬로遼海를
나라건너天驕를降服밧고北闕에도라와서告厥成功ᄒᆞ엿
뫼시丈夫의慷慨ᄒᆞᆫ마음이胸中에鬱鬱ᄒᆞ여쑴에試驗
ᄒᆞ여라

918 琵琶야너는어이간듸온듸앙도어이ᄂᆞᆫ다심은ᄒᆞᆫ목을에후로
혀잔득안ᄋᆞ면엇지투른ᄒᆞᆫ손으로ᄯᅳᆫ비를잡아ᄯᅳᆺ거든아니앙도
어ᄯᅵ라아바도大珠小珠落玉盤ᄒᆞ기ᄂᆞᆫ너ᄲᅮᆫ인가ᄒᆞ노라

919 平壤女妓년들의多紅大緞치마義州女妓의月花紬치마寧海
盈德酒湯閑氏生苧布쥐감출등의힝ᄌᆞ치마멜ᄭᅥ시

이보다ᄂᆞ리도이뎡쳥든니다가同色이될가ᄒᆞ노라

920 寒松亭滄海ᄒᆞᆫ景을비진後에올나보니百尺元龍과一川花月이
라佳人은滿座ᄒᆞ고衆樂이喧空ᄒᆞᆫ듸浩蕩ᄒᆞᆫ風烟이오浪藉
ᄒᆞᆫ盃盤이로다아희야盡가득부어라遠客愁懷를씻셔볼
가ᄒᆞ노라

921 完山裏도라들어萬頃臺에올나보니三韓古都에一春光景이라錦
衣羅裙과酒肴爛熳ᄒᆞᆫ듸白雲歌ᄒᆞᆫ曲調를管絃에섯거시니
丈夫의逆旅豪遊와名區壯觀이오날인가ᄒᆞ노라

922 春風杖策上蠶頭ᄒᆞ야漢陽城裏를歷歷히둘너보니仁王山三角峯
은虎踞龍盤勢로北極을괴야잇고終南漢水ᄂᆞᆫ襟帶相連ᄒᆞ
久遠ᄒᆞᆫ氣像이萬千歲之無疆이로다君修德臣修政ᄒᆞ니禮義
東方이라堯之日月이오舜之乾坤이로다

923 石崇의累鉅萬財와杜牧之의風采라도밤일을ᄒᆞᆯ적의뎌연장
零星ᄒᆞᆫ연장자리만자비다거ᄉᆞ시어서貴ᄒᆞᆫ아닌줄ᄯᅩ寶고風度
ㅣ埋沒ᄒᆞᆫ지아도제거시주ᄒᆞᆫ이ᄒᆞ여너것과加合行節곳ᄒᆞ면

李太白은 接䍦錦袍로 飛羽觴而醉月ᄒᆞ니 아마도 시ᄅᆞᆷ을
기ᄂᆞᆫ 술만ᄒᆞᆫ 거시 업세라

909 功名을 혜아리니 榮辱이 半이로다 東門에 掛冠ᄒᆞ고 田廬의 도라
와서 聖經賢傳 헤쳐노코 이리 기울 罷ᄒᆞᆫ 後에 ᄒᆡ니에 술잔
ᄂᆞᆫ 기도 ᄒᆞ며 뒷뫼에 엄긴 藥도 키다가 臨高遠望ᄒᆞ야 任意逍
遙ᄒᆞ니 淸風이 時至ᄒᆞ고 明月이 自來ᄒᆞ니 아지 못게라 天壤之
間에 이 것치 즐거온 일을 또 어ᄂᆡ 代예 ᄒᆞ리오 平生의 이리 저리다
즐기다가 老死太平ᄒᆞ야 乘化歸盡ᄒᆞᆫ면 긔도 ᄒᆞᆫ가 ᄒᆞ노라

910 自古男兒의 豪心樂事를 歷歷히 혜여보니 漢代金張甲第와 晉室王謝風流 文物 白香山八節灘과 郭汾陽花園行樂
은 다 도타이 드되여니와 아마도 春風 天街에 小車를 잇글고 太華
名五六日에 擊壤歌 부르면서 任意去來ᄒᆞ여 老死太平은 藾
ㅣ 엇슈가 ᄒᆞ노라

911 漁村의 落照ᄒᆞ고 江天이 一色인제 小艇에 술을 싯고 十里沙汀 ᄂᆞ려가니
滿江蘆荻에 鷺鶿은 ᄂᆞᆯ거 날고 桃水流水에 鱖魚ᄂᆞᆫ 술젓ᄂᆞᆫ듸

柳橋邊에 ᄂᆡ 물 ᄂᆡ고 李下 술을 바다 酩酊케 醉ᄒᆞᆫ 後에 款乃
聲 부르면셔 ᄃᆡ를 저어 도라 오니 아마도 江湖至樂은 이 ᄲᆞᆫ인가
ᄒᆞ노라

912 님 그려 깁히 든 病을 어이ᄒᆞ여 곳쳐 낼고 醫員 請ᄒᆞ여 命藥ᄒᆞ고
며 쇼경의게 문복ᄒᆞ니 ᄒᆞᆫ 모ᄃᆞᆼ 불너 당즑 굿ᄒᆞ기ᄂᆞᆫ 믈이
모진 病이 하 질소ᄂᆞ니 아마도 그리던 님 만나면 고치도 홀가 ᄒᆞ노라

913 듕놈은 승년의 머리 털 손의 츤츤 휘감아 쥐고 승년은 듕놈의
샹토를 ᄭᅩᆨ 잡고 두 ᄭᅳᆺ 동이 마조 잡고 이 왼고 저 왼고 작작
공이 쳣ᄂᆞᆫ듸 뭇 소경 놈이 굿 보ᄂᆞᆫ고나 어듸셔 귀머근 벙어
리ᄂᆞᆫ 외다 올타 ᄒᆞᄂᆞ니

914 꿈 밧긔 드릐 곰 넘 드러 보ᄂᆞᆫ 님은 ᄯᅩ아 보리 任ᄎᆞᆫ 둘 그 곰 넘
드든 제 어듸 가 ᄯᅢ 이 불 아 ᄯᅢ 든 님을 ᄯᅢ로 ᄉᆡᆨ 막 조 ᄭᅦ 젹젹ᄒᆞᆫ
ᄭᅢ여셔 다가 소ᄒᆞᆫ 둘 니 아ᄂᆞᆫ 밤의 낼 보러 ᄒᆞᆫ 제 어듸로 가리아
마도 삿홀 ᄒᆞᆫ 곳 니 ᄎᆞᆯ 순 님이 신가 ᄒᆞ노라

915 千古羲皇之天과 一寸無懷之地에 名區勝地를 ᄀᆞᆯᄒᆡ 희여 數

有風雲慶이오興親이有福ᄒᆞᆫ作家無後玉樓ㅣ로다億
兆群生들이年豊을與케ᄒᆞ여白酒黃鷄로戱娛同樂ᄒᆞ
더라

901 十載를經營屋數椽ᄒᆞ니錦江之上이오月峯前이라桃花浥
露紅浮水ㅣ오柳絮飄風白滿船을石逕歸僧은山影外에
烟沙眠鷺雨餘邊이로다若令摩詰留於此ㅣ런들不
必當年에畫輞川이랏다

902 靑天에ᄯᅥᄯᅥ울고가ᄂᆞᆫ져기러기너가ᄂᆞᆫ길ᄒᆡ도다漢陽城內
잠간들너 ᄂᆡ말너이ᄒᆞ여물月黃昏계워望미난그려
춘아吳舍너라ᄒᆞᆫ말ᄉᆞᆫ傳ᄒᆞ여주렴으리도西洲
에期約을두고못미가ᄂᆞᆫ길히미僥倖들말ᄒᆞ여라

903 古人無復洛城東이오今人은還對落花風을年年歲歲花相似
여ᄂᆞᆯ歲歲年年人不同이라人不同花相似ᄒᆞ니그를슬허ᄒᆞ노라

904 內外三更細雨時에兩人心事兩人知라新情이未洽ᄒᆞ되하ᄂᆞᆯ이
장ᄎᆞᆺ밝아온다ᄂᆞ시굼羅衫을뷔혀잡고後人期約을ᄆᆞ슬너라

905 有馬有金兼有酒ᄒᆞᆯ제素非親戚強爲親이러니一朝에馬死黃金
盡ᄒᆞ니親戚이還爲路上人이로다엇더타世上人事ㅣ나난말
나가ᄂᆞ니

906 萬里長城에담안에阿房宮을놉히짓고沃野千里논ᄲᅵ논에數千
宮女앗히두고玉璽를드더지니金鼓를울니ᄂᆞᆫ劉亭
長項都督層이야우리ᄉᆞ보아시랴마ᄂᆞᆫ아마도耳目之所好와心志之所
樂은이ᄲᅮᆫ인가ᄒᆞ노라

907 色ᄀᆞᆺ치됴코조흔거슬뉘라셔말니ᄂᆞᆫ가穆王은天子ㅣ로ᄃᆡ瑤臺
宴樂ᄒᆞ고項羽ᄂᆞᆫ天下壯士ㅣ로ᄃᆡ滿營秋月에悲歌慷慨ᄒᆞ고
明皇은英主ㅣ로ᄃᆡ解語花離別ᄒᆞᆯ제馬嵬坡下에우럿거
든ᄒᆞ믈며날ᄀᆞᆺᄐᆞᆫ小丈夫ㅣ야百年살이라ᄒᆞ올일을아
ᄒᆞᆯ것업시늘그랴

908 술이라ᄒᆞᆫ거시어이삼긴거시완ᄃᆡ一杯一杯復一杯ᄒᆞ면恨者泄懷
者樂에挑興者能舞ᄒᆞ고呻吟者謳歌ᄒᆞ게伯倫은頌德ᄒᆞ
고嗣宗은沈醉ᄒᆞ고淵明은醉中書葉으로眄庭柯而怡顔

892 어우와 벗님네야 南蠻을 치라 가셰 前營將 左營將에 右營將 後營將이 次례로 버렷ᄂᆞᆫ듸 中軍은 在中ᄒᆞ고 千把摠 哨官 旗隊摠은 挨次隨行ᄒᆞ온 中에 一等ᄒᆞᆫ 嚮金通이어든 旗幟ᄅᆞᆯ 三行 主將이 上馬어든 金우ᄅᆞᆯ이고 朱喇叭 太平簫 鉦鼓 셩쌍이 두둥둥 쾡쾡 치며 남개 드러 得勝戰ᄒᆞ고 가셔 그곳듸 楚覇王이 ᄯᅩ 更無ᄒᆞ리 ᄒᆞ리라

893 柴扉에 개 즛거ᄂᆞᆯ 님만 너겨 나가 보니 님은 아니오 明月이 滿庭ᄒᆞᆫ듸 一陣秋風에 닙 지ᄂᆞᆫ 소ᄅᆡ로다 저 개야 秋風落葉을 헛도이 즈져 날 소길 줄 엇지오

894 기러기 외기러기 너 가ᄂᆞᆫ 길히로다 漢陽城臺에 가 잇거든 더듸더듸 우러녜ᄋᆞ 져부되ᄂᆞᆫ 말 傳ᄒᆞ여 주렴 우리도 밧비 가ᄂᆞᆫ 길히니 傳ᄒᆞᆯ 동 말 동 ᄒᆞ여라

895 漢武帝의 北伐西擊 諸葛亮의 七縱七擒 晉나라 謝都督의 八公山 威嚴으로 四夷戎狄을 다 쇼멸ᄒᆞ야 ᄆᆞᆫ 後에 漢南에 王庭을 업시ᄒᆞ고 凱歌歸來ᄒᆞ여 告厥成功ᄒᆞ리라

-154-

896 陽德 孟山 鐵山 嘉山 나린 물은 浮碧樓로 도라들고 黃喜 樂 慈母 毛月灘 나린 물은 濟川亭으로 도라드니 엇더타 님 그려 우ᄂᆞᆫ 눈물은 벼기 모ᄒᆞ로 흘너든다

897 司馬遷의 鳴萬古 文章 王逸少의 掃千人筆法 劉伶의 嗜酒와 杜牧之 好色은 百年從事ᄒᆞ면 一身兼備ᄒᆞ려니와 아마도 雙全키 어려울슨 大舜 曾參 孝와 龍逢 比干 忠인가 ᄒᆞ노라

898 碧紗窓이 어른어른커ᄂᆞᆯ 님만 너겨 나가 보니 님은 아니오 碧梧桐 져즌 닙헤 鳳凰이 ᄂᆞ려와 ᄭᅳᆫ 부리 휘여다가 깃 다듬ᄂᆞᆫ 그림재로다 모쳐로 밤일싀만졍 ᄒᆡᆼ혀 낫이런들 ᄂᆞᆷ 우일 번 ᄒᆞ괘라

899 ᄎᆔ오ᄅᆞ 옷두션ᄂᆞᆫ 소나무 보ᄂᆞᆫ 불 ᄒᆡᆨ야마 ᄒᆞᆫ 둘ᄒᆞᆫ 둘 이셜에 엇ᄂᆞᆫ 버들 우ᄋᆞᆫ 일 조ᄎᆞ셔 ᄒᆞᆫ 물ᄒᆞᆫ 물 님 그려 우ᄂᆞᆫ 눈물은 울거니와 님 모ᄂᆞᆫ 어이 우ᄋᆞᆫ 일 조ᄎᆞ셔 혹 목 빗ᄂᆞᆫ고 ᄒᆞᄂᆞ니

900 아마도 太平ᄒᆞ을ᄂᆞᆫ 우리 君親이 聖節이야 聖主ㅣ 有德ᄒᆞ사 國

-155-

882 江原道 皆骨山 감도라드러 楡店졀 뒤에 웃둑 션 져나모 긋헤
숭구로혀 안즌 白松骨이를 아모려나 잡아 질드려 山
行 보니는듸 우리는 식님 거러두고 질 못드려 ᄒᆞ노라

883 金化 金城 수슈ᄯᅵ 半 단만 어더 조고만 ᄯᅢ만 치음을 맛고 조쪽
이즁 白楊 箸로 지거자니 ᄯᅡ소나는 뒤 倂ㅅ 藥 盛만정 口
에 雜荊 뉘보도 이거 顏인가 ᄒᆞ노라

884 月黃昏 게워 간 날에 定處 업시 나간 님이 白馬 金鞭으로 어듸 가
니다가 酒色에 잠기여 도라 오기를 이젓는고 獨宿空房ᄒᆞ
여 長相思 淚如雨에 輾轉不寐 ᄒᆞ노라

885 아자나 쓰던 黃毛試筆 墨 ᄯᅳᆷ북 ᄶᅵ거 窓前에 언졋더
니 댁대굴 구르러 ᄯᅥ러지거고 이제 도라 가면 어더 올 법
잇건마ᄂᆞᆫ 아모나 어더 가져셔 그려 보면 알니라

886 菊花에 露濕도록 뉘게 잡혀 못 오던고 옷깃 잡혀 잡ᄂᆞᆫ가
지야소 ᄒᆞᄂᆞᆫ 듸 公鷄이 울 치고 오쟝도 어려워라 져 님아 혜
여 보아 ᄉᆞ라 네오 긔오 다르랴

887 白雲은 千里萬里 明月은 前溪後溪 罷釣歸來ᄒᆞᆯ 제 낙근 고기
ᄭᅦ여 들고 斷橋를 건너 杏花村 酒家로 도라드ᄂᆞᆫ 져 늘그니
眞實로 네 興味 언머오 놈 못 알가 ᄒᆞ노라

888 深意山 세네 바회 감도라 휘도라 들 제 五六月 낫계 죽만 살 얼는
지닌 우희 즌서리 섯거치고 조최눈 지엿거늘 보앗ᄂᆞᆫ다 님아
님아 왼놈이 왼 말을 ᄒᆞ여도 님이 斟酌ᄒᆞ소서 鄭澈

889 어우하 楚覇王이야 이 ᄀᆞᆺ 이대도 力拔山 氣蓋世로 仁義
를 行ᄒᆞ여 義帝를 아니 죽이던들 天下에 沛公이 열인ᄃᆞᆯ
도 東手無策ᄒᆞᆯ낫다

890 술 먹어 病 업ᄂᆞᆫ 藥과 色ᄒᆞ여 長生ᄒᆞᆯ 術을 밧주고 산 작시면 衣
盟誓ᄒᆞ지 아모만인들 關係ᄒᆞ랴 갑 주고 못 살 藥이니는
쉬아라 소ᄅᆞᆺ ᄒᆞ여 百年ᄭᆞ지 ᄒᆞ리라

891 秋堂의 明月 三更에 傾國色에 ㄷ은 님 만나 翡翠衾 ᄂᆞ소 덥고 琥珀
枕 마조 베고 이 ᄀᆞᆺ치 노ᄂᆞᆫ 樣은 一雙 元央이 遊綠水之波瀾
이로다 楚襄王의 巫山神女會를 부ᄅᆞᆯ 줄이 이시랴

ᄒᆞ더라

874 宅들에셔 단져 단술 사오 져 장ᄉᆞ야 네 황후 몃 가지나 외ᄂᆞ다 ᄉᆞ자 아져
동경 옷 든 견 걸 동경 즈우리 東海銅爐口 수며 구기 가들 가음
너ᄉᆞ옵소 大務官女妓와 小各官酒湯이 本是 녀러 가지를 조로ᄂᆞᆫ
흐르ᄂᆞᆫ 구멍 들 막ᄌᆞ히 옵소 장ᄉᆞ야 막힌 구멍은 막키도 쉬온 人ᄉᆡᆼ이나 업
시 ᄒᆞ여라

875 님다려 山에도 못 살니 시 鼰聲에 이곳 ᄂᆞᆫ 듯 물가의 도 못 숩거
시 물 우희 沙工 아리 沙工 놈들이 ᄇᆡ 中에 네 여ᄂᆞᆫ 지 至匊
ᄭᅵᆺ 於耶伊於 닷 치ᄂᆞᆫ 소릐에 ᄒᆞᆫ숨 짓고 도라 ᄂᆞᆷ 넘이 이 ᄒᆞ관
山도 물도 말고 들에 가 사ᄉᆞᆸ니다

876 가마귀 가마귀를 ᄯᆞ라 들에 가니 뒷東山에 눌어진 괴향남게 휘
듯ᄂᆞ니 가마귀로다 잇ᄐᆡ 날 못 가마귀 ᄒᆞᆫ더니 나며 뒤 덤벙이
두로 덥ᄲᅥ 쳐 어ᄉᆞᆺ 온이 아모 어지 그 가마귄 줄 몰니라

877 大舍人을 못 ᄒᆞᆫ 지ᄂᆞᆫ 木實을 머ᄌᆞ던가 千萬고지나 모ᄇᆞᆯ 이ᄭᅱ 性味가
다ᄅᆞᄃᆡ 天皇氏 地皇氏 萬八千歲숩지 의 木果를 머ᄌᆞᆫ가

-150-

아마도 瑤池蟠桃와 萬壽山五莊觀에 人蔘果를 먹엇ᄂᆞᆫ다

878 東山昨日雨에 老謝와 바둑 두고 草堂今夜月에 謫仙을 맛나
酒一斗ᄒᆞ고 詩百篇이로다 來日은 陌上靑樓에 杜陵豪
鄭妓와 곳 못고지 ᄒᆞ리라

879 李太白의 酒量은 긔엇더ᄒᆞ여 一日須傾三百盃ᄒᆞ며 杜牧之의 風
度은 긔엇더ᄒᆞ여 醉過揚州橘滿車ㅣ런고 아마도 이들
의 風采ᄂᆞᆫ 못 미츠리 ᄒᆞ노라

880 大丈夫 功成身退後에 林泉에 집을 짓고 萬卷書를 ᄡᅡ아 두고 종
ᄒᆞ여 밧 갈니며 보ᄅᆞ매 깃드리고 千金駿馬 ᄲᅧ 두고 絶代佳
人 겻ᄐᆡ 두고 金樽에 술을 노코 碧梧桐 거믄고에 南風詩
노릐ᄒᆞ며 太平烟月에 醉ᄒᆞ여 누어시니 아마도 男兒의 ᄒᆞ올
일은 이 ᄲᅮᆫ인가 ᄒᆞ노라 李鼎輔

881 大丈夫ㅣ 天地間에 ᄒᆞ올 일이 바히 업다 글을 ᄒᆞ쟈 ᄒᆞ니 人
識字憂患始오 칼을 ᄡᅳ쟈 ᄒᆞ니 乃知兵者是凶器라
ᄎᆞᆯ하리 靑樓酒肆로 오락가락 ᄒᆞ리라

-151-

씨름은 兩儁인가 ㅎ노라

朴師尚

868 山不在高ㅣ나 有仙則名ㅎ고 水不在深이나 在竜則靈ㅎㄴ니
斯是陋室에 唯吾德馨이라 苔痕은 上階綠이오 草
色은 入簾靑이라 談笑有鴻儒ㅣ오 往來無白丁이라
可以調素琴閱金經ㅎ니 無絲竹之亂耳ㅎ고 無案
牘之勞形이로다 南陽諸葛廬와 西蜀子雲亭을
孔子云何陋之有ㅎ시니라

869 洞房花燭三更인제 窈窕傾城玉人을 맛나 이리 보고 져리
보고 다시 보고 ㄷ시 보니 時年은 二八이오 顔色은 桃花
ㅣ로다 黃金釵 白苧衫의 明眸를 흘니 ᄯᅳ고 半開笑
ㅎᄂᆞᆫ 양이 오ᄂᆞ 아니 思郞이로다 그밧긔 吟咏歌聲과 衾
裡巧態야 일너 무ᄉᆞᆷ ㅎ리

朴明源

870 뉘라서 范亞父를 智慧 잇다 이르던고 帝上에 天子氣를
判然이 아라시ᄃᆡ 鴻門宴 잔치에 擧玉玦은 무ᄉᆞ일고
不成功疽發背死ᄃᆞᆯ 뉘 ᄃᆞ시라 ㅎ리오 李鼎輔

871 世上사ᄅᆞᆷ드리 人生을 둘만 너겨 두고 ᄯᅥ 늘글 줄 모로던고 ᄯᅥ
늘글 줄 모로거던 죽을 줄를 알아ᄯᅡᄂᆞᆫ 石崇이 죽어 갈 제 忠能
萬財 가져 가며 劉伶의 무덤 우희 어ᄂᆡ 술이 ᄒᆞᆫ 잔 ᄲᅥ니 ᄒᆞ니
늘ᄭᅴ 靑春一場夢에 百花爛熳ᄒᆞ니 이 마치 노ᄅᆞᆯ 아니 어이 ᄒᆞᆯ
ᄂᆞᆫ 어이리

872 天君이 赫怒ᄒᆞ사 愁城을 치오실 시 大元帥 歡伯 將軍 依幕은 靑
州從事 平原督郵 前驅ᄒᆞ야 李謫仙 草檄ᄒᆞ고 桓譚 鍾琉 陶淵
은 先鋒 擁旄ᄒᆞ고 舒州杓 力士鐺으로 挾擊大破ᄒᆞ야 糟丘臺에
올나 안자 伯倫으로 頌德ᄒᆞ고 麯蘗星 馳ᄒᆞ야 告厥成功ᄒᆞ온 後
에 그제야 耳熱臨臯ᄒᆞ야 鼓角을 伏見ᄒᆞ니 霸業難守成難을
又歌凱歌 歸호더라 李鼎輔

873 淮水出桐柏山ᄒᆞ니 東馳遷ᄒᆞ야 千里不能休어ᄂᆞᆯ 泚水ㅣ 出其側ᄒᆞ야
百里入淮流ㅣ라 壽州屬縣에 有安豊ᄒᆞ니 唐貞元年이라 縣令
生郞南이 隱居行義於其中이로다 刺史不能薦ᄒᆞ야 天子ㅣ 不
聞名聲이오 爵祿不及門을 門外惟有吏日來徵租更索錢

ㅣ로다 遠山은 無情ᄒᆞ야 能遮千里之望眼이오 明月은 有
意ᄒᆞ야 相照兩鄕之思心이로다 花不待二三之月 黃菊於
秋中ᄒᆞᆫ 月不當三五之夜ᄒᆞ야 圓明於枕上ᄒᆞ니 님 뫼
온 듯ᄒᆞ여라

862 昔子之去에 氣桓桓ᄒᆞ니 今子之來에 身踽踽ㅣ라 名雖幸雅은
去何處오 億中殘兵이 不成伍ㅣ로다 君不見文王百里
能御宇런다 不渡烏江을 못니ᄂᆞᆯ 허ᄒᆞ노라

863 酒力醒茶煙歇ᄒᆞᆫ 送夕陽迎素月ᄒᆞᆯ 제 鶴氅衣 닙의 ᄌᆞ
ᄂᆞᆫ 華陽巾 졋게 쓰고 手持周易一卷ᄒᆞ고 焚香默坐ᄒᆞ야
消遣世慮ᄒᆞᆯ 제 江山之外에 風帆沙鳥 外 煙雲竹樹ㅣ 一
望의 다 드로미 다 잇다 맛ᄯᅢ나 온 벗님네 와 圍碁投壺
ᄒᆞᆫ 鼓琴咏詩ᄒᆞ야 送餘年을 ᄒᆞ리라

864 이시듬 져시듬 어러ᄯᅡ지 시듬 方牌窩의 仰書成文ᄒᆞ여
春正月上元日에 西風이 ᄂᆞ이 불 제 ᄉᆞᆯ白綠 ᄒᆞᆫ 어리 ᄇᆞᆯ
ᄯᅳᆺ ᄆᆞ지 그리 ᄯᅥ ᄉᆞᆯ 지 븐 盞에 술을 부어 마초야 餞送ᄒᆞ

시든 거ㅣ ᄭᅡ 죽히 ᄯᅥᄂᆞᆫ 白鷗의 ᄀᆞ 뷘 ᄀᆞ치 구름 속에 들
거나 東海 바다 ᄭᅳ의 가 ᄯᅥ 외로이 걸 녓다가 風雨 ᄂᆞ 兩
落ᄒᆞ 흘지 自然消滅ᄒᆞ여라

865 別院에 春深ᄒᆞ니 幽懷를 둘 ᄃᆡ 업서 臨風惆悵ᄒᆞ여 四面을 둘
너보니 百花爛熳ᄒᆞᆫ ᄃᆡ 柳上黃鶯은 雙雙이 벗기나 다 下上
其音ᄒᆞᆫ 저 엇지 ᄒᆞᆫ 니 쉬여ᄂᆞᆫ 有情ᄒᆞ여 둘이 난ᄃᆡ 엇지
타 最貴ᄒᆞᆫ 사ᄅᆞᆷ 들은 ᄶᅡᆨ 셔 만도 못ᄒᆞ니

866 歷山에 밧 ᄀᆞ르실 셰 百姓이 다 ᄀᆞ을 辭讓ᄒᆞ고 漁雷澤ᄒᆞ실
시 人皆讓居ᄒᆞᆫ 陶河濱ᄒᆞ실 셔 그릇시 기우드지 아
녓ᄂᆞ니 天下의 朝覲訟獄謳歌者의 보ᄅᆞᄂᆞᆫ 聖德을
일노 좃ᄎᆞ 알네라 權德重

867 俾파 듄이 萬疊山中에 ᄒᆞᆫ ᄃᆡ 산나 어듸러로 오 어듸러로
가시ᄂᆞᆫ 山도 고 물도 흔 ᄃᆡ 님 업시 둘이 밧나 못 갈 셰
믈 ᄒᆞ여 보셔 두 곳 갈이 ᄒᆞᆫ ᄃᆡ 덤 뎌 너 흔흔 넘ᄂᆞᆫ 양
은 白牧舟 두 ᄯᅥ 커가 春陽의 취 듯ᄂᆞᆫ 듯 ᄃᆞ 어라 山中에 이

蔓橫 古稱[illegible]

852 아마도 豪放ᄒᆞᆫ 손 青蓮居士 李謫仙이라 玉皇香案前에 黃庭經 一字 誤讀ᄒᆞᆫ 罪로 謫下人間ᄒᆞ야 藏名酒肆ᄒᆞ고 月采石ᄒᆞ다가 긴 고래 타고 飛上天ᄒᆞ니 이제ᄂᆞᆫ 江南風月閑多年인가 ᄒᆞ노라

853 郝說이라 玄德이 檀溪 건너갈 제 的盧馬야 날 살녀라 앏희ᄂᆞᆫ 長江이오 뒤희 ᄯᅩᄂᆞ니 蔡瑁ㅣ로다 어듸셔 常山趙子龍은 날 못 ᄎᆞᄌᆞ ᄒᆞᄂᆞ니

854 玉도치 돗도치 니외 되던지 月中桂樹 나남기 니시위로다 廣寒殿 뒷뫼에 잔다복숫ᄒᆡ 어둡ᄯᅡ 듥 아니 어든 재 뭇ᄂᆞᆫ다 이울 이기믜 못 업ᄉᆞ면 님 뫼숩듯 ᄒᆞ여라

855 가마귀 거고나 다나 희오리 희나 다나 한시 다리 기나 다나 올히 다리 저르나 다나 世上에 黑白長短은 나ᄂᆞᆫ 몰나 ᄒᆞ노라

856 재 너머 재ᄌᆞ에 ᄀᆞ재 열 다ᄉᆞᆺ 낫 되여 고재 어엿브고 얼골 고와니 마외 선ᄂᆞᆫ 垂楊버들 광대 동걸이 되여 고나 우리도 少

年行樂이 어제론 듯 ᄒᆞ여라

857 楚山에 나무 뷔ᄂᆞᆫ 아희 나무 뷜 제 행혀 대 뷜세라 그 대 조라 거든 뷔여 휘우리라 낙시ᄃᆡ를 우리도 그런 줄 아오매 나무만 뷔ᄂᆞ니다

858 人生이 돌수레 가거ᄂᆞᆯ 보고 ᄉᆞᆯᄯᅡ 늙고 지너며 사ᄂᆞ 드르므로 전 너 가거ᄂᆞᆯ 보니 왔노라 가기ᄂᆞᆫ 가더라마ᄂᆞᆫ 少年行樂을 못 니일너 ᄒᆞ덧ᄃᆞ라

859 두고 가ᄂᆞᆫ 의 안과 보내고 잇ᄂᆞᆫ 의 안과 두고 가ᄂᆞᆫ 의 안은 雪擁藍關에 馬不前뿐이연이와 보내고 잇ᄂᆞᆫ 의 안은 芳草年年에 恨不窮을 ᄒᆞ노라

860 三春色 자랑 마소 花殘ᄒᆞ면 蝶不來라 昭君玉骨 胡地塵土ㅣ오 貴妃花容 馬嵬塵이라 蒼松綠竹은 千古節이오 碧桃紅杏 一年春이로다 져 님아 光陰은 本是 無情之物이니 앗겨 ᄉᆞᆷ ᄒᆞ리오

861 極目天涯ᄒᆞ니 恨孤鴈之失侶ㅣ오 回眸樑上에 羨雙燕之同巢

오나雨ㅣ에이러둔구리의외런가ᄒ노라

846 花山에春日暖이오綠柳에鶯亂啼라多情好音은못내드러
ᄒ는즁의門前에繫柳靑驄은願去長嘶ᄒ더라

騷聳 界面騷聳 羽調擺杵 兩樣交換 用羽調神

847 어리ᄡᅡ도ᄒ져자곱ᄉ고래치오ᄌ즈지난밤도ᄒᆞᆫ즈곱ᄉ고
래셔오즘자비어인유의八字ㅣ와ᄃ晝夜長常곱ᄉ고래
셔셔오즘안ᄌ오오놀은고리던님잇나ᄇ을ᄀ여보리ᄆ
츤ᄂ휘감아줄가ᄒ노라

848 어흠아져귀셥신ᄃ건넌佛堂에動鈴僧이내올너니홀居士
ᄂ홀노ᄌ시ᄂ방안에ᄆ스것ᄒ라와계오신ᄃ홀居士ᄂ
노감토버셔거ᄂ말갓ᄃ니곡갈버셔걸너왓노라

849 내모시당일허ᄇ린지오놀조ᄎ老三年이오러니젼ᄂ듸ᄂ

-142-

군젼ᄒ니閻氏ᄂ뇌방안의ᄲ잇드냐ᄒ되村枝란다ᄭ여애샬
지라도ᄌ모드될구멍이나보내소

850 大棗볼붉은柯枝에후르혀훌터ᄯ담고올밤익어벙그려
진柯枝휘두ᄃ려ᄯ담ᄂ벗모아草堂으로드러가니
술이풍풍셩이셔라

851 깃드리病疾眼疾ᄒ여ᄌ은날ᄆ의金두텁花郞이즌노고
ᄉ나ᄀ제靑갓ᄉ제ᄃᄂ杖鼓뎡더ᄅ영치ᄂ듸黑갓
두典樂이져될너리ᄂ하어ᄃ셔山진거북라ᄃ를진가
지는樹鼓물ᄉ치나니

-143-

834 世事ㅣ삼ㄱ울이라 허틀고 매쳐시니 거귀에 드트치고 내
몰내라 ᄒᆞᆯ지고 아희야 덩덕궁 북쳐라 이야지야
ᄒᆞ리라

835 天地ㄴ萬物之逆旅ㅣ오 光陰은 百代之過客이라 人生을 혜
아리니 滄海之一粟이라 두어라 若夢浮生이 아니
놀고 어이리

836 西塞山前白鷺飛ᄒᆞ고 桃花流水鱖魚肥라 靑蒻笠綠蓑
衣로 斜風細雨에 不須歸라 이 詩ㄴ 張志和 업ㄴ 후니 與 알니
업셔라

837 뒷뫼헤 떼구름 지고 압내에 비 개온다 굴삿갓 숙이쓰고 기잡
이 가자 ᄒᆞ니 아희야 벗 부른 옥 이셔든 기여 후로 오소 와라

838 岳陽樓에 올나 안자 洞庭湖七百里를 四面으로 둘너보니 落霞
ㄴ與孤鶩齊飛오 秋水ㄴ共長天一色이로다 어즈버 滿江秋
興이 數聲漁笛뿐이로다

839 壬戌之秋七月旣望에 비를 드고 金陵에 나려 赤壁으로 기나가니

ᄒᆞ고 仙 소울 소니 오날은 蘇東坡 업스니 놀니 업셔 ᄒᆞ
노라

840 靑天구름 밧게 놉히 떳ㄴ 白松骨이 四方千里를 지척만 너기ㄴ
데 엇더타 싀궁 뒤두리 먹ㄴ 오리ㄴ 제 집 門地方 넘나들
기를 百千里만 너기ㄴ니

841 건너셔ㄴ 손을 치고 집의셔ㄴ 들나 ᄒᆞ니 門닷고 드자 ᄒᆞ랴 손치
ㄴ 듸 가쟈 ᄒᆞ랴 이 몸이 둘이 되오면 여긔 져긔 가리라

842 九月九日 黃菊丹楓 三月三日 李白桃紅 江湖에 술 잇고 洞庭에 秋
月 인제 白玉盃 千日酒 가지고 翫月長醉ᄒᆞ리라

843 드엽슨 손이 오날 갓버슨 主人이 나셔 너나 ᄆᆞᆺ亭子에 악장
거려 대도 꼬와 아희야 선술 걸너라 외 안쥬ㅣ 들엇더니

844 갓 비집의 술이 거든 부듸 날을 불으시소 草堂에 꼿피거든
나도 자네를 請ᄒᆞᆷ세 百年덧 시름 업슬 일을 議論
코져 ᄒᆞ노라 金墒

思郞도 ᄒᆞ엿노라 離別도 ᄒᆞ엿노라 雪月紗窓에 기드려도 보와

825 이러나저러나ᄒᆞᆫ世俗거ᄉᆞᆯ傳치마소ᄂᆞᆷ의是非ᄂᆞᆫ니
의애비알니오다高樓에술이잇어시면그를조화ᄒᆞ노라

826 白馬ᄂᆞᆫ欲去長嘶ᄒᆞ고青娥ᄂᆞᆫ惜別牽衣ㅣ로다夕陽은已
傾西嶺이오去路은長程短程이로다아마도ᄂᆡ의難
別은百年三萬六千日에오ᄂᆞᆯ뿐인가ᄒᆞ노라

827 엇그제비즌술을酒桶이지고ᄆᆞᆫ 이집안아희들은헌
치옷ᄂᆞᆫ고아江湖에봄가ᄂᆞᆫ ᄂᆡ餞送가려ᄒᆞ노라

828 보ᄅᆞᆷ부러쓰러진뫼보셰ᄂᆞᆫ ᄂᆞᆫ미자석은돌본다ᄉᆞᆫ평의
결온님이술저던어되본다돌석ᄂᆞᆫ뫼솔니어드難
別인줄알니라

-138-

數大葉

雲端友龍

829 기러기ᄯᆞᆫ다나라드니消息인들뉘젼ᄒᆞ리相思ㅣ盡ᄒᆞ니
ᄌᆞᆷ이오야ᄭᅮᆷ아니예와조ᄎᆞ하리자ᄃᆞᆯ이뎌에뷔최여나
보리라

830 白雲이이러나니나무ᄭᅳᆺ치흔덕인다일ᄭᅡᆯ에東湖가ᄀᆞᆫ힐
ᄭᅮᆯ에西湖가자아희야넌그물거더셔리ᄀᆞᆫ吹ᄎᆞᆯ ᄃᆞ를ᄀᆞᆫ듯
츌놉히다다스라

尹善道

831 이ᄉᆡᆼ져ᄉᆡᆼ다지니ᄆᆞ로ᄒᆞ하공년날업니功名도어ᄀᆞᆫ버
ᄀᆞᆫ世事도심ᄉᆞᆼᄉᆞᆫ每日에ᄒᆞᆫ盞두盞ᄒᆞ여이령저
령ᄒᆞ리라

832 어리거든ᄎᆡ어리거나밋치거든ᄎᆡ밋치거나어리도밋도
듯아니듯못ᄒᆞᄂᆞᆫ듯이뎐가져뎐가ᄒᆞ여아모란줄몰나
여라

833 이러다저러다ᄒᆞᆫ날이오도다ᄃᆞᆫ뢰ᄒᆞᆫ잇거나사거나김ᄒᆞᆫ盞
에ᄆᆞ둑부어每日에醉케ᄒᆞ면세상이도회라

-139-

814 버ㄱ슴뜨되ㄴ재보소술혼잔이바히업니곰도아니되니然
이그러ᄒᆞᆫ데얼마나먹장ᄒᆞᆯ님이술돈이를ᄎᆞᆺᄂᆞ니

815 이러니저러니ᄒᆞᄂᆞᆫ말도되칸雜말다소며랑나님의盟誓
오ᄂᆞ다虛事ㅣ로다情이것저곳일盟誓들ᄒᆞ여무ᄉᆞᆷ
ᄒᆞ오

816 情浪秋中산그나쯤鐵椎項羽갓튼壯士를어더힘ᄭᅥ지툴
워에여ᄉᆞ이를져離別두字그제야우리님도리고百年
同樂ᄒᆞ리라

817 어듸자ᄂᆞᆫ어듸오마未懷자ᄂᆞᆫ여거와ᄂᆞ니臨津大同江을뉘
비로건너옴다和尙ᄂᆞᆫ빠트라마ᄂᆞᆫ女妓비로건너왓니

818 기러기夕陽天에나지말고메ᄂᆞ뒤를밤낫발나라深送未
歸處에좀간ᄃᆞᆫ녀도라오마가다가故人相逢ᄒᆞ여든即
速來ᄒᆞ리라

819 秋江에月白거를一葉舟를흘니저어나며물결쳐두ᄂᆞᆫ죠
ᄂᆞᆫ白鷗ㅣ다ᄂᆞᆯ나거다저희도사ᄅᆞᆷ의興을아라오락

-136-

가락ᄒᆞ더라

820 우네ᄭᅩᆺ치소리나ᄂᆞᆫ님을펀지ᄭᅩᆺ치던ᄯᅳᆺ마나비ᄭᅩᆺ치오락지
락구름ᄭᅩᆺ치헤여지니胸中에부ᄂᆞᆫᄇᆞ람ᄭᅩᆺ틋ᄒᆞᆫ숨이안개
피듯ᄒᆞ여라

821 님뜨ᄂᆞᆫ부터쓸어진마음가비오다삭시나며님그려둔病이前
며다허털소나아마도널노든病이니네곳쳘가ᄒᆞ노라

822 저盞에술이고다시니처음이와마시도아두렷ᄒᆞᆫ달이ᄌᆞ
며시니盞속이와잣치ᄂᆞᆫ다마ᄂᆞᆫ盞나ᄂᆞᆫ달가지ᄂᆞᆫ歡月
長醉ᄒᆞ오리라

823 엇그제취ᄒᆞᆫ술이이엇ᄂᆞ나깰엇ᄂᆞ나압니에호련
ᄃᆞ기금ᄂᆞ나夫모ᄂᆞ나아희야어셔자라내여다밧ᄂᆞᆫ
대접ᄒᆞ리라

824 曺仁의八門金鎖陣을顯木徐庶ㅣ아니던가百萬軍中에
헙ᄉᆞᆫᄂᆞ니子龍이로다一身이都是膽이라졔뉘라仙儒
ᄒᆞ리오

-137-

上淸秋節이오 咸陽古道音塵絶이라 西風殘照漢家陵闕
이로다

803 洛東江上仙舟泛ᄒᆞ니 吹笛歌聲이 落遠風이라 客子ㅣ 停驂聞
不樂은 蒼梧山色暮雲中이라 어즈버 鼎湖龍飛를 못
내 슬허ᄒᆞ노라

804 轅門番將이 氣雄豪ᄒᆞ니 七尺長身帶寶刀ㅣ라 大纛陰
山雪ᄒᆞᆫ듸 帳中歸飮碧葡萄ㅣ로다 大醉코 南薰을
혜아리니 草芥본듯ᄒᆞ여라

805 萬山東嶺에 즈러진 바회 우희 倭躑躅ᄀᆞᆺ튼 져 내 님이 내 눈에
얼핏거든 날의 눈에 지나 보랴 시ᄂᆞᆫ 고쳐 東山에 오조ᄀᆞᆺ
듯ᄒᆞ여라

806 夕陽에 醉興을 계워 나귀 등에 실녀시니 十里溪山이 夢裡에
지내여다 어듸셔 數聲漁笛이 ᄌᆞᆷ든 날을 ᄭᆡ와다

807 가도 지나 혜지나 中에 죽은 後ㅣ면 뉘 아더냐 죽은 무덤 우희
밧출 가나 논을 지나 酒不到劉伶墳上土ㅣ니 아니 놀고 어이리

808 百年을 可使人人壽ㅣ라도 憂樂中分未百年을 허믈며 百
年이 반듯기 어려오니 두어라 百年前ᄭᆞ지란 醉코 놀녀
ᄒᆞ노라

809 酒客이 淸濁을 ᄀᆞ릴소냐 다나 쓰나 마구 걸너 잡거니 勸ᄒᆞ거
니 量대로 먹으리라 醉ᄒᆞ고 草堂明月에 누어신들
엇더리

810 이러나 저러나 날고 술만 먹고 노셰 그려 먹다가 醉커든 醉
ᄒᆞᆫ 지즘 둘너라 醉ᄒᆞᆫ 에 是非를 그 뉘 아리 頹ᄉᆞᆫ가 ᄒᆞ
노라

811 어우하 날 속여다 秋月春風이 날 속여다 節節이 도라 오미
有信이 너겻더니 白髮은 날 다 맛지고 少年 좃ᄎᆞ 니거다

812 桃花梨花杏花芳草들아 一年春光 恨치 마라 너희는 그려도
與天地無窮이라 우리는 百歲뿐이니 그를 슬허ᄒᆞ노라

813 엇그제 離別ᄒᆞ고 말업시 伊西에 지혀시니 黃昏에 지는 ᄭᅩᆺ과 綠柳
걸닌 달을 아모리 無心이 보아도 不勝悲感ᄒᆞ여라

가아나도太古人物은나뿐인가하노라
[796]늙기야말나날을맛남이여희거다消息이긋치니을나세나아니뵈라
잇이아닐생각하니만날곳이졸하노라

三數大葉 龍虎相爭

[797]이젼을엇히ᄒᆞ여져뎐을엇더ᄒᆞ니萬壽山드렁츩이얼
거진들긔엇더ᄒᆞ니우리도이ᄀᆞ치얼거져百年ᄭᆞ지누
리이다

[798]桃源志隗비에너흔모기果石江의가모되야李謫仙등
에연고하날의올나수이재는새모기럭가삿다엇더리

[799]綠驛驪珠金지게먹에시니꽃에시셔아모龍泉雪鍔둘게
라다시셔해도러메고丈夫의為国志節을젼셔볼가ᄒᆞ
노라.

[800]落葉이울밧에지너남이秋拜이라風伯이뷔되에다쓰러ᄇᆞ
르ᄆᆞ슌어다삿뎌山路를덥허도둘엇더리

[801]楚山楚山多白雲ᄒᆞ니白雲處處長隨君을長隨君入楚山裡
ᄒᆞ니雲亦隨君渡湘水ㅣ라湘水上女蘿衣로白雲堪臥君
早歸라

[802]簫聲咽秦娥夢斷秦樓月、、年、柳色灞陵傷別樂遊原

난다 一身이 水火相侵ᄒᆞ니 숨을 살동 ᄒᆞ여라

781 눈즈ᄉᆞᄆᆞᆫ 물지ᄆᆞ 즈ᄉᆞᄆᆞᆫ ᄂᆞᆫ물 나니 字字行行이 水墨山水 되거고
나 져 님아 울어 쓴 長信이니 혹지 살아 보소서

782 一笑百媚生이 眞太의 鹿獨이라 明皇도 이러ᄒᆞ므로 萬里行蜀 ᄒᆞ시
도다 馬嵬에 馬前死ᄒᆞ니 그를 슬허 ᄒᆞ노라

783 靑鳥야 오노고야 반갑다 님의 消息 弱水 三千里를 네 어이 건너온다 우
리 님 萬端情懷를 네 다 알가 ᄒᆞ노라

784 못보면 ᄉᆞ주 나뵈와 나뵈 보면 담 싯 옷 난 꼿과 ᄎᆡ운의 思郞은
節節이 오건마ᄂᆞᆫ 엇더ᄒᆞ온지 우리의 思郞은 가고 아니 오ᄂᆞ니

785 두어도 다 썩는 肝腸 드는 칼로 졈혀 내여 珊瑚床 白玉函에 점점이
담앗다가 아ᄎᆞ나 가나니 잇거든 님 계신 ᄃᆡ 전ᄒᆞ리라

786 大川 바다 ᄒᆞᆫ 가온데 ᄲᅮ리 업슨 낡기 나셔 가지ᄂᆞᆫ 열 둘이오 닙흔
삼ᄇᆡᆨ 예순이라 그 남게 여름이 열니되 다만 둘이 열 넛더라

787 山밋ᄒᆡ ᄉᆞ쟈 ᄒᆞ니 杜鵑이도 붓그럽다 내 집을 굽어보며 솟적다
우ᄂᆞᆫ고나 두어라 安貧樂道ㅣ니 恨ᄒᆞᆯ 줄이 이시랴

-130-

788 시벽 비 더지ᄂᆞᆫ 날에 뫼기러기 우러 옐 제 반가온 님의 消息 혀
올가 보랏더니 다만지 蒼天 ᄒᆞᆫ 구름 밧긔 뷘 소ᄅᆡ만 들니더라

789 老人이 주령을 집고 뎌 欄干에 지혀서ᄂᆞ 白雲을 가ᄅᆞ치며 故鄕이
졔 연마ᄂᆞᆫ 언제 엔 逍遙 白雲 ᄒᆞ며 至今 帝鄕 ᄒᆞ리오

790 가을 하날 비 갠 빗ᄎᆞᆯ 드는 칼로 ᄆᆞᆯ나 내여 金針 五色실로 繡노하
옷슬 지어 님 계신 九重宮闕에 드려 오려 ᄒᆞ노라

791 남이 해ᄒᆞᆯ지라도 나ᄂᆞᆫ 아니 겻ᄂᆞᆯ 거시 참으면 德이오 닷토면 ᄀᆞᆺ트리
굽에라 곱오니 졔 겨 잇ᄂᆞ니 결을 줄이 이시랴

792 洛陽 三月時에 處處에 花柳ㅣ로다 滿城春光이 太平을 그렷ᄂᆞᆫ되 어으ᄇᆡ
唐虞世界를 다시 본 듯 ᄒᆞ여라 李鼎輔

793 瀟湘江 ᄇᆞᆯ근 ᄃᆞᆯ와 오ᄂᆞᆫ 져 기럭아 湘夫人의 鼓瑟聲이 어ᄂᆡ나 ᄂᆞᆯ
무관ᄒᆞ며 苦客의 淸怨을 못 이긔여 져리도 우ᄂᆞᆫ다

794 南陽에 누은 션ᄇᆡ 밧 ᄀᆞᆯ기 근심 업써 草堂 春日에 무ᄉᆞᆷ ᄭᅮᆷ을 ᄭᅮ엇
관ᄃᆡ 어ᄶᅡ 三顧草廬 ᄒᆞ거니

795 淸風 北窓下에 衣冠 버서 걸고 羲皇氏ㅅ 人民 何百姓인

-131-

도有波英雄은 이뿐인가 ᄒᆞ노라

766 烏江에月黑ᄒᆞ고騅馬도아니간다 虞兮虞兮 나ᄂᆞᆫ너를 어이ᄒᆞ리루

어라天亡我非戰罪니恨홀줄이 시다

767 말이놀나거늘 革鞭으로구버보니 錦繡靑山이물아래 ᄌᆞᆷ겨셰라 져

말아 놀나지마라 이를구경ᄒᆞ리라

768 天地ᄂᆞᆫ有意ᄒᆞ여丈夫를내엿ᄂᆞᆫ디 日月은無情ᄒᆞ여白髮을 지촉

ᄒᆞ니 아마도累世浩恩을 못갑플가 ᄒᆞ노라

769 술은언제나며시름은언제난지 술나며시름난지시름난後술이

낫지아니 아마도술이난後에 시름ᄭᅢ가ᄒᆞ노라

770 못되자술이냐 ᄂᆞᆫ돈이냐 ᄌᆞ버이쐈니이곳치도ᄒᆞᆫ 세를 어이그쳐

보날소냐ᄒᆞ고 술ᄭᅥ 罒美兵ᄒᆞ니 長夜醉를 ᄒᆞ리라

771 首陽山고사리ᄭᅥᆺ거 渭水濱에 고기낙가 偉狀의비즌술과 太白이노던

돈에 張騫의 乘槎 ᄐᆞᆫ 돈구경을가리라

772 이리ᄒᆞ야날속이고 저리ᄒᆞ야날속이니 怨讐이님을 이젼 즉ᄒᆞ다마ᄂᆞᆫ

前에 言約이 重ᄒᆞ니 못이 즐가 ᄒᆞ노라

773 봄이간다커늘 술싯고餞送가니 落花ᄒᆞᄂᆞᆫ곳에 간곳을 모롤너니

柳幕에 ᄭᅬᆺ고리 이르기를 어제갓다 ᄒᆞ더라

774 柴扉에 기즈즐을 이山村에 제뉘오리 竹林 푸르른 디 님니시우 블

오리로다 아희야 날불은 손이어든 採薇갓다 ᄉᆞᆯ외라

775 瀑布ᄂᆞᆫ山中屛이오 靑衫은鶴氅衣이다 相逢何事오 桃李陵春

이라니 집의 셔 술익어시니 醉코갈을잇더 ᄒᆞ리

776 太公의낙ᄃᆡ낙다비더 嚴子陵의 긴 줄 비어 范蠡의 비를 ᄐᆞ고 張翰

을 ᄎᆞ즈가니 孔伸이 이르기를 宿昔 ᄒᆞ더라

777 珠簾에 비쳔 달과 멀니 오ᄂᆞᆫ 笛 소리 마 千愁萬恨을 네 어이 도 ᄂᆞᆫ다

千里에 님 離別ᄒᆞᆫ 잠 못드러 ᄒᆞ노라

長松 드 　 놀노ᄃᆡ 보ᄆᆞᆯ비ᄂᆞᆫ 仔니에 어이 ᄒᆞ여 모로 ᄭᅵᆺᄂᆞᆫ 소리

도 蒼天과 ᄒᆞᆫ 빗치라 黃昏 줄이 시다

779 千山에 눈 이 오니 乾坤이 ᄒᆞᆫ 빗이라 白玉京 琉璃界 ᄀᆞᆮ 들 이 ᄯᅥᆺ셔 ᄒᆞ오나

千樹에 梨花 ᄑᆡ니 陽春 본 ᄃᆞᆺ ᄒᆞ여라

780 思郞ᄒᆞ여 불이되여 가ᄉᆞᆷ에 ᄉᆡᆼ겨나 肝腸 ᄡᅥᆨ어 ᄌᆡ가되니 ᄂᆞ ᄂᆞ로 소사

751 荊襄 어든 後에 西川에 入하야 七縱七擒 하고 八陣圖 法 ...
아마도 九原 千載에 못니즐손 諸葛인가 하노라

752 常山趙子龍은 相見도 壯하고 盤河에 敵手 업고 長坂川 馬上 忠
誠이야 아마도 慷慨한 英勇이 엇던손가 하노라

753 西凉에 少年將軍 英勇도 흔뎌 하다 諸將에 大戰하셔 好雄도 ...
저다 아마도 宗室을 鎭服하고 ... 起런가 하노라

754 長沙에 노든 老將 義氣도 有餘하다 東川을 ... 날 지 雄略을
뉘 當하리 어즈 軍山에 ... 난 ... 하노라

755 功蓋三分國이오 名成八陣圖 l 라 江이 흐르되 天恨도 有餘 저다 千載
에 지 遺恨은 吞吳 런가 하노라

756 穎川에 숨은 孝子 ... 主를 떠나 白河에 閑水 혼에 ... 仁을
너 가다 千古에 기 遺恨은 ... 런가 하노라

757 三國의 오른 名士 時運이 不齊런가 建保 許드린 後에 英主를 ... 오 次
나 功業을 未遂한에 落鳳坡를 ... 시니 平生에 ... 進 ... 을
못니즐 하노라

-126-

758 見時利 ... 萬子 不死後 世好雄 ... 用 ... 彷彿 ... 才能은
濟世安民 ... 德行이 兼全런들 太公望을 보올손가

759 ... 北城 外에 射 ... 度 ... 知己를 相携하야 財貨를 아
는 後에 解하야 松下에 누어시니 ... 가 ... 이라

760 南陽에 누은 龍이 運籌도 ... 하야 ... 에 行한 謀
略 對敵하 ... 오 今에 五丈原 ... 을 못니즐 하노라

761 珠簾을 반만 걷고 碧海를 굽어보니 十里波光이 共長天一色이로다 물
우의 兩兩 白鷗는 오락가락 하더라

762 어져 내 일이야 ... 나 ... 나 ... 나 아마도
별로 ... 病은 ... 하노라

763 明燭達夜하니 千秋에 高節이오 獨行千里하니 萬古에 大義로다 世上에
斬顏 ... 全은 이 ... 인가 하노라

764 靑牛를 빗기 타고 綠水를 흘리 건너 天台山 깊은 골에 不老草 캐러 가니
萬壑에 白雲이 덥혀시니 갈 길을 몰라 하노라

765 天下 大丈夫는 伍家의 子胥 ... 平王 屍 三百 鞭에 大恩을 갚 하시니 아마 ...

-127-

736 百草를 다 심어도 대ᄂᆞᆫ 아니 심엇시리 져대 울고 살대 가고 그리ᄂᆞ니
붓대로다 이後에 울고 가고 그리ᄂᆞᆫ 대ᄅᆞᆯ 심을 줄이 이시랴

737 바ᄌᆞ 晴日ᄒᆞᆫ 蘇킨에 봄 지나거다 有山有水處에 任意로 逍遙ᄒᆞ
니 아마도 榮辱 업ᄂᆞᆫ 몸은 나ᄲᅮᆫ인가 ᄒᆞ노라

738 니 집이 幽僻ᄒᆞ니 塵喧이 아조 업다 溪山은 울이오 花鳥ᄂᆞᆫ 벗이로다
잇ᄯᅢ 갓 吟詠風月ᄒᆞᆫ 美玄琴을 ᄒᆞ리라

739 山上에 밧 가ᄂᆞᆫ 百姓아 네 身世ㅣ 閑散ᄒᆞ다 鑿井耕食이 帝力인 줄 모로
ᄂᆞᆫ다 答ᄒᆞ되 肉食者도 모로거든 ᄒᆞ믈며 ᄒᆞ리오

740 鑿井飮耕田食ᄒᆞᆫ 採花山 釣於水ㅣ라 含哺鼓腹ᄒᆞ며 擊壤歌 노래
ᄒᆞ니 아마도 康衢世界를 다시 본 듯ᄒᆞ여라

741 가ᄌᆞ에 이리 져리 ᄒᆞᆫ지 저리 ᄒᆞ니 야속던 鷄鵝의 ᄯᅳᆫ이 ᄯᅡ지 杜鵑의 [illegible]
窩ㅣ 된지 네 생애 [illegible] 이제 지ᄂᆞᆫ 더 ᄒᆞᆫ가 ᄒᆞ노라

742 [illegible] 더 말지 [illegible] 삼고 든 ᄂᆞᆫ아 시비도 지실 쳐에 교채 아ᄆᆞ
[illegible] 淸塵土 된들 이즐 줄이 이시랴

743 [illegible] 에 [illegible] 아 [illegible] 리오 다 아 [illegible] 의 [illegible]

744 和更末에 翡翠을 ᄯᅩ 二更 初에 杜鵑이 로다 三更 五更에 우ᄂᆞᆫ 네ᄂᆞᆫ 저
라 아ᄂᆞᆫ 님ᄒᆞᆫ에 傳ᄒᆞᆫ 尼住니 일 傷心 傷ᄒᆞ여라

745 이 盡장으로 ᄉᆞᆯ이 아ᄂᆞᆫ 盡이로서 漢武帝의 承露盤에 이슬 바
든 盡이로서 이 盡을 다 ᄆᆞ신 後면 萬壽無疆 ᄒᆞ시리이다

746 넛ᄉᆞᆷ 杜沖腹板 뒤 ᄉᆞᆷ 님 ᄆᆞᄋᆞᆷ 花柚 ᄃᆞᆫ 뒤에 贏緣 진 부리을 모 時運지
기 보래 시 니 아모리 風霜 長霜ㅣ들 ᄲᅧ러질 줄이 이시랴

747 님 어가 오실제 ᄌᆞᆷ네 ᄒᆞᆯ 주고 가니 오노라 노라 그리노라 에 희오라
이 저 ᄂᆞᆫ 그 노라 다 ᄒᆞᆫ 뒤 ᄒᆞ아 가바 나 ᄌᆞᆯ 가 ᄒᆞ노라

748 涿郡 帝室胄 ᄂᆞᆫ 雄才 도 蓋世 ᄒᆞ다 荊蜀을 取ᄒᆞ지 ᄂᆞᆫ 漢室을 興ᄒᆞᆫ
ᄂᆞ 니 어즈버 有限ᄒᆞᆫ 大運을 못 니을 허 ᄒᆞ노라

749 天下大丈夫 ᄂᆞᆫ 眞實 노 關帝侯ㅣ라 明燭達夜 ᄒᆞ고 獨行千里
로 아마 아마도 精忠大節은 이 뿐인가 ᄒᆞ노라

750 河東大丈夫 ᄂᆞᆫ 威風도 凜凜ᄒᆞ다 小華容에 義釋ᄒᆞ고 七軍을 水
渰ᄒᆞ지 뒤 라 何 春秋 受困을 俟인 줄 ᄒᆞ여시

721 鶴타고 져 부는 아희 너도려 뭇쟈 瑤池宴이 罷ᄒᆞ얏ᄂᆞ냐 안

갓더니 네 뒤에 李謫仙翁이 나 뎨 가시ᄂᆞᆫ가 보아라

722 倉頡이 作字ᄒᆞᆯ 제 如此 悲歎 할 字와 秦始皇 焚書에 어이

둣어 두엇다가 至今에 在人間ᄒᆞ야 날의 원을 엇나니

723 아ᄒᆡ에 오던 그시 예와 올 ᄯᅢ 가 시와나 이 지 그려 죽어지라 ᄒᆞ엿더니

나 傳키 불 바 또 又傳ᄒᆞ여 주겨ᄂᆞᆫ도다

724 네 집이 길 희거다 杜鵑이 나지 은다 萬壑千峰에 외사립다 시 니져

지야 往來馬蹄를 즈져 무ᄉᆞᆷᄒᆞ리오

725 부쳐다ᄂᆞᆫ 하 거 넌 그 시 ᄯᅢ 를 고지 듯고 져 즘 ᄌᆞᆷ 치 주근 곳ᄭᆞ지

사거 더 더니 至今에 ᄯᅢ 를 곳 곳 ᄂᆞ니 그 시 ᄯᅢ 소긴가 ᄒᆞ노라

726 梅山 因緣 莫重ᄒᆞ의 草堂 ᄒᆞ고 르ᄂᆞ ᄂᆞ 千萬 後도라 ᄃᆞᄂᆞ 天子 혼은

그 ᄉᆞᆷ 에 어즈 버 古國 興廢를 ᄯᅳᆺ 니 ᄉᆞ 러 ᄒᆞ노라

727 져 나 치 ᄂᆞᆫ ᄒᆞ 라 ᄒᆞᄂᆞ 西山의 日暮ᄒᆞ도다 山影ㅣ 陰ᄒᆞ 거 는 澗水나 殘ᄒᆞ

댱 ᄂᆞᆫ 遠村에 聞鷄 鳴ᄒᆞᄂᆞ 다 봇 ᄂᆞᆫ가 ᄒᆞ노라

728 넌 되 지 ᄒᆞ 리 즈 져 ᄒᆞ 스 ᄒᆞᆫ 을 지 네 건 ᄂᆞ ᄎᆞ 여 ᄂᆞ 곳 을 ᄭᆡ 젼 오 ᄂᆞᆫᄯᅢ

이 나 바 도 ᄅᆡ 에 곳 도 에 다 ᄀᆞᆺ 온 所藤에 불 눈 ᄉᆞ 듯 ᄒᆞ더라

729 洛陽城 東 ᄯᅢ 지 ᄭᅳᆯ 둥 불 동 져 ᄀᆞ 던 에 萬古 英雄이 누구 ᄂᆞ ᄀᆞ 젓 ᄂᆞᆫ

우 리 도 져 리 될 人生이니 그를 슬허 ᄒᆞ노라

730 金樽에 酒滿 ᄒᆞ고 玉女의 解語花ㅣ 兩 ᄒᆞ 中 에 어 니 ᄀᆞ ᄋᆡ 더 도 ᄒᆞ니

아 마 도 月沈 三更에 解語花ㅣ 더 도 ᄒᆡ다

731 山中에 책曆 업서 節 가는 줄 니 몰내라 곳 피면 봄이오 닙 지면 ᄀᆞ을 이라

ᄭᅩᆺ 다 아 희 ᄃᆞᆯ 현 옷 ᄎᆞ 즈 니 겨 울 인 가 ᄒᆞ노라

732 松下에 안 즌 중 아 너 안 즌 지 ᄆᆡᆺ 百年고 山路ㅣ 陰ᄒᆞᆫ 데 가 잘 길 을 어 ᄃᆡ 나

나 안 ᄯᅥ 도 못 니 ᄂᆞᆫ 情 온 나 도 ᄂᆞᆯ 나 ᄒᆞ노라

733 百歲를 다 ᄉᆞᆯ 쟈 七八十을 ᄉᆞᆯ 지라 도 ᄆᆡᆺ 고 ᄒᆞᆫ 지 ᄆᆡ ᄂᆞᆫ 病 업 시 ᄂᆞᆯ 지

이 ᄂᆡ 有子 오 有孫 ᄒᆞ 니 긔 뉘 인 가 ᄒᆞ노라

734 細雨 ᄲᅮ 리 ᄂᆞᆫ 날 에 紫芝 장 옷 뷔 혀 잡 고 梨花 핀 골 노 진 된 ᄂᆞ ᄂᆞᆫ

가 ᄂᆞᆫ 閣氏 어 ᄃᆡ 가 뉘 게 거 ᄭᅳᆺ ᄯᅢ 동 ᄂᆞᆫ 줄 모 로 ᄂᆞ니

735 項羽ㅣ 天下 壯士 ᄒᆞ나 范增이 有謀 던 들 鴻門에 재 츠 업 ᄂᆞ 義 帝 를

아 니 ᄌᆞᆨ 일 거 술 不成 功 立 業 ᄒᆞᆫ 돌 뉘 탓 이 라 ᄒᆞ리오

마는 그 임은 어이 수을 퍽이 멋 칭해 전가 하노라

707 夕陽이 빗긴 날에 江天이 한 빗친제 楓葉芦花에 다라나는 져 기럭아 秋
節이 다 지나가되 消息 몰나 하노라

708 楚人이 千里 여나 任萬里를 가는 벗가 山高水深한 의 信으로나 遠信을
서이 불이 明月이 되여 비야 곳마다 비최리다

709 흐르 빛이 길 데 萬斛이나 넉거다 東籬黃菊 술 어나 미쳐 되도
던모아 회야 제가 치오니 라서 술 볼 너 넉으리라

710 술 먹지 싸자 트니 수리 나 여제 또 속여 먹는 비 뇌지 또 보는 술이 완지
盞잡고 든도 여 웃느니 뉘라 뫼도 하노라

711 누모나 자는 園 밖의 碧梧桐을 시모도 우모 月明庭畔에 影婆娑
도도 커니와 울 向한 깁흔 시름에 한숨 계워 하노라

712 너 회도 타 흔 남의 님을 비양 보라 한 열흘 두 맛시와 여드대
싼 보모 지모 한 돈도 설운 날이니 또 이 들 싼 보모 지고

713 大鵬을 칩어 잡아 번지 불에 외여 넉모 南海를 다 마시고 北海로 건
너 뛸지 泰山이 발 뜻 희 초이며 쇄 적 지 덧 하여라

714 金生麗水라 한들 물마다 金이 나며 玉出崑崗이라 한들 뫼마다
玉이 나며 아무리 女必從夫인들 님마다 조츠랴

715 뒷뫼에 구름 질 앞 너에 씨지 세니 비 올지 눈이 올지 보람 불어 진서
리 칠지 나 간 님 오실지 못 오실지 만 홀노 그 긋노이다

716 가마귀 검다 하고 白鷺야 웃지 마라 것치 검은들 속조차 검을소
냐 것 희고 속 검은 것은 너뿐인가 하노라

717 눈은 보고 보는 은 찬되 맘은 볼 곳 없어서라 벗스 몸이 드기 울
相思로 한 병 病드니 다 한 의 病드러 못 할 人生이니 그를 슬러 하노
매라

718 치지면 長歎息하고 蜀魄聲에 斷腸하랴 一時나 잊자 하여 궂은
비는 무슨 일로 遠村에 一鷄聲 하며 뭐 끗는 듯 하여라

719 伊川에 비 물 쓰세 涵溶도 건너가니 明道 계 절 몰 도이 가는 되로
비시 되라 가맥사 자구려 지거든 臨蒼에 두어 주리라

720 落葉에 두 字 씨 써 西北風에 부치이여 月明庭畔에 님 계신 되 보내
고자 님께서 보오신 後면 날 보와 계실 시리라

못오던가 秋月이 揚明輝어늘 자ᄂᆞᆫ 날도 못오던가

692 黃山谷 도라드러 李白花를 것거 쥐고 陶淵明 ᄎᆞ즈려 五柳村에 드러가니
葛巾에 술 듯는 소ᄅᆡ 細雨聲인가 ᄒᆞ노라

693 銀河에 물이 지니 烏鵲橋 ᄯᅳ단 말가 쇼 잇근 仙郞이 못 건너오단 말가 織
女의 寸만 ᄒᆞᆫ 肝腸이 봄눈 스듯 ᄒᆞ여라

694 玉 ᄀᆞᆺᄐᆞᆫ 漢宮女도 胡地에 塵土되고 解語花 楊貴妃도 驛路에 ᄇᆞ렷ᄂᆞ니
閣氏ᄂᆡ 一時花容을 앗겨 무ᄉᆞᆷ ᄒᆞ리오

695 田園에 나믄 興을 젼나귀에 모도 싯고 溪山 니근 길로 흥치며 도라와셔
아ᄒᆡ 琴書를 다ᄉᆞ려라 送殘年을 ᄒᆞ리라

696 西山에 日暮ᄒᆞ니 天地에 ᄀᆞ이 업다 梨花月白ᄒᆞ니 님 ᄉᆡᆼ각이 새로왜라 杜鵑아
너ᄂᆞᆫ 누를 그려 밤셔도록 우지ᄂᆞᆫ

697 白髮이 功名이런들 사ᄅᆞᆷ마다 도토리니 날 ᄀᆞᆺᄐᆞᆫ 愚拙이 어ᄂᆡ 보아시리
오 世上에 公道ᄂᆞᆫ 白髮인가 ᄒᆞ노라

698 寂無人 掩重門ᄒᆞᆫᄃᆡ 滿庭花落 月明時라 獨倚紗窓ᄒᆞ여 長歎息
ᄒᆞᄂᆞᆫ 次의 遠村에 一鷄鳴ᄒᆞ니 애 긋ᄂᆞᆫ 듯 ᄒᆞ여라

-118-

699 뉘라셔 이르기를 淸江水 깁다던고 비ᄌᆞ히 ᄀᆞ싯이 쥬도 아니 잠겨셰라 아마도
깁고 깁흘손 님이신가 ᄒᆞ노라

700 [illegible]에 項羽를 만나 勝敗를 議論ᄒᆞ니 重瞳에 눈물지고 큰 칼 짚고 니
르기를 至今에 不渡烏江을 못내 슬허 ᄒᆞ노라

701 淸風細雨下에 葛巾을 숙기 쓰고 義皇盛世에 醉眼을 드러보니
夕陽에 短髮樵童이 笛 불고 還을 ᄒᆞ더라

702 長山 깁흔 골에 白雪이 자자셰라 明沙十里에 滄海를 둘너 잇다 金
寺에 鐘磬 소ᄅᆡ 구름 밧긔 들니ᄂᆞ니

703 得友면 難得酒ㅣ오 得酒면 難得友ㅣ라 今夕何夕고 有酒有友
ㅣ로다 이 中에 三難이 ᄀᆞᆺ시니 아니 놀고 어이 ᄒᆞ리

704 林泉을 집을 삼고 石榻에 누어시니 松風은 거문고요 杜鵑聲이 노ᄅᆡ
로다 千古에 無事閑身은 나 ᄲᅮᆫ인가 ᄒᆞ노라

705 碧梧桐 시믄 ᄯᅳᆺ은 鳳凰을 보려 ᄒᆞ니 닙ᄭᅡ 지다 심은 가지 ᄯᅥ도 앗니 온
다 無心ᄒᆞᆫ 一片明月이 뷘 가지에 걸녀셰라

706 雪月이 滿窓ᄒᆞᆫᄃᆡ ᄇᆞ람아 부지 마라 曳履聲 아닌 줄을 判然이 알건

-119-

677 楚江漁父들아 고기낙가 숨지마라 屈三閭 忠魂이 魚腹裡에 드러나니
아모리 鼎鑊에 숨은들 變홀 줄이 이시랴

678 靑蛇劍 두러메고 白鹿을 지즐타고 扶桑 지ᄂᆞᆫ 히에 洞天으로 도라
드니 仙宮에 鍾磬 맑은 소릐 구름 밧긔 들니더라

679 萬頃滄波 欲暮天에 穿魚換酒 柳橋邊을 客來問我 興亡事여
든 笑指蘆花月一船이로다 一醉코 江湖에 누어시니 節가ᄂᆞᆫ 줄
몰내라

680 劉伶이 嗜酒ᄒᆞ마 金玉方가 켜가 며 太白이 愛月ᄒᆞ다 蓬萊로 갈소냐
가하나 술 나온 달 가지고 醉月長醉ᄒᆞ리라

瀟湘江 細雨中에 삿갓 쓴 저 老翁아 뷔 배를 흘니 져어 어드러로 向
ᄒᆞᄂᆞᆫ다 太白이 騎鯨飛上天ᄒᆞ니 風月 실너 가노라

나ᄂᆞᆫ 가옵거니와 思郞은 두고 갓시무ㄴ 나 가ᄂᆞᆫ 본 듯시 思郞을 ᄒᆞ소 思
郞아 푸待接ᄒᆞ거든 머므ᄂᆞᆫ 듸로 오너라

孟浩然 타던 젼나귀 등에 李太白이 ᄒᆞ든 千日酒 싯고 陶淵明 ᄎᆞ즈리라 五柳
村의 드러가니 葛巾에 술 듯는 소릐 細雨聲인가 ᄒᆞ노라

-116-

684 恨唱ᄒᆞ니 歌聲咽이오 愁翻ᄒᆞ니 舞袖遲라 歌聲咽 舞袖遲ᄂᆞᆫ 님 그린
타시로다 西陵에 日欲暮ᄒᆞ니 애 긋ᄂᆞᆫ 듯ᄒᆞ여라

685 臺上의 기런가 치너나 한지 몃千年 만의 思郞을 아ᄂᆞ니 모로ᄂᆞ다
아ᄒᆡ도 너 나와 살 쥬면 ᄒᆞᆫ거젼 가ᄒᆞ노라

686 아희 져 즐 곳은 罪로이 못이 武夫되어 百萬軍中에 싸홈
몰두니 밧中만 天鵞 一聲에 이쳣ᄂᆞᆫ 듯ᄒᆞ여라

687 가마귀 술지라도 오다가 ᄒᆞ니 맛도 뷔다가 펼지라도 펴다가 뷔지 말고 世
上에 人事ㅣ 變ᄒᆞ니 그를 슬허ᄒᆞ노라

688 武王이 伐紂ᄒᆞ어시을 伯夷叔齊 叩馬而諫曰 以臣伐君이니 不可라 ᄒᆞ든 뒤
太公이 扶而去之 餓死首陽ᄒᆞ니라

689 白鷗야 놀니지 마라 너 잡을 니 아니로다 聖上이 ᄇᆞ리시니 갈 곳 업셔 예
왓노라 이졔ᄂᆞᆫ ᄎᆞᄌᆞ리 업슨이 너를 좃녀 놀니라

690 黃河遠上 白雲間ᄒᆞ니 一片孤城 萬仞山을 春光이 예로부터 못넘ᄂᆞᆫ
玉門關이라 어듸셔 一聲羌笛이 怨楊柳를 ᄒᆞᄂᆞ니

691 春水滿四澤ᄒᆞ니 물이 만아 못오더냐 夏雲多奇峰ᄒᆞ니 山이 놉하

-117-

662 淸溪上 草堂 外에 봄은 어이 느졋ᄂ니 梨花白雪香에 柳色黃金嫩이로다
萬壑雲 蜀魄聲中에 春事ㅣ 茫然ᄒ여라

663 天皇氏 大光ᄒ신 地皇氏 娘命ᄒ여 支離ᄒ신 이 곳이 至今에ᄉ 다 잇기ᄂ 淺世에서
天地 나거든 편지 천 天竟이라

664 天地 廣大ᄒ고 日月이 光華로다 三皇 적 禮樂이오 五帝의 文物이라
四海로 太平酒 비져 萬姓同醉ᄒ리라

665 天生 奇ᄒ 樓의 李白이와 노돗던가 壁上 風月은 完然이 잇다마ᄂ
至今에 酒草 詩百篇은 信이던가 ᄒ노라

666 뉘 집이 草屋三間 世事ᄂ 바히 업니 茶ᄃ리ᄂ 돌湯罐과 ᄇ기 잡
ᄂ 낙대 ᄒ나 낫 외희 절노 ᄂ 뭇ᄉ리라 ᄒᄂ 인가 ᄒ노라

667 思郞인을 남 마다 ᄒ데 離別인을 다 쌜으랴 平生에 ᄎ웅이오 아시 곳
불 나이 도아 엇이 나 간 잠 ᄒ니 이 한 이 숀ᄃ ᄆ을 ᄒᄂ니

668 蒼梧山崩 湘水絶이라야 이 내 시름이 업슬 거슬 九疑峰 구름이 가지록
새로워라 밤中만 月出東嶺ᄒ니 님 뵈온 듯 ᄒ여라

669 千歲를 누리소셔 萬歲를 누리소셔 무쇠 기동에 쏫 픠여 여름
이 여러 ᄯ두도록 누리소셔 그 밧긔 億萬歲 밧긔 任萬歲를 누리소셔

-114-

670 ᄎ두려 누으며 ᄒᄂ 盞 잡고 南을 ᄇ라보니 떳ᄯ고 무러 온 빗 잇ᄂ 니로 못ᄒ다
ᄭ신 이제ᄂ 太白이 간 後ㅣ니 알니 업셔 ᄒ노라

671 ᄎ아 붉은 ᄃ리 아 李太白이 놀ᄃ ᄃ리 아 太白이 騎鯨飛上天後ㅣ니 눌과
놀녀 ᄂ 이 나 ᄂ 뎐 風月 大豪士라 날 마 놀미 엇더리

672 靑鳥도 蜂使을 삼아 넘 외 단 오게 ᄒ면 비록 千里라도 瞬息에 오련마
ᄂ 고 날도 날 도 나 이 나 물 傳 ᄒ 傳 ᄒ여라

673 비츤 술 더 먹은 면 되 져 먹지 잇다 술 집은 졔 엔 ᄂ ᄂ 헌 옷 새 천 나 주리
아희야 셔시지 발 을 츄 ᄂ 디로 바다라

674 草堂 秋夜月에 蟋蟀聲도 못 禁ᄒᄂ 되 다 니 夜半에 鴻雁聲은 무
ᄉ 리로 날 難히 ᄒ ᄂ 잠 못 드러 ᄒ노라

675 石崇이 죽어 갈 제 무어슬 쥐고 가며 劉伶이 墳上土에 어ᄂ 술이 온던ᄒ가
아희야 盞 ᄀ득 부어라 사ᄂ 신제 먹 오리라

676 내 집이 白鷗 보 어 디 메 인 고 江湖에 竹林으로 못 에 외 사 잇 다 운 집이
[illegible] 白鷗 [illegible] 가 [illegible] 못 ᄒ여라

-115-

647 酒色을 삼가 後에 一室百年 살쟈 하니 西施ㅣ들 關係하며 千日酒
ㅣ들 마실소냐 아마도 차던 술 다가 兩失될가 하노라

648 少年 시절에 잘 제 남 손 잡고 살쟈 하시던 顏淵이 죽어 설레 [illegible]
아니 살다 하다 말 주 난 못 살 人生이니 아니 놀고 어이 하리

649 離別 설운 줄을 織女 아니던 이라 烏鵲橋 건너 외여 회로 하야 오는
한 줄 人間에 子규 되야 남몰래 가게 하노라

650 世事는 琴三尺이오 生涯는 酒一杯라 西亭江上月이 두렷이 밝아 잇는데 東
閣에 雪中梅 다리고 翫月長醉 하리라

651 瀟湘江 긴 대 베혀 낙시 매여 두러메고 不顧功名 하고 碧波로 도라드니 白鷗
야 날 보고 놀나지 마라 世上 알가 하노라

652 꽃아 色을 밋고 오는 나뷔 禁치 마라 春光이 덧업슨 줄 넨들 아니
斜陽을 乖 하라 綠葉이 成陰子滿枝 하면 어니 나뷔 도라 보리

653 山映樓 비 긴 後에 白雲峰이 새로왜라 桃花 뜬 맑은 물은 골골이
소소난다 아희야 武陵이 어듸메요 나는 덴가 하노라

654 술 아니 먹어 나 님 갓츨 볼가 하니 흰 갓 볼기지 나니 白髮을 덮기
엇은 아 사도 白髮 덥흔 약은 못 엇들가 하노라

-112-

655 松下에 問童子하니 言師採藥去ㅣ라 只在此山中이언마는 雲深不知處
ㅣ로다 아희야 네 선생 오시거든 날 왓더라 숣아라

656 千山에 鳥飛絶이오 萬徑에 人蹤滅을 孤舟簑笠翁이 獨釣寒江雪
이로다 낙시에 잘 고기 걸닐 인가 하노라

657 紫霞城 五柳村에 陶處士의 몸이 되야 줄 업슨 거문고를 소리 업시 집히
니 白鷗ㅣ 知音 한 논지 우즑우즑 하더라

658 가마귀 칠하여 검으며 해오라비 늙어 세더냐 天生 黑白은 예부터 잇
건마는 엇더타 날 보신 님은 검다 세다 하나니

659 世事를 뉘 아더냐 가리라 明木에 世上이 날을 여의다 山水조차 날을 여
江湖에 一竿 漁父 되야 이어 待天時 하리라

660 江邊에 그물 멘 사람 고기 낫는 잠지 마라 寒江江南에 淸景 잇는 날이 兼하리
아희야 江村 漁父ㅣ 날 罪하리 조ㅊ업스랴

661 太白이 술 실너 가셔 달 지도록 아니 온다 오는 배 긔 건가 하니 고기 잡는 배이
[illegible] 다 아희 盞 씻어라 [illegible] 하노라

-113-

632 甲馬錄 못일외는 數日月이 못푸던가 首陽山 못 犬더 자귀 作 되나 出嘆
고야 무니므서 엿거신들 너울 줄이 시야

633 周도 聖人이 숫다 世上 수民 드러 스야 文王의 아들이오 武王의 아이
조되 平生에 一毫 驕慢을 니며 뵈기 업나니

634 부모에 수 논버지버 해녁에 줄 메오면 解慍南風에 舜琴이 되
연마는 世上에 알이 업스니 그를 슬허ᄒᆞ노라

635 長生術 거즛말이 不死藥을 거뉘 본고 秦皇 漢武 陵에 暮煙
秋草 뿐이로다 두어라 何 其 人生이 아니 놀고 어이ᄒᆞ리

636 두어라 우지 ᄆᆞ라 일우누나 조항 ᄆᆞ라 半夜 秦關에 孟嘗君 아니로다 오
늘은 님 온 날이니 아니 우다 엇더리

637 가마귀 저 가마귀 너를 보니 애ᄃᆞᆯ 래야 네 무슨 藥 먹고 머리조차 검어
논다 우리의 白髮을 검을 藥에 검겻ᄂᆞᆫ

638 셤에 논이 난 날 히 지최 곳날 작사 면 님 게신 曲 밧기 石臺 ㅣ 마 도 대로
러라 셤 결 히 지 최 업 스 니 그 를 슬 허 ᄒᆞ 노 라

639 泰山이 놉다 ᄒᆞ되 하늘 아리 뫼이로다 오로고 ᄯᅩ 오로면 못 오를 理

업 건 ᄆᆞᆫ 사 롬 이 제 아니 오 르 고 뫼 흘 놉 다 ᄒᆞ 더 라

640 東西이 既明커늘 님을 ᄭᆡ아 보니 ᄭᅮᆷ이 非東方 則明이오 月出之光
이로다 脫錦衾 推翡枕ᄒᆞᆫ 根轉及側ᄒᆞ노라

641 秋霜에 놀난 기러기 섬거온 소리 ᄆᆞᆯ라 굿득에 님 여ᄒᆡ고 ᄒᆞᆫ 물에
客窓으로 마 어듸 셔 치 슬 허 ᄒᆞ 더 니 스 ᄉᆞ 로 슬 허 라

642 綠楊은 실이 되고 ᄭᅬᄭᅩ리는 북이 되여 九十春光에 ᄶᆞ내ᄂᆞ니 나의 시름
누고 何 綠 隨 芳草를 勝 花 時 라 ᄒᆞ 더 니

643 一生에 알외 올손 거미 밧게 ᄯᅩ 잇는가 제 비 를 무 러 ᄂᆡ 여 ᄇᆡᆨ 병 그 물
미 즈 무 면 ᄆᆞᆺ보고 납 오 는 나 뷔 를 잡 오 려 ᄒᆞ 논 고 나

644 是 ᄯᅡ 비 何 ᄯᅡ 인 제 가 연 건 제 오 며 萬 頃 滄 波 에 가 는 듯 도 라 오 시
ᄂᆡ 中 만 蜀 燕 으 로 에 시 롯 논 듯 ᄒᆞ 여 라

645 青天에 ᄯᅥᆺ는 뫼가 우리 님의 뫼도 ᄀᆞᆺ아 이 말 드 새 깃 헤 ᄡᅡᆯ 을 소 히 더 부 구 다 ㄴ
우 리 酒 色 에 ᄌᆞ 게 미 ᄯᅥᆺ 는 줄 모 로 논 는

646 곳 노 라 져 禪 師 야 関 東 風 景 엇 더 터 니 明 沙 十 里 에 海 棠 花 불 거 는 ᄃᆡ
遠 浦 에 雨 雨 白 鷗 는 霏 珠 雨 를 ᄒᆞ 더 라

617 靑牛에며은 仙을 숙절ᄒᆞ시옷이로ᄃ 半世紅塵에 넋의 ᄌᆞ 無辺ᄒᆞ얏
두어라 晴牛ᄒᆞ니 恨ᄒᆞᆯ 줄이 이시랴

618 假使 죽을 지라도 明堂이 뵈되 업ᄂᆞ니 三神山 不死藥을 다 ᄀᆞ리아 ᄇᆞᆺ슬
바랭 海中에 시뫼나 가는 길 가ᄒᆞ노라

619 내 ᄒᆞ이더 ᄒᆞᆫ번 이별 ᄎᆞᆯ을 기ᄃᆞ시라 ᄇᆞᆰ心이 ᄉᆞᆯ이 되야 구뷔구뷔 ᄂᆞ미ᄂᆞᆫ
이제야 ᄋᆞ고 드로야 ᄒᆞ리 ᄃᆞᆺ간 되르를 ᄆᆞᆯ너와

620 ᄒᆞᆫ 잇다 ᄆᆞᆯ 너 가자 마ᄋᆞᆷ마 議論ᄒᆞᆫ 이 남 ᄲᅡ리 ᄋᆞᆷ반 어ᄃᆡ 어로 가잔 ᄆᆞᆯ고
마ᄋᆞᆷ아 너 ᄒᆞᆫ 잇거라 몸만 몬져 가리라

621 이 몸이 싀여져셔 졉동새 넉시 되야 梨花 픤 柯枝 속닙헤 싸엿다가
밤中만 슬ᄒᆞ 우러 님의 귀에 들니리라

622 가더니 이즌양ᄒᆞ여 ᄭᅮᆷ에도 아니 뵈니 현마 님이야 그 덧에 이져시랴
내 아수 조진 ᄎᆞ로 님의 타슬 ᄉᆞᆷ노라

623 洞庭 밝은 달이 楚懷王의 넉시 되야 七百里 平湖에 ᄒᆞᆫ갓 비친 ᄯᅳᆺ은
屈三閭 魚腹忠魂을 ᄉᆞᆺ 너 보려 ᄒᆞᆷ이라

621 공번된 天下業을 힘으로 어ᄃᆞᆯ 것가 秦宮室 블 지른도 오히려 無道ᄒᆞ고

道 어도 ... 義帝를 죽이ᄃ 하ᄂᆞᆯ 罪 免ᄒᆞᆯ아

625 눈 마ᄌᆞ 휘어진 ᄃᆡ를 뉘라셔 굽다던고 굽을 節이면 눈 속에 프를소냐
아마도 歲寒孤節은 너 ᄲᅮᆫ인가 ᄒᆞ노라 元天錫

626 ᄇᆞ람에 휘엿노라 굽은 솔 웃지 마라 春風에 픤 곳지 미양에 고와시랴
風飄飄 雪紛紛ᄒᆞᆯ 제 네야 날을 부르리라

627 紅氏이 부른 날에 鳳凰이 來儀ᄒᆞ니 滿城桃李는 지ᄂᆞ니 곳지로다 山林에
헌 솔이야 곳지 니 사ᄃᆡ 보랴

628 잇지ᄂᆞ 쑥 남 나 綠陰이 ... 柯枝 ᄭᅥᆺ거 ... 柳笛 쁴며 ... 醉ᄒᆞ여
져 오든 잠을 喚友鶯이 ᄭᆡ와다

629 ᄒᆞᆫ 恙 使行 ... ᄒᆞᆫ 顔色을 ... ᄒᆞ네 ... 病 업ᄂᆞᆫ 알아 ...
ᄒᆞᆫ 나 鍊 ... 學問 ... ᄒᆞ노라

630 뉘 아도 ᄆᆞᆯ 타ᄂᆞᆫ 줄 ... 世上人事 ᄂᆞᆯ 아마도 모를노라
하ᄂᆞ님 ... 님을 ᄆᆞᆯ 타ᄂᆞᆫ 되랴

631 楚霸王 壯ᄒᆞᆫ 뜻도 죽기도 ... 虞美人 ... 悲歌에 눈물 지어시니
至今 烏江風浪에 ...

602 靑春少年드라 白髮老人 웃지 마라 공번된 하날 아래 넨들 얼마 졀머시리
미시러 우리도 少年行樂이 어제론 듯 ᄒᆞ여라

603 희여 검을지라도 희는 거시 셜로려든 희여 못 검는 뒤의 ᄂᆞᆷ의 웃기 진져
줄어니 白髮이 公道ㅣ 라도다 날을 몬져 ᄂᆞ힌다

604 뭇ᄂᆞ이다 뎌 어여 ᄆᆡ양에 뎨 어ᄂᆞ 마시 오힌을 ᄌᆡ 셔 넨들 아ᄂᆞ 오흔을소
내 아마도 너 못 너 나다 다 사 납으실가 ᄒᆞ노라

605 萬頃滄波水로도 다 못 씻을 千古愁를 一壺酒 가지고 오날이야 씨셧고나
李太白이 이러ᄒᆞᆷ으로 長醉不醒 ᄒᆞ엿다

606 술을 니준 기더나 狂藥인 줄 알건마는 一寸肝腸에 萬斛愁 시러 두고 醉ᄒᆞ
여 ᄌᆞᆷ든 여시나 시름 닛자 ᄒᆞ노라

607 人生이 둘가 셋가 이 몸이 네 다셧가 비러 온 人生이 夢에 못 가지고 세 平生에 살
일만 ᄒᆞ던 언제 놀녀 ᄒᆞᄂᆞ니

608 一定百年산들 百年이 긔 언머ㅣ며 疾病憂患 더니나 난 날이 조 젹다 ᄒᆞ여라 非
百歲人生이 아니 놀고 엇지 ᄒᆞ리

609 가마귀 검다 ᄒᆞ고 白鷺ㅣ 야 웃지 마라 것치 검은들 속조차 검을소냐 一偏도 ᄒᆞᆫ 젹 이 연 우
리도 우리 되도 아니 ᄒᆞ시도 세도 아니라

610 琵琶를 두어 메고 玉欄에 지여시니 東風細雨에 듯ᄂᆞ니 桃花ㅣ로다 春
鳥도 送春을 슬허 百般啼를 ᄒᆞ놋다

611 못지난다 ᄒᆞ셔도 하 슬허 少年님에 꽃날니ᄂᆞ 못의 앗 아니로다 가소
아희 ᄀᆞᆺ다 봄을 시와 웃ᄂᆞ노라

612 구룸아 너는 어이 햇빗츨 ᄀᆞ리오는다 油然作雲ᄒᆞ면 大旱에 단비되기나 ᄒᆞ며
北風이 슬하게 불 ᄯᆡ에 볏뉘 쬐나 ᄒᆞ노라

613 三角山 프른 빗치 中天에 소사올나 鬱蔥佳氣 상用問에 부쳐 두고 江湖
에 盡鰐을 ᄒᆞ오니 만 ᄆᆡ양 醉케 ᄒᆞᄉᆞ셔

614 天下 名育鐵을 ᄒᆞᆫ 되 모와 뷔를 ᄆᆡ야 南蠻北狄을 다 쓰러 ᄇᆞ린 後에 그
쇠로 호미를 밍그러 江上田을 ᄆᆡ리라

615 靑山自在松아 네 어이 누엇ᄂᆞᆫ다 狂風을 못 이긔여 불희 져쳐 누엇
노라 가다가 良工을 만나거든 날 옛더라 ᄒᆞ고려 朴泰輔

616 치오 낫지 ᄒᆞ면 山河로도 자지 못ᄒᆞᆫ 도보 長淵ㅣ 면 ᄒᆞᆫ 구부터 이제 온다 世上
功名이 아희인가 ᄒᆞ노라

587 泰山이 平地되고 河海 陸地되도록 北堂 俱慶下에 忠孝로 일삼다가 [illegible]
이되야 ᄒᆞᆫ을 치몰 모로리라

588 님 向ᄒᆞᆫ 一片丹心 [illegible] 桑田이 變ᄒᆞ여 碧海 되더라도 님 向ᄒᆞᆫ 一片
丹心이야 가실 줄이 이시랴

589 간밤에 우던 여흘 슬피 우러 지내여다 이제야 ᄉᆡᆼ각ᄒᆞ니 님이 우러 보내도
다 져 물 거스리 흐르고져 나도 우러 네리라

590 이러ᄒᆞ나 저러ᄒᆞ나 [illegible] 일ᄉᆞᆫ 했다 ᄒᆞ되 險구즌 人生이 살면 저 살랏ᄂᆞᆫ가
뫼속에 사자 잇기ᄂᆞᆫ 님을 보려 ᄒᆞ노라

591 젓소리 바져 웃고 나 雨를 맛비여나 細雨 長堤에 쇠등에 아희로다 아희야
江湖에 봄이 드러도냐 推[illegible]ᄒᆞ여라

592 아희야 그물 내여 漁舡에 시러 노코 덜 괸 술 걸너 酒壺에 엿나 두고 어즈버
아직 소지 ᄲᅡᆯ 기다려 가리라

593 秋江에 밤이 드니 물결이 ᄎᆞ노매라 낙시 드리치니 고기 아니 무노매라 無心ᄒᆞᆫ
달빗만 싯고 빈 ᄇᆡ 저어 오노라

594 오늘도 다 새거다 호믜 메고 [illegible] 낙시에 고기 ᄭᅦᆯ 거시 아니 나 [illegible] 아니ᄆᆡ

도 [illegible]家에 [illegible]은 맛이 도흔가 ᄒᆞ노라

595 [illegible] [illegible] 山上 [illegible] 빗 빼에 안즌 [illegible] 이와 지닌 [illegible] [illegible] 이 만기 여닌 白
鷗 ㅣ 오다 草堂에 [illegible] [illegible] 보니 기여 [illegible] [illegible]

596 술을 醉케 먹고 오마가 空山에 지니 뉘 날 ᄭᆡ오리 天地 [illegible] 枕이로다
다 狂風이 細雨를 모라 [illegible] 날을 ᄭᆡ와다

597 압 내에 고기 낙고 뒷 뫼에 山菜 [illegible] 아츰 밥 도로 먹고 草堂에 누어시
지어미 [illegible] 아이 [illegible] 술 맛 보라 ᄒᆞ다

598 압 내에 낙은 고기 버들에 ᄭᅦ나 [illegible] [illegible] [illegible] 草坐로 ᄒᆞ나 히도
아희야 有餘를 [illegible] 아자 이러 [illegible] 지니리라

599 世上이 말 ᄒᆞ거늘 [illegible] 치로다 ᄒᆞ나 一頃 荒田과 八百 桑株 [illegible] 이로다 生計야
不足다 ᄒᆞ런 시름 업서 ᄒᆞ노라

600 시름이 업슬션졍 富貴 功名 關係ᄒᆞ며 [illegible] 이 [illegible] 일션졍 남이 웃
나 어ᄂᆞ 리 眞實로 安分 [illegible] 나ᄂᆞᆫ 도와 ᄒᆞ노라

601 남도 준 [illegible] 업고 바든 바도 업건 [illegible] 白髮이 어되너 온 거니 오 向
[illegible] 어진 道이 엇다 날을 조차 [illegible] 다

572 누구셔 壯士ㅣ라던고 離別에도 壯士ㅣ 잇다 明皇도 눈물지던 瑞柳도 우럿거
든 허믈며 匹夫單身이야 일너 무ᄉᆞᆷ ᄒᆞ리오

573 日暮蒼山遠ᄒᆞ니 날 저무러지 못 오던가 天寒白屋貧ᄒᆞ니 하ᄂᆞᆯ이 치워 못 오던가
柴門에 聞犬吠ᄒᆞ니 님 오ᄂᆞᆫ가 ᄒᆞ노라

574 부흥이 울니는 곳의 뫼다 돌 거얼 ᄯᅴ니 靑山之上이오 白雲深處연마ᄂᆞᆫ
그곳지 白雲이 ᄌᆞᄌᆞ시니 아무된 줄 몰니라

575 前生의 不死藥과 저 오의 不老草ᄂᆞᆫ 蓬萊山 第一峯에 가면 어더오려니
와 아마도 離別 업ᄉᆞᆯ 藥은 못 어들가 ᄒᆞ노라

576 忠臣은 滿朝廷이오 孝子ᄂᆞᆫ 家家在ᄒᆞ니 우리 聖主ᄂᆞᆫ 愛民赤子ᄒᆞ시ᄂᆞᆫ듸 明
天이 이 ᄯᅳᆺ 아ᄅᆞ셔 雨順風調ᄒᆞ쇼셔

577 騎司馬 呂馬董아 項籍인 줄 모로ᄂᆞᆫ야 八年 干戈에 날 對敵ᄒᆞ리 뉘 이
슈니 오ᄂᆞᆯ날 이러타 기ᄉᆞᆫ 하ᄂᆞᆯ인가 ᄒᆞ노라

578 雪月이 滿乾坤ᄒᆞ니 千山이 玉이로다 梅花ᄂᆞᆫ 半開ᄒᆞ고 竹林이 푸르럿다 아희
야 盞 ᄀᆞ득 부어라 春興계워 ᄒᆞ노라

579 黃鶴樓 뎌 소릐 듯고 姑蘇臺에 올나가니 寒山寺 쇠북 소ᄅᆡ에 醉ᄒᆞᆫ 술이 다
ᄭᆡ거다 아희야 酒家ㅣ 何處ㅣ오 [illegible] ᄒᆞ더라

-102-

580 蜀에서 우ᄂᆞᆫ 새ᄂᆞᆫ 漢나라흘 슬허ᄒᆞ고 春風에 웃ᄂᆞᆫ 곳츤 時節 만난 타시로다
우리도 物有盛衰니 웃고 울 줄 ᄒᆞ리오

581 功名富貴과 貧賤을 뉘라셔 ᄒᆞ돗던고 말업ᄂᆞᆫ 江山에 임자 업시 ᄒᆞ온 이 내 님업ᄂᆞᆫ 淸
風明月이 내 벗인가 ᄒᆞ노라

582 못 되리 淺生ᄒᆞ여 네 나 되고 비너 되여 비너 그려 곳 [illegible] 너도 날 그려 곳 [illegible]
보면 [illegible] 에 [illegible] 던 줄을 돌녀 볼가 ᄒᆞ노라

583 잘 숨어 느지러니 君子의 德이로다 風霜에 안지니 烈士의 節이로다 世上에
陶淵明 업스니 뉘라서 날 보료

584 太白이 仙興을 계워 采石江에 달 조츠 드니 이제 이르기를 술의 탓시라 ᄒᆞ건
마ᄂᆞᆫ 屈原이 自投汨羅ᄒᆞ니 어니 술이 잇돗던고

585 峨眉山月半輪秋와 赤壁江上無限景을 蘇東坡 李謫仙이 놀고 남겨 두어시니
은 世에 英雄豪傑은 몰나 가건이다

586 鷄 머리 梅花枝에 날고 九節竹 [illegible] 바회에 제 ᄀᆞᆫ 隱水流遠에 제 ᄭᅮ며 시니 桂
ᄭᆞ이 [illegible] 이로기를 [illegible] 듯ᄒᆞ더라

-103-

何事非君가 事堯事桀ᄒᆞ리라 安[illegible]

558 唐虞ㅅ적 잇던 본듯 漢唐宋을 보든 본듯 通古今 達事理ᄒᆞᄂᆞᆫ 明哲士를 엇더타고 저 설 띄 모로ᄂᆞᆫ 武夫를 어이

559 [illegible]言은 戡亂 年아니 ᄆᆞ숨 허물 ᄯᅩ 文武一体ㄴ 줄 나도 잠間 아옵ᄂᆞ니 두어라 赳赳武夫를 아니 ᄡᅳ고 어이리

560 青春은 언제 가며 白髮은 언제 온고 오고 가는 길을 아던들 막을낫다 알고도 못 막을 길히니 그를 슬허 ᄒᆞ노라 桂[illegible]

561 秋山이 秋風을 ᄯᅴ고 秋江에 ᄌᆞᆷ겨 잇다 秋天에 秋月이 오르니 여사도 닷 ㅅ듸 秋霜에 一雙 秋鴈은 向南飛를 ᄒᆞ더라 儒川君[illegible]

562 言約이 느저 가니 碧桃花도 다 지거다 아ᄎᆞᆷ에 우던 가치 有信타 ᄒᆞ랴마ᄂᆞᆫ 그러나 鏡中 蛾眉를 다ᄉᆞ려나 보리라 朴[illegible]

以下年代姓名欠詳

563 半 나마 늙엇시니 다시 졈든 못ᄒᆞ여도 이後ㅣ나 늙지 말고 매양 이만 ᄒᆞ고자 엇지 白髮아 네나 斟酌ᄒᆞ여 더듸나 늙게 ᄒᆞ여라

564 아자 ᄂᆡ 少年이야 어ᄃᆡ로 간거이고 酒色에 ᄌᆞᆷ겨신 제 白髮 아 ᄂᆞᆫ ᄯᅩ 다시 졔야 아무리 ᄎᆞᄌᆞᆯ 다시 오기 쉬오랴

565 世上富貴人들아 貧賤을 웃지마라 寄食於漂母ᄒᆞ던 [illegible] 拜將得位ᄒᆞ야 드ᄂᆞᆫ [illegible] 持物[illegible]ㅣ 알니라

566 富貴를 뉘 마다ᄒᆞ며 貧賤을 뉘 즐기리 功名을 뉘 厭ᄒᆞ며 [illegible]夫를 뉘 貪ᄒᆞ리 眞實로 在數天定이니 恨ᄒᆞᆯ 줄이 이시랴

567 神農氏 嘗百草ᄒᆞ셔 萬病을 다 고치되 相思로 든 病은 百藥이 無效ㅣ로다 저 님아 날 노든 病이니 네 고칠가 ᄒᆞ노라

568 天中端午節에 玉壺에 술을 너코 綠陰芳草에 白馬도 ᄯᅡ 드ᄂᆞᆫ 楊柳에 女娘鞦韆이 蕩子情을 비야나

569 綠水青山 김흔 골에 青藜緩步 드러가니 千峯에 白雲이오 萬壑에 煙霧ㅣ로다 이곳이 景槩 됴흐니 에 와 늙자 ᄒᆞ노라

570 白髮에 섭흘 지고 願ᄒᆞᄂᆞ니 燧人氏를 食木實ᄒᆞ던 젹에도 萬八千歲를 ᄉᆞ라거든 엇더타 鑽燧ᄒᆞ야 火食 因 ᄒᆞᄂᆞ니

571 太白이 언제 사ᄅᆞᆷ 唐時節 翰林學士 風月之先生이오 翫月之豪傑ㅣ로다 平生에 但願長醉ᄒᆞ고 不願醒을 ᄒᆞ리라

이러나져러나ᄒᆞ시니百年同住ᄒᆞ리아다 小栢舟

543 梅花녯등걸에春節이도라오니녜픠던柯枝에픠염즉도ᄒᆞ다마ᄂᆞᆫ春雪이亂紛紛ᄒᆞ니필동말동ᄒᆞ여라 梅花

544 寒松亭ᄃᆞᆯ밝은밤의鏡浦臺에물결잔제有信ᄒᆞᆫ白鷗ᄂᆞᆫ오락가락ᄒᆞ건마ᄂᆞᆫ 엇더타우리의王孫은가고아니오ᄂᆞᆫ고 紅粧

545 玉을玉이라커든荊山白玉만녀겻더니다시보니紫玉일시的實ᄒᆞ다맛ᄎᆞᆷ이활 비ᄇᆡ잇더니ᄯᅮᆯ어볼가ᄒᆞ노라 玉伊

546 鐵을鐵이라커든무쇠錫鐵만녀겻더니다시보니正鐵일시的實ᄒᆞ다맛ᄎᆞᆷ이골 풀무잇더니녹여볼가ᄒᆞ노라 鐵伊

547 솔이솔이라ᄒᆞ니무ᄉᆞᆷ솔만너겻더니千尋絶壁에落落長松내긔로다길아 래樵童의졉낫시야걸어볼줄이시랴 松伊

548 기러기우ᄂᆞᆫ밤에내홀노잠이업서殘燈도도혀고輾轉不寐ᄒᆞᄂᆞᆫ次에窓 밧게굴근비소ᄅᆡ에더옥茫然ᄒᆞ여라 康江月

549 夢中에왓나ᄯᅡ가夢中에離別ᄒᆞ니夢中信[illegible]夢中[illegible]보거니ᄯᅡ[illegible]依例아ᄯᅡ시去 生覺ᄒᆞ니눈물계워ᄒᆞ노라

-98-

550 時時로生覺ᄒᆞ니눈물이몃줄기오北天霜鴈이언의ᄯᅢ에도라올고두어라 緣分이未盡ᄒᆞ면다시볼가ᄒᆞ노라

551 漢陽서ᄯᅥ온나뷔百花叢에ᄂᆞ니다가銀河月에잠간쉬여松臺에올나자고이 이ᄯᅢ梅花春色에興을계워ᄒᆞ노라 松臺春

552 님이가신後에消息이頓絶ᄒᆞ니窓밧긔櫻桃ㅅ가몃번이나픠엿ᄂᆞᆫ고밤마다燈下 에홀노안져눈물계워ᄒᆞ노라

553 어이어러자리무ᄉᆞ일어러자리鴛鴦枕翡翠衾을어듸두고어러자리 오ᄂᆞᆯ은찬비맛자시니더옥덥게잘가ᄒᆞ노라 寒雨

554 長松으로ᄇᆡ를무어大同江에흘니ᄯᅴ여柳一枝휘여다가구지구지ᄆᆡ야시니 어듸셔妄伶엣거슨소헤들나ᄒᆞᄂᆞ니 求之

555 北斗星기우러지고更五點자자간다十洲佳期ᄂᆞᆫ虛浪타ᄒᆞ리로다 번거ᄒᆞᆫ님이니ᄉᆡ와무ᄉᆞᆷᄒᆞ리오 多福

556 梨花雨흣ᄲᅮ릴제울며잡고離別ᄒᆞᆫ님秋風落葉에저도날生覺ᄂᆞᆫ가 千里에외로온ᄭᅮᆷ만오락가락ᄒᆞ노다 桂娘

557 齊도大國이오楚도亦大國이라죠고만滕國이間於齊楚ᄒᆞ엿시니

-99-

月이 滿水곳ᄃᆞ니 ᄒᆞ기 술위ᄒᆞ노라

537 어버이 날 나흐시 어질ᄀᆞ자 길너 내니 이 두 分 아니시면 내 몸 나서 어질소냐
아마도 至極ᄒᆞᆫ 恩德을 못내 갑파 ᄒᆞ노라

538 ᄒᆞᆫ 졋 먹고 나ᄂᆞᆫ 몸 두 몸이 되야 이셔도 ᄒᆞ온 形連氣ᄒᆞ니 이ᄂᆞᆫ 兄弟ㅣ
니라 兄弟 아니 孝를 아라 自友自恭ᄒᆞ오소라

余一日謁　玉所顧余於其最樂堂中 出擬一小册子名永言
者曰此吾平日家君行從之際 欽慕而所與 私自收錄者
子其爲我評焉 余讀而退 三復而諷誦 警絶無浮華傷
滌蕩鄙俚之作 而其得於跌宕山水之間者爲稍多 且悠邑
根之韻 與夫身自發之意 概於是而發之者數十有餘 因也余
書而餘 爲此其吾調節之素合於桑與居園事 契然而識
其得於山水之間者 去塞出遠 所以有飄顧準之遺思 豈不盛
託於根之詠 則晚發之誠 又不爲樂於辭表 而所謂自發之誠 亦
藏於物定矣 有其言 要之皆可歌而傳之 夫歌者詩之類也
是以古者里巷風謠 如田畯野夫之詞 不得徹於陳詩之列 我較以常

徒用之鄕黨邦國 而爲感發起之意焉 豈不可謂之富矣 嗟乎 古以
天賦之質 主上方倚爲奇局 位遇甚隆 子孫繁昌 全福飲玉
輯快於階庭 其福德之盛 世皆比之漢 爲石君也 又不以畏慎教
焉 形布於儒雅之行 而言之出於性情之正者 又如此 其可貴也 夫豈止
如田畯野夫之詞 不得乎我相 名標謳歌 不免爲中蔵之稚
使世之得此卷而讀之 咏歎淫液 不但其爲利 歷氣之爲 豈不少
補乎而畏忌於身之念 亦不有不然也 爲其其白秋 將之也 歲在丁丑
初春 □□ 延安李賀朝謹書

539 青山裡 碧溪水ㅣ야 수이 감을 자랑 마라 一到滄海ᄒᆞ면 다시 오기 어려오니 明月이
滿空山ᄒᆞ니 쉬여 간들 엇더리　　黃眞

540 니 언져 無信ᄒᆞ여 님을 언졔 속엿관ᄃᆡ 月沈三更에 온 ᄯᅳᆺ지 젼혀 업네
秋風에 지ᄂᆞᆫ 닙 소ᄅᆡ야 니ᄅᆞᆯ 어니 ᄒᆞ리오

541 山은 녯 山이로ᄃᆡ 물은 녯 물 아니로다 晝夜에 흐르거든 녯 물이 이실소냐
人傑도 물과 ᄀᆞᆺᄯᅡ 가고 아니 오ᄂᆞᆫᄯᅡ

542 相思를 뫼 ᄒᆞᆯ졔 [illegible] 指直ᄒᆞᆫ ᄆᆞ음에 病을 가ᄌᆞ이러니 [illegible]

다이곳에小菴을지어남즈되미잇더ᄒᆞ리 金尙傳

522 天運循環ᄒᆞ야胡風을쓰로치미先天舜日이大明이되엿더니오늘날神洲
陸沉을不勝慷慨ᄒᆞ여라 金默壽

523 蜀錦釦도는칼들고白馬를跨会ᄒᆞ여長江瀨頭에ᄇᆡ마다도니션ᄯᅳᆺ은至
今에鴟夷憤氣를못니겨워ᄒᆞ노이라

524 蜀帝의죽은魂이㛐姝시되야이ᄂᆡ밤마다울되ᄋᆞ허라눈물노그
치ᄂᆞ니우리의님그린눈물은언의ᄯᅢ에그칠고

525 落葉聲ᄎᆞᆫᄇᆞ름의기러기울져夕陽江頭의고은님보내옵釋
迦와老聃이當ᄒᆞᆫ들아니울고어이리

526 小園百草叢에ᄂᆞ니ᄂᆞᆫ나뵈들아香내를도히너겨柳枝마다안지ᄆᆞ라
夕陽에숨구즌거믜ᄂᆞᆫ그물을걸고기드린다 麟坪大君㴭

527 主人이好事ᄒᆞ야遠客을뫼오ᄒᆞ시多情歌管이비야ᄂᆞ니客悲ㅣ로
다어즈버密城今日이太平인가ᄒᆞ노라

528 서ᄒᆡ비일긴날의일업스라아희들아뒷뫼에고ᄉᆞ리ᄒᆞ마ᄂᆞ니조타시
ᄅᆞ도ᄶᅡ을일ᄭᅥᆨ거오너라시술안주ᄒᆞ리라 積城君

529 어지오亂醉ᄒᆞᆫ노ᄇᆞᆫ도술이로다그져셔셔엿든지곳그져ᄂᆞᆫ니블시라
來日은西湖에ᄂᆞᆺ오ᄆᆡ니설傳ᄒᆞ여라 儒川君滫

530 달은언제나며술은뉘삼긴고劉伶이업슨後에太白이도ᄯᅩᆫ되엇다아마도무
ᄅᆞᆯ티업스니홀노醉코놀니라 朗原君偘

531 이술이天香酒ㅣ아오미大都ㅣ술타ᄯᅩ今辰에醉ᄒᆞᆫ後에醉醒詞야ᄒᆞ시
ᄒᆞᆯ때에ᄯᅢ로ᄋᆡᄉᆞᆫ블ᄀᆞ디아ᄂᆡ醉코어이리

532 天寶山ᄂᆞ린물을金石村에흘려ᄂᆡ오玉流堂지은ᄯᅳᆺ을아ᄂᆞᆫ이도보오ᄂᆞᆫ다
眞宗노이ᄯᅳᆺ을알면날인줄을알니라

533 滄河水도아듯師尙父의釣磯ㅣ로다渭水風烟에야古今에다불오나이어ᄒᆡ
王積異事를觀히보옷ᄒᆞ여라

534 石上에自枯桐을석조ᄉᆞᆺ바혀비면一張玄琴이月뫼이되언마ᄂᆞᆫ아마도高山流
水를알니업셔ᄒᆞ노라

535 술아삼긴술아네어이삼겻ᄂᆞ니遼鵑을어디ᄃᆞᆫ에와셧ᄂᆞᆫ眞宗
노ᄅᆡᄂᆞᆫ曉鷄를알니업셔ᄒᆞ노라

536 [illegible]뎌어읍거니ᄂᆞᆯᄆᆡᆼᄒᆞᆫ니엇더니[illegible]업시ᄇᆞᆫ하지니션ᄉᆡᆼ이되어이아歲

金屋大升以善歌鳴於世曾於丙申間余送其門叩其秘得一編
閑老而閑之乃自家所爲新飜也仍要訂正余回覽其詞說書
情境諧合腔節信樂譜之絶調也以余不才莫容贊辭之
相與同哀而歸一二年間已成陳迹曾子建存没之感盍是極矣余於
是掇拾其遺曲以布于世欲與其名同傳不朽也 南坡老圃書

509 뉘라셔 날 늙다 ᄒᆞᄂᆞᆫ고 늙은이도 이러ᄒᆞᆫ가 곳 보면 반갑고 盞 잡으면 우ᄉᆞᆷ 난다
올나와 春風에 흣ᄂᆞᄂᆞᆫ 白髮이야 낸들 어이 ᄒᆞ리오 李仲集

510 이거시 어의 미ᄂᆞᆫ 師尙父의 釣臺ㅣ로다 江山도 더지 업ᄂᆞᆫ 古蹟도 시로왜라 어
즈버 萬古英風을 다시 본 듯 ᄒᆞ여라 趙應賢

511 활지어 팔에 걸고 칼 갈아 엽헤 ᄎᆞ고 鐵甕城邊에 筒箇 베고 누어시니 보
와다 보와라 소ᄅᆡ에 ᄌᆞᆷ 못 드러 ᄒᆞ노라 林晉

512 보거든 슬믜거나 못 보거든 잇치거나 네 나지 말거나 ᄂᆡ 너를 모로거나 ᄎᆞ하
리 ᄂᆡ 몬져 치여셔 네 그리게 ᄒᆞ리라 高敬文

513 楚山에 우ᄂᆞᆫ 虎와 沛澤에 ᄌᆞᆷ긴 龍이 吐雲生風ᄒᆞ여 氣勢도 壯ᄒᆞᆯ시고
秦나라 외로온 사ᄉᆞᆷ은 갈 곳 몰나 ᄒᆞ노라 李之蘭

514 父母ㅣ 生之ᄒᆞ시니 續莫大焉이 엄거니 擾之深血ᄉᆞᆯ을 病悲를
졸아 ᄒᆞᆯ가 生我코 鞠我ᄒᆞᆫ 恩德을 갑ᄉᆞᆸ을가 ᄒᆞ노라 許橿

515 興亡이 有數ᄒᆞ니 滿月臺도 秋草ㅣ로다 五百年 都業이 牧笛에 부쳐시니
夕陽에 지나ᄂᆞᆫ 客이 눈물계워 ᄒᆞ노라 元天錫

516 간밤에 부던 ᄇᆞ람에 滿庭 桃花ㅣ 다 지거다 아ᄒᆡᄂᆞᆫ 뷔를 들고 쓸으려 ᄒᆞᄂᆞᆫ고
나 落花ㅣᆫ들 곳 지 아니랴 쓰러 무슴 ᄒᆞ리오 鮮于浹

517 堯舜 ᄀᆞ튼 님군을 뫼와 聖代를 다시 보니 太古 乾坤에 日月이 光華ㅣ로
다 우리ᄂᆞᆫ 壽域春臺에 늙을 ᄌᆞᆯ 모로리라 成運

518 님아 나와 다 늙어시니 任 언제 다시 져머 볼ᄂᆞᆫ 天台山 不老草를 麻姑仙女
ㅣ 알건 만ᄂᆞᆫ 아마도 雲山이 疊疊ᄒᆞ니 그를 뎌 엄서 ᄒᆞ노라 朴道淳

519 前기에 못ᄒᆞ거 白髮 나니 거ᄉᆡ니 허여ᄂᆞ니 ᄉᆡ지니 白髮은 偉事ㅣ로아 二秋
과부 夜使人도 ᄂᆡ의 본 듯 ᄒᆞ여라

520 月黃昏 期約을 두고 닭 울도록 아니 오니 새 님을 만낫ᄂᆞᆫ지 舊情의 잡히인지
지아무리 一時 因緣인들 이대도록 속이랴 朴俊琛

521 靑藜杖 흣더지며 白蓮峯에 ᄎᆞᄌᆞ가니 萬壑 千峰이 雲霧 ᄭᅵ여 數ㅣ로

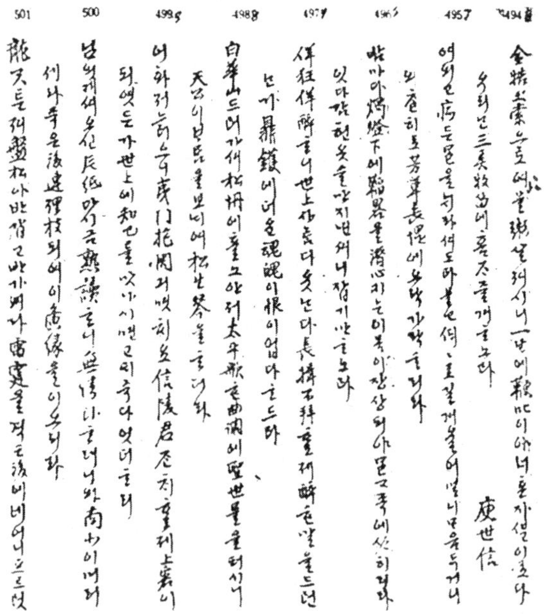

-90-

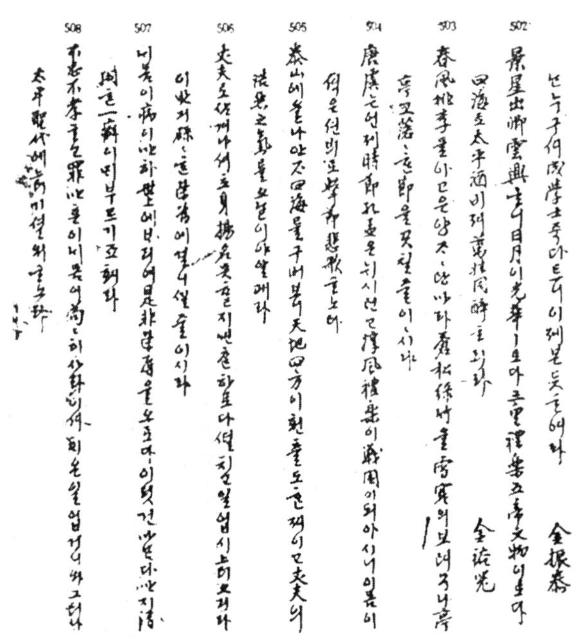

-91-

箕山에 늙은 사름 귀는 어니 씻돗던고 소ㅣ 소릐 긔 ᄒᆞᆫ 掛瓢이 가잔ᄒᆞᆷ
다만今의 潁水淸波는 더러온지 잇ᄂᆞ니

480 古今에 어질기야 孔夫子만 ᄒᆞᆯ가마ᄂᆞᆫ 轍環天下ᄒᆞ야 大鐸이 되야
시니 날 갓튼 석은 션븨야 일너 무ᄉᆞᆷ ᄒᆞ리오

481 朱門에 벗님네야 高車駟馬 됴타 마소 토씨 죽은 後ㅣ면 지 몯 ᄉᆞ기
이니 우리는 藩籬를 ᄆᆞ로ᄂᆞ니 ᄃᆞᆯ 시름 업서 ᄒᆞ노라

482 人生을 헤아리니 아마도 어려워라 逆旅光陰에 시름이 半이로다
다 ᄆᆞᄎᆞ 百年이 로ᄒᆞᆫ 聖世에 아니 놀고 어이리

483 가을밤 치간 책의 남은 燈이 더욱 ᄀᆞᆷ다 머리 ᄭᅥᆫ 권비에 남은 肝腸 다
ᄊᆡ오다 아마도 乘除 人生은 너뿐인가 ᄒᆞ노라

484 父兮生我ᄒᆞ시고 母兮鞠我ᄒᆞ시니 父母恩德을 昊天罔極이로다 眞宗
노 白骨이 塵土인들 此生에 어니 갑ᄉᆞ오리

485 어화 우리 님군 疾病이 업ᄉᆞ신가 滿朝 신하 이 즈리기 미나 갓스다 着生
이 民心을 勸ᄒᆞ니 太平인가 ᄒᆞ노라

486 白鷗야 날 보고 더 보자 놀나지 마라 ᄂᆞᄅᆞᆷ 名區勝地를 어ᄃᆡ ᄃᆡ 보왓ᄂᆞᆫ다

날도 何仔細 이 일너 두니 와 계가 놀니라

487 風塵에 얽매이여 떨치고 못 갈지라도 江湖一夢을 꾸언지 오릐 든 聖恩
을 다 갑고 淸閑 浩然 長辭ᄒᆞ리라

488 春服이 既成커늘 冠者 六七과 ᄒᆞ리 風乎舞雩ᄒᆞ며 興을 타고 오다 ᄒᆞ니
어즈버 泗水 舊跡을 뉘 몬져 ᄒᆞ이시랴

489 主當夢을 後ㅣ면 어늬 날 다시 오며 深山 가을 아니 제 뒤라 ᄎᆞᄌᆞ와 서 술
부어 지작고 날 勸ᄒᆞ며 노시 ᄒᆞ리 이시랴

490 蘆花 깊은 곳에 落霞를 빗기 ᄯᅴ고 三三五五이 섯거 ᄯᅥᆫ 저 白鷗를 아ᄆᆞ
리 湖江 舊盟을 ᄎᆞᄌᆞ 보려 ᄒᆞ노라

491 楓林에 落散ᄒᆞᆫ 華鼎에 烟歌 거든 遊仙一枕에 午夢을 ᄭᆡ지 ᄆᆡ니 어즈버
羲皇上世를 다시 본 듯 ᄒᆞ예라

492 漁歌牧笛 소ᄅᆡ 谷風에 섯거 불 저 午睡를 시로 ᄭᆡ야 醉眼을 여러 보니
지너 ᄒᆡ 나온 벗이 오니 携畵 歌 舞ᄒᆞ더라

493 霞鶩은 섯거 날고 水天이 한 빗친 저 小艇을 ᄆᆡ 타고 여울로 가니
附 가니 濶處에 삿갓 쓴 늙은이 낫 ᄃᆞᆯ 가지 ᄒᆞ더라

464 世上 사ᄅᆞᆷ들아 聲韶를 웃지 말나 視不見聽ᄒᆞ니 엇던 사ᄅᆞᆷ의
聲識ㅣ로다 어즈버 何妄侶에 떠난 비ᄂᆞᆫ 남의 是非ᄒᆞᄂᆞ니 朴文郁

465 夕陽에 비를 맛고 너 건너 山을 너머 가셔 ᄉᆡᆼ 밧 나ᄂᆞᆫ ᄯᅢ ᄇᆞᄅᆞᆷ은 黃昏
이 되여 오다 어디셔 바가온 밤을 오라 千里 밧거를 너머라

466 알 만ᄒᆞ엿ᄂᆞᆫ가 모로ᄂᆞᆫ 이 엇ᄂᆞ라 酒色에 좀 ᄯᆞᆺ거든 ᄒᆞ여 우 즐어니
알니 하냣 희 白髮이 웃닐 나ᄂᆞ 그를 슬허ᄒᆞ노라

467 朝聞道夕死ㅣ 可矣라 ᄒᆞ니 ᄒᆞᄂᆞ니 죠을 ᄯᅢ 가ᄉᆞᆷ을 仕ᄂᆞ니 人情을 아ᄯᆞ노라 世
事ᄂᆞᆫ 고를 오다 春 ᄒᆞ니 白鷗와 벗이 되야 樂餘年을 ᄒᆞ리라

468 날 이 언제런지 어제런지 그제런지 月陰亭 밧으ᄂᆞᆫ 날 아리ᄒᆞ니 집을
이 醉ᄒᆞ야 ᄉᆞᆼ지 真實로 ᄆᆞᆷ을 도 떠어 살 시 며 ᄒᆞᆯ 줄은 몰니라 朴師尙

469 逍遙이 苦行ᄒᆞᄂᆞ니 富貴도 不関ᄒᆞ다 第一江山에 나 흘 조ᄒᆞ 저 되야
夕陽에 낙시 ᄃᆡ 두어 메고 보ᄒᆞ 가 랑 ᄒᆞ리라 金天澤

470 花欄에 月 上ᄒᆞᆫ 寸 竹窓에 바도 져이 今 七弦琴을 詩聽에 빗기 드니 庭
畔에 從ᄂᆞᆫ 鶴이 듯고 ᄋᆞ 줌ᄒᆞ노라

471 못 ᄯᅢ 이 아희 ᄒᆞ 며 술집이 몰오ᄒᆞᆫ 靑天을 우러 ᄂᆞᆫ 날 더 래 우ᄂᆞᆫ

-86-

ᄆᆞᆯ 이 어즈버 千古李白이 날과 엇더ᄒᆞ던고

472 이 잔 잡으시고 이 내 말 듯쳐 드러 一罇酒 듯쳐 ᄂᆞᆫ 제 이를 다 ᄒᆞᆫ 분 별
ᄒᆞ여 이 밧긔 是非 榮辱은 나ᄂᆞᆫ 몰나 ᄒᆞ노라

473 三萬六千日을 하다 하지 마소 夢裡靑春이 어ᄂᆞ덧 지나ᄂᆞᆫ
니 두어라 四時風景에 醉코 놀가 ᄒᆞ노라

474 功名이 가ᄒᆞ엿ᄃᆞ 辱된 일 만ᄒᆞ니 三盃酒 一曲琴으로 事業을 삼
아 두고 好太平 烟月에 이리저리 늙으리라

475 䩥子 ᄂᆞ르ᄂᆞᆫ 소ᄅᆡ 아ᄌᆡᆺ다 鳳의 秋霜에 ᄭᆡ친 丹楓 닙도 곱도다 ᄒᆞ니
天公이 날을 爲ᄒᆞ야 뫼빗츨 ᄭᅮ며내도다

476 春窓에 느지 ᄭᆡ야 緩步ᄒᆞ여 이러 보니 洞口流水에 落花ㅣ 둥둥 ᄯᅥ 이셔라
져 ᄭᅩᆺ아 仙源을 ᄂᆞᆷ이 알가 ᄒᆞ니 ᄯᅥ나지 말아라

477 석ᄇᆡ 아니면 醉ᄒᆞ면 ᄭᆡ나ᄂᆞ니 世上 逍遙이 엇더ᄒᆞ니 ᄒᆞᆯ 니르라 平生을
醉裡乾坤에 ᄭᆡᆯ ᄯᅢ 업시 ᄒᆞ리라

478 天地翻覆ᄒᆞ니 日月이 無光이로다 黃極殿 前 ᄒᆞᆫ 집의 老草子ㅣ 라
此時가 어즈버 一部春秋 이 ᄂᆞᆯ을 못 지어 ᄒᆞ노라

-87-

449 보리밥 은ᄂᆞᆷ치에 밥부르니 無이로다 異菓蒲萄 소리ᄒᆞ니 神仙을
부를소냐 아마도 雨露恩澤이 깁고 ᄌᆞᆫ가 ᄒᆞ노라

450 셤도나 못 먹은 酒觴으란 보지 말고 쓰거나 못 쓰거나 絶代佳人 ᄯᅢ
치두워 延族光陰을 麒麟보며 ᄒᆞ노라

451 豪華도 거ᄌᆞᆺ거시오 富貴도 ᄭᅮᆷ이로다 北邙山 언덕에 搖鈴소리 곳
ᄭᅳᆫ치면 아모리 뉘웃고 이ᄯᆡ나 도ᄅᆞ혈 길이 업ᄂᆞ니

452 功名도 조타ᄒᆞ나 閑歇에 엇더ᄒᆞ며 富貴를 보려ᄒᆞ나 安貧에
엇더ᄒᆞ뇨 이 百年 져 百年 三萬에 뉘 百年이리오

453 靑雲은 네 조화도 白雲은 내 조화라 富貴는 네 즐겨라 安貧은
내 조화라 이 닌 줄을 웃거니와 그칠 줄이 ᄒᆞ시라

454 三軍을 鍊戎ᄒᆞ여 北狄南蠻 破ᄒᆞᆫ 後에 더러인 칼을 씻고 洗劍
후 지은 후 威福과 德을 베오니 四海安寧이라

455 閑中에 홀로 안ᄌᆞ 玄琴을 빗기 안고 宮商角徵羽를 주줄이
집허시니 窓밖에 엿듯는 鶴이 우줄우줄 ᄒᆞ더라 金重說

456 九龍淵 말근 물에 이니며 옷시 ᄶᅵ니 世上榮辱이 오로다 셕이로다

이몸이 淸風明月과 ᄒᆞᆷᄭᅴ 늙ᄌᆞ ᄒᆞ노라

457 臨湖에 비를 ᄯᅴ워 赤壁으로 나려가니 限업ᄂᆞᆫ 風景이 눈앞에 버려
잇다 우리도 東坡의 남은 興을 이어 ᄒᆞ여 ᄒᆞ노라

458 靑天에 ᄯᅥᆺᄂᆞᆫ 구름 오며가며 쉴 ᄯᅢ 업다 無心ᄒᆞᆫ 저 書狀 千態萬
스ᄆᆡᆯ며 千土에 世之人事 ᄯᅡ를 줄이 엇지오 金振泰

459 歲月이 如流ᄒᆞ니 白髮이 절로 난다 ᄲᆡ고 ᄯᅩ ᄲᆡ야 젊고져 ᄒᆞᄂᆞᆫ 뜻
은 北堂에 有親ᄒᆞ오시니 그를 두려 ᄒᆞ노라

460 神仙이 잇단 말이 아마도 虛浪ᄒᆞ여 蓬萊瀛洲를 ᄎᆞᆺ더 보옴던
고 아마도 淸閑한 몸이 眞仙인가 ᄒᆞ노라

461 長空에 ᄯᅥᆺᄂᆞᆫ 소록이 눈 살피고 무슨 일로 ᄯᅥ 온 쥐를 보고 盤廻ᄒᆞ
는고 ᄯᅦ 萬一에 鳳凰을 만나면 우음될가 ᄒᆞ노라

462 낫ᄀᆞ의 ᄯᅥᆺᄂᆞᆫ 버들 三月春風 맛나거다 꾀ᄭᅩ리 ᄒᆞᆫ나 우즑우즑 ᄒᆞᆫ
을 즐겨 엇더ᄒᆞ다 柳葉風流를 ᄒᆞᆫ 春에도 ᄯᅥᆺᄂᆞ도다

463 淸風이 習習ᄒᆞ니 松聲이 冷冷ᄒᆞ다 謫仙 업ᄂᆞᆫ 澗에 옹ᄋᆞ 綠琴이 가득ᄒᆞ다
뮌사 要수에 陶淵明 간後ᄂᆞ니 知音ᄒᆞ리 업도다

434 父母 사라신제 慈心을 뫼지 못ᄒ며 樂其心 養其體ᄒ야 百歲를 지
ᄂ신 後에 못ᄂ니 香火不絶키를 ᄒᆞᄂ가 ᄒ노라
435 堯舜은 엇더ᄒ샤 德澤이 넙으시고 桀紂ᄂ 엇더ᄒ여 모질이 산도던가 아
마도 이러저러ᄒ 줄을 모ᄅ면 알게 ᄒ이라
436 商紂ㅣ 亡ᄒ고 다ᄅ 아셔 뉘 아라 商紂ㅣ 아니런들 다ᄅ 줄 뉘 알ᄂ
니 하ᄂ님이 商紂 다ᄅ를 내여 後人鑑戒ᄒ이라
437 草庵이 寂寞ᄒ되 벗 업시 혼자 안ᄌ 平調ᄒ 닙헤 白雲이 절로 존다
어ᄂ 뉘 이 됴흔 ᄯᅳᆺ을 알니 잇다 ᄒ리오
438 꼿이 디아 춤에 ᄌᆞᆷ 신에 이 너 보니 半開花封이야도 와 되는 ᄀ에
春鳥도 春興을 못 이긔여 소ᄅ를 ᄒ다
439 景會樓 萬林松이 眼前에 버러 잇고 黃王鞍驄은 驊騮ㅣ 되
엿ᄂ듸 夕陽에 翩翩 白鷺ᄂ 오락가락 ᄒ다
440 臨高恢ᄒ야 ᄒ던 ᄂ존 듸을 ᄂ지 마소 雷霆大風에 失足이 怔
畏ᄒ 邱우 터ᄂ 平地에 안ᄌ시니 不別 업ᄉ ᄒ노라
441 天朗氣淸ᄒ고 惠風이 和暢ᄒ제 桃李ᄂ 紅白이오 柳萬은
綠이로다 이로ᄒ은 太平聖世에 아니 놀고 어이리

-82-

442 人間이 살일 울을 ᄂᆞᆫ 말 서 아라 노라 一樽酒 엇고 취ᄒ 明양 보다 ᄂ
시그녀 塵世에 難逢開口笑ㅣ니 못키 닐은고 ᄒ노라
443 綠楊도 도거니와 碧梧桐이 더 됴해라 ᄒᆞᆫ가비 듯ᄂ 소ᄅ 丈夫의 事
ㅣ로마 나 좋이 작ᄃ ᄂ ᄒ면 舜帝琴이 되리니라
444 功名은 在天ᄒ고 富貴에 心動ᄒ야 人事 修齊이 하ᄂᆞᆯ에 디엿ᄂ니
平生에 德을 닥고면 享福無疆ᄒᄂ니
445 검으면 희다 ᄒ고 희면 검다 ᄒ네 검거나 희거나 올타 ᄒ리 전혀
업다 차라리 귀 막고 눈 감아 듯도 보도 말니라
446 丹楓은 欺紅이오 黃菊은 佳金이라 新稻酒 以시니 ᄒ 錦鱗魚膾
더 됴희야 아희야 거문고 내 여라 自酌自歌 ᄒ리라
447 天地ᄂ 父母ㅣ여라 萬物은 妻子ㅣ로다 江山은 兄弟여 生 風月은 朋友
ㅣ로다 이 中에 君臣分義ᄂ 비길 곳이 업ᄉ이라
448 寒食 비긴 날에 菊花ᄂ 몰나 가며 ᄂ라 덥도 보려니와 日日新 더 됴해라
風霜이 섯거 치면 君子節을 피온다

-83-

419 臨高臺 高臺ᄒᆞ여 長安을 굽어보니 雲裡帝城은 雙鳳闕이오 雨
中春樹萬人家ㅣ라 아마도 繁華民物이 太平인가 ᄒᆞ노라

420 菊花야 너는 어이 三月東風 다 보니고 落木寒天에 네 홀노 퓌엿는
아마도 傲霜高節은 너ᄲᅮᆫ인가 ᄒᆞ노라

421 杜鵑아 우지마라 이제야 내 왓노라 梨花도 픠여 잇고 새 달도 다 잇다
江上에 白鷗 이시니 盟誓플이 ᄒᆞ노라

422 淵明 歸去來辭 짓고 紫桑으로 도라갈제 雲無心而出岫ᄒᆞ고 鳥倦
飛而知還이로다 아마도 五柳淸風을 못내 즐겨 ᄒᆞ노라

423 皇天이 不弔ᄒᆞ니 武鄕侯ㅣ 둘어나 죽단말가 ᄌᆞ최 잇는 듯사 ᄂᆞᆺ드면 漢室
興復ᄒᆞᆯ거슬 至今에 出師表 읽을제면 눈물계워 ᄒᆞ노라

424 님이 가오시며 소매 잡고 離別ᄒᆞᆯ제 窓 밧긔 櫻桃곳 지되 지지 아니 오마
더니 꿈속에 꼿 지고 입 나도록 消息몰나 ᄒᆞ노라

425 님은 아ᄌᆞ는 밤의 너어나 홀노 안자 耿耿不寐ᄒᆞ고 님 ᄉᆡᆼ각 날을 난
情 난 그 님도 날ᄀᆞᆫ 줄이나 날 情ᄒᆞᆯ 줄이 아니시라

426 사ᄅᆞᆷ의 百行中에 忠孝 밧게 또 잇는가 孟宗의 泣竹과 陸績의 懷
橘도 다 올타 ᄒᆞ더니와 婦人의 餘香之識도 긔 ᄯᅩ ᄒᆞᆫ가 ᄒᆞ노라

427 사ᄅᆞᆷ이 늙은 後에 또 언지 졈어 볼고 ᄲᅡ진 니 다시 나며 센 머리 거믈소냐 世
上의 不老草 업스니 그를 슬허 ᄒᆞ노라

428 봄은 엇더ᄒᆞ여 草木이 다 즐기고 ᄀᆞ을은 엇더ᄒᆞ여 草衰ᄒᆞ여 木落인고
松竹은 四時 長靑ᄒᆞ니 그를 슬허 ᄒᆞ노라

429 아희야 쇼쥬 블에 밤은 엇지 져 노는고 ᄇᆡ 그ᄃᆡ의게 논영ᄒᆞ는고
나 술 잇자 ᄒᆡ 잠ᄉᆡ 소ᄉᆞ 노니 ᄒᆞ가 ᄒᆞ노라 曹元寧

430 秋月이 滿庭ᄒᆞᆫ듸 슬피 우는 져 기러기 霜風이 一高ᄒᆞ면 도라가기 어
려워라 밤中만 中天에 떠 이셔 ᄌᆞᆷ든 날을 ᄭᆡ오는다 性

431 寒碧堂 조흔 날 못 ᄀᆞ 亡 ᄯᅥ 杖 方조 각ᄀ 千里 楓林에 물드니 ᄂᆞᆫ 볼고
되도다 아마도 南中 風景은 예ᄲᅮᆫ인가 ᄒᆞ노라

432 이 몸 삼긴 後에 聖代를 만나 올셔 堯日月이 大東에 비최여 가셔 다 雨露에
德澤이 넙은 사ᄅᆞᆷ 되니 즐거 ᄒᆞ노라 金壽長

433 父兮여 날 나흐시니 恩惠 밧긔 恩惠로다 母兮여 날 기로시니 德 밧긔 德
이로다 아마도 하늘 ᄀᆞᆺ튼 恩德을 어ᄃᆡ다혀 갑ᄉᆞ올고

浮碧樓ㅣ 다 ᄂᆡ셔다 아마도 關西佳麗는 [illegible]인가 ᄒᆞ노라 [illegible]

405 淸溪邊에 ᄇᆡ 믈 ᄆᆡ고 白雲峰에 고을 갈고 ᄌᆞ나 ᄭᆡ나 고기를 낙ᄀᆞ치
險치 노코 아희야 盞 가득 부어라 終日 醉를 ᄒᆞ리라

406 나라히 太平이라 武臣을 ᄇᆞ리시니 날 ᄀᆞ튼 英雄은 北塞에셔 늙거니
아마도 爲國精忠은 나 ᄲᆞᆫ인가 ᄒᆞ노라 張鵬翼

407 平生에 願ᄒᆞ기를 이 몸이 羽化ᄒᆞ여 靑天에 소ᄉᆞ 올나 뎌 구름을 헤
치고 ᄌᆡ 이後는 光明日月을 가리게 말니라 李鼎輔

408 狂風에 ᄯᅥᆫ 梨花 가며 오며 날니다가 枯枝에 못 오르고 걸미거다 거
믜줄에 저 거믜 落花ㄴ 줄 모르고 나뷔 잡듯 ᄒᆞ도다

409 東風 어제 비에 杏花ㅣ 다 픠거다 滿園紅綠이 錦繡가 되야셰라 두
어라 山家富貴를 아믄 ᄉᆞ다 ᄒᆞ노라

410 江湖에 노는 고기 즐겁다 부러 마라 漁夫 도라간 後 엿ᄂᆞ니 白鷺ㅣ
로다 終日을 ᄯᅥᆺ다 ᄌᆞᆷ기다 閑暇ᄒᆞᆫ 제 업세라

411 漢나라 第一功名 汾水에 一陣秋風 輪臺詔 아니런들 天下를 일
흘낫다 千古에 豪傑英主는 漢武帝ㄴ가 ᄒᆞ노라

412 莊周는 蝴蝶이 되고 蝴蝶은 莊周ㅣ 되니 莊周ㅣ 아ᄂᆡ 蝴蝶이런가 [illegible]
슈이 茶園叟ㅣ 업ᄉᆞ니 무를 ᄃᆡ 몰나 ᄒᆞ노라

413 太空에 [illegible]이 ᄌᆞ은 後에 江山이 寂寞ᄒᆞ여 一片明月만 碧空에 걸녀셰라
뎌 ᄃᆞᆯ아 太白이 업ᄉᆞ니 날과 놀미 엇더니

414 山家에 봄이 오니 自然이 일이 하다 압내희 살 매기며 [illegible] 되예
씨도 ᄲᅵ고 [illegible] 구름 ᄭᅥ든 藥을 ᄏᆡ랴 가리라

415 [illegible]에 ᄂᆞ온 보며 [illegible]에 지어시니 [illegible] 殘燈에 [illegible]도 [illegible]도 잣사
밤中만 ᄯᅥ기기 소ᄅᆡ에 [illegible] 잠 못 일워 ᄒᆞ노라

416 내게 잘이 有壁上에 걸녀시니 [illegible] 보아는 소ᄅᆡ 못 슨 일 不平ᄒᆞᆫ
지라 手에 龍光이 먼저시니 [illegible] 알가 ᄒᆞ노라

417 佳人落梅曲을 月下에 빗기 부니 樑塵이 ᄂᆞ니는 듯 [illegible] 梅花ㅣ 지거
아마 [illegible]도 [illegible] 金鼓 [illegible]이시니 [illegible]가 ᄒᆞ노라

418 落日은 西山에 져셔 東海로 다시 나고 秋風에 이운 풀은 봄이면 프르거
늘 엇더타 最貴ᄒᆞᆫ 人生은 歸不歸를 ᄒᆞᄂᆞ니

시름 날 覺로다 天下에 다 석은 肝腸이 불는 스듯ᄒᆞ여라

393 百川이 東到海ᄒᆞ니 何日에 復西歸오 古往今來에 逆流水ㅣ 업건마는
엇덧타 肝腸 석은 물은 눈으로 소ᄉᆞ나니

余嘗得見朱公道源所製新翻一二闋 諷詠之餘 使人擊
節蹈忭之不已 惟恨未得其全調也 一日 李君和叔爲我
得全篇以眎之 余三復遍閱 其辭正大 其音微婉 皆發
乎情而寔有風雅之遺韻 使古之觀民風者來之 其亦得儕
於陳詩之列矣 噫 亦豈非徒能於此也 持身恭儉 虛心恬
靜 遠之有君子之風焉 南坡老圃書

394 서별 지고 종다리 떳다 호믜 메고 사립나니 긴 숩풀 찬 이슬에 다 젓
거다 뵈잠방이 두어라 時節이 됴흘션졍 옷 젓다 무ᄉᆞᆷ ᄒᆞ리 李在

395 헌 삿갓 자른 되롱이 삷 집고 호미 메고 논둑에 물 보리라 밧기음이 엇
더ᄒᆞ니 아마도 朴楊菜 보리술이 달엇슨가 ᄒᆞ노라 趙顯命

396 길ᄀᆞ의 곳지 되니 지나나 날 젓 물아 三春에 일 보던 돌니 본지 첫ᄌᆞᆯ 넌
가ᄃᆞ니라 路柳墻花ㅣ니 恨ᄒᆞᆯ 줄이 이시랴 趙載浩

-76-

397 내 집이 白下山中 날 ᄎᆞᄌᆞ리 뉘 이시리 入我室者 淸風이오 對我飮
者 明月이라 庭畔에 鶴徘徊ᄒᆞ니 내 벗인가 ᄒᆞ노라 [illegible]

398 雷峯山 가는 길 흐리 閑骨山 舍을 ᄒᆞ나 돌며 곳 ᄯᅡᆫ 말이 네 저 枯葉
엇더니 이 ᄉᆞ이 혜디 쉬시나 ᄯᅢ 나 ᄎᆞᆫ가 ᄒᆞ노라 趙明履

399 기러기 다 나라가고 서리는 몃번 온고 秋夜도 김도길샤 客愁도
하도 하다 밤듕만 滿庭月色이 故鄕 본 듯ᄒᆞ예라

400 하다 ᄒᆞᆫ 날에 지쳐 지는 ᄎᆞᆷ서 들아 조그마한 몸이 半村 枝도
足ᄒᆞ거늘 엇더라 그나 큰 덕 불우 시와 ᄒᆞᆷ ᄒᆞ리

401 東臨에 돗은 돌이 西臨으로 되지도록 올 남 옷 오 ᄯᅡᆫ 죵조차 ᄒᆞ사
온다 종조차 가리 엔 님을 그려 무ᄉᆞᆷ ᄒᆞ리오

402 靑藜杖 ᄯᅵ어지며 合江亭에 올나가니 洞天明月에 물소ᄅᆡ 뿐
이로다 어듸셔 笙鶴仙人은 날 못 ᄎᆞᄌᆞ ᄒᆞᄂᆞ니

403 城津에 밤이 깁고 大海에 물결 칠 제 客店孤燈에 故鄕이 千里로
다 이제는 摩天嶺 너머시니 상각ᄒᆞᆫ들 어이리

404 大同江 달 밝은 밤의 碧漢槎 ᄯᅴ워 두고 練光亭 醉ᄒᆞᆫ 술이

-77-

ㄷ 碧山中 子規 哀怨聲이 날을 절노 울닌다 文守彬

378 晴窓에 낫잠 ᄭᆡ야 物態를 둘너보니 花枝에 자는 새는 閑暇도 ᄒᆞᆫ체이고
아마도 出處趣味를 알니 젹은가 ᄒᆞ노라 李德涵

379 잇부면 ᄌᆞᆷ을 들고 ᄭᆡ야시면 글을 보새 글보면 義理 잇고 ᄌᆞᆷ들면 시
름 잇에 百年을 이러트ᄒᆞ면 榮辱이 浮雲인가 ᄒᆞ노라

380 出廐에 吏退ᄒᆞᆫ 印匣에 잇기 ᄭᅵᆺ다 太守ㅣ 政淸ᄒᆞ니 詞訟이 아조 업다
다ᄅᆞ어라 聽訟이 猶人ᄒᆞᆫ들 無訟差ᄲᅡᆺ들가

381 ᄯᅵᆺ 主人 雜獲 타ᄒᆞ던 ᄯᅵᆺ 아녀 ᄒᆞ면 어ᄃᆡ마다 ᄒᆞᆫ네 貧賤을 낫이 多富貴
몰셔ᄂᆞ니 아마도 이 하ᄂᆞᆯ 아래 살을 일이 어려워라 朱義植

382 늙은 病든 몸이 가다가 아 보이나 ᄌᆡᆯ노 초뇌에 소조 ᄭᅳᆺ고 로되라 侯安
이선미되 ᄯᅡᆫ 速命이나 ᄒᆞ리라

383 荊山에 璞玉을 어더 世上 ᄉᆞᄅᆞᆷ 뵈라 가니 것치 돌이여니 속 알 니 뉘
어시러 두어라 알 니 돌 업스랴 돌인드시 잇거라

384 人生을 혜아리니 ᄒᆞᆫ바탕 ᄭᅮᆷ이로다 됴흔 일 구즌 일 ᄭᅮᆷ 속에 ᄭᅮᆷ이어니
어즈버 ᄭᅮᆷ 갓튼 人生이 아니 놀고 어이리

385 주려 죽으려 ᄒᆞ고 首陽山에 드럿거니 현마 고ᄉᆞ리를 먹으려 ᄏᆡ야시랴
物性이 구븐 줄 믜워 펴보려 ᄏᆡᆷ이라

386 忠臣의 속ᄆᆞᄋᆞᆷ을 그 님군이 모로오매 九原 千載에 다 슬허 ᄒᆞ더니
사마다 주온 ᄆᆞᄋᆞᆷ을 뵈야시니 ᄂᆞᆷ슨 恨이 이시랴

387 唐虞도 됴커니와 夏商周ㅣ 더옥 됴타 이제를 혜여ᄒᆞ니 어ᄂᆡ적
ᄯᅡᆫ흔 거이언 堯日月 舜乾坤ᄒᆞ니 아모 젠 줄 몰ᄂᆞ라

388 西畯에 童子ㅣ 와서 오날이 시ᄎᆡ라 커ᄂᆞᆯ 東㽝을 엳 ᄶᅵ 혀보니 에뎟
돈 치도다 고나 두어라 萬古 甲稀ㅣ나 放天에 와 밀녀라

389 하ᄂᆞᆯ이 놉다ᄒᆞ고 ᄯᅡᆯ 재겨 셔지 말며 ᄯᅡ히 둣겁다ᄒᆞ고 ᄆᆞ이 볿지
말거시 하ᄂᆞᆯ ᄯᅡ 놉고 두터워도 내 조심 ᄒᆞ리라

390 네 히도 다 ᄒᆞᆫ 담술은 일 하지 말네 雖이 ᄒᆞᆫ다 ᄒᆞᆫ면 義아 여ᄂᆞ 奚
지말나 옳되도 天性을 직희여 삼긴 되로 ᄒᆞ리라

391 雪月은 前朝色이오 寒鐘은 故國聲을 南樓에 홀노셔셔 녯 일
을 ᄉᆡᆼ각ᄒᆞᆯ 제 殘郭에 暮烟生ᄒᆞ니 그를 슬허ᄒᆞ노라

392 一刹이 三杯라 ᄒᆞ니 열흘을 이면 몃 三杯ㅣ오 제 아모 술 곱거니와 낫의

366 서별 숩히 엿다지거세고 쇼니여나 업슨네비에돈 됫맛스랴니 븨라
라 휘 가지ᄀ거나시더 노고 이라 저나 부라ᄂ
367 보보온 비다 거ᄂ 새 갓 쌍 흥 거세던 뫼 잡 방 거두 치고 큰 논을 다 ᄆᆡ연 後에
쉬여가 點心에 濁酒먹고 시 논을로 가리라
368 花山에 有事ᄒᆞ야 西岳寺에 올나 보니 十里江山이 限업슨 景槪로다 아마
ᄒᆞ야 盡조로 보여라 놀고 가쟈 ᄒᆞ노라
369 젓어셔 지낸 일을 이제로 ᄂᆞᆫ 거북 中岳이 嵩敖ᄒᆞ에 노리로 왼샹더
나 어듸 잇보 ᄒᆞᆫ 잇 년 년 닌 코ᄅᆞᆯ 싣ᄒᆞᄂᆞ니 金友丕
370 靑天에 떳ᄂᆞᆫ 구름 萬壑 峯巒 되엿고나 수록 ᄒᆞ 赤 울나 젹ᄒᆞ 옷에
안고라자 世上이 物態에 奔走ᄒᆞᆷ을 ᄒᆞ 웃고 다니리라
371 天不生無祿之人이오 地不生無名之草ㅣ라 天地間이 나 못된 못 ᄒᆞ리라
나 왓던 ᄃᆞ 어라 太平聖代에 風流郞이 되오다
372 織女의 烏鵲橋를 어이 ᄒᆞ여 헐어다가 우리 님 계신 곳에 건네 노화두
고 라자 遠人이 千里ㅅ 도나 그를 슬허 ᄒᆞ노라
3733 盤中 早紅감이 고와도 보이ᄂᆞ다 柚子ㅣ 아니라도 품엄즉 ᄒᆞ다마ᄂᆞᆫ 품어

가 반기리 업슬ᄉᆡ 글노 셜워ᄒᆞ노라 朴仁老
374 王祥이 鯉魚 잡고 孟宗이 竹筍 것거 검던 ᄆᆞ리 희도록 老萊子의 옷
슬 닙고 一生에 養志誠孝를 曾子ᄀᆞᆺ치 ᄒᆞ리이다
375 萬鈞을 늘려내여 길게길게 노흘 ᄭᅩ아 九萬里 長天에 가는 ᄒᆡ를 잡아매
아 北堂 鶴髮 雙親을 더듸 늙게 ᄒᆞ리이다
376 群鳳 모되신 듸 외가마귀 드러오니 白玉 ᄊᆞ힌 듸 돌 ᄒᆞ나 ᄀᆞᆺ다마ᄂᆞᆫ 鳳凰도
飛鳥와 類ㅣ시니 뫼셔논들 엇더리
此曲何爲而作也昔在辛亥春雲祖考漢陰相國使朴萬仁
老述懷而曲也世代既遠此曲不傳得其紙張於亂後幣懺
北山若餘某无有路元文星歲庚午春陰永川郡仁老莊
主人之其曲尙今綠傳其路亦且也有出憶月久苦路屢吉
命歌而聽之悅若從之仰陵枝僕於龍津山水之間棲遲
盖欲盛儀自適益與長歌三曲及短歌四章而俳識
朝鮮氏以爲庚傳爲時是年三月三日也
377 淸冷浦 돌앗아 온 여의 바웃보 우뎌 ᄂᆞ 王 ᄒᆞᆫ 月 其影이 어되로 가시건

358 玉이흙에뭇쳐길ᄀᆞ에ᄇᆞᆯ피이니오ᄂᆞ니가ᄂᆞ니흙이라ᄒᆞᄂᆞᆫ
고나두어라알니이실지니흙인듯시

359 曺植 頭流山兩端水를녜듯고이제보니桃花ᄯᅳᆫ맑은물에山影조차잠겻셰
라아희야武陵이어ᄃᆡ오나ᄂᆞᆫ옌가ᄒᆞ노라

360 金光煜 千里에맛ᄃᆞᆫ千里馬를뉘라셔잡아다가조쥭ᄡᅮᆫ콩에ᄉᆞᆯ지게먹여둔들
本性이외얏거니이실줄이이시랴

361 蓬萊에ᄌᆞᆷ든白鷗ᄂᆞᆯ지마라나도일업ᄉᆡ江湖客이되엿
노라이후ᄂᆞᆫ추ᄌᆞᆯ이업스니너를조ᄎᆞ놀니라

362 玉盆에심근梅花ᄒᆞᆫ柯枝것거내니곳도좃커니와暗香이더욱
좃타두어라것거온곳지니ᄇᆞ릴줄이이시랴

363 紅塵을다ᄯᅥᆯ치고竹杖芒鞋집고신고瑤琴을빗기안고西湖로
드러가니蘆花에ᄯᅦ만ᄒᆞᆫᄀᆞᆯᄆᆞ기ᄂᆞᆫ내벗인가ᄒᆞ노라

余嘗癖於歌謠集國朝以來名人里巷之作獨漁隱
金聖器之謠往往傳誦而知其全譜者鮮故廣求而
莫之得心常恨焉乃者遇西湖金君重呂於文都許

君卽漁隱知己也余謂之曰子嘗從遊漁隱其必爲永言想
多記藏者爲我示諸曰吾與漁隱十數年間同遊江湖
其平日叙懷寓興者盡取記而有之其中多有油然感人
者聲俗不知故藏諸巾笥以待好事者久矣子言如是
曲將行於世也遂歸其全篇三復諷詠其得於煙霞山水
之趣者自見於辭說之表飄飄然有遊乎物外之意矣
蓋漁隱逍遙天地間一閑人也尤於音律莫不妙悟性好
江山構屋于西江之上稱漁隱晴朝月夕或撫琴而歌
或吹簫其烟波狎鷗而忘機觀魚而知樂以自放
於形骸之外此其所以自適其適而善鳴於歌曲者

歟南坡老圃書

364 前言病든몸이功名에ᄯᅳᆺ지업셔田廬에도라와이몸이閑暇ᄒᆞ다是非
ᄯᅡ壁을모로고ᄒᆞᆷᄉᆞᆷ五畝ᄒᆞ노라 金光煜

365 本性이虛浪ᄒᆞ야世事에ᄯᅳᆺ지업셔富貴功名을이몸에일이업
다두어라山水佳興에나절로늙어보리라

343 어엿분 옛님군을 싱각ᄒᆞ고 절노 눈ᄒᆞᆫ 나니 ᄒᆞᄂᆞᆯ이 어이 거문ᄂᆞ니어
우러시러 날엇순 霜秋月에 ᄂᆞᆫ 눈물노ᄒᆞ여 울니던다

344 不如歸 ᄂᆞᆫ ᄒᆞ니도라 갈 만 못ᄒᆞ거늘 어엿분 우리님군 못 ᄉᆞᆯ
노롯가 신고 至今에 梅竹樓 달빗 치어 제 온 듯ᄒᆞ여라

345 거문고 쥴 ᄭᅩᆺ고 노코 臺 앗이 줌을 든러 ᄲᅡᆯ니 犬吠聲에 반가온 벗오
ᄂᆞᆫ고야 아희야 點心도ᄒᆞ려니와 濁酒 몬져 니여라

346 자나 ᄭᆡᄂᆞ 보라 미물 엇그제 ᄀᆞᄉᆞᆫ 仙翁 似 저 니 ᄲᅡᆯ우다가 夕陽에 빗
고나니 丈夫의 平生 消息 노이 ᄉᆡᆼ이 ᄭᅥᆨ ᄒᆞ노라

347 벼슬을 더ᄲᅡ도ᄒᆞᆫ 世業 春이 니뉘이시 며 鑿耳 이 病 곳 치ᄂᆞᆫ 箕山
이 ᄯᅢ 려ᄒᆞ 되 아희야 ᄇᆞᆼ 만 ᄇᆞ 려 라 니 ᄯᅳᆺ 디오ᄒᆞᆫ 다라

348 간 밤 오 ᄃᆞᆫ 비 에 암 니 에 ᄭᅩᆺ 지 거 다 동 긴 고 실 건 고 기 버 들 넉 시 울
낫 미 야 아 희 야 그 ᄆᆞᆯ 니 여 라 고 기 잡 기 ᄒᆞ 쟈 ᄉᆡ 라

349 淸溪 邊 白沙 上에 혼 자 셧 는 져 白 鷗 야 나 의 ᄲᅧ 운 ᄯᅳᆺ 을 네 알 야 나
아 ᄃᆡ 시 ᄅᆡ 風塵 을 슬 희 여 ᄒᆞᆫ 이 야 ᄒᆞᆫ 이 ᄲᅮᆫ 네 오 니 오 마 尋

350 前山 昨夜 雨에 ᄀᆞ득 ᄒᆞᆫ 秋 氣 ㅣ 로 다 至 花 田 관 ᄎᆞᆯ 불 에 ᄲᅡ ᄒᆞᆫ 되
빗 치 로 다 아 희 야 됫 니 둔 ᄇᆞᆯ 쎄 고 기 ᄒᆞᆯ 너 날 셰 다

351 벼슬 이 貴 타 ᄒᆞᆫ 들 이 니 몸 에 비 길 소 냐 蹇 驢 를 밧 비 모 라 故 山
을 도 라 도 오 니 어 듸 셔 急 ᄒᆞᆫ 비 ᄒᆞᆫ 쥴 기 에 出 塵 行 裝 씻 거 다

352 諫 死 ᄒᆞᆫ 朴 坡 州 ㅣ 야 죽 으 라 ᄉᆞᆯ 워 마 라 三 百 年 綱 常 을 네 혼 자
맛 ᄐᆞᆯ 거 다 우 리 의 ᄠᅧ 居 不 遠 後 시 네 죽 신 가 ᄒᆞ 노 라

353 아 ᄒᆡᆺ 노 라 ᄂᆞᆫ ᄂᆞᆫ 나 는 ᄂᆞᆯ 셰 아 ᄒᆡᆺ 노 라 人情 은 充 簡 이 오 世 事 ᄂᆞᆫ 牛 尾
ㅣ 로 다 어 듸 셔 妄 伶 엣 거 신 오 라 말 나 ᄒᆞ ᄂᆞ 니

354 세 챵 고 나 ᄂᆞᆫ 놀 계 ᄂᆞ 니 ᄉᆡ 동 동 치 지 신 어 細 泉 바 다 히 몽 ᄃᆞ 시 쳣 쳐 ᄅᆞᆯ
둥 ᄯᅥ 여 두 고 마 자 真 寶 노 그 러 못 ᄒᆞ 쟝 이 면 偓 漱 ᄉᆡᆼ 아 지 리 라

355 鴨綠江 히 지 날 셰 엇 ᄀᆡ 우 리 ᄂᆞᆷ 이 隣 雲 萬 里 를 어 듸 라 고 가 시 ᄂᆞᆫ
고 봄 풀 이 푸 르 거 든 卽 時 도 라 오 소 셔

356 綠 陰 에 ᄂᆞᆯ 녀 술 마 柯 杖 을 취 올 날 의 마 데 유 흔 쥼 을 네 소 리 어 셔
ᄭᆡ 이 면 아 마 도 遼 西 一 夢 을 못 일 울 가 ᄒᆞ 노 라

357 紅 蓼 花 뵈 어 비 아 白 鷗 를 날 녀 스 라 物 外 에 벗 남 네 야 날 을 외 다
ᄒᆞ 려 니 와 이 江 山 이 더 죠 흔 줄 을 ᄂᆞᆷ 알 가 ᄒᆞ 노 라

328 靑驄馬 여읜 後ㅣ니 紫羅裙도 興盡커다 나의 風度 아닌다 ᄒᆞ랴
맛는 世上에 至極ᄒᆞᆫ 物을 몰ᄂᆡ 볼가 ᄒᆞ노라

329 南九萬 東牕이 밝앗ᄂᆞ냐 노고지리 우지진다 쇼칠 아희는 至今 아니 이
러ᄂᆞ냐 재 너머 ᄉᆞ래 긴 밧츨 언제 갈녀 ᄒᆞᄂᆞ니

330 李澤 ᄇᆞᆯ장새 쟉다 ᄒᆞ고 大鵬아 웃지 마라 九萬里 長天을 너도 날고 저
도 ᄂᆞ다 두어라 一般 飛鳥ㅣ니 네오 제오 다르랴

331 柳赫然 닷ᄂᆞᆫ ᄆᆞᆯ 셔셔 늙고 드는 칼 보믜여다 無情 歲月은 白髮을 지촉
ᄒᆞ니 어즈버 聖主 鴻恩을 못 갑흘가 ᄒᆞ노라

332 朴泰輔 胸中에 불이 나니 五臟이 다 타 간다 神農氏 ᄭᅮᆷ의 보와 불 ᄭᅳᆯ 약 무
러 보니 忠節과 慷慨로 난 불이니 ᄭᅳᆯ 藥 업다 ᄒᆞ더라

333 具志禎 취ᄒᆞᆫ 소로기들아 ᄇᆡ부로다 자랑 마라 淸江 여윈 鶴이 주리다
부를소냐 이 몸이 ᄒᆞᆫ가ᄒᆞᆯ션졍 ᄉᆞᆯ ᄶᅵ여 무ᄉᆞᆷ ᄒᆞ리오

334 公庭에 吏退ᄒᆞ고 ᄒᆞᆯ 일이 아조 업서 扇弁재 술을 ᄭᅵ고 侍中臺
추ᄌᆞ 가니 葵花에 數만흔 갈머기는 제 벗인가 ᄒᆞ더라

335 술ᄭᅢ야 이러 안ᄌᆞ 거문고를 戱弄ᄒᆞ니 窓 밧긔 셧는 鶴이 즐겨

-66-

넘노는다 아희야 나믄 술 부어라 興이 다시 오노ᄆᆡ라

336 松壇의 션ᄌᆞᆷ 셰야 醉眼을 드러 보니 夕陽 浦口에 나드나니 白鷗ㅣ로
다 아마도 이 江山 님ᄌᆞᄂᆞᆫ 나뿐인가 ᄒᆞ노라

337 綠楊 春三月을 잡아 ᄆᆡ여 둘 거시면 센 머리 ᄲᅩ바 아니에 ᄎᆞᆫᄎᆞᆫ 동혀
두련마는 올 히도 그리 못ᄒᆞ고 그저 노화 보니ᄂᆞ다

338 늙기 셜운 줄을 모로고 나 늙거ᄂᆞᆫ가 春光이 덧 업서 白髮이 셜노
다 그러나 少年 젹 ᄆᆞ음은 減ᄒᆞᆷ이 업세라

339 功名을 ᄭᅵ마라 榮辱이 半이로다 富貴를 貪치 마라 危機를 밟
ᄂᆞ니라 우리는 一身이 閑暇커니 두려올 일 업세라

340 큰 나큰 바회 우희 네 사ᄅᆞᆷ이 閑暇ᄒᆞ야 벗 쳐 秋 曲調를 오날
이 해를 울며 가 이 後ᄂᆞᆫ 나 ᄒᆞ나 더 ᄒᆞ니 五湖ㅣ 된가 ᄒᆞ노라

341 내 精 곳 술에 잇서 님의 속의 흘너 들어 九回肝腸을 ᄉᆞᄆᆞᄎᆞᆫ
날 ᄉᆡᆼ각 날 잇고 님 向ᄒᆞᆫ ᄆᆞ음을 다스로 ᄒᆞ노라

342 子規야 우지 마라 울어도 俗部업다 울거든 너만 우지 날은 어이
울니ᄂᆞᆫ다 아마도 네 소ᄅᆡ 드를 제면 가ᄉᆞᆷ 앏하 ᄒᆞ노라

-67-

313 夕陽도ᄉᆞ야ᄯᅡ도 黃昏이 갓갑거다 바회 우희에 千년길 솔아ᄅᆡ 밧
녀잇다 어ᄃᆡ셔 碧樹鶯鼓이 곳곳이 들니ᄂᆞ다
314 蝸室을 ᄇᆞ라보니 白雲이 둘너잇다 부들부치 ᄀᆞᄂᆞ 쥐고 石逕으로
올나가재 아ᄶᅡ도 漁翁이 閒暇터냐 이거시 十分이다
315 物外에 조흔 일이 漁父生涯 아니런가 漁翁을 웃지 마라 그림마다
그잇더라 두어라 四時佳興이 ᄒᆞᆫ가지나 秋江이 은듯ᄒᆞ다
316 水國의 ᄀᆞ을이 드니 고기마다 술져잇다 萬頃澄波의 슬ᄏᆞ지 容
與ᄒᆞ야 술 취고 人間을 도라보니 머도록 더욱 조타
317 기러기 ᄯᅥ오ᄂᆞᆫ 밧게 못 보던 뫼 뵈ᄂᆞ고야 낙시질도 ᄒᆞ려니와 醉ᄒᆞᆫ
거시 이 興이라 두어라 夕陽이 ᄇᆡ치니 千山이 錦繡ㅣ로다
318 흰 이슬 빗겨ᄂᆞᆫᄃᆡ ᄇᆞᆯ근 ᄃᆞᆯ 도다 온다 鳳凰樓 渺然ᄒᆞ니 淸光을
눌을 줄고 어듸셔 玉兎의 찟ᄂᆞᆫ 藥을 豪客을 먹이고자
319 乾坤이 제곰인가 사시거시 어듸ᄯᅢ로 너물진 곳ᄯᅡ 초ᄂᆞ 부ᄒᆡᄒᆞ야
ᄒᆞᆫ잇ᄒᆞ되 두어라 드ᄃᆞᆫ 말이 업서이니 지ᄭᅴᄭᅴ ᄒᆞ엿ᄒᆞ되
320 松間石室의 가 曉月을 보자 ᄒᆞ니 空山落葉의 길흘 엇디 아라볼

고 아희야 白雲이 ᄌᆞᄌᆞᆫ니 女蘿衣 ᄌᆞᄂᆞ고야
321 간 밤의 눈 긴 後에 景物이 달낫고야 암희ᄂᆞᆫ 萬頃琉璃 뒤희ᄂᆞᆫ 千
疊玉山이 거시 仙界 佛界ㄴ가 人間이 아니로다
322 丹崖翠壁이 畫屛ᄀᆞᆺ치 둘너ᄂᆞᆫᄃᆡ 巨口細鱗을 낫고나 낫고나
아희야 孤舟簑笠에 興계워 안잣노라
323 十年 갈온 칼이 匣裡에 우노ᄆᆡ라 關山을 ᄇᆞ라보며 ᄯᅢᄯᅢ로 ᄆᆞᆫ져보
니 丈夫의 爲國功勳을 어ᄂᆡ ᄯᅢ에 드리올고
324 朔風은 나무 ᄭᅳᆺ헤 불고 明月은 눈 속에 ᄎᆞᆫᄃᆡ 萬里邊城에 一長劍
집고 셔셔 긴 ᄑᆞ롬 큰 ᄒᆞᆫ 소ᄅᆡ에 거칠 거시 업세라
325 長白山에 旗를 ᄭᅩᆺ고 豆滿江에 ᄆᆞᆯ을 싯기 셕은 져 션ᄇᆡ야 우리
아니 ᄉᆞ나희냐 엇더타 凌烟閣上에 뉘 얼골을 그릴고
326 辟上에도 돈 柯枝 孤竹君의 二子ㅣ로다 首陽山 어듸 두고 半壁에 와
셧ᄂᆞ다 이제ᄂᆞᆫ 周ᄯᅡ도 엿ᄉᆞ니 ᄒᆞᄆᆞᆯ며 ᄂᆞᆫ을 엇더리
327 草堂에 깁히 든 ᄌᆞᆷ을 ᄉᆡ소ᄅᆡ에 ᄭᆡ나 ᄭᆡ니 梅花 雨後 가지의 夕陽이 거
[illegible] ᄒᆞ고 이 창이 져ᄌ 잇다

298 구즌비 개단말가 흐리던 구룸 것단말가 압내희 깁흔 소희 다 ᄆᆞᆰ
앗다 ᄒᆞᄂᆞ산다 眞實로 ᄆᆞᆰ디곳 ᄆᆞᆯ가 긋 싯셔 오리라

299 날이 덥도다 믈 우희 고기 ᄯᅥᆺ다 ᄀᆞᆯ며기 둘식 셋식 오락가락 ᄒᆞ
ᄂᆞ고야 아희야 낙ᄃᆡ는 쥐여 잇다 濁酒甁 시럿ᄂᆞ냐

300 東風이 건듯 부니 믈결이 고이 인다 東湖를 도라보며 西湖로
가쟈ᄉᆞ라 두어라 압뫼히 지나가고 뒷뫼히 나아온다

301 우는 거시 벅구기가 프른 거시 버들숩가 漁村 두어 집이 내 속의
날낙 들낙 두어라 ᄆᆞᆰ가ᄒᆞᆫ 깁흔 소의 온갓 고기 ᄯᅱ노ᄂᆞᆫ다

302 고온 볏치 ᄶᅬ는듸 믈결이 기름 갓다 그믈을 주어 두랴 낙시를
노흘일가 아희야 濯纓歌의 興이 나니 고기도 이즐노다

303 夕陽이 빗겨시니 그만ᄒᆞ여 도라가쟈 岸柳汀花는 고븨고븨 새롭고
사 엇더타 三公을 부를소냐 萬事를 ᄉᆡᆼ각ᄒᆞ랴

304 芳草를 ᄇᆞᆯ바 보며 蘭芷도 ᄯᅳ더 보쟈 一葉扁舟에 시른 거시 무
스것고 두어라 갈제는 ᄂᆡ 뿐이오 올제는 ᄃᆞᆯ 뿐이로다

305 醉ᄒᆞ야 누엇다가 여흘 아래 ᄂᆞ리려다 落紅이 흘너오니 桃源

이 갓갑도다 아희야 人世紅塵이 언마나 ᄀᆞ렷ᄂᆞ니

306 낙시줄 거더노코 蓬窓의 ᄃᆞᆯ을 보쟈 ᄒᆞ마 밤 들거나 子規소릐
ᄆᆞᆰ게 난다 두어라 남은 興이 無窮ᄒᆞ니 갈 길흘 이젓ᄯᅩ다

307 來日이 ᄯᅩ 업스랴 봄밤이 쉬 ᄉᆡ리라 낙ᄃᆡ로 막대 삼아 柴扉를
ᄎᆞ자 보쟈 두어라 漁父生涯는 이러구러 지내노라

308 구즌비 머러가고 시내물이 ᄆᆞᆰ아 온다 낙대를 두러메니 깁흔 興
을 禁치 못ᄒᆞᆯ다 두어라 烟江疊嶂은 뉘라셔 그려낸고

309 마람닙희 ᄇᆞ람 나니 蓬窓이 서ᄂᆞᆯ코야 녀ᄅᆞᆷ ᄇᆞ람 뎡ᄒᆞᆯ소냐 가
는 ᄃᆡ로 ᄇᆡ 시겨라 아희야 北浦南江이 어ᄃᆡ 아니 됴흘너니

310 물결이 흐리거든 발을 씻다 엇더ᄒᆞ리 吳江의 가쟈ᄒᆞ니 千年
怒濤 슬플노다 두어라 楚江의 가쟈ᄒᆞ니 魚腹忠魂 낫글셰라

311 萬柳綠陰 어릔 고ᄃᆡ 一片苔磯 奇特ᄒᆞ다 ᄃᆞ리에 다ᄃᆞᆺ거든 漁人爭渡
허믈마라 가다가 鶴髮老翁 맛나거든 雷澤讓居 效則ᄒᆞ쟈

312 긴날이 져므ᄂᆞᆫ 줄 興의 미쳐 모ᄅᆞ도다 ᄇᆡ대를 두ᄃᆞ리고 水調歌를
블너 보쟈 엇더타 欸乃聲中에 萬古心을 긔 뉘 알고

283 月出山이 놉더니마ᄂᆞᆫ 믜운 거시 안개로다 天王第一峯을 一時에 ᄀᆞ
리왓다 두어라 ᄒᆡ 퍼진 後ㅣ면 안개 아니 거드랴

284 내버지 맛치ᄂᆞᆫ ᄒᆞ니 水石과 松竹이라 東山의 ᄃᆞᆯ 오르니 긔 더옥 반
갑고야 두어라 이 다ᄉᆞᆺ 밧긔 ᄯᅩ 더ᄒᆞ야 무엇ᄒᆞ리

285 구룸 빗치 조타 ᄒᆞ나 검기를 ᄌᆞ로 ᄒᆞᆫ다 ᄇᆞ람 소ᄅᆡ ᄆᆞᆰ다 ᄒᆞ나 그칠
적이 하노ᄆᆡ라 조코도 그칠 뉘 업기ᄂᆞᆫ 물뿐인가 ᄒᆞ노라

286 곳즌 므스 일노 픠며셔 쉬이 지고 플은 어이 ᄒᆞ여 프르ᄂᆞᆫ ᄃᆞᆺ 누르ᄂᆞ
니 아마도 변치 아닐ᄉᆞᆫ 바회뿐인가 ᄒᆞ노라

287 더우면 곳 퓌고 치우면 닙 지거ᄂᆞᆯ 솔아 너ᄂᆞᆫ 엇지 눈서리를 모
로ᄂᆞ다 九泉의 불희 고ᄃᆞᆫ 줄을 글노 ᄒᆞ야 아노라

288 나모도 아닌 거시 플도 아닌 거시 곳기ᄂᆞᆫ 뉘 시기며 속은 어이 뷔
엿ᄂᆞ니 뎌러코 四時에 프르니 그를 됴하 ᄒᆞ노라

289 쟈근 거시 놉피 ᄯᅥ셔 萬物을 다 비취니 밤中에 光明이 너만 ᄒᆞ
니 ᄯᅩ 잇ᄂᆞ냐 보고도 말 아니ᄒᆞ니 내 벗인가 ᄒᆞ노라

290 嚴冬이 지나거ᄂᆞᆯ 雷風이 어듸 가니 千山萬山의 봄긔운이 ᄯᅥ

리엇다 지게를 晨朝에 열고 셔 차 놀 빗츨 보리라

291 ᄂᆞᆯ 혀 던지 알고 풀을 죨 얻뎌 노하 보니 淸雅ᄒᆞᆫ 빗 소ᄅᆡ 반가이 나ᄂᆞᆫ
고야 이 曲調 알 니 업스니 잡혀 노하두다

292 줄기ᄂᆞᆫ 도ᄒᆞ려니와 근심을 어이 줄 것가 술 잇도 ᄒᆞ려니와 질기기 아니
어려오냐 어려온 근심을 알 ᄯᅢ 萬壽無疆 ᄒᆞ리라

293 뭇 즘의 情을 ᄆᆡ어 十二樓에 드러가니 玉皇은 우ᄉᆞ시ᄂᆞᆫ되 群仙이
잣ᄂᆞᆫ다 어즈버 百萬億蒼生을 언의 ᄯᅢ의 무르리

294 술 부나 술 서오나 울 타 ᄒᆞ나 외다 ᄒᆞ나 내 몸의 ᄒᆡ올 일만 닷고 닷
근 밧긔 여명 그 밧긔 여나 븐 일이야 불 ᄲᅡᆯ 줄 이시랴

295 秋城鎭胡樓 밧긔 우러 녜ᄂᆞᆫ 뎌 시내야 므ᄉᆞ 호리라 晝夜의 흐ᄅᆞᆫ
다 님 向ᄒᆞᆫ ᄂᆡ 뜻을 조차 그칠 뉘를 모ᄅᆞᄂᆞ다

296 뫼ᄒᆞᆫ 길고 길고 물은 멀고 멀고 어버이 그린 뜻은 만코 만코 하고 하고 어듸셔
외기러기 울고 울고 가ᄂᆞ니

297 어버이 그릴 줄을 처엄 부터 알건마ᄂᆞᆫ 님군 向ᄒᆞᆫ 뜻도 하ᄂᆞᆯ히
삼기시니 眞實로 님군을 잇으면 긔 不孝ㅣㄴ가 너기리라

268 君山을 削平토들 洞庭湖ㅣ 너룰랏다 桂樹를 버히던들 달이 더 밝을 것을
뜻 두고 이로지 못ᄒᆞ니 늙기 셜워 ᄒᆞ노라

269 日中三足烏ㅣ 아가지 말고 내 말 드러 너희는 反哺鳥ㅣ라 鳥中之曾參
이로다 北堂에 鶴髮雙親을 더듸 늙게 ᄒᆞ여라

270 青春에 곱든 양ᄌᆞ 님으 탓에 다 늙거다 이제 님이 보면 날인 줄 아르실가
아모나 내 形容 그려내여 님의 손ᄃᆡ 드리고쟈

271 拔山力 蓋世氣는 楚霸王의 버금이오 秋霜節 烈日氣는 伍子胥
의 우히로다 千古에 烈丈夫風은 壽亭侯ㅣ가 ᄒᆞ노라

272 樂遊園 빗긴 날에 昭陵을 바라보니 白雲 깊은 곳의 金粟堆 보기
섧다 어니 제 이 몸이 도라가 다시 뫼셔 볼니오

273 비오는 날 들히 가랴 사립 닷고 소 머겨라 마히 매양이랴 잠기 연장
ᄉᆞ래라 쉬다가 개는 날 보아 ᄉᆞ래 긴 밧 가리라

274 蓮잎에 밥 싸두고 飯饌으란 쟝만 마라 青蒻笠은 써 잇노라 綠蓑衣
를 가져오냐 잇더라 無心ᄒᆞᆫ 白鷗는 가 오마다 좃ᄂᆞᆫ다

275 못우희 서 잇 보되 치 올두 룰 온다 釣舡이 좃다 ᄒᆞ나 浮世 外에 없어
ᄒᆞ니 두어라 未已도 이러ᄒᆞ고 또 뒤도 이러ᄒᆞ리라

276 내 실낭 萬 되을 줄을 내 아ᄒᆞ여도 모를 쏜가 이 ᄆᆞ음 어러기도 님
위ᄒᆞᆫ 타시로다 아모나 아모리 일너도 님이 헤여 보소셔

277 銀唇玉尺이 멋치나 셜넌ᄂᆞ니 蘆花에 붓 부터로 치여구어 눕고
아희야 잘 밟을 너우러 모혀 박죽이에 부어다고

278 삼니에 안게 것고 뒤 뒤에 피 밧치다 말 풀은 거의지고 낫 풀이 니
더 온다 江村에 온 갓 곳이 면 밧 치 더욱 조화타

279 잔 들고 혼ᄌᆞ 안ᄌᆞ 먼 뫼흘 ᄇᆞ라보니 그리던 님이 오다 ᄒᆞ야 반가옴이
러ᄒᆞ랴 말ᄉᆞᆷ도 우움도 아녀도 못 니 조하 ᄒᆞ노라

280 누고셔 三公도곤 낫다 ᄒᆞ더니 萬乘이 이만ᄒᆞ랴 이제로 혜어든 巢父
許由ㅣ 냑돗더라 아마도 林泉閑興을 비길 곳이 업세라

281 내 性이 게으르더니 하ᄂᆞᆯ이 아로셔사 人間萬事를 ᄒᆞᆫ 일도 아니
맛뎌다 다만당 다토리 업슨 江山을 직히라 ᄒᆞ시도다

283 江山이 됴타 ᄒᆞᆫ들 니 分으로 누엇ᄂᆞ냐 님군 恩惠를 이제 더욱
아노이다 아므리 갑고쟈 ᄒᆞ야도 ᄒᆞ올 일이 업세라

253 陶淵明 죽은 後에 또 淵明이 나단 말이 밤ᄃᆞᆯ을 엿 住혼 일홈이 마초와 ᄀᆞ
틀시고 도라와 守拙田園이야 긔오 니ᄅᆞ다르랴
254 勇名도 이럿도다 富貴도 이럿노라 혼고번 우혼 일다 주어 이럿노라며
곳을 ᄇᆞ자 이즈 냑이 아니 이스랴
255 뒤뫼와 ᄯᅳᆯ 앞 ᄂᆞ을 ᄯᅡ니 엿혼 보며 말 못ᄎᆞ다 즈는 것다고 셔어 쉬며 던
뫼야 내 너 어며 날 주었던 일이 너도 나 ᄯᅩ 나 너 이여
256 江山閑雅혼 風景 다 주어 맛다 이 셔 내 혼 좀 일 초되 여 뉘 다 셔 다 를
소니 놈이 사 ᄉᆞᆷ ᄯᅡ지 녀 긴들 ᄂᆞ 화 불 줄이 이시랴
257 질 가ᄯᅡ 조히 엿고 바회 아래 시ᄂᆞᆯ 기며 곳 ᄌᆞᆨ 도게 ᄯᅡ고 저리 잠 치
江어 써 니 혼고 셰 이 두 마 시 야 놈이 야 가 혼노라
258 어와 저 白鷗ㅣ야 米 ᄉᆞᆫ 수 고 혼 ᄂᆞ 고 나 ᄅᆞᆯ ᄉᆞᆷ 흐로 바지 니 며 고 기 엇 기
혼노 괴야 날 ᄌᆞ치 ᄂᆞᆫ ᄉᆞᆫ 온 ᄆᆞᆷ 이 좀 언 ᄃᆞᆯ 엇 더 랴
259 芳草ᄅᆞᆯ 지 나 긴 치 에 취 ᄒᆞᆯ 얀 이 아 조 ᄆᆞᆷ 시 蒲團에 ᄂᆞᆺ 초 드 더 夕陽에
지 자 며 나 며 밧 긔 ᄀᆞ 취 아 흥 혼고 낙 시 가 ᄌᆞ 랴 혼 ᄂᆞ 니
260 三公이 貴다 ᄒᆞᆫᄃᆞᆯ 이 江山과 밧 ᄭᅮᆯ소냐 扁舟에 ᄃᆞᆯ을 ᄉᆞᆺ고 낙 대 ᄅᆞᆯ 흔

더 잔 제 이 ᄯᅳᆺ 이 ᄂᆞ 淸興 가 지 고 萬戶侯 ᄂᆞ ᄅᆞᆯ 보 ᄅᆞ 랴
261 秋草고 싯 근 文書 다 주 어 후 리 치 고 匹馬秋風에 치 ᄅᆞᆯ 쳐 도라 오 니 아
노 리 ᄇᆞ 이 시 노 히 다 이 미 도 록 시 원 혼 다
262 이 다 미 너 ᄅᆞᆯ 보 니 有信 혼고 반 갑 고 야 나 니 아 히 쟉 와 너 ᄅᆞᆯ 타 므 ᄂᆞ 시 더
니 이 제 만 総 쉬 혜 엿 다 가 너 뒤 셔 ᄀᆞ 노 녀 라
263 사 ᄅᆞᆷ 이 죽 은 後에 다 시 사 니 보 완 노 라 왓 노 라 혼 터 엄 고 도 라 와 ᄂᆞᆯ 보 되
ᄆᆞᆷ 아 우 리 ᄂᆞ 그 러 줄 알 고 도 사 라 신 데 ᄂᆞ ᄂᆞ 랴
264 東風이 건 듯 부 러 積雪을 다 노 기 니 四面 靑山이 녜 얼 굴 나 노 ᄆᆞ 라 ᄀᆞ 랏
뎨 히 ᄯᅩ 셔 리 ᄂᆞ 녹 을 줄 을 모 ᄅᆞ 다
有陽山 ᄂᆞ 린 ᄅᆞᆯ 이 孝齊의 兄派ㅣ 되 야 晝夜不息 혼고 녜 흘 ᄂᆞ ᄂᆞ 우 ᄂᆞ
ᄯᅩ 온 至今 忠誠 ᄅᆞᆯ 세 爲國 못 ᄒᆞᆯ 허 혼 노 라
님 이 혀 오 시 며 나 ᄂᆞ 젼 혀 밋 엇 더 니 날 사 랑 혼 던 情 을 뉘 손 ᄃᆡ 옴 기
신 고 처 음 에 ᄆᆡ 이 돈 거 시 면 이 대 도 록 셜 울 가
御前에 失言 혼고 特命으로 ᄂᆡ 치 시 니 이 몸 이 갈 ᄃᆡ 업 셔 西湖 ᄅᆞᆯ ᄎᆞ
자 가 니 밤 中 만 닷 드 ᄂᆞᆫ 소 ᄅᆡ 에 戀君 誠 이 ᄉᆞ 로 왜 라

242 노피ᄯᅥᆫ 사ᄅᆞᆷ이 ᄂᆞᆷ도 ᄒᆞᆫ다 ᄒᆞᆫ 셰일 너다 곳을 너붑니나 고둣
여가 眞實로 ᄂᆞᆯ 엇거시ᄯᅡ 나도 불너보리라

243 聰明과 쉬엿비 엿 남이 신가 이러보니 蒼顔鬢髮에 落葉은
뭇스일고 어즈버 有限ᄒᆞᆫ 肝腸이 다 ᄭᅳᆫ츨가 ᄒᆞ노라

244 銀釭에 불이 밝고 歡娛에 香이 ᄌᆞ지 芙蓉 기픈 帳에 혼ᄌᆞ 셰아
안ᄌᆞ신ᄋᆞᆫ 엇더타 저 스ᄂᆞᆫ 更點에 ᄌᆞᆷ 못드러 ᄒᆞ노라

245 술이 맛가지오 淸酒와 濁酒ㅣ로다 ᄯᅥᆨ고 醉ᄒᆞᆯ 션졍 淸濁이 関ᄒᆞ며
ᄒᆞ랴 달 ᄇᆞᆰ고 風淸ᄒᆞᆫ 밤이 어니 아니 셰ᄂᆞᆫ들 엇더리

246 봄이 왓다 ᄒᆞ되 消息을 모로더니 빗ᄭᅵ의 푸른 버들 네 몬져 아도
라 아어즈버 人間 離別을 ᄯᅩ 엇지 ᄒᆞ노라

247 人間을 ᄯᅥ나나ᄂᆞᆫ 이 몸이 閑暇ᄒᆞ다 簑衣를 닙의 ᄎᆞ고 釣磯로
올나가니 웃노라 太公望은 나 간 줄을 몰니라

248 못지고 솟남ᄂᆞ니 時節로 變ᄒᆞ거다 ᄀᆞᆯ 속에 푸른 버레 나븨 되
여ᄂᆞ 웃노다 뉘라셔 造化를 잡아 千變萬化ᄒᆞᄂᆞᆫ고

249 ᄂᆞ치 ᄂᆞᆯ 엇이고 太公엇을 못보와재 結總을 罷ᄒᆞᆫ 後 去故도

-54-

ᄒᆞ도 ᄒᆞᆯ 作金ᄒᆞ고 酒鄕에 드러 世界를 이즈리라

250 步虛子 ᄆᆞᄎᆞᆫ 後에 與民樂을 이어ᄒᆞ니 羽調 界面에 ᄒᆞᆯ 곡이며
이어라 아리아 鳳凰을 ᄯᅡ라 ᄭᅡ치 져ᄋᆞᆯ 가ᄒᆞ노라

中國之謳歌風雅而登載籍我國所謂歌者只足以爲秀逸
之娛用風雅載籍則者爲蓋語音殊也中華之音皆爲大我
國之音詩辭乃文故我東亦才彦之而如樂府新飜無傳焉可
慨而亦可謂野矣余既歸田閑居固樂我而我且儀於女段歆
平素常顯己鄕飛土並推遇物觸詠則有悲歎下半之病有會心
觸形詩意以前餘絲以方言腔之而託之以歌遂此往下里折楊無得
於騷壇一班而其出於遊戲或不無可觀萬曆癸丑長至故翁
書于水浦田舍

251 趙 丹崖 聰을 어니 珊瑚에 白鷗인다 往來ᄒᆞ던 何者 侯門에 드고 마ᄎᆞ
功名도 말고 너를 좃녀 놀니라

252 金光 細버들 柯枝 것거 낙근 고기 ᄭᅦ에 들고 酒家를 ᄎᆞ즈려 斷橋로 건너가니
니고 골에 杏花ㅣ 날니니 아모 긴 줄 몰니라

-55-

227 四皓ㅣ 진짓 것가 留侯의 奇計로다 眞實로 四皓ㅣ면 一定 아니
나오려니 그려도 아니 냥ᄒᆞ여 呂氏客이 되도다

228 어제 밤 눈 온 후에 ᄃᆞᆯ이 조차 비최엿다 눈 後 ᄃᆞᆯ빗치 ᄆᆞᆰ으미 그
지 업다 엇더타 天末浮雲은 오락가락 ᄒᆞᄂᆞ뇨

229 님그의 치오라비 북ᄉᆞ얼 ᄲᅥ잇ᄂᆞ다 無心ᄒᆞᆫ 저 고기를 엇어 무ᄉᆞᆷ ᄒᆞ
려ᄂᆞ다 두어라 ᄒᆞᆫ 물에 잇거니 ᄡᅥ 어무ᄉᆞᆷ ᄒᆞ리오

230 힛가리 기나 ᄌᆞ르나 기둥이 기우나 트나 數間茅屋을 작은 줄
웃지 마라 어즈버 滿山蘿月이 다 내 거신가 ᄒᆞ노라

231 蒼梧山 히진 後에 二妃는 어듸 가고 ᄒᆞᆷ긔 못 죽은 ᄃᆞᆯ 셜움이 엇더ᄒᆞᆫ던
고 千古에 이 ᄯᅳᆺ 알니ᄂᆞᆫ 댓숩힌가 ᄒᆞ노라

232 술 먹고 노난 일을 나도 왼 줄 알건마ᄂᆞᆫ 信陵君 무덤 우희 밧
가는 줄 못 보신가 百年이 亦草草ᄒᆞ니 아니 놀고 엇지 ᄒᆞ리

233 神仙을 보려 ᄒᆞ고 弱水를 건너 가니 玉女金童이 다 나와 뭇ᄂᆞᆫ괴야
歲星이 어듸 나 갓고 긔별인가 ᄒᆞ노라

234 어리다 저 鵬鳥ㅣ야 웃노라 저 鵬鳥ㅣ야 九萬里 長天에 무스 일

노 올나 간다 ᄒᆞᆫ 칭에 ᄇᆞᆲ새 ᄎᆞᆼ에ᄂᆞᆫ 못내 즐겨 ᄒᆞᄂᆞ다

235 是非 업슨 後ㅣ라 榮辱이 다 不關타 琴書를 흣튼 後에 이 몸이
閑暇ᄒᆞ다 白鷗ㅣ야 機事를 이즘은 너와 닌가 ᄒᆞ노라

236 아ᄒᆡ는 뫼오 디니 느즈니는 바회로다 千里 萬里 길히 風雨는 무
ᄉᆞ일고 두어라 黃昏이 머럿거니 쉬여 간들 엇더리

237 내 ᄆᆞᄋᆞᆷ 혜여 치고 님의 얼굴 그려 내여 高堂素壁에 거러 두고 보
고지고 뉘라셔 離別을 삼겨 사람 죽게 ᄒᆞᄂᆞᆫ고

238 寒食 비 온 밤의 봄빗치 다 퍼졋다 無情ᄒᆞᆫ 花柳도 ᄯᆡᄅᆞᆯ 아라 픠
엿거든 엇더타 우리 님은 가고 아니 오ᄂᆞᆫ고

239 어제 밤 비 온 後에 石榴쏫치 다 픠엿다 芙蓉塘畔에 水晶簾을
거더 두고 눈 向ᄒᆞᆫ 깁흔 시름을 못내 플어 ᄒᆞ노라

240 鐏中에 술이 잇고 座上에 손이 가득 大兒孔文擧를 못 ᄒᆡ 본 너
이르 어즈버 岳陽 餞子를 일어 ᄒᆞ여 무ᄉᆞᆷ ᄒᆞ리오

241 南山 깁흔 골에 두어 이랑 ᄯᅢ 어두고 三神山 不死藥을 다 키야 심
근 말이 어즈버 滄海桑田을 혼자 볼가 ᄒᆞ노라

余賦若賦飮若飮今日之樂歡若歌舞若舞合請歡之以作
短歌揮手大唱餘興未了又相與和唱破顔微笑素髮未歇
兵酒中公也休寃俾余和歌余忘拙歎嗷曰清夜開鑄疏知
深文章三尭一時逢縱橫筆下千句力可倒天合萬丈峯諸
公皆稱洪晩洲能篇其後至連倒三杯携乃起相吞瓊瓊而舞
東濱顧余曰人生百年此樂如何不恨我不見古人恨古之
不見我也存其志之底使此會伴之不特遂並疏于左以備後覽
豐山後人玄默子跋于海藏

216 張晩
風波에 놀난 沙工 ᄇᆡ ᄑᆞ라 말을 사니 九折羊腸이 물에셔 어려왜라
이 후란 ᄇᆡ도 말도 말고 밧 갈기를 ᄒᆞ리라

217 鄭太和
술을 醉케 먹고 두렷이 안자시니 億萬 시름이 가노라 下直ᄒᆞᆫ다
아ᄒᆡ야 盞 ᄀᆞ득 부어라 시름 餞送ᄒᆞ리라

218 金
瀟湘江 긴 대 베혀 하ᄂᆞᆯ 밋게 뷔를 ᄆᆡ야 千雲을 다 쓸어 ᄇᆞ리고
저 時節이 하 수수ᄒᆞ니 쓸 동 말 동 ᄒᆞ여라

219 金尙容
思郞이 거즛말이 님 날 思郞 거즛말이 꿈에 와 뵌단 말이 긔 더
욱 거즛말이 날ᄀᆞ치 ᄌᆞᆷ 아니 오면 어ᄂᆡ 꿈에 뵈리오

220
離別 셜운 줄을 아나 藕花閣 안다 ᄒᆞᄃᆞ다 織錦回文詩로 써되
님 오게 ᄒᆞ니 織女도 그러ᄒᆞ면 烏鵲橋 ᄂᆞᆯ이 이사

221
金爐에 香盡ᄒᆞ고 漏聲이 殘ᄒᆞ도록 어듸가 이셔 뉘 思郞 밧치
다가 月影이 上欄干키 ᄯᅢ 도라 왓ᄂᆞ니

222
梧桐에 듯는 빗발 無心이 듯건마는 나의 ᄒᆞᆫ ᄒᆞᆫ님 님히 愁心
이로다 이 後야 닙 넙은 남기야 심을 줄이 이시랴

223 金尙憲
가노라 三角山아 다시 보쟈 漢江水ㅣ야 故國山川을 ᄯᅥ나고쟈 ᄒᆞ랴
마는 時節이 하 殊常ᄒᆞ니 올동 말동 ᄒᆞ여라

224 中欽
山村에 눈이 오니 돌길이 뭇쳐셰라 柴扉를 여지 마라 날 ᄎᆞᄌᆞ
리 뉘 이스리 밤즁만 一片明月이 긔 벗인가 ᄒᆞ노라

225
功名이 긔 무엇고 헌신 신짝 버스니로다 田園에 도라오니 麋鹿이 벗
이로다 百年을 이리 지ᄂᆡᆷ도 亦君恩이로다

226
草木이 다 埋沒ᄒᆞᆫ 제 松竹만 프르럿다 風霜 섯거 친 제 네 무스
일 혼자 푸른 두어라 ᄂᆡ 性이어니 무러 무ᄉᆞᆷ ᄒᆞ리

-50-

-51-

呼兒先問有無僮 回首西山晩日長 却怕夜來
薇老了 只緣朝夕不盈腸　　右西山採薇

211
아희야 되롱 삿갓 차하 東澗에 빗지거다 긴 낙
디에 미늘 업는 낫시 미여 두고 저 고기 놀나지 마라 너 興겨
워 호노라

呼兒將出綠蓑衣 東澗春添濺石磯 篛笠竹
竿魚自狂 為他溪老已忘機　　右東澗觀魚

212
아희야 粥早飯 다오 南畝에 일 만해라 서투른 따부를
눌로 마조 자부려뇨 두어라 聖世躬耕도 亦君恩
이시니라

呼兒晩起促盤飡 南畝春深事已殷 欲把犂
鋤躬耕聖時 農圃亦君恩　　右南畝躬耕

213
아희야 소 먹여 내여 北郭에 새 술 먹자 大醉한 얼굴을
달빛에 시러오니 어즈버 羲皇上人을 오늘 다
시 보와다

呼兒特犢過前川 北郭新醪正似泉 大醉浪吟牛背月
怳然身在伏羲天　　右北郭醉歸

214 鄭斗卿
金樽에 가득한 술을 슬커장 거오로고 醉한 後 긴 노래에 즐
거오미 하도 하다 어즈버 夕陽이 盡타 마라 달이 조차 오노믜
라 。

215
屈平이 棄去ᄒᆞ니 去亦棄 屈平을 醉在은 上之上이오 詩詞는
史之史이라 다만지 清風明月은 간 곳마다 좇노다

余髮未燥已嗜詩 猥為濱老所獎愛 嘗呼余為敬亭
山 蓋為相看不厭之意也 余荷其誘掖開導之勤 致力於詞
翰而病不能專 當於此中閒掩病扉 杜門一日 來濱未閑仕休
寓有後金樽谷將臣亦繼至 皆不期也 余於是設小酌 數三
女樂以娛之 酒半濱丈乘興奉酌曰 丈夫生世 昭華如電 今朝
一歡 可敵萬鍾 休寓即吟一絕曰 春動寒梅臈酒深 獨撫名
雨雅遊歸前韓 照雨清唱醉對終南雪後峯 題畢屬東濱
由騎名既手頌君以杠將力試於奉還天壁也 東濱曰 閑亭之

199 집方席 내지 마라 落葉인들 못 안즈랴 솔불 혀지 마라
어제 진 달 도다 온다 아희야 薄酒山菜ㄹ망졍 업다 말고 내
여라

200 閑山셤 달 밝은 밤의 戍樓에 혼자 안자 큰 칼 녑희 차고 깁흔 시
름 ᄒᆞ는 적의 어듸셔 一聲胡笳는 나의 애를 긋나니

201 天地로 將幕 삼고 日月로 燈燭 삼아 北海를 휘여다가
酒樽에 다혀 두고 南極에 老人星 對ᄒᆞ여 늙을 뉘를
모ᄅᆞ리라

202 이 몸이 죽어 가셔 무엇시 될고 ᄒᆞ니 崑崙山上上峯에 落
落長松 되얏다가 群山에 雪滿ᄒᆞ거든 혼자 웃뚝ᄒᆞ
리라

203 秋山이 夕陽을 띄고 江心에 잠겻는듸 一竿竹 두러메고 小艇에
안자시니 天心이 閑暇히 너겨 ᄃᆞᆯ을 조차 보내ᄂᆞ다

204 天地ᄀᆞᆺ 번 후의 英雄은 누구누구 萬古興亡이 수우숨의 꿈일로다 어
듸셔 망녕엣 거슨 노리 ᄯᆞᆷ ᄒᆞᄂᆞ니

-46-

205 貧賤을 ᄑᆞᆯ랴 ᄒᆞ고 權門에 드러가니 짐 업슨 흥졍을 뉘 몬져
ᄒᆞ쟈 ᄒᆞ리 江山과 風月을 달나 ᄒᆞ니 그ᄂᆞᆫ 그리 못ᄒᆞ리

206 趙 滄浪에 낙시 넛코 釣臺에 안자시니 落照 江天에 비ᄂᆞ리 더욱
됴희 柳枝에 玉鱗을 ᄭᅦ여 들고 杏花村을 ᄎᆞᄌᆞ리라

207 平沙에 落鴈ᄒᆞ고 江村에 日暮ᄒᆞ니 漁舡도 도라 들고 白
鷗 다 ᄌᆞᆷ든 적의 빈 ᄇᆡ에 달 시러 가지고 江亭을 오노라

208 池塘에 비 ᄲᅮ리고 楊柳에 ᄂᆡ 씨엿는듸 沙工은 어듸 가고 빈
ᄇᆡ만 ᄆᆡ엿ᄂᆞᆫ고 夕陽에 ᄶᅡᆨ 일흔 ᄀᆞᆯ며기ᄂᆞᆫ 오락가락
ᄒᆞ더라

209 洪瑞鳳 離別ᄒᆞ던 날에 피눈물이 난지 만지 鴨綠江 ᄂᆞ린 물
이 프른 빗치 젼혀 업네 ᄇᆡ 우희 허여 센 沙工이 처음 보
다 ᄒᆞ더라

210 趙存性 아ᄒᆡ야 구럭 망태 어더 西山에 날 늣거다 밧 지면 고ᄉᆞ
리 하마 아니 즈랏시랴 이 몸이 이 푸새 아니면 朝夕
어이 지내리

-47-

여다가 님계신 九重深處에 부쳐볼가 ᄒᆞ노라

186 長沙王 賈太傅야 눈물도 여릴시고 漢文帝 昇平時에 痛哭은
무ᄉᆞᆷ일고 우리도 그런ᄯᅢ 만나시니 어이 울고 ᄒᆞ노라

187 큰盞에 그득부어 醉토록 먹으면셔 萬古英雄을 손고바 혜여
보니 아마도 劉伶李白이 내벗인가 ᄒᆞ노라

188 ᄃᆞᆯ이 두렷ᄒᆞ여 碧空에 걸여스니 萬古風霜에 ᄯᅥ러짐즉 ᄒᆞ다
마ᄂᆞᆫ 至今히 醉客을 爲ᄒᆞ야 長照金樽 ᄒᆞ노ᄆᆡ라

189 어이가려ᄂᆞᆫ고 무ᄉᆞᆷ일노 가려ᄂᆞᆫ고 無端이 슬트냐 ᄂᆞᆷ의말 드럿ᄂᆞᆫ
냐 져님아 하 애ᄃᆞᆲ고야 가ᄂᆞᆫ 일을 닐너ᄉᆞ

190 울며잡은 ᄉᆞ매 ᄯᅥᆯ치고 가지마소 草原長堤에 ᄒᆡ다져 ᄀᆞᆺ너니
客窓에 殘燈 도도고 시와보면 알니라

191 思郞이 엇더터니 둥글더냐 모지더냐 길더냐 져르더냐 발일너냐
나ᄌᆞᆷ 너머 各割이 긴줄은 모로되 긋간듸를 몰니라

192 綠草晴江上에 구레버슨 ᄆᆞᆯ이 되야 ᄯᆡᄯᆡ로 머리드러 北向ᄒᆞ여 우
ᄂᆞᆫ뜻은 夕陽이 재너머가니 님자 그려 우노라

193 이뫼흘 허러내여 져바다흘 메오면 蓬萊山 고은님을 걸어
가 보련마ᄂᆞᆫ 이몸이 精衛鳥 ᄀᆞᆺ트야 바자닐만 ᄒᆞ
노라

194 어제오던 눈이 沙堤에 조오ᄎᆞ던가 눈이 ᄆᆡ화 ᄀᆞᆺ고 모래
도 눈이로다 아마도 世上일이 다 이런가 ᄒᆞ노라

195 五世讐 갑흔後에 金刀의 葉을 일워 三萬戶 辭讓ᄒᆞ
고 赤松子 조차가니 아마도 見機高蹈ᄂᆞᆫ 子房인가
ᄒᆞ노라

196 靑草 우거진 골에 자ᄂᆞ다 누엇ᄂᆞ다 紅顔을 어듸두고
白骨만 무쳣ᄂᆞ니 盞잡아 勸ᄒᆞ리 업스니 그를 슬허ᄒᆞ
노라

197 北天이 ᄆᆞᆰ다커ᄂᆞᆯ 우장업시 길을나니 산의ᄂᆞᆫ 눈이오고 들
에ᄂᆞᆫ 찬비온다 오ᄂᆞᆯ은 찬비마자시니 얼어잘가 ᄒᆞ노라

198 靑山아 웃지마라 白雲아 嘲笑마라 白髮紅塵에 내 즐겨 ᄃᆞᆫ
니랴 聖恩이 至重ᄒᆞ시니 갑고 가려 ᄒᆞ노라

興發構肆行上而澤罷於　名父下而見嫉於同朝流離
竄謫幾死幸全而其所詬罵至身後彌甚若子懸之
遭罹世禍亦可謂極矣其愛君篇什猶然見賞於
九重而公則並與此而終不能上徹抑何其不幸之甚歟
清陰金文正公嘗論公始末而比之於左徒之忠此誠至言哉
北關四有公歌曲之刊行者而顧其代已久且經兵燹遂失
其傳誠可惜也余以無狀得罪明時受玦天涯遠隔君親
寶無以寓悰乃於澤畔行唫之暇聊取此篇正訛繕寫
置諸案頭時一飄誦其於排遣不爲無助蓋亦僭擬於
朱子楚辭集註之遺意云爾時庚子元月上澣完山後人
李選書于東城之幽蘭軒

176 叔道
玉을 돌이라 ᄒᆞ니 그ᄅᆞ도 이ᄃᆞ ᄒᆡ라 博物君子는 아ᄂᆞᆫ 法 잇건마ᄂᆞᆫ
ᄋᆞ도 모로노라 ᄒᆞ니 ᄂᆞᆯ노 슬허ᄒᆞ노라

177 金長生
十年을 經營ᄒᆞ야 草廬三間 지어ᄂᆡ니 半間은 清風이오 半間
은 明月이라 江山을 드릴 ᄃᆡ 업스니 둘너두고 보리라

-42-

178
ᄃᆡ ᄉᆞᆯ기 올 ᄉᆞᆯ고 술 갓고 와 亭子ᄒᆞ로 ᄒᆞ니 白雲 깁흔 곳에 날 잇는
줄 ᄃᆡ 뉘 알리 庭畔에 鶴徘徊ᄒᆞ니 긔 벗인가 ᄒᆞ노라

179 李廷龜
님을 밋을 것가 못 미들손 님이시라 미더온 時節도 못 미들 줄
아라스라 밋기야 어려오랴마는 아니 밋고 어이리

180 李元翼
님 보신 달 보고 님 뵈온 듯 반기고라 님도 너를 보고 날 본 듯 반기는
가 출하리 저 달이 되여 님 계신 ᄃᆡ 비최여나 보리라

181
綠楊 千萬絲ㅣ들 가는 春風 잡아 ᄆᆡ며 探花蜂蝶인들 지는 곳
을 어이ᄒᆞ리 아모리 思郞이 重ᄒᆞᆫ들 가는 님을 잡으랴

182
가마귀 ᄌᆞ가마귀 치웟치나 기잣던가 昭陽殿 日影을 ᄯᆡ여
온다 뉘라서 江湖에 ᄂᆞᆫ 鷗鷺을 上林苑에 날니고

183 李恒福
江湖에 期約을 두고 十年을 奔走ᄒᆞ니 그 모른 白鷗는 더듸 온다
ᄒᆞ러니와 聖恩이 至重ᄒᆞ시매 갑고 가려 ᄒᆞ노라

184
時節이 저러ᄒᆞ니 人事도 이러ᄒᆞ다 이러ᄒᆞ거니 어이 저러 아닐소
냐 이런쟈 저런쟈 ᄒᆞ니 한숨계워 ᄒᆞ노라

185
鐵嶺 노픈 峯에 쉬여 넘는 져 구름아 孤臣 寃淚를 비 삼아 ᄯᅴ워

-43-

불두ᄂᆞ니술조ᄎᆞ두ᄂᆞᆫ양ᄒᆞ야ᄂᆞᆯ을오다

165 ᄀᆞᆺ친져ᄭᅩᆯ가마ᄂᆞᆫ길ᄯᅵ파다ᄒᆞᆯ을보고낫시를드러니여옷ᄂᆞᆫ
ᄀᆞᆯ오스이고진ᄋᆞ의아ᄃᆞᆫ기시라ᄇᆞᆫ삐니러ᄒᆞ노라

166 어ᄌᆡ넘지거나야와다가올친ᄎᆞ을細雨淸江이ᄉᆡᄂᆞᆫ줄다ᄆᆞᆯ
ᄀᆡ올이야千里의넘ᄂᆞᆯᄒᆞ고중못드리ᄒᆞ노라

167 武陵ᄉᆡ져ᄇᆡᆨ의ᄒᆞᄂᆞᆯ이머흐더니多情ᄒᆞᆫ鳳凰이嬌態거워
ᄯᅥᄒᆞ다가人間에ᄯᅥ러진ᄌᆞᆺ을老ᄎᆞᄉᆞᆫᄒᆞ도다

168 아희ᄂᆞᆫ採薇가고竹亭이뷔여셔라헤친碁局을뉘라셔주어
주리ᄎᆞᆯᄒᆞ여松根에지혀시어돌시ᄂᆞᆫ줄몰나라

169 夕陽빗긴날에江天이ᄒᆞᆫ빗친제楓葉蘆花에우리예ᄂᆞᆫ저기
ᄯᅥ야ᄃᆞ을이다지나가되ᄉᆞᄉᆡᆨ을나ᄒᆞᄂᆞ다

170 明珠四萬斛을ᄲᅥᆫ넘ᄌᆡ다바다ᄭᅴᆫᄂᆞᆫ듯되ᄂᆞᆫ듯어드러보니ᄂᆞᆫ
아헌ᄉᆞᄅᆞᆷ뫼ᄲᅳᆯᄒᆞᆫ어위계위ᄒᆞ노다

171 거문고大絃을나ᄒᆞᆫ棵빗ᄎᆞᆯ지피시니어름의마긴물에ᄒᆞᆯ
ᄭᅵᆺ혀ᄂᆞᆫ나ᄂᆞᆫ듯이디ᄯᅥᆫ넘ᄌᆡ지ᄂᆞᆫ비소ᄅᆡᄂᆞ니ᄅᆞᆯ조ᄎᆞᄯᅡ호ᄂᆞ니

172 나올저어서더니秋風의落葉ᄂᆞ려어름눈다녹고봄못치
ᄭᅬ도록애넘ᄯᅥᄒᆡ고ᄲᅡᆯ을보ᄂᆞ니흘을쉬ᄒᆞ노라

173 저느되어더소ᄅᆞᆯ실나갈작인들必然히千里馬를몰나
이보아ᄲᅡ노엇더라이제ᄉᆡᆼ네논술ᄯᅡᆯ줄안아ᄂᆞ니

174 우리집모든익을너혼자ᄯᅡ다이셔人間의다ᄉᆞ野樹의
길넛다가비오고ᄲᅡᄅᆞᆷ불날이어든自然淸識ᄒᆞ여라

175 靑山의부ᄒᆞᆫ비발거엇지날소기ᄂᆞᆫ되롱삿망우억이너ᄂᆞᆫ
엇지날소기ᄂᆞᆫ엇그졔ᄲᅡᆫ옷ᄲᅥᄉᆞ니알물거시업ᄉᆞ라

右松江相國鄭文淸公之所著也公詩詞淸新警拔固
膾炙人口而歌曲尤妙絶今古長篇短作無不盛傳雖
屈平之楚騷子瞻之詞賦無以過之每聽其引快
高詠殷韻淸楚意旨超忽不覺其飄飄乎如馮虛御
風羽化登仙至其愛君憂國之誠則亦且藹然於辭語之
表至使人感愴而興歎爲苟非出天忠義開古風流其
孰能與於此噫公以耿介之性正直之行而適僉黨讒賊

ᄒᆞ노옥이고 졔야 ᄯᅩᄒᆞᆫ 盡ᄇᆞ서 다시 獻壽ᄒᆞ리라

150 青天구룸 밧긔 노피 ᄯᅥᆫ 鶴이러니 人間이 됴터냐 무ᄉᆞᆷ으로 ᄂᆞ려온다
져 온다 쟝깃치 다 ᄯᅥ러지도록 ᄂᆞ라갈 쥴 모로ᄂᆞᆫ다

151 거문고 大絃을 치니 ᄆᆞ음이 다 눅더니 子絃에 羽調를 ᄒᆞ니 漢、納
쇠온 ᄆᆞᆯ이 셟지는 아니되 ᄯᅥ 離別 엇지ᄒᆞ리오

152 長깃치 다 ᄭᅥ거 ᄂᆞ리 ᄂᆞᆯ고 긔드러 青天구룸 속에 소슴 ᄯᅥ올
은 ᄆᆞᆯ이 ᄉᆞ친고 窄ᄒᆞᆫ 世界를 다시 보고 말와라

153 新院、主ㅣ 되야 되롱삿갓 메고 이고 細雨斜風에 一竿竹 빗기 드
러 紅蓼花 白蘋洲渚에 오명가명 ᄒᆞ노라

154 新院、主ㅣ 되야 柴扉를 고쳐 닷고 流水青山을 벗사마 더졋
노라 아희야 碧蹄에 손이라커든 날 나가다 ᄒᆞ고려

155 長沙王 賈太傅 혜건대 우읍고야 ᄂᆞᆷ의 ᄀᆞᆫ심을 졔 ᄒᆞᆯ 것다
이 ᄯᅢ 한숨 눈물도 過ᄒᆞ려든 에ᄂᆞᆫ 줄에 졔온

156 내 양ᄌᆞ 남만 못ᄒᆞᆫ 쥴 나도 ᄌᆞᆯ 알건마는 臙脂도 ᄇᆞᆯ나 잇고 粉
도 아니 ᄇᆞ네 이러코 괴실가 ᄯᅢᆺ은 젼혀 아니 ᄒᆞ노라

157 나무도 업이 ᄃᆞᆫ 亭子ㅣ 하ᄂᆞ 쳐어업다 豪華히 이신 제ᄂᆞᆫ오
이 가히 다 쉬러니 ᄲᅵ지고 柯枝 져근 後ㅣ니 ᄉᆡ도 아니 온다

158 어화 버힐시고 落落長松 버힐시고 져근 ᄃᆞᆺ 두던들 棟樑材 되
더러니 어즈버 明堂이 기울면 무어스로 바치려뇨

159 中書堂 白玉杯를 十年만에 고쳐 보니 ᄆᆞᆰ고 흰 빗츤 녜로 온 ᄃᆞᆺ
ᄒᆞ다마ᄂᆞᆫ 엇더타 사ᄅᆞᆷ의 ᄆᆞᄋᆞᆷ은 朝夕變을 ᄒᆞᄂᆞ다

160 風波에 일니던 ᄇᆡ 어ᄃᆡ러로 가단 말고 구룸이 머흘거든 쳐음
에 날 줄 엇지 허술ᄒᆞᆫ ᄇᆡ 가진 ᄉᆞᆷ이 모다 조심ᄒᆞ시소

161 쟈ᄅᆡ 먼 ᄂᆞᆫ 져 소나모 셜ᄃᆡ도 ᄒᆞᆯ샤 길ᄀᆞᆺ셰 가 져근 ᄃᆞᆺ 드리혀 뎌 굴
헝에 셔고라쟈 ᄯᅮᆺ ᄯᅴᆺ고 도치 메엿 ᄂᆞᆫ 다 ᄶᅵᆨ고려 ᄒᆞᆫ다

162 이 우온 ᄌᆞ 나 ᄒᆞ니 ᄎᆞᆷ치 ᄡᆞ의고 희 시세 半騎熊 ᄒᆞ다가 ᄯᅩ
ᄀᆞᆺ 말 일 흘 ᄲᅦ 하 ᄂᆞᆫ 술이 ᄀᆞᆺ니 리 뎐의 ᄒᆞᆫ 년ᄃᆡ ᄯᅩ 온다 ᄒᆞ쟈

163 鶴은 어ᄃᆡ 가고 亭子ᄂᆞᆫ 비엿ᄂᆞ니 나ᄂᆞᆫ 이ᄃᆡ 가면 언제 마 도라올
고 오거나 가거나 中에 ᄒᆞᆫ 잔 ᄯᅩ ᄒᆞᆫ ᄒᆞ쟈

164 南山 뫼 어ᄃᆡ ᄆᆞᆫ고 ᄯᅴ 學士 草堂 지어 곳 두고 ᄯᅩ 두ᄂᆞᆫ 바 화 두고

쥬야을 길게 에 依하도 가누에 박여 보자ᄒᆞ니
135 비록 못 넘어도 남의 옷술 앗지 말며 비록 못 먹어도 남의 밥
을 비지 마라 ᄒᆞᆫ 번 옷 ᄯᅥ러진 後ㅣ면 곳쳐 씻기 어려오니
136 雙六將棋 ᄒᆞ지 마라 訟事 글월 ᄒᆞ지 마라 집 버히고 무ᄉᆞᆷ ᄒᆞ며 ᄂᆞᆷ의
怨讐될 줄 엇지 아라 나라히 法을 세오샤 罪 잇ᄂᆞᆫ 줄 모로ᄂᆞᆫ다
137 ᄂᆞ고 진 져 늘근이 짐 무더 날을 주오 우 되ᄂᆞᆫ 뎌 밋 너니 돌 히 ᄒᆞ야
우리 오래 늙히기도 설 錦 하거ᄂᆞᆫ 짐을 조ᄎᆞ지실가
138 蓬萊山 님 계신 듸 五更 친 나믄 소릐 城 넘어 구름 지나 客窓에
들이ᄂᆞ다 江南에 나뇌 곳 ᄀᆡ면 그립거든 엇지 ᄒᆞ리
139 엇나 ᄭᅮᆯ 더 븐 ᄭᅮᆯ이고 기도 모다 이 ᄆᆡ 이 何 草屋 조븐 줄이 외더
옷시 ᄉᆞ이 라 다 만 단 님 그린 ᄃᆞᆺ으로 시름 께워 ᄒᆞ노라
140 劉伶 언은 졔 ᄉᆞᄅᆞᆷ 寄 ᄯᅥᆨ의 高士ㅣ로다 李謫은 ᄀᆞ ᄂᆞᆫ ᄯᅥᆫ 고 當代
에 狂生이라 ᄃᆞ 어라 高士 狂生을 뭇더 무ᄉᆞᆷ ᄒᆞ리
141 부스잇 이로 히라 十年 지이 너를 조차 내 ᄒᆞᆫ 일 업시 何 외다 ᄒᆞ나다
ᄒᆞᄂᆞ니 이제야 絕交篇 지어 餞送ᄒᆞ되엿더니

22

142 내 말 못 치드러 너 업스면 못 살려니며 ᄒᆞᆫ 일 무ᄉᆞᆫ 일 날 노 ᄒᆞ
ᄋᆡ 여다 잇거늘 이제애 낙괴야 ᄒᆞ야 ᄯᅥᆺᄯᅥᆺ 말고 잇지리
143 一定 百年 산들 긔 아니 草草ᄒᆞᆫ가 草草ᄒᆞᆫ 浮生이 무스일 ᄒᆞ려
ᄒᆞ여 내 잡아 勸ᄒᆞᄂᆞᆫ 盞을 덜 먹으려 ᄒᆞᄂᆞ니
144 예어 늘이를 두어 두셰 번만 부ᄅᆞ면 蓬萊山 第一峯에 고
온 님 보련마ᄂᆞᆫ ᄒᆞᆫ다가 못ᄒᆞᄂᆞᆫ 일은 ᄆᆞᆯ너 무ᄉᆞᆷ ᄒᆞ리
145 이 몸 허러 내여 낸 물에 ᄯᅴ오고자 이 물이 울어 네너 漢江 여흘
되다ᄒᆞ면 그제야 님 그린 내 病이 헐 ᄒᆞᆯ 법도 잇ᄂᆞ니
146 내 ᄆᆞ음 버혀 내여 뎌 달을 ᄆᆡᆫ글고쟈 九萬里 長天의 번드시
걸녀 잇셔 고온 님 계신 곳의 가 비ᄎᆡ여나 보리라
147 興亡이 數업스니 萬月 城이 秋草ㅣ로다 나 모른 지난 일 만
牧笛에 부쳐 두고 이ᄯᆡ도 ᄒᆞᆫ 太平烟花에 ᄒᆞᆫ 盞 ᄒᆞ려 ᄒᆞ엿더니
148 南極老人星이 息影亭에 빗최여 滄海桑田이 슬ᄏᆡ장 ᄯᅢ
옴도록 가지록 빗출 내여 그믈뉘를 모로ᄂᆞᆫ다
149 臺우희 잇ᄂᆞᆫ 늣듸엿희 나자 ᄯᅡᆺ고 ᄉᆡ지어 난 희 추리 ᄭᅩᆺ리

繡ㅣ로다 寒岩에 혼ᄌ셔 안재 집을 잇고 잇노라

120 八曲은 어디메오 琴灘에 달이 밝다 玉軫金徽로 數三曲을 노는
말이 古調을 알니 업슨이 혼ᄌ 즐거 ᄒ노라

121 九曲은 어디미오 文山에 歲暮커다 奇岩怪石이 눈 속에 무쳐셰
遊人은 오지 아니ᄒ고 볼 것 업다 ᄒ더라

122 아바님 날 나ᄒ시고 어마님 날 기ᄅ시니 두 분 곳 아니면 이 몸이
사라실가 하ᄂᆞᆯ 갓튼 恩德을 어듸다 혀 갑ᄉ오리

123 님군과 百姓과 ᄉ이 하ᄂᆞᆯ과 ᄯ히로ᄃ 내의 셜운 일을 다 알외
대ᄒ시거든 우린들 술진 미나리를 혼ᄌ 어이 먹으리

124 어버이 사라신 제 셤길 일란 다ᄒ여라 지나간 後ㅣ면 애ᄃ다 엇지
ᄒ여 平生에 곳쳐 못ᄒ 일이 이ᄲᅮᆫ인가 ᄒ노라

125 兄아 아오야 네 ᄉᆞᆯ을 만져보와 뉘손ᄃ 타낫관ᄃ 양ᄌ조차 갓
튼순다 ᄒᆞᆫ 졋 먹고 자라나시니 닷ᄆ옴을 먹지 말어

126 ᄒᆞᆫ몸 둘희 ᄂ화 夫婦를 삼기실샤 이신 제 ᄒᆞᆷᄭᅴ 늙고 주그
면 ᄒᆞᆫᄃ 간다 어듸셔 망녕엣 거시 눈 흘긔려 ᄒᄂ고

-34-

127 네 아ᄃ 孝經 닑더니 어드록 빈홧ᄂ니 내 아ᄃ 小學은 모릐
면 ᄆᆞᆺᄎᆞᆯ노다 어ᄂ 제 이 두 글 빈화 어질거든 보려노

128 계집의 가는 길을 ᄉ나희 에도드시 ᄉ나희 네는 길을 계집이
치도드시 제 남진 제 계집 아니어든 일홈 뭇지 말으려

129 ᄆ을 사ᄅᆞᆷ들아 올흔 일 ᄒ쟈ᄉ라 사ᄅᆞᆷ이 되야 나셔 올치 곳
ᄒ면 ᄆ쇼를 갓 곳갈 씌여 밥 머기나 다르랴

130 ᄑᆞᆯ목을 쥐시거든 두 손으로 바치리라 나 갈 듸 계시거든 막
디 들고 조ᄎ리라 鄕飮酒 다 罷ᄒᆞᆫ 後에 뫼시여 가려 ᄒ노라

131 남으로 삼긴 듕에 벗ᄀ치 有信ᄒ랴 내의 왼 일을 다 이로려ᄒ
노라 이 몸이 벗님 곳 아니면 ᄉᄅᆞᆷ 되미 쉬오랴

132 곳즌 밧이 뫼되고 비즌 술 다 익거다 디블고 가잔 벗이 몃 ᄒᆞᆫ듸
오마더니 아희야 茅簷에 돗을 나다 벗님 오나 보아라

133 우노 거시 벅국이냐 푸른 거시 버들 숩가 漁村 두세 집이 暮烟
의 잠겨셰라 아희야 헌 그믈 기여라 고기잡이 ᄒ리라

134 오날도 다 시거다 호믜 메고 가재ᄉ라 내 논 다 ᄆ여든 네 논 졈 ᄆ여

-35-

로다 我東이 太平治化로 萬歲無疆이샷다

105 時節이 太平토다 이 몸이 閒暇커니 竹林深處에 午鷄聲 아니런가
곱ᄃᆞ히 든 一場華胥夢을 어니 벗지 깨오리

106 ᄇᆞᆯ암은 靑山이오 態염ᄋᆞᆫ 流水ㅣ로다 ᄇᆞᆯ엄ᄋᆞᆫ 淸風 ᄇᆞᆰᄋᆞᆫ 것은
明月이로다 이 듕에 일 업ᄂᆞᆫ 니 몸이 ᄉᆞ히 업시 늙그리라

107 노ᄒᆞ아 노ᄅᆡ 남게 ᄇᆞᆯ 勸ᄒᆞ여 ᄇᆞᆯ여 두고 이보오 벗님네야 ᄒᆞᆫ 들지
나마 드되야 노며 계 ᄌᆞᆨ기 노다 路지 아녀 남 못볼 가 ᄒᆞ노라

108 樂只자 오ᄂᆞᆯ이여 즐거온자 今日이야 즐거운 오ᄂᆞᆯ이 行혀 아니
저물셰라 每日에 오ᄂᆞᆯ 곳ᄐᆞ면 므ᄉᆞᆷ 시름 이시랴

109 ᄇᆞᆯ ᄇᆞᆯ은 五禮城에 혀 나 못 빗지 안자 思鄕感淚를 뉘 아나 지리라
노아 아도 爲國丹忱은 나 ᄲᅮᆫ인가 ᄒᆞ노라

110 太平天地間에 簞瓢를 두러 메고 두 ᄉᆞ매 ᄂᆞ리치고 우즑 우즑 ᄒᆞᄂᆞᆫ
뜻은 人世에 걸닌 일 업ᄉᆞ니 그를 조화 ᄒᆞ노라

111 天地도 唐虞적 天地 日月도 唐虞적 日月 天地日月이 古今에 唐
虞ㅣ로다 엇더타 世上人事ᄂᆞᆫ 나날이 ᄂᆞ려 가ᄂᆞ고

-32-

112 高山九曲潭을 사ᄅᆞᆷ이 모로더니 誅茅卜居ᄒᆞ니 벗님ᄂᆡ 다 오신다
어즈버 武夷를 想像ᄒᆞ고 學朱子를 ᄒᆞ리라

113 一曲은 어ᄃᆡᄆᆡ오 冠岩에 ᄒᆡ 비쵠다 平蕪에 ᄂᆡ 거든이 遠山이 그림이
로다 松間에 綠樽을 노코 벗 오ᄂᆞᆫ 양 보노라

114 二曲은 어ᄃᆡᄆᆡ오 花岩에 春晩커다 碧波에 곳을 ᄯᅴ워 野外로 보
ᄂᆡ노라 사ᄅᆞᆷ이 勝地를 모로니 알게 ᄒᆞᆫ들 엇더리

115 三曲은 어ᄃᆡᄆᆡ오 翠屛에 닙 펴졋다 綠樹에 山鳥ᄂᆞᆫ 下上其音ᄒᆞᄂᆞᆫ
적의 盤松이 바ᄅᆞᆷ을 바드니 녀ᄅᆞᆷ景이 업셰라

116 四曲은 어ᄃᆡᄆᆡ오 松崖에 ᄒᆡ 넘거다 潭心岩影은 온갓 빗치 ᄌᆞᆷ겨
셰라 林泉이 깁도록 됴흐니 興을 계워 ᄒᆞ노라

117 五曲은 어ᄃᆡᄆᆡ오 隱屛이 보기 됴타 水邊精舍ᄂᆞᆫ 瀟灑ᄒᆞᆷ도 ᄀᆞ이
업다 이 中에 講學도 ᄒᆞ려니와 詠月吟風 ᄒᆞ리라

118 六曲은 어ᄃᆡᄆᆡ오 釣峽에 물이 넙다 나와 고기와 뉘야 더옥 즐기
ᄂᆞᆫ고 黃昏에 낙ᄃᆡ를 메고 帶月歸를 ᄒᆞ노라

119 七曲은 어ᄃᆡᄆᆡ오 楓岩에 [illegible] 淸霜 [illegible] 絶壁이 [illegible]

-33-

모음이어리 後ㅣ니 ᄒᄂ일 이다이리다 萬重雲山에 어ᄃ니 넘오리
ᄯᅢᄂ 진도 양부ᄂ 비 남에 칼 쇄 칼가 ᄒ노라

97 이 뉘도 太平聖代 ᄯᅢ 뉘도 聖代 太平堯之日月이오 舜之乾坤이로다
우뉘도 太平聖代에 놀고 간들 엇더리

98 治天下五十年이 不知와라 天下事를 億兆蒼生이 戴己를 願ᄒ
미ᄂ 康衢에 聞童謠ᄒ니 太平인가 ᄒ노라

99 歸去來 歸去來ᄒ되 말 ᄲ이오 가리 업ᄉ 田園이 將蕪ᄒ니 아니 가고 엇
지 ᄒ고 草堂에 淸風明月이 나명 들명 기ᄃ리ᄂ니

嘉靖壬寅秋聾岩翁始解圭組出國門賃歸舡飮餞
于漢江醉卧舟上月出東山微風乍起詠陶彭澤舟搖
而輕颺風飄飄而吹衣之句歸興益濃怡然自笑乃作此歌
歌本淵明歸去來辭而作故稱效顰

100 聾岩에 올나보니 老眼이 猶明이로다 人事ㅣ 變ᄒ들 山川이
ᄯᅩ 가실소냐 岩前에 某水某丘ㅣ 어제 본 ᄃᆺ ᄒ여라
翁久仕於京始還于鄕登聾岩周覽山川不無今感之

-30-

歎而猶喜其舊遊陳迹之依然又作此歌

101 功名이 그지 이실가 壽夭도 天定이라 金犀 ᄯᅴ 구븐 허리에 八十逢
春이 몃 히오 年年에 오ᄂᆯ이 亦君恩이샷다
七月晦日是翁初度之辰兒孫輩每於此日設酌以慰翁
辛亥之秋別設盛筵鄕中父老四鄰邑宰俱會大張絲
具秋起酬酌終至醉舞各自唱歌翁亦和答此其所
作也翁之年今八十七歲致仕投閒亦過一紀其晩年去
就進退行迹盡于此短歌王卿喜以自詠云嘉靖癸丑積
和節晩望崇政致仕永嘉李某書于聾岩小閣

102 蒼梧山 聖帝魂이 구름 조차 瀟湘에 ᄂ려 夜半에 흘너들어 竹
間雨 되온 ᄯᆺ은 二妃의 千年 淚痕을 못내 씻어 ᄇ리이라

103 豪華코 富貴키야 信陵君 만ᄒ가 百年이 못ᄒ여 무덤 우희
회 밧 갈 가니 허물며 ᄂᆫ 丈夫ㅣ아 ᄂᆸ니오 슬ᄒ며오

104 龍馬 圖ᄒ고 鳳鳥 祥ᄒ니 五三王風을 다시 어더 보리

-31-

잇니ᄂᆡ 다ᄒᆞ야 ᄒᆞ잇사온아니ᄂᆡ고잇ᄉᆞᆯ고

89 當時에 녜던 길흘 몃ᄒᆡ를 ᄇᆞ려두고 어ᄃᆡ가 ᄃᆞᆫ니다가 이제ᅀᅡ 도라온고
이제ᅀᅡ 도라오나니 년ᄃᆡ ᄆᆞᄋᆞᆷ 마로리

90 愚夫도 알며 ᄒᆞ거니 그 아니 쉬온가 聖人도 몯다 ᄒᆞ시니 그 아니 어
려온가 쉽거나 어렵거나 中에 늙ᄂᆞᆫ 주를 몰래라

右陶山十二曲者陶山老人之所作也老人之作此何爲也哉吾東
方歌曲大抵語多淫哇不足言如翰林別曲之類出於文人之口而
矜豪放蕩兼以褻慢戲狎尤非君子所宜尚惟近世有
李鼈六歌者世所盛傳猶爲彼善於此亦惜乎其有玩世不
恭之意而少溫柔敦厚之實也老人素不解音律而猶
知厭聞世俗之樂閑居養疾之餘凡有感於情性者每發
於詩然今之詩異於古之詩可詠而不可歌也如欲歌之必
綴以俚俗之語蓋國俗音節所不得不然也故嘗略倣李
歌而作爲陶山六曲者二焉其一言志其二言學欲使兒輩
朝夕習而歌之憑几而聽之亦令兒輩自歌而自舞蹈之

庶幾可以蕩滌鄙吝感發融通而歌者與聽者不能無交
有益焉顧自以蹤跡頗乖若此等閑事或因以惹起鬧端未可
也又未信其可以入腔調諧音節與未也姑寫一件藏之篋笥
時取玩以自省又以待他日覽者之去取云爾嘉靖四十四年
乙丑暮春旣望山老書

91 火 大 이셔ᄃᆡ 셜ᄒᆞ니 이ᄂᆞᆫ 일이 업ᄉᆞ샬고 ᄒᆞ옵ᄒᆞ 歲月이 ᄂᆡ의
ᄒᆞ다 두어라 已矣ᄂᆞ 어니 사니 ᄒᆞᆯ고 이시랴

92 ᄒᆞᆫ ᄆᆞᆯ 셜ᄒᆞᆫ ᄆᆞᆯ의 蓋을 아니 ᄒᆞ노라 몰 病도 아니 들고 ᄂᆞᆷ 病도
아니 난다 每日에 病 업슨 잔을 ᄂᆞᆷ 지 말 이 엇더ᄅᆡ

93 도ᄅᆞᆫ 말 卽時 잇고 본 일도 못 본 ᄃᆞᆺ이 ᄂᆡ 人事ㅣ 이러ᄒᆞᆷ이 ᄂᆞᆷ의 是
非 몰ᄅᆞᆯ노라 다만 ᄂᆡ 손이 盛ᄒᆞ니 盞 잡기만 ᄒᆞ노라

94 鉄 木 風霜이 섯거 친 날의 ᄀᆞᆺ 픠온 黃菊花를 金盆에 ᄀᆞ득 담아 玉
堂의 보ᄂᆡ오니 桃李야 곳인 쳬 마라 님의 ᄯᅳᆺ을 알리로다

95 比 土土 天覆地載ᄒᆞ니 萬物의 父母ㅣ로다 父生母育ᄒᆞ니 이 나의 天地ㅣ
로다 이 天地 ᄂᆡ 天地 ᄉᆞ이에 늘글 뉘를 모로리라

노고솔이 재쵀잡ᄉᆞ 아니 아니 먹고 어이 ᄒᆞ리

74 뒷뫼히 셔 다 굿고 압길히 갈이 업다 외로온 ᄇᆡ에 삿갓 쓴 져 늘근이
우리 낙시에 맛시 깁도다 눈 깁흔 줄 모론다

75 李賢輔 靑荷에 밥을 싸고 綠柳에 고기 ᄭᅦ여 蘆荻花叢에 ᄇᆡ 매여 두어
시니 一般淸意味를 어니 ᄲᅮᆫ이 알으실고

76 長安을 도라보니 北闕이 千里로다 漁舟에 누어신들 이즌 적
이실소냐 두어라 내 시름 아니라 濟世賢이 업소냐

77 朴閒 瞻彼淇澳혼ᄃᆡ 綠竹이 猗猗로다 有斐君子ㅣ여 낙ᄃᆡ를 빌리이
ᄢᅢ온 우리도 至善明德을 낙가볼가 ᄒᆞ노라

78 趙光祖 往에 曾子ㅣ 계시와 事親道를 못ᄌᆞ온ᄃᆡ 曾子ㅣ 曰 嗚呼ㅣ라 小
子ㅣ 아ᄅᆞ려스라 事親이 豈有他哉리오 敬之而已라 ᄒᆞ시니라

79 李滉 이런들 엇더ᄒᆞ며 뎌런들 엇더ᄒᆞ리 草野愚生이 이러타 엇더ᄒᆞ리
ᄒᆞ믈며 泉石膏肓을 고쳐 무ᄉᆞᆷᄒᆞ리오

80 烟霞로 집을 삼고 風月노 벗을 삼아 太平聖代에 病으로 늙어
가니 이 中에 바라ᄂᆞᆫ 일은 허물이나 업과져 ᄒᆞ노라

81 幽蘭이 在谷ᄒᆞ니 自然이 듯기 됴희 白雲이 在山ᄒᆞ니 自然이
보기 됴희 이 中에 彼美一人을 더옥 닛지 못ᄒᆞ여라

82 春風에 花滿山ᄒᆞ고 秋夜에 月滿臺라 四時佳興이 사ᄅᆞᆷ과 ᄒᆞᆫ
가지라 ᄒᆞ믈며 魚躍鳶飛 雲影天光이야 어니 그지 이슬고

83 雷霆破山ᄒᆞ여도 聾者ᄂᆞᆫ 못 듯ᄂᆞ니 白日中天ᄒᆞ여도 瞽者ᄂᆞᆫ 못
보ᄂᆞ니 우리ᄂᆞᆫ 耳目聰明 男子ㅣ라 聾瞽ᄀᆞᆺ지 말니라

84 靑山은 엇더ᄒᆞ여 萬古의 프르르며 流水ᄂᆞᆫ 엇더ᄒᆞ여 晝夜로
긋ᄂᆞᆫ고 우리도 그치지 마라 萬古常靑ᄒᆞ리라

85 山前에 有臺ᄒᆞ고 臺下에 有水ㅣ로다 ᄯᅦ 만ᄒᆞᆫ 갈매기ᄂᆞᆫ 오명가
명ᄒᆞᄂᆞᆫ뎨 엇더타 皎皎白駒ᄂᆞᆫ 멀니 ᄆᆞ음 ᄒᆞᄂᆞ니

86 淳風이 죽다 ᄒᆞ니 眞實로 거즛말이 人性이 어지다 ᄒᆞ니 眞實
노 올흔 말이 天下에 許多英才를 소겨 말ᄉᆞᆷᄒᆞᆯ가

87 天雲臺 도라드러 玩樂齋 蕭灑ᄒᆞᆫᄃᆡ 萬卷生涯로 樂事ㅣ
無窮ᄒᆞ여라 이 中에 往來風流를 닐너 무ᄉᆞᆷᄒᆞᆯ고

88 古人도 날 못 보고 나도 古人 못 뵈 古人을 못 뵈와도 녀던 길 알ᄑᆡ

59 王方衍 千萬里 머나먼 길희 고은 님 여희옵고 내 ᄆᆞᄋᆞᆷ 둘 ᄃᆡ 업셔 냇ᄀᆞ의 안자시니
안자시니 져 물도 내 안 ᄀᆞᆺᄒᆞ여 우러 밤길 녜놋다

60 孟子見梁惠王ᄒᆞ신 첫 말ᄉᆞᆷ이 仁義禮智 朱文公 注釋의 ᄒᆞ되
우리 誠意正心 우리ᄂᆞᆫ 이를 ᄇᆡ화 孝悌忠信ᄒᆞ리라

61 南怡 烏騅馬 우ᄂᆞᆫ 곳에 七尺長劍 ᄲᅵ쳣ᄂᆞᆫ듸 百二函關이 뉘 ᄯᅡ히 되단 말고
그 鴻門宴 三擧不應을 못내 슬허ᄒᆞ노라

62 成三問 首陽山 ᄇᆞ라보며 夷齊를 恨ᄒᆞ노라 주려 죽을진들 採薇도 ᄒᆞᄂᆞᆫ
것가 아모리 프새엣 거신들 긔 뉘 ᄯᅡ희 낫더니

63 이 몸이 죽어 가셔 무어시 될고 ᄒᆞ니 蓬萊山 第一峰에 落落長松 되
야 이셔 白雪이 滿乾坤ᄒᆞᆯ 제 獨也靑靑ᄒᆞ리라

64 朴彭年 가마귀 눈비 마자 희ᄂᆞᆫ 듯 검노ᄆᆡ라 夜光明月이 밤인들 어두우랴
님 향ᄒᆞᆫ 一片丹心이야 變ᄒᆞᆯ 줄이 이시랴

65 柳誠源 草堂에 일이 업셔 거믄고를 베고 누어 太平聖代를 ᄭᅮᆷ에나 보
려 ᄒᆞ니 門前에 數聲 漁笛이 ᄌᆞᆷ든 날을 ᄭᆡ와라

66 俞應孚 간밤의 부던 ᄇᆞ람 눈서리 치단 말가 落落長松이 다 기우러 가노

비야 ᄒᆞ믈며 못다 퓐 곳이야 닐러 무엇ᄒᆞ리오

67 李塏 房안에 혓ᄂᆞᆫ 燭불 눌과 離別ᄒᆞ엿관ᄃᆡ 눈물을 흘니면셔 속
타ᄂᆞᆫ 줄 모로ᄂᆞᆫ고 우리도 져 燭불 ᄀᆞᆺ도다 속 타ᄂᆞᆫ 줄 모로노
라

68 客散門扃ᄒᆞ고 風微月落ᄒᆞᆯ 제 酒甕을 다시 열고 詩句 흣부
려니 아마도 山人得意ᄂᆞᆫ 이ᄲᅮᆫ인가 ᄒᆞ노라

69 山頭에 閑雲起ᄒᆞ고 水中에 白鷗飛라 無心코 多情ᄒᆞᆫ 이 두 거
시로다 一生에 시름을 잇고 너를 좃녀 노니리라

70 ᄒᆡ도다 千尋綠水도 ᄃᆞ라보니 萬疊靑山 十丈紅塵이 언매나 ᄀᆞ렷ᄂᆞᆫ
고 江湖에 月白ᄒᆞ거든 더옥 無心ᄒᆞ여라

71 江湖에 봄이 드니 이 몸이 일이 하다 나ᄂᆞᆫ 그믈 깁고 아ᄒᆡᄂᆞᆫ 밧츨 가니
뒷뫼희 엄긴 藥을 언제 ᄏᆡ려 ᄒᆞᄂᆞ니

72 삿갓세 되롱의 닙고 細雨中에 호믜 메고 山田을 흣ᄆᆡ다가 綠陰
에 누어시니 牧童이 牛羊을 모라다가 ᄌᆞᆷ든 날을 ᄭᆡ와다

73 大棗 볼 붉은 골에 밤은 어이 듯드르며 ...

가단 말가 두어라 物有盛衰니 恨ᄒᆞᆯ 줄이 이시랴

45 春山에 눈 노기ᄂᆞᆫ ᄇᆞ람 건듯 불고 간ᄃᆡ 업다 져근듯 비러다가 ᄆᆞ리 우희 불니고져 귀 밋ᄐᆡ ᄒᆡ묵은 서리를 녹여 볼가 ᄒᆞ노라

46 늙거 말녀이고 다시 져머 보려ᄃᆞ니 靑春이 날 소기고 白髮이 거의로다 잇다감 곳밧츨 지날 제면 罪지은 듯ᄒᆞ여라

47 ᄒᆞᆫ 손에 가시를 들고 ᄯᅩ ᄒᆞᆫ 손에 막ᄃᆡ 들고 늙ᄂᆞᆫ 길 가싀로 막고 오ᄂᆞᆫ 白髮 막ᄃᆡ로 치려ᄃᆞ니 白髮이 졔 몬져 알고 즈럼길로 오더라

48 南陽에 躬耕ᄒᆞᆷ은 伊尹의 經綸志오 三顧 出廬ᄂᆞᆫ 太公의 王佐才ㅣ라 三代後 正大ᄒᆞᆫ 人物은 武侯ㅣᆫ가 ᄒᆞ노라

49 五丈原 秋夜月에 어엿블ᄉᆞᆫ 諸葛武侯 竭忠報國다가 將星이 ᄯᅥ러지니 至今에 兩表忠言을 못ᄂᆡ 슬허ᄒᆞ노라

50 梨花에 月白ᄒᆞ고 銀漢이 三更인 제 一枝春心을 子規야 알냐마ᄂᆞᄂᆞᆫ 多情도 病인 양ᄒᆞ여 ᄌᆞᆷ 못 드러 ᄒᆞ노라

51 白雪이 ᄌᆞᄌᆞᆫ 골에 구룸이 머흐레라 반가온 梅花ᄂᆞᆫ 어ᄂᆡ 곳의

-22-

픠엿ᄂᆞᆫ고 夕陽의 ᄒᆞ올노 셔셔 갈 곳 몰나 ᄒᆞ노라

52 이 몸이 죽어 죽어 一百番 고쳐 죽어 白骨이 塵土되여 넉시라도 잇고 업고 님 向ᄒᆞᆫ 一片丹心이야 가싈 줄이 이시랴

53 구룸이 無心탄 말이 아마도 虛浪ᄒᆞ다 中天에 ᄯᅥ 이셔 任意로 ᄃᆞᆫ니면셔 구ᄐᆞ여 光明ᄒᆞᆫ 날빗출 ᄯᆞ라가며 덥ᄂᆞ니

54 五百年 都邑地를 匹馬로 도라드니 山川은 依舊ᄒᆞ되 人傑은 간ᄃᆡ 업다 어즈버 太平烟月이 ᄭᅮᆷ이런가 ᄒᆞ노라

55 江湖에 봄이 드니 미친 興이 졀노 난다 濁醪溪邊에 錦鱗魚 安酒ㅣ로다 이 몸이 閑暇ᄒᆡ옴도 亦君恩이샷다

56 江湖에 녀름이 드니 草堂에 일이 업다 有信ᄒᆞᆫ 江波ᄂᆞᆫ 보내ᄂᆞ니 ᄇᆞ람이로다 이 몸이 서ᄂᆞᆯᄒᆡ옴도 亦君恩이샷다

57 江湖에 ᄀᆞ을이 드니 고기마다 ᄉᆞᆯ져 잇다 小艇에 그믈 시러 흘니ᄯᅴ여 더뎌 두고 이 몸이 消日ᄒᆡ옴도 亦君恩이샷다

58 江湖에 겨울이 드니 눈 기픠 자히 남다 삿갓 빗기 쓰고 누역으로 옷슬 삼아 이 몸이 칩지 아니ᄒᆡ옴도 亦君恩이샷다

-23-

네오니오다므라

31 졸貧은비랴이되고눈물은細雨ㅣ되여잇ᄃᆞ노聽ᄒᆞ니봄거니

傷어거ᄂᆞᆯ낫고빙치듣죵을何와불가ᄒᆞ노라

32 白沙汀紅蓼邊에고기엿ᄂᆞᆫ白鷺들아口腹을못메워다지ᄒᆞ며

너도다一身이閒暇ᄒᆞᆫ仙경슬못지들과제ᄒᆞ라

33 올나ᄂᆞ이다天上에올올나이다銀河水ᄲᅥ너저여天梅ᄒᆞᆫ모

올作와이다ᄒᆞᆫ天桃다仰任後에任作올가ᄒᆞ노라

二數大棠 李松毅法 南判鳳棋 鳳齊執筆

日月도예과ᄀᆞᆺ고山川도依舊ᄒᆞ되大明文物은옥望엄이간ᄋᆡ엄다

두어라天運循環ᄒᆞ니다시볼가ᄒᆞ노라

34-35 晴江에비ᄃᆞᆺᄂᆞᆫ소ᄅᆡ긔뭇어이우음관되滿山紅緑이휘드르며웃

ᄂᆞ고야두어라春風이몃날이리우울지로우어라

36 長風이건듯부러浮雲을헤쳐니니華表千年에도리치어제

온듯ᄒᆞᆺ노라千令歲어ᄃᆡ가도너ᄂᆞᆫ알가ᄒᆞ노라

37 朝天路보ᄃᆡ단말가玉河關이뷔단말가大明 崇禎이어ᄃᆡ러로

38- 가시던己三百年事大誠信을못니술허ᄒᆞ노라

잇가상ᄒᆞ되야왼븐에잣치듯ᄒᆞ여九萬里長天에푸도듯소가

올나님ᄭᅴ인九重宮闕을ᄌᆞ시어볼가ᄒᆞ노라

39 秋水ᄂᆞᆫ天一色이오龍舸泛ᄂᆞᆫ中流ㅣ라簫鼓一聲에解萬古之愁

ᄒᆞ도다우리도萬民다리고同樂太平ᄒᆞ리라

40 貞一航中喜은克仁과舜德이오豁達大度ᄂᆞᆫ太祖의餘風이라

中途의永安天崩을못니술허ᄒᆞ노라

41 越相國范小伯이名垂万歲못ᄒᆞᆫ前에五湖烟月이조ᄒᆞᆫ줄알나

마ᄂᆞᆫ西施을ᄉᆡᆺ노라ᄒᆞ여ᄂᆞ지도라가니라

42 뵌노라汨羅水ㅣ야屈原이어이죽다더니讒新에더러인몸이

죽어무칠ᄯᅡ히업서滄波의骨肉을시어魚腹裡의藏ᄒᆞ

니라

43 一生의願ᄒᆞ기를義皇時節못난줄이草衣를무믈고木實을

먹을만졍人心이淳厚ᄒᆞ던줄못니부러ᄒᆞ노라

44 白日은西山의지고黃河ᄂᆞᆫ東海로든다古來英雄은北邙으로

北殿

18 누운들 잠이 오며 기ᄃᆞ린들 님이 오랴 이제 누어신들 어ᄂᆡ 잠이 ᄒᆞ마 오리
마오리 출ᄒᆞ리 안준 고ᄃᆡ셔 긴 밤이나 새오리라

19 흐리누거 괴오시든 어누거 좃니ᄂᆞᆫ셔 젼ᄎᆞᆫᄎᆞᆫ에 벗님의 젼ᄎᆞ로
셔 雪綿子 가싀도 온 듯이 벙글고려 괴오소셔

20 綠駬霜蹄은 櫪上에셔 늙고 龍泉雪鍔은 匣裏에 운다 丈夫ㅣ
되여 나셔 爲國忠節 못ᄒᆞ고셔 귀밋ᄐᆡ 白髮이 흣ᄂᆞ니 그를 슬허
ᄒᆞ노라

21 秦淮에 비를 ᄃᆡ고 酒家로 도라드니 隔江商女는 亡國恨을 모로고
ᄭᅵ 밤중만 寒水에 月籠ᄒᆞᆯ 제 後庭花만 ᄒᆞ더라

二北殿

22 아ᄒᆡ야 黃毛試筆 먹을 무텨 窓 밧긔 지거ᄂᆞᆯ 이제 도라 가면 어들
법 잇것마ᄂᆞᆫ 아모나 아ᄂᆞ니 보내여 다가 쥐여 보면 알니라

初數大葉

23 靑石嶺 지나거냐 草河溝ㅣ 어ᄃᆡ메오 胡風도 ᄎᆞ도 ᄎᆞᆯ샤 구즌 비는

무ᄉᆞᆷ 일고 뉘라셔 내 行色 그려 내여 님 계신 듸 드릴고

24 冬至ㅅᄃᆞᆯ 기나긴 밤을 한 허리를 버혀 내여 春風 니불 아레
서리서리 너헛다가 어론 님 오신 날 밤이여든 구뷔구뷔 펴리라

25 어뎌 내 일이여 그릴 줄을 모로ᄃᆞᆫ가 이시라 ᄒᆞ더면 가랴마ᄂᆞᆫ 제 구ᄐᆡ
야 보내고 그리ᄂᆞᆫ 情은 나도 몰나 ᄒᆞ노라

26 南八아 男兒死耳언졍 不可以不義屈이어다 웃고 對答ᄒᆞ되 公이
有言敢不死아 千古에 눈물 진 英雄이 몃몃 줄을 지은고

27 金烏玉兎들아 뉘 너를 ᄶᅩᆺ니관ᄃᆡ 九萬里長天에 허위허위 ᄃᆞᆫ니ᄂᆞ니
이後란 十里에 ᄒᆞᆫ 번식 쉬염쉬염 니거라

28 南薰殿 달 밝은 밤의 八元八凱 ᄃᆞ리시고 五絃琴 一聲에 解吾民
之慍兮로다 우리도 聖主 뫼시고 同樂太平 ᄒᆞ리라

29 天皇氏 지으신 집을 堯舜에 와 灑掃ㅣ러니 漢唐宋 風雨에
기우러 지거늘 우리도 聖主 뫼시고 重修ᄒᆞ려 ᄒᆞ노라

30 앞못에 든 고기들아 뉘 와셔 너를 몰아다가 넉커늘 잡히여
든다 北海 淸沼를 어듸 두고 이 곳에 와 든다 들고도 못나ᄂᆞᆫ 情은

4 黃河水 맑다더니 聖人이 나시도다 草野群賢이 다 이러나단 말가
어즈버 江山風月을 눌을 주고 나거니

5 仁心은 터이되고 孝悌忠信 기동되여 禮義廉恥로 가즉이 여어시니
천만년 風雨를 만난들 기울 줄이 이시랴

6 張翰이 江東去할 제 何마침 秋風이라 白日 저문 뒤 限없는 滄
波ㅣ로다 어되서 淸天一雁은 홈씌 녜자 하나니

7 어제 검든 마리 하마 오늘 다 늙어다 鏡裡衰容이 어서 늙고
네 오날 져서 닌다 하셔든 세ㅣ 로라 하이다

二中大葉

8 碧海濁流後에 모래 모혀 섬이 되여 無情芳草는 해마다 푸르러
되 엇더타 우리의 王孫은 歸不歸 하느니

9 엇아 楚나라 사람들아 옛 님군 어듸 가니 六里靑山이 뉘 따히 되단말
고 우리도 武關 다든 後ㅣ니 消息 몰나 하노라

10 오늘이 오늘이소서 每日에 오늘이소서 저므지도 새지도 마르소
시르면 상에 晝夜長常에 오늘이 오늘이소서

11 德으로 배얼 삼고 恩으로 닛얼 삼아 이두 조읍이 저아니 分明호가
우리는 新君 섬겨 德을 닥가 보리라

12 뫼고마 비얍이라서 乾의 主의 두봉이 불고 高峰峻嶺을 넘단
말이 잇는이라 원숭이 잔말을 하여도 님이 짐작하시소

三中大葉

13 三冬에 뵈옷 닙고 巖穴에 눈비 마자 구름낀 볏뉘도 쬔 적이 없건
마는 西山에 해 지다 하니 눈물 계워 하노라

14 부헙고 섭섭할슨 西楚霸王 項籍이라 긔 天下야 엇드나 못 어
더나 千里馬 絶代佳人을 누를 주고 니거이

15 靑山이 寂寞한데 麋鹿이 벗이로다 藥草에 맛드려 世味를
이졋노라 碧波로 낙시 메고 漁興 계워 하노라

16 靑凉山 六六峯을 아느니 나와 白鷗 白鷗야 헌사하랴 못 믿을슨
桃花ㅣ로다 桃花야 떠나지 마라 漁舟子 알가 하노라

17 春輪가 없었던들 金膚을 뉘 알며 孔明이 없었던들 帳
[illegible] 中原 [illegible] 天地間 [illegible]

朴道淳 字健叔 号人庵 雲南 [illegible] 門人
成 運 字 [illegible] 門人
金天澤 [illegible]
鮮于玫 字 [illegible] 門人
朴師尙
林[illegible]身
趙應賢
許 種
李 在
金光洙
金重說 字士傳 号山水子 [illegible]
金振泰 字君献 [illegible]
金壽長 字子平 号老歌齋 [illegible]
朴文郁 字[illegible] [illegible]
金默壽 字[illegible] [illegible]

梨仁老 [illegible]
金裕器 [illegible]
安瑞羽 [illegible]
黃 眞 [illegible] 人
笑春風 閨秀
小栢舟 [illegible] 作歌
松臺春 [illegible]
康江月 [illegible]
玉 伊
鐵 伊
松 伊 閨秀
寒 雨 閨秀
紅 粧
多 福 [illegible]
求 之 [illegible]

梅 花 [illegible]
桂 娘 閨秀
桂 蟾

初中大葉 [illegible]

1 松林에 눈이 오니 柯枝마다 곳치로다 혼 柯枝 [illegible] 님 계신 [illegible] 님이 보신 후에야 녹아진들 어이리

2 又 잘 새는 다 나라들고 새 달은 도다 온다 외나모 다리로 [illegible] 네 절이 언매나 [illegible] 遠鍾聲이 들니나니

3 靑山이 寂寞한듸 [illegible] 杜鵑아 蜀國興亡이 어제 오날 [illegible]

[illegible]

金光煜 [illegible]
洪翼漢 [illegible]
[illegible]
金堉 [illegible]
蔡裕後 [illegible]
宋時烈 [illegible]
具仁垕 [illegible]
李浣 [illegible]
許璡 [illegible]
李貴鎭 [illegible]
姜栢年 [illegible]
李華鎭 [illegible]
林慶業 [illegible]
尹善道 [illegible]
申漢英 [illegible]
金應河 [illegible]
南九萬 [illegible]
李澤 [illegible]
柳赫然 [illegible]
具志禎 [illegible]
朴泰輔 [illegible]
金敏 [illegible]
金昌翕 [illegible]
李涂 [illegible]
金昌業 [illegible]
俞棨 [illegible]
申靖夏 [illegible]
尹手緒 [illegible]
李廷燮 [illegible]
金友奎 [illegible]

金尙得
宋義柱 [illegible]
金聖 [illegible]
張鏵 [illegible]
金允錫 [illegible]
文守彬 [illegible]
李德涵 [illegible]
趙顯命 [illegible]
趙載浩 [illegible]
尹淳 [illegible]
趙明履 [illegible]
李昌輔 [illegible]
張鵬翼 [illegible]
尹游 [illegible]
金箕性 [illegible]
金春澤 [illegible]
朴熙緖 [illegible]
曺允亨 [illegible]
趙浚 [illegible]
李仲集 [illegible]
鄭道傳 [illegible]
朴俊漢 [illegible]
成汝先 [illegible]
元天錫 [illegible]
李之蘭 [illegible]
高敬文 [illegible]
申季良 [illegible]
權德 [illegible]
黃 [illegible]

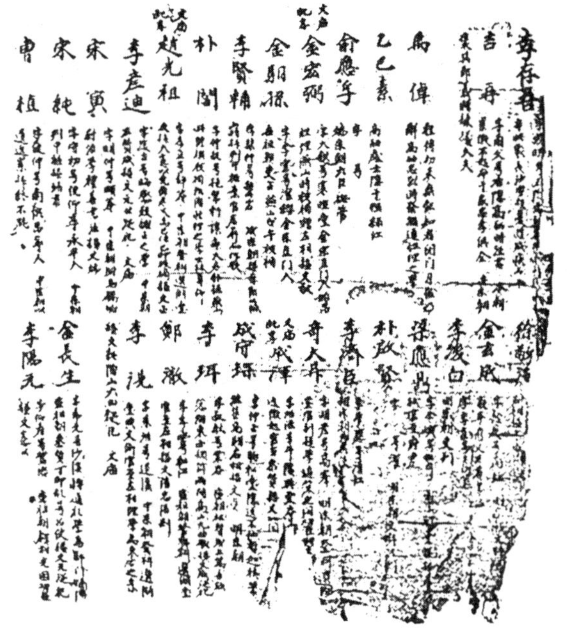
李存吾
吉再
高偉
乙已素
俞應孚
金宏弼
金馹孫
李賢輔
朴誾
趙光祖
李彦迪
宋寅
宋純
曺植
徐敬德
金玄成
李後白
梁應鼎
朴啓賢
李濟臣
奇大升
成渾
成守琛
李珥
鄭澈
李滉
金長生
李陽元

-10-

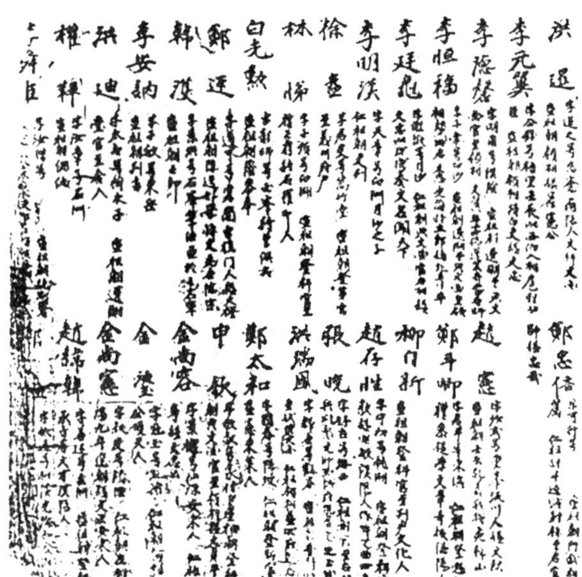
洪暹
李元翼
李德馨
李恒福
李廷龜
李明漢
徐渻
林悌
白光勳
鄭逑
韓濩
李安訥
洪迪
權韠
車天輅
鄭忠信
趙憲
鄭斗卿
柳門新
趙存性
張晩
洪瑞鳳
鄭太和
申欽
金尚容
金瑬
金尚憲
趙錫胤

-11-

歌與樂一也治歌曲者不可不知琴調以琴譜所載及平日聞知者錄之
卷首而至於 彝命發之辭乃是詩歌樂三者之事也
歌者先曉其大意云

-8-

目錄

御製 太宗大王
孝宗大王
肅宗大王
麟坪大君
薛聰
崔冲
郭輿
崔瑩
成忠
徐甄
李穡
王邦衍
金宗直
金宗瑞

積城君
朗原君
儒川君
朴彭年
柳誠源
李塏
河緯地
成三問
金時習
南怡
孟思誠
鄭夢周

-9-

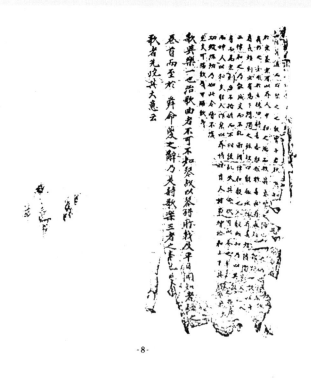

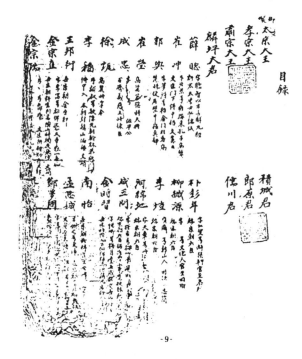

□氏源章 [illegible]

第三源遠章 [illegible]

第四符同章 符同[illegible]

第五合我章 合我[illegible]

第六伏人章 伏人[illegible]伏人[illegible]

第七野人章 野人共察野人[illegible]

第八千世章 千世[illegible]水之[illegible]

第九子子章 子子振振[illegible]神相[illegible]敬天[illegible]

第十嗚呼章 嗚呼嗣王[illegible]道[illegible]

琴詩揔 [illegible]

五音圖

宮 商 角 徵 羽 [illegible]

音節圖

-6-

琴長三尺六寸 象三百六十日 徽十三 象十二月又閏月 上圓下方 象天地 絃有五 象五行 [illegible]

[illegible] 前稱龍唇後稱鳳尾 第一文絃 [illegible] 第二遊絃 商 第三大絃 宮

第四棵上清 角 第五棵下清 徵 第六武絃 有三尺 象天地人三才

琴者禁也禁之於邪以正其心君子所當愛也

太昊伏羲氏始制桐為琴 鼓五絃 文武王各加一絃 仍名文武絃

高麗時 因晉朝送七絃琴 無人解者 第相王山岳改易其制 減一 [illegible]

絃作六絃琴 [illegible]之玄鶴來舞 稱之玄琴 琴譜有文 [illegible]

其子 採孔子侍 [illegible] 採伯牙高山流水曲 [illegible]

本朝 [illegible]壽 作琴譜 稱 [illegible]新譜 [illegible]

本朝 金成器 作琴譜 稱 [illegible]遺譜 [illegible]

三禮圖曰 琴本五絃 曰宮商角徵羽 文王武王增二絃 [illegible]

黃帝也 舜命夔曰 命汝典樂 教胄子 直而溫 [illegible]

簡而無傲 詩言志 歌永言 聲依永 律和聲 八音克諧 [illegible]

人以和 [illegible]

-7-

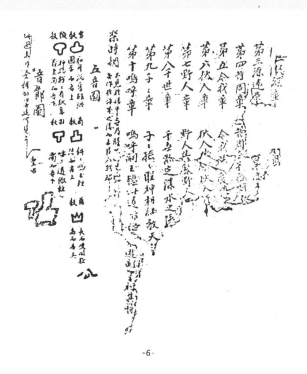

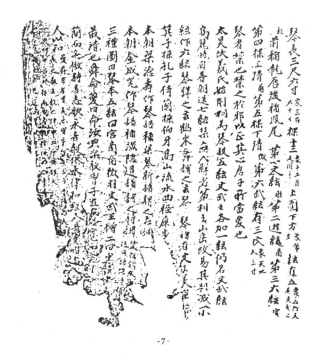

羽調數大葉
平界數大葉
羽界數大葉
平界北殿
羽界北殿
羽界靈山會像

-4-

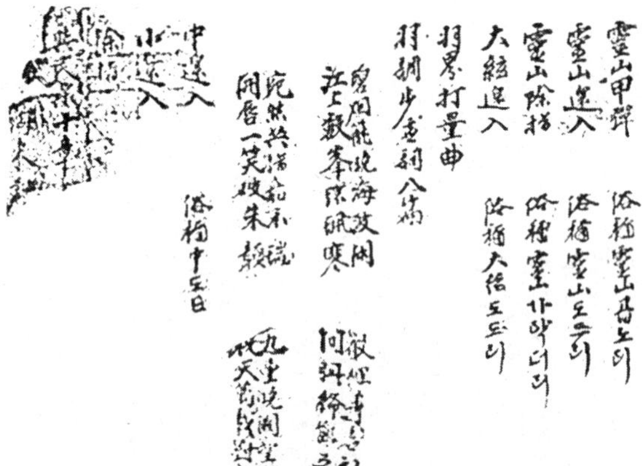
靈山甲彈
靈山運入
靈山除指
大絃運入
羽界打量曲
羽調步虛詞八篇
中運入
小運入

-5-

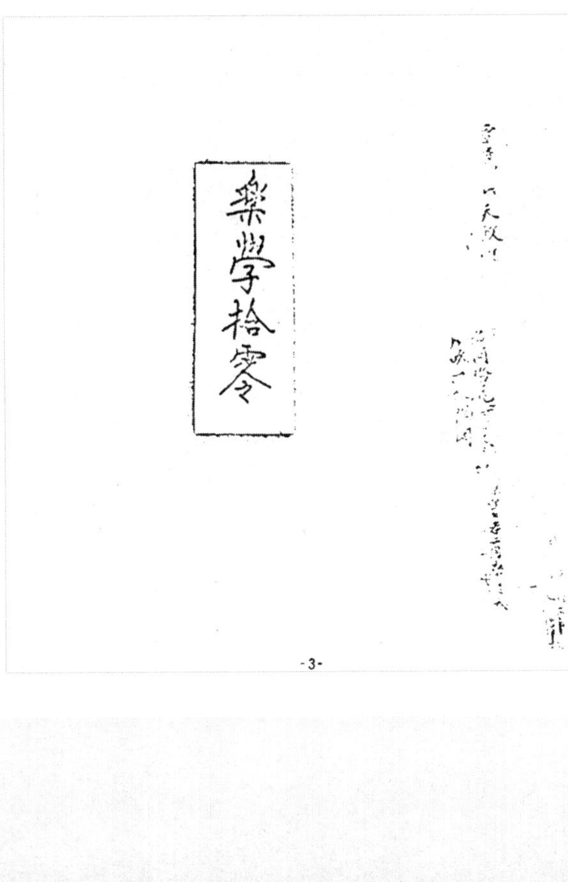
樂學拾零

-3-

樂學拾零